AF874926

लघुसिद्धान्तकौमुदी

श्रीवरदराजविरचिता

लघुसिद्धान्तकौमुदी

सुविस्तृतयाऽतिसरलया
प्राज्ञतोषिणीहिन्दीव्याख्यया रूपसिद्ध्या च समेता

व्याख्याकारः सम्पादकश्च

श्रीधरानन्दशास्त्री

व्याकरणाचार्यः

परिष्कर्ता
महामहोपाध्याय-विद्याभास्करः

परमेश्वरानन्दशास्त्री साहित्याचार्य

मोतीलाल बनारसीदास

दिल्ली • मुम्बई • चेन्नई • कोलकाता
बंगालूरू • वाराणसी • पटना

ग्यारहवां संस्करण: ***2015***
अष्टम् संस्करण: दिल्ली, 1977

© मोतीलाल बनारसीदास

ISBN: 978-81-208-2213-9 (सजिल्द)
ISBN: 978-81-208-2214-6 (अजिल्द)

मोतीलाल बनारसीदास

41 यू.ए. बंग्लो रोड, जवाहर नगर, दिल्ली 110 007
236, नाइंथ मेन, III ब्लॉक, जयनगर, बंगलूरू 560 011
8 महालक्ष्मी चैम्बर, 22, भुलाभाई देसाई रोड, मुम्बई 400 026
203 रायपेट्टा हाई रोड, मैलापोर, चेन्नई 600 004
8 कैमेक स्ट्रीट, कोलकाता 700 017
अशोक राजपथ, पटना 800 004
चौक, वाराणसी 221 001

आर.पी. जैन के द्वारा एन ए बी प्रिंटिंग यूनिट,
ए-44, नारायणा, फेज़-1, नई दिल्ली 110 028 में मुद्रित
एवं जे.पी. जैन द्वारा मोतीलाल बनारसीदास
41 यू.ए., बंगलो रोड, जवाहर नगर, दिल्ली-110 007, के लिए प्रकाशित

प्राक्कथन

यों तो सभी वाङ्मय माननीय हैं। सभी के अपने विशिष्ट गुण हैं। सभी ने अपने उपकार से मानव-समाज को ही नहीं किन्तु अन्य प्राणियों को भी स्वस्थ, सुखी तथा अन्धकार से न्यूनाधिक दूर उठाया है। पर संस्कृत की ओर ध्यान जाने पर तो बरबस मन-मयूर प्रफुल्ल हो नृत्य करने लगता है। ऐसी भावना जागरित हो उठती है कि मानो आनन्द-सरिता में प्रवाहित हो रहा हूँ। यह निश्चय प्रादुर्भूत होता है कि उत्कृष्ट मनुष्य जीवन का सर्वस्व प्राप्तव्य अब यहीं मिलेगा, यह संकेत मिलता है कि अब इधर-उधर भटकने की आवश्यकता नहीं, यहाँ तो शाश्वत शान्ति भी पाई जा सकती है। सचमुच 'अध्यात्मविद्या विद्यानाम्' इस स्तुति का सत्य अनुभव इसी के अन्तस्तल में सुनिहित है। दूसरे तो प्रपञ्च के झंझावात में जीवन को छोड़कर न जाने किधर लिये जा रहे हैं। यह मार्ग भी बुद्ध के मत में सतत नीचे गिरनेवाली भूमि के आकाश के समान अनन्त है।

अस्तु, उस वाङ्मय का सुन्दर गोपुर महर्षि पाणिनि का, जो तक्षशिला पंचनद के रत्न थे, तपःफल व्याकरण है। कठिन और दुरूह शब्दस्तोम में प्रवेश करने की यह अनुपम कुञ्जिका है। उसके वस्तुतः अधिगत होने पर संस्कृत के शब्द-विश्व के ऊपर सदातन अप्रकंपनीय वह आधिपत्य स्थापित हो जाता है जो कभी भगाया नहीं जा सकता।

उसकी प्रथम पुस्तक लघुकौमुदी है। उसको विद्वन्मान्य वरदराज ने, जो महापण्डित भट्टोजिदीक्षित के शिष्य थे, बनाया है। उनका एक व्याकरण ग्रंथ मध्यकौमुदी भी है। लघुकौमुदी का परिमाण ३२ बत्तीस अक्षर के छन्द अनुष्टुप् की संख्या से १५०० है। अमरकोश और रघुवंश भी संख्या में इतने ही हैं। यह आभाणक सत्य है कि तीन पन्द्रह पण्डित। ये तीनों ग्रन्थ अच्छे ढंग से सुचारु रूप से बालक को प्रथम अवस्था में पढ़ा दिये जायं तो वह अवश्य अच्छा व्युत्पन्न हो जायगा, उसका सर्वत्र अविहत संचार होने लगेगा। आजकल परीक्षाओं की अव्यवस्था से जो दुर्बोधता जीवनव्यापिनी होकर विद्वत्समाज का कूलंकष हो रही है, वह मिट जायगी। अभिप्राय यह कि लघुकौमुदी व्याकरण की अत्युत्तम पुस्तक है। अपेक्षित सभी विषयों का इसमें सुन्दर सन्निवेश है। यद्यपि अध्ययन के सौकर्य के लिये सिद्धान्तकौमुदी

में अष्टाध्यायी का क्रम अधिक अंशों में विद्वान् निर्माता ने परिवर्त्तित किया, परन्तु इस 'लघुकौमुदी' में सिद्धान्तकौमुदी के प्रकरणों के क्रम में परिवर्तन करके असुविधायें और भी दूर की गई हैं। सुबन्त, तिङन्त और कृदन्त के अनन्तर कारक, समास, तद्धित तथा स्त्रीप्रत्यय को रखना अत्यन्त उपयुक्त है। इनमें पूर्व प्रकरणों का ज्ञान अत्यन्त अपेक्षणीय है। अतः इसकी महनीयता और वृद्धिंगत हुई है।

इसके ऊपर एक सुन्दर, सरल, प्रामाणिक और सुबोध हिन्दी व्याख्या की अपेक्षा थी। हिन्दी भी शुद्ध और वर्तमानकालिक चाहिये थी। प्रयोगों की साधनप्रक्रिया, शब्दों और धातुओं के आकांक्षित रूप सुव्यवस्था के अनुसार टीका तथा टिप्पणी में प्रदर्शित किये गये हों। पुस्तक की छपाई, कागज और मुखपत्र आकर्षक रहे तो क्या ही शोभा हो। तब तो बालक–बालिकायें और अन्य पुण्य-जीवन अनुरागी सज्जन अधिक संख्या में इसके पठन-पाठन में प्रवृत्त हों।

हर्ष होता है निवेदन करते हुये कि काशी हिन्दू-विश्वविद्यालय के स्नातकरत्न, शास्त्राचार्य, कुशाग्रधिषण पं० श्रीधरानन्द शास्त्री ने जिनके साथ मेरा भी अध्ययन के समय का अल्पसामयिक सम्बन्ध नहीं था, उपर्युक्त चिरवांछित गुणों से भी अधिक सम्पन्न सुसज्जित सुन्दर स्वकृत हिन्दी व्याख्या से विभूषित इस ग्रन्थरत्न लघुकौमुदी को लाहौर नगर से संमुद्रण कर उत्साही प्रेमी सज्जनों को सुलभ कर दिया है। यह संस्कृत के व्याकरण, साहित्यादि के मार्मिक, गम्भीर समालोचक तथा नूतन विषयों के सफल गवेषक मनीषी होते हुए भी हिन्दी के आदरणीय विद्वान् हैं। आपका रचित ग्रन्थ पञ्जाब विश्वविद्यालय की सर्वोच्च हिन्दी-परीक्षा 'प्रभाकर' में पाठ्यरूप से प्रचलित हो रहा है। आपकी यह व्याख्या मैंने देखी है। मुझे यह दृढ़ निश्चय है कि इस सम्भावनीय व्याख्या का विद्वान् आदर करेंगे और पढ़ने-पढ़ानेवालों की सानुराग प्रवृत्ति की अत्यधिक वृद्धि में इससे आश्रय प्राप्त होगा।

कवितार्किक–चक्रवर्ती

महादेवपाण्डेयः

अध्यक्ष- साहित्य-विभाग

५ जून १९४६ हिन्दूविश्वविद्यालय, वाराणसी।

निवेदन

लघुकौमुदी की इस हिन्दी व्याख्या को प्रारम्भ किये आज लगभग एक दशाब्दी बीत गई है। इस बीच संसार की परिस्थिति में बहुत कुछ परिवर्तन हो गया। मेरे अपने वैयक्तिक और कौटुम्बिक जीवन में भी बहुत कुछ हुआ, प्रिय अनुज गंगाधर, ग्रन्थ के प्रारम्भ में जिसके जीवित रहने का उल्लेख हुआ था, वह समाप्ति पर नामशेष रह गया। दैवी दुर्घटनायें यद्यपि समय पाकर सह्य हो जाती हैं, पर हृदय पर एक अमिट छाप छोड़ ही देती हैं। अस्तु।

साधारण हिन्दी जाननेवाला व्यक्ति भी सरलता से हिन्दी भाषा सीख सके–इस उद्देश्य से संस्कृत भाषा की प्रवेशिका विद्वद्वर-वरदराज-विरचित लघुकौमुदी को हिन्दी रूप देने का विचार मेरे हृदय में चिरकाल से था। श्री मोतीलाल बनारसीदास संस्कृत पुस्तकालय, सैदमिट्ठा बाजार, लाहौर, के अध्यक्ष श्रीलाला सुन्दरलाल जी ने जब इस कार्य को पूर्ण करने का मुझसे अनुरोध किया, तो मैंने अपने विचार को कार्यरूप में परिणत करने का सुयोग पाकर इसे सहर्ष स्वीकार कर लिया।

हिन्दी अनुवाद लिखा जाने और साथ ही छपने भी लगा। इसी समय के मध्य संसारव्यापी भीषण-संहारकारी युद्ध छिड़ गया, उसका प्रभाव परम्परया जीवन के सभी क्षेत्रों और विचारों पर पड़ा–इसका अनुभव किसे नहीं हुआ। महार्घता (मँहगी) सर्वत्र फैल गई। प्रतिदिन की आवश्यकता की वस्तुओं की प्राप्ति कठिन ही नहीं, असंभव होगई। कागज की भी यही दशा हुई। वह भी न केवल महार्घ (मँहगा) ही हुआ, अपि तु दुष्प्राप्य हो गया। कागज के कारण विवश हो पुस्तक की छपाई बन्द करनी पड़ी।

दो वर्ष पूर्व इसका अदादिगण तक का अंश जो पहले छप चुका था—पहले भाग के रूप में प्रकाशित कर दिया। ऐसा दो बातों को ध्यान में रखकर किया गया। पहली बात यह थी कि विद्यार्थी छपे हुए भाग से लाभ उठावें। दूसरी बात यह थी कि इस प्रकार हमें इसकी उपयोगिता का मूल्य मालूम हो सके। हमें यह सूचित करते हुए बहुत हर्ष हो रहा है कि इस भाग को विद्यार्थी

और विद्वान् दोनों ने बहुत पसन्द किया तथा द्वितीय भाग को शीघ्र प्रकाशित करने के लिये प्रबल अनुरोध भी प्रदर्शित किया गया।

छः वर्ष तक भीषण धनजनसंहारकर युद्ध हम सब के सौभाग्य से गत वर्ष समाप्त हो गया। युद्ध की घोर घटायें हट गईं, पर उसका प्रभाव तो अभी दूर नहीं हुआ। कागज यथापूर्व दुष्प्राप्य ही है। फिर भी सौभाग्य से द्वितीय भाग छप कर यह पुस्तक पूर्ण होगई। इस समस्त पुस्तक को पाठकों के हाथों पहुँचाते हुए हम अपने को भारमुक्त समझ रहे हैं।

प्राज्ञतोषिणी नाम की इस हिन्दी टीका के निर्माण का उद्देश्य प्रारम्भ में निवेदन किया जा चुका है। इसकी कुछ विशेषतायें ये हैं।

१ यह अत्यन्त सरल बनाई गई है। कठिन से कठिन स्थल का आशय सरलता से प्रकट किया है। इसका अनुभव टीका के परिशीलन से स्वयं हो जायगा।

२ मूल का शब्दार्थ पहले अलग दिखाया गया है। पुनः उसका आशय पृथक् विशेष विवरण के द्वारा स्पष्ट किया गया है।

३ सूत्रों का शब्दार्थ पहले पृथक् देकर, विवरण द्वारा उसे स्पष्ट कर दिया है और उदाहरणों में पूर्णतया उसका समन्वय कर दिया गया है।

४ प्रत्येक प्रयोग की सिद्धि का पूर्ण प्रकार दिखाया गया है। किस सूत्र से क्या कार्य होता है इसे प्रयोग में स्पष्ट किया गया है।

५ सूत्र और वार्तिकों के ऊपर उनके विधेय को स्पष्ट करनेवाले शीर्षक लगा दिये हैं। अतएव शीर्षक के द्वारा ही यह मालूम हो जाता है कि सूत्र या वार्तिक क्या कार्य करता है।

६ सूत्र के अर्थ को स्पष्ट करने के लिये उसके ऊपर विभक्तियों के सूचक अंक लगा दिये हैं। अव्यय के लिये वक्र रेखा चिह्नवाली रखी गई है। ऐसा सुबन्त प्रकरण तक ही किया है, क्योंकि तब विभक्तियों का ज्ञान हो जाता है।

७ विसर्गसन्धि में एक बहुत उपयोगी चक्र (चार्ट) दिया गया है— जिसके अनुशीलन से विसर्गसन्धि सम्बन्धी पूर्णज्ञान होजाता है, फिर यह संदेह नहीं रह जाता कि कहाँ विसर्ग रखे जाँय, कहाँ उनका लोप किया जाय, कहाँ ओ किया जाय, कहाँ श, त, स किये जायँ औरकहाँ उन्हें रेफ किया जाय।

इसी प्रकार और भी बहुत से उपयोगी चक्र दिये गये हैं, जो ग्रन्थ में यथास्थान मिलेंगे ।

८ षड्लिङ्ग में प्रायः प्रत्येक शब्द के सभी विभक्तियों के रूप दिये गये हैं ।

९ तिङन्त प्रकरण के प्रारम्भ में क्रिया के सम्बन्ध में अवश्यज्ञातव्य विषयों का सविस्तर निरूपण किया गया है । जैसे सकर्मक, अकर्मक, फल, व्यापार, कर्ता, कर्म, काल, अनद्यतन, परस्मैपद, आत्मनेपद, और वाच्य इत्यादियों की परिभाषा के द्वारा सुविशद विनेचन उदाहरण देते हुए किया गया है ।

१० धातुओं के सभी लकारों के पूर्ण रूप दिखाये हैं ।

११ धातुओं के अनुबन्धों का फल चक्र के द्वारा स्पष्ट किया गया है ।

१२ धातुओं के सेट् और अनिट्, लिट् का क्रयादिनियम तथा थल् का भारद्वाजनियम बहुत स्पष्ट किया गया है ।

१३ लुङ् लकार में वृद्धि का रहस्य सुस्पष्ट किया गया है ।

१४ उपसर्गों के योग से धातुओं के अर्थ में जो अन्तर पड़ता है वह सर्वत्र दिखाया गया है, प्रयोग के लिये उनका बहुत उपयोग है ।

१५ आत्मनेपद और परस्मैपद प्रक्रियाओं में अशुद्धिसंशोधन का प्रकार दिखाया गया है ।

१६ विभक्त्यर्थ प्रकरण यद्यपि यहाँ अल्प है तथापि व्यवहारोपयोगी होने से चक्र के द्वारा इन बात को समझाया गया है कि कौन विभक्ति किस किस अर्थ में आती है ।

१७ समास और तद्धित प्रकरण में प्रयोगसिद्धि की प्रक्रिया पूर्ण दिखाई गई है ।

१८ परिशिष्ट के रूप में उपयोगी होने के कारण सूत्र, वार्तिक और धातुओं की अकारादिक्रम से सूची दे दी है ।

इस व्याख्या का संशोधन महामहोपाध्याय पण्डित **परमेश्वरानन्द** जी शास्त्री-प्रिंसिपल-दीवानकृष्णकिशोर सनातन धर्म संस्कृत कालेज लाहौर, ने किया है । वे मेरे गुरु हैं, अतः उत्तराधिकार रूप में मुझे उनसे संशोधन कार्य लेने का अधिकार प्राप्त है । धन्यवाद प्रकट करने में उनके इस महान् कार्य की महत्ता को कम नहीं करना चाहता ।

इसका प्राक्कथन काशी-विश्वविद्यालय के साहित्य-विभाग के प्रधान अध्यापक काशी के प्रख्यात पण्डित कवितार्किक-चक्रवर्ती श्री महादेव शास्त्रीजी ने लिखा है। वे मेरे सदा शुभचिन्तक सुहृद् होने के साथ ही गुरुकल्प भी हैं। अध्ययनकाल में काशी में रहते हुए मैंने उनसे स्वतन्त्र रूप से बहुत कुछ सीखा अब भी समय-समय पर वे मुझे सदा सत्परामर्श देते रहते हैं। उनका मैं चिर-कृतज्ञ हूँ।

अपने शिष्यप्रवर और प्रियसुहृद विद्याभास्कर श्रीलक्ष्मीनारायण शास्त्री प्रभाकर का अभिनन्दन करना भी मैं अत्यावश्यक समझता हूँ। इस पुस्तक के शुद्ध मुद्रण के लिये उन्होंने प्रूफों को बहुत सावधानी और परिश्रम से पढ़ा है।

अन्त में मैं गुणग्राही विद्वत्समाज की सेवा में अनुरोधपूर्वक प्रार्थना करता हूँ कि वे अपने सत्परामर्श भेजकर मुझे अनुगृहीत करें ताकि यह पुस्तक भविष्य के संस्करण में और उपयोगी बन सके।

—:*:—

मोहन निवास, सत्यपाल रोड,
सन्त नगर, लाहौर।
व्यास-पूर्णिमा २००२

विद्वज्जनानुचर—
श्रीधरानन्द घिल्डियाल

विषय-सूची

विषयाः	पृष्ठांकाः
पूर्वार्धम्	**१–३६६**
संज्ञाप्रकरणम्	१
सन्धिप्रकरणे	२६–११३
अच्सन्धिः	२६
हल्सन्धिः	७१
विसर्गसन्धिः	१००
सुबन्ते	११४–३५६
अजन्तपुंल्लिङ्गम्	११४
अजन्तस्त्रीलिङ्गम्	२०३
अजन्तनपुंसकलिङ्गम्	२२३
हलन्तपुंल्लिङ्गम्	२४१
हलन्तस्त्रीलिङ्गम्	३३४
हलन्तनपुंसकलिङ्गम्	३४४
अव्ययानि	३५७
उत्तरार्धम्	**३६७–१०४१**
तिङन्ते	३६७–३७२
भ्वादयः	३६७
अदादयः	५१०
जुहोत्यादयः	५५७
दिवादयः	५८१
स्वादयः	५९९
तुदादयः	६०८
रुधादयः	६४१
तनादयः	६५७
क्र्यादयः	६६५
चुरादयः	६७८
ण्यन्तप्रक्रिया	६८३
सन्नन्तप्रक्रिया	६३३
यङन्तप्रक्रिया	६६१
यङ्लुक्प्रक्रिया	६९५
नामधातुप्रक्रिया	७००
कण्ड्वादयः	७०८
आत्मनेपदप्रक्रिया	७०९
परस्मैपदप्रक्रिया	७१६
भावकर्मप्रक्रिया	७१८
कर्मकर्तृप्रक्रिया	७३०
लकारार्थप्रक्रिया	७३२
कृदन्तप्रकरणे	३६–८००
कृत्यप्रक्रिया	७३६
पूर्वकृदन्तम्	७४४
उणादयः	७७६
उत्तरकृदन्तम्	७७८
विभक्त्यर्थप्रकरणम्	८०१–८१५
समासप्रकरणे	८१६–८८४
केवलसमासः	८१६
अव्ययीभावः	८२२
तत्पुरुषः	८३३
बहुव्रीहिः	८६३
द्वन्द्वः	८७५
समासान्ताः	८८२
तद्धितप्रकरणे	८८५–९४२
साधारणप्रत्ययाः	८८५
अपत्यार्थाः	८९०
रक्ताद्यर्थकाः	९०५
चातुरर्थिकाः	९१७

विषयसूची

विपयाः	पृष्ठांकाः
शैषिकाः	९२२
प्राग्दीव्यतीयाः	९४४
ठगधिकारः	९४८
यदधिकारः	९५४
छयदधिकारः	९५८
ठञधिकारः	९६२
भावकर्मार्थाः	९६७
भवनाद्यर्थकाः	९७३
मत्वर्थीयाः	९८४

विषयाः	पृष्ठांकाः
प्राग्दिशीयाः	९९३
प्रागिवीयाः	१००२
स्वार्थिकाः	१०१४
स्त्रीप्रत्ययप्रकरणम्	१०२३
टीकाकर्तुः परिचयः	१०५२
सूत्रसूची	१०५३
वार्तिकसूची	१०७५
धातुसूची	१०७८
शुद्धिपत्रम्	१०७८

———

ॐ

हिन्दीटीकासमेता

विद्वद्वरवरदराजविरचिता

लघुसिद्धान्तकौमुदी

संज्ञाप्रकरणम्

(मङ्गलाचरणम्)

नत्वा[1] सरस्वतीं देवीं शुद्धां गुण्यां करोम्यहम् ।
पाणिनीयप्रवेशाय लघुसिद्धान्तकौमुदीम् ॥

१—सुगमता के लिए यहाँ प्राचीन शैली के अनुसार इस पद्य का पदच्छेद, अन्वयादि लिखे जाते हैं—

पदच्छेदः—नत्वा–अव्ययपदम् । सरस्वतीम्, देवीम्, शुद्धाम्, गुण्याम्,–इमानि चत्वारि पदानि द्वितीयान्तानि । 'करोमि'–क्रियापदम् । अहम्–प्रथमान्तम् (कर्तृपदम्) । पाणिनीयप्रवेशाय–चतुर्थ्यन्तम् । लघुसिद्धान्तकौमुदीम्—द्वितीयान्तम् (कर्म) ।

अन्वयः—अहं शुद्धां गुण्यां सरस्वतीं देवीं नत्वा पाणिनीयप्रवेशाय लघुसिद्धान्तकौमुदीं करोमि ।

इसमें 'अहम्' कर्तृपद है और 'करोमि' क्रियापद (प्रधान) । 'नत्वा' गौण क्रिया । 'सरस्वतीम्' गौण क्रिया का कर्म है । 'शुद्धाम्' 'गुण्याम्' और 'देवीम्' ये सरस्वती के विशेषण हैं । 'लघुसिद्धान्तकौमुदीम्' यह 'करोमि' इस प्रधान क्रिया का कर्म है । 'पाणिनीयप्रवेशाय' में प्रयोजन बताया गया है ।

प्राज्ञतोषिणी हिन्दीटीका

[1]**सदानन्दस्य** जननी **श्रीगङ्गाधर**संस्तुता ।
जीवानन्दव्रता देवी जयतीह **सरस्वती** ॥
[2]पुर्यां **प्रमथनाथस्य ध्रुवानन्द**स्वरूपिणः ।
गुरोः **कालीप्रसादाद्धि** विद्यां प्राप्तवता तथा ॥

शुद्धाम्—पवित्राम् । गुण्याम्—प्रशस्तगुणयुक्ताम् । पाणिनिना प्रोक्तं पाणिनीयम्, तस्मिन् प्रवेशाय । सिद्धः अन्तो येषां ते सिद्धान्ताः, सिद्धान्तानां कौमुदीव कौमुदी सिद्धान्तकौमुदी, चन्द्रिकावद् वैयाकरणसिद्धान्तानां प्रकाशिकेत्यर्थः । लघ्वी चासौ सिद्धान्तकौमुदी चेति लघुसिद्धान्तकौमुदी, ताम् ।

१—इस पद्य में 'सरस्वती' पद से विद्या की अधिष्ठात्री देवी के साथ अपनी पूजनीया स्वर्गीया माता जी का भी निर्देश किया गया है । 'इह' पद से 'इस टीका के निर्माण कार्य में' और 'इस संसार में' ये दोनों अर्थ अपेक्षित हैं । इस संसार में मुझे जन्म देने तथा उचित शिक्षा देने का श्रेय मेरी माता जी को है—इस अभिप्राय से कहा गया है । 'सदानन्द' पद से स्वर्गीय पूज्य अग्रज 'रसतरङ्गिणी' आदि प्रसिद्ध ग्रन्थों के निर्माता सुविख्यात प्राणाचार्य **'सदानन्द'** जी का भी स्मरण किया है । 'श्रीगङ्गाधरसंस्तुता' में 'धर' का 'श्री' के साथ भी अन्वय है । अतः श्रीधर और गङ्गाधर दोनों लिए जायँगे । वाग्देवी के पक्ष में इन दोनों पदों का क्रमशः विष्णु और शिव अर्थ है और साथ ही **श्रीधर** से प्रकृत टीकाकार का (अपना) और **गङ्गाधर** से अपने छोटे भाई का भी निर्देश है (शोक है कि प्रिय अनुज गङ्गाधर १२ अगस्त १९४२ को इस संसार से विदा ले चुका है) । **'जीवानन्द'** पद से पूज्य पिता जी का भी परामर्श किया गया है । २—प्रमथनाथ (शिव) की पुरी काशी तथा संस्कृत कालेज हिन्दू विश्वविद्यालय में मेरे अध्ययन समय के प्रिंसिपल पूज्य पण्डितवर महामहोपाध्याय **प्रमथनाथ** भट्टाचार्य तर्कभूषण जी का तथा 'ध्रुवानन्दस्वरूपिणः' से हिन्दू विश्वविद्यालय के प्रो० वाइस चान्सलर भारतप्रसिद्ध दार्शनिक-शिरोमणि **आनन्दशङ्कर बापू भाई ध्रुव** जी का भी स्मरण किया गया है । 'गुरोः कालीप्रसादात्' से इष्टदेवी आद्याशक्ति की कृपा

साक्षाद् गुरुं गिरिधरं बालकृष्णमतिप्रियम्।
समासाद्य कृतार्थेन विद्वच्चरणरेणुना ॥
गढवालप्रदेशीय—खोलाग्रामनिवासिना ।
घिल्डियाल-कुलीनेन श्रीधरानन्दशर्मणा ॥
लघुसिद्धान्तकौमुद्या व्याख्येयं टिप्पणीयुता ।
बालानां सुखबोधाय क्रियते राष्ट्रभाषया ॥

नत्वा इति। मैं वरदराज; शुद्ध और उत्तमगुणवाली सरस्वती देवी को प्रणाम करके पाणिनि मुनि के बनाए हुए व्याकरण शास्त्र में (व्याकरण जिज्ञासु छात्रों के) प्रवेश के लिए 'लघुसिद्धान्तकौमुदी' बनाता हूँ।

ग्रन्थकार वरदराज ने 'समाप्तिकामो मङ्गलमाचरेत्' इत्यादि शिष्टाचार के अनुसार ग्रन्थ की निर्विघ्न परिसमाप्ति के उद्देश्य से ग्रन्थ के प्रारम्भ में विद्या की अधिष्ठात्री देवी भगवती सरस्वती को नमस्कार के द्वारा मङ्गलाचरण किया है। यद्यपि ग्रन्थ में समावेश किए विना भी ग्रन्थरचना के पूर्व श्लोक आदि के उच्चारण करने मात्र से मङ्गलाचरण का कार्य सिद्ध हो सकता है तथापि—इस शिष्टाचार का पालन शिष्यलोग भी करते रहें—इस उद्देश्य से मङ्गलाचरण को ग्रन्थ के आरम्भ में जोड़ दिया गया है। ऐसा ही सभी अन्य ग्रन्थकारों ने भी किया है और करते हैं। अन्यथा यह प्रणाली लुप्त हो गई होती।

विद्वानों के 'प्रयोजनमनुद्दिश्य न मन्दोऽपि प्रवर्तते' इस वचन के अनुसार विना प्रयोजन बताये इस ग्रन्थ के अध्ययन आदि में किसी भी बुद्धिमान् को प्रवृत्ति नहीं होगी और इस प्रकार ग्रन्थरचना का प्रयास निरर्थक हो जायगा—

के साथ हिन्दू विश्वविद्यालय में ओरियन्टल कालेज के व्याकरण विभाग के अध्यक्ष तथा वाइस प्रिंसिपल परम पूजनीय गुरुवर्य **पं० कालीप्रसाद मिश्र जी** व्याकरणाचार्य का स्मरण किया गया है। १—इस पद्य में व्यङ्ग्यभङ्गी से वेदान्त और साहित्य के गुरु परमपूजनीय महामहोपाध्याय सर्वतन्त्र-स्वतन्त्र पण्डितप्रवर **बालकृष्ण मिश्र** जो प्रिंसिपल ओरियण्टल कालेज हिन्दू विश्वविद्यालय काशी को तथा 'गिरिधर' पद से सनातनधर्म संस्कृत कालेज लाहौर के तथा महाराजा संस्कृत कालेज जयपुर के भूतपूर्व प्रिन्सिपल महामहोपाध्याय **गिरिधर शर्मा** चतुर्वेद जी का भी स्मरण किया गया है।

(अक्षरसमाम्नायः)

अइउण् १ । ऋलृक् २ । एओङ् ३ । ऐऔच् ४ । हयवरट् ५ । लण् ६ । ञमङणनम् ७ । झभञ् ८ । घढधष् ९ । जबगडदश् १० । खफछठथचटतव् ११ । कपय् १२ । शषसर् १३ । हल् १४ ।

(अक्षरसमाम्नायप्राप्तिहेतुफलयोः प्रदर्शनम्)

इति माहेश्वराणि[1] सूत्राण्यणादिसंज्ञार्थानि[2] ।

ऐसाविचार कर ग्रन्थकार ने मङ्गलाचरण के साथ ही 'पाणिनीयप्रवेशाय' इस पद के द्वारा इस ग्रन्थ का प्रयोजन भी बता दिया है। पाणिनि मुनि के व्याकरण शास्त्र में प्रवेश पाने के लिए इस ग्रन्थ की रचना हुई है अर्थात् पाणिनीय व्याकरण में प्रवेश इस ग्रन्थ का प्रयोजन है। पाणिनीय व्याकरण बहुत विस्तृत और गम्भीर है। उसमें एकदम प्रवेश पा जाना असम्भव तो

---

१ महेश्वरादागतानीति विग्रहः। आगतानि प्राप्तानीत्यर्थः। 'तत आगतः इस सूत्र से अण् प्रत्यय हुआ। इस बात को नन्दिकेश्वर की कारिकाओं में कहा गया है—

नृत्तावसाने नटराजराजो ननाद ढक्कां नवपञ्चवारम्।
उद्धर्तुकामः सनकादिसिद्धानेतद्विमर्शे शिवसूत्रजालम्।' इति

पाणिनिशिक्षा में भी कहा गया है—

'येनाक्षरसमाम्नायमधिगम्य महेश्वरात्।
कृत्स्नं व्याकरणं प्रोक्तं तस्मै पाणिनये नमः॥' इति

अर्थात् जिसने महेश्वर से अक्षर समाम्नाय प्राप्तकर सम्पूर्ण व्याकरण शास्त्र का प्रवचन किया है, उस पाणिनि को नमस्कार है।

'अ इ उ ण्' आदि चौदह सूत्रों को अक्षर समाम्नाय कहते हैं। वर्ण समाम्नाय भी इन्हें ही कहते हैं।

२ अण् आदिर्यासां ता अणादयः, अणादयश्च ताः संज्ञा अणादिसंज्ञाः, ताः अर्थः प्रयोजनं येषां तानि अणादिसंज्ञार्थानि।

(वर्णसमाम्नायसूत्रस्थन्त्यावर्णानामित्संज्ञकत्वप्रतिज्ञा)

एषामन्त्या इतः ।

नहीं पर अत्यन्त कठिन अवश्य है । अतः प्रखर बुद्धिवाले तथा कोमल मति-वाले सभी को पाणिनीय व्याकरण के ज्ञान को प्राप्त करने के लिये पहले इसे पढ़ना चाहिये ।

यह 'लघुसिद्धान्तकौमुदी' पाणिनीय व्याकरण की 'प्रवेशिका' है । 'भट्टोजिदीक्षित' की सिद्धान्तकौमुदी को ही संक्षिप्त कर उनके शिष्य वरदराज ने इसे बनाया है ।

इतीति । ये महेश्वर की कृपा से प्राप्त सूत्र 'अण्' आदि संज्ञाओं की सिद्धि के लिये हैं ।

ये चौदह सूत्र भगवान् शङ्कर की कृपा से पाणिनि मुनि को प्राप्त हुए हैं । इनके आधार पर ही पाणिनि ने केवल ३९७८ सूत्रों में सम्पूर्ण व्याकरण शास्त्र का निर्माण किया है । शास्त्र में लाघव लाने में मुख्य हेतु अण् आदि प्रत्याहार[१] हैं । इनकी सिद्धि के लिये एक तो [२]अनुबन्धों-ण् आदि-का जोड़ना और दूसरा वर्णों के प्रचलित क्रम में परिवर्तन करना आवश्यक था । ये दोनों बातें विना वर्णों का उपदेश किये हो नहीं सकती थी । इसलिये लौकिक वर्णमाला के रहते हुए भी उस से भिन्न इस वर्णसमाम्नाय का उपदेश किया गया है । अण् आदि प्रत्याहारों की सिद्धि 'आदिरन्त्येन सहेता' १ । १ । ७१ । इस आगे आनेवाले-सूत्र से होती है ।

एषामिति । इन चौदह सूत्रों के अन्त के वर्ण—ण् , क् , ङ् , च् , ट् , ण् , म् , ञ् , ष् , श् , व् , य् , र् , ल्—ये चौदह इत्संज्ञावाले हैं ।

---

१ 'प्रत्याह्रियन्ते संक्षिप्यन्ते वर्णा यत्र स प्रत्याहारः' इस व्युत्पत्ति के अनुसार जिस में संक्षेप किया जाय उसे प्रत्याहार कहते हैं वह संक्षेप न केवल वर्णों का, अपि तु अन्य का भी होता है । अतएव आगे सुप् तिङ् आदि भी प्रत्याहार आयेंगे ।

२ 'इत्संज्ञकत्वम्, इत्संज्ञायोग्यत्वम् , या अनुबन्धत्वम्' इस परिभाषा के अनुसार इत्संज्ञा जिनकी होती है अथवा जो इत्संज्ञा के योग्य हैं, उन्हें अनुबन्ध कहा जाता है ।

(हकारादिव्यञ्जनस्थाकारप्रयोजनम्)

हकारादिष्वकार उच्चारणार्थः।

(लण्प्रत्याहारस्थस्य अकारस्य इत्संज्ञकत्वप्रतिज्ञा)

लण्मध्ये त्वित्संज्ञकः।

(इत्संज्ञासूत्रम्)

१ 'हलन्त्यम्' १ । १ । ३ ॥ ❁

यह केवल सूचना मात्र है। इत्संज्ञा होगी तो 'हलन्त्यम्' १ । ३ । ३ ।, सूत्र के ही द्वारा।

इनको अनुबन्ध भी कहते हैं। इनको छोड़ने के लिये ही 'वर्ण-समाम्नाय' का उपदेश किया गया है। इन अनुबन्धों से ही प्रत्याहारों की सिद्धि होती है। प्रत्याहार आगे बताये जायँगे।

हकारादीति। हकार आदि वर्णों में अकार उच्चारण के लिये है।

'हयवरट्' के हकार से लेकर आगे के सभी वर्णों में अकार भी जुड़ा हुआ है। उसका प्रयोजन केवल इतना है कि उनका (हकारादियों का) उच्चारण हो सके। हकारादि व्यञ्जन हैं और व्यञ्जन का उच्चारण विना स्वर की सहायता के नहीं हो सकता। भाष्य में कहा है—'न पुनरन्तरेणाचं व्यञ्जनस्योच्चारणमपि संभवति' इति। अतः उनके उच्चारण के लिये स्वर का संयोग अवश्यक था, स्वरों में सर्व प्रथम होने से अकार को ही जोड़ दिया गया।

लणिति। किं तु 'लण्' सूत्र में लकारोत्तरवर्ती अकार इत्संज्ञक है।

इसका प्रयोजन केवल लकार व्यञ्जन के उच्चारण में सहायता देना नहीं, बल्कि कुछ और भी है जो कि इत्संज्ञा होने से ही सिद्ध हो सकता है। वह

---

१ 'संज्ञा च परिभाषा च विधिर्नियम एव च। अतिदेशोऽधिकारश्च षड्विधं सूत्रमुच्यते' अर्थात् संज्ञा, परिभाषा, विधि, नियम, अतिदेश और अधिकार—इस प्रकार सूत्र ६ प्रकार के हैं।

❁ सूत्रों के ऊपर दिये गये अङ्क पदों की विभक्तियों के सूचक हैं। अव्यय के लिये ˘ यह चिह्न दिया गया है।

उपदेशेऽन्त्यं हलित्स्यात्।

(उपदेशलक्षणम्)

उपदेश आद्योच्चारणम्।

(अनुवृत्तिप्रकारप्रदर्शनम्)

सूत्रेष्वदृष्टं पदं सूत्रान्तरादनुवर्त्तनीयं सर्वत्र।

प्रयोजन है 'र' प्रत्याहार का सिद्ध होना। र प्रत्याहार की सिद्धि और प्रयोजन दोनों आगे आयँगे।

हलन्त्यम् इति—उपदेश अवस्था में अन्त में होनेवाला व्यञ्जन इत् होता है। अर्थात्—उपदेश अवस्था में जो अन्त्य हल् उसकी इत्संज्ञा होती है।

यह संज्ञासूत्र है। 'इत्' संज्ञा करता है। 'हल्' प्रत्याहार है, इसमें सभी व्यञ्जन आ जाते हैं। इसकी सिद्धि का प्रकार 'आदिरन्त्येन सहेता' सूत्र में बताया जायगा।

उपदेश इति—(आद्योच्चारणम्) आद्य–प्रथम–उच्चारण को अर्थात् व्याकरण शास्त्र के प्रथम आचार्य पाणिनि आदि के उच्चारण को उपदेश कहते हैं।

प्रकृत में आदि उच्चारण पाणिनि, कात्यायन और पतञ्जलि मुनियों का-जो इस व्याकरण के आदि आचार्य हैं–ही लेना चाहिये। उनका प्रथम उच्चारण निम्नलिखित पद्य में बताया गया है—

धातु–सूत्र–गणोणादि–वाक्य–लिङ्गानुशासनम्।
आगम-प्रत्ययादेशा उपदेशाः प्रकीर्त्तिताः॥

धातु, सूत्र, गण, उणादि और लिङ्गानुशासन तथा आगम, प्रत्यय और आदेश इनको उपदेश कहते हैं। यही पूर्वोक्त मान्य व्याकरणाचार्यों का आद्य उच्चारण है। इनकी कल्पना सर्वप्रथम इन्होंने ही की है। धातुपाठ, सूत्रपाठ–अष्टाध्यायी, गण पाठ, उणादि पाठ और लिङ्गानुशासन–ये पाँच मिलकर व्याकरण कहे जाते हैं। ये पाँचों पाणिनि मुनि के बनाये हुए हैं। अतः सूत्रार्थ के अनुसार इनमें जो अन्त्य व्यञ्जन 'हल्' होगा उसकी इत्संज्ञा होगी।

सूत्रेष्विति—सूत्रों में जो पद न दिखाई दे उसे दूसरे सूत्रों से ले आना चाहिये सभी सूत्रों में।

(लोपसंज्ञासूत्रम्)

२ 'अदर्शनं लोपः'[1] । १ । १ । ६० ॥

प्रसक्तस्यादर्शनं लोपसंज्ञं स्यात् ।

(लोपविधायकसूत्रम्)

३ तस्य[2] लोपः' । १ । ३ । ९ ॥

तस्येतो लोपः[3] स्यात् ।

वृत्तिकार ने इसके द्वारा सूत्रों के अर्थ के ज्ञान का प्रकार बताया है । प्रत्येक सूत्र में उन्हीं शब्दों का बार-बार आ जाना पुनरुक्त होकर खटकेगा । इस लिये शब्दों को पाणिनि ने वारम्बार नहीं कहा । जैसे–'हलन्त्यम्' इस सूत्र में केवल दो पद हैं । 'हल्' और 'अन्त्यम्' । 'उपदेशे' और 'इत्' दो पदों की इसमें आवश्यकता है, अन्यथा वाक्यार्थ अपूर्ण रह जाता है । अतः इससे पूर्व वर्तमान 'उपदेशेऽजनुनासिक इत्' इस सूत्रसे उक्त दोनों की अनुवृत्ति—अध्याहार–की गई है । लोकव्यवहार में भी ऐसा अध्याहार किया जाता है । जैसे—प्रथम वाक्य–'राम को आम दो' दूसरा वाक्य 'लक्ष्मण को भी' । यह दूसरा वाक्य अधूरा सा है इसकी पूर्णता के लिये पूर्व वाक्य से 'आम दो' इतने अंश का अध्याहार किया जाता है ।

पदों के अध्याहार को **अनुवृत्ति** कहते हैं ।

२ अदर्शनम् इति – प्राप्त[1] का न सुना जाना लोप संज्ञावाला हो—अर्थात् शास्त्र द्वारा जिसका श्रवण प्राप्त है उसके श्रवण न होने को लोप कहते हैं ।

उदाहरण आगे दिया जायगा ।

३ तस्य इति—उस इत्संज्ञक का लोप हो–अर्थात् 'हलन्त्यम्,' 'उपदेशेऽ-

---

१ पाणिनि व्याकरण के सिद्धान्त के अनुसार शब्द नित्य है । इस दशा में यहाँ लोप का अर्थ यदि विनाश किया जाय तो अनित्यता दोष आ पड़ेगा । इस लिये कहा गया कि प्राप्त के न सुने जाने को लोप कहते हैं । इस प्रकार नित्यत्व बना रहता है ।

(णकारादि–अनुबन्धप्रयोजनम्)

णादयोऽणाद्यर्थाः ।

('हल्' आदिप्रत्याहारसंज्ञाविधायकसूत्रम्)

४ 'आदिरन्त्येन[3] सहेता[3] १ । १ । ७१ ॥

अन्त्येनेता सहित आदिर्मध्यगानां स्वस्य च संज्ञा स्यात् ।

यथा 'अण्' इति 'अ इ उ' वर्णानां संज्ञा । एवम्–अच्, अल्, हलित्यादयः ।

जनुनासिक इत्' इत्यादि सूत्रों से जिसकी इत्संज्ञा होती है उसका लोप होता है ।

तात्पर्य यह है कि इत्संज्ञा का फल लोप है । अतएव इत्संज्ञक वर्ण का श्रवण-उच्चारण नहीं होता ।

णादय इति—अइउण् इत्यादि चौदह सूत्रों के अन्त्य 'ण्' आदि इत्संज्ञक वर्ण, अण् आदि प्रत्याहारों की सिद्धि के लिए हैं—अर्थात् इनका फल अण् आदि प्रत्याहारों की सिद्धि है ।

इत्संज्ञा का फल लोप कहा गया है और इन ण् आदि के लोप से कुछ प्रयोजन सिद्ध नहीं होता, अतः इनकी इत्संज्ञा निरर्थक है–यह ध्यान में रख कर ऐसा कहा गया है कि इनके लोप का कोई प्रयोजन नहीं, केवल इत्संज्ञा के द्वारा 'अण्' 'अक्' आदि प्रत्याहारों की सिद्धि की जाती है ।

४ आदिरन्त्येन इति—अन्त्य इत्संज्ञक वर्ण से युक्त आदि वर्ण बीच के वर्णों की और अपनी भी संज्ञा का बोधक होता है ।

यथेति—जैसे–'अण्' यह 'अ इ उ' इन वर्णों की संज्ञा–बोधक–है । इसी प्रकार अच्, अल्, हल् इत्यादि संज्ञायें भी समझनी चाहिएँ ।

'आदिरन्त्येन सहेता' इस सूत्र से प्रत्याहारों की सिद्धि होती है । अण् आदि प्रत्याहार संज्ञा ही हैं । इसलिए 'अण्' आदि संज्ञाओं का पृथक् पृथक् विधायक भी इसे कहा जाता है–जब यह पूछा जाय कि 'हल्' संज्ञा कौन सूत्र करता है तो उत्तर होगा 'आदिरन्त्येन सहेता' ।

---

[3] यह अव्यय का चिह्न है ।

प्रत्याहार बनाने की रीति—

अण् प्रत्याहार—अन्त्य इत् 'ण्' के सहित आदि वर्ण हुआ 'अ' इन दो के बीच में 'अइउण्' में दो वर्ण 'इ उ' आते हैं। इन दो की और अपनी भी अर्थात् 'अ' की भी संज्ञा 'अण्' हुई। तात्पर्य यह कि 'अण्' से 'अ इ उ' इन तीन वर्णों का बोध होता है।

अच् प्रत्याहार—इसी प्रकार अन्त्य इत् च् को साथ मिलाने पर आदि 'अ' से 'अच्' प्रत्याहार बन जायगा। इससे 'अ इ उ ऋ लृ ए ओ ऐ औ' इन ९ वर्णों की 'अच्' संज्ञा हुई, अर्थात् 'अच्' पद से सब स्वरों का बोध होता है।

इसी प्रकार हल् से सब व्यञ्जनों का और अल् से सभी वर्णों—स्वर और व्यञ्जन दोनों का बोध होता है।

वर्णसमाम्नाय का उपदेश प्रत्याहार बनाने के लिये ही है। यह पहले कहा जा चुका है। वर्ण समाम्नाय के इन चौदह सूत्रों से ४२ प्रत्याहार बनते हैं। जिनका उपयोग पाणिनि ने अपने व्याकरण शास्त्र में किया है।

१–प्रत्याहारों का निरूपण और उदाहरण।

१ **अण्**–अ इ उ। उदाहरण—'ढ्रलोपे पूर्वस्य दीर्घोऽणः'।

२ **अक्**–अ इ उ ऋ लृ। उदाहरण—'अकः सवर्णे दीर्घः'।

३ **अच्**–अ इ उ ऋ लृ ए ओ ऐ औ। उदाहरण—'इको यणचि'।

४ **अट्**–अ इ उ ऋ लृ ए ओ ऐ औ ह य व र। उदाहरण–'शश्छोऽटि'।

५ **अण्**–अ इ उ ऋ लृ ए ओ ऐ औ ह य व र ल। उदाहरण–'**अणुदित्सवर्णस्य चाऽप्रत्ययः**'।

६ **अम्**–अ इ उ ऋ लृ ए ओ ऐ औ ह य व र ल ञ म ङ ण न। उदाहरण—'**पुमः खय्यम्परे**'।

७ **अश्**–अ इ उ ऋ लृ ए ओ ऐ औ ह य व र ल ञ म ङ ण न झ भ घ ढ ध ज ब ग ड द। उदाहरण—'भो भगो अघो अपूर्वस्य योऽशि'।

८ **अल्**– अ इ उ ऋ लृ ए ओ ऐ औ ह य व र ल ञ म ङ ण न झ भ

घ ढ ध ज ब ग ड द ख फ छ ठ थ च ट त क प श ष स ह । उदाहरण—'अलोऽन्त्यस्य'।

९ इक्—इ उ ऋ लृ । उदाहरण—'इको यणचि'।

१० इच्—इ उ ऋ लृ ए ओ ऐ औ । उदाहरण—'नादिचि'।

११ इण्—इ उ ऋ लृ ए ओ ऐ औ ह य व र ल। उदाहरण—'इणः ष'।

१२ उक्—उ ऋ लृ । उदाहरण—'उगिदचां सर्वनामस्थानेऽधातोः'।

१३ एङ्—ए ओ । उदाहरण—'एङः पदान्तादति'।

१४ एच्—ए ओ ऐ औ । उदाहरण—'एचोऽयवायावः'।

१५ ऐच्—ऐ औ । उदाहरण—'वृद्धिरादैच'।

१६ हश्—ह य व र ल ञ म ङ ण न झ भ घ ढ ध ज ब ग ड द। उदाहरण—'हशि च'।

१७ हल्—ह य व र ल ञ म ङ ण न झ भ घ ढ ध ज ब ग ड द ख फ छ ठ थ च ट त क प श ष स ह । उदाहरण—'हलन्त्यम्'।

१८ यण्—य व र ल । उदाहरण—'इको यणचि'।

१९ यम्—य व र ल ञ म ङ ण न । उदाहरण—'हलो यमां यमि लोपः'

२० यञ्—य व र ल ञ म ङ ण न झ भ । उदाहरण—'अतो दीर्घो यञि'।

२१ यय्—य व र ल ञ म ङ ण न झ भ घ ढ ध ज ब ग ड द ख फ छ ठ थ च ट त क प । उदाहरण—'अनुस्वारस्य ययि परसवर्णः'।

२२ यर्—य व र ल ञ म ङ ण न झ भ घ ढ ध ज ब ग ड द ख फ छ ठ थ च ट त क प श ष स। उदाहरण—'यरोऽनुनासिकेऽनुनासिको वा'।

२३ वश्—व र ल ञ म ङ ण न झ भ घ ढ ध ज ब ग ड द । उदाहरण—'नेड् वशि कृति'।

२४ वल्—व र ल ञ म ङ ण न झ भ घ ढ ध ज ब ग ड द ख फ छ ठ थ च ट त क प श ष स ह । उदाहरण—'लोपो व्योर्वलि'।

२५ रल्—र ल ञ म ङ ण न झ भ घ ढ ध ज ब ग ड द ख फ छ ठ थ च ट त क प श ष स ह । उदाहरण—'रलो व्युपधाद्धलादेः संश्च'।

यहाँ इतना ध्यान अवश्य रहना चाहिए कि मध्य वर्णों में यदि अन्त इत् भी आ जायँ तौभी उनका [1]प्रत्याहार में ग्रहण नहीं होता। जैसे 'अच्' प्रत्याहार में 'ण्' 'क्' 'ङ्' इनका ग्रहण नहीं होता, अर्थात् ये अच् (स्वर) नहीं माने जाते।

---

२६ **मय्**—म ङ ण न झ भ घ ढ ध ज ब ग ड द ख फ छ ठ थ च ट त क प। उदाहरण—'**मय** उञो वो वा'।

२७—**ङम्**—ङ ण न। उदाहरण '**ङमो** ह्रस्वादचि ङमुण् नित्यम्'।

२८ **झष्**-झ भ घ ढ ध। उदाहरण-'एकाचो बशो भष् **झषन्तस्य** स्ध्वोः'।

२९ **झश्**—झ भ घ ढ ध ज ब ग ड द। उदाहरण-'झलां जश् **झशि**'।

३० **झय्**—झ भ घ ढ ध ज ब ग ड द ख फ छ ठ थ च ट त क प। उदाहरण—'**झयो** होऽन्यतरस्याम्'।

३१ **झर्**—झ भ घ ढ ध ज ब ग ड द ख फ छ ठ थ च ट त क प श ष स। उदाहरण—'**झरो झरि** सवर्णे।'

३२ **झल्**—झ भ घ ढ ध ज ब ग ड द ख फ छ ठ थ च ट त क प श ष स ह। उदाहरण—'**झलो** झलि'।

३३ **भष्**—भ घ ढ ध। उदाहरण-'एकाचो बशो **भष्** झषन्तस्य स्ध्वोः।

३४ **जश्**—ज ब ग ड द। उदाहरण—'झलां **जश्** झशि'।

३५ **बश्**—ब ग ड द। उदाहरण-'एकाचो **बशो** भष् झषन्तस्य स्ध्वोः।

३६ **खय्**—ख फ छ ठ थ च ट त क प। उदाहरण-'पुमः **खय्य**म्परे'।

३७ **खर्**—ख फ छ ठ थ च ट त क प श ष स। उदाहरण-'**खरि** च'।

३८—**छव्**—छ ठ थ च ट त। उदाहरण—'**नश्छव्य**प्रशान्'।

३९ **चय्**—च ट त क प। उदाहरण—'**चयो** द्वितीयाः शरि पौष्करसादेरिति वाच्यम्'।

४० **चर्**—च ट त क प श ष स। उदाहरण—'अभ्यासे **चर्** च'।

४१ **शर्**—श ष स। उदाहरण—'**शरो**ऽचि'।

४२ **शल्**—श ष स ह। उदाहरण-'**शल** इगुपधादनिटः क्सः'।

[1] 'प्रत्याहारेष्वितां न ग्रहणम्' यह इसीलिये पहले कह दिया गया है।

६ 'ऊकालोऽ'ज्झ्रस्वदीर्घप्लुतः' । १ । २ । २७ ॥

[1]उश्च ऊश्च उ३श्च वः ।

वां काल इव कालो यस्य सोऽच् क्रमाद् ह्रस्वदीर्घप्लुतसंज्ञः स्यात् ।

---

५ ऊकाल [2]**इति**–(वाम्) एकमात्र, द्विमात्र और त्रिमात्र इन तीनों उकारों के (काल इव कालो यस्य) उच्चारण काल के समान उच्चारण काल है जिसका (सः अच्) वह अच् (क्रमात्) क्रम से (ह्रस्व-दीर्घ प्लुत-संज्ञः स्यात्) ह्रस्व, दीर्घ और प्लुत संज्ञावाला होता है—अर्थात् [3]एकमात्रावाले स्वर की ह्रस्व, दो मात्रावाले की दीर्घ और तीन मात्रावाले की प्लुत संज्ञा होती है ।

मात्रा कहते हैं अंश को अर्थात् हिस्से को । यहाँ समय के अंश के लिये इस का प्रयोग हुआ है । एकमात्र से काल के उतने भाग को समझा जाता है जितना चुटकी बजाने में अथवा पलक गिरने में होता है । उतने काल में एक

---

१ सूत्र में, 'ऊकाल' में जो 'ऊ' है उससे तीनों उकार एकमात्र, द्विमात्र, और त्रिमात्र का तात्पर्य है । इस बात को समझाने के लिए कहा गया है–उश्च ऊश्च उ३श्च वः । अर्थात् तीनों उकारों की 'उ + ऊ + उ३' इस प्रकार संहिता करने से तीनों के स्थान में एक आदेश सवर्ण दीर्घ होकर 'ऊ' यह द्विमात्रिक हो जायगा । उसी का सूत्र में निर्देश है । 'ऊ' का प्रथमा के बहुवचन का 'वः' और आगे वृत्ति में 'वाम्' षष्ठी बहुवचन का रूप है । इसके आगे 'वां काल इव' इत्यादि सूत्र का अर्थ है ।

२ सूत्र का 'ऊकालः, अच् , ह्रस्व-दीर्घ-प्लुतः' यह पदच्छेद है । 'वां काल इव कालो यस्य' यह 'ऊकालः' इस पद का विग्रह है । यह तत्पुरुषगर्भ त्रिपद बहुव्रीहि समास है । यहाँ 'सप्तम्युपमानपूर्वपदस्य बहुव्रीहिरुत्तरपदलोपश्च' इस वार्तिक से समास और प्रथम 'काल' शब्द (उत्तरपद) का लोप हो गया है । इस लिये इसे उत्तरपदलोप समास कहते हैं । 'उष्ट्रस्य मुखमिव मुखं यस्य स उष्ट्रमुखः' इत्यादि में भी यही समास है । 'ह्रस्वश्च दीर्घश्च प्लुतश्च तेषां समाहारः ह्रस्व-दीर्घ-प्लुतः' यहाँ समाहार में एकवचन प्रयुक्त हुआ है ।

३ कहा भी है—'एकमात्रो भवेद् ह्रस्वो द्विमात्री दीर्घ उच्यते ।
त्रिमात्रस्तु प्लुतो ज्ञेयो व्यञ्जनं चाऽर्धमात्रिकम्' ॥इति ।

(अचां त्रैविध्यनिरूपणम्)

स प्रत्यकमुदात्तादिभेदेन त्रिधा ।

(उदात्तसंज्ञासूत्रम्)

६ उच्चैरुदात्तः[1] । १ । २ । २९ ॥

([1]ताल्वादिषु सभागेषु स्थानेषूर्ध्वभागे निष्पन्नोऽजुदात्तसंज्ञः स्यात् ।)

(अनुदात्तसंज्ञासूत्रम्)

७ नीचैरनुदात्तः[1] । १ । २ । ३० ॥

मूल स्वर का उच्चारण हो जाता है । अतः समझना चाहिये कि एक मूल स्वर के उच्चारण में जितना काल अपेक्षित है उतने काल को एकमात्रा काल कहते हैं । कुक्कुट के शब्द 'कु कू कू३' में एक मात्रा, दो मात्रा और तीन मात्राओं का क्रमशः आरोह (चढ़ाव) स्पष्ट प्रतीत होता है और प्रायः सभी को उसका अनुभव होता हैं । इसलिये उसमें स्पष्ट प्रतीत होनेवाले 'उ' कार को दृष्टान्त रूप में रखा गया, अकार आदि को नहीं ।

स इति—(सः) वह अच् (प्रत्येकम्) प्रत्येक (उदात्तादिभेदेन) उदात्त, अनुदात्त और स्वरित भेद से (त्रिधा) तीन प्रकार का है अर्थात् ह्रस्व, दीर्घ और प्लुत के उदात्त, अनुदात्त और स्वरित तीन तीन भेद होते हैं ।

६ उच्चैरिति—(उच्चैः) कण्ठ तालु आदि सखण्ड स्थानों के ऊपर के भाग से जिस अच् की उत्पत्ति होती है उसको (उदात्तः) उदात्त कहते हैं ।

मुख के भीतर कण्ठ तालु आदि स्थान हैं । उन पर जब भीतर से प्रेरित वायु का आघात होता है तब वर्णों की उत्पत्ति होती है । वे स्थान सखण्ड हैं । उनके दो भाग–ऊपर और नीचे के–हैं । जब स्वर ऊपर के भाग से उत्पन्न होता है तब वह कुछ ऊँचा सा मालूम पड़ता है उसे **उदात्त** कहते हैं और जब नीचे के भाग से उच्चरित होता है तो उसे **अनुदात्त** कहते हैं । यदि उदात्तता और अनुदात्तता दोनों धर्म एक ही स्वर में प्रतीत हों तो, उसे '**स्वरित**' कहा जाता है ।

१—इन सूत्रों की वृत्ति लघुकौमुदी में नहीं दी गई । सिद्धान्तकौमुदी में से लेकर सुगमता के लिये यहाँ दे दी है ।

(ताल्वादिषु सभागेषु स्थानेष्वधोभागे निष्पन्नोऽच् अनुदात्तसंज्ञः स्यात् ।)

(स्वरितसंज्ञासूत्रम्)

८ समाहारः स्वरितः' । १ । २ । ३१ ॥

(उदात्तानुदात्तत्वे वर्णधर्मौ समाह्रियेते यत्र सोऽच् स्वरितसंज्ञः स्यात् ।)

(अचामनुनासिकनिरनुनासिकभेदेन पुनर्द्वैविध्यप्रतिपादनम्)

स नवविधोऽपि प्रत्येकमनुनासिकाननुनासिकत्वाभ्यां द्विधा ।

(अनुनासिकसंज्ञासूत्रम्)

९ 'मुखनासिकावचनोऽनुनासिकः' । १ । १ । ८ ॥

मुखसहितनासिकयोच्चार्यमाणो वर्णोऽनुनासिकसंज्ञः स्यात् ।

---

७ नीचैरिति—(नीचैः) कण्ठ ताल्लु आदि सखण्ड स्थानों के नीचे के भाग से जिस अच् का उच्चारण होता है वह (अनुदात्तः) अनुदात्त होता है ।

८ समाहार इति—(समाहारः) उदात्तत्व और अनुदात्तत्व दोनों धर्मों का मेल जिस वर्ण में हो वह (स्वरितः) स्वरित होता है अर्थात् ताल्लु आदि स्थानों के मध्यभाग से जिस अच् का उच्चारण होता है उसे 'स्वरित' कहते हैं ।

उदात्त, अनुदात्त और स्वरित के उदाहरण वेद में आते हैं, वहीं उनका उपयोग भी है । यहाँ उपयोग न होने पर भी इन्हें याद कर लेना चाहिये । आगे 'स्वरप्रकरण' में उनका उपयोग सिद्ध होगा । लघुकौमुदी में तो 'स्वरप्रकरण' है ही नहीं ।

स इति—(सः) वह अच् (नवविधोऽपि) नवों प्रकार का (प्रत्येकम्) प्रत्येक (अनुनासिकाननुनासिकत्वाभ्याम्) अनुनासिक और अननुनासिक भेद से (द्विधा) दो प्रकार का होता है ।

९ मुखनासिकेति–(मुखसहितनासिकया) मुख और नासिका से (उच्चार्यमाणो वर्णः) बोला जा रहा वर्ण (अनुनासिकसंज्ञः स्यात्) अनुनासिक संज्ञावाला हो ।

अर्थात् जिस वर्ण का उच्चारण नासिका से होता है उसे 'अनुनासिक' कहते हैं ।

(अचां सर्वभेदनिरूपणम्)

तदित्थम्—

'अ इ उ ऋ' एषां वर्णानां प्रत्येकमष्टादश भेदाः ।

'लृ' वर्णस्य द्वादश, तस्य दीर्घाभावात् ।

एचामपि द्वादश, तेषां ह्रस्वाभावात् ।

सभी स्वरों का उच्चारण नासिका से और उसके बिना भी होता है इसलिये स्वर अनुनासिक और निरनुनासिक दोनों प्रकार के होते हैं ।

मुख की आवश्यकता तो प्रत्येक वर्ण के उच्चारण में रहती है । बिना मुख के उच्चारण हो ही नहीं सकता । अतः यद्यपि 'मुख' कहने की इतनी आवश्यकता नहीं थी, पर अल्पबुद्धियों को सरलता से समझाने के लिये ऐसा कहा गया है ।

तदित्थमिति—इसलिये इस प्रकार 'अ इ उ ऋ' इन वर्णों के प्रत्येक के अट्ठारह १८ भेद होते हैं ।

लृ वर्णस्येति—लृ वर्ण के बारह १२ भेद होते हैं, उसके दीर्घ न होने के कारण अर्थात् 'लृ' दीर्घ नहीं होता ।

एचाम् इति–एचों–ए ओ ऐ औ–के भी प्रत्येक के बारह भेद हैं, उनके ह्रस्व न होने के कारण अर्थात् एच् ह्रस्व नहीं होते ।*

*** वर्णभेदबोधकचक्रम् ।**

अक्षराणि	अ इ उ ऋ लृ	अ इ उ ऋ ए ओ ऐ औ	अ इ उ ऋ लृ ए ओ ऐ औ
भेदाः	ह्रस्वोदात्तानुनासिकः	दीर्घोदात्तानुनासिकः	प्लुतोदात्तानुनासिकः
	ह्रस्वोदात्ताननुनासिकः	दीर्घोदात्ताननुनासिकः	प्लुतोदात्ताननुनासिकः
	ह्रस्वानुदात्तानुनासिकः	दीर्घानुदात्तानुनासिकः	प्लुतानुदात्तानुनासिकः
	ह्रस्वानुदात्ताननुनासिकः	दीर्घानुदात्ताननुनासिकः	प्लुतानुदात्ताननुनासिकः
	ह्रस्वस्वरितानुनासिकः	दीर्घस्वरितानुनासिकः	प्लुतस्वरितानुनासिकः
	ह्रस्वस्वरिताननुनासिकः	दीर्घस्वरिताननुनासिकः	प्लुतस्वरिताननुनासिकः

(सवर्णसंज्ञाविधायकं सूत्रम्)

१० [1]तुल्यास्यप्रयत्नं [1]सवर्णम् । १ । १ । ९ ॥

ताल्वादिस्थानमाभ्यन्तरप्रयत्नश्चेत्येतद् द्वयं यस्य येन तुल्यं तन्मिथः सवर्णसंज्ञं स्यात् ।

(ऋऌवर्णयोः सवर्णसंज्ञाविधायकं वार्त्तिकम्)

(वा०) ऋऌवर्णयोर्मिथः सावर्ण्यं वाच्यम् ।

(वर्णानां स्थानानि)

१ अकुहविसर्जनीयानां कण्ठः । २ इचुयशानां तालु । ३ ऋटुरषाणां मूर्धा । ४ ऌतुलसानां दन्ताः । ५ [2]उपूपध्मानीयानामोष्ठौ । ६ ञमङणनानां नासिका च । ७ एदैतोः कण्ठतालु । ८ ओदौतोः कण्ठो-

---

१० [1]तुल्यास्येति—तालु आदि स्थान और आभ्यन्तर प्रयत्न ये दोनों जिस-जिस वर्ण के समान हों वे वर्ण परस्पर सवर्ण संज्ञावाले हों ।

(वा) ऋऌ इति–ऋ और ऌ वर्ण की परस्पर सवर्ण संज्ञा कहनी चाहिये अर्थात् इन दोनों की स्थान भिन्न होने पर भी सवर्ण संज्ञा होती है ।

इनकी सवर्ण संज्ञा का फल आगे बताया जायगा ।

अकुह—इत्यादि

१ अकार, कवर्ग (क, ख, ग, घ, ङ) हकार और विसर्ग का कण्ठ स्थान है । २ इकार, चवर्ग (च, छ, ज, झ, ञ), य और श का तालु स्थान है । ३ ऋकार टवर्ग (ट, ठ, ड, ढ, ण), रेफ और षकार का मूर्धा स्थान है । ४ ऌकार, तवर्ग (त, थ, द, ध, न), लकार और सकार का दन्त स्थान है । ५ उकार पवर्ग (प, फ, ब, भ, म), और उपध्मानीय का ओष्ठ स्थान है । ६ ञकार, मकार, ङकार, णकार और नकार का नासिका स्थान भी है । ७ एकार और ऐकार का कण्ठ और तालु स्थान है । ८ ओकार और औकार का कण्ठ और

---

१ आस्ये मुखे भवम् आस्यं स्थानम् । प्रकृष्टो यत्नः प्रयत्नः, आभ्यन्तरप्रयत्न इत्यर्थः । तुल्यौ आस्यप्रयत्नौ यस्य तत् तुल्यास्यप्रयत्नम् ।

२ उपध्मानीय आदि शब्दों का अर्थ मूल में ही आगे बताया जायगा ।

ष्ठम्। ९ वकारस्य दन्तोष्ठम्। १० जिह्वामूलीयस्य जिह्वामूलम्। ११ नासिकाऽनुस्वारस्य।

(यत्ननिरूपणम्)

यत्नो द्विधा—आभ्यन्तरो बाह्यश्च।

(१आभ्यन्तरप्रयत्नभेदनिरूपणम्)

आद्यः पञ्चधा—स्पृष्टेषत्स्पृष्टेषद्विवृतविवृतसंवृतभेदात्। तत्र स्पृष्टं

ओष्ठ स्थान है। ९ वकार का दन्त और ओष्ठ स्थान है। १० जिह्वामूलीय का जिह्वामूल स्थान है। ११ अनुस्वार का नासिका स्थान है।

यत्न इति—यत्न दो प्रकार का है—आभ्यन्तर (भीतर का) और बाह्य (बाहर का)।

वर्णों के उच्चारण में कुछ चेष्टा करनी पड़ती है उसे 'यत्न' कहते हैं। यह दो प्रकार का है। एक तो वह है जो वर्ण के मुख से बाहर आने से पहले मुख के भीतर होता है। इसको आभ्यन्तर कहते हैं। यह मुख के भीतर होता है और पहले होता है, बिना इसके बाह्य यत्न निष्फल है यही इसकी प्रकृष्टता है अतएव इसे 'प्रयत्न' कहा जाता है। 'प्रकृष्टो यत्नः प्रयत्नः' यह अर्थ संगत भी इसीलिये है। इस का अनुभव उच्चारण करनेवाला ही केवल कर सकता है। क्योंकि उसी के मुख के भीतर तो यह होता है। दूसरा यत्न मुख से वर्ण निकलते समय होता है। अत-एव यह बाह्य अर्थात् बाहर का कहा जाता है। इसका अनुभव सुननेवाला भी कर सकता है।

यह विषय 'ध्वनिशास्त्र' का है। यहाँ तो सवर्णसंज्ञा में आवश्यकता आ पड़ी, इसीलिये चर्चा करनी पड़ी है। बाह्य यत्न का सवर्ण संज्ञा में उपयोग नहीं। 'आन्तरतम्य' परीक्षा में—अर्थात् कई सवर्णों में अत्यन्त समान की खोज के समय इस की आवश्यकता होती है।

आद्य इति—पहला-आभ्यन्तर प्रयत्न—पाँच प्रकार का है—१ स्पृष्ट, २ ईषत्स्पृष्ट, ३ ईषद्विवृत ४ विवृत और ५ संवृत भेद से। उनमें स्पृष्ट प्रयत्न स्पर्श वर्णों का है। ईषत्स्पृष्ट अन्तःस्थों का है। ईषद्विवृत ऊष्म वर्णों का है। विवृत स्वरों का है।

प्रयत्नं स्पर्शानाम्। ईषत्स्पृष्टमन्तःस्थानाम् । ईषद्विवृतमूष्मणाम्। विवृतं स्वराणाम् ।

ह्रस्वस्यावर्णस्य प्रयोगे संवृतम्, प्रक्रियादशायां तु विवृतमेव।

१ आभ्यन्तरप्रयत्नचित्रम्

स्पृष्टम्					ई. स्पृ.	विवृतम्		ई. वि.	संवृतः
क.	च.	ट.	त.	प.	य.	अ.	ए.	श.	ह्रस्वः 'अ' प्रयोगे
ख.	छ.	ठ.	थ.	फ.	र.	इ.	ओ.	ष.	
ग.	ज.	ड.	द.	ब.	ल.	उ.	ऐ.	स.	
घ.	झ.	ढ.	ध.	भ.	व.	ऋ.	औ.	ह.	
ङ.	ञ.	ण.	न.	म.		लृ.			

ह्रस्वस्य इति-ह्रस्व अकार का प्रयोग (परिनिष्ठित-सिद्ध रूप) में संवृत प्रयत्न होता है पर [1]प्रक्रियादशा—साधन अवस्था—में विवृत ही होता है।

स्पृष्ट प्रयत्न का अर्थ है जिह्वा का उच्चारण करते समय वर्णों के तत्तत्-स्थानों का स्पर्श करना। **ईषत्स्पृष्ट** का मतलब कुछ स्पर्श से है। **विवृत**

१ प्रक्रियादशा में विवृत प्रयत्न मानने का कारण यह है-कि 'दण्ड+आढकम्' यहाँ अकार का वस्तुतः संवृत प्रयत्न है और आकार का विवृत। भिन्न प्रयत्न होने के कारण दोनों की सवर्णसंज्ञा नहीं हो सकती। अतः 'अकः सवर्णे दीर्घः' सूत्र से दीर्घ भी नहीं हो सकता, क्योंकि वह सवर्ण अच् परे रहते ही दीर्घ करता है। इसलिये साधन दशा में अकार का विवृत प्रयत्न कहा गया है। ऐसा मानने से दोनों समान प्रयत्न होने से सवर्ण संज्ञक हो जाते हैं। ऐसा मानने का प्रमाण है—संवृत-विधायक-सूत्र 'अ अ ८।४।६४'। यह अष्टाध्यायी का अन्तिम सूत्र है अतएव यह सब के प्रति असिद्ध है। सब सूत्रों के कार्य करने के अनन्तर यह संवृत करता है। इससे प्रतीत होता है कि सब सूत्रों के कार्य करने के समय अकार विवृत है।

("बाह्य'यत्नभेदनिरूपणम्)

बाह्यस्त्वेकादशधा—विवारः संवारः श्वासो नादो घोषोऽघोषोऽल्पप्राणो महाप्राण उदात्तोऽनुदात्तः स्वरितश्चेति ।

खरो विवाराः श्वासा अघोषाश्च ।

हशः संवारा नादा घोषाश्च ।

वर्गाणां प्रथम–तृतीय–पञ्चमा यणश्चाल्पप्राणाः । वर्गाणां द्वितीय-चतुर्थौ शलश्च महाप्राणाः ।

का अर्थ है वर्णों के उच्चारण के समय कण्ठ खुला रहता है और ईषद्विवृत में पूर्ण नहीं, कुछ खुला रहता है ।

बाह्य इति—बाह्य यत्न ११ ग्यारह प्रकार का है—१ विवार, २ संवार, ३ श्वास, ४ नाद, ५ घोष, ६ अघोष, ७ अल्पप्राण, ८ महाप्राण, ९ उदात्त, १० अनुदात्त और ११ स्वरित ।

खर इति—खरों का विवार, श्वास और अघोष यत्न है ।

हश इति–हशों का संवार, नाद और घोष यत्न है ।

वर्गाणामिति—वर्गों के प्रथम, तृतीय और पञ्चम वर्णों तथा यणों का अल्पप्राण यत्न है । वर्गों के द्वितीय और चतुर्थ वर्णों का तथा शलों का महाप्राण यत्न है ।

---

१ बाह्यप्रयत्नविवेकः

विवारः, श्वासः, अघोषः	संवारः, नादः, घोषः	अल्पप्राणः	महाप्राणः	उदात्तः, अनुदात्तः स्वरितः
क. ख. श.	ग. घ. ङ. य.	क. ग. ङ. य.	ख. घ. श.	अ. ए.
च. छ. ष.	ज. झ. ञ. व.	च. ज. ञ. व.	छ. झ. ष.	इ. ओ.
ट. ठ. स.	ड. ढ. ण. र.	ट. ड. ण. र.	ठ. ढ. स.	उ. ऐ.
त. थ.	द. ध. न. ल.	त. द. न. ल.	थ. ध. ह.	ऋ. औ.
प. फ.	ब. भ. म.	प. ब. म.	फ. भ.	लृ.

इन ग्यारहों के तीन वर्ग हैं—१ विवार, संवार, श्वास, नाद, घोष और अघोष का एक वर्ग है। २ अल्पप्राण और महाप्राण का दूसरा वर्ग है। ३ उदात्त, अनुदात्त और स्वरित का तीसरा वर्ग है। इस तीसरे वर्ग के यत्न स्वरों के हैं, यह पहले ही उदात्तादि संज्ञाओं के विधायक सूत्रों के द्वारा मालूम हैं। इसीलिये यहाँ यह नहीं कहा कि ये किसके यत्न हैं। शेष दो वर्गों के यत्न व्यञ्जनों के हैं। उनमें भी प्रत्येक के पुनः दो दो वर्ग हैं—विवार, श्वास और अघोष यह एक, संवार, नाद और घोष यह दूसरा। इसी प्रकार एक अल्पप्राण और दूसरा महाप्राण। प्रत्येक व्यञ्जन के तीन यत्न पहले वर्ग में से और एक दूसरे वर्ग में से होंगे।

यहाँ विवार आदि का अर्थ जान लेना आवश्यक होने से संक्षेप में बताया जाता है।

विवार—'विवारयति विकासयति मुखमिति' मुख का खुलना। वर्ण के उच्चारण करने के समय मुख के खुलने को **विवार** कहते हैं। यह यत्न है, जिन वर्णों के उच्चारण करते समय मुख खुलता है उनका विवार यत्न कहा गया है, जिनके उच्चारण करते समय मुख संकुचित रहता है उनका संवार यत्न कहा गया है। **संवार**—मुख का संकुचित (विकास न) होना। **श्वास**—कुछ वर्णों के उच्चारण में श्वास चलता है उसे श्वास कहते हैं।

कुछ के उच्चारण में घोष (गूँज) होता है कुछ के नहीं। **घोष**—वर्णों के उच्चारण में जो गूँज होती है उसे **घोष** कहते हैं। घोषवाले वर्ण घोषवर्ण कहे जाते हैं।

अघोष—उच्चारण में गूँज न होने को अघोष कहते हैं। जिन वर्णों के उच्चारण में घोष नहीं होता, उन्हें अघोष वर्ण कहा जाता है।

अल्पप्राण—वर्ण के उच्चारण में प्राण वायु के अल्प उपयोग को अल्पप्राण कहते हैं। प्राणवायु के अधिक उपयोग को **महाप्राण** कहते हैं।

अतएव जिन वर्णों के उच्चारण में थोड़ा यत्न–प्राणवायु–अपेक्षित होता है, उन्हें अल्पप्राण वर्ण कहा गया है और जिनके उच्चारण में अधिक यत्न प्राणवायु—का व्यय होता है, ऐसे वर्णों को महाप्राण कहा गया है।

(वर्णानां 'वर्ग' करणम्)

कादयो मावसानाः स्पर्शाः । यणोऽन्तस्थाः । शल ऊष्माणः । अचः स्वराः । '◡क◡ख' इति कखाभ्यां प्रागर्द्धविसर्गसदृशो जिह्वामूलीयः । '◡प◡फ' इति पफाभ्यां प्रागर्द्धविसर्गसदृश उपध्मानीयः । 'अं अः' इत्यचः परावनुस्वारविसर्गौ ।

ये यत्न हैं, जिसके उच्चारण में जैसा यत्न करना पड़ता है उसका वैसा यत्न मान लिया गया है ।

यद्यपि यह विषय प्रधानतया ध्वनि शास्त्र का है, व्याकरण शास्त्र का नहीं, अतएव यहाँ कुछ कठिन सा प्रतीत होता है, तथापि अत्यावश्यक होने से कुछ ज्ञान तो इसका होना ही चाहिये । इसलिये इसके विषय में यहाँ थोड़ा सा प्रकाश डालने का प्रयास किया गया है ।

कादय इति–'क' से लेकर 'म' तक के वर्णों को **स्पर्श** कहते हैं । यणों को **अन्तःस्थ** कहते हैं । शलों को **ऊष्म** कहते हैं । अचों को **स्वर** कहते हैं । ◡क◡ख इस प्रकार 'क' 'ख' से पूर्व आधे विसर्ग के समान ध्वनि को **जिह्वा-मूलीय** कहते हैं । 'प' 'फ' से पूर्व आधे विसर्ग के समान ध्वनि को **उपध्मानीय** कहते हैं । 'अं अः' इनको अच् से परे क्रम से **अनुस्वार** और **विसर्ग** कहते हैं ।

जिह्वामूलीय और उपध्मानीय ध्वनियाँ ◡ इस चिह्न से सूचित की जाती हैं । ये चिह्न विसर्ग के दोनों बिन्दुओं का आधा आधा भाग है । ऊपर के बिन्दु का नीचे का आधा भाग और नीचे के बिन्दु का ऊपर का आधा भाग इसमें रहता है ।

स्थान और यत्न बतलाते हुए 'स्पर्श' आदि शब्दों का प्रयोग किया गया, उनका अर्थ बताना आवश्यक था । इसलिये सब का एक साथ यहाँ अर्थ बता दिया है ।

यणों का 'अन्तःस्थ' नाम सार्थक है । अन्तःस्थ का मतलब है बीच में रहने-वाला । 'य व र ल' स्वर और व्यञ्जनों के बीच के हैं । वर्णसमाम्नाय में भी इसीलिये पाणिनि ने स्वरों के अनन्तर और व्यञ्जनों के पहले बीच में इनको स्थान दिया है । ये व्यञ्जन भी हैं और स्वर भी । अंग्रेजी में इनको अर्धस्वर

(सवर्णग्राहकसूत्रम्)

११ 'अणु 'दित्सवर्णस्य' चाऽप्रत्ययः' १ । १ । ६९ ॥

प्रतीयते विधीयते इति प्रत्ययः।

अविधीयमानोऽणुदिच्च सवर्णस्य संज्ञा स्यात्।

अत्रैवाण् परेण' णकारेण।

भी इसी लिये कहा जाता है। 'इ उ ऋ लृ' के स्थान में इनका आदेश होना भी यही प्रकट करता है।

'शलों' का ऊष्म नाम भी सार्थक है। क्योंकि इनके उच्चारण में जोर अधिक पड़ता है, गर्मी आजाती है, ये महाप्राण भी तो हैं।

जिह्वामूलीय क ख से पहले और उपध्मानीय प फ से पहले होते हैं! लिखने में इनकी आकृति आधे विसर्ग के समान होती है। जैसे—विसर्ग का आकार : इन ऊपर नीचे लिखे दो बिन्दुओं से प्रकट किया जाता है, उनका आधा ≍ यही जिह्वामूलीय और उपध्मानीय की आकृति है। विसर्ग के ऊपर के बिन्दु का नीचे का आधा भाग और नीचे के बिन्दु का ऊपर का आधा भाग रहता है। उच्चारण भी इनका आधे विसर्ग के समान ही होता है।

अनुस्वार का चिह्न ं यह एक बिन्दु होता है। यह वर्ण के सिर पर लिखा जाता है।

विसर्ग का चिह्न : ये दो बिन्दु—ऊपर नीचे—आकृति वाले हैं। ये वर्ण के आगे लिखे जाते हैं।

ये—अनुस्वार और विसर्ग—स्वरों के ही आगे आते हैं (व्यञ्जनों के नहीं)।

प्रतीयत इति—जिसका विधान हो अर्थात् जो विधेय हो उसे प्रत्यय कहते हैं।

११ अणुदिदिति—जिसका विधान न किया गया हो ऐसा अण् और उदित् सवर्ण का संज्ञा का बोधक होता है अर्थात् अविधीयमान अण् और

---

१ इस सूत्र में परणकार से अण् ग्रहण में 'ऋत उत्' सूत्र में ऋकार को तपर करना प्रमाण है। स्वर को तपर समकाल के बोध के लिये किया जाता है। यदि 'अण्' परणकार से न लिया जाय तो 'ऋ' सवर्ण का बोध न करा सकेगा, फिर तपर करना व्यर्थ हो जायगा।

(उदितां निरूपणम्)

कु चु टु तु पु एते उदितः ।

(अकारादिवर्णानां स्वयावद्‌बोध्यनिरूपणम्)

तदेवम्–अ इत्यष्टादशानां संज्ञा । तथेकारोकारौ । ऋकारस्त्रिंशतः । एवं लृकारोऽपि । एचो द्वादशानाम् ।

कु चु टु तु पु ये उदित् जहाँ पर प्रयुक्त हों उनसे उनके सवर्णों का भी बोध होगा ।

अत्रैवेति—केवल इसी सूत्र में अण् प्रत्याहार परणकार से समझना चाहिये । 'ण्' अनुबन्ध 'अ इ उ ण्' और 'लण्' इन दो सूत्रों में आया है । अण् और इण् प्रत्याहार के विषय में सन्देह हो जाता है कि प्रत्याहार किस णकार से ग्रहण किये जायँ, इस सन्देह की निवृत्ति भाष्यकारादि के व्याख्यान से ही की जायगी । परिभाषा है कि—'व्याख्यानतो विशेषप्रतिपत्तिर्नहि सन्देहाद-लक्षणम्', अर्थात् व्याख्यान से सन्दिग्ध स्थलों में निर्णय करना चाहिये । सन्देह के कारण उनको अलक्षण-अननुष्ठापक अर्थात् किसी कार्य के विधान करने के अयोग्य नहीं बनाना चाहिये । भाष्यकार का व्याख्यान है कि 'अण्' प्रत्याहार 'अणुदित्सवर्णस्य' सूत्र को छोड़कर सर्वत्र पूर्वणकार से और इण् सर्वत्र पर णकार से ग्रहण करना चाहिये । यथा—

'परेणैवेण्ग्रहाः सर्वे पूर्वेणैवाण्ग्रहा मताः ।
ऋतेऽणुदित्सवर्णस्येत्येतदेकं परेण तु ॥' इति ।

कुचु इति—कु, चु, टु, तु, और पु ये उदित कहे जाते हैं । क्योंकि इनमें ह्रस्व उकार (उत्) इत् है ।

तदेवमिति—इस कारण इस प्रकार से अकार अठारह १८ की संज्ञा अर्थात् बोधक है । इसी प्रकार इकार और उकार भी । ऋकार ३० का बोधक है । इसी प्रकार 'लृकार' भी । एच् बारह १२ का बोधक है ।

जहाँ पर 'अ' होगा वहाँ उससे उसके अठारहों प्रकार का ज्ञान होगा । ऋ और लृ परस्पर सवर्ण होने से ३० का बोध करायेंगे । एचों का ह्रस्व न होने से १२ ही प्रकार होते हैं, इसलिये वे १२ का ही बोध करायेंगे ।

(यवलवर्णानां द्वैविध्यनिरूपणम्)

अनुनासिकाननुनासिकभेदेन यवला द्विधा। तेनाननुनासिकास्ते द्वयोर्द्वयोः संज्ञा।

(संहितासंज्ञासूत्रम्)

१२ परः[1] संनिकर्षः[1] संहिता[1] । १ । ४ । १०९ ॥

वर्णानामतिशयितः संनिधिः संहितासंज्ञः स्यात्।

(संयोगसंज्ञासूत्रम्)

१३ हलोऽनन्तराः[1] संयोगः[1] । १ । १ । ७ ॥

अज्भिरव्यवहिता हलः संयोगसंज्ञाः स्युः।

(पदसंज्ञासूत्रम्)

१४ सुप्तिङन्तं[1] पदम्[1] । १ । १ । १४ ॥

सुबन्तं तिङन्तं च पदसंज्ञं स्यात्।

इति संज्ञाप्रकरणम्[1]।

अनुनेति—अनुनासिक और अननुनासिक भेद से य, व और ल दो-दो प्रकार के हैं। इसलिये अननुनासिक य, व और ल दो-दो की संज्ञा हैं। अर्थात् यकार से अनुनासिक और अननुनासिक यकार दोनों का बोध होगा। इसी प्रकार वकार और लकार से भी।

१२ पर इति—वर्णों की अन्यन्त समीपता की संहिता संज्ञा हो।

संहिता का उदाहरण सन्धि प्रकरण में दिया जायगा।

१३ हल इति—अचों के व्यवधान से रहित हलों की **संयोग संज्ञा हो।** अर्थात् जिन दो व्यञ्जनों के बीच में स्वर न हों, उन दोनों की मिलकर संयोग संज्ञा होती है।

---

१ इस संज्ञाप्रकरण में प्रायः सन्धि प्रकरण के उपयोग की साधारण संज्ञायें कही गई हैं। टि, घु आदि संज्ञायें तत्तत्स्थलों पर आवश्यकतानुसार कही जायँगी। इस लिये 'संज्ञाप्रकरण' का तात्पर्य यहाँ पर सन्धिप्रकरणोपयोगी संज्ञाओं के प्रकरण से है, न कि सब संज्ञाओं के।

सन्धिप्रकरणम् ।

अच्सन्धिः ।

(यण्विधायकं सूत्रम्)

१५ इको यणचि । ६ । १ । ७७ ॥

इकः स्थाने यण् स्यादचि संहितायां विषये । 'सुधी उपास्यः' इति स्थिते ।

उदाहरण—'सु ध् य् उपास्यः' । यहाँ 'ध् य्' ये दो व्यञ्जन स्वर के व्यवधान से रहित हैं—इनके बीच में कोई स्वर नहीं है । अतः इनकी संयोग संज्ञा हो जाती है ।

संयोग संज्ञा का फल आगे मालूम होगा ।

१४ सुप्तिङिति—सुबन्त और तिङन्त की पद संज्ञा होती है ।

सुप् जिसके अन्त में हो उसे **सुबन्त** और तिङ् जिसके अन्त में हो उसे **तिङन्त** कहा जाता है । सुप् और तिङ् प्रत्यय हैं । ये अजन्तपुँल्लिङ्ग और भ्वादि के प्रारम्भ में बताये जायँगे ।

उदाहरण—रामः, भवति इत्यादि । 'रामः' यह सुबन्त और 'भवति' तिङन्त है ।

इति संज्ञाप्रकरण ।

---

१५ इक इति—इक् के स्थान में यण् आदेश हो अच् परे रहने पर संहिता[1] के विषय में ।

---

[1] परन्तु वाक्य में संहिता वक्ता की इच्छा पर निर्भर है । कहा भी है—

'संहितैकपदे नित्या नित्या धातूपसर्गयोः ।
नित्या समासे वाक्ये तु सा विवक्षामपेक्षते ॥'

अर्थ यह है कि एक पद में, धातु और उपसर्ग के योग में और समास में संहिता नित्य है । पर वाक्य में विवक्षा की अपेक्षा रखती है, अर्थात् वक्ता की इच्छा पर निर्भर है ।

(स्थानिनिमित्तयोरव्यवधाननियामकं परिभाषासूत्रम्)

१६ तस्मिन्निति निर्दिष्टे पूर्वस्य । १ । १ । ६६ ॥

सप्तमीनिर्देशेन विधीयमानं कार्यं वर्णान्तरेणाऽव्यवहितस्य पूर्वस्य बोध्यम् ।

'इकः' यह षष्ठ्यन्त पद है। 'षष्ठी स्थानेयोगा' इस परिभाषा के बल पर 'स्थाने' अर्थ किया गया है। 'यण्' यह प्रथमान्त पद है अत एव विधेय है—'असति बाधके प्रथमाया विधेयविभक्तित्वम्' अर्थात् यदि कोई बाधक न हो तो प्रथमा विधेय विभक्ति होती है प्रथमान्त पद विधेय का बोधक होता है—इस सिद्धान्त के आधार पर। 'अचि' यह परसप्तमी है। 'संहितायाम्' का अधिकार आता है। इस प्रकार उक्त अर्थ निकलता है।

उदाहरण के लिये 'सुधी उपास्यः' यह प्रयोग दिया गया है। पर इसमें सन्देह होता है कि यहाँ तीन इक् हैं और तीनों से परे अच् भी है, फिर किसको यण् आदेश किया जाय? एक इक् है सकार का उत्तरवर्ती उकार, दूसरा है धकारोत्तरवर्ती ईकार और तीसरा है 'उपास्यः' में उकार। प्रथम उकार के आगे अच् है ईकार, ईकार के आगे अच् है उकार और उकार के आगे अच् है पकारोत्तरवर्ती आकार। ऐसी दशा में क्या होना चाहिये? इस निर्णय के लिये आगे परिभाषा दी जाती है।

१६ **तस्मिन्निति**—सप्तम्यन्त पद का उच्चारण कर जिस कार्य का विधान किया जाता है, वह कार्य वर्णान्तर से अव्यवहित—व्यवधानरहित (सप्तम्यन्त पद से बोध्य वर्ण से) पूर्व वर्ण के स्थान में होता है।

इसका तात्पर्य यह है—जिस वर्ण के परे रहते जिस वर्ण को कोई कार्य विधान किया है उन दोनों वर्णों के बीच में कोई दूसरा वर्ण नहीं आना चाहिये। जैसे 'इको यणचि' इस सूत्र से 'अच्' परे रहते 'इक्' को यण् विधान किया गया है, इस लिये इक् और अच् के बीच में कोई दूसरा वर्ण नहीं आना चाहिये।

'इको यणचि' इस सूत्र में 'अचि' यह सप्तम्यन्त पद कहा गया है—अच् परे रहते हुए कार्य का विधान किया गया है। अतः इस सप्तमीविभक्त्यन्त

(स्थानिसदृशस्यादेशत्वनियामकं परिभाषासूत्रम्)

१७ "स्थानेऽन्तरतमः' । १ । १ । ५० ॥

प्रसङ्गे सति सदृशतम [1]आदेशः स्यात् । 'सुध्य्-|-उपास्यः' इति जाते ।

पद 'अचि' से जिसका बोध होगा उसमें अन्य वर्ण के व्यवधान से रहित पूर्व वर्ण को ही यण् कार्य होगा । 'सुधी-|-उपास्यः' इस उदाहरण में सकारोत्तरवर्ती उकार और अच्-धकारोत्तरवर्ती ईकार—के बीच में धकार का व्यवधान है, तथा उपास्यः के उकार और पर अच्—पकारोत्तरवर्ती आकार—के बीच में पकार का व्यवधान है अतः दोनों के स्थान में उक्त नियम के अनुसार कार्य नहीं हो सकता । धकारोत्तरवर्ती ईकार से पर जो उपास्य का उकार अच् है उससे पूर्व ईकार के मध्य में किसी अन्य वर्ण का व्यवधान नहीं, इसलिये धकारोत्तरवर्ती 'ई' को ही यण् हो सकता है ।

फिर भी एक सन्देह बना ही रह जाता है कि 'ई' के स्थान में यण् करेंगे तो, परन्तु यण् तो 'य् व् र् ल्' ये चार हैं, किसको किया जाय ? इस सन्देह को दूर करने के लिए दूसरी परिभाषा दी जाती है ।

१७ स्थान इति—प्रसङ्ग—एक स्थानी[2] के स्थान पर कई आदेशों की

---

१ आदेश शब्द का प्रयोग व्याकरण शास्त्र में विशेष अर्थ में किया गया है, अतः इसके विशेष अर्थ को यहाँ स्पष्ट करना आवश्यक है—जो किसी के स्थान में उसको हटाकर होता है उसे **आदेश** कहते हैं । जैसे—'सुधी-|-उपास्यः' में 'ई' को हटाकर यकार होता है । यह आदेश है । 'शत्रुवदादेशः' आदेश शत्रु के समान होता है । वह स्थानी को हटाकर वहाँ अपने आप बैठ जाता है । शत्रु जैसा व्यवहार करता है ।

२ स्थानी शब्द भी व्याकरण शास्त्र का पारिभाषिक शब्द है, उसकी परिभाषा यहाँ दी जाती है—जिसके स्थान में आदेश होता है उसे **स्थानी** कहते हैं । जैसे—'सुधी-|-उपास्यः' में ईकार के स्थान में यण् आदेश होता है । इसलिये यह स्थानी है ।

(यरो द्वित्वविधायकं सूत्रम्)

१८ अनचि च । ८ । ४ । ४७ ॥

अचः परस्य यरो द्वे वा स्तो न त्वचि । इति धकारस्य द्वित्वम् ।

(झलां जश्विधायकं सूत्रम्)

१९ झलां जश् झशि । ८ । ४ । ५३ ॥

स्पष्टम् । इति पूर्वधकारस्य दकारः ।

प्राप्ति-उपस्थित होने पर उनमें जो स्थानी के सबसे अधिक सदृश[१] हो, वह आदेश हो ।

यहाँ पर 'य् व् र् ल्' इन चारों में 'य्' ही 'ई' का अधिक सदृश है। क्योंकि 'ई' का स्थान तालु है और यकार का भी। इसलिए ई के स्थान में 'य्' हो जायगा तब 'सुध्य् उपास्यः' ऐसा हो गया ।

१८ अनचि चेति—अच् से परे यर् को विकल्प[२] से द्वित्व[३] होता है पर यर् के आगे अच् हो तो नहीं होता ।

इति धकारस्येति—इससे धकार को द्वित्व हो गया ।

'सुध्य् उपास्यः' इस प्रयोग में अच्-सकारोत्तरवर्त्ती उकार-से परे यर् धकार है, उसके आगे अच् भी नहीं है, यकार है जो व्यञ्जन है। अतः धकार को द्वित्व होकर 'सु ध् ध् य् उपास्यः' ऐसा रूप हो गया ।

१९ झलामिति—झलों को जश् होता है झश् परे रहने पर ।

---

१ सादृश्य चार प्रकार का होता है—१ स्थानकृत, २ अर्थकृत, ३ गुणकृत, ४ प्रमाणकृत। जहाँ अनेक प्रकारका सादृश्य प्राप्त हो वहाँ स्थानकृत सादृश्य ही लेना चाहिए। कहा भी है—'यत्रानेकविधमान्तर्यं तत्र स्थानत आन्तर्यं बलीयः' अर्थात् जहाँ अनेक प्रकार का सादृश्य हो वहाँ स्थानकृत सादृश्य बलवान् माना जाता है। इसलिए इस उदाहरण में स्थानकृत सादृश्य से ही तालु स्थान की समानता होने से-ई के स्थान में यकार आदेश किया गया है।

२ विकल्प कहते हैं एक पक्ष में कार्य का हो जाना और दूसरे पक्ष में न होना। ३ द्वित्व - एक को दो करने को कहते हैं ।

(संयुक्तान्त्यलोपविधायकं सूत्रम्)

२० संयोगान्तस्य लोपः । ८ । २ । २३ ॥

संयोगान्तं यत्पदं तदन्त्यस्य लोपः स्यात् ।

स्पष्टमिति—वृत्ति के स्थान में 'स्पष्टम्' है । इसका तात्पर्य यह है कि इस सूत्र का अर्थ सरल है, इसमें कहीं से अनुवृत्ति नहीं लानी पड़ती । 'झलाम्' यह षष्ठ्यन्त पद स्थानी का बोधक है । 'अश्' यह प्रथमान्त विधेय का और 'झशि' यह सप्तम्यन्त निमित्त का बोधक है । स्थानी, विधेय (आदेश), और निमित्त इन तीनों ही की आवश्यकता विधिसूत्र में होती है और यहाँ ये तीनों हैं ही । इसलिये अर्थ स्पष्ट है ।

इति पूर्वधकारस्येति—इससे पहले धकार को दकार हो गया ।

'सु ध् ध् य् उपास्यः' यहाँ पर झल् है पहला धकार, उसके परे झश् है दूसरा धकार । इसलिये प्रथम धकार को दन्तस्थान की समानता के कारण जशों में से दकार होगा । दूसरा धकार भी झल् है पर उससे परे झश् नहीं है । य् झश् प्रत्याहार में नहीं आता । तब पूर्व धकार के स्थान में दकार किये जाने पर 'सु द् ध् य् उपास्यः' ऐसा रूप बना ।

२० संयोगेति—संयोग जिस पद के अन्त में हो उसके अन्त्य अक्षर का लोप हो ।

'पदस्य' इस अधिकार सूत्र का इस सूत्र में सम्बन्ध होता है । यह विशेष्य है और 'संयोगान्तस्य' यह विशेषण । इस सूत्र का अर्थ इतना ही है कि 'संयोगान्त पद का लोप हो ।' इतना अर्थ होने से सम्पूर्ण पद का लोप प्राप्त है । 'अन्त्य का लोप होता है', यह अर्थ अग्रिम परिभाषा के बल से होता है ।

इस प्रकार 'सु द् ध् य् उपास्यः' इस प्रयोग में यकार का लोप प्राप्त होता है ।

(षष्ठीनिर्दिष्टस्यान्त्यालस्थानिकत्वनियामकं परिभाषासूत्रम्)

२१ [१]अलोऽन्त्यस्य । १ । १ । ५२ ॥

षष्ठीनिर्दिष्टोऽन्त्यादेशः स्यात् । इति यलोपे प्राप्ते-

(संयोगान्तलोपापवादवार्तिकम्)

(वा०) यणः प्रतिषेधो वाच्यः ।

सुद्ध्युपास्यः, सुध्युपास्यः । मद्ध्वरिः, मध्वरिः । धात्त्रंशः, धात्रंशः । लाकृतिः ।

---

२१ **अलोऽन्त्येति**—षष्ठयन्त का उच्चारण कर जहाँ आदेश का विधान किया हो, वहाँ षष्ठयन्त के द्वारा उदाहरण में जिसका बोध होता है, उसके अन्तिम वर्ण को आदेश हो ।

पूर्वोक्त अनियम को दूर करने के लिए 'अलोऽन्त्यस्य' परिभाषा है । उसका अर्थ है—'षष्ठयन्त का उच्चारण कर जहाँ आदेश विधान किया जाता है वहाँ उस षष्ठयन्त पद के द्वारा उदाहरण में जिसका बोध होता है, उसके अन्तिम वर्ण को वह आदेश हो । इस परिभाषा के आधार पर ही 'संयोगान्त पद के अन्त का लोप होता है' यह अर्थ पूर्व सूत्र 'संयोगान्तस्य लोपः' का किया गया ।

इति यलोपे इति—इससे यकार का लोप प्राप्त होने पर-

अर्थात् यकार का लोप प्राप्त तो हुआ, पर अग्रिम वार्तिक 'यणः प्रतिषेधो वाच्यः' ने उसका निषेध कर दिया ।

(वा) यण इति—संयोगान्त पद के अन्तिम वर्ण यण् का लोप नहीं होता ।

'संयोगान्तस्य लोपः' सूत्र पर यह [१]**वार्तिक है** । इससे यकार का लोप न होगा ।

---

१ वार्तिक का लक्षण है—

'उक्तानुक्तदुरुक्तानां चिन्ता यत्र प्रवर्तते ।
तं ग्रन्थं वार्तिकं प्राहुर्वार्तिकज्ञा विचक्षणाः ॥' इति ॥

उक्त, अनुक्त तथा दुरुक्त अर्थात् त्रुटिपूर्ण कथन पर जहाँ विचार किया जाता है, उसे वार्तिक कहते हैं ।

सुद्ध्य्‌ुपास्यः, सुध्युपास्यः—ये सब उदाहरण हैं। इनमें 'सुद्ध्युपास्यः' की सिद्धि का प्रकार बतला दिया गया है। यकार के लोप के निषेध होनेपर **'अज्झीनं व्यञ्जनं परेण संयोज्यम्'** के अनुसार 'द् ध् य्' को मिला देने पर उक्त रूप की सिद्धि हुई। जिस पक्ष में 'अनचि च' से द्वित्व नहीं हुआ उसमें 'ध् य्' को उकार में मिलाने से 'सुध्युपास्यः' सिद्ध हुआ है।

मद्ध्वरिः, मध्वरिः—'मधु+अरिः' यह सन्धिच्छेद है। इस अवस्था में उकार को वकार यण् हुआ। धकार को विकल्प से द्वित्त्व और पूर्वधकार को जश् दकार पुनः संयोगान्तपद होने से अन्त्य वकार का लोप प्राप्त हुआ और पूर्वोक्त 'यणः प्रतिषेधो वाच्यः' इस वार्तिक से उसका निषेध होने पर 'मद्ध्वरिः' ऐसा रूप सिद्ध हुआ। द्वित्त्व के अभावपक्ष में 'मध्वरिः'।

धात्त्रंशः, धात्रंशः—'धातृ+अंशः' इश दशा में तकारोत्तरवर्ती ऋकार इक् के स्थान में यण् रेफ हुआ। यर् तकार को विकल्प से द्वित्व होने पर अन्त्य रेफ का संयोगान्त लोप प्राप्त हुआ। पर उसका निषेध 'यणः प्रतिषेधो वाच्यः' वार्तिक से हुआ, तब 'धात्त्रंशः' ऐसा प्रयोग सिद्ध हुआ। द्वित्व के अभाव पक्ष में 'धात्रंशः' ऐसा रूप सिद्ध हुआ।

लाकृतिः—'लृ+आकृतिः' इस दशा में इक् लृकार-को यण्-लकार-होने से 'लाकृतिः' प्रयोग सिद्ध हुआ।

'सुद्ध्य्‌ुपास्यः' और 'मद्ध्वरिः' प्रयोगों की सिद्धि का प्रकार समान है। 'धात्त्रंशः' में जश् की 'लाकृतिः' में द्वित्व और जश् दोनों—की प्रवृत्ति नहीं होती।

प्रयोगों का अर्थ—सुद्ध्युपास्यः—'सुधीभिः विद्वद्भिः, उपास्यः सेवनीयः' विद्वानों के द्वारा उपासनीय, अर्थात् भगवान्। **मद्ध्वरिः**—'मधोः एतन्नामकस्य राक्षसस्य, अरिः–शत्रुः, मधुनामक राक्षस के शत्रु, भगवान् विष्णु। **धात्त्रंशः**—'धातुः ब्रह्मणः, अंशः' ब्रह्मा का भाग। **लाकृतिः**–'लृकारस्य, आकृतिः स्वरूपम्' अथवा लृ के आकार के समान जिसका आकार है वह, कृष्ण भगवान्। बांसुरी बजाने के समय उनकी आकृति 'लृ' के जैसी होती है।

(अय्आद्यादेशविधायकं सूत्रम्)

२२ 'एचोऽयवायावः' । ६ । १ । ७८ ॥

एचः क्रमाद् अय् , अव् , आय् , आव् एते स्युरचि ।

(समसंख्याकस्थान्यादेशानां उक्तक्रमेणैव स्थान्यादेशभावनियामकं सूत्रम्)

२३ यथासंख्यमनुदेशः समानाम् । १ । ३ । १० ॥

समसम्बन्धी विधिर्यथासंख्यं स्यात् ।

हरये । विष्णवे । नायकः । पावकः ।

अन्य उदाहरण – यदि + अपि=**यद्यपि**=यद्यपि । दधि + आनय=**दध्यानय**=दही लाओ । वारि + अस्ति=**वार्यस्ति**=जल है । प्रति + एकम्=**प्रत्येकम्**=हर एक । गौरी + आयाति=**गौर्यायाति**=गौरी आती है । शशी + उदियाय=**शश्युदियाय**=चन्द्रमा निकला । अभि + उदयः=**अभ्युदयः**=उन्नति । वस्तु + अस्ति=वस्त्वस्ति=वस्तु है । बधू + अलंकारः=**वध्वलंकारः**=वधू (बहू) का गहना । पितृ + अनुमतिः = **पित्रनुमतिः** = पिता की स्वीकृति । मातृ + आज्ञा=**मात्राज्ञा** = माता की आज्ञा । भ्रातृ + उक्तम् = **भ्रात्रुक्तम्** = भाई का कहा हुआ ।

२२ **एच इति** – एच्–ए ओ ऐ औ–के स्थान में क्रम से अय् , अव् , आय् , आव् ये आदेश हों, अच् के परे रहने पर ।

२३ **यथासंख्येति**—समसम्बन्धी विधि यथासंख्य होती है अर्थात् यदि उद्देश्य तथा प्रतिनिर्देश्य–स्थानी और आदेश–की संख्या समान हो तो वहाँ पर आदेश क्रम से,–प्रथम को प्रथम, द्वितीय को द्वितीय इस प्रकार से होते हैं ।

'एचोऽयवायावः' सूत्र में स्थानी 'ए ओ ऐ औ' ये चार हैं और उनके स्थान में अय् , अव् , आय् , आव् ये चार आदेश कहे हैं । ये यथासंख्य-क्रम से-होंगे अर्थात् ए को अय् , ओ को अव् , ऐ को आय् , औ को आव् होगा ।

हरये (हरि के लिये)—'हरे + ए' इस दशा में रेफोत्तरवर्ती एकार के स्थान में एकार अच् परे रहने से 'अय्' आदेश होकर 'हरये' रूप सिद्ध हुआ ।

(यादिप्रत्ययेऽवाऽऽवादेशविधायकं सूत्रम्)

२४ वान्तो'यि°प्रत्यये° । ६ । १ । ।७९ ॥

यकरादौ प्रत्यये परे ओदौतोरव् आव् एतौ स्तः । गव्यम् । नाव्यम् ।

विष्णवे (विष्णु के लिये)—'विष्णो-|-ए' इस दशा में णकारोत्तरवर्ती 'ओ'कार के स्थान में एकार अच् के पर होने से 'अव्' आदेश हुआ । 'विष्णवे' रूप सिद्ध हुआ ।

नायकः (नेता, ले जानेवाला, लीडर)—'नै-|-अकः' इस दशा में नकारोत्तरवर्ती ऐकार के स्थान में अकार अच् के परे रहते 'आय्' आदेश होने से 'नायकः' रूप सिद्ध हुआ ।

पावकः (पवित्र करनेवाला, अग्नि)—'पौ-|-अकः' इस स्थिति में पकारोत्तरवर्ती 'औकार' के स्थान में अच् अकार के परे रहते 'आव्' आदेश होकर 'पावकः' रूप सिद्ध हुआ ।

अन्य उदाहरण—शे + अनम् = **शयनम्** = सोना, सोने का स्थान पलंग आदि । ने + अनम्=**नयनम्**=ले जाना, आँख । चे + अनम् = **चयनम्**=संग्रह करना । शे + आनः = **शयानः**=सोता हुआ । शे + इतः=**शयितः**=सोया हुआ गै + अनः = **गायनः** = गाने वाला । पो + अनः = **पवनः** = हवा । भौ + अनम् = **भवनम्** = मकान । लो + अनः = **लवणः** = नमक । पो + इत्रम् = **पवित्रम्** = पवित्र । भौ + अकः = **भावुकः** = सहृदय ।

२४ **वान्तोयीति**-यकरादि[1] प्रत्यय परे रहते ओ और औ के स्थान में क्रम से अव् और आव् आदेश हों ।

---

१ '**यस्मिन् विधिस्तदादावल्ग्रहणे**—अल् एक वर्ण के ग्रहण के स्थल में जिसको निमित्त मानकर कार्य का विधान कियो गया है, उस निमित्त से तदादि का ग्रहण करना चाहिये । इस परिभाषा के बल से 'यि' इस अल् के ग्रहण में तदादि अर्थात् यकारादि अर्थ लिया गया ।

(अवादेशविधायकं वार्तिकम्)

(वा०) अध्वपरिमाणे च । गव्यूतिः ।

(गुणसंज्ञासूत्रम्)

२५ अदेङ्[1]गुणः[1] । १ । १ । २ ॥

अत् एङ् च गुणसंज्ञः स्यात् ।

गव्यम्—(गो का विकार अर्थात् दूध, दही, घी आदि) ।'गो[1]–यम्' ऐसी स्थिति में यकारादि प्रत्यय 'य' के परे रहते गकारोत्तरवर्ती 'ओ' को 'अव्' आदेश होकर 'गव्यम्' रूप सिद्ध हुआ ।

नाव्यम्–(नौका से तरने योग्य जल) 'नौ[2] + यम्' ऐसी दशा में यकारादि प्रत्यय 'य' के परे रहते हुए नकारोत्तरवर्ती 'ओ' के स्थान में 'आव्' आदेश होकर 'नाव्यम्' रूप सिद्ध हुआ । जैसे–अस्यां नद्यां नाव्य जलं वर्तते= नदी में नाव चलने के योग्य जल है ।

(वा) अध्वेति–मार्ग के परिमाण अर्थ में भी 'गो' शब्द के आगे 'यूति' शब्द रहे तो 'ओकार' के स्थान में 'अव्' आदेश हो ।

गव्यूति—दो कोस[1] । 'गो+यूतिः' इस स्थिति में गो शब्द से यूति शब्द परे रहने के कारण ओकार को 'अव्' आदेश होकर 'गव्यूतिः' रूप सिद्ध हुआ ।

२५ अदेङिति—अत्–ह्रस्व अकार–और एङ्–ए ओ–गुण संज्ञावाले हों अर्थात् इनकी गुण संज्ञा होती है ।

१—गो शब्द से विकार अर्थ में 'गोपयसोर्यत्' इस सूत्र से 'यत्' प्रत्यय 'त्' कार का लोप, तद्धितान्त होने से 'कृत्तद्धितसमासाश्च' सूत्र से प्रातिपदिक संज्ञा होकर स्वादि की उत्पत्ति, सुप्रत्यय होकर नपुंसक होने से अम् आदेश हुआ ।

२ नौ शब्द से तार्य-तरने योग्य-अर्थ में 'नौवयोधर्मविष–' इत्यादि सूत्र से यत् प्रत्यय हुआ । शेष कार्य 'गव्यम्' के समान ही होगा ।

३ **'गव्यूतिः स्त्री क्रोशयुगम्'** इत्यमरः । अर्थात् 'गव्यूति' **शब्द का प्रयोग** दो कोश परिमाण अर्थ में होता है और यह पद स्त्रीलिंग है ।

(तपरवर्णानां यथोक्तग्राहकत्वनियामकं सूत्रम्)

२६ 'तत्परस्तत्कालस्य'[६] । १ । १ । ७० ॥

तः परो यस्मात्स च, तात्परश्चोच्चार्यमाणसमकालस्यैव संज्ञा स्यात् ।

(गुणविधायकं सूत्रम्)

२७ आद्[५] गुणः[१] । ६ । १ । ८७ ॥

अवर्णादचि परे पूर्वपरयोरेको गुण आदेशः स्यात् । उपेन्द्रः । गङ्गोदकम् ।

---

२६ तपर इति- -जिस 'स्वर' से परे तकार हो तथा जो 'स्वर' तकार से परे हो ऐसा उच्चारण किया गया स्वर अपने समकाल की ही संज्ञा का बोधक हो ।

तात्पर्य यह है कि यदि ह्रस्व अकार के पूर्व या पश्चात् तकार बढ़ गया हो तो वह ह्रस्व के छः भेदों का ही बोध करायेगा, दीर्घादि का नहीं । 'अणुदित्स-वर्णस्य' सूत्र के द्वारा अण् सवर्ण का बोधक कहा गया है उसका यह अपवाद अर्थात् विशेष नियम है । जैसे—'अदेङ् गुणः' इस सूत्र में अकार के आगे तकार है । इसलिये अकार ह्रस्व का बोध करायेगा, दीर्घादियों का नहीं । इसीलिये ह्रस्व अकार की ही गुण संज्ञा होती है दीर्घ आदि की नहीं ।

सूत्र के 'तपरः' पद के द्वारा दोनों अर्थ 'तात्परः' 'तः परो यस्मात्' इस प्रकार से निकलते हैं । तकार से परे का उदाहरण भी 'अदेङ् गुणः' में 'एङ्' पद है । 'एङ्' तकार से परे है इसलिये 'ए' और 'ओ' भी समकाल के बोधक हैं अर्थात् दीर्घ (द्विमात्र) एकार और दीर्घ ओकार की ही गुण संज्ञा होगी, त्रिमात्र-चतुर्मात्र की नहीं । अतः 'गङ्गा-।-उदकम्' में आकार और उकार-पूर्व पर-के स्थान में गुण 'ओ'कार होता है । पूर्व आकार के द्विमात्र और उत्तर उकार के एक मात्र होने से दोनों के स्थान में प्रमाणकृत सादृश्य के कारण त्रिमात्र नहीं होता । क्योंकि गुण संज्ञा तो द्विमात्र की ही होती है ।

२७ आद्गुण इति—अवर्ण से अच् परे होने पर पूर्व और पर दोनों के स्थान में एक गुण आदेश हो ।

(अचामित्संज्ञाविधायकं सूत्रम्)

२८ उपदेशेऽजनुनासिक इत् । १ । ३ । २ ॥

उपदेशेऽनुनासिकोऽज् इत्संज्ञः स्यात् ।
प्रतिज्ञानुनासिक्याः[1] पाणिनीयाः ।

उपेन्द्रः (इन्द्र के समीप अर्थात् विष्णु)—'उप+इन्द्रः' इस दिशा में पकार के आगे वर्तमान अकार, अवर्ण के आगे इन्द्र के इकार अच् होने से पूर्व और पर दोनों—अकार और इकार—के स्थान में गुण एक आदेश प्राप्त है । 'स्थानेऽन्तरतमः' परिभाषा की सहायता से कण्ठ स्थानीय 'अकार' और तालु-स्थानीय 'इकार' के स्थान में अत्यन्त सदृश होने से स्थान की समानता होने से कण्ठतालुस्थानीय गुण 'ए' आदेश होकर 'उपेन्द्रः' रूप सिद्ध हुआ ।

गङ्गोदकम्—(गङ्गाजल) 'गङ्गा+उदकम्' इस दशा में गकारोत्तरवर्ती आकार अवर्ण है और उसके आगे अच् है 'उदकम्' का उकार । अतः दोनों के स्थान में अत्यन्त सदृश होने के कारण स्थान साम्य से कण्ठौष्ठस्थानीय 'ओ' गुण एकादेश होने से 'गङ्गोदकम्' रूप सिद्ध हुआ ।

अन्य उदाहरण—नर+इन्द्रः = **नरेन्द्रः** = राजा । दिन+ईशः = **दिनेशः** = सूर्य । सुर+ईशः = **सुरेशः** = इन्द्र । महा+इन्द्रः = **महेन्द्रः** = इन्द्र । राज+इन्द्रः = **राजेन्द्रः** = बड़ा राजा । सूर्य+उदयः = **सूर्योदयः** = सूर्य का निकलना । भाग्य+उदयः = **भाग्योदयः** = भाग्य की वृद्धि । आत्म+उन्नतिः = **आत्मोन्नतिः** = अपनी उन्नति । विद्या+उन्नतिः = **विद्योन्नतिः** = विद्या की उन्नति ।

२८ उपदेश इति—जो अच् उपदेश अवस्था में अनुनासिक हो, उसकी इत्संज्ञा होती है ।

प्रतिज्ञेति—पाणिनि के कहे हुए वर्णों का अनुनासिक होना केवल प्रतिज्ञा से मालूम होता है ।

---

१ प्रतिज्ञायते इति प्रतिज्ञा, अनुनासिकस्य भावः आनुनासिक्यं, प्रतिज्ञा आनुनासिक्यं येषां ते प्रतिज्ञाऽनुनासिक्याः । पाणिनिना प्रोक्तम् अधीयते विदन्ति वा पाणिनीयाः ।

('र' प्रत्याहारस्य सिद्धिप्रकार-स्वरूपयोश्च निरूपणम्)

लणसूत्रस्थावर्णेन सहोच्चार्यमाणो रेफो रलयोः संज्ञाः।

(ऋलृस्थाने विधीयमानस्याणो रपरलपरत्वविधायकं परिभाषासूत्रम्।)

२९ उ'रण्' रपरः'। १। १। ५१॥

ऋ इति त्रिंशतः संज्ञेत्युक्तम्। तत्स्थाने योऽण, स रपरः सन्नेव प्रवर्तते। कृष्णर्द्धिः। तवल्कारः।

लण् इति—'लण्' सूत्र में वर्तमान 'लण्मध्ये त्वित्संज्ञकः' इस पूर्वोक्त वचन से इत्संज्ञक अवर्ण के साथ उच्चार्यमाण रेफ अर्थात् र प्रत्याहार रकार और लकार की संज्ञा का बोधक होता है।

अनुनासिक अच् की इत्संज्ञा कही गई है; उसमें प्रश्न उठता है कि यह वर्ण अनुनासिक है—इसका ज्ञान कैसे हो? इसके उत्तर में कहा है कि प्रतिज्ञा से अनुनासिक होने का ज्ञान होगा। प्रतिज्ञा का अर्थ है—'यह ऐसा है' इस प्रकार का कथन। सूत्रकार ने अनुनासिक पाठ किया होगा। पर अब वह लुप्त है। संभव है पीछे अनुनासिक ज्ञान होता है। जैसे प्रथमा विभक्ति के एक वचन 'सु' के 'उ' का लोप होकर 'स्' को रुत्व और विसर्ग देखने से होता है और सप्तमी के बहुवचन 'सुप्' का उकार अनुनासिक नहीं, क्योंकि 'बहुषु बहुवचनम्' सूत्र में उसका प्रयोग मिलता है।

र प्रत्याहार–'हयवरट्' सूत्र से अकार रहित शुद्ध 'र्' को लेकर और 'लण्' सूत्र के अकार को–जिसके विषय में पहले कहा जा चुका है कि लण् सूत्र का लकरोत्तरवर्ती अकार इत्संज्ञक है–लेकर र-प्रत्याहार बनता है। वह मध्य के वर्ण 'ल' का तथा अपना भी बोधक होता है। अतः 'र' रेफ और लकार दोनों का बोधक है।

२९ उरण् इति—'ऋ' तीस का बोधक है यह पहले कहा गया है। उस ऋ के स्थान में जो अण् आदेश हो वह रपर ही प्रवृत्त हो। जैसे यदि 'ऋ' के स्थान में 'अ' हो तो वह रपर होकर 'अर्' इस रूप में आदेश हो। इसी प्रकार 'इ' हो तो 'इर्' और 'उ' हो तो 'उर्' आदेश होंगे।

'र' से यहाँ 'र' प्रत्याहार समझना चाहिये ताकि रपर से लपर भी लिया जा सके। जहाँ 'लृ' के स्थान में अण् आदेश होगा, वहाँ लपर होगा

(पदान्तयकारवकारयोर्लोपविधायकं सूत्रम्)

३० लोपः[1] शाकल्यस्य[1] । ८ । ३ । १९ ॥

अवर्णपूर्वयोः पदान्तयोर्यवयोर्लोपो वाऽशि परे ।

अर्थात् यदि ऌ के स्थान में 'अ' आदेश प्राप्त होगा तो वह लपर याने 'अल्' होगा ।

कृष्णर्द्धिः (कृष्ण की समृद्धि)—'कृष्ण-।-ऋद्धिः' ऐसी स्थिति में णकारोत्तरवर्ती अकार अवर्ण से परे ऋद्धि का ऋ अच् है । दोनों के स्थान में 'आद्गुणः' से गुण प्राप्त हुआ । 'उरण् रपरः' की सहायता से अत्यन्त सदृश होने के कारण 'अर्' आदेश होकर 'कृष्णर्द्धिः' रूप सिद्ध हुआ ।

तवल्कारः (तेरा ऌकार)—इसी प्रकार 'तवल्कारः' की भी सिद्धि होती है । 'तव-।-ऌकारः' यह सन्धिच्छेद है । अ और ऌ के स्थान में 'अल्' आदेश होने से 'तवल्कारः' सिद्ध होता है ।

अन्य उदाहरण—द्रव्य-।-ऋद्धिः = **द्रव्यर्द्धिः**=धनादि की वृद्धि । **सप्त** + ऋषयः = **सप्तर्षयः** = सप्तर्षि, अङ्गिरा आदि सात ऋषि । ग्रीष्म + ऋतुः = **ग्रीष्मर्तुः** = गर्मी का मौसम । महा + ऋषिः = **महर्षिः** = बड़ा ऋषि । मम-।-ऌकारः = **ममल्कारः** = मेरा ऌकार ।

३० लोप इति—अवर्ण (अकार और आकार) पूर्वक पदान्त यकार और वकार का लोप हो अश् परे रहने पर, विकल्प से ।

हर इह, विष्ण इह—'हरे-।-इह' 'विष्णो-।-इह' यहाँ पर 'एचोऽयवायावः' सूत्र से 'अय्' और 'अव्' आदेश क्रम से होने से 'हरय्-।-इह' 'विष्णव्-।-इह' ऐसी स्थितिमें पदान्त यकार और वकार का इकार अश् पर होने से विकल्प से लोप हो गया । लोपपक्ष में **'हर इह' 'विष्ण इह'** ये रूप सिद्ध हुए । और जब लोप न हुआ तो **'हरयिह' 'विष्णविह'** ।

अन्य उदाहरण -ते-।-आगताः **त आगताः, तयागताः**=वे आये । ये-।-इह = **य इह,ययिह** = जो यहाँ । वने-।-ऋषयः=**वन ऋषयः,वनयृषयः**=

---

१ लोपपक्ष का प्रयोग अधिक होता है । लोप के अभाव पक्ष का ही प्रयोग कम होता है ।

(पूर्वशास्त्रं प्रति परशास्त्रस्यासिद्धत्वविधायकम् अधिकारसूत्रम्)

३१ पूर्वत्राऽसिद्धम्[१] । ८ । २ । १ ।

सपादसप्ताध्यायीं प्रति त्रिपाद्यसिद्धा, त्रिपाद्यामपि पूर्वं प्रति परं शास्त्रमसिद्धम् । हर इह, हरयिह । विष्ण इह, विष्णविह ।

वन में ऋषि । श्रियै-|-उद्यतः = **श्रिया उद्यतः, श्रियायुद्यतः** = लक्ष्मी के लिये उद्यत । तस्मै-|-अदात्=**तस्मा अदात्, तस्मायदात्**=उसको दिया । विधौ-|-उदिते = **विधा उदिते, विधावुदिते**[१]=चन्द्र के उदित होने पर ।

३१ पूर्वत्र इति—सवासात अध्याय के प्रति त्रिपादी असिद्ध है और त्रिपादी में भी पूर्व के प्रति परशास्त्र[२] असिद्ध है ।

पाणिनि मुनिने 'अष्टाध्यायी' बनाई है । उस में आठ अध्याय हैं । प्रत्येक अध्याय में चार चार पाद हैं । पहले सात अध्याय और आठवें अध्याय का एक पाद 'सपादसप्ताध्यायी' कहा जाता है, तथा आठवें अध्याय के शेष तीन पाद अर्थात् दूसरा, तीसरा और चौथा पाद त्रिपादी कहा जाता है । यह सूत्र आठवें अध्याय के दूसरे पाद का पहला सूत्र है । यह बोध कराता है कि पूर्व के प्रति पर असिद्ध हो अर्थात् इसके पूर्व सवा सात अध्याय के प्रति पर-शेष त्रिपादी-असिद्ध हों ।

यह अधिकार सूत्र है । अधिकार सूत्र होने से अपने आगे के प्रत्येक सूत्र में जाकर बोध कराता है कि तुम अपने से पूर्व के प्रति असिद्ध हो । असिद्ध का मतलब है—न सिद्ध हुआ, अर्थात् न हुआ । तात्पर्य यह है कि असिद्ध, न होने के समान होता है ।

उदाहरण—'हर-|-इह' 'विष्ण-|-इह' यहाँ 'लोपः शाकल्यस्य' से यकार और वकार का लोप होने पर रेफोत्तरवर्ती अकार से और णकारोत्तरवर्ती अकार से 'इह' का इकार अच् परे होने से पूर्व पर के स्थान में 'आद्गुणः' से गुण एकादेश प्राप्त होता है । परन्तु 'आद्गुणः' है छठे अध्याय के पहले पाद का

---

१ यहाँ लोप के अभाव पक्ष का ही अधिकतर प्रयोग होता है !

२ प्रत्येक सूत्र को शास्त्र कहा जाता है ।

(वृद्धिसंज्ञासूत्रम्)

३२ 'वृद्धिरादैच्' । १ । १ । १ ॥

आदैच्च वृद्धिसंज्ञः स्यात् ।

सत्तासीवां सूत्र, इसलिये यह हुआ सपादसप्ताध्यायी का और लोपः शाकल्यस्य आठवें अध्याय के तीसरे पाद का उन्नीसवां सूत्र होने से त्रिपादी का है । अतः 'आद्गुणः' के प्रति 'लोपः शाकल्यस्य' असिद्ध है अर्थात् 'लोपःशाकल्यस्य' का किया हुआ यकार और वकार का लोप 'आद्गुणः' के प्रति अर्थात् उसकी दृष्टि में न होने के समान है । 'आद्गुणः' की दृष्टि में यकार वकार का लोप हुआ ही नहीं । अतः यकार वकार के व्यवधान होने से 'आद्गुणः' की प्रवृत्ति नहीं होती, गुण नहीं होता ।

३२ वृद्धिरिति—आकार और ऐच्–ऐ औ–की वृद्धि संज्ञा हो ।

यद्यपि उद्देश्य होने से 'आदैच्' का प्रयोग पहले और विधेय होने से 'वृद्धि' शब्द का प्रयोग 'आदैच्' के बाद में होना चाहिए था । जैसे कहा भी है —'अनुवाद्यमनुक्त्वैव न विधेयमुदीरयेत्' अर्थात् विना अनुवाद्य–उद्देश्य के कहे विधेय न कहना चाहिये । तथापि 'वृद्धि' शब्द का प्रयोग मङ्गलार्थ आदि में किया गया है । यह सूत्र अष्टाध्यायी का पहला सूत्र है । अतः मङ्गल के लिये ऐसा करना पड़ा है । अतएव यह दोष क्षन्तव्य है । भाष्यकार ने कहा भी है—'मङ्गलादीनि मङ्गलमध्यानि मङ्गलान्तानि च शास्त्राणि प्रथन्ते, आयुष्मत्पुरुषाणि च भवन्ति, अध्येतारश्च सिद्धार्थाःस्युः' अर्थात् जिन शास्त्रों के आदि, मध्य और अन्त में मङ्गलाचरण किया होता है उनका लोक में बहुत प्रचार और आदर होता है, उसके बनाने वाले पुरुष दीर्घजीवी होते हैं, तथा पढ़ने वालों का प्रयत्न सफल होता है ।

ध्यान रहे ऋकार तथा ऌकार के स्थान पर जब आकार वृद्धि आदेश होगा, तब वह 'उरण् रपरः' के बल से रपर तथा लपर होकर आर् और आल् के रूप में ही होगा । जैसे—प्र+ऋच्छति = **प्रार्च्छति**, प्र+ऌकारीयति = **प्राल्कारीयति** इत्यादि प्रयोगों में ।

(वृद्धिविधायकं सामान्यं सूत्रम्)

३३ 'वृद्धिरेचि' । ६ । १ । ८८ ॥

आदेचि परे वृद्धिरेकादेशः स्यात् । गुणाऽपवादः । कृष्णैकत्वम् । गङ्गौघः । देवैश्वर्यम् । कृष्णौत्कण्ठ्यम् ।

---

३३ वृद्धिरिति—अवर्ण से एच् परे हो तो पूर्व पर के स्थान में वृद्धि एकादेश हो ।

गुणेति—यह गुण का अपवाद है[1] ।

कृष्णैकत्वम् (कृष्ण की एकता)—'कृष्ण-।-एकत्वम्' इस स्थिति में णकारोत्तरवर्ती अकार अवर्ण से परे 'एकत्वम्' का आदि एकार एच् परे होने से पूर्व पर अकार एकार के स्थान में 'वृद्धिरेचि' से वृद्धि एकादेश प्राप्त हुआ। आन्तरतम्य (अत्यन्त सदृशता) से अकार एकार के स्थान में 'ऐ' वृद्धि हुई ।

इस प्रकार 'कृष्णैकत्वम्' सिद्ध हुआ ।

गङ्गौघः (गङ्गा का प्रवाह[2])—'गङ्गा-।-ओघः' यहाँ गङ्गा शब्द के अन्तिम आकार अवर्ण से परे ओकार एच् परे होने से दोनों के स्थान में अत्यन्त सदृश होने (आन्तरतम्य) से 'औ' वृद्धि एकादेश हुआ । इस प्रकार 'गङ्गौघः' रूप सिद्ध हुआ ।

देवैश्वर्यम् (देवताओं का ऐश्वर्य)—'देव-।-ऐश्वर्यम्' यहाँ वकारोत्तरवर्ती अकार अवर्ण से ऐकार ऐच् परे होने से दोनों के स्थान में आन्तरतम्य (अत्यन्त सदृश) होने से 'ऐ' वृद्धि एकादेश होकर 'देवैश्वर्यम्' रूप सिद्ध हुआ ।

कृष्णौत्कण्ठ्यम् (कृष्ण के प्रति उत्कण्ठा)—'कृष्ण-।-औत्कण्ठ्यम्' यहाँ

---

१ 'निरवकाशो विधिरपवादः' जिस विधि को कहीं अवकाश न हो उसे अपवाद कहते हैं । 'वृद्धिरेचि' जहाँ प्राप्त होता है वहाँ 'आद्गुणः' अवश्य प्राप्त है । इसलिये 'वृद्धिरेचि' अपवाद है । अपवाद विधि बलवान् होती है । इस लिये 'वृद्धिरेचि' जहाँ प्राप्त होगा, वहाँ 'आद्गुणः' नहीं लगेगा ।

२ 'ओघो वृन्दे पयोवेगे द्रुतनृत्योपदेशयोः' इति विश्वः ।

३४ एत्येधत्यूठ्सु । ६ । १ । ८९ ॥

अवर्णाद् एजाद्योरेत्येधत्योरूठि च परे वृद्धिरेकादेशः स्यात् । पररूपगुणापवादः । उपैति । उपैधते । प्रष्ठौहः । एजाद्योः किम्-उपेतः, मा भवान् प्रेदिधत् ।

णकारोत्तरवर्ती अकार अवर्ण से औकार एच् परे होने से दोनों—पूर्व और पर—के स्थान में 'वृद्धिरेचि' सूत्र से आन्तरतम्य (अत्यन्त सदृशता) के कारण 'औ' वृद्धि एकादेश होकर 'कृष्णौत्कण्ठ्यम्' रूप सिद्ध हुआ ।

अन्य उदाहरण—पञ्च + एते = **पञ्चैते** = ये पाँच । जन + एकता= **जनैकता** = लोगों की एकता । स्थूल + एणः = **स्थूलैणः** = मोटा हरिण । महा + एनः=**महैनः** = बड़ा पाप । दीर्घ+एरण्डः=**दीर्घैरण्डः**=ऊँचा एरण्ड (अंडी) वृक्ष । मा + एवम् = **मैवम्**=ऐसा नहीं । दर्शन + औत्सुक्यम्= **दर्शनौत्सुक्यम्**=दर्शन के लिये उत्सुकता । अस्य + औचिती=**अस्यौचिती**= इसकी उचितता । सुखस्य + औपयिकम्=**सुखौपयिकम्**=सुख का उपाय । तस्य + औदार्यम्=**तस्यौदार्यम्** उसका उदारता ।

३४ एत्येधत्यूठिति—अवर्ण से एजादि इण् और एध् धातु तथा ऊठ् पर हो ता पूर्व पर के स्थान में वृद्धि एकादेश हो ।

पररूपेति—यह विधि 'एङि पररूपम्' से होने वाले पररूप तथा 'आद्गुणः' से प्राप्त गुण का अपवाद-बाधक है । 'उप + एति' और 'उप + एधते' में आगे आनेवाले सूत्र 'एङि पररूपम्' से पररूप प्राप्त था और 'प्रष्ठ +ऊहः' में 'आद्गुणः' से गुण ।

उपैति (पास आता है)—'उप + एति' यहाँ पकारोत्तरवर्ती अकार अवर्ण से 'एति' यह इण् धातु पर है और यह एजादि भी है क्योंकि इसके आदि में 'ए' एच् है । इसलिये पूर्व पर के स्थान में ऐकार वृद्धि होकर 'उपैति' रूप सिद्ध हुआ ।

उपैधते (पास बढता है)—'उप + एधते' यहाँ भी पकारोत्तरवर्ती अकार अवर्ण से परे 'एधते' यह 'एध्' धातु है और एकार आदि में होने से एजादि भी है । इस लिए पूर्व पर के स्थान में ऐकार वृद्धि होकर 'उपैधते रूप सिद्ध हुआ ।

¹**प्रष्ठौहः**—'प्रष्ठ + ऊहः' यहाँ ठकारोत्तरवर्ती अकार अवर्ण से 'ऊहः' में ऊठ् परे है। 'वाह्' को 'वाह ऊठ्' सूत्र से 'ऊठ्' आदेश होने से 'ऊहः' बना है। इसलिये पूर्व पर के स्थान में औकार वृद्धि एकादेश होकर '**प्रष्ठौहः**' रूप बना।

एजाद्योरिति—इण् और एध् धातु एजादि होने चाहिये ऐसा क्यों कहा? अर्थात् एजादि विशेषण देने का क्या प्रयोजन है?

इस प्रश्न के उत्तर में 'उपेतः' और 'मा भवान् प्रेदिधत्' ये दो उदाहरण हैं। इन दोनों उदाहरणों में 'एत्येधत्यूठ्सु' की प्रवृत्ति नहीं हो पाती, क्योंकि इनमें इण् और 'एध्' धातु एजादि नहीं।

सूत्र के प्रत्येक पद का प्रयोजन बताने को पदकृत्य कहते हैं।

जिन प्रयोगों में सूत्र की प्रवृत्ति होती है, उन्हें सूत्र के **उदाहरण** कहा जाता है।

और जिन प्रयोगों को सूत्र के पदों का प्रयोजन अर्थात् पदकृत्य बताने के लिये 'किम्' शब्द से प्रश्न करके उत्तर के रूप में कहा जाता है उन्हें **प्रत्युदाहरण** कहते हैं।

उपेतः—(समीप पहुँचा, युक्त) 'उप + इतः' यहाँ 'इतः' यह इण् धातु का रूप तो है पर इसके आदि में 'एच्' नहीं। इसलिये इस सूत्र की प्रवृत्ति नहीं हुई। 'आद्गुणः' से गुण होकर 'उपेतः' बना।

मा भवान् प्रेदिधत् (आप अधिक न बढायें) 'मा भवान् प्र + इदिधत्' में 'इदिधत्' एध् धातु का रूप तो है, पर एजादि नहीं, इस लिये इस सूत्र की प्रवृत्ति नहीं हुई। तब यहाँ भी 'आद्गुणः' से गुण होकर 'प्रेदिधत्' बना।

अन्य उदाहरण अव + एति = **अवैति**=जानता है। अप + एति= **अपैति**=दूर होता है। प्र + एति = **प्रैति**=मरता है। प्र + एधते = **प्रैधते**=

१ जिस बछड़े के गले में भारी सी लकड़ी उसे सीधा करने के लिये बाँध दी जाती है उसे 'प्रष्ठवाट्' कहते हैं। तस्य प्रष्ठौहः=प्रष्ठवाट् का।

'प्रष्ठवाट् युगपार्श्वगः' इत्यमरः। 'पष्ठवाडिति रेफरहितमिति स्वामी। युगपार्श्वगः दमनार्थं द्वैयुग्मेन सह स्कन्धे बद्धकाष्ठस्य' इति तट्टीकायाममर-विवेकाख्यायां महेश्वरः।

(अक्षशब्दाद् ऊहिनीशब्दे परे वृद्धिविधायकं वार्तिकम्)

(वा) अक्षादूहिन्यामुपसंख्यानम् । अक्षौहिणी[1] सेना ।

अधिक बढ़ता है । अव + एधते = **अवैधते**=बढ़ता है । विश्व + ऊहः= **विश्वौहः**=संसार को धारण करने वाले (परमात्मा) का ।

अक्षादिति—अक्ष शब्द से ऊहिनी शब्द परे हो तो पूर्व पर के स्थान में वृद्धि एकादेश हो ।

अक्षौहिणी[2] (सेना का परिमाण विशेष)—'अक्ष + ऊहिनी' इस अवस्था में 'आद्गुणः' से गुण प्राप्त था । उसको बाधकर इस वार्तिक से क्षकारोत्तरवर्ती पूर्व अकार और 'ऊहिनी' शब्द के आद्य ऊकार के स्थान में वृद्धि एक आदेश 'औ' कार हुआ ।

नकार को णकार आदेश 'पूर्वपदात् संज्ञायाम् अगः, सूत्र से हुआ ।

---

१ अक्षाणामूहिनीति विग्रहः ।

२ महाभारत में अक्षौहिणी सेना का प्रमाण इस प्रकार बताया गया है—

अक्षौहिण्याः प्रमाणं तु खाङ्गाष्टैकद्विकैर्गजैः ।
रथैरेतैर्हयैस्त्रिघ्नैः पञ्चघ्नैश्च पदातिभिः ॥' इति ॥

अर्थात् अक्षौहिणी सेना का परिमाण है कि उसमें २१८७० हाथी हों और इतने ही रथ भी तथा इसके तिगुने घोड़े और पाँच गुने पैदल सिपाही हों—

हाथी	२१८७०
रथ	२१८७०
घोड़े	६५६१०
पैदल	१०९३५०
योग	२१८७००

इस प्रकार अक्षौहिणी चतुरङ्गिणी सेना होती है और उसमें २१८७०० हाथी, रथ, घोड़े और पैदल सिपाही होते हैं ।

(प्रशब्दाद् ऊहादिशब्देषु परेषु वृद्धिविधायकं वार्तिकम्)

(वा०) प्रादूहोढोढ्येषैष्येषु । प्रौहः । प्रौढः । प्रौढिः । प्रैषः । प्रैष्यः ।

(तृतीयासमासे ऋतशब्दे परे वृद्धिविधायकं वार्तिकम्)

(वा०) ऋते च तृतीयासमासे ।

सुखेन ऋतः सुखार्तः । तृतीयेति किम्—परमर्तः ।

(वा०) प्रादिति—प्र उपसर्ग से ऊह, ऊढ, ऊढि, एष और एष्य परे हों तो पूर्व पर अच् के स्थान में वृद्धि एकादेश हो ।

प्र+ऊहः=प्रौहः[1]=उत्कृष्ट तर्क, बढ़िया दलील । प्र+ऊढ़ः=प्रौढः=बढ़ा हुआ, बड़ा । प्र+ऊढिः=प्रौढ़िः=प्रौढ़ता । प्र+एषः=प्रैषः=प्रेरणा । प्र+एष्यः=प्रैष्यः=नौकर । 'प्र+ऊहः' 'प्र+ऊढः' 'प्र+ऊढिः' इन तीन प्रयोगों में 'आद्गुणः' से गुण और 'प्र+एषः' तथा 'प्र+एष्यः' में 'एङि पररूपम्' से पररूप प्राप्त था । इनको बाधकर 'प्रादूहोढोढ्येषैष्येषु' इस वार्तिक से पूर्व पर अच् के स्थान में यथाप्राप्त वृद्धि एकादेश होने से 'प्रौहः' 'प्रौढः' 'प्रौढिः' 'प्रैषः' और 'प्रैष्यः' रूप सिद्ध हुए ।

(वा०) ऋते इति—अवर्ण से ऋतशब्द परे हो तो पूर्व पर के स्थान में वृद्धि एकादेश हो तृतीयासमास में ।

सुखार्तः (सुख से प्राप्त हुआ अर्थात् सुखी । सुखेन ऋत इति विग्रहः । तृतीया समास हुआ है ।)—'सुख+ऋतः' यहाँ पर 'ऋते च तृतीयासमासे' इस वार्तिक से खकारोत्तरवर्ती अकार अवर्ण तथा 'ऋतः' के आदि ऋकार के स्थान में 'उरण् रपरः' की सहायता से रपर होता हुआ 'आर्' वृद्धि एकादेश होकर 'सुखार्तः' रूप बना ।

तृतीयेति—'तृतीया समास में ही वृद्धि होती है' ऐसा कहने का फल यह है कि 'परमश्चासौ ऋतः' इस विग्रह में कर्मधारय समास से बने हुए 'परम+ऋतः' इस प्रयोग में इस वार्तिक की प्रवृत्ति नहीं हुई । अतः यथाप्राप्त 'आद्-गुणः' से गुण होकर **परमर्तः** (मुक्त) रूप सिद्ध हुआ ।

---

१ 'प्रौहो निपुणतर्के स्यात्' इति विश्वः ।

(प्रादिशब्देभ्य ऋणशब्दे परे वृद्धि विधायकं वार्तिकम्)

(वा०) प्र वत्सतर कम्बल वसनार्ण दशानामृणे ।

प्रार्णम् । वत्सरार्णमित्यादि ।

(उपसर्गसंज्ञासूत्रम्)

३५ उपसर्गाः[1] क्रियायोगे[7] । १ । ४ । ५९ ॥

प्रादयः क्रियायोगे उपसर्गसंज्ञाः स्युः

(परिगणनम्)

प्र परा अप सम् अनु अव निस् निर् दुस् दुर् वि आङ् नि अधि अपि अति सु उत् अभि प्रति परि उप—एते प्रादयः ।

(वा०) प्र इति—प्र, वत्सतर, कम्बल, वसन, ऋण और दश, इन शब्दों से परे यदि ऋण शब्द हो तो पूर्व पर अच् के स्थान में वृद्धि एकादेश हो ।

प्रार्णम्—प्र+ऋणम्=प्र्+आर्+णम्=प्रार्णम्=अधिक ऋण (कर्जा) । **वत्सतरार्णम्**—वत्सर+ऋणम् = वत्सतर+आर्+णम् = **वत्सतरार्णम्** = छोटे बछड़े के लिये लिया हुआ ऋण । ऋण रूप में लिया हुआ छोटा बछड़ा । **कम्बलार्णम्**—कम्बल + ऋणम् = **कम्बलार्णम्** = कम्बल का ऋण । **वसनार्णम्**—वसन+ऋणम्=कपड़े का ऋण । **ऋणार्णम्**—ऋण+ऋणम्= **ऋणार्णम्**=ऋण चुकाने के लिये लिया हुआ दूसरा ऋण । **दशाणार्णम्—दश+** ऋणम्=**दशार्णम्**=एक देशविशेष[1] का नाम ।

दशार्णः—दश ऋणानि जलानि यत्र, अर्थात् जहाँ दशों ओर जल ही जल हो, जलप्रायदेश ।

इन सब प्रयोगों में 'आद्गुणः' से गुण प्राप्त था । उसको बाधकर इस वार्तिक से पूर्व पर के स्थान में 'उरण् रपरः' की सहायता से 'आर्' वृद्धि हुई ।

३५ उपसर्गा इति—प्र आदियों की क्रिया के योग में उपसर्ग संज्ञा हो । **प्र इत्यादि**—प्र परा इत्यादि ये बाईस २२ प्रादि हैं ।

---

१ कालिदास ने मेघदूत में 'दशार्ण' प्रदेश की केतकी (केवड़े) की बड़ी प्रशंसा की है ।

(धातुसंज्ञासूत्रम्)

३६ भूवादयो' धातवः'। १ । ३ । १ ॥

क्रियावाचिनो भ्वादयो धातुसंज्ञाः स्युः।

(अवर्णान्तोपसर्गात् ऋकारादिधातौ परे वृद्धिविधायकं सूत्रम्)

३७ "उपसर्गादृति" धातौ" । ६ १ । ९१ ॥

अवर्णान्तादुपसर्गाद् ऋकारादौ धातौ परे वृद्धिरेकादेशः स्यात्। प्राच्छंति।

'उपसर्गाः क्रियायोगे' यह सूत्र उपसर्गसंज्ञा विधान करनेवाला है। इस लिये संज्ञा-सूत्र है। 'उपसर्गादृति धातौ' इस सूत्र में उपसर्ग शब्द आया है। उसका बोध कराने के लिये पहले उपसर्ग शब्द का अर्थ इस सूत्र के द्वारा बताया गया है।

उसी सूत्र में 'धातु' पद भी पढ़ा है। उसका ज्ञान होना सूत्रार्थबोध के लिये परमावश्यक है। इस लिए 'धातु' पद के अर्थबोध के लिये 'भूवादयो धातवः' सूत्र की अवतारणा की गई है।

३६ भूवादय इति—क्रियावाचक भू आदियों की धातु संज्ञा हो।

भू आदि धातुपाठ में पढ़े गये हैं। धातुपाठ का पहला धातु 'भू' है। इस लिये 'भू' आदि कहा गया है। क्रियावाची कहने से पृथ्वीवाचक 'भू' आदि शब्दों की धातु संज्ञा नहीं होती। अन्यथा धातु संज्ञा होकर तन्निमित्तक कार्य होने लगेंगे।

३७ उपसर्गा इति—अवर्णान्त उपसर्ग से ऋकारादि धातु परे हो तो पूर्वपर के स्थान में वृद्धि एकादेश हो।

प्राच्छंति (जाता है)—'प्र+ऋच्छति' यहाँ 'उपसर्गाः क्रियायोगे' इस सूत्र के द्वारा 'ऋच्छति' क्रिया का योग है। उसके अन्त में अकार अवर्ण भी है अतः वह अवर्णान्त उपसर्ग है। उससे परे 'ऋच्छति' ऋकारादि धातु है। अतः पूर्व पर अकार और ऋकार के स्थान में 'उपसर्गादृति धातौ' इस सूत्र से 'उरण् रपरः' की सहायता से 'आर्' वृद्धि होकर 'प्राच्छंति' रूप सिद्ध हुआ।

अन्य उदाहरण—उप+ऋच्छति = उपाच्छंति = समीप पहुँचता है। प्र ऋणोति=**प्रार्णोति**=अधिक चलता है। उप ऋणोति=**उपार्णोति**=समीप

(अवर्णान्तोपसर्गादेङादिधातौ परे पररूपविधायकं सूत्रम्)

३८ एङि[७] पररूपम्[१] । ६ । १ । ९४ ।

आदुपसर्गाद् एङादौ धातौ परे पररूपमेकादेशः स्यात् । प्रेजते उपोषति ।

(टिसंज्ञासूत्रम्)

३९ [६]अचोऽन्त्यादि[१] टि[१] । १ । १ । ६४ ।

अचां मध्ये योऽन्त्यः, स आदिर्यस्य तट्टिसंज्ञं स्यात् ।

पहुँचता है । प्र+ऋच्छन् = प्रार्च्छन् = अधिक चलता हुआ । उप+ऋच्छन् = उपार्च्छन् = समीप पहुँचता हुआ ।

३८ एङि इति—अवर्णान्त उपसर्ग से परे एङादि धातु हो तो पूर्व पर के स्थान में पररूप एकादश हो ।

पररूप का अर्थ है पर-आगे वाले-वर्ण का जैसा रूप है वैसा हो जाना अर्थात् दोनों के स्थान में आगेवाला हो जाना ।

यह पररुप पहले बताये हुए वृद्धिविधायक सूत्र का अपवाद है ।

प्रेजते (अधिक काँपता है)—'प्र+एजते' यहाँ 'प्र' अवर्णान्त उपसर्ग 'एजते' इस एजादि धातु के परे होने 'वृद्धिरेचि' से प्राप्त वृद्धि को बाधकर पूर्व पर अकार और एकार के स्थान में 'एङि पररुपम्' से पर एकार होकर 'प्रेजते' रूप सिद्ध हुआ ।

उपोषति (जलाता है)—'उप+ओषति' यहाँ पर भी 'एङि पररूपम्' से पूर्व पर अकार ओकार के स्थानमें पर ओकार हो जाने से 'उपोषति' रूप बना ।

अन्य उदाहरण—प्र+एषयति = प्रेषयति = भेजता है, प्रेरणा करता है । प्र + एषते = प्रेषते = अधिक चलता है । उप + एजते = = उपेजते = काँपता है । अव+एजते = अवेजते = काँपता है । प्र+एषणीयम् = प्रेषणीयम् = भेजना चाहिये, प्रेरणा करनी चाहिये । प्र+ओषति = प्रोषति = अधिक जलाता है । अव+ओषति = अवोषति = जलाता है ।

३९ अच इति—अचों में जो अन्त्य, वह है आदि में जिसके, उस समुदाय की टिसंज्ञा हो ।

('शकन्धु' प्रभृतिषु पररूपविधायकं वार्तिकम्)

(वा०) शकन्ध्वादिषु पररूपं वाच्यम् । तच्च टेः ।

शकन्धुः । कर्कन्धुः । मनीषा । आकृतिगणोऽयम् । मार्तण्डः ।

जैसे—'मनस्' में अन्त्य अच् है नकारोत्तरवर्ती अकार, वह आदि में है 'अस्' इस समुदाय के, इसलिये 'अस्' की टिसंज्ञा होगी। 'शक' में अन्त्य अच् है ककारोत्तरवर्ती अकार, वह किसी के आदि में नहीं। ऐसी दशा में, 'देवदत्तस्य एकः पुत्रः स एव ज्येष्ठः स एव कनिष्ठः' इस न्याय से वह अपने ही आदि में है। इसलिये 'अ' की ही टि संज्ञा हुई। इसी न्याय को 'व्यपदेशि-वद्भाव' भी कहते हैं। अमुख्य में मुख्य जैसा व्यवहार करने को 'व्यपदेशिवद्भाव' कहा जाता है। जब यहाँ अन्त्य अच् के आदिवाला असली समुदाय न मिला तो उसी अकेले में मुख्य समुदाय जैसा व्यवहार करके टि संज्ञा कर दी।

(वा०) शकन्ध्वादिष्विति—शकन्धु आदि के विषय में उनकी सिद्धि के अनुगुण (उचित) पूर्व पर के स्थान में पररूप एकादेश हो।

तच्च टेः इति–और वह पररूप टि को हो।

यदि यहाँ पर 'आत्' इस प्रकरणानुसार अवर्ण को ही पररूप किया जाय तो 'मनीषा' 'पतञ्जलिः' इत्यादि प्रयोगों में जहाँ केवल अवर्ण के पररूप करने से रूप सिद्ध नहीं होता, दोष होगा। अतएव यह अर्थ पूर्वाचार्यों ने किया है 'शकन्ध्वादिषु' को विषय-सप्तमी माना है। शकन्धु आदि के विषय में जिस प्रकार उनकी सिद्धि हो वैसा पररूप करना चाहिये। यदि अवर्ण का पररूप करने से रूप सिद्धि होती है तो अवर्ण का ही पररूप हो, यदि अवर्ण के साथ किसी अन्य वर्ण का भी पररूप करने से रूपसिद्धि होती है तो उसका भी पररूप हो। इन सब का संग्रह टि से हो जाता है। अतएव कहा है— 'तच्च टेः' अर्थात् शकन्धु आदि की रूपसिद्धि टि के पररूप करने से होती है, इसलिये पररूप 'टि' को हो।

शकन्धुः (शक देश या शक जाति के लोगों का कुआँ)–शक + अन्धुः[1] यहाँ 'शन्ध्वादिषु पररूपं वाच्यम्' इस वार्तिक से ककारोत्तरवर्ती अकार टि

१—'पुंस्येवान्धुः प्रहिः कूपः' इत्यमरः।

और 'अन्धु' के आदि अकार दोनों पूर्व पर के स्थान में पररूप अकार एकादेश होने से 'शकन्धुः' रूप सिद्ध हुआ।

आगे आनेवाले 'अकः सवर्णे दीर्घः' सूत्र से यहाँ पर दीर्घ प्राप्त था। उसी को बाधकर यह वार्तिक प्रवृत्त हुआ।

मनीषा (बुद्धि)—'मनस्+ईषा' यहाँ भी उक्त वार्तिक से 'अस्' टि और 'ई' पूर्व पर दोनों के स्थान में पर ईकार रूप एकादेश होने से 'मनीषा' रूप बना।

इसी प्रकार '**कर्कन्धुः**'[1] '**मार्तण्डः**[2]' (सूर्य) की भी सिद्धि होगी।

अन्य उदाहरण – हल + ईषा[3] = **हलीषा** = हल का दण्ड। लाङ्गल + ईषा = **लाङ्गलीषा**=हल का डंडा। कुल + अटा=**कुलटा**[4] = व्यभिचारिणी स्त्री। सोम + अन्तः = **सीमन्तः**[5]=केशवेश, चीर। (ध्यान रहे दूसरे अर्थ में पररूप नहीं होता, वहाँ '**सीमान्तः**' (सीमा का अन्त) ही होगा। सार + अङ्गः = **सारङ्ग**[6]: = मृग वा मोर। अन्य अर्थ में **साराङ्गः** = पुष्ट अङ्गवाला। पतत् + अञ्जलिः = **पतञ्जलिः** = व्याकरण महाभाष्यकार मुनि।

आकृतिगणोऽयम् इति यह शकन्ध्वादि गण आकृति गण है। 'आकृति गण' का अर्थ समझने के लिये पहले 'गण' शब्द का अर्थ समझना आवश्यक है। अतः पहले यहाँ उसीका निरूपण किया जाता है।

---

१ – तत्त्वबोधिनीकार ने 'कर्काणां राजविशेषाणाम् अन्धुः' यह अर्थ किया है—अर्थात् कर्क राजाओं का कुआँ।

२—'मृत+अण्डः' यही छेद करना होगा। पररूप से 'मृतण्ड' यह रूप बनाकर 'तत आगतः' से अण् प्रत्यय करके आदि अच् को वृद्धि करने से 'मार्तण्डः' बना। 'विकर्तनार्कमार्तण्डमिहिरारुणपूषणः' इत्यमरः'।

३—'ईषा लाङ्गलदण्डः स्यात्' इत्यमरः।

४ —'असती कुलटेत्वरी' इत्यमरः।

५—'सीमन्तः केशवेशे' इति गणसूत्रम्।

६ —'सारङ्गः पशुपक्षिणोः' इति गणसूत्रम्। 'सारङ्गः पुंसि हरिणे चातके च मतङ्गजे। शवले त्रिषु'' इति मेदिनी।

गण—गण का अर्थ है **समूह**। जब बहुत से शब्दों को एक ही कार्य करना हो तो उनमें से पहले शब्द को लेकर उसके साथ 'आदि' शब्द जोड़ कर काम चला दिया जाता है। **जैसे**—शकन्धु आदि। शकन्धु आदि शब्दों का **समुदाय है**, उसमें शकन्धु शब्द पहला है, इसलिये उन शब्दों को 'शकन्ध्वादि' गण कहते हैं। ऐसा कहने में लाघव होता है। अन्यथा सभी शब्दों को सूत्र में कहने से बहुत गौरव हो जायगा। कौन से शब्द गण में हैं इसके लिये गणपाठ कर दिया है।

आकृति गण—परन्तु बहुत से गण ऐसे हैं, जिन्हें आकृतिगण कहते हैं। शकन्ध्वादि भी आकृतिगण है। आकृतिगण का तात्पर्य यह है कि जब गण-पाठ में दिये हुए शब्दों के अतिरिक्त अन्य शब्दों में भी उस गण का कार्य मिलता हो और उसके लिए विशेष वचन कोई न हो तो उस शब्द को भी उस गण में समझ लेना चाहिए अर्थात् गण कार्य देखकर गणपाठ में न आये हुए शब्दों को भी उस गण में परिगणित कर लेना चाहिए। इसीलिये आकृतिगण की व्युत्पत्ति की जाती है—'आकृत्या स्वरूपेण कार्यदर्शनेन गण्यते परिचीयते' इति आकृतिगणः।

जैसे—'मार्तण्डः' शब्द शकन्ध्वादि गण के गणपाठ में नहीं आया और शकन्ध्वादि गण का कार्य पररूप इसमें मिल रहा है अन्यथा दीर्घ होकर 'मार्ताण्डः' होता। इसलिये यह शब्द भी इस गण का है। यह निश्चय कर लेना चाहिये।

शकन्धु आदि गण के आकृतिगण होने का प्रमाण

'शकन्ध्वादि' के आकृतिगण होने का प्रमाण सूत्रकार के 'प्रोपाभ्यां समर्थाभ्याम्' इत्यादि सूत्रों में 'समर्थ' आदि शब्दों का प्रयोग है। अन्यथा—सम + अर्थ' यहाँ दीर्घ होकर 'समार्थः' रूप बनना चाहिए था। 'समर्थः' शकन्ध्वादि गणपाठ में आया नहीं, फिर इसके अतिरिक्त 'समर्थ' पद की सिद्धि का कोई उपाय नहीं, अतः इसकी सिद्धि के लिये शकन्ध्वादि को आकृति गण मानना आवश्यक हो जाता है।

(अवर्णाद् ओमाङोः परयोः पररूपविधायकं सूत्रम्)

४० ओमाङोश्च । ६ । १ । ९५ ॥

ओमि आङि चात् परे पररूपमेकादेशः स्यात् । शिवायों नमः । शिव + एहि—

(एकादेशस्यान्तादिवद्भावविधायकमतिदेशसूत्रम्)

४१ अन्तादिवच्च । ६ । १ । ८५ ॥

---

४० ओमिति—अवर्ण से ओम् और आङ् परे हों तो पररूप एकादेश हो।

शिवायों नमः (शिव जी को नमस्कार)—'शिवाय + ओं नमः' यहाँ यकारोत्तरवर्ती अकार अवर्ण से 'ओम्' परे होने से पूर्व पर के स्थान में पर 'ओ' रूप एकादेश होने से 'शियायों नमः' रूप सिद्ध हुआ।

शिव + एहि (शिवजी आओ)—'शिव + आ-।-इहि' यहाँ वकारोत्तरवर्ती अकार और आङ् के अकार को 'अकः सवर्णे दीर्घः' से दीर्घ तथा आ और इहि के इकार को 'आद्गुणः' से गुण प्राप्त है। 'धातूपसर्गयोः कार्यमन्तरङ्गम्, अन्यद् बहिरङ्गम्' अर्थात् धातु और उपसर्ग का कार्य अन्तरङ्ग होता है और अन्य कार्य बहिरङ्ग, इस परिभाषा के अनुसार गुण आङ् उपसर्ग के आकार तथा 'इहि' धातु के इकार के स्थान में प्राप्त होने से धातु और उपसर्ग का कार्य है, अतएव अन्तरङ्ग है। सवर्ण दीर्घ 'शिव' के वकारोरवर्ती अकार और 'आङ्' उपसर्ग के स्थान में प्राप्त होने से बहिरङ्ग है। 'असिद्धं बहिरङ्गमन्तरङ्गे' अन्तरङ्ग कार्य करते समय बहिरङ्ग असिद्ध होता है। इस परिभाषा के अनुसार अन्तरङ्ग कार्य कर्तव्य हो तो बहिरङ्ग असिद्ध होता है अर्थात् बहिरङ्ग कार्य नहीं होता। अतः बहिरङ्ग होने से सवर्ण दीर्घ न हुआ, अन्तरङ्ग होने से गुण हुआ। तब रूप बना 'शिव-।-एहि'। यहाँ आ 'आङ्' उपसर्ग का ही है। 'ङ्' का इत्संज्ञक होने से लोप हो जाता है। 'शिव-।-एहि' इस स्थिति में 'ओमाङोश्च' की प्राप्ति तो है पर आङ् एकादेश होने से नहीं रहा। इसके लिये 'ए में आङ्त्व लाना आवश्यक है। इसलिये आगे सूत्र देते हैं।

४१ अन्तादिवदिति—जो यह एकादेश होता है, वह पूर्व के अन्तवत् और पर के आदिवत् हो।

योऽयमेकादेशः स पूर्वस्यान्तवत् परस्यादिवत् । शिवेहि ।

(सवर्णदीर्घविधायकं सूत्रम्)

४२ अकः[५] सवर्णे[७] दीर्घः[१] । ६ । १ । १०१ ॥

अकः सवर्णेऽचि परे पूर्वपरयोर्दीर्घ एकादेशः स्यात् ।

दैत्यारिः । श्रीशः । विष्णूदयः । होतॄकारः ।

इस सूत्र के अर्थ का यह आशय है कि एकादेश[१] करने से पहले पूर्व समुदाय या पर समुदाय में जो धातुत्व–प्रातिपदिकत्व–सुबन्तत्व–निपातत्व आदि व्यवहार होते हैं वे एकादेशयुक्त में भी होते हैं । जैसे–'आ + इहि' यहाँ गुण एकादेश करने के पूर्व पूर्व समुदाय 'आ' में आङ्त्व का व्यवहार होता है । वह आङ् व्यवहार एकादेश विशिष्ट 'ए' में भी होगा । एवं 'ए' के आङ् होने से 'शिव+एहि' यहाँ पर 'ओमाङोश्च' से पररूप होकर 'शिवेहि' रूप सिद्ध हुआ

अन्य उदाहरण—अव + आ + इहि=अव + एहि = अवेहि = तुम समझो । उप + आ + इहि = उप + एहि = **उपेहि** = समीप आओ । कृष्ण + आ + एहि = **कृष्णेहि** = कृष्ण ! (यहाँ) आओ ।

४२ अक इति—अक् से सवर्ण अच् परे होने पर पूर्व पर के स्थान में दीर्घ एकादेश हो ।

दैत्यारिः (दैत्यों का शत्रु, विष्णु)—'दैत्य + अरिः' इस स्थिति में यकारोत्तरवर्ती अकार अक् से 'अरिः' का आदि अकार सवर्ण अच् परे होने से पूर्व पर-दोनों अकारों के स्थान में 'अकः सवर्णे दीर्घः' से आन्तरतम्य (अत्यन्त सदृश) होने के कारण दीर्घ 'आकार' एकादेश होकर 'दैत्यारिः' रूप सिद्ध हुआ ।

इसी प्रकार 'श्री + ईशः = **श्रीशः** = विष्णु, लक्ष्मी के स्वामी । विष्णु + उदयः = **विष्णूदयः** = विष्णु की उन्नति । होतृ + ऋकारः = **होतॄकारः** = होता का ऋकार ।' इन रूपों की भी सिद्धि होती है ।

१—आद्यन्ताभ्यां पृथगवस्थिताभ्यां धातुत्व-प्रातिपदिकत्व-निपातत्वादयो ये व्यवहाराः, ते कृतैकादेशस्यापि भवन्ति ।

(पूर्वरूपविधायकं सूत्रम्)

४३ एङः पदान्तादति । ६ । १ । १०९ ॥

पदान्तादेङोऽति परे पूर्वरूपमेकादेशः स्यात्। हरेऽव। विष्णोऽव।

अन्य उदाहरण—कमल + आकरः=**कमलाऽऽकरः** = तालाब। श्रद्धा + अस्ति = **श्रद्धाऽस्ति** = श्रद्धा है। विद्या + आलयः = **विद्याऽऽलयः** = स्कूल, कालेज। मुनि + इन्द्रः = **मुनीन्द्रः** = श्रेष्ठ मुनि। गिरि + ईशः = **गिरीशः** = शिव। सती + ईशः = **सतीशः** = शिव। भानु + उदयः = **भानूदयः** = सूर्य का उदय। तरु + ऊर्ध्वम् = **तरूर्ध्वम्** = वृक्ष के ऊपर। वधू + उत्सवः = **वधूत्सवः** = वधू का उत्सव। वधू + उररीकृतम् = **वधूररीकृतम्** = वधू के द्वारा स्वीकृत किया हुआ। नेतृ + ऋभुक्षा = **नेतृभुक्षा** = नेताओं में श्रेष्ठ। होतृ + ऋद्धिः = **होतृद्धिः** = हवन करनेवाले की वृद्धि। पक्तृ + ऋजीषम् = **पक्तृजीषम्** = रसोइये का या पकाने वाला तवा।

४३ एङ इति—पदान्त एङ् से अत्-ह्रस्वअकार-परे होने पर पूर्व-पर के स्थान में पूर्वरूप एकादेश हो।

पदान्त—विभक्ति-सुप् तिङ्-जिसके अन्त में हों उसे पद और उसके अन्त को पदान्त कहते हैं। पदान्त का पूरा ज्ञान सुबन्त और तिङन्त प्रकरणों से होगा। यहाँ उदाहरण के लिये 'हरे' दिया है। यह सम्बोधन-विभक्ति के एक वचन का रूप है। अतः पद है। इसके अन्त में 'एकार' है यह 'एकार' पदान्त है।

पूर्वरूप—पूर्व शब्द के अन्तिम वर्ण का जैसा रूप है, वैसा रूप हो जाना पूर्वरूप कहलाता है। जैसे—'हरे + अव' यहाँ पूर्व एकार है वही दोनों एकार और अकार रूप पूर्व पर के स्थान में आदेश हो जायगा। फल यह निकला कि पर अकार का लोप हो जाता है। परन्तु लोप होने पर भी उसका संस्कार बना रहता है, उसको सूचित करने के लिये स्पष्टतार्थ 'ऽ' यह चिह्न जोड़ दिया जाता है।

हरेऽव (भगवन् विष्णो, रक्षा करो)—'हरे + अव' इस दशा में पदान्त एङ्-एकार से ह्रस्व अकार पर होने से पूर्व पर के स्थान में पूर्व एकार का रूप

(एङन्तगोशब्दस्य प्रकृतिभावविधायकं सूत्रम्)

४४ सर्वत्र विभाषा[1] गोः ।[6] ६ । १ । १२२ ॥

लोके वेदे चैङन्तस्य गोरति वा प्रकृतिभावः पदान्ते । गो अग्रम्,

---

एकादेश हो जायगा। फलस्वरूप अकार का लोप हुआ और उसका चिह्न 'ऽ' यह रहा। इस प्रकार 'हरेऽव' यह रूप बना।

विष्णोऽव (भगवन् विष्णो रक्षा करो)—इसकी सिद्धि भी पूर्ववत् होगी।

अन्य उदाहरण—वने + अत्र = **वनेऽत्र** = इस वन में। सर्वे + अपि = सर्वेऽपि = सभी। के + अपि = **केऽपि** = कोई भी। को + अपि=**कोऽपि** = कोई भी एक। रामो + असौ = **रामोऽसौ** = वह राम। साधो + अत्रागच्छ = साधोऽत्राऽऽगच्छ = साधु महाराज यहाँ आओ। पण्डितो + अवदत् = पण्डितोऽवदत् = पण्डित जी बोले।

४४ **सर्वत्रेति**—लोक और वेद में एङन्त गोशब्द (गोशब्दावयव ओकार) को अत्-ह्रस्व अकार-परे रहने पर विकल्प से प्रकृतिभाव होता है पदान्त में।

संस्कृत भाषा के दो रूप हैं—१ लौकिक और २ वैदिक। लौकिक भाषा लोक में प्रयुक्त होती है, काव्यों में प्रयुक्त भाषा लौकिक ही है। पाणिनि और कात्यायन ने इस लौकिक भाषा के लिये केवल 'भाषा' शब्द का भी प्रयोग किया है। यथा—'प्रथमायाश्च द्विवचने भाषायाम्, प्रत्यये भाषायां नित्यम्'। वैदिक भाषा वह है जो वेदों में प्रयुक्त हुई है।

वैदिक भाषा के कुछ विशेष नियम हैं। वे यहाँ पृथक् कहे गये हैं। इस सूत्र का कार्य दोनों में होता है, इसलिये 'सर्वत्र' कहा गया है. अर्थात् लौकिक भाषा में भी वैदिक भाषा में भी।

प्रकृतिभाव—कहते हैं प्रयोग का मूल अवस्था में रह जाना अर्थात् उसमें कोई विकार न होना। अतएव प्रकृति-भाव स्थल में संहिताकार्य-सन्धि नहीं होती।

गो अग्रम्—('गोः अग्रम्'—गाय का अगला हिस्सा अथवा गाय के

गोऽग्रम्। एङन्तस्य किम्–चित्रग्वग्रम्। पदान्ते किम्–गोः।

(अनेकाल्शितां सर्वादेशत्वनियामकं परिभाषासूत्रम्)

४५ अनेकाल् शित्[1] सर्वस्य[6] १। १। ५५॥

इति प्राप्ते।

सामने)—'गो + अग्रम्' इस दशा में अन्तर्वर्तिनी[1] (षष्ठी) विभक्ति के द्वारा गो शब्द पद है, उसके अन्त में ओकार है। उसको 'अग्र' शब्द के अकार अच् परे होने से प्रकृति-भाव हो गया। अभाव पक्ष में 'एङः पदान्तादति' से पूर्वरूप होकर 'गोऽग्रम्' रूप बनता है।

एङन्तस्येति—एङन्त कहने से 'चित्रगु + अग्रम्' यहाँ नहीं हुआ। 'गो' शब्द को 'गोस्त्रियोरुपसर्जनस्य' से ह्रस्व होकर 'गु' बनता है, यह गो शब्द तो है परन्तु ह्रस्व होने से एङन्त नहीं। अतः प्रकृतिभाव न होकर यण् होने पर 'चित्रग्वग्रम्' रूप बनता है। 'चित्रा गावो यस्य सः, चित्रगुः तस्य अग्रम्' चित्र गौओंवाले के सामने अथवा उसका अग्रभाग।

पदान्त इति—पदान्त कहने से 'गो + अः' यहाँ नहीं होता। क्योंकि 'गो' प्रातिपदिक है और 'अः' सुब् विभक्ति है, 'सुप्तिङन्तं पदम्' सूत्र से पदसंज्ञा विभक्त्यन्त की होती है, अतः 'गो + अः' इस सम्पूर्ण की पद संज्ञा होगी। इसलिये यहाँ विसर्ग पदान्त है गो शब्द का ओकार नहीं। अतः प्रकृतिभाव न होकर 'ङसिङसोश्च' से अकार का पूर्वरूप न होकर 'गोः' रूप सिद्ध हुआ।

४५ अनेकालिति—जिस आदेश में अनेक हल् हों तथा जिसका शकार इत्संज्ञक हो वह सम्पूर्ण स्थानी के स्थान में होता है।

अनेकाल् का उदाहरण—'अस्तेर्भूः' से सम्पूर्ण 'अस्' के स्थान में अनेकाल् 'भू' आदेश होता है। **शित् का उदाहरण**—'अष्टा + अस्' यहाँ

१—समास स्थल में 'सुपो धातुप्रातिपदिकयोः' से विभक्ति का लोप हो जाता है, उस लुप्त विभक्ति को अन्तर्वर्तिनी विभक्ति कहते हैं। उस विभक्ति के द्वारा शब्द को पद मान लिया जाता है और पद-पदान्तनिमित्तक कार्य वहाँ हो जाते हैं।

(ङिदनेकालोऽन्त्यादेशत्वनियामकं परिभाषासूत्रम्)

४६ ङिच्च १ । १ । ५३ ॥

ङिदनेकालप्यन्त्यस्यैव स्यात् ।

(गोरवङादेशविधायक सूत्रम्)

४७ अवङ् स्फोटायनस्य । ६ । १ । १२३ ॥

पदान्ते एङन्तस्य गोरवङ् वाऽचि । गवाग्रम् , गोऽग्रम् । पदान्ते किम्—गवि ।

'अष्टाभ्य औश्' से सम्पूर्ण अस् के स्थान में शित् होने से 'औ' आदेश होता है इस प्रकार 'अष्टौ' रूप बनता है ।

इति प्राप्त इति—'अवङ् स्फोटायनस्य' से विहित अवङ् आदेश अनेक अल् वाला होने से सम्पूर्ण 'गो' शब्द के स्थान में प्राप्त होता है । 'अवङ्' के प्रसङ्ग से ही यहाँ इस परिभाषा का उल्लेख हुआ है ।

४६ ङिच्चेति—जिस आदेश का ङकार इत् हो, वह अनेकाल होने पर भी स्थानी के अन्त्य वर्ण को होता है । जैसे 'अवङ्' आदेश अनेकाल् है, तो भो ङित् होने से यह स्थानी 'गो' के अन्त्य 'ओ' को होता है ।

४७ अवङिति—पदान्त विषय में एङन्त गो शब्द को अवङ् आदेश विकल्प से हो अच् परे होने पर ।

अवङ् का 'ङ्' 'हलन्त्यम्' सूत्र से इत्संज्ञक है, अतः यह ङित् है और इसमें अ, व् , अ ये तीन अल् हैं अतः यह अनेकाल् भी है । अवङ् आदेश पूर्व परिभाषा के अनुसार सम्पूर्ण 'गो' शब्द के स्थान में प्राप्त होता है परन्तु अपवाद होने से 'ङिच्च' परिभाषा के बल से अनेकाल् होते हुए भी 'गो' शब्द के अन्त्य ओकार के स्थान में होता है ।

सूत्र में 'स्फोटायनस्य' कहा गया है । उसका तात्पर्य है कि 'अवङ्' आदेश स्फोटायन नाम के मुनि के मत से होता है । पाणिनि का यह अपना मत नहीं, अर्थात् उनके मत में नहीं होता । इस प्रकार 'अवङ्' आदेश के विषय में दो पक्ष हो जाते हैं । उसीको फलितार्थ के रूप में वृत्तिकार ने विकल्प से कहा है ।

सूत्रकार ने 'विकल्प' न कह कर जो 'स्फोटायन' के मत का उल्लेख किया है, वह स्फोटायन मुनि के प्रति आदर प्रदर्शन के लिये। इसी प्रकार अन्यत्र भी–जहाँ किसी मुनि का नाम आया हो–वहाँ 'विकल्प' अर्थ समझना चाहिये और नाम ग्रहण आदर प्रदर्शन के लिये।

गवाग्रम्—'गो + अग्रम्' इस दशा में पदान्त एङन्त गो शब्द है, उससे अच् भी परे है अतः प्रकृत सूत्र से 'अवङ्' आदेश होता है। अनेकाल् होने से पहले तो 'अनेकाल् शित्सर्वस्य' परिभाषा से सम्पूर्ण 'गो' शब्द के स्थान में प्राप्त होता है। परन्तु ङित् होने से उसको बाधकर 'ङिच्च' परिभाषा से गो शब्द के अन्त्य 'ओ'कार के स्थान में होता है। तब 'ग् अव अग्रम्' इस स्थिति में वकरोत्तरवर्ती अकार और 'अग्रम्' के अकार के स्थान में सवर्णदीर्घ आकार आदेश होकर 'गवाग्रम्' रूप सिद्ध हुआ। पक्ष में 'सर्वत्र विभाषा गोः' से प्रकृतिभाव। प्रकृतिभाव भी विकल्प से होता है। अतः उसके अभाव पक्ष में 'एङः पदान्तादति' से पूर्वरूप होता है। इस प्रकार यहाँ **'गवाग्रम्' 'गोअग्रम्' 'गोऽग्रम्'** ये तीन रूप बनते हैं।

पदान्त इति—'पदान्त' ग्रहण का प्रयोजन है 'गो+इ' इस दशा में सूत्र की प्रवृत्ति न होना। यहाँ 'गो' शब्द है 'इ' अच् पर है, परन्तु 'सुप्तिङन्तं पदम्' सूत्र से गो प्रातिपदिक की सप्तमी विभक्ति इ के साथ पद संज्ञा होगी और तब इस प्रकार यहाँ पदान्त 'इ' है 'गो' शब्द नहीं। अतः पदान्त न होने से अवङ् आदेश नहीं होता। तब 'एचोऽयवायावः' से ओकार को 'अव्' आदेश होकर 'गवि' रूप सिद्ध होता है।

अन्य उदाहरण—गो+अक्षः = गवाक्षः[1] = रोशदान, खिड़की।

---

१ 'वातायनं गवाक्षोऽथ' इत्यमरः। 'अवङ् स्फोटायनस्य' के व्यवस्थित विभाषा होने से यहाँ नित्य अवङ् आदेश होता है। कहा भी है—

'देवत्रातो गलो ग्राह इतियोगे च सद्विधिः।
मिथस्ते न विभाष्यन्ते 'गवाक्षः' संशितव्रतः॥'

व्यवस्थितविभाषा का तात्पर्य है–प्रयोगविशेष में सूत्रोक्त कार्य का नित्य हो जाना और किसी में न होना। 'गवाक्षः' में अवङ् आदेश नित्य होता है। अतः यह विभाषा व्यवस्थित है।

(इन्द्रशब्दे परे गोरवङादेशविधायकं सूत्रम्)

४८ इन्द्रे॰ चॅ । ६ । १ । १२४ ॥

गोरवङ् स्यादिन्द्रे । गवेन्द्रः ।

(प्लुतविधायकं सूत्रम्)

४९ ॅदूराद्धूते॰ चॅ । ८ । २ । ८४ ॥

दूरात् संबोधने वाक्यस्य टेः प्लुतो वा ।

(प्रकृतिभावविधायकं सूत्रम्)

५० प्लुतप्रगृह्या॰ अचि॰ नित्यम्॰ । ६ । १ । १२५ ॥

गो+उद्धः=**गवोद्धः**=[1]श्रेष्ठ गौ ।

४८ इन्द्र इति—गो शब्द को अवङ् आदेश हो इन्द्र शब्द परे रहने पर !

गवेन्द्रः—(साँड़, बड़ा बैल) 'गो+इन्द्रः' इस दशा में इन्द्र शब्द परे होने से पूर्व गो शब्द के अन्त्य ओकार को अवङ् आदेश हुआ। तब 'ग् अव+इन्द्रः' ऐसी स्थिति होने पर वकारोत्तवर्ती अकार और पर अच् इकार दोनों पूर्व-पर के स्थान में एकार गुण एकादेश होकर 'गवेन्द्रः' रूप सिद्ध हुआ ।

४९ दूरादिति—दूर से संबोधन (पुकारने) में (प्रयुक्त) वाक्य की टि को प्लुत हो विकल्प से ।

यहाँ दूर से तात्पर्य है कि जहाँ से स्वाभाविक प्रयत्न से उच्चारण किये हुए वाक्य को संबोध्य–जिसे कहा जा रहा हो–न सुन सके । जहाँ से सुनाने के लिये जोर से बोलना पड़े ।

प्लुत करने का फल-अग्रिम सूत्र से 'प्रकृतिभाव' होता है ।

५० प्लुतेति—प्लुत और प्रगृह्यसंज्ञक को अच् परे होने पर प्रकृतिभाव होता है ।

---

१ 'उद्ध' शब्द प्रशस्त-श्रेष्ठ-का वाचक है । अमरकोष में कहा है—

'मतल्लिका मचर्चिका प्रकाण्डमुद्ध-तल्लजौ ।

प्रशस्तवाचकान्यमूनि.......................... ।।'

एतेऽचि प्रकृत्या स्युः। आगच्छ कृष्ण ३ अत्र गौश्चरति।

(प्रगृह्यसंज्ञासूत्रम्)

५१ ईदूदेद्[1] द्विवचनं[1] प्रगृह्यम्[1]। १। १। ११॥

ईदूदेदन्तं द्विवचनं प्रगृह्यसंज्ञं स्यात्। हरी एतौ। विष्णू इमौ। गंगे अमू।

वाक्य की टि प्लुत होकर प्रकृतिभाव को प्राप्त होती है। प्रकृतिभाव का फल है—कोई सन्धि न होना। वाक्य की टि वाक्य का अन्त होने से उसको कोई सन्धि कार्य तो करना नहीं, फिर प्रकृतिभाव का कुछ फल नहीं निकलता। इसलिये ध्यान रहे कि यहाँ प्रकृतिभाव का फल दिखाने के लिये एक और वाक्य रखना चाहिये अर्थात् इसके उदाहरण के लिये दो वाक्य रखने होंगे—एक तो प्लुत टि वाला और दूसरा साधारण जिसके आदि में अच् हो, ताकि सन्धि कार्य की प्राप्ति दिखाई जा सके। उसकी निवृत्ति प्रकतिभाव के फल रूप में होगी।

प्रकतिभाव का तात्पर्य पहले बताया जा चुका है।

आगच्छ कृष्ण ३ अत्र गौश्चरति (कृष्ण! आओ, यहाँ गौ चर रही है)। यहाँ 'आगच्छ कृष्ण' यह वाक्य दूर से पुकारने (संबोधन) का है। अतः 'दूराद्धूते च' सूत्र से इसकी टि णकारोत्तरवर्ती अकार प्लुत हुआ। तब इस सूत्र से प्रकृतिभाव हुआ। प्रकृतिभाव होने से जैसे का तैसे रह गया। द्वितीय वाक्य 'अत्र गौश्चरति' के आदि अकार के साथ टि को सवर्णदीर्घ नहीं हुआ।

अन्य उदाहरण—आगच्छ हरे[1] ३ अत्र क्रीडेम=हरि! आओ, यहाँ खेलें। **आगच्छ राम[2] ३ इह लक्ष्मणः**=राम! आओ यहाँ लक्ष्मण है।

प्रगृह्यसंज्ञक को प्रकृतिभाव होने का उदाहरण आगे दिया जायगा।

५१ ईदूदेदिति—ईकारान्त, ऊकारान्त और एकारान्त द्विवचन की प्रगृह्य संज्ञा हो।

प्रगृह्यसंज्ञा का फल पूर्वसूत्रोक्त 'प्रकृतिभाव है।

---

१ प्रकृतिभाव होनेसे 'एङः पदान्तादति' से प्राप्त पूर्वरूप नहीं हुआ।

२ इस वाक्य में 'आद्गुणः' से प्राप्त गुण नहीं हुआ।

(प्रगृह्यसंज्ञासूत्रम्)

५२ अदसो मात् । १ । १ । १२ ॥

अस्मात् प··वीदूतौ प्रगृह्यौ स्तः। अमी ईशाः। रामकृष्णावमू आसाते। मात्किम्-अमुकेऽत्र!

हरी+एतौ (ये द हरि, घोड़े, बन्दर)—यहाँ 'हरी' यह पद 'हरि' शब्द का प्रथमा का द्विवचन होने से दीर्घ ईकारान्त है । अतः प्रगृह्यसंज्ञा हुई । तब प्रकृतिभाव हुआ । अतः यहाँ यण् कार्य नहीं हुआ ।

विष्णू इमौ (ये दो विष्णु), **गङ्गे अमू** (ये दो गङ्गायें)—इनकी सिद्धि भी पूर्ववत् होती है । पहले दो उदाहरणों में यण् और तीसरे में 'एङः पदान्तादति' से पूर्वरूप प्राप्त था, प्रकृतिभाव होने से नहीं हुए ।

'हरी' 'विष्णू' गङ्गे' शब्दों में ईकारान्त, ऊकारान्त और एकारान्त द्विवचन ई, ऊ और ए हैं । यद्यपि ये द्विवचन नहीं, तथापि एकादेश होने से पूर्व-पर समुदाय 'औ' में जो द्विवचनत्व-धर्म था, वह एकादेश होने के अनन्तर एकादेश विशिष्ट पूर्वोक्त ई, ऊ और ए में भी 'अन्तादिवच्च' से रहता है । तथा ईदन्तता आदि व्यपदेशिद्भाव से यहाँ होती है । 'पचेते इमौ' यहाँ 'ते' यह द्विवचन है और यह एदन्त भी है । यह शुद्ध अर्थात् मुख्य द्विवचन है ।

अन्य उदाहरण— कवी-|-आगच्छतः=**कवी आगच्छतः**=दो कवि आते हैं । पाणी-|-उत्क्षिपति=**पाणी उत्क्षिपति**=दोनों हाथ ऊपर उठाता है । वटू-|-उच्छलतः=**वटू उच्छलतः**=दो लड़के उछल रहे हैं । ऋतू-|-अतीतौ=**ऋतू अतीतौ**=दो ऋतु बीत गई । बालिके-|-अधीयाते=**बालिके अधीयाते**=दो लड़कियाँ पढ़ती हैं । नेत्रे-|-आमृशति=**नेत्रे आमृशति**=आँखें पोंछ रहा है ।

५२ अदस इति—मकारान्त अदस् शब्द से पर ईकार और ऊकार की प्रगृह्यसंज्ञा होती है ।

अमी ईशाः (ये स्वामी हैं)—'अमी-|-ईशाः' इस दशा में मकरान्त अदस् शब्द 'अम्' से पर ईकार की प्रगृह्यसंज्ञा होने से प्रकृतिभाव हो जाता है । तब सवर्ण दीर्घ नहीं होता । 'अमी' यह=अदस् शब्द के प्रथमा विभक्ति के बहुवचन का रूप है ।

(निपातसंज्ञासूत्रम्)

५३ चादयोऽसत्त्वे । १ । ४ । ५७ ॥

अद्रव्यार्थाश्चादयो निपाताः स्युः ।

(निपातसंज्ञासूत्रम्)

५४ प्रादयः । १ । ४ । ५८ ॥

अमू आसाते—(ये (दो) बैठे हैं)–'अमू + आसाते' यहाँ भी पूर्ववत् सिद्धि होगी ।

अन्य उदाहरण—अमी + ईहन्ते=**अमी ईहन्ते**=ये चेष्टा करते हैं । अमी + अश्नन्ति=**अमी अश्नन्ति**=ये खाते हैं । अमू + अश्नीतः=**अमू अश्नीतः**=ये दो खाते हैं । अमू + आस्ताम्=**अमू आस्ताम्**=ये दो थे । अमू + अयोध्यायां दृष्टौ= **अमू अयोध्यायां दृष्टौ**=इन्हें अयोध्या में देखा ।

मात्किमिति—'मकार से पर' ऐसा क्यों कहा ? इसके कहने का प्रयोजन है 'अमुकेऽत्र' में प्रगृह्य संज्ञा न होना । 'अमुके' यहाँ अदस् के मकार से पर एकार नहीं, क्योंकि बीच में 'उ' और 'क' का व्यवधान है ।

वास्तव में 'मात्' कहने से इस सूत्र में एकार की अनुवृत्ति नहीं आती । क्योंकि अदस् शब्द के मकार से पर एकार का मिलना असम्भव है । यदि यहाँ 'मात्' ग्रहण न किया तो 'सन्नियोगशिष्टानां सह वा प्रवृत्तिः, सह वा निवृत्तिः-अर्थात् साथ कहे हुओं का साथ ही ग्रहण होता है और साथ ही निवृत्ति' इस परिभाषा के बल से 'ईदूदेद् द्विवचनं प्रगृह्यम्' सूत्र से साहचर्य के कारण 'एत्' की भी अनुवृत्ति इस सूत्र में आती और तब 'अमुकेऽत्र' में भी प्रगृह्यसंज्ञा हो जाती ।

५३ चादय इति–द्रव्यभिन्न अर्थ में वर्तमान 'च' आदि की निपातसंज्ञा हो । 'च' आदि अव्यय प्रकरण में बताये जायँगे ।

(द्रव्य का लक्षण)

जिन[1] में लिङ्ग और संख्या का अन्वय होता है उन्हें 'द्रव्य' कहते हैं ।

५४ प्रादय इति—प्र आदियों की भी निपात संज्ञा होती है ।

१—लिङ्गसंख्यान्वयित्वं द्रव्यत्वम् ।

एतेऽपि तथा।

(प्रगृह्यसंज्ञासूत्रम्)

५५ निपात[1] एका[1]जनाङ्[1] । १ । १ । १४ ॥

एकोऽज् निपात आङ्वर्जः प्रगृह्यः स्यात् । इ इन्द्रः । उ उमेशः । वाक्यस्मरणयोरङित्—आ एवं नु मन्यसे, आ एवं किल तत् । अन्यत्र ङित्-ईषदुष्णम् ओष्णम् ।

प्र आदि पहले बताये जा चुके हैं ।

५५ निपात इति—आङ् को छोड़कर एक अच् रूप निपात प्रगृह्यसंज्ञक हो ।

इ इन्द्रः (यह[1] इन्द्र है !)—'इ + इन्द्रः' यहाँ 'इ' की 'चादयोऽसत्त्वे' से निपात संज्ञा होती है । यह एक अच् रूप है । अतः प्रकृत सूत्र से प्रगृह्य संज्ञा हुई । तब 'प्लुतप्रगृह्या अचि नित्यम्' से प्रकृतिभाव होकर रूप सिद्धि होती है । प्रकृतिभाव होने से सवर्णदीर्घ नहीं होता ।

उ उमेशः (जान[2] पड़ता है यह शिव हैं)—इसकी सिद्धि 'इ इन्द्रः' के समान होगी । प्रकृतिभाव होने पर यहाँ भी सवर्णदीर्घ नहीं होता ।

वाक्यस्मरणयोरिति—वाक्य में और स्मरण अर्थ में 'आ' अङित्-ङिद् भिन्न होता है अर्थात् आङ् नहीं होता ।

आ एवं नु मन्यसे—(तुम ऐसा मानते हो ?) इस वाक्य में 'आ' वाक्य अर्थ में प्रयुक्त हुआ है । अतः पूर्वोक्त वचन के अनुसार यह 'आ' स्वतन्त्र पृथक् निपात है, आङ् का 'आ' नहीं है । अतः प्रकृत सूत्र से एक अच् रूप निपात होने से इसकी प्रगृह्य संज्ञा हो जाती है । तब प्रकृतिभाव भी हो जाता है ।

आ एवं किल तत्--(हाँ, यह ऐसा ही था) इस वाक्य में 'आ' स्मरण अर्थ में प्रयुक्त हुआ है । अतः नियमानुसार यह भी 'आङ्' का 'आ' नहीं है, किन्तु स्वतन्त्र निपात है । अतः इसको भी प्रगृह्य संज्ञा होकर प्रकृतिभाव हो गया ।

१—'इ' विस्मय अर्थ का द्योतक है ।

२—'उ' वितर्क अर्थ का द्योतक है ।

अन्यत्र ङित्—वाक्य और स्मरण अर्थ से भिन्न अर्थों में आनेवाला 'आ' में ङित् अर्थात् आङ् होता है। आङ् की प्रगृह्य संज्ञा का निषेध किया गया है।

ओष्णम् (कुछ गरम, कोसा)—'आ+ऊष्णम्' यहाँ न वाक्य में और न स्मरण अर्थ में ही 'आ' है। अतःयह 'आङ्' का 'आ' है। यह 'ईषत्' अर्थ में—अल्पार्थ में—है। आङ् की प्रगृह्य संज्ञा होती नहीं है। अतः प्रकृतिभाव न होकर 'आद्‌गुणः' से गुण हुआ।

आ और आङ् दो निपात हैं। सूत्र में आङ् की प्रगृह्य संज्ञा का निषेध कर शुद्ध ङकाररहित 'आ' की प्रगृह्य संज्ञा का विधान किया गया है। परन्तु ये दोनों—आ और आङ् प्रयोग में 'आ' के रूप में ही मिलते हैं। ऐसी दशा में यह निर्णय कैसे हो कि यह 'आ' है और यह 'आङ्'। इसके लिए निम्नलिखित व्यवस्था की गई है—

'ईषदर्थे क्रियायोगे मर्यादाऽभिविधौ च यः।
एतमातं ङितं विद्याद् वाक्यस्मरणयोरङित् ॥'

अर्थात्—अल्प अर्थ में, क्रिया के योग में, मर्यादा और अभिविधि अर्थ में जो आकार होगा, उसे ङित्—आङ्—समझना चाहिए तथा वाक्य में और स्मरण अर्थ में अङित्—आ।

क्रम से इनके उदाहरण—ईषदर्थ में—आ+उष्णम्=**ओष्णम्**। क्रियायोग में आ+अगच्छत्=**आगच्छत्**=वह आया। मर्यादा[1] में—आ+अम्बुधेरस्य राज्यम्=**आम्बुधेरस्य राज्यम्**=समुद्र तक इसका राज्य है। अभिविधि[2] में आ+इन्द्राद् हरिभक्तिः=**एन्द्राद् हरिभक्तिः**=इन्द्र तक हरिभक्ति है, करते

---

१ **मर्यादा** सीमा-अवधि को कहते हैं। 'तेन बिना मर्यादा' अर्थात् जिस को अवधि माना जाता है, वह साथ नहीं लिया जाता। 'आम्बुधेरस्य राज्यम्' में समुद्र को जो राज्य की सीमा कहा गया, वह समुद्र राज्य में नहीं लिया जाता। इसलिए यहाँ मर्यादा है।

२ **अभिविधि**—भी मर्यादा ही है, परन्तु इसमें अवधिभूत का भी ग्रहण किया जाता है—सह तेन अभिविधिः। इन्द्रतक हरिभक्ति है—यहाँ इन्द्र अवधि है। वह भी विष्णुभक्तों में लिया जाता है—इसलिए यहाँ अभिविधि है।

(प्रगृह्यसंज्ञासूत्रम्)

५६ ओत् । १ । १ । १५ ।

ओदन्तो निपातः प्रगृह्यः । अहो ईशाः !

(प्रगृह्यसंज्ञासूत्रम्)

५७ सम्बुद्धौ[७] शाकल्य[६]स्येता[७] वना[७]र्षे । १ । १ । १६ ॥

सम्बुद्धिनिमित्तक ओकारो वा प्रगृह्योऽवैदिके इतौ परे । विष्णो-इति विष्ण इति, विष्णविति ।

हैं । इन उदाहरणों में 'आङ्' है, इसकी प्रगृह्य संज्ञा नहीं हुई । अतः प्रकृति-भाव न होकर यथाप्राप्त सन्धि कार्य हुआ ।

वाक्य में—**आ एवं नु मन्यसे** । स्मरण में—**आ एवं किल तत्** । इन में 'आ' है । इनकी प्रगृह्यसंज्ञा हो जाती है । तब प्रकृतिभाव होने से यथा प्राप्त सन्धिकार्य-वृद्धि-नहीं होती ।

५६ ओदिति—ओदन्त निपात की प्रगृह्यसंज्ञा हो ।

ओदन्त निपात-अहो, अथो, मिथो और उताहो-ये हैं ।

अहो ईशाः (अहो ! ये स्वामी हैं)—'अहो + ईशाः' इस दशा में 'अहो' यह ओदन्त निपात है । इसकी प्रगृह्यसंज्ञा हुई । तब प्रकृतिभाव हुआ । अतः 'एचोऽयवायावः' से 'अव' आदेश न हुआ ।

अन्य उदाहरण—मिथो + आगच्छतः = **मिथो आगच्छतः**=वे दो साथ आते हैं । अहो + अद्य महोष्णता = **अहो अद्य महोष्णता**=ओह आज बड़ी गर्मी है । अथो + अपि = **अथो अपि**=इस पर भी । अहो + अहोभिः=**अहो अहोभिः** = आश्चर्य ! दिनों ने । इदं सत्यमुताहो + इदम् = **इदं सत्यमुताहो इदम्** = यह सच है अथवा यह ।

५७ सम्बुद्धाविति—सम्बुद्धिनिमित्तक ओकार विकल्प से प्रगृह्य हो, अवैदिक, अर्थात् जो वेद का न हो, 'इति' शब्द परे होने पर ।

[1]प्रथमा के एकवचन को सम्बोधन में सम्बुद्धि कहते हैं ।

विष्णो इति—'विष्णो + इति' यहाँ जो ओकार है वह 'ह्रस्वस्य गुणः' सूत्र से सम्बुद्धि को निमित्त मानकर हुआ है—अतः यह सम्बुद्धिनिमित्तक

---

१ 'एकवचनं सम्बुद्धिः' सम्बोधने प्रथमाया एकवचनं सम्बुद्धिसंज्ञं स्यात् ।

(उञो वकारविधायकं सूत्रम्)

५८ मय[5] उञो[6] वो[1] वा । ८ । ३ । ३३ ॥

मयः परस्य उञो वो वा अचि । किम्वुक्तम्, किमु उक्तम् ।

(पदान्त-इको ह्रस्वविधायकं सूत्रम्)

५९ इकोऽ[6]सवर्णे[7]शाकल्यस्य[6]ह्रस्वश्च । ६ । १ । १२७ ॥

ओकार हुआ । 'इति' शब्द जो पर है यह वैदिक-वेद का-नहीं, लौकिक है । इसलिये यहाँ प्रकृत सूत्र से प्रगृह्य संज्ञा हुई । तब प्रकृतिभाव हुआ । अभाव पक्ष में एचोऽयवायावः' सूत्र से ओकार को 'अव्' आदेश हुआ । तदनन्तर 'विष्णु अव् इति' इस दशा में 'लोपः शाकल्यस्य' से विकल्प से पदान्त होने के कारण वकार का लोप होकर **'विष्ण इति'** रूप बना । लोपाभाव पक्ष में **'विष्ण-विति'** इस प्रकार तीन रूप सिद्ध हुए ।

५८ मय इति—मय से पर उञ् के उकार को वकार होता है विकल्प से अच् परे होने पर ।

उञ् से 'उ' का तात्पर्य है । यह 'उञ्' निपात है, इसका प्रयोग जब होता है तब 'उ' के ही रूप में । एक अच् रूप निपात होने से 'निपात एकाजनाङ्' सूत्र से प्रगृह्यसंज्ञा प्राप्त थी । उसका यह सूत्र अपवाद-बाधक है ।

किम्वुक्तम् (क्या कहा ?)--'किम् + उ + उक्तम्' यहाँ 'उ' उञ् है अच् 'उक्तम्' का आदि उकार है । अतः मय्–'किम्' के मकार–से पर होने के कारण 'उ' को 'व्' आदेश हुआ । तब 'किम्वुक्तम्' रूप सिद्ध हुआ पक्ष में—यथाप्राप्त प्रगृह्य संज्ञा और प्रकृतिभाव होकर 'किमु उक्तम्' रूप बनता है, प्रकृतिभाव होने पर यण् नहीं होता ।

यहाँ यह न समझना चाहिये कि यण् होकर 'किम्वुक्तम्' रूप सिद्ध हो जायगा, अतः इस सूत्र के द्वारा वकारविधान व्यर्थ है । क्योंकि यण् का बाध प्रगृह्य संज्ञा से होता है । अतः उससे कार्य नहीं चलता ।

५९ इक इति । पदान्त इक् को ह्रस्व विकल्प से हो असवर्ण अच् परे होने पर ।

पदान्ता इको ह्रस्वा वा स्युरसवर्णेऽचि। ह्रस्वविधानसामर्थ्यान्न स्वरसन्धिः। चक्रि अत्र, चक्र्यत्र। पदान्ता इति किम्—गौर्यौ।

(अपवादवार्तिकम्)

(वा०) न समासे। वाप्यश्वः।

ह्रस्वविधानेति—ह्रस्व-विधान के सामर्थ्य से स्वरसन्धि नहीं होती अर्थात् यदि ह्रस्व करने पर स्वर (यण्) सन्धि हो जाय तो ह्रस्वविधि व्यर्थ हो जाती है, दीर्घ को स्वरसन्धि करने से भी तो तब काम चल सकता है। अतः ह्रस्व करने के अनन्तर सन्धि नहीं होती।

चक्रि अत्र (विष्णु यहाँ हैं)—'चक्री + अत्र' इस दशा में पदान्त इक् ईकार को अच् अकार परे होने से प्रकृतसूत्र से ह्रस्व हुआ। ह्रस्व होने पर यण् प्राप्त होता है पर वह नहीं होता, अन्यथा ह्रस्व करना व्यर्थ हो जाता। ह्रस्व के अभाव पक्ष में—दीर्घ ईकार को यण् होकर 'चक्र्यत्र' रूप सिद्ध होता है।

अन्य उदाहरण—गौरी + आह = **गौरि आह, गौर्याह** = पार्वती कहती है। नदी + अवतरति = **नदि अवतरति, नद्यवतरति** = नदी उतरती है। धनी + उवाच = **धनि उवाच, धन्युवाच** = धनवान् मनुष्य बोला। बली + ऋक्षः = **बलि ऋक्षः, बल्यृक्षः** = बलवान् रीछ। नदी + एधते = **नदि एधते, नद्येधते** = नदी बढ़ती है।

पदान्ता इति—पदान्त क्यों कहा? इसका फल है **'गौर्यौ'** में ह्रस्व न होना। 'गौरी + औ' यहाँ इक् ईकार तो है, पर वह पदान्त नहीं, पदान्त तो 'औ' है। तब यण् होकर 'गौर्यौ' रूप बनता है।

(वा०) न समासे इति। समास में पदान्त इक् को ह्रस्व नहीं होता असवर्ण अच् परे रहते। यह वार्तिक 'इकोऽसवर्ण……' का अपवाद—बाधक—है।

वाप्यश्वः (बावड़ी में घोड़ा) तो 'वापी + अश्वः' इस दशा में समास होने से पदान्त इक्—ईकार—को असवर्ण अच्—अकार—परे होने पर भी ह्रस्व नहीं होता। तब यण् हो जाता है। 'वाप्यामश्वः' इस विग्रह में यहाँ सप्तमी समास हुआ है।

अन्य उदाहरण—सुधी + उपास्यः = **सुध्युपास्यः** (विद्वानों के द्वारा उपासनीय अर्थात् भगवान्)। नदी + उदयः = **नद्युदयः** (नदी की बाढ़)। गौरी + आत्मजः = **गौर्यात्मजः** (पार्वती का पुत्र गणेश)।

(यरो द्वित्वविधायकं सूत्रम्)

६० अचो[5] रहाभ्यां[5] द्वे[1] । ८ । ४ । ४६ ।

अचः पराभ्यां रेफहकाराभ्यां परस्य यरो द्वे वा स्तः। गौर्य्यौ।

६१ [6]ऋत्यकः[1] । ६ । १ । १२८ ॥

ऋति परे पदान्ता अकः प्राग्वद् वा। ब्रह्म ऋषि, ब्रह्मर्षिः । पदान्ताः किम्–आच्र्छत् ।

इति अच्सन्धिः ।

---

६० **अच इति**—अच् से पर जो रेफ और हकार उनसे पर जो यर् उसको द्वित्व होता है विकल्प से ।

गौर्य्यौ—'गौर्य्+औ' इस दशा में अच् 'औ' से पर रेफ है उस से पर यर् यकार है उसको द्वित्व हो गया—गौर्य्यौ । पक्ष में एक ही 'य' रहा—**गौर्यौ** ।

अन्य उदाहरण—हर्य्+अनुभवः=हर्य्यनुभव, हर्यनुभवः (हरि का अनुभव)। कार्य्+अम्=**कार्य्यम्**, **कार्यम्** । धर्म्+अः=**धर्म्मः**, **धर्मः** । कर्म्+अ=**कर्म्म**, **कर्म** ।

६१ **ऋतीति** ऋत् (ह्रस्व ऋकार) परे होने पर पदान्त अक् को ह्रस्व होता है विकल्प से ।

ब्रह्म ऋषिः—'ब्रह्मा+ऋषिः' इस दशा में पदान्त अक्—आकार को ऋकार परे होने से ह्रस्व हो गया । तब ह्रस्व विधानसामर्थ्य से पहले के समान सन्धि (गुण) नहीं हुआ । ह्रस्व के अभावपक्ष में गुण अर् होकर 'ब्रह्मर्षिः' रूप सिद्ध होता है ।

पदान्ता इति—पदान्त क्यों कहा ? इसका फल है 'आ+ऋच्छत्' यहाँ ह्रस्व न होना । यहाँ आ अक् पदान्त नहीं । अतः उसको ऋ परे होने पर भी ह्रस्व नहीं हुआ । तब 'आटश्च' सूत्र से वृद्धि होकर **'आर्च्छत्'** रूप बना ।

अच् सन्धि का सार—इस अच् सन्धि प्रकरण में 'अकः सवर्णे दीर्घः' 'आद्गुणः' 'वृद्धिरेचि' 'इको यणचि' और 'एचोऽयवायावः' ये पाँच सूत्र मुख्य है । पूर्व पर वर्ण के स्थान में कौन सा रूप होता है और किस वर्ण से किस वर्ण के परे रहने पर—इन बातों के बताने के लिए आगे कोष्ठक दिया जाता है—

सिद्धरूपाणि

पूर्ववर्णे सति	परवर्णे सति												
	अ	आ	इ	ई	उ	ऊ	ऋ	ॠ	ऌ	ए	ऐ	ओ	औ
अ	आ	आ	ए	ए	आ	ओ	अर्	अर्	अल्	ऐ	ऐ	औ	औ
आ	,,	,,	,,	,,	,,	,,	,,	,,	,,	,,	,,	,,	,,
इ	य	या	ई	ई	यु	यू	यृ	यॄ	य्लृ	ये	यै	यो	यौ
ई	,,	,,	,,	,,	,,	,,	,,	,,	,,	,,	,,	,,	,,
उ	व	वा	वि	वी	ऊ	ऊ	वृ	वॄ	व्लृ	वे	वै	वो	वौ
ऊ	,,	,,	,,	,,	,,	,,	,,	,,	,,	,,	,,	,,	,,
ऋ	र	रा	रि	री	रु	रू	ऋ	ॠ	ॠ	रे	रै	रो	रौ
ॠ	,,	,,	,,	,,	,,	,,	,,	,,	,,	,,	,,	,,	,,
ऌ	ल	ला	लि	ली	लु	लू	ऋ	ॠ	ॠ	ले	लै	लो	लौ
ए	अय	अया	अयि	अयी	अयु	अयू	अयृ	अयॄ	अय्लृ	अये	अयै	अयो	अयौ
ऐ	आय	आया	आयि	आयी	आयु	आयू	आयृ	आयॄ	आय्लृ	आये	आयै	आयो	आयौ
ओ	अव	अवा	अवि	अवी	अवु	अवू	अवृ	अवॄ	अव्लृ	अवे	अवै	अवो	अवौ
औ	आव	आवा	आवि	आवी	आवु	आवू	आवृ	आवॄ	आव्लृ	आवे	आवै	आवो	आवौ

नोट—ऊपर से आने वाली पहली पंक्ति की बायें से दायीं ओर जाने वाली पहली पंक्ति के साथ सन्धि करके आगे सिद्ध रूप दे दिये गये हैं ।

अथ हल्सन्धिः।

(श्चुत्वविधायकं सूत्रम्)

६२ स्तोः[6] श्चुना[3] श्चुः[1] । ८ । ४ । ४० ॥

सकारतवर्गयोः शकारचवर्गाभ्यां योगे शकारचवर्गौ स्तः । रामश्शेते । रामश्चिनोति । सच्चित् । शार्ङ्गिञ्जय ।

---

६२ स्तोरिति—सकार और तवर्ग के स्थान में शकार और चवर्ग के योग होने पर शकार और चवर्ग आदेश हों।

वहाँ स त थ द ध न के स्थान में शकार और चवर्ग के किसी भी वर्ण का योग होने पर श् च् छ् ज् झ् ञ् ये आदेश क्रम से होते हैं। तात्पर्य यह है कि स्थानी और आदेशों में यथासंख्य है।

परन्तु ध्यान रहे कि स त थ द ध न का श च छ ज झ ञ के साथ योग में यथासंख्य अपेक्षित नहीं अर्थात् यह आवश्यक नहीं कि सकार का योग शकार के साथ चकार का योग चकार के साथ ही हो एवं आगे भी इसका प्रमाण 'शात्' यह श्चुत्व निषेध करनेवाला सूत्र है। यदि योग में भी यथासंख्य-क्रम से सम्बन्ध लिया जाय तो शकार से पर तवर्ग को श्चुत्व प्राप्त नहीं होता, उसके निषेध की आवश्यकता नहीं होती। परन्तु सूत्र बनाया गया है उससे यही सिद्ध होता है कि योग में क्रम नहीं लिया जाता।

योग पूर्व तथा पर दोनों प्रकार का समझना चाहिये। इसका प्रमाण भी **'शात्'** सूत्र ही है। यदि परयोग ही यहाँ लिया जाता तो शकार से पर तवर्ग को श्चुत्व प्राप्त नहीं होता, निषेध करना व्यर्थ होता। इससे यह सिद्ध हो जाता है कि पूर्वयोग भी लिया जाता है।

रामश्शेते (राम सोता है)—'रामस्+शेते' इस दशा में पर शकार के साथ योग होने से पूर्व सकार के स्थान में शकार आदेश इस सूत्र से हो जाता है। इस प्रकार 'रामश्शेते' रूप सिद्ध होता है।

(श्चुत्वनिषेधसूत्रम्)

६३ शात्[५] । ८ । ४ । ४४ ॥

शात् परस्य तवर्गस्य श्चुत्वं न स्यात् । विश्नः । प्रश्नः ।

रामश्चिनोति—(राम चुनता है)—'रामस्-|-चिनोति' इस दशा में पर चकार के योग होने से पूर्व तकार तवर्ग के स्थान में चवर्ग चकार होकर रूप सिद्ध होता है।

सच्चित् (सत् और ज्ञान स्वरूप)—'सत्-|-चित्' इस दशा में पर चकार चवर्ग के योग होने से पूर्व तकार तवर्ग के स्थान में चवर्ग चकार होकर रूप बनता है।

शार्ङ्गिञ्जय (भगवन् विष्णो तुम्हारी जय हो)—'शार्ङ्गिन्-|-जय' इस दशा में पर चवर्ग जकार से संयोग के कारण पूर्व तवर्ग नकार के स्थान में नकार चवर्ग आदेश होकर रूपसिद्धि होती है।

अन्य **उदाहरण**—उत्-|-चिनोति=**उच्चिनोति**=चुनता है। सत्-|-चरित्रम्=**सच्चरित्रम्**=अच्छा चरित्र। सूर्यस्-|-छन्नः=**सूर्यश्छन्नः**=सूर्य ढक गया। विपद्-|-जालम्=**विपज्जालम्**=विपत्तियों का समूह। कतिचिद्-|-जनाः=**कतिचिज्जनाः**=कितने ही आदमी। याच्-|-ना=**याच्ञा**=माँगना।

थ के स्थान में छ और ध के स्थान में झ आदेश के उदाहरण प्रायः नहीं मिलते, अतएव यहाँ नहीं दिये गए।

६३ शादिति—शकार से पर तवर्ग के स्थान में श्चुत्व न हो।

विश्नः[१] (गति, भाषण)—'विश्-|-नः' इस दशा में पूर्व शकार के साथ योग होने से पर तवर्ग नकार के स्थान में 'स्तोः श्चुना श्चुः' सूत्र से श्चुत्व प्राप्त होता है। उसका इस सूत्र से निषेध हो जाता है, क्योंकि यहाँ शकार से पर तवर्ग नकार है। श्चुत्व न होने से जैसे का तैसा रह गया।

प्रश्नः[२] (सवाल)—'प्रश्-|-नः' इस दशा में पूर्वोक्त प्रकार से श्चुत्व का

---

१ विच्छ धातु से 'यजयाचयतविच्छप्रच्छरक्षो नङ्' से नङ् प्रत्यय होने पर 'च्छ्वोः शूडनुनासिके' से छ को श हुआ है।

२ प्रच्छ धातु से 'यज याच—'इत्यादि पूर्वोक्त सूत्र से नङ् प्रत्यय होने पर

(ष्टुत्वविधायक सूत्रम्)

६४ ष्टुना[3] ष्टुः[1] । ८ । ४ । ४१ ॥

स्तोः ष्टुना योगे ष्टुः स्याद् । रामष्षष्ठः । रामष्टीकते । पेष्टा । तट्टीका । चक्रिण्ढौकसे ।

निषेध होने से यथावत् रूप रह जाता है ।

६४ ष्टुनेति—सकार और तवर्ग के स्थान में षकार और टवर्ग के योग में षकार और टवर्ग आदेश होता है ।

इस सूत्र में भी योग में यथासंख्य नहीं लिया जाता । इसका प्रमाण **'तोःषि'** यह ष्टुत्वनिषेध सूत्र है, अन्यथा तवर्ग को षकार पर रहते ष्टुत्व प्राप्त ही नहीं होगा, सूत्र निरर्थक हो जायगा । अतः षकार और टवर्ग में से किसी भी वर्ण के साथ योग होने से ष्टुत्व होता है । आदेश और स्थानी का यथासंख्य है, स त थ द ध न के स्थान में ष ट ठ ड ढ ण ये क्रमशः ही आदेश होते हैं । पूर्व सूत्र के समान ही पूर्व और पर योग दोनों ही यहाँ भी लिये जाते हैं ।

रामष्षष्ठः (राम छठा है)—'रामस्+षष्ठः' इस दशा में पर षकार के साथ योग होने से पूर्व सकार के स्थान में प्रकृत सूत्र से ष्टुत्व षकार आदेश होने पर उक्त रूप की सिद्धि होती है ।

रामष्टीकते (राम जाता है)—'रामस्+टीकते' इस दशा में पर टकार रूप टवर्ग के साथ योग होने से पर सकार के स्थान में षकार आदेश हो जाता है । इस प्रकार उक्त रूप की सिद्धि होती है ।

पेष्टा (पीसने वाला, पीसेगा)—'पेष्+ता' इस दशा में पूर्व षकार के साथ योग होने से पर तकार तवर्ग के स्थान में टकार आदेश होकर उक्त रूप बनता है ।

तट्टीका (उसकी टीका)—'तत्+टीका' इस दशा में पर टकार टवर्ग के योग में पूर्व तकार तवर्ग के स्थान से टवर्ग टकार आदेश होकर उक्त रूप बनता है ।

चक्रिण्ढौकसे (चक्रधारी, तुम जाते हो)—'चक्रिन्+ढौकसे' इस दशा

च्छकार को 'च्छ्वोः शूडनुनासिके' सूत्र से शकार आदेश होकर 'प्रश्नः' सिद्ध होता है ।

(ष्टुत्वनिषेधसूत्रम्)

६५ न पदान्ताट्टोरनाम् । ८ । ४ । ४२ ॥

पदान्ताट्टवर्गात्परस्याऽनामः स्तोः ष्टुर्न स्यात् । षट् सन्तः । षट् ते । पदान्तात् किम्—ईट्टे । टोः किम्—सर्पिष्टमम् ।

में पर टवर्ग ढकार के योग होने से पूर्व नकार तवर्ग के स्थान में टवर्ग णकार आदेश होकर उक्त रूप सिद्ध होता है ।

अन्य उदाहरण—त्रयम्+षट्पदाः=**त्रयषट्पदाः** = तीन भौंरे । पदार्थास्+षट=**पदार्थाष्षट्**=पदार्थ छः होते हैं ॥ प्रष्+ता=**प्रष्टा**=पूछनेवाला, पूछेगा । मत्+टीका=**मट्टीका**=मेरी टीका। गरुत्मान्+डयते=**गरुत्माण्डयते**= गरुड़ उड़ता है । अधिष्+थाता=**अधिष्ठाता**=स्वामी । वृढ्+धः = **वृढः**=बढ़ा हुआ । अन्तिम उदाहरण में धकार को ढकार होने पर पहले ढकार का '**ढो ढे लोपः**' सूत्र से लोप हो जाता है ।

६५ न पदान्तादिति—पदान्त टवर्ग से पर 'नाम्' भिन्न शब्द के सकार और तवर्ग के स्थान में ष्टुत्व न हो ।

षट् सन्तः (छ सज्जन)—'षट्+सन्तः' इस दशा में पूर्व-टकार टवर्ग के योग होने से पर सकार के स्थान में ष्टुत्व आदेश प्राप्त होता है, उसका इस सूत्र से निषेध हो जाता है । क्योंकि यहाँ टकार पदान्त है ।

षट् ते—(वे छः) 'षट्+ते' इस दशा में भी पदान्त टवर्ग पर होने के कारण तवर्ग तकार को ष्टुत्व टकार नहीं हुआ, जैसे का तैसा रह गया ।

पदान्तादिति—पदान्त टवर्ग से पर को निषेध क्यो कहा गया ? इसका उत्तर है कि 'ईट्+ते' यहाँ टवर्ग टकार है, पर वह पदान्त नहीं 'ईड्' धातु है और 'ते' तिङ् विभक्ति, 'सुप् तिङन्तं पदम्' सूत्र से पद संज्ञा 'ईट्टे' की होगी और तब पदान्त एकार होगा । अतः निषेध नहीं हुआ । तब तकार को ('ष्टुना ष्टुः' सूत्र में) टकार होने से 'ईट्टे' रूप सिद्ध होता है । यदि 'पदान्त' न कहते तो यहाँ भी निषेध हो जाता और रूप की सिद्धि नहीं होती ।

टोरिति—टवर्ग में पर को ही निषेध क्यों कहा गया ? इसका उत्तर है कि '**सर्पिष्+तमम्**' यहाँ पदान्त षकार में पर तवर्ग तकार है, अतः निषेध हो

(ष्टुत्वनिषेधप्रतिप्रसववार्तिकम्)

(वा०) अनाम्नवतिनगरीणामिति वाच्यम् । षण्णाम् । षण्ण-

जायगा । जब टवर्ग से ही पर को निषेध कहा गया तो यहाँ टवर्ग के न होने से निषेध न हुआ ।

'टोः किम्' इस प्रश्न का आशय है कि 'ष्टु' पद की पूर्व सूत्र से अनुवृत्ति यहाँ आ जायगी, पदान्त षकार को सर्वत्र जश्त्व[1] डकार होने से टवर्ग मिलेगा, इस प्रकार पदान्त में षकार कभी रहेगा ही नहीं। अतः 'ष्टु' की अनुवृत्ति से काम चल जायगा फिर 'टोः' ग्रहण, क्यों किया गया ? उत्तर का आशय यह है कि 'सर्पिष् तमम्' में 'ह्रस्वात्तादौ तद्धिते' सूत्र से षकार होता है जो कि असिद्ध है। असिद्ध होने के कारण जश्त्व हो नहीं सकता, षकार ही रहेगा। इस स्थल में निषेध न लगे इसके लिए 'टोः' ग्रहण करना अनावश्यक है। यदि 'टोः' ग्रहण न किया जाय तो 'ष्टु' की अनुवृत्ति होने पर षकार से पर को भी निषेध होगा और तब **'सर्पिष्टमम्'** रूप की सिद्धि न हो सकेगी।

(वा०) अनामिति—नाम्, नवति और नगरी को छोड़कर अन्यत्र ष्टुत्व का निषेध कहना चाहिये अर्थात् इनमें ष्टुत्व होगा ही।

षण्णाम् (छः का)—'षड्+नाम्' इस दशा में पदान्त[2] टवर्ग डकार से पर तवर्ग नकार को 'न पदान्तात्–' सूत्र से निषेध प्राप्त होता है, उसका प्रकृत वार्तिक से निषेध हो जाता है। तब 'ष्टुना ष्टुः' सूत्र से ष्टुत्व णकार हो गया। इस प्रकार 'षड्+णाम्' ऐसी स्थिति होने पर 'प्रत्यये भाषायां नित्यम्' इस वार्तिक से प्रत्यय 'णाम्' के अनुनासिक णकार के परे होने से पूर्व यर्

---

१ '६७ झलां जशोऽन्ते' सूत्र से होनेवाले जश् आदेश को जश्त्व कहते हैं।

२ पद संज्ञा करने वाले दो सूत्र हैं—सुप्तिङन्तं पदम् और २ स्वादिष्व-सर्वनामस्थाने। मुख्य पद संज्ञा 'सुप् तिङन्तं पदम्' सूत्र से ही होती है। 'स्वादिष्वसर्वनामस्थाने' इस सूत्र से हलादि सुप्प्रत्ययों के परे रहते भी पद संज्ञा होती है—जैसा कि आगे चलकर मालूम होगा। यहाँ 'नाम्' इस हलादि विभक्ति परे रहते पूर्व 'षड्' इसकी 'स्वादिष्वसर्वनामस्थाने' सूत्र से पदसंज्ञा यहाँ होती है, अतः डकार पदान्त है।

वतिः । षण्णगर्यः ।

(ष्टुत्वनिषेधसूत्रम्)

६६ तोः[६] षि[७] । ८ । ४ । ४३ ॥

न ष्टुत्वम् । सन् षष्ठः ।

(जश् विधायकं सूत्रम्)

६७ झलां[६] 'जशोऽन्ते'[७] । ८ । २ । ३९ ॥

डकार के स्थान में आन्तरतम्य से अनुनासिक णकार आदेश होकर 'षण्णाम्' रूप बनता है।

षण्णवतिः (छियानवे)—'षड्+नवतिः' इस दशा में सिद्धि 'षण्णाम्' के ही समान होगी। केवल 'डकार के स्थान में णकार आदेश 'यरोऽनुनासिकेऽनुनासिको वा' से विकल्प से होगा। अतः पक्ष में 'षड्णवतिः' रूप भी होगा।

षड्णगर्यः (छः नगरियाँ—शहर)—'षड्+नगर्यः' इसकी सिद्धि 'षण्णवतिः' के समान ही होगी। पक्ष में यहाँ भी 'षड् णगर्यः' रूप बनेगा।

६६ **तोरिति**—तवर्ग को षकार पर रहते ष्टुत्व नहीं होता।

सन् षष्ठः (सज्जन छठा है)—'सन्+ षष्ठः' इस दशा में षकार का योग होने से पूर्व तवर्ग तकार को ष्टुत्व णकार प्राप्त था। उसका प्रतिषेध प्रकृत सूत्र से हो गया, षकार परे रहते तवर्ग के स्थान में ष्टुत्व नहीं होता, तब यथावत् रूप रहा।

अन्य उदाहरण—भीष्मात् षाड्गुण्यं शिक्षते=भीष्म से सन्धि विग्रह आदि छः गुण सीखता है। **मयूरात् षण्मुखोऽवतरति**=मोर से कार्तिकेय उतरता है। **पुष्पात् षट्पद उत्पतति**=फूल से भौंरा निकल रहा है।

६७ **झलामिति**—पदान्त में झलों के स्थान में जश् आदेश हों।

झलों में वर्गों के प्रथम, द्वितीय, तृतीय तथा चतुर्थ वर्ण तथा श, ष, स और हकार आते हैं। जश् में वर्गों के तृतीय वर्ण हैं। वर्गीय वर्णों में अपने वर्ग का ही तृतीय वर्ण आदेश होता है। अन्य षकार के स्थान में स्थान-साम्य होने के कारण डकार होता है। शेष के उदाहरण प्रायः नहीं मिलते।

पदान्ते झलां जशः स्युः। वागीशः।

(अनुनासिकविधिसूत्रम्)

६८ यरो[१] ऽनुना[७]सिकेऽनुना[१]सिको वा[०]। ८। ४। ४५॥

यरः पदान्तस्यानुनासिके परेऽनुनासिको वा स्यात्। एतन्मुरारिः, एतद्मुरारिः।

वागीशः (बृहस्पति)—'वाक्+ईशः' इस दशा में 'पदान्त'[१] झल् ककार के स्थान में सादृश्य के कारण जश् गकार होकर रूप बनता है।

अन्य उदाहरण—मनाक्+हसति = **मनाग्हसति** = थोड़ा हँसता है। दिक्+ईशः = **दिगीशः**=दिशाओं का स्वामी। जगत्+ईशः=**जगदीशः**= संसार का स्वामी। रत्नमुट्+धावति = **रत्नमुड् धावति** = रत्न चुरानेवाला दौड़ता है। चित्+आनन्दः = **चिदानन्दः** - ज्ञान और आनन्द रूप भगवान्। त्रुध्+भिः = त्रुद्भिः = भूखों से। मधुलिट्+गुञ्जति = **मधुलिड् गुञ्जति** = भौंरा गूँजता है। ककुभ्+ईशः = **ककुबीशः**=दिशाओं का स्वामी। षट्+आम्राणि=षड् **आम्राणि**=छः आम के फल। कतिचित्+दिनानि = **कतिचिद् दिनानि**=कुछ दिन।

६८ यर इति—पदान्त यर् के स्थान में अनुनासिक परे होने पर अनुनासिक विकल्प से हो।

एतन्मुरारिः (यह विष्णु)—'एतत्+मुरारिः' इस दशा में पदान्त यर् दकार के स्थान में अनुनासिक मकार परे होने से स्थानसाम्य से अनुनासिक नकार हो गया। पक्ष में 'एतद्मुरारिः' यह भी रहेगा।

अन्य उदाहरण—षड्+मासाः, **षण्मासाः**, **षड्मासाः** छः महीने। धिग्+मूर्खम्=**धिङ् मूर्खम्**, **धिग् मूर्खम्**=मूर्ख को धिक्कार। त्वग्+मनसी

---

१ 'वाच ईशः' इस विग्रह में यहाँ षष्ठीतत्पुरुष समास होता है। समास होने पर विभक्ति का लोप हो जाता है। इस लुप्त विभक्ति के द्वारा यहाँ ककार पदान्त है। लुप्त विभक्ति अन्तर्वर्तिनी विभक्ति भी कही जाती है। समास स्थल में पदान्तत्व की उपपत्ति इसी प्रकार की जाती है।

(नित्यानुनासिकविधिवार्तिकम्)

(वा०) प्रत्यये भाषायां नित्यम् । तन्मात्रम् । चिन्मयम् ।

(तवर्गस्य लकारे परे परसवर्णविधायकं सूत्रम्)

६९ तो[६]र्लि[७] । ८ । ४ । ६० ॥

तवर्गस्य लकारे परे परसवर्णः ।

तल्लयः । विद्वाल्ँ लिखति । नस्यानुनासिको लः ।

=**त्वङ्मनसी, त्वग्मनसी**=त्वचा (चमड़ी) और मन । षड्-+-नवतिः= **षण्णवतिः, षड्णवतिः**=छियानवे । षड्-+-नगर्यः=**षण्णगर्यः, षड्नगर्यः** =छः शहर । मद्-+-नीतिः=**मन्नीतिः, मद्नीतिः**=मेरी नीति । सद्-+- मार्गः=**सन्मार्गः, सद्मार्गः**=अच्छा मार्ग । ककुब्-+-नायकः=**ककुम्नायकः, ककुब्नायकः**=दिशाओं का स्वामी ।

(वा०) प्रत्यय इति—अनुनासिकादि प्रत्यय परे हो तो पदान्त यर् के स्थान में नित्य अनुनासिक आदेश हो ।

तन्मात्रम् (उतना ही)—'तद्-+-मात्रम्' इस अवस्था में अनुनासिक मकार आदि प्रत्यय **मात्र** परे होने से पदान्त यर् दकार को नित्य अनुनासिक नकार होकर रूप बना । यहाँ 'तदस्य परिमाणम्' इस अर्थ में 'प्रमाणे द्वयसज्- दघ्नञ्मात्रचः' इस सूत्र से 'मात्रच्' प्रत्यय हुआ है ।

चिन्मयम् (ज्ञानस्वरूप, चेतनस्वरूप)—'चित्-+-मयम्' इस अवस्था में दकार को अनुनासिक नकार नित्य होता है । यहाँ 'चिदेव' इस अर्थ में 'तत्प्रकृतवचने मयट्' से मयट् प्रत्यय हुआ है ।

अन्य उदाहरण—वाग्-+-मयम् **वाङ्मयम्**=शास्त्र । वाग्-+-मात्रम्= **वाङ्मात्रम्**=केवल वाणी । षड्-+-णाम्=**षण्णाम्**-छः का । अप्-+-मयम्= **अम्मयम्**=जलमय । मृद्-+-मयम्=**मृण्मयम्**=मिट्टी का ।

६९ तोर्लीति=तवर्ग के स्थान में लकार परे होने पर परसवर्ण आदेश हो ।

तल्लयः (उसका नाश)—'तद्-+-लयः' इस दशा में 'लय' के आदि लकार के परे होने से पूर्व दकार तवर्ग के स्थान में पर लकार का सवर्ण लकार

(उदः परयोः स्थास्तम्भोः पूर्वसवर्णविधिसूत्रम्)

७० उदः[५] स्थास्तम्भोः[६] पूर्वस्य[६] ८ । ४ । ६१ ॥

उदः परयोः स्थास्तम्भोः पूर्वसवर्णः ।

आदेश हो गया, क्योंकि दन्त स्थान से दोनों का साम्य है ।

विद्वाल्ँ लिखति (विद्वान् लिखता है)—'विद्वान्+लिखति' इस दशा में तवर्ग नकार के स्थान में पर लकार का सवर्ण लकार ही आदेश होता है, परन्तु अनुनासिक होने से नकार के स्थान में अनुनासिक लकार आदेश हुआ ।

नस्येति—नकार के स्थान में अनुनासिक ही लकार आदेश हुआ ।

लकार का सवर्ण तवर्ग के स्थान में स्थानसाम्य से लकार ही हो सकता है, अन्य नहीं, तब केवल 'पर' आदेश कहने से भी काम चल सकता है, क्योंकि पर लकार ही है, वही आदेश होगा । सवर्ण कहने का फल नकार के स्थान में अनुनासिक लकार होता है, इसी अभिप्राय से 'नस्यानुनासिको लः' यह कहा गया है । संज्ञा प्रकरण में 'अनुनासिकाननुनासिकभेदेन यवला द्विधा' इस वचन के द्वारा लकार का अनुनासिक होना बताया जा चुका है ।

अन्य उदाहरण—चिद्+लीनः = **चिल्लीनः** = ज्ञान में मग्न, तद्+लीनः = **तल्लीनः**—उस में लीन, तद्+लीला = **तल्लीला** = उसकी लीला, धीमान्+लिखति = **धीमाल्ँ लिखति**=बुद्धिमान् लिखता है, हसन्+लेढि = **हसल्ँ लेढि**=हँसता हुआ चाटता है, कुशान्+लाति=**कुशाल्ँ लाति**=कुशों को ग्रहण करता है, जगद्+लीयते=**जगल्लीयते**=संसार नष्ट हो जाता है या लीन हो जाता है । हनूमान्+लङ्कां दहति=**हनूमाल्ँ लङ्कां दहति**=हनूमान् लङ्का को जलाता है ।

७० **उद इति**—उद् उपसर्ग से पर स्था और स्तम्भ धातुओं के स्थान में पूर्वसवर्ण पूर्व वर्ण का सवर्ण—आदेश हो ।

इसके उदाहरण आगे आनेवाले हैं—'उद्+स्थानम्' 'उद्+स्तम्भनम्' । यहाँ उद् उपसर्ग से 'स्था' और 'स्तम्भ' धातु पर हैं, 'स्थानम्' और

(स्थान्यादेशयोरव्यवधाननियामकं परिभाषासूत्रम्)

७१ तस्मादित्युत्तरस्य १ । १ । ६७ ॥

पञ्चमीनिर्देशेन क्रियमाणं कार्यं वर्णान्तरेणाऽव्यवहितस्य परस्य ज्ञेयम् ।

(आदेशस्य परादिस्थानिकत्वनियामकं परिभाषासूत्रम्)

७२ आदेः परस्य १ । १ । ५४ ॥

परस्य यद् विहितं तत् तस्यादेर्बोध्यम् ।

'स्तम्भनम्' ये दोनों 'स्था' और 'स्तम्भ' धातुओं के रूप हैं। अतः इन को पूर्व दकार का सवर्ण आदेश होगा।

७१ तस्मादिति—पञ्चम्यन्त पद का उच्चारण कर जिस कार्य का विधान किया गया हो, वह कार्य उस पञ्चम्यन्त के द्वारा बोधित वर्ण से-वर्णान्तर-अन्य वर्ण-से- अव्यवहित-व्यवधान रहित-परवर्ण के स्थान में हो अर्थात् निमित्त और स्थानी के बीच में अन्य वर्ण न आना चाहिये।

उदाहरण–'उदः स्थास्तम्भोः पूर्वस्य' इस सूत्र में 'उदः' इस पञ्चम्यन्त का उच्चारण कर पूर्वसवर्ण आदेश का विधान किया गया है। अतः यह सूत्र 'उद्' और 'स्था' 'स्तम्भ' के बीच जब अन्य कोई वर्ण नहीं होगा तभी पूर्वसवर्ण कर सकेगा। 'उद्+स्थानम्' और 'उद्+स्तम्भनम्' इन उदाहरणों में 'उद्' तथा 'स्था' 'स्तम्भ' के बीच किसी अन्य वर्ण का व्यवधान नहीं, अतः सूत्र की प्रवृत्ति होगी।

इस दशा में भी सम्पूर्ण 'स्था' और 'स्तम्भ' को पूर्वसवर्ण आदेश प्राप्त हुआ। अलोऽन्त्यपरिभाषा से अन्त्य वर्ण को प्राप्त होता है। उसका अपवाद-बाधक-अग्रिम परिभाषा दी जाती है।

७२ आदेरिति—जिस कार्य का पर पद के स्थान में विधान किया गया हो, वह पर के आदि वर्ण के स्थान में करना चाहिये।

इस परिभाषा से 'उद्+स्थानम्' और 'उद्+स्तम्भनम्' में पर के आदि वर्ण सकार के स्थान में पूर्व दकार का सवर्ण आदेश प्राप्त हुआ।

इति सस्य थः।

(झलोपविधिसूत्रम्)

७३ झरो६ झरि७ सवर्णे७ ८।४।६५॥

हलः परस्य झरो वा लोपः सवर्णे झरि।

(चर्त्वविधिसूत्रम्)

७४ खरि७ च ८।४।५५॥

खरि झलां चरः स्युः।

इत्युदो दस्य तः—उत्थानम्। उत्तम्भनम्।

इति सस्य थ इति—इस प्रकार सकार के स्थान में थकार आदेश हुआ अर्थात् आन्तरतम्य-अत्यन्तसादृश्य-होने से विवार, श्वास, अघोष और महाप्राण यत्नवाले सकार के स्थान में उसी प्रकार का थकार पूर्वसवर्ण आदेश हुआ।

तब 'उद् थ् थानम्' 'उद् थ् तम्भनम्' यह स्थिति बनी।

७३ झर इति—हल् से पर झर् का लोप हो सवर्ण झर् परे हो तो।

'उद् थ् थानम्' और 'उद् थ् तम्भनम्' में हल् दकार से पर झर् थकार है और उससे पर सवर्ण झर् थकार और तकार है। अतः विकल्प से पूर्व थकार का लोप हुआ। तब 'उद् थानम्' 'उद् तम्भनम्' यह स्थिति बनी। अभाव पक्ष में यथावत् ही रहेगा।

७४ खरीति—खर् परे हो तो झलों के स्थान में चर् आदेश हों।

इत्युद इति—इस से दकार के स्थान में तकार आदेश हुआ अर्थात् 'उद् थानम्' और 'उद् तम्भनम्' यहाँ खर् थकार और तकार के परे होने से पूर्व झल् दकार के स्थान में स्थानसाम्य होने के कारण तकार आदेश हुआ। तब 'उत्थानम्' और 'उत्तम्भनम्' रूप बने। लोप के अभाव पक्ष में भी दकार को तकार होगा और थकार को भी, अतः यहाँ तकार द्वित्व रहेगा— उत्त्थानम्, उत्त्तम्भनम्।

अन्य उदाहरण—उद्+स्थापयति=उत्थापयति, उत्त्थापयति (उठाता है), उद्+स्थापकः=उत्थापकः उत्त्थापकः (उठानेवाला), उद्+स्तम्भते=उत्तम्भते, उत्त्तम्भते (उभारता है)।

(झय्परहकारस्य पूर्वसवर्णविधिसूत्रम्)

७५ झयो[५] हो[६]ऽन्यतरस्याम्[७] । ८ । ४ । ६२ ॥

झयः परस्य हस्य वा पूर्वसवर्णः ।

नादस्य घोषस्य संवारस्य महाप्राणस्य हस्य तादृशो वर्गचतुर्थः—वाग्घरिः, वाग्हरिः ।

(शकारस्य छत्वविधायकं सूत्रम्)

७६ श[६]श्छो[१]ऽटि[७] । ८ । ४ । ६३ ॥

झयः परस्य शस्य छो वाऽटि ।

---

७५ **झय** इति—झय् से पर हकार के स्थान में पूर्वसवर्ण आदेश हो ।

नादस्येति—नाद, घोष, संवार और महाप्राण यत्नवाले हकार के स्थान में उसी प्रकार के वर्गों का चतुर्थ वर्ण आदेश होगा अर्थात् हकार का नाद, घोष, संवार और महाप्राण यत्न है और वर्गों के चतुर्थ वर्णों के भी यही यत्न हैं, अतः आन्तरतम्य—अत्यन्त सदृश—के कारण हकार के स्थान में यथाक्रम से चतुर्थ वर्ण आदेश होगा । जहाँ पूर्व कवर्ग होगा, वहाँ कवर्ग का चतुर्थ वर्ण 'घ' कार और जहाँ पूर्व चवर्ग होगा, वहाँ चवर्ग का चतुर्थ वर्ण झकार आदेश होंगे । इसी प्रकार अन्यत्र भी समझना चाहिये ।

वाग्घरिः (वाणी का सिंह अर्थात् बोलने में निपुण)—'वाक्+हरिः' इस दशा में झय् गकार से पर हकार के स्थान में आन्तरतम्य होने से घकार आदेश होकर रूप सिद्ध हुआ । अभाव पक्ष में 'वाग्हरिः' ऐसा होगा ।

अन्य उदाहरण—दिग्+हस्ती = **दिग्घस्ती, दिग्हस्ती** (दिग्गज), अज्+हलौ = **अज्झलौ, अज्हलौ** (अच् और हल्), रत्नमुड्+हरति = **रत्नमुड्ढरति, रत्नमुड्हरति** (रत्नों का चोर चुराता है), वणिग्+हसति= **वणिग्घसति, वणिग्हसति** (बनिया हँसता है), सम्पद्+हर्षः = **सम्पद्धर्षः, सम्पद्हर्षः** (सम्पत्ति का हर्ष), ददद्+हसति= **दददधसति, दददहसति** (देता हुआ हँसता है), ककुब्+हस्ती= **ककुब्भस्ती, ककुब्हस्ती** (दिग्गज) ।

७६ **शश्छ** इति—झय् से पर शकार के स्थान में छकार आदेश हो विकल्प से अट् परे होने पर ।

'तद्+शिवः' इत्यत्र दस्य श्चुत्वेन जकारे कृते 'खरि च' इति जकारस्य चकारः—तच्छिवः, तच् शिवः।

(अनुस्वारविधिसूत्रम्)

७७ मोऽनुस्वारः[1] ।८।३।२३॥

मान्तस्य पदस्याऽनुस्वारो हलि। हरिं वन्दे।

'तद्+शिवः इति—'तद्+शिवः' यहाँ दकार के स्थान में श्चुत्व से जकार आदेश करने पर 'खरि च' से जकार को चकार हुआ। अर्थात् शकार के स्थान में छकार होने से पहले श्चुत्व और चर्त्व होंगे क्यों कि दोनों के प्रति 'शश्छोऽटि' सूत्र पर त्रिपादी होने से असिद्ध है। अतः 'तच्+शिवः' ऐसी स्थिति बन जाने पर झय् चकार से पर शकार के स्थान में छकार अट् परे होने से छकार आदेश होता है। तब 'तच्छिवः' यह प्रयोग सिद्ध होता है। छकार के अभावपक्ष में 'तच्+शिवः' यही रहता है।

अन्य उदाहरण—वाक्+शूरः = **वाक् छूरः, वाक् शूरः** (बोलने में तेज) विश्वसृट्+शेते = **विश्वसृट् छेते, विश्वसृट् शेते** (ब्रह्मा सोता है) जगत्+शान्तिः = **जगच् छान्तिः, जगच् शान्तिः** (संसार की शान्ति)। मत्+श्वशुरः=**मच् छ्वशुरः, मच् श्वशुरः** (मेरा श्वशुर)। यावत्+शक्यम्= **यावच् छक्यम् यावच् शक्यम्** (जितना हो सके, उतना),। गुप्+शूरता= **गुप् छूरता, गुप् शूरता** (रक्षक की शूरता)।

७७ म इति—मान्त पद के स्थान में अनुस्वार आदेश हो हल् परे होने पर।

'अलोन्त्यस्य' परिभाषा के बल से पद के अन्त्य मकार के स्थान में ही अनुस्वार आदेश होगा, न कि सम्पूर्ण मान्त पद के स्थान में, जैसा कि सूत्रार्थ में कहा गया है।

हरिं वन्दे (भगवान् विष्णु को प्रणाम करता हूँ)—'हरिम्+वन्दे' इस दशा में मान्त पद 'हरिम्' के अन्त्य वर्ण मकार के स्थान में हल् 'वकार' परे होने से अनुस्वार आदेश होकर 'हरिं वन्दे' प्रयोग सिद्ध हुआ।

(अनुस्वारविधिसूत्रम्)

७८ [६]नश्चाऽपदान्तस्य[६] झलि[७] । ८ । ३ । २५ ॥

नस्य मस्य चाऽपदान्तस्य झल्यनुस्वारः। यशांसि, आक्रंस्यते । झलि किम्-मन्यसे ।

(परसवर्णविधिसूत्रम्)

७९. अनुस्वारस्य[६] ययि[७] परसवर्णः[१] ८ । ४ । ५८ ॥

अन्य उदाहरण—गृहम्-।-गच्छति = **गृहं गच्छति** (घर जाता है) । पुस्तकम्-।-पठति=**पुस्तकं पठति** (किताब पढ़ता है) । गुरुम्-।-नमति = **गुरुं नमति** (गुरु जी को प्रणाम करता है) । ईश्वरम्-।-भजति = **ईश्वरं भजति** (ईश्वर की पूजा करता है) । शत्रुम्-।-जयति=**शत्रुं जयति** (शत्रु को जीतता है) । दिव्यम्-।-सरः=**दिव्यं सरः** (दिव्य तालाब)

७८ **नश्चेति**—अपदान्त नकार और मकार के स्थान में अनुस्वार आदेश हो झल् परे होने पर ।

यशांसि (बहुत यश)—'यशान्-।-सि' इस स्थिति में अपदान्त होने के कारण नकार के स्थान में झल् सकार परे होने से अनुस्वार होकर 'यशांसि' रूप सिद्ध हुआ ।

आक्रंस्यते (आक्रमण होगा)-'आक्रम्-।-स्यते, इस दशा में पूर्ववत् अपदान्त होने से मकार के स्थान में अनुस्वार आदेश होता है ।

झलीति—'झल् परे होने पर' ऐसा क्यों कहा ? इसलिये कि **'मन्यसे'** यहाँ अपदान्त नकार को अनुस्वार न हो जाय । यहाँ झल् पर नहीं, यकार झल् में नहीं आता । अतः अनुस्वार नहीं हुआ ।

अन्य उदाहरण—पयान्-।-सि=**पयांसि** (बहुत दूध या जल), सरान्-।-सि=**सरांसि** (बहुत तालाब) । संगम्-।-स्यते=**संगंस्यते** (साथ मिलेगा, संगत होना) अनम्-।-सीत्=**अनंसीत्** (प्रणाम किया) ।

७९ **अनुस्वारस्येति**—अनुस्वार के स्थान में यय् परे होनेपर परसवर्ण आदेश हो अर्थात् पर वर्ण यय् का सवर्ण हो ।

स्पष्टम्[1] । **शान्तः** ।

(परसवर्णविधिसूत्रम्)

८० वा पदान्तस्य[6] । ८ । ४ । ५९ ॥

अनुस्वार के स्थान में नासिका स्थानसाम्य से वर्गों के पञ्चम वर्ण ङ, ञ, ण, न और म आदेश होंगे । कवर्ग पर होगा तो ङकार आदेश होगा, चवर्ग पर होगा तो ञकार । इसी प्रकार आगे भी । यकार, वकार और लकार पर होंगे तो अनुनासिक यकार, वकार और लकार होंगे ।

शान्तः (शान्त, नष्ट)—'शां-|-तः[2]' इस दशा में अनुस्वार के स्थान में यय् तकार के परे होने से उसका सवर्ण अनुनासिक वर्ण नकार आदेश होकर 'शान्तः' रूप सिद्ध हुआ ।

अन्य उदाहरण—अं-|-कितः = **अङ्कितः** (चिह्न लगा हुआ, लिखित) अं-|-चितः = **अञ्चितः** (पूजित) गु-|-जति=**गुञ्जति** (गूँजता है) । कुं-|-ठितः=**कुण्ठितः** (रुका[3] हुआ, खुंडा) । कां-|-तः = **कान्तः** (सुन्दर) गुं-|-फितः = **गुम्फितः** (गुंथा हुआ) ।

८० **वेति**—पदान्त अनुस्वार के स्थान में यय् परे होने पर परसवर्ण आदेश हो विकल्प से ।

पूर्व सूत्र और इस सूत्र से यह फलित हुआ कि अपदान्त अनुस्वार के स्थान में नित्य और पदान्त के स्थान में विकल्प से परसवर्ण आदेश होता है । अर्थात् पदान्त अनुस्वार इस सूत्र का और अपदान्त पूर्व सूत्र का विषय रहेगा ।

---

१ वृत्तिकार का आशय यह है कि इस सूत्र का अर्थ स्पष्ट है—अर्थात् इस की वृत्ति लिखने की आवश्यकता नहीं । क्योंकि इसमें किसी पद की अनुवृत्ति नहीं लानी पड़ती है । सूत्र में जितने पद हैं, उतने से ही अर्थ पूरा निकल आता है ।

२ यहाँ पहले मकार है । उसके स्थान में 'नश्चापदान्तस्य झलि' सूत्र से अनुस्वार हुआ है । आगे के सभी उदाहरणों में भी यही प्रक्रिया है ।

३ जैसे चाकू कुण्ठित है । कुण्ठित=रुका हुआ अर्थात् खुण्डा है तेज नहीं बुद्धि कुण्ठित है अर्थात् रुकी हुई है, काम नहीं कर सकती ।

त्वङ्करोषि, त्वं करोषि ।

(अनुस्वारापवादसूत्रम्)

८१ मो[६] राजि[७] समः[६] क्वौ[७] । ८ । ३ । २५ ॥

क्विबन्ते राजतौ परे समो मस्य म एव स्यात् । सम्राट् ।

त्वङ्करोषि (तुम करते हो)—'त्वं+करोषि' इस दशा में अनुस्वार के स्थान में झय् ककार के परे होने से उसका सवर्ण अनुनासिक ङकार विकल्प से होकर 'त्वङ्करोषि' रूप सिद्ध हुआ । अभाव पक्ष में 'त्वं करोषि' ऐसा अनुस्वारयुक्त ही रूप रहता है । यहाँ अनुस्वार पदान्त है ।

यहाँ पहले मकार है, उसके स्थान में 'मोऽनुस्वारः' से अनुस्वार होता है, इसी प्रकार अन्य उदाहरणों में भी समझना चाहिये ।

अन्य उदाहरण—भूमिं+खनति=**भूमिङ्खनति, भूमिं खनति** (जमीन खोदता है) । मधुरं+गायति = **मधुरङ्गायति, मधुरं गायति** (मधुर गाता है) । आम्रं+चूषति=**आम्रञ्चूषति, आम्रं चूषति** (आम चूसता है) ऊर्ध्वं+डीयते = **ऊर्ध्वण्डीयते, ऊर्ध्वं डीयते** (ऊपर उड़ता है) । नदीं+तरति=**नदीन्तरति, नदीं तरति** (नदी पार करता है) । शङ्खं+धमति=**शङ्खन्धमति, शङ्खं धमति** (शङ्ख बजाता है) । शिवं+भजति=**शिवम्भजति, शिवं भजति**=(शिव की पूजा करता है) । जलं+पिबति=**जलम्पिबति, जलं पिबति** (जल पीता है) ।

परसवर्णवाले रूप का प्रयोग अब प्रायः कम किया जाने लगा है ।

८१ मो राजीति—'क्विप्' प्रत्ययान्त राजधातु परे होने पर सम् के मकार के स्थान में मकार ही आदेश हो अर्थात् अनुस्वार न हो ।

यह सूत्र 'मोऽनुस्वारः' का अपवाद है ।

सम्राट् (चक्रवर्ती राजा)—'सम्+राट्' यहाँ 'राट्' यह क्विप्प्रत्ययान्त[१]

१—'सत्सूद्विषद्रुहदुहयुजविदभिदच्छिदजिनीराजामुपसर्गेऽपि क्विप् । ३ । २ । ६१ ॥' इस सूत्र से राज् धातु से क्विप् प्रत्यय हुआ और तब 'व्रश्चभ्रस्जसृजमृजयजराजभ्राजच्छशां षः ८ । २ । ३६ ॥' से जकार के स्थान में षकार होता है । अन्त में जश्त्व और चर्त्व होकर 'राट्' बनता है ।

(अनुस्वारबाधकंसूत्रम्)

८२ हे॰ मपरे॰ वा । ८ । ३ । २६ ॥

मपरे हकारे परे मस्य मो वा । किम्ह्मलयति, किं ह्मलयति ।

(अनुस्वारस्य यवलविधायकं वार्तिकम्)

(वा) यवलपरे यवला वा ।

कियँ ह्यः, किं ह्यः । किवँ ह्वलयति, किं ह्वलयति । किलँ ह्लादयति किं ह्लादयति ।

राज् धातु है । उसके परे होने से सम् के मकार के स्थान में मकार हुआ, अनुस्वार नहीं हुआ । हल् रेफ पर होने से सम् के मकार को (सू॰ ७७ से) अनुस्वार प्राप्त है ।

८२ हे मपरे इति—मकारपरक (जिस से मकार पर हो) हकार पर रहते मकार के स्थान में मकार ही आदेश होता है अर्थात् अनुस्वार नहीं होता विकल्प से ।

किम्ह्मलयति–(क्या चलता या हिलता है ?)–'किम्–।–ह्मलयति' इस दशा में मकारपरक हकार पर होने से 'किम्' के मकार के स्थान में मकार ही आदेश विकल्प से होकर **'किम्ह्मलयति'** रूप सिद्ध होता है । पक्ष में मकार को 'मोऽनुस्वारः' से अनुस्वार होकर 'किं ह्मलयति' ।

(वा) यवलेति—यकार, वकार और लकार परक हकार पर रहते मकार के स्थान में क्रम से यकार, वकार और लकार हो विकल्प से ।

मकार स्थानी अनुनासिक है, अतः स्थानकृत सादृश्य के कारण उसके स्थान में य, व, ल, आदेश अनुनासिक हो होंगे ।

कियँ ह्यः (कल क्या ?)–'किं–।–ह्यः' इस दशा में यकारपरक हकार पर होने से मकार के स्थान में अनुनासिक[1] यकार आदेश होकर **'कियँ ह्यः'** प्रयोग सिद्ध हुआ । पक्ष में–अनुस्वार ही हो जायगा ।

---

१ यहाँ अनुनासिक का विधान 'भाव्यमानेन सवर्णानां ग्रहणं न' इस परिभाषा का विचार न करके किया गया है । 'अणुदित्सवर्णस्य चाऽप्रत्ययः' इस सूत्र में 'अप्रत्ययः' के द्वारा भी यही कहा गया है कि विधीयमान और सवर्ण

(मकारस्य नकारविधिसूत्रम्)

८३ नपरे[७] नः[१] ८। ३। २७॥

नपरे हकारे मस्य नो वा। किन् ह्नुते, किं ह्नुते।

(टित्कितोराद्यन्तावयवविधानपरिभाषासूत्रम्)

८४ आद्यन्तौ[१] टकितौ[१] १। १। ४६॥

टित्कितौ यस्योक्तौ, तस्य क्रमादाद्यन्तावयवौ स्तः।

'कियँ ह्मलयति' आदि प्रयोग भी पूर्वोक्त प्रकार से ही सिद्ध होते हैं।

८३ नपर इति—नकारपरक हकार परे रहते मकार के स्थान में नकार **आदेश** हो विकल्प से।

किन् ह्नुते (क्या छिपाता है!)—'किं ह्नुते' इस दशा में नकारपरक हकार पर होने से मकार के स्थान में नकार आदेश होकर **'किन् ह्नुते'** रूप **बनता है**। पक्ष में 'मोऽनुस्वारः' से अनुस्वार ही होगा।

८४ आद्यन्ताविति—टित् और कित् (आगम) जिस समुदाय के **स्थान में कहे** गये हों, वे आगम उस समुदाय के आदि और अन्त अवयव हों अर्थात् **टित्** आगम आदि में—पूर्व—हो और कित् अन्त में-आगे।

जैसे—'प्राङ्—:—षष्ठः' यहाँ 'ङ्णोः कुक् टुक् शरि ८। ३। २८' इस **अग्रिम** सूत्र से ङकार को कुक् का विधान किया गया है। 'कुक्' कित् है, **अतः** इस परिभाषा के अनुसार ङकार का अन्त्यावयव बनकर उससे आगे **होगा**। इसी प्रकार 'डः सि धुट्' से सकार को 'धुट्' से कहा गया है। वह **टित् है**, अतः वह सकार का आद्यवयव बनेगा और उसके पूर्व में होगा।

का ग्राहक नहीं होता। यहाँ यवल विधीयमान हैं अर्थात् इनका विधान हो **रहा है**। अतः पूर्वोक्त परिभाषा और सूत्र के अनुरोध से ये सवर्ण का ग्रहण **नहीं कर सकते**। इसके अतिरिक्त 'तोर्लि' सूत्र पर 'नस्यानुनासिको लः' यह जो **कहा गया है**, वह परसवर्ण आदेश कहने से संगत हो जाता है, अन्यथा 'पर' **कहने से ही काम चल जाता**, 'सवर्ण' साथ क्यों कहा?

('कुक्टुक्' विधिसूत्रम्)

८५ ङ्णोः[६] कुक्[१] टुक्[१] शरि[७] ८ । ३ । २८ ॥

वा स्तः ।

(वा०) चयो द्वितीयाः शरि पौष्करसादेरिति वाच्यम् ।

प्राङ्ख् षष्ठः, प्राङ् क्षष्ठः, प्राङ् षष्ठः । सुगणठ् षष्ठः, सुगणट् षष्ठ सुगण्षष्ठः ।

---

८५ ङ्णोरिति—ङकार और णकार को क्रम से कुक् और टुक् (आगम) हों शर् परे रहते विकल्प से ।

कुक् और टुक् आगम मित्रवत् होते हैं अर्थात् वे आदेश के समान किसी के स्थान में उसे हटाकर नहीं होते, अपितु उसके अवयव बनकर होते हैं । इसीलिये कहा जाता है 'शत्रुवदादेशः, मित्रवदागमः' अर्थात् आदेश शत्रु के समान होते हैं और आगम मित्र के समान ।

कुक् और टुक् का 'उक्' मात्र इत्संज्ञक है, अतः 'कुक् और टुक्' दोनों कित् हैं और इसीलिये दोनों अन्त अवयव होकर आगे होंगे ।

उदाहरण—'प्राङ्+षष्ठः' यहाँ शर् षकार पर होने से ङकार को कुक् आगम होता है । वह पूर्वोक्त परिभाषा के बल से ङकार का अवयव बनेगा और उसीके आगे प्रयुक्त होगा । तब 'प्राङ् क् षष्ठः' ऐसी स्थिति बन जायगी। इसी प्रकार 'सुगण्+षष्ठः' में टुक् होकर 'सुगण् ट् षष्ठः' यह स्थिति बनेगी ।

(वा०) चय इति—चयों (प्रथम वर्णों) के स्थान में द्वितीय वर्ण आदेश हों शर् परे होने पर 'पौष्करसादि' आचार्य के मत में ।

'पौष्करसादि' के मत में कहने से फलित हुआ कि पाणिनि के मतमें यह नहीं होता अतः विकल्प से कार्य होगा । विकल्पार्थक वा आदि शब्दों से विकल्प अर्थ न कह कर आचार्य के नाम का उल्लेख करना आदर प्रदर्शन के लिये है ।

'प्राङ् क् षष्ठः' यहाँ चय् ककार है और शर् सकार पर है । अतः ककार के स्थान में द्वितीय वर्ण खकार हो जायगा । इस प्रकार **'प्राङ् ख् षष्ठः'** यह

(धुडागमविधिसूत्रम्)

८६ डः^५ सि^६ धुट्^१ ८ । ३ । २९ ॥

डात्परस्य सस्य धुड्वा । षट् त् सन्तः, षट् सन्तः ।

प्रयोग सिद्ध हुआ । पक्ष में ककार और षकार को मिलकर 'क्ष' बनकर 'प्राङ् **क्षष्ठः'** बनता है और कुक् के अभाव पक्ष में **'प्राङ् षष्ठः'** ऐसा ही रूप रहेगा ।

इसी प्रकार 'सुगण्ट् षष्ठः', 'सुगण् ट् षष्ठः' और 'सुगण् षष्ठः' ये तीन रूप बनेंगे ।

अन्य उदाहरण—प्राङ्+शूरः=**प्राङ् ख् शूरः**, प्राङ् क् शूरः, **प्राङ्शूरः** (पहला शूर) । उदङ्+सर्ता=**उदङ् ख् सर्ता, उदङ् क् सर्ता, उदङ् सर्ता** (उत्तर को जानेवाला) । सुगण्+शेते =**सुगण् ठ् शेते, सुगण ट् शेते सुगण शेते** (अच्छा गणितज्ञ सोता है) । सुगण्+सरति =**सुगण ठ् सरति, सुगण् ट् सरति, सुगण् सरति** (अच्छा गणितज्ञ जाता है) ।

कुक् टुक् वाले और पौष्करसादि के प्रयोग आजकल प्रायः प्रयुक्त नहीं होते ।

८६ ड इति—डकार से पर सकार को धुट् आगम हो विकल्प से ।

'धुट्' का 'उट्' इत्संज्ञक है, अतः यह टित् है, इसीलिये यह सकार का अवयव बनेगा और उसके पहले होगा ।

षट् त् सन्तः (छः सज्जन)—'षड्+सन्तः' इस दशा में डकार से पर सकार को **'धुट्'** आगम हुआ । वह सकार के पूर्व होगा । तब 'षड्' ध् सन्तः ऐसी दशा हो जाने पर पहले धकार को चर्त्व—तकार और डकार के स्थान में चर्त्व–टकार होकर **'षट् त् सन्तः'** यह रूप सिद्ध हुआ । पक्ष में डकार के स्थान में टकार होकर चर् होकर **'षट् सन्तः'** यह रूप बनता है ।

यद्यपि 'षड् सन्तः' यहाँ धुट् होने से पहले ही चर्त्व प्राप्त है । तथापि धुट्विधायक इस सूत्र के प्रति असिद्ध होने से चर्त्वविधायक 'खरिच' सूत्र की प्रवृत्ति नहीं होती । 'धुट्' होने के अनन्तर पहले धकार के स्थान में चर् तकार आदेश होता है । तब तकार खर् परे होने से पूर्व डकार को चर्–टकार होता है ।

८७ नश्च ८ । ३ । ३० ॥

नान्तात् परस्य सस्य धुड् वा । सन् त् सः, सन् सः ।

(तुगागमविधिसूत्रम्)

८८शि तुक् ८ । ३ । ३१ ॥

पदान्तस्य नस्य शे परे तुग् वा । सञ् छम्भुः सञ्च् छम्भुः, सञ्च् शम्भुः, सञ् शम्भुः ।

अन्य उदाहरण—लिड्+सु=लिट्त्सु लिट्सु (चाटनेवालों में)। षड्+सुखानि = षट त् सुखानि, षट् सुखानि (छः सुख)। तुराषाड्+संसरति=तुराषाट् त् संसरति, तुराषाट् संसरति (इन्द्र जाता है)।

ध्यान रहे अब धुट् वाला प्रयोग प्रायः नहीं किया जाता।

८७ नश्चेति—नकारान्त पद से पर सकार को धुट् हो विकल्प से।

सन् त् सः (वह सज्जन)—'सन्+सः' यहाँ नकार से पर सकार को धुट् हुआ। उट् मात्र की इत्संज्ञा और लोप होने पर धकार को 'खरि च' से चर् तकार होकर **'सन् त् सः'** यह रूप बना। पक्ष में—**'सन् सः'** जैसे के तैसा रहा।

अन्य उदाहरण—विद्वान्+सहते=**विद्वान् त् सहते, विद्वान् सहते** (विद्वान् सहता है)। आलस्यवान्+स्वपिति=**आलस्यवान् त् स्वपिति, आलस्यवान् स्वपिति** (आलसी सो रहा है)। अप्रज्ञावान्+संशेते = **अप्रज्ञावान् त् संशेते, अप्रज्ञावान् संशेते** (मूर्ख सन्देह करता है)।

८८ शीति–पदान्त नकार को शकार परे रहते तुक् आगम हो विकल्प से।

'सन्+शम्भुः' यहाँ '८८ शि तुक् ८। ३। ३१ ॥' से 'आद्यन्तौ टकितौ १ । १ । ४६' की सहायता द्वारा नकार को विकल्प से अन्तावयव तुगागम हुआ और 'उक्' मात्र की इत्संज्ञा और लोप। 'सन् त् शम्भुः' ऐसी स्थिति हो जाने पर 'शश्छोऽटि ८। ४। ६३' सूत्र की प्राप्ति थी। परन्तु 'स्तोःश्चुनाश्चुः' की दृष्टि में असिद्ध होने के कारण पहले श्चुत्व से त् को चकार हो गया। पुनः चकार के योग होने से पूर्व नकार को श्चुत्व ञकार हुआ। तब 'सञ्च् शम्भुः' यह स्थिति होने पर 'शश्छोटि ८। ४। ६३' से झय् चकार से उत्तर-

(ङमुडागमविधिसूत्रम्)

८९ ङमो ह्रस्वादचि ङमुण् नित्यम् ८ । ३ । ३२ ॥

ह्रस्वात्परो यो ङम्, तदन्तं यत्पदम्, तस्मात् परस्याचो ङमुट्। प्रत्यङ्ङात्मा । सुगण्णीशः । सन्नच्युतः ।

वर्ती अट् अकारपरक शकार को विकल्प से छकार होने पर 'झरो झरि सवर्णे ८ । ४ । ६५' से झर चकार का सवर्ण झर् छकार होने से विकल्प से लोप होकर **'सञ् छम्भुः'** रूप सिद्ध हुआ। तुक्, छत्व और चकारलोप—इन तीन विकल्पों के कारण लोपाभावपक्ष में **'सञ् च् छम्भुः' 'सञ् च् शम्भुः'** और तुगभाव पक्ष में **'सञ् शम्भुः'** ये रूप बने। इन रूपों का स्वरूपबोधक श्लोक है—

'अछौ, अचछा अचशा ञशाविति चतुष्टयम्।
सूत्राणामिह तुक्-छत्व-चलोपानां विकल्पनात्' ॥

अन्य उदाहरण—विद्वान्+शोभते=**विद्वाञ् छोभते, विद्वाञ् च् छोभते, विद्वाञ्च् शोभते, विद्वान शोभते** (विद्वान् शोभित होता है)। पुत्रान्+शाययति = **पुत्राञ् छाययति, पुत्राञ्च् छाययति, पुत्राञ्च् शाययति, पुत्राञ् शाययति** (पुत्रों को सुलाती है)।

८९ ङम इति—ह्रस्व से पर जो ङम्, तदन्त जो पद, उससे पर अच् को नित्य ङमुट् आगम हो।

'ङमुट्' में ङम् प्रत्याहार है, ङ, ण, न की संज्ञा है। उकार उच्चारणार्थ और ट् इत्संज्ञक। 'ङम्' संज्ञा का लक्ष्य में प्रयोग न होने से उसका टित्व निरर्थक है। अतः संज्ञा के टित्व का संज्ञी ङ, ण और न प्रत्येक से सम्बन्ध किया जाता है। अतः ङुट् णुट् और नुट् ये आगम फलित होते हैं।

प्रत्यङ् ङ्आत्मा, सुगण् ण्ईशः सन् न् अच्युतः—इन उदाहरणों में ङ् ण् और न् का ही आगम होकर ङकार, णकार और नकार दो हो गये हैं।

अन्य उदाहरण—एकस्मिन्+ अहनि = **एकस्मिन्नहनि** (एक दिन में) जानन्+अपि=**जानन्नपि** (जानते हुए भी)। धावन्+अपतत्=**धावन्नपतत्**

(रुत्वविधिसूत्रम्)

९० समः[५] सु[७]टि ८ । ३ । ५ ॥

समो रुः सुटि ।

(अनुनासिकविधिसूत्रम्)

९१ अ॑त्रानुनासिकः[१] पूर्वस्य[३] तु[॑] वा॑ ८ । ३ । २ ॥

अत्र रुप्रकरणे रोः पूर्वस्यानुनासिको वा ।

(दौड़ते हुए गिर पड़ा) । हसन्+आगच्छति=**हसन्नागच्छति** (हँसते हुए आ रहा है) ।

इस सूत्र में दिए हुए नित्य' शब्द का अभिप्राय 'प्रायः' अर्थात् अधिकतर, अक्सर है। इसलिये—तिङ्+अन्तः=**तिङन्ताः** (तिङ् प्रत्ययान्त पद), सन्+आदिः= **सनादिः** (सन् आदि में है जिनके वे) धातु इत्यादि प्रयोग बनते हैं । इसका प्रमाण सूत्रकार पाणिनि मुनि का स्वयं कई स्थलों पर ङमुड् का न करना है । जैसे—'सुप्तिङन्तं पदम् १ । ४ । १४' 'इको यणचि ६ । १ । ७७ ॥' 'सनाद्यन्ता धातवः ३ । १ । ३२ ॥' इत्यादि सूत्र हैं । 'सन्नन्तान्न सनिष्यते' इस कारिका में अतएव 'सन्नन्तात्' इस एक स्थल में 'नुट' किया गया है और इसी में 'सनिष्यते' इस दूसरे प्रयोग में नहीं किया गया ।

९० सम इति—सम् के मकारके स्थान में रु आदेश हो सुट् परे होने पर । 'रु' में उकार इत्संज्ञक है ।

'सम+स्कर्ता' यहाँ सम् के मकार को इस सूत्र से रु होगा क्योंकि आगे 'संपरिभ्यां करोतौ भूषणे ६ । १ । १३ ॥' से हुए सुट् का सकार है । तब 'स रु+स्कर्ता' ऐसी स्थिति हुई ।

९१ अत्रेति—इस 'रु' के प्रकरण में रु से पूर्व वर्ण को अनुनासिक विकल्प से हो ।

इस 'रु' के प्रकरण में कहने में यह अभिप्राय है कि रु के दो प्रकार हैं । एक आठवें अध्याय के दूसरे पाद में 'ससजुषो रुः ८ । २ । ६६' सूत्रवाला और दूसरा आठवें अध्याय के तीसरे पाद के प्रारम्भ से 'मतुवसो रुः सम्बुद्धौ' सूत्र से 'कानाम्रेडिते ८ । ३ । १२' सूत्र तक है । इस दूसरे प्रकरण के सूत्रों से ही विहित 'रु' से पूर्व वर्ण को अनुनासिक होगा ।

(अनुस्वारविधिसूत्रम्)

९२ अनुनासिकात्परो[1]ऽनुस्वारः ८ । ३ । ४ ॥

अनुनासिकं[1] विहाय रोः पूर्वस्मात्परोऽनुस्वारागमः ।

(विसर्गविधिसूत्रम्)

९३ खरवसानयोर्विसर्जनीयः ८ । ३ । १५ ॥

खरि अवसाने च पदान्तस्य रेफस्य विसर्गः ॥

(सकारविधिवार्तिकम्)

(वा) संपुंकानां सो वक्तव्यः । सँस्स्कर्ता, संस्स्कर्ता ।

'स रु+स्कर्ता' इस दशा में इस सूत्र से रु से पूर्व अनुनासिक होकर 'सँ रु स्कर्ता' यह स्थिति बन गई । अनुनासिक के अभावपक्ष में—

९२ अनुनासिकेति—अनुनासिकवाले पक्ष को छोड़कर रु से पूर्व वर्ण को अनुस्वार आगम होता है ।

'स रु स्कर्ता' इस दशा में रु से पूर्व वर्ण के आगे अनुस्वार आ गया । तब 'सं रु+स्कर्ता' यह स्थिति हुई । 'रु' के उकार की इत्संज्ञा है यह पहले कहा जा चुका है, अतः उसका दोनों पक्ष में लोप हो गया । तब 'सँर् स्कर्ता' और 'सं र् स्कर्ता' ऐसी स्थिति हुई ।

९३ खरवेति—खर् परे होने पर और अवसान में पदान्त रकार को विसर्ग हों ।

पूर्वोक्त दोनों स्थलों में खर् सकार परे होने से रेफ को विसर्ग हो गये । तब 'सँः स्कर्ता' 'संः स्कर्ता' ऐसी स्थिति बनी ।

(वा.) समिति—सम्, पुम् और कान् शब्दों के विसर्ग[2] के स्थान में सकार आदेश कहना चाहिये ।

---

१ 'अनुनासिकात्' यहाँ पञ्चमी ल्यब्लोप में है । अत एव अर्थ किया गया है 'अनुनासिकं विहाय' ।

२ विसर्ग के स्थान में 'विसर्जनीयस्य सः ८ । ३ । ३४ ॥' इस से सकार प्राप्त हुआ । इसको बाध कर 'वा शरि ८ । ३ । ३६ ॥' सूत्र से विसर्गों के

९४ 'पुमः [७] खय्यम्परे [७] ८ । ३ । ६ ।

अम्परे खयि पुमो रुः । पुँस्कोकिलः पुंस्कोकिलः

जैसे—'सँः—।—स्कर्ता' और 'संः—।—स्कर्ता' इन दो स्थलों में सम् के विसर्ग होने से इसके स्थान में सकार हो गया। तब रूप बने **'सँस्कर्ता'**, और **'संस्कर्ता'** (संस्कार करनेवाला, सजानेवाला)।

अन्य उदाहरण—ससूम्—।—स्कारः=**सँस्कारः, संस्कारः**=सजाना। सम्—।—स्कृतम्=**सँस्कृतम्, संस्कृतम्** (संस्कार किया हुआ)। सम्—।—स्करोति=**सँस्करोति, संस्करोति,** (संस्कार करता है, सजाता है)।

'समो वा लोपम्' इस भाष्य वचन से मकार का लोप भी विकल्प से होता है। अतः एक सकारवाला रूप भी बनता है। लोप भी **रु प्रकरण में है।** इसलिये अनुनासिक और अनुस्वार दोनों पक्ष के रूप बनते हैं—**सँस्कर्ता, संस्कर्ता** आदि।

९४ पुम इति—अम्परक खय् परे होने पर पुम् के स्थान में रु आदेश हो। पुम् को कहने पर भी रु 'अलोऽन्त्यस्य १ । १ । ५२' इस परिभाषा से अन्त्य अल् मकार के स्थान में ही होता है।

जैसे—पुम्—।—कोकिलः=पुरु—।—कोकिलः **पुँस्कोकिलः, पुंस्कोकिलः** (नर कोयल)। सारी साधनप्रक्रिया 'सम—।—स्कर्ता' के समान ही यहाँ होती है।

अन्य उदाहरण—पुम्—।—चरित्रम्—।—पु रु—।—चरित्रम्, पुँ रु—।—चरित्रम् पुं रु—।—चरित्रम्=पुँः—।—चरित्रम् , पुंः—।—चरित्रम्=पुँ स् चरित्रम्, पुंस् चरित्रम्=**पुँश्चरित्रम् , पुंश्चरित्रम्** (पुरुष का चरित्र)। यहाँ सकार को चवर्ग चकार के योग होने से 'स्तोः श्चुनाश्चुः ८ । ४ । ४०' से सकार हुआ। एवं—पुम् —।—टिट्टिभः=**पुँष्टिट्टिभः पुंष्टिट्टिभः** (नर टिटिहरी) यहाँ सकार को टवर्ग का योग होने से 'ष्टुना ष्टुः ८ । ४ । ४१' से षकार हुआ। पुम् —।— खनित्रम्=**पुँस्खनित्रम् , पुंस्खनित्रम्** (पुरुष का खनित्र फावड़ा)।

स्थान में विकल्प से विसर्ग प्राप्त हुए। इसका बाधक 'सम्पुंकानां सो वक्तव्यः'। यह वार्तिक है। इससे विसर्ग को सकार हो जाता है।

(रुविधिसूत्रम्)

९५ ³नश्छव्य⁴प्रशान्¹ ८ । ३ । ७ ॥

अम्परे छवि नान्तस्य पदस्य रुः ।

(सकारविधिसूत्रम्)

९६ विसर्जनीयस्य₆ सः¹ ८ । ३ । ३४ ॥

खरि । चक्रिंस्त्रायस्व । अप्रशान् किम्—प्रशान्तनोति । पदान्तस्येति किम्—हन्ति ।

---

९५ **नश्छवीति**—अम्परक छव् परे होने पर नान्त पद के स्थान में रु आदेश होता है प्रशान् शब्द को छोड़कर ।

'अलोऽन्त्यस्य १ । १ । ५२' परिभाषा के अनुसार नान्त पद के अन्त्य अल् नकार के ही स्थान में रु होगा ।

'चक्रिन् + त्रायस्व' यहाँ नान्त पद 'चक्रिन्' है, इसके अन्त्य अल् नकार को रु होगा । आगे छव् तकार पड़ा है और उसके आगे अम् रकार है । अतः इस सूत्र से नकार को रु होकर 'चक्रि रु त्रायस्व' यह स्थिति हुई । पुनः सारी साधन-प्रक्रिया 'सम्+स्कर्ता' के जैसे होगी । अन्त में 'चक्रिँः+त्रायस्व' और 'चक्रिंः+त्रायस्व' ऐसी स्थिति बन जाने पर—

९६ **विसर्जनीयस्येति**—विसर्गों के स्थान में सकार आदेश हो खर् परे होने पर ।

उपर्युक्त दोनों स्थलों पर विसर्ग को सकार होने से रूप बने—**चक्रिँस्त्रायस्व' 'चक्रिंस्त्रायस्व'** (भगवन् विष्णो, रक्षा करो) ।

अप्रशानिति—'प्रशान्' को छोड़कर ऐसा क्यों कहा ? 'प्रशान् + तनोति' यहाँ रुत्व न हो इसलिये । **प्रशान्तनोति** (शान्ति करनेवाला विस्तार करता है) ।

पदान्त इति—पदान्त में क्यों कहा ? इसलिये कि 'हन्+ति' यहाँ रुत्व न हो । यहाँ नकार पदान्त नहीं । रूप बना—**हन्ति** (मारता है) ।

अन्य उदाहरण—भास्वान्+चरति = **भास्वाँश्चरति, भास्वांश्चरति** (सूर्य चलता है ।) यहाँ सकार को चवर्ग का योग होने से शकार हुआ है । भवान्+

(रुविधिसूत्रम्)

९७ नॄन्[६] पे[७] ८ । ३ । १० ॥

नॄन् इत्यस्य रुर्वा पे ।

(जिह्वामूलीयोपध्मानीयविधिसूत्रम्)

९८ कुप्वोः[७] ≍क≍पौ[१] च[०] ८ । ३ । ३७ ॥

कवर्गे पवर्गे च विसर्गस्य ≍क ≍पौ स्तः । चाद्विसर्गः । नॄँ≍पाहि, नॄं≍पाहि, नॄँः पाहि, नॄंः पाहि, नॄन् पाहि ।

छिनत्ति = **भवँश्छिनत्ति, भवांश्छिनत्ति** (आप काटते हैं)। कस्मिन् + चित् = **कस्मिँश्चित्, कस्मिंश्चित्** (किसी में)। बुद्धिमान् + छात्रः = **बुद्धिमाँश्छात्रः, बुद्धिमांश्छात्रः** (बुद्धिमान् छात्र)। चञ्चुमान् + टिट्टिभः = **चञ्चुमाँष्टिट्टिभः, चञ्चुमांष्टिट्टिभः** (चोंच वाली टिटिहरी)।

९७ **नॄनिति**—'नॄन्' इस पद को रु विकल्प से हो पकार परे होने पर । अलोऽन्त्य परिभाषा से अन्त्य अल् नकार ही के स्थान में रु आदेश होगा ।

'नॄन्+पाहि' यहाँ पकार परे होने से 'नॄन्' के नकार को रु हो गया । तब बना 'नॄ रु पाहि' यह रूप । पूर्ववत् अनुनासिक और अनुस्वार होकर 'नॄँ रु पाहि' और 'नॄं रु पाहि' यह स्थिति हुई । रकार के स्थान में 'खरवसानयोर्विसर्जनीयः । ८ । ३ । १५' से विसर्ग हो गये । विसर्ग के स्थान में 'विसर्जनीयस्य सः ८ । ३ । ३४' से सकार प्राप्त हुआ ।

९८ **कुप्वोरिति**—कवर्ग और पवर्ग परे होने पर विसर्गों को क्रम से जिह्वामूलीय और उपध्मानीय भी होते हैं ।

चादिति—च (भी) कहने से पक्ष में विसर्ग भी होंगे ।

इस सूत्र से उपर्युक्त दोनों स्थलों पर पवर्ग पकार पर होने से विसर्गों के स्थान में उपध्मानीय हो गया और पक्ष में विसर्ग भी रहे । इस प्रकार

(आम्रेडितसंज्ञासूत्रम्)

९९ तस्य परमाम्रेडितम् ८ । १ । २ ॥

द्विरुक्तस्य परमाम्रेडितं स्यात् ।

(रुत्वविधिसूत्रम्)

१०० कानाम्रेडिते ८ । ३ । १२ ॥

कान्नकारस्य रुः स्यादाम्रेडिते । काँस्कान् कांस्कान ।

'नॄँ पाहि' 'नॄं पाहि' 'नॄँःपाहि' और 'नॄंःपाहि' ये चार रूप सिद्ध हुए । रु भी विकल्प से होता है । इसलिये पक्ष में यथावत् रूप भी रहा—**'नॄन् पाहि'** = (मनुष्यों की रक्षा करो) ।

अन्य उदाहरण—नॄन् + प्रतिषेधति = **नॄँ प्रतिषेधति, नॄं प्रतिषेधति, नॄँःप्रतिषेधति, नॄंःप्रतिषेधति, 'नॄन् प्रतिषेधति** (मनुष्यों को मना करता है ।) एवं—**'नॄन् + पालयस्व, नॄन् प्रति'** आदि के भी रूप बनेंगे ।

९९ तस्येति—जो दो बार कहा गया हो उसके पर भाग की आम्रेडित संज्ञा हो ।

'कान् + कान्' यहाँ 'कान्' शब्द दो बार कहा गया है, इसमें अगले **'कान्'** की 'आम्रेडित' संज्ञा हुई ।

१०० **कानेति**—कान् शब्द के नकार के स्थान में रु आदेश हो आम्रेडित परे होने पर ।

'कान् + कान' यहाँ दूसरा 'कान्' आम्रेडित परे है । इसलिये प्रथम 'कान्' के नकार को 'रु' हुआ । पुनः अनुनासिक और अनुस्वार दोनों पक्षों में 'काँर् + कान्' और 'कांर् कान्' यह स्थिति हुई । तब '९३ खरवसानयोर्विसर्जनीयः' सूत्र से विसर्ग और 'सम्पुम्कानां सो वक्तव्यः' इस वार्तिक से सकार होकर **'काँस्कान्'** और **'कांस्कान्'** (किन किन को) ये दो रूप बने । यहाँ भी विसर्ग होने पर 'विसर्जनीयस्य सः ८ । ३ । ३४' से विसर्ग के स्थान में सकार और उसको बाधकर 'वा शरि ८ । ३ । ३६' से विकल्प से विसर्ग प्राप्त था उसका 'सम्पुम्कानां सो वक्तव्यः' वार्तिक ने बाध किया ।

(तुगागमविधिसूत्रम्)

१०१ छे च ८ । ३ । १२ ॥

ह्रस्वस्य छे तुक् । शिवच्छाया ।

(वैकल्पिकतुगागमविधिसूत्रम्)

१०२ पदान्ताद्वा ६ । १ । ७६ ॥

दीर्घात्पदान्ताच्छे तुग् वा । लक्ष्मीच्छाया, लक्ष्मीछाया ।

इति हल्सन्धिः ।

---

१०१ **छे चेति**—ह्रस्व को छकार परे होने पर तुक् का आगम हो ।

शिव + छाया = शिवत् + छाया = शिवच्छाया (शिव की कान्ति) । यहाँ ह्रस्व को तुक् आगम होने पर 'शिवत् छाया' ऐसी स्थिति होने पर श्चुत्व के असिद्ध होने से पहले जश्त्व से दकार, तब चर्त्व के असिद्ध होने से पहले श्चुत्वेन जकार, तब चर्त्वेन चकार होकर **शिवच्छाया** रूप बना ।

अन्य उदाहरण—वृक्ष + छाया = **वृक्षच्छाया** (वृक्ष की छाया) । स्व + छात्रः = **स्वच्छात्रः** (अपना छात्र) ।

१०२ **पदान्तेति**—पदान्त दीर्घ को छकार परे रहते तुक् आगम विकल्प से हो ।

लक्ष्मी + छाया = **लक्ष्मीच्छाया, लक्ष्मीछाया** (लक्ष्मी की कान्ति) । यहाँ भी साधनप्रक्रिया 'शिवच्छाया' के समान ही होगी ।

हल्सन्धि समाप्त ।

अथ विसर्गसन्धिः ।

(सत्वविधिसूत्रम्)

१०३ विसर्जनीयस्य सः ८ । ३ । ३४ ॥

खरि । विष्णुस्त्राता ।

(सत्वबाधकसूत्रम्)

१०४ वा शरि ८ । ३ । ३६ ॥

शरि विसर्गस्य विसर्गो वा । हरिः शेते, हरिश्शेते ।

---

१०३ **विसर्जनीयेति**—विसर्ग के स्थान में सकार आदेश हो खर् परे होने पर ।

विष्णुः+त्राता=**विष्णुस्त्राता** (विष्णु भगवान् रक्षक हैं) । यहाँ खर्-तकार परे होने से विसर्ग को सकार हुआ ।

अन्य उदाहरण—छात्रः+तिष्ठति=**छात्रस्तिष्ठति** (छात्र खड़ा है) । गौः+चरति=गौस्+चरति = **गौश्चरति** (गाय चरती है) यहाँ सकार को चवर्ग का योग होने से श्चुत्व से शकार हो गया ।

खरों में से क, ख, प और फ के परे रहने पर '९८ कुप्वोः ≍क≍पौ च ८ । ३ । ३' इस सूत्र से क्रम से जिह्वामूलीय और उपध्मानीय होंगे । जैसे—रामः+करोति **राम≍करोति, रामःकरोति** (राम करता है) । देवदत्तः+पचति = **देवदत्त≍पचति देवदत्तः पचति** (देवदत्त पकाता है) ।

१०४ **वेति**—शर् परे रहते विसर्ग के स्थान में विसर्ग विकल्प से हो ।

हरिः शेते, हरिश्शेते (हरि सोता है) हरिः + शेते यहाँ शर् शकार परे है, 'विसर्जनीयस्य सः ८ । ३ । ३४ ॥' से विसर्ग को सकार प्राप्त था । इसको बाधकर इस सूत्र से विसर्ग को विसर्ग विकल्प से हुआ । विसर्ग पक्ष में 'हरिः शेते' और अभाव पक्ष में विसर्ग को 'विसर्जनीयस्य सः' इस सूत्र से सकार हुआ । तब सकार को शकार का योग होने से श्चुत्व शकार होकर '**हरिश्शेते**' रूप बना ।

(रुत्वविधिसूत्रम्)

१०५ ससजुषो रुः ८ । २ । ६६ ॥

पदान्तस्य सस्य सजुषश्च रुः स्यात ।

(उत्वविधिसूत्रम्)

१०६ अतो रो रप्लु तादप्लुते ६ । १ । ११३ ॥

अप्लुतादतः परस्य रोरुः स्यादप्लुतेऽति । शिवोऽर्च्यः ।

अन्य उदाहरण—कविः+शृणोति = कविः **शृणोति, 'कविश्शृणोति** (कवि सुनता है) । गुणाः+षट्=**गुणाष्षट्, गुणाः षट्** (गुण छः हैं) । **यहाँ** सकार पक्ष में षकार का योग होने से ष्टुत्व षकार हुआ । एवं—**छात्राः** सन्ति = **छात्राः सन्ति, छात्रास्सन्ति** (छात्र हैं) । पदार्थाः+**सप्त= पदार्थाः सप्त, पदार्थास्सप्त** (पदार्थ सात हैं) ।

१०५ **ससजुषो इति**—पदान्त सकार और सजुष् के सकार के **स्थान** में रु आदेश हो ।

'शिवस्' यहाँ 'सकार' पदान्त है, अत एव 'रु' होगया । इत्संज्ञक होने से 'रु' के उकार का लोप हो गया । तब 'खरवसानयोर्विसर्जनीयः ६ । १ ।१५' से अवसान में होने के कारण रु को विसर्ग होगया । एवं-रामस् = **रामः ।** हरिस्=**हरिः ।**

१०६ **अत इति**—अप्लुत अकार से पर 'रु' के स्थान में उकार हो अप्लुत अकार परे होने पर ।

शिवोऽर्च्यः = (शिव पूज्य हैं) शिवरु+अर्च्यः=शिव उ+अर्च्यः=शिवो +अर्च्यः **शिवोऽर्च्यः** । 'शिवस्+अर्च्यः' यहाँ पहले '१०५ ससजुषो रुः ८ । २ । ६६' से सकार के स्थान में 'रु' हुआ । 'रु' को '१०६ अतो रोरप्लुतादप्लुते ६ । १ । १३३ ॥' से 'उ' हुआ । तब '२७ आद् गुणः ६ । १।८७' से वकारोत्तरवर्ती अकार अवर्ण और उकार अच् के **स्थान** में गुण ओकार एकादेश होकर 'शिवो अर्च्यः' यह स्थिति हुई यहाँ '४३ एङः पदान्तादति ६ । १ । १०९' से ओकार और अकार को पूर्वरूप एकादेश ओकार होने से '**शिवोऽर्च्यः**' रूप सिद्ध हुआ ।

(उत्वविधिसूत्रम्)

१०७ हशि च ६ । १ । ११४ ॥

तथा । शिवो वन्द्यः ।

(यत्वविधिसूत्रम्)

१०८ भो भगो अघो अपूर्वस्य यो ऽशि ८ । ३ । १७ ॥

एतत् पूर्वस्य रोर्यादेशोऽशि । देवा इह, देवायिह । भोस् भगोस्

अन्य उदाहरण—'सस् ।-अपि=स रु-।-अपि=स उ-।-अपि=सो-।-अपि =**सोऽपि** (वह भी) । छात्रस् ।-अयम=छात्र रु-।-अयम्=छात्र उ-।-अयम्=छात्रो-।-अयम्=**छात्रोऽयम्** (यह छात्र) । नृपस् ।-अस्ति=नृप रु-।-अस्ति=नृप उ-।-अस्ति=नृपो-।-अस्ति=**नृपोऽस्ति** (राजा है) । **सोऽवदत् । रामोऽब्रवीत् ।**

१०७ **हशि चेति**—हश् परे रहने पर भी अप्लुत अकार से परे रु के स्थान में उकार हो ।

शिवो वन्द्यः=(शिव वन्दनीय हैं) 'शिवस्-।-वन्द्यः' यहाँ भी पहले '**१०५** ससजुषो रुः **८** । २ । ६६' से सकार को रु और रु को '१०७ हशि च' से हश् वकार परे होने से 'उ' हुआ । तब 'शिव उ-। वन्द्यः ऐसी स्थिति में '२७ आद् गुणः ६ । १ । ८७' से गुण होकर **शिवो वन्द्यः** रूप बना ।

अन्य उदाहरण—छात्रस+हसति=छात्र रु+हसति=छात्र उ+हसति=**छात्रो हसति** (छात्र हँसता है) । मृगस्+धावति=मृग रु+धावति=मृग उ+धावति=**मृगो धावति** (मृग दौड़ रहा है) । एवम्—**रामो ब्रवीति । नृपो गच्छति । कर्णो ददाति । कृष्णो जयति । देवदत्तो मन्यते ।**

१० **भो इति**—भोस्, भगोस्, अघोस् और अवर्णपूर्व रु के स्थान में यकार आदेश हो अश् परे होने पर ।

यहाँ पहले अवर्ण पूर्व 'स' का उदाहरण दिया गया है ।

देवा इह, देवायिह—'देवास्+इह' इस दशा में सर्व प्रथम सकार के स्थान में 'ससजुषो रुः' से रु आदेश हुआ । तब 'रु' से पूर्व वकारोत्तरवर्ती आकार अवर्ण है, अतः इस सूत्र से रु के स्थान में यकार आदेश हो गया ।

अघोस् इति सान्ता निपाताः । तेषां रोर्यत्वे कृते–

(यलोपविधिसूत्रम्)

१०९ हलि[७] सर्वेषाम्[६] ८ । ३ । २२ ॥

भोभगो अघो अपूर्वस्य यस्य लोपः स्याद्धलि । भो देवाः । भगा

'देवा य् इह' ऐसी स्थिति में '३० लोपः शाकल्यस्य ८। ३ । १९' से अश् इकार पर होने से पदान्त यकार का लोप हुआ। लोप त्रिपादीस्थ होने से '३१ पूर्वत्राऽसिद्धम् ८ । २ । १' से असिद्ध है। अत एव '२७ आद्गुणः ६ । १ । ८७' से गुण नहीं हुआ। लोपाभाव पक्ष में 'देवायिह' यह रूप बना।

अन्य उदाहरण—विप्रास् + आगताः = विप्रा रु+आगताः=विप्राय्+आगताः=विप्रा आगताः, विप्रायागताः (ब्राह्मण आगये)। मृगस्+एति = मृग रु+एति=मृगय्+एति+मृग एति, मृगयेति (मृग जाता है)। एवम्—देव आयाति, देवयायाति (देवता आता है)। छात्र इच्छति, छात्रयिच्छति (छात्र चाहता है)। लता आकम्पन्ते, लतायाकम्पन्ते (लतायें हिल रही हैं)।

शाकल्य के मत में यकार का लोप होता है पाणिनि के मत में नहीं। परन्तु अब शाकल्य के लोपपक्ष का ही अधिकतर प्रयोग होता है। पाणिनि का यकारवाला प्रयोग कट्टर वैयाकरण ही करते हैं, सर्वसाधारण नहीं।

भोसिति—भोस्, भगोस् और अघोस् ये सकारान्त निपात हैं। भोस् साधारण सम्बोधन में, भगोस् आदरपूर्वक बुलाने में, अघोस् अनादर से सम्बोधन में प्रयुक्त होते हैं। वास्तव में भोस्, भगोस् और अघोस् भवत्, भगवत् और अघवत् शब्दों के क्रमशः सूचक सम्बोधन पद हैं। इसीलिये भोस् का प्रयोग साधारण सम्बोधन में, भगोस् का प्रयोग आदर पूर्वक सम्बोधन में तथा अघोस् का निरादर पूर्वक सम्बोधन में होता है।

१०९ हलीति—भोस्, भगोस् और अघोस् पूर्वक तथा अवर्णपूर्वक यकार का लोप हो हल् परे होने पर सब के मत में।

भो देवाः (हे देवताओ)—'भोस्+देवाः' इस स्थिति में 'ससजुषो रुः' से सकार के स्थान में रु आदेश होने पर 'भोभगो अघो अपूर्वस्य योऽशि' इस

नमस्ते । अघो याहि ।

सूत्र मे स के स्थान में यकार आदेश हुआ। तब प्रकृत सूत्र 'हलि सर्वेषाम्' से हल परे होने के कारण यकार का लोप होने पर रूप सिद्ध हुआ।

भगो नमस्ते (भगवान्, आपको नमस्कार) यहाँ 'भगोस्–।–नमस्ते' इस स्थिति में भो देवाः, के समान सकार को रु, रु के स्थान में यकार और उसका प्रकृत सूत्र से लोप हुआ।

अघो याहि— (अरे दुष्ट, चला जा) 'अघोस्–।– याहि' इस स्थिति में पूर्वोक्त प्रयोगों के समान सकार को रु, रु को यकार और यकार का लोप होकर रूप सिद्ध हुआ।

इन उदाहरणों से स्पष्ट है कि 'भोस्' का प्रयोग साधारण बुलाने में 'भगोस्' का प्रयोग आदर पूर्वक बुलाने में और 'अघोस्' का प्रयोग अनादर से बुलाने में है। अतः स्पष्ट है कि 'भोस् का मूल 'भवत्' शब्द, 'भगोस्' का मूल 'भगवत्' शब्द तथा 'अघोस्' का मूल 'अघवत्–पापी' शब्द है अर्थात् ये क्रमशः भवन्, भगवन् और 'अघवन्' इन सम्बोधन पदों के स्थानापन्न हैं। तभी इनसे पूर्वोक्त भाव प्रकट होते हैं।

अवर्णपूर्व के उदाहरण—छात्रास्–।–हसन्ति = छात्रा रु–।–हसन्ति = छात्राय्–।–हसन्ति = **छात्रा हसन्ति** (छात्र हँसते हैं)। नृपास्–।–ददति = नृपा रु–।–ददति=नृपाय्–।–ददति=**नृपा ददति** (राजा दान देते हैं)। एवम्—**याज्ञिका यजन्ति**=याज्ञिक यज्ञ करते हैं। **भक्ता भजन्ति**=भक्त पूजा करते हैं। **हया हेषन्ति**=घोड़े हिनहिनाते हैं। **छात्रा गच्छन्ति**=छात्र जाते हैं। **पण्डिता भाग्यवन्तः**=पण्डित भाग्यवान् हैं।

'अश्' परे रहते हुए '३० लोपः शाकल्यस्य ८। ३। १९' से विकल्प से और हल् परे रहने पर 'हलि सर्वेषाम्' से नित्य यकार का लोप होता है। 'छात्रा हसन्ति' 'नृपा ददति' आदि उदाहरणों में हकारादि अश् परे होने से 'लोपः शाकल्यस्य' से वैकल्पिक लोप प्राप्त होता है। परन्तु 'हलि सर्वेषाम्' में 'सर्वेषाम्' कहने से इसके द्वारा नित्य ही लोप होता है। हलों में खर् और

(रत्वविधिसूत्रम्)

११० रोऽसुपि ८ । २ । ६९ ॥

अह्नो रेफादेशो न तु सुपि । अहरहः । अहर्गणः ।

(रेफलोपविधिसूत्रम्)

१११ रो रि ८ । ३ । १४ ॥

रेफस्य रेफे परे लोपः ।

शर् परे रहते विधान करने वाले विशेष सूत्र हैं । खर् और शर् परे रहते यकार मिलता ही नहीं । क्योंकि यकार अश् परे रहते ही होता है ।

११० रो—इति—अहन् शब्द के स्थान में रेफ आदेश हो सप्तमी का बहुवचन सुप् परे न हो तो ।

अलोन्त्य परिभाषा से अहन् के अन्त्य नकार के स्थान में ही रेफ आदेश होगा ।

अहरहः (दिन दिन अर्थात् प्रतिदिन)—'अहन्+अहः' इस दशा में नकार के स्थान में रेफ आदेश होने से रूप सिद्ध हो जाता है ।

अहर्गणः (दिनों का समूह अर्थात् संख्या)—'अहन्+गणः' इस दशा में पूर्ववत् रेफ होकर रूप सिद्ध होता है ।

इन उदाहरणों में '१०६ अतो रोरप्लुतादप्लुते ६ । १ । ११३' और '१०७ हशि च ६ । १ । ११४' से रेफ को उकार नहीं होता, क्योंकि उक्त दोनों सूत्र उकारेत्संज्ञक रु के स्थान में ही उकार आदेश करते हैं । अत एव **'प्रातरत्र'** (प्रातः यहाँ) **'भ्रातरागच्छ'** (भाई आओ) इत्यादि स्थलों में जहाँ रेफ रु आदेश का नहीं, अपितु स्वतन्त्र है, वहाँ उकार आदेश नहीं होता ।

अन्य उदाहरण—अहन्+भाति = **अहर्भाति** (दिन शोभित हो रहा है) ।

१११ रो रीति—रेफ का रेफ परे रहते लोप हो ।

'पुनर्+रमते' यहाँ रेफ परे होने से पूर्व रेफ का लोप हो गया ।

(दीर्घविधिसूत्रम्)

११२ ढ्रलोपे[7] पूर्वस्य[6] दीर्घोऽण[6]: ६ । ३ । १११ ॥

ढरे[1]फयोर्लोपनिमित्तयोः पूर्वस्याणो दीर्घः । पुना रमते । हरी रम्यः । शम्भू राजते । अणः किम्-तृढः, वृढः ।

---

११२ **ढ्लोपे इति**—ढकार के लोप के निमित्त ढकार और रेफ के लोप के निमित्त रेफ पर रहते उनसे पूर्व [1]अण् के स्थान में दीर्घ आदेश हो ।

पुना रमते (फिर रम रहा है)—'पुनर्-।-रमते' इस दशा में 'रो रि' इस पूर्व सूत्र से रेफ का लोप हो जाने से पूर्व अण् नकारोत्तरवर्ती अकार को दीर्घ आकार होकर **'पुना रमते'** रूप सिद्ध हो गया ।

हरी रम्यः (भगवान् विष्णु रमणीय हैं)—'हरिस्-।-रम्यः' इस दशा में सकार को 'ससजुषो रुः' से रु और रु के रकार का रेफ परे होने से 'रो रि' से लोप और तब प्रकृत सूत्र से पूर्व अण् रकारोत्तरवर्ती इकार को दीर्घ होने से 'हरी रम्यः' रूप सिद्ध हुआ ।

शम्भू राजते (शिव भगवान् शोभित हो रहे हैं)—'शम्भुस्-।-राजते' यहाँ पूर्ववत् सकार के स्थान में रु और रु के रकार का लोप तथा पूर्व अण् उकार को दीर्घ होने पर रूप सिद्ध हुआ ।

ढलोप के उदाहरण—ढलोप के उदाहरण मूल में नहीं दिये गये हैं । इसके उदाहरण तिङन्त रूप हैं । लिढ्-।-ढ=लिढः=**लीढः** (वे दो चाटते हैं) । यहाँ ढकार का ढकार परे रहते '**५५२** ढो ढे लोपः ८ । ३ । १३' सूत्र से लोप हुआ है । इसी प्रकार 'लिढ्-।-ढे = '**लीढे** (वह चाटता है) ।

अण इति—अण् के स्थान में दीर्घ होता है—ऐसा क्यों कहा ? इसलिये कि अण् भिन्न के स्थान में दीर्घ न हो ।

तृढः (मारा)—'तृढ्-।-ढः' यहाँ पूर्व ढकार का 'ढो ढे लोपः' **सूत्र** से लोप होकर 'तृढः' यह रूप बनता है । यहाँ ढकार के लोप का निमित्त ढकार

---

१ सूत्रस्थ 'ढ्रलोपे' पद का 'ढश्च रश्च ढ्रौ, तौ लोपयतीति ढ्रलोपः, तस्मिन' यह विग्रह है । अत एव वृत्तिकार ने कहा है—'**ढरेफयोर्लोपनिमित्तयोः**' इति ।

'मनस्+रथः' इत्यत्र रुत्वे कृते 'हशि च' इत्युत्वे 'रो रि' इति लोपे च प्राप्ते ।

ता है, पर उससे पूर्व अण् नहीं, ऋकार अण् में नहीं । [1]यहाँ 'अण्' प्रत्याहार पूर्व णकार से लिया जाता है ।

वृढः (तैयार, उद्यत)—इसकी सिद्धि 'तृढः' के समान ही होती है और यह भी प्रत्युदाहरण है ।

अन्य उदाहरण—अन्तर्+राष्ट्रीयः=**अन्ता राष्ट्रीयः** (राष्ट्रों के मध्य का) फेरुर्+रौति=**फेरू रौति** (सियार बोल रहा है) । भूपतिर्+रक्षति = **भूपती रक्षति** (राजा रक्षा करता है) । अलिढ्+ढ=**अलीढ** (उसने चाटा) लिढ्+ढाम्=**लीढाम्** । (वह चाटे) ।

मनस् इति—'मनस्+रथः' यहाँ '१०५ ससजुषो रुः ८ । २ । ६६।।' इस से रुत्व करके 'मनर्+रथः' ऐसी स्थिति होने पर '१०७ हशि च ६।१।११४ से उत्व और '१११ रो रि ८ । ३ । १४' से रेफ का लोप प्राप्त होने पर— (अग्रिम सूत्र से रेफ के लोप की प्राप्ति निश्चित हुई) ।

---

१ इस सूत्र में 'अण्' प्रत्याहार पूर्व णकार से ही लिया जाता है अत एव कहा गया है—

'परेणैवेण्ग्रहाः सर्वे, पूर्वेणैवाण्ग्रहा मताः ।
ऋतेऽणुदित्सवर्णस्येत्येतदेकं परेण तु ।।' इति ।

अर्थात् इण् प्रत्याहार सर्वत्र पर णकार से लेना चाहिये और '११ अणुदित्सवर्णस्य चाप्रत्ययः १ । १ । ६९' को छोड़कर शेष सब सूत्रों में 'अण्' प्रत्याहार पूर्व णकार से लेना चाहिये । केवल 'अणुदित्' सूत्र में पर णकार से 'अण्' प्रत्याहार लिया जाता है ।

यहाँ पर णकार से अण् प्रत्याहार लेने में 'तृढः वृढः' में भी दीर्घ हो जाता । क्योंकि ऋकार पर णकारवाले अण् प्रत्याहार के अन्दर आ जाता है ।

(विप्रतिषेधसूत्रम्)

११३ विप्रतिषेधे परं कार्यम् १ । ४ । २ ॥

तुल्यबलविरोधे परं कार्यं स्यात् । इति लोपे प्राप्ते 'पूर्वत्रासिद्धम्' इति 'रो रि' इत्यस्यासिद्धत्वादुत्वमेव । मनोरथः ।

---

११३ विप्रतिषेधे इति—तुल्य बलवाले सूत्रों का विरोध होनेपर पर कार्य हो । सूत्रों में पूर्व-परभाव अष्टाध्यायी के क्रम से लिया जाता है ।

विप्रतिषेध का अर्थ है तुल्यबलविरोध । तुल्यबलविरोध का अर्थ है- 'अन्यत्रान्यत्रलब्धावकाशयोः शास्त्रयोरेकस्मिन् लक्ष्ये समावेशः' अर्थात् भिन्न-भिन्न स्थलों में चरितार्थ दो सूत्रों का लक्ष्य में समावेश होने को तुल्यबल-विरोध कहते हैं ।

जैसे—'रो रि' सूत्र 'पुना रमते' में चरितार्थ है, यहाँ रु न होने से 'हशि च' की प्राप्ति नहीं और 'हशि च' सूत्र 'शिवो वन्द्यः' में चरितार्थ है, यहाँ रेफ परे न होने से 'रो रि' की प्राप्ति नहीं । इस प्रकार दोनों सूत्र स्वतन्त्र स्थलों में चरितार्थ हैं । 'मनर्+रथः' में दोनों का समावेश—एक साथ प्राप्ति—होता है । अतः यहाँ तुल्यबलविरोध अर्थात् प्रतिषेध है । तब प्रकृत सूत्र से पर कार्य को अनुमति मिलती है । पर कार्य 'रो रि' है ।

इतीति—इसलिये पर होने से इस सूत्र के अनुसार लोप प्राप्त हुआ । परन्तु 'पूर्वत्रासिद्धम् ८ । २ । १' इस सूत्र से 'रो रि' के असिद्ध होने से उत्व ही हुआ ।

'विप्रतिषेधे परं कार्यम्' में 'अपरम्' यह छेद भी किया जाता है । इसका अर्थ यह हो जाता है कि अपर अर्थात् इष्ट कार्य हो । यहाँ इष्ट कार्य उत्व है, वही होगा ।

मनोरथः (अभिलाषा)—'मनर्+रथः' यहाँ '१११ रो रि ८।३।१४।' त्रिपादीस्थ होने से सपादसप्ताध्यायीस्थ '१०७ हशि च ६ । १ । ११४ ।' की दृष्टि में असिद्ध है । इसलिये लोप नहीं हुआ, उत्व ही हुआ सिद्ध और असिद्ध में तुल्य बल नहीं होता, अतः न्याय्य होने से उत्व ही हुआ यह तात्पर्य है ।

'हशि च' से उत्व होकर अकार और उकार के स्थान में गुण ओ एकादेश हुआ ।

(सुलोपविधिसूत्रम्)

११४ एतत्तदोः सुलोपोऽकोरनञ्समासे हलि ६ । १ । १३२॥

अककारयोरेतत्तदोर्यः सुस्तस्य लोपो हलि, न तु नञ्समासे । एष विष्णुः । स शम्भुः । अकोः किम्–एषको रुद्रः । अनञ्समासे

११४ एतत्तदोरिति—ककाररहित एतद् और तद् शब्द का जो सु, (प्रथमा विभक्ति का एक वचन) उसका लोप हो हल् परे होने पर परन्तु नञ्समास में न हो ।

एष विष्णुः (यह विष्णु)—एषसु–।–विष्णुः' यहाँ प्रकृत सूत्र से सु का लोप होने से रूप सिद्ध हुआ ।

स शम्भुः (वह शिव)—'ससु-।-शम्भु' यहाँ भी प्रकृत सूत्र से सु का लोप होने से रूप सिद्ध हुआ ।

इन दोनों रूपों में सकार को रु और रकार को विसर्ग आदि कार्य प्राप्त थे ।

अकोरिति—ककाररहित को क्यों कहा ? इसलिये कि—[1]एषकस्-।-रुद्रः=**एषको रुद्रः** (यह भगवान् रुद्र हैं) यहाँ न हो । यहाँ एतद् शब्द ककाररहित नहीं । अतः (११४) प्रकृत सूत्र की प्रवृत्ति नहीं हुई । तब स् को '१०५ ससजुषो रुः ८ । २ । ६६' से रु और '१०७ हशि च ६।१।११४।।' से रु को उ हुआ । 'आद्गुणः' से गुण होकर '**एषको रुद्रः**' रूप सिद्ध हुआ ।

अनञिति—नञ् समास में न हो—यह क्यों कहा ? इसलिये कि 'असस्-।-शिवः=**असः शिवः**, **असश्शिवः** (उससे भिन्न शिव) यहाँ न हो । यहाँ नञ् समास[2] है । इसलिये (११४) प्रकृत सूत्र की प्रवृत्ति नहीं हुई ।

---

१ एतद् शब्द से 'अव्ययसर्वनाम्नामकच् प्राक् टेः' इस सूत्र से टि अद् से पहले अकच् प्रत्यय हुआ । अच् की इत्संज्ञा और लोप होकर 'एतकद्' बन जाने पर स्वादिकार्य के पश्चात् "**एषकः**" रूप बना ।

२ '६४८ नञ् २ । २ । ६' इस सूत्र से नञ् समास होता है 'न सः' इति विग्रहः में 'न तद्' इस स्थिति में '६४६ नलोपो नञः ६ । ३ । ७।' सूत्र से न के आदि नकार का लोप हो गया । तब अकार रहा—'अतद्' यह रूप बना । पश्चात् स्वादिकार्य होने से 'असः' ।

किम्–असः शिवः । हलि किम्–एषोऽत्र ।

(सुलोपविधिसूत्रम्)

११५ सोऽचि॰ लोपे चेॅत्पादपू॑रणम् ३ । १ । १३४ ॥

स इत्यस्य सोर्लोपः स्यादचि, पादश्चेल्लोपे सत्येव पूर्येत । सेमामविड्ढि प्रभृतिम् । सैष दाशरथी रामः ।

॥ इति विसर्गसन्धिः ॥

॥ इति पञ्चसन्धिप्रकरणम् ॥

हलीति किम्—हल् परे हो—ऐसा क्यों कहा ? इसलिये कि 'एषस्–।–अत्र' = **एषोऽत्र** (यह यहाँ है) यहाँ न हो । यहाँ हल् परे नहीं है, 'अत्र' का अकार अच् परे है । इसलिये यहाँ 'सु' का लोप नहीं हुआ । तब सकार को रु और रु को उ होकर तथा गुण और पूर्वरूप होकर 'एषोऽत्र' रूप बना ।

अन्य उदाहरण—एषस्–।–गच्छति = **एष गच्छति** (यह जाता है) । सस्–।–गच्छति = **स गच्छति** (वह जाता है) । एवम्—**एष चलति** (यह चलता है) । **स ब्रवीति** (वह कहता है) । **एष हसति** (वह हँसता है) **स च** (वह भी) ।

इस प्रकार यह निश्चित हुआ कि तद् और एतद् शब्दों का प्रथमा के एकवचन में 'सः' और 'एषः' प्रयोगों के विसर्ग केवल ह्रस्व अकार परे रहने पर ही रहते हैं अन्यत्र कहीं नहीं ।

११५ स इति—'सः' पद के सु (प्रथमा के एक वचन) का लोप हो अच् परे होने पर, पाद की पूर्ति यदि लोप होने पर होती हो ।

सेमामविड्ढि प्रभृतिम्—(वह आप हमें यह प्रभृति—प्रकृष्ट धारण करावें, जो आप हमको दे सकते हैं)—'स सु–।–इमाम् अविड्ढि प्रभृतिम्' यहाँ 'सु' के लोप होने पर अकार और इकार को गुण सन्धि होकर रूप सिद्ध हुआ ।

'सेमामविड्ढि प्रभृतिं य ईशिषे' यह वैदिक छन्द जगती का एक पाद है । इसके प्रतिपाद में १२ अक्षर होते हैं । उदाहरण वेदमन्त्र का भाग है । सम् के सु का लोप करने से गुण होकर १२ अक्षर हो जाते हैं । जिससे पाद की

पूर्ति हो जाती है। अन्यथा १३ वर्ण होंगे और उससे छन्दोभङ्ग हो जायगा। क्योंकि यहाँ लोप होने से ही पादपूर्ति होती है, इसलिये लोप हो जाता है।

'सैष[1] दाशरथी रामः' (यह वह दशरथ का पुत्र है)। यह लौकिक अनुष्टुप् छन्द का पाद है। इसके प्रतिपाद में आठ अक्षर होते हैं। 'सस्' के सु के लोप होने पर वृद्धि एकादेश होकर आठ अक्षर होते हैं जिससे पाद की पूर्ति हो जाती है।

'सु' का लोप न किया जाय तो सकार को रु और रु को य होकर यकार का 'लोपः शाकल्यस्य' से लोप होगा और उसके असिद्ध होने से फिर वृद्धि न हो सकेगी। इस प्रकार ९ अक्षर रहेंगे और पाद की पूर्ति न होगी, छन्दोभङ्ग हो जायगा। लोप करने से ही पाद की पूर्ति होती है, इसलिये लोप हो जाता है।

विसर्गसन्धि समाप्त।

---

[1] समग्र श्लोक इस प्रकार है—

'सैष दाशरथी रामः, सैष राजा युधिष्ठिरः।

सैष कर्णो महादानी, सैष भीमो महाबलः ॥" इति।

अर्थ—यह वह दशरथ का लड़का राम है, यह वह राजा युधिष्ठिर है, यह वह कर्ण महादानी है और यह वह महाबली भीम है।

इस पद्य के शेष तीनों पदों में भी (१२५) प्रकृत सूत्र की प्रवृत्ति हुई है। जैसे—सस्+एष राजा युधिष्ठिरः=**सैष राजा युधिष्ठिरः**। सस्+एष कर्णो महादानी=**सैष कर्णो महादानी**। सस्+एष भीमो महाबलः=**सैष भीमो महाबलः**।

'पाद की पूर्ति यदि लोप होने पर ही हो तभी 'सु' का लोप हो' ऐसा कहने से 'सोऽहमाजन्मशुद्धानाम्' यहाँ लोप नहीं हुआ। क्योंकि यहाँ लोप करने न करने—इन दोनों प्रकारों से पाद की पूर्ति हो जाती है। लोप करने पर सवर्ण दीर्घ हो जायगा। और तब 'साऽहमाजन्मशुद्धानाम' ऐसा रूप बनेगा। पर तब 'स' के स्त्रीलिङ्ग होने का भ्रम हो सकता है। परन्तु लोप किये बिना ही सकार को रु, रु को उ और फिर गुण तथा पूर्वरूप होकर 'सोऽहमाजन्मशुद्धाम्' बनकर पादपूर्ति हो जाती है। इसलिये यहाँ लोप नहीं होता।

विसर्गसन्धि के सामान्य नियमों के अनुसार एक कोष्ठक नीचे दिया जाता है। निम्नलिखित चक्र से स्पष्ट हो जायगा कि कहाँ विसर्ग, कहाँ यकार कहाँ लोप, कहाँ रकार और कहाँ स, ष और श होते हैं।

विसर्गसन्धिबोधकचक्रम्

पूर्ववर्ण	अ	आ	इ से औ तक	परवर्ण
	(उ) ओ	लोप य	र्	अ
	लोप	,,	,,	इ से औ तक
	उ (ओ)	लोप	,,	हश्
	≍, :	≍, :	≍, :	क ख
स्थानी स या र्	श्,	श्,	श्	च छ
	ष्	ष्	ष्	ट ठ
	स्	स्	स्	त थ
	≍, :	≍, :	≍, :	प फ
	श्, :	श्, :	श्, :	श
	ष्, :	ष्, :	ष्, :	ष
	स्, :	म्, :	स्, :	स

विसर्गसन्धिबोधकचक्रम्

पूर्ववर्ण	स्थानीन स् या र् परवर्ण										
	अ	आ से औ तक	ह्[1]श्	क ख	च छ	ट ठ	त थ	प फ	श	ष	स
अ	उ (ओ)	लोप	उ (ओ)	≍, :	श्	ष्	स्	≍, :	श, :	ष, :	स्, :
आ	लोप, य्	लोप, य्	लोप	,,	,,	,,	,,	,,	,,	,,	,,
इ से औ तक	र्	र्	र्	,,	,,	,,	,,	,,	,,	,,	,,

१ हश् में वर्गों के तीसरे, चौथे, पाँचवें तथा य व र ल और ह ये वर्ण लिये जाते हैं ।

॥ पञ्चसन्धिप्रकरण समाप्त ॥

अथ सुबन्ताः ।

अथ अजन्तपुँल्लिङ्गप्रकरणम् ।

(प्रातिपदिकसंज्ञासूत्रम्)

११६ अर्थवद्[1] अधातुर्[2] अप्रत्ययः[3] प्रातिपदिकम्[4] १।२।४५॥

धातुं प्रत्ययं प्रत्ययान्तं च वर्जयित्वा अर्थवच्छब्दस्वरूपं प्रातिपदिकसंज्ञं स्यात् ।

---

११६ अर्थवदिति[1]—धातु, प्रत्यय और प्रत्ययान्त को छोड़कर अर्थवान्-सार्थक-शब्दस्वरूप की प्रातिपदिक संज्ञा हो ।

उदाहरण—'राम' शब्द अर्थवान् है, अतः उसकी प्रातिपदिक संज्ञा हुई । यह न धातु है, न प्रत्यय है और न प्रत्ययान्त ही, क्योंकि अव्युत्पत्तिपक्ष में 'राम' शब्द भी प्रत्ययान्त नहीं ।

---

१ इस सूत्र के विषय में एक बहुत रोचक सुभाषित प्रसिद्ध है जिसमें चार प्रश्न किये गये हैं और उनके उत्तर के रूप में इस सूत्र के चार पद क्रमशः उपस्थित किये जाते हैं ।

सूक्ति—'विद्वान् कीदृग् वचो ब्रूते ? को रोगी ? कश्च नास्तिकः ? ।
कीदृक्चन्द्रं न पश्यन्ति ? सूत्रं तत्पाणिनेर्वद ॥'

अर्थात्—विद्वान् कैसा वचन बोलता है ? रोगी कौन होता है ? नास्तिक कौन होता है ? कैसे चन्द्रमा को लोग नहीं देखते ? इनका उत्तर पाणिनि का जो सूत्र है, उसे कहो । पाणिनि का वह सूत्र यही 'अर्थवत्' सूत्र है । इसके चार पद उक्त चार प्रश्नों के क्रमशः उत्तर हैं ।

प्रश्न	उत्तर
१ विद्वान् कीदृग् वचो ब्रूते ?	अर्थवत्
विद्वान् कैसा वचन बोलता है ?	सार्थक (वचन बोलता है)

शब्दों के सम्बन्ध में दो पक्ष प्रचलित हैं—१ अव्युत्पत्ति और दूसरा २ व्युत्पत्ति। अव्युत्पत्ति पक्ष के अनुसार शब्द जैसे का तैसा है अर्थात् वह किसी अन्य मूल शब्द से प्रत्यय जोड़ने से नहीं बना है। इस पक्ष में राम शब्द भी किसी से नहीं बना है, अतः प्रत्ययान्त नहीं। व्युत्पत्ति पक्ष के अनुसार सभी शब्द अपने मूल शब्दों से प्रत्ययों के योग होने पर बने हैं। 'राम' शब्द 'रमु क्रीडायाम्' धातु से 'करणाधिकरणयोश्च' सूत्र से घ प्रत्यय का योग होने पर सिद्ध हुआ है। तब 'राम' शब्द प्रत्ययान्त होने से 'अर्थवत्' सूत्र का उदाहरण नहीं बन सकता। व्युत्पत्ति पक्ष में कृदन्त होने से अग्रिम सूत्र 'कृत्तद्धित समासाश्च' से 'राम' शब्द की प्रातिपदिक संज्ञा होगी। इस सम्बन्ध में पुनः 'रामः' के और 'धन-वन' आदि शब्दों के अवयव वर्णों की भी प्रातिपदिक संज्ञा होने लगेगी। इनके नकार की प्रातिपदिक संज्ञा हो जाने पर सु आदि की उत्पत्ति हो जायगी और तब पदान्त तथा प्रातिपदिक का अवयव हो जाने से 'नलोपः प्रातिपदिकान्तस्य' सूत्र से न का लोप होने लगेगा।

प्रातिपदिक संज्ञा का फल है सु आदि विभक्ति की उत्पत्ति।

'अर्थवत्' कहने से निरर्थकों की प्रातिपदिक संज्ञा नहीं होती। अन्यथा उनकी भी प्रातिपदिक संज्ञा होने लगती।

'अधातु' कहने से 'अहन्' की प्रातिपदिक संज्ञा नहीं हुई। अन्यथा प्रातिपदिक संज्ञा होकर '१८० नलोपः प्रातिपदिकान्तस्य ८। २। ७॥' से नकार

---

२ को रोगी?	अधातुः
रोगी कौन होता है?	बल से हीन (व्यक्ति रोगी होता है)।
३ कश्च नास्तिकः?	अप्रत्ययः
और नास्तिक कौन होता है?	प्रत्यय-विश्वासहीन (व्यक्ति नास्तिक होता है अर्थात् जिसका परलोक में विश्वास न हो वह नास्तिक होता है)
४ कीदृक् चन्द्रं न पश्यन्ति?	प्रातिपदिकम्
कैसे चन्द्रमा को (लोग) नहीं देखते?	प्रतिपदा के

(प्रातिपदिकसंज्ञासूत्रम्)

११७ कृत्तद्धितसमासाश्च १ । २ । ४६ ॥

कृत्तद्धितान्तौ समासाश्च तथा स्युः ।

का लोप हो जाता । 'अहन्' हन् धातु के लङ् लकार का रूप होने से धातु है और धातु की प्रातिपदिक संज्ञा का निषेध किया गया है ।

'प्रत्यय' को छोड़कर कहने से 'रामेषु' और 'करोषि' इत्यादि स्थलों में सुप् और सिप् आदि की प्रातिपदिक संज्ञा नहीं हुई । अन्यथा प्रातिपदिक संज्ञा होकर **'औत्सर्गिक'** (सामान्य) एकवचन आने पर पदसंज्ञा होने से '१२४१ सात्पदाद्योः ८ । ३ । १११' से षत्व का निषेध हो जाता । 'सु' और 'षि' प्रत्यय हैं और प्रत्यय की प्रातिपदिक संज्ञा नहीं होती । क्योंकि प्रत्यय को छोड़कर प्रातिपादिक संज्ञा कही गई है ।

''प्रत्ययग्रहणे तदन्तग्रहणम्' अर्थात् प्रत्यय के ग्रहण में तदन्त का भी ग्रहण होता है'' इस परिभाषा के बल से यहाँ 'प्रत्यय' शब्द से 'प्रत्ययान्त' का भी ग्रहण होता है ।

प्रत्ययान्त को छोड़कर कहने से 'रामेषु' इस समुदाय की प्रातिपदिक संज्ञा नहीं हुई । अन्यथा '७१३ सुपो धातुप्रातिपदिकयोः २ । ४ । ७१ ॥' से 'सु' का लोप हो जाता । परन्तु 'रामेषु' यह प्रत्ययान्त है इसलिये इसकी प्रातिपदिक संज्ञा नहीं हुई ।

११७ कृत्तद्धितेति—कृत्प्रत्ययान्त, तद्धितयुक्त और समास की भी प्रातिपदिक संज्ञा होती है ।

उदाहरण—कृदन्त—कर्ता, हर्ता कारकः, पाचकः । तद्धित—औपगवः नाडायनः । समास—राजपुरुषः चित्रगुः ।

कृत्प्रत्ययान्त और तद्धितयुक्त को प्रत्ययान्त होने से पूर्व सूत्र से प्रातिपदिक संज्ञा प्राप्त नहीं थी । इसलिये इस सूत्र से विधान किया गया है । तद्धितान्त न कहकर तद्धितयुक्त कहने से अकच्-प्रत्यययुक्त और बहुच्-प्रत्यययुक्त का भी संग्रह हो जाता है । तद्धितान्त कहने पर इनका संग्रह न हो सकता । क्योंकि अकच्प्रत्यय टि को और बहुच् प्रत्यय पूर्व में होते हैं, अन्त में नहीं । इस

(सुप्प्रत्ययाः)

११८ स्वौजसमौट्छष्टाभ्यांभिस्ङेभ्यांभ्यस्ङसिभ्यांभ्यस्ङसोसाम्ङ्योस्सुप्' ४ । १ । २ ॥

'सु औ जस्' इति प्रथमा। 'अम् औट् शस्' इति द्वितीया। 'टा भ्याम् भिस्' इति तृतीया। 'ङे भ्याम भ्यस्' इति चतुर्थी। 'ङसि भ्याम् भ्यस्' इति पञ्चमी। 'ङस् ओस् आम्' इति षष्ठी। 'ङि ओस् सुप्' इति सप्तमी।

प्रकार 'सर्वक' आदि अकच्-प्रत्यययुक्त और 'बहुपटु' आदि बहुच्-प्रत्यययुक्तों की प्रातिपदिक संज्ञा न होती।

समास ग्रहण नियमार्थ है। क्योंकि अर्थवान् होने से समास की 'अर्थवत्' इस पूर्व सूत्र से प्रातिपदिक संज्ञा सिद्ध थी। पुनः इसके द्वारा समास की संज्ञा करना व्यर्थ होकर नियम करता है कि जिस समुदाय में पूर्वभाग पद हो उसकी यदि प्रातिपदिक संज्ञा हो तो समास की ही हो। इस नियम से 'राजपुरुष' इत्यादि समस्त पद की तो प्रातिपदिक संज्ञा हो जाती है पर 'राज्ञः पुरुषः इत्यादि वाक्यों की नहीं होती। वाक्य की भी प्रातिपदिक संज्ञा होने पर सु आदि का लोप हो जायगा। इस नियम को एक श्लोक में बहुत उत्तम रूप से कहा गया है—

"यत्रार्थवति संघाते पूर्वो भागस्तथोत्तरः।
स्वातन्त्र्येण प्रयोगार्हः समासस्यैव तस्य चेत् ॥"

अर्थात्—जिस अर्थवान् समुदाय का पूर्व तथा उत्तर दोनों भाग स्वतंत्र रूप से प्रयोग के योग्य हों-प्रयुक्त किये जा सकते हों—उसकी यदि प्रातिपदिक संज्ञा हो तो समास की ही हो अन्य की नहीं।

११८ **स्वौजसिति**—ये सु आदि २१ प्रत्यय हैं।

इनको सुप् कहा जाता है। सु से लेकर सुप् के प् तक सुप् प्रत्याहार बनता है।

'सु औ जस्' इति प्रथमा—विभक्तियाँ प्रथमा आदि सात होती हैं। उनके तीन-तीन वचन होते हैं—एकवचन, द्विवचन और बहुवचन। प्रत्येक

(स्वादिप्रत्ययाधिकारसूत्रम्)

११९ ङ्याप्प्रातिपदिकात् ४ । १ । १ ॥

(स्वादीनां प्रत्ययसंज्ञाविधिसूत्रम्)

१२० प्रत्ययः ३ । १ । १ ॥

विभक्ति के तीनों वचनों के तीन-तीन प्रत्यय हैं, इस सूत्र में ये ही इक्कीस प्रत्यय बताये गये हैं । इनको नीचे के चक्र के द्वारा स्पष्ट किया जाता है ।

विभक्ति और वचन का ज्ञापक कोष्ठक

विभक्ति	एकवचन	द्विवचन	बहुवचन
प्रथमा	सु (स्)	औ	जस् अस्
सम्बोधन	,,	,,	,,
द्वितीया	अम्	औट् (औ)	शस् (अस्)
तृतीया	टा (आ)	भ्याम्	भिस्
चतुर्थी	ङे (ए)	भ्याम्	भ्यस्
पञ्चमी	ङसि (अस्)	भ्याम्	भ्यस्
षष्ठी	ङस् (अस्)	ओस्	आम्
सप्तमी	ङि (इ)	ओस्	सुप् (सु)

इन प्रत्ययों में सु का उ, जस् का जकार, औट् का टकार, शस् का शकार, टा का टकार, ङे ङसि ङस् और ङि का ङकार तथा सुप् का पकार इत्संज्ञक है । इनका लोप हो जाता है । इत्संज्ञक—अनुबन्ध—रहित प्रत्ययों का शब्दों के साथ योग होता है ।

११९ **ङ्याबिति**—ङ्यन्त, आबन्त और प्रातिपदिक से—

१२० **प्रत्ययः इति**—इस सूत्र के द्वारा सु आदि की प्रत्यय संज्ञा होती है ।

(स्वादीनां परत्वविधायकसूत्रम्)

१२१ 'परश्च' ३ । १ । २ ॥

इत्यधिकृत्य । ङ्यन्ताद् आबन्तात् प्रातिपदिकाच्च परे स्वादयः प्रत्ययाः स्युः ।

---

१२१ परश्चेति—इस सूत्र से यह बतलाया गया है कि प्रत्यय प्रकृति के पर अर्थात् आगे ही आता है ।

इत्येति—इन सूत्रों के अधिकार में ('११८ स्वौजस् ४ । १ । २॥' सूत्र का अर्थ होता है) ।

ङ्यन्तादिति—ङ्यन्त, (ङीप्, ङीष् और ङीन्—ये तीन स्त्रीबोधक प्रत्यय जिनके अन्त में हों) आबन्त, (टाप्, चाप्, और डाप्-ये तीन स्त्रीबोधक प्रत्यय जिनके अन्त में हों) और प्रतिपादिक से परे सु आदि प्रत्यय होते हैं ।

प्रकृत तीनों सूत्र अधिकार सूत्र हैं। 'स्वदेशे वाक्यार्थबोधशून्यत्वे सति परदेशे वाक्यार्थबोधकत्वमधिकारत्वम्' अर्थात् अपने स्थान पर अपना अर्थबोध जिन सूत्रों का नहीं होता, पर दूसरे सूत्रों में जाकर उनके साथ एक वाक्यता कर जो अपना अर्थबोध कराते हैं, उन्हें अधिकार सूत्र कहते हैं। इन तीनों सूत्रों का अपने स्थान पर कोई अर्थ नहीं । '११८ स्वौजस् ...' इत्यादि सूत्र के साथ एक वाक्यता कर के ये सूत्र अर्थ-बोध कराते हैं । इन तीनों सूत्रों को साथ लेकर 'स्वौजस्....'का उक्त अर्थ है ।

ङीप्, ङीष्, ङीन्, टाप्, डाप् और चाप् ये प्रत्यय स्त्रीप्रत्ययप्रकरण में बताये जायेंगे । ङ्यन्त और आबन्त की प्रत्ययान्त होने से प्रातिपदिक संज्ञा नहीं होती । और न ये प्रत्यय कृत् और तद्धित प्रत्यय हैं, इसलिये 'कृत्तद्धित समासाश्च' इस सूत्र से भी ङ्यन्त और आबन्त की प्रातिपदिक संज्ञा नहीं हो सकती। अतएव केवल 'प्रातिपदिक' कहने से इनका संग्रह नहीं होता । इसलिये इन्हें पृथक् कहना पड़ा है ।

वस्तुतः 'प्रत्ययग्रहणे लिङ्गविशिष्टस्यापि ग्रहणम्' अर्थात् जहाँ प्रत्यय का ग्रहण हो वहाँ लिङ्गविशिष्ट का भी ग्रहण होता है, इस परिभाषा के बल से स्त्रीप्रत्ययान्त शब्दों का ग्रहण हो जायगा, 'ङ्याप्' कहने की आवश्यकता नहीं ।

(एकवचनादि-संज्ञासूत्रम्)

१२२ सुपः १ । ४ । १०३ ॥

सुपस्त्रीणि त्रीणि वचनान्येकश एकवचन-द्विवचन-बहुवचन-संज्ञानि स्युः ।

(द्विवचनैकवचनविधिसूत्रम्)

१२३ द्व्येकयोर्द्विवचनैकवचने १ । ४ । २२ ॥

द्वित्वैकत्वयोरेते स्तः ।

'श्वश्रू' आदि ऊङन्त शब्दों से भी तब सु आदि की सिद्धि हो जाती है । अन्यथा 'ङ्याप्' कहने से उक्त दो स्त्री प्रत्ययों का तो ग्रहण हो जायगा 'अङ्' और 'ति' का ग्रहण न होगा ।

१२२ सुप इति—सुप् प्रत्याहार के तीन तीन वचन क्रम से एकवचन, द्विवचन और बहुवचन संज्ञावाले हों ।

सातों विभक्तियों के तीन तीन वचनों की क्रमशः एकवचन, द्विवचन और बहुवचन संज्ञा होती है । जैसे प्रथमा विभक्ति के 'सु' की एकवचन, 'औ' की द्विवचन और 'जस्' की बहुवचन संज्ञा है ।

१२३ द्व्येकयोरिति—एक की विवक्षा में एकवचन और दो की विवक्षा में द्विवचन होता है ।

जब एक राम को कहना होगा तब राम शब्द से एकवचन के प्रत्यय-सु आदि आयगा और जब दो रामों को कहना होगा तब द्विवचन के प्रत्यय-औ आदि । सभी शब्दों में यह नियम लगेगा ।

एकवचन का प्रयोग बिना एकत्व संख्या के तात्पर्य के भी केवल शब्द की साधुता-शुद्धता-के लिये आता है । क्योंकि यह सर्वसम्मत सिद्धान्त है कि 'अपदं न प्रयुञ्जीत' अर्थात् निर्विभक्तिक (सु आदि से रहित) शब्द का प्रयोग नहीं करना चाहिये । विना विभक्ति के शब्द का प्रयोग हो नहीं सकता । अतः कोई न कोई विभक्ति शब्द के साथ लगानी ही पड़ती है, इसलिये शब्द को प्रयोग के योग्य बनाने के लिये एकवचन विभक्ति का प्रयोग सामान्य रूप से कर दिया जाता है । यही तात्पर्य 'एकवचनमुत्सर्गतः करिष्यते' इस वचन का भी है ।

(अवसानसंज्ञासूत्रम्)

१२४ विरामो'ऽवसानम्' १ । ४ । ११० ॥

वर्णानामभावोऽवसानसंज्ञः स्यात् । रुत्वविसर्गौ-रामः

१२४ विराम इति—वर्णों के अभाव की अवसान संज्ञा हो अर्थात् जिस वर्ण के उच्चारण के अव्यवहित उत्तरकाल में अन्य वर्ण का उच्चारण न हो, उस अन्त्य वर्ण को अवसान कहते हैं ।

जैसे—'राम र्' यहाँ रकार के उच्चारण किये जाने के अव्यवहित उत्तर काल में किसी अन्य वर्ण का उच्चारण नहीं हो रहा है, इसलिये यह अवसान है । अतः'६३ खरवसानयोर्विसर्जनीयः' से रेफ के स्थान में विसर्ग हो जाते हैं ।

रुत्वविसर्गाविति—रुत्व और विसर्ग हो गये । तब 'रामः' सिद्ध हुआ । यह तो मूल का अर्थ हुआ । आगे 'रामः' की सिद्धि का पूर्ण प्रकार लिखा जाता है ।

रामः—राम शब्द की सर्वप्रथम '११६ अर्थवदधातुरप्रत्ययः प्रातिपदिकम् १ । २ । ४५' इस सूत्र से अथवा[1] '११७ कृत्तद्धितसमासाश्च १ । २ । ४६ ।'

१ शब्दों के विषय में दो पक्ष हैं-व्युत्पत्तिपक्ष और अव्युत्पत्तिपक्ष । व्युत्पत्ति-पक्ष में 'कृत्तद्धितसमासाश्च' से प्रातिपदिक संज्ञा होती है और अव्युत्पत्तिपक्ष में 'अर्थवत्' सूत्र से । व्युत्पत्तिपक्ष का अभिप्राय है कि शब्द धातु प्रत्यय से बना हुआ है और अव्युत्पत्तिपक्ष से मतलब है कि शब्द रूढि है बिना धातु प्रत्यय के ही स्वयंसिद्ध है । राम शब्द की व्युत्पत्तिपक्ष में 'कृत्तद्धितसमासाश्च' से प्रातिपदिक संज्ञा होगी और अव्युत्पत्तिपक्ष में 'अर्थवत्' सूत्र से । इसीलिये 'अथवा' से दोनों सूत्रों के द्वारा प्रातिपदिक संज्ञा होने का निरूपण किया गया है । राम शब्द की व्युत्पत्ति है 'रमन्ते योगिनो यस्मिन्' इति अर्थात् जिसमें योगी लोग रमण करते हैं—लीन रहते हैं । 'रमु क्रीडायाम्' धातु से 'करणाधिकरणयोश्च' सूत्र से घञ् प्रत्यय होकर 'राम' शब्द बनता है । जब राम किसी का नाम है, जैसे दशरथका पुत्र, जमदग्नि का पुत्र परशुराम या कृष्ण भगवान् के बड़े भाई-बलराम-का नाम है, तब अव्युत्पत्तिपक्ष माना जाता है ।

(एकशेषनियमसूत्रम्)

१२५ सरूपाणा[६]मेकशेष[१]एकविभक्तौ[७] १ । २ । ६४ ॥

एकविभक्तौ यानि सरूपाण्येव दृष्टानि, तेषामेक एव शिष्यते ।

इस सूत्र से प्रातिपदिक संज्ञा हुई । तब '११६ ङ्याप्प्रातिपदिकात् ४ । १ । १' '१२० प्रत्ययः ३ । १ । १ ।' और '१२१ परश्च ३ । १ । २ ।' इन तीन सूत्रों के अधिकार के साथ '११८ स्वौजस् १ । १ । २ ।' इत्यादि सूत्र से सु आदि सातों विभक्ति के प्रत्ययों की उत्पत्ति हुई । उनमें प्रथम एक राम की विवक्षा में '१२३ द्व्येकयोर्द्विवचनैकवचने १ । ४ । २२ ।' के अनुसार प्रथमा विभक्ति का सु प्रत्यय आया । उसके उकार की '२८ उपदेशेऽजनुनासिक इत् १ । ३ । २।' से इत्संज्ञा और '३ तस्य लोपः १। ३ ।६'से लोप हो गया । तदनन्तर '१०५ ससजुषो रुः ८ । २ । ६६ ।' से सकार को 'रु' आदेश हुआ । 'रु' के उकार की भी पूर्वोक्त प्रकार से इत्संज्ञा और लोप हो गया । अन्त में '१२४ विरामोऽवसानम् १ । ४ । ११० ।' से रेफ के अवसानसंज्ञक होने पर उसके स्थान में '९३ खरवसानयोर्विसर्जनीयः ८ । ३ । १५ ।' से विसर्ग होकर **'रामः'** रूप सिद्ध हुआ ।

१२५ सरूपाणामिति—एक ([१]यावत् अर्थात् सभी) विभक्ति के विषय में जो समान रूप मिलें, उनमें एक ही शेष रहता है (अन्य का लोप हो जाता है)।

प्रति अर्थ के बोध के लिये शब्द के उच्चारण की आवश्यकता होती है । इसलिये जब दो या तीन अर्थों का बोध कराना इष्ट हो तो तद्वाचक शब्द का दो या तीन बार उच्चारण प्राप्त होता है । यह सूत्र नियम करता है कि दो या तीन आदि अर्थ बोध कराने में भी शब्द का उच्चारण एक ही बार होना चाहिये, अनेक बार नहीं ।

जैसे—जब दो या दो से अधिक राम कहने हों, तब राम शब्द का दो बार या दो से अधिक बार उच्चारण प्राप्त होता है । इस नियम से केवल एक 'राम' शब्द

---

१ एक शब्द यावत् अर्थात् सभी के अर्थ में है । अतएव जननी और परिमाणवाचक मातृ शब्द का एकशेष नहीं होता । क्योंकि दोनों के सभी विभक्तियों में समान रूप नहीं होते ।

(पूर्वसवर्णदीर्घविधिसूत्रम्)

१२६ प्रथमयोः[६] पूर्वसवर्णः[१] ६ । १ । १०२ ॥

अकः प्रथमाद्वितीययोरचि पूर्वसवर्णदीर्घ एकादेशः स्यात्। इति प्राप्ते—

रह जाता है और शेष का लोप हो जाता है, उनके अर्थ का बोध भी वह बचा हुआ शब्द ही कराता है। इसीलिये वचन है 'यः शिष्यते स लुप्यमानार्थाभिधायी' अर्थात् जो बच रहता है, वह लुप्यमान-लोप हुआ का-अर्थ भी बोध कराता है।

राम शब्द की प्रथमा विभक्ति के द्विवचन में राम शब्द का दो बार उच्चारण प्राप्त था। इस नियम से एक ही 'राम' शब्द रह गया उसके आगे '१२३ द्व्येकयोर्द्विवचनैकवचने १ । ४ । २३ ।' से द्विवचन 'औ' प्रत्यय आया। तब 'राम औ' ऐसी स्थिति में '३३ वृद्धिरेचि ६ । १ । ८८ ।' सूत्र से मकारोत्तरवर्ती अकार अवर्ण और 'औ' के स्थान में वृद्धि एकादेश प्राप्त हुआ। इसको अग्रिम सूत्र बाध लेता है।

१२६ प्रथमयोरिति—अक् से पहली दो विभक्तियों—[१] प्रथमा और द्वितीया—का अच् परे होने पर पूर्वसवर्णदीर्घ एकादेश हो।

इति प्राप्ते इति—इसके प्राप्त होने पर—

'राम + औ' यहाँ मकारोत्तरवर्ती अकार अक् से प्रथमा विभक्ति के औ अच् परे होने से [२]पूर्वसवर्णदीर्घ एकादेश प्राप्त है। इसका अग्रिम सूत्र निषेध कर देता है।

---

१ सूत्रस्थ 'प्रथमयोः' पद में द्विवचन होने से प्रथमा और द्वितीया ये दो विभक्तियाँ ली गई हैं। यही प्रथम दो विभक्तियाँ हैं। प्रथमा विभक्ति को राम की अपेक्षा और द्वितीया को तृतीया आदि की अपेक्षा प्रथमत्व है।

२ पूर्व वर्ण का सवर्ण दीर्घ। जैसे—'राम + औ' यहाँ पूर्व वर्ण अकार उसका सवर्ण आकार प्राप्त है। यहाँ तो निषेध हो जाता है। इसका फल आगे है जैसे—'हरि + औ' यहाँ पूर्व वर्ण इकार है उसका सवर्ण दीर्घ ईकार एकादेश होने से 'हरी' यह रूप बनता है।

(पूर्वसवर्णदीर्घनिषेधसूत्रम्)

१२७ नादिचि[6] ६ । १ । १०४ ॥

आदिचि न पूर्वसवर्णदीर्घः। वृद्धिरेचि—रामौ।

(बहुवचनविधिसूत्रम्)

१२८ बहुषु[7] बहुवचनम्[1] १ । ४ । २१ ॥

बहुत्वविवक्षायां बहुवचनं स्यात्।

(इत्संज्ञासूत्रम्)

१२९ चुटू[1] १ । ३ । ७ ॥

प्रत्ययाद्यौ चुटू इतौ स्तः।

---

१२७ नादिचीति—अवर्ण से इच् परे होने पर पूर्वसवर्णदीर्घ एकादेश न हो।

वृद्धिरिति—'वृद्धिरेचि' से वृद्धि हो गई।

'राम + औ' यहाँ अवर्ण मकारोत्तरवर्ती 'अकार' है और इच् **'औकार'**। इसलिये प्रकृत सूत्र से पूर्वसवर्णदीर्घ का निषेध हो गया। तब **'वृद्धिरेचि'** से ही वृद्धि एकादेश होकर रामौ रूप बना।

१२८ बहुष्विति—बहुत्व की विवक्षा में बहुवचन हो अर्थात् जब बहुत का बोध कराना हो तब शब्द से बहुवचन आता है।

जैसे—यदि बहुत से रामों का बोध कराना हो तो रामशब्द से बहुवचन का प्रत्यय आयगा। यहाँ प्रथमा विभक्ति के रूप सिद्ध कर रहे हैं। बहुत्व की विवक्षा में प्रथमा का बहुवचन 'जस्' प्रत्यय आया।

१२९ चुटू इति—प्रत्यय के आदि चवर्ग और टवर्ग इत्संज्ञक होते हैं।

'राम + जस्' यहाँ प्रत्यय 'जस्' के आदि में चवर्ग जकार है। इसकी इत्संज्ञा हुई। इत्संज्ञा होने पर लोप हो गया। तब 'राम + अस्' ऐसी स्थिति हुई।

'अस्' में सकार अन्त्य हल् है, इसकी भी '१ हलन्त्यम् १ । ३ । ३ ॥' से इत्संज्ञा प्राप्त है। उसके निवारण के लिये आगे उपाय बतलाया जाता है। उसमें प्रथम 'सु' आदि की विभक्ति संज्ञा का विधान अग्रिम सूत्र से करते हैं।

(विभक्तिसंज्ञासूत्रम्)

१३० विभक्तिश्च १ । ४ । १०४ ।

सुप्तिङौ विभक्तिसंज्ञौ स्तः ।

(इत्संज्ञानिषेधसूत्रम्)

१३१ न विभक्तौ तुस्माः १ । ३ । ४ ॥

विभक्तिस्थास्तवर्गसमा नेतः । इति सस्य नेत्वम् । रामाः ।

---

१३० विभक्तिरिति—सुप् और तिङ् विभक्तिसंज्ञक होते हैं ।

'सुप्' भी एक प्रकार का प्रत्याहार है। सु से लेकर सप्तमी के बहुवचन 'सुप्' के पकार तक सभी प्रत्ययों को सुप् कहा जाता है। इनको 'स्वौजस्' इत्यादि सूत्र में बताया जा चुका है। 'तिङ्' 'तिप्' से लेकर 'महिङ्' के ङकार तक १८ प्रत्ययों को कहते हैं। तिङ् प्रत्यय '३७६ तिप्तस्झिसिप्थस्थ-मिब्वस्मस्-तातांझ-थासाथांध्व-मिडवहिमहिङ् ३ । ४ । ७८ ॥' इस सूत्र में कहे जायँगे ।

१३१ न विभक्तौ—विभक्ति में स्थित तवर्ग, सकार और मकार इत्संज्ञक नहीं होते ।

इति सस्येति – इससे सकार की इत्संज्ञा का निषेध हुआ ।

रामाः—'राम + अस्' में जब सकार की इत्संज्ञा का निषेध हो गया । तब '१२६ प्रथमयोः पूर्वसवर्णः ६ । १ । १०२ ॥' से मकारान्तरवर्ती अकार से प्रथमा के अन्त् 'अस्' के आदि अकार परे रहने से पूर्व अकार का सवर्ण दीर्घ 'आकार' एकादेश हो गया । इस प्रकार 'रामास्' बन जाने पर सकार को '१०५ ससजुषो रुः' सूत्र से और उसके उकार की इत्संज्ञा और लोप होने पर रकार के '१२४ विरामो–' सूत्र से अवसान होने पर '९३ खरव–' सूत्र से विसर्ग हो गये। तब रूप बन गया **'रामाः'** ।

यहाँ यद्यपि '४२ अकः सवर्णे दीर्घः ६ । १ । १०१' इस सूत्र से सवर्ण दीर्घ होने से भी कार्य चल सकता था। तो भी पूर्वसवर्ण दीर्घ '२३४ अतो गुणे ६ । १ । ९७ ॥' सूत्र से प्राप्त पररूप के बाध के लिये किया गया है। उक्त पररूप सवर्णदीर्घ का बाधक (अपवाद) है पूर्वसवर्णदीर्घ का नहीं ! 'पुरस्तादपवादा अनन्तरान् विधीन् बाधन्ते नोत्तरान्' अर्थात् प्रथम आये हुए

(सम्बुद्धिसंज्ञासूत्रम्)

१३२ एकवचनं[1] सम्बुद्धि[1]: २ । ३ । ४९ ॥

संबोधने प्रथमाया एकवचनं संबुद्धिसंज्ञं स्यात् ।

(अङ्गसंज्ञासूत्रम्)

१३३ [5]यस्मात्प्रत्यय [1]विधिस्तदादि[1] [7]प्रत्ययेऽङ्गम्[1] १।४।१३॥

यः प्रत्ययो यस्मात् क्रियते, तदादि शब्दस्वरूपं तस्मिन्नङ्गं स्यात् ।

अपवाद अपने समीपस्थ विधि के ही बाधक होते हैं आगे आनेवाले—दूरस्थ के नहीं, इस परिभाषा से ।

तवर्ग के उदाहरण–'रामात्' और 'एधेरन्' यहाँ तकार और नकार की इत्संज्ञा नहीं हुई । मकार का उदाहरण—'रामम्' और 'अभवम्' यहाँ मकार की इत्संज्ञा नहीं हुई ।

इस प्रकार **'रामः, रामौ, रामाः'** ये प्रथमा विभक्ति के तीनों वचनों के रूप सिद्ध हो गये ।

सम्बोधन में भी प्रथमा विभक्ति के प्रत्यय लगते हैं । इसलिये अब द्वितीया विभक्ति के रूप सिद्ध करने के पूर्व सम्बोधन के रूप सिद्ध किये जाते हैं । केवल एक वचन में सम्बोधन का प्रथमा विभक्ति के रूप से अन्तर पड़ता है । द्विवचन और बहुवचन में तो दोनों के रूप समान होते हैं ।

१३२ एकवचनमिति—सम्बोधन में प्रथमा का एकवचन सम्बुद्धि-संज्ञक हो ।

इस सूत्र से सम्बोधन में प्रथमा के एक वचन 'सु' की सम्बुद्धि संज्ञा हुई । सम्बुद्धि संज्ञा का फल आगे लोप होना बताया जायगा ।

११३ यस्मादिति—जो प्रत्यय जिस (शब्द) से किया जाता है, वह है आदि में जिस समुदाय के, उस शब्दस्वरूप की उस प्रत्यय के परे रहते अङ्ग संज्ञा हो ।

जैसे—'भू अ + मि' यहाँ मिप् प्रत्यय 'भू' धातु से किया गया है । वह 'भू अ' इस समुदाय के आदि में है । इस 'भू+अ' की 'मि' प्रत्यय परे रहते 'अङ्ग' संज्ञा हुई । अङ्ग संज्ञा का फल हुआ '३१६ अतो दीर्घो यञि ७ । ३ । १०१ ॥' से अदन्त अङ्ग को दीर्घ होना । अतः 'भवामि' रूप बना ।

(सम्बुद्धिहल्लोपविधिसूत्रम्)

१३४ एङ् ह्रस्वात्[५] [६]सम्बुद्धेः ६ । १ । ६९ ॥

एङन्तात् ह्रस्वान्ताच्चाङ्गात् हल् लुप्यते, सम्बुद्धिश्चेत् । हे राम, हे रामौ, हे रामाः ।

(पूर्वरूपविधिसूत्रम्)

१३५ अमि[७] पूर्वः ६ । १ । १०७ ॥

अकोऽम्यचि पूर्वरूपमेकादेशः स्यात् । रामम् । रामौ ।

यहाँ 'राम-|-सु' ऐसी स्थिति में सु प्रत्यय किया गया है राम शब्द से, वह किसी समुदाय के आदि में यद्यपि नहीं तथापि व्यपदेशिवद्भावसे, 'राम' शब्द की सु प्रत्यय परे रहते 'अङ्ग' संज्ञा हुई ।

१३४ एङ्ह्रस्वादिति—एङन्त और ह्रस्वान्त अङ्ग से पर हल् का लोप हो, यदि वह हल् सम्बुद्धि (सम्बोधन में प्रथमा एकवचन) का हो ।

हे राम—'हे राम + स्' यहाँ ह्रस्वान्त अङ्ग राम है, ह्रस्व मकारोत्तरवर्ती अन्त्य अकार है, उससे परे 'स्' हल् है और वह सम्बुद्धि का है, इसलिये लोप होगया । तब '**हे राम**' रूप सिद्ध हुआ ।

एङन्त का उदाहरण आगे मिलेगा । जैसे - हे हरे, हे विष्णो । यहाँ 'हे हरे-|-स्' 'हे विष्णो-|-स्' इस स्थिति में एङन्त अङ्ग हुआ '**हरे**' और '**विष्णो**'। इनसे परे सम्बुद्धि का हल् सकार है, उसका लोप होगया ।

द्विवचन और बहुवचन में प्रथमा के समान ही सम्बोधन के भी रूप होते हैं—'**हे रामौ, हे रामाः**' ।

अब आगे द्वितीया विभक्ति के रूप सिद्ध किये जायंगे । द्वितीया के एक वचन में 'राम्-|-अम्' ऐसी स्थिति में पहले सवर्णदीर्घ प्राप्त हुआ और उसको बाधकर '२७४ अतो गुणे ६ । १ । ९७॥' से पररूप प्राप्त हुआ, परन्तु पूर्वसवर्णदीर्घ को पररूप नहीं बाध सकता, इसलिये उसकी प्राप्ति हुई । तब अग्रिम सूत्र से पूर्वसवर्ण दीर्घ का बाध होता है ।

१३५ अमीति—अक् से अम् (द्वितीया विभक्ति के एकवचन) का अच् परे रहने पर पूर्वरूप एकादेश होता है ।

(इत्संज्ञासूत्रम्)

१३६ लशक्वतद्धिते १ । ३ । ८ ।

तद्धितवर्जप्रत्ययाद्या लशकवर्गा इतः स्युः ।

(नकारविधिसूत्रम्)

१३७ तस्माच्छसो नः पुंसि ६ । १ । १०३ ॥

पूर्वसवर्णदीर्घात्परो यः शसः सस्तस्य नः स्यात् पुंसि ।

(णत्वविधिसूत्रम्)

१३८ अट्कुप्वाङ्नुम्व्यवायेऽपि ८ । ४ । २ ॥

रामम्—'राम + अम्' यहाँ मकारोत्तरवर्ती अकार अक् से परे अम् का अच् अकार है। इसलिये पूर्व-अकार का रूप एकादेश होगया, तब **'रामम्'** रूप सिद्ध हुआ।

रामौ—की सिद्धि प्रथमा के द्विवचन के समान ही होगी। द्वितीया का द्विवचन 'औट्' प्रत्यय है। टकार की '१ हलन्त्यम् १ । ३ । ३ ॥' से इत्संज्ञा होकर 'तस्य लोपः' से लोप होता है।

१३६ **लशक्वेति**—तद्धितभिन्न प्रत्यय के आदि लकार, शकार, और कवर्ग इत्संज्ञक हों।

राम शब्द से द्वितीया के बहुवचन में 'राम+शस्' इस स्थिति में 'शस्' प्रत्यय के आदि शकार की प्रकृत सूत्र से इत्संज्ञा हुई और लोप हो गया। तब पूर्वोक्त प्रकार से सवर्णदीर्घ होकर 'रामास्' बन गया।

१३७ **तस्मादिति**—पूर्वसवर्ण दीर्घ से पर जो शस् का सकार उसके स्थान में नकार आदेश हो, पुंलिङ्ग में।

'रामान्' यहाँ पूर्वसवर्णदीर्घ है मकारोत्तरवर्ती आकार। उससे पर 'शस्' का सकार है। उसके स्थान में नकार होगया। तब 'रामान्' ऐसी स्थिति हुई।

१३८ **अटकुप्विति**—अट्, कवर्ग, पवर्ग आङ् और नुम्—नुम स्थानिक अनुस्वार—इनका अलग-अलग या सबका एक साथ अथवा यथासम्भव दो या

अट्, कवर्ग, पवर्ग, आङ्, नुम् एतैर्व्यस्तैः समस्तैर्यथासंभवं मिलितैश्च व्यवधानेऽपि रषाभ्यां परस्य नस्य णः समानपदे। इति प्राप्ते।

(णत्वनिषेधसूत्रम्)

१३९ पदान्तस्य ८ । ४ । ३७ ॥

नस्य णो न । रामान् ।

तीन अथवा चारों का मिलकर व्यवधान होने पर भी रकार और षकार से पर नेकार को णकार हो समानपद—अखण्डपद में ।

समानपद का अर्थ है अखण्ड पद अर्थात् जिस पद के टुकड़े (खण्ड) कर उनका स्वतंत्र रूप से प्रयोग न किया जा सके। 'रामान्' अखण्डपद है इसके खण्ड नहीं किये जा सकते। इसलिये यहाँ णकार प्राप्त है। 'रघुनाथ' और 'राम नाम' ये अखण्ड पद नहीं । इनके खण्ड हो सकते हैं। राम और नाम इन दोनों खण्डों का स्वतन्त्र प्रयोग किया जा सकता है। इसलिये इनमें णत्व नहीं हुआ ।

'रामान्' में इसकी प्राप्ति हुई। क्योंकि रेफ आदि में है और उस से पर नकार अन्त में है। मध्य में अकार, मकार और आकार ये तीन वर्ण हैं। आकार अट् है और मकार पवर्ग है। इनके व्यवधान होने पर भी नकार को 'अट्कु' सूत्र से णकार प्राप्त हुआ।

१३९ पदान्तस्येति—पदान्त नकार को णकार न हो।

रामान्—यहाँ नकार पद के अन्त में है अर्थात् पदान्त है। इसलिये 'पदान्तस्य' निषेध लग गया, णकार नहीं हुआ। 'रामान्' रूप सिद्ध हो गया।

इस प्रकार द्वितीया के तीनों वचनों में 'रामम, रामौ, रामान्' रूप सिद्ध हुए।

अब तृतीया विभक्ति के रूप सिद्ध किये जाते हैं। उसमें प्रथम एकवचन में 'टा' प्रत्यय आया। तब 'राम + टा' यह स्थिति हुई।

(इनाद्यादेशविधिसूत्रम्)

१४० टाङसिङसां मिनात्स्याः ७ । १ । १२ ॥

अदन्तात् टादीनामिनादयः स्युः । णत्वम्–रामेण ।

(दीर्घविधिसूत्रम्)

१४१ सुपि च ७ । ३ । १०२ ॥

यञादौ सुपि अतोऽङ्गस्य दीर्घः । रामाभ्याम् ।

(ऐसादेशविधिसूत्रम्)

१४२ अतो भिस ऐस् ७ । १ । १३ ।

अनेकाल्-शित् सर्वस्य । रामैः ।

---

१४० टाङसीति—अदन्त अङ्ग से पर 'टा' आदियों को क्रम से इन आदि आदेश हों । टा को इन, ङसि को आत् और ङस् को स्य ।

रामेण—'राम + टा' यहाँ राम अदन्त अङ्ग है । उससे पर 'टा' को इन आदेश हो गया । 'राम + इन' ऐसी स्थिति में पहले गुण एकादेश होकर 'रामेन' बन गया । तब 'अट्कु–' इत्यादि सूत्र से नकार के स्थान में णकार होकर **'रामेण'** रूप सिद्ध हो गया ।

१४१ सुपीति—यञादि सुप् परे रहते अदन्त अङ्ग को दीर्घ हो ।

अङ्ग को दीर्घ विधान होने पर भी अलोऽन्त्य परिभाषा के बल से अन्त्य अच् को ही दीर्घ होगा ।

रामाभ्याम्—राम शब्द से तृतीया का द्विवचन 'भ्याम्' प्रत्यय लाने पर 'राम + भ्याम्' ऐसी स्थिति में यकार यञ् आदि प्रत्यय सुप् 'भ्याम्' परे होने से अदन्त अङ्ग 'राम' के अन्त्य अकार को प्रकृत सूत्र से दीर्घ आकार होकर **'रामाभ्याम्'** रूप सिद्ध हुआ ।

१४२ अत इति—(अदन्ताद् अङ्गात्परस्य भिस ऐस् स्यात्) अदन्त अङ्ग से पर भिस् को 'ऐस्' आदेश हो ।

अनेकालिति—'ऐस्' आदेश अनेकाल् है अर्थात् इसमें अनेक अल् हैं– ऐ और स् । । इसलिये '४५ अनेकाल्शित् सर्वस्य १ । १ । ५ ।' सूत्र से सम्पूर्ण

('य'आदेशविधिसूत्रम्)

१४३ [६]ङेर्यः [१] ७ । १ । १३ ॥

अतोऽङ्गात्परस्य ङेर्यादेशः ।

(स्थानिवद्भावाऽतिदेश सूत्रम्)

१४४ स्थानिवदादेशोऽनल्विधौ १ । १ । ५६ ॥

आदेशः स्थानिवत् स्यात्, न तु स्थान्यलाश्रयविधौ ।

'भिस्' के स्थान में 'ऐस्' आदेश हुआ । तब 'राम + ऐस्' यह स्थिति बनी । तब अकार और ऐकार को वृद्धि एकादेश और सकार के स्थान में रुत्व विसर्ग होकर **'रामैः'** रूप सिद्ध हुआ ।

इस प्रकार तृतीया विभक्ति के तीनों वचनों में राम शब्द के **'रामेण, रामाभ्याम्, रामैः'** ये रूप बने ।

आगे राम शब्द के चतुर्थी विभक्ति के रूप सिद्ध किये जाते हैं । पहले एकवचन में 'राम + ङे' ऐसी स्थिति बनी ।

१४३ **ङेरिति**—अदन्त अङ्ग से पर ङे (चतुर्थी के एकवचन) के स्थान में 'य' आदेश हो ।

'राम + ङे' यहाँ अदन्त अङ्ग राम है । उस से पर 'ङे' है । उसके स्थान में प्रकृत सूत्र से 'य' आदेश हो गया । 'राम + य' यह स्थिति बनी । यहाँ 'य' सुप् तो है नहीं । सुप् तो 'ङे' था, वह तो रहा नहीं । इस शङ्का के समाधान के लिये अग्रिम सूत्र 'स्थानिवद्–' इत्यादि की अवतारणा की जाती है ।

१४४ **स्थानिवदिति**—आदेश स्थानितुल्य—स्थानिधर्मक–हो, परन्तु यदि स्थानी अल् हो तो तदाश्रयविधि में न हो ।

जिसके स्थान में कुछ विधान किया जाता है, उसे 'स्थानी' कहते हैं और जिसके विधान करने से किसी की निवृत्ति होती है, उसे 'आदेश' कहते हैं । जैसे 'ङेर्यः' सूत्र में 'ङे' के स्थान में 'य' का विधान है इसलिये 'ङे' स्थानी है । 'य' के विधान से 'ङे' की निवृत्ति होती है । इसलिये 'य' आदेश है ।

इति स्थानिवत्त्वात् '१४५ सुपि च ७ । ३ । १०२ ।' इति दीर्घः— रामाय । रामाभ्याम् ।

स्थानिवत् का तात्पर्य है स्थानी में जो धर्म है, वह आदेश में भी रहे– समझा जाय । जैसे—यहाँ 'रामाय' इस स्थिति में 'ङे' स्थानी में 'सुप्त्व' धर्म था अर्थात् वह सुप् था तो उसके समान ही आदेश 'य' में भी इस सूत्र से 'सुप्' का धर्म माना जायगा, 'य' आदेश भी स्थानी 'ङे' के समान सुप् है । अतः 'सुपि च' से दीर्घ हो गया । इस प्रकार '**रामाय**' बन गया ।

अनल्विधौ का स्पष्टार्थ यह है कि अलाश्रय विधि में स्थानिवद्भाव नहीं होता । अल् प्रत्याहार है, जिसमें सब वर्ण आ जाते हैं । एक वर्ण का जहाँ पर आश्रयण होगा, उस विधि के करने में स्थानिवद्भाव नहीं होता । जैसे= '**व्यूढोरस्केन**' यहाँ सकार विसर्ग के स्थान में हुआ है और विसर्ग को अट् माना गया है । जिस प्रकार विसर्ग के अट् होने से उसके व्यवधान होने पर भी '**उरःकेण**' आदि स्थल में नकार को णकार 'अट्कु–' सूत्र से हो जाता है । उसी प्रकार विसर्गस्थानिक सकार में स्थानी का धर्म अट्त्व लाकर उसके व्यवधान में भी णकार का प्राप्ति होती है परन्तु नहीं होता, क्योंकि णत्वविधि में 'अट्' रूप एक वर्ण का आश्रयण किया जाने से णत्वविधि अलाश्रय विधि अर्थात् अल् विधि है ।

इसी प्रकार दिव् शब्द से सु विभक्ति में 'दिव औत् ७ । १ । ८४' सूत्र से वकार के स्थान में औकार आदेश होने पर 'दिऔस्' ऐसी स्थिति में 'इको-यणचि' इससे यणादेश होकर 'द्यौस्' ऐसा रूप बना, तब औकार को स्थानि-वद्भाव से स्थानी वकार का धर्म हल्त्व लाने पर '१७६ हल्ङ्याब्भ्यो दीर्घात्सु-तिस्यपृक्तं हल् ६ । १ । ६८' सूत्र से सकार का लोप प्राप्त होता है । पर हल्ङ्यादिविधि में हल् वकार रूप एकवर्ण के आश्रयण से अल्विधि होने के कारण स्थानिवद्भाव का निषेध हो जाता है । अतः लोप नहीं होता ।

इति स्थानीति—इससे स्थानिद्भाव होने से 'सुपि च' से दीर्घ हुआ । '**रामाय**' सिद्ध हो गया ।

'**रामाभ्याम्**' यह चतुर्थी के द्विवचन का रूप है । इसकी सिद्धि तृतीया के द्विवचन के समान ही होगी ।

(एत्वविधिसूत्रम्)

१४५ बहुवचने झल्येत् ७ । ३ । १०३ ॥

झलादौ बहुवचने सुपि अतोऽङ्गस्यैकारः । रामेभ्यः । सुपि किम्— **पचध्वम्** ।

१४६ वाऽवसाने ८ । ४ । ५६ ॥

---

१४५ बहुवचने इति—झलादि बहुवचन सुप् परे होनेपर अदन्त अङ्ग के स्थान में एकार आदेश हो ।

यह सूत्र '१४१ सुपि च' सूत्र का अपवाद (बाधक) है ।

रामेभ्यः—रामशब्द के चतुर्थी के बहुवचन में 'राम+भ्यस्' ऐसी स्थिति में बहुवचन 'भ्यस्' परे है, उसके आदि में भकार झल् है, और यह सुप् भी है । अतः अलोन्त्य परिभाषा से अदन्त अङ्ग 'राम' के अन्त्य अकार के स्थान में एकार आदेश हो गया । स को रुत्व और र् को विसर्ग होकर '**रामेभ्यः**' रूप सिद्ध हुआ ।

सुपि किमिति—सुप् परे हो ऐसा क्यों कहा ? इसलिये कि 'पचध्वम्' में एकार न हो जाय अन्यथा 'पचेध्वम्' यह रूप बन जाता । 'ध्वम्' झलादि बहुवचन तो है पर सुप् नहीं, तिङ् है ।

इस प्रकार चतुर्थी विभक्ति के तीनों वचनों में राम शब्द के '**रामाय, रामाभ्याम्, रामेभ्यः**' ये रूप बने ।

अब आगे पञ्चमी के रूप बनाये जायँगे । राम शब्द से पञ्चमी विभक्ति का एकवचन 'ङसि' आया । उसके स्थान में '१४० टाङसिङसामिनात्स्याः' सूत्र से 'आत्' आदेश होने से 'राम+आत्' यह स्थिति हुई । इसमें सवर्ण दीर्घ होकर 'रामात्' बना । तब तकार झल् के पदान्त होने से '६७ झलां जशोऽन्ते ८ । २ । ३९ ।' से तकार के स्थान में दकार जश् हुआ । तदनन्तर झल् दकार की 'विरामो-' सूत्र से अवसान संज्ञा होने से अग्रिम सूत्र की प्रवृत्ति होगी ।

१४६ **वाऽवसाने** इति—अवसान में झलों को चर् विकल्प से हों ।

अवसाने झलां चरो वा स्युः। रामात् रामाद्, रामाभ्याम्, रामेभ्यः। रामस्य।

(एत्वविधिसूत्रम्)

१४७ ओसि च ७।३।१०४॥

अतोऽङ्गस्यैकारः। रामयोः।

'रामाद्' में दकार को चर् तकार विकल्प से हुआ। अतः दो रूप बने—**रामात्** और **रामाद्**।

पञ्चमी के द्विवचन 'भ्याम्' में तृतीया और चतुर्थी के समान **रामाभ्याम्** रूप बनता है। और बहुवचन 'भ्यस्' में चतुर्थी के समान ही **रामेभ्यः**। इसप्रकार पञ्चमी विभक्ति के तीनों वचनों में '**रामात्-रामाद् रामाभ्याम्-रामेभ्यः**' ये रूप बने।

रामस्य—षष्ठी के एक वचन में राम शब्द से 'ङस्' प्रत्यय आया और ङस् के स्थान में '२४० टाङसि–' सूत्र से 'स्य' आदेश होकर '**रामस्य**' रूप सिद्ध हुआ।

द्विवचन में ओस् प्रत्यय आने से–'राम–।–ओस्' ऐसी स्थिति में—

१४७ ओसीति—अदन्त अङ्ग के स्थान में एकार आदेश हो ओस् परे रहने पर।

अलोऽन्त्य परिभाषा से अङ्ग के अन्त्य वर्ण अकार को ही एकार होगा।

रामयोः—'राम–।–ओस्' यहाँ अदन्त अङ्ग 'राम' है। उससे परे ओस् है। अतः 'ओसि च' सूत्र से अङ्ग के अन्त्य अकार को एकार होकर 'रामे–।–ओस्' ऐसी स्थिति हो जाने पर "२२ एचोऽयवायवः' से एकार के स्थान में 'अय्' आदेश हो गया। तब 'रामयोस्' बना। सकार को रु और रकार को विसर्ग होने से '**रामयोः**' रूप सिद्ध हुआ।

षष्ठी के बहुवचन में रामशब्द से 'आम्' प्रत्यय आया। 'राम–।–आम्' ऐसी स्थिति में—

(नुडागमविधिसूत्रम्)

१४८ ह्रस्वनद्यापो[५] 'नुट् ७ । १ । ५४ ॥

ह्रस्वान्ताद् नद्यन्ताद् आबन्ताच्चाङ्गात् परस्यामो नुडागमः ।

(दीर्घविधिसूत्रम्)

१४९ नामि[७] ६ । ४ । ३ ॥

अजन्ताङ्गस्य दीर्घः नामि । रामाणाम् । रामे । रामयोः । एत्वे कृते–

---

१४८ ह्रस्वनद्येति—ह्रस्वान्त, नद्यन्त और आबन्त अङ्ग से पर आम् को 'नुट्' आगम होता है ।

'राम + आम्' में अङ्ग 'राम' ह्रस्वान्त है, इसलिए 'नुट्' आगम होगया । 'नुट्' में 'उट्' इत्संज्ञक है । अतः टित् होने से 'न' 'आम्' का आदि अवयव हुआ । तब 'राम + नाम्' यह स्थिति बनी ।

नद्यन्त और आबन्त के उदाहरण—'बहुश्रेयसीनाम्' और 'रमाणाम्' इत्यादि आगे मिलेंगे । 'बहुश्रेयसी' शब्द की '१६५ यूस्त्र्याख्यौ नदी १ । ४ । ३ ॥' सूत्र से नदी संज्ञा होती है । अतः नद्यन्त है । इसीलिये इसमें 'नुट्' हो गया । 'रमा' में '२४१ अजाद्यतष्टाप् ४ । १ । ४ ॥' सूत्र से टाप् प्रत्यय हुआ है । अतः यह आबन्त है । इसीलिये इससे परे 'आम्' को 'नुट्' आगम हो गया ।

१४९ नामीति—अजन्त अङ्ग को दीर्घ होता है 'नाम्' परे रहने पर ।

अलोऽन्त्य परिभाषा से दीर्घ अङ्ग के अन्त्य वर्ण को ही होगा ।

रामाणाम्—'राम + नाम्' यहाँ नाम् परे होने से अजन्त अङ्ग 'राम' के अन्त्य अकार को दीर्घ होकर 'रामा नाम्' स्थिति हुई । इसमें '१३८ अट्कुप्वाङ्नुम्व्यवायेऽपि' सूत्र से 'आ' अट्, 'म' पवर्ग और 'आ' अट् के व्यवधान होने पर भी नकार के स्थान में णकार होकर **'रामाणाम्'** रूप सिद्ध हुआ ।

इस प्रकार राम शब्द के षष्ठी विभक्ति में **'रामस्य, रामयोः, रामाणाम्'** रूप बने ।

रामे–सप्तमी के एकवचन में राम शब्द से 'ङि' प्रत्यय आया । तब 'राम

(षत्वविधिसूत्रम्)

१५० आदेशप्रत्यययोः[६] ८ । ३ । ५९ ॥

इण्कुभ्यां परस्यापदान्तस्य आदेशः प्रत्ययावयवश्च यः सः, तस्य मूर्धन्यादेशः। ईषद्विवृतस्य सस्य तादृश एव षः। रामेषु। एवं कृष्णादयोऽप्यदन्ताः।

+ ङि' ऐसी दशा में '१३६ चुटू' सूत्र से प्रत्यय 'ङि' के आदि ङकार कवर्ग की इत्संज्ञा होने पर लोप हो गया। 'राम + इ' इस स्थिति में गुण होकर 'रामे' रूप सिद्ध हुआ।

रामयोः—द्विवचन में रूप षष्ठी के जैसे ही बनेगा।

एत्वे कृते इति—बहुवचन में 'राम + सुप्' यहाँ पकार की इत्संज्ञा और लोप हो जाने पर '१४५ बहुवचने झल्येत् ७ । १ । १०३ ॥' से मकारोत्तरवर्ती अकार को एकार आदेश करने पर—

१५० आदेशेति—इण् और कवर्ग से पर अपदान्त सकार—जो आदेश रूप हो अथवा आदेश का अवयव हो—के स्थान में मूर्धन्य आदेश हो।

ईषदिति—ईषद्विवृत सकार के स्थान में मूर्धन्य वर्ण ईषद्विवृत होने से षकार ही हुआ।

रामेषु—यहाँ 'रामे + सु' इस स्थिति में मकारोत्तरवर्ती एकार इण् से परे प्रत्यय 'सु' का अवयव सकार है। इसके स्थान में मूर्धन्य आदेश प्राप्त हुआ। मूर्धन्य ऋ, टवर्ग, र और ष हैं। इनमें ईषद्विवृत प्रयत्न के साम्य से सकार के स्थान में षकार हुआ। सकार और षकार दोनों ईषद्विवृत हैं। इस प्रकार 'रामेषु' रूप सिद्ध हुआ।

आदेशरूप सकार के स्थान में षकार आदेश का उदाहरण-सुष्वाप (वह सोया) सिषेवे (उसने सेवा की) आदि हैं, क्योंकि ये धातु 'ष्वप्' और 'षेवृ' इस मूलरूप में षोपदेश हैं। 'धात्वादे षः सः' इस सूत्र से आदि षकार को सकार आदेश हो जाता है। अतः इनका सकार आदेश रूप है। इस प्रकार इनके द्वितीय खण्ड के सकार को आदेश रूप होने से मूर्धन्य षकार होता है।

इस प्रकार राम शब्द के सप्तमी में **'रामे रामयोः, रामेषु'** रूप बने।

राम शब्द के आठों विभक्तियों के [1]रूप

विभक्ति	एकवचन	द्विवचन	बहुवचन
प्रथमा	रामः	रामौ	रामाः
सम्बोधन	हे राम	हे रामौ	हे रामाः
द्वितीया	रामम्	रामौ	रामान्
तृतीया	रामेण	रामाभ्याम्	रामैः
चतुर्थी	रामाय	,,	रामेभ्यः
पञ्चमी	रामात्-द्	,,	,,
षष्ठी	रामस्य	रामयोः	रामाणाम्
सप्तमी	रामे	,,	रामेषु

ऊपर लिखे राम शब्द के रूपों पर ध्यान देने से मालूम पड़ता है कि प्रथमा, सम्बोधन और द्वितीया के द्विवचन में एक समान रूप हैं, तृतीया, चतुर्थी और पञ्चमी के द्विवचन में भी एक जैसे रूप हैं। इसी प्रकार षष्ठी और सप्तमी के द्विवचन में भी समान रूप होंगे। बहुवचन में चतुर्थी और

---

१ राम शब्द के आठों विभक्तियों के एकवचन के रूप नीचे लिखे सुभाषित में संगृहीत किये गये हैं—

> **रामो** राजमणिः सदा विजयते **राम रमेशं भजे,**
> **रामेणा**भिहता निशाचरचमू **रामाय** तस्मै नमः।
> **रामान्ना**स्ति परायणं परतरं **रामस्य** दासोऽस्म्यहम्,
> **रामे** चित्तलयः सदा भवतु मे **हे राम** ! मामुद्धर॥

अर्थ—राजाओं में मणि (श्रेष्ठ) राम सबसे उत्कृष्ट हैं। लक्ष्मी के पति **राम को मैं** पूजता हूँ। **राम ने** राक्षसों की सेना मारी। उस **राम के लिये** प्रणाम। **राम से** कोई श्रेष्ठ नहीं। **राम का** मैं दास हूँ। **राम में** मेरा चित्त सदा लीन रहे। **हे राम** ! मेरा उद्धार करो।

(सर्वनामसंज्ञासूत्रम्)

१५१ सर्वादीनि सर्वनामानि १ । १ । २७ ॥

पञ्चमी के एक जैसे रूप हैं । ये दो रूप भी सभी शब्दों के अजन्त हलन्त और सभी लिङ्गों में एक जैसे होते हैं । इन बातों पर ध्यान रखना अत्यावश्यक और लाभप्रद हैं ।

एवमिति—इसी प्रकार कृष्ण आदि अकारान्त पुँल्लिङ्ग शब्दों के रूप राम शब्द के समान ही होंगे ।

अथ सर्वादिगण—जिन अकारान्त शब्दों के रूपों में राम शब्द की अपेक्षा अन्तर है । उन शब्दों का अन्तर आगे बताया जा रहा है । उनमें सर्वादिगण के शब्द मुख्य हैं । सर्वादिगण के शब्दों के रूपों मे जस्, ङे, ङसि आम् और ङि इन पाँच स्थलों में अन्तर पड़ता है । शेष रूप राम शब्द के समान ही होते हैं । अतः सर्वादिगण के शब्दों के रूप इन्हीं पाँच स्थलों में किये जाँयगे ।

सर्वादियों के रूप सिद्ध करने के पहले सर्वादि कौन कौन हैं—इसका निरूपण किया जाता है ।

१५१ सर्वादीनीति—सर्वादिगण में पढ़े हुए शब्दों की सर्वनामसंज्ञा होती है ।

सर्वस्य नामेति सर्वनाम—इस प्रकार सर्वनाम संज्ञा सार्थक (अन्वर्थ) संज्ञा है । तात्पर्य यह है । ये गणपठित शब्द भी जब सभी के अर्थ में प्रयुक्त किये जायँ तभी इनकी सर्वनाम संज्ञा होती है, अन्यथा नहीं । अतएव यदि किसी का नाम 'सर्व' हो तो उस व्यक्ति विशेष के वाचक सर्व शब्द की सर्वनामसंज्ञा नहीं होगी, सर्वादिगणप्रयुक्त कार्य 'शी' आदेश आदि उसको नहीं होंगे । 'सर्वमतिक्रान्तः' इस विग्रह में बने हुए 'अतिसर्व' शब्द के अन्तर्गत सर्व शब्द की भी सर्वनाम संज्ञा न होगी । क्योंकि यहाँ भी 'सर्व' शब्द सब के लिये प्रयुक्त नहीं किया गया यहाँ 'सर्व' शब्द समास में गौण हो गया है । अन्वर्थ संज्ञा होने का फलितार्थ ही यह वचन है कि **'संज्ञोपसर्जनीभूतास्तु न सर्वादयः'** अर्थात् जब ये सर्वादि शब्द संज्ञा या गौण हों तब उनका पाठ सर्वादिगण में है ही नहीं ।

सर्व, विश्व, उभ, उभय, डतर, डतम, अन्य, अन्यतर, इतर, त्वत्, त्व, नेम, सम, सिम ।

(सर्वनामसंज्ञा [गण] सूत्रम्)

(ग. सू.) पूर्वपराऽवरदक्षिणोत्तराऽपराधराणि व्यवस्थायामसंज्ञायाम् ।

सर्वादिगण में उन्हीं का पाठ है जो सब के नाम हो सकें । अन्वर्थ संज्ञा होने में हेतु है 'सर्वनाम' यह महासंज्ञा करना । क्योंकि संज्ञा तो लाघवार्थ की जाती है– टि, घु और भ आदि की तरह यहाँ भी सर्व आदि गण के शब्दों की कोई लघु संज्ञा की जा सकती थी । बड़ी संज्ञा करना ही प्रमाण है कि यह अन्वर्थ संज्ञा है ।

सर्व इति—यह सर्वादियों का परिगणन है । ये चौदह हैं **सर्व** = सब, **विश्व** = सब, **उभ** = दो, **उभय**=दो का समुदाय, **अन्य** = दूसरा, **अन्यतर** = दो में से एक, **इतर** = अन्य, **त्वत् त्व** = अन्य, **नेम** = आधा, **सम** = सब, **सिम** = सब ।

इन सर्वादियों में **डतर** और **डतम** इन दो प्रत्ययों का भी परिगणन है । इनके सम्बन्ध में मूल में ही आगे विशेष विचार किया गया है ।

पूर्वपरेति—पूर्व आदि सात शब्द व्यवस्था और असंज्ञा में सर्वादि हैं । पूर्वादि सात ये हैं—**पूर्व** = पहला, **पर** = दूसरा, **अवर** = पश्चिम, **दक्षिण** = दक्षिण दिशा, **उत्तर** = उत्तर दिशा, **अपर** = पश्चिम, **अधर** = नीचा ।

व्यवस्था का लक्षण आगे '१५६ पूर्वपरा-' सूत्र में '**स्वाभिधेयापेक्षावधिनियमो व्यवस्था**' कहा गया है । 'स्वस्य पूर्वादिशब्दस्य अभिधेयः दिग्देशकालादिरूपोऽर्थः, तेन अपेक्ष्यमाणः अवधेर्नियमो यत्र' अर्थात् जहाँ यह किससे पूर्व है ? किससे पर है ? इत्यादि अवधि के नियम की आकाङ्क्षा हो वहाँ पर प्रयुक्त इन पूर्वादि शब्दों की सर्वनाम संज्ञा होती है **दक्षिणा**[1] **गायकाः** = गानेवाले चतुर हैं यहाँ दक्षिण शब्द का चतुर अर्थ है, और अवधि की आकाङ्क्षा नहीं होती, इसलिये सर्वनाम संज्ञा नहीं होती । एवम्—**अधरे**[2]

---

१ 'दक्षिणः सरलोदारपरच्छन्दानुवर्तिषु' इति विश्वः ।

२ 'अधरो दन्तवसनेऽनूर्द्ध्वे हीनेऽधरोऽन्यवत्' इति विश्वः ।

(सर्वनामसंज्ञासूत्रम्)

(ग० सू) स्वमज्ञातिधनाख्यायाम् ।

(सर्वनामसंज्ञासूत्रम्)

(ग० सू) अन्तरं बहिर्योगोपसंव्यानयोः ।

रागः=अधर (निचले होंठ) पर लाली है। **उत्तरे**[1] प्रत्युत्तरे च **शक्तः**—उत्तर प्रत्युत्तर देने में समर्थ है। यहाँ 'उत्तर' शब्द का अर्थ प्रतिवाक्य (**जवाब**) है। अवधि की आकांक्षा यहाँ नहीं है, अतएव सर्वनाम संज्ञा **नहीं हुई !**

'असंज्ञायाम्' के द्वारा संज्ञा में निषेध करने से—जब 'पूर्व' किसी का नाम होगा तब 'पूर्व' शब्द की सर्वनाम संज्ञा न होगी। उस अवस्था में जस में 'पूर्वाः' और ङे में 'पूर्वाय' रूप बनेंगे। इसी प्रकार अन्य स्थलों में भी और पर आदि शब्दों के विषय में भी समझना चाहिये।

(ग० सू) **स्वमिति**—'स्व' शब्द सर्वादि है पर ज्ञाति (बान्धव) और धन अर्थ में नहीं अर्थात् जाति और धन अर्थ को छोड़कर अन्य अर्थ में वर्तमान 'स्व' शब्द की सर्वनाम संज्ञा हो।

'स्व' शब्द के चार[2] अर्थ हैं—आत्मा, आत्मीय (अपना), ज्ञाति (बान्धव) और धन। इनमें से पहले दो—आत्मा और आत्मीय—अर्थों में 'स्व' शब्द की सर्वनाम संज्ञा होती है, अन्य अर्थों में नहीं।

(ग० सू) **अन्तरमिति**—बहिर्योग (बाहर का) और [3]उपसंव्यान (अधोवस्त्र) अर्थ में 'अन्तर' सर्वादि होता है अर्थात् सर्वनामसंज्ञक होता है।

अन्तर शब्द के अनेक[4] अर्थ हैं, उनमें से केवल इन दो अर्थों में सर्वनाम संज्ञा होती है।

---

१ 'उत्तरं प्रतिवाक्ये स्यादूर्ध्वोदीच्योत्तमेऽन्यवत्'।

२ 'स्वं ज्ञातावात्मधनयोरात्मीये च प्रवक्ष्यते' इति विश्वः।

३ 'अन्तरीयोपसंव्यानपरिधानान्यधोंऽशुके' इत्यमरः।

४ 'अन्तरमवकाशावधिपरिधानान्तर्धिभेदतादर्थ्ये।
छिद्रात्मीयविनाबहिरवसरमध्येऽन्तरात्मनि च' इत्यमरः।

(त्यदादिगणः)

त्यद्, तद्, यद्, एतद्, इदम्, अदस्, एक, द्वि, युष्मद्, अस्मद्, भवतु, किम् ।

('शी' आदेशविधिसूत्रम्)

१५२ जशः[६] [१]शी ७ । १ । १७ ॥

त्यदिति—त्यद् (वह), तद् (वह), यद् (जो), एतद् (यह), इदम्[१] (यह), अदस् (वह), एक (एक), द्वि, (दो), युष्मद् (तू), अस्मद् (मैं), भवतु (आप), किम् (कौन) ये १२ त्यद् आदि भी सर्वादि हैं अर्थात् इनकी भी सर्वनाम संज्ञा होती है ।

सर्वादिगण बतलाने के बाद अब सबसे प्रथम सर्वादिगण के पहले शब्द 'सर्व' के रूप सिद्ध किये जाते हैं । जस्, ङे, ङसि, आम् और ङि—इन पाँच स्थलों में सर्व आदि शब्दों के रूपों में राम शब्द के रूपों से अन्तर पड़ता है । अतः 'सर्व' शब्द के प्रथमा के एकवचन और द्विवचन में 'राम' शब्द के समान ही 'सर्वः' और 'सर्वौ' रूप बनेंगे ।

१५२ जश इति—अदन्त सर्वनाम से पर 'जश्' के स्थान में 'शी' आदेश हो ।

यह अर्थ साधारण है । वस्तुतः अदन्त से पर और सर्वनाम से विहित 'जश्' के स्थान में 'शी' आदेश हो, ऐसा अर्थ यहाँ किया जाता है ।

इसका फल यह है कि जो सर्वनाम पहले अदन्त नहीं, पर बाद को अदन्त बनते हैं, वहाँ भी 'जस्' के स्थान में 'शी' आदेश हो जाता है । जैसे-इदम् शब्द मकारान्त है—उससे जस्' प्रत्यय आता है । बाद को 'त्यदादीनाम् अः' सूत्र से मकार को अकार आदेश होने पर अदन्त बन जाता है । अब यदि इस सूत्र का साधारण अर्थ ही लिया जाय कि, अदन्त सर्वनाम से पर जस् को 'शी' आदेश होता है, तो यहाँ नहीं हो सकता, क्योंकि जो इदम् शब्द सर्व-

---

१ इदम् शब्द का प्रयोग निकटतम–अर्थात् जिसे अँगुली से बताया जा सके–के लिये, एतद् का निकटतर के लिये, अदस् का दूरस्थ के लिये और तद् का परोक्ष–जो दिखाई न दे रहा हो—के लिये होता है —

अदन्तात् सर्वनाम्नो जशः शी स्यात् । अनेकाल्त्वात्सर्वादेशः । सर्वे ।

नाम है वह अदन्त नहीं और जो अदन्त है उसकी सर्वनाम संज्ञा नहीं । जब 'अदन्त से पर और सर्वनाम से विहित' ऐसा कहा जाता है तब संगति हो जाती है । इसी प्रकार 'किम्' आदि हलन्त सर्वनामों के सम्बन्ध में भी संगति करनी होती है ।

अनेकालिति—अनेकाल[1] होने से 'शी' सम्पूर्ण 'जस्' के स्थान में आदेश होगा । 'शी' में शकार और ईकार—ये दो अल् हैं ।

सर्वे—'सर्व + अस्' इस दशा में अदन्त सर्व शब्द से पर और सर्वनाम से विहित होने के कारण जस् के स्थान में 'शी' आदेश हो गया । 'शी' आदेश में 'स्थानिवदादेशोऽनल्विधौ १ । १ । ५६' सूत्र के द्वारा स्थानिवद्भाव से स्थानी जस् का प्रत्ययत्व धर्म लाने पर 'लशक्वतद्धिते १ । ३ । ८' सूत्र से प्रत्यय के आदि होने से शकार की इत्संज्ञा हुई और तब शकार का लोप करने पर वकारोत्तरवर्ती अकार और 'ईकार' के स्थान में गुण एकार एकादेश होकर '**सर्वे**' रूप सिद्ध होता है ।

द्वितीया और तृतीया के रूप राम के समान ही सिद्ध होते हैं । द्वितीया—**सर्वम्, सर्वौ, सर्वान्** । तृतीया—**सर्वेण, सर्वाभ्याम्, सर्वैः** ।

'इदमस्तु सन्निकृष्टे, समीपतरवर्ति चैतदो रूपम् ।
अदसस्तु विप्रकृष्टे तदिति परोक्षे विजानीयात्' इति ।

१—सम्पूर्ण के स्थान में 'शी' आदेश होने का हेतु 'अनेकाल्त्व' समुचित है । 'शी' में शकार है, अतः इसके शित् होने का भ्रम हो जाता है । वास्तव में इसका शित् होना सर्वादेश होने का हेतु नहीं क्योंकि शित् होने के लिये शकार की इत्संज्ञा होनी चाहिये, पर शकार की इत्संज्ञा तभी हो सकती है, जब 'शी' आदेश हो जाय और उसमें स्थानिवद्भाव से प्रत्ययत्व धर्म लाया जाय, तब प्रत्यय के आदि होने से शकार की 'लशक्वतद्धिते' से इत्संज्ञा संभव है । तात्पर्य यह है कि आदेश होने के पूर्व शकार की इत्संज्ञा ही नहीं होती । अतः सर्वादेश होने में शित्त्व हेतु नहीं हो सकता ।

(स्मै' आदेशविधिसूत्रम्)

१५३ सर्वनाम्नः[५] स्मै ७ । १ । १४ ॥

अतः सर्वनाम्नो ङे स्मै। सर्वस्मै।

(स्मात्-स्मिनादेशविधिसूत्रम्)

१५४ ङसिङ्योः[६] स्मात्स्मिनौ[१] ७ । १ । १५ ॥

अतः सर्वनाम्न एतयोरेतौ स्तः। सर्वस्मात्।

(सुडागमविधिसूत्रम्)

१५५ आमि[७] सर्वनाम्नः[५] सुट्[१] ७ । १ । ५२ ॥

---

१५३ सर्वनाम्न इति—अदन्त सर्वनाम से पर 'ङे' के स्थान में 'स्मै' आदेश हो।

सर्वस्मै—'सर्व+ङे' इस अवस्था में 'सर्वनाम्नः स्मै' सूत्र से 'ङे' के स्थान में 'स्मै' आदेश होकर **'सर्वस्मै'** रूप सिद्ध हुआ।

१५४ ङसिङ्योरिति—अदन्त सर्वनाम से पर 'ङसि' और 'ङि' के स्थान में क्रम से 'स्मात्' और स्मिन्' आदेश होते हैं।

सर्वस्मात्—'सर्व+ङसि' इस दशा में 'ङसिङ्योः—' सूत्र से 'ङसि' के स्थान में 'स्मात्' आदेश करने पर **'सर्वस्मात्'** रूप सिद्ध हुआ।

चतुर्थी और पञ्चमी दोनों के द्विवचन और बहुवचन में राम के समान **सर्वाभ्याम्'** तथा **'सर्वेभ्यः'** रूप बनते हैं।

षष्ठी के एकवचन और द्विवचन में राम के समान **'सर्वस्य' 'सर्वयोः'** रूप बनते हैं।

१५५ आमीति अवर्णान्त[१] से पर और सर्वनाम से विहित आम् को सुट् आगम हो।

---

१ इसका फल यह है कि जो सर्वनाम शब्द पहले अवर्णान्त नहीं, बाद को बनते हैं। उनसे पर आम् को भी सुट् हो जायगा। जैसे 'इदम्' शब्द अवर्णान्त नहीं पर बाद को अवर्णान्त बन जाता है। तब 'अ+आम्' इस दशा में आम् सर्वनाम इदम् से विहित है और अवर्णान्त से पर भी है इसलिये यहाँ

अवर्णान्तात्परस्य सर्वनाम्नो विहितस्यामः सुडागमः। एत्वषत्वे—सर्वेषाम्। सर्वस्मिन्। शेषं रामवत्। एवं विश्वादयोऽप्यदन्ताः।

सुट् का 'उट्' इत्संज्ञक है। अतः उसका लोप हो जाता है।

टित् न होने से सुट् आम् के आदि में होता है। 'सर्व स् आम्' ऐसी स्थिति बन जाती है।

एत्वषत्वे इति—'सर्व + साम्' ऐसी स्थिति में झलादि सुप्[1] साम् पर होने से '१४५ बहुवचने झल्येत् ७। १। १०३॥' सूत्र से वकारोत्तरवर्ती अकार के स्थान में एकार आदेश होकर 'सर्वेसाम्' यह स्थिति बनी। तब इण् एकार से प्रत्यय के अवयव सकार के स्थान में '१५० आदेशप्रत्यययोः ८। ३। ५९॥' सूत्र से मूर्धन्य ष आदेश होकर **'सर्वेषाम्'** रूप सिद्ध हुआ।

सर्वस्मिन्—सप्तमी के एकवचन में 'सर्व + ङि' इस दशा में '१५४ ङसिङ्योः स्मात्-स्मिनौ ७। १। १५।' सूत्र से 'ङि' के स्थान में स्मिन् आदेश होकर' **'सर्वस्मिन्'** रूप सिद्ध हुआ।

शेषमिति—उक्त पाँच स्थलों को छोड़कर सर्वशब्द के शेष दो रूप राम शब्द के समान ही बनेंगे।

एवमिति—इसी प्रकार विश्व आदि अदन्त सर्वनाम शब्दों के भी रूप बनेंगे।

सुट् होकर 'एषाम्' रूप बनता है। यदि ऐसा अर्थ न कर सीधे 'अदन्त सर्वनाम से पर आम् को' ऐसा अर्थ किया जाय तो इदम् आदि हलन्त शब्दों में आम् को सुट् न हो सकेगा। क्योंकि जो सर्वनाम है वह अदन्त नहीं और जो अदन्त है वह सर्वनाम नहीं। 'इदम्' आदि हलन्त की सर्वनाम संज्ञा है। यह अर्थ 'जसः शी' का भी करना आवश्यक है।

१ साम् सुप् है। क्योंकि सुट् आगम आम् को होता है और यह परिभाषा है 'यदागमास्तद्गुणीभूतास्तदग्रहणेन गृह्यन्ते' अर्थात् जिसका आगम होता है वह उसका अवयव बन जाता है और उसके ग्रहण से ले लिया जाता है। आम् कहने से अतएव सुट्सहित का ग्रहण होता है अर्थात् 'साम्' 'आम्' से भिन्न नहीं, अपि तु आम् ही है।

उभशब्दो नित्यं द्विवचनान्तः—उभौ २, उभाभ्याम् ३, उभयोः २। तस्येह पाठस्त्वकजर्थः। उभयशब्दस्य द्विवचनं नास्ति। डतरडतमौ

उभशब्द इति—उभ शब्द सदा द्विवचनान्त है अर्थात् इसका सदा द्विवचन में ही प्रयोग होता है, एकवचन और बहुवचन में इसका कभी प्रयोग नहीं होता।

क्योंकि उभ शब्द दो का वाचक है, प्रकृत्यर्थ द्वित्व संख्या के साथ एकत्व और बहुत्व का अन्वय हो नहीं सकता, अतः एकत्वबोधक एकवचन और बहुत्वबोधक बहुवचन नहीं आते।

उभौ इति—यह प्रथमा और द्वितीया विभक्ति का रूप है। **'उभाभ्याम्'** यह रूप तृतीया, चतुर्थी और पञ्चमी का है। **उभयोः**—रूप षष्ठी और सप्तमी का है। इस प्रकार उभ शब्द के केवल तीन रूप बनते हैं।

तस्येहेति—उसका (उभ शब्द का) यहाँ (सर्वादिगण में) पाठ अकच् प्रत्यय—जो सर्वनाम की टि को किया जाता है—के लिये है।

उभ शब्द के सर्वादिगण में पाठ का प्रयोजन 'अकच्' प्रत्यय होना है।

कहने का तात्पर्य यह है कि सर्वादिगण का कार्य द्विवचन में तो होता नहीं ; फिर द्विवचनान्त उभ शब्द का यहाँ सर्वादियों में पाठ व्यर्थ है—यह आशंका यहाँ स्वभावतः पैदा होती है। उसके निवारण के लिये यह बतलाया गया है कि सर्वनाम संज्ञा करने का फल यहाँ तो नहीं, पर '१२२६ अव्ययसर्वनाम्नामकच् प्राक् टेः' सूत्र से सर्वनाम शब्दों को होनेवाला अकच् प्रत्यय है। उसके द्वारा 'उभक' शब्द बनता है।

उभयेति—उभय शब्द का द्विवचन[1] अर्थात् द्विवचन में प्रयोग नहीं होता।

डतरेति—डतर[2] और डतम प्रत्यय हैं।

---

१ भाष्यकार ने 'उभयो मणिः, उभये देवमनुष्याः' इसप्रकार एकवचन और बहुवचन के उदाहरण दिये हैं, द्विवचन का नहीं। इसी आधार पर कल्पना की गई है कि 'उभय' शब्द से द्विवचन नहीं आता, क्योंकि भाष्यकार ने प्रयोग नहीं किया है। यदि होता तो भाष्यकार द्विवचन का भी उदाहरण देते। परन्तु काशिका की टीका पदमञ्जरी के कर्ता हरदत्त ऐसा नहीं मानते।

२ '१२३२ किंयत्तदोर्निर्धारणे द्वयोरेकस्य डतरच् ५। ३। ९३॥' इस

प्रत्ययौ । 'प्रत्ययग्रहणे तदन्तग्रहणम्' इति तदन्ता ग्राह्याः । नेम इत्यर्धे । समः सर्वपर्यायः, तुल्यपर्यायस्तु न, 'यथासंख्यमनुदेशः समानाम्' इति निर्देशात् ।

प्रत्ययेति—'प्रत्यय के ग्रहण में, तदन्त का ग्रहण हो' इस परिभाषा से तदन्त अर्थात् डतर और डतम प्रत्ययान्त कतर और कतम आदि शब्दों का ग्रहण यहाँ किया जायगा ।

'न केवला प्रकृतिः प्रयोक्तव्या, न केवलः प्रत्ययः'—अर्थात् न केवल प्रकृति का और न केवल प्रत्यय का ही प्रयोग करना चाहिये—इस नियम के अनुसार प्रत्यय डतर और डतम का केवल तो प्रयोग हो नहीं सकता । 'प्रत्यय-ग्रहण' परिभाषा से इसीलिये तदन्त का ग्रहण करनेसे तदन्त शब्द लिये जाते हैं।

डतरडतमान्त शब्द ये हैं—यतर, यतम, कतर, कतम, एकतर, एकतम, ततर, ततम । इनकी सर्वनाम संज्ञा होती है ।

नेम इति—'नेम' यह शब्द अर्ध (आधा) अर्थ में सर्वादि गण में समझना चाहिये अर्थात् 'आधा' इस अर्थ के वाचक नेम शब्द की सर्वनाम संज्ञा होती है । जब अन्य अर्थ का वाचक होगा, तब नहीं ।

'अर्जुनस्य इमे बाणा नेमे बाणाः शिखण्डिनः'[१]—पद्य में 'नेमे' यह पद 'नेम' शब्द का जस् का रूप है । इसका अर्थ है—ये बाण अर्जुन के हैं, (इनमें) आधे बाण शिखण्डी के हैं ।

सम इति—सर्वपर्याय—'सब' अर्थ का वाचक—सम शब्द का सर्वादि-गण में पाठ है, तुल्य पर्याय—समान अर्थ के वाचक—का नहीं । क्योंकि पाणिनि मुनि ने 'यथासंख्यमनुदेशः समानाम्' इस सूत्र में 'समानाम्' कहा है । यहाँ

सूत्र से डतर और '११३३ वा बहूनां जातिपरिप्रश्ने डतमच् ५ । ३ । ९३ ॥' से डतम प्रत्यय होता है ।

१ यह कूट—पद्य महाभारत का है । साधारण रूप में अर्थ इसका प्रतीत होता है कि 'ये बाण अर्जुन के हैं—'न इमे' ये शिखण्डी के नहीं' । यह अर्थ प्रकरण में संगत नहीं होता । अतएव साधारण रूप से इसके अर्थ करने में गड़बड़ी पड़ जाती है । 'नेम' शब्द की ओर ध्यान शीघ्र नहीं जाता । इसी लिये इसे कूट (छल) कहा जाता है ।

(सर्वनामसंज्ञाया वैकल्पिकत्वविधायकं सूत्रम्)

१५६ पूर्वपराऽवरदक्षिणोत्तराऽपराऽधराणि[1] व्यवस्था[2]याम-संज्ञायाम् १ । १ । ३४ ॥

एतेषां व्यवस्थायामसंज्ञायां सर्वनामसंज्ञा गणसूत्रात् सर्वत्र या प्राप्ता, सा जसि वा स्यात् । पूर्वे, पूर्वाः । असंज्ञायां किम्—उत्तराः कुरवः । स्वाभिधेयापेक्षावधिनियमो व्यवस्था । व्यवस्थायां किम्—दक्षिणा गाथकाः, कुशला इत्यर्थः ।

सम 'तुल्य' के अर्थ में प्रयुक्त हैं और उसे सर्वनाम कार्य सुट् नहीं किया गया है । पाणिनि के इस प्रयोग से सिद्ध होता है कि तुल्यार्थक 'सम' शब्द सर्वादि नहीं अर्थात् उसकी सर्वनाम संज्ञा नहीं होती ।

पूर्व आदि सर्वनाम शब्दों के 'आम्' को छोड़कर 'जस्, ङे, ङसि, ङि' इन स्थलों में 'शी' आदि आदेश विकल्प से होते हैं—यही इनका सर्व शब्द से अन्तर है । विकल्पविधायक सूत्र आगे दिये जाते हैं ।

पूर्वपरेति—इन पूर्व आदि सात शब्दों की व्यवस्था और असंज्ञा में सर्व-नाम संज्ञा गण सूत्र[1] से जो सर्वत्र प्राप्त है, वह जस् परे रहते विकल्प से हो ।

पूर्वे—जस् में सर्वनाम संज्ञा विकल्प से होने से '**पूर्वे**' और '**पूर्वाः**' ये दो रूप पूर्व शब्द के बनते हैं । सर्वनामसंज्ञा पक्ष में जस् के स्थान में 'शी' आदेश हो जाता है और अभाव पक्ष में—राम के समान पूर्वसवर्णदीर्घ ।

सूत्रस्थ पर आदि अन्य शब्दों के भी जस् के इसी प्रकार दो-दो रूप बनेंगे ।

असंज्ञायामिति—संज्ञा में निषेध क्यों कहा ? इसलिये कि '**उत्तराः कुरवः**' यहाँ 'उत्तर' शब्द की सर्वनाम संज्ञा हुई, क्योंकि यहाँ 'उत्तर' शब्द 'उत्तर कुरुदेश' की संज्ञा है । अत एव 'जस्' के स्थान में 'शी' आदेश नहीं हुआ ।

[2]**स्वाभिधेयेति**—यह अवस्था का लक्षण है । इसका अर्थ गणसूत्र की व्याख्या में दिया जा चुका है ।

---

१ गणसूत्र पहले सर्वादिगण के परिगणन में आ चुका है । गणसूत्र का रूप भी ठीक यही है—इसलिये भ्रम में न पड़ना चाहिये । गणसूत्र सामान्यतया सर्व-नाम संज्ञा का विधान करता है और अष्टाध्यायी का सूत्र जस् में विकल्प से ।

२ स्वस्य अभिधेयः स्वाभिधेयः, तमपेक्षते इति स्वाभिधेयापेक्षः । अवधेर्नियमः

(सर्वनामसंज्ञाया वैकल्पिकत्वविधिसूत्रम्)

१५७ 'स्वमज्ञातिधनाख्यायाम्' १ । २ । ३५ ॥

ज्ञातिधनान्यवाचिनः स्वशब्दस्य प्राप्ता संज्ञा जसि वा । **स्वे, स्वाः** आत्मीया आत्मान इति वा । ज्ञातिधनवाचिनस्तु-स्वाः=ज्ञातयः अर्था वा ।

(सर्वनामसंज्ञाया वैकल्पिकत्वविधायकं सूत्रम्)

१५८ 'अन्तरं बहिर्योगोपसंव्यानयोः' १ । १ । ३६ ॥

बाह्ये परिधानीये चाऽर्थेऽन्तरशब्दस्य प्राप्ता संज्ञा जसि वा ।

व्यवस्थायामिति—'व्यवस्था में' कहने का क्या प्रयोजन है ? इसका उत्तर है—'**दक्षिणा गाथका**' इस वाक्य में 'दक्षिण' शब्द की सर्वनाम संज्ञा न होना । यहाँ 'दक्षिण' शब्द व्यवस्था अर्थ में नहीं अर्थात् 'किसकी अपेक्षा दक्षिण' इस अवधि के नियम की यहाँ अपेक्षा नहीं होती । यहाँ तो उसका अर्थ 'चतुर' है । सारे वाक्य का 'गानेवाले **चतुर** हैं' यह अर्थ है । अतः सर्वनाम संज्ञा न हुई और अतएव 'जस्' के स्थान में 'शी' आदेश भी नहीं हुआ ।

१५७ **स्वमिति**—ज्ञाति-[1]बान्धव-और धन अर्थ से भिन्न अर्थ के वाचक स्वशब्द की (गणसूत्र से) प्राप्त (सर्वनाम) संज्ञा 'जस्' में विकल्प से हो ।

स्वे—स्व शब्द से पर जस् के स्थान में 'शी' आदेश होकर रूप बना । अभाव पक्ष में-'**स्वाः**—' यही रूप 'राम' शब्द के समान बनेगा । यहाँ अर्थ है अपने या आप स्वयम् । इसलिये यहाँ प्रकृत सूत्र से जस् परे होने से विकल्प से सर्वनाम संज्ञा होकर दो रूप बने हैं ।

ज्ञातीति—ज्ञाति और धनवाचक 'स्व' शब्द का तो केवल एक रूप—'**स्वाः**' बनेगा, क्यों कि इसमें सर्वनाम संज्ञा होती नहीं, अतः राम शब्द के समान रूप बनेगा । यहाँ अर्थ है-बान्धव या धन (बहुत) ।

१५८ **अन्तरमिति**—बाह्य-बाहर का और परिधानीय-अधोवस्त्र-अर्थ में अन्तरशब्द की (गणसूत्र से) प्राप्त (सर्वनाम) संज्ञा जस् परे रहते विकल्प से हो ।

अवधिनियमः, स्वाभिधेयापेक्षः अवधिनियम इति स्वाभिधेयापेक्षावधिनियमः ।

१ 'सगोत्रबान्धवज्ञातिबन्धुस्वस्वजना समाः' इत्यमरः ।

अन्तरे, अन्तरा वा गृहाः—बाह्या इत्यर्थः। अन्तरे अन्तरा वा शाटकाः-परिधानीया इत्यर्थः।

(स्मात्स्मिनादेशयोर्वैकल्पिकत्वविधायकं सूत्रम्)

१५९ "पूर्वादिभ्यो नवभ्यो" वा ७ । १ । १६ ॥

एभ्यो ङसिङ्योः स्मात्स्मिनौ वा स्तः। पूर्वस्मात्, पूर्वात्।

अन्तरे इति—यह 'सर्वनाम' पक्ष का रूप है. यहाँ 'जस्' के स्थान में 'शी' आदेश हुआ। अभाव पक्ष में राम शब्द के समान **अन्तराः** रूप बना। यहाँ 'अन्तर' शब्द का बाह्य-बाहर का-अर्थ है, अतएव 'गृहाः' का विशेषण बनाया गया है अर्थात् 'बाहर के घर'।

परिधानीय अधोवस्त्र-के अर्थ में भी इसी प्रकार के दो रूप बनते हैं। यहाँ 'शाटका' का विशेषण बनाकर 'अन्तर' शब्द को कहा गया है। शाटक-धोती अधोवस्त्र-नाभि से नीचे पहनाजानेवाला वस्त्र है।

अन्तर शब्द के अन्य अर्थों में सर्वनाम संज्ञा का जस् में विकल्प न होगा और न गणसूत्र से ही अन्यत्र सर्वनाम संज्ञा होगी। जैसे—'इमे अत्यन्तरा मम' (ये मेरे आत्मीय हैं)। यहाँ अन्तर शब्द आत्मीय अर्थ में है, अतः सर्वनाम संज्ञा नहीं हुई। इसी प्रकार अन्य अर्थों में सर्वनाम सज्ञा नहीं होती।

यहाँ यह ध्यान रहे कि ये तीन अष्टाध्यायी के सूत्र हैं और गणसूत्र भी ठीक इसी प्रकार के हैं। गणसूत्र पीछे सर्वादिगण के परिगणन में आ चुके हैं। गणसूत्रों के द्वारा इन पूर्व आदि नौ शब्दों का सर्वादिगण में पाठ सिद्ध होता है अर्थात् इनकी सामान्य रूप से सर्वनाम संज्ञा सिद्ध होती है और सूत्रपाठ के सूत्रों से जस् में सर्वनाम संज्ञा की वैकल्पिकता सिद्ध होती है अर्थात् नित्य प्राप्त सर्वनाम संज्ञा का गण सूत्रों से विकल्प से विधान होता है। शेष अर्थ दोनों का बराबर है। इनका पदकृत्य पीछे गणसूत्रों की व्याख्या में दिया जा चुका है।

१५९ **पूर्वादिभ्य** इति—पूर्व आदि नौ शब्दों से पर ङसि और ङि के स्थान में (क्रम से) स्मात् और स्मिन् आदेश विकल्प से होते हैं।

पूर्वादि नौ ये हैं—पूर्व, पर, अवर, अधर, उत्तर, अपर, अधर, स्व और अन्तर। ये नौ पूर्वोक्त तीन सूत्रों में कहे गये हैं।

पूर्वस्मात्—पूर्व शब्द से पर 'ङसि' के स्थान में स्मात् आदेश होने पर

पूर्वस्मिन् , पूर्वे । एवं परादीनामपि । शेषं सर्ववत् ।

(जसि वैकल्पिकसर्वनामसंज्ञाविधायकं सूत्रम्)

१६० प्रथम-चरम-तयाऽल्पाऽर्धकतिपय-नेमाश्च[1] १।१।३३ ॥

एते जसि उक्तसंज्ञा वा स्युः । प्रथमे, प्रथमाः । तयः प्रत्ययः—

पूर्वस्मात् रूप बना और दूसरे पक्ष में राम के समान '**पूर्वात्**' ।

पूर्वस्मिन्—पूर्व शब्द से सप्तमी के एकवचन ङि के स्थान में स्मिन् आदेश होकर '**पूर्वस्मिन्**' रूप बना और अभाव पक्ष में '**पूर्वे**' ।

एवमिति—इसी प्रकार 'पर' आदि शब्दों के भी 'ङसि' और 'ङि' में दो रूप बनेंगे । जस् में भी इनके दो दो रूप बनेंगे ।

शेषमिति—शेष स्थलों में 'सर्व' शब्द के समान रूप बनेंगे ।

१६० प्रथमेति—प्रथम (पहला), चरम (अन्तिम) तय प्रत्ययान्त शब्द द्वितय (दो का समुदाय) आदि, अल्प (थोड़ा), अर्ध (आधा), कतिपय (कुछ अनिश्चित संख्यावाचक) और नेम (आधा) आदि शब्द जस् में सर्वनामसंज्ञक विकल्प से हों ।

प्रथमे—प्रथम शब्द की जस् में विकल्प से सर्वनाम संज्ञा हुई । इसलिये सर्वनाम संज्ञा पक्ष में 'जस्' के स्थान में 'शी' आदेश होकर '**प्रथमे**' रूप बना । अन्य पक्ष में '**प्रथमाः**' ।

तय इति—तय [1]प्रत्यय है । अतः [2]प्रत्ययग्रहण परिभाषा के बल से **तदन्त** का ग्रहण किया जायगा, अर्थात् तय-प्रत्ययान्त द्वितय आदि शब्दों की जस् में सर्वनाम संज्ञा विकल्प से होगी ।

तयप्रत्ययान्त शब्द ये हैं—द्वितय, द्वय[3], त्रितय, त्रय, चतुष्टय और

---

१ '१११६ संख्याया अवयवे तयप् ५।२।४२' सूत्र से तयप् प्रत्यय होता है ।

२ केवल प्रत्यय की संज्ञा होने का कोई फल नहीं, क्योंकि केवल प्रत्यय का प्रयोग ही नहीं होता । कहा भी है—'प्रकृतिप्रत्ययौ सहार्थं ब्रूतः, न केवला प्रकृतिः प्रयोक्तव्या, न केवलः प्रत्ययः अर्थात् प्रकृति और प्रत्यय' मिलकर ही अर्थ-बोध कराते हैं, इसलिये न अकेले प्रकृति का प्रयोग करना चाहिये और न अकेले प्रत्यय का ही । अतः प्रत्यय से प्रत्ययान्त का ही ग्रहण किया जाना चाहिये ।

प्रकृति—जिससे प्रत्यय किया जाता है उसे प्रकृति कहते हैं । जैसे—द्वि, त्रि, ।

३ '११६९ द्वित्रिभ्यां तयस्यायज्वा ५।२।४३।।' **सूत्र से** 'तयप्' के स्थान

द्वितये, द्वितयाः। शेषं रामवत्। नेमे, नेमाः शेषं सर्ववत्।

(वैकल्पिकसर्वनामसंज्ञाविधिवार्तिकम्)

(वा) तीयस्य ङित्सु वा।

द्वितीयस्मै, द्वितीयायेत्यादि। एवं तृतीयः।

पञ्चतय। इन सबकी जस् में विकल्प से सर्वनाम संज्ञा होगी।

द्वितये—द्वितय शब्द की सर्वनाम संज्ञा होकर 'जस्' के स्थान में 'शी' आदेश हुआ और तब 'द्वितये' रूप बना। दूसरे पक्ष में '**द्वितयाः**' ही बनेगा।

शेषमिति—प्रथम और तयप्रत्ययान्त द्वितय आदि शब्दों के शेष रूप राम शब्द के समान बनेंगे क्योंकि ये सर्वनाम हैं ही नहीं। प्रकृत सूत्र से केवल जस् में विकल्प से सर्वनाम संज्ञा होती है।

नेमे—नेम शब्द की सर्वनाम संज्ञा 'सर्वादीनि सर्वनामानि' इस सामान्य सूत्र से ही प्राप्त है, जस् में प्रकृत सूत्र से विकल्प होकर दो दो रूप बन जाते हैं। सर्वनाम संज्ञापक्ष में जस् के स्थान में शी आदेश होने से '**नेमे**' और अन्यत्र राम के समान '**नेमाः**'।

शेषमिति—नेम शब्द के शेष रूप 'सर्व' के समान बनेंगे, क्योंकि यह सर्वादिगण का शब्द है अर्थात् सर्वनाम है।

चरम, अल्प, अर्ध और कतिपय शब्दों के भी जस् में इस सूत्र से वैकल्पिक सर्वनाम संज्ञा होने से दो दो रूप बनेंगे—'**चरमे-चरमाः**' अल्पे–अल्पाः, अर्धे–अर्धाः, कतिपये–कतिपयाः। इनके शेष रूप राम शब्द के समान बनेंगे।

(वा) तीयस्येति—[1]तीयप्रत्ययान्त शब्दों की ङित्–जिनका ङकार इत् हो-प्रत्यय परे रहते सर्वनाम संज्ञा विकल्प से होती है।

तीय-प्रत्ययान्त दो शब्द हैं—द्वितीय (दूसरा) और तृतीय (तीसरा)।

ङित् प्रत्यय चार हैं—ङे, ङसि, ङस् और ङि।

द्वितीयस्मै—ङित् प्रत्यय ङे–चतुर्थी के एकवचन–परे रहते तीयप्रत्ययान्त

में 'अयच्' आदेश होकर 'द्वय' और 'त्रय' शब्द बनते हैं। स्थानिवद्भाव से ये तयप् प्रत्ययान्त हैं। अतएव इनको भी उक्त कार्य होता है।

१ '११७५ द्वेस्तीयः' सूत्र से 'द्वि' शब्द से और "११७८ त्रेः संप्रसारणं

('जरस्' आदेशविधिसूत्रम्)

१६१ [6]जराया [1]जरस्-अन्यतरस्याम्[7] ७ । २ । १०१॥

अजादौ विभक्तौ ।

द्वितीयशब्द की विकल्प से सर्वनाम संज्ञा हुई । सर्वनामसंज्ञापक्ष में ङे के स्थान में 'स्मै' आदेश हो गया । दूसरे पक्ष में 'य' आदेश हुआ ।

शेष ङित् प्रत्ययों में भी सर्वनाम संज्ञा का विकल्प होने से दो दो रूप बनेंगे । ङसि–**द्वितीयस्मात्, द्वितीयात्**, ङि–**द्वितीयस्मिन्, द्वितीये**। [1]**ङस् में** सर्वनाम संज्ञा का कोई कार्य नहीं होता, अतः एक ही रूप **'द्वितीयस्य'** बनेगा ।

अन्य स्थलों में सारे रूप राम शब्द के समान बनेंगे ।

एवमिति––'तृतीय' शब्द के रूप भी 'द्वितीय' के समान ही बनेंगे । यह भी तीय प्रत्ययान्त है । **सर्वादिगण समाप्त ।**

अकारान्त [2]निर्जर (देवता) शब्द के प्रथमा के एकवचन में राम शब्द के समान **'निर्जरः'** रूप बनता है ।

१६१ जराया इति––जरा (बुढ़ापा) शब्द के स्थान में जरस् आदेश हो अजादि विभक्ति परे रहते विकल्प से ।

सूत्र के 'अन्यतरस्याम्' पद का फलित अर्थ 'विकल्प' है । क्योंकि यह 'अन्यतरस्याम्' पद विशेषण है–इसका विशेष्य अध्याहार से 'संहितायाम्' लिया जायगा । तब अर्थ होगा–दूसरी संहिता में अर्थात् दूसरे व्याकरण में । तात्पर्य यह है कि पाणिनि के मत में ऐसा नहीं दूसरों के मत में है। अतः विकल्प अर्थ फलित हो गया ।

च' से 'त्रि' शब्द से तीय प्रत्यय आने से 'द्वितीय' और 'तृतीय' बनते हैं ।

१ यद्यपि ङस् में सर्वनाम संज्ञा का पुलिङ्ग में कोई फल नहीं, तथापि स्त्रीलिङ्ग में '२२० सर्वनामः स्याड्ढ्रस्वश्च' सूत्र से स्याट् आगम और ह्रस्व होना फल है । वहाँ 'द्वितीयस्याः' एवं 'तृतीयस्याः' रूप बनता है ।

२ 'अमरा निर्जरा देवाः' इत्यमरः । 'निर्गतो जरायाः' इस विग्रह में 'निरादयः क्रान्ताद्यर्थे पञ्चम्याः' इस वार्तिक से 'निर्' का 'जरा' शब्द के साथ समास

(प) पदाङ्गाधिकारे तस्य च तदन्तस्य च ।
(प) निर्दिश्यमानस्यादेशा भवन्ति ।

औ, जस् (अस्), अम्, औ (ट्), शस् (अस्), टा (आ), ङे (ए), ङसि (अस्), ओस्, आम्, ङि (इ), ओस्–ये तेरह अजादि विभक्तियाँ हैं ।

(प) पदाङ्गेति—'पद' और 'अङ्ग' के अधिकार में आदेश का विधान जिसको किया गया है उसके अपने और जिस समुदाय के अन्त में वह हो, उस समुदाय के भी-स्थान में आदेश होता है ।

इस सूत्र में आदेश 'जरा' शब्द के स्थान में कहा गया है वह अकेले जरा शब्द को भी होगा और जरा शब्द जिसके अन्त में होगा, ऐसे 'निर्जर' आदि शब्द के स्थान में भी । क्योंकि यह सूत्र अङ्गाधिकार में है ।

अङ्गाधिकार छठे अध्याय के चतुर्थ पाद से प्रारम्भ होकर सप्तमाध्याय की समाप्ति पर्यन्त है । पदाधिकार का प्रकरण आठवें अध्याय के प्रथम पाद के 'पदस्य' इस सूत्र से प्रारम्भ होकर पाद की समाप्ति तक है ।

इस परिभाषा के अनुसार जराशब्दान्त सम्पूर्ण 'निर्जर' शब्द के स्थान में 'जरस्' आदेश प्राप्त होता है ।

(प) निर्दिश्यमानस्येति–'निर्दिश्यमान' के ही स्थान में आदेश होते हैं ।

निर्दिश्यमान कहते हैं 'षष्ठीप्रकृतिजन्यप्राथमिकोपस्थितिविषय' को । अर्थात् आदेशविधायक शास्त्र में स्थानी का बोध करानेवाला जो षष्ठ्यन्त पद है, उसमें षष्ठी विभक्ति जिससे हुई है उसके द्वारा जिसकी सबसे पहले उपस्थिति (बोध) होती है, वह निर्दिश्यमान होता है । उसी के स्थान में आदेश होता है ।

इस सूत्र में 'जरायाः' पद षष्ठ्यन्त है । इसमें षष्ठी विभक्ति की प्रकृति जरा शब्द है, उसके द्वारा सबसे पहले केवल 'जरा' शब्द की उपस्थिति होती है । इसलिये 'निर्जर' शब्द में 'जरा' शब्द को ही आदेस होना सिद्ध होता है । तदन्त का ज्ञान [1]तदन्तग्रहण परिभाषा के द्वारा बाद को होता है, इसलिये

होता है । '६५४ गोस्त्रियोरुपसर्जनस्य' सूत्र से 'जरा' शब्द के आकार को ह्रस्व होकर 'निर्जर' शब्द बनता है ।

१ 'पदाङ्गाधिकारे तस्य च तदन्तस्य च' इस परिभाषा को तदन्तग्रहण-परिभाषा कहा जाता है ।

(प) एकदेशविकृतमनन्यवत्।

[1]जराशब्दान्त 'निर्जर' शब्द के स्थान में आदेश नहीं होता।

इस प्रकार निर्जर शब्द के अन्तर्गत 'जरा' शब्द के स्थान में आदेश की स्वीकृति तो मिल गई। परन्तु फिर एक अड़चन उपस्थित हो जाती है कि 'निर्जर' के अन्तर्गत 'जर' शब्द है, जरा नहीं और आदेश 'जरा' शब्द के स्थान में होता है। इस 'जर' शब्द के स्थान में आदेश कैसे हो सकता है? इस अड़चन को दूर करती है 'एकदेशविकृतमनन्यवत्' यह परिभाषा।

(प) एकदेश इति—अवयव के विकृत हो जाने पर भी वस्तु अन्य के समान नहीं होती।

यह परिभाषा लोकन्याय सिद्ध है। इसके द्वारा अन्य की समानता का ही निषेध किया गया है, अन्य हो जाने की बात तो दूर की है। लोक में देखा जाता है कि कुत्ते की पूँछ कट जाने पर वह घोड़ा गधा आदि के समान नहीं समझा जाता, घोड़ा और गधा समझना तो दूर की बात है। आदमी का हाथ कट जाय तो पशु समझा जाना तो अलग रहा वह पशु के समान भी नहीं समझा जाता। इस प्रकार लोक में भी जब अवयवविकार होनेपर उस वस्तु को भिन्न नहीं समझा जाता, तब लोक-रीति के अनुसार यहाँ भी यदि किसी शब्द के किसी अवयव में विकार हो जाय तो वह भिन्न नहीं समझा जायगा।

यहाँ 'निर्जर' शब्द के अन्तर्गत जो 'जर' शब्द है वह 'जरा' शब्द के

---

१ परन्तु फिर यह शङ्का पैदा होती है कि जब आदेश उसी के स्थान में करना है जिसको कहा गया है तो फिर इस परिभाषा के द्वारा तदन्तग्रहण का क्या फल? इस परिभाषा का उपयोग ही क्या है? इसका समाधान यह है कि इस परिभाषा ने इतनी स्वीकृति दे दी, कि तदन्त शब्द के अन्तर्गत स्थानी के स्थान में भी आदेश हो जाता है। अन्यथा तदन्तशब्द-घटक स्थानी के स्थान में आदेश न हो सकता। तात्पर्य यह है कि इस परिभाषा के द्वारा ही 'निर्जर' शब्द घटक 'जरा' शब्द के स्थान में आदेश की स्वीकृति मिलती है। अन्यथा 'निर्जर' शब्द तो 'जरा' शब्द है नहीं और आदेश 'जरा' शब्द को होता है। इस दशा में 'निर्जर' शब्द में आदेश कैसे हो सकता। अतः उक्त परिभाषा निष्प्रयोजन नहीं।

इति जरशब्दस्य जरस्–निर्जरसौ, निर्जरसः। पक्षे हलादौ च रामवत्।

आकारको ह्रस्व होनेसे हुआ है। 'जरा' शब्दके एक अवयव आकारमें विकार हुआ है। इससे सिद्ध हुआ कि 'जर' शब्द 'जरा' शब्द से भिन्न नहीं।

इति जरशब्दस्य—इसलिये 'जर' शब्द को 'जरस्' आदेश हो गया। तब 'औ' में रूप बना '**निर्जरसौ**'।

इसीप्रकार अन्य अजादि विभक्तियों में भी जरस् आदेश होकर रूप बनेंगे।

पक्षे इति—'जरस्' आदेश के अभाव पक्ष में और हलादि विभक्तियों में 'निर्जर' शब्द के रूप 'राम शब्द के समान बनेंगे।

निर्जर शब्द के रूप

विभक्ति	एकवचन	द्विवचन	बहुवचन
प्रथमा	निर्जरः	निर्जरसौ निर्जरौ	निर्जरसः निर्जराः
सम्बोधन	हे निर्जर	हे ,, हे ,,	हे ,, हे ,,
द्वितीया	निर्जरसम् निर्जरम्	,, ,,	निर्जरसः निर्जरान्
तृतीया	निर्जरसा निर्जरेण	निर्जराभ्याम्	निर्जरैः
चतुर्थी	निर्जरसे निर्जराय	,,	निर्जरेभ्यः
पञ्चमी	निर्जरसः निर्जरात्	,,	,,
षष्ठी	निर्जरसः निर्जरस्य	निर्जरसोः निर्जरयोः	निर्जरसाम् निर्जराणाम्
सप्तमी	निर्जरसि निर्जरे	,,	निर्जरेषु

(पूर्वसवर्णदीर्घनिषेधसूत्रम्)

१६२ दीर्घाद् (ज्)[५] जसि[५] च ६ । १ । १०५ ॥

दीर्घाज्जसि इचि च परे न पूर्वसवर्णदीर्घः । वृद्धिः-विश्वपौ । विश्वपाः । हे विश्वपाः । विश्वपाम् । विश्वपौ ।

आकारान्त शब्द

विश्वपा[1] (संसार का पालन करनेवाला परमात्मा)–**प्रथमा के एकवचन** में 'विश्वपा + सु' इस अवस्था में उकार की इत्संज्ञा और लोप होने पर सकार को रुत्व और रकार को विसर्ग होकर **'विश्वपाः'** रूप सिद्ध हुआ ।

१६२ दीर्घादिति—दीर्घ से जस् और इच् परे रहने पर पूर्वसवर्ण दीर्घ आदेश नहीं होता ।

विश्वपौ—'विश्वपा + औ' यहाँ दीर्घ अकार से इच् औकार परे होने से पूर्वसवर्णदीर्घ का निषेध हो गया । तब '३३ वृद्धिरेचि' सूत्र से वृद्धि होकर **'विश्वपौ'** रूप बना ।

विश्वपाः—जस् में 'विश्वपा + अस्' इस दशा में '१२६ प्रथमयोः–' सूत्र से पूर्वसवर्णदीर्घ होकर **'विश्वपाः'** रूप सिद्ध हुआ ।

हे विश्वपाः—संबोधन के एक बचन में 'हे विश्वपा + स्' इस स्थिति में रुत्व और रकार को विसर्ग करने से 'हे विश्वपाः' रूप बना । 'विश्वपा' शब्द न तो ह्रस्वान्त है और न एङन्त ही–इसलिये '१३४ एङ्-ह्रस्वात्–' सूत्र से **'स्'** का लोप न हुआ ।

द्विवचन और बहुवचन में प्रथमा के समान **'हे विश्वपौ'** और **'हे विश्वपाः'** रूप बनते हैं ।

विश्वपाम्—द्वितीया के एकवचन में 'विश्वपा + अम्' इस स्थिति में '१३५ अमि पूर्वः' सूत्र से पूर्वरूप होकर **'विश्वपाम्'** रूप बना ।

विश्वपौ—द्वितीया के द्विवचन का यह रूप है, उसकी सिद्धि प्रथमा के रूप के समान ही होती है ।

---

१ विश्वं पातीति विश्वपाः । विश्वपूर्वक पाधातु से 'अन्येभ्योऽपि दृश्यते' सूत्र से विच् प्रत्यय हुआ और उसका सर्वापहार लोप हो गया ।

(सर्वनामस्थानसंज्ञासूत्रम्)

१६३ सुड्[1] अनपुंसकस्य[6] १ । १ । ४३ ॥

स्वादिपञ्च[1]वचनानि सर्वनामस्थानसंज्ञानि स्युरक्लीबस्य ।

(पदसंज्ञासूत्रम्)

१६४ [7]स्वादिष्वसर्वनामस्थाने[7] १ । ४ । १७ ॥

कप्प्रत्ययावधिषु स्वादिष्वसर्वनामस्थानेषु पूर्वं पदं स्यात् !

(भसंज्ञासूत्रम्)

१६५ [7]यचि [1]भम् १ । ४ । १८ ॥

यादिषु अजादिषु च कप्प्रत्ययावधिषु स्वादिष्वसर्वनामस्थानेषु पूर्वं भसंज्ञं स्यात् ।

---

१६३ **सुडिति**—सु, औ, जस् , अम् और औट–पाँचवचनों को सर्वनामस्थान संज्ञा हो, नपुंसकलिङ्ग को छोड़कर ।

१६४ **स्वादिष्विति**—सर्वनामस्थानसंज्ञक प्रत्ययों को छोड़कर 'सु' से लेकर 'कप्' पर्यन्त प्रत्ययों के परे रहते पूर्व की पदसंज्ञा हो ।

'सु से लेकर कप् प्रत्यय तक' ऐसा कहने से चतुर्थ और पञ्चम अध्याय के सारे प्रत्यय संगृहीत होते हैं । सु प्रत्यय '११८ स्वौजस्...४ । १ । २ ॥' सूत्र से होता है । और कप् प्रत्यय '९७९ उरः प्रभृतिभ्यः कप् ५ । ४ । १५१ ॥' सूत्र से होता है । इसके आगे के सूत्र भी कप् प्रत्यय विधान करते हैं । उनका भी संग्रह हो जाता है ।

द्वितीया के बहुवचन में—'विश्वपा + अस्' यहाँ 'शस्' सर्वनामस्थान से भिन्न और कप्-प्रत्यय पर्यन्त प्रत्ययों में है । इसलिये उससे पूर्व 'विश्वपा' की पदसंज्ञा प्राप्त हुई ।

१६५ **यचीति**—सर्वनामस्थान संज्ञक प्रत्ययों को छोड़कर सु से लेकर कप् प्रत्यय पर्यन्त यकारादि और अजादि प्रत्यय परे रहते पूर्व की भसंज्ञा हो ।

---

१ सूत्र में 'सुट्' प्रत्याहार कहा गया है । सु से लेकर औट् के टकार तक प्रत्याहार है । अतएव सुट् का अर्थ 'सु आदि पाँच वचन' किया गया है ।

(एकस्यैकैव संज्ञेति परिभाषासूत्रम्)

१६६ आकडारादेका संज्ञा १ । ४ । १ ॥

इत ऊर्ध्वं 'कडाराः कर्मधारये' इत्यतः प्रागेकस्यैकैव संज्ञा ज्ञेया, या पराऽनवकाशा च ।

(भसंज्ञकांगलोपविधिसूत्रम्)

१६७ आतो धातोः ६ । ४ । १४० ॥

आकारान्तो यो धातुः, तदन्तस्य भसंज्ञकाङ्गस्य लोपः । अलोऽन्त्य-

---

'विश्वपा + अस्' यहाँ 'अस्' अजादि प्रत्यय है, औट् से आगे का होने से सर्वनामस्थान भी नहीं । अतः इस सूत्र से भसंज्ञा प्राप्त हुई ।

परन्तु पूर्व सूत्र से पदसंज्ञा भी प्राप्त है । अब यह प्रश्न उठता है कि कौन-सी संज्ञा हो ? इसके निर्णय के लिये अग्रिम सूत्र देते हैं ।

१६६ आकडारादिति—यहाँ से अर्थात् पहले अध्याय के चौथे पाद के प्रारम्भ से आगे 'कडाराः कर्मधारये २ । २ । ३८ ॥' इस सूत्र से पूर्व तक अष्टाध्यायी के क्रम से एक की एक ही संज्ञा समझनी चाहिये ।

यहाँ पुनः प्रश्न उठता है कि इस सूत्र से एक की दो संज्ञा न हों यही निर्णय किया है । यह सन्देह तो फिर भी बना रहा कि कौन-सी संज्ञा हो ? क्योंकि यह तो निर्णय किया नहीं कि एक भसंज्ञा ही हो या एक पद संज्ञा ही । इस प्रश्न के समाधान के लिए कहा—'**या पराऽनवकाशा च**'। अर्थात् जो संज्ञा पर हो और निरवकाश हो—(जिसको चरितार्थ होने के लिये सामान्य सूत्र की प्राप्तिस्थल के अतिरिक्त स्थल न हो) ।

प्रकृत में जहाँ भसंज्ञा प्राप्त है, वहाँ पदसंज्ञा भी अवश्य प्राप्त है । इसलिये भसंज्ञा निरवकाश है और पर भी है, क्योंकि पदसंज्ञा विधायक सूत्र पहले अध्याय के चौथे पाद का सत्रहवाँ सूत्र है और भसंज्ञाविधायक अठारहवाँ । अतः यह निर्णय होता है कि—'यकारादि और अजादि प्रत्यय परे रहते भसंज्ञा होती है तथा शेष हलादि-प्रत्यय परे रहते पदसंज्ञा' ।

प्रकृत में 'विश्वपा अस्' यहाँ अजादि प्रत्यय शस् पर होने से पूर्व 'विश्वपा शब्द की भसंज्ञा हुई ।

१६७ आत इति—आकारान्त जो धातु, तदन्त भसंज्ञक अङ्ग का लोप हो ।

स्य । विश्वपः । विश्वपा, विश्वपाभ्यामित्यादि । एवं शंखध्मादयः । धातोः किम्-हाहान् । हाहा । हाहै । हाहाः । हाहौः । हाहाम् । हाहे । इत्यादन्ताः ।

अलोऽन्त्यस्येति—अलोऽन्त्यपरिभाषा से अंग के अन्त्य अल्-आकार का लोप होगा।

विश्वपः—'विश्वपा-अस्' इस दशा में आकारान्त धातु[1] 'पा' है तदन्त भसंज्ञक अंग 'विश्वपा' है, उसके अन्त्य आकार का लोप हो गया। तब 'विश्वप् अस्' इस स्थिति में सकार को रुत्व विसर्ग हुए।

विश्वपा—टा में 'विश्वपा-आ' इस दशा में आकार का लोप हुआ।

अजादि विभक्तियों में इसी प्रकार आकार का लोप होगा, हलादि विभक्तियों में कोई विशेष कार्य नहीं होता।

प्र० विश्वपाः,	विश्वपौ,	विश्वपाः ।		च० विश्वपे,	विश्वपाभ्याम्,	विश्वपाभ्यः ।
सं० हे ,,	,,	हे ,, ।		पं० विश्वपः,	,,	,, ।
द्वि० विश्वपाम्,	,,	विश्वपः ।		ष० ,,	विश्वपोः,	विश्वपाम् ।
तृ० विश्वपा,	विश्वपाभ्याम्	विश्वपाभिः ।		स० विश्वपि,	,,	विश्वपासु ।

एवमिति—इसी प्रकार 'शङ्खं धमति' इति **शंखध्मा** (शंख बजानेवाला, आदि शब्दों के भी रूप बनेंगे।

धातोः किमिति—धातु के आकार का लोप होता है यह क्यों कहा ? इसलिए कि 'हाहा[2]' (गन्धर्वविशेष) शब्द के आकार का लोप न हो। यह अव्युत्पन्न प्रातिपदिक है किसी धातु से प्रत्यय जोड़ने से नहीं बना है।

हाहान्—'हाहा-अस्' इस दशा में पूर्वसवर्ण दीर्घ और सकार को मकार होकर रूप सिद्ध हो गया।

हाहा—टा में सवर्ण दीर्घ होकर रूप सिद्ध हुआ।

---

१ 'क्विबन्ता विडन्ता विजन्ताः शब्दा धातुत्वं न जहति' अर्थात् क्विप् प्रत्ययान्त, विट्प्रत्ययान्त तथा विच् प्रत्ययान्त शब्द धातुत्व को नहीं छोड़ते, क्योंकि क्विप् विट् और विच् प्रत्ययों का सम्पूर्ण का लोप हो जाता है शेष रहता है धातु ही' इस वचन से विजन्त होने से 'विश्वपा' में 'पा' धातु ही है।

२ 'हाहाहूहूश्चैवमाद्या गन्धर्वास्त्रिदिवौकसाम्' इत्यमरः ।

हरिः, हरी।

(गुणविधिसूत्रम्)

१६८ जसि च ७ । ३ । १०९ ॥

ह्रस्वान्तस्याऽङ्गस्य गुणः । हरयः ।

हाहै—ङे में वृद्धि एकादेश हुआ।

हाहाः—ङसि और ङस् से सवर्ण दीर्घ हुआ।

हाहौः—ओस् में वृद्धि आदेश, रुत्व विसर्ग हुआ।

हाहाम्—आम में सवर्ण दीर्घ होकर रूप सिद्ध हो गया।

हाहे—ङि में गुण एकादेश होकर रूप बना।

हाहा शब्द के रूप

प्र० हाहाः,	हाहौ,	हाहाः ।	च० हाहै,	हाहाभ्याम्,	हाहाभ्यः ।
सं० हे ,,	हे ,,	हे ,,	पं० हाहाः,	,,	,,
द्वि० हाहाम्,	,,	हाहान् ।	ष० हाहाः,	हाहौः,	हाहाम् ।
तृ० हाहा,	हाहाभ्याम्,	हाहाभिः ।	स० हाहे,	,,	हाहासु ।

आकारान्त शब्द यदि आकारान्त धातु से 'विच्' आदि प्रत्यय लगाकर सिद्ध हुए हों तो उनके रूप 'विश्वपा' के समान होंगे और जो धातु प्रत्यय से सिद्ध न हों, उनके 'हाहा' के समान। **आकारान्त शब्द समाप्त।**

ह्रस्व इकारान्त शब्द--

हरिः (विष्णु भगवान् आदि[1])--प्रथमा के एकवचन में 'हरि स्' इस दशा में सकार को रु और रेफ को विसर्ग होकर '**हरिः**' रूप बना।

हरी—द्विवचन में 'हरि+औ' इस स्थिति में 'प्रथमयोः—' सूत्र से पूर्वसवर्ण दीर्घ एकादेश होकर '**हरी**' रूप सिद्ध हुआ।

१६८ जसीति—ह्रस्वान्त अंग को गुण हो जस् परे रहते।

गुणविधान अंग को होने पर भी अलोन्त्यपरिभाषा से अन्त्य वर्ण को होता है।

हरयः—बहुवचन में 'हरि+अस्' यहाँ ह्रस्वान्त अंग 'हरि' है उससे परे जस् भी है। अतः उसके अन्त्य इकार के स्थान में एकार गुण हो गया। 'हरे

---

१ 'यमानिलेन्द्रचन्द्रार्कविष्णुसिंहांशुवाजिषु।
शुकाहिकपिभेकेषु हरिर्ना कपिले त्रिषु' इत्यमरः।

(गुणविधिसूत्रम्)

१६९ ह्रस्वस्य[6] [1]गुणः ७।३।१०८॥

सम्बुद्धौ। हे हरे। हरिम्, हरी, हरीन्।

घिसंज्ञासूत्रम्

१७० शेषो[1] [1]घ्यसखि १।४।७॥

शेष इति स्पष्टार्थम्। अनदीसंज्ञौ ह्रस्वौ याविदुतौ तदन्तं सखि-वर्जं घिसंज्ञम्।

अस्' इस स्थिति में 'एचोऽयवायावः से एकार को 'अस्' आदेश हुआ। और सकार को रुत्व विसर्ग।

१६९ ह्रस्वस्येति—ह्रस्वान्त अङ्ग को गुण हो सम्बुद्धि (संबोधन का एक वचन) परे रहते।

अलोन्त्यपरिभाषा के बल से अंग के अन्त्य वर्ण के स्थान में ही गुण होगा।

हे हरे—सम्बोधन के एकवचन में हे हरि स् इस दशा में ह्रस्वान्त अंग हरि के अन्त्य इकार को सम्बुद्धि पर होने से गुण एकार हुआ। तब अंग के हल् सकार का लोप होकर हे हरे रूप सिद्ध हुआ।

सम्बोधन के द्विवचन और बहुवचन में प्रथमा के समान—**'हे हरिः हे हरयः'** रूप बनते हैं।

हरिम्—द्वितीया के एकवचन में हरि+अम् इस दशा में 'अमि पूर्वः' से पूर्व (इकार का) रूप आदेश होकर रूप सिद्ध होता है।

हरी—प्रथमा के द्विवचन के समान सिद्ध होता है।

हरीन्—बहुवचन में हरि अस् इस दशा में 'प्रथमयोः—' सूत्र से पूर्व इकार का सवर्ण दीर्घ ईकार आदेश दोनों—पूर्व पर इकार और अकार—के स्थान में हुआ। तब हरीस् इस स्थिति में 'तस्माच्छसः—' सूत्र से सकार के स्थान में नकार आदेश होकर रूप सिद्ध हुआ।

१७० शेष इति—नदीसंज्ञक-जिसकी नदी संज्ञा हो-से भिन्न ह्रस्व जो

अर्थात् हरि शब्द यम, वायु, इन्द्र, चन्द्र, सूर्य, विष्णु, सिंह, किरण, घोड़ा, तोता, साँप, बन्दर और मेंढक अर्थ में पुंलिङ्ग है तथा कपिल अर्थ में तीनों लिङ्गों में आता है।

('ना' आदेशविधिसूत्रम्)

१७१ आङो नाऽस्त्रियाम् । ७ । ३ । १२० ॥

घेः परस्याङो ना स्यादस्त्रियाम् । 'आङ्' इति टासंज्ञा प्राचाम् । हरिणा, हरिभ्याम्, हरिभिः ।

(गुणविधिसूत्रम्)

१७२ घेर्ङिति ७ । ३ । १११ ॥

घिसंज्ञकस्य ङिति गुणः । हरये ।

इकार और उकार तदन्त शब्द सखि शब्द को छोड़कर; घिसंज्ञक हों ।

शेष इति—इस सूत्र में शेष यह पद स्पष्टता के लिये है अर्थात् बिना शेष शब्द दिये भी घिसंज्ञा उन्हीं ह्रस्व इकारान्त और ह्रस्व उकारान्त शब्दों की होगी जिनकी नदी संज्ञा न हुई हो, क्योंकि नदीसंज्ञा घिसंज्ञा की बाधिका है उसके विषय को छोड़कर घिसंज्ञा की प्रवृत्ति होगी, अतः शेष ग्रहण स्पष्टार्थ है ।

उदाहरण के लिये—रवि, कवि, मुनि, ऋषि, भानु, शम्भु, विष्णु और कृशानु आदि शब्द हैं । ये शब्द ह्रस्व इकारान्त और ह्रस्व उकारान्त हैं । नदी संज्ञा इनकी होती नहीं, अतः घिसंज्ञक हो जाते हैं ।

'हरि' शब्द भी इसी प्रकार का है, अतः इसकी भी 'घि' संज्ञा हुई ।

१७१ **आङ इति**—घिसंज्ञक से परे आङ् को 'ना' आदेश हो;पर स्त्रीलिङ्ग में नहीं ।

आङ् इति—आङ् यह 'टा' की संज्ञा है प्राचीन-आचार्यों के मत में, अर्थात् प्राचीन आचार्यों ने 'टा' का नाम 'आङ्' रखा है । कहने का तात्पर्य यह है कि प्राचीन आचार्य 'टा' न कहकर 'आङ्' कहते थे, उसीका व्यवहार पाणिनि मुनि ने भी कर दिया है । वैसे पाणिनि ने यह संज्ञा नहीं की है ।

हरिणा—तृतीया के एकवचन में 'हरि + टा' इस दशा में घि संज्ञक होने के कारण हरि शब्द से पर 'टा' के स्थान में 'ना' आदेश हुआ । तब 'हरिना' इस स्थिति में 'अट्कुप्वाङ्' सूत्र से नकार को णकार आदेश होकर रूप सिद्ध हुआ ।

द्विवचन में—**हरिभ्याम्**, बहुवचन में—**हरिभिः** रूप सिद्ध होते हैं ।

१७२ **घेरिति**—घिसंज्ञक अङ्ग को ङित्—ङे, ङसि, ङस् और ङि—सुप्प्रत्यय

(पूर्वरूपविधिसूत्रम्)

१७३ 'ङसिङसोश्च' ६ । १ । ११० ॥

एङो ङसिङसोरति पूर्वरूपमेकादेशः । हरेः २ । हर्योः । हरीणाम् ।

(औ-अ-विधिसूत्रम्)

१७४ 'अच्च घेः' ७ । ३ । ११९ ॥

परे रहते गुण आदेश हो ।

अलोऽन्त्यपरिभाषा से गुण अङ्ग के अन्त्य वर्ण को ही होगा ।

हरये—चतुर्थी के एकवचन में 'हरि + ए' इस दशा में घिसंज्ञक अङ्ग 'हरि' के अन्त्य वर्ण इकार को ङित् सुप् ङे (ए) परे होने से गुण एकार आदेश हुआ । तब 'हरे + ए' इस स्थिति में एकार को 'अय्' आदेश होकर रूप सिद्ध हुआ ।

द्विवचन में **हरिभ्याम्**, और बहुवचन में **हरिभ्यः** रूप बनते हैं ।

१७३ **ङसोति**—एङ् (ए ओ) से ङसि और ङस् का अकार परे रहते पूर्वरूप एकादेश हो ।

हरेः—पञ्चमी के एकवचन में 'हरि + अस्' इस दशा में पहले '**घेर्ङिति**' सूत्र से इकार को गुण एकार हुआ । तब 'हरे अस्' ऐसी स्थिति होने पर ङसिं के अकार के पर होने से पूर्वरूप एकादेश हुआ । पूर्व एकार है, वही पूर्व पर दोनों के स्थान में हुआ । सकारको रुत्व विसर्ग करने पर '**हरेः**' रूप सिद्ध हुआ ।

ओकार के उदाहरण—'**भानोः**' आदि आगे आयेंगे ।

द्विवचन में – **हरिभ्याम्**, बहुवचन में–**हरिभ्यः**–चतुर्थी के समान ।

षष्ठी के एकवचन में–**हरेः**–पञ्चमी के समान ही रूप बनता है । क्योंकि 'ङसिङसोश्च' सूत्र से ङस् के अकार परे रहते भी पूर्वरूप होता है ।

हर्योः—षष्ठी के द्विवचन में 'हरि + ओस्' इस स्थिति में इकार के स्थान में 'इको यणचि' सूत्र से यण् यकार और सकार को रुत्व विसर्ग हुए ।

हरीणाम्—षष्ठी बहुवचन में 'हरि + आम्' इस अवस्था में ह्रस्वान्त अङ्ग होने से आम् को नुट् आगम और 'नाऽऽमि' से दीर्घ हुआ । 'अट्कुप्वाङ्....' इत्यादि सूत्र से 'न' को 'ण' हो गया ।

१७२ **अच्चेति**—ह्रस्व इकार और उकार से पर 'ङि' को 'औत्' और

इदुद्भ्यामुत्तरस्य ङेरौत्, घेरत्। हरौ, हर्योः, हरिषु। एवं कव्यादयः।

('अनङ्' आदेशविधिसूत्रम्)

१७५ अनङ् सौ ७। १। ९३॥

सख्युरङ्गस्यानङादेशोऽसम्बुद्धौ सौ।

घिसंज्ञक अङ्ग को अकार आदेश हो।

अलोऽन्त्यपरिभाषा से घिसंज्ञक के अन्त्य अल् के स्थान में अकार होता है।

हरौ—सप्तमी के एक वचन में 'हरि + ङि' इस दशा में घिसंज्ञक होने से '**घेर्ङिति**' सूत्र से गुण प्राप्त था। उसको बाधकर प्रकृत सूत्र से ङि के स्थान में '**औ**' और घिसंज्ञक 'हरि' शब्द के इकार के स्थान में अकार आदेश हुआ। तब 'हर औ' ऐसी दशा बन जाने पर वृद्धि एकादेश होकर **हरौ** रूप बना।

हर्योः—सप्तमी द्विवचन में षष्ठी द्विवचन के समान ही रूप सिद्ध होता है।

हरिषु—सप्तमी बहुवचन में 'आदेशप्रत्यययोः' से सकार को मूर्धन्य षकार हुआ।

एवमिति—इसी प्रकार 'कवि' आदि शब्दों के भी रूप बनेंगे अर्थात् ह्रस्व इकारान्त पुँल्लिङ्ग शब्दों के रूप हरि के समान बनते हैं।

सखि, पति, कति, द्वि और त्रि शब्दों के रूपों में कुछ अन्तर पड़ता है। अतः इन शब्दों के रूप आगे सिद्ध किये जाते हैं।

सखि (मित्र) शब्द—

१७५ **अनङिति**—'सखि' अंङ्ग को अनङ् आदेश हो सम्बुद्धि भिन्न सु परे रहते।

अनङ् का 'अङ्' इत्संज्ञक है, केवल अन् रह जाता है। अतः ङित् होने के कारण अनङ् आदेश 'ङिच्च' सूत्र से सखि अङ्ग के अन्त्य अल् इकार के स्थान में ही होता है।

प्रथमा के एकवचन में 'सखि + सु' इस दशा में 'सखि' अङ्ग से पर सु है और वह सम्बुद्धि भी नहीं। अतः इकार के स्थान में अनङ् आदेश हुआ। तब 'सख् अन् + स्' यह स्थिति बनी।

(उपधासंज्ञासूत्रम्)

१७६ अलोऽन्त्यात् पूर्व उपधा १ । १ ६५ ॥

अन्त्यादलः पूर्वो वर्ण उपधासंज्ञः ।

(दीर्घविधिसूत्रम्)

१७७ सर्वनामस्थाने चाऽसम्बुद्धौ ६ । ४ । ८ ॥

नान्तस्योपधाया दीर्घोऽसम्बुद्धौ सर्वनामस्थाने ।

१७८ अपृक्त एकाल् प्रत्ययः १ । २ । ४१ ॥

एकाल् प्रत्ययो यः, सोऽपृक्तसंज्ञः स्यात् ।

(लोपविधिसूत्रम्)

१७९ हल्-ङ्याब्भ्यो दीर्घात् सुतिस्यपृक्तं हल् ६।१ ।६८॥

---

१७६ **अल** इति—अन्त्य अल् से पूर्व वर्ण 'उपधा' संज्ञक हो ।

उदाहरण—'**सख् अन्**' यहाँ अन्त्य अल् नकार है, उस से पूर्व वर्ण अकार है, उसकी उपधा संज्ञा हुई ।

१७७ **सर्वनामस्थाने** इति—नकारान्त अंग की उपधा को दीर्घ हो सम्बुद्धि-भिन्न सर्वनामस्थान परे रहते ।

उदाहरण के लिये '**सख् अन् स्**' । यहाँ नकारान्त अङ्ग है 'सख् अन्'। सर्वनामस्थान पर है 'स्' । वह सम्बुद्धिभिन्न भी है । अतः उपधा अकार को दीर्घ आकार हुआ । तब 'सखान् स्' यह स्थिति बनी ।

१७८ **अपृक्त** इति—एक अल् रूप जो प्रत्यय, वह अपृक्तसंज्ञक हो अर्थात् उसकी 'अपृक्त' संज्ञा हो ।

उदाहरण—'सखान् स्' यहाँ 'स्' यह प्रत्यय है, और एक अल् रूप है, अतः इसकी अपृक्त संज्ञा हुई ।

१७९ **हलिति**—हलन्त से तथा दीर्घ जो ङी और आप् तदन्त से पर 'सु' 'ति' तथा 'सि' के अपृक्त रूप हल् का लोप हो ।

'**सु**' सुप् है, प्रथमा विभक्ति का एकवचन है । 'ति' और 'सि' तिङ् हैं क्रम से प्रथम और मध्यम पुरुष के एकवचन हैं । अन्त्य अच् का लोप हो जाने पर ये अपृक्त रूप बनते हैं—तब इनका रूप होता है–स् , त् और स् । '**सु**' के

हलन्तात् परम्, .दीर्घौ यौ ङ्यापौ तदन्ताच्च परं, 'सु-ति-सि' इत्येतद् अपृक्तं हल् लुप्यते।

(नलोपविधिसूत्रम्)

१८० नलोपः[1] प्रातिपदिकान्तस्य[6] ८। २। ७॥

उकार को 'उपदेशेऽजनुनासिक इत्' सूत्र से और 'सि' 'ति' के इकार की 'इतश्च' सूत्र से ङित् लकारों में इत्संज्ञा होती है।

हलन्त से परे सु-ति-सि ये तीनों मिलते हैं परन्तु ङी और आप् से केवल सु।

ङी और आप् प्रत्यय स्त्रीप्रत्यय प्रकरण में आवेंगे। ङी से ङीप्, ङीष् और ङीन् ये तीन तथा आप् से टाप्, डाप् और चाप्—ये तीन प्रत्यय लिये जाते हैं। इनके उदाहरण अजन्त स्त्रीलिङ्ग प्रकरण में आवेंगे।

'सु' के लोप का उदाहरण—**सखान् स्**। यहाँ हलन्त 'सखान्' शब्द है, उससे पर सु अपृक्त है--उसका लोप हो गया। तब बना '**सखान्**'।

'ति' का उदाहरण **अहन्**। यह लङ् लकार के प्रथम पुरुष का एकवचन है। यहाँ 'अहन् त्' इस दशा में तकार का लोप होता है।

'सि' का उदाहरण **अहन्**। यह मध्यम पुरुष का एकवचन है। यहाँ 'अहन् स्' इस दशा में स् का लोपहोता है।

ङीबन्त से—[1]**विधात्री, दण्डिनी**[2] आदि, ङीषन्त से-**गौरी**,[3] ङीनन्त से—[4]**शार्ङ्गरवी**। टाबन्त से—**रमा**[5], डाबन्त से—**सीमा**[6]। चाबन्त से—**सूर्या**[7]।

---

१ 'ऋन्नेभ्यो ङीप्' सूत्र से विधातृ शब्द से ङीप् हुआ है।

२ इस में भी 'ऋन्नेभ्यो' से ही दण्डिन् शब्द से ङीप् हुआ।

३ 'षिद्गौरादिभ्यश्च' सूत्र से गौर शब्द से ङीष् हुआ है।

४ 'शार्ङ्गरवाद्यञो ङीन्' से शार्ङ्गरव शब्द से ङीन् हुआ है।

५ 'अजाद्यतष्टाप्' सूत्र से 'रम' से टाप् हुआ है।

६ 'डाबुभाभ्यामन्यतरस्याम्' से 'सीमन्' शब्द से डाप् प्रत्यय हुआ है।

७ 'सूर्यात् देवतायां चाप् वाच्यः' इस वार्तिक से सूर्य शब्द से चाप् प्रत्यय हुआ है।

प्रातिपदिकसंज्ञकं यत्पदं तदन्तस्य नस्य लोपः । सखा ।

(णिद्वद्भावविधिसूत्रम्)

१८१ [६]सख्युरसम्बुद्धौ[७] ७ । १ । ९२ ॥

सख्युरङ्गात्परं सम्बुद्धिवर्जं सर्वनामस्थानं णिद्वत् ।

अजन्ताङ्गस्य वृद्धिः, ञिति णिति परे । सखायौ, सखायः ।

(वृद्धिविधिसूत्रम्)

१८२ [६]अचो ञ्णिति[७] ७ । २ । ११५ ॥

---

१८० **न लोप इति**—प्रातिपदिक संज्ञक जो पद उसके अन्त्य नकार का लोप हो ।

तात्पर्य यह है कि नकार को प्रातिपादिक का अवयव होना चाहिये और साथ ही पद का अन्त्य भी ।

सखा—'सखान्' यहाँ यह पद[1] है, उसके अन्त में नकार है और वह प्रातिपदिक का अवयव भी है । अतः लोप होकर '**सखा**' रूप सिद्ध हुआ ।

१८१ **सख्युरिति**—सखि रूप अङ्ग से पर सम्बुद्धिभिन्न सर्वनामस्थान प्रत्यय णिद्वत्-णित् के समान-हो अर्थात् णित् परे रहते जो कार्य होते हैं, उसके परे रहते भी वे कार्य हों ।

'सखि-औ' यहाँ सखि अङ्ग से परे सम्बुद्धिभिन्न सर्वनामस्थान 'औ' कार है, वह णिद्वत् हुआ । णिद्वत् होने का फल अग्रिम सूत्र से वृद्धि है ।

१८२ **अच इति**—अजन्त अङ्ग को वृद्धि हो, ञित् और णित् प्रत्यय परे रहते । अलोऽन्त्यपरिभाषा के बल से अन्त्य अच को वृद्धि होगी ।

सखायौ—'सखि + औ' इस दशा में पूर्व सूत्र से 'औ' णिद्वत् हुआ । अतः णित् प्रत्यय पर होने से अजन्त अङ्ग '**सखि**' के अन्त्य अच् इकार को प्रकृत सूत्र से वृद्धि ऐकार आदेश हुआ । तब 'सखै + औ' इस स्थिति में 'एचोऽयवायावः' इस सूत्र से ऐकार को आय् आदेश होकर 'सखायौ' रूप सिद्ध हुआ है ।

---

१ यद्यपि 'सु' का लोप हो गया है, तथापि आगे आनेवाले 'प्रत्यय-लोपे प्रत्ययलक्षणम्' अर्थात् प्रत्यय के लोप होने पर भी तन्निमित्तक कार्य होते हैं, इस सूत्र से यह पद—सुबन्त—है ।

हे सखे। सखायम्, सखायौ, सखीन्। सख्या। सख्ये।

(उकारविधिसूत्रम्)

१८३ ख्यत्यात्[५] परस्य[६] ६। १। ११२॥

सखायः—जस् में पूर्ववत् णिद्वद्भाव, वृद्धि और आय् आदेश होने पर सकार को रुत्व विसर्ग होकर रूप सिद्ध होता है।

हे सखे—सम्बुद्धि में हरि के समान 'ह्रस्वस्य गुणः' से इकार को गुण एकार होने पर एदन्त अङ्ग से पर सम्बुद्धि के हल् सकार का 'एङ्ह्रस्वात्–' से लोप होकर रूप बनता है।

द्विवचन में—**हे सखायौ**, बहुवचन में—**हे सखायः** प्रथमा के समान।

सखायम्—द्वितीया के एकवचन में 'सखि + अम्' इस स्थिति में सर्वनामस्थान अम् को णिद्वद्भाव करने पर अङ्ग के अन्त्य इकार को वृद्धि ऐकार आदेश और उसको 'आय्' आदेश होकर रूप बनता है।

सखायौ—द्वितीया के द्विवचन में प्रथमा के द्विवचन के समान रूप सिद्ध होता है।

सखीन्—बहुवचन में 'सखि+अस्' इस दशा में पूर्वसवर्णदीर्घ किये जाने के अनन्तर 'सखीस्' बनने पर 'तस्माच्छसोः–' सूत्र से सकार को नकार होकर रूप सिद्ध होता है।

सर्वनामस्थान न होने से शस् को णिद्वद्भाव नहीं होता।

सख्या—तृतीया के एकवचन में 'सखि + आ' इस स्थिति में यण् आदेश होकर रूप बनता है। घिसंज्ञा विधायक सूत्र 'शेषो घ्यसखि' में 'सखि' शब्द का प्रतिषेध (पर्युदास) होने से 'सखि' शब्दकी 'घि' संज्ञा नहीं होती, और अतएव 'आङो नाऽस्त्रियाम्' सूत्र से 'टा' के स्थान में 'ना' आदेश भी नहीं होता।

तृतीया द्विवचन में—**सखिभ्याम्**, बहुवचन में—**सखिभिः**।

सख्ये—चतुर्थी के एकवचन में 'सखि + ए' इस स्थिति में यण् आदेश होकर रूप सिद्ध हुआ।

सखि शब्द की घि संज्ञा का निषेध होने से गुण नहीं हुआ।

द्विवचन में—**सखिभ्याम्**, बहुवचन में—**सखिभ्यः**।

१८३ ख्यत्यादिति—जिन को यण् आदेश किया गया हो, उन ह्रस्वान्त

'ख्यि''ति' शब्दाभ्यां 'खी' 'ती' शब्दाभ्यां कृतयणादेशाभ्यां परस्य ङसिङसोरत उः । सख्युः ।

('औ' विधिसूत्रम्)

१८४ औत्[१] ७ । ३ । ११८ ॥

इदुतोः परस्य ङेरौत् । सख्यौ । शेषं हरिवत् ।

(घिसंज्ञानियमसूत्रम्)

१८५ [१]पतिः समास[७] एव १ । ४ । ८ ॥

'ख्यि' और 'ति' शब्द तथा दीर्घान्त 'खी' और 'ती' शब्द से पर ङसि और ङस् के अकार के स्थान में उकार आदेश हो।

सख्युः—पञ्चमी के एकवचन में 'सखि+अस्' इस स्थिति में इकार को यण् आदेश होकर 'सख्य् अस्' ऐसी अवस्था बन जाने पर प्रकृत सूत्र से कृतयणादेश 'ख्य्' रूप खि शब्द से पर ङसि के अकार को उकार आदेश हो गया। तब सकार को रुत्व विसर्ग होकर रूप बन गया।

द्विवचन में—**सखिभ्याम्**, बहुवचन में—**सखिभ्यः**, चतुर्थी के समान।

षष्ठी—**सख्युः, सख्योः, सखीनाम्**। 'सख्युः' पञ्चमी के समान, 'सख्योः' में यण् आदेश, 'सखीनाम्' में नुट् और दीर्घ कार्य होते हैं।

दीर्घान्त 'खी' और 'ती' के उदाहरण—मुखी—**सुख्युः**, सुती—**सुत्युः**।

१८४ **औदिति**—ह्रस्व इकार और उकार से पर 'ङि' को 'औत्' आदेश हो।

औत् का तकार इत्संज्ञक है। अतः अनेकाल् होने से यह सम्पूर्ण 'ङि' के स्थान में होता है।

सख्यौ—सप्तमी के एकवचन में 'सखि+ङि' इस दशा में 'ङि' को औकार आदेश होने पर यण् आदेश हुआ। द्विवचन—**सख्योः**, बहुवचन—**सखिषु**।

शेषं हरिवद् इति—सखि शब्द के शेष रूप 'हरि' शब्द के समान बनेंगे, सारे रूप ऊपर दिखा दिये गये हैं।

१८५ **पतिरिति**—पति शब्द समास में ही घिसंज्ञक हो, तात्पर्य यह है कि समास से भिन्न स्थल में अर्थात् अकेले 'पति' शब्द की घिसंज्ञा न हो।

घिसंज्ञा के कार्य—१ टा को ना आदेश 'आङो नाऽस्त्रियाम्' से।

२ ङे, ङसि और ङस् में गुण 'घेर्ङिति' से।

घिसंज्ञः । पत्या । पत्ये । पत्युः २ । पत्यौ । शेषं हरिवत् । समासे तु–भूपतये । कतिशब्दो नित्यं बहुवचनान्तः ।

(संख्यासंज्ञासूत्रम्)

१८६ [1]बहु-गण-वतु-डति [2]संख्या १ । १ । २३ ॥

---

३ ङि को औकार और इकारको अकार आदेश 'अच्च घेः' से ।

समास के अभाव में केवल पतिशब्द को ये कार्य नहीं होते, अतः टा में–[1]**पत्या**, ङे में–[2]**पत्ये**, ङसि और ङस् में–[3]**पत्युः**, तथा ङि में–[4]**पत्यौ** रूप बनते हैं ।

शेषमिति—पति शब्द के शेष रूप हरि के समान बनेंगे ।

समासे इति—समास में तो 'भूपतये' यह रूप बनेगा । क्योंकि 'भूपति' शब्द 'भुवः पतिः' इस विग्रह में षष्ठीतत्पुरुष समास से बना है, समास होने से 'पति' शब्द की यहाँ घिसंज्ञा होती है । तब घिसंज्ञा निमित्तक कार्य होते हैं । जैसे–टा–**भूपतिना**, ङे–**भूपतये**, ङसि और ङस्–**भूपतेः**, ङि–**भूपतौ** ।

इसी प्रकार नरपति (राजा), सभापति (सभा का अध्यक्ष) सेनापति (सेना का अध्यक्ष), गणपति (गणेश), पशुपति (भगवान् शिव) राष्ट्रपति (राष्ट्र का स्वामी) आदि समस्त पदों के रूप बनेंगे ।

कतीति—**कति** शब्द नित्य बहुवचनान्त है, अर्थात् इसका प्रयोग सदा बहुवचन में होता है एकवचन और द्विवचन में नहीं, क्योंकि इसका अर्थ है 'कितने' । 'कितने' इस अर्थ में स्वभावतः बहुत्व संख्या की प्रतीति होती है, एकत्व या द्वित्व संख्याओं की नहीं ।

१८६ **बहुगणेति**—बहु (बहुत) और गण (समूह) शब्द तथा [5]वतु

---

१ 'पति + आ' इस दशा में यण् आदेश हुआ ।

२ 'पति + ए' यहाँ भी पूर्ववत् यण् आदेश हुआ है ।

३ 'पति + अस्' यहाँ इकार को यण् होने पर 'ख्यत्यात् परस्य' से अकार को उकार हुआ है ।

४ 'पति + ङि' में ङि को 'औत्' से औकार आदेश होनेपर यण् आदेश हुआ है।

५ यत्तदेतेभ्यः परिमाणे वतुप' सूत्र से वतुप् प्रत्यय होता है ।

बहुगणशब्दौ वतुडत्यन्ताश्च संख्यासंज्ञकाः स्युः।

(षट्संज्ञासूत्रम्)

१८७ डति च १।१।२५॥

डत्यन्ता संख्या षट्संज्ञा स्यात्।

(लुग्विधिसूत्रम्)

१८८ षड्भ्यो लुक् ७।१।२२॥

जश्शसोः।

(लुगादिसंज्ञासूत्रम्)

१८९ प्रत्ययस्य लुक्श्लुलुपः १।१।६१॥

लुक्-श्लुलुप्शब्दैः कृतं प्रत्ययाऽदर्शनं क्रमात् तत्तत्संज्ञं स्यात्।

प्रत्ययान्त (यावत् तावत् आदि) और [1]डति-प्रत्ययान्त (कति-शब्द) संख्या संज्ञक हों अर्थात् इनकी संख्या संज्ञा हो।

संख्यावाचक न होने के कारण बहु आदि इन शब्दों की संख्या संज्ञा नहीं थी, अतः सूत्र के द्वारा विधान की गई।

कतिशब्द की डतिप्रत्ययान्त होने के कारण संख्या संज्ञा हुई।

१८७ डतीति—डतिप्रत्ययान्त संख्या (भी) षट्संज्ञक हो।

कतिशब्द डतिप्रत्ययान्त संख्या है, अतः षट्संज्ञा हुई।

१८८ षड्भ्य इति—षट्संज्ञक शब्दों से पर जस् और शस् का लुक्-लोप-हो।

कति शब्द षट्संज्ञक है, उससे पर जस् और शस् का लोप हो गया। तब दोनों जगह केवल 'कति' शेष रहा।

१८९ प्रत्ययस्येति—लुक्, श्लु और लुप् शब्दों का उच्चारण कर किया हुआ प्रत्यय का अदर्शन क्रमसे उसी संज्ञा—अर्थात् लुक्, श्लु, लुप्-संज्ञावाला हो।

'कति' यहाँ प्रत्यय जस् का लोप 'षड्भ्यो लुक्' सूत्र से 'लुक्' शब्द के

---

१ संख्या परिमाण अर्थ में किम् शब्द से 'किमः संख्यापरिमाणे डति च' सूत्र से डति प्रत्यय और टि 'इम्' का लोप होकर 'कति' शब्द बनता है। 'का संख्या येषां ते कति' यह इसका विग्रह है।

(प्रत्ययलक्षणविधिसूत्रम्)

१९० [७]प्रत्ययलोपे [१]प्रत्ययलक्षणम् १ । १ । ६२ ॥

प्रत्यये लुप्ते तदाश्रितं कार्यं स्यात् । इति 'जसि च' इति गुणे प्राप्ते ।

(प्रत्ययलक्षणनिषेधसूत्रम्)

१९१ न [२]लुमताऽङ्गस्य[६] १ । १ । ६३ ॥

लुमता शब्देन लुप्ते तन्निमित्तमङ्गकार्यं न स्यात् । कति २ । कतिभिः । कतिभ्यः २ । कतीनाम् । कतिषु ।

द्वारा हुआ है । अतः इस लोप की लुक् संज्ञा हुई ।

१९० प्रत्ययलोपे इति—प्रत्यय के लोप हो जाने पर (भी) तदाश्रित (अंग) कार्य हो ।

'प्रत्ययो लक्षणं निमित्तं यस्य तत् प्रत्ययलक्षणम्, कार्यमित्यर्थः ।' इस व्युत्पत्ति के अनुसार 'प्रत्ययलक्षण कार्य हो अर्थात् प्रत्ययनिमित्तक कार्य हो' तह तात्पर्य 'प्रत्ययलक्षणम्' इसका निकलता है ।

इस नियम के अनुसार 'कति' शब्द में जस् के लोप होने पर लुप्त जस् प्रत्ययनिमित्तक '१८६ जसि च' गुण कार्य प्राप्त होता है ।

१९१ न लुमतेति—'लु' वाले (लुक्, श्लु, लुप्) शब्दों से यदि प्रत्यय का लोप हुआ हो तो तन्निमित्तक (उस प्रत्यय को मिमित्त मानकर कियाजानेवाला) अङ्ग कार्य न हो ।

लुक्, श्लु और लुप्–इन तीनों में 'लु' शब्द है, अतः इन्हें लुमत् (लु-वाले) कहा जाता है ।

कति—जस् के लुक् (लोप) होने पर 'कति' में पूर्व सूत्र से लुप्त प्रत्यय जस् निमित्तक गुण कार्य प्राप्त है । उसका इस सूत्र से निषेध हो गया । क्योंकि यहाँ प्रत्ययका लोप 'लु' वाले 'लुक्' शब्दके द्वारा'षड्भ्यो लुक्' सूत्रसे हुआ है ।

इसलिये '१६८ जसि च' से अङ्ग को होनेवाला गुण नहीं हुआ । यह गुण अङ्ग कार्य है, क्योंकि अङ्ग को इसका विधान किया गया है । अतः इस सूत्र से निषेध हुआ । तब 'कति' रूप सिद्ध हुआ ।

शस् में भी लुक् होकर **'कति'** यही रूप सिद्ध हुआ । यहाँ जस् के समान

युष्मदस्मद्षट्संज्ञकास्त्रिषु सरूपाः ।

त्रिशब्दो नित्यं बहुवचनान्तः । त्रयः । त्रीन् । त्रिभिः । त्रिभ्यः २ ।

(त्रयादेशविधिसूत्रम्)

१९२ 'त्रेस्त्रयः' ७ । १ । ५३ ॥

त्रिशब्दस्य 'त्रय' आदेशः स्यादामि । त्रयाणाम् । त्रिषु ।
गौणत्वेऽपि–प्रियत्रयाणाम् ।

प्रत्यय लक्षण कार्य का झगड़ा नहीं ।

तृतीया के बहुवचन में–**कतिभिः** । चतुर्थी और पञ्चमी में–**कतिभ्यः** । षष्ठी में–**कतीनाम्** । सप्तमी में–**कतिषु** ।

युष्मदस्मदिति—'युष्मद्' 'अस्मद्' और षट्संज्ञक 'कति' शब्दों के तीनों लिङ्गों में समान रूप होते हैं ।

इस वचन के अनुसार षट्संज्ञक 'कति' शब्द के तीनों लिङ्गों में समान रूप होते है । जैसे - कति पुरुषाः ? कति स्त्रियः ? कति फलानि ?

युष्मद् (तू) और अस्मद् (मैं) इन शब्दों के रूप हलन्त पुंल्लिङ्ग प्रकरण में आयेंगे । ये शब्द पुरुष वाचक सर्वनाम हैं ।

त्रिशब्द इति—'त्रि'शब्द नित्य बहुवचनान्त है, अर्थात् इसका सदा बहुवचन में ही प्रयोग होता है । क्योंकि यह तीन–बहु-संख्या-का वाचक है । एकत्व और द्वित्व का प्रकृति के अर्थ त्रित्व–बहुत्व-संख्या-के साथ अन्वय न हो सकने के कारण एकवचन द्विवचन नहीं आते ।

त्रयः--'त्रि + जस्' इस दशा में '१६७ ह्रस्वस्य गुणः' से गुण और सकार को रुत्व विसर्ग होकर रूप बना ।

त्रीन्—शस् में पूर्वसवर्ण दीर्घ और सकार को नकार हुआ ।

त्रिभिः –भिस् में सकार को रु और विसर्ग हुए ।

त्रिभ्यः२— चतुर्थी और पञ्चमी में भ्यस् के सकार को रुत्व विसर्ग हुए ।

१९२ त्रेरिति—'त्रि' शब्द को 'त्रय' आदेश हो आम परे रहते ।

त्रयाणाम्—'त्रि + आम्'इस दशामें आम पर होने से 'त्रय' आदेश हुआ। तब 'त्रय-आम्' ऐसी स्थिति बन जाने पर, ह्रस्वान्त अङ्ग होने के कारण '१४८ ह्रस्वनद्यापः—'सूत्र से नुट् आगम और '२४६ नामि' सूत्र से यकारो

(अकारविधिसूत्रम्)

१९३ त्यदादीनाम्[६]–अः[१] ७ । २ । १०२ ॥

एषामकारो विभक्तौ । द्विपर्यन्तानामेवेष्टिः[१]। द्वौ २ । द्वाभ्याम् । ३ ।

त्तरवर्ती अकार को दीर्घ तथा '१३४ अट्कुप्वाङ्–' से नकार को णकार होकर रूप सिद्ध हुआ ।

त्रिषु—सप्तमी में 'त्रि सु' इस दशा में 'आदेशप्रत्यययोः' से सकार को मूर्धन्य षकार आदेश होने पर रूप सिद्ध हुआ ।

गौणत्वे इति—त्रि शब्द के गौण होने पर भी त्रय आदेश होता है ।

प्रियत्रयाणाम्—यहाँ 'प्रियाः त्रयः यस्य सः–अर्थात् जिसके तीन प्रिय हों' इस विग्रह में बहुव्रीहि समास हुआ है, अन्यपदार्थप्रधान होने से 'त्रि' शब्द का अर्थ यहाँ गौण है, तथापि 'त्रय' आदेश हो गया ।

'प्रियत्रि' शब्द के रूप 'हरि' शब्द के समान बनेंगे ।

संख्यावाचक द्वि (दो) शब्द—

१९३ [२]त्यदादीनामिति—त्यदादि (अङ्ग) को अकार आदेश हो विभक्ति परे रहते ।

अलोऽन्त्यपरिभाषा से त्यदादि के अन्त्य वर्ण को अकार आदेश होगा ।

विभक्ति सामान्य के निमित्त होने से यह कार्य सबसे पहले होगा । त्यद् आदि गण सर्वादिगण के अन्तर्गत है, वहीं त्यदादियों का परिगणन किया हुआ है ।

द्विपर्यन्तानामिति—यहाँ त्यदादि शब्द से 'द्वि' शब्द पर्यन्त शब्द ही इष्ट है ।

इसके अनुसार त्यद्, तद्, यद्, एतद्, इदम्, अदस्, एक और द्वि–इन आठ शब्दों को ही अकार अन्तादेश होता है । युष्मद्, अस्मद्, भवतु और किम् को नहीं ।

अकार अन्तादेश होने पर ये शब्द अकारान्त बन जाते हैं, अतः अका-

---

१ यह भाष्यकार की उक्ति है ।

२ स्पष्टता के लिये सूत्र में ही पदच्छेद कर दिया है, ताकि पढ़ते ही सूत्र के अर्थ की प्रतीति हो जाए । 'त्यदादीनाम्' यह षष्ठयन्त पद स्थायी का

पाति लोकमिति पपीः सूर्यः । दीर्घाज्जसि च—पप्यौ २ । पप्यः ।

रान्त सर्वनाम 'सर्व' शब्द के समान कार्य इनमें होते हैं और शेष स्थलों में 'राम' शब्द के समान ।

द्वौ—प्रथमा और द्वितीया में 'द्वि+औ' इस स्थिति में पहले अकार अन्तादेश हुआ तब वृद्धि आदेश होकर रूप बनता है ।

द्वाभ्याम्—तृतीया, चतुर्थी और पञ्चमी में 'द्वि + भ्याम्' इस दशा में पहले अकार अन्तादेश हुआ । तब 'सुपि च' से दीर्घ ।

द्वयोः—षष्ठी और सप्तमी में 'द्वि + ओस्' यहाँ पहले अकार अन्तादेश हुआ । तब 'ओसि च' से अकार को एकार और एकार को अय आदेश होकर रूप बना ।

द्वि शब्द द्वित्व संख्या का वाचक होने से नित्य द्विवचनान्त है, एक वचन और बहुवचन में इसका प्रयोग नहीं होता ।

ह्रस्व इकारान्त शब्द समाप्त ।

दीर्घ ईकारान्त शब्द—

पपी-(सूर्य) शब्द—

पातीति—(पाति) रक्षा करता है (लोकम्) लोक की, इसलिये पपी का अर्थ सूर्य है ।

पपीः—'पपी + सु' इस दशा में सकार के स्थान में रु और रकार के स्थान में विसर्ग होने पर प्रथमा के एकवचन में यह रूप सिद्ध हुआ ।

पप्यौ—प्रथमा और द्वितीया के द्विवचन में 'पपी + औ' यहाँ '१२६ प्रथमयोः-' **सूत्र** से प्राप्त पूर्वसवर्णदीर्घ का '१६२ दीर्घाद्-' सूत्र से निषेध होने से '**१५** इको यणचि' सूत्र से ईकार को यण्-यकार-होकर '**पप्यौ**' रूप हुआ ।

पप्यः—प्रथमा के बहुवचन जस् में यण् और रुत्व विसर्ग होने से '**पप्यः**' रूप बना ।

निर्देश करता है और 'अः' यह प्रथमान्त आदेश का । इसका आभास न होने से छात्र इस सूत्र का उच्चारण बहुत बिगाड़ देते हैं । प्रायः 'त्यदादि-नामः' इस प्रकार इकार का ह्रस्व के समान उच्चारण सुनने में आता है, जिससे आगे का पद 'नामः' ऐसा सुनाई पड़ता है । ऐसा होने से सूत्र का

हे पपीः । पपीम् । पपीन् । पप्या । पपीभ्याम् ३ । पपीभिः । पप्ये । पपीभ्यः २ । पप्यः २ । पप्योः । दीर्घत्वान्न नुट्–पप्याम् । ङौ तु सवर्ण·

हे पपीः—संबोधन के एकवचन में ह्रस्वान्त न होने से सु का लोप न होकर रुत्व और विसर्ग हो गया और रूप बना '**हे पपीः**'।

पपीम्—द्वितीया एकवचन में 'पपी + अम्' इस दशा में '१२६ प्रथमयोः-' सूत्र से प्राप्त पूर्वसवर्णदीर्घ को बाधकर '१३५ अमि पूर्वः' सूत्र से पूर्वरूप होकर '**पपीम्**' रूप बना।

पपीन्—बहुवचन में '१२६ प्रथमयोः–' सूत्र से पूर्वसवर्णदीर्घ होकर 'पपीस्' इस स्थिति के बन जाने पर '१३७ तस्माच्छसः–'सूत्र से सकार को नकार होकर **पपीन्** रूप सिद्ध हुआ।

पप्या—पपी शब्द से टा में '१५ इकः-' सूत्र से यण् होकर बना।

पपीभ्याम्—तृतीया, चतुर्थी और पञ्चमी के 'भ्याम्' में कोई कार्य नहीं होता।

पपीभिः—तृतीया के बहुवचन 'भिस्' का रूप है। सकार को रु और रेफ को विसर्ग हुआ।

पप्ये—चतुर्थी के एकवचन में 'पपी + ए' इस अवस्था में यण् होकर रूप बना।

पपीभ्यः—चतुर्थी और पञ्चमी के बहुवचन में।

पप्यः—पञ्चमी और षष्ठी के एकवचन में 'पपी + अस्' इस स्थिति में यण् होकर रूप सिद्ध हुआ।

पप्योः—षष्ठी के द्विवचन में 'पपी + ओस्' इस अवस्था में यण् हुआ।

दीर्घत्वादिति—दीर्घ होने से 'पपी + आम्' यहाँ षष्ठी के बहुवचन में 'नुट्' आगम नहीं हुआ। पुल्लिङ्ग होने से इसकी 'नदी' संज्ञा भी नहीं है नदी निमित्तक भी नुट् प्राप्त नहीं।

पप्याम्—षष्ठी के बहुवचन में 'पपी + आम्' यहाँ यण् हुआ।

ङौत्विति—ङि में सवर्ण दीर्घ होकर '**पपी**' रूप बना।

पप्योः—सप्तमी के द्विवचन का रूप है।

स्वरूप इतना बदल जाता है कि उसे पहिचाना नहीं जा सकता।

दीर्घः—पपी। पप्योः। पपीषु। एवं वातप्रम्यादयः।

बह्व्यः श्रेयस्यो यस्य स बहुश्रेयसी।

(नदीसंज्ञासूत्रम्)

१९४ यू स्त्र्याख्यौ नदी १।४।३।

पपीषु—सप्तमी के बहुवचन का।

इसी प्रकार [1]वातप्रमी (मृग) आदि शब्दों के भी रूप बनेंगे।

प्र० वातप्रमीः, वातप्रम्यौ, वातप्रम्यः।	च० वातप्रम्ये, वातप्रमीभ्याम्, वातप्रमीभ्यः
सं० हे वातप्रमीः, हे " हे "।	प० वातप्रम्यः, " "
द्वि० वातप्रमीम्, वातप्रम्यौ, वातप्रमीन्।	ष० वातप्रम्यः, वातप्रम्योः, वातप्रम्याम्।
तृ० वातप्रम्या, वातप्रमीभ्याम्, वातप्रमीभिः	स० वातप्रमी, " वातप्रमीषु।

बह्व्य इति—बहुत कल्याणवाली स्त्रियाँ है जिसकी, वह 'बहुश्रेयसी' होता है

बहुश्रेयसी—'बहुश्रेयसी +सु' इस दशा में '१७६ हल्-ङ्याब्भ्यो दीर्घात् सुतिसि-अपृक्तं हल्' इस सूत्र से 'सु' के अपृक्त सकार का लोप होने पर रूप सिद्ध हुआ। इस प्रकार यह विसर्ग रहित रूप बनता है।

'श्रेयसी' का अन्त्य ईकार दीर्घ है और वह ङीप् का है। अतः दीर्घ जो ङी तदन्त होने से पर होने के कारण उक्त सूत्र से लोप होता है।

बहुश्रेयस्यौ—औ में तथा **बहुश्रेयस्यः**—जस् में रूप बनते हैं। इनमें ईकार को साधारण रूप से यण् आदेश होता है। पर ध्यान रहे कि इन में पहले यण्, उसको बाधकर पूर्वसवर्ण दीर्घ और उसका 'दीर्घाद् जसि च' से निषेध होता है। इतनी प्रक्रिया के बाद तब यण् आदेश होता है।

१९४ **यू इति** —दीर्घ ईकारान्त और ऊकारान्त नित्यस्त्रीलिङ्ग शब्द नदीसंज्ञक हों, अर्थात् इनकी नदी संज्ञा हो।

---

१ 'वातं प्रमिमीते' इति वातप्रमीः,—जो हवा को मापता हो अर्थात् हवा के समान तेज चलता हो। 'वातप्रमीर्वातमृगः' इत्यमरः। उणादि 'ई' प्रत्यय से यह 'वातप्रमी' सिद्ध हुआ। क्विप्-प्रत्यय से सिद्ध एक अन्य 'वातप्रमी' शब्द है, उस के रूपों में 'एरनेकाचः-' से यण् होने से प्रकृत 'ई' प्रत्ययान्त शब्द के रूपों से 'अम्' 'शस्' और ङि विभक्तियों में अन्तर पड़ता है।

ईदूदन्तौ नित्यस्त्रीलिङ्गौ नदीसंज्ञौ स्तः।
(वा०) प्रथमलिङ्गग्रहणं च ।
पूर्वं स्त्र्याख्यस्योपसर्जनत्वेऽपि नदीत्वं वक्तव्यमित्यर्थः ।

(ह्रस्वविधिसूत्रम्)

१९५ 'अम्बार्थ-नद्योर्ह्रस्वः' ७ । ३ । १०७ ॥

---

[1]नित्यस्त्रीलिङ्ग उन शब्दों को कहते हैं जिनका केवल स्त्रीलिङ्ग में प्रयोग होता है, अन्य लिङ्ग में नहीं ।

गौरी (पार्वती) शब्द नित्यस्त्रीलिङ्ग है, क्योंकि इसका स्त्रीलिङ्ग के अतिरिक्त अन्य किसी लिङ्ग में प्रयोग नहीं होता । दीर्घ ईकारान्त भी है, अतः इसकी नदीसंज्ञा हो जाती है ।

(वा) **प्रथमेति**—प्रथम लिङ्ग का भी यहाँ–नदीसंज्ञा में–ग्रहण होता है, अर्थात् जो शब्द पहले नित्यस्त्रीलिङ्ग हो और बाद को समास होजाने से गौण होजाय, उसकी भी–अब भिन्न लिङ्ग होने पर भी समास के पहले के लिङ्ग के द्वारा—नदी संज्ञा होती है ।

पूर्वम् इति—जो शब्द पहले अर्थात् समास होने से पूर्व स्त्रीलिङ्ग रहा हो, समास होने पर उसके गौण बन जाने पर भी नदी संज्ञा कर देनी चाहिये ।

'बहुश्रेयसी' शब्द में श्रेयसी शब्द समास के पहले नित्यस्त्रीलिङ्ग है। पश्चात् बहुशब्द के साथ समास करने पर प्रथमलिङ्ग को लेकर, इस समय स्त्रीलिङ्ग न होने पर भी नदीसंज्ञा होजाती है

नदी संज्ञा का फल—सम्बुद्धि में ह्रस्व, ङे, ङसि, ङस् और ङि को आट् आगम, आम् को नुट् आगम तथा ङि को आम् आदेश–ये चार हैं ।

१९५ अम्बार्थेति—अम्बा (माता) के अर्थवाले शब्द और नदीसंज्ञक अङ्ग को ह्रस्व हो सम्बुद्धि परे रहते ।

---

१ 'लिङ्गान्तरानभिधायकत्वं नित्यस्त्रीत्वम् ।' अर्थात् स्त्रीलिङ्ग से भिन्न लिङ्ग का वाचक न होना नित्य स्त्रीलिङ्ग होना कहा जाता है। सूत्रस्थ 'स्त्र्याख्यौ' पद का अर्थ नित्यस्त्रीलिङ्ग है। 'स्त्रियमाचक्षाते' इति स्त्र्याख्यौ,

सम्बुद्धौ । हे बहुश्रेयसि ।

(आडागमविधिसूत्रम्)

१९६ आ(ट्)ण्[१] नद्याः[२] ७ । ३ । ११२ ॥

नद्यन्तात् परेषां ङितामाडागमः ।

(वृद्धिविधिसूत्रम्)

१९७ [१]आटश्च[२] ६ । १ । १९० ॥

आटोऽचि परे वृद्धिरेकादेशः । बहुश्रेयस्यै । बहुश्रेयस्याः । नद्य-

---

अलोऽन्त्यपरिभाषा से ह्रस्व आदेश अङ्ग के अन्त्य को होगा ।

हे बहुश्रेयसि—नदीसंज्ञक होने से बहुश्रेयसी शब्द के अन्त्य ईकार को प्रकृत सूत्र से ह्रस्व हुआ और तब ह्रस्वान्त अङ्ग हो जाने से 'एङ्ह्रस्वात्–' सूत्र से सु के सकार का लोप हो गया ।

१९६ आण् इति—नद्यन्त शब्दों से पर ङित्–ङे, ङसि, ङस् और ङि–प्रत्ययों को आट् आगम हो ।

सूत्र में 'आण्' पद है जो कि 'आट्' के टकार को 'यरोऽनुनासिकोऽनुनासिके वा' सूत्र से अनुनासिक णकार होने से बना है ।

चतुर्थी के एकवचन में 'बहुश्रेयसी ए' इस स्थिति में नद्यन्त बहुश्रेयसी शब्द से पर ङित् 'ए' प्रत्यय को 'आट्' आगम होगया । टित् होने से आट् आगम 'ए' के पूर्व हुआ ।

१९७ आटश्चेति—आट् से अच् परे रहते वृद्धि एकादेश हो ।

बहुश्रेयस्यै—'बहुश्रेयसी + आ ए' इस दशा में आट् से परे एकार रूप अच् होने से वृद्धि ऐकार एकादेश हुआ । तब 'बहुश्रेयसी + ऐ' इस स्थिति में यण् होकर रूप बना ।

बहुश्रेयस्याः—यह ङसि और ङस् का रूप है । 'बहुश्रेयसी + अस्' यहाँ '१९६ आण् नद्याः' सूत्र से आट् और '१९७ आटश्च' से वृद्धि तथा सकार को रुत्व विसर्ग होकर रूप बना ।

नद्यन्तत्वादिति—नद्यन्त होने से आम् को नुट् आगम होता है ।

अर्थात् जो पद स्त्रीलिङ्ग का ही बोध करे, पुँलिङ्ग और नपुंसक का नहीं । इसका फलितार्थ यही हुआ कि नित्यस्त्रीलिङ्ग हो ।

न्तत्वाद् नुट्—बहुश्रेयसीनाम् ।

('आम्' आदेशविधिसूत्रम्)

१९८ [६]'ङेराम्' नद्याम्नीभ्यः[५] ७ । ३ । ११६ ॥

नद्यन्तात्[१], आबन्ताद्, 'नी' शब्दात् परस्य ङेराम् । बहुश्रेयस्याम् । शेषं पपीवत् ।

बहुश्रेयसीनाम्—षष्ठी के बहुवचन में 'बहुश्रेयसी + आम्' इस दशा में पूर्वोक्त प्रकार से नद्यन्त होने के कारण आम् को नुट् आगम होने पर रूप सिद्ध हुआ ।

१९८ ङेरिति—नद्यन्त, आबन्त और 'नी' शब्द से पर 'ङि' को 'आम्' आदेश हो ।

बहुश्रेयस्याम्—'बहुश्रेयसी + ङि' इस दशा में नद्यन्त से पर होने के कारण 'ङि' को 'आम्' आदेश हुआ । तब 'आम्[२]' को आट्' आगम और 'आटश्च' से वृद्धि' यण् होकर रूप सिद्ध होता है ।

शेषमिति—'बहुश्रेयसी' शब्द के शेष रूप पपी शब्द के समान बनेंगे । क्योंकि इस में नदीकार्य—सम्बुद्धि, ङित्प्रत्यय और आम् में—अधिक होता है, वह बतलाया जा चुका है ।

प्र०	बहुश्रेयसी,	बहुश्रेयस्यौ,	बहुश्रेयस्यः ।
सं०	हे बहुश्रेयसि,	हे ,,	हे ,, ।
द्वि०	बहुश्रेयसीम्	,,	बहुश्रेयसीन् ।
तृ०	बहुश्रेयस्या,	बहुश्रेयसीभ्याम्,	बहुश्रेयसीभिः ।
च०	बहुश्रेयस्यै,	बहुश्रेयसीभ्याम्	बहुश्रेयसीभ्यः ।
पं०	बहुश्रेयस्याः,	,,	,, ।
ष०	,,	बहुश्रेयस्योः	बहुश्रेयसीनाम् ।
स०	बहुश्रेयस्याम्,	,,	बहुश्रेयसीषु ।

---

१ सूत्र में स्थित 'नद्याम्नीभ्यः' पद का छेद 'नदी + आम् + नीभ्यः' इस प्रकार है । 'आप्' के पकार को अनुनासिक मकार हुआ है ।

२ 'बहुश्रेयसी + आम्' इस दशा में '१४८ ह्रस्वनद्यापः, सूत्र से नुट्

अङ्यन्तत्वाद् न सुलोपः–अतिलक्ष्मीः । शेषं बहुश्रेयसीवत् । प्रधीः ।

अङ्यन्तत्वादिति—**अतिलक्ष्मीः** (लक्ष्मी का अतिक्रमण करनेवाला) शब्द के ङ्यन्त[1] न होने से '१७६ हल्-ङ्याब्भ्यो दीर्घात् सुतिसि-अपृक्तं हल्' इस सूत्र से सु के सकार का लोप नहीं होता । इसलिये सकार को रुत्व और विसर्ग होने से सविसर्ग रूप **'अतिलक्ष्मीः[2]'** सिद्ध हुआ ।

शेषमिति—अतिलक्ष्मी शब्द के शेष रूप बहुश्रेयसी के समान बनेंगे । 'अतिक्रान्तो लक्ष्मीम्' इस विग्रह में 'अत्यादयः क्रान्ताद्यर्थे द्वितीयया' इस वार्तिक से समास होने पर सिद्ध हुये 'अतिलक्ष्मी' शब्द के अन्तर्गत 'लक्ष्मी' शब्द की नदी संज्ञा हो जाती है, क्योंकि यह लक्ष्मी शब्द समास होने से पूर्व नित्यस्त्रीलिङ्ग है, अब समास में गौण होने से पुँल्लिङ्ग हो जाने पर भी प्रथम लिङ्ग के ग्रहण के द्वारा नदी संज्ञा हो जाती है, अतः सब नदी कार्य होते हैं ।

प्रधीरिति—**प्रधी** (विशेष रूप से मनन करनेवाला) शब्द से सु में सकार को रुत्व विसर्ग करने से सविसर्ग रूप **'प्रधीः'** बना ।

'प्रध्यायति' इति प्रधीः । प्र पूर्वक 'ध्यै चिन्तायाम्' धातु से 'ध्यायतेः संप्रसारणं च' इस वार्तिक से क्विप् प्रत्यय और संप्रसारण हुआ । तब 'प्र ध् इ ऐ' इस स्थिति में 'संप्रसारणाच्च' सूत्र से ऐकार का पूर्वरूप और 'हलश्च' के इकार को दीर्घ होकर 'प्रधी' शब्द बना है ।

इस प्रकार यह शब्द नित्यस्त्रीलिङ्ग नहीं है, अतः नदी संज्ञा नहीं होती

और सप्तमी के एकवचन में 'ङि' के स्थान में 'आम्' आदेश होने पर '१६६ आण् नद्याः' से आट् भी प्राप्त होता है । पर होने के कारण पहले आट् हुआ। आट् होने पर फिर नुट् प्राप्त है। पर नहीं होता, क्योंकि परिभाषा है 'सकृद् गतौ विप्रतिषेधे यद् बाधितं तद् बाधितमेव' अर्थात् विप्रतिषेध स्थल में जिस शास्त्र का एक बार बाध हो जाता है, उसकी पुनः प्रवृत्ति नहीं होती ।

१ 'लक्ष्मी' शब्द में जो ईकार है, वह 'ई' प्रत्यय का है 'ङी' का नहीं । 'लक्षेमुट् ई च ४८८' इस उणादि सूत्र से 'लक्ष्' धातु से 'ई' प्रत्यय और मुट् आगम होने से 'लक्ष्मी' बनता है ।

२ लक्ष्मी शब्द के समान उणादि 'ई' प्रत्यय से बने हुए दीर्घ ईकारान्त स्त्रीलिङ्ग 'अवी' आदि शब्दों से भी सु का लोप नहीं होता । अतः इनका भी

(इयङुवङ्विधिसूत्रम्)

१९९ [7]अचि श्नुधातुभ्रुवां[6] [1]य्वोरियङुवङौ[1] ६ । ४ । ७७ ॥

श्नुप्रत्ययान्तस्य, इवर्णोवर्णान्तस्य धातोः, भ्रू इत्यस्य च, अङ्गस्य इयङुवङौ स्तोऽजादौ प्रत्यये परे । इति प्राप्त—

(यणादेशविधिसूत्रम्)

२०० [6]एरनेका[6]चोऽसंयोगपूर्वस्य[6] ६ । ४ । ८२ ॥

और ङ्यन्त न होने से सु का लोप भी नहीं होता ।

'प्रकृष्टा धीर्यस्य' इस विग्रह से यदि 'प्रधी' शब्द बनेगा, तो 'धी' शब्द के नित्यस्त्रीलिङ्ग होने से 'प्रथमलिङ्गग्रहणं च' से नदी संज्ञा होकर 'अतिलक्ष्मी' के समान रूप बनेंगे ।

१९९ अचि इति—श्नुप्रत्ययान्त रूप, इवर्णान्त और उवर्णान्त धातु रूप तथा भ्रू रूप अङ्ग को इयङ् और उवङ् आदेश होते हैं अजादि प्रत्यय परे रहते इकार को इयङ् और उकार को उवङ् आदेश होगा ।

इन आदेशों में अङ् इत्संज्ञक है, 'इय' और 'उव्' मात्र आदेश होते हैं । अतः ङित् होने से ये आदेश अङ्ग के अन्त्य इकार और उकार के ही स्थान में होते हैं ।

इति प्राप्ते इति—पूर्वप्रदर्शित रीति से 'ध्यै' धातु से सिद्ध 'प्रधी' शब्द के प्रथमा के द्विवचन में 'प्रधी + औ' इस स्थिति में इवर्णान्त धातु रूप अङ्ग 'प्रधी' से अजादि विभक्ति औ परे होने से अङ्ग के अन्त्य 'ईकार' के स्थान में 'इयङ्' प्राप्त हुआ ।

२०० एरनेकाच इति–धातु का अवयव संयोग पूर्व में नहीं है जिस इवर्ण

'सु' में सविसर्ग रूप होता है । निम्नलिखित पद्य में ऐसे शब्दों का परिगणन किया गया है—

'अवी-तन्त्री-तरी-लक्ष्मी-धी-ह्री-श्रीणामुणादितः ।
अपि स्त्रीलिङ्गवृत्तीनां सोर्लोपो न कदाचन ॥'

अर्थात्—अवी (भेड़), तन्त्री (वीणा, तारवाले बाजे), तरी (नाव), लक्ष्मी (धनकी अधिष्ठात्री देवी, सम्पत्ति), धी (बुद्धि), ह्री (लज्जा), श्री (लक्ष्मी) इन उणादि से सिद्ध सात शब्दों के स्त्रीलिङ्ग होने पर भी 'सु'का लोप नहीं होता

धात्ववयवसंयोगपूर्वो न भवति य इवर्णः तदन्तो यो धातुः, तदन्तस्यानेकाचोऽङ्गस्य यण् स्याद् आजादौ प्रत्यये।

प्रध्यौ। प्रध्यम्। प्रध्यः। प्रध्यि। शेषं पपीवत्।

के, वह इवर्ण है अन्त में जिस धातु के, वह धातु है अन्त में जिसके, ऐसा जो अनेकाच् अङ्ग, उसको यण् हो अजादि प्रत्यय परे रहते।

प्रध्यौ—'प्रधी[1] + औ' इस दशा में इवर्णान्त धातु 'धी' है, तदन्त अनेकाच् अङ्ग 'प्रधी' है उससे पर अजादि विभक्ति 'औ' है और इवर्ण से पूर्व संयोग भी नहीं। अतः पूर्वसूत्र से प्राप्त इयङ् को बाधकर इस सूत्र से यण् हुआ।

यण् अलोऽन्त्यपरिभाषा से अन्त्य वर्ण ईकार को हुआ।

प्रध्यम्—'प्रधी[2] + अम्' इस दशा में पूर्व सूत्र से इयङ् प्राप्त है, उसको बाधकर प्रकृत सूत्र से यण् होकर रूप सिद्ध हुआ।

प्रध्यः—जस्, शस्, ङसि और ङस्—इन चार स्थलों में 'एरनेकाचोऽसंयोग पूर्वस्य' इस प्रकृत सूत्र से यण् होकर रूप बना है।

प्रध्यि—ङि में प्रकृत सूत्र से यण् होकर रूप सिद्ध हुआ।

शेषमिति—प्रधी शब्द के शेष रूप 'पपी' शब्द के समान बनेंगे।

प्र०	प्रधीः,	प्रध्यौ,	प्रध्यः।	च०	प्रध्ये,	प्रधीभ्याम्,	प्रधीभ्यः।
सं०	हे"	हे"	हे"।	पं०	प्रध्यः,	,,	,,।
द्वि०	प्रध्यम्,	,,	,,।	ष०	,,	प्रध्योः	प्रध्याम्।
तृ०	प्रध्या,	प्रधीभ्याम्,	प्रधीभिः।	सं०	प्रध्यि,	,,	प्रधीषु।

---

१ यहाँ सर्व-प्रथम 'इको यणचि' से यण्, उसको बाधकर पूर्वसवर्ण दीर्घ, उसका 'दीर्घाज्जसि च' से निषेध, पुनः 'इको यणचि' से यण प्राप्त है, तब उसको बाधकर इयङ् प्राप्त होता है, उसको बाधकर प्रकृत सूत्र से यण् होता है। इस प्रकार साधन की प्रक्रिया यहाँ होती है। इसी प्रकार अन्य प्रयोगों में भी समझना चाहिये।

२ यहाँ पहले 'इको यणचि' से यण्, उसको बाधकर पूर्वसवर्ण दीर्घ, उसको बाधकर 'अमि पूर्वः' से पूर्वरूप, उसको बाधकर तब 'अचि श्नु-' से इयङ्

एवं-ग्रामणीः । ङौ तु-ग्रामण्याम् ।

अनेकाचः किम्—नीः, नियौ, नियः । अमि शसि च परत्वादि-यङ्-नियम्, नियः । ङेराम्-नियाम् ।

प्रधी शब्द के रूपों में दो बातों का ध्यान रखना आवश्यक है ; एक नदी संज्ञा का न होना, दूसरी बात यण् हो जाना ।

एवमिति—इसी प्रकार अर्थात् प्रधी के समान ग्रामणी (ग्राम का नेता, नम्बरदार) शब्द के भी रूप बनते हैं ।

ग्रामणीः—'ग्रामणी + सु' इस दशा में प्रधी के समान ङ्यन्त होने से सकार का लोप नहीं हुआ ।

ङौ तु—परन्तु 'ङि' में '१६८ ङेराम्नद्याम्नीभ्यः' सूत्र से 'ङि' को आम् आदेश होने से **ग्रामण्याम्** रूप बनता है । क्योंकि 'ग्रामणी'[1] शब्द में 'नी' शब्द है, उससे पर 'ङि' को आम् विहित है ।

अनेकाच इति—अङ्ग अनेकाच् हो, यह क्यों कहा ? इसका फल है 'नी' शब्द में यण् न होना । 'नी' (लेजानेवाला) शब्द एकाच् है, अनेकाच् नहीं । अतः इसमें यण् आदेश न हो सकेगा, पूर्व (१६६) सूत्र से इयङ् हो जायगा ।

नीः—प्रथमा के एकवचन से ङ्यन्त न होने से हल्ङ्यादि लोप न होगा, अतः सु को रुत्व विसर्ग होंगे और तब सविसर्ग रूप होगा ।

नियौ—'नी + औ' इस दशा में पहले 'इको यणचि' से यण्, उसको बाधकर पूर्वसवर्णदीर्घ, उसका 'दीर्घाज्जसि च' से निषेध, पुनः यण् प्राप्त होता है, उसको बाधकर 'इयङ्' आदेश हो जाता है ।

नियः—जस् और शस् में भी पूर्ववत् 'इयङ्' आदेश होता है ।

प्राप्त होता है । उसका 'एरनेकाचो–' इस यण्विधि से बाध होता है ।

यह बाध्यबाधक भाव अच्छी तरह याद रहना चाहिये । द्वितीया तक पूर्वोक्त यथाप्राप्त बाध्यबाधकभाव रहता है । उसके आगे केवल 'इको यणचि' 'अचिश्नुधातु–' और 'एरनेकाचो–' इन तीनों का ।

१ ग्रामं नयतीति ग्रामणीः । 'अग्रग्रामाभ्यां नयतेः' से नकार को णकार हुआ है । अग्र-शब्द से 'अग्रणीः' बनता है । इसके रूप भी 'ग्रामणी' के समान बनेंगे ।

असंयोगपूर्वस्य किम्-सुश्रियौ, यवक्रियौ ।

अमि इति—'अम्' में 'अमि पूर्वः' से पूर्वरूप और 'शस्' में 'प्रथमयोः-' से पूर्वसवर्णदीर्घ प्राप्त था, पर होने के कारण उन्हें इयङ् बाध लेता है। तब '**नियम्**' और 'नियः' ये रूप बनते हैं।

ङेराममिति—सप्तमी के एकवचन में 'नी' शब्द से पर होने के कारण '१६८ ङेराम्नद्याम्नीभ्यः' सूत्र से 'आम्' आदेश होकर '**नियाम्**' रूप बनता है।

प्र०	नीः,	नियौ,	नियः ।	च०	नियें,	नीभ्याम्,	नीभ्यः ।
सं०	हे "	हे "	हे " ।	पं०	नियः,	"	" ।
द्वि०	नियम्	"	" ।	ष०	"	नियोः,	नियाम् ।
तृ०	निया,	नीभ्याम्,	नीभिः ।	स०	नियाम्,	"	नीषु ।

[1]**असंयोगेति**—इवर्ण के पूर्व संयोग नहीं होना चाहिये, यह क्यों कहा ? इसका फल है 'सुश्रियौ' और 'यवक्रियौ' में यण् न होना। यहाँ दोनों जगह इवर्ण से पूर्व संयोग है। अतः यण् न हुआ, तब इयङ् होकर रूप बना।

[2]सुश्री (अच्छी तरह से आश्रय लेनेवाला)

प्र०	सुश्रीः,	सुश्रियौ,	सुश्रियः ।	च०	सुश्रियें,	सुश्रीभ्याम्	सुश्रीभ्यः ।
सं०	हे "	हे "	हे " ।	पं०	सुश्रियः,	"	" ।
द्वि०	सुश्रियम्	"	" ।	ष०	"	सुश्रियोः,	सुश्रियाम् ।
तृ०	सुश्रिया,	सुश्रीभ्याम्,	सुश्रीभिः ।	स०	सुश्रियि,	"	सुश्रीषु ।

इसी प्रकार **यवक्री** (जौ खरीदनेवाला) शब्द के भी रूप बनेंगे।

---

१ संयोग भी जब धातु का अवयव होगा, तभी यण् निषेध होगा। 'यवक्री' 'सुश्री' शब्दों में संयोग धातु का है, अतएव धात्ववयव है। '**उन्नी**' (उन्नति करनेवाला) शब्द में संयोग तो है, पर वह उत् उपसर्ग के तकार को मिलाकर बना है। अतः यह धातु का अवयव नहीं, इसलिये यहाँ कोई क्षति नहीं, निषेध न लगेगा, यण् हो जायगा। '**उन्न्यौ, उन्न्यः**' आदि रूप बनेंगे।

२ 'सुष्टु श्रयतीति सुश्रीः' इस व्युत्पत्ति से बने 'सुश्री' शब्द के ये रूप हैं। 'शोभना श्रीः' इस विग्रह से सिद्ध 'सुश्री' शब्द में तो नित्यस्त्रीलिङ्ग होने से नदी संज्ञा हो जायगी और 'बहुश्रेयसी' के समान रूप बनेंगे।

(गतिसंज्ञासूत्रम्)

२०१ [1]गतिश्च १ । ४ । ६० ॥

प्राद्यः क्रियायोगे गतिसंज्ञाः स्युः ।

गतिकारकेतरपूर्वपदस्य यण् नेष्यते—शुद्धधियौ ।

(यण् निषेधसूत्रम्)

२०२ न भूसुधियोः[6] ६ । ४ । ८५ ॥

---

२०१ **गतिश्चेति**—'प्र' आदि क्रिया के योग में गतिसंज्ञक (भी) हों। 'प्रधी' शब्द में 'प्र' का 'धी' क्रिया के साथ योग है, अतः इसकी गति-संज्ञा होगी।

'भी' कहने से गति और उपसर्ग—दोनों संज्ञाओं का समावेश होता है। 'प्रधी' में 'प्र' उपसर्ग भी है और गति भी। फल दोनों संज्ञाओंका भिन्न-भिन्न है।

'शुद्धा धीर्यस्य सः' इस विग्रह से सिद्ध **शुद्धधी** (शुद्ध बुद्धिवाला) शब्द में 'शुद्ध' शब्द प्रादि नहीं, अतः गतिसंज्ञा न होगी।

गतिकारकेति—गति और कारक से भिन्न यदि पूर्वपद हो तो ऐसे अङ्ग को यण् इष्ट नहीं।

शुद्धधियौ—यहाँ 'शुद्धधी' शब्द में पूर्वपद 'शुद्ध' न गति है और न कारक[1], अतः यण् न होगा। तब इयङ् आदेश होकर रूप बनेगा।

'शुद्धधी' शब्द के शेष रूप 'सुश्री' के समान बनेंगे।

सुधी—(अच्छा चिन्तन करनेवाला) शब्द के सु में विसर्ग होकर 'सुधीः' रूप बनेगा। ङ्यन्त न होने से 'सु' का लोप नहीं होता। 'सुष्ठु[2] ध्यायति' इस विग्रह में 'सुधी' शब्द बना है।

२०२ **न भू इति**—भू और सुधी शब्द को अजादि सुप् परे रहते यण् न हो।

---

१ 'शुद्धं ध्यायति' इस विग्रह से सिद्ध 'शुद्धधी' शब्द में पूर्वपद 'शुद्ध' कर्म कारक होगा। अतः इसमें यण् होगा।

२ 'शोभना धीर्यस्य' इस व्युत्पत्ति से सिद्ध 'सुधी' शब्द के भी रूप इसी प्रकार होंगे।

एतयोरचि सुपि यण् न । सुधियौ, सुधिय इत्यादि ।

सुखमिच्छतीति सुखीः, सुतमिच्छतीति सुतीः । सुख्यौ, सुत्यौ । सुख्युः, सुत्युः । शेषं प्रधीवत् ।

शम्भुर्हरिवत् । एवं भान्वादयः ।

---

[1]सुधियौ--'सुधी + औ' यहाँ यण् का निषेध हो गया। तब 'इयङ्' आदेश होकर रूप सिद्ध होगया।

'सुधी' शब्द के रूप 'सुश्री' शब्द के समान बनेंगे।

सुखमिति—सुख चाहनेवाला। **'सुखी'** और सुत-पुत्र-चाहनेवाला **'सुती'** कहा जाता है। ये दोनों भी 'ईकारान्त हैं' पर ईकार 'ङी' का नहीं। क्यजन्त से क्विप् प्रत्यय और 'क्यचि च' से 'ई' हुआ है। अतः ङ्यन्त न होने से 'सु' के सकार का हल्ङ्यादि लोप न होकर रुत्व विसर्ग होते हैं।—**सुखीः, सुतीः।**

सुख्यौ—'सुखी + औ' इस अवस्था में 'एरनेकाजः--' से यण् हुआ। इसी प्रकार **'सुत्यौ'** में भी। क्यजन्त होने से इनमें धातुत्व है।

सुख्युः— 'सुखी + अस्' इस दशामें 'एरनेकाचः–' से यण् होकर 'सुख्य् अस्' ऐसी स्थिति बन जाने पर 'ख्यत्यात्परस्य' सूत्र से कृतयणादेश दीर्घ खी शब्द से पर ङसि और ङस् के अकार को उकार होकर सकार को रुत्व विसर्ग करने से रूप सिद्ध होता है।

'सुत्युः' भी 'सुख्युः' के समान ही सिद्ध होता है।

---

१ यहाँ पहले 'इको यणचि' से यण्, उसको बाधकर पूर्वसवर्णदीर्घ उसका 'दीर्घाज्जसि च' से निषेध, पुनः 'इको यणचि' से यण्, उसको बाधकर '१६८ 'अचिश्नु–' से उवङ्, उसको बाधकर 'एरनेकाचः–' से यण् उसका '२०२ न भूसुधियोः' से निषेध होकर पुनः 'अचि श्नु–' से इयङ् होता है। बाध्यबाधकभाव की यह प्रक्रिया याद रखनी चाहिये। द्वितीया तक बाध्यबाधकभाव की प्रक्रिया यही रहेगी। उसके आगे 'इको यणचि', 'अचि श्नु–', 'एरनेकाचः–' और **'न भूसुधियोः'** के बाध्यबाधकभाव की प्रक्रिया रहेगी।

(तृज्वद्भावविधिसूत्रम्)

२०३ तृज्वत् क्रोष्टुः ७ । १ । ९५ ॥

असम्बुद्धौ सर्वनामस्थाने परे क्रोष्टुशब्दस्य स्थाने 'क्रोष्टृ' शब्दः प्रयोक्तव्य इत्यर्थः ।

शेषमिति—सुखी और सुती शब्द के शेष रूप 'प्रधी' के समान बनते हैं। केवल 'ङसि' और 'ङस्' में 'ख्यत्यात्परस्य' सूत्र से उकार आदेश रूप कार्य अधिक होता है।

ईकारान्त शब्द समाप्त

ह्रस्व उकारान्त शब्द—

शम्भुः (भगवान् शिव) 'शम्भु + सु'। इस दशा में सकार को रु और उसके रकार को विसर्ग होने से रूप सिद्ध हुआ।

हरिवत्—शम्भु शब्द के रूप 'हरि' शब्द के समान ही बनेंगे।

शम्भु शब्द के ह्रस्व उकारान्त होने से 'हरि' के समान 'शेषो घ्यसखि' सूत्र से घिसंज्ञा होती है, अतः घिसंज्ञा निमित्तक कार्य 'हरि' शब्द के समान ही होंगे।

प्र०	शम्भुः,	शम्भू,	शम्भवः ।	च०	शम्भवे,	शम्भुभ्याम्,	शम्भुभ्यः ।
सं०	हे शम्भो,	हे ,,	हे ,,	पं०	शम्भोः,	,,	,,
द्वि०	शम्भुम्,	,,	शम्भून् ।	ष०	,,	शम्भ्वः	शम्भूनाम् ।
तृ०	शम्भुना,	शम्भुभ्याम्,	शम्भुभिः ।	स०	शम्भौ,	,,	शम्भुषु ।

एवमिति—इसी प्रकार 'भानु' (सूर्य) आदि ह्रस्व उकारान्त सभी शब्दों के रूप बनेंगे।

क्रोष्टु—(गीदड़) शब्द के रूपों में अन्तर पड़ता है, वह आगे बताया जाता है।

२०३ तृज्वदिति—सम्बुद्धिभिन्न सर्वनामस्थान परे रहते **क्रोष्टु**[1] (गीदड़) शब्द को तृज्वद्भाव होता है अर्थात् क्रोष्टु शब्द के स्थान में 'क्रोष्टृ' ऋकारान्त शब्द का प्रयोग करना चाहिये।

इस सूत्र से 'क्रोष्टु शब्द के स्थान में क्रोष्टृ' शब्द आदेश हो गया। तत्र

---

१ 'शृगाल-वञ्चक-क्रोष्टु-फेरु-फेरव-जम्बुका' इत्यमरः

(गुणविधिसूत्रम्)

२०४ ऋतो ङिसर्वनामस्थानयोः ७ । ३ । ११० ॥

ऋतोऽङ्गस्य गुणो ङौ सर्वनामस्थाने च । इति प्राप्ते ।

('अनङ्' आदेशविधिसूत्रम्)

२०५ ऋद्-उशनस्पुरुदंसोऽनेहसां च ७ । १ । ९४ ॥

ऋदन्तानामुशनसादीनां चानङ् स्याद् असम्बुद्धौ सौ ।

(दीर्घविधिसूत्रम्)

२०६ अप्-तृन्-तृच्-स्वसृ-नप्तृ-नेष्टृ-त्वष्टृ-क्षत्तृ-होतृ-पोतृ-प्रशास्तॄणाम् ६ । ४ । ११ ॥

अबादीनामुपधाया दीर्घोऽसम्बुद्धौ सर्वनामस्थाने । क्रोष्टा,

इसके रूप ऋकारान्त शब्द के समान बनेंगे ।

२०४ ऋत इति-ऋकारान्त अङ्ग को गुण हो, ङि और सर्वनामस्थान प्रत्यय परे रहते ।

इति प्राप्ते—'क्रोष्टृ स्' इस अवस्था में ऋकारान्त अङ्ग 'क्रोष्टृ' को 'सु' सर्वनामस्थान परे होने के कारण गुण प्राप्त हुआ ।

२०५ ऋदुशनेति—ऋकारान्त, उशनस् (शुक्र आचार्य), पुरुदंसस् (बिल्ली) और अनेहस् (समय) शब्दों को अनङ् आदेश हो सम्बुद्धिभिन्न सु परे रहते ।

अनङ् का 'अङ्' इत् है । अतः ङित् होने से अनङ् आदेश अन्त्य के स्थान में होता है ।

'क्रोष्टृ' शब्द ऋकारान्त है, प्रथमा के एकवचन में सम्बुद्धिभिन्न सु परे होने के कारण अन्त्य ऋकार के स्थान में 'अनङ्' आदेश हो जाता है, तब 'क्रोष्ट् अन् स्' ऐसी स्थिति बनी ।

'उशनस्' आदि शब्द हलन्तपुँल्लिङ्ग में बताये जायँगे ।

२०६ अबिति—अप् (जल), तृन्प्रत्ययान्त, तृच्प्रत्ययान्त, स्वसृ (बहिन), नप्तृ (दोहता, अपनी लड़की का लड़का), नेष्टृ (दान देने-

---

१ 'क्षत्ता स्यात् सारथौ द्वाःस्थे' इत्यमरः ।

क्रोष्टारौ, क्रोष्टारः, क्रोष्टारम्, क्रोष्टून्।

(तृज्वद्भावविधिसूत्रम्)

२०७ विभाषा तृतीयादिष्वचि ७।१।९१॥

वाला), त्वष्टृ (एक विशेष असुर), क्षत्तृ (सारथि या द्वारपाल), होतृ (हवन करनेवाला), पोतृ (पवित्र करनेवाला), और प्रशास्तृ (शासन करनेवाला) शब्दों की उपधा को दीर्घ हो सम्बुद्धिभिन्न सर्वनामस्थान प्रत्यय परे रहते।

क्रोष्टा—'क्रोष्ट् अन् स्' इस दशा में तृज्वद्भाव होने से तृजन्त क्रोष्टृ शब्द 'क्रोष्टन्' से परे सम्बुद्धिभिन्न सर्वनामस्थान सु के होने से उपधा अकार को दीर्घ हुआ। तब 'क्रोष्टान् स्' इस स्थिति में पहले '१७९ हल्ङ्यादि–' सूत्र से अपृक्त सकार का और फिर '१८० नलोपः–' सूत्र से नकार का लोप होकर 'क्रोष्टा' रूप सिद्ध हुआ।

यद्यपि यहाँ 'सर्वनामस्थाने चाऽसंबुद्धौ' से भी दीर्घ हो सकता है, तथापि पर होने से 'अप्तृन्–' सूत्र से ही हुआ।

क्रोष्टारौ—'क्रोष्टृ + औ' में सर्वनामस्थान 'औ' पर होने से '२०४ ऋतोङि–' सूत्र से गुण होकर 'क्रोष्टर् अ' ऐसी स्थिति बन जाने पर प्रकृत सूत्र से दीर्घ हुआ।

क्रोष्टारः—अस् में 'क्रोष्टृ+अस्' इस दशा में पूर्ववत् गुण और दीर्घ होता है और सकार को रुत्व विसर्ग होते हैं।

सम्बुद्धि में–हे **क्रोष्टो** शम्भु के समान। सम्बुद्धि में तृज्वद्भाव का निषेध किया गया है, अतः ऋकारान्त नहीं बना।

संबोधन के शेष स्थलों में प्रथमा के समान '**हे क्रोष्टारौ**' '**हे क्रोष्टारः**' रूप बनते हैं।

क्रोष्टारम्—'क्रोष्टृ + अम्' इस अवस्था में सर्वनामस्थान गुण और तृजन्तोपधा दीर्घ होकर रूप सिद्ध हुआ।

क्रोष्टून्—शस् में सर्वनामस्थान न होने से तृज्वद्भाव नहीं हुआ। अतः पूर्वसवर्णदीर्घ और 'तस्माच्छसो–' से सकार को नकार होकर रूप बना।

२०७ **विभाषेति**–अजादि तृतीयादि (टा, ङे, ङसि, ङस्, ओस्, आम्,

अजादिषु तृतीयादिषु क्रोष्टुर्वा तृज्वत् । क्रोष्ट्रा । क्रोष्ट्रे ।

(उकारादेशविधिसूत्रम्)

२०८ ऋत[6] उत्[1] ६ । १ । १११ ॥

ऋतो ङसिङसोरति 'उत्' एकादेशः । रपरः ।

(सलोपनियमसूत्रम्)

२०९ रात्[5] सस्य[6] ८ । २ । २४ ॥

रेफात् संयोगान्तस्य सस्यैव लोपो नाऽन्यस्य । रस्य विसर्गः—क्रोष्टुः । क्रोष्ट्रोः ।

(वा) नुम्-अचि-र-तृज्वद्भावेभ्यो नुट् पूर्वविप्रतिषेधेन ।

ङि) विभक्ति परे रहते 'क्रोष्टु' शब्द विकल्प से तृज्वत्—ऋकारान्त—हो ।

क्रोष्ट्रा—तृतीया के एकवचन में 'क्रोष्टु + आ' इस दशा में अजादि तृतीयादि विभक्ति परे होने से प्रकृत सूत्र के द्वारा विकल्प से तृज्वद्भाव हुआ । तृज्वद्भाव पक्ष में 'क्रोष्टृ + आ' इस स्थिति में 'इको यणचि' से ऋकार को यण् रेफ होकर क्रोष्ट्रा रूप सिद्ध हुआ ।

क्रोष्ट्रे—क्रोष्टृ + ङे इस दशा में पूर्ववत् यण् होकर रूप बना ।

२०८ ऋत इति—ऋकारान्त अङ्ग से ङसि और ङस् का अकार परे रहते पूर्व पर के स्थान में 'उत्' एकादेश हो ।

उत् में तकार इत्संज्ञक है ।

एकादेश कहने से 'उत्' आदेश ऋकार और अकार दोनों के स्थान में होता है ।

रपर इति—उकार आदेश ऋकार के स्थान में विधीयमान अण् होने से 'उरण् रपरः' सूत्र से रपर अर्थात् 'उर्' रूप में होता है ।

'क्रोष्टृ' शब्द से ङसि और ङस् में 'क्रोष्टृ + अस्' इस दशा में ऋकार से ङसि और ङस् का अकार परे होने से दोनों के स्थान में 'उर्' एकादेश हुआ । तब 'क्रोष्टुर् स्' ऐसी स्थिति हुई ।

२०९ रात्सस्येति—रेफ से पर संयोगान्त सकार का ही लोप हो, अन्य का न हो ।

यह सूत्र संयोगान्त लोप का नियामक है । यह नियम करता है कि रेफ से

क्रोष्ट्रूनाम । क्रोष्टरि । पक्षे हलादौ च शम्भुवत् ।

पर संयोगान्त लोप होता है तो केवल सकार का ही होता है अन्य वर्ण का नहीं ।

क्रोष्टुः—'क्रोष्टुर् स्' इस दशा में इस नियम से रेफ से पर संयोग 'र् स्' के अन्त 'सकार' का लोप हुआ और तब रेफ को विसर्ग होकर रूप सिद्ध हुआ ।

क्रोष्ट्रोः—ओस् में 'क्रोष्ट्र + ओस्' इस दशा में ऋकार को यण्-रेफ-और सकार को रुत्व विसर्ग होकर 'क्रोष्ट्रोः' रूप बना

(वा) नुमिति--[1]नुम्, अच् परे रहते रेफ आदेश[2] और तृज्वद्भाव[3] की अपेक्षा पहले पूर्वविप्रतिषेध से आम् को नुट् हो ।

विप्रतिषेध तुल्य-बल-विरोध को कहते हैं—यह 'विप्रतिषेधे परं कार्यम्' इस सूत्र की व्याख्या में बताया जा चुका है ।

तुल्यबलविरोध उपस्थित होने पर जब 'विप्रतिषेधे परं कार्यम्' सूत्र से पर शास्त्र की प्रबलता मानी जाती है, तब उसे **'परविप्रतिषेध** कहते हैं और जब पूर्वशास्त्र को बलवान् माना जाता है तब **'पूर्वविप्रतिषेध'** कहा जाता है। यहाँ नुट् शास्त्र नुमादिशास्त्र की अपेक्षा पूर्व है और इस वचन से उसे प्रबल कहा जा रहा है, अतः पूर्वविप्रतिषेध हुआ ।

जहाँ पूर्व कार्य करना इष्ट है, वहाँ वार्तिककार ने 'नुमचिर–' के समान वचन कहे हैं। भाष्यकार ने विप्रतिषेध सूत्र के 'पर' शब्द का इष्ट अर्थ कर 'जो कार्य इष्ट हो, वह किया जाय' यह निर्णय किया है। अतः उनके निर्णय के अनुसार वार्तिककार के वचनों की कोई आवश्यकता नहीं रह जाती, अत एव भाष्यकार ने पूर्वविप्रतिषेध के वार्तिकों का प्रत्याख्यान-खण्डन-कर दिया है।

क्रोष्टूनाम्—'क्रोष्टु + आम्' इस स्थिति में 'विभाषा तृतीयादिष्वचि' सूत्र से तृज्वद्भाव और 'ह्रस्वनद्यापो नुट्' से नुट् प्राप्त है। तृज्वद्भाव आम् से भिन्न अजादि विभक्तियों में चरितार्थ है और नुट् क्रोष्टु शब्द से भिन्न शब्दों में। यहाँ दोनों की प्राप्ति है, अतः तुल्यबलविरोध है। विप्रतिषेध सूत्र से पर

---

१ नुम्—'इकोऽचि विभक्तौ'। २ अचि-रभावः 'अचि र ऋतः।' ३ तृज्वद्भावः—'तृज्वत् क्रोष्टुः'।

हूहूः, हूह्वौ, हूह्वः । हूहून् इत्यादि ।

होने के कारण तृज्वद्भाव प्राप्त होता है, प्रकृत वार्तिक से प्रबल होने के कारण 'नुट्' होजाता है । तब 'क्रोष्टु नाम्' इस स्थिति में 'नामि' से दीर्घ होकर 'क्रोष्टूनाम्' रूप सिद्ध होता है ।

नुट् होने पर भी तृज्वद्भाव नहीं होता, क्योंकि तब 'आम्' प्रत्यय अजादि नहीं रहता, अतः पुनः तृज्वद्भाव की प्राप्ति ही नहीं ।

क्रोष्टरि—'ङि' में तृज्वद्भाव होने पर 'ऋतो ङिसर्वनामस्थानयोः' से गुण-रपर अकार-आदेश होकर रूप सिद्ध हुआ ।

पक्षे इति—तृज्वद्भाव के अभावपक्ष में और हलादि विभक्तियों में 'क्रोष्टु' शब्द के रूप 'शम्भु' के समान बनेंगे ।

प्र०	क्रोष्टा,	क्रोष्टारौ,	क्रोष्टारः ।
सं०	हे क्रोष्टो,	हे,,	हे,, ।
द्वि०	क्रोष्टारम्,	,,	क्रोष्टून् ।
तृ०	क्रोष्ट्रा, क्रोष्टुना	क्रोष्टुभ्याम्,	क्रोष्टुभिः ।
च०	क्रोष्ट्रे, क्रोष्टवे,	क्रोष्टुभ्याम्,	क्रोष्टुभ्यः ।
पं०	क्रोष्टुः क्रोष्टोः	,,	,, ।
ष०	,, ,,	क्रोष्ट्रोः क्रोष्ट्वोः	क्रोष्टूनाम् ।
स०	क्रोष्टरि, क्रोष्टौ	,,	क्रोष्टुषु ।

ह्रस्व उकारान्त शब्द समाप्त ।

दीर्घ ऊकारान्त शब्द

हूहू(गन्धर्व)—शब्द से सु में रुत्व विसर्ग होकर 'हूहूः' रूप बना ।

हूह्वौ—'हूहू + औ' इस दशा में 'इको यणचि' से ऊकार को यण्[1] होकर सिद्ध हुआ ।

हूह्वः—जस् में भी पूर्ववत् [1]यण् होकर यह रूप सिद्ध होता है ।

अम् में 'अमि पूर्वः' से पूर्वरूप होकर 'हूहूम्' रूप बनता है ।

---

१ यहाँ पहले 'इको यणचि' से यण् प्राप्त होता है, उसको बाधकर पूर्वसवर्णदीर्घ प्राप्त होता है । उसका 'दीर्घाज्जसि च' निषेध कर देता है । तब फिर 'इको यणचि' से ही यण् होता है ।

अतिचमू शब्दे तु नदीकार्यं विशेषः। हे अतिचमु। अतिचम्वै। अतिचम्वाः। अतिचमूनाम्। अतिचम्वाम्।

खलपूः।

हूहून्—यह रूप शस् में पूर्वसवर्णदीर्घ और सकार को नकार कर देने से बना।

हूहू शब्द के रूपों की सिद्धि में कोई अधिक कठिनाई नहीं। सब अजादि विभक्तियों में 'शस्' को छोड़कर यण् कर देना है और हलादि में प्रत्यय मिला देना मात्र है, जहाँ प्रत्यय का अवयव सकार है वहाँ उसके विसर्ग हो जाते हैं। सुप् में मूर्धन्य भी होता है।

अतिचमू शब्दे—अतिचमू (सेना का अतिक्रमण करनेवाला) शब्द को 'हूहू' शब्द की अपेक्षा नदीसंज्ञा का कार्य अधिक होता है।

अतः नदीसंज्ञा होने से नदीसंज्ञा निमित्तक कार्य होंगे ही।

चमू (सेना) शब्द नित्य स्त्रीलिङ्ग है और यद्यपि 'अतिचमू' शब्द में गौण होकर वह पुँलिङ्ग होगया है, तथापि 'प्रथमलिङ्गग्रहणं च' इस वचन के अनुसार यहां नदीसंज्ञा हो जाती है।

नदीसंज्ञा के कार्य—सम्बुद्धि में ह्रस्व, ङे, ङसि और ङस् में आट् आगम, आम को नुट् और ङि को आम् आदेश ये छः हैं। यही यहाँ दिखाये हैं। हे **अतिचमु**—ह्रस्व हुआ। **अतिचम्वै**—ङे का रूप, आट् आगम नदी कार्य, वृद्धि और यण् हुए। **अतिचम्वाः**—ङसि और ङस का रूप। आट् आगम नदीकार्य, वृद्धि और यण् हुए। **अतिचमूनाम्**—आम् का रूप। नदीकार्य नुट् हुआ। **अतिचम्वाम्**—ङि का रूप। ङि को आम आदेश और आट आगम नदीकार्य, वृद्धि और यण हुए।

खलपू—शब्द का 'खलं पुनाति-मार्जयति' यह विग्रह है। खलिहान (जहाँ गेहूँ आदि अनाज की बालों से दाने अलग किए जाते हैं) को साफ करनेवाला।

खलपूः—प्रथमा के एकवचन 'सु' में सकार को रु और रेफ को विसर्ग हुए।

(यण्विधिसूत्रम्)

२१० ओः[६] सुपि[७] ६ । ४ । ८३ ॥

धात्ववयवसंयोगपूर्वो न भवति य उवर्णः तदन्तो यो धातुः, तदन्तस्यानेकाचोऽङ्गस्य यण् स्याद् अचि सुपि । **खलप्वौ** । **खलप्वः** । एवं सुलू–आदयः ।

स्वभूः, स्वभुवौ, स्वभुवः । **वर्षाभूः** ।

---

२१० ओः सुपीति—धातु का अवयव संयोग पूर्व में नहीं है जिस उवर्ण के, वह उवर्ण है अन्त में जिसके, ऐसा जो धातु ; वह धातु है अन्त में जिसके, ऐसा जो अनेकाच् अङ्ग, उसको यण् हो अजादि सुप् परे रहते ।

खलप्वौ—'खलपू + औ' यहाँ उवर्ण से पूर्व संयोग नहीं, तदन्त धातु 'पू' है और तदन्त अङ्ग 'खलपू' है, अजादि सुप् 'औ' परे है ; इसलिये 'यण्'[१] होकर '**खलप्वौ**' बना ।

खलप्वः–जस्-शस्, में ङसि और ङस् में 'यण्' होने से यह रूप बनता है ।

द्वितीया में—**खलप्वम्, खलप्वौ, खलप्वः** ।

इस प्रकार अजादि विभक्तियों में यण् होकर रूप बनेगें और हलादि विभक्तियों में कोई विशेष कार्य नहीं होता ।

एवमिति—इसी प्रकार अर्थात् खलपू के समान सुलू (सु शोभनं लुनाति-अच्छा काटनेवाला) आदि शब्दों के रूप बनेंगे ।

[२]**स्वभू** (स्वयं उत्पन्न होनेवाला, भगवान् विष्णु वा ब्रह्मा)

स्वभूः—'स्वभू + सु' इस स्थिति में सु को रुत्व और विसर्ग होने पर रूप सिद्ध हुआ ।

स्वभुवौ—'स्वभू + औ' इस दशा में पहले 'इको यणचि' से यण् प्राप्त हुआ । उसको बाधकर पूर्वसवर्ण दीर्घ प्राप्त हुआ । उसका 'दीर्घाज्जसि च' से निषेध हो गया, पुनः 'इको यणचि' से यण् प्राप्ति, उसको बाधकर 'अचि श्नु–' से उवङ् आदेश की प्राप्ति, उसको बाधकर 'एरनेकाचः–' से यण् की प्राप्ति

---

१ यहाँ भी 'उवङ्' प्राप्ति तक सूत्रों का बाध्यबाधकभाव 'प्रधी' शब्द के समान होगा ।

२ 'स्वभूर्ना ब्रह्मणि हरौ' इति मेदिनी ।

(यण्विधिसूत्रम्)

२११ [६]वर्षाभ्वश्च ६ । ४ । ८४ ॥

अस्य यण् स्याद् अचि सुपि । वर्षाभ्वौ इत्यादि ।

(वा) दृन्-कर-पुनः-पूर्वस्य भुवो यण् वक्तव्यः ।

दृन्भ्वौ । एवं करभूः ।

होती है । इस यण् का 'न भूसुधियोः' से निषेध हो जाता है । तब उवङ् आदेश होकर रूप बनता है ।

स्वभुवः—जस का रूप है । इसकी सिद्धि भी पूर्ववत् होगी ।

प्र०	स्वभूः,	स्वभुवौ,	स्वभुवः ।	च०	स्वभुवे,	स्वभूभ्याम्	स्वभूभ्यः ।
स०	हे ,,	हे ,,	हे ,, ।	पं०	स्वभुवः,	,,	,, ।
द्वि०	स्वभुवम् ,	,,	,, ।	ष०	,,	स्वभुवोः,	स्वभुवाम् ।
तृ०	स्वभुवा ,	स्वभूभ्याम् ,	स्वभूभिः।	स०	स्वभुवि,	,,	स्वभूषु ।

वर्षाभू[1] (वर्षा से उत्पन्न होनेवाला, मेंढक आदि)

वर्षाभूः—प्रथमा के एकवचनमें सु को रुत्व और विसर्ग होकर बनता है ।

२११ वर्षाभ्व इति—वर्षाभू अङ्ग को यण् हो अजादि सुप् परे रहते । अङ्ग के स्थान में विधान होने पर भी अलोन्त्य परिभाषा से अन्त्य वर्ण ऊकार के स्थान मे ही यह यण् आदेश होता है ।

वर्षाभ्वौ—'वर्षाभू + औ' यहाँ 'स्वभू' के समान 'न भूसुधियोः' से यण् निषेध तक प्रक्रिया है । अन्त में प्रकृत सूत्र से यण् होकर रूप सिद्ध हुआ ।

इसी प्रकार अन्य अजादि विभक्तियों में यण् होकर रूप बनेंगे और हलादि में कोई विशेष कार्य नहीं होता । अतः 'खलपू' के समान रूप बनेंगे ।

(वा) दृन्करेति—दृन् , कर और पुनर् शब्द पूर्वक 'भू' शब्द को यण् हो अजादि सुप् परे रहते ।

'दृन्भू'[2] (साँप या वज्र) शब्द है । **दृन्भ्वौ**–प्रथमा में द्विवचन में 'दृन्भू +

---

१ 'भेक्यां पुनर्नवायां स्त्री वर्षाभूः दर्दुरे पुमान्' इत्यमरः ।

२ 'दृन्भूः पन्नग-वज्रयोः' इति विश्वः ।

धाता । हे धातः । धातारौ । धातारः ।
(वा) ऋवर्णा (त्) न् नस्य णत्वं वाच्यम् ।
धातॄणाम्

औ' इस अवस्था में यण् होकर रूप सिद्ध हुआ। यहाँ भी पूर्ववत् सूत्रों का बाध्यबाधक भाव चलेगा।

इसके रूप 'वर्षाभू' के रूपों के समान बनेंगे।

एवमिति—इसी प्रकार करभू (नख), पुनर्भू (एक औषधि), शब्द के भी रूप बनेंगे। ऊकारान्त शब्द समाप्त।

अथ ऋकारान्त शब्द

धातृ—यह शब्द 'धा' धातु से कर्त्ता अर्थ में 'ण्वुल्-तृचौ' सूत्र से तृच् प्रत्यय होने पर बनता है। इसका अर्थ है—धारण करनेवाला, ब्रह्मा इत्यादि।

धाता—'धातृ + सु' ऋकारान्त होने से 'ऋदुशनस्पुरुदंसोऽनेहसां च' सूत्र से अनङ् आदेश, '२०६ अप् तृन्–' से उपधा अकार को दीर्घ, '१७६ हल्ङ्यादि'- से अपृक्त सकार का लोप, और '१८० नलोपः–' से नकार का लोप होकर धाता रूप सिद्ध हुआ।

हे धातः—सम्बुद्धि में '२०४ ऋतो ङि–' से गुण अर् और रेफ को विसर्ग होगया। '२०६ अप्तृन्–' से उपधा अकार को दीर्घ नहीं हुआ, क्योंकि सूत्र में सम्बुद्धिभिन्न सर्वनामस्थान परे रहते दीर्घ विधान किया गया है।

धातारौ—प्रथमा और द्वितीया के द्विवचन 'औ' में '२०४ ऋतो ङि–' सूत्र से ऋकार को अर् गुण और '२०६ अप् तृन्–' से उपधा आकार को दीर्घ होने पर रूप होते हैं।

धातारः—जस् का रूप है। धातृ शब्द तृच् प्रत्ययान्त है। इसलिये '२०६ अप् तृन्–' सूत्र से दीर्घ होता है।

(वा) ऋवर्णाद् इति—ऋवर्ण से पर नकार को णकार हो।

धातॄणाम्—'धातॄनाम्' इस दशा में प्रकृत वार्तिक से ऋवर्ण से परे नकार को णकार हो गया।

नप्त्रादिग्रहणं व्युत्पत्तिपक्षे नियमार्थम्। तेनेह न–पिता, पितरौ, पितरः।

प्र०	धाता,	धातारौ,	धातारः।	च०	धात्रे	धातृभ्याम्,	धातृभ्यः।
सं०	हे धातः	"	" ।	पं०	धातुः,	"	" ।
द्वि०	धातारम्	"	धातॄन्।	ष०	"	धात्रोः	धातॄणाम्।
तृ०	धात्रा	धातृभ्याम्	धातृभिः।	स०	धातरि	"	धातृषु।

इसी प्रकार नप्तृ आदि तथा कर्तृ, हर्तृ, भर्तृ, जेतृ और गन्तृ आदि तृन् प्रत्ययान्त और तृच् प्रत्ययान्त शब्दों के भी रूप बनेंगे।

नप्त्रादीति—नप्तृ आदि का ग्रहण व्युत्पत्ति पक्ष में नियमार्थ है। इस-लिये यहाँ दीर्घ नहीं हुआ–पिता, पितरौ, पितरः।

तात्पर्य यह है कि 'अप्तृन्तृच्–' सूत्र में स्वसृ आदि शब्द भी कहे हैं। ये उणादि से बने हुए हैं। उणादियों के विषय में दो पक्ष हैं —१ व्युत्पत्ति पक्ष। २ अव्युत्पत्ति पक्ष। व्युत्पत्ति पक्ष में इनमें भी प्रकृति-प्रत्यय विभाग है, ये भी तृन्-तृजन्त हैं। एवं तृन्-तृजन्त होने से दीर्घ इनको सिद्ध है ही, फिर इनका उपादान सूत्र से व्यर्थ हो जाता है। 'सिद्धे सत्यारभ्यमाणो विधिर्नियमाय कल्पते' अर्थात् कार्य के उपायान्तर से सिद्ध होते हुए भी उसके लिये जो पुनर्विधान किया जाता है, वह नियम के लिये होता है। इस सिद्धान्त के अनुसार स्वस्रादिग्रहण नियम करता है कि उणादि तृन् और तृच् प्रत्ययान्तों को यदि दीर्घ होता है, तो इन्हीं नप्तृ आदि को होता है; अन्यों को नहीं। इस नियम के अनुसार 'पितृ' शब्द स्वस्रादियों में नहीं आया।। अतः इसको दीर्घ नहीं होता। अव्युत्पत्ति पक्ष में—स्वस्रादि प्रकृति प्रत्ययविभाग रहित हैं अर्थात् ये तृन्-तृजन्त नहीं। इस पक्ष में जिनका सूत्र में पाठ है उन्हीं को दीर्घ होगा, अन्यों को नहीं। पितृ आदि शब्दों का सूत्र से ग्रहण न होने से तब भी दीर्घ नहीं होता।

पितृ (पिता) शब्द।

पितृ शब्द को व्युत्पत्तिपक्ष में पूर्वोक्त नियम से और अव्युत्पत्तिपक्ष में सूत्र में ग्रहण न होने से सर्वनामस्थान प्रत्यय परे रहते '२०६ अप्तृन्–' सूत्र से दीर्घ नहीं होता।

ना । नरौ ।

(दीर्घविधिसूत्रम्)

२१२ नृ च ६ । ४ । ६ ॥

अस्य नामि वा दीर्घः । नॄणाम्, नृणाम् ।

पिता—'पितृ + स्' यहाँ '२०५ ऋदुशनस्' सूत्र से अनङ् आदेश होने से 'पितन् स्' यह स्थिति हुई । इसमें नान्त उपधा होने से उसको '१७७ सर्वनामस्थाने–' सूत्र से दीर्घ हुआ । तब 'पितान् स्' इस दशा में '१७९ हल्ङ्यादि–' सूत्र से अपृक्त सकार का और '१८० नलोपः—' से नकार का लोप हुआ ।

पितरौ—द्विवचन में 'पितृ + औ' यहाँ '२०४ ऋतो ङि—' सूत्र से ऋकार क अर् गुण आदेश हुआ । एवं—'**पितरः**' में भी ।

हे पितः—सम्बुद्धि में '२०४ ऋतो ङि—'सूत्र से अर् गुण होकर '१७९ हल्ङ्यादि–' से अपृक्त सकार का लोप और रेफ को विसर्ग हुआ ।

शेष रूप 'धातृ' शब्द के समान बनेंगे । इसी प्रकार **जामातृ** (जंवाई) और **भ्रातृ** (भाई) आदि शब्दों के भी रूप बनेंगे ।

नृ (मनुष्य) शब्द ।

ना—प्रथमा के एकवचन में '२०५ ऋदुशनस्—' सूत्र से अनङ्, '१७७ सर्वनामस्थाने–' सूत्र से उपधा अकार को दीर्घ, '१७१ हल्ङ्यादि–' सूत्र से अपृक्त सकार का लोप और '१८८ नलोपः–' से नकार का लोप होने से 'ना' रूप सिद्ध हुआ ।

नरौ—द्विवचन में '२०४ ऋतो ङि–' सूत्र से अर् गुण होने से बना ।

२१२ नृ चेति—नृशब्द को नाम् परे रहते विकल्प से दीर्घ हो ।

नॄणाम्—'नृ + आम्' इस दशा में आम् को '१४८ ह्रस्वनद्यापः–' से नुट् आगम, प्रकृत सूत्र से वैकल्पिक दीर्घ और 'ऋवर्णान्नस्य णत्वं वाच्यम्' वार्तिक से नकार को णकार हुआ ।। पक्ष में—**नृणाम्** ।

प्र.	ना,	नरौ,	नरः ।	च.	न्रे	नृभ्याम्	नृभ्यः ।
सं.	हे नः,	हे,,	हे,, ।	पं.	नुः,	,,	,, ।
द्वि.	नरम्.	,,	नॄन् ।	ष.	,,	न्रोः,	नॄणाम्–नृणाम् ।
तृ.	न्रा,	नृभ्याम्,	नृभिः ।	स.	नरि,	,,	नृषु ।

ह्रस्व ऋकारान्त समाप्त ।

(णिद्वद्भावविधिसूत्रम्)

२१३ गोतो[२] णित्[१] ७ । १ । ९० ॥

ओकाराद् विहितं सर्वनामस्थानं णिद्वत् । गौः, गावौ, गावः ।

(आकारादेशविधिसूत्रम्)

२१४ [१]औतो[२]ऽम्शसोः[२] ६ । १ । ९३ ॥

ओतोऽम्शसोरचि आकार एकादेशः । गाम्, गावौ, गाः । गवा ।

ओकारान्त गो (बैल आदि) शब्द

२१३ **गोत इति**—ओकारान्त शब्द से विहित सर्वनामस्थान प्रत्यय णिद्वत् हो ।

गौः—गो शब्द के प्रथमा के एकवचन में 'गो + स्' इस दशा में प्रकृत सूत्र से सर्वनामस्थान प्रत्यय 'सु' णिद्वत् हुआ, क्योंकि वह ओकारान्त गो शब्द से विहित है । णिद्वत् होने पर '१८२ अचो ञ्णिति' सूत्र से अङ्ग गो के अन्त्य ओकार को औकार वृद्धि होने से '**गौः**' रूप बना ।

गावौ—प्रथमा और द्वितीया के द्विवचन में 'गो + औ' इस दशा में प्रकृत सूत्र से णिद्वत् और '१८२ अचो ञ्णिति' से वृद्धि औकार और औकार को '२२ एचोऽयवायावः' सूत्र से 'आव्' आदेश होकर '**गावौ**' रूप सिद्ध हुआ ।

गावः—जस् का रूप है । णिद्वत् वृद्धि, आवादेश, रुत्व और विसर्ग हुए ।

२०१४ **[१]औतो इति**—ओकारान्त शब्द से अम् और शस् का अच् परे रहते आकार एकादेश हो ।

गाम्—द्वितीया के एकवचन में 'गो + अम्' इस दशा में '२१३ गोतो णित्' सूत्र से णिद्वद्भाव प्राप्त है । पर प्रकृत सूत्र से ओकारान्त गो शब्द से विहित अम् के अच् अकार परे रहने से ओकार और अकार को आकार एकादेश होकर '**गाम्**' रूप बना ।

गावौ—की सिद्धि पीछे लिखी जा चुकी है ।

गाः—द्वितीया के बहुवचन में 'गो + अस्' इस दशा में '२१३ गोतो णित्'

---

१ 'आ ओतः' यह सूत्रस्थ 'औतो' का पदच्छेद है ।

गवे । गोः २ । इत्यादि ।

(आकारादेशविधिसूत्रम्)

२१५ रायो हलि ७ । २ । ८५ ॥

अस्याऽऽकारादेशो हलि विभक्तौ । राः, रायौः रायः । राभ्याम् ।

से प्राप्त णिद्वद्भाव को बाधकर २१४ प्रकृत सूत्रसे ओकार और अस के अकारके 'आकार' एकादेश हाने से 'गास्' स्थिति बनी । तब सकार को रुत्व विसर्ग करने पर रूप सिद्ध होगया ।

इसमें '१३७ तस्माच्छसो नः पुंसि' सूत्र से सकार को नकार नहीं हुआ । क्योंकि यहाँ अकार 'औतोऽम्शसोः' सूत्रसे हुआ है, 'प्रथमयोः पूर्वसवर्णः' सूत्र से पूर्वसवर्ण दीर्घ के द्वारा नहीं, और '१३७ तस्माच्छसो–' सूत्र वहीं लगता है जहाँ पूर्वसवर्णदीर्घ हुआ हो ।

गवा—तृतीया के एकवचन में 'गो + आ' यहाँ '२२ एचोऽयवायावः' सूत्र से ओकार को 'अव्' आदेश हुआ ।

गवे—चतुर्थी के एकवचन में 'गो + ए' यहाँ भी केवल अव् आदेश होकर रूप सिद्ध हो गया ।

गोः—पञ्चमी और षष्ठी के एकवचन में 'गो + अस्' यहाँ पर '१७३ ङसिङसोश्च' सूत्र से आकार का पूर्वरूप होकर 'गो': रूप सिद्ध हुआ । वहाँ ओकार के पदान्त न होने से 'एङः पदान्तादति' से पूर्वरूप नहीं हो सकता ।

प्र.	गोः,	गावौ,	गावः ।
सं.	हे गौ	हे ,,	हे ,, ।
द्वि.	गाम्,	गावौ,	गाः ।
तृ.	गवा,	गोभ्याम्	गोभिः ।
च.	गवे,	गोभ्याम्,	गोभ्यः ।
प.	गोः	,,	,,
ष.	गोः,	गवोः	गवाम् ।
स.	गवि	,,	गोषु ।

ओकारान्त शब्द समाप्त ।

ऐकारान्त रै (धन) शब्द—

२१५ राय इति–रै शब्द को आकार अन्तादेश हो हलादि विभक्ति परे रहते ।

राः—रै शब्द के प्रथमा के एकवचन में 'रै + स्' इस दशा में हलादि

ग्लौः, ग्लावौ, ग्लावः । ग्लौभ्यामित्यादि ।

इति अजन्तपुँल्लिङ्गप्रकरणं समाप्तम् ।

विभक्ति 'सु' परे रहने से ऐकार को आकार आदेश हो गया ।

रायौ—द्विवचन में 'रै + औ' यहाँ '२२ एचोऽयवायावः' सूत्र से ऐकार को 'आय्' आदेश हुआ ।

रायः—बहुवचन में भी 'आय्' आदेश करने पर रूप सिद्ध हुआ ।

राभ्याम्—तृतीया, चतुर्थी और पञ्चमी के द्विवचन में 'रै + भ्याम्' इस दशा में हलादि विभक्ति पर होने से प्रकृत सूत्र से ऐकार को आकार आदेश हुआ ।

प्र० राः,	रायौ,	रायः ।	
स० हे राः,	हे ,,	हे ,, ।	
द्वि० रायम्,	,,	,, ।	
तृ० राया	राभ्याम्,	राभिः ।	
च० राये,	राभ्याम्,	राभ्यः ।	
पं० रायः,	,,	,, ।	
ष० ,,	रायोः	रायाम् ।	
स० रायि,	,,	रासु ।	

ऐकारान्त शब्द समाप्त

औकारान्त शब्द

ग्लौः—(चन्द्रमा) ग्लौ शब्द के प्रथमा के एकवचन में सु के सकार को रु और रेफ को विसर्ग होने से रूप बन गया ।

ग्लावौ—द्विवचन में '२२ एचोऽयवायावः' सूत्र से औकार को 'आव' आदेश होकर रूप बना ।

ग्लावः—बहुवचन में भी केवल आव् आदेश और रुत्व विसर्ग होने पर रूप बना ।

ग्लौभ्याम्—यहाँ प्रत्यय जोड़ देने मात्र से रूप बन गया । कोई विशेष कार्य नहीं होता ।

प्र० ग्लौः	ग्लावौ,	ग्लावः ।
स० हे ग्लौः	हे ,,	,, ।
द्वि० ग्लावम्	,,	,, ।
तृ० ग्लावा,	ग्लौभ्याम्,	ग्लौभिः ।
च० ग्लावे,	ग्लौभ्याम्,	ग्लौभ्यः ।
पं० ग्लावः,	,,	,, ।
ष० ,,	ग्लावोः	ग्लावाम् ।
स० ग्लावि,	,,	ग्लौषु ।

औकारान्त शब्द समाप्त

अजन्तपुँल्लिङ्ग प्रकरण समाप्त ।

अथ अजन्तस्त्रीलिङ्गप्रकरणम् ।

रमा ।

('शी' आदेशविधिसूत्रम्)

२१६ औङ[2] आपः[5] ७ । १ । १८ ॥

आबन्तादङ्गात परस्यौङः शी स्यात् ।। 'औङ' इति औकारविभक्तेः संज्ञा। रमे, रमाः ।

आकारान्त[1] शब्द

रमा (लक्ष्मी) रमा[2]शब्द से आबन्त होने के कारण 'ङ्याप्[3] प्रातिपदिकात्'से सु आदि प्रत्ययों की उत्पत्ति हुई । प्रथमा के एकवचन में'रमा + स्'इस दशा में '१७९ हल्ङ्याब्भ्यः—' सूत्र से आबन्त से परे होने के कारण अपृक्त सकार का लोप हो गया । तब विसर्ग रहित रूप **'रमा'**[4] ऐसा ही बना ।

२१६ औङ इति—आबन्त अङ्ग से परे 'औङ्' को 'शी' आदेश हो ।

औङ् इति—'औङ्' यह 'औ'कारविभक्ति—औ और औट् की संज्ञा है ।

रमे—रमाशब्द से प्रथमा के द्विवचन में 'रमा + औ' इस दशा में आबन्त अङ्ग रमा से पर औङ्—'औ' को 'शी' आदेश हुआ । शकार की 'लशक्-

---

१ अकारान्त स्त्रीलिङ्ग शब्द होते ही नहीं। इसलिये आकारान्त शब्द से स्त्रीलिङ्ग में रूप बनाने प्रारम्भ किये ।

२ 'रमते इति रमा' यह व्युत्पत्ति है । 'पचाद्यच्' से अच् प्रत्यय होकर 'रम' बनता है । तब स्त्रीत्व की विवक्षा से 'अजाद्यतष्टाप्' से टाप् प्रत्यय होने से 'रमा' शब्द बनता है ।

३ वास्तव में 'प्रातिपदिकग्रहणे लिङ्गविशिष्टस्यापि ग्रहणम्' इस परिभाषा से 'सु' आदि आते हैं । 'ङी आप्' ग्रहण का भाष्यकार ने अन्य प्रयोजन बताया है । प्रातिपदिक से जब सु आदि आते हैं तो लिङ्गविशिष्ट से भी आयँगे । यही परिभाषा का आशय है ।

४ विभक्ति लाने का फल पद संज्ञा होना है । यद्यपि विभक्ति का लोप हो गया है तथापि 'प्रत्ययलोपे प्रत्ययलक्षणम्' सूत्र से पदत्व रहेगा ।

('एकार' आदेशविधिसूत्रम्)

२१७ सम्बुद्धौ च ७ । ३ । १०६ ॥

आप एकारः स्यात् सम्बुद्धौ । एङ्ह्रस्वात्–' इति सम्बुद्धिलोपः । **हे रमे, हे रमे, हे रमाः । रमाम्, रमे, रमाः ।**

बद्धिते' से इत्संज्ञा और 'तस्य लोपः' से लोप । 'शी' में स्थानिवद्भाव से प्रत्यत्व लाकर प्रत्यय का आदि शकार बनेगा । 'रमा + ई' यहाँ अवर्ण 'आकार' से अच् 'ई' परे होने से पूर्व और पर दोनों के स्थान में 'आद् गुणः' से गुण 'एकार' एकादेश होकर रूप सिद्ध हुआ ।

रमा—बहुवचन में 'रमा + अस्' इस दशा में 'अकः सवर्णे दीर्घः' से दीर्घ होकर सकार को रु और रेफ को विसर्ग हुए ।

यद्यपि यहाँ पूर्वसवर्णदीर्घ भी प्राप्त है तथापि 'दीर्घाज्जसि च' से उसका निषेध हो जाता है ।

२१७ **सम्बुद्धौ चेति**–आबन्त अङ्ग को एकार आदेश हो सम्बुद्धि परे रहते ।

हे रमे—संबोधन के एकवचन में 'हे रमा + स्' इस दशा में प्रकृत सूत्र से आबन्त अङ्ग रमा से सम्बुद्धि परे होने के कारण अलोऽन्त्यपरिभाषा के बल से अन्त्य आकार को एकार होगया । तब 'हे रमे + स्' इस स्थिति में '४३४ एङ्ह्रस्वात्संबुद्धेः' सूत्र से सम्बुद्धि के सकार का लोप होने से '**हे रमे**' रूप सिद्ध हुआ ।

हे रमे, हे रमाः—ये संबोधन के द्विवचन और बहुचन के रूप हैं । प्रथमा के समान ही सिद्ध होंगे ।

रमाम्—द्वितीया के एकवचन में 'रमा + अम्' इस अवस्था में 'अमि पूर्वः' से अम् के अकार का पूर्वरूप होने से रूप बना ।

द्विवचन और बहुवचन में '**रमे और रमाः**' रूप प्रथमा के समान ही हैं ।

रमाः—'रमा + शस्' इस दशा में शकार की इत्संज्ञा और लोप होने पर 'प्रथमयोः पूर्वसवर्णः' सूत्रसे पूर्व आकार और पर अकार दोनों के स्थान में पूर्व आकार का सवर्ण दीर्घ आकार एकादेश हुआ । तब सकार के स्थान में रु और उसके रकार के स्थान में विसर्ग होने पर रूप सिद्ध हुआ ।

यद्यपि यहाँ 'अकः सवर्णे दीर्घः' से सवर्णदीर्घ होने पर भी रूप सिद्ध हो

('एकार' आदेशविधिसूत्रम्)

२१८ आङि चाऽऽपः ७ । ३ । १०५ ॥

आङि ओसि चाऽऽप एकारः । रमया, रमाभ्याम् , रमाभिः ।

('याड्' आगमविधिसूत्रम्)

२१९ याडापः ७ । ३ । १०५ ॥

आपो ङितो याट् । वृद्धिः । रमायै, रमाभ्याम् , रमाभ्यः, रमायाः२ ।

सकता है—परन्तु पर होने से पूर्णसवर्णदीर्घ का करना ही उचित है ।

पूर्वसवर्ण दीर्घ का यहाँ निषेध भी नहीं हो सकता, क्योंकि न यहाँ जस् परे है और न इच् ।

पूर्वसवर्णदीर्घ होने से यहाँ सकार के स्थान में नकार आदेश की संभावना भी नहीं की जा सकती, क्योंकि नकार-विधायक 'तस्मात् शसो नःपुंसि' सूत्र में 'पुंसि' शब्द के द्वारा उसे पुँलिङ्ग में ही नियत कर दिया है । यह रमा शब्द स्त्रीलिङ्ग है ।

२१८ आङि इति—आङ् और ओस् परे रहते आबन्त अङ्ग को एकार हो ।

आङ् 'टा' को कहते हैं—यह 'आङो नास्त्रियाम्' सूत्र में बताया जा चुका है ।

रमया—तृतीया के एकवचन में 'रमा+आ' इस दशा में आङ् 'टा' परे रहने से आबन्त अङ्ग 'रमा' के अन्त्य आकार को एकार हुआ । तब '२२ एचोऽयवायावः' सूत्र से एकार को 'अय्' आदेश होकर 'रमया' रूप बना ।

रमाभ्याम्—द्विवचन का रूप है । कोई कार्य नहीं होता ।

रमाभिः—बहुवचन । यहाँ ह्रस्व अकार से परे न होने के कारण 'भिस्' को 'ऐस्' नहीं हुआ ।

२१९ याड् इति—आबन्त अङ्ग से परे ङिद् वचनों को 'याट्' आगम हो ।

'याट्' में 'टकार' इत्संज्ञक है । अतः उसका लोप हो जाता है । टित् होने से ङित् प्रत्ययों के आदि में होता है ।

रमायै—चतुर्थी के एकवचन में 'रमा+ए' इस अवस्था में आबन्त अङ्ग 'रमा' से परे ङित् प्रत्यय 'ङे' को 'याट्' आगम हुआ । तब 'रमाया+ए' इस दशा में 'वृद्धिरेचि' से वृद्धि हुई । इस प्रकार रूप बना 'रमायै' ।

रमयोः २। रमाणाम्। रमायाम् रमासु। एवं दुर्गाऽम्बिकादयः।

('स्याट्' आगम-ह्रस्वविधिसूत्रम्)

२२० सर्वनाम्नः स्याड्ढ्रस्वश्च ७। ३। ११४॥

द्विवचन-**रमाभ्याम्**। बहुवचन-**रमाभ्यः**।

रमायाः—पञ्चमी और षष्ठी के एकवचन में 'रमा + अस्' इस अवस्था में प्रकृत सूत्र से याट् आगम और सवर्णदीर्घ होकर रूप बना।

द्विवचन—**रमाभ्याम्**। बहुवचन-**रमाभ्यः**।

रमयोः—षष्ठी और सप्तमी के द्विवचन में 'रमा + ओस्' इस दशा में '२१८ आङि चापः' सूत्र से आकार को एकार और एकार को 'अय्' आदेश तथा सकार को रु और रेफ को विसर्ग होकर उक्त रूप सिद्ध हुआ।

रमाणाम्—षष्ठी के बहुवचन में 'रमा + आम्' इस दशा में आबन्त होने से '१४८ ह्रस्वनद्यापो नुट्' से नुट् आगम तथा '१३८ अट्कुप्वाङ्—' से नकार को णकार हुआ।

रमायाम्—सप्तमी के एकवचन में 'रमा + ङि' इस दशा में '१९८ ङेराम्नद्याम्नीभ्यः' सूत्र से 'ङि' को 'आम्' आदेश हुआ और इसके स्थानिवद्भाव से ङित्व लाकर '२१९ याडापः' से 'याट्' आगम और सवर्णदीर्घ हुआ।

बहुवचन में **रमासु**।

प्र.	रमा,	रमे,	रमाः।
सं.	हे रमे,	हे रमे,	हे रमाः।
द्वि.	रमाम्,	,,	,,।
तृ.	रमया,	रमाभ्याम्	रमाभिः।
च.	रमायै,	रमाभ्याम्,	रमाभ्यः।
पं.	रमायाः,	,,	,,।
ष.	,,	रमयोः,	रमाणाम्।
स.	रमायाम्,	,,	रमासु।

एवं दुर्गेति—इसी प्रकार सभी आकारान्त स्त्रीलिङ्ग—दुर्गा, अम्बिका, लता, अवस्था, दशा, कथा, अङ्गना (स्त्री), उमा (पार्वती), गङ्गा, यमुना, नर्मदा, चन्द्रभागा, सत्यभामा और पद्मा (लक्ष्मी) आदि शब्दों के रूप बनेंगे।

परन्तु सर्वनाम शब्दों में और कुछ अन्य थोड़े शब्दों में अन्तर पड़ता है। वह आगे बताया जाता है। इनमें पहले **सर्वनाम** शब्दों के रूप बताये जाते हैं।

२२० सर्वनाम्न इति—आबन्त सर्वनाम से परे ङित् प्रत्ययों को 'स्याट्'

आबन्तात् सर्वनाम्नो ङितः स्याट् स्यात्, आपश्च ह्रस्वः । सर्वस्यै । सर्वस्याः । सर्वासाम् । सर्वस्याम् । शेषं रमावत् । एवं विश्वादय आबन्ताः ।

(सर्वनामसंज्ञासूत्रम्)

२२१ विभाषा दिक्समासे बहुव्रीहौ १ । १ । २८ ॥

आगम हो और आप् को ह्रस्व ।

'स्याट्' में टकार इत्संज्ञक है, अतः टित् होने से 'स्याट्' ङित् प्रत्यय के आदि में होता है ।

सर्वस्यै—'सर्वा + ङे' इस अवस्था में पूर्व सूत्र से याट् प्राप्त है, उसको बाधकर सर्वनाम होने के कारण इस सूत्र से स्याट् आगम और आकार को ह्रस्व हो गया । 'सर्वस्या + ए' इस दशा में वृद्धि होकर 'सर्वस्यै' रूप सिद्ध हुआ ।

सर्वस्याः—पञ्चमी और षष्ठी के एकवचन में 'सर्वा + अस्' यहाँ स्याट् आगम और आकार को ह्रस्व तथा सवर्णदीर्घ, रुत्व, विसर्ग हुए ।

सर्वासाम्—षष्ठी के एकवचन में 'आमि सर्वनाम्नः सुट्' से सुट् आगम होकर रूप सिद्ध हुआ ।

सर्वस्याम्—ङि में 'सर्वा + ङि' इस दशा में 'ङेराम् नद्याम्नीभ्यः' से ङि को आम् आदेश और प्रकृत सूत्र से स्याट् आगम और आकार को ह्रस्व होकर रूप बना ।

शेषमिति—शेष रूप **'रमा'** शब्द के समान ही बनेंगे ।

स्त्रीलिङ्ग में सर्वनाम शब्दों में सर्वनाम कार्य ङे, ङसि, ङस्, आम् और ङि—इन पाँच स्थलों में ही होता है । जस् को 'शी' आदेश यहाँ नहीं होता, क्योंकि स्त्रीलिङ्ग में टाप् होने से शब्द ह्रस्व अकारान्त नहीं रह पाते ।

एवमिति—इसी प्रकार 'विश्वा' आदि आबन्त सर्वनाम शब्दों के भी रूप बनेंगे ।

२२१ विभाषा इति—बहुव्रीहि समास में जो दिक्समास आता है, उसमें सर्वनाम संज्ञा विकल्प से होती है ।

[illegible] णमें आनेवाले 'दिङ्नामान्यन्तराले' सूत्र से

सर्वनामता वा । उत्तरपूर्वस्यै, उत्तरपूर्वायै ।
तीयस्येति वा सर्वनामसंज्ञा-द्वितीयस्यै, । एवं तृतीया ।
'अम्बार्थ-' इति ह्रस्वः-हे अम्ब, हे अक्क, हे अल्ल ।

किया गया समास 'दिक्-समास' कहा जाता है। चार मुख्य दिशाओं का बोध कराने के लिये समास होता है। 'उत्तरपूर्वा' शब्द दिक्समास से बना है। इसका अर्थ है उत्तरपूर्वयोः दिशयोः अन्तरालम् अर्थात् उत्तर और पूर्व दिशा के बीच की दिशा अर्थात् ईशानकोण। इसी प्रकार दक्षिणपूर्वा-आदि पद भी सिद्ध होते हैं और उनका अर्थ भी दोनों प्रधान दिशाओं के बीच का कोण होता है।

सर्वनाम संज्ञा का विकल्प होने से दिक् समास से सिद्ध हुये इन 'उत्तर-पूर्वा' आदि शब्दों के उक्त पाँच विभक्तियों में दो-दो रूप बनेंगे।

उत्तरपूर्वस्यै—'उत्तरपूर्वा + ए' इस दशा में दिक्-समास होने के कारण प्रकृत सूत्र से सर्वनाम संज्ञा होने पर 'स्याट्' आगम और ह्रस्व होने पर वृद्धि होकर रूप सिद्ध होता है। अभाव पक्ष में याट् होकर **'उत्तरपूर्वायै'** रूप बनता है।

इसी प्रकार ङसि, ङस् में—**उत्तरपूर्वस्याः, उत्तरपूर्वायाः**। आम् में—**उत्तरपूर्वासाम्, उत्तरपूर्वाणाम्**। ङि में—**उत्तरपूर्वस्याम्, उत्तरपूर्वायाम्**।

तीयस्येति इति—'तीयस्य ङित्सु वा' से तीयप्रत्ययांत (द्वितीय-तृतीय) शब्दों की ङित् प्रत्ययों में विकल्प से सर्वनाम संज्ञा होती है।

द्वितीयस्यै—द्वितीया (दूसरी) शब्द से चतुर्थी के एकवचन ङे ङित् प्रत्यय होने से सर्वनाम संज्ञा विकल्प से हुई। तब स्याट् आगम और ह्रस्व होकर रूप बना। अभावपक्ष में **'द्वितीयायै'**।

ङित् प्रत्ययों में ही विकल्प विधान होने से आम् में एक ही रूप होगा।

एवमिति—इसी प्रकार तृतीया (तीसरी) शब्द के भी रूप बनेंगे।

अम्बार्थ इति—अम्बा, अक्का, अल्ला (माता) इन तीनों शब्दों को अम्बार्थ-माता के वाचक—होने से सम्बुद्धि में 'अम्बार्थनद्योर्ह्रस्वः' सूत्र से ह्रस्व होकर **'हे अम्ब हे अक्क हे अल्ल'** रूप बनते हैं। शेष 'रमा' शब्द के समान बनेंगे।

जरा जरसौ इत्यादि । पक्षे हलादौ च रमावत् ।
गोपा विश्वपावत् ।

जरा—जरा (बुढ़ापा) **शब्द के प्रथमा के** एकवचन **में** आबन्त होने से रमा शब्द के समान अपृक्त सकार का 'हल्ङ्यादि लोप होगया ।

जरसौ—'औ' में अजादि विभक्ति होने से 'जराया जरसन्यतरस्याम्' से जरस् आदेश होगया ।

पक्षे इति—जरस् आदेश के अभाव पक्ष में और हलादि विभक्तियों में रमा शब्द के समान रूप बनेंगे ।

प्र०	जरा,	जरसौ, जरे,	जरसः । जराः ।	च०	जरसे, जरायै,	जराभ्याम्,	जराभ्यः ।
स०	हे जरे,	हे,,	हे,, ।	पं०	जरसः जरायाः	,,	,, ।
द्वि०	जरसम्, जराम्,	,,	,, ।	ष०	,,	जरसोः जरयोः	जरसाम्। जराणाम्।
तृ०	जरसा, जरया,	जराभ्याम्	जराभिः ।	स०	जरसि, जरायाम्	,,	जरासु ।

गोपाः इति–गोपा शब्द के रूप पुँल्लिङ्ग 'विश्वपा' शब्द के समान बनेंगे । यह गोपा शब्द विश्वपा शब्द के समान 'अन्येभ्योऽपि दृश्यते' सूत्र से विच् प्रत्यय होकर बना है । विच् प्रत्यय का सर्वापहार लोप होता है । स्त्रीलिङ्ग का बोध कराने के लिये इनसे कोई प्रत्यय नहीं आता, क्योंकि किसी प्रत्यय का इनसे विधान ही नहीं किया गया । अतः ये शब्द दोनों लिङ्गों में समान ही रहते हैं । परन्तु जब 'क' प्रत्यय के द्वारा 'गोप' यह अकारान्त शब्द बनता है तब उससे स्त्रीत्व विवक्षा में 'जातेरस्त्रीविषयादयोपधात्' सूत्र से ङीप् प्रत्यय होकर 'गोपी' शब्द बनता है, जिसका अर्थ शब्द से होता है–गोप की स्त्री । इसी कप्रत्ययान्त शब्द से 'अजाद्यतष्टाप्' सूत्र से टाप् प्रत्यय होकर 'गोपा' शब्द भी बनता है, पर उसका अर्थ होता है—गोप जाति की स्त्री अर्थात् स्वयं गोपालन करनेवाली स्त्री ।

॥ आकारान्त शब्द समाप्त ॥

मतीः । मत्या ।

(नदीसंज्ञासूत्रम्)

२२२ ङिति[०] [१]ह्रस्वश्च १ । ४ । ६ ॥

इयुङुवङ्स्थानौ स्त्रीशब्दभिन्नौ नित्यस्त्रीलिङ्गावीदूतौ, ह्रस्वौ च इवर्णोवर्णौ स्त्रियां वा नदीसंज्ञौ स्तो ङिति । मत्यै, मतये । मत्याः २

ह्रस्व इकारान्त शब्द

मति (बुद्धि)

मतीः—मति शब्द के द्वितीया के बहुवचन में 'मति + अस्' इस दशा में पूर्वसवर्णदीर्घ होकर 'मतीस्' ऐसी स्थिति हुई । तब सकार को रुत्व विसर्ग होकर रूप सिद्ध हुआ ।

यहाँ सकार को 'तस्माच्छसो नः पुंसि' से नकार नहीं होता । क्योंकि पुंसि कहने से उसका केवल पुँल्लिङ्गमें विधान है । स्त्रीलिङ्ग होनेसे यहाँ नहीं हुआ ।

मत्या—तृतीया के एकवचन में 'मति + आ' इस अवस्था में इकार को यण् आदेश होकर रूप सिद्ध हुआ ।

ह्रस्व इकारान्त शब्दों के रूपों में पुँल्लिङ्ग की अपेक्षा स्त्रीलिङ्ग में इन दो (शस् और टा) स्थलों में ही विशेष अन्तर पड़ता है । इसलिये ये रूप दिखाये गये हैं ।

२२२ ङितीति—इयङ् और उवङ् के [१]स्थान, स्त्री शब्द से भिन्न तथा नित्यस्त्रीलिङ्ग दीर्घ ईकार ऊकार तथा ह्रस्व इकार उकार विकल्प से नदीसंज्ञक हों, ङित् प्रत्यय परे रहते ।

मत्यै—चतुर्थी के एकवचन में 'मति + ए' इस दशा में ह्रस्व इकारान्त स्त्रीलिङ्ग मति शब्द से पर ङित् प्रत्यय ङे होने से वैकल्पिक नदीसंज्ञा हुई । नदीसंज्ञा होने पर 'आण् नद्याः' सूत्र से ङित् प्रत्यय 'ए' को आट् आगम और 'आटश्च' से वृद्धि तथा इकार को यण् होने से रूप सिद्ध हुआ ।

मतये—नदी संज्ञा के अभाव पक्ष में घिसंज्ञा होगी और तब 'घेर्ङिति' सूत्र से घिसंज्ञानिमित्तक गुण होने पर एकार को 'अय्' आदेश हुआ ।

---

१ अर्थात् इयङ् और उवङ् की स्थिति उनमें हो । यदि इयङ् और उवङ् की प्राप्ति हुई और फिर उनका निषेध या बाध होगया हो तो इयङ् और उवङ्

मतेः २।

('आम्' विधिसूत्रम्)

२२३ इदुद्भ्याम् ७। ३। ११७॥

इदुद्भ्यां नदीसंज्ञकाभ्यां परस्य ङेराम्। मत्याम्, मतौ। शेषं

मत्याः—पञ्चमी और षष्ठी के एकवचन में 'मति+अस्' इस अवस्था में नदी संज्ञा, आट् आगम, वृद्धि, यण्, रुत्व और विसर्ग कार्य होकर उक्त रूप सिद्ध हुआ।

मतेः—नदीसंज्ञा के अभावपक्ष में घिसंज्ञा, गुण और 'ङसिङसोश्च' से अकार का पूर्वरूप तथा सकार को रुत्व विसर्ग होकर रूप बना।

२१३ इदुदिति—नदीसंज्ञक ह्रस्व इकार और उकार से पर 'ङि' को 'आम्' आदेश हो।

मत्याम्—'मति+ङि' इस दशा में प्रकृत सूत्र से 'ङि' को 'आम्' आदेश होने पर इकार को यण् होकर रूप सिद्ध हुआ।

यहाँ यद्यपि 'ङेराम् नद्याम्नीभ्यः' से ङि को 'आम्' हो सकता था, तथापि 'औत्' सूत्र से बाध होने के कारण वह प्राप्त नहीं था। अतः इस सूत्र के द्वारा विधान कर दिया गया।

मतौ—नदी संज्ञा के अभाव में 'घि' संज्ञा होने से 'अच्च घेः' सूत्र से 'ङि' को 'औ' और इकार को अकार आदेश हुआ। तब 'मत+औ' इस दशा में वृद्धि होकर रूप बना।

शेषमिति—शेष रूप हरि शब्द के समान ही बनेंगे।

अन्तर केवल शस्, टा, ङे, ङसि, ङस् और ङि—इन छः विभक्तियों में ही पड़ता है।

की उनमें स्थिति तो नहीं मानी जा सकती। अतएव ऐसे स्थलों में यह सूत्र प्रवृत्त न होगा। जैसे स्त्रीलिङ्ग प्रधी (अच्छी बुद्धिवाली स्त्री) शब्द में इयङ् की प्राप्ति तो होती है, पर उसका यण् से बाध हो जाता है उसमें इयङ् को स्थिति बनती ही नहीं अतः यहाँ इस सूत्र की प्रवृत्ति न होगी। 'श्री' और 'सुधी' ये दीर्घ ईकारान्त शब्द इस सूत्र के उदाहरण हैं, क्योंकि ये 'स्त्री' शब्द से भिन्न भी हैं और स्त्रीलिङ्ग भी और इनमें इयङ् आदेश भी होता है। दीर्घ ऊकारान्त—'भ्रू (भौं) शब्द भी इसका उदाहरण होगा, इसमें उवङ् होता है।

हरिवत् । एवं बुद्ध्यादयः ।

('तिसृचतसृ' आदेशविधिसूत्रम्)

२२४ त्रि-चतुरोः[६] स्त्रियां[७] तिसृचतसृ[१] ७ । २ । ९९ ॥

स्त्रीलिङ्गयोरेतयोरेतौ स्तो विभक्तौ ।

२२५ अचि[७] र ऋ[६]तः ७ । २ । १०० ॥

तिसृचतसृ एतयोर्ऋकारस्य रेफादेशः स्यादचि ।

गुणदीर्घोत्वानामपवादः ।

(रभाव-विधिसूत्रम्)

प्र० मतिः,	मती,	मतयः	।
सं० हे मते,	हे ,,	हे ,,	।
द्वि० मतिम्,	मती,	मतीः	।
तृ० मत्या,	मतिभ्याम्,	मतिभिः	।
च० मत्यै-मतये,	मतिभ्याम्,	मतिभ्यः	।
पं० मत्याः-मतेः,	,,	,,	।
ष० ,, ,,	मत्योः	मतीनाम्	।
स० मत्याम्-मतौ,	,,	मतिषु	।

एवमिति—इसी प्रकार 'बुद्धि' आदि ह्रस्व इकारान्त स्त्रीलिंग शब्दों के रूप बनेंगे ।

२२४ त्रिचतुरोरिति—त्रि और चतुर् शब्दों को क्रम से 'तिसृ' और 'चतसृ' आदेश हों स्त्रीलिंग में ।

त्रिशब्द नित्य बहुवचनान्त है, यह पहले कहा जा चुका है ।

चतुर् शब्द भी चार संख्या का वाचक होने से नित्य बहुवचनान्त है ।

चतुर् शब्द यद्यपि हलन्त है, तथापि चतसृ आदेश होने से अजन्त बन जाता है, अतः अजन्त में ही इसका निरूपण किया गया ।

२२५ अचि र इति—तिसृ और चतसृ शब्द के ऋकार को रेफ आदेश हो अच् परे रहते ।

गुणदीर्घेति—रेफ आदेश जस् में 'ऋतो ङि–' से प्राप्त गुण, शस् में 'प्रथमयोः पूर्वसवर्णः' से प्राप्त पूर्वसवर्ण दीर्घ और ङसि[1] और ङस् में 'ऋत उत्' से प्राप्त उत्व का बाधक है । इस प्रकार 'तिसृ + उस्' में 'इको यणचि'

---

१ ङसि और ङस् ये एकवचन हैं, यहाँ तो ये नहीं आते पर 'प्रियास्तिस्रो यस्य' इस विग्रह से सिद्ध 'प्रियतिसृ' से आयेंगे । वहाँ 'प्रियतिसृ + अस्' इस अवस्था में उक्त उत्व प्राप्त होता है । उसका यह सूत्र बाध कर देता है ।

तिस्रः। तिस्रः। तिसृभिः। तिसृभ्यः। तिसृभ्यः।
आमि नुट्।

२२६ न तिसृ-चतसृ ६।४।४॥

एतयोर्नामि दीर्घो न। तिसृणाम्। तिसृषु।

से ऋकार के स्थान में रकार आदेश करने से भी 'तिस्रः' यह रूप सिद्ध हो सकता था 'अचि र ऋतः' सूत्र की क्या आवश्यकता है ? इस शङ्का का समाधान हो गया।

तिस्रः— यहाँ तिसृ आदेश होने पर जस् में 'तिसृ+अस्' इस दशा में 'ऋतो ङि—' से गुण प्राप्त हुआ है, उसका प्रकृत सूत्र से बाध होकर ऋकार को रेफ आदेश हुआ। तब सकार को रुत्व विसर्ग होकर रूप बना।

तिस्रः शस् में 'तिसृ+अस्' इस दशा में प्राप्त पूर्वसवर्णदीर्घ को बाधकर प्रकृत सूत्र से ऋकार को रेफ होकर और सकार को रुत्व विसर्ग होकर रूप सिद्ध हुआ।

तिसृभिः—'भिस्' में तिसृ आदेश और सकारको रुत्व विसर्ग कार्य होताहै।

तिसृभ्यः—भ्यस् में तिसृ आदेश और रुत्व विसर्ग यही कार्य होते हैं।

आमि नुट् इति—आम् में नुट् आगम हुआ।

तात्पर्य यह है कि 'तिसृ आम्' इस दशा में प्रकृत सूत्र से ऋकार को रेफ आदेश और 'ह्रस्वनद्यापो नुट्' से आम् को नुट् आगम प्राप्त होता है। पर होने से यद्यपि रेफ आदेश प्रबल है, तथापि 'नुमचिरतृज्वद्भावेभ्यो नुट् पूर्वविप्रतिषेधेन' इस वचन से 'अचि र'—अच् परे रहते रभाव—की अपेक्षा नुट् प्रबल है। अतः पहले नुट् होगा, तब अजादि प्रत्यय न रहने से रभाव नहीं होता।

२२६ न तिसृ इति—तिसृ और चतसृ शब्द को आम परे रहते दीर्घ न हो।

तिसृणाम्—'तिसृ नाम्' इस दशा में 'नामि' सूत्र से प्राप्त दीर्घ का प्रकृत सूत्र से निषेध हो गया। तब 'ऋवर्णान्नस्य णत्वं वाच्यम्' से ऋवर्ण से परे नकार को णकार होकर रूप सिद्ध हुआ।

तिसृषु—सप्तमी के बहुवचन में 'आदेशप्रत्यययोः' से सुप् प्रत्यय के सकार को मूर्धन्य षकार आदेश होकर रूप सिद्ध हो गया।

इसी प्रकार चतस शब्द के भी रूप बनेंगे—प्र० **चतस्रः**, द्वि० **चतस्रः**, तृ०

द्वे, द्वे । द्वाभ्याम्, द्वाभ्याम्, द्वाभ्याम् । द्वयोः, द्वयोः ।
गौरी, गौर्यौ, गौर्यः । हे गौरि । गौर्यै इत्यादि । एवं नद्यादयः ।

चतसृभिः, च० **चतसृभ्यः**, पं० **चतसृभ्यः**, ष०**चतसृणाम्**, स० **चतसृषु** ।

द्वे इति—द्वि शब्द के प्रथमा और द्वितीयाके द्विवचन में 'द्वि + औ' इस स्थिति में 'त्यदादीनामः' सूत्र से विभक्ति पर-होने के कारण इकार को अकार आदेश हुआ तब 'द्व + औ' इस दशा में अकारान्त बन जाने के कारण स्त्रीत्व विवक्षा में 'अजाद्यतष्टाप्'सूत्र से टाप् प्रत्यय हुआ। 'टाप्'का टकार और पकार इत्संज्ञक होने से लुप्त हो जाता है । तब 'द्व आ औ' इस स्थिति में सवर्णदीर्घ और 'औङ आपः' से 'औ' को शी आदेश और गुण होकर रूप सिद्ध हुआ ।

द्वाभ्याम्—'भ्याम्' में त्यदाद्यत्व होने पर अकारान्त हो जाने से टाप् सवर्णदीर्घ होकर रूप सिद्ध हुआ ।

द्वयोः—ओस् में, त्यदाद्यत्व, टाप्, सवर्णदीर्घ, आकार को 'आङि चापः' से एकार, अय् आदेश और सकार को रुत्व विसर्ग होकर रूप सिद्ध हुआ ।

हस्व इकारान्त शब्द समाप्त ।

दीर्घ ईकारान्त शब्द

गौरी—गौरी (पार्वती) शब्द के प्रथमा के एकवचन में 'गौरी + स्' इस अवस्था में ङ्यन्त[1] होने से अपृक्त सकार का '१७९ हल्ङ्याब्भ्यो–' से लोप हो गया । अतः विसर्ग रहित रूप बना ।

गौर्यौ—औ में पूर्वसवर्णदीर्घ प्राप्त होता है उसका 'दीर्घाज्जसि च' सूत्र से निषेध हो जाता है । तब यण् आदेश होने पर रूप की सिद्धि हो जाती है ।

गौर्यः—जस् में भी पूर्ववत् यण् होकर उक्त रूप सिद्ध हुआ ।

हे गौरि—सम्बुद्धि में नित्यस्त्रीलिङ्ग होने के कारण नदीसंज्ञक होने से 'अम्बार्थनद्योर्ह्रस्वः' से ह्रस्व और तब 'एङ्ह्रस्वात् सम्बुद्धेः' से सम्बुद्धि के सकार का लोप होकर रूप बनता है ।

गौर्यै—चतुर्थी के एकवचन में 'गौरी + ए' इस दशा में नदीसंज्ञक होने से 'आण्नद्याः' से आट् आगम और 'आटश्च' से बृद्धि होने पर 'गौरी ऐ' इस स्थिति में यण् होकर '**गौर्यै**' रूप सिद्ध हुआ ।

---

१ '१२५१ षिद्गौरादिभ्यश्च' सूत्र से ङीप प्रत्यय होता है ।

लक्ष्मीः । शेषं गौरीवत् । एवं तरीतन्त्र्यादयः ।

स्त्री । हे स्त्रि ।

('इयङ्' आदेशविधिसूत्रम्)

२२७ स्त्रियाः[६] ६ । ४ । ७९॥

प्र०	गौरी,	गौर्यौ,	गौर्यः ।	च०	गौर्यै,	गौरीभ्याम्,	गौरीभ्यः ।
सं०	हे गौरि,	हे ,,	हे ,, ।	पं०	गौर्याः,	,,	,, ।
द्वि०	गौरीम्,	,,	गौरीः ।	ष०	,,	गौर्योः,	गौरीणाम् ।
तृ०	गौर्या,	गौरीभ्याम्,	गौरीभिः ।	स०	गौर्याम्,	,,	गौरीषु ।

एवमिति—इसी प्रकार 'नदी' आदि दीर्घ ईकारान्त नित्यस्त्रीलिङ्ग शब्दों के भी रूप बनेंगे ।

लक्ष्मीः—लक्ष्मी शब्द दीर्घ ईकारान्त तो है, पर ङ्यन्त[१] नहीं । अतः इससे पर सु का लोप नहीं होता । विसर्ग होकर रूप बनता है ।

शेषमिति—शेष रूप गौरी शब्द के समान ही बनते हैं-अर्थात् नदी संज्ञा तो होती ही है तथा नदी संज्ञा के कार्य भी होते हैं ।

एवमिति—इसी प्रकार तरी, तन्त्री आदि अङ्यन्त शब्दों के रूप भी बनेंगे अर्थात् इनके सु का लोप न होगा । और तब सु में विसर्गयुक्त रूप बनेगा । यह विषय पुँलिङ्ग में अतिलक्ष्मी शब्द पर सविस्तर स्पष्ट किया जा चुका है ।

स्त्री—'स्त्री स्' इस दशा में ङ्यन्त[२] परे होने से अपृक्त सकार का लोप होकर यह निर्विसर्ग रूप सिद्ध हुआ ।

हे स्त्रि—यह रूप सम्बुद्धि में नदीसंज्ञक होने से 'अम्बार्थनद्योर्ह्रस्वः' से ह्रस्व होने पर, ह्रस्वान्त अङ्ग हो जाने से, उस से परे सम्बुद्धि के सकार का 'एङ्ह्रस्वात्–' सूत्र से लोप होकर बनता है ।

२२७ **स्त्रिया इति**—स्त्री शब्द को 'इयङ्' आदेश हो अजादि प्रत्यय परे

---

१ 'लक्षेर्मुट् च' इस उणादि सूत्र से ईप्रत्यय हुआ है । उसी का 'ई' है ।

२ 'स्त्यायतेड्रट्' इस उणादि सूत्र से स्त्यै धातु से ड्रट् प्रत्यय होता है । 'ड्रट्' का र शेष रहता है । इस प्रकार 'स्त्र' बन जाने पर टित् होने के कारण

अस्येयङ् स्यादजादौ प्रत्यये परे। स्त्रियौ, स्त्रियः।

('इयङ्' आदेशविधिसूत्रम्)

२२८ वाऽम्-शसोः[७] ६ । ४ । ८० ॥

अमि शसि च स्त्रिया इयङ् वा स्यात्। स्त्रियम्, स्त्रीम्। स्त्रियः, स्त्रीः। स्त्रिया। स्त्रियै। परत्वान्नुट्–स्त्रीणाम्। स्त्रीषु।

रहते। 'इयङ्' में 'अङ्' मात्र इत्संज्ञक है। 'इय्' शेष रहता है।

ङित् होने से अन्त्य 'ई' कार को इयङ् आदेश होता है।

स्त्रियौ—प्रथमा और द्वितीया के द्विवचन में 'स्त्री + औ' इस अवस्था में अजादि प्रत्यय 'औ' परे होने से 'स्त्री' शब्द के ईकार को इयङ् आदेश होकर 'स्त्रियौ' रूप सिद्ध हुआ।

स्त्रियः—प्रथमा के बहुवचन में 'स्त्री + अस्' इस अवस्था में पूर्ववत् इयङ् आदेश और सकार को रु और रेफ को विसर्ग होने से उक्त रूप बना।

२२८ **वामिति**—अम् और शस् परे रहते स्त्री शब्द को इयङ् विकल्प से हो।

स्त्रियम्—द्वितीया के एकवचन अम् में 'स्त्री + अम्' इस दशा में प्रकृत सूत्र से इयङ् आदेश होकर यह रूप सिद्ध हुआ।

स्त्रीम्—इयङ्भावपक्ष में 'अमिपूर्वः' से पूर्वरूप होकर बना।

स्त्रियः—द्वितीया के बहुवचन शस् में जब इयङ् हुआ, तब जस् के समान रूप बना और जब इयङ् नहीं हुआ तब पूर्वसवर्ण दीर्घ होकर **'स्त्रीः'** यह रूप बना।

स्त्रिया—तृतीया के एकवचन में 'स्त्री + आ' इस अवस्था में '२२७ स्त्रियाः' सूत्र से इयङ् आदेश होकर रूप सिद्ध हुआ।

स्त्रियै—यह रूप चतुर्थी के एकवचन में 'स्त्री + ए' इस दशा में नदी संज्ञक होने से 'आण् नद्याः' से आट् आगम और 'आटश्च' से वृद्धि होने के अनन्तर 'स्त्री + ऐ' इस स्थिति के बन जाने पर '२२७ स्त्रियाः' सूत्र से इयङ् आदेश होकर सिद्ध हुआ।

स्त्री शब्द का वर्जन होने से 'ङिति ह्रस्वश्च' से ङित् प्रत्ययों से नदी संज्ञा

'१२४७ टिड्ढाणञ्—'सूत्र से ङीप् प्रत्यय होकर 'स्त्री' शब्द बनता है। अतः यह ङ्यन्त है।

श्रीः । श्रियौ । श्रियः ।

(नदीसंज्ञानिषेधसूत्रम्)

२२९ नेयँङुवङ्स्थानावस्त्री १ । ४ । ४ ॥

इयङुवङोः स्थितिर्ययोस्तावीदूतौ नदीसंज्ञौ न स्तः, न तु स्त्री ।

हे श्रीः । श्रियै, श्रिये । श्रियाः २, श्रियः ।

का विकल्प नहीं हुआ ।

स्त्रियाः—यह रूप पञ्चमी और षष्ठी के एकवचन में सिद्ध होता है । 'स्त्री+अस्' यहाँ भी नदीसंज्ञक होने से पूर्ववत् आट्, वृद्धि और इयङ् आदेश हुए ।

परत्वादिति—षष्ठी के बहुवचन में 'स्त्री+आम्' इस दशा में इयङ् और नुट् दोनों की प्राप्ति होने पर, पर होने के कारण 'नुट्' आगम हुआ । तब '१३८ अट्कुप्वा-' सूत्र से नकार को णकार होकर '**स्त्रीणाम्**' रूप सिद्ध हुआ ।

स्त्रीषु—सप्तमी के बहुवचन का रूप है ।

प्र.	स्त्री,	स्त्रियौ,	स्त्रियः ।
सं.	हे स्त्रि,	हे ,,	हे ,, ।
द्वि.	स्त्रियम्, स्त्रीम्,	,,	स्त्रियः, स्त्रीः ।
तृ.	स्त्रिया,	स्त्रीभ्याम्,	स्त्रीभिः ।
च.	स्त्रियै,	स्त्रीभ्याम्,	स्त्रीभ्यः ।
पं.	स्त्रियाः,	,,	,, ।
ष.	,,	स्त्रियोः,	स्त्रीणाम् ।
स.	स्त्रियाम्,	,,	स्त्रीषु ।

श्री (लक्ष्मी, शोभा) शब्द

श्रीः—[1]ङ्यन्त न होने से 'श्री' शब्द के प्रथमा के एकवचन सु के अपृक्त सकार का '१७९ हल्ङ्याब्भ्यः' सूत्र से लोप नहीं होता । तव सकार को रु और रेफ को विसर्ग होकर 'श्री यह सविसर्ग रूप सिद्ध हुआ ।

श्रियौ—यह रूप प्रथमा और द्वितीया के द्विवचन में 'श्री+औ' इस अवस्था में '१९९ अचिश्नुधातु' सूत्र से इयङ् आदेश होकर बनता है ।

श्रियः—यह रूप प्रथमा के बहुवचन जस् में पूर्ववत् सिद्ध होता है ।

२२९ नेयङ् इति—इयङ् और उवङ् की स्थिति जिनमें हो, ऐसे दीर्घ ईकार और ऊकार की नदी संज्ञा नहीं होती, स्त्री शब्द को छोड़कर; अर्थात् स्त्री शब्द की तो नदी संज्ञा होती ही है ।

हे श्रीः—सम्बुद्धि में 'हे श्री+स्' इस अवस्था में इयङ् की स्थितिवाला

---

१ 'श्रयति हरिम्' इस विग्रह में 'श्रि' धातु से 'क्विप् वचि-पृच्छि-आयतस्तु-

(नदीसंज्ञासूत्रम्)

२३० वाऽऽमि ॰ १ । ४ । ५ ॥

इयङुवङ्स्थानौ स्त्र्याख्यौ यू आमि वा नदीसंज्ञौ स्तः, न तु स्त्री । श्रीणाम्, श्रियाम् । श्रियाम्, श्रियि ।

होने से दीर्घ ईकारान्त श्री शब्द की नदी संज्ञा का निषेध प्रकृत सूत्र से हो जाने से नदी संज्ञा प्रयुक्त ह्रस्व नहीं हुआ, अतः ह्रस्व से परे न होने के कारण सम्बुद्धि के सकार का लोप भी नहीं हुआ, अतः रुत्व विसर्ग होकर **'हे श्रीः'** यह सविसग रूप सिद्ध हुआ ।

श्रियै, श्रिये—ये दो रूप चतुर्थी के एकवचन में 'ङिति ह्रस्वश्च' से नदी संज्ञा के विकल्प से होने से बनते हैं । नदीसंज्ञा पक्ष में तत्प्रयुक्त आट् और वृद्धि, अनन्तर '२६६ अचि श्नुधातु–' सूत्र से 'इयङ्' आदेश होता है और अभाव पक्ष में केवल 'इयङ्' आदेश होकर **'श्रिये'** रूप बनता है ।

श्रियाः २, श्रियः २–ये दो-दो रूप पञ्चमी और षष्ठी के एकवचन के हैं । पूर्ववत् नदीसंज्ञाके विकल्प के द्वारा बनते हैं। नदीसंज्ञा पक्षमें आट् और वृद्धि अनन्तर'इयङ्'आदेश होता है और अभावपक्षमें केवल'इयङ्' आदेश ही होता है ।

इन प्रयोगों में 'नेयङुवङ् स्थानावस्त्री' से नदीसंज्ञा का निषेध नहीं होता । ङित् प्रत्ययों में 'ङिति ह्रस्वश्च' इस सूत्र के द्वारा विशेष रूप से विहित होने से यह निषेध नहीं प्रवृत्त होता । 'हे श्रीः' में यह निषेध चरितार्थ होजाता है ।

२३० वाऽऽमि इति—इयङ् और उवङ् की स्थिति जिनमें हो, ऐसे नित्य-स्त्रीलिंग दीर्घ ईकार और ऊकार की आम् परे रहते नदीसंज्ञा विकल्प से हो, **स्त्रीशब्द** को छोड़कर अर्थात् स्त्रीशब्द की तो नदीसंज्ञा होती ही है ।

श्रीणाम्, श्रियाम्—षष्ठी के बहुवचन में 'श्री+आम्' इस दशा में इयङ् की स्थितिवाला दीर्घ ईकारान्त होने से श्रीशब्द की नदीसंज्ञा आम् परे होने से विकल्प से हुई । नदीसंज्ञा पक्ष में नद्यन्त होने से 'ह्रस्वनद्यापो नुट्' से नुट् और '१३८ अटकुप्वाङ्–' से नकार के स्थान में णकार होने से **'श्रीणाम्'** और अभावपक्ष में–'१६६ अचि श्नुधातु–' सूत्र से नकार इयङ् आदेश होकर

कटप्रुजुश्रीणां दीर्घोऽसंप्रारणं च' इस वार्तिक से क्विप् प्रत्यय और दीर्घ होकर 'श्री' शब्द बनता है । 'क्विप्' का सम्पूर्ण लोप हो जाता है ।

धेनुर्मतिवत् ।

(तृज्वद्भावसूत्रम्)

२३१ स्त्रियां॰ च ७ । १ । ९६ ॥

स्त्रीवाची क्रोष्टुशब्दस्तृजन्तवद् रूपं लभते ।

'श्रियाम्' रूप सिद्ध हुआ ।

श्रियाम्, श्रियि—सप्तमी के एकवचन में 'श्री + इ' इस दशा में 'ङिति ह्रस्वश्च' से नदीसंज्ञा के विकल्प होने से नदीसंज्ञा पक्ष में 'ङेराम्नद्याम्नीभ्यः' इससे ङि को आम् आदेश और इयङ् आदेश होकर 'श्रियाम्' और अभावपक्ष में केवल एक कार्य इयङ् आदेश होकर 'श्रियि' रूप बनता है ।

प्र.	श्रीः,	श्रियौ	श्रियः ।
स.	हे श्रीः,	हे ,,	हे ,, ।
द्वि.	श्रियम्	,,	,, ।
तृ.	श्रिया	श्रीभ्याम्,	श्रीभिः ।
च.	श्रियै, श्रिये,	श्रीभ्याम्,	श्रीभ्यः ।
पं.	श्रियाः, श्रियः	,,	,, ।
ष.	,,	श्रियोः,	श्रीणाम् । ,, श्रियाम् ।
स.	श्रियाम्, श्रियि,	,,	श्रीषु ।

दीर्घ ईकारान्त शब्द समाप्त ।

ह्रस्व उकारान्त शब्द

धेनुरिति—धेनु (गाय) शब्द के रूप मति के समान ही बनेंगे ।

प्र.	धेनुः,	धेनू,	धेनवः ।
सं.	हे धेनो,	हे ,,	हे ,, ।
द्वि.	धेनुम्,	,,	धेनूः ।
तृ.	धेन्वा,	धेनुभ्याम्,	धेनुभिः ।
च.	धेन्वै, धेनवे	धेनुभ्याम्,	धेनुभ्यः ।
पं.	धेन्वाः धेनोः	,,	,, ।
ष.	,,	धेन्वोः,	धेनूनाम् ।
स.	धेन्वाम्, धेनौ,	,,	धेनुषु ।

२३१ **स्त्रियामिति**—स्त्रीवाची क्रोष्टु शब्द तृजन्त के समान रूप को प्राप्त होता है अर्थात् स्त्रीलिङ्ग में भी तृजन्त के समान ऋकारान्त बन जाता है ।

इस सूत्र से क्रोष्टु शब्द के स्थान में 'क्रोष्टृ' शब्द होगया ।

(ङीप्विधिसूत्रम्)

२३२ ऋन्नेभ्यो ङीप् ४ । १ । ५ ॥

ऋदन्तेभ्यो नान्तेभ्यश्च स्त्रियां ङीप् । क्रोष्ट्री गौरीवत् । भ्रूः श्रीवत् । स्वयम्भूः पुंवत् ।

---

२३२ ऋन्नेभ्य इति—ऋदन्त और नान्त शब्दों से स्त्रीलिङ्ग में ङीप् प्रत्यय हो ।

'क्रोष्टृ' शब्द ऋदन्त है, अतः ङीप् प्रत्यय हो गया । 'ङीप्' का 'ई' बच रहता है । ङकार की '१३६ लशक्वतद्धिते' से और पकार की '१ हलन्त्यम्' से इत्संज्ञा हो जाती है । तब 'क्रोष्टृ ई' इस दशा में 'यण्' आदेश होकर **'क्रोष्ट्री'** यह ईकारान्त शब्द बन जाता है ।

गौरीवत् इति--ङ्यन्त होने से क्रोष्ट्री शब्द के रूप गौरी शब्द के समान बनते हैं ।

ह्रस्व उकारान्त शब्द समाप्त ।

दीर्घ ऊकारान्त शब्द

भ्रूः—भ्रू (भौं) शब्द के प्रथमा के एकवचन में ङ्यन्त न होने से सु का लोप नहीं होता । रुत्व विसर्ग होकर रूप बनता है ।

श्रीवत्—भ्रू शब्द के रूप श्री शब्द के समान बनेंगे । इसमें 'अचि श्नुधातुभ्रुवां य्वोरियङुवङौ' से उवङ् आदेश होता है । अतः उवङ् की स्थिति इसमें होने से 'नेयङुवङ्स्थानावस्त्री' से नदी संज्ञा का निषेध और ङिद्वचनों में 'ङिति ह्रस्वश्च' से नदी संज्ञा का विकल्प 'श्री' शब्द के समान ही होता है ।

प्र.	भ्रूः,	भ्रुवौ,	भ्रुवः ।	च.	भ्रुवै, भ्रुवे,	भ्रूभ्याम्,	भ्रूभ्यः ।
सं.	हे भ्रूः,	हे "	हे " ।	पं.	भ्रुवाः भ्रुवः	"	" ।
द्वि.	भ्रुवम्	"	" ।	ष.	"	भ्रुवोः,	भ्रुवाम् । भ्रूणाम् ।
तृ.	भ्रुवा,	भ्रूभ्याम्,	भ्रूभिः ।	सं.	भ्रुवाम्, भ्रुवि,	"	भ्रूषु ।

स्वयम्भूः—सु को रुत्व विसर्ग होकर रूप बन गया ।

(ङीप्टाप्निषेधसूत्रम्)

२३३ न षट्-स्वस्रादिभ्यः ४ । १ । ५० ॥

ङीप् टापौ न स्तः ।

स्वसा तिस्रश्चतस्रश्च ननान्दा दुहिता तथा ।

याता मातेति सप्तैते स्वस्रादय उदाहृताः ॥

स्वसा, स्वसारौ । माता पितृवत् । शसि-मातॄः । इति ऋदन्ताः ।

पुंवदिति—'स्वयम्भू' शब्द के रूप जैसे पुँल्लिङ्ग में बनते हैं वैसे ही यहाँ भी बनेंगे । यह नित्यस्त्रीलिङ्ग नहीं है, अतः इसको नदीसंज्ञा सम्बन्धी विधि, निषेध, और विकल्प नहीं होते ।

दीर्घ ऊकारान्त शब्द समाप्त ।

ह्रस्व ऋकारान्त शब्द

२३३ न षडिति—षट्संज्ञक और स्वसृ आदि शब्दों से ङीप् और टाप् प्रत्यय नहीं होते ।

षट्संज्ञक 'ष्णान्ताः षट्' से षष् (छः) पञ्चन् (पाँच) आदि शब्द हैं । उनमें नान्त शब्दों से '२३२ ऋन्नेभ्यो ङीप्' सूत्र से ङीप् प्राप्त है । स्वसृ आदियों को ऋकारान्त होने से '२४२ ऋन्नेभ्यः–' से ङीप् प्राप्त है । यह सूत्र उनका निषेध करता है । अतः ये स्त्रीलिङ्ग में जैसे के तैसे प्रयुक्त होते हैं ।

स्वसा इति—स्वसृ आदियों का कारिका में परिगणन किया गया है । 'स्वसृ (बहिन), तिसृ (तीन स्त्रियाँ), चतसृ (चार स्त्रियाँ), ननान्दृ (पति की बहिन-ननद), दुहितृ (लड़की), यातृ (भाइयों की स्त्रियाँ आपस में 'याता' कहाती हैं) मातृ (माता)–ये सात शब्द स्वस्रादि कहे गये हैं ।

स्वसा—यह रूप स्वसृ शब्द के प्रथमा के एकवचन में 'स्वसृ+स्' इस दशा में '२०५ ऋदुदशन—' सूत्र से ऋकार को 'अनङ्' आदेश, अङ् मात्र की इत्संज्ञा और लोप, '२०६ अप्तृन्तृच्स्वसृ–' से उपधा अकार को दीर्घ, अपृक्त सकार का '१६६ हल्ङ्याब्भ्यः–' से लोप और नकार का '१८२ नलोपः' से लोप होकर बनता है ।

स्वसारौ—यह रूप प्रथमा और द्वितीया के द्विवचन में 'स्वसृ औ' इस दशा में '२०४ ऋतो ङिसर्वनामस्थानयोः' सूत्र से ऋकार को अर् गुण और

द्यौर्गोवत् । राः पुंवत् । नौर्ग्लौवत् ।

इति अजन्तस्त्रीलिङ्गप्रकरणम् ।

उपधा अकार को '२०६ अप्तृन्तृच्स्वसृ–' से दीर्घ होकर सिद्ध हुआ ।

प्र.	स्वसा,	स्वसारौ,	स्वसारः ।	च.	स्वस्रे,	स्वसृभ्याम्,	स्वसृभ्यः ।
सं.	हे स्वसः,	हे ,,	हे स्वसारः ।	प.	स्वसुः,	,,	,, ।
द्वि.	स्वसारम्,	,,	स्वसॄः ।	ष.	,,	स्वस्रोः,	स्वसॄणाम् ।
त.	स्वस्रा,	स्वसृभ्याम्,	स्वसृभिः ।	सं.	स्वसरि,	,,	स्वसृषु ।

माता पितृवदिति—मातृ शब्द के रूप पितृ शब्द के समान बनेंगे। केवल शस् में 'मातॄः' बनेगा। यहाँ पुँल्लिङ्ग न होने से सकार को 'तस्मात्-शसो न पुंसि' इस सूत्र से नकार नहीं होता।

इसी प्रकार ननान्दृ आदि शब्दों के भी रूप बनते हैं। सर्वनामस्थान प्रत्ययों में पितृ मातृ शब्द के समान '२०५ अप्तृन्–' सूत्र से उपधा दीर्घ नहीं होता।

ऋकारान्त शब्द समाप्त।

ओकारान्त शब्द

द्यौः—यह रूप द्यो (स्वर्ग, आकाश) शब्द के प्रथमा के एकवचन का है। 'द्यो स्' इस दशा में ओकारान्त से परे होने के कारण सु को 'ओतो णिदिति वाच्यम्' इस वार्तिक से णिद्वद्भाव हो जाता है। तब 'अचो ञ्णिति' से ओकार को औकार वृद्धि होने पर रुत्व विसर्ग होकर रूप सिद्ध होता है।

गोवदिति—इसके रूप गो शब्द के समान बनेंगे।

प्र.	द्यौः,	द्यावौ,	द्यावः ।	च.	द्यवे,	द्योभ्याम्,	द्योभ्यः ।
सं.	हे ,,	हे ,,	हे ,, ।	पं.	द्योः,	,,	,, ।
द्वि.	द्याम्	,,	द्याः ।	ष.	,,	द्यवोः,	द्यवाम् ।
तृ.	द्यावा	द्योभ्याम्,	द्योभिः ।	स.	द्यवि,	,,	द्योषु ।

ओकारान्त शब्द समाप्त।

ऐकारान्त शब्द

रा इति–रै शब्द के रूप पुँल्लिङ्ग की तरह बनेंगे। ऐकारान्त शब्द समाप्त।

औकारान्त शब्द

नौः—यह रूप नौ (नाव) शब्द के प्रथमा के एकवचन का है। सकार रुत्व विसर्ग होकर बनता है।

अथ अजन्तनपुंसकलिङ्गप्रकरणम् ।

२३४ अतोऽम् ७ । १ । २४ ॥

अतोऽङ्गात् क्लीबात् स्वमोरम् । अमि पूर्वः–ज्ञानम् । 'एङ्ह्रस्वाद–' इति हल्लोपः–हे ज्ञान ।

('शी' आदेशविधिसूत्रम्)

२३५ नपुंसकाच्च ७ । १ । १९ ॥

क्लीबादौङः शी स्यात् । भसंज्ञायाम् ।

ग्लौवदिति—नौ शब्द के रूप ग्लौ के समान बनते हैं ।

प्र. नौः,	नावौ,	नावः ।	च. नावे,	नौभ्याम्	नौभ्यः	।
सं. हे ,,	हे ,,	हे ,, ।	पं. नावः,	,,	,,	।
द्वि. नावम्,	,,	,, ।	ष. ,,	नावोः,	नावाम्	।
त. नावा,	नौभ्याम्,	नौभिः ।	स. नावि,	,,	नौषु	।

औकारान्त शब्द समाप्त ।

अजन्तस्त्रीलिङ्गप्रकरण समाप्त ।

अकारान्त-शब्द

२३४ अत इति—अदन्त नपुंसकलिङ्ग अङ्ग से पर 'सु' और 'अम्' को 'अम्' आदेश हो ।

'२२४ स्वमोर्नपुंसकात्' सूत्र से 'सु' और 'अम्' को अम् इसीलिए विधान किया गया है ।

ज्ञानम्—अदन्त **ज्ञान** शब्द के प्रथमा के एक वचन में 'सु' को 'अम्' आदेश हुआ । तब 'अमि पूर्वः' से पूर्वरूप होने पर रूप सिद्ध होगया ।

हे ज्ञान—सम्बुद्धि में अम् आदेश और पूर्वरूप होने पर 'हे ज्ञानम्' बन जाने पर 'एङ्ह्रस्वात् सम्बुद्धेः' से सम्बुद्धि के हल् मकार का लोप हुआ ।

२३५ नपुंसकाच्चेति—नपुंसक अङ्ग से पर औङ् को 'शी' आदेश हो ।

ज्ञान शब्द से प्रथमा के द्विवचन में 'ज्ञान औ' इस दशा में नपुंसक अङ्ग ज्ञान से पर औङ् को 'शी' आदेश हुआ । 'शी' में स्थानिवद्भाव से प्रत्ययत्व आने पर प्रत्यय के आदि शकार का 'लशक्वतद्धिते' से इत्संज्ञा होकर लोप

(लोपविधिसूत्रम्)

२३६ [६]यस्येति च ६ । ४ । १४८ ॥

ईकारे तद्धिते च परे भस्येवर्णावर्णयोर्लोपः । इत्यल्लोपे प्राप्ते—

(वा) औङः श्यां प्रतिषेधो वाच्यः ।

ज्ञाने ।

होगया । तब 'ज्ञान + ई' यह स्थिति बनी ।

भसंज्ञायामिति—पूर्वोक्त स्थिति में अजादि प्रत्यय होने से पूर्व 'ज्ञान' की भसंज्ञा[१] होने पर—

२३६ यस्येतीति[२]—ईकार और तद्धित प्रत्यय परे रहते भसंज्ञक अङ्ग के इवर्ण और अवर्ण का लोप हो ।

यहाँ सूत्र में स्थित 'यस्येति' इस पद का 'यस्य + ईति' यह च्छेद है ।

'इ' और 'अ' का समाहार अर्थ में द्वन्द्व समास करने पर 'इ अ' इस स्थिति में इकार को यण् यकार आदेश होता है, वह यकार आगे वर्तमान अकार से मिलकर 'य' शब्द बन जाता है । उससे षष्ठी विभक्ति आने पर 'यस्य' पद बनकर अर्थ होता है 'इवर्ण और अवर्ण का' ।

'ईति' यह द्वितीय पद है और 'ईत्' शब्द के सप्तमी विभक्ति के एकवचन का रूप है । इसलिये अर्थ निकलता है 'ईकार परे रहते' ।

'च' के द्वारा पूर्व सूत्र '६२२ नस्तद्धिते ६ । ४ । १४४॥' से 'तद्धिते' इस पद का संग्रह होता है । तब 'तद्धित परे रहते' यह अर्थ प्राप्त होता है ।

इत्यल्लोपे—'ज्ञान ई' यहाँ भसंज्ञक अङ्ग ज्ञान के अत्यन्त अकार रूप

---

१ यद्यपि औट् तक सर्वनामस्थान है और सर्वनामस्थान प्रत्ययों का 'भ' संज्ञाविधि में वर्जन किया गया है। तथापि सर्वनामस्थानसंज्ञासूत्र 'सुडनपुंसकस्य' में नपुंसकलिङ्ग के सुट् प्रत्ययों की सर्वनामस्थानसंज्ञा का निषेध होने से भसंज्ञा सिद्ध होती है ।

२ 'यस्य + ईति' इतीह च्छेदः । इश्च अश्च-इति तयोः समाहारः 'यम्' तस्य, अर्थात् इवर्णस्य अवर्णस्य च ।

'ईति' इति 'ईत्' इत्येतस्य शब्दस्य सप्तम्येकवचने रूपम् । तदर्थो हि 'ईकारे परे' इति ।

('शि' आदेशविधिसूत्रम्)

२३७ जश्शसोः[६] शिः[१] ७ । १ । २० ॥

क्लीबादनयोः शिः स्यात्।

(सर्वनामस्थानसंज्ञासूत्रम्)

२३८ शि[१] सर्वनामस्थानम्[१] १ । १ । ४२ ॥

शि इत्येतत् उक्तसंज्ञं स्यात्।

('नुम्' विधिसूत्रम्)

२३९ नपुंसकस्य[६] झलचः[६] ७ । १ । ७२ ॥

झलन्तस्याजन्तस्य च क्लीबस्य नुम् स्यात् सर्वनामस्थाने।

अवर्ण का ईकार परे होने से लोप प्राप्त हुआ।

(वा) **औङ** इति—औङ् स्थानीय—जो औङ् के स्थान में आदेश हो-'शी' परे रहते 'यस्येति च' इस सूत्र की प्रवृत्ति न हो अर्थात् आकार का लोप न हो।

ज्ञाने—'ज्ञान + ई' इस दशा में 'औङः-' इस वार्तिक से अकार लोप का निषेध होने पर गुण एकादेश होकर रूप सिद्ध हुआ।

२३२ **जश्शसोरिति**—नपुंसकलिङ्ग अङ्ग से पर जस् और शस् को 'शि' आदेश हो।

नपुंसकलिङ्ग अङ्ग ज्ञान से पर 'जस्' और 'शस्' को 'शि' आदेश हुआ, शि का शकार इत्संज्ञक है। तब 'ज्ञान + इ' यह स्थिति बनी।

२३८ शि इति—'शि' यह सर्वनामस्थानसंज्ञक हो।

'ज्ञान + इ' यहाँ 'शि' की सर्वनामस्थान संज्ञा हुई।

२३९ **नपुंसकस्येति**—झलन्त और अजन्त नपुंसकलिङ्ग अङ्ग को 'नुम्' आगम हो सर्वनामस्थान परे रहते।

'नुम्' का 'उम्' इत्संज्ञक है नकार शेष रहता है।

'च' इत्यस्य पदस्य च ग्रहणात् '६२२ नस्तद्धिते ६ । ४ । १४४॥' इत्येतत् पदमनुवर्तते। तेन 'तद्धिते च परे' इत्यर्थो लभ्यते-इत्येतत् सर्वमिहाऽवश्यमनुसन्धेयम्।

('मित्' विषये परिभाषासूत्रम्)

२४० मिदचोऽन्त्यात् परः' १ । १ । ४७ ॥

अचां मध्ये योऽन्त्यः, तस्मात् परस्तस्यैवान्तावयवो मित् स्यात् । उपधादीर्घः-ज्ञानानि । पुनस्तद्वत् । शेषं पुंवत् । एवं धन-वन-फलादयः ।

'ज्ञान + इ' इस दशा में सर्वनामस्थान 'शि' पर है, और अङ्ग 'ज्ञान' अजन्त नपुंसकलिङ्ग है । अतः नुम् आगम प्राप्त हुआ । परन्तु यह आशङ्का होती है कि नुम् कहाँ हो—अङ्ग के आदि में मध्य में या अन्त में ? इसका निर्णय अग्रिम परिभाषा करती है ।

२४० मिदच इति—अचों में जो अन्त्य अच्, उससे पर और जिस समुदाय को विधान किया गया हो उसी का अन्त अवयव मित्—नुम् आदि—हो ।

प्रकृत में नपुंसकलिङ्ग अङ्ग को नुम् विधान है अतः उसी का अन्त अवयव 'नुम्' होगा ।

'ज्ञान इ' यहाँ 'ज्ञान' इस समुदाय का अन्त अवयव अकार के आगे नुम् होगा । तब 'ज्ञानन् + इ' ऐसी स्थिति बनी ।

उपधादीर्घ इति—पूर्वोक्त स्थिति में 'सर्वनामस्थाने चाऽसम्बुद्धौ' से नान्त अङ्ग 'ज्ञानन्' की उपधा को दीर्घ होकर '**ज्ञानानि**' रूप सिद्ध हुआ ।

पुनरिति—फिर उसी के समान अर्थात् द्वितीया में प्रथमा के समान ही रूप बनेंगे, क्योंकि उक्त सारे कार्य दोनों के समान रूप से होते हैं ।

शेषमिति—शेष तृतीया आदि के रूप पुँल्लिङ्ग अकारान्त शब्द के समान बनेंगे ।

प्र०	ज्ञानम्,	ज्ञाने,	ज्ञानानि ।	च०	ज्ञानात्,	ज्ञानाभ्याम्,	ज्ञानेभ्यः ।
सं०	हे ज्ञान,	हे "	हे " ।	पं०	ज्ञानात्,	"	" ।
द्वि०	ज्ञानम्,	"	" ।	ष०	ज्ञानस्य,	ज्ञानयोः,	ज्ञानानाम्
तृ०	ज्ञानेन,	ज्ञानाभ्याम्,	ज्ञानैः ।	स०	ज्ञाने,	"	ज्ञानेषु ।

एवमिति—इसी प्रकार अकारान्त नपुंसकलिङ्ग धन, वन, फल, मुख, नेत्र, जल, अन्न, पुष्प, वृत्त (चरित्र, समाचार, छन्द), आज्य (घी), मूल्य (कीमत) काव्य, चित्त, सत्य, नवनीत (मक्खन) और दैव (भाग्य) आदि शब्दों के भी रूप बनेंगे ।

('अद्ड्' आदेशविधिसूत्रम)

२४१ अद्ड्[1] डतरादिभ्यः[5] पञ्चभ्यः[5] ७ । १ । १२५ ॥

एभ्यः क्लीबेभ्यः स्वमोरद्ड् आदेशः स्यात् ।

(टिलोपविधिसूत्रम्)

२४२ टेः[6] ६ । ४ । १४३ ॥

डिति भस्य टेर्लोपः । कतरत्, कतरद् । कतरे । कतराणि । हे

ध्यान रहे कि नपुंसकलिङ्ग में सभी–अजन्त तथा हलन्त-शब्दों के रूप प्रथमा और द्वितीया में समान होते हैं और तृतीया आदि विभक्तियों में पुँलिङ्ग के समान ।

यदि प्रयोग देखकर अकारान्त शब्दों के लिङ्ग की पहचान करनी हो तो प्रथमा और द्वितीया के प्रयोगों से ही की जा सकती है, तृतीया आदि के रूपों में पुँल्लिङ्ग और नपुँसकलिङ्ग के अकारान्त शब्दों के रूपों में कोई अन्तर नहीं होता ।

२४१ **अद्ड्** इति – डतर आदि पाँच नपुँसकलिंग अंगों से पर सु और अम् को अद्ड् आदेश हो ।

डतर आदि सर्वादिगण में आये हैं—डतर, डतम, अन्य, अन्यतर और इतर । डतर, डतम प्रत्यय हैं । अतः प्रत्ययग्रहण परिभाषा से तदन्त कतर, कतम आदि शब्द ही लिये जायँगे । 'अन्यतर' शब्द अव्युत्पन्न प्रातिपदिक है, डतरप्रत्ययान्त नहीं, इसीलिये इसका पृथक् ग्रहण किया है ।

कतर—(दो में से कौन ?) शब्द डतरप्रत्ययान्त है । अतः इससे पर 'सु' और 'अम्' अद्ड् आदेश होगया । डकार की इत्संज्ञा हुई । केवल 'अद्' शेष रहा ।

२४२ **टेरिति**—डित् परे रहते भसंज्ञक अङ्ग की टि का लोप हो ।

कतरत्—'कतर अद्' इस दशा में भसंज्ञक अङ्ग 'कतर' की टि–रेफोत्तर-वर्ती अकार–का डित् 'अद्' परे होने से लोप हो गया । तब 'वाऽवसाने' से अवसान दकार को विकल्प से चर् तकार होकर रूप सिद्ध हुआ । पक्ष में दकार ही रहेगा – **कतरद्** ।

कतरे– द्विवचन में औ को शी आदेश और 'यस्येति च' से प्राप्त अकार के

कतरत्। शेषं पुंवत्।

एवम्—कतमत्, इतरत्, अन्यत्, अन्यतरत्।

अन्यतमस्य तु अन्यतममित्येव।

(वा) एकतरात् प्रतिषेधो वक्तव्यः। एकतरम्।

लोप का 'औङः श्यां प्रतिषेधो वाच्यः' से निषेध होने पर गुण एकादेश होकर रूप सिद्ध हुआ।

कतराणि—जस् को शि आदेश होने पर, उसकी सर्वनामस्थान संज्ञा, नुम् आगम, उपधा दीर्घ और णत्व होकर रूप सिद्ध हुआ।

द्वितीया में भी यही रूप बनेंगे—जैसा पहले कहा जा चुका है।

हे कतरत्—सम्बुद्धि में 'अद्ड्' आदेश और टि का लोप होने पर 'हे कतर् अद्' इस दशा में चर् विकल्प से होकर प्रथमा के समान ही रूप बनेंगे।

यहाँ सम्बुद्धि के तकार का लोप नहीं होता, क्योंकि 'कतर अद्' यहाँ अङ्ग 'कतर्' है वह ह्रस्वान्त नहीं, टि का लोप होने से वह हलन्त है जो ह्रस्वान्त 'कतर' है यह अङ्ग नहीं क्योंकि इसमें अकार 'अद्' का है—अपना अकार तो इसका लुप्त हो चुका है।

शेषामति—शेष रूप इसके पुँल्लिङ्ग के समान ही बनेंगे।

एवमिति—इसी प्रकार कतम का—**कतमत्**, इतर का—**इतरत्**, अन्य का—**अन्यत्**, अन्यतर का—**अन्यतरत्**—रूप अद्ड् आदेश होकर बनेंगे। इन्हीं पाँच में अद्ड् आदेश का विधान किया गया है।

यतर, यतम, एकतम आदि डतर-डतमप्रत्ययान्त शब्दों के रूप भी 'कतर' शब्द के समान ही बनेंगे।

अन्यतमस्येति—अन्यतम शब्द का तो 'अन्यतमम्' ऐसा ही रूप बनेगा अर्थात् अद्ड् आदेश न होगा, क्योंकि पूर्वोक्त पाँच शब्दों में ही अद्ड् आदेश होता है, उनमें यह नहीं। डतमप्रत्ययान्त भी यह नहीं, यह तो अन्यतर शब्द के समान अव्युत्पन्न प्रातिपदिक है।

(वा) एकतरादिति—एकतर शब्द से पर 'सु' और 'अम्' को 'अद्ड्' आदेश नहीं होता।

एकतरम्—एकतर शब्द डतरप्रत्ययान्त है। अतएव अद्ड् आदेश

(ह्रस्वविधिसूत्रम्)

२४३ ह्रस्वो[1] नपुंसके[7] प्रातिपदिकस्य[6] १।२।४७॥

अजन्तस्येत्येव। श्रीपम्-ज्ञानवत्।

(लोपविधिसूत्रम्)

२४४ [6]स्वमोर्नपुंसकात्[5] ७।१।२३॥

लुक् स्यात्। वारि।

प्राप्त था, उसका वार्तिक से निषेध हुआ। तब ज्ञान शब्द के समान 'अम्' आदेश होकर उक्त रूप सिद्ध हुआ।

इसके रूप ज्ञान शब्द के समान ही बनते हैं। अकारान्त शब्द समाप्त।

आकारान्त शब्द

ह्रस्व इति—अजन्त प्रातिपादिक को नपुंसकलिंग में ह्रस्व हो।

श्रीपा—(लक्ष्मी का पालन करनेवाला) शब्द अजन्त है। इसके अन्त्य-आकार को 'प्रकृत–' सूत्र से ह्रस्व होने पर 'श्रीप' बन गया। ह्रस्वान्त बन जाने से ज्ञान शब्द के समान '**श्रीपम्**, **श्रीपे**, **श्रीपाणि**' इत्यादि रूप बनेंगे।

'श्रीपाणि'–में णत्व 'एकाजुत्तरपदे णः' सूत्र से होगा। क्योंकि अखण्ड पद न होने से 'अट्कुप्वाङ्नुम्व्यवायेऽपि' से णत्व नहीं हो सकता। इसी प्रकार 'श्रीपेण' और 'श्रीपाणाम्' में भी उक्त सूत्र से ही णत्व होगा।

इस सूत्र के अनुसार नपुंसकलिङ्ग में कोई भी शब्द दीर्घान्त नहीं रह जाता। केवल अदन्त, इदन्त, उदन्त और ऋदन्त शब्द ही नपुसकलिङ्ग में रहेंगे। एकारान्त ओकारान्त, ऐकारान्त और आकारान्त शब्द प्रायः नहीं हैं, जो कोई है भी, ह्रस्व कर देने से वे भी इदन्त और उदन्त बन जायँगे।

आकारान्त शब्द समाप्त।

ह्रस्व इकारान्त शब्द

२४४ स्वमोरिति—नपुंसकलिङ्ग शब्दों से पर 'सु' और 'अम्' का लोप हो।

ह्रस्व अकारान्त शब्दों को छोड़कर सभी-अजन्त तथा हलन्त शब्दों से पर 'सु' और 'अम्' का लोप हो जाता है।

वारि—वारि (जल) शब्द से पर 'सु' और 'अम्' का लोप हो जाने से

('नुम्'विधिसूत्रम्)

२४५ [6]इकोऽचि[7] विभक्तौ[7] ७ । १ । ७३ ॥

इगन्तस्य नुम् अचि विभक्तौ । वारिणी । वारीणि ।

'न लुमता-' इत्यस्यानित्यत्वात् पक्षे सम्बुद्धिनिमित्तो गुणः—हे वारे, हे वारि ।

'वारि' यही रूप सिद्ध होगया ।

२४५ इक इति— इगन्त अङ्ग को नुम् आगम हो अजादि विभक्ति परे रहते ।

'मिदचोऽन्त्यात्परः' परिभाषा से अङ्ग के अन्त्य अच् के आगे 'नुम्' होगा, और वह अङ्ग का अवयव समझा जायगा ।

वारिणी—वारि शब्द के प्रथमा और द्वितीया के द्विवचन में 'वारि औ' इस दशा में 'औ' को शी आदेश हुआ तब अजादि विभक्ति 'ई' परे रहते इगन्त अङ्ग वारि को नुम् आगम हुआ। वह अन्त्य अच् इकार के आगे हुआ। तब 'वारिन् ई' ऐसी स्थिति हो जाने पर 'अट्कुप्वाङ्नुम्व्यवायेऽपि' सूत्र से णत्व होकर रूप सिद्ध होगया ।

वारीणि—प्रथमा और द्वितीया के बहुवचन में जस् और शस् को 'शि' आदेश '२३७ जश्शसोः शि' सूत्र से हुआ और, उसकी '२३८ शि सर्वनामस्थानम्' सूत्र से सर्वनामस्थान संज्ञा होने पर अङ्ग को नुम् आगम हुआ । 'वारिन् इ' इस दशा में सर्वनामस्थान पर होने से '१७७ सर्वनामस्थाने–' सूत्र से नान्त अंग को उपधादीर्घ और '१३८ अट्कुप्–' सूत्र से णत्व होकर रूप सिद्ध हुआ ।

न लुमतेति—'न लुमताङ्गस्य' सूत्र के अनित्य होने से पक्ष में सम्बुद्धिनिमित्तक गुण होगा । इसलिये 'हे वारे' 'हे वारि' ये दो रूप सम्बुद्धि में बनेंगे ।

हे 'वारि सु' इस अवस्था में 'सु' का लोप होने पर 'प्रत्ययलोपे प्रत्ययलक्षणम्' सूत्र से लुप्त-सुप्रत्यय-निमित्तक 'सम्बुद्धौ च' से गुण कार्य प्राप्त है । सु लोप के लुक् शब्द से विहित होने के कारण 'न लुमतांगस्य' निषेध कर देता है । परन्तु यह सूत्र नित्य[1] नहीं, अतः जब इसकी प्रवृत्ति होगी, तब लुप्तप्रत्यय-

---

१ इसकी अनित्यता का प्रमाण प्रकृत सूत्र 'इकोऽचि विभक्तौ' में 'अचि' पद का ग्रहण है। 'अचि' ग्रहण हलादि विभक्तियों में नुम्वारण के

आङो ना—वारिणा । 'घेर्ङिति' इति गुणे प्राप्ते—

(पूर्वविप्रतिषेधवार्तिकम्)

(वा) वृद्ध्यौत्वतृज्वद्भावगुणेभ्यो नुम् पूर्वविप्रतिषेधेन ।

वारिणे । वारिणः । वारिणः । वारिणोः । 'नुमचिर–' इति नुट्–

निमित्तक गुण कार्य न होकर 'वारि' रूप बनेगा और जब इसकी प्रवृत्ति नहीं होगी, तब पूर्वोक्त गुण होकर 'हे वारे' रूप बनेगा ।

आङो नेति—'वारि + टा' इस अवस्था में '१७१ आङो नाऽस्त्रियाम्' से 'टा' को 'ना' आदेश और '१३८ अट्कुप्वाङ्–' से नकार को णकार होने से 'वारिणा' रूप सिद्ध हुआ ।

घेर्ङिति इति—चतुर्थी के एकवचन में 'वारि + ए' इस अवस्था में '१७३ घेर्ङिति' से गुण प्राप्त होने पर अग्रिम की प्रवृत्ति होती है ।

(वा) वृद्ध्यौत्वेति वृद्धि औत्व, तृज्वद्भाव और गुण की अपेक्षा पूर्वविप्रतिषेध से (तुल्यबलविरोध होने पर पूर्व की प्रबलता से) नुम् पहले हो ।

वारिणे—'वारि + ए'में गुण की अपेक्षा पूर्वविप्रतिषेध से नुम् पहले हुआ। नुम् होने पर 'वारिन् + ए' ऐसी स्थिति बनी । क्योंकि अङ्ग का अवयव ही नुम् होता है, नुम् होने पर अंग 'वारिन्' कहलायगा, अतः अंग के अजन्त न होने से घिसंज्ञा न हुई, अतएव गुण न हुआ । तब '१३८ अट्कुप्' से नकार

लिये किया गया है । परन्तु हलादि विभक्तियों में नुम् होने पर भी पदान्त होने के कारण 'नलोपः प्रातिपदिकान्तस्य' से उसका लोप हो जायगा । अतः हलादि-विभक्तियों में वारण करना व्यर्थ है । सम्बुद्धि भी हलादि विभक्ति है, वहाँ नुम् की आपत्ति हो सकती है और यहाँ 'न ङिसम्बुद्ध्योः' से नकार के लोप का निषेध हो जाने से नकार श्रवण होने लगेगा । परन्तु यह आपत्ति भी ठीक नहीं, क्योंकि सम्बुद्धि का लोप 'लुक्' शब्द से हुआ है । अतः लुमता शब्द से लुप्त होने के कारण प्रत्ययलक्षण कार्य का 'न लुमताङ्गस्य' निषेध कर देगा, नुम् होगा ही नहीं । अतः सम्बुद्धि में नुम्वारण के लिये भी 'अचि' की आवश्यकता नहीं है । अतः व्यर्थ होकर ज्ञापन करता है कि 'न लुमताङ्गस्य' विधि अनित्य है । जब इसकी प्रवृत्ति नहीं होगी, उस पक्ष में प्रत्ययलक्षण कार्य नुम् हो जायगा । उसके वारण के लिये 'अचि' ग्रहण चरितार्थ है ।

वारीणाम् । वारिणि । हलादौ हरिवत् ।

को णकार होकर '**वारिणे**' रूप सिद्ध हुआ ।

वृद्धि की अपेक्षा नुम् को प्रबलता का उदाहरण—**प्रियसखीनि** । 'प्रियः सखा यस्य, तत्कुलं प्रियसखि' यह प्रियसखि शब्द की व्युत्पत्ति है । अर्थात् जिस कुल को मित्र प्यारा हो, वह कुल 'प्रियसखि' कहलायगा । 'प्रियसखि' शब्द से सर्वनामस्थान जस् में '१८१ सख्युर–' से णिद्वद्भाव होने से '१८२ अचो–' से अंग को वृद्धि भी प्राप्त होती है और नुम् भी । इस वार्तिक से नुम् पहले हुआ तो '**प्रियसखीनि**' रूप बना ।

औत्व की अपेक्षा नुम् की प्रबलता का उदाहरण—'**वारिणि**' है । वारि शब्द की सप्तमी के एकवचन में 'वारि + इ' इस अवस्था में 'अच्च घेः' से 'ङि' को औत्व और 'इकोऽचि विभक्तौ' से अंग को नुम् प्राप्त होने पर '**वृद्धयौ**—'वार्तिक से पहले 'नुम्' हुआ । अतएव '**वारिणे**' रूप बना ।

तृज्वद्भाव की अपेक्षा नुम् की प्रबलता का उदाहरण—'**प्रियक्रोष्टूनि**' है । इस की भी व्युत्पत्ति 'प्रियसखि' शब्द के समान है । यहाँ पर जस् और शस् में तृज्वद्भाव और नुम् दोनों प्राप्त है । वार्तिक से नुम् पहले हुआ ।

वारिणः—पञ्चमी और षष्ठी के एकवचन का रूप है । यहाँ भी 'घेर्ङिति' से गुण की पपेक्षा 'नुम्' पूर्वविप्रतिषेध से हुआ ।

वारिणोः—षष्ठी और सप्तमी के द्विवचन का रूप है । यह रूप भी पूर्ववत् बनता है ।

वारीणाम्—षष्ठी के बहुवचन में 'वारि + आम्' इस अवस्था में 'ह्रस्वनद्यापो नुट्' से आम् को नुट् और 'इकोऽचि विभक्तौ' से अङ्ग को 'नुम्' आगम प्राप्त हुआ । 'नुम्–अचिर तृज्वद्भावेभ्यो नुट् पूर्वविप्रतिषेधेन' वार्तिक के द्वारा पूर्वविप्रतिषेध से 'नुट्' पहले हुआ । तब 'नामि' से दीर्घ और नकार को णत्व होकर रूप सिद्ध हो गया ।

यद्यपि 'नुम्' होने पर भी 'नुट्' के समान नकार ही रहता है, तथापि 'नुम्' अङ्ग का अवयव होता है, 'आम्' का नहीं, अतः 'नाम्' पर न मिलने से 'नामि' से दीर्घ नहीं हो सकता, नुम् होने से 'वारिन्' आदि अङ्ग नकारान्त बन जाता है, ह्रस्वान्त नहीं रहता । 'नुट्' आम् को होता है, अतः वह 'आम्' का अवयव बनता है, फलस्वरूप 'नाम्' भी परे मिल जाता है । और अङ्ग

('अनङ्' आदेशविधिसूत्रम्)

२४६ अस्थि दधि-सक्थ्यक्ष्णा'मनङुदात्तः' ७ । १ । ७५ ॥

एषामनङ् स्यात् टादावचि ।

(अलोपविधिसूत्रम्)

२४७ 'अल्लोपोऽनः' ६ । ४ । १३४ ॥

अङ्गावयवोऽसर्वनामस्थान-यजादि[1]-स्वादिपरो योऽन्, तस्याऽकारस्य लोपः । दध्ना । दध्ने दध्नः २ दध्नोः २ ।

ह्रस्वान्त ही रह जाता है, जिससे कि अङ्ग को दीर्घ हो जाता है । दोनों का नकार मात्र रहने पर भी यह अन्तर बना रहता है । इसलिये नुम् की अपेक्षा नुट् की प्रबलता का सफल विधान किया गया है निष्फल नहीं ।

इसी प्रकार सभी इकारान्त नपुंसकलिंग शब्दों के रूप बनेंगे ।

२४६ अस्थि इति—अस्थि (हड्डी), दधि (दही), सक्थि (ऊरु, जंघा) और अक्षि (आँख) शब्दों को अनङ् आदेश हो टा आदि अजादि विभक्ति परे रहते ।

दधि शब्द के रूप प्रथमा, संबोधन और द्वितीया में तो 'वारि' शब्द के समान ही बनेंगे । टा में प्रकृत सूत्र से अनङ् आदेश होने पर 'दध् अन् आ' ऐसी स्थिति बनती है ।

२४७ अल्लोप इति—अंग का अवयव और सर्वनामस्थान भिन्न यकारादि तथा अजादि प्रत्यय पर हों जिससे, ऐसा जो अन् उसके अकार का लोप हो ।

'दध्ना—दध् अन् आ' इस दशा में सर्वनामस्थानभिन्न अजादि प्रत्यय टा परे होने से अङ्गावयव अन् के अकार का लोप होकर **'दध्ना'** रूप बन गया ।

दध्ने—'दधि + ए' यहाँ अनङ् आदेश होने पर प्रकृत सूत्र से अन् के अकार का लोप होकर रूप सिद्ध हुआ ।

दध्नः—ङसि और ङस् में पूर्ववत् अनङ् आदेश अकार का लोप होने पर उक्त रूप बनता है ।

दध्नोः—यह रूप ओस् में पूर्वोक्त प्रकार से ही सिद्ध होता है ।

---

१ 'य् + अच् + आदि' इतिच्छेदः ।

(अलोपविधिसूत्रम्)

२४८ विभाषा ङि-श्योः ६ । ४ । १३६ ॥

अङ्गावयवोऽसर्वनामस्थानपरो योऽन्, तस्याऽकारस्य लोपो वा स्यात्, ङिश्योः परयोः । दध्नि, दधनि । शेषं वारिवत् । एवमस्थि-सक्थि-अक्षि ।

(पुंवद्भावविधिसूत्रम्)

२४९ तृतीयादिषु भाषितपुंस्कं पुंवद् गालवस्य ७।१।७४॥

---

२४८ **विभाषेति**—अङ्ग का अवयव और सर्वनामस्थान प्रत्यय जिससे परे न हो, उस अन् के अकार का विकल्प से लोप हो ङि और शि परे रहते ।

दध्नि—सप्तमी के एकवचन में अनङ् आदेश होने पर 'दध् अन् इ' इस दशा में अन् के अकार का प्रकृत सूत्र से विकल्प से लोप हुआ । तब **'दध्नि'** रूप बना ! लोपाभाव पक्ष में **दधनि** ।

शेषमिति—दधि शब्द के रूप वारि शब्द के समान सिद्ध होंगे ।

एवमिति—इसी प्रकार अस्थि, सक्थि और अक्षि शब्द के भी रूप बनेंगे ।

अस्थि, अस्थिनी, अस्थीनि । हे अस्थि, हे अस्थे । अस्थ्ना । अस्थ्ने । अस्थ्नः २ । अस्थ्नोः २ । अस्थ्नाम् । अस्थ्नि, अस्थनि । सक्थि, सक्थिनी, सक्थीनि । हे सक्थि, हे सक्थे । सक्थ्ना । सक्थ्ने । सक्थ्नः २ । सक्थ्नोः २ । सक्थ्नाम् । सक्थ्नि, सक्थनि । अक्षि, अक्षिणी, अक्षीणि । हे अक्षि, हे अक्षे । अक्ष्णा । अक्ष्णे । अक्ष्णः २ । अक्ष्णोः २ । अक्ष्णाम् । अक्ष्णि, अक्षणि ॥ इकारान्त शब्द समाप्त ।

दीर्घ ईकारान्त शब्द

दीर्घ ईकारान्त शब्द भी 'ह्रस्वो नपुंसके प्रातिपदिकस्य' सूत्र से ह्रस्व हो जाने के कारण ह्रस्वान्त ही बन जाते हैं । पहले भी कहा जा चुका है कि नपु-सकलिंग में शब्द दीर्घान्त नहीं रह पाता । अतएव ह्रस्वान्त होने से दीर्घ ईकारान्त शब्दों के रूप भी 'वारि' शब्द के समान ही सिद्ध होंगे ।

२४९ **तृतीयादिष्विति**—प्रवृत्तिनिमित्त एक होते हुए जो शब्द पुंस्त्वको कहता हो—जो शब्द पुँल्लिङ्ग में भी प्रयुक्त होता हो—उस इगन्त नपुंसकलिङ्ग शब्द को पुंवद्भाव हो अर्थात् पुंल्लिङ्ग के समान कार्य हों, टा आदि अजादि

प्रवृत्तिनिमित्तैक्ये भाषितपुंस्कमिगन्तं क्लीबं पुंवद् वा टादावचि। सुधिया, सुधिनेत्यादि।

विभक्ति परे रहते।

प्रवृत्तिनिमित्त कहते हैं, शब्द के प्रयोग के कारण को, जिस निमित्त से शब्द का प्रयोग होता है अर्थात् अर्थ।

भाषितपुंस्क—उस शब्द को कहते हैं जिसका प्रयोग पुँल्लिङ्ग और नपुँसकलिङ्ग दोनों जगह हो और प्रवृत्तिनिमित्त—अर्थ भी दोनों लिङ्गों में समान हो।

निम्नलिखित कारिका में भाषितपुँस्क की परिभाषा और उदाहरण तथा प्रत्युदाहरण द्वारा बहुत स्पष्ट किया गया है—

यन्निमित्तमुपादाय पुँसि शब्दः प्रवर्त्तते।
क्लीबवृत्तौ तदेव स्यादुक्तपुंस्कं तदुच्यते।
पीलुर्वृक्षः फलं पीलु 'पीलुने' न तु 'पीलवे'
वृक्षे निमित्तं पीलुत्वं तज्जत्वं तत्फले पुनः। इति।

अर्थात्—जिस निमित्त (अर्थ) को लेकर पुंल्लिङ्ग में शब्द प्रवृत्त होता है, यदि नपुंसकलिङ्ग में प्रवृत्ति का भी वही निमित्त (अर्थ) हो तो उस शब्द को **भाषितपुंस्क** कहा जाता है। पीलु वृक्ष को भी कहते हैं और उसके फल को भी। अतः पुंल्लिङ्ग और नपुंसकलिङ्ग में प्रयोग होने पर भी दोनों का प्रवृत्तिनिमित्त (अर्थ) भिन्न होने से यह शब्द भाषितपुंस्क नहीं। अतएव फल अर्थ में नपुंसकलिङ्ग में—**'पीलुने'** यही रूप बनेगा, पुंल्लिङ्ग का जैसा—**'पीलवे'** नहीं। पीलु शब्द की वृक्ष अर्थ में प्रवृत्ति का निमित्त पीलुत्व है और फल अर्थ में तज्जत्व अर्थात् पीलुजत्व है।

सुधी शब्द पुंल्लिङ्ग और नपुंसकलिङ्ग दोनों जगह प्रयुक्त होता है और दोनों स्थलों में इसका प्रवृत्तिनिमित्त—अर्थ—अच्छी बुद्धिवाला है। अतः यह भाषितपुंस्क शब्द है इसको पुंवद्भाव होगा। पुंवद्भाव होने से पुँल्लिङ्ग के जैसे रूप भी बनेंगे।

गालव के मत में पुंवद्भाव होता है, पाणिनि के मत में नहीं अतः विकल्प फलित होता है। अतएव दो दो रूप बनेंगे।

सुधिया—टा में 'सुधि आ' इस अवस्था में पुंवद्भाव होने पर 'अचि श्नु—'

मधु, मधुनी, मधूनि ।

सुलु, सुलुनी, सुलूनि । सुल्वा, सुलुना ।

सूत्र से इयङ् आदेश होकर रूप सिद्ध हुआ । पक्ष में 'नुम्' होकर **'सुधिना'** रूप बनता है ।

टा आदि अजादि विभक्तियों में इसी प्रकार पुंवद्भावपक्ष में इयङ्, आदेश और पक्ष में नुम् होकर रूप सिद्ध होंगे ।

प्र.	सुधि,	सुधिनी,	सुधीनि ।	च.	सुधिये, सुधिने,	सुधिभ्याम्,	सुधिभ्यः ।
सं.	हे सुधि, हे सुधे,	हे ,,	हे ,, ।	पं.	सुधियः, सुधिनः,	,,	,, ।
द्वि.	सुधि,	,,	,, ।	ष.	,,	सुधियोः, सुधिनोः,	सुधीनाम् ।
तृ.	सुधिया, सुधिना,	सुधिभ्याम्,	सुधिभिः ।	सं.	सुधियि, सुधिनि,	,,	सुधिषु ।

'अनादि' और 'प्रधी' आदि भाषितपुंस्क शब्दों के भी रूप इसी प्रकार पुंवद्भाव होकर सिद्ध होंगे ॥ दीर्घ ईकारान्त शब्द समाप्त ॥

उकारान्त शब्द

मधु—मधु (शहद) के प्रथमा के एकवचन में 'स्वमोर्नपुंसकात्' से सु का लोप होकर रूप सिद्ध हुआ ।

मधुनी—औ को 'शी' आदेश और नुम् होकर रूप बना ।

मधूनि—जस् शस् को 'शि' आदेश, नुम्, उपधादीर्घ होकर रूप बना ।

उकारान्त शब्द समाप्त ।

दीर्घ ऊकारान्त शब्द

सुलु—सुलू (अच्छा काटनेवाला) शब्द को सर्वप्रथम 'ह्रस्वो नपुंसके प्रातिपदिकस्य' सूत्र से ह्रस्व हुआ । तब ह्रस्व उकारान्त शब्द बना । अतः 'मधु' शब्द के समान ही रूप बनेंगे ।

सुलुनी—प्रथमा और द्वितीया के द्विवचन में 'मधुनी' के समान सिद्ध होगा ।

सुलूनि—प्रथमा और द्वितीया के बहुवचन में 'मधूनि' के समान सिद्ध होता है ।

धातृ, धातृणी, धातॄणि । हे धातः, हे धातृ । धात्रा, धातृणा । धातॄणाम् । एवं ज्ञातृ आदयः ।

इस शब्द का 'अच्छा काटनेवाला' अर्थ—प्रवृत्तिनिमित्त पुंलिङ्ग और नपुंसकलिङ्ग दोनों लिङ्गों में एक है, अतः यह भाषितपुंस्क है। अतएव तृतीयादि अजादि विभक्ति परे रहते पुंवद्भाव होगा। पुंवद्भावपक्ष में 'ओः सुपि' से यण् और अभावपक्ष में 'नुम्' आगम होकर रूप सिद्ध होगा।

सुल्वा—टा में पुंवद्भाव होने पर 'ओः सुपि' से यण् होकर रूप सिद्ध हुआ। पक्ष में नुम् होकर '**सुलुना**' रूप सिद्ध होगा।

प्र.	सुलु,	सुलुनी,	सुलूनि ।	च.	सुल्वे, सुलुने,	सुलुभ्याम्,	सुलुभ्यः ।
सं.	हे सुलु, हे सुलो,	हे ,,	हे ,, ।	पं.	सुल्वः, सुलुनः,	,,	,, ।
द्वि.	सुलु,	,,	,, ।	ष.	,,	सुल्वोः, सुलुनोः,	सुलूनाम् ।
तृ.	सुल्वा, सुलुना,	सुलुभ्याम्,	सुलुभिः ।	स.	सुल्वि, सुलुनि,	,,	सुलुषु ।

इसी प्रकार अन्य सभी भाषितपुंस्क दीर्घ ऊकारान्त नपुंसकलिङ्ग शब्दों के रूप सिद्ध होंगे ॥ दीर्घ ऊकारान्त शब्द समाप्त ॥

ऋकारान्त शब्द

धातृ—(धारण करने वाला)—धातृ शब्द के सु और अम् का लोप होकर यह रूप सिद्ध होता है।

धातृणी—'औ' को शी आदेश, नुम्, णत्व होकर रूप सिद्ध हुआ।

धातॄणि—जस् और शस् को 'शि' आदेश शि की सर्वनामस्थान संज्ञा नुम् और उपधादीर्घ कार्य होने पर णत्व होकर रूप सिद्ध हुआ।

हे धातः—सु का लोप, अर् गुण और रेफ को विसर्ग होकर रूप सिद्ध हुआ। पक्ष में 'हे धातृ'।

धातृ शब्द का प्रवृत्तिनिमित्त–अर्थ–'धारण करनेवाला' पुंल्लिङ्ग और नपुंसक लिङ्ग दोनों में एक है-अतः भाषितपुंस्क होने के कारण तृतीयादि अजादि

(ह्रस्वादेशविधिसूत्रम्)

२५० एच[6] इग्[1] ह्रस्वादेशे[7] १ । १ । ४८ ॥

आदिश्यमानेषु ह्रस्वेषु मध्ये एच इगेव स्यात् । प्रद्यु, प्रद्युनी, प्रद्यूनि । प्रद्युनेत्यादि ।

विभक्तियों में पुंवद्भाव होकर दो-दो रूप बनेंगे ।

धात्रा—टा में पुंवद्भाव पक्ष में यण् होकर रूप सिद्ध हुआ । पक्ष में नुम और णत्व होकर **धातृणा** रूप बना ।

धातॄणाम्—आम् में पुंवद्भाव पक्ष में नुट् होकर रूप बनता है—पक्ष में भी 'नुमचिरतृज्वद्भावेभ्यो नुट् पूर्वविप्रतिषेधेन' से नुम् की अपेक्षा प्रबल होने से नुट् होकर यही रूप बनता है ।

प्र.	धातृ	धातृणी	धातॄणि ।	च.	धात्रे धातृणे	धातृभ्याम्	धातृभ्यः ।
सं.	हे धातः हे धातृ	हे ,,	हे ,, ।	पं.	धातुः धातृणः	,,	,, ।
द्वि.	धातृ	,,	,, ।	ष.	,,	धात्रोः धातृणोः	धातॄणाम् ।
तृ.	धात्रा धातृणा	धातृभ्याम्	धातृभिः ।	स.	धातरि धातृणि	,,	धातृषु ।

इसी प्रकार ज्ञातृ (जाननेवाला), कर्तृ (करनेवाला), हर्तृ (ले जाने-वाला) जेतृ (जीतनेवाला), और दातृ (देनेवाला) आदि तृन्नन्त और तृजन्त शब्दों के रूप भी बनेंगे । दोनों लिङ्गों में एक प्रवृत्तिनिमित्त—अर्थ—होने से ये भाषितपुंस्क हैं । ऋकारान्त शब्द समाप्त ।

ओकारान्त शब्द

२५० **एच इति**—जब ह्रस्व आदेश का विधान हो, तब एचों के स्थान में इक् ही हों अर्थात् एकार और ऐकार के स्थान में इकार तथा ओकार और औकार के स्थान में उकार आदेश हों ।

'ह्रस्वो नपुंसके प्रातिपदिकस्य' सूत्र से एजन्त शब्दों को ह्रस्व प्राप्त होता है, पर ह्रस्व कौन हो ? इसका निर्णय नहीं, क्योंकि एचों के अपने

प्ररि, प्ररिणी, प्ररीणि । प्ररिणा । एकदेशविकृतमनन्यवत् । प्रा-

---

ह्रस्व वर्ण तो हैं नहीं, 'एचामपि द्वादश, तेषां ह्रस्वाभावात्' यह पहले कहा गया है । ये एच् संयुक्त स्वर हैं अर्थात् दो-दो स्वर मिल कर बने हैं । आकार और इकार के संयोग से एकार-ऐकार तथा अकार और उकार के संयोग से ओकार-औकार बने हैं । तब एचों को अकार और इकार तथा उकार ह्रस्व प्राप्त होते हैं । इस अवस्था में '२५० एच:–' सूत्र नियम करता है कि इकार और उकार ही ह्रस्व हों, अवर्ण कभी न हों ।

ओकारान्त प्रद्यो (प्रकृष्टा द्यौः यस्मिन् दिने, सुन्दर आकाशवाला दिन)—शब्द को 'ह्रस्वो—' से ह्रस्व उकार हुआ । तब 'प्रद्यु' बन जाने से 'मधु' शब्द के समान रूप सिद्ध होंगे । इसीलिये **'प्रद्यु, प्रद्युनी, प्रद्यूनि'** रूप दिखाये ।

प्रद्युना—तृतीया के एकवचन टा में 'इकोऽचि विभक्तौ' से नुम् होकर रूप सिद्ध हुआ ।

यद्यपि 'सुन्दर आकाशवाला' यह प्रवृत्तिनिमित्त–अर्थ–दोनों लिङ्गों में एक होने से इसे भाषितपुंस्क कहा जायगा, पर पुंवद्भाव नहीं होगा, क्योंकि पुंवद्भाव भाषितपुंस्क इगन्त अङ्ग को होता है। यहाँ जो 'प्रद्यो' शब्द भाषितपुंस्क है, वह इगन्त नहीं और जो 'प्रद्यु' शब्द इगन्त है, वह भाषितपुंस्क नहीं, क्योंकि ह्रस्वान्त 'प्रद्यु' शब्द केवल नपुंसक ही है, पुँल्लिङ्ग नहीं, पुँल्लिङ्ग में ह्रस्व नहीं होता, शब्द ओकारान्त ही रहता है । भाषितपुंस्कत्व के लिये शब्द का प्रयोग पुँल्लिङ्ग में भी होना आवश्यक है । 'भाषितपुंस्क' अन्वर्थ संज्ञा है–'भाषितः पुमान् येन' अर्थात् जिस शब्द ने पुँल्लिंग को कहा हो और तब नपुंसक को कहता हो, अतः 'प्रद्यु' शब्द के भाषितपुंस्क न होने से पुंवद्भाव नहीं होता ।

प्र.	प्रद्यु,	प्रद्युनी,	प्रद्यूनी ।	च.	प्रद्युने	प्रद्युभ्याम्,	प्रद्युभ्यः ।
सं.	हे प्रद्यु, हे प्रद्यो	हे ,,	हे ,, ।	पं.	प्रद्युनः,	,,	,, ।
द्वि.	,,	,,	,, ।	ष.	,,	प्रद्युनोः,	प्रद्यूनाम् ।
तृ.	प्रद्युना,	प्रद्युभ्याम्,	प्रद्युभिः ।	स.	प्रद्युनि,	,,	प्रद्युषु ।

ओकारान्त शब्द समाप्त ।

भ्याम्। सुनु, सुनुनी, सुनूनि। सुनुनेत्यादि।

इति अजन्तनपुंसकलिङ्गप्रकरणम्।

ऐकारान्त शब्द

प्ररै (अधिक धनवाला—कुल) शब्द में ह्रस्व होकर 'प्ररि' बन जाने पर वारि शब्द के समान रूप सिद्ध होंगे।

[1]प्ररि—ह्रस्व और सु का लोप होकर रूप सिद्ध होता है।

प्ररिणी—शी आदेश, नुम्, णत्व कार्य करने पर रूप सिद्ध होता है।

प्ररीणि—शि आदेश, सर्वनामस्थान संज्ञा, नुम्, उपधादीर्घ और णत्व कार्य होकर उक्त रूप सिद्ध हुआ।

प्ररिणा—नुम् और णत्व होकर रूप सिद्ध हुआ।

यहाँ भी 'प्रद्यु' के समान पुंवद्भाव नहीं होता।

एकदेशेति—ऐकार को ह्रस्व इकार होने से यद्यपि एक अवयव में यहाँ विकार हुआ है, तो भी यह 'रै' शब्द ही रहेगा, भिन्न नहीं होगा। जैसे पूँछ कटने पर भी कुत्ता कुत्ता ही कहा जता है घोड़ा, गधा नहीं।

प्रराभ्याम्—ह्रस्व होने पर 'प्ररि' शब्द में पूर्वोक्त एकदेशविकृतन्याय से रै शब्द है। अतः 'रायो हलि' से ऐकार को आकार होकर रूप सिद्ध हुआ।

हलादि विभक्तियों में सर्वत्र आत्व हो जायगा।

प्र.	प्ररि	प्ररिणी,	प्ररीणि।	च.	प्ररिणे,	प्रराभ्याम,	प्रराभ्यः।
सं.	हे ,, हे प्ररे	हे ,,	हे ,,।	पं.	प्ररिणः	,,	,,।
द्वि.	प्ररि	,,	,,।	ष.	,,	प्ररिणोः	प्ररीणाम्।
तृ.	प्ररिणा,	प्रराभ्याम्	प्रराभिः।	स.	प्ररिणि	,,	प्ररासु।

ऐकारान्त शब्द समाप्त।

औकारान्त शब्द

सुनौ—(शोभना नौः यस्य कुलस्य तत्, अच्छी नाववाला कुल) शब्द में सर्वप्रथम ह्रस्व हो जायगा। तब रूप 'मधु' शब्द के समान सिद्ध होंगे।

---

१ सु में 'रायो हलि' इस सूत्र से आत्व नहीं होता क्योंकि उसका लुक् हो जाता है। प्रत्ययलक्षण से भी नहीं हो सकता, 'न लुमताङ्गस्य' से निषेध होजाता है।

अथ हलन्तपुँल्लिङ्गप्रकरणम्

(ढत्वविधिसूत्रम्)

२५१ हो ढः ८ । २ । ३१ ॥

हस्य ढः स्याद् झलि पदान्ते च । लिट्, लिड् । लिहौ । लिहः लिड्भ्याम् । लिट्त्सु–लिट्सु ।

प्र.	सुनु,	सुनुनी,	सुनूनि ।	च.	सुनुने,	सुनुभ्याम्,	सुनुभ्यः ।
सं.	हे ,, हे सुनो	हे ,,	हे ,, ।	पं.	सुनुनः,	,,	,,
द्वि.	सुनु	,,	,, ।	ष.	,,	सुनुनोः,	सुनुनाम् ।
तृ.	सुनुना,	सुनुभ्याम्,	सुनुभिः ।	स.	सुनुनि,	,,	सुनुषु ।

अजन्तनपुंसकलिङ्ग समाप्त ।

[1]हकारान्त शब्द

२५१ हो ढ इति–हकार को ढकार होता है झल् परे रहते और पदान्त में ।

लिह् (चाटनेवाला) शब्द

लिट्, लिड्—प्रथमा के एकवचन में 'लिह् + स्' इस अवस्था में सर्वप्रथम '१७९ हल्ङ्या–' से अपृक्त सकार का लोप होता है । तदनन्तर पदान्त होने से हकार को प्रकृत सूत्र से ढकार हुआ । ढकार को '६७ झलां—' से डकार और अवसान डकार को '१४६ वाव–' से टकार विकल्प से हुआ, अतः लिट् लिड् दो रूप बने ।

लिहौ—प्रथमा और द्वितीया के द्विवचन का रूप है । हकार 'औ' से मिल जाता है । विशेष कोई कार्य नहीं होता ।

लिहः—प्रथमा के बहुवचन में 'लिह् अस्' इस दशा में केवल इतना कार्य होता है कि सकार को रु और रेफ को विसर्ग । शस्, ङसि और ङस् में भी यही रूप बनता है ।

---

१ 'हयवरट्' आदि के क्रम से ही यहाँ हकारान्त आदि शब्द बताये जा रहे हैं । हलन्तपुँल्लिङ्ग में हल् प्रत्याहारका ही क्रम रखा गया है । अतः हकारान्तके बाद यकारान्त, बकारान्त, रेफान्त आदि क्रम से शब्द आयेंगे । यकारान्त शब्द होतेही नहीं । इसलिये हकारान्त शब्दों के बाद वकारान्त शब्द दिखाये जायँगे ।

(घत्वविधिसूत्रम्)

२५२ 'दाऽऽदेर्धातोर्घः' ८ । २ । ३२ ॥

झलि पदान्ते चोपदेशे दादेर्धातोर्हस्य घः ।

लिड्भ्याम्—यह रूप तृतीया, चतुर्थी और पञ्चमी के द्विवचन 'भ्याम्' में सिद्ध होता है । 'लिह् भ्याम्' इस दशा में झल् मकार परे होने से '२५१ हो ढः' से हकार को ढकार और '६६ झलां-' सूत्र से ढ को डकार हुआ ।

लिटत्सु, लिट्सु—सप्तमी के बहुवचन में 'लिह् सु' इस दशा में हकार को ढकार और ढकार को डकार होने पर 'लिड्+सु' इस दशा में '८४ डः सि–' से धुट् आगम और '७४ खरि च' सूत्र से धकार को चर् तकार और उसके परे रहते पूर्व डकार को टकार हुआ । तब 'लिट्त्सु' रूप बना । धुडभाव पक्ष में—डकार के स्थान में चर् टकार 'खरि च' सूत्र से होकर 'लिट्सु' रूप बना ।

प्र.	लिट्, लिड्	लिहौ,	लिहः ।	च.	लिहे,	लिड्भ्याम्,	लिड्भ्यः ।
				पं.	लिहः,	,,	,, ।
सं. हे	,,	हे ,,	हे ,, ।	ष.	,,	लिहोः	लिहाम् ।
द्वि.	लिहम्,	,,	,, ।	स.	लिहि,	,,	लिटत्सु, लिट्सु ।
तृ.	लिहा,	लिड्भ्याम्,	लिड्भिः ।				

हलन्त शब्दों के रूप बनाने में ध्यान रखना चाहिये कि अजादि विभक्तियों में प्रायः कोई कार्य विशेष नहीं करना पड़ता । शब्द के साथ विभक्ति को जोड़ देना मात्र होता है । जिन विभक्तियों के अन्त में सकार है उनमें सकार के स्थान में विसर्ग हो जाते हैं ।

हलादि विभक्तियों में कुछ कार्य होता है अर्थात् सु, भ्याम्, भिस्, भ्यस् और सुप्-इन पाँच स्थलों में ही रूप बनाने पड़ते हैं । इसमें भी सु और सुप् में विशेष कार्य करना पड़ता है, शेष में सामान्य । अतः हलन्त शब्दों के सु और सुप् के रूपों पर विशेष ध्यान रखना चाहिये । भ्याम्, भिस् और भ्यस् में साधन-प्रक्रिया समान ही होती है ।

प्रायः सभी हकारान्त पुंल्लिंग शब्दों के रूप 'लिह्' शब्द के समान ही बनेंगे । जिनमें कुछ अन्तर है वे आगे बताये जा रहे हैं ।

(भष्भावविधिसूत्रम्)

२५३ एकाचो[6] बशो[6] भष्[1] झषन्तस्य[6] [7]स्-ध्वोः ८।२।३७॥

धात्ववयवस्यैकाचो झषन्तस्य वशो भष्, से ध्वे पदान्ते च। धुक्, धुग्। दुहौ। दुहः। धुग्भ्याम्। धुक्षु।

---

२५२. दाऽऽदेरिति—उपदेश में दकारादि धातु के हकार का घकार आदेश हो झल् परे रहते और पदान्त में।

दुह् (दुहनेवाला) शब्द। 'दुह्' यह धातु उपदेश में दकारादि है। अपृक्त सकार का लोप होने के अनन्तर पदान्त होने से हकार को घकार हो गया। तब 'दुघ्' बना।

२५३ एकाच इति—धातु के अवयव झषन्त एकाच् के वश् के स्थान में भष् आदेश हो, सकार और ध्व परे रहते तथा पदान्त में।

धुक्, धुग्—'दुघ्' यह झष् घकारान्त है। यह स्वयं धातु है, धातु का अवयव व्यपदेशिवद्भाव[1] से है, यह एकाच् भी है। पदान्त होने से इसके बश् दकार को अत्यन्त सादृश्य के कारण (आन्तरतम्य से) धकार भष् हुआ। तब 'धुघ्' बना। तदन्तर '६७ झलां जशोन्ते' सूत्र से घकार को गकार और अवसान होने से गकार को '१४६ वाऽवसाने' सूत्र से विकल्प से ककार होकर दो रूप बने—धुक् और धुग्।

धुग्भ्याम्—भ्याम् में भकार झल् परे है, अतः भष्भाव से दकार के स्थान में धकार और घकार के स्थान में जश्त्व से गकार होजाने से 'धुग्भ्याम्' बना।

धुक्षु—सुप् में सकार परे है। अतः भष्भाव से दकार को धकार और घकार को जश्त्व से गकार हुआ। तब 'खरि च' से खर् शकार परे होने से गकार को चर् ककार हुआ। तदन्तर कवर्ग से पर प्रत्यय 'सु' के सकार को '१५० आदेशप्रत्यययोः' सूत्र से मूर्धन्य षकार और क् और ष् के संयोग से क्ष बनकर 'धुक्षु' रूप सिद्ध हुआ।

ध्यान रहे कि भष्भाव से पहले हकार को घकार करना चाहिये अन्यथा झषन्त नहीं हो सकेगा।

---

१ अमुख्य में मुख्य के समान व्यवहार करने को व्यपदेशिवद्भाव कहते हैं।

(षत्वविधिसूत्रम्)

२५४ वॉ द्रुह-मुह-ष्णुह्-ष्णिहाम्[६] ८ । २ । ३३ ॥

एषां हस्य वा घो झलि पदान्ते च । ध्रुक्, ध्रुग् ; ध्रुट् , ध्रुड् । द्रुहौ । द्रुहः । ध्रुग्भ्याम् , ध्रुड्भ्याम् । ध्रुक्षु, ध्रुट्त्सु, ध्रुट्सु । एवं मुक् , मग् इत्यादि ।

प्र.	धुक्' धुग् ,	दुहौ,	दुहः ।	च.	दुहे,	धुग्भ्याम् ,	धुग्भ्यः	।
सं.	हे ,,	हे ,,	हे ,, ।	पं.	दुहः,	,,	,,	।
द्वि.	दुहम्	,,	,, ।	ष.	,,	दुहोः	दुहाम्	।
तृ.	दुहा	धुग्भ्याम्	धुग्भिः ।	स.	दुहि,	,,	धुक्षु	।

द्रुह् (द्रोही) शब्द

२५४ वा द्रुहेति–द्रुह, मुह, (मुग्ध), ष्णुह् (वमनकारी) और ष्णिह् (स्नेही) इन शब्दों के हकार को घकार विकल्प से हो झल् परे रहते और पदान्त में ।

'द्रुह्' को दकारादि होने से पूर्वसूत्र 'दाऽऽदेर्धातोर्घः' से घ प्राप्त था और शेष को अप्राप्त । दोनों को विकल्प से विधान किया । अतः यह प्राप्ताप्राप्त विभाषा है ।

ध्रुक् ध्रुग्—ये रूप घकार पक्ष के हैं और घकार के अभाव में '२५१ हो ढः' से हकार को ढकार हुआ । वहाँ भी झषन्त होने से '२५३ एकाचः–' से भष्भाव के द्वारा **ध्रुट्** और **ध्रुड्** रूप बने । इस प्रकार 'सु' में चार रूप हुए ।

ध्रुग्भ्याम् , ध्रुड्भ्याम्—ये दो रूप वकार और डकार दो पक्षों के हैं ।

ध्रुक्षु—सुप् में घकार पक्ष में घकार होने के अनन्तर भष्भाव से दकार को धकार, और घकार को चर्त्व से सकार और क से परे मूर्धन्य षकार और क तथा ष् के संयोग से क्ष होकर 'ध्रुक्षु' रूप सिद्ध हुआ ।

ध्रुट्त्सु ध्रुट्सु—घकाराभाव पक्ष में '२५१ हो ढः' सूत्र से ढकार हुआ और उसके स्थान में जश्त्व से डकार आदेश । तब डकार से सकार परे मिल जाने से 'डः सि' सूत्र से वैकल्पिक 'धुट्' आगम । 'खरि च' से पहले धकार को तकार और तब डकार को टकार होकर 'ध्रुट्त्सु' रूप सिद्ध हुआ ।

(सत्वविधिसूत्रम्)

२५५ धात्वाऽऽदेः[६] षः[६] सः[१] ६।१।६४॥

स्नुक् स्नुग्, स्नुट् स्नुड्। एवं स्निक् स्निग्, स्निट् स्निड् इत्यादि। विश्ववाट् विश्ववाड्। विश्ववाहौ। विश्ववाहः। विश्ववाहम्। विश्ववाहौ।

धुडभाव पक्ष में डकार को 'खरि च' से टकार होकर ध्रुट्त्सु'।

प्र.	ध्रुक्, ग्	द्रुहौ	द्रुहः।	च.	द्रुहे	ध्रुग्भ्याम् / ध्रुड्भ्याम्	ध्रुग्भ्यः। / ध्रुड्भ्य।
	ध्रुट्, ड्	,,	,,।				
सं.	हे ,,	हे ,,	हे ,,।	पं.	द्रुहः	,,	,,।
द्वि.	द्रुहम्	,,	,,।	ष.	,,	द्रुहोः	द्रुहाम्।
तृ.	द्रुहा	ध्रुग्भ्याम् / ध्रुड्भ्याम्	ध्रुग्भिः। / ध्रुड्भिः।	सं.	द्रुहि	,,	ध्रुक्षु। / ध्रुट्त्सु, ध्रुट्सु

इसी प्रकार 'मुह्' शब्द के भी रूप बनेंगे। सु—मुक्, **मुग्, मुट्, मुड्**

भ्याम्—**मुग्भ्याम्, मुड्भ्याम्**। सुप्—**मुक्षु, मुट्त्सु, मुट्सु**।

ष्णुह् (वमनकारी) **शब्द**

२५५ **धात्वादेरिति**—धातु के आदि षकार (मूर्धन्य) को सकार (दन्त्य) आदेश हो।

'ष्णुह्' धातु है। इसके आदि मूर्धन्य षकार को दन्त्य सकार हो गया। तब णकार भी नकार बन गया। षकार से परे होने के कारण ही नकार को 'रषाभ्यां नो णः समानपदे' से णकार हुआ था। जब निमित्त षकार ही न रहा, तब नैमित्तिक कार्य णकार भी न रहेगा, 'निमित्तापाये नैमित्तिकस्याप्यपायः' इस परिभाषा के बल से, निमित्त के न रहने पर नैमित्तिक भी नहीं रहता।

स्नुह् के सु में पूर्ववत् चार रूप बने—**स्नुक्, स्नुग्; स्नुट्, स्नुड्**। '२५४ वा द्रुह' से इसको भी धकार विकल्प से होता है। भ्याम्—**स्नुग्भ्याम्, स्नुड्भ्याम**। सुप्—**स्नुक्षु, स्नुट्त्सु, स्नुट्सु**।

इसी प्रकार स्निह् शब्द (स्नेह करनेवाला) के भी रूप बनेंगे। सु—**स्निक्, स्निग्, स्निट् स्निड्**। भ्याम्—**स्निग्भ्याम्, स्निड्भ्याम्**। सुप्—**स्निक्षु, स्निट्त्सु, स्निट्सु**।

(संप्रसारणसंज्ञासूत्रम्)

२५६ इग्[1] यणः[6] संप्रसारणम्[1] १ । १ । ४५ ॥

यणः स्थाने प्रयुज्यमानो य इक् स संप्रसारणसंज्ञः स्यात् ।

विश्ववाह् शब्द

विश्ववाट्, ड् (विश्वं वहति[1] इति विश्ववाह्—संसार को चलानेवाला ईश्वर)—विश्ववाह् शब्द से प्रथमा के एक वचन में 'विश्ववाह् + स्' इस स्थिति में 'हो ढः' से हकार के स्थान में ढकार आदेश होने पर 'झलां जशोऽन्ते' से ढकार के स्थान में डकार आदेश हुआ । तब 'वाऽवसाने' से डकार को विकल्प से टकार चर आदेश होकर दो रूप सिद्ध हुए ।

विश्ववाहौ—आदि रूपों में कोई कार्य नहीं होता ।

२५६ इग्यण इति—यण् के स्थान में प्रयुज्यमान जो इक् वह[2] संप्रसारण-संज्ञक हो ।

जैसे—अग्रिम 'वाह ऊठ्' सूत्र से 'विश्ववाह्' में वाह् के यण् वकार के स्थान में ऊकार इक् प्रयुक्त होता है, उसकी संप्रसारण संज्ञा होती है ।

---

१ 'वहेश्च' सूत्र से 'ण्वि' प्रत्यय होता है जिसका सर्वापहार लोप हो जाता है ।

२ यहाँ अन्योन्याश्रय अर्थात्—एक दूसरे का परस्पर आश्रित होना—दोष पड़ता है और 'अन्योन्याश्रयाणि कार्याणि न प्रकल्प्यन्ते' अर्थात् अन्योन्याश्रय कार्य हो नहीं सकते । जब पहला हो तब उसका आश्रित दूसरा हो और जब दूसरा हो तब उसका आश्रित पहला हो । इस दशा में कोई भी कार्य नहीं हो सकता । जैसे प्रकृत में जब इक् के स्थान में यण् का प्रयोग हो तब उसकी संप्रसारणसंज्ञा हो और जब संप्रसारणसंज्ञा हो जाय, तब इक् यण् के स्थान में हो । इस प्रकार यहाँ 'अन्योन्याश्रय' दोष की आपत्ति आ पड़ती है ।

इस दोष का वारण भावीसंज्ञा मानकर हो जाता है । अर्थात् ऐसा अभि-प्राय संप्रसारणविधायक सूत्रों का समझना चाहिये कि जिस इक् की यण् के स्थान में होने पर संप्रसारणसंज्ञा आगे होगी वह आदेश हो । जैसे 'वाह ऊठ' सूत्र में - वाह को वह 'ऊठ्' होता है जिसकी आगे आदेश होने के अनन्तर संप्रसारणसंज्ञा होगी । इस प्रकार अभिप्राय निकालने से अन्योन्याश्रय दोष नहीं

(ऊठ्विधिसूत्रम्)

२५७ वाह[६] ऊठ्[१] ६ । ४ । ३२ ॥

भस्य वाहः संप्रसारणम् ऊठ् ।

(पूर्वरूपविधिसूत्रम्)

२५८ संप्रसारणाच्च ६ । १ । १०८ ॥

संप्रासारणादचि पूर्वरूपमेकादेशः । वृद्धिः—विश्वौहः— इत्यादि ।

---

२५७ वाह इति—वाह् शब्दान्त भसंज्ञक अङ्ग के अवयव वाह् शब्द को भावि संप्रसारण–संज्ञक ऊठ् आदेश हो ।

ठकार इत्संज्ञक है और 'एत्येधत्यूठ्सु' में स्वरूपपरिचय के लिये भी है ।

विश्ववाह् शब्द के शस् में 'विश्ववाह् + अस्' इस दशा में वाह् शब्दान्त भसंज्ञक अङ्ग 'विश्ववाह्' के अवयव वाह् को संप्रसारण ऊठ् हुआ । ऊकार वकार यण् के स्थान में हुआ । तब 'विश्व ऊ आह् अस्' यह स्थिति बनी ।

२५८ संप्रसारणादिति—संप्रसारण से अच् परे रहते पूर्वरूप एकादेश हो ।

विश्वौहः—'विश्व ऊ आह् अस्' यहाँ संप्रसारण 'ऊ' से अच् आकार परे है पूर्व ऊकार का रूप एकादेश होने से 'अ' न रहा । तब 'विश्व ऊ ह् अस्' ऐसी स्थिति बनी । यहाँ '२४ एत्येधत्यूठ्सु' सूत्र से ऊठ् परे होने के कारण अकार और ऊकार को वृद्धि औकार हुई । तब 'विश्वौहस्' बना अन्त में सकार को रु और रकार को विसर्ग होने से "**विश्वौहः**" रूप बना ।

आगे अजादि विभक्तियोंमें भ संज्ञा होने से 'विश्वौहः' के समान संप्रसारण आदि कार्य होकर रूप बनेंगे । हलादि विभक्तियों में हकार को ढकार और

रह जाता । भावी संज्ञा का आश्रय लोक में भी बहुत होता है जैसे— 'अस्य सूत्रस्य शाटकं वय = इस सूत की साड़ी बुनो ।' इस वाक्य में पूर्व प्रकार से अन्योन्याश्रय है और उसका निराकरण भावीसंज्ञा मान लेने से होजाता है । तथाहि—यदि साड़ी है तब उसको क्या बुनना ? और यदि अभी बुनना है तो उसे साड़ी कैसे कहा जा सकता है, साड़ी तो बुने जाने पर कहा जायगा । ऐसी दशा में इस वाक्य का भावी संज्ञा का सहारा लेकर यही अभिप्राय कहा जाता है कि इस सूत से वह चीज बुनो, जिसको बुन जाने पर साड़ी कहा जायगा ।

('आम्' विधिसूत्रम्)

२५९ चतुरनडुहोराम् उदात्तः ७ । १ । ९८ ॥

अनयोराम् स्यात् सर्वनामस्थाने परे ।

(नुम्विधिसूत्रम्)

२६० सावनडुहः ७ । १ । ८२ ॥

अस्य नुम् स्यात् सौ परे । अनड्वान् ।

ढकार को जश्त्व डकार होकर रूप बनेंगे । सप्तमी के बहुवचन सुप् में 'डः सि धुट्' से वैकल्पिक 'धुट्' आगम भी होगा ।

तृ०	विश्वौहा,	विश्ववाड्भ्याम्,	विश्ववाड्भिः ।
च०	विश्वौहे,	,,	विश्ववाड्भ्यः ।
पं०	विश्वौहः,	,,	,, ।
ष०	,,	विश्वौहोः	विश्वौहाम् ।
स०	विश्वौहि,	,,	विश्ववाट्त्सु, विश्ववाट्सु ।

इसी प्रकार प्रष्ठवाह् (उद्दण्ड बछड़ा) और भारवाह् (भार उठानेवाला मजदूर) आदि 'वह्' धातु से सिद्ध हुए शब्दों के रूप भी बनेंगे ।

अनडुह् (बैल) शब्द

२५९ चतुरनडुहोरिति—चतुर और अनडुह् शब्द को आम् आगम हो सर्वनामस्थान परे रहते ।

'आम्' का मकार इत्संज्ञक है । अतएव मित् होने से आम् 'मिदचोऽन्त्यात्परः' परिभाषा से अन्त्य अच् के आगे होगा और उसी समुदाय का अवयव बनेगा ।

'अनडुह् + स्' इस दशा में सर्वनामस्थान सु के परे होने से अन्त्य अच् डकारोत्तरवर्ती उकार के आगे 'आम्' आगम हुआ । तब 'अनडु आ ह् स्' यह स्थिति बनी ।

२६० सावनडुह इति—अनडुह् शब्द को नुम् आगम हो सु परे रहते ।

'नुम्' के उकार और मकार इत्संज्ञक हैं अतएव मित् होने से नुम् भी अन्त्य अच् के आगे होगा और समुदाय का अवयव बनेगा ।

अनड्वान्—'अनडु आह् स्' इस स्थिति में सु परे होने से अनडुह् के

(अम्विधिसूत्रम्)

२६१ अम्[१] सम्बुद्धौ[७] ७ । १ । ९९ ॥

हे अनड्वन् । अनड्वाहौ । अनड्वाहः । अनडुहः । अनडुहा ।

(दकारविधिसूत्रम्)

२६२ वसु-स्रंसु ध्वंस्वनडुहां[६] दः[१] ८ । २ । ७१ ॥

सान्तवस्वन्तस्य स्रंसादेश्च दः स्यात् पदान्ते । अनडुद्भ्याम्

अन्त्य अच् आम् के आकार के आगे 'नुम्' आगम हुआ । तब 'अनडु आन् ह् स्' यह दशा हुई । उकार को तो यण् वकार हुआ, अपृक्त सकार का '१७९ हल्ङ्याब्भ्यः–' से लोप और हकार का संयोगान्त लोप होने से **'अनड्वान्'**[१] रूप सिद्ध हुआ ।

२६१ अम् इति—अनडुह् शब्द को अम् आगम हो सम्बुद्धि परे रहते । 'अम्' का मकार भी इत्संज्ञक है । अतएव मित् होने से अम् अन्त्य अच् के आगे होगा और समुदाय का अवयव बनेगा ।

हे अवड्वन्—'स्' इस दशा में सम्बुद्धि परे होने से डकारोकारवर्ती उकार के आगे 'अम्' होकर 'अनडु अ ह् स्' यह स्थिति बनी । इसमें 'सावनडुहः' सूत्र से अम् के अकार के आगे नुम् हुआ । तब 'अनडु अ न् ह स्' इस स्थिति में पहले उकार को यण् वकार और तब स् का हल्ङ्यादि लोप तथा हकार का संयोगान्त लोप होने से **'हे अड्वन्'** रूप सिद्ध हुआ ।

अनड्वाहौ—प्रथमा और द्वितीया के द्विवचन में 'अनडुह् औ' इस दशा में '२५९ चतुरनडुहोः' सूत्र से आम् आगम होकर 'अनडुआह् औ' इस स्थिति के बन जाने पर उकार को यण् वकार होकर रूप सिद्ध हुआ ।

अनड्वाहः—यह रूप जस् में पूर्वप्रकार से ही सिद्ध होता है ।

अनडुहः—यह रूप शस् का है । शस् के सर्वनामस्थान न होने से आम् आगम नहीं हुआ । सकार को रुत्व विसर्ग हुए ।

२६२ वसु इति—सान्त वसुप्रत्ययान्त, स्रंसु, ध्वंसु और अनडुह् शब्दों को दकार आदेश हो पदान्त में ।

अनडुद्भ्याम्—'अनडुह् + भ्याम्' इस दशा में हलादि विभक्ति परे होने से 'स्वादिष्वसर्वनामस्थाने' सूत्र से पूर्व 'अनडुह्' की पद संज्ञा है । पदान्त में

---

१ यहाँ हकार के लोप होने पर '१७७ न लोपः प्रातिपदिकान्तस्य' सूत्र से

इत्यादि। सान्तेति किम्—विद्वान्। पदान्ते किम्—स्रस्तम्, ध्वस्तम्।

(मूर्धन्यादेशविधिसूत्रम्)

२६३ सहेः[६] साडः[६] सः[६] ८।३।५६॥

हकार है, उसको दकार होने से रूप सिद्ध हुआ।

इसी प्रकार अन्य हलादि विभक्तियों में भी हकार को दकार होगा। सुप् में दकार को '७५ खरि च' सूत्र स चर् तकार हो जायगा।

प्र.	अनड्वान्,	अनड्वाहौ, अनड्वाहः
सं.	हेअनड्वन्	हे ,, हे ,, ।
द्वि.	अनड्वाहम्,	,, ,, ।
तृ.	अनडुहा,	अनडुद्भ्याम, अनडुद्भिः
च.	अनडुहे,	अनडुद्भ्याम् अनडुद्भ्यः
पं.	अनडुहः,	,, ,, ।
ष.	,,	अनडुहोः, अनडुहाम्।
स.	अनडुहि,	,, अनडुत्सु।

सान्त इति—वसु प्रत्यायान्त शब्द ककारान्त जब हो तब दकार होता है ऐसा क्यों कहा?— इसलिये कि 'विद्वान्' में दकार न हो। 'विद्वान्' वसुप्रत्ययान्त तो है सकारान्त नहीं। विद् धातु से वसु प्रत्यय होने से 'विद्वस्' शब्द बनता है।

वसु प्रत्ययान्त शब्द तो सकारान्त रहेगा ही, अतः 'सान्त' विशेषण देना निरर्थक है—यह आशय है शङ्का का। उत्तर का अभिप्राय है कि सकार के लोप होने पर वसु प्रत्ययान्तता तो शब्द में रहेगी, पर सान्तता नहीं रह सकती, जैसे—**विद्वान्** यह पद है। यहाँ सकार का लोप हो गया है। इसमें वसुप्रत्ययान्तता तो है, पर सान्तता नहीं आ सकती। अतः यहाँ दकार आदेश नहीं होता।

पदान्ते इति—पदान्त में दकार होता है यह क्यों कहा? इसलिये, कि 'स्रस्तम्' और 'ध्वस्तम्' में दकार न हो जाय। यहाँ पर 'स्रंसु' और 'ध्वंसु' तो हैं, पर पदान्त नहीं। अतः दकार नहीं होता। ये दोनों रूप 'स्रंसु' और 'ध्वंसु' धातु के 'क्त' प्रत्यय में बनते हैं।

तुरासाह् (इन्द्र) शब्द

२६३ सहेरिति—साड्रूप सह धातु के सकार को मूर्धन्य (षकार)

नकार का लोप नहीं होता। क्योंकि नकार लोप के प्रति हकार का संयोगान्त लोप असिद्ध है, उसे हकार दीखता है। अतः नकार के पदान्त न होने से लोप नहीं होता।

१ 'तुरं सहते' इति तुरासाह्।

साड्रूपस्य सहेः सस्य मूर्धन्यादेशः। तुराषाट्, तुराषाड्। तुरासाहौ। तुरासाहः। तुराषाड्भ्यामित्यादि। इति हकारान्ताः।

(औत्वविधिसूत्रम्)

२६४ दिव[6] औत्[1] ७।१।८४॥

आदेश हो। अर्थात् जब सह का 'साड्' यह रूप बनेगा तभी मूर्धन्य होगा।

फलितार्थ यह हुआ कि पदान्त में सह् के सकार को मूर्धन्य हो क्योंकि 'सह' का 'साड्' रूप हलादि विभक्तियों में ही बनता है, वहाँ पदान्त रहता ही है।

तुराषाट्-ड्— यहाँ प्रथमा के एकवचन में 'तुरासाह् + सु' इस स्थिति में प्रथम अपृक्त सकार का लोप होता है, तब पदान्त होने से हकार को '२५१ हो ढः' सूत्र से ढकार और उसको जश्त्व डकार होने पर 'तुरासाड्' बन गया। यहाँ 'साड्' रूप होने से प्रकृत सूत्र से मूर्धन्य षकार होकर 'तुराषाड्' बन जाने पर '१४६ वाऽवसाने' सूत्र से डकार को विकल्प से टकार होकर दो रूप सिद्ध हुए 'तुराषाट्' और 'तुराषाड्'।

तुरासाहौ—औ में कोई कार्य नहीं होता। यहाँ पदान्त न होने से ढत्व नहीं होता अतः 'साड्' रूप नहीं बनता। अत एव मूर्धन्य आदेश भी नहीं होता।

इसी प्रकार सभी अजादि विभक्तियों के रूप बनेंगे।

हलादियों में ढकार होगा और 'साड्' रूप बनने से मूर्धन्य भी।

प्र.	तुराषाट्-ड्,	तुरासाहौ,	तुरासाहः।	च.	तुरासाहे,	तुराषाड्भ्याम्,	तुराषाड्भ्यः
सं.	हे ,,	हे ,,	हे ,,।	पं.	तुरासाहः,	,,	,,।
द्वि.	तुरासाहम्,	,,	,,।	ष.	,,	तुरासाहोः,	तुरासाहाम्।
तृ.	तुरासाहा,	तुराषाड्भ्याम्,	तुराषाड्भिः	स.	तुरासाहि	,,	तुराषाट्त्सु, । तुराषाट्सु।

हकारान्त शब्द समाप्त।

वकारान्त सुदिव् (स्वच्छ आकाशवाला दिन) शब्द

२६४ दिव इति—'दिव' इस प्रातिपदिक को 'औत्[1]' आदेश हो सु परे रहते।

---

१ 'औत्' का तकार उच्चारणार्थ है अर्थात् केवल उच्चारण के लिए इसका प्रयोग है, किसी प्रयोजनविशेष से नहीं। 'उच्चारणार्थानामित्संज्ञालोपाभ्य

'दिव' इति प्रातिपदिकस्य 'औत्' स्यात् सौ। सुद्यौः। सुदिवौ।

(उत्वविधिसूत्रम्)

२६५ दिव उत् ६ । १ । १३१ ॥

दिवोऽन्तादेश उकारः स्यात् पदान्ते। सुद्युभ्याम् - इत्यादि। इति वकारान्ताः।

अलोऽन्त्यपरिभाषा से दिव् के अन्त्य वर्ण वकार को 'औ' आदेश होगा।

यह सूत्र अङ्गाधिकार का है। अतः 'पदाङ्गाधिकारे तस्य च तदन्तस्य च' परिभाषा से तदन्त का ग्रहण होता है। अतः दिव् शब्दान्त 'सुदिव्' शब्द में भी सूत्र की प्रवृत्ति होती है।

सुद्यौः—सुदिव् शब्द के प्रथमा के एकवचन में 'सुदिव् + सु' इस स्थिति में प्रकृत सूत्र से अन्त्य वर्ण वकार को औकार आदेश हुआ। तब 'सुदि औ स्' इस स्थिति में इकार को यण् और सकार को रु और रकार को विसर्ग होकर 'सुद्यौः[2]' रूप सिद्ध हुआ।

सुदिवौ—'औ' का रूप है। कोई विशेष कार्य नहीं हुआ।

इसी प्रकार अन्य अजादि विभक्तियों में बिना किसी विशेष कार्य के रूप सिद्ध होता है।

२६५ दिव इति—दिव शब्द को उकार अन्तादेश हो पदान्त में।

सुद्युभ्याम्— 'सुदिव् भ्याम्' इसदशा में हलादि भ्याम् विभक्ति परे रहते पूर्व 'सुदिव्' शब्द १६४ की स्वादिष्वसर्वनामस्थाने' सूत्र से पदसंज्ञा है अतः

विनैव निवृत्तिः' अर्थात् उच्चारणार्थकों की इत्संज्ञा और लोप किये बिना ही निवृत्ति हो जाती है। क्योंकि उच्चारण मात्र उनका प्रयोजन होता है। उसके पूरा हो जाने पर वे स्वयं निवृत्त हो जाते हैं। इत्संज्ञा करने की कुछ आवश्यकता नहीं रहती।

२ यहाँ 'औ' में स्थानिवद्भाव से स्थानी वकार का धर्म हल्त्व लाकर सु का हल्ङ्यादि लोप प्राप्त होता है, पर 'अनल्विधौ' से निषेध हो जाता है। क्योंकि लोप अल्विधि है, इसमें एक अल् ही आश्रय है। अतः निषेध होने से स्थानिवद्भाव न हो सकेगा। अतः हल् से पर न होने के कारण लोप न होकर सु के विसर्ग होंगे।

चत्वारः। चतुरः। चतुर्भिः। चतुर्भ्यः २।

(नुडागमविधिसूत्रम्)

२६६ षट्चतुर्भ्यश्च ७।१।५५॥

एभ्य आमो नुडागमः।

वकार पदान्त है, उसको उकार आदेश हुआ।'सुदि उ भ्याम्' ऐसी स्थिति बन जाने पर यण् होकर उक्त रूप सिद्ध हुआ।

इसी प्रकार सभी हलादि विभक्तियों में रूप सिद्ध होंगे

प्र.	सुद्यौः,	सुदिवौ,	सुदिवः।	च.	सुदिवे,	सुद्युभ्याम्,	सुद्युभ्यः
सं.	हे ,,	हे ,,	हे ,, ।	पं.	सुदिवः,	,,	,,
द्वि.	सुदिवम्,	,,	,, ।	ष.	,,	सुदिवोः,	सुदिवाम्
तृ.	सुदिवा,	सुद्युभ्याम्,	सुद्युभिः।	स.	सुदिवि,	,,	सुद्युषु ।

वकारान्त शब्द समाप्त।

रकारान्त शब्द

रकारान्त चतुर्—(चार) शब्द नित्य बहुवचनान्त है। इसलिये इसके रूप केवल बहुवचन में ही बनेंगे।

चत्वारः—जस् में 'चतुर् अस्' इस स्थिति में सर्वनामस्थान जस् परे होने से 'चतुर्' शब्द को '२५६ चतुरनडुहोरामुदात्तः' सूत्र से अन्त्य अच् तकारोत्तरवर्ती उकार के आगे 'आम्' आगम हुआ। तब 'चतु आ र् अस्' ऐसी स्थिति बन जाने पर उकार को यण् वकार करने से ओर सकार को रुत्व विसर्ग होने से रूप सिद्ध हुआ।

चतुरः—यह शस् का रूप है। इस में सकार को रुत्व और विसर्ग के अतिरिक्त कुछ कार्य नहीं होता। औट् तक ही सर्वनामस्थान संज्ञा होने से शस् के सर्वनामस्थान संज्ञा के अभाव के कारण यहाँ 'अ' आगम नहीं हुआ।

चतुर्भिः—भिस् का रूप है। इस में भी सकार को रुत्व विसर्ग के अतिरिक्त कुछ कार्य विशेष नहीं होता।

चतुर्भ्यः—चतुर्थी और पञ्चमी के बहुवचन का रूप है।

२६६ षड् इति–षट् संज्ञक और चतुर्, शब्द से पर 'आम्' को 'नुट्' आगम हो।

(णत्वविधिसूत्रम्)

२६७ रषाभ्यां[५] नो[१] णः[१] समानपदे[७] ८ । ४ । १ ॥

"६० अचोरहाभ्यां द्वे–" चतुर्ण्णाम्, चतुर्णाम् ।

(विसर्गनियमसूत्रम्)

२३८ रोः[६] सुपि[७] ८ । ३ । १६ ॥

रोरेव विसर्गः सुपि । षत्वम् । षस्य द्वित्वे प्राप्ते ।

चतुर् शब्द के षष्ठी के बहुवचन में 'चतुर + आम्' इस दशा में 'नुट्' आगम हुआ । उकार और टकार के इत्संज्ञक होने से लोप हो जाता है । 'चतुर् + नाम्' ऐसी स्थिति बनी ।

२६७ रषाभ्यामिति—रेफ और षकार से पर नकार को णकार हो—एक-पद में ।

चतुर्ण्णाम्–चतुर्णाम्—'चतुर् नाम्' यहाँ एक पद में होने के कारण रकार से पर नकार को णकार हुआ तो 'चतुर् णाम्' बना ।

अच् तकारोत्तरवर्ती उकार से पर रेफ है, उससे पर यर् णकार को द्वित्व विकल्प से हुआ । द्वित्व पक्ष में–'**चतुर्ण्णाम्**' और अभाव पक्ष में '**चतुर्णाम्**' रूप बने ।

२६८ रोरिति—सप्तमी के बहुवचन सुप् परे रहते 'रु' के ही रेफ के विसर्ग होते हैं, अन्य रेफ के नहीं ।

चतुर् शब्द से सप्तमी के बहुवचन में 'चतुर् सु' इस दशा में खर् सकार के पर होने से रकार को '९२ खरव–' सूत्र से विसर्ग प्राप्त हैं । उनका प्रकृत नियम से निषेध हो जाता है । क्योंकि यहाँ 'रु' का रेफ नहीं, स्वाभाविक रेफ है, और सुप् परे रहते रु के रेफ को ही विसर्ग होते हैं यह नियम है । अतः यहाँ विसर्ग नहीं हुए ।

षत्वमिति—तब इण् रकार से पर सकार को, '**१५० आदेश–' सूत्र** से मूर्धन्य षकार हुआ ।

षस्येति—इसके अनन्तर 'चतुर्षु' ऐसी स्थिति बन जाने पर '२६८ अचो रहाभ्यां द्वे' सूत्र से तकारोत्तरवर्ती उकार से पर रेफ से पर यर् षकार को द्वित्व प्राप्त हुआ ।

(द्वित्वनिषेधसूत्रम्)

२६९ 'शरोऽचि' ८ । ४ । ४९ ॥

अचि परे शरो न द्वे स्तः । चतुर्षु । इति रकारान्ताः ।

(नकारविधिसूत्रम्)

२७० मो नो धातोः ८ । २ । ६४ ॥

धातोर्मस्य नः स्यात् पदान्ते । प्रशान् ।

---

२६९ शर इति—अच् परे रहते शर् को द्वित्व न हो ।

'चतुर्षु' में शर् षकार से परे अच् उकार है । अतः प्राप्त द्वित्व का निषेध हो गया । रूप 'चतुर्षु' ही सिद्ध हुआ । रकारान्त शब्द समाप्त ।

मकारान्त शब्द

प्रशाम् (बहुत शान्त)

२७० मो न इति—धातु के मकार को नकार हो पदान्त में ।

प्रशान्—'प्रशाम्' शब्द से प्रथमा के एकवचन में 'प्रशाम् स्' इस दशा में अपृक्त सकार का 'हल्ङ्यादि' लोप हो जाने से 'प्रशाम्' पद बना । तब धातु[1] के अन्त मकार को नकार होने से 'प्रशान्'[2] रूप सिद्ध हुआ ।

हलादि विभक्तियों में '१६४ स्वादिषु–' सूत्र से पूर्व की पदसंज्ञा होने से पदान्त मिल जाता है । अतः मकार को नकार होता है ।

प्र०	प्रशान्,	प्रशामौ,	प्रशामः ।	च०	प्रशामे,	प्रशान्भ्याम्,	प्रशान्भ्यः ।
सं०	हे ,,	हे ,,	हे ,, ।	प०	प्रशामः,	,,	,, ।
द्वि०	प्रशामम्	,,	,, ।	ष०	,,	प्रशामोः	प्रशामाम् ।
तृ०	प्रशामा,	प्रशान्भ्याम्,	प्रशान्भिः ।	स०	प्रशामि,	,,	प्रशान्सु ।

'प्रशान्सु' में नकार से पर सकार को 'नश्च' से 'धुट्' का आगम नहीं होता क्योंकि त्रैपादिक होने से नकार विधायक सूत्र 'मो नो धातोः' धुट् के प्रति असिद्ध है ।

---

१. 'क्विप्-विच्-विट्-प्रत्ययान्ता धातुत्वं न जहति' इस बचन के अनुसार 'प्रशम्' धातु है ।

२. यहाँ '१८० न लोपः–' सूत्र से नकारका लोप नहीं होता । क्योंकि 'नकार विधायक' सूत्र त्रैपादिक होने से नलोप के प्रति असिद्ध है ।

(कादेशविधिसूत्रम्)

७१ किमः[6] कः[1] ७ । २ । १०३ ॥

किमः कः स्याद् विभक्तौ । कः, कौ, के इत्यादि । शेषं सर्ववत् ।

(मकारविधिसूत्रम्)

२७२ इदमो[6] मः[1] ७ । २ । १०८ ॥

सौ । त्यदाद्यत्वापवादः ।

(अय् आदेशविधिसूत्रम्)

२७३ 'इदोऽय्'[1] पुंसि[7] ८ । २ । १११ ॥

किम् (कौन)

२७१ किम इति—'किम्' शब्द को 'क' आदेश हो विभक्ति परे रहते ।

विभक्ति आने के बाद सब से पहले 'किम्' शब्द को 'क' आदेश हो जाता है । उस से अकारान्त 'क' शब्द बनता है । सर्वादिगण में पाठ होने से 'किम्' शब्द सर्वनाम् है और स्थानिवद्भाव से तत्स्थानिक 'क' भी । अतः सर्वनाम होने से सर्वादि कार्य होंगे । अदन्त बन जाने से इसके रूप नीचे लिखे प्रकार से 'सर्व' शब्द के समान बनेंगे ।

प्र०	कः	कौ	के ।
द्वि०	कम्	,,	कान् ।
तृ०	केन	काभ्याम्	कैः ।
च०	कस्मै	,,	केभ्यः ।
पं०	कस्मात्–द्	काभ्याम्	केभ्यः ।
ष०	कस्य	कयो.	केषाम् ।
स०	कस्मिन्	,,	केषु ।

इदम् (यह)

२७२ इदम इति—'इदम्' शब्द के मकार को मकार ही होता है सु परे रहते ।

त्यदाद्यत्वेति—'१९२ त्यदादीनामः' से प्राप्त अकार का यह–मकार को मकार विधान–बाधक है । अन्यथा मकारको मकार विधान निष्फल हो जायगा । अतः 'इदम् + स्' इस दशा में मकार को मकार ही रहा, अकार नहीं हुआ ।

२७३ इद इति—'इदम्' शब्द के 'इद्' भाग को 'अय' आदेश हो सु परे रहते पुंल्लिङ्ग में ।

इदम इदोऽय् सौ पुंसि। अयम्। त्यदाद्यत्वे—

(पररूपविधिसूत्रम्)

२७४ अतो गुणे ६।१।९७॥

अपदान्तादतो गुणे पररूपमेकादेशः।

(मकारादेशविधिसूत्रम्)

२७५ दश्च ७।२।१०९॥

इदमो दस्य मः स्याद् विभक्तौ। इमौ, इमे। त्यदादेः सम्बोधनं

अयम्—'इदम्+स्' यहाँ 'इद्' भाग को 'अय्' आदेश होने से 'अय् अम् स्' यह स्थिति बनी। इसमें '१७९ हल्ङ्याब्भ्यः–' सूत्र से अपृक्त सकार का लोप होने से '**अयम्**' रूप सिद्ध हुआ।

त्यदाद्यत्व इति—द्विवचन में 'इदम्+औ' इस स्थिति में '**१९३** त्यदादीनामः' सूत्र से मकार को अकार हो गया। तब '**इद अ+औ**' ऐसी स्थिति हुई।

२७४ अत इति—पदान्तभिन्न ह्रस्व अकार से गुण (अ, ए, ओ) परे रहते पररूप एकादेश हो।

'इद अ+औ' यहाँ अपदान्त दकारोत्तरवर्ती अकारसे गुण अकार परे होने से पूर्व पर के स्थान में पर अकार रूप एकादेश हुआ। तब 'इद+औ' यह स्थिति हुई।

दश्चेति—इदम् शब्द के दकार को मकार हो विभक्ति परे रहते।

इमौ—'इद+औ' इस स्थिति में विभक्ति 'औ' परे होने से दकार को मकार हुआ। तब 'इम+औ' इस स्थिति के बन जाने पर '३३ वृद्धिरेचि' सूत्र से प्राप्त वृद्धि का '१२६ प्रथमयोः–' सूत्र के पूर्वसवर्णदीर्घ द्वारा बाध और '१२७ नादिचि' सूत्र से पूर्वसवर्णदीर्घ का निषेध होने पर पुनः '३३ वृद्धिरेचि' सूत्र से वृद्धि होकर '**इमौ**' रूप बना।

इमे—'इदम्+अस' यहाँ '१९३ त्यदादीनामः' सूत्र से मकार को अकार आदेश, '२७४ अतो गुणे' सूत्र से दकारोत्तरवर्ती अकार और 'अस्' के अकार के स्थान में पर अकार रूप एकादेश, '२७५ दश्च' सूत्र से दकार को मकार आदेश होने से 'इम+जस्' ऐसी स्थिति हो जाने पर अकारान्त बन जाने से

नास्तीत्युत्सर्गः ।

('अन्' आदेशविधिसूत्रम्)

२७६ अनाऽऽप्यकः ७ । २ । ११२ ॥

अककारस्येदम इदोऽन् आपि विभक्तौ । आबिति प्रत्याहारः । अनेन ।

अदन्त सर्वनाम 'इम' से परे 'जस्' को '१५२ जसः शी' सूत्र से 'शी' आदेश शकार की इत्संज्ञा लोप अकार और ईकार के स्थान में एकार गुण एकादेश हो जाने से '**इमे**' रूप सिद्ध हुआ ।

त्यदादेरिति—त्यदादियों का सम्बोधन नहीं होता, यह सामान्य नियम है अर्थात् सम्बोधन विभक्ति में त्यदादियों का प्रयोग नहीं होता । इसका कारण सामान्य ही है अर्थात् इनके द्वारा संबोधन असंभव[1] है ।

द्वितीया—**इमम्, इमौ, इमान्** । इनकी सिद्धि भी पूर्ववत् होगी । त्यदाद्यत्व से अकारान्त बन जाने पर 'सर्व' शब्द के समान सिद्धि होती है ।

२७६ अनापीति—ककार रहित 'इदम्' के 'इद्' भाग को 'अन्' आदेश हो आप् (टा से लेकर सुप्) विभक्ति परे रहते ।

आबिति—'आप्' यह प्रत्याहार है । यह प्रत्याहार 'टा' से लेकर 'सुप्' तक है अर्थात् तृतीया विभक्ति से सप्तमी तक ।

१—क्योंकि सम्बोधन किसी को बुलाने के लिये किया जाता है, उसमें जिसको बुलाना हो उसको अच्छी तरह समझ में आ जाना चाहिये कि मुझे कहा जा रहा है । 'नाम' लेने में अच्छी तरह व्यक्ति समझ जाता है कि मुझे ही कहा जा रहा है । जोर से बुलाने पर दूरस्थित को भी अच्छी तरह बोध हो जाता है । यही सम्बोधन (अच्छी तरह समझाना) है । सम्बोधन का सम्बोधनत्व यही है । त्यदादियों के द्वारा अच्छी तरह समझाना सम्बोधन) बिलकुल असम्भव है । ये तो सर्वनाम हैं, सब का बोध कराते हैं, किसी व्यक्ति विशेष का नहीं । अतः कोई कैसे समझे कि मेरे लिये ही कहा जा रहा है । 'हे यह' 'हे कौन' कहने से सामान्यतः भी कोई नहीं समझ सकता कि मेरी बुलाहट है, अच्छी तरह समझना तो दूर की बात है । अतः असंभव होने से इनका सम्बोधन विभक्ति में प्रयोग नहीं होता ।

(लोपविधिसूत्रम्)

२७७ हलि लोपः ७।२।११३॥

अककारस्येदम इदो लोप आपि हलादौ।

(प) नाऽनर्थकेऽलोन्त्यविधिरनभ्यासविकारे।

अनेन—'इदम् + टा' इस दशा में सबसे पहले 'त्यदादीनामः' से मकार को अकार हुआ। तब '२७४ अतो गुणे' से पररूप। 'इद + टा' ऐसी स्थिति बन जाने पर '२७६ दश्च' सूत्र से दकार को मकार प्राप्त हुआ। परन्तु प्रकृत सूत्र से आप् विभक्ति 'टा' परे होने से 'इद्' भाग को 'अन्' आदेश हुआ। फिर 'अन + टा' इस स्थिति में अकारान्त होने से उसके आगे 'टा' को '१४० टाङसि–' सूत्र से 'इन' आदेश हुआ। तब 'अन इन' इस स्थिति में गुण हो कर '**अनेन**' रूप सिद्ध हुआ।

'भ्याम्' में मकार को त्यदाद्यत्व से अकार और पररूप करने पर 'इदं भ्याम् ऐसी स्थिति बनती है। यहाँ '२७६ दश्च' से दकार को मकार और उसको बाधकर '२७७ अनाप्यकः' से 'इद्' भाग को 'अन्' आदेश प्राप्त है।

२७७ **हलीति**—ककाररहित 'इदम्' शब्द के 'इद्' भाग का लोप हो हलादि आप् विभक्ति परे रहते।

(प) नाऽनर्थके इति–अभ्यास[1] विकार को छोड़कर अनर्थक में अलोऽन्त्य विधि की प्रवृत्ति नहीं होती अर्थात् जहाँ पष्ठीनिर्दिष्ट-षष्ठयन्तपदवाच्य-अर्थवान् हो, वहीं अलोन्त्यपरिभाषा प्रवृत्त होता है अन्यत्र-निरर्थक–में नहीं।

प्रकृत में अलोन्त्यपरिभाषा से अन्त्य अल् दकार का लोप होना चाहिये था, पर षष्ठयन्त पद 'इदः' से बोध्य 'इद्' अर्थवान् नहीं, क्योंकि यह न्याय है कि 'समुदायोऽर्थवान्, समुदायस्यैकदेशोऽनर्थकः' अर्थात् समुदाय अर्थवान् होता है, समुदाय का एकदेश-अवयव-तो निरर्थक ही रहता है। इसलिये समुदाय अकारादेश विशिष्ट 'इदम्' अर्थवान् है, 'इद्' भाग नहीं। अतः यहाँ अलोन्त्यपरिभाषा की प्रवृत्ति न होगी, सम्पूर्ण 'इद्' का लोप होगा।

---

१ इसका फल है 'भृञामित्' सूत्र से 'पिपर्ति' में अभ्यास के अन्त्य ऋकार को इकार आदेश होना। अन्यथा वहाँ भी अलोन्त्यपरिभाषा का निषेध हो जाता और तब सम्पूर्ण अभ्यास को इकार आदेश होने लगता।

(व्यपदेशिवद्भावसूत्रम्)

२७८ आद्यन्तवद् एकस्मिन् १ । १ । २१ ॥

एकस्मिन् क्रियमाणं कार्यमादाविवान्त इव स्यात्। 'सुपि च' दीर्घः—आभ्याम् ३ ।

('ऐस्' आदेशनिषेधसूत्रम्)

२७९ नेदमदसोरकोः ७ । १ । ११ ॥

अककारयोरिदमदसोर्भिस ऐस् न। एभिः। अस्मै। एभ्यः २ ।

इस सूत्र के द्वारा विहित कार्य को ही व्यपदेशिवद्भाव कहते हैं।

यह व्यपदेशिवद्भाव लोकन्यायसिद्ध है। यथा—देवदत्तस्यैकः पुत्रः स एव ज्येष्ठः स एव कनिष्ठः' अर्थात् देवदत्तका एक पुत्र है, उसे ही ज्येष्ठ भी और कनिष्ठ भी कहा जाता है यद्यपि ज्येष्ठत्व तथा कनिष्ठत्व सापेक्ष है, तथापि अमुख्य में भी मुख्य व्यवहार यहाँ किया जाता है।

प्रकृत 'अ भ्याम्' में केवल अकार है, पूर्व में अन्य वर्ण रहते हुए ही इसे अन्त्य कहा जा सकता है। पर इस न्याय से असहाय होने पर भी इसे आदि अन्त दोनों मानकर अदन्त अङ्ग कहा जायगा। अतः 'सुपि च' से दीर्घ होकर 'आभ्याम्' रूप सिद्ध हुआ।

२७९ नेदमदसोरिति—ककाररहित इदम् और अदस् से परे 'भिस्' को 'ऐस्' न हो।

एभिः—'इदम् + भिस्' इस दशा में त्यदाद्यत्व और पररूप होने पर हलादि विभक्ति 'भिस्' पर होने से '२७८ हलि लोपः' सूत्र से 'इद्' भाग का लोप होकर 'अ भिः' यह स्थिति बनी। यहाँ पूर्ववद् व्यपदेशिवद्भाव से अकार को अदन्त अङ्ग मान लेने पर '१४२ अतो भिस ऐस्' से 'भिस्' के स्थान में 'ऐस्' आदेश प्राप्त हुआ। उसका प्रकृत सूत्र से निषेध होने के अनन्तर झलादि बहुवचन भिस् परे होनेसे व्यपदेशिवद्भावेन अदन्त अङ्ग अकारके अन्त्य अकारको '१४५ बहुवचने झल्येत्' से एकार तथा सकार को रुत्व विसर्ग कर देने से 'एभिः' रूप बना।

अस्मै—'इदम्' + ङे इस दशा में त्यदाद्यत्व और पररूप करने पर अदन्त अङ्ग बन जाने से 'सर्वनाम्नः स्मै' से 'ङे' को 'स्मै' आदेश हुआ। तब

अस्मात् । अस्य । अनयोः २ । एषाम् । अस्मिन् । एषु ।

'स्मै' में 'ङे' का विभक्तित्व धर्म स्थानिवद्भाव से लाकर '२७८ हलि लोपः' सूत्र से 'इद्' भाग का लोप हो जाने पर रूप सिद्ध हुआ ।

एभ्यः—'इदम् + भ्यस्' इस दशा में त्यदाद्यत्व और पररूप होने पर 'इद्' भाग का लोप हुआ। तब व्यपदेशिवद्भाव से अदन्त अङ्ग के अकार को '२४५ बहुवचने–' सूत्र से एकार तथा सकार के स्थान में रुत्व और विसर्ग करने पर रूप सिद्ध हुआ ।

अस्मात्—त्यदाद्यत्व, पररूप और ङसि के स्थान में स्मात् आदेश होने पर 'इद्' भाग का लोप होकर रूप सिद्ध हुआ ।

अस्य—त्यदाद्यत्व और पररूप होने पर अदन्त अङ्ग से पर 'ङस्' को 'स्य' आदेश हुआ तब 'इद्' भाग का लोप होकर रूप सिद्ध हुआ ।

अनयोः—ओस् से त्यदाद्यत्व और पररूप होने पर '२७७ अनाऽप्यकः' से अजादि विभक्ति ओस परे होने से 'इद्' भाग को 'अन्' आदेश होकर 'अन ओस्' इस स्थिति में '१४७ ओसि च' से अकार को एकार और उसको 'अय्' आदेश होकर रूप सिद्ध हुआ ।

एषाम्—आम् में त्यदाद्यत्व और पररूप करने पर अदन्त अङ्ग हो जाने से आम् को '१५५ आमि सर्वनाम्नः सुट्' से सुट् आगम हो गया, तब हलादि विभक्ति परे होने से 'इद्' भाग का '२७८ हलि लोपः' सूत्र से लोप और झलादि बहुवचन 'साम्' परे होने से '१४५ बहुवचने–' सूत्र से अकार को एकार आदेश हुआ । तब 'ए साम्' इस दशा में '१५० आदेशप्रत्यययोः' से सकार को मूर्धन्य षकार होकर रूप सिद्ध हुआ ।

अस्मिन्—सप्तमी के एकवचन में और 'एषु' बहुवचन में पूर्वोक्त प्रकार से सिद्ध होंगे।

ध्यान रहे कि 'इदम्' शब्द में ङे, ङसि, ङस्, ङि और आम् भी स्मै, स्मात्, स्य, स्मिन् आदेश और सुट् आगम के अनन्तर हलादि बन जाते हैं। इसलिये इनमें '२७८ हलि लोपः' सूत्र से 'इद्' भाग का लोप हो जाता है, केवल अकार बचा रहता है। '२७७ अनाऽप्यकः' सूत्र के लिये केवल 'टा' और 'औस' ये दो स्थान रहते हैं, इन्हीं में 'अन्' आदेश होता है।

('एन' आदेशविधिसूत्रम्)

२८० द्वितीया-टौस्सु॰-एनः १ २ । ४ । ३४ ।

इदमेतदोरन्वादेशे ।

किञ्चित् कार्यं विधातुमुपात्तस्य कार्यान्तरं विधातुं पुनरुपादानम्-अन्वादेशः । यथा—अनेन व्याकरणमधीतम्, एनं छन्दोऽध्यापय ।

इन सूत्रों में 'अकः' अर्थात् ककाररहित कहने से अकच्सहित में इनकी प्रवृत्ति नहीं होगी । 'इदकम्' इस अकच्प्रत्ययान्त में ये विधि-निषेध[1] नहीं लगते । अकच्युक्त 'इदकम्' शब्द ककारयुक्त हो जाता है ।

प्र० अयम्	इमौ	इमे ।	पं० अस्मात्-द्	आभ्याम्	एभ्यः ।
द्वि० इमम्	„	इमान् ।	ष० अस्य	अनयोः	एषाम् ।
तृ० अनेन	आभ्याम्	एभिः ।	स० अस्मिन्	„	एषु ।
च० अस्मै	„	एभ्यः ।			

२८० द्वितीयेति—इदम् और एतद् शब्द को 'एन' आदेश हो द्वितीया (सब वचन), टा और ओस् (षष्ठी और सप्तमीके द्विवचन) परे रहते अन्वादेश के विषय में ।

किंचिदिति—किसी कार्य के विधान के लिये जिसका ग्रहण किया गया हो उसका अन्य कार्य विधान के लिये पुनः ग्रहण करना **अन्वादेश** कहा जाता है ।

तात्पर्य यह कि किसी कार्य के सम्बन्ध में पहले जिसकी चर्चाकी गई हो पुनः अन्य बात के लिये उसी की चर्चा करने का नाम अन्वादेश है ।

अनेन व्याकरणमधीतम्, एनं छन्दोऽध्यापय—अर्थात् इसने व्याकरण पढ़ लिया है, इसे वेद पढ़ाइये । यहाँ किसी ने पहले अपने पुत्रादि के सम्बन्ध में

---

१. अतएव 'इदकम्+भिस्' इस दशा में त्यदाद्यत्व और पररूप के अनन्तर अदन्त बन जाने से 'भिस्' को 'ऐस्' आदेश हो जाता है । ककाररहित न होने से '२७६ नेदमदसोरकोः' से 'ऐस्', आदेश का निषेध नहीं होता । तब 'इदकम्+ऐस्' इस स्थिति में 'इदमोऽन्वादेशेऽशनुदात्तस्तृतीयादौ' से अन्वादेश में शित् होने से सम्पूर्ण-अकच् सहित-इदम् शब्द के स्थान में 'अश्' आदेश होने पर वृद्धि होकर 'एैः' रूप बनता है । जब अन्वादेश का विषय नहीं

अनयोः पवित्रं कुलम्, एनयोः प्रभूतं स्वम्—इति ।

एनम्, एनौ, एनान् । एनेन । एनयोः २ । इति मकारान्ताः ।

राजा ।

(नलोपविधिसूत्रम्)

२८१ न ङि-सम्बुद्ध्योः[०] ८ । २ । ८ ॥

नस्य लोपो न ङौ सम्बुद्धौ च । हे राजन् ।

व्याकरण अध्ययन रूप कार्य का विधान किया, पुनः उसी के विषय में वेद पढ़ाना रूप कार्य का विधान किया गया है । अर्थात् वेद पढ़ाना रूप अन्य कार्य के विधान के लिये इसका पुनः ग्रहण किया जा रहा है, अतः दूसरे वाक्य में अन्वादेश है । यहाँ पुनः ग्रहण किये हुए अर्थात् अन्वादिष्ट के लिये प्रयुक्त 'इदम्' शब्द के स्थान में द्वितीया विभक्ति 'अम्' परे रहते 'एन' आदेश हुआ । अतः 'एनम्' का प्रयोग किया गया है ।

'अनयोः पवित्रं कुलम्, एनयोः प्रभूतं स्वम्'—यहाँ प्रथम वाक्य में कुल की पवित्रता का विधान करने के लिये ग्रहण किये हुये का द्वितीय वाक्य में धन की प्रचुरता का विधान के लिये पुनः उपादान होने के कारण अन्वादेश हो जाने से 'एन' आदेश हुआ ।

एनम् इत्यादि रूप अन्वादेश में 'एन' आदेश करके दिखाये हैं ।

मकारान्त शब्द समाप्त ।

नकारान्त शब्द, राजन् (राजा)

राजा—'राजन् स्' इस दशा में '१७९ हल्ङ्याब्भ्यः' से सकार का लोप, नान्त उपधा को 'सर्वनामस्थाने–' से दीर्घ तथा नकार का '१८० न लोपः–' से लोप होने पर यह रूप सिद्ध हुआ ।

२८१ **न ङीति** –नकार का लोप न हो ङि[१] और सम्बुद्धि परे रहते ।

'न लोपः प्रातिपदिकान्तस्य' से प्राप्त नकारलोप का यह निषेध है ।

हे राजन्—यहाँ सम्बुद्धि होने के कारण प्रकृत सूत्र से नकार लोप का निषेध हुआ ।

होगा तब **'इदकैः'** रूप सिद्ध होगा ।

१ यद्यपि ङि के अजादि प्रत्यय होने से उसके परे रहते पदान्त नकार वैसे

(नलोपनिषेधप्रतिप्रसववार्तिकम्)

(वा) ङावुत्तरपदे प्रतिषेधो वक्तव्यः । ब्रह्मनिष्ठः ।

राजानौ, राजानः । राज्ञः ।

(नलोपासिद्धिनियमसूत्रम्)

२८२ नलोपः सुप्-स्वर-संज्ञा-तुग्विधिषु कृति ८ । २ । २ ॥

सुब्विधौ स्वरविधौ सञ्ज्ञाविधौ कृति तुग्विधौ च नलोपोऽसिद्धः,

(वा) ङावुत्तरपदेति—उत्तरपद है परे जिसके, उस ङि के परे रहते नकारलोप का निषेध नहीं होता अर्थात् नकारलोप हो ही जाता है ।

उत्तरपद समास के अन्त्य अवयव को ही कहते हैं—'उत्तरपदं समास-चरमावयवे रूढम्' ।

ब्रह्मनिष्ठः—ब्रह्मणि निष्ठा यस्य स ब्रह्मनिष्ठः । यहाँ समास होने पर विभक्ति ङि का समास के नियम के अनुसार 'सुपो धातुप्रातिपदिकयोः' से लोप हो गया । प्रत्ययलक्षण से उसके लाने पर यहाँ प्राप्त नकारलोप का पूर्व सूत्र से निषेध प्राप्त था, उसका इस वार्तिक से निषेध हो जाने से नकार लोप हो ही गया । यहाँ उत्तरपद 'निष्ठा' परे है, यह समास का अन्त्य अवयव है ।

राजानौ—'राजन् औ' यहाँ नान्त की उपधा को 'सर्वनामस्थाने चाऽसम्बुद्धौ' सूत्र से दीर्घ होकर रूप सिद्ध हुआ ।

राजानः—यह जस् का रूप है, नान्तोपधा को दीर्घ हुआ ।

राज्ञः—'राजन् शस् (अस्)' इस दशा में '२४७ अल्लोपोऽनः' से अन् के अकार का लोप और चवर्ग जकार के आगे होने से तवर्ग नकार को श्चुत्व ञकार होकर रूप सिद्ध हुआ । 'ज्ञ्ञोर्ज्ञः' के अनुसार जकार और ञकार के संयोग से 'ज्ञ' बन गया ।

२८२ नलोप इति—सुब्विधि, स्वरविधि, संज्ञाविधि और कृत् प्रत्यय परे रहते तुग्विधि के विषय में ही नकार का लोप असिद्ध होता है अन्यत्र नहीं ।

यद्यपि '३६ पूर्वत्राऽसिद्धम्' सूत्र से ही नकारलोप असिद्ध हो जाता है तथापि यह सूत्र 'सिद्धे सति आरभ्यमाणो विधिर्नियमाय कल्पते' अर्थात् सिद्ध कार्य के

तो कभी नहीं मिल सकता, पर वेद में 'सुपां सुलुक्—' सूत्र से लोप होने पर 'परमे व्योमन्' आदि स्थल इसके उदाहरण होंगे ।

नान्यत्र-राजाश्व इत्यादौ। इत्यसिद्धत्वाद्-आत्वम्, एत्वम्, ऐस्त्वं च न। राजभ्याम्, राजभिः। राजभ्यः २। राज्ञि-राजनि। राजसु।

यज्वा, यज्वानौ, यज्वानः।

लिये पुनः विधान हो तो वह नियमार्थ होता है'—इस वचन के अनुसार नियम करता है कि 'नलोपो यद्यसिद्धो भवेत्, तर्हि सुप्स्वरसंज्ञा-तुग्विधिष्वेव नान्यत्र' अर्थात् यदि नकार का लोप असिद्ध हो तो सुप्, स्वर, संज्ञा और तुग्विधि में ही हो, अन्यत्र नहीं। इसलिये 'राज्ञः अश्वो राजाश्वः' इत्यादि स्थलों में 'राजन् अश्वः, इस अवस्था में नकार लोप करने पर 'अकः सवर्णे दीर्घः' सूत्र के प्रति न लोप असिद्ध नहीं होता। क्योंकि यह सूत्र सुबादि विधियों में नहीं आता।

सुब्विधि से सुप्निमित्तक और सुप्स्थानिक दोनों प्रकार की विधियाँ ली जाती हैं। 'सुपि च' से दीर्घ सुप् परे रहते होता है, अतः यह सुप्निमित्तक है और 'अतो भिस् ऐस्' से सुप् भिस् के स्थान में 'ऐस्' आदेश का विधान है, अतः यह सुप्स्थानिक विधि है। 'बहुवचने झल्येत्' भी सुप्निमित्तक विधि होने से सुप्विधि है।

इत्यसिद्धत्वादिति—इस सूत्र से नकारलोप के असिद्ध होने से आत्व, एत्व और ऐस् आदेश नहीं होते।

इसलिये 'न लोपः प्राति–' सूत्र से नकार के लोप होने पर 'राजभ्याम्' में 'सुपि च' से दीर्घ आकार, 'राजभिः' में 'अतो भिस् ऐस्' से भिस् को ऐस् और 'राजभ्यः' तथा 'राजसु' में 'बहुवचने झल्येत्' से अकार को एकार आदेश नहीं होते।

राज्ञि, राजनि—में '२४८ विभाषा ङिश्योः' सूत्र से विकल्प से अन् के अकार का लोप हुआ। लोपपक्ष में – राज्ञि, अभाव पक्ष में—राजनि।

प्र०	राजा	राजानौ	राजानः।	च०	राज्ञे	राजभ्याम्	राजभ्यः।
सं०	हे राजन्	हे ,,	हे ,,।	पं०	राज्ञः	,,	,,।
द्वि०	राजानम्	,,	राज्ञः।	ष०	,,	राज्ञोः	राज्ञाम्।
तृ०	राज्ञा	राजभ्याम्	राजभिः।	स०	राज्ञि, राजनि	,,	राजसु।

यज्वन्[1] (जो विधिपूर्वक यज्ञ कर चुका हो) शब्द

१—'यज्वा तु विधिनेष्टवान्' इत्यमरः। 'सुयजोर्ङ्वनिप् ३।२।१०३।'

(अल्लोपनिषेधसूत्रम्)

२८४ न संयोगाद्[5] वमन्तात्[5] ६ । ४ । १३७ ॥

वमन्तसंयोगाद् अनोऽकारस्य लोपो न। यज्वनः। यज्वना। यज्वभ्याम्।

ब्रह्मणः। ब्रह्मणा।

यज्वन् शब्द के रूप 'राजन्' शब्द के समान ही बनते हैं। केवल इतना अन्तर है कि इसके अन् के अकार का लोप नहीं होता, जो आगे बताया जारहा है। प्रथमा और सम्बोधन के रूप समान ही हैं–प्र० **यज्वा, यज्वानौ, यज्वानः।** सं० **हे-यज्वन्, हे-यज्वानौ, हे-यज्वानः।** द्वि० **यज्वानम्-यज्वानौ।**

'शस्' में 'अल्लोपोऽनः' सूत्र से 'अन्' के अकार का लोप प्राप्त होता है, उसी का निषेध अग्रिम सूत्र से होता है।

२८४ न संयोगादिति—वकारान्त और मकारान्त संयोग से परे 'अन्' के अकार का लोप न हो।

यज्वनः—द्वितीया के बहुवचन में 'यज्वन्+अस्' इस स्थिति में जकार और वकार का संयोग है और वह संयोग वकारान्त है उससे परे 'अन्' के अकार का लोप नहीं हुआ। तब '**यज्वनः**' यही रूप सिद्ध हुआ।

तृ०	यज्वना	यज्वभ्याम्	यज्वभिः।
च०	यज्वने	,,	यज्वभ्यः।
पं०	यज्वनः	,,	,, ।
ष०	यज्वनः	यज्वनोः	यज्वनाम्।
स०	यज्वनि	,,	यज्वसु।

मकारान्त संयोग से परे भी 'अन्' के अकार का लाप नहीं होता–इसका उदाहरण–**'ब्रह्मन्' शब्द है।** इसमें हकार और मकार का संयोग है। अतः संयोग के अन्त में मकार होने से उसके आगे के 'अन्' के अकार का लोप न होकर 'यज्वन्' शब्द के समान ही उसके भी रूप बनते हैं।

ब्रह्मन् शब्द के प्रथम पाँच रूप–-**ब्रह्मा, ब्रह्माणौ,** ब्रह्माणः। **ब्रह्माणम् ब्रह्माणौ**-राजन् शब्द के समान ही सिद्ध होते हैं।

ब्रह्मणः-–द्वितीया के बहुवचन में ('ब्रह्मन्+अस्' इस स्थिति में 'अल्लोपोऽनः' सूत्र से प्राप्त नकार के लोप का मकारान्त संयोग होने से प्रकृत

सूत्र से भूतकाल में ङ्वनिप् प्रत्यय होता है जिसका 'वन्' शेष रहता है।

(उपधादीर्घनियमसूत्रम्)

२८५ इन्-हन्-पूषाऽर्यम्णां शौ ६ । ४ । १२ ।

एषां शावेवोपधाया दीर्घो नाऽन्यत्र । इति निषेधे प्राप्ते ।

(उपधादीर्घविधिसूत्रम्)

२८६ सौ ६ । ४ । १३ ॥

इन्नादीनामुपधाया दीर्घोऽसम्बुद्धौ सौ । वृत्रहा । हे वृत्रहन् ।

सूत्र से निषेध हो गया तब सकार के स्थान में रुत्व और विसर्ग तथा नकार के स्थान में णकार हो जाने पर रूप सिद्ध हुआ ।

ब्रह्मणा—तृतीया के एक वचन टा में पूर्ववत् नकार लोप के निषेध होने पर रूप सिद्ध होता है । शेष रूप राजन् के समान बनते हैं ।

वृत्रहन्[1] (इन्द्र) शब्द

२८५ इन्-हन् इति—इन्नन्त (दण्डिन्, वाग्मिन् इत्यादि), हन्, **पूषन्** (सूर्य) और अर्यमन् (सूर्य) शब्दों को उपधादीर्घ **'शि'** परे रहते ही हो, अन्यत्र नहीं ।

यह सूत्र नियमार्थ ही है । क्योंकि **'शि'** की सर्वनामस्थान **संज्ञा है** ही, उसके परे रहते '१६६ सर्वनामस्थाने- सूत्र से उपधादीर्घ सिद्ध **है** । अतः सिद्ध होते हुए 'शि' परे रहते दीर्घ विधान नियम करता है 'शि' के अतिरिक्त अन्य स्थलों में दीर्घ न हो । इसलिये, दण्डिनौ, वाग्मिनौ, वृत्रहणौ, **पूषणौ** और अर्यम्णौ, इन प्रयोगों में दीर्घ नहीं होता ।

इति निषेध इति—'वृत्रहन्+स्' इस दशा में 'सु' परे रहते भी उक्त नियम से उपधादीर्घ का निषेध प्राप्त हुआ ।

२८६ सौ चेति–इन् आदि को उपधा को दीर्घ हो सम्बुद्धि भिन्न सु परे रहते । 'इन्-हन्–' इस पूर्व सूत्र के नियम से प्रतिषिद्ध उपधा दीर्घ का 'सु' प्रत्यय परे रहते प्रकृत सूत्र से विधान किया गया है ।

वृत्रहा—प्रथमा के एक वचन में 'वृत्रहन्+सु' इस स्थिति में 'इन्हन्–'

१–'वासवो वृत्रहा वृषा' इत्यमरः, वृत्रासुरको मारनेवाला । इन्द्र ने वृत्रासुर को मारा था—यह कथा पुराणों में आई है ।

(णत्वविधिसूत्रम्)

२८७ एकाजुत्तरपदे[७] णः[१] ८ । ४ । १२ ॥

एकाज् उत्तरपदं यस्य, तस्मिन् समासे पूर्वपदस्थान्निमित्तात्परस्य प्रातिपदिकान्तनुम्विभक्तिस्थस्य नस्य णः । वृत्रहणौ ।

नियम से प्रतिषिद्ध उपधा दीर्घ का प्रकृत सूत्र 'सौ च' से पुनः विधान हुआ । '१७९ हल्ङ्याब्भ्यः—' सूत्र से अपृक्त सकार का और '१८० न लोपः—' सूत्र से नकार का लोप होने पर रूप सिद्ध हुआ ।

हे वृत्रहन्—सम्बुद्धि में न तो नकार लोप और न उपधादीर्घ ही होता है । क्योंकि दोनों का सम्बुद्धि में निषेध किया गया है ।

'औ' में '२८५ इन् हन्–' सूत्र के नियम से उपधादीर्घ का निषेध हो जाने से '**वृत्रहनौ**' यह स्थिति हुई ।

२८७ एकाजिति—जिस समास का उत्तरपद (अन्तिम अवयव) एक अच्वाला हो, उस समास में यदि (णकार के) निमित्त-रेफ और षकार-पूर्वपद (आदि अवयव) में हों, तो उससे परे प्रातिपदिक के अन्त्य नकार, नुम् के नकार और विभक्ति में स्थित नकार को णकार हो ।

समास में एकपद (अखण्ड पद) न होने से '१३८ अट्कुप्वाङ्–' सूत्र से णत्व प्राप्त नहीं होता । अतः इस सूत्र से वहाँ विधान किया गया ।

वृत्रहणौ—यह प्रथमा के द्विवचन का रूप है । यहाँ 'वृत्रहन्' शब्द में वृत्र और हन् का 'उपपदमतिङ्' सूत्र से समास हुआ है । इसमें उत्तरपद 'हन्' है यह एक अच्वाला है । पूर्वपद 'वृत्र' है, इसमें निमित रेफ है । इस पूर्वपदस्थित निमित्त रेफ से परे प्रातिपदिक 'वृत्रहन' के अन्त्य नकार को णकार हो गया । तब '**वृत्रहणौ**' रूप सिद्ध हुआ ।

जस् में—**वृत्रहणः** । द्वि० **वृत्रहणम्**, **वृत्रहणौ** ।

नुम् के नकार का उदाहरण—**श्रीपाणि** । यहाँ 'नपुंसकस्य झलचः' से नुम् हुआ है ।

विभक्तिस्थ नकार का उदाहरण—**श्रीपेण, श्रीपाणाम्**, इत्यादि । यहाँ पर 'इन' विभक्ति और 'नाम्' विभक्ति का नकार है ।

(कुत्वविधिसूत्रम्)

२८८ हो[६] 'हन्तेर्ञ्णिन्नेषु[७] ७ । ३ । ५४ ॥

ञिति णिति प्रत्यये नकारे च परे हन्तेर्हकारस्य कुत्वम् । वृत्रघ्नः । इत्यादि । एवम्—शार्ङ्गिन्, यशस्विन्, अर्यमन्, पूषन् ।

(तृ आदेशविधिसूत्रम्)

२८९ मघवा[१] बहुलम्[१] ६ । ४ । १२८ ॥

---

२८८ हो हन्तेरिति—ञित् और णित् प्रत्यय तथा नकार परे रहते 'हन्' धातु के हकार को कुत्व (कवर्ग) आदेश हो ।

वृत्रघ्नः—'वृत्रहन् + अस् (शस्)' इस अवस्था में '२४७ अल्लोपोऽनः' सूत्र से 'अन्' के अकार का लोप हो जाने पर 'वृत्र ह् न् अस्' इस स्थिति में नकार परे होने से हन् के हकार को संवार, नाद, अघोष और महाप्राण यत्न की समानता से कवर्ग घकार हुआ, तब रूप सिद्ध हुआ '**वृत्रघ्नः**' ।

इसी प्रकार आगे अजादि विभक्तियों में—जहाँ भसंज्ञा होने से अन् के अकार का लोप हो जाता है—

नकार परे होने से हकार के स्थान में घकार हो जायगा ।

णित्प्रत्यय का उदाहरण—**जघान** णल् में । ञित् का उदाहरण—**घातः**, घञ् प्रत्यय में आगे तिङन्त और कृदन्त प्रकरणों में मिलेंगे ।

तृ०	वृत्रघ्ना	वृत्रहभ्याम्	वृत्रहभिः ।	ष०	वृत्रघ्नः	वृत्रघ्नोः	वृत्रघ्नाम्
च०	वृत्रघ्ने	,,	वृत्रहभ्यः ।	स०	वृत्रघ्नि	,,	वृत्रहसु
प०	वृत्रघ्नः	,,	,, ।		वृत्रहणि		

एवमिति—इसी प्रकार **शार्ङ्गिन्** (विष्णु), **यशस्विन्** (यशस्वी), **अर्यमन्** और **पूषन्** (सूर्य) आदि शब्दों के भी रूप बनेंगे ।

२८९ **मघवा इति**—'मघवन्' शब्द को 'तृ' अन्तादेश विकल्प से हो ।

ऋ इत् इति—'तृ' आदेश का अन्त्य ऋकार इत् है ।

ऋकार की इत्संज्ञा बताने का अभिप्राय यह है कि 'तृ आदेश अनेकाल् नहीं, क्यों कि 'नानुबन्धकृतम् अनेकाल्त्वम्—अर्थात् अनुबन्ध के द्वारा होने-वाली अनेकाल्ता नहीं मानी जाती' इस परिभाषा से अनुबन्धकृत अनेकाल्त्व

मघवन् शब्दस्य वा तृ इत्यन्तादेशः । ऋ इत् ।

(नुम्‌विधिसूत्रम्)

२९० उगिदचां[५] [७]सर्वनामस्थानेऽधातोः[६] ७ । १ । ७० ॥

अधातोरुगितो नलोपिनोऽञ्चतेश्च नुम् स्यात् सर्वनामस्थाने परे । मघवान्, मघवन्तौ, मघवन्तः । हे मघवन् । मघवद्भ्याम् । तृत्वाभावे—मघवा । सुटि राजवत् ।

का निषेध हो जाता है । अतः 'तृ' आदेश सम्पू[ं] स्थानी के स्थान में नहीं होता, अपि तु अन्त्य के स्थान में होता है ।

'मघवन्' शब्द के अन्त्य नकार को 'तृ' आदेश हो गया । तब 'मघवत्' शब्द बना और पक्ष में 'मघवन्' ही रहा । दोनों के अलग अलग रूप बनेंगे ।

२९० **उगिदचामिति**—धातुभिन्न उगित् (उक्—इ, उ, ऋ, ऌ—जिसका इत् हो) और नकारलोपी (जिसके नकार का लोप हुआ हो) अञ्चु धातु को 'नुम्' आगम हो सर्वनामस्थान परे रहते ।

मघवान्—यह प्रथमा के एकवचन का रूप है । यहाँ 'मघवत्' शब्द ऋकार-उक् के इत् होने से 'उगित्' है । प्रथमा के एकवचन सु सर्वनामस्थान परे रहते वकारोत्तरवर्ती अन्त्य अच् अकार के आगे 'नुम्' आगम हुआ । 'उम्' अनुबन्ध का लोप हुआ । तब 'मघवन् त् स्' इस अवस्था में पहले अपृक्त सकार का हल्ङ्यादि और फिर संयोगान्त पद के अन्त्य तकार का लोप होने पर '१७७ सर्वनामस्थाने—' सूत्र से उपधा अकार को दीर्घ और '१८० न लोप —' से अन्त्य नकार का लोप होने से '**मघवा**' रूप बना ।

मघवन्तौ—'मघवन् + औ' इस दशा में प्रथम तृ अन्तादेश, तब 'उगिदचां' सूत्र से नुम् आगम होने से रूप सिद्ध हुआ ।

हे मघवन्—सम्बुद्धि में सकार का लोप होने पर तकार का संयोगान्त लोप होता है । नकार लोप का 'न ङि संबुद्ध्योः' सूत्र से निषेध हो जाता है ।

प्र० मघवा	मघवन्तौ	मघवन्तः ।	च० मघवते	मघवद्भ्याम्	मघवद्भ्यः
सं० हे मघवन्	हे ,,	हे ,, ।	पं० मघवतः	,,	,,
द्वि० मघवन्तम्	,,	मघवतः ।	ष० ,,	मघवतोः	मघवताम्
तृ० मघवता	मघवद्भ्याम्	मघवद्भिः ।	सं० मघवति	,,	मघवत्सु

(संप्रसारणविधिसूत्रम्)

२९१ 'श्व-युव-मघोनामतद्धिते' ६ । ४ । १३३ ॥

अन्नन्तानां भानामेषामतद्धिते संप्रसारणम् । मघोनः । मघवभ्याम् ।

इन रूपों में सर्वनामस्थान में 'नुम्' आगम हुआ। उसके आगे कोई विशेष कार्य नहीं होता । प्रक्रिया में इतना ध्यान अवश्य रखना चाहिये कि नकार को पहले '७८ नश्चाप—' सूत्र से अनुस्वार और '७९ अनुस्वारस्य—' सूत्र से पुनः अनुस्वार को नकार होता है ।

तृत्वाभावे इति—जब 'तृ' आदेश नहीं हुआ । तब जैसे रूप बनते हैं, वे यहाँ बताये जाते हैं ।

मघवा—मघवन् शब्द को 'तृ' अन्तादेश जब न हुआ तब प्रथमा के एकवचन में 'मघवन्'+सु' इस दशा में '१७७ सर्वनामस्थाने·····' सूत्र से उपधादीर्घ, अपृक्त सकार का हल् ङ्या द लोप होने पर 'न लोपः प्रातिपदिकान्तस्य' सूत्र से अन्त्य नकार का लोप होकर रूप सिद्ध हुआ ।

सुटीति—इस पक्ष में नकारान्त शब्द होने से नकारान्त राजन् शब्द के समान सुट् में (सु से औट् तक) रूप बनते हैं ।

२९१ **श्वयुवेति**—श्वन् (कुत्ता), युवन् (युवा, जवान) और मघवन् (इन्द्र)-इन अन्नन्त भसंज्ञक अङ्गोंको संप्रसारण हो तद्धितभिन्न प्रत्यय परे रहते।

मघोनः—मघवन् शब्द से शस् में 'मघवन्+अस्' इस दशा में प्रकृत सूत्र से वकार यण् के स्थान में उकार संप्रसारण हुआ, '२५८ संप्रसा—' सूत्र से अग्रिम अकार का पूर्वरूप एकादेश होने पर 'मघ उन् अस्' ऐसी स्थिति बनी । यहाँ अकार और उकार को ओकार गुण और स को रुत्व विसर्ग होकर 'मघोनः' रूप सिद्ध हुआ ।

इसी प्रकार अन्य अजादि विभक्तियों में भी—जिनमें पूर्व की भसंज्ञा होती

१—इस सूत्र के विषय में उक्तिप्रत्युक्ति रूप में एक रोचक सूक्ति प्रसिद्ध है, पूर्वार्ध में प्रश्न है और उत्तरार्ध में उत्तर—

'काचं मणिं काञ्चनमेकसूत्रे, ग्रथ्नासि बाले किमिदं विचित्रम् ।
विचारवान् पाणिनिरेकसूत्रे श्वानं युवानं मघवानमाह इति ॥

एवं—श्वन्, युवन्।

(संप्रसारणनिषेधसूत्रम्)

२९२ न संप्रसारणे संप्रसारणम् ६।१।३७॥

संप्रसारणे परतः पूर्वस्य यणः संप्रसारणं न स्यात्। इति यकारस्य

है—संप्रसारण आदि कार्य होकर रूप बनेंगे और हलादि में 'राजन्' शब्द के समान रूप बनते हैं।

तृ०	मघोना	मघवभ्याम्	मघवभिः	ष०	मघोनः	मघोनोः	मघोनाम्
च०	मघोने	,,	मघवभ्यः	स०	मघोनि	,,	मघवसु
पं०	मघोनः	,,	,,				

एवमिति—इसी प्रकार श्वन् और युवन् शब्द के भी रूप बनते हैं। श्वनके शस् में—शुनः, टा—शुना, ङे—शुने, ङसि ङस्—शुनः, ओस्—शुनोः, आम—शुनाम्, ङि—शुनि।

'युवन्' शब्द में कुछ विशेष कार्य होता है उसे आगे बताया जा रहा है। 'युवन्' शब्द के विषय में शङ्का होती है कि यकार भी तो यण् है, इसको भी संप्रसारण होना चाहिये। यह शङ्का है तो ठीक, पर यकार को प्राप्त संप्रसारण का अग्रिम सूत्र निषेध कर देता है।

२९२ न इति—संप्रसारण परे रहते पूर्व यण् को संप्रसारण न हो।

इति यकारस्येति—इसलिये यकार को इकार (संप्रसारण) नहीं हुआ।

'युवन् + अस्' इस स्थिति में वकार को संप्रसारण और पूर्वरूप होने पर 'यु उन् अस्' इस अवस्था में सवर्णदीर्घ करने पर 'यूनस' इस स्थिति में यकार को संप्रसारण इकार प्राप्त होता है। उसका इस सूत्र से निषेध होता है।

माला गूँथती हुई बाला से यह प्रश्न किया गया कि 'तुम कांच, मणि और सोने को एक सूत्र (तागे) में क्यों गूँथ रही हो! यह क्या गजब कर रही हो। वह उत्तर देती है- -विचारवान् पाणिनि मुनि ने भी तो एक सूत्र में कुत्ते, युवा और इन्द्र को घसीट मारा है।

लाजवाब जवाब है। जब बुद्धिमान् पाणिनि जैसे लोग भी असमान वस्तुओं को एक स्थान में बिठाते हैं, तो मैं बाला (अज्ञान) ऐसा करूँ तो इस में आश्चर्य की क्या बात!

मेत्वम्। अतएव ज्ञापकाद् अन्त्यस्य यणः पूर्वं संप्रसारणम्। यूनः। यूना। युवभ्याम् इत्यादि।
अर्वा हे अर्वन्।

(तृ आदेशविधिसूत्रम्)

२९३ अर्वणस्त्रसावनञः ६।४।१२७।

नञा रहितस्य 'अर्वन्' इत्यस्याऽङ्गस्य 'तृ' इत्यन्तादेशो न तु सौ।

अतएव इति—इसी ज्ञापक (प्रमाण) से अन्त्य यण् को पहले संप्रसारण होता है।

इस कथन का आशय यह है कि यदि प्रत्यय यण् को पहले संप्रसारण कर दिया जाय तो कहीं भी पर संप्रसारण न मिलेगा, फिर इस सूत्र की प्रवृत्ति के लिये कोई स्थल नहीं रहेगा। अतः व्यर्थ होकर यह सूचित करता है कि—'अन्त्य यण् को संप्रसारण पहले हो।'

इस ज्ञापक (सूचना) के अनुसार पहले अन्त्य यण् वकार को संप्रसारण हो जायगा और तब संप्रसारण मिल जाने से पूर्व यण् यकार को प्रकृत सूत्र से संप्रसारण का निषेध हो जायगा। इस प्रकार सूत्र चरितार्थ होगा।

यूनः—'युवन्+शस्' इस दशा में पहले 'श्व-युव' सूत्र से वकार को संप्रसारण उकार होगा। तब यकार को प्राप्त संप्रसारण का 'न संप्रसारणे—' इस प्रकृत सूत्र से निषेध हो जायगा। पुनः 'यु उ न् अस्' इस स्थिति के बन जाने पर दोनों उकारों को सवर्णदीर्घ तथा सकार को रुत्व विसर्ग होने से रूप सिद्ध हुआ।

इसी प्रकार टा में—**यूना**, ङे—**यूने**, ङसि, ङस्—**यूनः**, ओस्—**यूनोः**, आम्—**यूनाम्**, ङि—यूनि—ये रूप सिद्ध होंगे।

युवभ्याम् 'युवन्+भ्याम्' इस स्थिति में पदान्त होने से नकार का लोप होकर रूप सिद्ध हुआ।

अर्वन् (घोड़ा) शब्द

अर्वा, अर्वन्—ये दोनों रूप राजन् के समान ही सिद्ध होते हैं।

२९३ **अर्वण** इति—नञ् रहित 'अर्वन्' इस अङ्ग को 'तृ' यह अन्तादेश हो, परन्तु सु परे रहते न हो।

अर्वन्तौ। अर्वद्भ्यामित्यादि।

(आत्वविधिसूत्रम्)

२९४ पथिमथ्यृभुक्षामात् ७। १। ८५॥

एषामाकारोऽन्तादेशः स्यात् सौ परे

'अर्वणः, तृ, अ-सौ, अनञः' इस प्रकार यहाँ पदच्छेद है। 'तृ' अन्तादेश होने पर 'अर्वत्' शब्द बना। ऋकार के इत् होने से यह उगित् है। अतः सर्वनामस्थान प्रत्ययों में '२८० उगिदचाम्–' सूत्र से नुम्[1] आगम होगा। शेष विभक्तियों में कोई विशेष कार्य नहीं होता।

अर्वन्तौ—'अर्वन् + औ' इस स्थिति में प्रकृत सूत्र से अन्त्य नकार के स्थान में तृ आदेश हुआ। तब उगित् होने से '२८० उगिदचाम्'– सूत्र से नुम् आगम होकर रूप सिद्ध हुआ।

अर्वन्तः—जस् में पूर्ववत् रूप सिद्धि होती है।

प्र०	अर्वा	अर्वन्तौ	अर्वन्तः	च०	अर्वते	अर्वद्भ्याम्	अर्वद्भ्यः
सं०	हे अर्वन्	हे ,,	हे ,,	पं०	अर्वतः	,,	,,
द्वि०	अर्वन्तम्	,,	अर्वतः	ष०	,,	अर्वतोः	अर्वताम्
तृ०	अर्वता	अर्वद्भ्याम्	अर्वद्भिः	स०	अर्वति	,,	अर्वत्सु

पथिन् (मार्ग, रास्ता) शब्द।

२९४ पथि इति—पथिन् (मार्ग), मथिन् (मथनी, रई), ऋभुक्षिन्[2] (इन्द्र) इन शब्दों को आकार अन्तादेश हो सु परे रहते।

पथिन् शब्द से सु परे रहते 'पथिन् + स्' इस दशा में नकार को आकार हो गया। 'पथि आ स्' ऐसी स्थिति बन गई।

---

१. नुम् वाले प्रयोगों में 'मघवत्' शब्द में बताई रीति से नकार को पहले '७८ नश्चा–' सूत्र से अनुस्वार होकर अनुस्वार को पुनः '७६ अनुस्वार–' सूत्र से परसवर्ण नकार ही हो जाता है। यद्यपि ऐसा करने से रूप में अन्तर तो नहीं पड़ा, परन्तु शास्त्र की प्रक्रिया तो यथा प्राप्त प्रवृत्त होगी ही। अतः यह साधन प्रक्रिया इस प्रकार के प्रयोगों में दिखाई जानी चाहिये।

२. 'आखण्डलः सहस्राक्ष ऋभुक्षा' इत्यमरः।

(अत्वविधिसूत्रम्)

२९५ इतोऽत् सर्वनामस्थाने ७ । १ । ८६ ॥

पथ्यादेरिकारस्याऽकारः सर्वनामस्थाने परे ।

('न्थ' आदेशविधिसूत्रम्)

२९६ थो न्थः ७ । १ । ८७ ॥

पथिमथोस्थस्य न्थाऽऽदेशः सर्वनामस्थाने । पन्थाः, पन्थानौ, पन्थानः ।

(टिलोपविधिसूत्रम्)

२९७ भस्य टेर्लोपः ७ । १ । ८८ ॥

भस्य पथ्यादेष्टेर्लोपः । पथः । पथा । पथिभ्याम् । एवम् –मथिन्,

---

२९५ इत इति—पथिन् आदि के इकार को आकार हो सर्वनामस्थान परे रहते ।

'पथि आ स्' इस स्थिति में 'पथिन्' के इकार को अकार हुआ । तब 'पथ आ स्' यह अवस्था हुई ।

२९६ थ इति—पथिन् और मथिन् शब्दों के थकार को **'न्थ' आदेश** हो सर्वनामस्थान परे रहते ।

पन्थाः—प्रथमा के एकवचन में, पूर्वोक्त प्रकार से 'पथ आ स्' ऐसी स्थिति बन जाने पर इस सूत्र से 'थ' को 'न्थ' आदेश हुआ । तब 'पन्थ आ स्' यह दशा हुई । इस दशा में सवर्णदीर्घ और सकार को रुत्व तथा विसर्ग होकर **पन्थाः** रूप सिद्ध हुआ ।

पन्थानौ और **पन्थानः** ये औ और जस् के रूप इसी प्रकार सिद्ध होंगे । द्वितीया के एकवचन में—**पन्थानम्**, द्विवचन में **पन्थानौ** ।

२९७ **भस्येति**—भसंज्ञक पथिन् आदि अङ्ग की टि का लोप हो ।

जसादि अजादि विभक्तियों में भ संज्ञा होती है, उनके परे रहते 'पथिन्' आदि की टि 'इन्' का लोप हो जाता है ।

पथः—'पथिन् + शस्' इस स्थिति में भसंज्ञक अङ्ग होने से 'पथिन्' की टि 'इन्' का लोप हो गया । तब 'पथ् + अस्' ऐसी स्थिति बन जाने पर

ऋभुक्षिन्।

(षट्संज्ञासूत्रम्)

२९८ ष्णान्ताः षट् १ । १ । २४ ॥

षान्तो नान्ता च संख्या षट्संज्ञा स्यात्। पञ्चन् शब्दो नित्यं बहुवचनान्तः। पञ्च। पञ्च। पञ्चभिः। पञ्चभ्यः। पञ्चभ्यः। नुट्—

सकार को रुत्व विसर्ग करने से रूप सिद्ध हुआ।

पथा—'पथिन्+टा' इस दशा में सारे कार्य 'पथः' के समान होकर रूप सिद्ध होता है।

पथिभ्याम्—'पथिन्+भ्याम्' इस स्थिति में नकार का लोप 'न लोपः-सूत्र से होने पर रूप सिद्ध होता है।

इसी प्रकार अन्य सूत्रों की भी सिद्धि होती है।

प्र०	पन्थाः	पन्थानौ	पन्थानः	च०	पथे	पथिभ्याम्	पथिभ्यः
स०	हे ,,	हे ,,	हे ,,	पं०	पथः	,,	,,
द्वि०	पन्थानम्	,,	पथः	ष०	,,	पथोः	पथाम्
तृ०	पथा	पथिभ्याम्	पथिभिः	स०	पथि	,,	पथिषु

एवमिति-इसी प्रकार [1]**मथिन्** और **ऋभुक्षिन्** शब्द के भी रूप बनेंगे।

मथिन्—मन्थाः, मन्थानौ, मन्थानः। मन्थानम्, मन्थानौ, मथः इत्यादि।

ऋभुक्षिन्—ऋभुक्षाः, ऋभुक्षाणौ, ऋभुक्षाणः। ऋभुक्षाणम्, ऋभुक्षाणौ, ऋभुक्षः—इत्यादि।

पञ्चन् (पाँच) शब्द।

२९८ ष्णान्ता इति—षकारान्त और नकारान्त संख्यावाचक शब्दों की षट् संज्ञा हो।

'पञ्चन' शब्द संख्यावाचक है और नकारान्त भी, इसकी षट्संज्ञा हुई।

पञ्चन् इति—पञ्चन् शब्द नित्य बहुवचनान्त है। क्योंकि पाँच-बहुत्व संख्या का वाचक है।

पञ्च—पञ्चन् शब्द से परे जस् और शस् का '१८८ षड्भ्यो लुक्'

---

१. ध्यान रहे 'मथिन्' शब्द में 'पथिन्' शब्द के बराबर ही सूत्र लगते हैं और ऋभुक्षिन् में 'थो न्थः' को छोड़कर शेष सब सूत्र।

(उपधादीर्घविधिसूत्रम्)

२९९ नोपधायाः[6] ६ । ४ । ७ ॥

नान्तस्योपधाया दीर्घो नाऽऽमि । पञ्चानाम् । पञ्चसु ।

(आत्वविधिसूत्रम्)

३०० अष्टन[6] आ[1] विभक्तौ[7] ७ । २ । ८४ ॥

हलादौ वा स्यात् ।

सूत्र से लोप और '१८० न लोपः–' से नकार का लोप होकर दोनों स्थलों में **'पञ्च'** रूप सिद्ध हुआ।

पञ्चभिः—तृतीया में 'पञ्चन् भिस्' इस अवस्था में '१८० न लोपः—' से नकार का लोप हुआ तो 'पञ्चभिः' रूप सिद्ध हुआ।

पञ्चभ्यः–इसी प्रकार चतुर्थी और पञ्चमी के भ्यस् में **पञ्चभ्यः** सिद्ध हुआ।

पञ्चानाम्—षष्ठी में 'पञ्चन् + आम्' यहाँ पर षट्संज्ञक होने से पञ्चन् के आगे 'आम्' को '२६६ **षट्चतुर्भ्यश्च' सूत्र से नुट्** आगम हुआ। अनुबन्धों का लोप होने के अनन्तर 'पञ्चन् नाम्' यह स्थिति हुई।

२९९ नोपधाया इति—**नान्त की उपधा को** दीर्घ हो नाम् परे रहते।

पञ्चानाम्—'पञ्चन् नाम्' यहाँ पर नाम् परे होने से नान्त पञ्चन् के उपधाभूत अकार को दीर्घ हो गया और हलादि विभक्ति नाम् परे रहने से पूर्व की '१६४ स्वादिष्वसर्व**नामस्थाने' सूत्र** से पदसंज्ञा होने के कारण प्राति-पदिकसंज्ञक पद पञ्चन् के अन्तावयव होने से नकार का '१८० न लोपः–' सूत्र से लोप हुआ, तब **'पञ्चानाम्'** रूप सिद्ध हुआ।

पञ्चसु—पञ्चन् + सु यहाँ नकार का लोप होने पर रूप सिद्ध हुआ।

अष्टन् (आठ) शब्द

३०० **अष्टन** इति—अष्टन् अङ्ग को आकार हो हलादि[1] विभक्ति परे रहते विकल्प[2] से।

१—यहाँ '२१५ रायो हलि ७ । २ । ८५' इस अग्रिम सूत्र से 'हलि' का अपकर्ष होने से 'हलादि विभक्ति' अर्थ होता है।

२—आत्व की वैकल्पिकता का प्रमाण 'अष्टनो दीर्घात्' सूत्र में अष्टन् का

('औश्' विधिसूत्रम्)

३०१ अष्टाभ्य औश् ७ । १ । २१ ॥

कृताऽऽकाराद् अष्टनो जश्शसोरौश्। 'अष्टभ्यः' इति वक्तव्ये कृतात्वनिर्देशो जश्शसोर्विषये आत्वं ज्ञापयति। अष्टौ। अष्टौ। अष्टाभिः। अष्टाभ्यः। अष्टाभ्यः। अष्टानाम्। अष्टासु। आत्वाभावे-अष्ट पञ्चवत्। इति नकारान्ताः।

अलोऽन्त्य परिभाषा से आकार अन्त्य नकार को होगा।

३०१ अष्टाभ्य इति—कृताऽऽकार (जिसको आकार किया गया हो, अर्थात् आकार किये जाने पर) अष्टन् शब्द से परे 'जस्' और 'शस्' को 'औश्' आदेश हो।

'औश्' में 'श' इत् है। यह शित् करना सर्वादेश होने के लिये है क्योंकि शित् आदेश '४५ अनेकालशित् सर्वस्य' सूत्र से सम्पूर्ण स्थानी के स्थान में होता है।

पूर्वसूत्र से हलादि विभक्ति परे रहते ही आत्व होता है, जस् और शस् तो जकार और शकार के इत्संज्ञा लोप हो जाने से अजादि विभक्ति हैं। इनके परे रहते आत्व प्राप्त ही नहीं। फिर 'कृताकार' अष्टन् शब्द से परे जस् शस कैसे मिल सकते हैं ? अतः सूत्राथ असंगत है इस शङ्का के निवारण के लिये कहा है—**'अष्टभ्यः'** इति **वक्तव्ये** इत्यादि। तात्पर्य यह है कि 'अष्टभ्यः' पढ़ने में एक मात्रा का लाघव है। इस लाघव की उपेक्षा करके सूत्र में दीर्घ विशिष्ट पाठ ज्ञापन करता है कि 'जस्' और 'शस्' परे रहते अष्टन् शब्द को आत्व होता है। 'अष्टाभ्यः' इस पद में 'अष्टा' यह कृतदीर्घ का अनुकरण है।

अष्टौ–'**अष्टन्**' से जस् और शस् परे रहते सब से पहले आत्व और सवर्ण दीर्घ हुआ। तब जस् और शस् को औश् आदेश और वृद्धि होकर **'अष्टौ'** रूप बना।

'अष्टाभिः, अष्टाभ्यः और **अष्टासु**'–इनमें हलादि विभक्ति परे होने से

'दीर्घात्' विशेषण देना है। यदि आकार विधान नित्य हो तो 'दीर्घात्' विशेषण व्यर्थ हो जायगा। अतः यह 'दीर्घात्' विशेषण व्यर्थ होकर ज्ञापन करता है कि—**अष्टन् शब्द** को आकार विकल्प से होता है।

(क्विन्प्रत्ययविधिसूत्रम्)

३०२ ऋत्विग्-दधृक्-स्रग्-दिग्-उष्णिग्-अञ्चु-युजि-क्रुञ्चां च ३ । २ । ५९ ॥

एभ्यः क्विन् । अञ्चेः सुप्युपपदे, युजिक्रुञ्चोः केवलयोः, क्रुञ्चेर्नलोपाभावश्च निपात्यते । कनावितौ ।

आत्व हुआ ।

अष्टानाम्—आम् में पहले '२६६ षट्चतुर्भ्यः' सूत्र से नुट् का आगम हुआ । हलादि विभक्ति परे होने से आत्व हुआ और नकार का लोप ।

आत्वाभावे इति—आत्व के अभाव पक्ष में—**अष्ट, अष्ट, अष्टभिः, अष्टभ्यः** २, **अष्टानाम्, अष्टसु**—इस प्रकार पञ्चन् शब्द के समान रूप बनेंगे ।

नकारान्त शब्द समाप्त ।

जकारान्त ऋत्विज् (यज्ञ करनेवाला) शब्द

३०२ **ऋत्विगिति**—ऋतु शब्दपूर्वक यज्, धृष्, सृज्, दिश्, उत्पूर्वक स्निह्, अञ्चु, युजि और क्रुञ्च धातुओं से क्विन् प्रत्यय हो ।

अञ्चेरिति—अञ्चु धातु से क्विन् प्रत्यय सुबन्त उपपद रहते ही होता है । इसके उदाहरण—प्राङ्, प्रत्यङ् और उदङ् आदि पद हैं ।

युजिक्रुञ्चोरिति—युज् और क्रुञ्च् धातुओं से जब वे केवल—अर्थात् जब उपपद कुछ न हो—हों तब क्विन् प्रत्यय होता है ।

क्रुञ्चेरिति—क्रुञ्च् धातु में क्विन् विधान के साथ नकार के लोप का—जो '३३५ अनिदिताम्—' सूत्र से प्राप्त होता है—अभाव का भी [1]निपातन होता है अर्थात् नकार का लोप नहीं होता ।

कनावितौ इति—क्विन् के ककार और नकार इत्संज्ञक हैं । नकार की

---

१. 'लक्षणं विनैव निपतति प्रवर्तते लक्ष्येषु इति निपातनम्' इस व्युत्पत्ति के अनुसार जो कार्य बिना सूत्र-नियम के होते हैं वे निपातन कहे जाते हैं । जब किसी स्थल में कोई ऐसा कार्य हुआ दीखता हो जिसका विधायक कोई सूत्र न हो अर्थात् नियम के अन्दर न आता हो—ऐसे कार्य विधान को निपातन कहा जाता है । क्रुञ्च में नकार के लोप का निषेध करनेवाला कोई नियम नहीं तब भी वह किया गया है, अतः यह निपातन है ।

(कृत्संज्ञासूत्रम्)

३०३ 'कृदतिङ्' ३ । २ । ९३ ॥

अत्र धात्वधिकारे तिङ्भिन्नः प्रत्ययः कृत्संज्ञः स्यात् ।

(व-लोपविधिसूत्रम्)

३०४ 'वेरपृक्तस्य' ६ । १ । ६७ ॥

अपृक्तस्य वस्य लोपः ।

इत्संज्ञा 'हलन्त्यम्' से और ककार की 'लशक्वतद्धिते' से होती है ।

वैसे क्विन् प्रत्यय का सर्वापहार लोप अर्थात् सम्पूर्ण लोप होता है, कुछ भी शेष नहीं रहता । ककार और नकार पूर्वोक्त प्रकार से इत्संज्ञक हैं । इकार 'उपदेशेऽज्–' आदि सूत्र से इत्संज्ञक है । शेष वकार के लिये अग्रिम सूत्र लोप-विधायक है ।

प्रकृत में 'ऋतौ यजति–ऋतु में यज्ञ करता है' इस विग्रह में ऋतु पूर्वक यज् धातु से क्विन् प्रत्यय हुआ । तब '४४६ वचिस्वपियजादीनां किति' से कित् क्विन् परे होने से यकार के स्थान में संप्रसारण इकार और आकार को पूर्वरूप तथा उकार को यण् करने से 'ऋत्विज्' शब्द बनता है ।

३०३ कृदिति—इस अर्थात् तृतीय अध्याय के धात्वधिकार में तिङ्भिन्न प्रत्यय की कृत् संज्ञा हो।

'७७८ धातोः ३ । १ । ९१' इस सूत्र का अधिकार आगे चलता है । उसमें धातु से परे प्रत्ययों का विधान है। उनमें तिङ् प्रत्ययों को छोड़कर शेष की कृत्संज्ञा होती है ।

प्रकृत में 'क्विन्' प्रत्यय उक्त 'धातोः' के अधिकार में है । अतः इसकी कृत्संज्ञा हुई । कृत् संज्ञा करने का फल कृदन्त होने से प्रातिपदिक होकर सु-आदि की उत्पत्ति है ।

३०४ वेरिति—अपृक्त वकार का लोप हो ।

क्विन् के केवल अवशिष्ट वकार की '१७८ अपृक्त एकाल् प्रत्ययः' सूत्र से अपृक्त संज्ञा होती है । अतः उसका भी लोप हो गया । इस प्रकार सम्पूर्ण[1]

---

१. सम्पूर्ण लोप को 'सर्वापहार लोप' कहा जाता है । क्विन्, क्विप्, विट्,

(कुत्वविधिसूत्रम्)

३०५ [6]क्विन्प्रत्ययस्य [1]कुः ८ । २ । ६२ ॥

क्विन् प्रत्ययो यस्मात्, तस्य कवर्गोऽन्तादेशः पदान्ते। अस्यासिद्धत्वात् 'चोः कुः ८ । २ । ३० ।।' इति कुत्वम्[1]। ऋत्विक् ऋत्विग्। ऋत्विजौ । ऋत्विग्भ्याम् ।

क्विन् का लोप हुआ।

३०५ **क्विन्निति**—क्विन् प्रत्यय जिससे किया गया हो, उसको कवर्ग अन्तादेश हो पदान्त में।

अस्य इति—इस सूत्र के असिद्ध होने से 'चोः कुः' सूत्र से कुत्व होता है। यद्यपि ये दोनों सूत्र त्रिपादी के ही हैं तथापि त्रिपादी के सूत्रों में पूर्व के प्रति पर असिद्ध होता है। अतः पर होने से 'क्विन्प्रत्ययस्य कुः' असिद्ध है।

ऋत्विक्-ग्—यहाँ 'ऋत्वज्+स्' इस स्थिति में '१७२ हल्ङ्याब्भ्यः' सूत्र से अपृक्त सकार का लोप होने से पदान्त बन जाने पर इस सूत्र से कवर्ग अन्तादेश प्राप्त हुआ। परन्तु पर त्रिपादी होने से यह '२०७ चोः कुः' की दृष्टि में असिद्ध है। इसलिये इससे न होकर 'चोः कुः' से अन्त जकार के स्थान में अत्यन्त सादृश्य के कारण कवर्ग गकार हुआ। उसको '१४६ वाऽवसाने' सूत्र से विकल्प से चर् ककार होकर दो रूप सिद्ध हुए **ऋत्विक्** और **ऋत्विग्**।

ऋत्विजौ—औ विभक्ति का रूप है। इसमें शब्द से विभक्ति मिला देने के अतिरिक्त कुछ कार्य नहीं होता।

इसी प्रकार सभी अजादि विभक्तियों में शब्द से केवल विभक्ति मिला देने से रूप सिद्ध होते हैं।

और विच्-इन कृत् प्रत्ययों का सर्वापहार लोप होता है।

१. यहाँ यह आशङ्का होती है कि 'क्विन्प्रत्ययस्य कुः' और 'चोः कुः' दोनों सूत्र कवर्ग अन्तादेश ही करते हैं। पर 'ऋत्विज्' आदि क्विन्प्रत्ययान्त शब्दों में भी यदि 'चोः कुः' से कुत्व किया जायगा तो 'क्विन्प्रत्ययस्य कुः' सूत्र व्यर्थ हो जायगा। इसका यह समाधान है कि 'चोः कुः' तो केवल चवर्ग को कवर्ग करता है, चवर्ग के अतिरिक्त अन्य वर्गों को 'क्विन्प्रत्ययस्य कुः' सूत्र कवर्ग

(नुम्विधिसूत्रम्)

३०६ 'युजेरसमासे' ७ । १ । ७१ ॥

युजेः सर्वनामस्थाने नुम् स्याद् असमासे। संयोगान्तलोपः। कुत्वेन नस्य ङः–युङ्। अनुस्वारपरसवर्णौ–युञ्जौ। युजा। युग्भ्याम्।

ऋत्विग्भ्याम्—'भ्याम्' के हलादि विभक्ति होने के कारण उसके परे रहते '१६४ स्वादिष्व–' सूत्र से पूर्व 'ऋत्विज्' शब्द की पद संज्ञा होती है। अतः पदान्त होने से पूर्ववत् '३०७ चोः कुः' सूत्र से जकार को कवर्ग गकार आदेश होकर **ऋत्विग्भ्याम्** रूप बना।

सभी हलादि विभक्तियों में इसी प्रकार केवल कवर्ग अन्तादेश करने से रूप सिद्ध होते हैं। केवल 'सुप्' में '७४ खरि च' सूत्र से गकार को ककार और '१५० आदेशप्रत्यययोः' सूत्र से कवर्ग ककार से परे प्रत्यय 'सुप्' के अवयव सकार को मूर्धन्य षकार कर देने पर ककार और षकार के संयोग में क्ष करना–इतना अधिक कार्य करना पड़ता है। तब **ऋत्विक्षु** रूप बनता है।

प्र० ऋत्विक्-ग्, ऋत्विजौ, ऋत्विजः	च. ऋत्विजे, ऋत्विग्भ्याम् ऋत्विग्भ्यः
सं० हे ,, ,, ,,	पं० ऋत्विजः ,, ,,
द्वि० ऋत्विजम् ,, ,,	ष० ,, ऋत्विजोः ऋत्विजाम्
तृ० ऋत्विजा ऋत्विग्भ्याम् ऋत्विग्भिः	स० ऋत्विजि ,, ऋत्विक्षु

युज् (योगी) शब्द

३०६ **युजेरिति**—युज् धातु को सर्वनामस्थान परे रहते 'नुम्' आगम हो, किन्तु समास में न हो।

संयोगान्तलोपः—'यु न् ज्' इस स्थिति में अर्थात् अपृक्त सकार का हल्ङ्यादि लोप होने पर जकार का संयोगान्त लोप होता है।

कुत्वेन इति—'युन्' इस स्थिति में नकार के स्थान में 'क्विन्प्रत्ययस्य कुः' सूत्र से ङकार आदेश हुआ।

युङ्–युज् शब्द के प्रथमा के एकवचन में 'युज् स्' इस दशा में सर्व-अन्तादेश करेगा। यथा–युङ्, प्राङ्, प्रत्यङ् और उदङ् आदि। इन क्विन्-प्रत्ययान्त शब्दों में अन्य वर्ग तवर्ग के नकार को कवर्ग ङकार होता है। अतः उक्त सूत्र व्यर्थ नहीं है।

नामस्थान सु परे होने से 'युज्' के (व्यपदेशिवद्भाव से) अन्त्य अच् यकारोत्तरवर्ती उकार के आगे 'नुम्' आगम हुआ। अनुबन्ध 'उम्' के लोप के अनन्तर 'युन् ज् स्' इस स्थिति में पहले अपृक्त सकार का हल्ङ्यादि लोप हुआ। तब युन्ज् के पद बन जाने पर संयोगान्त पद होने के कारण उसके अन्त्य जकार का संयोगान्त लोप होने के अनन्तर '३०५ क्विन्प्रत्ययस्य' सूत्र से नकार को कवर्ग ङकारहोकर [1]युङ् रूप सिद्ध हुआ।

अनुस्वार इति—'युन् ज् औ' इस स्थिति में नकार के स्थान में पहले अनुस्वार होता है और फिर अनुस्वार के स्थान में परसवर्ण ञकार।

युञ्जौ—प्रथमा और द्वितीया के द्विवचन में 'युज् + औ' इस दशामें सर्वनामस्थान 'औ' परे होने से नुम् आगम हाने पर 'युन्ज औ' इस स्थिति में अपदान्त होने से नकार को पहले '७८ नश्चा–' सूत्र से अनुस्वार हुआ। तब अनुस्वार को '७९ अनुस्वार–' सूत्र से परे जकार का सवर्ण ञकार हुआ। इस प्रकार **युञ्जौ** रूप बना।

सर्वनामस्थान प्रत्ययों में इसी प्रकार रूप सिद्ध होंगे। आगे, अजादि विभक्तियों में मिला देने से रूप सिद्धि हो जाती है।

हलादि विभक्तियों में जकार को 'चोः कुः' से ककार आदेश कर देने से रूप सिद्ध होते हैं। यथा—**युग्भ्याम्**। सप्तमी के बहुवचन में गकार कर देने के बाद उसको चर् ककार और सकार को मूर्धन्य षकार अधिक करना होता है।

प्र०	युङ्	युञ्जौ	युञ्जः ।	च०	युजे	युग्भ्याम्	युग्भ्यः ।
सं०	हे ,,	,,	,, ।	पं०	युजः	,,	,, ।
द्वि०	युञ्जम्[2]	,,	युजः ।	ष०	,,	युजोः	युजाम् ।
तृ०	युजा	युग्भ्याम्	युग्भिः ।	स०	युजि	,,	युक्षु ।

१. जकार का संयोगान्त लोप होने पर नकार का '१८० न लोप–' सूत्र से लोप नहीं होता, क्योंकि उसकी दृष्टि में त्रिपादीस्थ होने से संयोगान्तलोप 'पूर्वत्राऽसिद्धम्' सूत्र से असिद्ध है।

२. ध्यान रहेकि अनुस्वारविधिके प्रति 'स्तोः श्चुना श्चुः' के परे त्रिपादीस्थ होने के कारण असिद्ध होने से नकार को श्चुत्व ञकार नहीं होता। रूप सिद्धि के लिये मूल में प्रदर्शित 'अनुस्वारपरसवर्णौ' प्रक्रिया करनी चाहिये।

(कुत्वविधिसूत्रम्)

३०७ चोः[१] कुः[१] ८ । २ । ३० ॥

चवर्गस्य कवर्गः स्याद् झलि पदान्ते च । सुयुक्, सुयुग् । सुयुजौ । सुयुग्भ्याम् ।

खन् । खञ्जौ । खन्भ्याम् ।

सुयुज् (सुयोगी) शब्द ।

समास में निषेध होने से 'सुयुज्' शब्द में नुम् आगम नहीं होता । **सुयुज्** में सु शब्द के साथ 'युज' शब्द का समास हुआ है ।

३१७ **चोरिति**—चवर्ग को कवर्ग हो झल् परे रहते और पदान्त में ।

सुयुक् , ग्—प्रथमा के एकवचन में 'सुयुज्+स्' इस अवस्था में '१७९ हल्ङ्याब्भ्यः' से अपृक्त सकार का लोप होने पर पदान्त होनेसे जकार को कवर्ग गकार और अवसान होने के कारण उसको '१४६ वावसाने' सूत्र से विकल्प से ककार होकर दो रूप सिद्ध हुए ।

हलादि विभक्तियों में जकार को कवर्ग गकार आदेश करने से और अजादियों में विभक्ति मिला देने मात्र से रूप सिद्धि हो जाती है । 'सुप्' में पूर्ववत् चर्त्व और षत्व कार्य अधिक होते हैं ।

प्र०	सुयुक्-ग्	सुयुजौ	सुयुजः ।	च०	सुयुजे	सुयुग्भ्याम्	सुयुग्भ्यः ।
सं०	हे ,,	,,	,, ।	पं०	सुयुजः	,,	,, ।
द्वि०	सुयुजम्	,,	,, ।	ष०	,,	सुयुजोः	सुयुजाम् ।
तृ०	सुयुजा	सुयुग्भ्यां	सुयुग्भिः ।	स०	सुयुजि	,,	सुयुक्षु ।

खञ्ज्[१] (लंगड़ा) शब्द ।

[२]**खन्** - खञ्ज् शब्द से प्रथमा के एकवचन में 'खञ्ज्+स्' इस दशा

---

१. खञ्ज् शब्द 'खजि' धातु से क्विप् प्रत्यय करने से बनता है। क्विप् का सर्वापहार लोप होता है । धातु का इकार इत् है । इसलिये इदित् होने से '४६५ इदितो नुम् धातोः' सूत्र से नुम् आगम, अनुबन्ध लोप, नकार को झल् जकार परे होने से अनुस्वार और उसको जकार का सवर्ण ञकार होकर 'खञ्ज्' शब्द बनता है । अनुस्वार विधि के प्रति असिद्ध होने से अनुस्वार के पहले श्चुत्व नहीं होता ।

२. 'खन्' के क्विन् प्रत्ययान्त न होने के कारण '३०५ क्विन्प्रत्ययस्य' से

(षत्वविधिसूत्रम्)

३०८ व्रश्च-भ्रस्ज-सृज-मृज-यज-राज-भ्राज-च्छ-शां षः

८। २। ३६ ॥

झलि पदान्ते च। जश्त्वचर्त्वे—राट्, राड्। राजौ। राजः।

में '१७९ हल्ङ्याब्भ्यः' सूत्र से अपृक्त सकार का लोप होने पर पदान्त बन जाने से संयोगान्त 'खञ्ज्' पद के अन्त्य जकार का '२९ संयोगान्तस्य' सूत्र से लोप होने से 'खञ्' शेष रहा। निमित्त जकार के न रहने से ञकार और अनुस्वार कार्य भी न रहे तो 'खन्' रूप बना। निमित्तापाये नैमित्तिकस्याप्य-पायः' न्याय से ञकार और अनुस्वार की निवृत्ति होती है।

प्र०	खन्	खञ्जौ,	खञ्जः।	च०	खञ्जे,	खन्भ्याम्,	खन्भ्यः।
सं०	हे ,,	,,	,, ।	पं०	खञ्जः,	,,	,,
द्वि०	खञ्जम्,	,,	,, ।	ष०	,,	खञ्जोः,	खञ्जाम्।
तृ०	खञ्जा,	खन्भ्याम्,	खन्भिः।	स०	खञ्जि,	,,	खन्सु।

ध्यान रहे कि उक्त रूपों में अजादि विभक्तिवाले रूप केवल विभक्ति मिला देने से सिद्ध हुए हैं और हलादियों में '६४ स्वादिष्व–' सूत्र से पूर्व की पद संज्ञा होने से पदान्त जकार का संयोगान्तलोप मात्र के करने से रूप सिद्धि होती है।

राज् (दीप्तिमान्, राजा) शब्द।

३०८ व्रश्चेति–व्रश्च (काटना), भ्रस्ज (भूनना), सृज (पैदा करना), मृज (शुद्ध करना),यज (यज्ञ करना), राज और भ्राज (दीप्तिमान्)– इन सात धातुओं को तथा छकार और शकार को षकार अन्तादेश हो झल् परे रहते तथा पदान्त में।

राट्-ड्-'राज्+स्' इस स्थिति में अपृक्त सकारके '१३९ हल्ङ्याब्भ्यः' सूत्र से लोप होने के अनन्तर पदान्त होने से जकार को षकार आदेश हुआ। तब झल् षकार को पदान्त होने के कारण '६७ झलां जशोऽन्ते' सूत्र से जश् (मूर्धास्थानसाम्य से) डकार हुआ। तदनन्तर वैकल्पिक चर् टकार होकर

नकार को कवर्ग ङकार नहीं हुआ।

राड् भ्याम्। एवम्-विभ्राट्, देवट्, विश्वसृट्।

(वा) परौ व्रजेः षः पदान्ते।

परावुपपदे व्रजेः क्विप् स्यात् दीर्घश्च, पदान्ते षत्वमपि। परिव्राट्-ड्। परिव्राजौ।

दो रूप सिद्ध हुए राट् और राड्।

अजादि विभक्तियों में विभक्ति मिलाने मात्र से और हलादि में षकार और जशत्व करने मात्र से रूप सिद्ध होते हैं। सुप् में जश्त्व, डकार होने पर 'धुट्' आगम विकल्प से होता है। अतः वहाँ राट्त्सु और राट्सु ये दो रूप बनते हैं।

प्र०	राट्-ड्,	राजौ,	राजः।	च०	राजे,	राड्भ्याम्,	राड्भ्यः।
सं०	हे ,, ,,	हे ,,	हे ,,।	पं०	राजः,	,,	,, ।
द्वि०	राजम्	,,	,, ।	ष०	,,	राजोः,	राजाम्।
तृ०	राजा,	राड्भ्याम्,	राड्भिः।	स०	राजि,	,,	राट्त्सु, राट्सु।

एवमिति–इसी प्रकार विभ्राज् (विशेषेण भ्राजते इति–विशेष दीप्तिमान्), देवेज् (देवान् यजतीति, देवताओं की पूजा करनेवाला) विश्वसृज् (विश्वं सृजतीति, संसार को बनानेवाला, परमात्मा) शब्दों के भी रूप बनेंगे।

परिव्राज् (परित्यज्य सर्वं व्रजतीति, सब कुछ छोड़कर चले जानेवाला, विरक्त संन्यासी) शब्द।

(वा) परौ इति—परि उपसर्ग पूर्व रहते व्रज धातु से क्विप् प्रत्यय हो और उपधा अकार को दीर्घ तथा पदान्त में षकार अन्तादेश भी हो।

इस वार्तिक के तीन विधेय हैं—१ क्विप्, २ दीर्घ, और ३ षत्व। क्विप् का सर्वापहार लोप और दीर्घ होने पर 'परिव्राज्' शब्द बना।

परिव्राट्-ड्—पहले परि पूर्वक व्रज् धातु से प्रकृत वार्तिक से क्विप् प्रत्यय और उपधा दीर्घ हुआ, क्विप् का सर्वापहार लोप होने पर 'परिव्राज्' शब्द बना। इस की कृदन्त होने से प्रातिपदिक संज्ञा हुई। तब स्वादि की उत्पत्ति होने पर प्रथमा के एक वचन में 'परिव्राज्+स्' इस स्थिति में अपृक्त सकार का लोप होने पर पदान्त होने से जकार के स्थान में प्रकृत वार्तिक से षकार आदेश हुआ। तब जश्त्वेन षकार के स्थान में डकार और उसके

(दीर्घविधिसूत्रम्)

३१० विश्वस्य[६] वसुराटोः[७] ६ । ३ । १२७ ॥

विश्वशब्दस्य दीर्घोऽन्तादेशः स्याद् वसौ[१] राट् शब्दे च परे। विश्वाराट् विश्वाराड्। विश्वराजौ। विश्वाराड्भ्याम्।

(सकारककारलोपविधिसूत्रम्)

३१० स्कोः[६] संयोगाद्योरन्ते[७] च ८ । २ । २९ ॥

पदान्ते झलि च यः संयोगः तदाद्योः स्कोर्लोपः। भृट्, भृड्।

विकल्प से चर् टकार होकर दो रूप सिद्ध हुये।

'परिव्राज्' शब्द के सब रूप 'राज्' शब्द के समान ही सिद्ध होते हैं।

विश्वराज् (संसार का स्वामी, परमात्मा) शब्द।

३०९ विश्वस्येति—विश्व शब्द को दीर्घ अन्तादेश हो॰ वसु और राट् शब्द परे रहते।

'राट्' शब्द पदान्त का उपलक्षण है अर्थात् जहाँ 'राज्' का रूप 'राड्' बनेगा, वहीं दीर्घ होगा। जकार को षकार और उसको जश्त्व डकार तथा डकार को चर् टकार होकर 'राट्' पदान्त में ही बनता है। अतः 'सु' और अन्य हलादि विभक्तियों में पदान्त होने से दीर्घ होगा, अजादि में नहीं।

प्र०	विश्वाराट्-ड्	विश्वराजौ	विश्वराजः।	च०	विश्वराजे	विश्वाराड्भ्याम्	विश्वाराड्भ्यः
सं०	हे ,,	,,	,, ।	पं०	विश्वराजः	,,	,,
द्वि०	विश्वराजम्	,,	,, ।	ष०	,,	विश्वराजोः	विश्वराजाम्
तृ०	विश्वराजा	विश्वाराड्भ्याम्	विश्वाराड्भिः।	स०	विश्वराजि	,,	विश्वाराट्त्सु विश्वाराट्सु

भृस्ज् (भड़भूजा) शब्द।

३१० स्कोरिति—पदान्त में और झल् परे रहते जो संयोग उसके आदि सकार और ककार का लोप हो।

भृट् ड्—'भृस् ज् + स्' इस दशा में '१७६ हल्ङ्याब्भ्यः–' सूत्र से अपृक्त सकार का लोप होने पर पदान्त बन जाने से संयोगान्त पद के अन्त्य

१· वसु का उदाहरण–विश्वावसुः।

सस्य श्चुत्वेन शः, 'झलां जश् झशि' इति शस्य जः—भृज्जौ। भृड्भ्याम्। इति जकारान्ताः।

(सत्वविधिसूत्रम्)

३११ [६]तदोः सः[१] [७]सावनन्त्ययोः[६] ७। २। १०६॥

जकार का लोप प्राप्त हुआ। उसको बाधकर इस सूत्र से पदान्त में संयोग 'स् ज्' के आदि सकार का लोप हो गया। तब जकार को '३०८ व्रश्चभ्रस्ज–' से षकार, उसको '६७ झलां जशोऽन्ते' से डकार, अवसान होने से डकार को '१४६ वावसाने' से वैकल्पिक चर् टकार होने से दो रूप सिद्ध हुआ—**भृट्** और **भृड्**।

सस्य इति—सकार के स्थान में श्चुत्व से शकार आदेश हुए। तब **'झलां–'** सूत्र से शकार के स्थान में जकार। यह प्रक्रिया 'भृज्जौ' की सिद्धि के लिये बताई गई है। जैसा कि आगे 'भृज्जौ' की सिद्धि में स्पष्ट किया गया है।

भृज्जौ—प्रथमा और द्वितीया के द्विवचन में 'भृस् ज् औ' इस दशा में पहले सकार को चवर्ग जकार का योग होने से '६१ स्तोः श्चुना श्चुः' सूत्र से शकार और उसको '**१९ झलां जश् झशि**' सूत्र से झश् जकार परे रहने से तालुस्थान की समानता से जश् जकार करने से रूप सिद्ध हुआ।

सभी अजादि विभक्तियों में इसी प्रकार सकार को शकार और उसको जकार होकर रूप बनते हैं।

हलादि विभक्तियों में सु के समान सकार का लोप, जकार को षकार और षकार को डकार करने से रूप सिद्ध होते हैं। सुप् में धुट् आगम विशेष होता है।

प्र०	भृट्-भृड्	भृज्जौ	भृज्जः	च० भृज्जे	भृड्भ्याम्	भृड्भ्यः
सं०	हे ,,	,,	,,	पं० भृज्जः	,,	,,
द्वि०	भृज्जम्	,,	,,	ष० ,,	भृज्जोः	भृज्जाम्
तृ०	भृज्जा	भृड्भ्याम्	भृड्भिः	स० भृज्जि	,,	भृट्त्सु-भृट्सु

जकारान्त शब्द समाप्त

त्यदादीनां तकारदकारयोरनन्त्ययोः सः स्यात् सौ। स्यः, त्यौ, त्ये। सः, तौ, ते। यः, यौ, ये। एषः, एतौ, एते, एतम्। अन्वादेशे—एनम्, एनौ, एनान्, एनेन, एनयोः।

दकारान्त शब्द

त्यद् (वह) तद् (वह) यद् (जो) एतद् (यह) शब्द[1]।

३११ **तदोरिति**—त्यद् आदियों के अनन्त्य तकार और दकार को सकार हो, सु परे रहते।

स्यः—त्यद् शब्द के सु में 'त्यद्+स्' इस दशा में सबसे पहले '१६३ त्यदादीनामः' सूत्र से दकार को अकार और '२७५ अतो गुणे' सूत्र से पूर्व अकार को पररूप एकादेश होकर 'त्य+स्' यह स्थिति बनी, जिसमें 'त्यद्' अकारान्त शब्द बन गया। तब प्रकृत सूत्र से आदि तकार को सकार हुआ और प्रत्यय सकार को रु और रकार को विसर्ग '**स्यः**' रूप बना

त्यद्, तद्, यद् और एतद् इन चारों शब्दों में विभक्ति आने पर ही '१६३ त्यदादीनामः' से दकार को अकार आदेश, और पूर्व पर दोनों अकारों के स्थान में '२७५ अतो गुणे' से पररूप एकादेश करने पर त्य, त, य, और एत—इस रूप में अकारान्त बन जाते हैं। सर्वनाम भी ये हैं। अतः इसके रूप अकारान्त सर्वनाम 'सर्व' शब्द के समान बनते हैं।

त्य, त और एत में सु परे रहते प्रकृत सूत्र से तकार को सकार भी होता है। अतः—**स्यः, सः** और **एषः** ये रूप बनते हैं। 'एष' शब्द में स आदेश होने पर इण् एकार से परे होने के कारण '१५० आदेशप्रत्यययोः' सूत्र से मूर्धन्य षकार भी हुआ।

तद् शब्द के रूप

प्र०	सः	तौ	ते	पं०	तस्मात्	ताभ्याम्	तेभ्यः
द्वि०	तम्	,,	तान्	ष०	तस्य	तयोः	तेषाम्
तृ०	तेन	ताभ्याम्	तैः	स०	तस्मिन्	,,	तेषु
च०	तस्मै	,,	तेभ्यः				

---

१. इन में त्यद् का प्रयोग प्रायः नहीं होता, पर शेष का प्रयोग बहुत अधिक होता है। अतः इनके रूप अच्छी तरह याद कर लेने चाहिये।

(अम्विधिसूत्रम्)

३१२ [१]ङे-प्रथमयोरम् ७ । १ । २८ ॥

युष्मदस्मद्भ्यां परस्य 'ङ' इत्येतस्य प्रथमाद्वितीययोश्चाऽमादेशः ।

यद् शब्द के रूप

प्र० यः	यौ	ये	पं० यस्मात्	याभ्याम्	येभ्यः
द्वि० यम्	,,	यान्	ष० यस्य	ययोः	येषाम्
तृ० येन	याभ्याम्	यैः	स० यस्मिन्	,,	येषु
च० यस्मै	,,	येभ्यः			

एतद् शब्द के रूप ।

प्र० एषः,	एतौ,	एते ।	पं० एतस्मात्,	एताभ्याम्,	एतेभ्यः ।
द्वि० एतम्,	,,	एतान् ।	ष० एतस्य	एतयोः,	एतेषाम् ।
तृ० एतेन,	एताभ्याम्,	एतैः ।	स० एतस्मिन्,	,,	एतेषु ।
च० एतस्मै,	,,	एतेभ्यः ।			

ध्यान रहे इन त्यद्, तद्, यद् और एतद् शब्दों का त्यदादि होनेसे संबोधन विभक्ति में प्रयोग नहीं होता ।

अन्वादेश इति—'एतद्' शब्द को अन्वादेश में '२८१ द्वितीया-' सूत्र से 'एन' आदेश होने से द्वि०, एनम्, एनौ, एनान्, टा—एनेन, ओस्—एनयोः—ये रूप 'इदम्' शब्द के समान ही बनते हैं ।

युष्मद्[१] (तू) अस्मद् (मैं) शब्द ।

इन दोनों शब्दों के रूप-साधक सूत्र एक ही हैं । इसलिये दोनों के रूप साथ साथ सिद्ध किये जाते हैं ।

यह भी ध्यान रहे कि मूल शब्दों से इनके सभी रूपों में एकदम अन्तर पड़ जाता है । अतएव इनके सम्पूर्ण रूप सिद्ध करने पड़ते हैं ।

३१२ ङेप्रथमयोरिति—युष्मद् और अस्मद् से परे 'ङे' और प्रथमा तथा द्वितीया को 'अम्' आदेश हो ।

---

१. ये दोनों शब्द सर्वनाम हैं । परन्तु इनको अन्य कार्य हो जानेसे सर्वनामसंज्ञा-प्रयुक्त विभक्ति कार्य प्रायः कोई नहीं होता । सर्वनाम होने का फल अकच् प्रत्यय होना है ।

(त्व, अह आदेशविधिसूत्रम्)

३१३ त्वाऽहौ सौ ७ । २ । ९४ ॥

अनयोर्मपर्यन्तस्य त्वाऽहौ आदेशौ स्तः ।

(टिलोपविधिसूत्रम्)

३१४ शेषे लोपः ७ । २ । ९० ॥

एतयोष्टिलोपः । त्वम् । अहम् ।

युष्मद् और अस्मद् से प्रथमा के एकवचन में 'युष्मद् सु' और 'अस्मद् + सु' इस अवस्था में 'सु' को 'अम्' आदेश हुआ । तब 'युष्मद् + अम्' और 'अस्मद् + अम्' यह स्थिति बनी ।

३१३ त्वाऽहौ इति—युष्मद् और अस्मद् शब्दों के मपर्यन्त—युष्म् और अस्म्—भाग को क्रम से 'त्व' और 'अह' आदेश हों सु परे रहते ।

'युष्मद् + अम्' और 'अस्मद् + अम्' इस स्थिति में मपर्यन्त भाग को 'त्व' और 'अह' आदेश हुए । तब 'त्व अद् + अम्' और 'अह अद् + अम् स्थिति हुई ; इसमें '२७५ अतो गुणे' सूत्र से पररूप होकर 'त्वद् + अम्' और 'अहद् + अम्' बना ।

३१४ शेष इति—(आत्व और यत्व की निमित्त विभक्ति से भिन्न विभक्ति परे रहते) इनकी 'टि' का लोप हो ।

त्वम्[1]—युष्मद् शब्द के प्रथमा के एक वचन में 'युष्मद् + सु' इस दशा में 'ङे-प्रथमयोरम्' सूत्र से सु के स्थान में अम् आदेश हुआ, तब मपर्यन्त भाग 'युष्म्' को 'त्वाऽऽहौ सौ' सूत्र से 'त्व' आदेश होने पर 'त्व अद् अम्' ऐसी स्थिति बनी यहाँ 'अतो गुणे' से पर रूप हुआ और तब 'शेषे लोपः' सूत्र से टि अद् का लोप होकर रूप सिद्ध हुआ ।

अहम्—इसकी सिद्धि भी 'त्वम्' के समान ही होती है । अन्तर केवल इतना ही है कि इसके मपर्यन्त भाग 'अस्म्' को 'अह' आदेश होता है ।

आत्व की निमित्त विभक्तियाँ—औ, द्वितीया और आदेश रहित हलादि

---

१. ध्यान रहे कि 'त्वम्' और अहम्' रूपों में 'युष्मद्' और 'अस्मद्' का लेश भी नहीं दीखता । प्रायः सभी रूपों की यही दशा है ।

(युवादेशविधिसूत्रम्)

३१५ युवाऽऽवौ द्विवचने ७।२।९२॥

द्वयोरुक्तावनयोर्मपर्यन्तस्य युवावौ स्तो विभक्तौ।

(आत्वविधिसूत्रम्)

३१६ प्रथमायाश्च द्विवचने भाषायाम् ७।२।८८॥

औङ्येतयोरात्वं लोके। युवाम्। आवाम्।

हैं तथा यत्व की निमित्त—आदेश रहित अजादि विभक्तियाँ हैं। आत्व विधायक '३१६ प्रथमायाश्च द्विवचने भाषायाम्' '३१६ द्वितीयायां च' और '३३२ युष्मदस्मदोरनादेशे' ये तीन सूत्र हैं और यत्व का विधायक '३२१ योऽचि' यह एक सूत्र है।

३१५ युवावेति—द्वित्व संख्या विशिष्ट अर्थ के वाचक युष्मद् और अस्मद् शब्दों के मपर्यन्त (युष्म्, अस्म्) भाग को क्रम से 'युव' और 'आव' आदेश हों विभक्ति परे रहते।

इससे सभी द्विवचनों में 'युव' और 'आव' आदेश हो जायेंगे। औ और औट् का एक रूप तीनों 'भ्याम्' में एक और दोनों ओस् में एक रूप इस प्रकार तीन ही रूप यहाँ बनते हैं।

युवाम्, आवाम्—'युष्मद्+औ' और 'अस्मद्+औ' इस दशा में पहले '३१२ ङे प्रथमयो–' सूत्र से औ को 'अम्' आदेश हुआ, तब मपर्यन्त युष्म् और अस्म् भाग को क्रम से 'युव' और 'आव' आदेश हुए। फिर 'युव अद् अम्' 'आव अद् अम्' इस स्थिति के बन जाने पर '२७५ अतो गुणे' से पररूप हुआ।

३१६ प्रथमाया इति—औङ् परे रहते युष्मद् और अस्मद् शब्दों को आकार अन्तादेश हो लोक में।

'युवद् अम्' और 'आवद् अम्' इस स्थिति में अन्त्य दकार को आकार आदेश होने के अनन्तर पहले वकारोत्तरवर्ती अकार के साथ आकार को सवर्ण-दीर्घ एकादेश होकर पुनः 'अम्' के अकार के साथ सवर्णदीर्घ हो **युवाम्** और **आवाम्** रूप सिद्ध हुए।

३१७ यूय-वयौ जसि ७।२।९३॥

अनयोर्मपर्यन्तस्य। यूयम्। वयम्।

(त्वमादेशविधिसूत्रम्)

३१८ त्व-मावेकवचने ७।२।९७॥

एकस्योक्तावनयोर्मपर्यन्तस्य त्वमौ स्तो विभक्तौ।

(आत्वादेशविधिसूत्रम्)

३१९ द्वितीयायां च ७।२।८७॥

अनयोरात् स्यात्। त्वाम्। माम्।

यहाँ आत्वनिमित्तक विभक्ति परे होने से 'शेषे लोपः' से टिलोप नहीं हुआ।

३१७ यूयवयाविति—इनके मपर्यन्त भाग को 'यूय' और 'वय' आदेश हों जस् परे रहते।

यूयम् वयम्—'जस्' को पहले '३१२ ङे प्रथमयोः—' सूत्र से 'अम्' आदेश हुआ। तब मपर्यन्त भाग को 'यूय' और 'वय' आदेश होने पर 'यूय अद् अम्' और 'वय अद् अम्' इस अवस्था में '२७५ अतो गुणे' से पररूप होने पर 'यूयद् अम्' और 'वयद् अम्' इस स्थिति में '३१४ शेषे लोपः' से 'टि' 'अद्' का लोप होकर **यूयम्** और **वयम्** रूप बने।

३१८ त्वमाविति—एकत्वसंख्याविशिष्ट अर्थ के वाचक युष्मद् और अस्मद् के मपर्यन्त भाग को 'त्व' और 'म' आदेश हों विभक्ति परे रहते।

द्वितीया के एकवचन में 'युष्मद् + अम्' और 'अस्मद् + अम्' इस दशा में मपर्यन्त भाग को प्रकृत सूत्र से 'त्व' और 'म' आदेश होने पर 'त्व अद् अम्' और 'म अद् + अम्' यह स्थिति बनी। इसमें '२७५ अतो गुणे' सूत्र से पररूप होकर 'त्वद् + अम्' और 'मद् + अम्' यह अवस्था हुई।

३१९ द्वितीयायामिति—युष्मद् और अस्मद् शब्द को अकार अन्तादेश हो द्वितीया विभक्ति परे रहते।

अन्त्य दकार को आकार आदेश होने पर 'त्व आ अम्' और 'म आ अम्' इस अवस्था में पहले पूर्व अकार और आकार को और फिर 'अम्' के अकार के साथ सवर्णदीर्घ होने से 'त्वाम्' और 'माम्' रूप सिद्ध हुए।

(नकारादेशविधिसूत्रम्)

३२० शसो न ७ । १ । २९ ॥

आभ्यां शसो न स्यात्। अमोऽपवादः। आदेः परस्य। संयोगान्तलोपः। युष्मान्। अस्मान्।

(यकारादेशविधिसूत्रम्)

३२१ योऽचि ७ । २ । ८९ ॥

अनयोर्यकारादेशः स्यादनादेशेऽजादौ परतः। त्वया। मया।

द्वितीया के द्विवचन में प्रथमा के समान—**युवाम्, आवाम्** ।

३२० शस इति—युष्मद् और अस्मद् शब्द से परे शस् को नकार आदेश हो।

अम इति—यह नकार आदेश '३१२ ङेप्रथमयोः' सूत्र से प्राप्त 'अम्' आदेश का अपवाद (बाधक) है।

आदे इति—पर को विहित होने से यह नकारादेश '७२ आदेः परस्य' सूत्र से पर के आदि को होगा।

युष्मान्, अस्मान्—'युष्मद् + अस्' और 'अस्मद् + अस्' इस अवस्था में पर अस् (शस्) के आदि अकार को नकार होने से 'युष्मद् न् स्' यह स्थिति हुई। यहाँ '२१६ द्वितीयायाम्–' सूत्र से दकार को अकारादेश और सवर्णदीर्घ होकर 'युष्मान् स्' और 'अस्मान् स्' इस दशा में संयोगान्त सकार का '२० संयोगान्तस्य' सूत्र से लोप होने पर '**युष्मान्**' और '**अस्मान्**' रूप सिद्ध हुए।

३२१ योऽचीति—युष्मद् और अस्मद् शब्दों को यकार आदेश हो अनादेश–जिसको कुछ आदेश न हुआ हो–अजादि विभक्ति परे रहते।

अलोन्त्यपरिभाषा से यकारादेश अन्त्य के स्थान में होगा।

त्वया, मया—युष्मद् और अस्मद् शब्दों के तृतीया के एकवचन में 'युष्मद् + आ' और 'अस्मद् + आ' इस दशा में '३१८ त्वमा–' से मपर्यन्त भाग को 'त्व' और 'म' आदेश, और '२७५ अतो गुणे' से पररूप होने पर 'त्वद् + आ' और 'मद् + आ' इस स्थिति में दकार को यकार आदेश हुआ। तब '**त्वया**' और '**मया**' ये रूप सिद्ध हुए।

(आत्वादेशविधिसूत्रम्)

३२२ 'युष्मदस्मदोरनादेशे' ७ । २ । ८६ ॥

अनयोरात् स्याद् अनादेशे हलादौ विभक्तौ । युवाभ्याम् । आवाभ्याम् । युष्माभिः । अस्माभिः ।

(तुभ्यमह्यादेशविधिसूत्रम्)

३२३ तुभ्यमह्यौ' ङयि' ७ । २ । ९५ ॥

अनयोर्मपर्यन्तस्य । टिलोपः । तुभ्यम् । मह्यम् ।

---

३२२ **युष्मदस्मद्**ोरात—युष्मद् और अस्मद् अङ्ग को आकार हो अनादेश हलादि विभक्ति परे रहते ।

अलोऽन्त्यपरिभाषा से आकार अन्त्य को ही होता है ।

युवाभ्याम्, आवाभ्याम्—'भ्याम्' विभक्ति में '३१४ युवावौ-' से मपर्यन्त भाग को 'युव' और 'आव' आदेश और '२७५ अतो गुणे' से पररूप होने पर 'युवद् भ्याम्' और 'आवद् + भ्याम्' इस स्थिति में आदेश रहित हलादि विभक्ति 'भ्याम्' परे रहते दकार को आकार आदेश हुआ । तब सवर्णदीर्घ होकर **युवाभ्याम्** और **आवाभ्याम्** रूप सिद्ध हुए ।

युष्माभिः अस्माभिः—यहाँ 'युष्मद् + भिस्' और 'अस्मद् + भिस्' इस स्थिति में दकार को आकार, सवर्णदीर्घ और रुत्व विसर्ग होते हैं ।

३२३ **तुभ्यमह्य**ोति—इसके मपर्यन्त भाग को 'तुभ्य' और 'मह्य' आदेश हो ङे परे रहते ।

तुभ्यम्, मह्यम्—चतुर्थी के एकवचन में 'युष्मद् + ङे' इस दशा में पहले '३१२ ङे प्रथमयोः' सूत्र से 'ङे' को 'अम्' आदेश हुआ । तब मपर्यन्त भाग को 'तुभ्य' और 'मह्य' आदेश और '२७५ अतो गुणे' से पररूप होने पर 'तुभ्यद् अम्' और 'मह्यद् अम्' इस अवस्था में '३१४ शेषे लोपः' से टि 'अद्' का लोप होने पर **तुभ्यम्**[1] और **मह्यम्** रूप सिद्ध हुए ।

---

१. यहाँ 'ङे' को 'अम्' आदेश हुआ है अतः 'अनादेश' विभक्ति न होने से '३२१ योऽचि' से यकार नहीं हुआ । अतएव विभक्ति के यत्वनिमित्त न होने से '३१४ शेषे लोपः' सूत्र से 'टि' का लोप हुआ ।

(अभ्यमादेशविधिसूत्रम्)

३२४ 'भ्यसोऽभ्यम्' ७ । १ । ३० ॥

आभ्यां परस्य । युष्मभ्यम् । अस्मभ्यम् ।

(अत् आदेशविधिसूत्रम्)

३२५ एकवचनस्य च ७ । १ । ३२ ॥

आभ्यां ङसेरत् । त्वत् । मत् ।

(अत् आदेशविधिसूत्रम्)

३२६ पञ्चम्या अत्' ७ । १ । ३१ ॥

---

३२४ भ्यस इति—इन दोनों–युष्मद् और अस्मद्–से परे 'भ्यस्' को 'अभ्यम्' आदेश हो ।

युष्मभ्यम्, अस्मभ्यम्—चतुर्थी के बहुवचन में 'युष्मद् + भ्यस्' और 'अस्मद् + भ्यस्' इस अवस्था में 'भ्यस्' को 'अभ्यम्' आदेश हुआ। तब 'युष्मद् + अभ्यम्' और 'अस्मद् + अभ्यम्' इस स्थिति में '३१४ शेषे लोपः' सूत्र से टि 'अद्' का लोप होने से **युष्मभ्यम्**[1] और **अस्मभ्यम्** रूप सिद्ध हुए । यहाँ विभक्ति का होने से '१३१ न विभक्तौ' सूत्र से मकार के लोप का निषेध हो जाता है ।

३२५ एकवचनस्येति—इन दोनों–युष्मद् और अस्मद्–से परे पञ्चमी के एकवचन ङसि को 'अत्' आदेश हो ।

त्वत्, मत्—पञ्चमी के एकवचन में 'युष्मद् + ङसि' और 'अस्मद् + ङसि' इस अवस्था में मपर्यन्त भाग को '३१८ त्वमावेक–' से 'त्व' और 'म' आदेश तथा '२७५ अतो गुणे' से पररूप करने के अनन्तर 'ङसि' को प्रकृत सूत्र से 'अत्' आदेश हुआ, तब 'त्वद् + अत्' और 'मद् + अत्' इस स्थिति में '३१४ शेषे लोपः' सूत्र से टि 'अद्' का लोप होकर **त्वत्** और **मत्** रूप बने ।

३२६ पञ्चम्या इति—इन दोनों–युष्मद् और अस्मद्–से परे पञ्चमी के 'भ्यस्' को 'अत्' आदेश हो ।

---

१. यहाँ 'भ्यस्' को 'अभ्यम्' आदेश होजाने से अनादेश हलादि विभक्ति न मिलने के कारण '३२२ युष्मदस्मदोः–' सूत्र से आत्व नहीं हुआ ।

आभ्यां पञ्चम्या भ्यसोऽत् स्यात् । युष्मत् । अस्मत् ।

(तवममादेशविधिसूत्रम्)

३२७ तवममौ ङसि ७ । २ । ९६ ॥

अनयोर्मपर्यन्तस्य तवममौ स्तो ङसि ।

('अश्' आदेशविधिसूत्रम्)

३२८ युष्मदस्मद्भ्यां ङसोऽश् ७ । २ । ९७ ॥

तव । मम । युवयोः । आवयोः ।

युष्मत्, अस्मत्—पञ्चमी के बहुवचन में 'युष्मद् + भ्यस्' 'अस्मद् + भ्यस्' इस दशा में 'भ्यस्' को 'अत्' आदेश हुआ । तब '३१४ शेषे लोपः' सूत्र से टि 'अद्' का लोप होकर **युष्मत्** और **अस्मत्** रूप सिद्ध हुए ।

यहाँ 'भ्यस्' को अत् आदेश हो जाने से अनादेश विभक्ति न मिलने के कारण '३२२ युष्मदस्मदोः' से आत्व नहीं हुआ । अत एव आत्व निमित्तक विभक्ति न होने से '३१४ शेषे लोपः' से टि का लोप हुआ ।

३२७ **तवममाविति**—इन दोनों—युष्मद् और अस्मद्—के मपर्यन्त भाग को 'तव' और 'मम' आदेश हो 'ङस्' परे रहते ।

इस सूत्र से 'तव' और 'मम' आदेश होने के अनन्तर '२७५ अतो गुणे' सूत्र से पररूप होकर 'तवद् + ङस्' और 'ममद् + ङस्' यह स्थिति हुई ।

२२८ **युष्मदिति**—युष्मद् और अस्मद् शब्दों से ङस् (षष्ठी के एक-वचन) को 'अश्' आदेश हो ।

'अश्' में शकार इत् है अतः शित् होने से यह सम्पूर्ण 'ङस्' के स्थान में आदेश होगा ।

तव, मम—'ङस्' को 'अश्' आदेश होने पर 'तवद् अ' और 'ममद् अ' इस स्थिति में '३१४ शेषे लोपः' सूत्र से 'टि' 'अद्' का लोप होकर **तव** और **मम** रूप बने ।

यहाँ भी 'ङस्' को 'अश्' आदेश होने से विभक्ति के अनादेश न मिलने के कारण '३२१ योऽचि' सूत्र से यत्व नहीं हुआ । अतएव, विभक्ति के यत्व निमित्तक न होने से '३१४ शेषे लोपः' से टि का लोप हुआ ।

युवयोः, आवयोः—'ओस्' में पहले '३१५ युवावौ–' सूत्र से मपर्यन्त

(आकम् आदेशविधिसूत्रम्)

३२९ साम[६] आकम्[१] ७ । १ । ३३ ॥

आभ्यां परस्य साम आकम् स्यात् । युष्माकम् । अस्माकम् । त्वयि । मयि । युवयोः । आवयोः । युष्मासु । अस्मासु ।

भाग को 'युव' और 'आव' आदेश हुए। तब '२७५ अतो गुणे' से पररूप होने के अनन्तर 'युवद् + ओस्' और 'आवद् + ओस्' इस स्थिति में अनादेश अजादि विभक्ति ओस् परे रहते दकार को '३२१ योऽचि' सूत्र से यकार आदेश हुआ। रकार को रुत्व विसर्ग होकर **युवयोः**, **आवयोः** रूप सिद्ध हुए।

३२९ साम इति—इन दोनों–युष्मद् और अस्मद्–से परे 'साम्' को 'आकम्' आदेश हो।

'साम' 'आम्' के लिए ही कहा गया है। 'आम्' को सुट् आगम होने से 'साम्' बनता है। सुट् सहित 'आम्' को आकम् आदेश का इसमें विधान है।

परन्तु 'युष्मद्' और 'अस्मद्' शब्द हलन्त हैं। इनसे परे 'आम्' को सुट् की प्राप्ति ही नहीं। अतः सुट् सहित 'आम्' के न होने से सूत्र में 'साम्' यह सकार सहित पढ़ना व्यर्थ है। इस आशङ्का का निवारण यों होता है कि यदि 'आम्' को ही 'आकम्' कर दिया जाय तो 'शेषे लोपः' से अन्त्यलोप[१] पक्ष में दकार का लोप होने पर ये शब्द अकारान्त बन जायंगे और 'सुट्' होने लगेगा। उस

---

१. यहाँ यह जान लेना आवश्यक है कि 'शेषे लोपः' सूत्र के अर्थ के विषय में दो पक्ष हैं। एक पक्ष तो यह है कि 'अन्त्य' का लोप होता है और दूसरा पक्ष 'शेषे' में सप्तमी को षष्ठी के अर्थ में मानकर 'शेषस्य' मपर्यन्तभाग से अवशिष्ट भाग का अर्थात् टि 'अद्' मात्र का लोप होता है। अन्त्यलोप पक्ष में ही अकारान्त बन जाने से 'सुट्' की प्राप्ति है। उसी भावी 'सुट्' के निवारण के लिये 'साम्' कहा गया है। टिलोप पक्ष में 'अद्' का लोप होने से ये अकारान्त नहीं बनते, हलन्त ही रहते हैं। उसमें सुट् को प्राप्ति बाद को भी नहीं। अतः उस पक्ष में 'सुट्सहित' निर्देश की आवश्यकता नहीं।

इसी प्रकार 'भ्यसोऽभ्यम्' में 'भ्यस्' को 'अभ्यम्' आदेश विधान टिलोप पक्ष में किया है। अन्त्यलोप पक्ष में 'भ्यस्' आदेश से ही कार्य सिद्ध हो जाता है।

(वाम् नौ आदेशविधिसूत्रम्)

३३० युष्मदस्मदोः 'षष्ठी-चतुर्थीद्वितीयास्थयोर्वांनावौ' । ८ । १ । २० ॥

भावी 'सुट्' की निवृत्ति के लिये सुट् विशिष्ट 'आम्' को 'आकम्' का विधान किया है । अतः 'आकम्' होने के अनन्तर 'सुट्' नहीं होता ।

युष्माकम्, अस्माकम्—षष्ठी के बहुवचन में 'युष्मद्+आम्' और 'अस्मद्+आम्' इस दशा में 'आम्' को 'आकम्' आदेश हुआ । तब '३१४ शेषे लोपः' सूत्र से अन्त्यलोप पक्ष में द्कार का लोप होकर 'युष्म+आकम्' और 'अस्म+आकम्' इस स्थिति के बन जाने पर सवर्णदीर्घ होकर रूप सिद्ध हुए ।

टिलोप पक्ष में 'अद्' टि का लोप होकर ही रूप सिद्ध हो जाते हैं । सवर्णदीर्घ की आवश्यकता नहीं रह जाती ।

त्वयि मयि—सप्तमी के एकवचन में 'युष्मद्+ङि' और 'अस्मद्+ङि' इस स्थिति में '३१८ त्वमावे—' सूत्र से मपर्यन्त भाग को 'त्व' और 'म' आदेश और '२७५ अतो गुणे' से पररूप होकर 'त्वद्+इ' और 'मद्+इ' इस स्थिति में '३२१ योऽचि' सूत्र से दकार को यकार होने से 'त्वयि' और 'मयि' रूप सिद्ध हुए ।

युष्मासु, अस्मासु—बहुवचन में 'युष्मद्+सु' और 'अस्मद्+सु' इस अवस्था में '३२२ युष्मदस्मदोः–' सूत्र से दकार को आकार होने के अनन्तर सवर्णदीर्घ होकर् 'युष्मासु' और और 'अस्मासु' रूप सिद्ध हुए ।

इन सब रूपों पर ध्यान देने से पता लग जाता है कि केवल शस्, भिस्, भ्यस् और सुप् इन वचनों के अतिरिक्त 'युष्मद्' और 'अस्मद्' शब्द का कुछ अंशभी नहीं रहता । बिलकुल नया ही आकार हो जाता है । पूर्वोक्त बहुवचनों में 'युष्म' और 'अस्म' अंश रहता है ।

३३० युष्मदस्मदोरिति—षष्ठी, चतुर्थी और द्वितीया विभक्तियों से युक्त युष्मद् और अस्मद् शब्द जब किसी पद से परे हों, परन्तु पाद (श्लोक या ऋचा के चरण) के आदि में न हो तो, इनको क्रमशः 'वाम्' और 'नौ आदेश होते हैं । 'युष्मद्' को 'वाम्' और 'अस्मद्' को 'नौ' होता है ।

पदात्परयोरपादादौ स्थितयोः षष्ठ्यादिविशिष्टयोः 'वाम्' 'नौ' इत्यादेशौ स्तः।

(वस् नस् आदेशविधिसूत्रम्)

३३१ बहुवचनस्य वस्नसौ ८ । १ । २१ ॥

उक्तविधयोरनयोः षष्ठ्यादिबहुवचनान्तयोर्वस्नसौ स्तः।

(ते मे आदेशविधिसूत्रम्)

३३२ तेमयावेकवचनस्य ८ । १ । २२ ॥

उक्तविधयोरनयोः षष्ठीचतुर्थ्येकवचनान्तयोस्ते मे एतौ स्तः।

(त्वा मा आदेशविधिसूत्रम्)

३३३ त्वामौ द्वितीयायाः ८ । १ । २३ ॥

द्वितीयैकवचनान्तयोस्त्वा मा इत्यादेशौ स्तः।

यह सूत्र यद्यपि तीनों विभक्तियों के सभी वचनों में सामान्य रूप से आदेश विधान करता है। तथापि अग्रिम तीन सूत्रों से बाध होने के कारण केवल द्विवचन में ही ये आदेश होते हैं।

३३१ बहुवचनस्येति—पद से पर, अपादादिस्थित और षष्ठ्यादि बहुवचनान्त युष्मद् और अस्मद् शब्दों को क्रम से 'वस्' और 'नस्' आदेश हों।

'युष्मद' को 'वस्' और 'अस्मद्' को 'नस्' आदेश होता है। सकार के रुत्व विसर्ग हो जाते हैं। ये वस्, नस् आदेश 'वाम्' और 'नौ' आदेश के अपवाद (बाधक) हैं।

सभी विभक्तियों के द्विवचन में 'वाम्' और 'नौ' तथा बहुवचन में 'वस्' और 'नस्' आदेश होते हैं।

एकवचन में सभीके समान आदेश नहीं होते। द्वितीया के एकवचन में 'त्वा' और 'मा' तथा चतुर्थी और षष्ठीके एक वचनमें 'ते' और 'मे' आदेश होते हैं।

३३२ तेमे इति—पद से परे, अपादादिस्थित और षष्ठीचतुर्थ्येकवचनान्त युष्मद् और अस्मद् शब्दों को 'ते' और 'मे' आदेश हो।

३३३ त्वामौ इति—पूर्वोक्त प्रकार से युष्मद् और अस्मद् शब्द जब द्वितीयैकवचनान्त हों तब उनको क्रम से 'त्वा' और 'मा' आदेश हों।

श्रीशस्त्वाऽवतु मापीह दत्तात् ते मेऽपि शर्म सः ।
स्वामी ते मेऽपि स हरिः, पातु वामपि नौ विभुः ॥
सुखं वां नौ ददात्वीशः, पतिर्वामपि नौ हरिः ।
सोऽव्यात् वो नः शिवं वो नो, दद्यात् सेव्योऽत्र वः स नः ।

श्रीश इति—(इह) इस संसार में (श्रीशः) लक्ष्मीपति भगवान् विष्णु (त्वा) तुम्हें (अवतु) पाले (मा अपि) मुझे भी । (स) वह (ते) तेरे लिये (मे) मेरे लिये (शर्म) कल्याण (दत्तात्) देवे । (स हरिः) वह भगवान् विष्णु (ते) तुम्हारा (मेऽपि) और मेरा भी (स्वामी) स्वामी है । (विभुः) व्यापक भगवान् (वाम्) तुम दो की (नौ अपि) हम दो की भी (पातु) रक्षा करे । (ईशः) सर्वशक्तिमान् परमात्मा (वाम्) तुम दो को (नौ) हम दो को (सुखम्) सुख (ददातु) देवे । (हरिः) भगवान् (वाम्) तुम दो का (नौ अपि) हम दो का भी (पतिः) स्वामी है । (सः) वह भगवान् (वः) तुम सब की (नः) हम सब की (अव्यात्) रक्षा करे और (वः) तुम सब को (नः) हम सबको (शिवम्) कल्याण (दद्यात्) देवे । (अत्र) इस संसार में (सः) वह भगवान् (वः) तुम सबका (नः) हम सब का (सेव्यः) सेवनीय है ।

इन दो पद्यों में उक्त चारों सूत्रों के उदाहरण आगये हैं । पहले तीनों विभक्तियों के एकवचन के, फिर द्विवचन के और अन्त में बहुवचन के उदाहरण दिये हैं । आदेशों के नीचे रेखा दे दी गई है ताकि वे पृथक् मालूम हो सकें ।

ध्यान देने से प्रतीत होगा कि ये आदेश पद से पर को किये गये हैं और चरण[1] के आदि में नहीं किये गये हैं । जैसे पहला पद 'त्वा' द्वितीया का एकवचन है । वह 'श्रीशः' पद से पर है और पाद के आदि में नहीं । इसी प्रकार अन्य आदेश भी हैं ।

इन आदेशों के विषय में कुछ थोड़े से नियम आगे और बताये जाते हैं । उनको भी ध्यान में रखना चाहिये ।

---

१ 'नः पायादेकरदनः—गणेश हम सबकी रक्षा करे'—इस पद्यखण्ड में 'नः' आदेश पाद के आदि में किया गया है ! इसलिये यह चिन्त्य है ।

(वा) एकवाक्ये युष्मदस्मदादेशा वक्तव्याः ।

एकतिङ् वाक्यम् । तेनेह न—ओदनं पच, तव भविष्यति । इह तु स्यादेव—शालीनां ते ओदनं दास्यामि ।

(वा) एते वांनावादयोऽनन्वादेशे वा वक्तव्याः ।

अन्वादेशे तु नित्यं स्युः । (अनन्वादेशे) धाता ते भक्तोऽस्ति,

(व) एकवाक्ये इति—युष्मद् और अष्मद् शब्दों को ये जो आदेश होते हैं, वे एकवाक्य में ही हों ।

एकतिङ् इति—एक[1] तिङन्त जिसमें हो उसे वाक्य कहते हैं अर्थात् वाक्य में एक ही तिङन्त पद रहता है । इसलिये यहाँ नहीं हुआ—'**ओदनं पच, तव भविष्यति** = भात पका, तव (यह) तुम्हारा हो जायगा ।' इसमें दो तिङन्त पद हैं 'पच' और 'भविष्यति' । इसलिये यह एकवाक्य नहीं, दो वाक्य हैं– 'ओदनं पच' और 'तव भविष्यति' । पहले वाक्य 'पच' पद से परे द्वितीय वाक्य के 'तव' पद को 'ते' आदेश नहीं हुआ । क्योंकि कहा गया है कि ये आदेश एक ही वाक्य में होते हैं ।

इह तु इति —यहाँ तो आदेश होगा ही–'शलीनां ते ओदनं दास्यामि—तुम्हें चावलों का भात दूँगा ।' यह एक वाक्य है । क्यों कि इसमें 'दास्यामि' यह एक ही तिङन्त पद है । अतः 'शालीनाम्' इस पद से परे होने के कारण युष्मद् शब्द के चतुर्थ्यन्त पद 'तुभ्यम्' के स्थान में 'तेमयावेकवचनस्य' से 'ते' आदेश हुआ ।

(वा) एते इति—ये 'वाम्' 'नौ' आदि आदेश अन्वादेश के अभाव में विकल्प से हों ।

अन्वादेशे इति—(इसका फलितार्थ हुआ कि) अन्वादेश में नित्य हों ।

---

१. वाक्य का परिष्कृत लक्षण यह है—एक तिङन्तार्थमुख्यविशेष्यक-बोधजनकत्वम् । अर्थात् वाक्य में एक तिङन्त का अर्थ मुख्य विशेष्य रहना चाहिए इसीलिये 'पश्य मृगो धावति' यह भी एक वाक्य है । क्योंकि 'दौड़ते हुए मृग को देखो' इस प्रकार यहाँ 'पश्य' इस एक तिङन्त का अर्थ ही मुख्य विशेष्य है ।

धाता तव भक्तोऽस्ति वा । (अन्वादेशे) तस्मै ते नमः ।
सुपात्, सुपाद् । सुपादौ ।

अनन्वादेशे 'धाता ते भक्तोऽस्ति'—अनन्वादेश का उदाहरण है। यहाँ अन्वादेश नहीं, क्योंकि पहले ही इसकी चर्चा की जा रही है। इस वाक्य में विकल्प से 'ते' आदेश होगा। अतः यहाँ 'धाता तव भक्तोऽस्ति' 'ते' आदेश रहित यह वाक्य भी प्रयुक्त किया जा सकता है।

अन्वादेशे–'तस्मै[1] ते नमः'—अन्वादेश का उदाहरण है। इस वाक्य में अन्वादेश है। क्योंकि 'धाता ते वा तव भक्तोऽस्ति' इस प्रथम वाक्य में पहले इसकी चर्चा हो चुकी है। कार्यान्तर नमस्कार के लिये उसका पुनः विधान है। इसलिये अन्वादेश होने के कारण नित्य ही 'ते' आदेश हुआ। यहाँ 'तस्मै तुभ्यं नमः' कहना अशुद्ध होगा।

प्र०	त्वम्	युवाम्	यूयम्	प्र०	अहम्	आवाम्	वयम्
द्वि०	त्वाम्	युवाम्	युष्मान्	द्वि०	माम्	"	अस्मान्
	त्वा	वाम्	वः		मा	नौ	नः
तृ०	त्वया	युवाभ्याम्	युष्माभिः	तृ०	मया	आवाभ्याम्	अस्माभिः
च०	तुभ्यम्	"	युष्मभ्यम्	च०	मह्यम्	"	अस्मभ्यम्
	ते	वाम्	वः		मे	नौ	नः
पं०	त्वत्	युवाभ्याम्	युष्मत्	पं०	मत्	आवाभ्याम्	अस्मत्
ष०	तव	युवयोः	युष्माकम्	ष०	मम	आवयोः	अस्माकम्
	ते	वाम्	वः		मे	नौ	नः
स०	त्वयि	युवयोः	युष्मासु	स०	मयि	आवयोः	अस्मासु

सुपाद् (सुन्दर पैरोंवाला) शब्द ।

सुपात्—सुपाद् शब्द के प्रथमा के एकवचन में 'सुपाद् स्' इस अवस्था में '१७९ हल्ङ्याब्भ्यः' सूत्र से अपृक्त सकार का लोप होने पर अवसान होने से दकार को '१४६ वावसाने' सूत्र से विकल्प से चर् तकार होकर दो रूप **सुपात्** और **सुपाद्** बने ।

---

१. इसी प्रकार 'योऽग्निर्हव्यवाट्, तस्मै ते नमः।' यहाँ द्वितीय वाक्य में अन्वादेश होने के कारण वाक्य में अन्वादेश होने से 'ते' आदेश हुआ है।

(पद् आदेशविधिसूत्रम्)

३३४ पादः[६] पद्[१] ६ । ४ । १३० ॥

[१]पाच्छब्दान्तं यदङ्गं भं तदवयवस्य पाच्छब्दस्य पदादेशः । सुपदः । सुपदा सुपाद्भ्याम् । इति दकारान्ताः ।

अग्निमत्, अग्निमथ् । अग्निमथौ । अग्निमथः । इति थकारान्ताः ।

सुपादौ—यह 'औ' का रूप है । कोई कार्य नहीं होता । इसी प्रकार अस् में—**सुपादः**, अम में—**सुपादम**, और औट् में—**सुपादौ** रूप होते हैं ।

३३४ पाद इति—'पाद्' शब्दान्त जो भसंज्ञक अङ्ग, उसके अवयव 'पाद्' शब्द को 'पद्' आदेश हो ।

अजादि विभक्तियों में ही भसंज्ञा होती है । अतः 'शस्' से लेकर सभी अजादि विभक्तियों में 'पाद' को 'पद्' आदेश होगा ।

सुपदः—'सुपाद + शस्' इस स्थिति में पाद् शब्दान्त भसंज्ञक अङ्ग 'सुपाद्' के अवयव 'पाद' शब्द को 'पद्' आदेश हुआ । तब विभक्ति के सकार को रुत्व विसर्ग होने पर सूत्र सिद्ध हुआ ।

सुपदा—टा में भी पूर्वोक्त प्रकार से पद् आदेश होने पर रूप सिद्ध होता है ।

तृ०	सुपदा	सुपाद्भ्याम्	सुपादिभः ।	ष०	सुपदः	सुपदोः	सुपदाम् ।
च०	सुपदे	,,	सुपादभ्यः ।	स०	सुपदि	,,	सुपात्सु ।
पं०	सुपदः	,,	,, ।				

दकारान्त शब्द समाप्त ।

थकारान्त अग्निमथ् (अग्नि को मथनेवाला) शब्द ।

अग्निमत्—अग्निमथ् शब्द के प्रथमा के एकवचन में अपृक्त सकार का लोप होने के अनन्तर अवसान में हो जाने से थकार को '१४६ वावसाने' सूत्र से विकल्प से चर् तकार होकर 'अग्निमत्' और 'अग्निमथ्' ये दो रूप सिद्ध हुए ।

---

१. यह अर्थ 'पदाङ्गाधिकारे तस्य च तदन्तस्य च, और 'निर्दिश्यमानस्यादेशाः भवन्ति' इन परिभाषाओं के अनुसार हुआ है । इनका सारा रहस्य '१६६ जराया जरसन्यतरस्याम्' सूत्र में स्पष्ट किया गया है । यहाँ परिभाषाओं के द्वारा सिद्ध अर्थ ही लिख दिया है ।

३३५ अनिदितां हल[६] उपधाया[६] क्ङिति[७] ६ । ४ । २४ ॥

हलन्तानामनिदितामङ्गानामुपधाया नस्य लोपः किति ङिति। नुम् । संयोगान्तलोपः । नस्य कुत्वेन ङः—प्राङ्, प्राञ्चौ, प्राञ्चः ।

इस 'अग्निमथ्' शब्द के रूप अजादि विभक्तियों में विभक्ति मिला देने मात्र से सिद्ध होते हैं और हलादि में पदान्त होने से थकार के स्थान में '६७ झलां–' से जश् दकार होकर रूप सिद्ध होते हैं। 'सुप्' में थकार को चर् तकार होता है ।

प्र. अग्निमत्-थ्,	अग्निमथौ	अग्निमथः	
सं. हे ,,	हे ,,	हे ,,	
द्वि. अग्निमथम्	,,	,,	
तृ. अग्निमथा	अग्निमद्भ्याम्	अग्निमद्भिः	
च. अग्निमथे	अग्निमद्भ्याम्	अग्निमद्भ्यः	
प. अग्निमथः	,,	,,	
ष. ,,	अग्निमथोः	अग्निमथाम्	
स. अग्निमथि	,,	अग्निमत्सु	

थकारान्त शब्द समाप्त ।

चकारान्त शब्द । प्र[१] अन्च् (पूर्व दिशा, काल और देश)

प्र उपसर्ग पूर्वक 'अन्च्' धातु से '३०३ ऋत्विग्–' सूत्र के क्विन् प्रत्यय करने से यह शब्द बनता है। 'क्विन्' का सर्वापहार लोप होता है ।

३३५ **अनिदितामिति**—हलन्त अनिदित् (जिसको ह्रस्व इकार की इत् संज्ञा न हुई हो) अङ्ग के उपधा नकार का लोप हो कित् और ङित् प्रत्यय परे रहते ।

क्विन् प्रत्यय कित् है, उसके परे रहते हलन्त अङ्ग 'प्र अ न् च्' के उपधा नकार का लोप हो जाता है। तब शब्द का रूप 'प्र अ न्' रहता है ।

नुम्—'प्र अ च् स्' इस दशा में 'उगिदचां सर्वनामस्थानेऽधातोः' सूत्र से नुम् आगम होता है ।

संयोगान्तलोप इति—'प्र अ न् च् स्' इस दशा में अपृक्त सकार का हल्ङ्यादि लोप होने पर चकार पदान्त बन जाता है। वह संयोगान्त पद के

१.. 'प्राञ्च्' शब्द का यह 'प्र अन्च्' रूप इसलिये लिखा है कि आगे विभक्ति कार्य में नकार और अकारका लोप करना है। च परे रहने से ही नकार को ञकार हुआ है। वह ञकार नलोप की दृष्टि में असिद्ध है। अतः नकार का लोप होता है। दअः सुगमता के लिये शब्द का रूप ऐसा लिखा है ।

(अकारलोपविधिसूत्रम्)

३३६ अचः[६] ६ । ४ । १३८ ॥

लुप्तनकारस्याञ्चतेर्भस्याऽकारस्य लोपः ।

(दीर्घविधिसूत्रम)

३३७ [६]चौ ६ । ३ । १३८ ॥

अन्त में होने से 'संयोगान्तस्य' इस सूत्र के द्वारा होनेवाले लोप का विषय बन जाता है।

नस्य इति—'प्र अ न्' इस स्थिति में नकार के स्थान में 'क्विन् प्रत्ययस्य कुः' सूत्र से कवर्ग ङकार आदेश हुआ।

इन तीनों वचनों के द्वारा 'प्राङ्' की सिद्धि के लिये अपेक्षित विशेष कार्य बताये हैं।

प्राङ्—'प्राञ्च्' शब्द के प्रथमा के एकवचन में 'प्र अच् + स' इस अवस्था में '२९० उगिदचां सर्वनामस्थानेऽधातोः' सूत्र से नुम् आगम हुआ तब 'प्रा न् च् स्' इस स्थिति में '१७९ हल्ङ्याब्भ्यः' सूत्र से अपृक्त सकार का लोप हुआ। तब पदान्त बन जाने से संयोगान्त 'प्रा न् च्' पद के अन्त्य चकार का लोप हुआ। तब 'प्रान्' इस दशा में '३०५ क्विन्प्रत्ययस्य–' सूत्र से नकार को कवर्ग ङकार होकर प्राङ् रूप बना।

'औ' 'जस्' 'अम्' और 'औट्' ये चारों भी 'सु' के समान सर्वनामस्थान प्रत्यय हैं। इनके परे रहते '२९० उगिदचां–' सूत्र से 'नुम्' आगम होता है और नकार को श्चुत्व से ञकार होकर औ में—**प्राञ्चौ**, जस् में—**प्राञ्चः**, अम् में **प्राञ्चम्** और औट् में—**प्राञ्चौ** रूप बनते हैं।

'शस्' से आगे अजादि विभक्ति परे रहते अङ्ग की भसंज्ञा भी होती है। शस् में भी भसंज्ञा हुई।

३३६ अच इति—लुप्ताकार (जिसके नकार का लोप हुआ हो) भसंज्ञक अञ्चु के अकार का लोप हो।

'प्र अच् + अस्' इस दशा में 'अञ्चु' के नकार का लोप हुआ है और सर्वनामस्थान भिन्न अजादि शस् विभक्ति परे रहने से यह भसंज्ञक भी है। अतः इसके अकार का लोप हुआ। तब 'प्र च् अस्' यह दशा हुई।

३३७ चौ इति—जिस अञ्चु के नकार और अकार का लोप हुआ हो,

लुप्ताकारनकारेऽञ्चतौ परे पूर्वस्याणो दीर्घः। प्राचः। प्राचा। प्राग्भ्याम्।

प्रत्यङ् प्रत्यञ्चौ। प्रतीचः। प्रत्यग्भ्याम्

उसके परे रहते पूर्व अण् दीर्घ हो।

प्राचः—'प्र च् अस्' इस दशा में लुप्ताकारनकार अञ्च् धातु 'च्' के परे रहते पूर्व अण् 'प्र' के अकार को दीर्घ होकर **प्राचः** रूप सिद्ध हुआ।

टा आदि अजादि विभक्तियों के रूप शस् के समान अकार लोप और पूर्व अण् को दीर्घ करने से बनेंगे। हलादि विभक्तियों में भसंज्ञा न होने से अकार का लोप न होगा। किन्तु उस अकार का उपसर्ग के अकार के साथ सवर्णदीर्घ होगा, चकार को पदान्त होने से पहले जश्त्व जकार होगा और उसको 'चोः कुः' से कवर्ग गकार। सुप् में 'प्राक् सु' इस दशा में प्रत्यय के सकार को 'आदेशप्रत्यययोः' से मूर्धन्य षकार होकर **प्राक्षु** रूप बनता है।

प्र०	प्राङ्	प्राञ्चौ	प्राञ्चः	च० प्राचे	प्राग्भ्याम्	प्राग्भ्यः
सं०	हे ,,	हे ,,	हे ,,	पं० प्राचः	,,	,,
द्वि०	प्राञ्चम्	,,	प्राचः	ष० ,,	प्राचोः	प्राचाम्
तृ०	प्राचा	प्राग्भ्याम्	प्राग्भिः	स० प्राचि	,,	प्राक्षु

प्रति अञ्च् (पश्चिम दिशा, काल, देश) शब्द।

प्रत्यङ्—'प्रति अच् स्' इस दशा में 'उगिदचां' सूत्र से नुम् होने पर सकार का हल्ङ्यादिलोप और चकार का संयोगान्तलोप हुआ। तब नकार को कुत्व ङकार होकर रूप सिद्ध हुआ।

प्रत्यञ्चौ—'औ' का रूप है, कुछ कार्य नहीं होता।

प्रतीचः—'प्रति अच् अस्' इस दशा में भसंज्ञा होने से 'अचः' सूत्र से अकार का लोप हुआ। तब 'चौ' से पूर्व अण् 'प्रति' के अन्त्य इकार को दीर्घ रूप सिद्ध हुआ।

प्रत्यग्भ्याम्—यहाँ हलादि विभक्ति होने से न तो भसंज्ञा होती है और अत एव न अकार का लोप ही होता है। चकार को जश्त्व जकार और उसको गकार हुआ है।

इस शब्द के रूप 'प्राञ्च' के समान ही सिद्ध होते हैं।

उदङ् उदञ्चौ ।

(ईत् विधिसूत्रम्)

३३८ उद ईत् ६ । ४ । १३९ ॥

उच्छब्दात्परस्य लुप्तनकाराञ्चतेर्भस्याकारस्य ईत् । उदीचः । उदीचा । उदग्भ्याम् ।

('समि' आदेशविधिसूत्रम्)

३३९ समः समि ६ । ३ । ९३ ॥

वप्रत्ययान्तेऽञ्चतौ । सम्यङ्, सम्यञ्चौ । समीचः । सम्यग्भ्याम् ।

उदञ्च् (उत्तर दिशा, काल, देश)

उदङ्—सर्वनामस्थान विभक्ति होने से प्राङ् के समान ही रूप सिद्ध होता है ।

प्र० उदङ् उदञ्चौ उदञ्चः । द्वि० उदञ्चम् उदञ्चौ ।
सं० हे ,, हे ,, हे ,,

शस् में 'उद् अच् अस्' इस स्थिति में 'अचः' सूत्र से अकार का लोप प्राप्त हुआ ।

३३८ उद इति—'उत्' शब्द से परे लुप्त नकार 'अञ्चु' के भसंज्ञक अङ्ग के अकार को 'ई' कार आदेश हो ।

उदीचः—'उद् अच् + अस्' इस स्थिति में भसंज्ञक अङ्ग 'अच्' के अकार को ईकार हुआ, सकार को रुत्व विसर्ग होने पर 'उदीचः' रूप सिद्ध हुआ ।

अजादि विभक्तियों में भसंज्ञा होने से इसी प्रकार रूप बनेंगे ।

तृ० उदीचा उदग्भ्याम् उदग्भिः । ष० उदीचः उदीचोः उदीचाम् ।
च० उदीचे ,, उदग्भ्यः । स० उदीचि ,, उदक्षु ।
पं० उदीचः ,, ,, ।

सम् अच् (ठीक चलनेवाला) ।

३३९ सम इति—'व'[1] प्रत्ययान्त अञ्च् परे रहते 'सम्' को 'समि' आदेश हो ।

---

१. 'व' प्रत्यय से 'क्विन्' प्रत्यय का ग्रहण होता है । उसका अन्त में 'व' ही रहता है ।

(सध्रि-आदेशविधिसूत्रम्)

३४० सहस्य[1] सध्रिः[1] ६ । ३ । ९५ ॥

तथा । सध्र्यङ् ।

(तिरि आदेशविधिसूत्रम्)

३४१ तिरसस्तिर्यलोपे ६ । ३ । ९४ ॥

अलुप्ताकारेऽञ्चतौ वप्रत्ययान्ते तिरसस्तिर्यादेशः । तिर्यङ् । तिर्यञ्चौ । तिरश्चः । तिर्यग्भ्याम् ।

इस प्रकार 'सम अच्' के स्थान में 'समि अच्' शब्द बन गया। इसके रूप सर्वनामस्थान में पूर्ववत् बनेंगे। शसादि अजादि विभक्तियों में '३३६ अचः' से अकार का लोप भी होगा और 'चौ' सूत्र से पूर्व अण् 'समि' के इकार को दीर्घ भी।

प्र०	सम्यङ्	सम्यञ्चौ	सम्यञ्चः	च०	समीचे	सम्यग्भ्याम्	सम्यग्भ्यः
सं०	हे ,,	हे ,,	हे ,,	पं०	समीचः	,,	,,
द्वि०	सम्यञ्चम्	,,	समीचः	ष०	,,	समीचोः	समीचाम्
तृ०	समीचा	सम्यग्भ्याम्	सम्यग्भिः	स०	समीचि	,,	सम्यक्षु

सह अञ्च् (साथ चलने वाला, साथी)

३४० **सहस्येति**—वप्रत्ययान्त अञ्च् परे रहते सह को सध्रि आदेश हो। सह को 'सध्रि' आदेश होने पर 'सम् अच्' के समान ही रूप बनेंगे।

प्र०	सध्र्यङ्	सध्र्यञ्चौ	सध्र्यञ्चः	च०	सध्रीचे	सध्र्यग्भ्याम्	सध्र्यग्भ्यः
स०	हे ,,	हे ,,	हे ,,	पं०	सध्रीचः	,,	,,
द्वि०	सध्र्यञ्चम्	,,	सध्रीचः	ष०	,,	सध्रीचोः	सध्रीचाम्
तृ०	सध्रीचा	सध्र्यग्भ्याम्	सध्र्यग्भिः	स०	सध्रीचि	,,	सध्र्यक्षु

तिरस् अच् (तिर्यङ् योनि, पशुपक्षि आदि)

३४१ **तिरस इति**—अलुप्ताकार (जिसमें अकार का लोप न हुआ हो) और वप्रत्ययान्त अञ्च् परे रहते 'तिरस्' को 'तिरि' आदेश हो।

अकार का लोप भसंज्ञा के स्थलों में होता है और भसंज्ञा शस्प्रभृति अजादि विभक्तियों में होती है। इनको छोड़कर सर्वनामस्थान और हलादि विभक्तियों

(नकारलोपनिषेधसूत्रम्)

३४२ नाऽञ्चेः[6] पूजायाम्[7] ६ । ४ । ३० ॥

पूजार्थस्याऽञ्चतेरुपधाया नस्य लोपो न। प्राङ्, प्राञ्चौ। नलोपा-

---

में भसंज्ञा न होने से 'अञ्च्' के अकार का लोप नहीं होता। अतः सर्वनामस्थान और हलादि विभक्ति परे रहते 'तिरि' आदेश होता है। तिरि के अन्त्य इकार को 'अच्' के अकार परे रहते यण् हो जाता है।

प्र०	तिर्यङ्	तिर्यञ्चौ	तिर्यञ्चः	च० तिरश्चे	तिर्यग्भ्याम्	तिर्यग्भ्यः
सं०	हे ,,	हे ,,	हे ,,	पं० तिरश्चः	,,	,,
द्वि०	तिर्यञ्चम्	,,	,,	ष० ,,	तिरश्चोः	तिरश्चाम्
तृ०	तिरश्चा	तिर्यग्भ्याम्	तिर्यग्भिः	स० तिरश्चि	,,	तिर्यक्षु

शसादि अजादि विभक्तियों के परे रहते भसंज्ञा होने से '३३६ अचः' सूत्र से अकार का लोप होने पर सकार को श्चुत्व शकार होकर रूप बनते हैं। इस लिए यहाँ 'तिरस्' को 'तिरि' आदेश नहीं होता।

३४२ नाञ्चेरिति—पूजार्थक 'अञ्चु' धातु के उपधा नकार का लोप न हो।

'अञ्चु' धातु के गति और पूजा दो अर्थ हैं। इनमें से पूजा अर्थ में '३३५ अनिदिताम्–' सूत्र से प्राप्त नकार के लोप का इस सूत्र से निषेध किया गया।

प्रपूर्वक 'अञ्च्' धातु से '३०२ ऋत्विग्–' सूत्र से क्विन्प्रत्यय और उसका सर्वापहार लोप होने पर '३३५ अनिदितां–' सूत्र से नकार का लोप प्राप्त हुआ। उसका निषेध प्रकृत सूत्र से हुआ। नकार को अनुस्वार और परसवर्ण होकर 'प्राञ्च्' शब्द बना। कृदन्त होने से प्रातिपदिक संज्ञा होकर इससे 'सु' आदि की उत्पत्ति हुई।

प्राङ्—'सु' में 'प्राञ्च् स्' इस अवस्था में '१७९ हल्ङ्याब्भ्यः' से अपृक्त सकार का लोप होने पर पदान्त हो जाने से संयोगान्त पद 'प्राञ्च्' के (अलोऽन्त्यपरिभाषा से) अन्त्य अल् चकार का लोप हुआ। तब निमित्त चकार के निवृत्त हो जाने पर कार्य अनुस्वार और परसवर्ण के निवृत्त हो जाने से 'नकार' आया। 'प्रान्' इस स्थिति में '३०५ क्विन्प्रत्ययस्य–' सूत्र से नकार को कवर्ग ङकार हुआ तो 'प्राङ्' रूप सिद्ध हुआ।

भावाद् 'अ' लोपो न—प्राञ्चः। प्राङ्क्षु। एवम्—प्रत्यङ्ङादयः।

प्राञ्चौ—'प्राञ्च् + औ' इस स्थिति में संयोग होकर रूप सिद्ध हुआ। अन्य कोई कार्य नहीं हुआ।

इस पूजापक्ष में अजादि विभक्ति मिला देने मात्र से रूप सिद्ध हो जाते हैं। शसादि में भी नकार का लोप न होने से अकार का भी लोप नहीं होता। हलादि विभक्तियों में पदसंज्ञा होने से चकार का संयोगान्तलोप और नकार को ङकार कार्य होता है।

नलोपभावाद् इति—पूजा अर्थ में नकार का लोप न होने से अकार का लोप भी नहीं होता, क्योंकि अकार के लोप का विधायक 'अचः' नकार के लोप होने पर ही अकार का लोप करता है।

प्राञ्चः—'प्राञ्च + शस्' इस स्थिति में पूजा अर्थ के कारण नकार का लोप नहीं होता अत एव अकार का लोप भी नहीं होता।

प्राङ्क्षु—सुप् में चकार का लोप होने पर '११६ ङ्णोः कुक् टुक् शरि' सूत्र से शर् सकार परे रहते ङकार को कुक् का आगम विकल्प से हुआ। तब 'चयो द्वितीयाः शरि पौष्करसादेरिति वाच्यम्' वार्तिक से ककार का द्वितीय वर्ण खकार होने पर कवर्ग खकार से परे होने के कारण प्रत्यय 'सुप्' के अवयव सकार को '१५० आदेश—' सूत्र से षकार आदेश होकर 'प्राङ्ख्षु' रूप सिद्ध हुआ। जब द्वितीय वर्ण नहीं हुआ उस पक्ष में कवर्ग ककार से परे होने से सकार को मूर्धन्य षकार और क और ष के संयोग से क्ष होकर **प्राङ्क्षु** रूप बना। कुक् के अभाव पक्ष में **प्राङ्षु**। इस प्रकार यहाँ तीन रूप सिद्ध हुए हैं।

प्र०	प्राङ्	प्राञ्चौ	प्राञ्चः	च० प्राञ्चे	प्राङ्भ्याम्	प्राङ्भ्यः
सं०	हे ,,	हे ,,	हे ,,	पं० प्राञ्चः	,,	,,
द्वि०	प्राञ्चम्	,,	,,	ष० ,,	प्राञ्चोः	प्राञ्चाम्
तृ०	प्राञ्चा	प्राङ्भ्याम्	प्राङ्भिः	स० प्राञ्चि	,,	प्राङ्ख्षु-प्राङ्क्षु-प्राङ्षु

पूजा अर्थ में इसी प्रकार अन्य प्रत्यञ्च्, उदञ्च्, सम्यञ्च् सध्र्यञ्च् और तिर्यञ्च् आदि के रूप भी बनेंगे। ध्यान रहे 'समि' 'सध्रि' के समान 'तिरि'

क्रुङ्, क्रुञ्चौ। क्रुङ्भ्याम्।

पयोमुक्, पयोमुग्। पयोमुचौ। पयोमुग्भ्याम् इति। चकारान्ताः।

आदेश भी पूजा अर्थ में सर्वत्र होगा, क्योंकि यह आदेश जहाँ अकार का लोप न हुआ हो वहीं होता है और पूजा अर्थ में नकार का लोप न होने से अकार का लोप भी नहीं होता। अतः यहाँ सर्वत्र आदेश होंगे। 'सुप्' में तीन-तीन रूप बनेंगे।

क्रुञ्च् (क्रौञ्च पक्षी)

क्रुञ्च् शब्द के रूप पूर्वोक्त शब्दों के पूजार्थक रूपों के समान ही बनेंगे। क्योंकि '३०२ ऋत्विग्–' सूत्र से यह शब्द क्विन्प्रत्ययान्त निपातन होता है। नकार के लोप का अभाव भी इसमें निपातन से ही होता है।

प्र० क्रुङ्	क्रुञ्चौ	क्रुञ्चः	च० क्रुञ्चे	क्रुङ्भ्याम्	क्रुङ्भ्यः
सं० हे ,,	हे ,,	हे ,,	पं० क्रुञ्चः	,,	,,
द्वि० क्रुञ्चम्	,,	,,	ष० ,,	क्रुञ्चोः	क्रुञ्चाम्
तृ० क्रुञ्चा	क्रुङ्भ्याम्	क्रुङ्भिः	सं० क्रुञ्चि	,,	क्रुङ्क्षु
					क्रुङ्क्षु-क्रुङ्षु

पयोमुच् (बादल)

पयोमुक्, ग्—'पयोमुच्' शब्द क्विप्प्रत्यान्त है। सु में पहले '६७ झलां–' सूत्र से चकार को जश् जकार होता है। '३०७ चोः कुः' सूत्र से जकार को गकार होता है। तब '१४६ वाऽवसाने' सूत्र से गकार को विकल्प से चर् ककार होता है।

अजादि विभक्तियों में विभक्ति मिला देने से और हलादियों में चकार को '६७ झलां जशः–' सूत्र से जकार करने पर कुत्व गकार होकर रूप सिद्ध होते हैं। 'सुप्' में चकार को कुत्व होने के अनन्तर '१५०आदेश–' सूत्र से सकार को षकार होकर ककार और षकारके संयोग से क्ष बनाकर **पयोमुक्षु** रूप बनाहै।

प्र० पयोमुक्-ग्	पयोमुचौ	पयोमुचः।	च० पयोमुचे	पयोमुग्भ्याम्	पयोमुग्भ्यः।
सं० हे ,,	हे ,,	हे ,, ।	पं० पयोमुचः	,,	,,
द्वि० पयोमुचम्	,,	,, ।	ष० ,,	पयोमुचोः	पयोमुचाम्।
तृ० पयोमुचा	पयोमुग्भ्याम्	पयोमुग्भिः।	सं० पयोमुचि	,,	पयोमुक्षु।

चकारान्त शब्द समाप्त।

उगित्वान्नुम्[1] ।

(दीर्घविधिसूत्रम्)

३४३ सान्त-महतः[6] संयोगस्य[6] ६ । ४ । १० ॥

सान्तसंयोगस्य महतश्च यो नकारः, तस्योपधाया दीर्घोऽसम्बुद्धौ सर्वनामस्थाने । महान्, महान्तौ, महान्तः । हे महन् । महद्भ्याम् ।

तकारान्त महत् (बड़ा) शब्द ।

उगित्वादिति—उगित् होने से नुम् ('उगिदचां सर्वनामस्थाने–' सूत्र से) हुआ ।

३४३ सान्त[2] इति—सकारान्त[3] संयोग और **महत्** शब्द का जो नकार उसकी उपधा का दीर्घ हो सम्बुद्धिभिन्न सर्वनामस्थान परे रहते ।

महान्—'महत् स्' इस दशा में उगित् होने से नुम् आगम हुआ । तब 'मह् न् त् स्' इस स्थिति में हल्ङ्यादिलोप और संयोगान्तलोप हुए । तदनन्तर 'महन्' इस दशा में नकारान्त उपधा को दीर्घ होकर रूप सिद्ध हुआ ।

महान्तौ—औ में नुम् और उपधादीर्घ होकर रूप सिद्ध हुआ ।

महान्तः—जस् में पूर्वोक्त प्रकार से रूप बना ।

सर्वनामस्थान प्रत्ययों में नुम् और दीर्घ होता है, सम्बुद्धि में नहीं । शसादि अजादि विभक्तियों में कोई विशेष कार्य नहीं होता । हलादि विभक्तियों में

१—यह महत् शब्द के विषय में कहा गया है । '२४१ वर्तमाने पृषन्महद्बृहज्जगच्छतृवच्च' इस उणादि सूत्र से निपातन द्वारा **महत्** शब्द बना है और शतृवद्भाव से उगित् है । अतएव नुम् हुआ । यह सु के विषय में कहा जा रहा है, वैसे सभी सर्वनामस्थानों में नुम् होता है ।

२—'विद्वान्' और 'महान्' यहाँ सकार और तकार के संयोगान्त लोप के असिद्ध होने से नकार अन्त में नहीं मिलता । अतः नान्त उपधा न होने से 'सर्वनामस्थाने–' सूत्र से दीर्घ प्राप्त नहीं था । अतः इस सूत्र की आवश्यकता आपड़ी । संयोगान्त लोप के असिद्ध होने से ही अन्त्य नकार का लोप भी नहीं हुआ ।

३—सकारान्त संयोग का उदाहरण—विद्वान्, विद्वांसौ ।

(दीर्घविधिसूत्रम्)

३४४ अत्वसन्तस्य[६] चाऽधातोः[६] ६ । ४ । १४ ॥

अत्वन्तस्योपधाया दीर्घो धातुभिन्नाऽसन्तस्य चाऽसम्बुद्धौ सौ परे। उगित्वात् नुम्—धीमान्, धीमन्तौ, धीमन्तः। हे धीमन्। शसादौ महद्वत्।

जश्त्व दकार होता है। सुप् में खर् परे होने से नहीं होता।

प्र० महान्	महान्तौ	महान्तः	च० महते	महद्भ्याम्	महद्भ्यः
सं० हे महन्	हे ,,	हे ,,	पं० महतः	,,	,,
द्वि० महान्तम्	,,	महतः	ष० ,,	महतोः	महताम्
तृ० महता	महद्भ्याम्	महद्भिः	स० महति	,,	महत्सु

धीमत् (बुद्धिमान्) शब्द

३३४४ अत्वसन्तस्येति—'अतु'[१] अन्त की उपधा को दीर्घ हो और धातु-भिन्न जो अस्, तदन्त की उपधा को भी, असम्बुद्धि सु परे रहते।

'अतु' से 'मतुप्' 'वतुप्' 'डवतु' आदि प्रत्ययों का ग्रहण होता है। 'धीमत्'[२] शब्द भी अत एव 'अत्वन्त' है।

धीमान्—प्रथमा के एकवचन में 'नुम्' आगम 'सु' के अपृक्त सकार का '१७९ हल्–' से और तकार का '२० संयोगान्तस्य–' से लोप होने पर 'धीमन्' यह स्थिति हुई। तब उपधा अकार को दीर्घ होकर रूप सिद्ध हुआ। 'सु' का लोप हो जाने पर भी प्रत्यय लक्षण कार्य उपधा दीर्घ 'प्रत्ययलोपे प्रत्ययलक्षणम्' सूत्र के बल से हो जाता है।

सम्बुद्धि में दीर्घ का निषेध होने से **हे धीमन्** और अन्य सर्वनामस्थान विभक्तियों में दीर्घ विधान न होने से **'धीमन्तौ, धीमन्तः, धीमन्तम्, धीमन्तौ'** ये रूप होते हैं।

शसादि विभक्तियों में महत् शब्द के समान ही रूप बनेंगे।

---

१. अतुप्रत्ययान्त में संयोगान्त नकार के लोप के असिद्ध होने से 'सर्व-नामस्थाने–' से पूर्ववत् दीर्घ प्राप्त नहीं।

२. 'धीरस्यास्ति=बुद्धि (प्रशस्त) जिसकी हो' इस विग्रह में 'धी' शब्द से '११८१ तदस्यास्त्यस्मिन्निति मतुप्' सूत्र से 'मतुप्' प्रत्यय करने से 'धीमत्'

भातेर्डवतुः । डित्वसामर्थ्यादभस्यापि टेर्लोपः । भवान्, भवन्तौ भवन्तः । शत्रन्तस्य–भवन् ।

भवत् (आप **)** शब्द **।**

भातेरिति—दीप्ति अर्थवाले 'भा' धातु से 'डवतु' प्रत्यय हुआ । 'ड' की 'चुटू' से और उकार की 'उपदेशेऽजनुनासिक इत्' से इत्संज्ञा होकर लोप हुआ ।

डित्वेति—'भा+अवत्' इस स्थिति में यद्यपि सु से कप् प्रत्यय के बीच न आने से डवतु परे रहते भसंज्ञा नहीं होती तथापि डित् करने के सामर्थ्य से 'टि' आकार का लोप हुआ, अन्यथा डित् करना व्यर्थ हो जायगा । भसंज्ञा चतुर्थ और पञ्चम अध्याय के प्रत्ययों के परे रहते होती है, यह 'डवतु' प्रत्यय तृतीय अध्याय का है । इस प्रकार 'भवत्' शब्द बन गया ।

भवान्—प्रथमा के एकवचन में '२९० उगिदचां–' से नुम् आगम '१७९ हल्ङ्याब्भ्यः–' से अपृक्त सकार और '२० संयोगान्तस्य–' सूत्र से नकार का लोप होने पर 'भवन्' इस स्थिति में अत्वन्त होने से उपधा को दीर्घ होकर **भवान्** रूप सिद्ध हुआ ।

अन्य सर्वनामस्थानों में भी इसी प्रकार नुम् होता है । अन्यत्र कोई विशेष कार्य नहीं होता ।

प्र. भवान्	भवन्तौ	भवन्तः
द्वि. भवन्तम्	,,	भवतः
तृ. भवता	भवद्भ्याम्	भवद्भिः
च. भवते	भवद्भ्याम्	भवद्भ्यः
पं. भवतः	,,	,,
ष. ,,	भवतोः	भवताम्
स. भवति	,,	भवत्सु

शत्रन्तस्येति—भू धातु से शतृ प्रत्यय करने से भी 'भवत्' शब्द बनता है । पर उसको प्रकृत सूत्र से दीर्घ नहीं होता, क्योंकि यह 'अतु' अन्त नहीं । अतः 'सु' में प्रकृत सूत्र से दीर्घ न होकर **भवन्** रूप बना । संयोगान्त तकार लोप के असिद्ध होने से 'सर्वनामस्थाने–' सूत्र से भी दीर्घ नहीं हुआ ।

शेष रूप समान ही होते हैं । क्योंकि शतृ प्रत्यय के कारण शब्द 'उगित्' शब्द बनता है । 'मतुप्' में 'उकार' और 'पकार' अनुबन्ध–इत्संज्ञक–हैं । अत एव उगित् होने से इसको सर्वनामस्थान विभक्ति परे रहते '२९० उगिदचां–' सूत्र से 'नुम्' आगम होता है ।

(अभ्यस्तसंज्ञासूत्रम्)

३४५ उभे[१] अभ्यस्तम्[१] ६ । १ । ५ ॥

षाष्ठद्वित्वप्रकरणे ये द्वे विहिते, ते उभे समुदिते अभ्यस्तसंज्ञे स्तः ।

(नुम्निषेधसूत्रम्)

३४६ नाऽभ्यस्ताच्छतुः[६] ७ । १ । ७८ ।

अभ्यस्तात्परस्य शतुर्नुम् न । ददत्, ददद् । ददतौ । ददतः ।

होता है, अतः सर्वनामस्थान में शत्रन्त को भी 'नुम्' होता ही है और कोई विशेषता है नहीं ।

ददत् (देता हुआ) शब्द ।

३४५ उभे इति—छठे[१] अध्याय के द्वित्वप्रकरण में द्वित्व से जिन दा रूपों को किया जाता है, उन दोनों की मिलकर अभ्यस्तसंज्ञा हो ।

मिलकर कहने से अलग-अलग अभ्यस्तसंज्ञा नहीं होती ।

'ददत्' में '६०७ श्लौ ६ । १ । १० ॥' सूत्र से द्वित्व होता है । यह छठे अध्याय का है । अतः इसके दोनों रूप 'दद्' की 'अभ्यस्त' संज्ञा हुई ।

३४६ नाऽभ्यस्तादिति—अभ्यस्त से परे 'शतृ' को नुम् आगम नहीं होता ।

ददत्—प्रथमा के एकवचन में शतृ के ऋकार के इत्संज्ञक होने के कारण उगित् होने से '२९० उगिदचां—' सूत्र से नुम् का आगम प्राप्त था । उसका इस सूत्र से निषेध होगया । अभ्यस्त संज्ञा 'दद्' की है, उस से परे 'शतृ' को 'नुम्' आगम का निषेध हो जाने से **ददत्** रूप बना ।

इसी प्रकार अन्य रूप भी बनेंगे । कोई विशेष कार्य नहीं होता ।

प्र०	ददत्-ददद्	ददतौ	ददतः	च० ददते	ददद्भ्याम्	ददद्भ्यः
सं०	हे ,,	हे ,,	हे ,,	पं० ददतः	,,	,,
द्वि०	ददतम्	,,	,,	ष० ,,	ददतोः	ददताम्
तृ०	ददता	ददद्भ्याम्	ददद्भिः	सं० ददति	,,	ददत्सु

---

१. अष्टाध्यायी में द्वित्वप्रकरण दो हैं एक छठे अध्याय में और दूसरा आठवें में । छठे अध्याय में पहले पाद के पहले सूत्र 'एकाचो द्वे प्रथमस्य' से और आठवें अध्याय में भी पहले पाद के पहले सूत्र 'सर्वस्य द्वे' से प्रारम्भ होता है । इनमें छठे अध्यायवाले द्वित्व प्रकरण में ही 'अभ्यस्तसंज्ञा' होती है ।

(अभ्यस्तसंज्ञासूत्रम्)

३४७ जक्षित्यादयः षट्[1] ६ । १ । ६ ॥

षट् धातवोऽन्ये जक्षितिश्च सप्तमः, एते अभ्यस्तसंज्ञाः स्युः । जक्षत्, जक्षतौ, जक्षतः । एवम् जाग्रत्, दरिद्रत्, शासत्, चकासत् । इति तकारान्ताः ।

गुप्, गुब् । गुपौ । गुब्भ्याम् । इति पकारान्ताः ।

जक्षत् (खाता हुआ या हँसता हुआ) शब्द ।

३४७ **जक्षित्यादय** इति—छः धातु अन्य और 'जक्ष' सातवां[1], ये अभ्यस्तसंज्ञक हों ।

जक्षत्—यहाँ अभ्यस्तसंज्ञा होने से '३४६ नाभ्यस्तात्–' सूत्र से नुम् का निषेध हुआ तो 'सु' में **जक्षत्** रूप बना ।

इसके रूप 'ददत्' के समान ही बनते हैं ।

एवमिति—इसी प्रकार–**जाग्रत्** (जागता हुआ), **दरिद्रत्** (दुर्गति को प्राप्त होता हुआ), **शासत्** (शासन करता हुआ) और **चकासत्** (चमकता हुआ शब्दों के रूप भी बनेंगे । ये शब्द भी जक्षित्यादिगण में आने से अभ्यस्त संज्ञक हैं । तकारान्त शब्द समाप्त ।

पकारान्त गुप् (रक्षक) शब्द ।

गुप्—प्रथमा के एकवचन में अपृक्त सकार का '१७९ हल्ङ्याब्भ्यः' सूत्र से लोप करने के अनन्तर पहले 'झलां जशः—' सूत्र से पदान्त झल् पकार को जश् बकार हुआ । तब अवसान में होने से बकार को '१४६ वावसाने' सूत्र से वैकल्पिक चर् पकार होकर दो रूप बने–**गुप्** और **गुब्** ।

हलादि विभक्तियों के परे रहते पदान्त होने से पकार को '६७ झलाम्–' सूत्र से बकार होता है । अन्य कोई विशेष कार्य इनके रूपों में नहीं होता ।

१—जक्ष आदि सातों का परिगणन निम्नलिखित पद्य में है—

'जक्षि-जागृ-दरिद्रा-शास्-दीधीङ्-वेवीङ् चकासृ च ।
अभ्यस्तसंज्ञं विज्ञेयं मुन्युक्तं धातुसप्तकम् ॥' इति ॥

इनमें 'दीधीङ्' और 'वेवीङ्' धातुओं का प्रयोग वेद में ही होता है ।

(कञ्प्रत्ययविधिसूत्रम्)

३६८ त्यदादिषु[७] दृशोऽनालोचने[७] कञ्[१] च[०] ३ । २ । ६० ॥

त्यदादिषूपपदेषु अज्ञानार्थाद् दृशेः कञ्, चात् क्विन् ।

(आत्वविधिसूत्रम्)

३४९ आ[१] सर्वनाम्नः[६] ६ । ३ । ९१ ॥

सर्वनाम्न आकारोऽन्तादेशः स्याद् दृग्-दृश् वतुषु ।

प्र. गुप्-गुब्	गुपौ	गुपः	च. गुपे	गुब्भ्याम्	गुब्भ्यः
सं. हे ,,	हे ,,	हे ,,	पं. गुपः	,,	,,
द्वि. गुपम्	,,	,,	ष. ,,	गुपोः	गुपाम्
तृ. गुपा	गुब्भ्याम्	गुब्भिः	स. गुपि	,,	गुप्सु

पकारान्त शब्द समाप्त

शकारान्त तादृश्[१] (उसके समान) शब्द

३४८ त्यदादिषु इति—त्यद् आदि उपपद रहते हुए ज्ञानभिन्न अर्थ के वाचक दृश् धातु से कञ्[२] प्रत्यय (भी) हो। चकार (भी) से क्विन् भी हो।

त्यदादि 'तद्' उपपद रहते हुए ज्ञानभिन्नार्थवाचक 'दृश्' से क्विन् प्रत्यय हुआ । 'क्विन्' का सर्वापहार लोप होने पर **'तद् दृश्'** यह स्थिति बनी।

३४९ आ सर्व इति—सर्वनाम को आकार अन्तादेश हो दृग्, दृश् और वतु परे रहते ।

'तद् दृश्' यहाँ इस सूत्र से 'दृश्' परे होने के कारण सर्वनाम 'तद्' को आकार अन्तादेश हुआ । तब 'त आ दृश्' इस स्थिति में सवर्णदीर्घ होकर **तादृश्** शब्द बना ।

---

१. पहले 'तादृश्' शब्द को बनाने का प्रकार बताया जाता है, तदनन्तर उसके रूप बनाये जायेंगे ।

२. कञ् प्रत्यय होने पर भी '३४६ आ सर्वनाम्नः' से आकार अन्तादेश होता है । 'कञ्' का केवल 'अ' बचता है । अतः 'तादृश्' अकारान्त शब्द बन जाता है, तब रूप राम शब्द के समान बनते हैं । इसी प्रकार 'यादृश्' आदि भी शब्द बनते हैं । हलन्त प्रकरण में क्विन् प्रत्ययान्त शब्द ही हलन्त होने से दिये जायेंगे ।

तादृक्, तादृग्। तादृशौ। तादृशः। तादृग्भ्याम्।

'व्रश्च–' इति षः। जश्त्वचर्त्वे—विट्, विड्। विशौ। विशः। विड्भ्याम्।

इसी प्रकार–यादृश्, एतादृश्, त्वादृश्, मादृश्, अस्मादृश्, युष्मादृश्, भवादृश्, कीदृश्, ईदृश्, आदि शब्द भी बनते हैं। 'कीदृश्' और 'ईदृश्' में 'इदंकिमोरीश् की' सूत्र से 'ई' और 'की' आदेश होते हैं।

तादृक्—'तादृश्' शब्द के प्रथमा के एकवचन में अपृक्त सकार का '१७६ हल–' सूत्र से लोप होने पर पदान्त होने से शकार को पहले '३०८ व्रश्च–' सूत्र से षकार आदेश, तब '६७ झलां जशः–' सूत्र से झल् षकार को मूर्धास्थान की समानता से जश् डकार, और उसको '३०६ क्विन्–' सूत्र से कवर्ग गकार और अन्त में अवसान में होने से गकार को '१४६ वावसाने–' सूत्र से वैकल्पिक चर् ककार होकर दो रूप सिद्ध हुए—**तादृक्** और **तादृग्**।

इसी प्रकार सभी क्विन्प्रत्ययान्त 'घृतस्पृश्' आदि शकारान्त शब्दों की साधन प्रक्रिया करनी चाहिये। इस ष, ड, ग, क की प्रक्रिया का पूरा ध्यान रहना आवश्यक है।

'तादृश्' शब्द की अन्य हलादि विभक्तियों में भी—सुप् को छोड़कर षत्व, ड और ग होते हैं। सुप् में ग के बाद क भी होता है। फिर सकार को षकार और क ष के संयोग से क्ष होकर **तादृक्षु** रूप बनता है।

प्र. तादृक्-तादृग्	तादृशौ	तादृशः	च. तादृशे	तादृग्भ्याम्	तादृग्भ्यः
सं. हे ,,	हे ,,	हे ,,	पं. तादृशः	,,	,,
द्वि. तादृशम्	,,	,,	ष. ,,	तादृशोः	तादृशाम्
तृ. तादृशा	तादृग्भ्याम्	तादृग्भिः	स. तादृशि	,,	तादृक्षु

विश् (वैश्य) शब्द।

जश्त्वचर्त्वे—विश् शब्द में जश्त्व और चर्त्व होता है। 'विश्' शब्द क्विप्प्रत्ययान्त है, क्विन्प्रत्ययान्त नहीं। अतः यहाँ 'डकार' को '३०५ क्विन्-प्रत्ययस्य–' से कवर्ग गकार नहीं हुआ। 'तादृश्' शब्द से इसमें यही अन्तर है। इसी अन्तर को बताने के लिए मूल में उक्त साधन प्रक्रिया दिखाई है।

विट्-ड्—'विश्' शब्द के प्रथमा के एकवचन में शकार को षकार,

(कवर्गादेशविधिसूत्रम्)

३५० नशेर्वा ८ । २ । ६३ ॥

नशेः कवर्गोऽन्तादेशो वा पदान्ते । नक्, नग्, नट्, नड् । नशौ । नशः । नग्भ्याम्, नड्भ्याम् ।

(क्विन्प्रत्ययविधिसूत्रम्)

३५१ स्पृशोऽनुदके क्विन् ३ । २ । ५८ ॥

अनुदके सुप्युपपदे स्पृशेः क्विन् । घृतस्पृक्, घृतस्पृग्, घृतस्पृशौ,

---

षकार को जश् डकार और डकार को विकल्प से चर् टकार होने पर दो रूप सिद्ध हुए ।

हलादि विभक्तियों में षकार और डकार तक की प्रक्रिया होती है । 'सुप्' में भी धुट् आगम का विकल्प होता है ।

अजादि विभक्तियों में पूर्ववत् कोई विशेष कार्य नहीं होता ।

प्र०	विट्-विड्	विशौ	विशः	च०	विशे	विड्भ्याम्	विड्भ्यः
सं०	हे ,,	हे ,,	हे ,,	पं०	विशः	,,	,,
द्वि०	विशम्	,,	,,	ष०	,,	विशोः	विशाम्
तृ०	विशा	विड्भ्याम्	विड्भिः	स०	विशि	,,	विट्त्सु-विट्सु

नश् (नश्वर) शब्द ।

३५० नशेरिति—'नश्' को कवर्ग अन्तादेश हो विकल्प से पदान्त में ।

कवर्गादेश पक्ष में साधन प्रक्रिया 'तादृश्' के और अभावपक्ष में 'विश्' के समान होती है ।

प्र०	नक्-ग् नट्-ड्	नशौ	नशः	च०	नशे	नग्भ्याम् नड्भ्याम्	नग्भ्यः नड्भ्यः
सं०	हे ,,	हे ,,	हे ,,	पं०	नशः	,,	,,
द्वि०	नशम्	,,	,,	ष०	,,	नशोः	नशाम्
तृ०	नशा	नग्भ्याम् नड्भ्याम्	नग्भिः नड्भिः	स०	नशि	,,	नक्षु नट्त्सु-नट्सु

घृतस्पृश् (घी का स्पर्श करनेवाला) शब्द ।

३५१ स्पृश इति—उदक शब्द भिन्न सुबन्त उपपद रहते 'स्पृश्' धातु

घृतस्पृशः । इति शकारान्ताः ।

दधृक्, दधृग् । दधृषौ । दधृग्भ्याम् ।

रत्नमुट्, रत्नमुड् । रत्नमुषौ । रत्नमुड्भ्याम् ।

से 'क्विन्' प्रत्यय हो ।

'घृतं स्पृशति = घी का स्पर्श करता है' इस विग्रह में 'घृत' सुबन्त उपपद रहते 'स्पृश्' धातु से 'क्विन्' प्रत्यय हुआ और उसका सर्वापहार लोप हुआ। तब 'घृतस्पृश्' शब्द बना। कृदन्त होने से इसकी प्रातिपदिकसंज्ञा हुई और प्रातिपदिकसंज्ञक होने से सु आदि की उत्पत्ति हुई।

क्विन्प्रत्ययान्त होने से इसके रूप 'तादृश्' के समान ही बनेंगे 'भ' और 'सुप्' में ष ड ग क और भ्याम् आदियो मे ष ड ग आदेश होकर रूप बनेंगे। अजादियों में कोई विशेष कार्य नहीं होता।

प्र०	घृतस्पृक्-ग्	घृतस्पृशौ	घृतस्पृशः ।	च०	घृतस्पृशे	घृतस्पृग्भ्याम्	घृतस्पृग्भ्यः ।
सं०	हे ,,	हे ,,	हे ,, ।	पं०	घृतस्पृशः	,,	,,
द्वि०	घृतस्पृशम्	,,	,, ।	ष०	,,	घृतस्पृशोः	घृतस्पृशाम्
तृ०	घृतस्पृशा	घृतस्पृग्भ्याम्	घृतस्पृग्भिः ।	स०	घृतस्पृशि	,,	घृतस्पृक्षु

शकारान्त शब्द समाप्त ।

षकारान्त दधृष् (तिरस्कार करनेवाला) शब्द ।

दधृक्-ग्—'दधृष्' शब्द '२०२ ऋत्विग्दधृग्–' सूत्र से क्विन्प्रत्यय करने से बना है। अतः प्रथमा के एकवचन में अपृक्त सकार का लोप होने के अनन्तर पदान्त षकार को 'जश्त्व' से डकार और डकार को '३०५ क्विन्प्रत्ययस्य–' सूत्र से कवर्ग गकार तथा अवसान में वर्तमान गकार को वैकल्पिक चर् ककार होने से दो रूप सिद्ध हुए दधृक् और दधृग्।

हलादि विभक्तियों में इसी प्रकार जश्त्व और कुत्व होकर रूप बनेंगे। 'सुप्' में ड, ग और क होने के अनन्तर '१५० आदेशप्रत्यययोः' सूत्र से सकार को मूर्धन्य षकार होकर क ष संयोग से क्ष बनकर दधृक्षु रूप बनता है।

अजादि विभक्तियों में कोई विशेष कार्य नहीं होता।

रत्नमुष्[1] (रत्न चुरानेवाला) शब्द ।

---

१. 'रत्नमुष्' शब्द क्विप्प्रत्ययान्त है, क्विन्प्रत्ययान्त नहीं। अतः इसमें

षट्, **षड्**। **षडभिः**। **षड्भ्यः** २। **षण्णाम्**। **षट्सु**।

रत्नमुट्—प्रथमा के एकवचन में अपृक्त सकार का लोप होने के अनन्तर षकार को डकार और उसको विकल्प से चर् टकार होकर दो रूप—**रत्नमुट्** और **रत्नमुड्** बने।

अजादि विभक्तियों में पूर्ववत् कोई विशेष कार्य नहीं होता। हलादि विभक्तियों में डकार होकर रूप सिद्ध होते हैं। 'सुप्' में डकार का धुड् आगम के विकल्प से दो रूप **रत्नमुट्त्सु** और **रत्नमुट्सु** बन जाते हैं।

षष् (छ संख्या) शब्द।

षट्-षड्—'षष्' शब्द 'छ' संख्या का वाचक है। अत एव यह नित्य बहुवचनान्त है। षकारान्त संख्यावाचक होने से '३९- ष्णान्ताः षट्–' सूत्र से इसकी षट् संज्ञा है। अतः '१८८ षड्भ्यो लुक्–' सूत्र से 'जस्' और 'शस्' का लोप हो गया। तब पदान्त बन जाने से 'षष्' के अन्तिम षकार को '६७ झलां जशोऽन्ते–' सूत्र से जश् डकार और डकार को '१४६ वावसाने' से वैकल्पिक टकार होने से **षट्** और **षड्** दो रूप बनते हैं।

षड्भिः-षड्भ्यः—'भिस्' और 'भ्यस्' में षकार को '७ झलां–' सूत्र से डकार होकर रूप सिद्ध होते हैं।

[1]**षण्णाम्**—आम् में '२६६ षट्चतुर्भ्यश्च–' सूत्र से 'नुट्' आगम होकर 'षष् नाम्' यह स्थिति बनी। इसमें षकार को '६७ झलां जशः–'सूत्र से डकार होने पर '६८ ष्टुना ष्टुः–' सूत्र से टवर्ग डकार के योग होने से तवर्ग नकार को ष्टुत्व णकार हुआ। तब 'षड् णाम्' इस स्थिति में 'प्रत्यये भाषायां नित्यम्' इस वार्तिक से यर् डकार को पर णकार का सवर्ण अनुनासिक णकार होकर रूप सिद्ध हुआ।

षट्सु—'सुप्' में डकार होने पर डकार को 'डः सि धुट्' के विकल्प से दो रूप **षट्त्सु** और **षट्सु** सिद्ध होते हैं।

'३०५ क्विन्प्रत्ययस्य–' सूत्र से कुत्व नहीं होगा।

१. पदान्त टवर्ग डकार से परे तवर्ग नकार को '६५ न पदान्तात्–' सूत्र से ष्टुत्व का निषेध नहीं हुआ, क्योंकि उसी सूत्र में 'अनाम्' कहकर निषेध का निषेध किया है।

रुत्वं प्रति षत्वस्यासिद्धत्वात् 'ससजुषो रुः' इति रुत्वम्।

(दीर्घविधिसूत्रम्)

३५२ 'र्वोरुपधाया दीर्घ इकः' ८। २। ७६ ॥

रेफवान्तयोरुपधाया इको दीर्घः पदान्ते। पिपठीः। पिपठिषौ। पिपठीर्भ्याम्।

पिपठिष् (पढ़ने की इच्छा करनेवाला) शब्द।

रुत्वं प्रतीति—'पिपठिष्' शब्द के प्रथमा के एकवचन में अपृक्त सकार के हल्ङ्यादि लोप होने पर '१५० आदेशप्रत्यययोः ८। ३। ५९' सूत्र के द्वारा हुए षकार के पर त्रिपादीस्थ होने के कारण असिद्ध होने से '१०५ ससजुषोः रुः ८। २। ६७' सूत्र से 'रु' हुआ। तब 'पिपठिर्' स्थिति हुई।

३५२ र्वोरिति—रकारान्त और वकारान्त शब्दों के उपधा इक् को दीर्घ हो पदान्त में।

पिपठीः—'पिपठिर्' यहाँ पदान्त में रकारान्त के उपधा इक् इकार को दीर्घ हुआ और रकार को '९३ खरवसानयोः—' सूत्र से विसर्ग। तब **पिपठीः** रूप सिद्ध हुआ।

पिपठिषौ—यह औ का रूप है। इसमें कोई विशेष कार्य नहीं होता।

इसी प्रकार अन्य अजादि विभक्तियों के रूप बनते हैं।

पिपठीर्भ्याम्—'पिपठिष् + भ्याम्' इस स्थिति में षत्व के असिद्ध होने से सकार के स्थान में रु आदेश होने पर रकारान्त की उपधा इकार को 'र्वोरुपधायाः—' इस सूत्र से दीर्घ होकर रूप सिद्ध हुआ। इसी प्रकार अन्य हलादि विभक्तियों के भी रूप बनेंगे।

सुप् में 'पिपठिष् + सु' इस दशा में षत्व के असिद्ध होने से सकार को '१०५ ससजुषोः—' सूत्र से 'रु', प्रकृत सूत्र से उपधा इकार को दीर्घ और रकार को '९३ खरव' सूत्र से विसर्ग होने पर 'पिपठीः सु' इस स्थिति में '१०८ वाशरि' सूत्र से शर् परे होने से विसर्गों को वैकल्पिक विसर्ग हुए। पक्ष में '१०३ विसर्जनीयस्य सः' सूत्र से विसर्गों को सकार हुआ। 'पिपठीः सु' और 'पिपठीस् सु' ये स्थितियाँ हुईं।

(मूर्धन्यादेशविधिसूत्रम्)

३५३ नुम्-विसर्जनीय शर्-व्यवायेऽपि ८ । ३ । ७६ ॥

एतैः प्रत्येकं व्यवधानेऽपि इण्कुभ्यां परस्य सस्य मूर्धन्यादेशः। ष्टुत्वेन पूर्वस्य षः-पिपठीष्षु । पिपठीःषु ।

चिकीः । चिकीर्षौ । चिकीर्भ्याम् । चिकीर्षु । इति षकारान्ताः ।

---

३५३ नुम्—नुम् , विसर्ग और शर् इनमें प्रत्येक के अर्थात् पृथक् पृथक् व्यवधान होने पर भी इण् और कवर्ग से पर सकार को मूर्धन्य आदेश हो ।

'पिपठीस् सु' यहाँ शर् सकार के और 'पिपठीः सु' यहाँ विसर्ग के व्यवधान होने पर भी इण् इकार से पर सकार का (दोनों जगह) मूर्धन्य षकार हुआ । तब 'पिपठीस् षु' और 'पिपठीः षु' यह स्थिति बनी । विसर्गवाले रूप में अन्य कोई कार्य नहीं होता । सकारवाले रूप में पूर्व सकार को ष्टुत्व षकार होकर पिपठीष्षु रूप बना ।

प्र०	पिपठीः	पिपठिषौ	पिपठिषः
सं०	हे ,,	हे ,,	हे ,,
द्वि०	पिपठिषम्	,,	,,
तृ०	पिपठिषा	पिपठीर्भ्याम्	पिपठीर्भिः
च०	पिपठिषे	पिपठीर्भ्याम्	पिपठीर्भ्यः
पं०	पिपठिषः	,,	,,
ष०	,,	पिपठिषोः	पिपठिषाम्
स०	पिपठिषि	,,	पिपठीष्षु, पिपठीःषु

चिकीर्ष् (करने की इच्छावाला) शब्द ।

चिकीः—'चिकीर्ष्' शब्द के प्रथमा के एकवचन में अपृक्त सकार का हल्ङ्यादि लोप होने पर षत्व के असिद्ध होने से '२८६ रात्सस्य' सूत्र के नियम से संयोगान्त सकार का लोप और '६३ खरवसानयोः—' सूत्र से रकार को विसर्ग होने से **चिकीः** रूप सिद्ध हुआ ।

चिकीर्षौ—'औ' का रूप है । इसमें कोई विशेष कार्य नहीं हुआ । अन्य अजादि विभक्तियों में भी इसी प्रकार रूप बनेंगे ।

चिकीर्भ्याम्—'भ्याम्' में 'सु' के समान षत्व के असिद्ध होने से सकार का पूर्वोक्त नियम से लोप होने पर 'चिकीर्भ्याम्' रूप सिद्ध हुआ ।

चिकीर्षु—'सुप्' में पूर्ववत् सकार का लोप होने पर 'चिकीर् सु' इस दशा में खर् सकार परे होने से रकार को '६३ खरवसानयोः' सूत्र से प्राप्त

विद्वान्। विद्वांसौ। हे विद्वान्!

(संप्रसारणविधिसूत्रम्)

३५४ 'वसोः संप्रसारणम्' ६। ४। १३१॥

वस्वन्तस्य भस्य संप्रसारणं स्यात्। विदुषः। 'वसुस्रंसु—' इति

विसर्ग का '२६६ रोः सुपि' सूत्र के नियम से बाध होने के कारण विसर्ग न हुए। तब इण् रकार से पर प्रत्यय 'सु' के अवयव सकार को 'आदेशप्रत्य–' सूत्र से मूर्धन्य षकार होकर चिकीर्षु रूप सिद्ध हुआ।

शेष रूप 'पिपठिष्' के समान बनते हैं। षकारान्त शब्द समाप्त।

सकारान्त विद्वस् (विद्वान्) शब्द।

विद्वस् शब्द [1]वसुप्रत्ययान्त है। 'वसु' प्रत्यय के उकार के इत्संज्ञक होने के कारण यह उगित् है। अतः इसको सर्वनामस्थान परे रहते '२९० उगिदचां–' सूत्र से नुम् आगम होता है।

विद्वान्—प्रथमा के एकवचन में नुम्, 'हल्ङ्यादि' लोप और संयोगान्त लोप होने पर 'विद्वन् स्' इस स्थिति में 'संयोगान्त' लोप के असिद्ध होने के कारण '१७७ सर्वनामस्थाने–' सूत्र से दीर्घ की प्राप्ति न होने से सकारान्त संयोग होने से '३०३ सान्तमहतः–' सूत्र से दीर्घ होकर विद्वान् रूप बना।

अन्य सर्वनामस्थान प्रत्ययों में इसी प्रकार नुम् और दीर्घ होकर रूप बनेंगे।

हे विद्वान्—सम्बुद्धि में दीर्घ के निषेध होने से हे **विद्वान्** रूप सिद्ध होता है।

२५४ **वसोरिति**—वसुप्रत्ययान्त भसंज्ञक अङ्ग को संप्रसारण हो।

शस् से लेकर अजादि विभक्तियों के परे रहते भसंज्ञा होती है। अतः उन सब अजादि विभक्तियों से संप्रसारण हो।

विदुषः—शस् में 'विद्वस्+अस्' इस दशा में संप्रसारण हुआ। '२५८ संप्रसारणाच्च' सूत्र से अकार का पूर्वरूप होने पर 'विदुस् अस्' इस स्थिति में सकार को रुत्व विसर्ग और उकार इण् से पर प्रत्यय 'वसु' के अवयव सकार को '१५० आदेशप्रत्यययोः' सूत्र से मूर्धन्य षकार होकर रूप सिद्ध हुआ।

सभी अजादि विभक्तियों में इसी प्रकार रूपसिद्धि होती है।

---

१. 'विदेःशतुर्वसुः' सूत्र से शतृ प्रत्यय को वसु आदेश हुआ है।

दः—विद्वद्भ्याम् ।

(असुङ् आदेशविधिसूत्रम्)

३५५ 'पुंसोऽसुङ्' ७ । १ । ८९ ॥

सर्वनामस्थाने विवक्षितेऽसुङ् स्यात् । पुमान् । हे पुमन् । पुमांसौ । पुंसः । पुम्भ्याम् । पुंसु ।

विद्वद्भ्याम्—'भ्याम्' में '२६२ वसुस्रंसुध्वंस्वनडुहां दः' सूत्र से सकार को दकार होकर **विद्वद्भ्याम्** रूप सिद्ध हुआ ।

इसी प्रकार अन्य हलादि विभक्तियों में रूप बनते हैं ।

प्र.	विद्वान्	विद्वांसौ	विद्वांसः	च.	विदुषे	विद्वद्भ्याम्	विद्वद्भ्यः
सं.	हे विद्वन्	हे „	हे „	पं.	विदुषः	„	„
द्वि.	विद्वांसम्	„	विदुषः	ष.	„	विदुषोः	विदुषाम्
तृ.	विदुषा	विद्वद्भ्याम्	विद्वद्भिः	स.	विदुषि	„	विद्वत्सु

३५५. **पुंस इति**—सर्वनामस्थान की विवक्षा में 'पुंस्' शब्द को असुङ् आदेश हो ।

'असुङ्' में उकार और ङकार इत्संज्ञक हैं । अतएव ङित् होने से यह अन्त्य सकार के स्थान में होता है ।

पुमान्—प्रथमा के एकवचन की विवक्षा में 'पुंस्' के सकार को असुङ् आदेश होने पर 'निमित्तापाये नैमित्तिकस्याप्यपायः' से अनुस्वार भी अपने पूर्व-रूप मकार में परिणत हुआ । तब 'पुम् अस् स्' इस दशा में '२६० उगिदचां' सूत्र से नुम् आगम और अपृक्त सकार का 'हल्ङ्यादि–' लोप तथा 'पुमन् स्' इस स्थिति में '३४३ सान्तमहतः–' सूत्र से सान्त संयोग की उपधादीर्घ होकर **पुमान्** रूप सिद्ध हुआ ।

अन्य सर्वनामस्थानों में भी इसी प्रकार असुङ् आदेश, नुम् आगम और उपधादीर्घ होकर रूप बनते हैं ।

हे पुमन्—सम्बुद्धि में दीर्घ निषेध होने से **हे पुमन्** रूप बनता है ।

पुंसः—यह 'शस्' का रूप है । यहाँ कोई विशेष कार्य नहीं होता ।

इसी प्रकार अन्य अजादि विभक्तियों के भी रूप बनते हैं ।

पुम्भ्याम्—'भ्याम्' में सकार का 'संयोगान्त–' लोप होने पर 'मकार'

'ऋदुशनस्-' इत्यनङ्—उशना, उशनसौ ।

(अनङ्-नलोप-विधि-वार्तिकम्)

(वा) अस्य सम्बुद्धौ वाऽनङ्, नलोपश्च वाच्यः ।

हे उशन, हे उशनन्, हे उशनः । हे उशनसौ । उशनोभ्याम् ।

को पुनः 'मोऽनुस्वारः-' से अनुस्वार और उसको परसवर्ण मकार होकर रूप सिद्ध हुआ ।

पुंसु—यहाँ स का लोप और मकार को अनुस्वार हुआ । यय् परे न होने से परसवर्ण नहीं हुआ ।

प्र.	पुमान्	पुमांसौ	पुमांसः	च. पुंसे	पुम्भ्याम्	पुम्भ्यः
सं.	हे पुमन्	हे ,,	हे ,,	पं. पुंसः	,,	,,
द्वि.	पुमांसम्	,,	पुंसः	ष. ,,	पुंसोः	पुंसाम्
तृ.	पुंसा	पुम्भ्याम्	पुम्भिः	स. पुंसि	,,	पुंसु

(उशनस् शुक्र[1]) शब्द ।

उशना—उशनस् शब्द के प्रथमा के एकवचन में '२०४ ऋदुशनस्पुरुदंसोऽनेहसां च' सूत्र से अनङ् आदेश ङित् होने से '४६ ङिच्च' सूत्र के अनुसार अन्त्य सकार को हुआ । तब 'उशन अन् स्' इस दशा में नान्त की उपधा को '१७७ सर्वनामस्थाने-' सूत्र से दीर्घ और पुनः सवर्णदीर्घ होने के अनन्तर उशनान् स् इस दशा में अपृक्त सकार का '१७९ हल्ङ्याब्भ्यः-' सूत्र से और नकार का '१८० न लोपः-' सूत्र से लोप होकर विसर्ग रहित **उशना** रूप सिद्ध हुआ ।

द्विवचन में औ विभक्ति मिला देने से **उशनसौ** रूप बना ।

इसी प्रकार अन्य अजादि विभक्तियों में रूप बनते हैं ।

(वा) अस्येति—उशनस् शब्द को सम्बुद्धि में अनङ् आदेश विकल्प से हो और नकार का लोप भी विकल्प से हो ।

अनङ् आदेश और नकार लोप – इन दो विकल्पों से यहाँ तीन रूप बन जाते हैं जैसा कि आगे प्रक्रिया से स्पष्ट हो रहा है ।

हे उशन, हे उशनन्, हे उशनः—सम्बुद्धि में विकल्प से अनङ् आदेश

---

१. 'उशना भार्गवः कविः' इत्यमरः ।

उशनस्सु ।

अनेहा । **अनेहसौ** । **हे अनेहः** ।

हुआ । 'हे उशन अन् स्' इस सम्बुद्धि अवस्था में दीर्घ का निषेध होने से '२७५ अतो गुणे–' सूत्र से पररूप हुआ । सकार का '१७२ हल्ङ्याब्भ्यः' सूत्र से लोप और नकार का विकल्प से लोप होने पर **हे उशन** रूप बना । जब नकार का लोप नहीं हुआ तब **हे उशनन्** । जहाँ 'अनङ्' आदेश नहीं हुआ उस पक्ष में अपृक्त सकार के लोप होने पर प्रातिपदिक के सकार के पदान्त हो जाने से रु और रकार को विसर्ग होकर **हे उशनः** रूप सिद्ध हुआ । इस प्रकार सम्बुद्धि में तीन रूप बनते हैं ।

उशनोभ्याम्—'भ्याम्' विभक्ति में हलादि होने से पूर्व की '१६४ स्वादि' सूत्र से पद संज्ञा है । अतः '१०५ ससजुषोः रुः–' सूत्र से सकार को रु और हश् मकार परे होने से '१०७ हशि च' सूत्र से 'रु' को उकार तथा अकार और उकार को गुण ओकार होकर **उशनोभ्याम्** रूप सिद्ध हुआ ।

अन्य हलादि विभक्तियों में भी इसी प्रकार रूप बनेंगे ।

उशनस्सु—सुप् में सकार को '१०५ ससजुषोः–' सूत्र से रु और खर् सकार परे होने से रकार को विसर्ग हुए । विसर्गों को '१०३ विसर्जनीयस्य–' सूत्र से प्राप्त सकार को बाधकर '१०४ वा शरि' से शर् सकार परे होने से विसर्ग विकल्प से हुए । पक्ष में '१०३ विसर्ज–' से सकार होगया । तब **उशनःसु** और **उशनस्सु** ये दो रूप सिद्ध हुए ।

प्र०	उशना	उशनसौ	उशनसः ।	च०	उशनसे	उशनोभ्याम्	उशनोभ्यः ।
सं०	हे उशन	हे ,,	हे ,, ।	पं०	उशनसः	,,	,,
	हे उशनन्		।	ष०	,,	उशनसोः	उशनसाम् ।
	हे उशनः		।				
द्वि०	उशनसम्	,,	,, ।	स०	उशनसि	,,	उशनःसु ।
तृ०	उशनसा	उशनोभ्याम्	उशनोभिः ।				उशनस्सु ।

अनेहस् (समय) शब्द ।

अनेहा—'अनेहस्' शब्द के प्रथमा के एकवचन में '२०४ ऋदुशनस्–' सूत्र से अनङ् आदेश होने से नान्त की उपधा को '१४७ सर्वनामस्थाने–' सूत्र

वेधाः। वेधसौ। हे वेधः। वेधोभ्याम्।

से दीर्घ, पुनः सवर्णदीर्घ, अपृक्त सकार का '१७९ हल्ङ्याब्भ्यः' सूत्र से और नकार का '१८० न लोपः' सूत्र से लोप होने पर विसर्ग रहित **अनेहा** रूप सिद्ध हुआ।

हे अनेहः—सम्बुद्धि में अपृक्त सकार के लोप होने पर सकार को रु और रकार को विसर्ग होकर **हे अनेहः** रूप बनता है।

शेष रूप 'उशनस्' के समान ही बनते हैं।

वेधस् (ब्रह्मा) शब्द।

वेधाः—'वेधस्' शब्द के प्रथमा के एकवचन में 'वेधस्+स्' इस दशा में धातुभिन्न-असन्त होने से उपधा को '३४४ अत्वसन्तस्य' सूत्र से दीर्घ हुआ। तब अपृक्त सकार का '१७९ हल्ङ्याब्भ्यः' सूत्र से लोप हो जाने पर पदान्त बन जाने से प्रातिपदिक के सकार को '१९५ ससजुषोः रुः' सूत्र से रु और रकार को '९३ खरवसानयोः' सूत्र से विसर्ग होकर **वेधाः** रूप सिद्ध हुआ।

हे वेधः—सम्बुद्धिभिन्न सु परे रहते दीर्घ का विधान होने से सम्बुद्धि में दीर्घ नहीं हुआ। तब **हे वेधः** रूप बना।

प्र०	वेधाः	वेधसौ	वेधसः	च०	वेधसे	वेधोभ्याम्	वेधोभ्यः
स०	हे वेधः	हे ,,	हे ,,	पं०	वेधसः	,,	,,
द्वि०	वेधसम्	,,	,,	ष०	,,	वेधसोः	वेधसाम्
तृ०	वेधसा	वेधोभ्याम्	वेधोभिः	स०	वेधसि	,,	वेधःसु, स्सु

चन्द्रमस , **सुमेधस्** (अच्छी बुद्धिवाला), **सुमनस्** (देवता—अच्छे मन-वाला), **प्रचेतस्** (वरुण देव), **हिरण्यरेतस्** (अग्नि, सूर्य) **दिवौकस्** (देवता) **वनौकस्** (बन्दर) आदि सामान्य सकारान्त शब्दों के भी रूप इसी प्रकार बनेंगे।

ईयसुन् प्रत्ययान्त **कनीयस्** (छोटा), **महीयस्** (बड़ा) **साधीयस्** (अतिनिपुण) आदि पुंल्लिङ्ग शब्दों के उगित् होने से सर्वनामस्थान में नुम् आगम और 'अत्वसन्तस्य चाधातोः' सूत्र से सान्त संयोग की उपधा का दीर्घ होगा। तब इनके रूप सर्वनामस्थान प्रत्ययों में 'विद्वस्' शब्द के समान बनेंगे और शेष स्थलों में 'वेधस्' शब्द के समान।

(औत्वसुलोपविधिसूत्रम्)

३५६ अदस[6] औ[1] सुलोप[1]श्च[0] ७ । २ । १०७ ॥

अदस औत् स्यात् सौ परे, सुलोपश्च । 'तदोः सः–' इति सः– असौ । त्यदाद्यत्वम्, पररूपत्वम्, वृद्धिः ।

(मुत्वविधिसूत्रम्)

३५७ [6]अदसोऽसे[6]र्दाद् उ[1] दो[6] मः[1] ८ । २ । ८० ॥

अदस् (वह) शब्द ।

३५८ **अदस** इति—'अदस्' शब्द को औकार (अन्तादेश) हो सु परे रहते और 'सु' का लोप भी हो ।

असौ— अदस् शब्द के सकार को 'त्यदादीनाम अः' सूत्र से अकार आदेश प्राप्त था । उसका यह सूत्र अपवाद है । अदस् + सु' यहाँ प्रकृत सूत्र से सकार को 'औ' आदेश और 'सु' का लोप हो गया । तब 'अद औ' इस स्थिति में पूर्व अकार अवर्ण और पर अच् औकार के स्थान में '६३ वृद्धिरेचि' सूत्र से वृद्धि 'औ' एकादेश होने पर 'अदौ' इस दशा में '३११ तदोः सः–' सूत्र से अदस् के अनन्त्य दकार को सकार होकर **असौ** रूप सिद्ध हुआ ।

त्यदाद्येति—'अदस् + औ' यहाँ सब से पहले '१९३ त्यदादीनामः' सूत्र से सकार को अकार हुआ । इसी के लिये 'त्यदाद्यत्वम्' लिखा है । तब '२७५ अतो गुणे' से पररूप–पररूपत्वम्–हुआ । 'अद + औ' इस स्थिति में '३३ वृद्धिरेचि' सूत्र से प्राप्त वृद्धि का '१२६ प्रथमयोः–' सूत्र के पूर्वसवर्णदीर्घ से बाध हुआ । इसका '१२७ नादिचि' से निषेध, तब पुनः वृद्धि होकर 'अदौ' स्थिति बनी ।

३५७ **अदस इति**—असान्त (जिसके अन्त में सकार न हो) अदस् शब्द के दकार से पर वर्ण को उकार और ऊकार हो और दकार को मकार भी हो ।

जहाँ 'त्यदादीनामः' लगेगा, वहाँ अन्त में सकार न रहेगा, अतः वहीं इस सूत्र की प्रवृत्ति होगी ।

यह सूत्र उकार और मकार आदेश रूप दो कार्य करता है । अत एव इस सूत्र का विधेय दोनों कार्यों को मिलाकर 'मुत्व' या 'मुभाव' कहा जाता है ।

अदसोऽसान्तस्य दात् परस्य उदूतौ, दस्य मश्च । आन्तरतम्याद् ह्रस्वस्य उः, दीर्घस्य ऊः । अमू । जसः शी, गुणः ।

(रुत्वविधिसूत्रम्)

३५८ एत[६] ईद्[१] बहुवचने[७] ८ । १ । ८१ ॥

अदसो दात् परस्यैत ईद्, दस्य च मो बह्वर्थोक्तौ । अमी ।

'पूर्वत्रासिद्धम' इति विभक्तिकार्यं प्राक्, पश्चादुत्वमत्वे । अमुम्, अमू, अमून् । मुत्वे कृते घिसंज्ञायां 'ना' भावः ।

आन्तरतम्यादिति—परिमाणरूप सादृश्य से ह्रस्व वर्ण को ह्रस्व उकार और दीर्घ वर्ण को दीर्घ ऊकार होगा ।

अमू—यहाँ पूर्वोक्त प्रकार से सिद्ध हुई '**अदौ**' इस स्थिति में दकार से पर 'औ' वर्ण दीर्घ है । अतः उसको प्रकृत सूत्र से दीर्घ ऊकार हुआ और दकार को मकार । तव **अमू** रूप सिद्ध हुआ ।

जसः शीति—जस् में त्यदाद्यत्व और पररूप होने पर अकारान्त बन जाने से अदन्त सर्वनाम से पर जस् को '१५२ जसः शी' सूत्र से 'शी' आदेश हुआ ।

गुण इति—शकार के लोप होने पर गुण एकादेश हुआ । तब 'अदे' यह स्थिति हुई ।

३५८ एत ईदिति—अदस् शब्द के दकार से परे 'एकार' को ईकार और दकार को मकार आदेश हों, बहुवचन में ।

अमी—यहां पूर्व प्रदर्शित रीति से सिद्ध हुई 'अदे' इस स्थिति में 'अदे' बहुवचन है । अतः प्रकृत सूत्र से एकार को 'ई' कार और दकार को मकार होकर अमी रूप सिद्ध हुआ ।

इसी प्रकार शस् को छोड़कर अन्य बहुवचनों में भी 'बहुवचने झल्येत्' से एत्व करने पर तब उत्व और मत्व होंगे ।

पूर्वत्रासिद्धमिति—उत्व मत्व के त्रिपादीस्थ होने से 'पूर्वत्राऽसिद्धम्' के द्वारा असिद्ध होने के कारण पहले विभक्ति कार्य होंगे पीछे उत्व मत्व होंगे । सभी रूपों में उत्व मत्व अन्त में होंगे ।

अमुम्—'अम्' में त्यदाद्यत्व और पररूप तथा '१३५ अमि पूर्वः' से पूर्वरूप करने पर 'अदम्' बना । यहाँ उत्व और मत्व हुआ तब **अमुम्** रूप बना ।

(मुभावासिद्धिनिषेधसूत्रम्)

३५९ न मु ने ८ । २ । ३ ।

'ना' भावे कर्तव्ये कृते च मुभावो नासिद्धः । अमुना । अमूभ्याम् ।

अमून्—शस् में त्यदाद्यत्व और पररूप करने पर 'अद अस्' इस अवस्था में '१४६ प्रथमयोः–' सूत्र से पूर्वसवर्णदीर्घ और तब सकार को '१३७ तस्माच्छसो–' सूत्र से नकार होकर 'अदान्' बन जाने पर उत्व और मत्व होकर **अमून्** रूप सिद्ध हुआ । दीर्घ होने से 'आ' कार को दीर्घ ही ऊकार हुआ ।

मुत्वे कृते—'टा' में त्यदाद्यत्व और पररूप करने पर 'अद + टा' इस अवस्था में मुत्व–उकार और मकार आदेश–हुआ तो 'अमु + टा यह स्थिति हुई । यहाँ '१७० शेषो घ्यसखि' सूत्र से ह्रस्व उकारान्त होने से घिसंज्ञा हुई और '१७१ आङो ना–' सूत्र से 'टा' को 'ना' आदेश होने पर **अमुना** रूप सिद्ध हुआ ।

यहाँ आशङ्का होती है कि '१७१ आङो नाऽस्त्रियाम् ७ । ३ । १२० ।' इस सपादसप्ताध्यायीस्थ के प्रति '३५७ अदसोऽसेर्दादु दो मः ८ । २ । ८० । त्रिपादीस्थ मुभाव-उकार और मकार आदेश-के असिद्ध होने के कारण ह्रस्व उकार के न मिलने से घिसंज्ञा की प्रवृत्ति न होगी और तब 'टा' को 'ना' कैसे हो सकता है तथा 'ना' आदेश करने पर भी मुभाव के असिद्ध होने से अदन्त अङ्ग के मिल जाने से '१४१ सुपि च ७ । ३ । १०२ ।' से दीर्घ भी प्राप्त होता है । इस आशङ्का के निवारण के लिये अग्रिम सूत्र दोनों दशाओं में असिद्ध का निषेध करता है ।

३५९ न मु इति—'ना' भाव करना हो अथवा कर लिया हो–इन दोनों अवस्थाओं में 'मु' भाव असिद्ध नहीं होता ।

अमुना—अतः 'अमु + टा' इस दशा में जब ना भाव करने में मुभाव असिद्ध न हुआ तो ह्रस्व उकारान्त मिल जाने से घिसंज्ञा होकर 'ना' आदेश होगया और 'ना' आदेश किये जाने पर भी मुभाव के असिद्ध न होने से अङ्ग के अदन्त न मिलने से दीर्घ भी नहीं हुआ । अतः **अमुना** रूप बना ।

अमूभ्याम्—'भ्याम्' में त्यदाद्यत्व और पररूप होनेपर अङ्ग के अदन्त मिल जाने से '१४१ सुपि च' सूत्र से दीर्घ होकर 'अदाभ्याम्' पहले बन गया ।

अमीभिः । अमुष्मै । अमीभ्यः । अमुष्मात् । अमुष्य । अमुयोः । अमीषाम् । अमुष्मिन् । अमीषु । इति सकारान्ताः ।

इति हलन्तपुँल्लिङ्गप्रकरणम्

तब मुत्व होकर **अमूभ्याम्** रूप सिद्ध हुआ । दीर्घ होने से आकार के स्थान में दीर्घ ही ऊकार आदेश हुआ ।

अमीभिः 'भिस्' में त्यदाद्यत्व और पररूप होने पर पूर्ववत् अङ्ग के अदन्त बन जाने से '१४५ बहुवचने–' सूत्र से एकार होकर 'अदेभिः' बना । यहाँ '३५८ एत ईद् बहुवचने' सूत्र से एकार को ईकार और दकार को मकार होने पर **अमीभिः** रूप सिद्ध हुआ । त्यदाद्यत्व और पररूप होने पर 'अद + भिस्' इस दशा में अदन्त अङ्ग होने से '१४२ अतो भिस ऐस्' से 'भिस्' के स्थान में 'ऐस्' आदेश प्राप्त हुआ । पर उसका '२८० नेदमदसोरकोः' सूत्र से निषेध हो गया ।

अमुष्मै—'ङे' में त्वदाद्यत्व और पररूप करने पर 'अद ङे' इस दशा में अदन्त होने से 'ङे' को '१५३ सर्वनाम्नः–' सूत्र से 'स्मै' आदेश होने पर '३५७ अदसो–' सूत्र से मुत्व हुआ । तब इण् इकार से 'स्मै' (स्थानिवद्भाव से) प्रत्यय के सकार को '१५० आदेश प्रत्यययोः' सूत्र से मूर्धन्य षकार होकर **अमुष्मै** रूप सिद्ध हुआ ।

अमीभ्यः—की सिद्धि पूर्ववत् 'अदेभ्यः' बनाकर पश्चाद् '३५८ एत ईत्' सूत्र से मत्व और ईकार करने से होती है ।

अमुष्मात्—'ङसि' में त्यदाद्यत्व और पररूप करने पर 'अद ङसि' इस दशा में अदन्त होने से '१५४ ङसिङ्योः–' सूत्र से 'ङसि' को 'स्मात्' आदेश होने पर '३५७ अदसो–' सूत्र से मुत्व हुआ । तब 'अमु स्मात्' इस स्थिति में 'स्मात्' (स्थानिवद्भाव से) प्रत्यय के सकार को '१५० आदेश–' सूत्र से मूर्धन्य षकार आदेश होकर रूप सिद्ध हुआ ।

अमुष्य—'ङस्' में त्यदाद्यत्व और पररूप करने पर 'अद + ङस्' इस दशा में अङ्ग के अदन्त होने से '१४० टाङसि–' सूत्रसे 'ङस्' को 'स्य' आदेश हुआ । तब मुत्व होने पर 'अमुस्य' इस दशा में 'स्य' (स्थानिवद्भाव से) प्रत्यय के सकार को मूर्धन्य षकार होकर अमुष्य रूप बना ।

अथ हलन्तस्त्रीलिङ्गप्रकरणम् ।

(धकारादेशविधिसूत्रम्)

३६० 'नहो धः' ८ । २ । ३४ ॥

नहो हस्य धः स्याद् झलि पदान्ते च ।

अमुयोः—'ओस्' में पूर्ववत् 'अद+ओस्' इस स्थिति के बनजाने पर अङ्ग के अदन्त होने से '१४७ ओसि च' सूत्र से अकार को एकार और एकार को '२२ एचोऽयवा–' सूत्र से 'अय्' आदेश हुआ । तब 'अदयोः' इस अवस्था में मुत्व होकर **अमुयोः** रूप सिद्ध हुआ ।

अमीषाम्—'आम्' में पूर्ववत् 'अद + आम्' इस स्थिति के बनजाने पर अदन्त सर्वनाम होने से '१५५ आमि सर्वनाम्नः सुट्' सूत्र से 'आम्' को 'सुट्' आगम हुआ । तब झल् सकार आदि बहुबचन परे मिलने से '१४५ बहुवचने–' सूत्र से अकार को एकार होकर 'अदेसाम्' यह स्थिति हुई । यहाँ '३५८ एत ईद्–' सूत्र से एकार को ईकार और दकार को मकार होनेपर सकार को मूर्धन्य षकार होकर रूप सिद्ध हुआ ।

अमुष्मिन्—'ङि' में 'अद + ङि' इस अवस्था में '१५४ ङसिङ्योः' सूत्र से 'ङि' को स्मिन् आदेश हुआ । तब 'अद स्मिन्' इस दशा में मुत्व होने पर सकार को मूर्धन्य षकार होकर **अमुष्मिन्** रूप बना ।

अमीषु—पूर्ववत् 'अदेसु' बनजाने पर '३५८ एत ईद्–' से एकार को ईकार और दकार को मकार होने पर सकार को मूर्धन्य षकार करने पर **अमीषु** रूप सिद्ध हुआ । सकारान्त शब्द समाप्त ।

हलन्त पुंल्लिङ्गप्रकरण समाप्त ।

हकारान्त उपानह (जूता) शब्द ।

३६० **नहो ध** इति—'नह' धातु के हकार को धकार हो झल् परे रहते और पदान्त में ।

झल् परे रहते और पदान्त में कहने से 'सु, भ्याम् ३, भिस्, भ्यस् २, और सुप् इन आठ प्रत्ययों के परे रहते हकार को धकार होगा ।

३६१ नहि-वृति-वृषि-व्यधि-रुचि-सहि-तनिषु° क्वौ° ६ । ३ । ११६ ॥

क्विबन्तेषु पूर्वपदस्य दीर्घः । उपानद् । उपानहौ । उपानत्सु । क्विन्नन्तत्वात् कुत्वेन घः—उष्णिक् , उष्णिहौ । उष्णिग्भ्याम् ।

---

३६१ **नहि** इति—क्विबन्त नह् , वृत्[1], वृष् , व्यध्, रुच् , सह् और तन् धातु परे रहते पूर्वपद को दीर्घ हो ।

उपपूर्वक नह् धातु से **क्विप्** प्रत्यय हुआ और उसका सर्वापहार लोप हो गया, तब 'उप नह्' इस स्थिति में क्विबन्त नह् धातु परे मिल जाने के कारण पूर्वपद 'उप' के अन्त्य अकार को दीर्घ हुआ । तब **उपानह्** शब्द बना ।

उपानद्—प्रथमा के एकवचन में 'उपानह + सु' इस स्थिति में अपृक्त सकार का हल्ङ्यादिलोप होने के अनन्तर पदान्त बन जाने से '३६० नहो धः–' सूत्र से हकार को धकार हुआ । तब धकार को जश्त्व दकार और उसको अवसान होने के कारण विकल्प से चर् तकार होकर **उपानद्** और **उपानत्** ये दो रूप सिद्ध होते हैं ।

उपानहौ – विभक्ति के साथ मिला देने से रूप सिद्ध होगया ।

अजादि विभक्तियों में यथापूर्व कोई कार्य नहीं होता । हलादियों में पूर्वोक्त रूप से धकार आदेश होकर उसको जश्त्व दकार होने से रूप बनते हैं ।

उपानत् —सुप् में पूर्वोक्त प्रकार से हकार को धकार और उसको चर् तकार होकर रूप सिद्ध हुआ ।

उष्णिह् (वेद का एक छन्द)

क्विन्नन्तत्वादिति—उत्पूर्वक स्निह् धातु से '३०२ ऋत्विग्–' सूत्र से क्विन्प्रत्यय होकर 'उष्णिह' शब्द बना है । अतः क्विन्नन्त होने से इसके हकार को '३०५ क्विन्प्रत्ययस्य–' से कवर्ग घकार होगा पदान्त में और झल् परे रहते । अतः 'सु' 'भ्याम्' 'भिस ' 'भ्यस् ' और 'सुप्' में हकार को घकार होगा ।

---

१. दीर्घ के अन्य उदाहरण **नीवृत्**–जनपद, प्रान्त वा देश । **प्रावृट्**–वर्षाकाल । **मर्माविध्**–मर्मस्थल को भेदनेवाला । **अभीरुक्**–चारों ओर चमकनेवाला । **ऋतीषह्**–कष्ट सहनेवाला । **परीतत्**–चारो ओर फैलनेवाला ।

द्यौ दिवौ, दिवः। द्युभ्याम्।

गीः गिरौ, गिरः। एवम्–पूः।

उष्णिक्–प्रथमा के एकवचन में 'उष्णिह्+स्' इस स्थिति में अपृक्त सकार का हल्ङ्यादिलोप होने पर पूर्वोक्त प्रकार से हकार को घकार और उसको जश् गकार तथा उसको विकल्प से चर् ककार होकर रूप सिद्ध हुआ। पक्ष में—उष्णिग्।

उष्णिहौ—औ का रूप है कोई कार्य नहीं होता।

अजादि विभक्तियों में इसी प्रकार कोई विशेष कार्य नहीं होता।

उष्णिग्भ्याम्—भ्याम् में हकार को घकार और उसको जश् गकार होकर रूप सिद्ध होता है।

अन्य हलादि विभक्तियों में भी इतना ही कार्य होता है। सुप् में गकार को चर् ककार होने पर सकार को मूर्धन्य और क ष के संयोग से 'क्ष' बनकर **उष्णिक्षु** रूप सिद्ध होता है।

वकारान्त दिव् (आकाश) शब्द।

द्यौः—दिव् के सु में '२६४ दिव औत्' सूत्र से औकार अन्तादेश हुआ तदनन्तर सकार को रुत्व विसर्ग होकर रूप सिद्ध हुआ।

दिवौ, दिवः—औ और जश् के रूप हैं। इनमें कोई विशेष कार्य नहीं हुआ। सभी अजादि विभक्तियों के रूप इसी प्रकार बनते हैं।

द्युभ्याम्—भ्याम् में '२६५ दिव उत्–' सूत्र से वकार को उकार आदेश होने से यण् होकर रूप बनता है।

'दिव्' शब्द के रूप पुँल्लिङ्ग 'सुदिव्' शब्द के समान ही बनते हैं।

रकारान्त गिर् (वाणी) शब्द।

गीः—गिर् शब्द के सु में रकारान्त उपधा इकार को 'र्वोरुपधायाः–' सूत्र से दीर्घ, सु का हल्ङ्यादि लोप तथा रकार को विसर्ग हुआ है।

इसी प्रकार सभी हलादि विभक्तियों में दीर्घ होता है। अजादियों में पूर्ववत् कोई विशेष कार्य नहीं होता।

सप्तमी के बहुवचन में **गीर्षु** बनता है। यहाँ 'रोः सुपि' के नियम से रकार को विसर्ग नहीं होते। इण् रकार से पर सकार को मूर्धन्य आदेश होता है।

चतस्रः । चतसृणाम् ।

का, के, काः—**सर्वावत् ।**

(यत्वादेशविधिसूत्रम्)

३६२ 'यः सौ' ७ । २ । ११० ॥

इदमो दस्य यः इयम् । त्यदाद्यत्वम् , पररूपत्वम् , टाप् , 'दश्च'

एवमिति—इसी प्रकार पुर् (नगर) शब्द के भी रूप बनेंगे । **पूः, पुरौ पुरः । पूर्भ्याम् । पूर्षु** इत्यादि ।

चतुर् (चार) शब्द को 'त्रिचतुरोः स्त्रियां तिसृ-चतसृ' सूत्र से 'चतसृ' आदेश होता है, तब इसके रूप अजन्त 'तिसृ' शब्द के समान ही बनते हैं ।

चतस्रः—जस् और शस् में प्राप्त पूर्वसवर्णदीर्घ को बाधकर '२२५ अचि र ऋतः' सूत्र से ऋकार को रेफ आदेश और सकार को रुत्व विसर्ग होकर रूप सिद्ध हुआ ।

चतसृणाम्—आम् में नुट् होने पर 'नाऽऽमि' से प्राप्त दीर्घ का 'न तिसृ-चतसृ' से निषेध हो जाता है । णत्व होकर रूप सिद्ध हुआ ।

चतसृभिः, चतसृभ्यः २, चतसृषु इन में कोई विशेष कार्य नहीं होता ।

मकारान्त **किम्** शब्द ।

का इति—**किम्** शब्द को 'किमः कः' सूत्र से 'क' आदेश होता है । तब अकारान्त होने से स्त्रीत्वविवक्षा में 'अजाद्यतष्टाप्' से टाप् प्रत्यय होकर 'का' यह आकारान्त शब्द बन जाता है, सर्वनाम यह है ही, अतः 'सर्वा' शब्द के समान ही इस के रूप बनते हैं ।

इदम् (यह) शब्द ।

३६२ **य** इति—इदम् शब्द के दकार को यकार हो सु परे रहते स्त्रीलिङ्ग में।

[1]**इयम्**—'**इदम्** सु' इस अवस्था में दकार को यकार हुआ । 'सु' का हल्ङ्यादि लोप होकर रूप सिद्ध हुआ ।

त्यदाद्यत्वमिति—यह 'औ' आदि अजादि विभक्तियों के रूपों की साधन प्रक्रिया दिखाई है ।

---

१. यहाँ त्यदाद्यत्व नहीं होता, क्योंकि उसको बाधकर 'इदमो मः' से मकार को मकार ही होजाता है ।

इति मः–इमे, इमाः । इमाम् । अनया । हलि लोपः–आभ्याम् आभिः । अस्यै । अस्याः । अनयोः । आसाम् । अस्याम् । आसु ।

त्यदाद्यत्वम् , टाप् , स्या,–त्ये, त्याः । एवम्–तद् , एतद् ।

इमे—'इदम् + औ' इस दशा में त्यदाद्यत्वेन मकार को अकार होने पर दकारोत्तरवर्ती अकार का उसके साथ 'अतो गुणे' से पररूप हुआ । तब 'इद औ' इस स्थिति में दकार को मकार हुआ । अकारान्त होने के कारण स्त्रीत्व-विवक्षा में यहाँ भी टाप् (आ) प्रत्यय होगा । तब सवर्णदीर्घ होने पर 'इ मा + औ' इस दशा में आबन्त से परे होने के कारण 'औ' को 'औङः शी' से 'शी' आदेश हुआ । तदनन्तर गुण होकर **इमे** रूप सिद्ध हुआ ।

इसी प्रकार जस् में **इमाः**, अम् में **इमाम्** रूप सिद्ध होते हैं । औट् में–**इमे**, शस् में–**इमाः** ।

त्यदाद्यत्व, पररूप और टाप् करने पर यह इदम् शब्द आकारान्त 'इदा' बन जाता है । तब 'सर्वा' शब्द के समान ही रूप बनते हैं । 'टा' और 'ओस्' में 'इद्' भाग को 'अनाप्यकः' से 'अन्' आदेश होता है और हलादियों में 'हलि लोपः' से 'इद्' भाग का लोप होकर 'आ' मात्र शेष रहता है । ङित् वचन और आम् प्रत्यय स्याट् तथा सुट् आगम होने से हलादि बन जाते हैं । अतः उनमें भी 'इद्' भाग का लोप हो जाता है । रूप इसके मूल में प्रायः सब आगये हैं ।

दकारान्त त्यद् (वह) शब्द ।

त्यदाद्यत्वमिति—त्यद् शब्द के दकार को भी त्यदाद्यत्व और पररूप करने पर अदन्त बन जाने से स्त्रीत्वविवक्षा होने के कारण टाप् प्रत्यय होता है । तब 'आकारान्त' 'त्या' शब्द बन जाता है । इसके रूप सर्वनाम 'सर्वा' शब्द के समान ही सिद्ध होते हैं ।

स्या—सु में 'तदोः सः सावनन्त्ययोः' से तकार को सकार आदेश हो जाता है । आबन्त से पर होने से सु का लोप हुआ ।

एवम्—इसी प्रकार 'तद्' और 'एतद्' के रूप भी सिद्ध होते हैं । पूर्वोक्त प्रकार से त्यदाद्यत्व, पररूप और आ (टाप्) करने पर 'ता' और 'एता' शब्द बन जाते हैं । आकारान्त सर्वनाम होने से सर्वा शब्द के समान रूप सिद्ध

वाक्, वाग् । वाचौ । वाग्भ्याम् । वाक्षु ।

'अप्' शब्दो नित्यं बहुवचनान्तः । 'अप्तृन्–' इति दीर्घः– आपः । अपः ।

होंगे । 'सु' में दोनों के तकार को 'तदोः सः सावनन्त्ययोः' सूत्र से सकार हो जाता है, 'एतद्' के सकार को इण् से पर होने के कारण मूर्धन्य षकार भी होता है ।

प्र० सा	ते	ताः ।	प० तस्याः	ताभ्याम्	ताभ्यः ।
द्वि० ताम्	,,	,, ।	ष० तस्याः	तयोः	तासाम् ।
तृ० तया	ताभ्याम्	ताभिः ।	स० तस्याम्	,,	तासु ।
च० तस्यै	,,	ताभ्यः ।			

तद् शब्द के इन रूपों के पहले 'ए' लगादेने से 'एतद्' के रूप बन जाते हैं ।

चकारान्त वाच् (वाणी) शब्द ।

वाक् वाग्—'सु' का हल्ङ्यादि लोप, पदान्त चकार को जश्त्व जकार, उसको 'चोः कुः' से कवर्ग गकार और गकार को अवसान में होने के कारण 'वावसाने' से वैकल्पिक चर् ककार होने पर दो रूप सिद्ध होते हैं ।

वाचौ—'औ' का रूप है । यहाँ कोई कार्य नहीं हुआ ।

इसी प्रकार अन्य अजादि विभक्तियों में कोई विशेष कार्य नहीं होता ।

वाग्भ्याम्—भ्याम् में चकार को जश्त्व जकार और उसको कुत्व गकार होकर रूप सिद्ध हुआ ।

हलादि विभक्तियों में इसी प्रकार जश्त्व और कुत्व कार्य होते हैं ।

वाक्षु—सुप् में जश्त्व और कुत्व होने पर गकार को 'खरि च' से चर्त्व ककार होकर कवर्ग से पर प्रत्यय के सकार को 'आदेशप्रत्यययोः' सूत्र से मूर्धन्य षकार हुआ । तब क ष के संयोग से 'क्ष' बन गया ।

पकारान्त अप् (जल) शब्द ।

अप् शब्द इति—अप् शब्द नित्य बहुवचनान्त[1] है ।

आपः—जस् में सर्वनामस्थान परे होने से '२०६ अप्तृन्–' सूत्र से उपधा अकार को दीर्घ और सकार को रुत्व विसर्ग होकर रूप सिद्ध हुआ है ।

१—'आपः स्त्री भूम्नि वार् वारि सलिलं कमलं जलम्' इत्यमरः ।

(तकारादेशविधिसूत्रम्)

३६३ अपो[६] भि[७] ७ । ४ । ४८ ॥

अपस्तकारो भादौ प्रत्यये । अद्भिः । अद्भ्यः २ । अपाम् । अप्सु ।
दिक्, दिग् । दिशः । दिग्भ्याम् ।
'त्यदादिषु–' इति दृशेः क्विन्विधानाद् अन्यत्रापि कुत्वम्–दृक्,

---

अपः—शस् में सकार को रुत्व विसर्ग हुआ । सर्वनामस्थान न होने से उपधा दीर्घ नहीं हुआ ।

३६३ **अप इति**—अप् शब्द को तकार (अन्तादेश) हो भकारादि प्रत्यय परे रहते ।

अद्भिः—'अप् भिस्' इस दशा में पकार को तकार हुआ । उसको जश्त्व दकार होनेपर सकार को रुत्व विसर्ग होकर रूप सिद्ध हुआ ।

इसी प्रकार अद्भ्यः भी सिद्ध होता है । **अपाम्** और **अप्सु** में कोई कार्य नहीं हुआ ।

शकारान्त दिश् (दिशा) शब्द ।

दिक्, दिग्—दिश् शब्द '३०२ ऋत्विग्–' सूत्र से क्विन्प्रत्यय होने से बना है । अतः क्विन्प्रत्ययान्त होने से पुँल्लिङ्ग 'तादृश्' शब्द के समान सु और सुप् में इसको भी क्रमशः ष, ड, ग, क और भ्याम्, भिस् तथा भ्यस् में ष, ड, ग होते हैं । अजादियों में कोई विशेष कार्य नहीं होता । अतः इसके रूप पुँल्लिङ्ग 'तादृश्' शब्द के समान सिद्ध होंगे ।

दृश् (आंख)

त्यदादिषु इति—त्यद्[१] आदि उपपद रहते दृश् धातु से क्विन् का विधान

---

१. दृश् शब्द दृश् धातु से क्विप्प्रत्यय होकर बना है । अतः क्विन्प्रत्ययान्त न होने से 'क्विन्प्रत्ययस्य–'सूत्र से कुत्व प्राप्त नहीं । उसके लिये यह कहा जाता है कि 'क्विन्प्रत्ययस्य' का क्विन् प्रत्ययान्त अर्थ नहीं, अपि तु बहुव्रीहि समास से 'क्विन्प्रत्यय जिससे किया गया हो' यह अर्थ है । इसलिये 'तादृश्' आदि शब्दों में 'त्यदादिषु–'सूत्र से क्विन् प्रत्यय की विधि देखे जाने से दृश् शब्द को क्विन्प्रत्ययान्त न होने पर भी कुत्व होगा । अतः इसके रूप भी 'तादृश्'

दृग् । दृशौ । दृग्भ्याम् ।

त्विट, त्विड्, त्विषौ । त्विड्भ्याम् ।

'ससजुषो रुः' इति रुत्वम्—सजूः । सजुषौ । सजूर्भ्याम् । सजूःषु, सजूष्षु ।

किया गया है, अतः अन्यत्र—त्यद् आदि उपपद न रहते—भी इसको कुत्व हो जाता है ।

षकारान्त त्विष् (कान्ति) शब्द

त्विट्, ड्—प्रथमा के एकवचन में हल्ङ्यादि लोप होने पर षकार को जश्त्व डकार और अवसान में होने के कारण डकार को चर् टकार विकल्प से होने पर दो रूप सिद्ध हुए ।

त्विष् शब्द के रूप पुँल्लिङ्ग 'रत्नमुष्' के समान बनते हैं ।

सजुष्[1] (मित्र) शब्द ।

ससजुषो इति—सजुष् शब्द के सु में हल्ङ्यादिलोप होने पर षकार को रुत्व हुआ । तब रेफान्त उपधा को 'वोंरुपधायाः–' से दीर्घ और रकार को विसर्ग होकर **सजूः** रूप सिद्ध हुआ ।

सजूर्भ्याम्—भ्याम् में उक्त प्रकार से सकार को रुत्व और उपधादीर्घ होकर रूप बना ।

सजूःषु, सजूष्षु—सुप् में रुत्व उपधादीर्घ और विसर्ग होने पर 'सजूः सु' इस दशा में 'विसर्जनीयस्य–' सूत्र से विसर्ग को सकार प्राप्त हुआ । उसको बाधकर 'वा शरि' सूत्र से वैकल्पिक विसर्ग हुए, पक्ष में सकार हुआ । तब 'सजूः सु' और 'सजूस् सु' इन दोनों पक्षों में 'नुम्विसर्जनीय–' सूत्र से पहली स्थिति में शर् सकार के और दूसरी में विसर्ग के व्यवधान रहते हुए भी इण् जकारोत्तरवर्ती ऊकार से पर सकार के स्थान में मूर्धन्य षकार हुआ । तब विसर्गपक्ष में **सजूःषु** रूप बना । सकारपक्ष में 'सजूस् षु' इस दशा में पूर्व सकार को ष्टुत्व षकार होकर **सजूष्षु** रूप सिद्ध हुआ ।

के समान ही बनेंगे । 'तादृश्' शब्द के रूपों में से 'ता' हटा दीजिये 'दृश्' के रूप हो जायंगे ।

१. समानं जुषते सेवते इति सजूः ।

आशीः । आशिषौ । आशीर्भ्याम् ।

असौ । उत्वमत्वे—अमू , अमूः । अमुया । अमूभिः । अमुष्यै ।

आशिष्[1] (आशीर्वाद) शब्द

आशीः—प्रथमा के एकवचन में 'आशिष् + सु' इस स्थिति में षकार के असिद्ध होने से सकार को 'ससजुषोः–' सूत्र से रु और रकारान्त उपधा को दीर्घ तथा रकार को विसर्ग होने पर **आशीः** रूप सिद्ध हुआ ।

आशीर्भ्याम्—'आशिष् + भ्याम्' इस स्थिति में पूर्ववत् सकार को स और रकारान्त उपधा इकार का दीर्घ होकर रूप सिद्ध हुआ ।

प्र०	आशीः	आशिषौ	आशिषः	च०	आशिषे	आशीर्भ्याम्	आशीर्भ्यः
सं०	हे ,,	हे ,,	हे ,,	पं०	आशिषः	,,	,,
द्वि०	आशिषम्	,,	,,	ष०	,,	आशिषोः	आशिषाम्
तृ०	आशिषा	आशीर्भ्याम्	आशीर्भिः	स०	आशिषि	,,	आशीःषु,ष्षु

सकारान्त अदस् शब्द

असौ—अदस् शब्द के स्त्रीलिङ्ग सु में पुँल्लिङ्ग के समान ही **असौ** रूप बनता है । 'अदस औ सुलोपश्च' से सकार को औ और सु का लोप, 'तदोः सः–' सूत्र से दकार को सकार और वृद्धि होकर रूप सिद्ध हुआ ।

ध्यान रहे कि अदस् शब्द के स्त्रीलिङ्ग में 'सु' को छोड़कर सभी विभक्तियों में त्यदाद्यत्व, पररूप स्त्रीत्व विवक्षा के कारण टाप् प्रत्यय और सवर्ण-दीर्घ होकर 'अदा' शब्द बन जाता है । तब आबन्त बन जाने से सर्वा शब्द के समान रूप बना लेने के अनन्तर मुत्व करना चाहिये । जहाँ दीर्घ आकार रहेगा, वहाँ ऊकार दीर्घ होगा । ङिद् वचनों में ह्रस्व हो जाने से उकार भी ह्रस्व होगा । इस प्रक्रिया को अच्छी तरह हृदयङ्गम कर लेना चाहिए ।

अमू—'औ' में त्यदाद्यत्व और पररूप होने के अनन्तर अकारान्त बन जाने से स्त्रीलिङ्ग में '१२४५ अजाद्यतष्टाप्' सूत्र से टाप् होकर 'अदा + औ' इस दशा में वृद्धि होकर 'अदौ' बन जाने पर '३५७ अदसोऽसेः–' से उत्व और मत्व होकर **अमू** रूप सिद्ध हुआ ।

अमूः—जस् में भी पूर्ववत् 'अदा + अस्' ऐसी स्थिति बन जाने पर पूर्व-

---

१. आङ्पूर्वक शास् धातु से क्विप् प्रत्यय होकर 'आशिष्' शब्द बना है 'शासिवसिघसीनां च' सूत्र से सकार को मूर्धन्य षकार हआ ।

अमूभ्यः । अमुष्याः । अमुयोः । अमूषाम् । अमुष्याम् । अमूषु ।

इति हलन्तस्त्रीलिङ्गप्रकरणम्

सवर्णदीर्घ होने से 'अदाः' ऐसी दशा में मुत्व होकर **अमूः** रूप सिद्ध हुआ।

अमुया—'टा में पूर्ववत् 'अदा + आ' ऐसी स्थिति बन जाने पर '२१८ आङि चाऽपः' सूत्र से प्रातिपदिक के आकार को एकार आदेश और एकार को '२२ एचोऽय-' सूत्र से 'अय' आदेश होने पर 'अदया' यह स्थिति बनी। इसमें मुत्व करने पर **अमुया** रूप सिद्ध हुआ।

अमूभिः—भिस् में पूर्ववत् 'अदाभिः' बन जाने पर मुत्व करने से **अमूभिः** रूप सिद्ध हुआ।

अमुष्यै—'ङे' में पूर्ववत् 'अदा + ए' बन जाने पर आबन्त सर्वनाम होने से 'सर्वनाम्नः स्याड् ह्रस्वश्च' सूत्र से 'स्याट्' आगम और आबन्त को ह्रस्व तथा 'स्या' के उत्तरवर्ती आ और ङे के ए को वृद्धि होकर 'अदस्यै' बन गया। तब मुत्व होने से 'अमुस्यै' इस दशा में उकार इण् से पर प्रत्ययावयव सकार को '१५० आदेश-' सूत्र से मूर्धन्य आदेश होकर **अमुष्यै** रूप सिद्ध हुआ।

अमूभ्यः—'अदाभ्यः' बन जाने पर मुत्व होकर रूप सिद्ध हुआ।

अमुष्याः—ङसि और ङस् में 'अदा + अस्' इस दशा में स्याट् आगम और अकार को ह्रस्व तथा सवर्णदीर्घ होकर 'अदस्याः' इस स्थिति के बन जाने पर मुत्व और षत्व होकर **अमुष्याः** रूप सिद्ध हुआ।

अमुयोः—'अदा+ओस्' इस दशा में '२१८ आङि चापः' सूत्र से अकार को एकार और एकार को 'अय्' आदेश होने पर बनी हुई 'अदयोः' इस स्थिति में मुत्व होकर **अमुयोः** रूप बना।

अमूषाम्—'अदा + आम्' यहाँ 'आमि सर्वनाम्नः सुट्' से सुट् का आगम होने पर बनी हुई 'अदासाम्' इस स्थिति में मुत्व और षत्व होकर **अमूषाम्** रूप बना।

अमुष्याम्—'अदस्याम्' बन जाने पर मुत्व और षत्व होकर अमुष्याम रूप सिद्ध हुआ।

[1]**अमूषु**—सुप् में 'अदासु' इस स्थिति के बन जाने पर मुत्व और षत्व होकर **अमूषु** रूप सिद्ध हुआ।

हलन्तस्त्रीलिङ्गप्रकरण समाप्त ।

अथ हलन्तनपुंसकलिङ्गप्रकरणम् ।

स्वमोर्लुक्, दत्वम्—**स्वनडुत्**, **स्वनडुद्** । **स्वनडुही** । **'चतुरनडुहोः–'** इत्यात्वम्—**स्वनड्वांहि** । पुनस्तद्वत् । शेषं पुंवत् ।

स्वमोर्लुक्—नपुंसक लिङ्ग होने से 'स्वमोर्नपुंसकात्' सूत्र से सु और अम् का लोप होता है ।

यह प्रक्रिया इस प्रकरण में सामान्य रूप से सभी शब्दों के लिये है, यद्यपि यहाँ 'स्वनडुह्' शब्द के लिये ही उल्लेख की गई-सी मालूम पड़ती है ।

दत्वम्—सु और अम् का लोप होने पर 'स्वनडुह्' शब्द के हकार को पदान्त होने से 'वसुस्रंसु–' सूत्र से दकार आदेश होता है ।

हकारान्त स्वनडुह्—(अच्छे बैलवाला, कुल आदि) शब्द के 'सु' और 'अम्' का 'स्वमोर्नपुंसकात्' सूत्र से लोप होने पर पदान्त बन जाने से हकार को 'वसुस्रंसु–' सूत्र से दकार और उसको 'वाऽवसाने' से वैकल्पिक तकार होकर दो रूप सिद्ध हुये **स्वनडुत्** और **स्वनडुद्** ।

स्वनडुही—औ को '२३५ नपुंसकाच्च' सूत्र से शी आदेश हुआ । शकार की इत्संज्ञा और लोप होकर रूप सिद्ध हुआ ।

स्वनड्वांहि—जस् को '२३७ जश्शसोः शि' सूत्र से 'शि' आदेश और उसकी '२३८ शि सर्वनामस्थानम्' से सर्वनामस्थान संज्ञा होने पर 'चतुरनडुहोः–' सूत्र से अन्त्य अच् डकारोत्तरवर्ती उकार के आगे आम् आगम, उकार को यण् वकार और '२३६ नपुंसकस्य झलचः' से अन्त्य अच् आकार के आगे नुम् आगम तथा नकार को 'नश्चापदान्तस्य झलि' से अनुस्वार होकर **स्वनड्वांहि** रूप सिद्ध हुआ ।

पुनरिति—फिर उसी प्रकार अर्थात् द्वितीया के रूप भी प्रथमा के समान ही बनते हैं क्योंकि 'सु' के समान 'अम्' का भी लोप हो जाता है और जश् के समान शस् को भी शि आदेश होता है । औ और औट् तो सर्वथा समान हैं । फलितार्थ यह हुआ कि नसपुंक में प्रथमा और द्वितीया के एक जैसे रूप बनते हैं ।

वाः, वारी, वारि । वार्भ्याम् ।
चत्वारि ।
किम्, के, कानि ।

शेषमिति—शेष–तृतीया आदि के–रूप पुँल्लिङ्ग[1] के समान बनते हैं अर्थात् पुँल्लिङ्ग 'अनडुह्' शब्द के समान ही बनेंगे ।

वाः–रकारान्त वार् (जल) शब्द के आगे सु का लोप और रकार को विसर्ग हुए ।

वारी—औ को शी आदेश हुआ ।

वारि—जस् को 'शि' आदेश होकर रूप सिद्ध हुआ ।

यही रूप द्वितीया के भी बनेंगे । तृतीया आदि के रूपों में नपुंसकलिङ्गकृत कोई विशेषता नहीं होती, अतः साधारण नियम से रूप बनेंगे ।

चत्वारि—चतुर् शब्द से पर जस् और शस् को 'शि' आदेश और उसकी सर्वनामस्थान संज्ञा होने पर '२५६ चतुरनडुहोः–' सूत्र से आम् आगम तथा उकार को यण् वकार होकर **चत्वारि** रूप सिद्ध होता है ।

शेष रूप साधारण नियम से पुँल्लिङ्ग के समान ही बनेंगे ।

किम्—मकारान्त किम् शब्द के सु और अम् का लोप होकर **किम्**[2] यही रूप बन गया ।

---

१. अजन्तनपुंसकलिङ्ग प्रकरण में बताया जाचुका है कि प्रथमा और द्वितीया के एक समान रूप होते हैं । शेष रूप भी पुँल्लिङ्ग के समान ही होते हैं । अतः एव सिद्ध हुआ कि यहाँ केवल प्रथमा के रूप ही सिद्ध करने होते हैं–उन्हीं में अन्तर पड़ता है । इनमें भी विशेष रूप से द्विवचन और बहुवचन में । एकवचन में तो 'सु' और 'अम्' का लोप होजाने से कोई विशेष कार्य नहीं होता । अतः यहाँ केवल प्रथम तीन रूपों की सिद्धि प्रायः आयगी, बल्कि दो की ही-द्विवचन और बहुवचन की । एकवचन को तो रूप जैसा शब्द का रूप होता है प्रायः वैसा ही होगा । इस में प्रत्ययलक्षण कार्य भी नहीं होता, 'नलुमताङ्गस्य' के निषेध होने से ।

२. विभक्ति पर न होने से 'क' आदेश नहीं हुआ । 'न लुमताङ्गस्य' के निषेध होने से प्रत्ययलक्षण से भी नहीं हो पाता ।

इदम्, इमे, इमानि।

(वा) अन्वादेशे नपुंसके एनद् वक्तव्यः।

एनत्, एनद्। एने। एनानि। एनेन। एनयोः।

अहः। विभाषा ङिश्योः—अह्नी, अहनी। अहानि।

के—'औ' में 'किमः कः' से 'क' आदेश होने पर अदन्त शब्द बन गया, तब अदन्त शब्द के समान औ को शी आदेश और गुण एकादेश होकर रूप सिद्ध होगा।

कानि—'जस्' और 'शस्' में 'क' आदेश होने पर पूर्ववत् रूप सिद्ध होगा। शेष रूप पूर्ववत् पुँल्लिङ्ग के समान बनेंगे।

[1]**इदम्**—सु का लोप हुआ और रूप बन गया।

इमे—त्यदाद्यत्व, पररूप, 'औ' को शी आदेश, गुण और 'दश्च' दकार को मकार होकर रूप सिद्ध हुआ।

इमानि—त्यदाद्यत्व, पररूप, शि आदेश, उसकी सर्वनामस्थानसंज्ञा, अकारान्त होने से नुम् आगम, उपधादीर्घ और दकार को मकार होकर रूप बना।

इसी प्रकार द्वितीया के रूप बनेंगे। शेष रूप पुँल्लिङ्ग के समान बनेंगे।

(वा) अन्वादेशे इति—अन्वादेश में नपुंसकलिङ्ग में 'इदम्' और 'एतद्' शब्द को 'एनद्' आदेश हो।

यह वार्तिककार का वचन है। इसके आगे भाष्य में कहा है 'एनदिति नपुंसकैकवचने' अर्थात् 'एनद्' यह आदेश नपुंसक के एकवचन सु अम् में हो। अतः एकवचन सु अम् में ही यह आदेश होता है, अन्यत्र तो 'एन' आदेश ही होता है।

एनत्—'सु' 'अम' के लोप होने पर 'इदम्' को 'एनद्' आदेश हुआ। तब वैकल्पिक चर्त्व होने से दो रूप बने।

एने—आदि शेष स्थलों में 'एन' आदेश ही हुआ।

अहः—**नान्त अहन्** (दिन) शब्द के सु का लोप, '११० रोऽसुपि' सूत्र

---

१. विभक्ति के लुक् हो जाने से त्यदाद्यत्व नहीं हो पाता। प्रत्ययलक्षण से भी नहीं होता क्योंकि 'न लुमताङ्गस्य' से उसका निषेध होजाता है। '२७२ इदमो मः' सूत्र से भी त्यदाद्यत्व का बाध होता है।

(रु आदेशविधिसूत्रम्)

३६४ अहन्' ८ । २ । ६८ ॥

अहन् इत्यस्य रुः पदान्ते । अहोभ्याम् ।

दण्डि ।

(वा) सम्बुद्धौ नपुंसकानां नलोपो वा वाच्यः । हे दण्डिन् , हे

से नकार को रेफ आदेश और उसको '९३ खरव–' से विसर्ग होकर रूप बना ।

अह्नी, अहनी—'औ' को शी आदेश होने पर 'विभाषा ङिश्योः' सूत्र से 'अन्' के अकार का लोप विकल्प से होकर दो रूप सिद्ध होते हैं

अहानि—अस् को शि आदेश, सर्वनामस्थानसंज्ञा, नान्त उपधा अकार को दीर्घ होकर रूप सिद्ध हुआ ।

इसी प्रकार ये ही रूप द्वितीया के भी बनते हैं ।

टा में 'अल्लोपोऽनः' से अन् के अकार का नित्यलोप होने से **अह्ना,** यह रूप बनता है । इसी प्रकार अन्य अजादि विभक्तियों में रूप बनते हैं ।

३६४ **अहन्निति**— अहन् शब्द को रु (अन्त) आदेश हो पदान्त में ।

अहोभ्याम्—भ्याम् के हलादि होने से उसके परे रहते पूर्व 'अहन्' शब्द की '११४ स्वादिष्वसर्वनामस्थाने' से पदसंज्ञा होती है । अतः पदान्त होने से नकार को रु आदेश हुआ, उसको '**हशि च**' से उ और अकार उकार को ओ गुण एकादेश होकर रूप सिद्ध हुआ ।

अन्य हलादियों में ऐसे ही रूपसिद्धि होती है ।

तृ० अह्ना, अहोभ्याम्, अहोभिः । च० अह्ने, अहोभ्याम् , अहोभ्यः ।
प० अह्नः, अहोभ्याम् , अहोभ्यः । ष० अह्नः, अह्नोः, अह्नाम् ।
स० अह्नि–अहनि, अह्नोः, अहःसु ।

दण्डिन्—(दण्डधारी कुल) शब्द के सु का लोप होने पर '१८० न लोपः' सूत्र से नकार का भी लोप हुआ । दण्डि रूप सिद्ध हुआ ।

(वा) सम्बुद्धौ इति—सम्बुद्धि में नपुंसकलिङ्ग शब्दों के नकार का लोप विकल्प से होता है ।

हे दण्डिन् , हे दण्डि—इस वार्तिक से नकार के लोप के विकल्प होने से दो रूप बने ।

दण्डि । दण्डिनी, दण्डीन, दण्डिना । दण्डिभ्याम् ।

सुपथि । भस्य टेर्लोपः—सुपथी । सुपन्थानि ।

ऊर्क्, ऊर्जी, ऊन्र्जि । नरजानां संयोगः ।

दण्डिनी—औ को 'शी' आदेश होकर रूप सिद्ध हुआ ।

दण्डीनि—जस् को शि आदेश, सर्वनामस्थानसंज्ञा, उपधादीर्घ होकर रूप सिद्ध हो गया ।

द्वितीया के रूप भी ऐसे ही बनते हैं। तृतीया आदि विभक्तियों में पुँल्लिङ्ग के समान रूप सिद्ध होते हैं ।

सुपथि—**सुपथिन्** (अच्छे मार्गवाला नगर वा वन) शब्द के सु का लोप होने पर नकार का भी लोप हुआ । **सुपथि**—रूप बना ।

सुपथि—औ को शी आदेश होने पर नपुंसकलिङ्ग होने से इसकी 'सुडन-पुंसकस्य' से सर्वनामस्थानसंज्ञा न होने के कारण 'यचि भम्' से भसंज्ञा हुई । तब 'भस्य टेर्लोपः' सूत्र से टि 'इन्' का लोप होकर रूप सिद्ध हुआ ।

[1]**सुपन्थानि**—जस् को शि आदेश और शि की सर्वनामस्थानसंज्ञा होने पर 'इतोऽत् सर्वनामस्थाने' सूत्र से इकार को अकार आदेश, 'अतो गुणे' से पररूप और '२६६ थो न्थः' सूत्र से 'न्थ' आदेश करने पर 'सुपन्थन् इ' ऐसी स्थिति बनी । यहाँ उपधादीर्घ होकर रूप सिद्ध हुआ ।

इसी प्रकार द्वितीया के रूप बनेंगे । शेष रूप पुंल्लिङ्ग 'पथिन्' शब्द के समान बनते हैं । सम्बुद्धि में नकारलोप के विकल्प से–**हे सुपथि, हे सुपथिन् ।**

जकारान्त ऊर्ज् (बल और तेज) शब्द

ऊर्क्, र्ग्–'ऊर्ज् + सु' इस दशा में सु का लोप होने पर पदान्त चवर्ग जकार को '२०७ चोः कुः' सूत्र से कवर्ग गकार आदेश हुआ । तब अव-सान होने से विकल्प से चर् ककार होकर ऊर्क् और ऊर्ग् दो रूप सिद्ध हुए ।

ऊर्जी—औ को शी आदेश होकर रूप सिद्ध हुआ ।

ऊन्र्जि—जस् को शि आदेश और उसकी सर्वनामस्थानसंज्ञा होने पर झलन्त होने से '२३६ नपुंसकस्य झलचः' सूत्र से नुम् आगम अन्त्य (व्यपदे-

---

१. शि की सर्वनामस्थानसंज्ञा होने से भसंज्ञा के अभाव से टि का लोप नहीं हुआ

तत्, ते, तानि। यत्, ये, यानि। एतत्, एते, एतानि।
गवाक्, गोची, गवाञ्चि। पुनस्तद्वत्। गोचा। गवाग्भ्याम्।

शिवद्भाव से) अच् अकार के आगे हुआ। तब उक्त रूप सिद्ध हुआ।

नरजामिति—ऊन्र्जि में न र ज इस क्रम से संयोग है अर्थात् पहले नकार, उसके बाद रकार और तब जकार है। कहने का अभिप्राय यह है कि रकार के बीच में होने से नकार का जकार के साथ योग न होने से यहाँ श्चुत्व नहीं हुआ।

दकारान्त सर्वनाम **तद्, यद्** और **एतद्** शब्द के सु और अम् के लोप और विकल्प से चर् होने पर **तत्, यत्** और [1]**एतत्**—ये रूप सिद्ध होते हैं।

ते, य, एते—औ परे रहते त्यदाद्यत्व और पररूप तथा औ को शी आदेश और गुण होने पर रूप सिद्ध होते हैं।

तानि, यानि, एतानि—जस् और शस् को शि आदेश, सर्वनामस्थान संज्ञा, त्यदाद्यत्व, पररूप, नुम् और उपधादीर्घ होकर रूप सिद्ध होते हैं।

शेष रूप पुँल्लिङ्ग के समान ही बनते हैं।

चकारान्त गो अञ्च्[2] शब्द

गवाक्, ग्—गो अञ्च्[3] अर्थ में 'अनिदितां हल उपधायाः क्ङिति' सूत्र से नकार का लोप होने पर तथा 'सु' का लोप और ओकार को 'अवङ्

---

१. लोप होने पर विभक्ति पर न होने से त्यदाद्यत्व और तकार को सकार नहीं होता। 'न लुमताङ्गस्य' से निषेध होने से प्रत्ययलक्षण से भी उक्त कार्य नहीं होते।

२. 'गामञ्चति' इस विग्रह में सुबन्त गो शब्द उपपद रहते '३०२ ऋत्विग्–' सूत्र से क्विन्प्रत्यय होता है। क्विन् का सर्वापहार लोप हो जाता है। तब 'गो अञ्च्' शब्द बनता है।

३. गति अर्थ में नकार का लोप होने से 'गो अच्' शब्द होता है। अञ्च् धातु का पूजा अर्थ भी होता है, पूजा अर्थ में '३४२ नाञ्चेः पूजायाम्' सूत्र से नकार के लोप का निषेध हो जाता है। तब 'गवाङ्' आदि रूप होते हैं। यहाँ मूल में केवल गति अर्थ के ही रूप दिखाये हैं। गति और पूजा अर्थ के भेद से इसके सारे रूप १०९ होते हैं जो कि मध्यकौमुदी में दिखाये गये

स्फोटायनस्य' से अवङ् आदेश तथा सवर्णदीर्घ हुआ। तब 'गवाच्' इस स्थिति में पहले '६७ झलां–' सूत्र से चकार को जश् जकार, तब '३०७ क्विन्प्रत्ययस्य–' सूत्र से जकार को कवर्ग गकार और उसको अवसान में होने के कारण चर्त्व विकल्प से होकर **गवाक्** [1] और **गवाग्** ये दो रूप सिद्ध हुए।

गोची—औ को शी आदेश और भसंज्ञा[2] होने के कारण अकार का '३३६ अचः' सूत्र से लोप होकर रूप बना।

गवाञ्चि—जस् को शि आदेश, उसकी सर्वनामस्थानसंज्ञा, ओकार अवङ् आदेश तथा सवर्णदीर्घ होने से 'गवाच् इ' ऐसी स्थिति बनी। यहाँ झलन्त होने से 'नपुंसकस्य झलचः' से नुम् आगम, नकार को अनुस्वार परसवर्ण होकर रूप सिद्ध हुआ।

पुनरिति—द्वितीया में भी ऐसे ही रूप सिद्ध होते हैं।

गोचा—टा में अजादि सुप् होने से भसंज्ञा होकर '३३६ अचः' सूत्र से अकार का लोप होकर रूप सिद्ध होता है।

गवाग्भ्याम्—भ्याम् में हलादि विभक्ति होने से भसंज्ञा न हुई, तब '१६४ स्वादिष्वसर्वनामस्थाने' से पूर्व की पदसंज्ञा हुई। अवङ् आदेश, सवर्णदीर्घ, चकार को जश् जकार और जकार को कुत्व गकार होने से रूप बना।

अजादि विभक्तियों में 'गोचा' के समान अकार का लोप होकर रूप बनते हैं और हलादि में 'गवाग्भ्याम्' के जैसे अवङ् आदेश, सवर्णदीर्घ, जश्त्व, कुत्व होकर। 'सुप्' में कुत्व होने पर चर् ककार और सकार को मूर्धन्य षकार हैं। सिद्धान्त कौमुदी में तो ५२७ रूप बनाये गये हैं। विस्तार के भय से और अधिक आवश्यक न होने से इस हिन्दी टीका में भी वे छोड़ दिये गये हैं।

१. यहाँ केवल अवङ् पक्ष का ही रूप दिखाया गया है। अवङ् विकल्प से होता है, पक्ष में 'सर्वत्र विभाषा गोः' से प्रकृतिभाव विकल्प से, उसके पक्ष में 'एङः पदान्तादति' से पूर्वरूप होकर गो अक् और गोक् रूप भी बनते हैं। जिन स्थलों में 'अञ्च्' के अकार का लोप नहीं होता, उन स्थलों में इस प्रकार तीन रूप होते हैं। मूल में नहीं दिखाये गये।

२. नपुंसकलिङ्ग में होने के कारण 'शी' की सर्वनामस्थानसंज्ञा नहीं होती, अतः इसके परे रहते पूर्व की भसंज्ञा हो जाती है।

शकृत , शकृती, शकृन्ति ।

ददत , ददती ।

(नुम्विधिसूत्रम्)

३६५ वॉ नपुंसकस्य[6] ७ । १ । ७९ ॥

अभ्यस्तात् परो यः शता, तदन्तस्य क्लीबस्य वा नुम् सर्वनाम-स्थाने । ददन्ति, ददति ।

तुदत् ।

तथा क ष के सयोग से क्ष बनकर **गवाक्षु** रूप बनता है ।

शकृत् , द्—तकारान्त **शकृत्** (विष्ठा, मल) शब्द के सु का लोप होने पर तकार को 'झलां जशः–' से जश् दकार और उसको अवसान होने के कारण विकल्प से चर् तकार होकर **शकृत् , शकृद्** रूप बनते हैं ।

शकृती—औ को शी आदेश होकर रूप सिद्ध हुआ ।

शकृन्ति—जस् को शि आदेश, उसकी सर्वनामस्थानसंज्ञा, झलन्त होने से नुम् , अनुस्वार और परसवर्ण होकर रूप की सिद्धि हुई ।

द्वितीया के रूप प्रथमा के समान और शेष रूप पुँल्लिङ्ग 'महत्' के समान बनेंगे ।

ददत्—(देता हुआ) शब्द के सु और अम् में **ददत** और औ औट् में **ददती** रूप पूर्ववत् सिद्ध होते हैं ।

३६५ वा इति—अभ्यस्त से परे जो शतृ प्रत्यय, तदन्त नपुंसकलिङ्ग शब्द को विकल्प से नुम् आगम हो सर्वनामस्थान परे रहते ।

ददन्ति, ददति—जस् को शि आदेश और उसकी सर्वनामस्थानसंज्ञा होने पर प्रकृत सूत्र से विकल्प से नुम् हुआ, क्योंकि ददत् की 'उभे अभ्यस्तम्' सूत्र से अभ्यस्त संज्ञा होती है । अतः उक्त दो रूप बने । शस् का भी यही रूप बनेगा ।

शेष रूप पूर्ववत् पुंल्लिङ्ग 'महत्' शब्द के समान बनेंगे ।

तुदन्—(पीड़ा पहुँचाता हुआ) शब्द के सु और अम् का लोप होकर पूर्ववत् रूप सिद्ध हुआ ।

(नुम्विधिसूत्रम्)

३६६ आच्छीनद्योर्नुम् ७ । १ । ८० ॥

अवर्णान्ताद् अङ्गात् परो यः शतुरवयवः, तदन्तस्य अङ्गस्य नुम् वा शीनद्योः । तुदन्ती, तुदती । तुदन्ति ।

(नुम्विधिसूत्रम्)

३६७ शप्श्यनोर्नित्यम् ७ । १ । ८१ ॥

---

३६६ आच्छीनद्योरिति—अवर्णान्त अङ्ग से परे जो शतृ का अवयव तदन्त अङ्ग को नुम् आगम विकल्प से हो शी और नदी 'ङीप् प्रत्यय के ईकार' परे रहते ।

तुदन्ती, तुदती—तुदत्[1] शब्द में अवर्णान्त अङ्ग 'तुद्' है, उससे परे शतृ का अवयव तकार है तदन्त 'तुदत्' अङ्ग को शी परे रहते विकल्प से नुम् होकर दो रूप बने **तुदन्ती, तुदती** ।

तुदन्ति—जस् और शस् का रूप है, उनको 'शि' आदेश होने पर यहाँ **'नपुंसकस्य झलचः'** से नित्य नुम् होकर रूप सिद्ध हुआ ।

शेष रूप पुँल्लिङ्ग के समान बनेंगे ।

३६७ शप्श्यनोरिति—शप् और श्यन् के अकार[2] से परे जो शतृ का

---

१. तुद् धातु से शतृ प्रत्यय होने पर धातु से श हुआ । तब 'तुद् अ अत्' इस दशा में श के अकार और शतृ के अकार को पररूप एकादेश होने पर 'तुदत्' यह शब्द बना है ।

२. अवर्णान्त अङ्ग से परे शतृ का अवयव भ्वादि, दिवादि, तुदादि और चुरादि इन चार गणों में मिलता है । भ्वादि और चुरादि में शप् के, दिवादि में 'श्यन्' के यकारोत्तरवर्ती तथा तुदादि में श के अकार से अङ्ग अवर्णान्त बनता है । अतः शप् और श्यन् के स्थल में नित्य नुम् विधान होने से भ्वादि, दिवादि और चुरादि धातुओं के शतृप्रत्ययान्त शब्दों से 'औ' को शी आदेश होने पर नित्य नुम होता है, तुदादिगण की धातुओं से सिद्ध शतृप्रत्ययान्त शब्दों से विकल्प से शेष गणों की धातुओं से निष्पन्न शब्दों से होता ही नहीं क्यों कि उनमें 'शप्' नहीं होता, अतः इन दोनों सूत्रों की प्रवृत्ति वहाँ होती ही नहीं ।

शप्श्यनोरात् परो यः शतुरवयवः, तदन्तस्य नित्यं नुम् शीनद्योः । पचन्ती । पचन्ति ।

दीव्यन्ती । दीव्यन्ति ।

अवयव, तदन्त को नित्य नुम् हो शी और नदी[1] (ङीप् का ईकार) परे रहते ।

यह नित्य विधान पूर्वोक्त विकल्प का बाधक है ।

पचन्ती—पच् धातु से शतृप्रत्यय करने पर बीच में शप् होने से 'पच् अ अत्' इस दशा में पररूप होकर **पचत्** शब्द बनता है । इस में शप् का अकार 'अन्तादिवच्च' के अतिदेश से है, उससे पर शतृ का अवयव तकार है । तदन्त पचत् शब्द को शी परे रहते नुम् नित्य हुआ । तब **'पचन्ती'** यह रूप सिद्ध हुआ ।

पचन्ति—जस् शस् में तुदन्ति के समान ही सिद्ध होता है ।

शेष रूप पुँल्लिङ्ग के समान ही बनते हैं ।

दीव्यत्—(खेलता हुआ आदि) शब्द के रूप पचत् के समान ही बनते हैं । इस में श्यन् प्रत्यय होने से शी परे रहते नित्य ही नुम् होता है ।

दीव्यन्ती—'दीव्यत् + औ' इस स्थिति में 'औ' को शी आदेश होने पर श्यन् से शतृ प्रत्यय का अवयव तकार है, अतः तदन्त दीव्यत् शब्द को 'शप्श्यनोर्नित्यम्' सूत्र से नित्य नुम् आगम होगा । नुम् आगम 'मिदचोऽन्त्यात्परः' इस परिभाषा के बल से अन्त्य अच् रकारोत्तरवर्ती अकार के आगे और उसीका अवयव होकर आयगा । इस प्रकार इस रूप की सिद्धि होती है ।

---

१. शतृप्रत्ययान्त शब्दों के उगित् होने से स्त्रीत्वविवक्षा में 'उगितश्च' से ङीप् प्रत्यय होता है । ङीप् का ई शेष रहता है । दीर्घ ई होने से इसकी नदी संज्ञा होती है । भ्वादि, दिवादि और चुरादि गण के शतृप्रत्ययान्तों से नित्य, और तुदादि के शतृप्रत्ययान्त शब्दों से विकल्प से नुम् होता है तथा अन्य गण वालों से नहीं होता । जो रूप शी में बनता है वही स्त्रीलिङ्ग में भी, समान नियम होने से । यदि शी में नुम् नित्य होगा, तो स्त्रीलिङ्ग में भी नित्य ही होगा और यदि विकल्प से होगा तो स्त्रीलिङ्ग में भी विकल्प से ही तथा यदि शी में नहीं होगा तो स्त्रीलिङ्ग में भी नहीं होगा । यथा—शी-पचन्ती स्त्री-पचन्ती, शी—तुदन्ती, तुदती, स्त्री-तुदन्ती, तुदती । शी—मुष्णती, स्त्री—मुष्णती । इसी प्रकार अन्यत्र समझना चाहिये ।

धनुः । धनुषी । 'सान्त-' इति दीर्घः, 'नुम्विसर्जनीय-' इति षः धनूंषि । धनुषा । धनुर्भ्याम् । एवम्—चक्षुर्हविरादयः ।

पयः, पयसी, पयांसि । पयसा । पयोभ्याम् ।

दीव्यन्ति—जस् और शस् में यह रूप बनता है। इसकी सिद्धि उपर्युक्त प्रकार से ही होती है।

षकारान्त धनुष्[1] (धनुष्) शब्द के सु का लोप होने पर रुत्व के प्रति षत्व असिद्ध होने से सकार को रुत्व विसर्ग होकर **धनुः**[2] रूप सिद्ध हुआ।

धनुषी—औ को शी आदेश होने पर रूप सिद्ध हुआ।

धनूंषि—शि आदेश और उसकी सर्वनामस्थानसंज्ञा होने पर झलन्त से परे होने से 'नपुंसकस्य झलचः' से नुम् आगम हुआ। तब 'धनु न् स्[3] इ' इस दशा में सर्वनामस्थान पर होने से सान्त संयोग होने से 'सान्तमहतः संयोगस्य' सूत्र से उपधा उकार को दीर्घ हुआ। तदनन्तर नकार को 'नश्चापदान्तस्य झलि' से अनुस्वार और नुम्स्थानिक अनुस्वार के व्यवधान होने पर भी 'नुम्विसर्जनीय' सूत्र से सकार को मूर्धन्य ष होकर रूप सिद्ध हुआ।

इसी प्रकार द्वितीया के भी रूप सिद्ध होंगे।

धनुर्भ्याम्—यहाँ भी षत्व के असिद्ध होने से सकार को रुत्व हुआ।

अन्य हलादि विभक्तियों में भी इसी प्रकार रुत्व होकर रूप सिद्ध होते हैं।

सुप् में—**धनुःषु** और **धनुष्षु** ये दो रूप बनते हैं।

एवमिति—इसी प्रकार **चक्षुष्** (नेत्र), **हविष्** (घी) और **जनुष्** (जन्म) आदि षकारान्त क्लीब शब्दों के भी रूप बनते हैं।

सकारान्त पयस् (जल, दूध) शब्द के सु का लोप होने पर सकार को रुत्व विसर्ग करने से **पयः** रूप सिद्ध हुआ।

---

१. धन् धातु से औणादिक उस् प्रत्यय करने पर सकार को मूर्धन्य होकर 'धनुष्' शब्द बना है। रुत्व के प्रति षत्व असिद्ध है।

२. यहाँ 'र्वोरुपधायाः' से दीर्घ नहीं हुआ। क्योंकि यहाँ रकार धातु का नहीं, अपि तु प्रत्यय का है।

३. 'धनु न् स्' यहाँ बीच में नुम् आ जाने से निमित्त न रह जाने के कारण 'निमित्तापाये' परिभाषा के बल से षकार भी न रहा।

सुपुम्, सुपुंसी, सुपुमाँसि ।

पयसी—औ को शी आदेश होकर रूप सिद्ध हो गया ।

पयांसि—जस् को शि आदेश और उसकी सर्वनामस्थानसंज्ञा होने पर झलन्त होने से 'नपुंसकस्य झलचः' से नुम् आगम हुआ । तब 'पय न् स् इ' इस स्थिति में सान्त संयोग होने से '३४१ सान्त महतः संयोगस्य' सूत्र से उपधादीर्घ हुआ और नकार को 'नश्चापदान्तस्य झलि' से अनुस्वार होकर रूप सिद्ध हुआ ।

पयोभ्याम्—भ्याम् के हलादि होने से '१६४ स्वादिष्वसर्वनामस्थाने' सूत्र से पूर्व की पदसंज्ञा हुई, तब पदान्त होने से सकार को रुत्व हुआ । उसको 'हशि च' से उकार और पूर्व पर के स्थान में ओ गुण होकर रूप सिद्ध हुआ ।

सुप् में सकार को रुत्व और रकार को विसर्ग होने पर 'पयः सु' इस स्थिति में '१०३ विसर्जनीयस्य सः' सूत्र से विसर्गों को सकार प्राप्त होता है । उसको बाधकर '१०४ वा शरि' सूत्र से विसर्गों को विकल्प से विसर्ग होकर **पयःसु** बना और पक्ष में सकार होने पर **पयस्सु** ।

इसी प्रकार सकारान्त नपुंसकलिङ्ग **यशस्** (कीर्ति), **मनस्** (मन) **रक्षस्** (राक्षस्) **महस्** (तेज) **वयस्** (पक्षी, अवस्था) **तेजस्** (तेज) **ओजस्** (बल, तेज) और **ओकस्** (घर) आदि शब्दों के भी रूप बनेंगे ।

सुपुंस् - (शोभनाः पुमांसो यस्य कुलस्य नगरस्य वा—अच्छे पुरुषवाला कुल या नगर) शब्द के सु का लोप होने पर मकार का संयोग होने से सकार को संयोगान्त लोप हुआ । पर त्रिपादी होने से अनुस्वार संयोगान्त लोप के प्रति असिद्ध है । तब रूप सिद्ध हुआ **सुपुम्** ।

सुपुंसी—औ को शी आदेश होकर रूप बन गया ।

सुपुमांसि—जस् को शी आदेश और उसकी सर्वनामस्थान संज्ञा होने पर 'पुंसोऽसुङ्' से असुङ् आदेश हुआ । तब 'सुपुमस् इ' इस स्थिति में झलन्तलक्षण नुम् और सान्तसंयोग लक्षण उपधादीर्घ तथा नकार को 'नश्चापदान्तस्य झलि' सूत्र से अनुस्वार होने पर रूप की सिद्धि हुई ।

इसी प्रकार द्वितीया के भी रूप बनेंगे ।

शेष रूप पुँल्लिङ्ग 'पुंस्' के समान ।

अदः। विभक्तिकार्यम्, उत्वमत्वे–अमू, अमूनि। शषं पुंवत्।

इति हलन्तनपुंसकलिङ्गप्रकरणम्।

इति षड्लिङ्गप्रकरणम्।

अदः—**अदस्** शब्द के सु और अम् का लोप होने पर सकार को रुत्व विसर्ग होकर 'अदः'[1] रूप सिद्ध हुआ।

अमू—औ को शी आदेश, त्यदाद्यत्व, पररूप और गुण होने पर 'अदे' बना। तब 'अदसोऽसेः दादुदोमः' सूत्र से दकार को मकार और एकार को दीर्घ ऊकार हुआ।

अमूनि—जस् और शस् को शि आदेश, त्यदाद्यत्व, पररूप अजन्त होने से नुम् और उपधादीर्घ होने पर 'अदानि' यह स्थिति बनी। यहाँ दकार को मकार और आकार को दीर्घ ऊकार होकर रूप सिद्ध हुआ।

शेषमिति—शेष रूप पुंल्लिङ्ग के समान ही बनेंगे।

हलन्तनपुंसकलिङ्गप्रकरण समाप्त।

षड्लिङ्ग समाप्त।

---

१. यहाँ सान्त होने से मुत्व नहीं हुआ, क्योंकि 'अदसोऽसेर्दादु दो मः' इस मुत्वविधायक सूत्र में असान्त अदस् शब्द को मुत्व विधान किया गया है। त्यदाद्यत्व तो यहाँ होता नहीं विभक्ति के न होने के कारण, प्रत्ययलक्षण से भी त्यदाद्यत्व नहीं हो पाता, 'न लुमताङ्गस्य' से उसका निषेध हो जाने से।

अथ [1]अव्ययप्रकरणम्

(अव्ययसंज्ञासूत्रम्)

३६८ स्वरादि-निपातम् अव्ययम्[1] १ । १ । ३७ ॥

स्वरादयो निपाताश्चाऽव्ययसंज्ञाः स्युः ।

स्वर् आदयः ।

१–स्वर् २–अन्तर् ३–प्रातर् ४–पुनर् ५–सनुतर् ६–उच्चैस् ७–नीचैस्

---

३६८ **स्वरादीति**—स्वर् आदि शब्दों की और निपातों–च आदि–की **अव्यय** संज्ञा हो ।

अव्यय संज्ञा का फल है 'अव्ययादाप्सुपः' से आप् और सुप् का लोप ।

स्वरिति—स्वर् आदि का परिगणन किया गया है । मूल के क्रम से अर्थ दिये जाते हैं—१–स्वर्ग २–भीतर ३–प्रातःकाल ४–फिर ५–छिप जाना ६–ऊँचा

---

१. सुबन्त पद दो प्रकार के हैं–१ विकारी २ अविकारी । जिन में 'सुप्' की उत्पत्ति होने पर विकार होता है वे **विकारी** कहे जाते हैं और जिनमें सुप् आकर लोप को प्राप्त हो जाते हैं–कोई विकार नहीं होता–वे शब्द **अविकारी** कहे जाते हैं । षड्लिङ्ग प्रकरण में विकारी सुबन्त शब्दों का निरूपण किया गया है । अब इस प्रकरण में उन शब्दों का निरूपण किया जाता है जो अविकारी हैं अर्थात् जिनमें लिङ्ग, संख्या और कारक के कारण कोई विकार–अन्तर–नहीं पड़ता अर्थात् आप् (लिङ्गबोधक) और सुप् (संख्याकारकबोधक) प्रत्ययों का लोप हो जाता है । इन अविकारी शब्दों को ही **अव्यय** कहा जाता है ।

यह अव्यय संज्ञा अन्वर्थ है । यद् न व्येति—जो व्यय को नहीं प्राप्त होता है अर्थात् जिसमें विकार नहीं होता, वह अव्यय होता है । यही बात 'सदृशं त्रिषु लिङ्गेषु–' इस कारिका में बताई जायगी ।

८–शनैस् ९–ऋधक् १०–ऋते[1] ११–युगपत् १२–आरात्[2] १३–पृथक् १४–ह्यस् १५–श्वस् १६–दिवा १७–रात्रौ १८–सायम् १९–चिरम् २०–मनाक् २१–ईषत् २२–जोषम् २३–तूष्णीम् २४–बहिस्[3] २५–अवस् २६–अधस् २७–समया[4] २८–निकषा[5] २९–स्वयम् ३०–वृथा ३१–नक्तम् ३२–न ३३–नञ्[6] ३४–हेतौ ३५–इद्धा ३६–अद्धा ३७–सामि ३८–(ग)-वत्[7] ३९–ब्राह्मणवत् ४०–क्षत्रियवत् ४१–सना ४२–सनत् ४३–सनात्

७–नीचा ८–धीरे ९–सत्य १०–विना ११–एकदम १२–दूर, समीप १३–अलग १४–कल (बीता हुआ) १५–कल (आनेवाला) १६–दिन में १७–रात में १८ सायंकाल १९–विलम्ब २०–थोड़ा २१–थोड़ा २२–चुपचाप २३–चुपचाप २४–बाहर २५–बाहर २६–नीचे २७–समीप २८–समीप २९–अपने आप ३०–व्यर्थ ३१–रात ३२–नहीं ३३–नहीं ३४–कारण ३५–स्पष्ट ३६ स्पष्ट ३७–आधा ३८–समान ३९–ब्राह्मण के समान ४०–क्षत्रिय के समान ४१–नित्य ४२–नित्य। ४३–

---

१. इसके योग में 'अन्याराद् इतरर्ते दिक्शब्दाञ्चूत्तरपदाजाहियुक्ते' सूत्र से पञ्चमी विभक्ति आती है, जैसे—ऋते ज्ञानाद् न मुक्तिः—ज्ञान के बिना मुक्ति नहीं होती।

२. 'आरात्' के योग में भी पूर्वोक्त सूत्र से पञ्चमी विभक्ति आती है। 'आराद् दूरसमीपयोः' इस अमर कोष के बचन से इसके दूर और समीप ये दोनों अर्थ हैं, जैसे—आराद् गृहात् नदी—घर के समीप या दूर नदी है।

३. 'बहिस्' के योग में भी पञ्चमी विभक्ति आती है, जैसे—ग्रामाद् बहिः—गाँव से बाहर।

४-५. 'समया' और 'निकषा' के योग में, 'अभितः-परितः-समया-निकषा-हा-प्रति-योगेऽपि' इस वार्तिक से द्वितीया विभक्ति आती है। जैसे—नगरं समया निकषा वा नदी-नगर के समीप नदी है।

६. इन अव्ययों में कुछ ऐसे भी हैं जिनका स्वतन्त्र प्रयोग नहीं होता। उनमें 'नञ्' भी है, इसका प्रयोग समास में ही होता है।

७. यह गणसूत्र है। 'वत्' तद्धित प्रत्यय है 'ब्राह्मणवत्' और 'क्षत्रियवत्' इसके उदाहरण हैं।

४४-उपधा ४५-तिरस्[1] ४६-अन्तरा[2] ४७-अन्तरेण[3] ४८-ज्योक् ४९-कम् ५०-शम् ५१-सहसा ५२-विना[4] ५३-नाना[5] ५४-स्वस्ति[6] ५५-स्वधा[7] ५६-अलम्[8] ५७-वषट्[9] ५८-श्रौषट् ५९-वौषट् ६०-अन्यत् ६१-अस्ति ६२-उपांशु ६३-क्षमा ६४-विहायसा ६५-दोषा ६६-मृषा ६७-मिथ्या ६८-मुधा ६९-पुरा ७०-मिथो ७१-मिथस् ७२-प्रायस् ७३-मुहुस् ७४-प्रवाहुकम् ७५-प्रवाहिका ७६-आर्यहलम् ७७-अभीक्ष्णम् ७८-साकम्[10] ७९-सार्धम्[11] ८०-

---

नित्य ४४-भेद ४५-छिपना, तिरस्कार ४६-मध्य, विना ४७-विना ४८-शीघ्र ४९-सुख ५०-सुख ५१-अकस्मात् ५२-विना ५३-अनेक, विना ५४-कल्याण ५५-पितरों को देना ५६-निषेध ५७-देवताओं को हवि देना ५८-देवताओं को देना ५९-देवताओं को देना ६०-अन्य ६१-है ६२-एकान्त, रहस्य ६३-क्षमा ६४-आकाश ६५ रात ६६-झूठ ६७-झूठ ६८-व्यर्थ ६९-पहले ७०-साथ, परस्पर ७१-साथ, परस्पर ७२-अक्सर ७३-बारबार ७४-एकदम ७५-एकदम

---

१. इसका प्रयोग 'धा' तथा 'कृ' धातु के ही साथ होता है स्वतन्त्र नहीं। धा के साथ 'छिपना' अर्थ और 'कृ' के साथ तिरस्कार होना अर्थ है तिरोदधाति, तिरस्करोति।

२, ३. 'अन्तराऽन्तरेण युक्ते' सूत्र से इन दोनों से द्वितीया विभक्ति होती है, जैसे—त्वां मां चान्तरा हरिः—हरि तुम्हारे और मेरे बीच में है। अन्तरेण परिश्रमं सफलता न लभ्यते—परिश्रम के बिना सफलता नहीं मिलती।

४, ५. इनके योग में द्वितीया, तृतीया और पञ्चमी ये तीन विभक्तियाँ आती हैं। विना परिश्रमं, परिश्रमेण, परिश्रमात् न सुखम्—बिना परिश्रम के सुख नहीं। नाना शब्द जब बिना के अर्थ में आता है तभी इसके योग में द्वितीया आदि विभक्तियाँ आती हैं।

६, ७, ८, ९. स्वस्ति, स्वधा अलम् और वषट्-इनके योग में 'नमः स्वस्ति स्वाहा-स्वधाऽलं वषड् योगाच्च' इस सूत्र से चतुर्थी आती है।

अलम् का अर्थ जब 'पर्याप्त' होता है तब उसके योग में चतुर्थी आती है।

१०, ११. 'साकम्' और 'सार्धम्' इन दोनों सहार्थक शब्दों के योग में 'सहयुक्तेऽप्रधाने' सूत्र से तृतीया आती है।

नमस्[1] ८१–हिरुक् ८२–धिक्[2] ८३–अथ[3] ८४–अम् ८५–आम् ८६–प्रताम् ८७–प्रशान् ८८–मा ८९–माङ्।

आकृतिगणोऽयम् ।

च–आदयो निपाताः—

१–च २–वा ३ ह ४ –अह –एव ६–एवम् ७–नूनम् ८–शश्वत्

७६–बलात् ७७–निरन्तर ७८–साथ ७९–साथ ८०–प्रणाम ८१–बिना ८२–धिक्कार ८३–प्रारम्भ–आदि ८४–स्वीकृति, हाँ ८५–हाँ ८६–ग्लानि ८७–समान ८८–निषेध ८९–निषेध।

आकृतिगण इति—स्वरादिगण आकृतिगण है। अतः इनमें अन्य शब्दों का भी ग्रहण होता है।

उनमें प्रयोग में विशेष आनेवाले यहाँ (अर्थसहित) दिये जाते हैं—

शब्द	अर्थ	शब्द	अर्थ	शब्द	अर्थ
१ **कामम्**	यथेच्छ, बेशक	७ **मङ्क्षु**	शीघ्र	१३ **सुष्ठु**	अच्छा
२ **प्रकामम्**	अधिक	८ **आशु**	,,	१४ **अञ्जसा**	,,
३ **भूयः**	पुनः, फिर	९ **झटिति**	,,	१५ **वरम्**	,,
४ **साम्प्रतम्**	इस समय, ठीक	१० **झगिति**	,,	१६ **वदि**	कृष्णपक्ष
५ **परम्**	परन्तु	११ **अवश्यम्**	अवश्य	१७ **सुदि**	शुक्लपक्ष
६ **साक्षात्**	सामने, दर्शन	१२ **ओम्**	हाँ, प्रारम्भ	१८ **संवत्**[4]	वर्ष

च—आदि निपातों के मूल के क्रम से अर्थ—

१-और २–विकल्प ३–प्रसिद्धि ४–पूजा ५–ही, अवधारण ६–ऐसा ७–निश्चय

---

१. 'नमस्' के योग में पूर्वोक्त 'नमः–' आदि सूत्र से चतुर्थी आती है।

२. धिक् के योग में द्वितीया विभक्ति आती है, जैसे—धिक् तान्—उनको धिक्कार।

३. यहाँ अव्ययों के जो अर्थ दिये गये हैं, वे प्रधान अर्थ हैं। वैसे इनमें से बहुतों के अनेक अर्थ हैं। अथ' का प्रारम्भ अर्थ मुख्य है परन्तु 'मङ्गलाऽनन्तराऽऽरम्भ-प्रश्न-कार्त्स्न्येष्वथो अथ' इस अमरकोष के वचन के अनुसार मङ्गल, अनन्तर, प्रश्न और सम्पूर्ण—ये भी अर्थ हैं।

४. मालूम पड़ता है कि यह 'संवत्' शब्द 'संवत्सर' का संक्षेप में लिखा हुआ रूप है, जो कि बारबार लिखे जाने पर स्वतन्त्र 'अव्यय' बन गया है।

९–युगपद् १०–भूयस्[1] ११–कूपत् १२–कुवित् १३–नेत् १४–चेत् १५–चण् १६–यत्र १७–कच्चित् १८–नह १९–हन्त २०–माकिः २१–माकिम् २२–नकिः २३–नकिम् २४–माङ् २५–नञ् २६–यावत् २७–तावत् २८–त्वै, न्वै २९–द्वै ३०–रै ३१–श्रौषट् ३२–वौषट् ३३–स्वाहा ३४–स्वधा ३५–वषट् ३६–तुम् ३७–तथापि ३८–खलु ३९–किल ४०–अथो ४१–अथ ४२–सुष्ठु ४२–स्म ४४–आदह।

(ग० सू०) उपसर्ग-विभक्ति-स्वर-प्रतिरूपकाश्च।

४५–अवदत्तम् ४६–अहंयुः ४७–अस्तिक्षीरा।

८–निरन्तर ९–एकदम १०–फिर ११–प्रश्न,प्रशंसा १२–अधिक प्रशंसा १३–शङ्का, अन्यथा, नहींतो १४– यदि १५–यदि १६–जहां, गर्हा, अमर्ष १७ प्रश्न १८–निषेधपूर्वक प्रारम्भ १९–हर्ष, विषाद २०–वर्जन २१वर्जन २२–वर्जन २३–वर्जन २४–निषेध २५–निषेध २६–जितना २७–उतना २८–वितर्क २ –वितर्क ३०–दान, आदर ३१–हवि दान ३२–हवि दान ३३–देव दान ३४–पितृदान ३५–हविर्दान ३६–तुम् ३७–जो भी ३८–निषेध, निश्चय ३९ प्रसिद्धि ४०–प्रारम्भ ४१–प्रारम्भ ४२–अच्छा ४३–भूतकाल ४४–प्रारम्भ, निन्दा।

(ग० सू०) **उपसर्गेति**—जो उपसर्ग, विभक्त्यन्त (सुबन्त और तिङन्त) तथा स्वरों के प्रतिरूपक —सदृश–हों, वे भी चादिगण के अन्तर्गत हैं अर्थात् उनकी भी निपातसंज्ञा होती है। निपात अव्यय होते हैं।

अवदत्तम्–यहाँ 'अव' उपसर्ग सदृश है, अतः निपात होने से अव्यय है। यह उपसर्ग नहीं, अत एव 'अच उपसर्गात्तः' से तकारादेश नहीं हुआ अन्यथा **अवत्तम्** बनता। प्र आदि 'प्रादयश्च' सूत्र से निपातसंज्ञक हैं, अतः अव्यय हैं।

अहंयुः–यहां 'अहम्' यह अस्मद् शब्द के प्रथमा के एकवचन के समान

---

१ भूयस् आदि कई पद स्वरादियों में भी आ चुके हैं और यहाँ निपातों में भी। यद्यपि स्वरादि होने से ही अव्ययसंज्ञा इनकी हो जाती है तथापि निपात-संज्ञा का विशेष फल होने से यहाँ इनका पाठ किया गया है। 'निपाता आद्युदात्ताः' सूत्र से निपात आद्युदात्त होते हैं, आद्युदात्त स्वर होना निपात संज्ञा का विशेष फल है।

४८–अ ४९–आ ५०–इ ५१–ई ५२–उ ५३–ऊ ५४–ए ५५–ऐ ५६–ओ ५७–औ।

५८–पशु। ५९–शुकम्। ६०–यथा कथा च। ६१–पाट्। ६२–प्याट्। ६३–अङ्ग। ६४–है। ६५–हे। ६६–भोः। ६७–अये। ६८–द्य। ६९–विषु। ७०–एकपदे। ७१–युत्। ७२–आतः।

चादिरप्याकृतिगणः।

सुबन्तसदृश पद अव्यय है। 'अहंशुभमोर्युस्' से युस् प्रत्यय हुआ है। यदि 'अहम्' विभक्त्यन्त होता तो 'युस्' प्रत्यय परे रहते विभक्ति का लोप हो जाता।

अस्तिक्षीरा—इसमें 'अस्ति' यह पद तिङ् विभक्त्यन्त अस् धातु के लट् लकार के प्रथम पुरुष के एकवचन—के सदृश है। यह चादियों में होने से निपात तथा अव्यय है। अतएव इसका 'क्षीर' पद के साथ समास हो गया है। यदि यह तिङन्त होता तो समास न हो सकता। तिङन्त का समास नहीं होता।

अ आ इति—स्वरप्रतिरूपक 'अ आ' आदि गिना दिये गये हैं। इन में सभी स्वर आ गये हैं। ये भी चादि होने से निपात और अव्यय हैं। अतएव इनको अच्त्वप्रयुक्त कार्य नहीं होते।

अ आ आदि निपातों का स्वतंत्र भिन्न-भिन्न अर्थ है, पर इनका प्रयोग बहुत कम होता है। अ—सम्बोधन, तिरस्कार और निषेध अर्थ का वाचक है। अ—वाक्य और स्मरण अर्थ का, 'वाक्यस्मरणयोरङित्' इति। इ—सम्बोधन, आश्चर्य और घृणा, **ई उ ऊ ए ऐ ओ औ**—ये सम्बोधन के द्योतक हैं।

५८ सम्यक्। **५९** शीघ्र। **६०** निरादर, जैसे तैसे। ६१–६७ सम्बोधन। ६८ हिंसा। ६९ नाना। ७० युगपद्। ७१ घृणा। ७२ इसलिये।

चादीति—चादि भी आकृतिगण है, अतः इन परिगणित शब्दों के अतिरिक्त अन्य शब्द भी इसमें आते हैं। उनमें अधिकतर प्रयोग में आनेवाले शब्द यहाँ दिये जाते हैं—

आहोस्विद्—विकल्प। **व**—समानता। **दिष्ट्या**—आनन्द, बधाई। **चटु, चाटु**—चापलूसी। **हुम**—भर्त्सन। **इव**—समानता। **अद्यत्वे**—आजकल। **सकृत्**—एक बार। **असकृत्**—बार बार। **प्रेत्य**—परलोक। **अमुत्र**—पर लोक में। **अह्नाय**—शीघ्र। **सत्वरम्**—शीघ्र। जातु—कदाचित्। **अहो**—आश्चर्य। **उताहो**—विकल्प। **किमुत**—विकल्प। **प्रसह्य**—बलात्, जबर्दस्ती।

(अव्ययसंज्ञासूत्रम्)

३६९ तद्धितश्चाऽसर्वविभक्तिः १ । १ । ३८ ॥

यस्मात्सर्वा विभक्तिर्नोत्पद्यते, स तद्धितान्तोऽव्ययं स्यात्। परिगणनं कर्तव्यम्—तसिलादयः प्राक् पाशपः शस्प्रभृतयः प्राक् समासान्तेभ्यः, अम्, आम्, कृत्वोऽर्थाः, तसिवती, नानाञौ। एतदन्तमव्ययम्। अत इत्यादि।

किंच—इसके अतिरिक्त। **इति**—समाप्ति। **पश्चात्**—पीछे। **स्थाने**—उचित। **भृशम्**—अत्यन्त। [1]**उररी, उरी**—स्वीकृति। **अतः**—इसलिए। **अवश्यम्** अवश्य। **पूर्वेद्युः**—गत दिन। **अद्य**—आज। **परश्वः**—परसों। **परेद्यवि**—दूसरे दिन। **परुत्**—परसाल, गतवर्ष। **परारि**—पिछले से पिछले वर्ष, अर्थात् दो वर्ष पहले। **ऐषमः**—अब के साल, इस वर्ष।

३६९ तद्धित इति—जिससे सब विभक्तियाँ नहीं आती, वह तद्धितान्त अव्यय हो।

परिगणनमिति—इनका परिगणन करना चाहिये— '११९६ पञ्चम्यास्तसिल् ५। ३। ७।' से लेकर 'याप्ये पाशप् ५। ३। ४७' के पहले के प्रत्यय, '१२३८ बह्वल्पार्थाच्छस्कारकादन्यतरस्याम् ५। ४। ४२॥' से लेकर 'समासान्ताः १। ४। ६८॥' सूत्र से पहले आये हुए प्रत्यय, 'अमु च छन्दसि ५। ४। १' से विहित 'अम्', '१२१८ किमेत्तिङव्ययघादाम्वद्रव्यप्रकर्षे ५। ४। ११' से विहित 'आम्' प्रत्यय, 'संख्यायाः क्रियाऽभ्यावृत्तिगणने कृत्वसुच्' इत्यादि सूत्रों से विहित 'कृत्वसुच्' आदि तीन प्रत्यय, 'तसिश्च' सूत्र से विहित एकदिगर्थ में 'तसि' प्रत्यय, '११४९ तेन तुल्यं क्रिया चेद्वतिः' और '११५० तत्र तस्येव' सूत्र से विहित 'वति' प्रत्यय, 'विनञ्भ्यां नानाञौ न सह ५। २। २७' सूत्र से विहित ना और नाञ् प्रत्यय।

एतदिति—ये तद्धित प्रत्यय जिनके अन्त में हों, वे शब्द अव्यय होते हैं। जैसे—**अतः** इत्यादि। 'अतः' तसिल् प्रत्यय है।

इसी प्रकार—**इत्थम्** (इस प्रकार), **अत्र** (यहाँ), **क्व** (कहाँ), **अल्पशः** (थोड़ा थोड़ा करके), **पचतितराम्** (अच्छा पकाता है), **पञ्च-**

---

१. उररी और उरी दोनों स्वतन्त्र रूप से कभी नहीं प्रयुक्त होते। 'कृ' धातु के साथ ही इनका प्रयोग होता है। जैसे—**उरीकरोति, उररीकरोति**।

(अव्ययसंज्ञासूत्रम्)

३७० कृन्[1] मेजन्तः[1] १ । १ । ३९ ॥

कृद् यो मान्त एजन्तश्च, तदन्तमव्ययं स्यात् । **स्मारं स्मारम्** । **जीवसे** । पिबध्यै ।

(अव्ययसंज्ञासूत्रम्)

३७१ क्त्वा-तोसुन्-कसुनः[1] १ । १ । ४० ॥

एतदन्तमव्ययम् । **कृत्वा** । **उदेतोः** । **विसृपः** ।

कृत्वः (पाँच बार), **विना** और **नाना** आदि शब्द उक्त परिगणित प्रत्ययान्त होने से अव्यय हैं ।

३७० **कृन्मे** इति—जो कृत् प्रत्यय मकारान्त और एजन्त हो, तदन्त शब्द अव्ययसंज्ञक हो ।

स्मारं स्मारम्—यहाँ '८८८ आभीक्ष्ण्ये णमुल् ३ । ४ । २२ ।' सूत्र से णमुल् प्रत्यय हुआ है । 'णमुल्' का 'अम्' शेष रहता है । यह मान्त कृत् प्रत्यय है । तदन्त 'स्मारं स्मारम्' की अव्यय संज्ञा हुई ।

जीवसे—यहाँ जीव धातु से 'से' प्रत्यय और पिबध्यै में 'पा' पाने धातु से शध्यै प्रत्यय 'तुमर्थे से-सेन् असे-असेन् क्से-क्सेन-अध्यै-अध्यैन-कध्यै-कध्यैन्-शध्यै-शध्यैन-तवै-तवेङ्-तवेनः ३ । ४ । ९' सूत्र से होते हैं । ये दोनों प्रत्यय एजन्त हैं । अतः इनकी भी अव्ययसंज्ञा हुई । ये दोनों वैदिक प्रत्यय हैं ।

'तुमुन्' प्रत्यय का 'तुम्' शेष रहता है । अतः मकारान्त कृत् होने से तुमुन्प्रत्ययान्त—**गन्तुम्**, **भोक्तुम्**, **शयितुम्** और **पठितुम्** आदि प्रयोग भी इस नियम से अव्यय होते हैं ।

३६१ **क्त्वातोसुन्** इति—क्त्वा, तोसुन् और कसुन् ये प्रत्यय जिनके अन्त में हों, वे शब्द अव्यय होते हैं ।

ये प्रत्यय भी कृत् हैं । '८८१ समानकर्तृकयोः पूर्वकाले क्त्वा' और '८८२ अलंखल्वोः प्रतिषेधयोः प्राचां क्त्वा' सूत्र से क्त्वा प्रत्यय होता है । अतः **कृत्वा**, **भुक्त्वा**, गत्वा, **शयित्वा** और **पठित्वा** आदि क्त्वाप्रत्ययान्त अव्यय होते हैं ।

तोसुन् और कसुन् प्रत्यय वैदिक हैं । 'ईश्वरे तोसुन्कसुनौ ३ । ४ । १३' सूत्र से होते हैं । **'उदेतोः'** में उत् पूर्वक इण् धातु से तोसुन् प्रत्यय हुआ है । **तोसुन्** का 'तोस्' शेष रहता है । **विसृपः** में 'कसुन्' हुआ है । 'कसुन्' का

(अव्ययसंज्ञासूत्रम्)

३७२ 'अव्ययीभावश्च १ । १ । ४१ ॥

अधिहरि ।

(आप् सुब्लुग्विधिसूत्रम्)

३७३ 'अव्ययाद् आप्सुपः' २ । २ । ८२ ॥

अव्ययाद् विहितस्य आपः सुपश्च लुक् । तत्र शालायाम् ।

(अव्ययलक्षणम्)

सदृशं त्रिषु लिङ्गेषु सर्वासु च विभक्तिषु ।
वचनेषु च सर्वेषु यन्न व्येति तद् 'अव्ययम्' ॥

'अस्' शेष रहता है । ये दोनों तुमुन् के अर्थ में होते हैं। अतः उदेतोः—उदेतुम्, विसृपः—विसर्पितुम् , फैलने को यह अर्थ होता है ।

३७२ अव्ययीभावश्चेति—अव्ययीभाव समास भी अव्यय होता है ।

अधिहरि (हरि में या हरिके विषय में) । उसमें '६११ अव्ययं विभक्ति सूत्र से अव्ययीभाव समास हुआ । अतः इसकी अव्ययसंज्ञा हुई ।

इसी प्रकार—**यथाशक्ति, अनुरूप, प्रतिदिन, प्रत्येक, अध्यात्म और उपराज** आदि अव्ययीभाव समास के अन्य शब्द भी अव्यय होते हैं ।

३७३ अव्ययादिति—अव्यय से विहित (लिङ्गबोधक प्रत्यय) आप (टाप् आदि) और (संख्या कारक-बोधक प्रत्यय) सुप् का लोप हो ।

तत्र शालायाम्—'तत्र' शब्द तद्धित 'त्रल्' प्रत्यय '१२०१ सप्तम्यास्त्रल् ५ । ३ । १०' सूत्र से होता है । अतः तसिल् और पाशप् प्रत्यय के भीतर आजाने से यह '३६९ तद्धितः-' सूत्र से अव्यय है । 'शालायाम्' इस स्त्रीलिङ्ग का विशेषण होनेसे इसमें टाप् प्रत्यय होता है । उसका अव्यय से विहित होने से लोप हो गया ।

अतः ध्यान रहे कि अव्ययों में सुप् आते तो हैं, किन्तु उनका लोप हो जाता है । अतः अव्यय सुबन्त ही हैं ।

सदृशमिति—जो तीनों लिङ्गों, सब विभक्तियों और सब वचनों में विनाश—विकार— को प्राप्त नहीं होता—एक जैसा रहता है, बदलता नहीं, वह **अव्यय** होता है ।

(भागुरिमतम्)

वष्टि भागुरिरल्लोपमवाप्योरुपसर्गयोः ।
आपं चैव हलन्तानां यथा वाचा निशा दिशा ॥

इति अव्ययप्रकरणम् ।

इति सुबन्तम् ।

इति पूर्वार्धम् ।

कहने का तात्पर्य यह है कि 'अव्यय' यह अन्वर्थ—सार्थक संज्ञा है। वैसे 'अव्ययादाप्सुपः' सूत्र से अव्ययोंसे आये हुए आप्—स्त्रीलिङ्गबोधक—और सुप्—वचन और विभक्तिबोधक—प्रत्यय का लोप हो जाता है। अतएव लिङ्गविभक्ति और वचनकृत विकार इसमें नहीं हो पाता।

अव्ययों के प्रसङ्गसे 'अव' और 'अपि' इन दो अव्ययविशेषों के विषय में भागुरि के मत से विशेषता कहते हैं—**वष्टि** इति—भागुरि आचार्य 'अव' और 'अपि' उपसर्गों के (आदि) अकार का लोप चाहते हैं और हलन्त[1] शब्दों से (स्त्रीलिङ्गबोधक) आप् प्रत्यय भी, जैसे—**वाचा**, **निशा** और **दिशा**।

हलन्त शब्दों से 'आप्' विधान करनेवाला कोई नियम पाणिनि का नहीं भागुरि के मत से होता है। अतः इनके दो रूप बनते हैं।

वगाहः (गोता), **पिधानम्** (ढकना) यहाँ दोनों में क्रम से 'अव' और 'अपि' के अकार का लोप हुआ।

अकार का लोप भागुरि के मत से होता है, पाणिनि के मत से लोप का विधान नहीं। अतः पक्ष में—अवगाहः और अपिधानम् रूप भी होते हैं।

अव्ययप्रकरण समाप्त।

सुबन्त समाप्त।

पूर्वार्ध समाप्त।

---

१. सुबन्त प्रकरण की समाप्ति पर प्रसङ्गवशात् इस विषय में भी भागुरि के विशेष विचार दिये गये हैं।

अथ उत्तरार्धम्

अथ तिङन्तम् ।

तत्र

भ्वादिगणः ।

लट् । लिट् । लुट् । लृट् । लेट् । लोट् । लङ् । लिङ् । लुङ् । लृङ् ।
एषु पञ्चमो लकारश्छन्दोमात्रगोचरः ।

लट् इति—'लट्' आदि दश लकार हैं ।

एषु इति—इन में पाँचवाँ-लेट्-लकार केवल वेद का विषय है अर्थात् इसका प्रयोग वेद में ही होता है, लोक में नहीं ।

इन दशों में लकार होने से इनको 'लकार' कहा जाता है । इनमें पहले छः टित् हैं और अन्तिम चार ङित् ।

ये लकार धातुओं के आगे प्रयुक्त होते हैं । इनके द्वारा धातुवाच्य क्रिया के काल आदि का बोध होता है ।

लकारों का अर्थ ।

१ लट्—वर्तमान काल ।
२ लिट्—परोक्ष अनद्यतन भूतकाल ।
३ लुट्—अनद्यतन भविष्यत् काल ।
४ लृट्—सामान्य भविष्यत् ।
५ लेट्—शर्त लगाना और आशङ्का ।
६ लोट्—विधि (प्रेरणा आज्ञा देना) आदि ।
७ लङ्—अनद्यतन भूत काल ।
८ लिङ्—(क) विधि आदि ।
(ख) आशीर्वाद ।
९ लुङ्—सामान्य भूत ।
१० लृङ्—हेतुहेतुमद्भाव आदि लिङ् के अर्थ में-जब क्रिया की असिद्धि हो ।

लकारों के अर्थ को स्पष्टतया समझने के लिये निम्नलिखित पदार्थों का ज्ञान होना आवश्यक है।

काल—समय को कहते हैं। क्रिया जिस समय में होती है वह क्रिया का काल कहता है।

काल तीन प्रकार का होता है—**वर्तमान, भविष्यत्** और **भूत**।

वर्तमान काल—क्रिया के उस काल को कहते हैं जिसमें क्रिया का प्रारम्भ होना तो पाया जाता हो, पर समाप्त होना नहीं। जैसे—'स गच्छति-वह जाता है।' इस वाक्य में गमन (जाना) क्रिया का प्रारम्भ होना पाया जाता है, पर समाप्त होना नहीं। अतः यह वर्तमान काल का प्रयोग है।

भविष्यत् काल—क्रिया का वह काल है जिस में क्रिया का प्रारम्भ होना न पाया जाय अपि तु आगे होना पाया जाय। जैसे—'स गमिष्यति-वह जायगा।' इस वाक्य में गमन (जाना) क्रिया का आगे होना पाया जाता है। इस वाक्य के द्वारा मालूम पड़ता है कि क्रिया अभी प्रारम्भ नहीं हुई। अतः यह भविष्यत् काल का प्रयोग है।

भूत काल—क्रिया के उस काल को कहते हैं जिसमें क्रिया की समाप्ति पाई जाय अर्थात् क्रिया आरम्भ होकर समाप्त हो चुकी हो। जैसे—'सोऽगमत्-वह गया।' इस वाक्य में गमन-जाना-क्रिया की समाप्ति पाई जाती है। अतः वह भूतकाल का प्रयोग है।

अनद्यतन—उस काल को कहते हैं जो आज का न हो।

आज—बारह बजे रात के बाद दूसरी रात के बारह बजे तक अथवा प्रातःकाल से रात्रि की समाप्ति तक कहा जाता है। यदि इतने समय के अन्दर क्रिया हुई तो वह अद्यतन काल की कही जाती है और यदि इसके बाद हो तो अनद्यतन काल की।

भूत और भविष्यत् दो काल अनद्यतन भी होते हैं। वर्तमान में तो अद्यतन और अनद्यतन की आवश्यकता ही नहीं पड़ती।

परोक्ष—उस काल को कहते हैं जिसमें क्रिया करनेवाले का प्रत्यक्ष होना न पाया जाय। जैसे—'युधिष्ठिरो बभूव-युधिष्ठिर हुआ'। इस वाक्य में होना क्रिया का करनेवाला युधिष्ठिर इस वाक्य के प्रयोग करनेवाले के प्रति प्रत्यक्ष नहीं वह युधिष्ठिर को देख नहीं रहा है। देवदत्तो जगाम–देवदत्त गया।

इस वाक्य में जाना क्रिया का कर्त्ता देवदत्त जब जा रहा था तब इस वाक्य के प्रयोग करनेवाले ने नहीं देखा।

परोक्ष का सम्बन्ध केवल भूतकाल से होता है। वर्तमान परोक्ष नहीं होता और भविष्यत् सदा परोक्ष ही रहता है। इसलिये इसका सम्बन्ध केवल भूतकाल से ही है क्योंकि भूतकाल परोक्ष और अपरोक्ष दोनों प्रकार का होता है।

इन पदार्थों के ज्ञान के अनन्तर स्पष्ट हो जाता है कि वर्तमानकाल के लिये एक लट् लकार का, भविष्यत्काल के लिये लुट् और लृट् इन दो लकारों का और भूत के लिये लुङ्, लङ् और लिट् इन तीनों का प्रयोग होता है।

लकारार्थ-कालबोधकचक्र

काल	लकार	उदाहरण
१ वर्तमान	लट्	स गच्छति
२ भविष्यत् (क) सामान्य	लृट्	स गमिष्यति
(ख) अनद्यतन	लुट्	श्वो गन्ता-कल जायगा
३ भूत (क) सामान्य	लुङ्	सोऽगमत्
(ख) अनद्यतन	लङ्	सोऽगच्छत्
(ग) परोक्ष अन०	लिट्	स जगाम।

यदि क्रिया का अनद्यतन काल में होने का उल्लेख हो तो अनद्यतन काल का प्रयोग अवश्य होना चाहिये, अन्यथा वाक्य अशुद्ध समझा जायगा। जैसे—'श्वो गन्ता' इस वाक्य में 'श्वः' पद के द्वारा स्पष्ट है कि क्रिया आज की नहीं। अतः यहाँ अनद्यतन काल के लुट् लकार का प्रयोग आवश्यक है। इस स्थान में 'लृट्' का प्रयोग अशुद्ध होगा। जहाँ 'अनद्यतन' का उल्लेख स्पष्ट न हो, वहाँ 'लृट्' का प्रयोग हो सकता है। 'स गमिष्यति' इस वाक्य में लृट् के प्रयोग से जाना जाता है कि क्रिया भविष्यत्काल की है, आज की है कि नहीं—इसका ज्ञान इससे नहीं होता। इसी प्रकार 'वृष्टिरभूत्' 'वृष्टिरभवत्' इन वाक्यों में लकारों के कारण अर्थ भेद हैं। शेष लकार किसी काल का बोध नहीं कराते। वे क्रिया के प्रकार को बताते हैं।

इन लकारों का अर्थ लकारार्थ प्रक्रिया में विशेष रूप से बताया जायगा।

(लकारविधिसूत्रम्)

३७५ लः[1] कर्मणि च भावे चाऽकर्मकेभ्यः २ । ४ । ६९ ॥

लकाराः सकर्मकेभ्यः कर्मणि कर्तरि च स्युरकर्मकेभ्यो भावे कर्तरि च ।

---

३७५ ल इति—लकार सकर्मक धातुओं से कर्म और कर्ता तथा अकर्मक धातुओं से भाव और कर्ता में हों ।

इस सूत्र के अर्थ को स्पष्ट करने के लिये-**कर्ता, कर्म, भाव, सकर्मक** और **अकर्मक** की परिभाषा लिखी जाती है ।

यहाँ यह जान लेना चाहिये कि प्रत्येक धातु के दो अर्थ होते हैं **फल** और **व्यापार** । व्यापार का जो आश्रय होगा वह **कर्ता** और फल का आश्रय **कर्म** कहा जाता है ।

फल—जिस उद्देश्य की सिद्धि के लिये क्रिया की जाती है, उसे फल कहते हैं । 'पचति' में विक्लित्ति-गलना--के उद्देश्य से पाक क्रिया की जाती है, इसलिये 'विक्लित्ति' फल है । इसी प्रकार स्वर्ग प्राप्ति के लिये यज्ञ किया जाता है, अतः 'यजति' में 'स्वर्ग' फल है उत्तर देश के संयोग के लिये गमन क्रिया की जाती है, अतः 'गच्छति' में 'उत्तरदेशसंयोग' फल है ।

व्यापार—फल की सिद्धि के लिये जो क्रिया की जाती है, उसे व्यापार कहते हैं । 'पचति' में बटलोई (पतीली) के चूल्हे पर चढ़ाने से लेकर उतारने तक जो कुछ क्रिया की जाती है, वह सब 'पच्' धातु का वाच्य व्यापार है । इसी प्रकार 'स्वर्ग' फल सिद्धि के लिये अग्नि में हविःप्रक्षेप आदि जो कर्म किया जाता है वह सब 'यज्' धातु का वाच्य व्यापार है ।

फल कर्म में और व्यापार कर्ता में रहता है । अतएव फलाश्रय को कर्म और व्यापाराश्रय को कर्ता कहा गया है । 'पचति' में विक्लित्ति फल का आश्रय तण्डुल या ओदन है, अतः यह कर्म है और विक्लित्ति के साधक कर्छी चलाना आदि क्रिया का देवदत्त आदि आश्रय है, अतः वह कर्ता है ।

उपरिलिखित प्रकार से कर्ता और कर्म का निष्कृष्ट लक्षण निम्नलिखित रूपसे फलित हुआ—

---

१. उत्तरार्ध में विभक्तिसूचज अङ्क छोड़ दिये गये हैं, क्योंकि सुबन्तप्रकरण के बाद विभक्तियों का ज्ञान सुगम हो जाता है ।

कर्ता--धातुवाच्य व्यापार के आश्रय तथा उसमें--व्यापार में--स्वतन्त्र रूप से जो विवक्षित हो उसे कर्ता कहते हैं।

कर्म—धातुवाच्य फल के आश्रय को 'कर्म' कहते हैं।

भाव--धातुवाच्य व्यापार को कहते हैं।

सकमकधातु--उन धातुओं को कहते हैं जिनके फल और व्यापार के आश्रय भिन्न[1]-भिन्न हों। जैसे--'पच्' धातु। इसका फल विक्लित्ति चावलों में और पाक व्यापार देवदत्त आदि में रहता है। अतः फल और व्यापार के भिन्न भिन्न अधिकरणों में रहने से 'पच्' धातु सकर्मक है।

अकर्मक[2] धातु—उन्हें कहते हैं जिनके फल और व्यापार एक ही आश्रय में रहते हों। जैसे--शीङ् धातु। इसका फल आराम और व्यापार लेट जाना आदि एक ही आश्रय कर्ता में रहते हैं।

यहाँ 'वाच्य' को समझ लेना भी अत्यावश्यक है।

वाच्य—क्रिया के प्रकार को कहते हैं जिसके द्वारा यह ज्ञान होता है कि लकार किस अर्थ में प्रयुक्त हुआ है।

यह तीन प्रकार का है—१ कर्तृवाच्य, २ कर्मवाच्य, ३ भाववाच्य।

कर्तृवाच्य—धातु के उस रूप को कहते हैं जिसमें कर्ता में लकार आया हो अर्थात् लकार का अर्थ कर्ता हो।

कर्मवाच्य—धातु के उस रूप को कहते हैं जिसमें कर्म में लकार आया हो अर्थात् लकार का अर्थ 'कर्म' हो।

भाववाच्य—धातु के उस रूप को कहते हैं जिनमें 'भाव' में लकार आया हो अर्थात् लकार का अर्थ 'भाव' हो।

क्रिया के इन तीन प्रकारों में से कर्तृवाच्य का ही अधिक प्रयोग होता है।

इसीलिये गणों और प्रक्रियाओं में धातुओं के कर्तृवाच्य रूप ही बताये गये हैं। भाववाच्य और कर्मवाच्य के रूप केवल 'भावकर्मप्रक्रिया' में बताये गये हैं।

इस प्रकार 'लः कर्मणि-' सूत्र धातु के तीन वाच्य [3]कर्तृवाच्य, कर्मवाच्य

---

१. फल-व्यधिकरण-व्यापार-वाचकत्वं सकर्मकत्वम्।

२. फल-समानाधिकरण-व्यापार-वाचकत्वम् अकर्मकत्वम्।

३. इन वाच्यों के कारण वाक्य रचना में बहुत भेद पड़ जाता है। उसको भी यहाँ समझ लेना आवश्यक है—

(लट्विधिसूत्रम्)

३७६ वर्तमाने लट् ३ । २ । १२३ ॥

वर्तमानक्रियावृत्तेर्धातोर्लट् स्यात् ।

अटावितौ । उच्चारणसामर्थ्याद् लस्य नेत्त्वम् ।

'भू' सत्तायाम् । कर्तृविवक्षायां 'भू ल्' इति स्थिते—

और भाववाच्य को बताता है। जब लकार कर्ता में आयगा तब **कर्तृवाच्य,** जब कर्म में आयगा तब **कर्मवाच्य** और जब भाव में आयगा तब **भाववाच्य** कहा जायगा। सकर्मक धातुओं के कर्तृवाच्य और कर्मवाच्य तथा अकर्मक के कर्तृवाच्य और भाववाच्य होते हैं। कर्तृवाच्य दोनों का होता है।

३७६ वर्तमाने इति—वर्तमान काल की क्रिया को जो धातु प्रकट करता हो अर्थात् यदि धातुवाच्य क्रिया वर्तमान कालकी हो तो धातु से लट् लकार हो।

अटाविति—'लट्' के अकार और टकार इत्संज्ञक है।

उच्चारणेति—उच्चारण सामर्थ्य से लकार की इत्संज्ञा नहीं होती, अन्यथा फिर कुछ शेष न रहने से उच्चारण ही व्यर्थ हो जायगा।

भू इति—'भू' धातु का सत्ता-होना-अर्थ है।

कर्तृविवक्षायामिति—इससे 'कर्ता' की विवक्षा में कर्तृवाच्य-में लकार करने पर 'भू ल्' यह स्थिति हुई।

कर्तृवाच्य में कर्ता प्रथमान्त और कर्म द्वितीयान्त तथा कर्मवाच्य में कर्म प्रथमान्त और कर्ता तृतीयान्त होता है। कर्तृवाच्य में क्रिया के वचन कर्ता के अनुसार आते हैं। यदि कर्ता एकवचनान्त होगा तो क्रिया भी एकवचनान्त ही होगी, इत्यादि। इसी प्रकार कर्मवाच्य में क्रिया का वचन कर्म के वचन के अनुसार होता है। इसीलिये कहा जाता है—

'प्रथमान्तो यदा कर्ता द्वितीया कर्मणस्तदा ।
यदा कर्ता तृतीयान्तः प्रथमा कर्मणस्तदा ॥' इति ।

भाववाच्य में कर्म तो होता नहीं, केवल कर्ता होता है। उसमें तृतीया विभक्ति होती है। भाववाच्य का एक ही वचन होता है, वह सदा एकवचनान्त ही रहता है। प्रथम पुरुष का एकवचनान्त एक ही रूप भाववाच्य का होता है। अन्य पुरुष और वचनकृत रूपभेद भाववाच्य में होता ही नहीं।

(तिबाद्यादेशविधिसूत्रम्)

३७७ तिप्तस्झि-सिप्थस्थ-मिब्वस्मस् ताऽऽतांझ-थासाऽऽथां-ध्वम्-इड्वहिमहिङ् ३ । ४ । ७८ ॥

एतेऽष्टादश लाऽऽदेशाः स्युः ।

(परस्मैपदसंज्ञासूत्रम्)

३७८ लः परस्मैपदम् १ । ४ । ९९ ॥

लादेशाः परस्मैपदसंज्ञाः स्युः ।

(आत्मनेपदसंज्ञासूत्रम्)

३७९ तङाऽऽनावाऽऽत्मनेपदम् १ । ४ । १०० ॥

---

३७७ **तिपतसिति**—तिप् , तस् , झि, सिप् , थस् , थ, मिप् , वस् , मस् , त, आताम् , झ, थास् , आथाम् , ध्वम् , इड् , वहि , महिङ् ये अट्ठारह लकारों के स्थान में आदेश हों ।

इन अठारहों को 'तिङ्' कहते हैं । प्रारम्भ के 'ति' से लेकर अन्त्य 'ङ्' तक 'तिङ्' प्रत्याहार बनता है ।

पहले नौ को छोड़कर 'त' से लेकर आगे के नौ को 'तङ्' कहते हैं । 'तङ्' भी प्रत्याहार है । 'त' से लेकर 'महिङ्' के 'ङ्' तक लिया जाता है ।

३७८ ल इति—लकारों[1] के स्थान में जो आदेश हों, वे **परस्मैपद** संज्ञा-वाले हों अर्थात् उनकी परस्मैपदसंज्ञा हो ।

पिछले सूत्र से पूर्वोक्त अठारह आदेशों का लकारों के स्थान में विधान किया गया है । अतः लादेश होने से इन सब की परस्मैपद संज्ञा प्राप्त हुई ।

३७९ तङानेति—'तङ्' प्रत्याहार तथा शानच् और कानच् प्रत्ययों को आत्मनेपद संज्ञा हो ।

१— लकारों के स्थानमें 'तिङ्' 'कानच्' 'लिटः कानज्वा ३ । २ । १०६ ।' से, क्वसु 'क्वसुश्च ३ । २ । १०७ ॥' से, शतृ और शानच् 'लटः शतृशानचौ अप्रथमासमानाधिकरणे ३ । २ । १२४ ॥' तथा 'लृटः सद्वा ३ । ३ । १४ ॥' इन सूत्रों से होते हैं । यही लादेश कहे जाते हैं । इनमें तङ्, शानच् और कानच् को आत्मनेपद और शेष को परस्मैपद कहा जाता है । 'ताच्छील्यवयो-वचनेषु चानश्' इस से विहित चानश् परस्मैपद ही होता है । इसका और शानच् का रूप एक जैसा बनता है ।

तङ्प्रत्याहारः शानच्कानचौ चैतत्संज्ञाः स्युः। पूर्वसंज्ञाऽपवादः।

(आत्मनेपदव्यवस्थासूत्रम्)

३८ अनुदात्तङित आत्मनेपदम् १ । ३ । १२ ॥

अनुदात्तेतो ङितश्च धातोरात्मनेपदं स्यात्।

(आत्मनेपदव्यवस्थासूत्रम्)

३८१ स्वरितञितः कर्त्रभिप्राये क्रियाफले १ । ३ । ७२ ॥

स्वरितेतो ञितश्च धातोरात्मनेपदं स्यात् कर्तृगामिनि क्रियाफले।

पूर्वसंज्ञेति—यह पूर्व (परस्मैपद) संज्ञा का अपवाद-बाधक-है अर्थात् तङ्-त आदि नौ, शानच् और कानच् प्रत्ययों की लादेश होने पर भी पूर्व सूत्र से परस्मैपद संज्ञा नहीं होती, अपि तु विशेष विहित होने से आत्मनेपद संज्ञा होती है।

तङ् प्रत्याहार बताया जा चुका है। शानच् और कानच् का केवल आन बचता है। ये दोनों प्रत्यय कृत् प्रकरण में आयेंगे।

३८० अनुदात्तेति—अनुदात्तेत्[1] (जिसका अनुदात्त अच् इत् हो) और ङित् धातुओं से आत्मनेपद-तङ्, शानच् और कानच्—प्रत्यय हों।

'एध' धातु का धकारोत्तरवर्ती अकार अनुदात्त और इत्संज्ञक है। इसलिये इससे आत्मनेपद आता है। इसी प्रकार ङ् के इत् होने से 'शीङ्' धातु से भी आत्मनेपद आता है।

अनुदात्तेत् का ज्ञान 'धातुपाठ' से होगा। वहाँ ये इतने धातु अनुदात्तेत् हैं—इस प्रकार उल्लेख कर अनुदात्तेत् धातुओं का पृथक् परिगणन किया गया है। ङित् का ज्ञान तो सरलता से होजाता है, जिस धातु के साथ ङ अनुबन्ध लगा है वह ङित् है। तस्मात्।

३८१ स्वरितेति—[2]स्वरितेत्—जिसका स्वरित अच् इत् हो और ञित् धातु से आमनेपद प्रत्यय हों, यदि क्रियाका फल कर्तृगामी हो अर्थात् कर्ता को मिले।

१—सूत्र के 'अनुदात्तङितः' का यह विग्रह है—अनुदात्तश्च ङश्च अनुदात्तङौ, तौ इतौ यस्य स 'अनुदात्तेत्'।

२—सूत्रस्थ 'स्वरितेतः' इस पद का विग्रह इस प्रकार है—स्वरितश्च ञश्च स्वरितञौ, तौ इतौ यस्य स 'स्वरितञित्' तस्मात्। दोनों में एकवचन जात्यभिप्राय से है।

'यज्' धातु का जकारोत्तरवर्ती अकार स्वरित है और इत्संज्ञक है। इसलिये इस धातु से क्रियाफल के कर्तृगामी होने पर आत्मनेपद आयगा। इसी प्रकार ञित् होने के कारण 'श्रिञ्' धातु से क्रियाफल के कर्तृगामी होने पर आत्मनेपद आयगा। यह क्रियाफल कर्तृगामी न होगा तो अग्रिम सूत्र से परस्मैपद आयगा।

स्वरितेत् और ञित् का ज्ञान पूर्ववत् 'धातुपाठ' से होगा।

इससे यह सिद्ध हुआ कि स्वरितेत् और ञित् धातु उभयपद हैं अर्थात् इनसे दोनों-आत्मनेपद और परस्मैपद-प्रत्यय आते हैं। परन्तु यहाँ यह व्यवस्था की गई है कि क्रियाफलके कर्तृगामी होने पर आत्मनेपद और परगामी—अर्थात् कर्ता से भिन्न में—होने पर परस्मैपद आयगा।

इस पदव्यवस्था को अच्छी प्रकार से हृदयङ्गम कर लेने के लिये क्रियाफल की कर्तृगामिता और परगामिता को पहले समझ लेना अत्यावश्यक है सर्व-प्रथम यह निश्चय कर लेना चाहिये कि क्रिया का फल क्या है? तदनन्तर इस बात पर विचार करना चाहिये कि यह फल कर्ता को मिलता है या अन्य को। यदि कर्ता को मिले तो आत्मनेपद और अन्य को मिले तो परस्मैपद का प्रयोग करना चाहिये।

'कृञ्' धातु ञित् है। इसमें यदि 'सन्ध्या करना' यह हमें बताना हो तो सन्ध्या करने का फल है—प्रत्यवायपरिहार, पाप का अभाव। क्योंकि सन्ध्या नित्यकर्म है और नित्यकर्म का फल, न करने से प्राप्त होनेवाले पाप का अभाव ही माना जाता है। यह फल कर्ता को मिलता है। इसलिये यहाँ आत्मनेपद आयगा, परस्मैपद नहीं। अत एव सन्ध्या के संकल्प में 'सन्ध्यामहं करिष्ये' कहना होगा 'करिष्यामि' नहीं।

क्रिया का मुख्य उद्देश्य—जिसकी सिद्धि के लिये क्रिया की जा रही हो—क्रियाफल को कहा जाता है। 'यज्ञ करना' में पुत्र प्राप्ति आदि—जिस उद्देश्य के लिये—यज्ञ क्रिया की जायगी, वह फल कहा जायगा। इसलिये यदि कर्ता स्वयं अपना यज्ञ करता होगा तो 'यज्ञमहं करिष्ये' ऐसा आत्मनेपद युक्त शब्द कहा जायगा और यदि किसी अन्य का यज्ञ करता हो—जैसे पुरोहित अपने यजमान का यज्ञ किया करता है, तब 'यज्ञमहं करिष्यामि' इस प्रकार परस्मैपद का प्रयोग किया जायगा।

यद्यपि यजमान के यज्ञ करने पर पुरोहित को भी दक्षिणा रूप फल मिलता है, तो भी आत्मनेपद नहीं होगा। क्योंकि दक्षिणा तो पारिश्रमिक-मजदूरी-के

(परस्मैपदविधिसूत्रम्)

३८२ शेषात्कर्तरि परस्मैपदम् १ । ३ । ७८ ॥

आत्मनेपदनिमित्तहीनाद् धातोः कर्तरि परस्मैपद स्यात् ।

समान है, यज्ञ करने का मुख्य उद्देश्य नहीं । मुख्य उद्देश्य पुत्रप्राप्ति आदि-जिस कामना की सिद्धि के लिए यजमान ने यज्ञ रचाया हो–है और वह यजमान को ही मिलेगा जो कि यज्ञक्रिया के कर्ता पुरोहित से भिन्न है । अतः ऐसे स्थल में परगामी क्रिया-फल होने से परस्मैपद आयगा, आत्मनेपद नहीं ।

इसलिये स्वरितेत् और ञित् धातुओं के प्रयोग करने में पूरी सावधानी रहनी चाहिये ।

३८२ शेषादिति—आत्मनेपद के निमित्त से हीन धातु से कर्ता–कर्तृ-वाच्य-में परस्मैपद हो ।

प्रकृत तीन सूत्र आत्मनेपद और परस्मैपद की व्यवस्था करते हैं । अत एव इन्हें पदव्यवस्था के सूत्र कहा जाता है । ये पदव्यवस्था के सामान्य–मूल सूत्र हैं । विशेष पदव्यवस्था आत्मनेपद और परस्मैपद प्रक्रियायों में बताई जायगी ।

उक्त तीनों सूत्रों का निष्कर्ष यह हुआ कि धातुके तीन प्रकारों–कर्तृवाच्य, कर्मवाच्य और भाववाच्य–में से केवल कर्तृवाच्य में परमैपद आता है, भाव और कर्मवाच्य में नहीं । भाव और कर्मवाच्य में आत्मनेपद ही होगा–यह निश्चित है । कर्तृवाच्य में दोनों पद आते हैं । उनकी व्यवस्था यह है कि १ अनुदात्तत् २ ङित् ३ स्वरितेत् कर्तृगामि क्रियाफल होने पर, ४ ञित् कर्तृगामि क्रिया-फल होने पर–धातुओं से आत्मनेपद आता है और शेष से परस्मैपद आयगा । पूर्वोक्त चार प्रकार के धातुओं से आत्मनेपद आयगा । पूर्वोक्त प्रकारों का ज्ञान धातुपाठ से होगा । फल कर्तृगामी है या परगामी इसका ज्ञान सूक्ष्म अर्थ के अनुसन्धान के द्वारा होगा ।

किसी भी धातु से तिङ् लाने के लिये पहलेविचार करना चाहिये कि इस में पूर्वोक्त चार आत्मनेपद के निमित्तों में कोई है ? यदि है तो आत्मनेपद का प्रयोग करना चाहिये, यदि नहीं तो परस्मैपद का ।

'भू' धातु से परस्मैपद आयगा । क्योंकि इस में आत्मनेपद का कोई निमित्त नहीं ।

(प्रथमपुरुष-प्रभृतिसंज्ञासूत्रम्)

३८३ तिङस्त्रीणि त्रीणि प्रथममध्यमोत्तमाः १ । ४ । १०१ ॥

तिङ उभयोः पदयोस्त्रयस्त्रिकाः क्रमाद् एतत्संज्ञा स्युः ।

(एकवचनादिसंज्ञासूत्रम्)

३८४ तान्येकवचन-द्विवचन-बहुवचनान्येकशः १ । ४ । १०२॥

लब्धप्रथमादिसंज्ञानि तिङस्त्रीणि त्रीणि प्रत्येकमेकवचनादि संज्ञानि स्युः ।

---

३८३ तिङ इति—तिङ् के दोनों पदों-आत्मनेपद और परस्मैपद के जो तीन तीन त्रिक-तीन के समूह-हैं, उनकी क्रम से **प्रथम, मध्यम, और उत्तम** संज्ञा होती है।

आत्मनेपद और परस्मैपद के नौ नौ प्रत्यय हैं। उन नौ प्रत्ययोंके तीन-वर्ग बने हुए हैं।

परस्मैपद—१ वर्ग-तिप्, तस्, झि, २ वर्ग-सिप्, थस्, थ. ३ वर्ग मिप्, वस्, मस्। आत्मनेपद—१ वर्ग-त, आताम्, झ, २ वर्ग-थास्, आथाम्, ध्वम्, ३ वर्ग-इट्, वहि, महिङ्। इस प्रकार दोनों पदों के तीन तीन वर्ग हुए। इन वर्गों की क्रम से पूर्वोक्त संज्ञायें होती हैं।

३८४ तान्येकेति—तिङ् के इन त्रिकों-जिनकी प्रथम आदि संज्ञा की गई है-के तीन प्रत्ययों की क्रमशः एकवचन, द्विवचन और बहुवचन संज्ञा हो।

ऊपर कहे गये प्रत्येक त्रिक-तीन के वर्ग-में तीन तीन प्रत्यय हैं। उनकी क्रम से एकवचन आदि संज्ञाओंका विधान इस सूत्र से होता है। जैसे—तिप् की एकवचन, तिस् की द्विवचन और झि की बहुवचन संज्ञा हुई। इन सबका निम्नलिखित चक्र से स्पष्टता के लिये निरूपण किया जाता है—

परस्मैपद				आत्मनेपद		
	एकवचन,	**द्विवचन,**	**बहुवचन**		**एकवचन,**	**द्विवचन,**	**बहुवचन**
प्रथम—	तिप्	तस्	झि	**प्रथम**—	त	आताम्	झ
मध्यम—	सिप्	थस्	थ	**मध्यम**—	थास्	आथाम्	ध्वम्
उत्तम—	मिप्	वस्	मस्	**उत्तम**—	इट्	वहि	महिङ्

अब तक यह निर्णय किया जा चुका है कि इन तिङ् प्रत्ययों में आत्मनेपद और परस्मैपद कहाँ कहाँ आते हैं। वचनों के विषय में सुबन्त प्रकरण में कहा

(मध्यमपुरुषविधिसूत्रम्)

३८५ युष्मद्युपपदे समानाधिकरणे स्थानिन्यपि मध्यमः १।४।१०५॥

[1]तिङ्वाच्यकारकवाचिनि युष्मदि [2]प्रयुज्यमानेऽप्रयुज्यमाने च मध्यमः ।

जा चुका है कि बहुत्व की विवक्षा में बहुवचन, द्वित्व की विवक्षा में द्विवचन और एकत्व की विवक्षा में एक वचन आता है। प्रथम, मध्यम और उत्तम की व्यवस्था अभी नहीं की गई। वही अब अग्रिम तीनों सूत्रों से बताई जाती है—

३८५ युष्मदीति—तिङ् का वाच्य जो कारक—कर्ता या कर्म—उसी का वाचक यदि युष्मद् शब्द हो, उसके उपपद रहते हुए उसका चाहे प्रयोग हुआ हो चाहे न हुआ हो, लकार के स्थान में मध्यमसंज्ञक तिङ् प्रत्यय हों।

तिङ् लकार के स्थान में होता है और लकार कर्ता और कर्म कारक में। अतः तिङ् का अर्थ भी कारक है। यदि उसी कारक को 'युष्मद्' शब्द भी कहता होगा तो मध्यमसंज्ञक सिप्, थस्, थ तथा थास्, आथाम्, ध्वम् ये तिङ् प्रत्यय लकार के स्थान में आयेंगे।

१—सूत्रस्थ 'समानाधिकरणे' पद का अर्थ वृत्ति में 'तिङ्वाच्यकारकवाचिनि' किया है। सूत्र के 'समानाधिकरणे' पद का अर्थ है एक ही अधिकरण में रहनेवाला।' शब्द अर्थ में वाच्य-वाचक भाव सम्बन्ध से रहता है, इसलिए अर्थ को शब्द का अधिकरण कहा जाता है। यदि दो शब्दों का समान अर्थ हो तो उन्हें 'समानाधिकरण' कहते हैं तिङ् और युष्मद् समानाधिकरण तभी हो सकते हैं जब दोनों का अर्थ एक हो। यहाँ दोनों का अर्थ एक ही कारक होता है। अतः 'समानाधिकरणे' पद का 'तिङ्वाच्यकारकवाचिनि' अर्थ किया गया है।

२ 'स्थानिनि' का अर्थ है 'अप्रयुज्यमाने'। जिसको आदेश किया जाता है उसे 'स्थानी' कहते हैं, आदेश होने के अनन्तर स्थानी का लोप हो जाता है अर्थात् प्रयोग नहीं होता। अतः 'स्थानी' का 'प्रयोग न होना' इतना अर्थ हुआ। 'अपि' शब्द के द्वारा 'प्रयुज्यमाने' प्रयोग किये जाने पर इस अर्थ का भी संग्रह हो जाता है।

(उत्तमपुरुषविधिसूत्रम्)

३८६ अस्मद्युत्तमः १ । ४ । १०७ ॥

[1]तथाभूतेऽस्मदि उत्तमः ।

(प्रथमपुरुषविधिसूत्रम्)

३८७ शेषे प्रथमः १ । ४ । १०८ ॥

मध्यमोत्तमयोरविषये प्रथमः स्यात् ।

इस बात का स्पष्ट ज्ञान प्रयोग से हो सकता है। युष्मद् शब्द का प्रयोग नियमतः अपेक्षित नहीं। अतः जैसे—'त्वं भवसि'—इत्यादि प्रयोग होते हैं, उसी प्रकार युष्मद् शब्द के प्रयोग के बिना भी 'भवसि' इत्यादि मध्यम पुरुष के प्रयोग होते हैं।

३८६ अस्मदिति—तिङ् का वाच्य जो कारक-कर्ता या कर्म-उसी का वाचक यदि अस्मद् शब्द हो, उसका चाहे प्रयोग हुआ हो चाहे न हुआ हो, ऐसी दशा में लकार के स्थान में उत्तमसंज्ञक तिङ् प्रत्यय हों।

पूर्वोक्त प्रकार से इसका भी समन्वय होगा।

३८७ शेष इति—मध्यम और उत्तम के विषय को छोड़कर अन्यत्र सर्वत्र लकार के स्थान में प्रथमसंज्ञक प्रत्यय हों।

अतः प्रथम का विषय बहुत व्यापक है।

यहाँ तक धातुओं के रूप सिद्ध करने में सहायक सामान्य नियम कहे गये। अब यहाँ से आगे रूप सिद्ध करने का पूरा प्रकार बताया जायगा। सबसे पहले 'भू' धातु के रूप सिद्ध किये जायेंगे। क्योंकि वह 'धातुपाठ' में प्रथम धातु है।

लट् लकार—अब तक कहे हुए सारे नियमों का उपयोग करने के अनन्तर पहले लट् लकार के प्रथम के एकवचन में भू धातु का रूप सिद्ध किया जायगा। प्रथम के एकवचन में लकार के स्थान में 'तिप्' यह परस्मैद तिङ प्रत्यय हुआ। 'प्' की '१ हलन्त्यम्' सूत्र से इत्संज्ञा और '३ तस्य लोपः—सूत्र से लोप हुआ। तब 'भू + ति' यह स्थिति हुई।

---

१. 'तथाभूते' अर्थात् पूर्व सूत्र के समान या इस सूत्र का भी यह अर्थ होगा 'तिङ्वाच्यकारकवाचिनि प्रयुज्यमानेऽप्रयुज्यमाने च'।

(सार्वधातुकसंज्ञासूत्रम्)

३८८ तिङ्-शित् सार्वधातुकम् ३ । ४ । ११३ ॥

तिङः शितश्च धात्वधिकारोक्ता एतत्संज्ञाः स्युः ।

(शप्विधिसूत्रम्)

३८९ कर्तरि शप् ३ । १ । ६८ ॥

कर्त्रर्थे सार्वधातुके परे धातोः शप् ।

(गुणविधिसूत्रम्)

३९० सार्वधातुकाऽऽर्धधातुकयोः ७ । ३ । ८४ ॥

---

३८८ तिङ् इति—'धातोः ३ । १ । ६१' सूत्र के अधिकार में कहे गये तिङ् और शित् प्रत्ययों की सार्वधातुक संज्ञा हो ।

'भू + ति' इस पूर्वोक्त स्थिति में 'भू ति' में तिङ् 'ति' की सार्वधातुकसंज्ञाहुई।

'७६९ धातोः ३ । १ । ६१' के अधिकार में विहित होने से तिङ् प्रत्यय तिप् की सार्वधातु के संज्ञा हुई ।

३८९ कर्तरीति—कर्ता अर्थवाले सार्वधातुक के परे रहते धातु से शप् हो। कत्रर्थ कहने का तात्पर्य यही है कि लकार कर्ता अर्थ में आया हो, लकार के स्थान में आदेश आनेवाले तिबादि भी तब कर्त्रर्थ ही कहे जायँगे । अतः शप् कर्तृवाच्य में ही होगा ।

'शप्' प्रत्यय को 'विकरण' कहते हैं । यह धातु और तिङ् के मध्य में होता है । इसके शकार और पकार इत्संज्ञा होनेपर लोप को प्राप्त हो जाते हैं, केवल 'अ' शेष रहता है ।

'भू ति' में 'तिङ्' ति सार्वधातुक है कर्ता में लकार होने से तथा उस लकार के स्थान में आदेश होने से इसका अर्थ कर्ता है । अतः इसके परे रहते 'शप्' हुआ । तब 'भू अ ति' यह स्थिति बनी । यहाँ '१३३ यस्मात्–' सूत्र से धातु से परे विधान होने के कारण 'शप्' परे रहते भी धातु की अङ्ग संज्ञा है। और 'भू' यह अङ्ग इगन्त है ।

३९० सार्वधातुकेति—सार्वधातुक तथा आर्धधातुक प्रत्यय परे रहते इगन्त अङ्ग को गुण हो ।

'आर्धधातुक' संज्ञा आगे बताई जायगी ।

अनयोः परयोरिगन्ताङ्गस्य गुणः ।
अवादेशः—भवति । भवतः ।

('अन्त' आदेशविधिसूत्रम्)

३९१ झोऽन्तः ७ । १ । ३ ॥

प्रत्ययाऽवयवस्य झस्याऽन्तादेशः ।
अतो गुणे—भवन्ति ।
भवसि, भवथः, भवथ ।

(दीर्घविधिसूत्रम्)

३९२ अतो दीर्घो यञि ७ । ३ । १०१ ॥

अतोऽङ्गस्य दीर्घो यञादौ सार्वधातुके ।

अलोन्त्य परिभाषा के बल से गुण अङ्ग के अन्त्य इक् को ही होगा । 'भू अ ति' यहाँ अङ्ग के अन्त्य 'ऊ' को गुण 'ओ' हुआ ।

अवादेश इति—तब 'ओ' को 'अव' आदेश होकर **भवति** रूप बना ।

भवतः—'भू + तस्' इस स्थिति में 'कर्तरि शप्' सूत्र से शप् प्रत्यय, उसके शकार पकार की इत्संज्ञा '३८० सार्वधातुकार्धधातुकयोः । से उकार के स्थान में गुण ओकार एकादेश और ओकार के स्थान में 'अव्' आदेश तथा सकार के स्थान में रुत्व विसर्ग होने पर रूप सिद्ध हुआ ।

३९१ झ इति—प्रत्यय के अवयव 'झ्' को 'अन्त' आदेश हो ।

भवन्ति—प्रथम के बहुवचन में 'भू + झि' इस अवस्था में पूर्ववत् शप्, गुण और अवादेश हुए। प्रत्यय के अवयव 'झ्' को 'अन्त' आदेश होकर 'भव + अन्ति' यह दशा हुई । इसमें 'अतो गुणे' सूत्रसे 'शप्' के अकार और 'अन्ति' के अकार को पररूप एकादेश होने पर **भवन्ति** रूप सिद्ध हुआ ।

मध्यम के तीनों वचनों के रूप इसी प्रकार सिद्ध होंगे ।

भू अ सि–भो अ सि = **भवसि** । भू अ थस् = भो अ थस् = **भवथः** ।

भू अ थ = भो अ थ—**भवथ** ।

३९२ अत इति–अदन्त अङ्ग को दीर्घ हो यञादि सार्वधातुक परे रहते । अलोन्त्यपरिभाषा से अङ्ग के अन्त्य अल् अकार को दीर्घ होगा ।

भवामि, भवावः, भवामः ।

स भवति,	तौ भवतः,	ते भवन्ति ।
त्वं भवसि,	युवां भवथः	यूयं भवथ ।
अहं भवामि,	आवां भवावः	वयं भवामः ।

(लिट्लकारविधिसूत्रम्)

३९३ परोक्षे लिट् ३ । २ । ११५ ॥

भूतानद्यतनपरोक्षार्थवृत्तेर्धातोर्लिट् स्यात् । लस्य तिबादयः ।

भवामि—उत्तम के एकवचन में 'भू मि' यहाँ शप्, गुण और अवादेश होने पर 'भव मि' इस अवस्था में यञ् मकार आदि 'मिप्' सार्वधातुक परे होने से अङ्ग 'भव' के अन्त्य अकार को दीर्घ आकार होकर **भवामि** रूप सिद्ध हुआ ।

यहाँ 'मिप्' परे रहते विकरण शप् सहित की अङ्ग संज्ञा होगी जैसा पहले अङ्गसंज्ञाविधायक सूत्र में कहा जा चुका है । शप्निमित्तक अङ्ग संज्ञा पृथक् होगी, वह केवल 'भू' की होगी और तिङ् निमित्तक पृथक् शप् के अकार सहित 'भू अ' इसकी ।

इसी प्रकार द्विवचन में भू अ वस्–भो अ वस्–भव वस् = **भवावः** । और बहुवचन में भू अ मस्–भो अ मस्–भव मस्=**भवामः** रूप भी सिद्ध होंगे ।

इस प्रकार लट् लकार के सम्पूर्ण रूप सिद्ध हुए । इनको उपपद के साथ फिर मूल में दिखाया गया है । उनका अर्थ उसी क्रम से यहाँ लिखा जाता है ।

स भवतीति–प्रथम—वह होता है, वे दो होते हैं, वे बहुत होते हैं ।

मध्यम—तू होता है, तुम दो होते हो, तुम सब होते हो ।

उत्तम—मैं होता हूँ, हम दो होते हैं, हम बहुत होते हैं ।

लिट् लकार—

३९३ **परोक्ष** इति—भूत, अनद्यतन और परोक्ष क्रिया अर्थ में यदि धातु हो तो उससे 'लिट' लकार हो ।

इटौ इतौ—'लिट्' इकार और टकार इत्संज्ञक है । केवल लकार बचता है ।

लस्येति—उसको 'तिप्' आदि आदेश होंगे ।

भूत आदि का अर्थ पहले बताया जा चुका है ।

(णलाद्यादेशविधिसूत्रम्)

३९४ परस्मैपदानां णलतुसुस्–थलथुस–णल्वमाः ३ । ४ । ८२॥

लिटस्तिबादीनां नवानां णलादयः स्युः ।

'भू अ' इति स्थितौ—

(वुग् आगमविधिसूत्रम्)

३९५ भुवो वुग् लुङ्लिटोः ६ । ४ । ८८ ॥

भुवो वुगागमः स्यात् लुङ्लिटोरचि ।

(द्वित्वविधिसूत्रम्)

३९६ लिटि धातोरनभ्यासस्य ६ । १ । ८ ॥

लिटि परे अनभ्यासधात्ववयवस्यैकाचः प्रथमस्य द्वे स्तः, आदिभूतादचः परस्य तु द्वितीयस्य ।

---

३९४ **परस्मै** इति—लिट् के स्थान में आदेश हुए परस्मैपद 'तिप्' आदि नौ को क्रम से निम्नलिखित णलादि नौ आदेश हों—

	स्थानी	आदेश	स्थानी	आदेश,	स्थानी	आदेश
प्रथम—	तिप्	णल्	तस्	अतुस्	झि	उस्
मध्यम—	सिप्	थल्	थस्	अथुस्	थ	अ
उत्तम—	मिप्	णल्	वस्	व	मस्	म

भू अ इति—'तिप्' के स्थान में 'णल्' आदेश हुआ। णकार और लकार की इत्संज्ञा होकर लोप होने पर 'भू अ' यह स्थिति हुई ।

३९५ **भुव** इति—'भू' धातु को 'वुक्' आगम हो, लुङ् और लिट् का अच् परे होने पर ।

'वुक्' में 'उक्' इत्संज्ञक है। अतः कित् होने से यह भू के आगे होगा। यहाँ लिट् का अच् अ (णल्) परे है। तब वुक् आगम होने से 'भूव् अ' ऐसी स्थिति बनी ।

३९६ लिटीति—लिट् परे रहते अभ्यास रहित–जिसको द्वित्व न हुआ हो–धातु के अवयव प्रथम एकाच् (एक अच्वाले भाग) को द्वित्व हो, यदि

'भूव् भूव् अ' इति स्थिते—

(अभ्याससंज्ञासूत्रम्)

३९७ पूर्वोऽभ्यासः ६ । १ । ४ ॥

अत्र ये द्वे विहिते, तयोः पूर्वोऽभ्याससंज्ञः स्यात् ।

धातु अजादि हो तो आदिभूत अच् से परे यदि संभव हो तो द्वितीय एकाच् को हो ।

हलादि धातु चाहे एकाच् हो चाहे अनेकाच्, उसके प्रथम एकाच् को द्वित्व होगा । पर ध्यान रहे कि यदि हलादि धातु एकाच् होगा तो उसमें धातु का अवयवत्व व्यपदेशिवद्भाव से सिद्ध करना होगा ।

'चकास्' धातु हलादि अनेकाच् है इसके प्रथम एकाच् भाग 'च' को द्वित्व होगा । 'जि' धातु हलादि एकाच् है, इसके प्रथम एकाच् 'जि' को द्वित्व होगा । 'जि' में प्रथम एकाच्त्व व्यपदेशिवद्भाव से माना जायगा ।

अजादि धातु यदि एकाच् होगा तो व्यपदेशिवद्भाव से उसको द्वित्व होगा और यदि अनेकाच् होगा तो द्वितीय एकाच् को ही होगा ।

'ऊर्णुञ्' धातु अजादि अनेकाच् है, इसके द्वितीय एकाच् 'णु' को द्वित्व होगा । 'अत्' धातु अजादि एकाच् है, इसके—व्यपदेशिवद्भाव से—प्रथम एकाच् 'अत्' को हो द्वित्व होगा ।

इसी व्यवस्था के अनुसार सब धातुओं को द्वित्व होगा ।

'अभ्यासरहित' कहने से एकबार द्वित्व करने पर पुनः द्वित्व नहीं होगा ।

भूव इति—इस व्यवस्था के अनुसार 'भूव् अ' यहाँ प्रथम एकाच् 'भूव्' को द्वित्व होकर 'भूव भूव् अ' यह स्थिति हुई ।

वकार आगम होने से 'भू' का अवयव है और 'यदागमास्तद्गुणीभूतास्तद्ग्रहणेन गृह्यन्ते' परिभाषा के बल से 'भु' से वुक् आगम सहित 'भूव्' का भी ग्रहण होता है । अतः वकार को भी द्वित्व होता है ।

३९७ पूर्व इति—यहाँ जिन दो रूपों का विधान किया गया है अर्थात् जो द्वित्व करके दो रूप बनाये गये हैं, उनमें पूर्वरूप की अभ्यास संज्ञा हो ।

'भूव् भूव् अ' यहाँ द्वित्व करके दो 'भूव' बने हैं । उनमें प्रथम 'भूव्' की अभ्याससंज्ञा हुई ।

(आदिहल्शेष-हल्लोपविधिसूत्रम्)

३९८ हलाऽऽदिः शेषः ७ । ४ । ६० ॥

अभ्यासस्यादिर्हल् शिष्यते, अन्ये हलो लुप्यन्ते। इति वलोपे—

(ह्रस्वविधिसूत्रम्)

३९९ ह्रस्वः ७ । ४ । ५९ ॥

अभ्यासस्याऽचो ह्रस्वः स्यात्।

(अत्वविधिसूत्रम्)

४०० भवते(:) र् अः ७ । ४ । ७३ ॥

भवतेरभ्यासस्योकारस्य अः स्याल्लिटि।

---

३९८ हलादिरिति—अभ्यास का आदि हल् शेष रहता है, अन्य हलों का लोप हो जाता है।

हलादि धातुओं में आदि हल रहता है, उनमें तो इस सूत्र की प्रवृत्ति निर्बाध हो जाती है। परन्तु अजादि एकाच् 'अत्' आदि धातुओं में आदि हल् नहीं—यहाँ कठिनाई उपस्थित होती है। उसके लिये 'हलादिः शेषः' सूत्र में 'अहल्' और 'आदि शेषः' ये दो योग किये जाते हैं। पहले योग का अर्थ होता है—'अभ्यास हल् रहित हो।' इस से सभी धातुओं के सभी हलों का लोप प्राप्त होता है। तब दूसरा योग नियम करता है कि—'यदि आदि में हल् हो तो वह शेष रहता है, इस प्रथम योग के अनुसार 'अत्' आदि अजादि धातुओं में अभ्यास के हल् रहित होने पर कोई दोष नहीं रहता।

इति वलोपे—'भूव् भूव् अ' यहाँ अभ्यास में आदि हल् भकार शेष रहा और उससे भिन्न हल् 'व्' का लोप हुआ। तब 'भू भूव् अ' यह स्थिति हुई।

३९९ ह्रस्व इति—अभ्यास के अच् को ह्रस्व हो।

'भू भूव् अ' यहाँ अभ्यास के अच् ऊकार को इस सूत्र से ह्रस्व हो गया।

४०० भवतेरिति—'भू' धातु के अभ्यास के ऊकार को अकार हो लिट परे होने पर।

इस सूत्र से उकार को अकार करने पर 'भ भूव् अ' यह दशा हुई।

(चर्जश्आदेशविधिसूत्रम्)

४०१ अभ्यासे चर् च ८ । ४ । ५४ ॥

अभ्यासे झलां चरः स्युः, जशश्च ।
झशां जशः, खयां चर इति विवेकः ।
बभूव, बभूवतुः, बभूवुः ।

४०१अभ्यासे इति—अभ्यास में झलों के स्थान में चर् हों और जश् भी।

झशामिति—झशों को जस और खयों को चर् हों—यह निश्चय है।

तात्पर्य यह है कि—झल् हैं—वर्गों के प्रथम, द्वितीय, ततीय, चतुर्थ वर्ण, श, ष, स और ह् । ये हैं स्थानी । आदेश हैं चर् और जश् । उन में वर्गों के प्रथम और द्वितीय वर्ण तथा श ष स ह् आते हैं यहाँ यह प्रश्न स्वभावतः उपस्थित होता है कि किस वर्ण के स्थान में कौन सा वर्ण आदेश हो ? इसका निर्णय यह है—प्रथम वर्ण को प्रथम वर्ण, तृतीय वर्ण को तृतीय वर्ण तथा श ष स को श ष स ही आदेश होंगे अर्थात् अपने स्थान में अपने आप होंगे च को च, ट को ट, ज को ज इत्यादि 'प्रकृति जशां प्रकृति जशः प्रकृति चरां प्रकृति चरः' इस कथन का भी यही आशय है ।

द्वितीय वर्ण को प्रथम और चतुर्थ को तृतीय होंगे । जैसे—छिद् धातु में छ को च होकर चिच्छेद और 'ढौक्' में ढ को डकार हो कर डुढौके बनता है । कवर्ग को तो 'कुहोश्चुः' सूत्र से चवर्ग हो जाता है, जैसे—गम् के गकार को जकार होकर जगाम बनता है । हकार को भी प्रथम पूर्वोक्त सूत्र से अन्तरतम चवर्ग 'झ' होता है । पुनः प्रकृत सूत्र से झकार को जश् जकार ह जाता हैं । जैसे—'हन्' के जघान रूप में ।

प्रकृत में झल् भकार चतुर्थ वर्ण को जश् तृतीय वर्ण बकार हुआ । तब **बभूव** रूप सिद्ध हुआ ।

बभूवतुः, बभूवुः—द्विवचन और बहुवचन में भी रूपसिद्धि इसी प्रकार होगी । द्विवचन में—भू अतुस्—भूव् अतुस—भूव् भूव् अतुस्—भू भूव् अतुस—भु भूव् अतुस्—भ भूव अतुस्—बभूवतुः । बहुवचन में—भू उस्—भूव् उस् , भूव् भूव उस्—भू भूव् उस्—भु भूव् उस—भ भूव् उस्—बभूवुः ।

(आर्धधातुकसंज्ञासूत्रम्)

४०२ लिट् च ३ । ४ । ११५ ।

लिडादेशस्तिङ् आर्धधातुकसंज्ञः ।

('इट्' आगमविधिसूत्रम्)

४०३ आर्धधातुकस्येड् वलादेः ७ । २ । ३५ ॥

वलादेरार्धधातुकस्य 'इट्' आगमः स्यात् ।

बभूविथ, बभूवथुः, बभूव ।
बभूव, बभूविव, बभूविम ।

---

४०२ लिडिति—लिट् के स्थान में आदेश हुए तिङ् की आर्धधातुक संज्ञा हो। '३८८ तिङ्शित्—' सूत्र से प्राप्त सार्वधातुकसंज्ञा का यह सूत्र बाधक है । मध्यम के एकवचन में 'भू थ' इस स्थिति में 'थ' को आर्धधातुकसंज्ञा हुई । तिङ् के स्थान में आदेश होने से थल् स्थानिवद्भाव से तिङ् है ।

४०३ आर्धधातुकेति—वलादि आर्धधातुक को इट् आगम हो ।

बभूविथ—' भू + थ' इस स्थिति में 'थ' वलादि आर्धधातुक है। अतः उसको इट् आगम हो गया—इट् का 'इ' शेष रहता है । तब 'भू + इथ' ऐसी स्थिति बनने पर लिट् सम्बन्धी अच् परे होने से 'भुवो वुग् लुङ्लिटोः, सूत्र से वुक् आगम, उसके उक् की इत्संज्ञा और लोप, 'भूव्' को 'लिटि धातोरनभ्यासस्य' से द्वित्व, 'हलादिःशेषः' से अभ्यास के वकार का लोप, 'ह्रस्वः' से अभ्यास के दीर्घ अकार को ह्रस्व, 'भवतेरअः' से उकार को अकार आदेश होनेपर 'अभ्यासे चर् च' से भकार को बकार होकर रूप सिद्ध हुआ ।

यहाँ ध्यान रहे कि इट् पहले होता है और तब वुक् आगम होता है, क्योंकि वुक् अच् परे होने पर होता है 'इट्' होने पर ही अच् परे मिलता है । तब द्वित्व आदि कार्य होते हैं ।

द्विवचन में—बभूव + अथुस्–**बभूवथुः** । बहुवचन–बभूव + अ–**बभूव** । **बभूव**–उत्तम के एकवचन में–बभूव् + अ (णल्)–**बभूव** ।

द्विवचन में–'बभूव् व' यहाँ वलादि आर्धधातुक होने से 'व' को इट् आगम होकर **बभूविव** रूप बना ।

बहुवचन में–'बभूव् म' यहाँ भी पूर्ववत् इट् होकर **बभूविम** रूप सिद्ध होता है ।

(लुट्विधिसूत्रम्)

४०४ अनद्यतने लुट् ३ । ३ । १५ ॥

भविष्यत्यनद्यतनेऽर्थे धातोर्लुट् ।

(स्यतास् विधिसूत्रम्)

४०५ स्य-तासी लृ—लुटोः ३ । १ । ३३ ॥

धातोः स्य—तासी एतौ प्रत्ययौ स्तः, लृलुटोः परतः ।

शबाद्यपवादः ।

'लृ' इति लृङ्लृटोर्ग्रहणम् ।

'व' और 'म' में भी थल् के समान पहले 'इट्' करना चाहिये, तब अच् परे मिलने से वुक् आगम होगा और तभी द्वित्व आदि कार्य किये जायेंगे। इस प्रक्रिया का ध्यान अच्छी तरह रहना चाहिये।

धातुओं के लिट् लकार के रूपों की सिद्धि का विशेष ध्यान रहना चाहिए, क्योंकि इनकी सिद्धि कुछ क्लिष्ट होती है।

लुट् लकार—

४०४ अनद्यतने इति—अनद्यतन भविष्यत् क्रिया को जब बताना हो तो धातु से 'लुट्' लकार हो।

काल का अन्वय क्रिया ही में होता है। जब क्रिया का भविष्यत्काल में होना और अनद्यतनत्व-आज न होना—बताना अभीष्ट हो, उस समय 'लुट्' का प्रयोग करना इससे विधान किया गया है। इसके सम्बन्ध में इस तिङन्त प्रकरण के प्रारम्भ में पर्याप्त प्रकाश डाला जा चुका है।

४०५ स्यतासीति—धातु से 'स्य' और 'तासि' प्रत्यय होते हैं, लृङ्, लृट् और लुट् परे रहते।

लृङ् और लृट् में 'स्य' तथा 'लुट्' में 'तासि' प्रत्यय होता है। 'तासि' का 'तास्' शेष रहता है।

शबादीति—यह विधि 'शप्' आदि की बाधक है। धातुओं से इन लकारों में अपने अपने गण के विकरण शबादि प्राप्त होते हैं। उनको बाधकर ये स्य और तास् प्रत्यय होते हैं।

लृ इति— सूत्र में 'लृ' यह पद कहा गया है, उससे लृङ् और लृट् दोनो

(आर्धधातुकसंज्ञासूत्रम्)

४०६ आर्धधातुकं शेषः ३ । ४ । ११४ ॥

तिङ्शिद्भ्योऽन्यः, 'धातोः' इति विहितः **प्रत्यय एतत्संज्ञः स्यात् ।** इट् ।

(डारौरस्विधिसूत्रम्)

४०७ लुटः प्रथमस्य डा-रौ-रसः २ । ४ । ८५ ॥

(लुटः **प्रथमस्य** डा, रौ, रस् एते क्रमात्स्युः ।)

का ग्रहण होता है, क्योंकि अनुबन्ध रहित 'लृ' कहा गया है और परिभाषा **है** कि 'निरनुबन्धक ग्रहणे सामान्यग्रहणम्' अर्थात्—जहाँ अनुबन्ध रहित **का ग्रहण** किया गया है, वहाँ सामान्य का ग्रहण होता है। अतः यहाँ भी 'लृट्' इस अनुबन्धरहित पद से सामान्य लृङ् और लृट् का ग्रहण होता है।

होना (सत्ता) क्रिया की अनद्यतनता और भविष्यत्कालिकता सूचित करने के लिये 'भू' धातु से 'लुट्' लकार आया और उसके स्थान में **परस्मैपद** 'तिङ्' प्रत्यय आदेश यथाक्रम से हुए। उनमें प्रथम के एक वचन में 'भू ति' इस स्थिति में 'कर्तरि शप्' से 'शप्' प्राप्त है। उसको बाधकर प्रकृत सूत्र से 'तास्' हुआ। तब 'भू तास् ति' यह स्थिति बनी।

४०६ **आर्धधातुकेति**—तिङ् और शित् प्रत्ययों से भिन्न 'धातोः' इस पञ्चम्यन्त का उच्चारण कर विधान किये हुये प्रत्ययों की आर्धधातुक संज्ञा हो।

'तास्' प्रत्यय का विधान 'धातोः' इस पञ्चम्यन्त पद का उच्चारण करके किया गया है, क्योंकि तास्विधायक 'स्यतासी लृ-लुटोः, ३ । १ । ३३' सूत्र में 'धातोः कर्मणः समानकर्तृकाद् इच्छायां वा ३ । १ । २२' इस सूत्र से 'धातोः' पद की अनुवृत्ति होती है, अतः 'तास्' की आर्धधातुक संज्ञा होती है। तास् प्रत्यय तिङ् भी नहीं और शित् भी नहीं। यह वलादि भी है, अतः 'आर्धधातुकस्येड्वलादेः' सूत्र से इट् आगम हुआ। तब 'भू इतास् ति' इस दशा में 'सार्वधातुकाऽर्धधातुकयोः' से 'ऊ' को गुण 'ओ' और 'ओ' को 'अव्' आदेश होकर 'भवितास् ति' यह स्थिति हुई।

४०७ **लुट इति**—लुट् के प्रथम को क्रम से डा, रौ और रस् आदेश हों, अर्थात् तिप् को डा, तस् को रौ और झि को रस् हो।

डित्वसामर्थ्याद् अभस्यापि टेर्लोपः - भविता।

(लोपविधिसूत्रम्)

४०८ तास्–अस्त्योर्लोपः ७ । ४ । ५० ॥

तासेरस्तेश्च लोपः स्यात् सादौ प्रत्यये परे।

(लोपविधिसूत्रम्)

४०९ रि च ७ । ४ । ५१ ॥

रादौ प्रत्यये तथा।

'डा' में डकार का इत्संज्ञा होकर लोप हो जाता है। अतः यह 'डित्' कहा जाता है।

डित्वेति—यद्यपि यह स्वादि कप्प्रत्ययान्तों में नहीं आता, अतःइसके परे रहते भसंज्ञा नहीं होती और अङ्ग के भसंज्ञक न होने से 'टेः' सूत्र से टि का लोप नहीं प्राप्त होता। तथापि डित् करने के बल से भसंज्ञक न होने पर भी अङ्ग की टि का लोप इसके परे रहते हो जाता है। अन्यथा कोई फल न होने से 'ड' कार की इत्संज्ञा करना व्यर्थ होगा।

भविता—'भवितास् + ति' इस स्थिति में प्रकृत सूत्र से 'ति' के स्थान में 'डा' आदेश हुआ। डकार की इत्संज्ञा और लोप होने पर पूर्वोक्त प्रकार से डित्व के बल से टि 'आस्' का लोप होकर रूप सिद्ध हुआ।

४०७ **तासस्त्योरिति**—तास् और अस् धातु का लोप हो सकारादि प्रत्यय परे होने पर।

'अलोऽन्त्य' परिभाषा के बल से लोप अन्त्य अल् 'सकार' का होगा।

'तास्' के सकार के लोप का उदाहरण-'भवितास् सि भवितासि' यह आगे मध्यम के एकवचन सिप् में मिलेगा।

'अस्' के सकार के लोप का उदाहरण अदादिगण में जहाँ अस् धातु आयगी, वहाँ 'अस् सि-असि' इत्यादि रूपों में मिलेगा।

४०९ **रि चेति**—रकारादि प्रत्यय परे होने पर भी पूर्ववत् तास् और अस् का लोप हो।

यहाँ भी अलोऽन्त्यपरिभाषा से अन्त्य सकार का ही लोप होगा।

भवितारौ, भवितारः।
भवितासि, भवितास्थः, भवितास्थ ।
भवितास्मि, भवितास्वः, भवितास्मः ।

(लृट्विधिसूत्रम्)

४१० लृट् शेषे च ३ । ३ । १३ ॥

भविष्यदर्थाद् धातोर्लृट्, क्रियार्थायां क्रियायां सत्याम्, असत्याम् । स्यः, इट्—भविष्यति, भविष्यतः, भविष्यन्ति ।

भवितारौ—भू धातु के लुट् के प्रथम पुरुष के द्विवचन में 'भू + तस् इस स्थिति में पूर्वोक्त प्रकार से तास् प्रत्यय, उसकी आर्धधातुक संज्ञा, इट् आगम, धातु को आर्धधातुक निमित्तक गुण ओ आदेश, ओ को अव् आदेश होने पर 'भवितास् तस्' ऐसी स्थिति बन जाने पर तस् को रौ आदेश हुआ। तब 'रिच' इस प्रकृत सूत्र से तास् के सकार का लोप होने पर रूप सिद्ध हुआ ।

भवितारः—लुट् के प्रथम पुरुष के बहुवचन में पूर्वोक्त प्रकार से 'भवितास + झि' ऐसी स्थिति बन जाने पर झि को 'रस्' आदेश हुआ और तब प्रकृत सूत्र से तास् के सकार का लोप, सकार को रुत्व विसर्ग होने पर रूप सिद्ध हुआ।

भवितासि—मध्यम के एकवचन में 'भवितास् + सि' यहाँ सकारादि 'सि' प्रत्यय परे होने से ४०८ 'तास् अस्त्योर्लोपः' सूत्र से तास् के सकार का लोप होने पर रूप बना ।

द्विवचनमें—**भवितास्थः** । बहुवचन में—**भवितास्थ** ।

उत्तम में—**भवितास्मि, भवितास्वः, भवितास्मः**—ये रूप हैं ।

लृट्लकार—

४१० **लृडिति**—इनकी सिद्धि पूर्वोक्त प्रकार से ही होती है। भविष्यत्काल की क्रिया को यदि धातु बताता हो तो उससे लृट् लकार हो, क्रियार्थ विद्यमान हो अथवा न हो ।

'तुमुन्ण्वुलौ क्रियायां क्रियार्थायाम् ३ । ३ । १० ॥' इस सूत्र से यहाँ 'क्रियायां क्रियार्थायाम्' की अनुवृत्ति आती है ।

एक क्रिया यदि दूसरी क्रिया के लिये ही की जा रही हो तो उस क्रिया को

भविष्यसि, भविष्यथः, भविष्यथ ।
भविष्यामि, भविष्यावः, भविष्यामः ।

'क्रियार्थ क्रिया' कहते हैं । जैसे—'पठितुं[1] गच्छति-पढ़ने जाता है' यहाँ जाना गमन क्रिया पठन-पढ़ना क्रिया के लिये की जा रही है, अतः गमन क्रिया क्रियार्थ-क्रिया है ।

प्रकृत सूत्र में कहा गया है कि क्रियार्थ क्रिया का ग्रहण किया गया हो चाहे न किया गया हो, प्रधान क्रिया वाचक धातु से 'लृट्' लकार आयगा । जैसे—क्रियार्थ क्रिया के अप्रयोग में **पठिष्यति** । प्रयोग में **पठिष्यति–इति गच्छति** क्रियार्थ क्रिया की विद्यमानता में 'इति' शब्द का प्रयोग भी करना आवश्यक होता है ।

'तुमुन्' और 'ण्वुल्' प्रत्यय क्रियार्थ क्रिया के प्रयोग होने पर ही आते हैं, अन्यथा नहीं—इस बात का ध्यान रहना चाहिये ।

लृट् लकार का प्रयोग सामान्य भविष्यत् काल की क्रिया को प्रकट करने के लिये आता है । जब भविष्यत् काल की क्रिया की अनद्यतनता—आज का न होना—प्रकट हो तब लुट् लकार का ही प्रयोग करना चाहिये, ऐसे स्थल पर 'लृट्' का प्रयोग अशुद्ध होगा । परन्तु जब अनद्यतनता की प्रतीति न हो तब 'लृट्' का प्रयोग करना उचित है । इसी प्रकार अद्यतनता की प्रतीति में 'लुट्' का प्रयोग अशुद्ध होगा, ऐसे स्थल में लृट् का ही प्रयोग करना चाहिये ।

जैसे—'श्वो गन्तास्मि' इस वाक्य में क्रिया की अनद्यतनता 'श्वः' पद से स्पष्ट है, अतः यहाँ लुट् लकार का प्रयोग शुद्ध है, लृट् का अशुद्ध । 'अद्य गमिष्यामि' में अद्यतनता की 'अद्य' पद से स्पष्ट प्रतीति होने से 'लृट्' का प्रयोग

१—'पठितुं गच्छति' इस वाक्य में यह भी ध्यान देने योग्य है कि पढ़ना क्रिया भविष्यत् काल की है, क्योंकि पढ़ना क्रिया अभी हुई नहीं, उसके लिये अभी 'गमन' क्रिया हो रही है ।

कृदन्त में 'तुमुन्ण्वुलौ क्रियायाम् क्रियार्थायां ३ । ३ । १० ॥' इस सूत्र के द्वारा क्रियार्थ क्रिया की विद्यमानता में प्रधान क्रिया वाचक धातु से तुमुन् और ण्वुल प्रत्ययों का विधान किया गया है । अतः 'पठितुं गच्छति' इत्यादि प्रयोग ऐसे स्थलों में होते हैं । यहाँ पठन क्रिया भविष्यत् काल की है ।

(लोट्विधिसूत्रम्)

४११ लोट् च ३। ३। १६२॥

विध्याद्यर्थेषु धातोर्लोट्।

शुद्ध है, लुट् का अशुद्ध। 'वृष्टिर्भविष्यति' वाक्य में अद्यतनता और अनद्यतनता किसी की प्रतीति स्पष्ट नहीं होती, अतः यहाँ सामान्य होने से 'लृट्' का ही प्रयोग समुचित है।

'लुट्' और 'लृट्' के प्रयोग के समय इन उपर्युक्त बातों का पूरा ध्यान रहना चाहिये।

भविष्यति—'लृट् को यथाक्रम से तिबादि आदेश होंगे। तिप् करने पर सर्व प्रथम 'स्यतासी लृलुटोः' से स्य होगा। 'स्य' प्रत्यय 'आर्धधातुकं शेषः' से आर्धधातुकसंज्ञक है, अतः वलादि आर्धधातुक होने से उसको 'आर्धधातुकस्येड् वलादेः' से इट् आगम हो जायगा। साथ ही 'सार्वधातुकार्धधातुकयोः' से 'ऊ' कार को गुण 'ओ' कार और उसको 'अव्' आदेश होकर 'भविष्यति' ऐसी स्थिति बनजाने पर स्य के सकार के स्थान में प्रत्यय का अवयव होने से मूर्धन्य षकार होकर **भविष्यति** रूप सिद्ध होता है।

इसी प्रकार अन्य रूप भी बनेंगे। इसमें विशेष कार्य स्य, इट् और मूर्धन्य हैं। मिप्, वस् और मस् इन उत्तम के वचनों में यञादि प्रत्यय परे होने से 'अतो दीर्घो यञि' से 'स्य' के अन्त्य अकार को दीर्घ होता है। जहाँ सकार है वहाँ विसर्ग हो जाता है।

लोट् लकार—

४११ लोट् चेति—विधि आदि अर्थ में धातु से लोट् लकार हो।

विधि आदि आगे '४२७ विधि-निमन्त्रणाऽऽमन्त्रणा-धीष्ट-संप्रश्न-प्रार्थनेषु लिङ् ३। ३। १३१॥' इस सूत्र में कहे गये हैं। ये सब छ अर्थ हैं—**१ विधि २ निमन्त्रण, ३ आमन्त्रण, ४ अधीष्ट, ५ संप्रश्न, ६ प्रार्थना।**

विधि आदि इन छहों का अर्थ प्रेरणा है। परन्तु सब प्रेरणाओं में भेद है—

१ **विधि**—उस प्रेरणा को कहते हैं जिसे **'आज्ञा देना'** कहा जाता है—जैसे—नौकरों और मजदूरों आदि अपने से निकृष्ट-छोटों-को कहा जाता है—भृत्यादेर्निकृष्टस्य प्रवर्तनम्। 'ओदनं पच वा पचेतम् चावल पकाओ' यहाँ आज्ञा

दी जा रही है। अतः यह 'विधि' रूप प्रेरणा है। इस प्रकार की प्रेरणा में काम करना अनिवार्य होता है, न करनेसे दण्ड का भागी बनना पड़ता है। इसीलिये वेद आदि शास्त्रों के 'अहरहः सन्ध्यामुपासीत' प्रतिदिन सन्ध्योपासना करे, इत्यादि वचनों को भी 'विधि' कहा जाता है। इनके अनुसार काम न करने में 'पाप' लगता है।

२ **निमंत्रण**—उस प्रेरणा को कहते हैं जो अपने समान के बन्धु-बान्धवों दौहित्र आदि को की जाती है। इसमें 'आज्ञा' का भाव उतना प्रबल नहीं रहता, पर इस प्रेरणा के अनुसार भी काम करना होता है, टाला नहीं जा सकता, इसे **आग्रह** कह सकते हैं। इसीलिए कहा गया है—निमंत्रणं नियोगकरणम्, आवश्यके श्राद्धभोजनादौ दौहित्रादेः प्रवर्तनम्। जैसे—भो भागिनेय! सत्यनारायणव्रतोद्यापने श्वो भाविनि त्वमागच्छ, आगच्छेः=भानजे? कल सत्यनारायणव्रत के उद्यापन में तुम आजाना!

३ **आमन्त्रण**—उस प्रेरणा को कहते हैं जिसमें निमन्त्रण से कम बल रहता है, इस प्रेरणा से प्रेर्यमाण व्यक्ति स्वतन्त्र है उस कार्य के करने में, चाहे करे चाहे न करे। अतएव कहा गया है—आमन्त्रणं कामचारानुज्ञा अर्थात् आमन्त्रण की प्रेरणा में कामचार की गुञ्जायश रहती है, आमन्त्रित व्यक्ति जिस कार्य के लिये आमन्त्रित किया गया है, उसमें आना न आना उसकी इच्छा पर निर्भर है। आजकल के जितने निमन्त्रण पत्र छपते हैं, वे प्रायः 'आमन्त्रण' होते हैं। जैसे—मित्रवर, मद्विवाहमुपलक्ष्य क्रियमाणे प्रीतिभोजे भवान् आगच्छतु, आगच्छेद् वा = मित्रवर, मेरे विवाह के सम्बन्ध में पार्टी होगी उसमें तुम पधारना। इसको **अनुरोध** कहा जा सकता है।

४ **अधीष्ट** उस प्रेरणा को कहते हैं, जिसमें सत्कार भी हो। यह प्रायः उच्चकोटि के लोगों से सम्बन्ध रखता है। अतएव कहा गया है 'अधीष्टः सत्कारपूर्वको व्यापारः' सत्कार पूर्वक किसी को कार्य में लगाना। जैसे—अध्यापक को सत्कार पूर्वक कहा जाता है कि 'श्रीमन्, भवान् मम पुत्रमध्यापयतु, अध्यापयेद् वा—' मेरे पुत्र को पढ़ाइये।

५ **संप्रश्न**—उस प्रेरणा को कहते हैं जिसमें परामर्श लेने का भाव हो। संप्रधारणम् संप्रश्नः—निश्चय के लिये कहना। जैसे—कि भो वेदमधीयीय, उत

(लिङ् लोट् विधिसूत्रम्)

४१२ आशिषि लिङ्-लोटौ ३ । ३ । १७३ ॥

(आशिष्यपि लिङ्लोटौ स्तः । आशीः अप्राप्तेष्टप्राप्तीच्छा)

तर्कम्-भगवन् , मैं वेद पढ़ूँ कि न्यायशास्त्र ? इसमें भी प्रेरणा है, पर परामर्श अर्थात् सलाह के लिये ।

६ **प्रार्थना**—उस प्रेरणा को कहते हैं जो अपने से बड़ों से की जाती है । इसमें मांगने का भाव रहता है । अतएव प्रार्थनम्-याचना, यह कहा गया है । जैसे-पुस्तकं लभे, लभेय वा-मुझे पुस्तक मिल जाय, मुझे पुस्तक दीजिये ।

इन अर्थों में लिङ् और लोट् दोनों लकार आते हैं । अत एव उदाहरणों में दोनों लकारों का उपयोग किया गया है । प्रकरणानुसार पूर्वोक्त अर्थों का निर्णय करना चाहिये कि यहाँ विधि है कि निमन्त्रण आदि । वेदादि शास्त्रों की आज्ञायें विधि हैं और उनमें अधिकतर लिङ् लकार तथा कृत्य प्रत्यय का प्रयोग हुआ है ।

४१२ **आशिषीति**—आशीर्वाद अर्थ में भी लिङ् और लोट् लकार आते हैं ।

आशीरिति—'आशीः' कहते हैं अप्राप्त इष्ट वस्तु की इच्छा को । जो वस्तु हमें इष्ट हो और अप्राप्त हो उसकी इच्छा जब प्रकट करता हो तब लोट् और लिङ् लकार का प्रयोग होगा । जैसे—पुत्रं ते भवतु, भूयाद् वा-तुम्हारा पुत्र हो । इस वाक्य में पुत्रप्राप्ति की इच्छा प्रकट की गई है । वक्ता जिसे कह रहा है उसके अप्राप्त अर्थात् जो हुआ नहीं उस पुत्र के होने की अभिलाषा उसे है ।

लोट् लकार में आशीर्वाद अर्थ में केवल प्रथम और मध्यम के एकवचन में 'तुह्योस्तातङ् आशिष्यन्यतरस्याम्' सूत्र से दो रूप बनते हैं । अन्य रूप समान ही रहते हैं । परन्तु लिङ् में आशीर्वाद अर्थ में सारे रूप बिल्कुल भिन्न बनते हैं, वहाँ 'आशीर्लिङ्' नाम से एक लकार ही और बन गया है, जो आगे बताया जायगा ।

भू धातु से विध्यादि अर्थों में लोट् लकार होने पर उसके स्थान में यथाक्रम से तिङ् आदेश होंगे । प्रथम के एक वचन में 'तिप्' आने पर उसके सार्व-धातुक संज्ञक होने से 'शप्' होगा, पुनः सार्वधातुकनिमित्तक गुण होने पर आदेश

(उत्वविधिसूत्रम्)

४१३ एरुः ३ । ४ । ८६ ॥

लोट इकारस्य उः । भवतु ।

(तातङादेशविधिसूत्रम्)

४१४ तुह्योस्तातङ् आशिष्यन्यतरस्याम् ७ । १ । ३५ ॥

आशिषि तुह्योस्तातङ् वा ।

परत्वात् सर्वादेशः—भवतात् ।

होकर 'भवति' ऐसी स्थिति बिल्कुल लट् लकार के समान बनेगी ।

४१३ एरुरिति—लोट के इकार को उकार हो ।

भवतु—भू धातु से लोट् के प्रथम पुरुष के एक वचन में उपर्युक्त प्रकार से 'भवति' बन जानेपर इस सूत्र से लोट् (स्थानिक) 'ति' में वर्तमान इकार को उकार करने से रूप सिद्ध हुआ ।

४१४ तुह्योरिति—आशीर्वाद अर्थ में लोट् के 'तु' और 'हि' को विकल्प से 'तातङ्' आदेश हो ।

'तातङ्' में 'तात्' शेष रहता है, अङ् की इत्संज्ञा होकर लोप हो जाता है ।

परत्वादिति—पर होने से सम्पूर्ण 'तु' और 'हि' के स्थान में 'तात्' आदेश होता है ।

'तातङ्' ङित् है, 'ङिच्च' सूत्र से अन्त्य अल् के स्थान में प्राप्त है, परन्तु पर होने से 'विप्रतिषेधे परं कार्यम्' सूत्र से प्रबलता सिद्ध होने के कारण 'अनेकाल् शित् सर्वस्य' सूत्र से सम्पूर्ण स्थानी के स्थान में ही आदेश होता है ।

यद्यपि इस प्रकार अनेकाल् मानकर सर्वादेश करने से 'ङिच्च' सूत्र निरवकाश होने से अपवाद बनकर प्रबल हो सकता है, तथापि यहाँ 'तातङ्' का ङित् करना अन्त्यादेश विधान के अतिरिक्त अन्य प्रयोजनों की सिद्ध के लिये है, अतः वह निरवकाश नहीं है । इसीलिये अपवादता सिद्ध न होने से यहाँ उसकी प्रवृत्ति नहीं है । 'ङिच्च' सूत्र 'अनङ्' आदियों में—जिनके ङित् करने का अन्त्य के स्थान में आदेश होने के अतिरिक्त अन्य प्रयोजन नहीं है—चरितार्थ है । तातङ् करने का फल तो 'युतात्' में गुण निषेध, 'इज्यात्' में संप्रसारण आदि हैं ।

(लङ्वद्भावातिदेशसूत्रम्)

४१५ लोटो लङ्वत् ३ । ४ । ८५ ॥

लोटस्तामादयः, सलोपश्च ।

(तामाद्यादेशविधिसूत्रम्)

४१६ तस्-थस्-थ-मिपां तां-तं-तामः ३ । ४ । १०१ ॥

ङितश्चतुर्णां तामादयः क्रमात्स्युः ।

भवताम् । भवन्तु ।

(हि आदेशविधिसूत्रम्)

४१७ सेर्ह्यपिच्च ३ । ४ । ८७ ॥

भवतात्—'भवतु' में सम्पूर्ण 'तु' के स्थान में प्रकृत सूत्र से 'तात्' आदेश होकर **भवतात्** रूप सिद्ध हुआ, पक्ष में **भवतु** भी रहेगा ।

४१५ लोट इति—लोट् के स्थान में लङ् के समान 'ताम्' आदि आदेश और उसके सकार का लोप होता है ।

'ताम्' आदि आदेश-विधायक तथा सलोप-विधायक सूत्र आगे दिये जा रहे हैं ।

४१६ तस्थस्थेति—ङित्—लङ्, लिङ्, लुङ् और लृङ्-लकारों के चार-तस्, थस्, थ और मिप्-प्रत्ययों को क्रम से ताम्, तम्, त, और अम् आदेश हों ।

'क्रम से' कहने से तस् को ताम्, थस् को तम्, थ को त और मिप् को अम् आदेश होगा ।

भवताम्—भू धातु के लोट् के द्विवचन में पूर्वोक्त प्रकार से बनी 'भव तस्' इस दशा में लङ्वत् अतिदेश के बल से प्रकृत सूत्र से 'तस्' के स्थान में 'ताम्' आदेश होकर **भवताम्** रूप सिद्ध हुआ ।

भवन्तु—झि का रूप है । लट् के झि के रूप 'भवन्ति' के समान ही सिद्ध होता है, केवल इकार को 'एरुः' से उकार कार्य अधिक होता है ।

ध्यान रहे कि 'लकार' के स्थान में आदेश करते ही 'एरुः' सूत्र से उकार आदेश कर देना चाहिये, क्योंकि वह निर्निमित्तक विधि होने से अन्य सब की अपेक्षा प्रबल है । साधनप्रक्रिया इसी प्रकार ठीक होगी ।

४१७ सेरिति—लोट् के 'सि' को 'हि' आदेश हो और वह अपित् हो ।

लोटः सेर्हिः, सोऽपिच्च ।

('हि'लोपविधिसूत्रम्)

४१८ अतो हेः ६ । ४ । १०५ ॥

अतः परस्य हेर्लुक् ।

भव, भवत त् । भवतम्, भवत ।

(नि आदेशविधिसूत्रम्)

४१९ मेर्निः ३ । ४ । ८९ ॥

लोटो मेर्निः स्यात् ।

'अपित्' विधान करने से 'सार्वधातुकमपित्' सूत्र से वह ङिद्वत् हो जाता है और तब उसके परे रहते ङित्वप्रयुक्त गुणनिषेध आदि कार्य होते हैं । जैसे— 'स्तुहि' में गुण नहीं हुआ यह 'स्तुति' अर्थवाले 'स्तु' धातु का रूप है ।

भव, भवतात्—मध्यम के एकवचन में यहाँ 'सि' को 'हि' आदेश हुआ । शेष कार्य शबादि लट् के समान होकर 'भव-हि' यह स्थिति बनी । इस में आशीर्वाद अर्थ में 'हि' के स्थान में 'तातङ्' आदेश होकर **भवतात्** रूप बन गया ।

तातङ् के अभाव पक्ष में **भव** हि इस दशा में—

४१८ अत इति—अदन्त अङ्ग से परे 'हि' का लोप हो ।

अङ्ग अदन्त भ्वादि, दिवादि, तुदादि और चुरादि गणों में मिलता है । इसलिये इन गणों की धातुओं से परे 'हि' का लोप इस सूत्र से हो जाता है ।

यदि 'हि' का लोप हो जाता है तो फिर उसके विधान का क्या प्रयोजन है ? इस प्रश्न का उत्तर है—इन चार गणों को छोड़कर शेष गणों के रूप, जिन में अङ्ग अदन्त नहीं मिलता, हि विधान के प्रयोजन हैं, वहाँ 'हि' रहता है, जैसे—अद्धि, जहि, देहि इत्यादि ।

'भव हि' में अदन्त अङ्ग 'भव' से परे हि का लोप हुआ तो **भव** रूप बना । तातङ् पक्ष में—**भवतात्** ।

थस् को 'तम्' आदेश होने से **भवतम्** और 'थ' को 'त' आदेश होने से **भवत** रूप बनते हैं ।

४१९ मेर्निरिति—लोट् के 'मि' को नि आदेश हो ।

लोट् के उत्तम के एकवचन में 'मिप्' होने पर 'मि' को 'नि' हो गया ।

(आड्विधिसूत्रम्)

४२० आड् उत्तमस्य पिच्च ३ । ४ । ९२ ॥

लोडुत्तमस्याट् स्यात् , पिच्च :
भवानि ।
हिन्योरुत्वं न, इत्वोच्चारणसामर्थ्यात् ।

(गत्युपसर्गप्राक्प्रयोगनियमसूत्रम्)

४२१ ते प्राग् धातोः १ । ४ । ८० ॥

ते गत्युपसर्गसंज्ञका धातोः प्रागेव प्रयोक्तव्याः ।

(णत्वविधिसूत्रम्)

४२२ आनि लोट् ८ । ४ । १६ ॥

उपसर्गस्थाद् निमित्तात् परस्य लोडादेशस्य 'आनि' इत्यस्य नस्य

शत्रादि कार्य भी पूर्ववत् होंगे ।

४२० **आडिति**—लोट् के उत्तम को आट् आगम हो और वह पित् हो । 'आट्' के टकार की इत्संज्ञा होकर लोप हो जाता है । अतः टित् होने से प्रत्यय का आदि अवयव होता है । 'पित्' होने से गुण आदि होने में बाधा नहीं पहुँचती ।

भवानि—'आट्' होने पर 'भव आनि' यह स्थिति बनती है, यहाँ सवर्ण दीर्घ करने पर **भवानि** रूप सिद्ध होता है ।

हिन्योरिति—'हि' और 'नि' के इकार को 'एरुः' सूत्र से उकार नहीं होता, उच्चारण सामर्थ्य से अन्यथा आदेश विधान करते हुए इनमें इकार का उच्चारण व्यर्थ हो जायगा । यदि उकार ही करना होता तो 'हु' और 'नु' आदेश विधान किये जा सकते थे । अतः 'भवानि' में इकार को उकार नहीं हुआ ।

४२१ **ते इति**—उन गति और उपसर्ग संज्ञावाले **प्र** आदि शब्दों का धातु से पहले ही प्रयोग करना चाहिये ।

जैसे—प्रभवति, पराभवति, अनुभवति इत्यादि । इन प्रयोगोंमें प्र परा और अनु उपसर्ग धातु से पहले प्रयुक्त हुए हैं ।

४२२ **आनीति**—उपसर्ग में स्थित निमित्त से परे लोट् के स्थान में हुए

णः स्यात् ।

प्रभवाणि ।

(उपसर्गत्वनिषेधवार्तिकम्)

(वा) दुरः षत्वणत्वयोरुपसर्गत्वप्रतिषेधो वक्तव्यः ।

दुःस्थितिः । दुर्भवानि ।

(उपसर्गत्वनिषेधवार्तिकम्)

(वा) अन्तः शब्दस्याऽङ्--विधिणत्वेषूपसर्गत्वं वाच्यम् ।

आदेश 'आनि' के नकार को णकार हो ।

प्रभवाणि—'प्रभवानि' यहाँ णत्व का निमित्त रकार 'प्र' उपसर्ग में है । उस से पर 'आनि' के नकार को णकार होकर **प्रभवाणि** रूप बना ।

यहाँ अखण्ड पद न होने से 'अट् कुप्वाङ्नुम्व्यवायेऽपि' से णत्व प्राप्त नहीं था । अतः यह सूत्र बनाना पड़ा । 'प्र' और 'भवानि' इन दो पदों के मिलने से यह पद बना है । अतः यह समानपद-अखण्ड पद नहीं है ।

(वा) दुर इति—'दुर्' को षत्व और णत्व के विषय में उपसर्ग का **निषेध** कहना चाहिये अर्थात् षत्व और णत्व करना हो तो 'दुर्' को उपसर्ग **नहीं माना** जाता ।

उपसर्ग न होने से 'दुर्' से परे धातु को षत्व या णत्व कार्य—जो उपसर्ग **मानकर** प्राप्त हों-वे नहीं होने पाते ।

दुःस्थितः—यहाँ 'दुर्' उपसर्ग से परे 'स्था' के सकार को 'उपसर्गात् सुनोतिसुवतिस्यतिस्तौतिस्तोभतिस्थासेनयसेधसिचसञ्जस्वञ्जाम्' इस सूत्र से षत्व **प्राप्त है** । उपसर्गत्व का निषेध होने से नहीं होता ।

दुर्भवानि—यहाँ 'आनि लोट्' सूत्र से 'दुर्' उपसर्ग में निमित्त रकार की स्थिति होने से उससे परे 'आनि' के नकार को णत्व प्राप्त है । परन्तु उपसर्गत्व के निषेध होने से नहीं होता ।

जब उपसर्ग संज्ञा का निषेध हो जाने से 'दुर्' उपसर्ग ही नहीं है । फिर उपसर्गसंज्ञानिमित्तक कार्य उसके द्वारा कैसे हो सकते हैं ?

(वा) अन्तरिति--'अन्तर्' शब्द को अङ्, किविधि और णत्व के

अन्तर्भवाणि।

(सकारलोपविधिसूत्रम्)

४२३ नित्यं ङितः ३।४।९९॥

सकारान्तस्य ङिदुत्तमस्य नित्यं लोपः।

'अलोऽन्त्यस्य' इति सलोपः—भवाव, भवाम।

विषय में 'उपसर्ग' कहना चाहिये अर्थात् इसकी उपसर्ग संज्ञा होती है।

'अन्तर' शब्द प्रादियों में नहीं है, अतः इसकी उपसर्ग संज्ञा 'उपसर्गाः क्रियायोगे' से प्राप्त नहीं। उपसर्ग संज्ञा होने से 'अन्तर' के द्वारा णत्व और अङ् प्रत्यय आदि कार्य होंगे।

अन्तर्भवाणि—यहाँ 'अन्तर्' शब्द की प्रकृत वार्तिक से उपसर्ग संज्ञा होने पर उस में स्थित रकार निमित्त से परे 'आनि' के 'नकार' को 'आनि लोट्' से णत्व हुआ।

'अङ्' का उदाहरण—'आतश्चोपसर्गे' सूत्र से उपसर्ग 'अन्तर्' उपपद रहते 'धा' धातु से 'अङ्' प्रत्यय होकर **अन्तर्धा** रूप सिद्ध होता है।

'कि' का उदाहरण—'उपसर्गे घोः किः' इस सूत्र से उपसर्ग 'अन्तर' उपपद रहते 'धा' धातु से 'कि' प्रत्यय होकर **अन्तर्धिः** रूप बनता है। 'कि' में ककार इत् है। अतः कित् परे होने से 'आतो लोप इटि च' सूत्र से अकार का लोप हो जाता है।

४२३ नित्यमिति—ङित् लकारों-लङ, लिङ, लुङ् और लृङ् के सकारान्त उत्तम का नित्य लोप हो।

'अलोऽन्त्यस्य इति—इस परिभाषा के बल से अन्त्य अल् सकार का ही लोप इस सूत्र के द्वारा होता है।

यद्यपि यह सूत्र ङित् लकारों के लिये विधान करता है, तथापि 'लोटो लङ् वत्' के अतिदेश से लोट् में भी प्रवृत्त होता है।

भवाव—वस् में शबादि और आट् कार्य करने पर 'भवावस्' इस अवस्था में 'लोटो लङ्वत्' के अतिदेश से सकार का लोप होकर **भवाव** रूप सिद्ध हुआ।

भवाम—इसी प्रकार बहुवचन में भी रूप सिद्ध होता है।

(लङ्विधिसूत्रम्)

४२४ अनद्यतने लङ् ३ । २ । १११ ॥

अनद्यतनभूतार्थवृत्तेर्धातोर्लङ् स्यात् ।

('अट्' आगमविधिसूत्रम्)

४२५ लुङ्-लङ्-लृङ्क्ष्वड् उदात्तः ६ । ४ । ७१ ॥

एष्वङ्गस्याऽट् ।

(इकारलोपविधिसूत्रम्)

४२६ इतश्च ३ । ४ । १०० ॥

लङ् लकार—

४२४ अनद्यतने इति—जब क्रिया का अनद्यतन भूतकाल में होना प्रकट करना हो, तब धातु से लङ् लकार हो।

'ह्यो लवपुरेऽभवम्—कल मैं लाहौर में था' इस वाक्य में 'ह्यः' पद से 'होना' क्रिया का अनद्यतन भूतकाल में होना प्रकट होता है, अत एव 'अभवम्' यह लङ् लकार का प्रयोग किया गया है।

जहाँ क्रिया का अनद्यतन भूतकाल में होना स्पष्ट हो, वहाँ अवश्य 'लङ्' का प्रयोग करना चाहिये, अन्यथा वाक्य अशुद्ध होगा। इस वाक्य में 'अभूवम्' यह लुङ् का प्रयोग अशुद्ध होगा। हाँ जहाँ अनद्यतनता की स्पष्ट प्रतीति न हो, वहाँ सामान्य रूप से 'लुङ्' का ही प्रयोग करना चाहिये।

४२ **लुङ्लङिति**—लुङ्, लङ् और लृङ् परे रहते अङ्ग को 'अट्' आगम हो।

'अट्' में टकार इत्संज्ञक है। अतः टित् होने से अट् (अ) अङ्ग का आदि अवयव होगा। यह भी ध्यान रहे कि तिबादि आदेश होने के पूर्व ही 'अट्' आगम होता है। प्रयोग सिद्ध करते समय लकार लाने के समनन्तर—ठीक बाद को—अट् का उल्लेख कर देना चाहिये।

'भू' धातु से लङ् आने पर अट् आगम हुआ। तब तिप्, शप्, गुण और 'अव्' आदेश लट् के समान हो कर 'अभवति' यह स्थिति हुई।

४२६ इतश्चेति—ङित् लकारों के स्थान में आदेश हुआ जो इकारान्त परस्मैपद, उसके अन्त का लोप हो।

ङितो लस्य परस्मैपदमिकारान्तं यत्, तदन्तस्य लोपः।
अभवत्, अभवताम्, अभवन।
अभवः, अभवतम्, अभवत।
अभवम्, अभवाव, अभवाम।

अभवत्—लङ् के प्रथम पुरुष एकवचन में पूर्वोक्त प्रक्रिया से सिद्ध हुए 'अभवति' इस रूप में लकार–स्थानिक इकारान्त परस्मैपद 'ति' है, उसके अन्त्य 'इ' कार का लोप होकर **अभवत्** रूप बना।

अभवताम्—द्विवचन में अट् आगम होने के अनन्तर तिप् शबादि होंगे। पुनः 'तस्' के स्थान में 'ताम्' होकर रूप सिद्ध हुआ।

अभवन्—बहुवचन में अट् और शेष कार्य लट् के समान करने पर 'अभवन्ति' बना। इस स्थिति से पहले इकारान्त परस्मैपद 'अन्ति' के इकार का 'इतश्च' से लोप भी हो जाता है, तब 'अभवन् त्' यह दशा हुई। इस में संयोगान्तपद के अन्त्य होने से तकार का 'संयोगान्तस्य लोपः' सूत्र से लोप होकर **अभवन्** रूप हुआ।

अभवः—मध्यम के एकवचन में–भू ल्–अभू ल्–अभू सि—अभू अ स्–अ भो अ स्–अभव स्–अ भ व स्–**अभवः**।

अभवतम्—द्विवचन में 'अ भ व थस्–'इस दशा में थस् को तम् आदेश करने पररूप सिद्ध होता है।

अभवत—मध्यम पुरुष के बहुवचन में पूर्वोक्त प्रकार से अट्, शप्, गुण, अवादेश, थ को त आदेश कार्य होने पर रूप सिद्ध होता है।

अभवम्—उत्तम के एकवचन में–'अ भव मि' यहाँ 'तस्थस्थमिपां तांतंतामः' सूत्र से मिप को अम् हुआ। तब शप् और अम् के अकार को 'अतो गुणे' से अकार पररूप होने पर **अभवम्** रूप बना।

अभवाव—लङ् के उत्तम के द्विवचन में अट्, शप्, गुण, अवादेश, दीर्घ तथा सकार का लोप कार्य होने पर रूप सिद्ध हुआ।

अभवाम—इसकी सिद्धि 'अभवाव' के समान होती है।

(लिङ्विधिसूत्रम्)

४२७ विधि-निमन्त्रणाऽऽमन्त्रणाऽधीष्ट-संप्रश्न-प्रार्थनेषु लिङ्
३ । ३ । १३१ ॥

एष्वर्थेषु धातोर्लिङ् ।

('यासुट्' आगमविधिसूत्रम्)

४२८ यासुट् परस्मैपदेषूदात्तो ङिच्च ३ । ४ । १०३ ॥

लिङः परस्मैपदानां यासुड् आगमः, उदात्तो ङिच्च ।

(सलोपविधिसूत्रम्)

४२९ लिङः सलोपोऽनन्त्यस्य ७ । २ । ७९ ॥

सार्वधातुकलिङोऽनन्त्यस्य सस्य लोपः ।

इति प्राप्ते—

विधिलिङ्—

४२७ विधीति–१ विधि, २ निमन्त्रण, ३ आमन्त्रण, ४ अधीष्ट, ५ संप्रश्न ६ प्रार्थना इन अर्थों में धातु से लिङ् लकार होता है ।

इन का अर्थ सविस्तर 'लोट्' लकार में कहा जा चुका है ।

४२८ यासुडिति—लिङ् के परस्मैपद प्रत्ययों को 'यासुट्' आगम हो और वह उदात्त और ङित् भी हो ।

'यासुट्' में 'उट्' इत्संज्ञक है । टित् होने से यह प्रत्यय का आदि अवयव बनकर उसी के आगे आता है ।

'ङित्' होने से 'यासुट्' का निमित्त मानकर गुण निषेध आदि होते हैं ।

'भू' धातु से लिङ् लकार आने पर यथाक्रम से तिबादि आदेश होंगे । उनमें प्रथम के एकवचन में 'तिप्' हुआ । इसके इकार का 'इतश्च' से लोप हुआ । शप्, गुण, अव् आदेश हुए । तब लिङ् स्थानिक परस्मैपद 'तिप्' को 'यासुट्' आगम हुआ । इससे 'भव यास् त्' यह स्थिति हुई ।

४२९ लिङ इति—सार्वधातुक लिङ् के अनन्त्य–जो अन्त में न हो–सकार का लोप हो ।

'भव यास त्' यहाँ सार्वधातुक लिङ् 'यास् त्' है, इसका सकार अन्त्य

('इय्' आदेशविधिसूत्रम्)

४३० अतो येयः ७ । २ । ८० ॥

अतः परस्य सार्वधातुकावयवस्य 'यास्' इत्यस्य इय् । गुणः ।

(वकार-यकारलोपविधिसूत्रम्)

४३१ लोपो व्योर्वलि ६ । १ । ६६ ॥

वलि वकारयकारयोर्लोपः ।

भवेत् । भवेताम् ।

('जुस्' आदेशविधिसूत्रम्)

४३२ झेर्जुस् ३ । ४ । १०८ ॥

नहीं । अतः लोप प्राप्त हुआ । 'तिप्' तो लिङ् के स्थान में आदेश हुआ है । इसलिये स्थानिवद्भाव से लिङ् है और यासुट् लिङ् स्थानिक तिप् को आगम हुआ है । 'यदागमास्तद्गुणीभूतास्तद्ग्रहणेन गृह्यन्ते—आगम जिसको हो, उसी का अवयव होता है और उसके ग्रहण से ग्रहण किया जाता है—इस परिभाषा के बल से लिङ् के ग्रहण के समय तत्सहित का ग्रहण होता है । अतः 'यास् त' यह सम्पूर्ण लिङ् है ।

४३० **अत** इति—अदन्त अङ्ग से परे सार्वधातुक के अवयव 'यास्' को 'इय्' आदेश हो ।

'भव यास् त्' यहाँ अदन्त अङ्ग 'भव' से परे सार्वधातुक लिङ् 'यास् त्' के अवयव 'यास्' को 'इय्' हुआ । 'भव इय् त्' यह स्थिति हुई ।

गुण इति—उक्त स्थिति में अकार और इकार को 'आद् गुणः' से एकार गुण एकादेश होकर 'भवेय् त्' यह अवस्था हुई ।

४३१ **लोप इति**—वल् परे रहते वकार और यकार का लोप हो ।

भवेत्—भू धातु से लिङ् के प्रथम के एकवचन में पूर्वोक्त प्रकार से 'भवेय् त्' इस स्थिति में वल् वकार परे होने से यकार का लोप हुआ ।

भवेताम्—द्विवचन में—भू तस्-भू अ तस्-भव् अ ताम्-भव् अ यास् ताम्-भव इय ताम्-भवे य् ताम्—इस क्रम से कार्य होने पर रूप सिद्ध होता है ।

४३२ **झेरिति**—लिङ् के 'झि' को 'जुस्' आदेश हो ।

लिङो झेर्जुस् स्यात्।
भवेयुः।
भवेः, भवेतम्, भवेत। भवेयम्, भवेव, भवेम।

(आर्धधातुकसंज्ञासूत्रम्)

४३३ लिङ्-आशिषि ३ । ४ । ११३ ॥

आशिषि लिङस्तिङ् आर्धधातुकसंज्ञः स्यात्।

(कित्वविधिसूत्रम्)

४३४ किद्-आशिषि ३ । ४ । १०४ ॥

आशिषि लिङो यासुट् कित्।

भवेयुः—लिङ् के प्रथम पुरुष के बहुवचन में 'झि' का प्रकृत सूत्र से इत्संज्ञा होकर लोप हो जाता है, सकार के विसर्ग हो जाते हैं। शेष कार्य पूर्ववत् होते हैं।

भवेः—लिङ् के मध्यम पुरुष के एक वचन में 'भवेय् स्' ऐसी स्थिति में 'लोपो व्य´र्वलि' से वकार का हो जाता है। 'सिप्' के इकार का ङित् लकार होने से 'इतश्च' सूत्र से पहले ही लोप हो जाता है। सकार को विसर्ग होते हैं।

भवेतम्—भवेय् तम्–भवेतम्। यकार का लोप हुआ।

भवेत—भवेय् त–भवेत। **भवेयम्**—भवेय् मि-भवेय् अम्-भवेयम्।

भवेव—भवेय् वस्-भवेय् व-भवेव। **भवेम**—भवेय् मस्-भवेय् म-भवेम। अन्तिम दो रूपों में 'नित्यं ङितः' से सकार का और 'लोपो व्योर्वलि' से वकार का लोप होता है।

आशीर्लिङ्—

४३३ लिङिति—आशीर्वाद अर्थ में लिङ् के स्थान में आदेश हुए 'तिङ्' की आर्धधातुकसंज्ञा हो।

यह सूत्र 'आशीर्लिङ्' के तिङ् की आर्धधातुकसंज्ञा करता है। अतः विधिलिङ् सामान्य सूत्र से 'सार्वधातुक' है। अतएव वहाँ 'शप्' होता है।

४३४ किदिति—आशीर्वाद अर्थ के लिङ् को जो यासुट् आगम होता है, वह कित् हो।

'स्कोः संयोगाद्योः' इति 'स'-लोपः ।

(गुणवृद्धिनिषेधसूत्रम्)

४३५ ग्क्ङिति च १ । १ । ५ ॥

गित्-कित्-ङित्-निमित्ते इग्लक्षणे गुणवृद्धी न स्तः ।

भूयात्, भूयास्ताम्, भूयासुः ।

'भू' धातु से आशीर्वाद अर्थ में लिङ् आने पर उसके स्थान में यथाक्रम से तिबादि आदेश हुए । उनकी पूर्व सूत्र से आर्धधातुकसंज्ञा हो जाने से 'शप्' नहीं होता, क्योंकि 'शप्' सार्वधातुक तिङ् परे रहते होता है । तब लिङ् को **यासुट्** होकर 'भू यास् त्' यह स्थिति बनी ।

स्कोरिति—इसमें 'स्कोः संयोगाद्योरन्ते च' सूत्र से पदान्त संयोग 'सृत्' के आदि सकार का लोप हुआ तब **भूयात्** यह रूप बना ।

यहाँ 'कित्' करने का फल गुणनिषेध अग्रिम सूत्र से होगा ।

४३५ ग्क्ङिति चेति—गित्, कित् और ङित् प्रत्ययों के परे रहते 'इग्लक्षण' गुण और वृद्धि कार्य नहीं होते ।

इग्लक्षण गुण और वृद्धि वे हैं, जिनका विधान उन सूत्रों के द्वारा हुआ हो जिन में 'इको गुणवृद्धी' परिभाषा सूत्र के बल से 'इकः' पद की उपस्थिति होती है । तब इक् के स्थान में गुण और वृद्धि का विधान किया गया हो, जैसे—'सार्वधातुकार्धधातुकयोः' और 'पुगन्तलघूपधस्य च' इत्यादि । 'वृद्धिरेचि' इत्यादि सूत्रों से जो वृद्धि और गुण का विधान होता है, उन्हें 'इग्लक्षण' नहीं कहा जाता, क्योंकि उनमें 'इकः' पद की उपस्थिति नहीं होती ।

भूयात्—भू धातु के आशीर्लिङ् के प्रथम पुरुष के एक वचन में पूर्वोक्त प्रकार से 'भू यासृत्' इस स्थिति में 'स्कोः संयोगाद्योरन्ते च' सूत्र से संयोग 'सृत्' के आदि सकार का लोप हुआ । सार्वधातुक न होने से 'लिङः सलोपोऽनन्त्यस्य' सूत्र से सकार का लोप नहीं होता । 'यात्' आर्धधातुक परे होनेसे 'सार्वधातुकार्धधातुकयोः' सूत्र से इगन्त अङ्ग 'भू' के अन्त्य 'ऊकार' को गुण प्राप्त है । परन्तु आशीर्लिङ् का होने से 'यासुट्' कित् है, अतः उसके परे रहने से यहाँ गुण नहीं होता, प्रकृत सूत्र से गुण का निषेध हो जाता है ।

भूयाः, भूयास्तम, भूयास्त।
भूयासम्, भूयास्व, भूयास्म।

(लुङ्विधिसूत्रम्)

४३६ लुङ् ३ । २ । ११० ॥

भूतार्थे धातोर्लुङ् स्यात्।

(लुङ्विधिसूत्रम्)

४३७ माङि लुङ् ३ । ३ । १७५ ॥

द्विवचन—भू यास् ताम्—**भूयास्ताम्**[1]—। 'तस्' को 'ताम्' आदेश हुआ

बहुवचन—'भूयास्+उस्'—**भूयासुः**। 'झेर्जुस' से '**झि**' को 'जुस्' हुआ।

मध्यम एकवचन—भू यास् स्—**भूयाः**। इकार लोप 'इतश्च' से। प्रथम सकार का संयोगादि लोप और द्वितीय सकार को विसर्ग।

द्विवचन—भूयास् तम्—**भूयास्तम्**। 'थस्' को 'तम्' आदेश हुआ।

बहुवचन—भूयास् त—**भूयास्त**। 'थ' को 'त' आदेश हुआ।

उत्तम एकवचन–भूयास् अम्–**भूयासम्**। 'मिप्' को 'अम्' आदेश हुआ।

द्विवचन—भूयास् वस्—**भूयास्व**। 'नित्यं ङितः' से अन्त्य '**स**' का लोप

बहुवचन—भूयास् मस्—**भूयास्म**।

ङित् का उदाहरण—इतः। यहाँ अपित् सार्वधातुक होने से तस् 'अपित् सार्वधातुकम्' सूत्र से ङिद्वत् है। अतः सार्वधातुक गुण नहीं होता।

गित् का उदाहरण—जिष्णुः। यहाँ 'ग्लाजिस्थश्च ग्स्नुः' सूत्र से '**ग्स्नु**' प्रत्यय होता है, उसका गकार इत् है। अतः आर्धधातुक होने से प्राप्त गुण नहीं होता। गित् प्रत्यय बहुत कम हैं, कित् और ङित् प्रत्यय अधिक होने से वही इस सूत्र के विषय अधिक हैं।

लुङ् लकार—

४३६ लुङिति—(सामान्य) भूतकाल में क्रिया का होना प्रकट करना हो तो धातु से 'लुङ्' लकार आता है।

४३७ माङीति—'माङ्' उपपद रहते धातु से 'लुङ्' लकार हो।

---

१. यहाँ यास के सकार का लोप 'स्कोः संयोगाद्योरन्ते च' सूत्र से भी नहीं होता क्योंकि यहाँ संयोग है तो, पर पदान्त नहीं। झल् भी परे नहीं, क्योंकि तकार के आगे अकार है और वह अच् है।

सर्वलकाराऽपवादः।

(लङ्लुङ्विधिसूत्रम्)

४३८ स्मोत्तरे लङ् च ३ । ३ । १७६ ॥

स्मोत्तरे माङि लङ् स्यात्, चात् लुङ्।

('च्लि' विधिसूत्रम्)

४३९ च्लि लुङि ३ । १ । ४३ ॥

शबाद्यपवादः।

सर्वेति—यह सब लकारों का अपवाद—बाधक—है, अर्थात् माङ् के योग में सभी लकारों के विषय में 'लुङ्' ही होता है।

जैसे—**शोकं वृथा मा कृथाः**—व्यर्थ शोक न करो वा करें। **क्लैब्यं मा गमः**—नपुंसकता—कायरता—न करो वा करे इत्यादि। इन वाक्यों में 'माङ्' उपपद रहने से 'लङ्' लकार आया है। यहाँ भूतकाल नहीं।

ध्यान रहे आ और आङ् के समान माङ् और मा भी दो पद हैं और प्रयोग में दोनों का 'मा' यही रूप आता है। अतः किसका प्रयोग हुआ है? यह निर्णय करना कठिन नहीं दोनों का अर्थ 'निषेध' रूप समान ही है।

'मा वद् मा वदेद्' इत्यादि वाक्यों में 'माङ्' शब्द नहीं अपितु 'माङ्' से भिन्न निषेधार्थक 'मा' अव्यय पद है। जहाँ 'मा' शब्द के साथ 'लुङ्' लकार का प्रयोग न हो, वहाँ समझना चाहिये कि यह 'माङ्' नहीं और जहाँ 'लुङ्' का प्रयोग हो, वहाँ 'माङ्' ही समझना चाहिए।

४३८ स्मोत्तरे इति—स्म-परक माङ् उपपद रहते धातु से 'लङ्' लकार हो और लुङ् भी।

सूत्र में पठित 'च' कार से लुङ् भी होता है जैसे—'मा स्म भवत्, भूत् वा—न हो—' इस वाक्य में यथेच्छया 'स्म' परक माङ् उपपद रहते लङ् और लुङ् दोनों का प्रयोग किया जा सकता है।

४२९ च्लि इति—लुङ् परे रहते धातु से 'च्लि' होता है।

शबादीति—यह 'च्लि' विधि शप्, श्यन् और श आदि विकरणों का अपवाद-बाधक-है।

('सिच्' आदेशविधिसूत्रम्)

४४० च्लेः सिच् ३ । १ । ४४ ॥

इचावितौ ।

(सिज्लोपविधिसूत्रम्)

४४१ गाति-स्था-घु-पा-भूभ्यः सिचः परस्मैपदेषु २।४।७७॥

एभ्यः सिचो लुक स्यात्।

'गा-पौ' इह 'इणादेश-पिबती' गृह्येते ।

'भू' धातु से क्रिया का सामान्य भूतकाल में होना प्रकट करने के लिये लुङ् लकार किया। लावस्था में 'भू' अङ्ग को अट् आगम हुआ। तब लुङ् के स्थान में यथाक्रम से 'तिप्' आदि आदेश होंगे। प्रथम के एकवचन में तिप् होने पर उसके इकार का 'इतश्च' से लोप होगा। 'अभू त्' इस अवस्था में सार्वधातुक तिङ् तिप् परे रहते 'शप्' प्राप्त होता है। उसको बाधकर प्रकृत सूत्र से 'च्लि' हो गया। तब 'अभू च्लि त्' यह दशा बनी।

४४० च्लेरिति—'च्लि' को 'सिच्' आदेश हो।

इचाविति—'सिच्' में इकार और चकार इत्संज्ञक-अनुबन्ध-हैं। केवल 'स्' शेष रहता है।

'च्लि' सामान्य बोध के लिये रखा गया है, वैसे इसका प्रयोग कहीं नहीं होता। इसके स्थान में कहीं चङ्, कहीं अङ् और प्रायः सिच् हो जाता है। इनके उदाहरण आगे मिलेंगे।

यहाँ 'च्लि' के स्थान में सिच् होने पर 'अ भू स् त्' यह स्थिति हुई।

४४१ गातीति—गा, स्था, घुसंज्ञक, पा और भू धातुओंसे परे सिच् का लुक् हो।

गा-पौ इति—'गा' से यहाँ 'इण्' के स्थान में आदेश होनेवाला 'गा' लिया जाता है। 'इणो गा लुङि' सूत्र से 'इण्' को 'गा' आदेश होता है। और 'पा' से पा पाने का ग्रहण होता है जिसको 'पिब' आदेश होता है। अत एव कहा गया है—'गापोर्ग्रहणे इण्पिबत्योर्ग्रहणम्' अर्थात् 'गा' 'पा' से 'इण्' और 'पा पाने' धातुओं का ग्रहण करना चाहिये।

अभूत्—भू धातुके लुङ् लकार के प्रथम पुरुष एक वचन में 'अभूसत्'

(गुणनिषेधसूत्रम्)

४४२ भूसुवोस्तिङि ७ । ३ । ८८ ॥

'भू' 'सू' एतयोः सार्वधातुके तिङिपरे गुणो न ।
अभूत् , अभूताम् , अभूवन् ।
अभूः, अभूतम् , अभूत ।
अभूवम् , अभूव, अभूम ।

(अट्आट्निषेधसूत्रम्)

४४३ न माङ्योगे ६ । ४ । ७४ ॥

अडाटौ न स्तः ।

इस प्रकृत स्थिति में 'भू' धातुसे परे 'सिच्' का लोप होगया। तब फिर 'अभूत्' बना ।

यहाँ सार्वधातुक 'त्' परे रहते 'सार्वधातुकार्धधातुकयोः' इस सूत्र से गुण प्राप्त होता है। उसका अग्रिम सूत्र से निषेध होकर **अभूत्** यही रूप सिद्ध होता है ।

४४२ **भूसुवोरिति**—'भू' और 'सू' धातुओं को सार्वधातुक तिङ् परे रहते गुण न हो ।

अभूताम्—अभू स् ताम्-अभूताम् ।

अभूवन्—लुङ् के प्रथमपुरुष के बहुवचन में पूर्वोक्त प्रकार से 'अ भू अन्ति' इस स्थिति में लुङ् सम्बन्धी अच् परे मिल जाने से 'भुवो वुग् लुङ्-लिटोरचि' सूत्र से धातु को वुक् आगम हुआ। तब 'अभूव् अन्ति' इस स्थिति में च्लि, सिच् , सिच् का लोप, इकार का लोप और तकार का संयोगान्त लोप होने पर रूप सिद्ध हुआ ।

अभूः—अभू सि-अभू स्-अभू स् स्-अभू स्-अभूः ।

अभूवम्—अ भू मि अ भू अम्–अ भू स् अम्–अभू अम्-अभूव अम्–अभूवम् ।

अभूवन्, अभूवम्—इन प्रयोगों में अजादि प्रत्यय होने से 'भुवो वुक् लुङ्लिटोरचि' सूत्र से 'वुक' आगम होता है। शेष रूपों की सिद्धि साधारण है। परन्तु ध्यान रहे कि 'च्लि', च्लि के स्थान में 'सिज्' आदेश और सिच के लोप की चर्चा साधन प्रक्रिया में अवश्य की जानी चाहिए ।

४४३ **न माङिति**—माङ् के योग में अट् और आट् आगम नहीं होते ।

मा भवान् भूत्। मा स्म भवत्, मा स्म भूत्।

(लृङ्विधिसूत्रम्)

४४४ लिङ्निमित्ते लृङ् क्रियाऽतिपत्तौ ३ । ३ । ३ ॥

हेतुहेतुमद्भावादि लिङ्निमित्तम्, तत्र भविष्यत्यर्थे लृङ् स्यात्, क्रियाया अनिष्पत्तौ गम्यमानायाम्।

अभविष्यत्, अभविष्यताम्, अभविष्यन्।

'**मा भवान् भूत्**' इस वाक्य में अट् न होने से 'भूतत्' यही रूप लुङ् के प्रथम के एकवचन में हुआ। इसी प्रकार '**मा स्म भवत्**' और '**मा स्म भूत्**' में भी अट् नहीं हुआ।

लृङ् लकार—

४४४ लिङिति—लिङ् का निमित्त हेतुहेतुमद्भाव आदि है, उसमें यदि क्रिया का भविष्यत् काल में होना प्रकट करना हो तो धातु से लृङ् लकार हो,

'**कृष्णं नमेत्** चेत सुखं यायात्-कृष्ण को नमस्कार करे तो सुख प्राप्त करे' इस वाक्य में नमस्कार-क्रिया सुख-प्राप्ति-क्रिया का हेतु है। सुखप्राप्ति-क्रिया सहेतुक है, इसलिये इसे 'हेतुमत्' कहा जाता है। इस प्रकार यहाँ दोनों क्रियाओंका हेतुहेतुमद्भाव सम्बन्ध है। इसी प्रकार के सम्बन्ध को हेतुहेतुमद्भाव सम्बन्ध कहते हैं। इस में 'हेतुहेतुमतोर्लिङ्' इस सूत्र से लिङ् लकार होता है।

परन्तु जब हेतुहेतुमद्भाव आदि के स्थल में भविष्यत् काल और क्रिया की असिद्धि प्रतीत होती हो तो हेतु और हेतुमत् दोनों क्रियाओं के लिये लृङ् लकार आता है। जैसे—'सुवृष्टिश्चेद् अभविष्यत्, तदा सुभिक्षमभविष्यत्-यदि अच्छी वृष्टि होगी, तो सुभिक्ष-सुकाल-होगा'। इस वाक्य में वृष्टि होना क्रिया सुभिक्ष होना क्रिया का हेतु है और यह भविष्यत् काल की है तथा इनकी असिद्धि यहाँ प्रतीत हो रही है। अतः दोनों से 'लृङ्' लकार आया है।

अभविष्यत—भू धातु से 'लृङ्' लकार आने पर सर्वप्रथम 'भू' अङ्ग को 'लुङ् लङ् लृङ् क्ष्वडुदात्तः' सूत्र से 'अट्' आगम हुआ। तब लकार को यथाक्रम से तिबादि आदेश होंगे। प्रथम के एकवचन में तिप्, इसके इकार का 'इतश्च' से इत्संज्ञा होकर लोप, 'स्यतासी लृलुटोः' से शप् को बाधकर 'स्य' प्रत्यय, बलादि आर्धधातुक होनेसे 'स्य' को 'आर्धधातुकस्येड् वलादेः' से इट् आगम, 'सार्वधातुकार्धधातुकयोः' से ऊकार को 'ओ' गुण आदेश और ओकार को

अभविष्यः, अभविष्यतम्, अभविष्यत ।
अभविष्यम, अभविष्याव, अभिष्याम ।
सुवृष्टिश्चेद् अभविष्यत्, तदा सुभिक्षमभविष्यत्-इत्यादि ज्ञेयम् ।

अवादेश होने के अनन्तर इट् के इकार इण् से परे स्य प्रत्यय के अवयव सकार को 'आदेशप्रत्यययोः' से मूर्धन्य षकार होकर रूप सिद्ध हुआ ।

अभविष्यताम्—प्रथम पुरुष के द्विवचन में अट्, तस् को ताम् आदेश, स्य, इट्, गुण, अवादेश, षत्व-क्रम से उक्त कार्य होकर सिद्ध हुआ ।

अभविष्यन्—प्रथम पुरुष के बहुवचन में अट्, झि, इकार का लोप, झ् , अन्त आदेश, स्य, इट् गुण अव् 'आदेश, तकार का संयोगान्त लोप और षत्व होकर रूप सिद्ध हुआ ।

अभविष्यः—मध्यम पुरुष के एकवचन में अट्, सिप्, इकार का लोप, स्य, इट्, गुण, अव् आदेश, रुत्व और विसर्ग षत्व होकर रूप बना ।

अभविष्यतम्—मध्यम पुरुष के द्विवचन में अट्, थस्, 'तम्' आदेश, स्य, इट्, गुण, अव् आदेश और षत्व होकर रूप सिद्ध हुआ ।

अभविष्यत—मध्यम पुरुष के बहुवचन में थ को 'त' आदेश, शेष प्रक्रिया पूर्ववत् ।

अभविष्यम्—उत्तम पुरुष के एक वचन में अट्, मिप्, 'अम्' आदेश, स्य, इट, गुण, अव् आदेश और षत्व होकर रूप बना ।

अभविष्याव, अवविष्याम—इन उत्तम पुरुष के द्विवचन और बहुवचन के रूपों में 'अतो दीर्घो यञि' से दीर्घ और 'नित्यं ङितः' से सकार का लोप पूर्वोक्त कार्यों से विशेष होते हैं ।

सुवृष्टिरिति—सुवृष्टि होती तो सुभिक्ष होता । यह क्रिया की असिद्धि स्पष्ट दिखाने के लिए उदाहरण दिया गया है । इसके सम्बन्ध में पहले निरूपण कर दिया है ।

इस प्रकार पहली धातु 'भू' के सब रूप सिद्ध हुए । इनके सिद्धि के प्रकार में कार्यों के पौर्वापर्य का ध्यान अच्छी तरह रहना चाहिए । पौर्वापर्य के ठीक न होने पर सिद्धि प्रकार दूषित होगा । जैसे अभूवन्' में अन्त आदेश किये बिना 'वुक्' आगम करना असंगत ही होगा । क्योंकि वुक् अच् परे होने पर होता है !

जब तक 'झ' को अन्त आदेश न किया जायगा तब तक 'वुक्' कैसे हो सकता है। इसी प्रकार इसी प्रयोग में और ङित् लकारों के सभी रूपों में 'अट्' आगम लकार आने के समनन्तर ही अर्थात् तिबादि आदेश होने के पहले ही कर देना चाहिये, क्योंकि 'लावस्थायाम् अट्' लकार अवस्था में ही अट् का विधान है। ङित् लकारों में इकार और सकार का लोप 'तिप्' आदि आदेश होने के समनन्तर कर देने चाहिये। षत्व और संयोगान्तलोप प्रभृति कार्य अन्त में करना चाहिये।

उपसर्ग[1] के योग से धातुओं का अर्थ बदल जाता है। भू धातु का भी उपसर्गों के कारण अर्थ बदल जाता है, जैसे–

प्रभवति—समर्थ होता है या उत्पन्न होता है।
पराभवति—तिरस्कार करता है, पराजित करता है।
सम्भवति—संभव है या पैदा होता है।
अनुभवति—अनुभव करता है।
उद्भवति—उत्पन्न होता है।
अभिभवति—तिरस्कार करता है।
परिभवति— " "

प्रादुस् और **आविस्** उपसर्ग तो नहीं, पर इनके योग में भी अर्थ भिन्न हो जाता है। **प्रादुर्भवति, आविर्भवति**—प्रकट होता है, उत्पन्न होता है। (दोनों का अर्थ एक है)।

इन लकारों के स्थान में होनेवाले तिबादि प्रत्ययों के परिनिष्ठित रूप यहाँ दिये जाते हैं।

२ सार्वधातुक लकार—

लट्—प्र. पु.	ति,	तः,	अन्ति।	**लङ्**—प्र. पु.	त,	ताम्,	अन्।
म. पु.	सि,	थः,	थ।	म. पु.	स्,	तम्,	त।
उ. पु.	मि,	वः,	मः।	उ. पु.	अम्,	व,	म।

१. कहा भी है–'उपसर्गेण धात्वर्थो बलादन्यत्र नीयते।
प्रहाराहारसंहार विहारपरिहारवत्॥

२. यों तो 'तिङ् शित् सार्वधातुकम्', से सभी तिङ् आदेश सार्वधातुक हैं परन्तु 'लिट् च' सूत्र से लिट् और 'लिङाशिषि' से आशीर्लिङ् के आदेश तिङ्

लोट्—तु-तात्,	ताम्,	अतु ।	विधिलिङ्—इत्,	इताम्,	इयुः	।
हि[1] तात्,	तम्,	त ।		इः,	इतम्,	इत	।
आनि,	आव,	आम ।		इयम्,	इव,	इम	।

विधि लिङ् के ये रूप भ्वादि, दिवादि, तुदादि और चुरादि गणोंमें होंगे । शेष गणों ये रूप होंगे—

यात्,	याताम्,	युः ।
याः,	यातम्,	यात ।
याम्,	याव,	याम ।

आर्धधातुक लकार—

लिट्—प्र. पु.—अ, अतु, उ. ।
म. पु.—थ, अथुस्, अ ।
उ. पु.—ण (अ) व, म ।

लुट्[2]—प्र. पु. ता, तारौ, तारः । लृट्—स्यति, स्यतः स्यन्ति ।

आर्धधातुक होते हैं । लुट् में तास्, लृट् और लृङ् में स्य तथा लुङ् में च्लि के आदेश सिच्, अङ् और चङ् 'आर्धधातुकं शेषः' से आर्धधातुक होते हैं । अतः लिट् और आशीर्लिङ ही शुद्ध आर्धधातुक लकार हैं । लुट्, लृट्, लृङ् और लुङ् में पूर्वोक्त प्रत्यय आर्धधातुक हैं, अतः इन्हें भी आर्धधातुक लकार कहा जाता है । तब शेष लट्, लङ् और विधिलिङ् ही सार्वधातुक कहे जाते हैं ।

१. भ्वादि, दिवादि, तुदादि और चुरादि गण की धातुओं से परे 'हि' का 'अतो हेः' सूत्र से लोप हो जाता है । स्वादि और तनादि गण की धातुओं से भी यदि उनमें संयोग न हो तो–शृणु (स्वादि), कुरु (तनादि), तथा क्रयादि में श्ना को शानच् आदेश होने पर अशान, बधान ।

२. यदि धातु सेट् हो तो लुट्, लृट् और लृङ् के इन रूपों में अन्तर पड़ जायगा, इट् होने से 'इ' बढ़ जायगा । लृट् और लृङ् में 'इ' बढ़ने से

अत सातत्यगमने ॥ २ ॥

म. पु.	तासि, तास्थः, तास्थ ।	स्यसि, स्यथः, स्यथ ।
उ. पु.	तास्मि, तास्वः, तास्म ।	स्यामि, स्यावः, स्यामः ।
आशी–प्र. पु.	यात्, यास्ताम्, यासुः ।	लृङ्–स्यत्, स्यताम्, स्यन् ।
लिङ्–म. पु.	याः, यास्तम्, यास्त ।	स्यः स्यतम्, स्यत ।
उ. पु.	यासम्, यास्व, यास्म ।	स्यम्, स्याव, स्याम ।

ङित् लकारों में धातु के पहले अ–अट्–अवश्य रहेगा अजादि धातुओं में आ (आट्) रहेगा ।

अन्य कार्य अन्य निमित्त से होते हैं । प्रत्ययों का कार्य इतना ही है । इसी में उनका सुगम साधन प्रकार सम्मिलित है ।

अत इति—अत्[1] धातु का अर्थ–निरन्तर जाना है ।

सकार को मूर्धन्य भी हो जाता ! लिट् के थल, व और म–इन प्रत्ययों में भी इ बढ़ जाता है । धातु सेट् है कि नहीं इसका निर्णय आगे स्पष्ट किया जायगा । लुङ् में भी 'इ' कार बढ़ेगा यदि स् (सिच्) विद्यमान हो । यदि लोप हुआ तो नहीं । कहाँ 'स्–सिच्' का लोप होता है–इसका भी निर्णय आगे किया जायगा ।

१. अन्त्य अकार उदात्त और इत्संज्ञक है । इसका फल परस्मैपद होता है । यदि अनुदात्त होता तो 'अनुदात्तङित आत्मनेपदम्' से आत्मनेपद होता । धातुओं में अनुबन्ध किसी फल के लिये जोड़े गये हैं । निम्नलिखित चक्र से अनुबन्धों का फल स्पष्ट मालूम होगा ।

अनुबन्ध	प्रयोजन	उदाहरण
'अ' (उदात्त)	परस्मैपद	अत-अतति ।
अ (अनुदात्त)	आत्मनेपद	एध–एधते ।
अ (स्वरित)	उभयपद	यज–यजति, यजते ।
आ	'आदितश्च' सूत्र से निष्ठा (क्त, क्तवतु) में इट् का निषेध ।	ञिफला–प्रफुल्लः ।
इ	'इदितो नुम् धातोः' सूत्र से नुम्	विदि–विन्दति ।
इर्	'इरितो वा' से लुङ् में च्लि को 'अङ्'	भिदिर–अभिदत् ।

अतति ।

अतति —'अत्' धातु से लट् लकार के प्रथम पुरुष के एक वचन में 'अत् + ति' इस स्थिति में 'कर्तरि शप्' सूत्र से शप् प्रत्यय हुआ। शकार

	आदेश विकल्प से ।	अभैत्सीत् ।
ई	'श्वीदितो निष्ठायाम्' से निष्ठा में इट् निषेध	चिती—चित्तम् ।
उ	'उदितो वा' से क्त्वा में विकल्प से इट् ।	क्रमु-क्रमित्वा, क्रान्त्वा
ऊ	'स्वरति-सूति-सूयति-धूञ्-ऊदितो वा' सूत्र से विकल्प से इट् ।	गुपू—गोपिता, गोप्ता ।
ॠ	'नाऽग्लोपि-शासु-ॠदिताम्' से 'णि' में उपधा ह्रस्व का निषेध ।	लोकृ—प्रलुलोकत् ।
	'पुषादि-द्युतादि-ऌदितः परस्मैपदेषु' सूत्र से लुङ् में च्लि को अङ् आदेश ।	गम्ऌ—अगमत् ।
ए	'ह्म्यन्त-क्षण-श्वस-जागृ-णि-श्वि-एदिताम्' से लुङ् में वृद्धि निषेध ।	कटे—अकटीत् ।
ओ	'ओदितश्च' से निष्ठा के तकार को नकार ।	भुजो—भुग्नः ।
ङ्	'अनुदात्तङित आत्मनेपदम्' इससे आत्मनेपद	शीङ्—शेते ।
ञ्	'स्वरितञितः कर्त्रभिप्राये क्रियाफले' इस से उभयपद ।	कृञ्—करोति, कुरुते ।
ञि	'ञीतः क्तः' इससे वर्तमान में क्त ।	ञिभी—भीतः ।
टु	'ट्वितोऽथुच्' सूत्र से अथुच्	टुनदि—नन्दथुः ।
डु	'ड्वितः क्त्रिः' इससे क्त्रि ।	डुकृञ्—कृत्रिमम् ।
ष्	'षिद्भिदादिभ्योऽङ्' इस से अङ् प्रत्यय भाव में ।	त्रपूष्—त्रपा ।

ये अनुबन्ध एक से अधिक भी धातुओं के साथ मिलते हैं। जैसे—'**डुकृञ्**' धातु में 'डु' और 'ञ्' दो अनुबन्ध हैं। डुपचष् पाके—में 'डु' 'अ' और 'ष्' ये तीन अनुबन्ध हैं। सबका अपना-अपना फल है, निष्फल कोई नहीं।

ककारादि और भी अनुबन्ध आते हैं। पर उनका इस प्रकार का कोई विशेष फल नहीं, केवल विशेषता—अन्य से भेद—बताने के लिये हैं। जैसे—इण् धातु में णकार। यह अन्य 'इक् स्मरणे' आदि धातुओं से भिन्नता बताने के लिये ही है।

(दीर्घविधिसूत्रम्)

४४५ अत आदेः ७ । ४ । ७० ॥

अभ्यासस्याऽऽदेरतो दीर्घः स्यात् ।

आत, आततुः, आतुः ।

आतिथ, आतथुः आत ।

आत, आतिव, आतिम ।

और पकार इत्संज्ञा होकर लोप को प्राप्त हो जाते हैं। इस प्रकार यह रूप सिद्ध होता है।

अत् धातु के लट् लकार के रूप—

प्र. पु.	अतति,	अततः,	अतन्ति ।
म. पु.	अतसि,	अतथः,	अतथ ।
उ. पु.	अतामि,	अतावः,	अतामः ।

४४५ अत इति — अभ्यास के आदि अकार को दीर्घ हो।

यदि 'अ अत्' इस अवस्था में अभ्यास के अकार को दीर्घ का विधान इस सूत्र से न किया जाता तो 'अतो गुणे' से दोनों अकारों के स्थान में एक ही ह्रस्व रह जाता।

आत इति—'अत्' धातु के लिट् लकार के प्रथम पुरुष के एक वचन में 'अत् अ' इस दशा में, 'अत्' को द्वित्व तथा अभ्यास—कार्य हलादिशेष होने पर 'अ अत् + अ' इस स्थिति में अकार को अभ्यास के आदि होने से दीर्घ हो जाता है। तब दूसरे भाग के साथ सवर्ण दीर्घ होने पर रूप सिद्ध होता है।

आततुः, आतुः—लिट् के प्रथम पुरुष के द्विवचन में ये रूप पूर्वोक्त प्रकार से सिद्ध होते हैं।

आतिथ—यहाँ वलादि आर्धधातुक होने से इट् आगम होकर रूप सिद्ध होता है।

आतिव, आतिम—लिट् के उत्तम पुरुष के द्विवचन और बहुवचन में भी वलादि होने से इट् आगम होता है।

लुट् लकार में 'इट्' हो जाता है। निम्नलिखित रूप बनते हैं—

अतिता, अतिष्यति, अततु।

(आड् आगमविधिसूत्रम्)

४४६ आड् अजादीनाम् ६ । ४ । २७ ॥

अजादेरङ्गस्याऽऽट् लुङ्लङ्लृङ्क्षु ।

आतत् । अतेत् । अत्यात्, अत्यास्ताम् ।

प्र० अतिता, अतितारौ, अतितारः ।

म० अतितासि, अतितास्थः, अतितास्थ ।

उ० अतितास्मि, अतितास्वः, अतितास्मः ।

लृट् में भी इट् हो जाता है और 'स्य' के सकार को मूर्धन्य षकार भी। निम्नलिखित रूप बनते हैं—

प्र० अतिष्यति, अतिष्यतः, अतिष्यन्ति ।

म० अतिष्यसि, अतिष्यथः, अतिष्यथ ।

उ० अतिष्यामि, अतिष्यावः, अतिष्यामः ।

लोट् के रूप निम्नलिखित बनते हैं—

प्र० अततु-तात्, अतताम्, अतन्तु ।

म० आत-तात्, अततम्, अतत ।

उ० अतानि, अताव, अताम ।

४४६ आडिति—अजादि अङ्ग को आट् आगम हो लुङ्, लङ् और लृङ् परे होने पर ।

यह सूत्र 'लुङ्लङ्लृङ्क्ष्वडुदात्तः' का बाधक है। अतः अजादि धातुओं को इस से आट् आगम होगा ।

आतत्—अत् धातु के लङ् के प्रथम पुरुष के एक वचन में लावस्था में प्रकृत सूत्र से अजादि होने के कारण अङ्ग को 'आट्' आगम होता है ।

तब 'आटश्च' सूत्र से 'आट्' के अकार और धातु के 'अकार' को वृद्धि एकादेश 'आकार' होता है। 'शप्' का अकार रहता है और शेष कार्य यथा प्राप्त होते हैं। इस प्रकार रूप सिद्ध होते हैं।

इसी प्रकार अन्य रूप भी बनते हैं। लङ् के सम्पूर्ण रूप निम्नलिखित हैं—

लुङि सिचि इडागमे कृते—

(ईडागमविधिसूत्रम्)

४४७ अस्ति-सिचोऽपृक्ते ७ । ३ । ९६ ॥

विद्यमानात् सिचः, अस्तेश्च परस्यापृक्तस्य हल ईडागमः ।

(सलोपविधिसूत्रम्)

४४८ इट ईटि ८ । २ । २८ ॥

प्र० आतत्, आतताम्, आतन् ।

म० आतः, आततम्, आतत ।

उ० आतम्, आताव, आताम ।

विधिलिङ्—			आशीर्लिङ्—			
प्र०	अतेत्,	अतेताम्, अतेयुः ।	प्र०	अत्यात्[1],	अत्यास्ताम्,	अत्यासुः ।
म०	अतेः	अतेतम्, अतेत ।	म०	अत्याः,	अत्यास्तम्,	अत्यास्त ।
उ०	अतेयम्,	अतेव, अतेम ।	उ०	अत्यासम्,	अत्यास्व,	अत्यास्म ।

लुङीति- लुङ् में च्लि को 'सिच्' आदेश होगा । 'सिच्' का 'स' शेष रहता है । 'सिच्' 'आर्धधातुकं शेषः' से आर्धधातुक है और वलादि भी है । अतः 'आर्धधातुकस्येड् वलादेः' से इट् आगम हो जायगा । तब 'आत् इ स् त ऐसी स्थिति बन जायगी ।

४४७ अस्तीति—विद्यमान सिच् और अस् धातु से परे अपृक्त हल् को 'ईट्' आगम हो ।

'आत् इ स् त्' यहाँ सिच् विद्यमान है, इससे परे अपृक्त हल् तिप् का तकार है । इसको 'ईट्' आगम हुआ । तब 'आत्' इ स् ई त्' यह स्थिति हुई ।

४४८ इट इति—इट् से परे सकार का लोप हो ईट् परे होने पर ।

'आत् इ स् ई त्' तहाँ इट् से परे सकार है और उससे परे इट् भी है, अतः सकार का लोप हो गया तब 'आत् इ ईत' इस दशा में दोनों इकार

---

१. 'लिङः सलोपोऽनन्त्यस्य' सूत्र सार्वधातुक लिङ् के सकार का ही लोप करता है—आशीर्लिङ् 'लिङ् आशिषि' सूत्र से आर्धधातुक है अतः यहाँ सकार का लोप नहीं होता, केवल एकवचन में 'स्कोः संयोगाद्योः' सूत्र से होता है ।

इटः परस्य सस्य लोपः स्याद् ईटि परे ।

(वा) सिज्लोप एकादेशे सिद्धो वाच्यः ।

आतीत्, आतिष्टाम् ।

(जुसादेशविधिसूत्रम्)

४४९. सिज्-अभ्यस्त-विदिभ्यश्च ३ । ४ । १०९ ॥

सिचः, अभ्यस्ताद्, विदेश्च परस्य ङित्सम्बन्धिनो झेर्जुस् ।

आतिषुः । आतीः, आतिष्टम्, आतिष्ट । आतिषम्, आतिष्व, आतिष्म ।

आतिष्यत् ।

और ईकार को सवर्णदीर्घ प्राप्त होता है । परन्तु 'इट ईटि ८ । २ । २८' इस त्रिपादी सूत्र से हुए लोप के असिद्ध होने से बीच में सकार का व्यवधान हो जाता है । इसका वारण अग्रिम वार्तिक से होता है ।

(वा) सिज्लोपे इति—सिच् का लोप एकादेश के विषय में सिद्ध कहना चाहिये ।

इस वार्तिक से सिच् लोप के सिद्ध रहने पर सवर्णदीर्घ होकर **आतीत्** रूप सिद्ध होता है ।

आतिष्टाम्—द्विवचन में 'तस्' को 'ताम्' आदेश होता है । सकार को मूर्धन्य षकार हो जाता है । तब ष्टुत्व से तकार को टकार होकर रूप बनता है ।

झि में 'अत् इ स् झि' इस दशा के होने पर—

४४९ सिजभ्यस्तेति—सिच् प्रत्यय, अभ्यस्त संज्ञक जागृ आदि धातुओं और विद् धातु से परे ङित् लकार सम्बन्धी झि को 'जुस्' आदेश हो ।

सिच् से परे तो लुङ् का ही झि मिलता है, पर अन्य अभ्यस्त आदि से परे और लकारों के भी आते हैं, उनके लिये ङित् सम्बन्धी 'झि' कहा गया है ।

आतिषुः—झि को जुस् होने पर रूप सिद्ध होता है ।

आतीः—आदि अन्य रूप भी इसी प्रकार सिद्ध होते हैं ।

लृङ् में—प्र० **आतिष्यत्, आतिष्यताम्, आतिष्यन् ।**

म० **आतिष्यः, आतिष्यतम्, आतिष्यत ।**

उ० **आतिष्यम्, आतिष्याव, आतिष्याम ।**

षिध गत्याम् ॥ ३ ॥

(लघुसंज्ञासूत्रम्)

४५० ह्रस्वं लघु १ । ४ । १० ॥

(गुरुसंज्ञासूत्रम्)

४५१ संयोगे गुरु १ । ४ । ११ ॥

संयोगे परे ह्रस्वं गुरु स्यात् ।

(गुरुसंज्ञासूत्रम्)

४५२ दीर्घं च १ । ४ । १२ ॥

गुरु स्यात् ।

(गुणविधिसूत्रम्)

४५३ पुगन्त-लघूपधस्य च ७ । ३ । ८६ ॥

पुगन्तस्य लघूपधस्य चाङ्गस्येको गुणः सार्वधातुकार्धधातुकयोः । 'धात्वादेः-' इति-सेधति । षत्वम्-सिषेध ।

षिध इति—षिध् धातु का अर्थ 'जाना' है ।

४५० ह्रस्वमिति—ह्रस्व की 'लघु' संज्ञा हो ।

४५१ संयोगे इति—संयोग परे रहते ह्रस्व की गुरु संज्ञा हो ।

४५२ दीर्घमिति—दीर्घ की (भी) गुरु संज्ञा हो ।

४५३ पुगन्तेति—पुगन्त (पुक् आगम जिसके अन्त में हो) और लघूपध (जिसकी उपधा लघु हो) अङ्ग के इक् को गुण हो सार्वधातुक और आर्धधातुक प्रत्यय परे रहते ।

पुगन्त अङ्ग के उदाहरण 'ह्रेपयति' आदि ण्यन्त प्रकिया में आयेंगे । 'ह्री' धातु से णि आने पर 'अर्तिह्रीब्लीरिक्नूयीक्ष्माय्यातां पुङ् णौ' इस से पुक् आगम होता है । उपधा यहाँ लघु नहीं, क्योंकि 'ई' कार उपधा दीर्घ है और दीर्घ की गुरुसंज्ञा होती है ! अतः यहाँ गुण करना 'पुगन्त' कहने का फल है ।

लघूपध का उदाहरण 'सिध्' धातु ही है, इसमें उपधा 'इ' कार लघु है ।

धात्वादेरिति —'धात्वादेः षः सः' सूत्र से धातु का आदि षकार सकार

(किद्विधिसूत्रम्)

४५४ असंयोगाल्लिट् कित् १। २। ५॥

असंयोगात् परोऽपित् लिट् कित् स्यात्।

सिषिधतुः, सिषिधुः। सिषेधिथ, सिषिधथुः, सिषिध।

सिषेध, सिषिधिव; सिषिधिम।

बन जाता है, प्रयोग में सकार ही मिलता है। षोपदेश का फल षत्व है, जो आगे मालूम पड़ेगा।

सेधति—सिध् के लट् लकार में प्रथम के एकवचन तिप् में शप् आने पर प्रकृत सूत्र से लघु उपधा इकार को गुण होकर रूप सिद्ध होता है।

लिट् के अन्य रूप भी इसी प्रकार सिद्ध होते हैं।

प्र० **सेधति, सेधतः, सेधन्ति।**

म० **सेधसि, सेधथः, सेधथ।**

उ० **सेधामि, सेधावः सेधामः।**

सिषेध—लिट् के प्रथम के एकवचन में तिप् को णल् आदेश, धातु को द्वित्व, अभ्यास कार्य, उपधा को लघु होने से गुण होकर 'सिसेध' ऐसी स्थिति बनजाने पर अभ्यास के इकार इण् से परे अभ्यास से उत्तर खण्ड के सकार को आदेश रूप होने से 'आदेशप्रत्यययोः' से मूर्धन्य षकार होकर रूप सिद्ध हुआ।

४५४ असंयोगादिति—असंयोग (संयोग भिन्न) से परे अपित् लिट् कित् हो।

णल्, थल् और णल् इन तीनों-जो तिप्, सिप् और मिप् इन तीन पित् तिङों के स्थान में होते हैं-को छोड़कर शेष सभी आदेश अपित् हैं। अतः ये सब इस सूत्र से कित् हो जाते हैं। यहाँ कित् होने का फल 'क्ङिति च' सूत्र से गुण निषेध है।

सिषिधतुः—यहाँ प्रकृत सूत्र से अतुस् के कित् होने से लघूपध न हुआ। शेष कार्य पूर्ववत् होंगे। लिट् के अन्य रूप भी इसी प्रकार बनेंगे।

शेष लकारों के रूप प्रायः 'अत्' धातु के समान बनेंगे। उन सब को यहाँ लिखा जाता है। सिद्धि भी साधारणतः 'अत्' धातु के रूपों के समान होगी।

सेधिता, । सेधिष्यति । सेधतु । असेधत् ।
सेधेत् । सिध्यात् । असेधीत् । असेधिष्यत् ।
एवम्—चिती संज्ञाने ॥ ४ ॥ शुच शोके ॥ ५ ॥

लुट्—	प्र०	सेधिता,	सेधितारौ,	सेधितारः ।
	म०	सेधितासि,	सेधितास्थः,	सेधितास्थ ।
	उ०	सेधितास्मि,	सेधितास्वः,	सेधितास्मः ।
लृट्—	प्र०	सेधिष्यति,	सेधिष्यतः,	सेधिष्यन्ति ।
	म०	सेधिष्यसि,	सेधिष्यथः,	सेधिष्यथ ।
	उ०	सेधिष्यामि,	सेधिष्यावः,	सेधिष्यामः ।
लोट्—	प्र०	सेधतु-तात्,	सेधताम्,	सेधन्तु ।
	म०	सेध- ,,	सेधताम्,	सेधत ।
	उ०	सेधानि,	सेधाव,	सेधाम ।
लङ्—	प्र०	असेधत्,	असेधताम्,	असेधन् ।
	म०	असेधः,	असेधतम्,	असेधत ।
	उ०	असेधम्,	असेधाव,	असेधाम ।
विधिलिङ्—	प्र०	सेधेत्,	सेधेताम्,	सेधेयुः ।
	म०	सेधेः,	सेधेतम्,	सेधेत ।
	उ०	सेधेयम्,	सेधेव,	सेधेम ।
आशीर्लिङ्—	प्र०	सिध्यात्,	सिध्यास्ताम्,	सिध्यासुः ।
	म०	सिध्याः,	सिध्यास्तम्,	सिध्यास्त ।
	उ०	सिध्यासम्,	सिध्यास्व,	सिध्यास्म ।
लुङ्—	प्र०	असेधीत्,	असेधिष्टाम्,	असेधिषुः ।
	म०	असेधीः,	असेधिष्टम्,	असेधिष्ट ।
	उ०	असेधिषम्,	असेधिष्व,	असेधिष्म ।
लृङ्—	प्र०	असेधिष्यत्,	असेधिष्यताम्,	असेधिष्यन् ।
	म०	असेधिष्यः,	असेधिष्यतम्,	असेधिष्यत ।
	उ०	असेधिष्यम्,	असेधिष्याव,	असेधिष्याम ।

उपसर्गों के योग में-निषेधति-मना करता है। प्रतिषेधति-मना करता है।
एवमिति—इसी प्रकार चिती (होश में आना) और शुच (चिन्ता या

गद व्यक्तायां वाचि ॥ ६ ॥
गदति ।

(णत्वविधिसूत्रम्)

४५५ नेर्गद-नद-पत-पद-घु-मा-स्यति-हन्ति-याति-वाति-द्राति-प्साति-वपति-वहति-शाम्यति-चिनोति-देग्धिषु च ८ । ४ । १७ ॥

उपसर्गस्थात् निमित्तात् परस्य नेर्णो गदादिषु परेषु ।

शोक करना) धातुओं के रूप भी बनते हैं। इन दोनों धातुओं के प्रत्येक लकार का एक एक रूप नीचे दिया जाता है—

चिती—**चेतति । चिचेत । चेतिता । चेतिष्यति । चेततु । अचेतत् । चेतेत् ।** चित्यात् । **अचेतीत् । अचेतिष्यत् ।**

शुच्—**शोचति । शुशोच । शोचिता । शोचिष्यति । शोचतु । अशोचत् । शोचेत् । शुच्यात् । अशोचीत् । अशोचिष्यत् ।**

गद इति—गद धातु व्यक्त बोलने अर्थ में आता है। व्यक्त—स्पष्ट—बोलना मनुष्यों का होता है। पशु पक्षी आदि का बोलना अस्पष्ट होता है।

इसके लट् में रूप पूर्ववत् बनेंगे—
प्र० **गदति, गदतः, गदन्ति ।**
म० **गदसि, गदथः गदथ ।**
उ० **गदामि, गदावः, गदामः ।**

४५५ नेर्गदेति—उपसर्ग में स्थित निमित्त—रकार—से परे 'नि' उपसर्ग के नकार को णकार हो 'गद' आदि धातु परे होने पर ।

'नेर्गद—' सूत्रस्थ 'गद्' आदि धातुओं का परिचय—

१ **गद्**—स्पष्ट बोलना (भ्वादि) ।	४ **पद्**—चलना (दिवादि) ।
२ **नद्**—अस्पष्ट बोलना ,, ।	५ [1]घुसंज्ञक **'दा' 'धा'** आदि ।
३ **पत्**—गिरना ,, ।	६ **मा**—नापना ।

---

१. 'दाधा घ्वदाप्' इस सूत्र से दारूप और धा-रूप धातुओं की 'घु' संज्ञा होती है। वे दा-रूप और धा—रूप घुसंज्ञक धातु—१ **डुदाञ्** दाने (जुहोत्यादि), २ **दाण्** दाने (भ्वादि) ३ दो अवखण्डने (दिवादि) ४ **देङ्** रक्षणे (भ्वादि), ५ **डुधाञ्** धारण—पोषणयोः (जुहोत्यादि), ६ **धेट्** पाने (भ्वादि) ये छह हैं।

प्रणिगदति।

(चवर्गादेशविधिसूत्रम्)

४५६ कुहोश्चुः ७ । ४ । ६२ ॥

अभ्यासकवर्ग-हकारयोश्चवर्गादेशः।

---

७ **दो**–नाश करना (दिवादि)	।	१२ **प्सा**–खाना ,,	।
८ **हन्**–मारना (अदादि)	।	१३ **वप्**–बोना भ्वादि)	।
९ **या**–जाना (अदादि)	।	१४ **वह्**–ले जाना ,,	।
१० **वा**–बहना (हवा का) (अदादि)	।	१५ **शम्**–शान्त होना (दिवादि)	।
		१६ **चि**–इकट्ठा करना (स्वादि)	।
११ **द्रा**–चलना ,,	।	१७ **दिह्**–लीपना (अदादि)	।

जब धातु के पहले 'नि' उपसर्ग होगा और उससे पहले एक और उपसर्ग होगा–जिसमें णत्व का निमित्त रेफ होगा, तब इस सूत्र से 'नि' उपसर्ग के नकार को णकार होगा।

समानपद-अखण्डपद–न होने से 'अट् कुप्वाङ्नुम्–' सूत्र से यहाँ णत्व प्राप्त नहीं था। अतः इस सूत्र के द्वारा णत्व का विधान किया गया।

प्रणिगदति– यहाँ उपसर्ग 'प्र' में निमित्त रकार स्थित है। उससे परे 'नि' उपसर्ग है, उसके नकार को णत्व हुआ।

इसी प्रकार—**प्रणिनदति, प्रणिपतति, प्रणिपद्यते, प्रणिदधाति, प्रणिददाति, प्रणियच्छति, प्रणिद्यति, प्रणिदयते, प्रणिमाति, प्रणिष्यति, प्रणिहन्ति, प्रणियाति, प्रणिवाति, प्रणिद्राति, प्रणिप्साति, प्रणिवपति, प्रणिवहति, प्रणिशाम्यति** और **प्रणिचिनोति**।

४५५ कुहोरिति—अभ्यास के कवर्ग और हकार को चवर्ग आदेश हो!

कवर्ग के वर्णों को क्रमशः चवर्ग के वर्ण आदेश होंगे, प्रथम को प्रथम इत्यादि। हकार को आन्तरतम्य से झकार होगा।

सपादसप्ताध्यायी का होने से इस सूत्र की प्रवृत्ति पहले होगी। 'अभ्यासे चर्च ८ । ४ । ५४' से चर् और जश् आदेश बाद को होंगे। जैसे—'चखान'

(वृद्धिविधिसूत्रम्)

४५७ अत उपधायाः ७ । २ । ११६ ॥

उपधाया अतो वृद्धिः स्यात् ञिति णिति च प्रत्यये परे ।

जगाद, जगदतुः, जगदुः । जगदिथ, जगदथुः, जगद ।

(णिदविकल्प-विधिसूत्रम्)

४५८ णल् उत्तमो वा ७ । १ । ९१ ॥

उत्तमो णल् वा णित् स्यात् ।

जगाद, जगद । जगदिव । जगदिम ।

गदिता । गदिष्यति । गदतु । अगदत् । गदेत् । गद्यात् ।

यहाँ पहले 'ख' को चवर्ग 'छ' आदेश होगा, उसके बाद चर् च होगा । 'जघान' में पहले हकार को चवर्ग झकार होगा, तब जश् जकार होगा ।

प्रकृत में 'गद्' धातु के लिट् लकार में द्वित्व और हलादि शेष करने पर इस सूत्र से अभ्यास के कवर्ग गकार को चवर्ग जकार होता है। प्रथम के एकवचन में 'जगद् अ' यह स्थिति हुई ।

४५७ अत इति—उपधा अकार को वृद्धि हो ञित् और णित् प्रत्यय परे होने पर ।

जगाद—गद् धातु के लिट् लकार के प्रथम पुरुष के एकवचन में पूर्वोक्त प्रकार से सिद्धि हुई 'जगद्+अ' इस स्थिति में णित् प्रत्यय णल् (अ) परे है । अतः उपधा अकार को वृद्धि आकार हो गया । तब **जगाद** रूप बना ।

जगदतुः—आदि रूप भी इसी प्रकार सिद्ध होंगे । इनमें 'कुहोश्चुः' सूत्र की चर्चा करना आवश्यक है ।

४५८ णलिति—उत्तम का णल विकल्प से णित् हो ।

'णित्' पक्ष में वृद्धि कार्य होगा । अभाव पक्ष में वृद्धि न होगी ।

जगाद—प्रकृतमें णित् पक्ष में 'अत उपधायाः' से वृद्धि होकर रूप बना अभाव पक्ष में वृद्धि न हुई तो **जगद** रूप बना ।

जगदिव और **जगदिम**—'व' और 'म' में वलादि आर्धधातुक होने से 'आर्धधातुकस्येड् वलादेः' से इट् आगम होकर रूप बनेंगे ।

शेष लकारों के रूप पूर्ववत् बनते हैं ।

(वृद्धिविधिसूत्रम्)

४५९ अतो हलादेर्लघोः ७ । २ । ७ ॥

हलादेर्लघोरकारस्य वृद्धिर्वा इडादौ परस्मैपदे सिचि । अगादीत्, अगदीत् । अगदिष्यत् ।

णद अव्यक्ते शब्दे ॥ ७ ॥

(नकारविधिसूत्रम्)

४६० णो नः ६ । १ । ६५ ॥

धात्वादेर्णस्य नः ।

---

४५९ अत इति—हलादि अङ्ग के अवयव लघु अकार को वृद्धि विकल्प से हो, इडादि परस्मैपद सिच् परे होने पर ।

अगादीत्—लुङ् में अट्, तिप्, इकार लोप, च्लि, च्लि को सिच् आदेश, सिच् को इट् आगम और अपृक्त सकार को 'ईट्' आगम होने पर 'अगद् इ स् इत्' ऐसी स्थिति बन जाने पर हलादि अङ्ग 'गद्' है उससे परे इडादि परस्मैपद सिच् भी है अतः इसके लघु-गकारोत्तरवर्ती-अकार को आकार वृद्धि हुई । तब सिच् का लोप होकर रूप सिद्ध हुआ । अभाव पक्ष में **अगदीत् ।**

लुङ् के शेष रूप पूर्ववत् बनेंगे—

प्र० **अगादीत्–अगदीत् ; अगादिष्टाम्–अगदिष्टाम् ; अगादिषुः–अगदिषुः ।** म० **अगादीः–अगदीः ; अगादिष्टम्–अगदिष्टम् ; अगादिष्ट–अगदिष्ट ।** उ० **अगादिषम्–अगदिषम् ; अगादिष्व–अगदिष्व; अगादिष्म, अगदिष्म ।**

अगदिष्यत् आदि—लृङ् के रूप भी पूर्ववत् सिद्ध होंगे ।

णद इति—णद धातु का अर्थ अस्पष्ट शब्द—अर्थात् पशु आदियों का शब्द—है ।

४६० ण इति—धातु के आदि णकार को नकार हो ।

इस सूत्र से सभी णकारादि धातु नकारादि बन जाते हैं । प्रयोग में सब नकारादि ही रहेंगे । इस दशा में यह निर्णय न हो सकेगा कि कौन सी धातु णकारादि है और कौन नकारादि । इसके लिये निम्न निर्णय भाष्य के अनुसार हुआ है—

णोपदेशास्तु-अनर्द-नाटि-नाथ-नाध-नन्द-नक्क-नॄ-नृतः ।

(णत्वविधिसूत्रम्)

४६१ उपसर्गाद् असमासेऽपि णोपदेशस्य ७ । ४ । १४ ॥

उपसर्गस्थात् निमित्तात् परस्य णोपदेशस्य धातोर्नस्य णः ।

प्रणदति । प्रणिनदति । नदति । ननाद ।

(एत्व-अभ्यासलोप-विधिसूत्रम्)

४६२ अत एकहल्मध्येऽनादेशादेर्लिटि ६ । ४ । १२० ॥

णोपदेशा इति—१ **नर्द** शब्दे (भ्वादि) **अस्पष्ट बोलना,** २ **नट** अवस्कन्दे (चुरादि) **नाचना,** ३ **नाथृ** याच्ञोपतापैश्वर्याशीषु: (भ्वादि) **मांगना आदि** ४ **नाधृ** याच्ञादिषु ५ **टुनदि** समृद्धौ (भ्वादि) **आनन्दित होना,** ७ **नक्क** नाशने (चुरादि) **नाश करना,** ७ **नॄ** नये (भ्वादि, क्र्यादि) **ले जाना,** ८ **नृती** गात्रविक्षेपे (दिवादि) **नाचना**—इन आठ धातुओं को छोड़कर शेष नकारादि धातु णोपदेश हैं अर्थात् उनका नकार णकार से बना हुआ है।

णोपदेश होने का फल णत्व है। वह आगे बताया जायगा।

४६१ उपसर्गादिति—उपसर्ग में स्थित निमित्त-रेफ-से परे णोपदेश धातु के नकार को णकार हो।

पूर्वोक्त आठ धातुओं से भिन्न होने के कारण 'नद' धातु णोपदेश है। इसके नकार को प्र उपसर्ग में स्थित निमित्त रकार से पर होने के कारण णकार हो जायगा, अतः **प्रणदति** रूप बना।

प्रणिनदति—यहाँ 'नेर्गदनद–' आदि सूत्र से 'नि' के नकार को णकार हुआ है।

नदति—यह लट् के प्रथम के एकवचन का रूप है। इसकी सिद्धि 'गर्दति' आदि के समान होती है।

ननाद—नद् धातु के लट्, प्रथम पुरुष, एकवचन में 'नद्+अ' इस स्थिति में द्वित्व, अभ्यासकार्य होने पर 'अत उपधायाः' से उपधावृद्धि होती है।

४६२ अत इति—जिस अङ्ग के आदि वर्ण के स्थान में लिट् को निमित्त

लिण्निमित्तादेशादिकं न भवति यदङ्गम्, तदवयवस्याऽसंयुक्त-हल् मध्यस्थस्यात एत्वम्, अभ्यासलोपश्च किति लिटि।

नेदतुः, नेदुः।

(एत्व-अभ्यासलोप-विधिसूत्रम्)

४६३ थलि च सेटि ६।४।१२१॥

मानकर आदेश न हुआ हो, उसके अवयव, संयोग-रहित हल के साथ वर्तमान ह्रस्व अकार को एकार और अभ्यास का लोप हो कित् लिट् परे होने पर।

यह सूत्र दो कार्य-एत्व और अभ्यास का लोप करता है।

इस सूत्र की प्रवृत्ति के लिये चार बातों का ध्यान रखना चाहिये—१ **ह्रस्व अकार हो, २ संयोग न हो, ३ अङ्ग के आदि वर्ण को लिट् को निमित्त बनाकर आदेश न हुआ हो, ४ कित् लिट् परे हो**। इसीलिये—'**सिषिधतुः**' में सूत्र की प्रवृत्ति नहीं हुई क्योंकि यहाँ अकार नहीं। '**ररासे**' में ह्रस्व अकार न होने से, 'तत्सरतुः' में संयोगरहित न होने से और 'जगदतुः' में आदेश होने से सूत्र की प्रवृत्ति नहीं हुई। आदेश भी लिट् को निमित्त मानकर हुआ हो, तब सूत्र प्रवृत्त न होगा। यदि लिट् को निमित्त मानकर आदेश न हुआ तो सूत्र प्रवृत्त होगा। जैसे—'नेदतुः' और 'सेहे' इत्यादि इनमें जो 'नकार' और 'सकार' आदेश 'णो नः' और 'धात्वादेः षः सः' सूत्रों से हुए हैं, वे लिट को निमित्त मानकर नहीं हुए हैं, ये आदेश निर्निमित्तक हैं। 'ननाद' में कित् लिट् न होने से सूत्र प्रवृत्त नहीं होता।

नेदतुः—प्रकृत नद् धातु में 'नद् नद् अतुस्' इस दशा में इस सूत्र की प्रवृत्ति होगी। क्योंकि इसमें ह्रस्व अकार भी है, संयोग का अभाव भी है, लिट्निमित्तक आदेश यहाँ नहीं हुआ है, कित् लिट् अतुस् परे है। अतः इस सूत्र से अभ्यास का लोप और अकार को एकार हो गया। तब नेदतुः रूप सिद्ध हुआ।

नेदुः—यह रूप भी इसी प्रकार सिद्ध होता है।

'थल' सिप् के स्थान में होने से पित् है। अतः पित्भिन्न न होने से 'असंयोगात् लिट् कित्' से कित् नहीं हुआ। अतः इसमें उक्तकार्य प्राप्त नहीं।

४६३ थलीति—सेट्—इट्युक्त—थल परे रहते भी पूर्वोक्त दशा से पूर्वोक्त कार्य—एत्व और अभ्यास का लोप—होते हैं।

प्रागुक्तं स्यात् ।

नेदिथ, नेदथुः, नेद । ननाद–ननद, नेदिव, नेदिम ।

नदिता । नदिष्यति । नदतु । अनदत् । नदेत् । नद्यात् । अनादीत्, अनदीत् । अनदिष्यत् ।

टुनदि समृद्धौ ॥ ८ ॥

नेदिथ–नद् धातु का थल् में **नेदिथ** रूप सिद्ध होता है। यहाँ इट् हुआ है, अतः सेट् थल् परे होने से एत्व और अभ्यास का लोप हुआ।

कित् लिट् में पूर्वसूत्र और थल् में यह सूत्र एत्व और अभ्यास का लोप कर देता है, तब बच रहते हैं–प्रथम और उत्तम के एकवचन–ये दो। अपित् लिट् होने से द्विवचन और बहुवचन के सभी प्रत्यय 'असंयोगात् लिट् कित्' से कित् हैं। अतएव आगे–**नेद, नेदिव, नेदिम** रूप बनते हैं।

ननाद, ननद–ये दो रूप उत्तम के एकवचन में बनते हैं। क्योंकि वहाँ 'णलुत्तमो वा' से णल् विकल्प से णित् है। णित् पक्ष में 'अत उपधायाः' से वृद्धि हो जाती है। और अभावपक्ष में वृद्धि नहीं होती।

नदिता आदि शेष लकारों के रूपों की सिद्धि पूर्ववत् होती है।

अनादीत्–अनदीत्—ये दो रूप लुङ् के प्रथम के एकवचन हैं। यहाँ 'अतो हलादेर्लघोः' से वृद्धि विकल्प होती है। वृद्धिपक्ष में **अनादीत्** और अभावपक्ष में **अनदीत्** रूप बनते हैं।

इस धातु का प्रयोग जोर के शब्द करने में होता है। जैसे–बैल,वीर पुरुष मेघ और सिंह आदि के। **वृषभो नदति**-बैल-सांड-डुकरता है। **मेघा नदन्ति**-बादल गरजते हैं। **सिंहो नदति**–सिंह गरजता है।

उपसर्गों के योग से इस धातु का अर्थ बदलता नहीं, पर हाँ, धातु के अर्थ में उत्कर्ष (जोर) पैदा हो जाता है जैसे–**प्रणदति**–जोर से गरजता है। इसी प्रकार—**प्रणिनदति**, **निनदति** आदि।

टुनदि इति—टुनदि धातु समृद्धि अर्थ में आता है। समृद्धि से तात्पर्य यहाँ आनन्द से है क्योंकि समृद्धि का फल आनन्द है।

'**टुनदि**' (समृद्धि, आनन्द) धातु के उपदेश अवस्था में वर्तमान आदि '**टु**' की इत्संज्ञा हुई। तब लोप हुआ।

'**टु**' की इत्संज्ञा का फल 'ट्वितोऽथुच्' सूत्र से अथुच् प्रत्यय होकर **नन्दथुः** है।

(इत्संज्ञासूत्रम्)

४६४ आदिर्ञि-टु-डवः १ । ३ । ५ ॥

उपदेशे धातोराद्या एते इतः स्युः ।

(नुमागमविधिसूत्रम्)

४६५ इदितो नुम् धातोः ७ । १ । ५८ ॥

नन्दति । ननन्द । नन्दिता । नन्दिष्यति । नन्दतु । अनन्दत् । नन्देत् । नन्द्यात् । अनन्दीत् । अनन्दिष्यत् ।

अर्च पूजायाम् ॥

---

४६४ **आदिरिति**—उपदेश में धातु के आदि ञि, टु और डु की इत्संज्ञा हो। 'इ' कार भी अनुबन्ध है । 'नद्' बचा रहता है । इकार के इत् होने का फल अग्रिम सूत्र से नुम् होना है ।

४६ **इदित** इति—इदित् जिसके ह्रस्व इकार की इत्संज्ञा हुई हो—धातु को नुम् आगम हो ।

'नुम्' के उकार मकार का इत्संज्ञा होकर लोप हो जाता है । अतः मित् होने से 'मिद्चोऽन्त्यात्परः' सूत्र से यह अन्त्य अच् के आगे होता है ।

यह नुम् आगम निर्निमित्तक है । इसलिये यह सबसे पहले होगा । इदित् धातुओं की रूपसिद्धि में सबसे पहले 'नुम्' आगम दिखलाना चाहिये ।

प्रकृत धातु को भी सबसे प्रथम 'नुम्' होगा । तब नन्द् यह रूप बना । इसी के रूप बनेंगे । रूपसिद्धि का प्रकार पूर्ववत् ही है ।

लिट में नुम् हो जाने के अनन्तर संयोग हो जाने से एत्व और अभ्यास का लोप नहीं होता, निम्नलिखित रूप बनते हैं—

प्र० **ननन्द, ननन्दतुः, ननन्दुः** । म० **ननन्दिथ, ननन्दथुः, ननन्द** । उ० **ननन्द, ननन्दिव, ननन्दिम** ।

संयोग से पूर्व होने के कारण अकार गुरु हो जाता है, लघु नहीं रहता । अतः 'अत उपधायाः' से वृद्धि नहीं होती ।

अनन्दीत् में संयोग परे होने से गुरु हो जाने के कारण लघु न होने से 'अतो हलादेर्लघोः' से वैकल्पिक वृद्धि नहीं हुई ।

अर्च पूजायाम् इति—अर्च धातु पूजा अर्थ में है ।

अर्चति ।

(नुडागमविधिसूत्रम्)

४६६ तस्माद् नुड् द्विहलः ७ । ४ । ७१ ॥

द्विहलो दीर्घीभूताद् अकारात् परस्य नुट् स्यात् ।

आनर्च, आनर्चतुः ।

अर्चिता । अर्चिष्यति । अर्चतु । आर्चत् । अर्चेत् । अर्च्यात् । आर्चीत् । आर्चिष्यत् ।

व्रज गतौ ॥ १० ॥

अर्चति—लट् के प्र. पु. एकवचन तिप् में शप् होकर रूप सिद्ध होगया । इसी प्रकार लट् के अन्य रूप भी सिद्ध होते हैं ।

४६६ तस्मादिति–दो हल् जिस धातु में हों, उसके दीर्घ हुए अकार से पर को नुट् हो ।

दो हल् से तात्पर्य अनेक हल् का है अर्थात् एक से अधिक हल् होने चाहिये—दो हों या उससे भी अधिक हों ।

'दीर्घ हुए' अकार का तात्पर्य यह है कि 'अत आदेः' से अकार को दीर्घ हुआ हो ।

आनर्च–अर्च धातु के लिट् लकार के प्रथम पुरुष एकवचन णल् में द्वित्व होकर अभ्यास कार्य होने पर 'अ अर्च अ' इस दशा में 'अत आदेः' से अभ्यास के अकार को दीर्घ होता है । तब 'अ अर्च अ' इस स्थिति में धातु में रकार और चकार ये दो हल् हैं और दीर्घ हुए अभ्यास में स्थित आकार भी यहाँ है, अतः उससे परे अकार को नुट् आगम होगा । टित् होने से उस अकार के पहले 'नुट्' होगा । इस प्रकार रूप सिद्ध हुआ ।

लिट् के अन्य रूपों में भी 'नुट्' होगा । ये रूप बनेंगे—

प्र० आनर्च, आनर्चतुः आनर्चुः । म० आनर्चिथ, आनर्चथुः, आनर्च । उ० आनर्च, आनर्चिव, आनर्चिम ।

अन्य लकारों के रूप पूर्ववत् ही बनेंगे । ङित् लकारों में अजादि होने से 'आडजादीनाम्' से आट् आगम और 'आटश्च' से वृद्धि होगी ।

व्रज गतौ १०—व्रज् धातु का 'जाना' अर्थ है । इसके रूप

व्रजति । वव्राज । व्रजिता । व्रजिष्यति । व्रजतु । अव्रजत् । व्रजेत् । व्रज्यात् ।

(वृद्धिविधिसूत्रम्)

४६७ वद-व्रज हलन्तस्याचः ७ । २ । ३ ॥

एषामचो वृद्धिः सिचि परस्मैपदेषु ।

अव्राजीत् । अव्रजिष्यत् ।

कटे वर्षावरणयोः ॥ ११ ॥

कटति । चकाट, चकटतुः । कटिता । कटिष्यति । कटतु ।

भी पूर्वधातुओं के समान ही बनते हैं । लिट् में निम्नलिखित रूप बनते हैं—

प्र० **वव्राज, वव्रजतुः वव्रजुः** । म० **वव्रजिथ, वव्रजथुः, वव्रज** । उ० **वव्राज-वव्रज, वव्रजिव, वव्रजिम** ।

यहाँ एत्व और अभ्यास का लोप नहीं होता क्योंकि यहाँ 'व्र' में संयोग है और असंयुक्त हलमध्यस्थ अकार को एत्व होता है तथा वहीं अभ्यास का लोप होता है ।

४८७ वदव्रजेति—वद्, व्रज और हलन्त धातुओं के अच् को वृद्धि हो परस्मैपदपरक सिच् परे रहते ।

यद्यपि वद् और व्रज् भी हलन्त धातु हैं, तथापि 'नेटि' सूत्र से प्राप्त वृद्धि-निषेध के बाध के लिये यहाँ इनका ग्रहण किया गया है ।

अव्राजीत्—'व्रज्' धातु के अच् को वृद्धि होकर रूप सिद्ध हुआ । इसी प्रकार अन्य रूप भी बनेंगे ।

उपसर्ग के योग में—**प्रव्रजति, परिव्रजति**-संन्यास लेता है ।

अनुव्रजति—पीछे चलता है ।

कटे वर्षावरणयोः ११—कटे धातु का अर्थ वर्षा और ढक देना है । इसका एकार इत् है । इसके रूप भी पूर्व धातुओं के समान बनते हैं ।

लिट् के कित् वचनों और थल में एत्व और अभ्यास लोप नहीं होता । क्योंकि यहाँ लिट् निमित्तक आदेश होता है । अभ्यास के ककार को 'कुहोश्चुः' से चवर्ग चकार हुआ ।

अकटत्। कटेत्। कट्यात्।

(वृद्धिनिषेधसूत्रम्)

४६८ ह्मयन्त-क्षण-श्वस जागृ-णि-श्व्येदिताम् ७। २। ५॥

ह्मयान्तस्य क्षणादेर्ण्यन्तस्य श्वयतेरेदितश्च वृद्धिर्नेडादौ सिचि। अकटीत्। अकटिष्यत्।

गुपू रक्षणे॥ १२॥

प्र० चकाट, चकटतुः, चकटुः। म० चकटिथ, चकटथुः चकट। उ० चकाट-चकट, चकटिव, चकटिम।

कटिता आदि अन्य लकारों के रूप पूर्वोक्त साधारण प्रक्रिया से ही बनेंगे।

४६८ ह्मयन्तेति—हकारान्त, मकारान्त और यकारान्त तथा क्षण, श्वस, जागृ, ण्यन्त, श्वि, एवं एदित् धातुओं के अच् को वृद्धि नहीं हो, इडादि सिच् परे रहते।

इनके उदाहरण नीचे लिखे जाते हैं—

हकारान्त—मह पूजायाम्—पूजा करना, अमहीत्।

मकारान्त—क्रमु पादविक्षेपे—चलना, अक्रमीत्।

यकारान्त—हय गतौ—जाना, अहयीत्।

क्षणु हिंसायाम्—हिंसा करना, अक्षणीत्।

श्वस् प्राणने—सांस लेना, जीना, अश्वसीत्।

जागृ निद्राक्षये—जागना, अजागरीत्।

ण्यन्त—इन धातुओं से पर च्लि को सिच् नहीं होता, अपि तु 'णिश्रिद्रुस्रुभ्यः कर्तरि चङ्' से आदेश हो जाता है। ऐसी दशा में ण्यन्त से परे सिच् मिलता ही नहीं, फिर सिच् परे रहते निषेध करना व्यर्थ प्रतीत होता है। केवल वेद में इसका उदाहरण है। जब 'नोनयतिध्वनयत्येलयत्यर्दयतिभ्यः' सूत्र से चङ् का निषेध हो जाता है, तब सिच् होकर इसका उदाहरण बनता है। ऊन परिहाणे—कम होना मा भवान् ऊनयीत्।

एदित्—इसका उदाहरण प्रकृत 'कटे' धातु ही है। यह एदित है। अतः इसके अच् को वृद्धि का निषेध होने से 'अकटीत्' रूप सिद्ध होगा।

(टुओ) श्वि गतिवृद्धयोः—चलना और बढ़ना—अश्वयीत्।

गुपू रक्षणे १२—गुपू धातु का अर्थ रक्षा है। इसका ऊकार इत् है।

(आयप्रत्ययविधिसूत्रम्)

४६९ गुपू-धूप-विच्छि-पणि-पनिभ्य आयः ३ । १ । २८ ॥

एभ्यः 'आय' प्रत्ययः स्यात् स्वार्थे ।

(धातुसंज्ञासूत्रम्)

४७० सनाऽऽद्यन्ता धातवः ३ । १ । ३२ ॥

सनाऽऽदयः कमेर्णिङन्ताः प्रत्यया अन्ते येषां ते धातुसंज्ञकाः । धातुत्वाल्लडादयः—गोपायति ।

---

४६९ **गुपू** इति—गुपू (रक्षा करना), धूप् (तप्त करना) विच्छ (जाना) और पण् तथा पन् (व्यवहार और स्तुति) धातुओं से 'आय' प्रत्यय हो स्वार्थ में।

स्वार्थ में विधान होने से यह स्वार्थिक प्रत्यय है। जो प्रत्यय प्रकृति के अर्थ में कोई विशेषता पैदा नहीं करता उसे 'स्वार्थिक' कहते हैं। इस 'आय' प्रत्यय से प्रकृति रूप धातुओं के अर्थ में कोई अन्तर नहीं पड़ता।

'आय' प्रत्यय स्वार्थिक होने से निर्निमित्तक है। अतः यह सब से पहले आयगा। 'आय' प्रत्यय की 'आर्धधातुकं शेषः' से आर्धधातुक संज्ञा है। अतः उसके परे रहते लघूपध अङ्ग 'गुप' के इक् उकार को 'पुगन्तलघूपधस्य च' सूत्र से गुण ओकार हुआ तब **गोपाय** बना।

'आय' प्रत्यय अकारान्त है इसका ध्यान रहना चाहिये।

४७० **सनाद्यन्तेति**—'सन्' से लेकर 'कमेर्णिङ्' सूत्र से विहित 'णिङ्' तक जो बारह प्रत्यय हैं, वे जिनके अन्त में हों, उनकी धातुसंज्ञा हो।

'आय' प्रत्यय अन्त में होने से 'गोपाय' की धातु संज्ञा हुई।

'सन्' आदि बारह निम्नलिखित कारिका में बताये गये हैं—

"सन्-क्यच्-काम्यच्-क्यङ्-क्यषोऽथाचारक्विब्-णिज्-यङस्तथा ।
यगायेयङ् णिङ्चेति द्वादशामी सनादयः ।" इति ॥

ये प्रत्यय भिन्न भिन्न सूत्रों से विहित होते हैं।

धातुत्वादिति—धातु संज्ञा होने से 'लः कर्मणि–' सूत्र से लकारों की उत्पत्ति होती है।

गोपायति—वर्तमान काल में लट् आने पर उसके स्थान में यथाक्रम से

(आयादिविकल्पविधिसूत्रम्)

४७१ आय-आदय आर्धधातुके वा ३ । १ । ३१ ॥

आर्धधातुकविवक्षायामायादयो वा स्युः ।

(वा) कास्यनेकाच आम् वक्तव्यः ।

आ कासोराम्विधानान् मस्य नेत्वम् ।

तिबादि आदेश होंगे । तदनन्तर 'कर्तरि शप्' से शप् होगा । 'गोपाय अ ति' इस अवस्था में शप् के अकार गुण परे रहते 'आय' प्रत्यय के अन्त्य अकार को 'अतो गुणे' से पररूप एकादेश होकर रूप सिद्ध होता है ।

सभी सार्वधातुक लकारों में इसी प्रकार 'आय' प्रत्यय के अकार का 'शप्' के अकार के साथ पररूप करना चाहिये ।

प्र० गोपायति, गोपायतः, गोपायन्ति । म० गोपायसि, गोपायथः, गोपायथ । उ० गोपायामि गोपायावः गोपायामः ।

४७१ आयादय इति—आर्धधातुक प्रत्यय की विवक्षा में धातु से 'आय' आदि प्रत्यय विकल्प से हों ।

(वा) कास्यनेकाच इति - कास् (चमकना) और अनेकाच् धातुओं से आम् प्रत्यय कहना चाहिये ।

आस्कासोरिति—आस् और कास् को आम् विधान करने से उसके मकार की इत् संज्ञा नहीं होती ।

अर्थात् यदि आम् का मकार इत्संज्ञक हो तो मित् होने से आम् अन्त्य अच् के आगे होगा । ऐसी दशा में 'आस्' और 'कास्' धातु के अन्त्य अच् अकार के आगे 'आम' का आकार आयगा और तब सवर्ण दीर्घ किये जाने पर 'आस्' और 'कास्' जैसे के तैसे रह जायँगे । इस प्रकार 'आम्' विधान व्यर्थ होगा । अतः 'आस्' और 'कास्' धातु को आम् विधान से सूचित होता है कि 'आम्' के मकार की इत्संज्ञा नहीं होती । 'आस्' धातु को 'दयायासश्च' सूत्र से 'आम्' होता है ।

लिट् लकार की विवक्षा में 'गुप्' से 'आम्' प्रत्यय विकल्प से होगा । क्यों कि लिट् लकार 'लिट् च' सूत्र से आर्धधातुक है ।

'आर्धधातुक की विवक्षा में' कहने से 'आय' प्रत्यय सब से पूर्व होता है,

(अकारलोपविधिसूत्रम्)

४७२ अतो लोपः ६ । ४ । ४८ ॥

आर्धधातुकोपदेशे यददन्तं तस्याऽतो लोप आर्धधातुके ।

(लिङ्लुग्विधिसूत्रम्)

४७३ आमः २ । ४ । ८१ ॥

आमः परस्य लुक् ।

(कृभ्वस्त्यनुप्रयोगविधिसूत्रम्)

४७४ कृञ् चाऽनुप्रयुज्यते लिटि ३ । १ । ४० ॥

आमन्तात् लिट्पराः कृभ्वस्तयोऽनुप्रयुज्यन्ते ।

तथा विवक्षा करने मात्र से ही हो जाता है । यदि 'आर्धधातुक परे रहते' ऐसा कहा जाता तो 'लिट्' आदि होने के बाद ही 'आय' हो सकता ।

'आय' होने पर गोपाय यह रूप बना । इसकी पूर्ववत् धातुसंज्ञा हुई, यह अनेकाच् है । अतः लिट् लकार आने पर इसके आगे 'आम्' आया । तब 'गोपाय आम् लिट्' यह स्थिति हुई ।

'आम्' भी 'आर्धधातुकं शेषः' से तिङ् शित् भिन्न होने के कारण आर्ध-धातुक है ।

४७२ **अत** इति—आर्धधातुक के उपदेश काल में जो अदन्त अङ्ग उसके अवयव अकार का लोप हो आर्धधातुक परे रहते ।

लिट् या आम इन आर्धधातुक संज्ञकों के उपदेश काल में 'गोपाय' यह अदन्त है, अतः 'आम्' आर्धधातुक परे रहते इसके अवयव अकार का लोप हुआ । तब 'गोपाय आम् लिट्' यह स्थिति हुई ।

४७३ **आम** इति—'आम्' से परे 'लिट्' का लुक् (लोप) हो ।

'गोपाय्' आम् 'लिट्' यहाँ आम् से परे 'लिट्' का लोप हुआ । तब 'गोपायाम्' यह शेष रहा ।

४७४ **कृञिति**—'आम्' जिसके अन्त में उससे परे लिट् परक कृ, भू और अस् धातुओं का अनुप्रयोग होता है अर्थात् आमन्त के साथ उसके पीछे इसका प्रयोग होता है ।

'कृञ्' यह प्रत्याहार है । इसके अन्दर कृ, भू और अस् धातुएँ आती हैं ।

तेषां द्वित्वादि ।

४७५ उरत् ७ । ४ । ६६ ॥

अभ्यास ऋवर्णस्याऽत् स्यात् ।

वृद्धिः—गोपायाञ्चकार । द्वित्वात् परत्वाद् यणि प्राप्ते—

(अजादेशनिषेधसूत्रम्)

४७६ द्विर्वचनेऽचि १ । १ । ५९ ॥

तेषामिति—उन अनुप्रयुक्त 'कृ' आदि को द्वित्व आदि कार्य किये जाते हैं ।

'गोपायाम्' से आगे पर्याय से लिट्परक 'कृ' आदि का अनुप्रयोग हुआ । उसमें प्रथम 'कृ' के अनुप्रयोग में रूप सिद्ध किये जायँगे, तदनन्तर 'भू' और 'अस्' के अनुप्रयोग में । लिट् को यथाक्रम से तिबादि और उनको णलादि आदेश होंगे ।

णल् में 'गोपायाम् कृ अ' इस दशा में 'लिटि धातोरनभ्यासस्य' से द्वित्व हुआ । तब 'गोपायाम् कृ कृ अ' ऐसी स्थिति हुई ।

४७५ उरदिति—अभ्यास के अवयव ऋवर्ण को 'अत्' आदेश हो ।

गोपायाञ्चकार—यहाँ पूर्वोक्त स्थिति में 'उरण् रपरः से 'अ' कार रपर होता है । अर् करने पर 'गोपायाम् कर् कृ अ' ऐसी अवस्था हुई । यहाँ 'हलादिः शेषः' से रकार का लोप, 'अत उपधायाः' से अभ्यास के उत्तर खण्ड के ऋकार को वृद्धि आर् , 'कुहोश्चुः' से अभ्यास के कवर्ग ककार को चवर्ग—चकार आदेश, मकार को 'नश्चापदान्तस्य झलि' से अनुस्वार और उसको 'अनुस्वारस्य ययि परसवर्णः' से परसवर्ण ञकार होकर **गोपायाञ्चकार** रूप सिद्ध हुआ ।

द्वित्वादिति—द्विवचन में 'अतुस्' आदेश होने पर 'गोपायाम् कृ अतुस्' इस अवस्था में धातु के एकाच् को द्वित्व और ऋकार को यण् प्राप्त हुआ । द्वित्व की अपेक्षा पर होने से 'विप्रतिषेधे परं कार्यम्' से यण् प्रबल होने के कारण प्राप्त होता है उसके प्राप्त होने पर (अग्रिम सूत्र 'द्विर्वचनेऽचि' से यण् का निषेध हो जाता है)

४७६ द्विर्वचने इति - द्वित्व निमित्तक अच् (अजादि प्रत्यय) परे होने पर अच् के स्थान में आदेश (अजादेश) न हो द्वित्व करना हो तो ।

गोपायाञ्चकतुः—'गोपायाम् कृ अतुस्' यहाँ 'अतुस्' द्वित्व का निमित्त

द्वित्वनिमित्तेऽचि अच आदेशो न द्वित्वे कर्तव्ये ।
गोपायाञ्चक्रतुः । गोपायाञ्चक्रुः ।

(इण्निषेधसूत्रम्)

४७७ एकाच उपदेशेऽनुदात्तात् ७ । २ । १० ॥
उपदेशे यो धातुरेकाज् अनुदात्तश्च तत आर्धधातुकस्येण् न ।

अजादि प्रत्यय है, क्योंकि लिट् परे रहते द्वित्व होता है और यह लिट् के स्थान में आदेश हुआ है, अतः स्थानिवद्भाव से लिट् है। इसके परे रहते अजादेश यण् नहीं होगा। क्योंकि यण् अच के स्थान में होने से अजादेश है। अतः द्वित्व करने से पहले यहाँ यण् आदेश न होगा। यदि द्वित्व होने के पूर्व यण् आदेश हो जाय तो ऋकार को रकार हो जाने से 'कर्' बन जायगा, तब यह 'एकाच्' नहीं रहेगा, अच् इस में है ही नहीं। अच्रहित होने से एकाच् नहीं, फिर द्वित्व न हो सकेगा। प्रकृत सूत्र अजादेश की अपेक्षा द्वित्व के पहले विधान की अनुमति देता है। द्वित्व होने के अनन्तर यथा प्राप्त अजादेश हो सकते हैं।

इसलिए यहाँ द्वित्व होने पर अभ्यास कार्य और अजादेश यण् होंगे। तब रुत्व विसर्ग होने पर **गोपायाञ्चक्रतुः** रूप सिद्ध होता है।

गोपायाञ्चक्रुः—लिट् के प्रथम पुरुष के बहुवचन—'उस'—में रूप पूर्ववत् सिद्ध होता है।

थल् में अन्य यथाप्राप्त सब कार्य होने पर 'गोपायाञ्चकृ थ' इस दशा में वलादि आर्धधातुक होने से थल् को 'आर्धधातुकस्येड् वलादेः' सूत्र से इट् आगम प्राप्त है।

४७७ एकाच इति—उपदेश अवस्था में जो धातु एकाच् और अनुदात्त हो, उससे परे आर्धधातुक को इट् आगम न हो।

'गोपायाञ्चकृ थ' यहाँ 'कृ' धातु है, जो उपदेश अवस्था में एकाच् और अनुदात्त भी है। इसलिये इट् का निषेध हो जायगा।

धातुओं का उपदेश 'धातुपाठ' में है। वहाँ देखने से तथा धातुओं के स्वरूप से पता चल जाता है कि वह एकाच् है कि नहीं। पर अनुदात्त मालूम करना कठिन है। क्योंकि 'धातुपाठ' में यह तो लिखा नहीं कि यह अनु-

(अजन्तानुदात्तानां धातूनां संग्रहः)

उद्-ऋदन्तैर्यौति रु-क्ष्णु-शी-स्नु-नु-क्षु-श्वि-डीङ्-श्रिभिः ।

दात्त है, न कोई अनुदात्त का चिह्न ही है, शायद पहले कोई चिह्न रहा हो। अब तो भाष्यकार आदि पूर्व आचार्यों के कथनानुसार ही निर्णय हो सकता है। उसी के अनुसार यहाँ परिगणन किया गया है।

अनुदात्तेत् और **अनुदात्त**—ये दो भिन्न बातें हैं और दोनों का फल भी भिन्न-भिन्न है। **अनुदात्तेत्** का फल आत्मनेपद विधान है और **अनुदात्त** का इट् निषेध। अनुदात्तेत् का निर्देश 'एधादयः कत्थन्ताः षट्त्रिंशत् अनुदात्तेतः—'एध्' आदि 'कत्थ' पर्यन्त छत्तीस धातुयें अनुदात्तेत् हैं, इत्यादि वचनों के द्वारा धातुपाठ में किया है। यह कोई आवश्यक नहीं कि जो धातु अनुदात्त हो, वह अनुदात्तेत् भी हो। 'शक्लृ' धातु अनुदात्त है पर अनुदात्तेत् नहीं, एध धातु अनुदात्तेत् है पर अनुदात्त नहीं।

मूल में अनुदात्त एकाच् धातुओं की सूची दी गई है, जिससे ढूँढने का कष्ट न रहे। अजन्तों में अनुदात्त अधिक हैं और उदात्त कम। इसलिये उदात्तों को गिनकर बता दिया है, उनसे भिन्न अनुदात्त हैं। हलन्तों में अनुदात्त अल्प हैं, उनका स्पष्ट उल्लेख कर दिया गया है।

ऊदिति—ऊकारान्त और ऋकारान्त धातु तथा यु आदि बारह १२ धातुओं को छोड़ कर शेष अजन्त एकाच् धातु हैं।

कारिकास्थ 'निहता' शब्द का अर्थ अनुदात्त है।

यु आदि का अर्थ सहित परिचय नीचे दिया जाता है—

१ यु मिश्रणामिश्रणयोः (अदादि) मिलाना, अलग करना।

२ रु शब्दे (अदादि) शब्द करना।

३ क्ष्णु तेजने ,, तेज करना।

४ शीङ् स्वप्ने ,, सोना।

५ स्नु प्रस्रवणे ,, चूना, गाय आदि का पसमाना।

६ नु स्तुतौ (अदादि) स्तुति करना

७ टुक्षु शब्दे ,, शब्द करना, छींकना।

८ टुओ श्वि गतिवृद्ध्योः (भ्वादि) जाना, बढ़ना।

वृङ्-वृञ्भ्यां च विनैकाचोऽजन्तेषु निहताः स्मृताः ।

(हलन्तैकाचामनुदात्तानां संग्रहः)

कान्तेषु—शक्लृ (१) एकः ।

चान्तेषु—पच् १, मुच् २, रिच् ३, वच् ४, विच् ५, सिच् ६, षट् ।

छान्तेषु—पृच्छ् १ एकः ।

जान्तेषु—त्यज १, निजिर् २, भज ३, भञ्ज् ४, भुज् ५, भ्रस्ज् ६, मस्ज् ७, यज् ८, युज् ९, रुज १०, रञ्ज् ११, विजिर् १२, स्वञ्ज् १३, सञ्ज १४, सृज् १५ पञ्चदश ।

---

९ डीङ् विहायसा गतौ (दिवादि) उड़ना ।

१० श्रिञ् सेवायाम् (भ्वादि) सेवा करना, आश्रय लेना ।

११ वृङ् संभक्तौ (क्र्यादि) सेवा करना ।

१२ वृञ् वरणे (स्वादि, चुरादि) स्वीकार करना ।

हलन्त एकाच धातुओं का संग्रह—

१ ककारान्त १ शक्तौ (स्वादि)-समर्थ होना ।

६ चकारान्त १ पाके (भ्वादि)-पकाना । २ मोक्षणे (तुदादि)-छोड़ना । ३ विरेचने (रुधादि)-दस्त होना । ४ परिभाषणे (अदादि)-निन्दा करना । ५ पृथग्भावे (रुधादि)-अलग होना । ६ क्षरणे (तुदादि)-सींचना, चूना ।

१ छकारान्त १ ज्ञीप्सायाम् (तुदादि)-पूछना ।

१५ जकारान्त १ हानौ (भ्वादि)-त्यागना । २ शौचपोषणयोः (जुहोत्यादि)-शुद्ध करना, बढ़ाना । ३ सेवायाम् (भ्वादि)-सेवा करना । ४ आमर्दने-(रुधादि) तोड़ना । ५ पालनाभ्यवहारयोः (रुधादि)-पालन करना, खाना । ६ पाके (तुदादि)-भूनना । ७ शुद्धौ (तुदादि)-शुद्धि करना, डुबकी लगाना । ८ देवपूजादिषु (भ्वादि)—यज्ञ करना आदि । ९ योगे (रुधादि)—जोड़ना, समाधौ (दिवादि)—समाधि लगाना । १० भङ्गे (तुदादि)—तोड़ना, रोगी करना । ११ रागे (दिवादि, भ्वादि)--रंगना, अनुरक्त होना । १२ पृथग्भावे (जुहोत्यादि)—अलग होना । १३ परिष्वङ्गे (भ्वादि)—आलिङ्गन करना । १४ सङ्गे (भ्वादि)—मिलना । विसर्गे (दिवादि, तुदादि)—छोड़ना ।

दान्तेषु—अद् १, क्षुद् २ खिद् ३, छिद् ४, तुद् ५, नुद् ६, पद्य ७, भिद् ८, विद्यति ९, विनद् १०, विन्द् ११, शद् १२, सद् १३, स्विद्य् १४, स्कन्द १५, हद् १६ षोडश।

धान्तेषु—क्रुध् १, क्षुध् २, बुध् ३, बन्ध् ४, युध् ५, रुध् ६, राध ७, व्यध् ८, शुध् ९, साध् १०, सिध्य ११ एकादश।

नान्तेषु—मन्य १, हन् २ द्वौ।

पान्तेषु—आप् १, क्षुप् २, क्षिप् ३, तप् ४, तिप् ५, तृप्य ६, दृप्य ७, लिप् ८, लुप् ९, वप् १०, शप् ११, स्वप् १२, सृपः १३ त्रयोदश।

---

१६ **दकारान्त** १ भक्षणे (अदादि)—खाना। २ संपेषणे (रुधादि)—पीस देना, कूटना। ३ दैन्ये (दिवादि)—खेद करना। ४ द्वैधीभावे (रुधादि) टुकड़े करना, काटना। ५ व्यथने (तुदादि)—पीड़ा पहुँचाना। ६ प्रेरणे (तुदादि)—प्रेरित करना। ७ गतौ (दिवादि)—जाना। ८ विदारणे (रुधादि)-तोड़ना। ९ सत्तायाम् (दिवादि)—होना। १० विचारणे (तुदादि)—विचार करना। ११ लाभे (तुदादि)—प्राप्त करना। १२ शातने (भ्वादि)—नष्ट होना। १३ विशरणादिषु (भ्वादि)—नष्ट होना, जाना आदि। १४ गात्रप्रक्षरणे (दिवादि)—पसीना होना। १५ गतिशोषणयोः (भ्वादि)—जाना, सुखाना। १६ पुरीषोत्सर्गे (भ्वादि)—मल त्याग करना।

११ धकारान्त १ क्रोधे (दिवादि)—क्रोध करना। २ बुभुक्षायाम् (दिवादि) भूख लगना। ३ अवगमने (दिवादि)—जानना। ४ बन्धने (क्र्यादि)-बांधना। ५ संप्रहारे (दिवादि)—युद्ध करना। ६ आवरणे (रुधादि)—रोकना। ७ संसिद्धौ (दिवादि)—सिद्ध करना। ८ ताडने (तुदादि)-बेधना, मारना। ९ शौचे (दिवादि)—शुद्ध होना। १० संसिद्धौ (दिवादि)—सिद्ध करना। ११ संराद्धौ (दिवादि)—सिद्ध होना।

२ नकारान्त १ ज्ञाने (दिवादि)—जानना, मानना। २ हिंसागत्योः (अदादि)—मारना और जाना।

१३ पकारान्त १ व्याप्तौ (स्वादि)—प्राप्त करना। २ स्पर्शे (तुदादि) छूना। ३ प्रेरणे (तुदादि)—फेंकना। ४ सन्तापे (भ्वादि)—तपना। ५ क्षरणार्थे (भ्वादि)—चूना, टपकना। ६ प्रीणने (दिवादि)—प्रसन्न करना या

भान्तेषु—यभ् १, रभ् २, लभः ३ त्रयः।

मान्तेषु—गम् १, नम् २, यम् ३, रमः ४ चत्वारः।

शान्तेषु—कुश् १, दंश् २, दिश् ३, दृश् ४, मृश् ५, रिश् ६, रुश् ७, लिश् ८, विश् ९, स्पृशः १० दश।

षान्तेषु—कृष् १, त्विष् २, तुष् ३, द्विष् ४, दुष् , पुष्य ६ पिष् ७, विष् ८, शिष् ९, शुष् १०, श्लिषः ११ एकादश।

होना। ७ दृप्तौ (दिवादि)-घमंड में आना। ८ उपदेहे (तुदादि)-लीपना। ९ छेदने (तुदादि)-काटना, लोप करना। १० बीजसन्ताने (भ्वादि)-बोना। ११ उपालम्भे (भ्वादि)-शाप देना, शपथ लेना। १२ शये (अदादि)-सोना। १३ गतौ (भ्वादि)-चलना, सरकना।

३ भकारान्त १ मैथुने (भ्वादि)-मैथुन करना। २ राभस्ये (भ्वादि)-आरम्भ करना। ३ प्राप्तौ (भ्वादि)-प्राप्त करना।

४ मकारान्त १ गतौ (भ्वादि)-जाना। २ प्रह्वत्वे शब्दे च (भ्वादि)-झुकना, प्रणाम करना और शब्द करना। ३ उपरमे (भ्वादि) शान्त होना। ४ क्रीडायाम्। (भ्वादि) क्रीड़ा करना, रमण करना।

१० शकारान्त १ आक्रोशे (भ्वादि)-जोर से रोना चिल्लाना। २ दशने (भ्वादि)-डँसना। ३ अतिसर्जने (तुदादि)-दान करना। ४ प्रेक्षणे (भ्वादि)-देखना। ५ आमर्शने (तुदादि)-स्पर्श करना, मालूम करना। ६-७ हिंसायाम् (तुदादि)-हिंसा करना। ८ अल्पीभावे (तुदादि)-घटना। ९ प्रवेशने (तुदादि, दिवादि)-प्रवेश करना। १० संस्पर्शे (तुदादि)-स्पर्श करना, छूना।

११ षकारान्त १ विलेखने (भ्वादि, तुदादि)-हल जोतना, खींचना। २ कान्तौ (भ्वादि)-चमकना। ३ तुष्टौ (दिवादि)-तृप्त होना। ४ अप्रीतौ (अदादि) द्वेष करना। ५ वैकृत्ये-(दिवादि)-दूषित होना। ६ पुष्टौ (दिवादि)-पुष्ट होना। ७ संचूर्णने (रुधादि)-पीसना। ८ सेचने (भ्वादि) सींचना। विप्रयोगे (क्र्यादि)-अलग होना। व्याप्तौ (जुहोत्यादि)-व्याप्त होना। ९ असर्वोपयोगे (रुधादि)-बच रहना। १० शोषणे (दिवादि)-सूखना। ११ आलिङ्गने (दिवादि)-आलिङ्गन करना।

सान्तेषु—घस् १, वसती २ द्वौ।

हान्तेषु—दह् १, दिह् २, दुह् ३, नह् ४, मिह् ५, रुह ६, लिह ७, वह् ८, अष्टौ।

अनुदात्ता हलन्तेषु धातवस्त्र्यधिकं शतम्।

गोपायाञ्चकर्थ, गोपायाञ्चक्रथुः, गोपायाञ्चक्र।

गोपायाञ्चकार-गोपायाञ्चकर, गोपायाञ्चकृव, गोपायाञ्चकृम।

---

२ सकारान्त १ अदने (भ्वादि)—खाना। २ निवासे (भ्वादि)—रहना।

८ हकारान्त १ भस्मीकरणे (भ्वादि)—जलाना। २ उपचये (अदादि)—वृद्धि होना। ३ प्रपूरणे (अदादि)—दुहना। ४ बन्धने (दिवादि)—बाँधना। ५ सेचने (भ्वादि)—सींचना। ६ बीजप्रादुर्भावे (भ्वादि)—जमना, उगना। ७ आस्वादने (अदादि)- चाटना। ८ प्रापणे (भ्वादि)—लेजाना।

अनुदात्ता इति—हलन्त धातुओं में अनुदात्त ये १०३ हैं।

इनको अनुदात्त होने से इट् नहीं होता।

गोपायाञ्चकर्थ—लिट् लकार के प्रथम पुरुष एकवचन थल् में 'गोपायाम् चकृ थ' इस स्थिति में यहाँ 'कृ' धातु अजन्त एकाच् है। 'ऊदॄदन्तैः—' इत्यादि कारिका में वर्जित धातुओं में न होने से यह अनुदात्त है। अतः 'एकाच उपदेशेऽनुदात्तात्' इस सूत्र से इट् का निषेध हो जायगा, तब गुण होकर रूप बनेगा।

गोपायाञ्चक्रथुः गोपायाञ्चक्र—यहाँ अपित् लिट् होने से 'अथुस्' और 'अ' के 'असंयोगात् लिट् कित्' से कित् होने के कारण गुण निषेध होकर यण् आदेश हुआ।

गोपायाञ्चकार, गोपायाञ्चकर—ये दो रूप उत्तम के णल् के हैं। यह णल् 'णलुत्तमो वा' से विकल्प से णित् है। णित् पक्ष में 'अचो ञ्णिति' से वृद्धि हो जाती है! अभाव पक्ष में गुण।

गोपायाञ्चकृव, गोपायाञ्चकृम—यहाँ इट् का निषेध हुआ है और 'असंयोगात् लिट् कित्' इस सूत्र से संयोग रहित 'कृ' धातु से पर अपित् लिट् होने के कारण 'व' और 'म' कित् होने से गुण नहीं हुआ।

गोपायाम्बभूव । गोपायामास ।

जुगोप, जुगुपतुः, जुगुपुः ।

४७८ स्वरति-सूति-सूयति-धूञ्-ऊदितो वा ७ । २ । ४४ ॥

स्वरत्यादेरूदितश्च परस्य वलादेरार्धधातुकस्येड् वा ।

जुगोपिथ, जुगोप्थ ।

'गोपायाञ्चकार' आदि रूप 'कृ' धातु के अनुप्रयोग में बने हैं ।

गोपायाम्बभूव—आदि रूप 'भू' के अनुप्रयोग में बनेंगे । **'गोपायाम्'** के साथ 'भू' के लिट् के रूप जोड़ देने मात्र से रूप बन जायँगे।

गोपायामास—अस् के अनुप्रयोग में 'अस्' के लिट् के रूप जोड़ देने से रूप बन जायँगे । अस् के रूप 'अत' के समान बनेंगे—

प्र० **गोपायामास, गोपायामासतुः, गोपायामासुः ।**

म० **गोपायामासिथ, गोपायामासथुः, गोपायामास ।**

उ० **गोपायामास, गोपायामासिव, गोपायामासिम ।**

उपर्युक्त ये सभी रूप 'आय' पक्ष में बनते हैं । आगे 'आय' के अभाव पक्ष के रूप दिये जा रहे हैं ।

जुगोप—'आय' के अभाव पक्ष में 'गुप्' को द्वित्व, अभ्यास कार्य हलादिशेष, चुत्व, लघूपध गुण होने पर रूप बनेगा ।

जुगुपतुः, जुगुपुः—अतुस् और उस् के असंयोग से पर होने के कारण 'असंयोगात् लिट् कित्' सूत्र से कित् होने से गुण निषेध हो जाता है ।

४७८ स्वरतीति—स्वृ (शब्दोपतापयोः--शब्द करना और दुःख देना, भ्वादि) षूङ् (प्राणिगर्भविमोचने--पैदा करना, अदादि), षूङ् (प्राणि प्रसवे--पैदा करना, दिवादि) धूञ् (कम्पने--हिलाना) और ऊदित् (जिनका दीर्घ ऊकार इत् हुआ हो) धातुओं से पर वलादि आर्धधातुक को इट् विकल्प से हो ।

'गुपू' धातु का दीर्घ 'ऊकार' इत् हुआ है । अतः 'ऊदित्' होने से इसके आगे वलादि आर्धधातुक को विकल्प से इट् होगा ।

जुगोपिथ, जुगोप्थ—वलादि आर्धधातुक थल् को विकल्प से इट् हुआ । अतः दो रूप बने, अन्य कार्य साधारण तो होंगे ही ।

गोपायिता, गोपिता, गोप्ता । गोपायिष्यति; गोपिष्यति; गोप्स्यति, गोपायतु । अगोपायत् । गोपायेत् गोपाय्यात्, गुप्यात् । अगोपायीत् ।

इसी प्रकार 'व' और 'म' में भी दो-दो रूप बनते हैं—**जुगुपिव, जुगुप्व, जुगुपिम, जुगुप्म ।**

गोपायिता, गोपिता-गोप्ता—लुट् लकार में 'तास्' प्रत्यय आता है और वह आर्धधातुक है । अतः विकल्प से 'आय' प्रत्यय होगा । 'आय' प्रत्यय होने पर 'गोपाय' धातु बनता है । यह अनेकाच् होने से सेट् है । इट् होने पर 'अतो लोपः' से 'आय' के अन्त्य अकार का लोप होकर **गोपायिता** रूप बनता है । 'आय' के अभाव पक्ष में ऊदित् होने से इट् विकल्प के द्वारा **गोपिता** और **गोप्ता** ये दो दो रूप बनते हैं। इस प्रकार 'आय' और 'इट्' इन दो विकल्पों से तीन रूप बनते हैं ।

इसी प्रकार अन्य आर्धधातुक लकारों में लुट् लकार में 'आय' और 'इट' दोनों के विकल्प से भी तीन-तीन रूप सिद्ध होंगे । लृट् में—**गोपायिष्यति, गोपिष्यति, गोप्स्यति ।**

सार्वधातुक लकारों में अर्थात लोट, लङ् और विधिलिङ् में 'आय' को विकल्प नहीं होता, अतः एक एक ही रूप बनता है ।

लोट् में—**गोपायतु** आदि । लङ् में—**अगोपायत** आदि । विधिलिङ् में—**गोपायत्** इत्यादि ।

गोपाय्यात्, गुप्यात्—आशीर्लिङ् में-यद्यपि यह आर्धधातुक है, तथापि-दो ही रूप बनते हैं। क्योंकि यहाँ यासुट् होता है और वह वलादि नहीं । अतः आय पक्ष में 'अतो लोपः' से आय के अन्त्य अकार का लोप होकर **गोपाय्यात** और अभावपक्ष में **गुप्यात्** रूप बनते हैं । आशीर्लिङ् का यासुट् 'किदाशिषि' से कित् है, अतः गुण निषेध हो जाता है ।

अगोपायीत्—लुङ् में 'आय' पक्ष में **अगोपायीत्** आदि रूप बनते हैं । यहाँ भी 'आय' के अन्त्य अकार का लोप हो जाता है । अन्य प्रक्रिया पूर्ववत् होती है ।

'आय' के अभावपक्ष में 'सिच्' को विकल्प से इट् होता है । इट् होने पर 'वदव्रजहलन्तस्याचः' से धातु के अच् उकार को वृद्धि प्राप्त होती है ।

(वृद्धिनिषेधसूत्रम्)

४७९ नेटि ७ । २ । ४ ॥

इडादौ सिचि हलन्तस्य वृद्धिर्न ।

अगोपीत् । अगौप्सीत् ।

(सलोपविधिसूत्रम्)

४८० झलो झलि ८ । २ । २६ ॥

झलः परस्य सस्य लोपो झलि ।

अगौप्ताम् , अगौप्सुः । अगौप्सीः, अगौप्तम् , अगौप्त ।

इसका निषेध अग्रिम सूत्र से हो जाता है ।

४७९ नेटीति—इडादि सिच् परे होने पर हलन्त धातु के अच् को वृद्धि न हो ।

इससे वृद्धि का निषेध होने पर 'पुगन्तलघूपधस्य च' से लघूपध गुण हो जाता है । निम्नलिखित रूप बनते हैं—

प्र० अगोपीत् , अगोपिष्टाम् , अगोपिषुः ।

म० अगोपीः अगोपिष्टम् , अगोपिष्ट ।

उ० अगोपिषम् , अगोपिष्व, अगोपिष्म ।

अगौप्सीत्—इडभाव पक्ष में–इट् न होने से 'इट ईटि' के द्वारा सिच् का लोप नहीं होता । शेष कार्य पूर्ववत् होते हैं । इट् न होने के कारण इडादि सिच् न मिलने से ही 'नेटि' से वृद्धि का निषेध भी नहीं होता ।

४८० झल इति—झल् से पर सकार का लोप हो झल् परे होने पर ।

अगौप्ताम्—'अगौप् स् ताम्' इस स्थिति में झल् पकार से पर सकार का झल् तकार परे होने से लोप हो जायगा, तब रूप बना ।

अगौप्सुः—बहुवचन में 'सिजभ्यस्तविदिभ्यश्च' से झि को 'जुस्' आदेश हो जाने से रूप बनता है ।

अगौप्सीः—मध्यम के एकवचन में अट् , सिप् , इकार लोप, ईट् , वृद्धि आदि कार्य होकर रूप सिद्ध होता है ।

अगौप्तम्, अगौप्त—'तम्' और 'त' में भी झल परे मिल जाने से सकार का लोप हो जाता है । इस प्रकार ये दो रूप बनते हैं ।

अगौप्सम् , अगौप्स्व, अगौप्स्म।

अगोपायिष्यत् , अगोपिष्यत् , अगौप्स्यत्।

क्षि क्षये ॥ १३ ॥

क्षयति। चिक्षाय, चिक्षियतुः, चिक्षियुः।

'एकाचः—' इति निषेधे प्राप्ते—

('इट्' नियमसूत्रम्)

४८१ कृ-सृ-भृ-वृ-स्तु-द्रु-स्रु-श्रुवो लिटि ७ । २ । १३ ॥

मिप् में 'अम्' आदेश हो जानेसे **अगौप्सम्** और वस् मस् में **अगौप्स्व, अगौप्स्म** रूप बनते हैं।

अगोपायिष्यत्—लृङ् लकार में आर्धधातुक होने से आय का विकल्प और उदित् होने से इट् का विकल्प होने से तीन-तीन रूप होते हैं।

१३ क्षि–धातु का अर्थ 'नाश होना' है। यह इकारान्त अजन्त धातु है अतः लट् में साधन प्रकिया 'भू' धातुके समान ही होगी। अन्तर केवल इतना है कि यहाँ 'इ' कार को 'ए' गुण होकर 'अय' आदेश होगा।

प्र० क्षयति, क्षयतः, **क्षयन्ति**। म० क्षयसि, क्षयथः, क्षयथ। उ० क्षयामि, क्षयावः, क्षयामः।

चिक्षाय—लिट् लकार में प्रथम के एकवचन णल् में धातु को द्वित्व, 'हलादि शेषः' से क्ष के आदि हल् ककार का शेष रहना, उसको चुत्व से चकार, अभ्यासोत्तरखण्ड के इकार को 'अचो ञ्णिति' से वृद्धि ऐकार और उसको 'आय' आदेश होकर रूप बना।

चिक्षियतुः—'अतुस्' में कित् होने से गुण निषेध हो जाने के कारण 'अचिश्नु-धातुभ्रुवां य्वोरियङुवङौ' से 'इयङ्' आदेश होकर रूप सिद्ध होता है।

चिक्षियुः—इसी प्रकार 'उस्' में रूप बनता है।

एकाच इति—थल् में 'एकाच उपदेशेऽनुदात्तात्' सूत्र से इट् का निषेध प्राप्त होता है। इसके सम्बन्ध में निर्णय आगे किया जाता है।

४८१ **कृसृ** इति—कृ आदि से ही परे लिट् को इट न हो, इनसे भिन्न धातुओं से चाहे वे अनिट्—अनुदात्त—हों, इट् हो।

क्रादिभ्य एव लिट इट् न स्यात्, अन्यस्मादनिटोऽपि स्यात् ।

(थल इ ट्-(ण्) निषेधसूत्रम्)

४८२ अचस्तास्वत् थल्यनिटो नित्यम् ७ । २ । ६१ ॥

उपदेशेऽजन्तो यो धातुस्तासौ नित्याऽनिट्, ततः परस्य थल् इट् (ण्) न ।

यह नियम एकाच् अनुदात्त होने से है। क्योंकि 'एकाच उपदेशेऽनुदात्तात्' सूत्र से इनको इट् निषेध सिद्ध है; पुनः इस सूत्र से उसका विधान किया गया है। और 'सिद्धे सति आरभ्यमाणो विधिर्नियमार्थो भवति—सिद्ध होनेपर भी जिस कार्यका पुनः विधान किया गया है वह विधान नियमार्थ होता है।' यह वचन नियम करता है कि इन्हीं धातुओं को लिट् में इट् निषेध हो, अन्य को नहीं।

इस नियम के अनुसार 'चि' धातु के लिट् को इट प्राप्त हुआ। क्योंकि 'चि' धातु 'कृ' आदि आठ धातुओं में नहीं है, उनसे भिन्न को लिट् में इट् होता है चाहे वह अनिट् ही क्यों न हो। 'ऊदृदन्तैः—' इत्यादि कारिका सेट् अजन्त धातुओं में न होने के कारण 'चि' अनिट् है।

लिट् के थल, व और म—ये तीन प्रत्यय हैं, जो वलादि होने के कारण इट् होने की योग्यता रखते हैं। इन तीनों के लिये ही पूर्वोक्त नियम बना है। इस नियम को क्रादि नियम कहते हैं। परन्तु थल् के लिए कुछ विशेष नियम हैं, जो आगे के सूत्रों से बनाये जाते हैं।

४८२ अच इति —उपदेश में अजन्त जो धातु तास् में नित्य अनिट् हो उससे परे 'थल्' को इट् न हो।

पूर्वोक्त क्रादि नियम से प्राप्त इट् का निषेध इस सूत्र से किया जाता है।

'चि' धातु उपदेश में अजन्त भी है और तास् में नित्य अनिट् भी है, क्योंकि अनुदात्त होने से 'एकाच उपदेशेऽनुदात्तात्' सूत्र से इसको निषेध हो जाता है। अतः इससे परे थल् को इट् का निषेध प्राप्त हुआ।

इस सूत्र का पदकृत्य अत्यावश्यक होने से ध्यान देने योग्य है-अजन्त धातु क्यों कहा ? इसलिये कि बिभेदिथ में निषेध न हो, यह 'भिद्' धातु का रूप है, 'भिद्' धातु अजन्त नहीं, इसलिये यहाँ निषेध की प्रवृत्ति नहीं हुई।

(थल इट् (ण्)-निषेधसूत्रम्)

४८३ उपदेशेऽत्वतः ७ । २ । ६२ ॥

उपदेशेऽकारवतस्तासौ नित्यानिटः परस्य थल इट् न स्यात् ।

उपदेश—में धातु अजन्त हो—ऐसा क्यों कहा ? इसलिये कि **जहर्थ** में भी इट् का निषेध हो, यह '**हृ**' धातु का रूप है, गुण होने से अजन्त नहीं रह जाता, परन्तु उपदेश अवस्था में अजन्त है, अतः निषेध प्रवृत्त हो जाता है ।

नित्य अनिट् हो—यह क्यों कहा ? इसलिए कि '**स्वृ**' धातु में निषेध न हो क्योंकि 'स्वृ' धातु को 'स्वरतिसूतिसूयतिधूञूदितो वा' से विकल्प से इट होता है, अतः नित्य अनिट् न होने से निषेध की प्रवृत्ति नहीं होती ।

तास् में अनिट् हो—ऐसा क्यों कहा ? इसलिये कि **बभूविथ** में निषेध न हो क्योंकि 'भू' धातु 'श्र्युकः किति' और 'सनिग्रहगुहोश्च' से इट् निषेध होने से '**भूत्वा**' ओर **बुभूषति** यहाँ क्त्वा और सन् प्रत्यय में तो अनिट् है, पर तास् में नहीं । 'तास्' में तो सेट् ही है, अतः इनको निषेध नहीं हुआ ।

तास् में कहने का यह भी फल है कि **जघसिथ** में निषेध नहीं लगता क्योंकि 'घस्' का तास् में प्रयोग होता ही नहीं, वह तो 'लिट्यन्यतरस्याम्' सूत्र से लिट् में अद् के स्थान में होता है अतः तास् का अभाव होने से तास् में नित्य अनिट् होने की चर्चा इसके सम्बन्ध में की नहीं जा सकती ।

थल् में क्यों कहा ? इसलिये कि **चिक्षियिव** और **चिक्षियम** यहाँ निषेध न हो । ये 'व' और 'म' के रूप हैं ।

४८३ **उपदेशे** इति—उपदेश में अकारवान् और तास् में नित्य अनिट धातु से पर थल् को इट् न हो ।

इसका उदाहरण—**पपक्थ** । यह पच् धातु के थल् का रूप है । पच् धातु हलन्त अनुदात्त धातुओं में परिगणित होने से तास् मे नित्य अनिट् है और उपदेश में अकारवान् भी है, अतः यहाँ इट् का निषेध हो गया ।

इस सूत्र का भी पदकृत्य अत्युपयोगी होने से ध्यान देने योग्य है । **उपदेश में अकारवान्** हो ऐसा इसलिए कहा गया है कि जहाँ बाद को गुण आदि होकर अकारवान् बना हो, वहाँ निषेध न प्रवृत्त हो जैसे—**चकर्षिथ** । यह

(थल्विषयक भारद्वाजनियमसूत्रम्)

४८४ ऋतो भारद्वाजस्य ७ । २ । ६३ ॥

तासौ नित्याऽनिट ऋदन्तादेव थलो नेड् भारद्वाजस्य मतेन। तेन अन्यस्य स्यादेव ।

'कृष विलेखने' धातु का रूप है, उपदेश अवस्था में यहाँ 'ऋ' कार है, अकार नहीं, गुण होने पर अवश्य अकार हो जाता है। इसलिए उपदेश में अकारवान् न होने से निषेध की प्रवृत्ति नहीं हुई ।

अकारवान् इसलिए कहा **बिभेदिथ** में निषेध न हो। यह 'भिद्' धातु का रूप है, भिद् धातु अकारवान् नहीं ।

तपर-ह्रस्व अकार कहने से **रराधिथ** में निषेध नहीं हुआ। यह 'राध्' धातु का रूप है, 'राध्' धातु में ह्रस्व अकार नहीं ।

तास् में नित्य अनिट् कहने से—**जग्रहिथ** में निषेध नहीं हुआ। यह 'ग्रह' धातु का रूप है, 'ग्रह' धातु अकारवान् तो है, पर तास् में नित्य अनिट् नहीं। हाँ 'जिघृक्षति' यहाँ सन् में 'सनि ग्रहगुहोश्च' से निषेध होने से अनिट् है। **चाकमिथ** में भी इसलिए निषेध नहीं हुआ। यह 'कम' धातु का रूप है और उसको 'स्नुक्रमोरनात्मनेपदनिमित्ते' सूत्र से आत्मनेपद तास् में तो निषेध होता है, परस्मैपद में नहीं। अतः यह तास् में नित्य अनिट् नहीं। अतएव इसमें इस निषेध की प्रवृत्ति नहीं हुई ।

यद्यपि इन सूत्रों का तथा अग्रिम सूत्र का 'चि' धातु में उपयोग नहीं, तथापि थल् के इट् निषेध प्रसङ्ग में ये सब कह दिये गये हैं ।

४८४ ऋत इति—तास् में नित्य अनिट् ऋदन्त ही धातु से परे थल् को इट् न हो भारद्वाज के मत से ।

इसलिए ऋदन्त भिन्न धातु से पर थल् को इट् आगम होगा ही ।

पाणिनि मुनि 'अचस्तास्वत् थल्यनिटो नित्यम्' से सभी अजन्तों को थल् में इट् का निषेध करते हैं, परन्तु भारद्वाज केवल ऋदन्त को ही थल् में इट् का निषेध मानते है। पाणिनि ने उनका भी मत आदरार्थ प्रकट किया है। उस समय उन के मत से भी प्रयोग होता रहा होगा ।

इस सूत्र के विषय को भारद्वाज-नियम भी कहा जाता है, इन चारों सूत्रों

(संग्रहकारिका)

अयमत्र संग्रहः- -

अजन्त ऽकारवान् वा यस्तास्यनिट्-थलि वेड् अयम्।
ऋदन्त ईदृङ् नित्यानिट्, क्राद्यन्यो लिटि सेड् भवेत्।

से प्रतिपादित विषय का अत्यावश्यक होने से एक कारिका में संग्रह करदिया गया है, वह आगे लिखी जाती है।

अयमिति—यहाँ यह संग्रह हुआ।

अजन्त इत्यादि—अजन्त अथवा अकारवान् जो धातु तास् में अनिट् हो, उसको थल् में इट् विकल्प से होता है इस प्रकार—अर्थात् तास् में नित्य अनिट् के ऋकारान्त धातु को थल में इट् का नित्य निषेध होता है। 'क्र' आदि से भिन्न अनिट् धातु को लिट्-व और म-में इट् हो।

तात्पर्य यह है कि 'कृ सृ भृ वृ-' के नियम में उन आठ धातुओं को छोड़कर सभी अनुदात्त-अनिट्-धातुओं को लिट्-थल्, व और म-में इट् सिद्ध होता है। उसमें थल के लिए पुनः विशेष नियम बना है। भारद्वाज ने थल् में केवल ऋदन्त धातुओं को इट् का निषेध किया है। उसके मत से ऋदन्त भिन्न अन्य अजन्त तथा हलन्त धातुओं को क्रादि नियम से इट सिद्ध है परन्तु पाणिनि सभी अजन्त और हलन्तों में अकारवान् धातुओं को निषेध करते हैं। इस मतभेद के फलरूप में अजन्त-ऋदन्त से भिन्न और हलन्त अकारवान् धातुओं से परे थल् को इट् का विकल्प से होना सिद्ध होता है। ऋदन्तु धातु को पाणिनि भी 'अचस्तास्वत् थल्यनिटो नित्यम्' सूत्र से अजन्त होने के कारण निषेध करते हैं। इसलिए दोनों का एकमत होने से ऋदन्त धातु से परे थल् को इट् होता ही नहीं—यह फलित होता है। थल के निर्णय के अनन्तर 'व' और 'म' बच रहते हैं। उनके लिए क्रादि नियम है। उन आठ धातुओं को छोड़कर सभी अनिट् धातुओं को 'व' 'म' में इट् हो जाता है।

यहाँ यह ध्यान रखना चाहिए-यदि धातु अनेकाच् है, तब वह सेट् है। जैसे-जागृ, चकासृ आदि। इनके विषय में निःशंक इट् कर देना चाहिये। ण्यन्त, सन्नन्त और यङन्त धातु भी अनेकाच् होने से सभी सेट् होते हैं। 'सनाद्यन्ता

धातवः' से जिनकी धातुसंज्ञा होती है, वे धातु प्रायः—क्विबन्त आदि किसी-किसी को छोड़कर—अनेकाच बन जाते हैं। अतः वे सभी सेट् हैं। इनके रूप बनाने में निःशंक इट् कर देना चाहिये।

धातु यदि एकाच् हो तो पहले यह देखना चाहिये कि यह अनुदात्त है कि नहीं! इसका पता 'ऊदॄॠ—' आदि संग्रह से चलता है। वहाँ से यह निर्णय करने के बाद—कि यह धातु अनिट है—लिट् का विचार करना चाहिये। अनिट् धातु के ही लिट् में इट् के निर्णय की आवश्यकता पड़ती है। यदि धातु 'कृ' आदि आठ धातुओं में हो तो उनको सारे लिट् में इट् का निषेध समझना चाहिये यदि इनसे भिन्न हो तो व और म में इट् कर देना चाहिये। थल् में—यदि ऋकारान्त धातु हो तो इट् न करना चाहिये, यदि अजन्त अथवा अकारवान् हो तो विकल्प से करना चाहिये, इनसे भिन्न हो तो नित्य करना चाहिये।

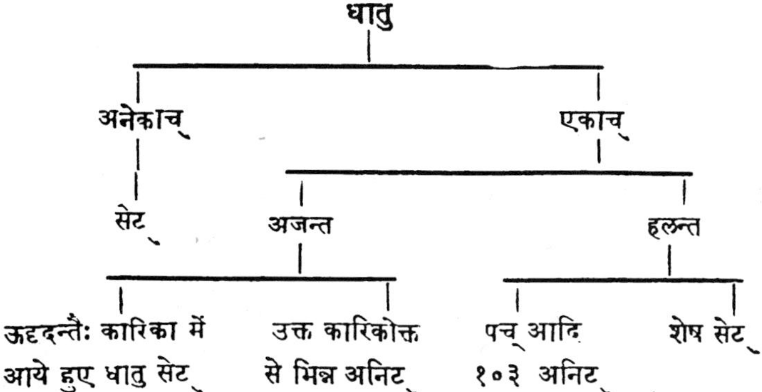

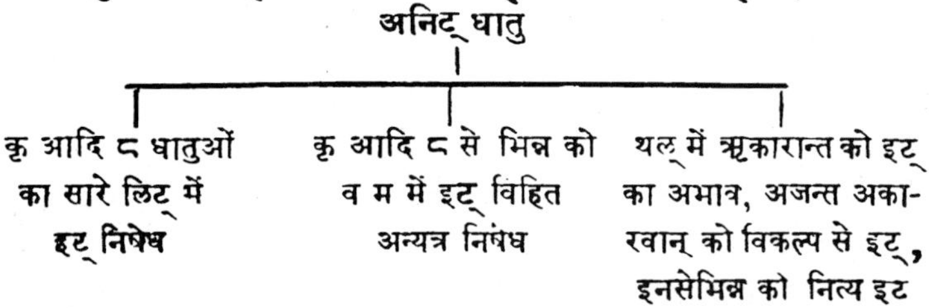

चिक्षयिथ-चिक्षेथ, चिक्षियथुः, चिक्षिय।
चिक्षाय-चिक्षय, चिक्षियिव, चिक्षियिम।
क्षेता। क्षेष्यति। क्षयतु। अक्षयत्। क्षयेत्।

(दीर्घविधिसूत्रम्)

४८५ अ-कृत्-सार्वधातुकयोः ७। ४। २५॥

अजन्ताङ्गस्य दीर्घो यादौ प्रत्यये, न तु कृत्सार्वधातुकयोः।
क्षीयात्।

प्रकृत 'क्षि' धातु अनिट् और अजन्त है। इसलिये इससे परे थल् को भारद्वाज नियम से विकल्प से इट् होता है और व तथा म को क्रादि नियम से नित्य होता है, क्योंकि 'कृ' आदियों में यह नहीं आया है।

चिक्षयिथ, चिक्षेथ—सिप् के स्थान में थल् होता है। तास् में नित्य अनिट् होते हुए अजन्त होने से संग्रह कारिका में बताये प्रकार से थल् को विकल्प से इट आगम होता है अतः स्थानिवद्भाव से थल् पित् है। एवं अपित् न होने से 'असंयोगाल्लिट् कित्' से कित् नहीं होता। तब आर्धधातुक गुण हो जाता है। इट् पक्ष में अच् परे होने से गुण एकार को 'अय' आदेश होता है। इडभावपक्ष में वैसे ही रहता है।

चिक्षियथुः—'अथुस्' में गुण नहीं होता, अपितु 'इयङ्' होता है। क्योंकि 'अथुस्' अपित् लिट् होने से कित् है, उसके कारण गुण-निषेध हो जाता है।

इसी प्रकार 'अ' 'व' और 'म' में भी गुण नहीं, इयङ् होता है।

क्षेता—लुट् में तास् आने पर प्राप्त इट् का अनुदात्त होने से 'एकाच उपदेशेऽनुदात्तात्' से निषेध हो जाता है। तब आर्धधातुक गुण होकर **क्षेता** आदि रूप बनते हैं।

क्षेष्यति—लृट् में भी 'स्य' आने पर पूर्ववत् इट् का निषेध और गुण होने पर रूप बनता है।

लोट् लङ् और विधिलिङ् में शप् आने से पित् सार्वधातुक निमित्त गुण होकर रूप सिद्ध होते हैं।

४८५ अकृदिति—अजन्त अङ्ग को दीर्घ हो यकारादि प्रत्यय परे रहते, परन्तु कृत् और सार्वधातुक प्रत्यय परे हो तो न हो।

क्षीयात्—'क्षि यात्' यहाँ आशीर्लिङ् में यकारादि यासुट् प्रत्यय परे होने

(वृद्धिविधिसूत्रम्)

४८६ सिचि वृद्धिः परस्मैपदेषु ७ । २ । १ ॥

इगन्ताङ्गस्य वृद्धिः स्यात् परस्मैपदे सिचि ।

अक्षैषीत् । अक्षेष्यत् ।

तप सन्तापे ॥ १४ ॥

तपति । तताप, तेपतुः तेपुः । तेपिथ, ततप्थ ।

से दीर्घ होकर रूप सिद्ध होता है । 'लिङाशिषि' से आशीर्लिङ् आर्धधातुक है, सार्वधातुक नहीं ।

कृत् और सार्वधातुक प्रत्यय में निषेध करने से 'संचित्य' और 'चिनुयात्' आदि स्थलों में दीर्घ नहीं हुआ । 'संचित्य' यहाँ ल्यप् प्रत्यय हुआ है, वह यकारादि है पर कृत् है । अन्यथा यकारादि प्रत्यय पर होने से दीर्घ हो जाता, तब 'ह्रस्वस्य पिति कृति तुक्' से ह्रस्वनिमित्तक तुक् आगम न हो सकता । 'चिनुयात्' में यकारादि यासुट् प्रत्यय है, पर यह सार्वधातुक है । विधिलिङ् में सामान्य-नियम से लिङ् सार्वधातुक होता है ।

४८६ सिचीति—इगन्त अङ्ग को वृद्धि हो परस्मैपद के सिच् परे रहने पर । अलोन्त्य परिभाषा के बल से वृद्धि अङ्ग के अन्त्य इक् को ही होगी ।

अक्षैषीत्—'क्षि' धातु के इगन्त अङ्ग होने से उसके इक् को प्रकृत सूत्र से वृद्धि हो जाती है । तब यह रूप सिद्ध होता है ।

प्र० **अक्षैषीत्, अक्षैष्टाम्, अक्षैषुः** । म० **अक्षैषीः अक्षैष्टम्, अक्षैष्ट** । उ० **अक्षैषम्, अक्षैष्व, अक्षैष्म** ।

अक्षेष्यत्—लृङ् में गुण होकर **अक्षेष्यत्** आदि रूप बनते हैं ।

१४ तप इति—तप् धातु का अर्थ सन्तप्त होना-जलना-है ।

तपति—लट् के प्रथम पुरुष के एकवचन में 'तप्+ति' इस दशा में शप् होकर रूप सिद्ध हुआ ।

तताप—लिट् के प्रथम पुरुष के एकवचन में तिप् को णल् आदेश होने पर 'तप् अ' इस दशा में धातु के एकाच् को द्वित्व अभ्यासकार्य और उत्तर-खण्ड को 'अत उपधायाः' से उपधा दीर्घ होने से रूप सिद्ध होता है ।

तेपतुः—इसके कित् लिट् में 'अत एक हल्मध्येऽनादेशादेर्लिटि' सूत्र से अकार को एत्व आदेश और अभ्यास का लोप होने पर रूप सिद्ध होगा ।

तप्ता। तप्स्यति। तपतु। अतपत्। तपेत्। तप्यात्। अताप्सीत्। अतप्स्यत्।

क्रमु पाद विक्षेपे॥ ५॥

(श्यन्प्रत्ययविधिसूत्रम्)

४८८ वा भ्राश-भ्लाश-भ्रमु-क्रमु-क्लमु-त्रसि-त्रुटि-लषः ३।१।७०॥

एभ्यः श्यन् वा कर्त्रर्थे सार्वधातुके परे। पक्षे-शप्।

(दीर्घविधिसूत्रम्)

४८९ क्रमः परस्मैपदेषु ७। ३। ७६॥

तेपिथ ततप्थ—इसी प्रकार थल् में भी इट् पक्ष में 'थलि च सेटि' से पूर्वोक्त कार्य होते हैं। इसको तास् में नित्य अनिट और अकारवान् होने से थल् में वैकल्पिक इट् होता है। जब इट् होता है तब तो सेट् थल परे होने से अकार को एकार और अभ्यास का लोप होकर **तेपिथ** रूप बनता है। जब इट् नहीं होता, तब-**ततप्थ** रूप होता है।

तप्ता आदि—अन्य लकारों के रूपों में कोई विशेष कार्य नहीं होते। सामान्य प्रक्रिया से सिद्धि होती है।

अताप्सीत्—लुङ् प्रथम पुरुष के एकवचन में लट् लकार को तिप् आदेश और उसके इकार के लोप होने पर 'अतप् त्' इस दशा में च्लि, च्लि को सिच, इच्की इत्संज्ञा लोप, अपृक्त तकार को इट् आगम होने पर 'वदव्रजहलन्तस्याचः' से धातु के अङ्ग अकार को वृद्धि होकर **अताप्सीत्** आदि रूप बनते हैं।

५ **क्रमु** इति—क्रमु धातु का अर्थ 'चलना' है।

४८८ **वा भ्राशेति**—भ्राश् (चमकना), भ्लाश् (चमकना), भ्रम् (घूमना), क्रम् (चलना), क्लम् (खिन्न होना) त्रस् (डरना), त्रुट् (टूटना) और लष् (इच्छा करना) इन धातुओं से श्यन् प्रत्यय हो कर्त्रर्थ (कर्तृ वाच्य) सार्वधातुक परे रहते विकल्प से।

श्यन् का 'य' कार बचता है। शित् होने से यह भी सार्वधातुक है।

पक्षे शबिति—पक्ष में 'शप' होगा। ये सब भ्वादिगण की धातुयें हैं। इनका श्यन् का विधान किया गया है। और विकल्प से विधान के कारण

क्रमो दीर्घः परस्मैपदे शिति ।

काम्यति, क्रामति । चक्राम । क्रमिता । क्रमिष्यति । काम्यतु, क्रामतु । अक्राम्यत्, अक्रामत् । क्राम्येत् । क्रामेत् । क्रम्यात् । अक्रमीत् । अक्रामिष्यत् ।

पा पाने ॥ १६ ॥

सार्वधातुक लकारों में दो दो रूप बनते हैं ।

४८९ क्रम इति—'क्रम' धातु के अच् को दीर्घ हो परस्मैपद शित् प्रत्यय पर होने पर ।

अच् ही दीर्घ होता है । अतः यहाँ अच् अकार को ही दीर्घ होगा ।

काम्यति, क्रामति—श्यन् और शप् दोनों शित् हैं, अतः दोनों स्थलों में दीर्घ होने से रूप सिद्ध हुए हैं ।

परस्मैपद पर रहते विधान होने से आत्मनेपद में दीर्घ नहीं होता । अतः आत्मनेपद में **क्रमते** रूप बनता है । क्रम धातु यहाँ तो परस्मैपदी बताई गई है, पर अकर्मक होने में 'अकर्मकाच्च' सूत्र से और प्र तथा उप उपसर्ग के योग में 'प्रोपाभ्यां समर्थाभ्याम्' सूत्र से आत्मनेपदी हो जाता है । और भी कुछ स्थल हैं जहाँ क्रम धातु आत्मनेपदी हो जाता है । उन सब स्थलों में दीर्घ नहीं होगा ।

लिट् में—प्र० **चक्राम-चक्रमतुः, चक्रमुः**, । म० **चक्रमिथ, चक्रमथुः, चक्रम** । उ० **चक्राम-चक्रम, चक्रमिव, चक्रमिम** ।

अक्रमीत्—लुङ् में मान्त होने से हलन्तलक्षण वृद्धि का 'ह्यन्तक्षणश्वसजागृणिश्व्येदिताम्' इस सूत्र से निषेध होकर **अक्रमीत्** आदि रूप बनते हैं ।

उपसर्ग के योग में—

प्रक्रमते-आरम्भ करता है ।	**प्रक्रामति**-जाता है ।
उपक्रमते- ,, ।	**संक्रामति**-संक्रमण करता है ।
आक्रमते-प्रकाश निकलता है।	**आक्रामति**-धूम आदि निकलता है । आक्रमण करता है ।
विक्रमते-शक्ति प्रकट करता है ।	**विक्रामति**-फटता है ।
पराक्रमति-पराक्रम करता है ।	

१६ पा इति—पा धातु का अर्थ पीना है ।

('पिब्' आदि-आदेशविधिसूत्रम्)

४९ पा घ्रा-ध्मा-स्था-म्ना-दाण्-दृशि-अर्ति-सर्ति-शद-सदां पिब-जिघ्र-धम-तिष्ठ मन-यच्छ-पश्य-ऋच्छ-धौ-शीय-सीदाः ७।३।७८

पीदीनां पिबादयः स्युरित्संज्ञकशादौ प्रत्यये परे।

पिबादेशोऽदन्तः, तेन न गुणः-पिबति ।

('औ' आदेशविधिसूत्रम्)

४९१ आत औ णलः ७ । १ । ३४ ॥

---

४९. पाघ्रेति—'पा' आदि धातुओं को 'पिब' आदि आदेश (क्रम से) हों, इत्संज्ञक शकारादि प्रत्यय परे रहने पर ।

ये आदेश निम्नलिखित प्रकार से होंगे—

धातु	आदेश	अर्थ		धातु	आदेश	अर्थ
पा	पिब	पीना	।	दाण्	यच्छ	देना
घ्रा	जिघ्र	सूघना	।	दृश्	पश्य	देखना
ध्मा	धम	फूँकना, शंख	।	ऋ	ऋच्छ	जाना
		का बजना	।	सृ	धौ	दौड़ना
स्था	तिष्ठ	ठहरना, रहना	।	शद	शीय	नष्ट होना
म्ना	मन	अभ्यास करना	।	सद	सीद	जाना या नष्ट होना

पिबादेश इति—पिब आदेश अकारान्त है, अतः पूर्व वर्ण होने से बकार की उपधा संज्ञा होगी, इकार की नहीं अतः उपधा न होने से इकार को 'पुगन्तलघूपधस्य च' से लघूपध गुण नहीं होता ।

पिबति—'पा' को इस सूत्र से अदन्त पिब आदेश होने पर उसके अकार का शप् के अकार के साथ 'अतो गुणे' से पररूप एकादेश होकर रूप सिद्ध होता है ।

'पिबन्ति' में 'पिब' के अकार और शप् के अकार को पहले पररूप होगा । उसके अनन्तर अन्ति के अकार के साथ पररूप होता है ।

प्र० पिबति, पिबतः, पिबन्ति । म० पिबसि, पिबथः, पिबथ । उ० पिबामि, पिबावः, पिबामः ।

४९१ आत इति—आकारान्त धातु से परे णल् के स्थान में 'औ' कार

आदन्ताद् धातोर्णल औकारादेशः स्यात्। पपौ॥

(आकारलोप-विधिसूत्रम्)

४९२ आतो लोप इटि च ६। ४। ६४॥

अजाद्योरार्धधातुकयोः क्ङिदिटोः परयोरातो लोपः।
पपतुः, पपुः। पपिथ-पपाथ, पपथुः, पप। पपौ, पपिव, पपिम।
पाता। पास्यति। पिबतु। अपिबत्। पिबेत्।

आदेश हो।

पपौ—'पा' के आकारान्त होने से णल् को 'औ' आदेश हो जायगा। द्वित्व, अभ्यास कार्य ह्रस्व होकर 'पपा औ' इस स्थिति में आकार और औकार को सामान्य वृद्धि एकादेश होने पर **पपौ** रूप की सिद्धि हुई।

४९२ आत इति—आर्धधातुक अजादि कित् ङित् प्रत्यय और इट् आगम परे होने पर धातु के अवयव आकार का लोप हो।

आर्धधातुक का अन्वय इट् के साथ भी है। आर्धधातुक को आगम होने से 'यदागमाः तद्गुणीभूताः तद्ग्रहणेन गृह्यन्ते—जिसको आगम हो, वह आगम उसी का अङ्ग बन जाता है और उसके ग्रहण से आगम का भी ग्रहण होता है' इस परिभाषा के अनुसार इट् भी आर्धधातुक है।

पपतुः—अपित् लिट् होने से 'अतुस्' 'असंयोगाल्लिट् कित्' से कित् होता है और वह अजादि भी है। अतः उसके परे रहते धातु के अवयव आकार का लोप हो जाता है। शेष कार्य यथाप्राप्त होते हैं।

पपुः—इसी प्रकार 'उस्' में भी आकार का लोप हो जाता है।

थल् व और म में इट् होने से लोप होता है। थल् में इट् विकल्प से होता है, क्योंकि यह अजन्त अनिट् धातु है। इट् पक्ष में आकार का लोप होकर **पपिथ** और अभावपक्ष में **पपाथ** रूप बनता है।

पाता लुट्, **पास्यति** लृट्, **पिबतु** लोट्, और **अपिबत्** लङ्, **पिबेत्** विधिलिङ् में प्रथम के एकवचन के रूप हैं। इनकी सिद्धि में कोई विशेष कार्य नहीं। इसी प्रकार अन्य वचनों और मध्यम तथा उत्तम पुरुष के रूप बनते हैं।

(एत्वविधिसूत्रम्)

४९३ एर्लिङि ६ । ४ । ११० ॥

घुसंज्ञकानां मा-स्थाऽऽदोनां च एत्वं स्यात्, आर्धधातुके किति लिङि । पेयात् ।

'गातिस्था—' इति सिचो लुक्-अपात्, अपाताम् ।

(झेः 'जुस्' आदेशनियमसूत्रम्)

४९४ आतः ३ । ४ । ११० ॥

सिज्लुकि आदन्तादेव झेर्जुस् ।

---

४९३ एर्लिङीति—घुसंज्ञक, मा, स्था, गा, पा, हा और सन् धातु को एत्व हो आर्धधातुक कित् लिङ् परे होने पर ।

मास्था आदि 'घु-मा स्था-गा-पा जहाति-सां हलि' सूत्र में बताये गये हैं ।

घुसंज्ञक धातु पीछे '४५५ नेर्गद-नद-पत-पद-घु—' इस सूत्र की टीका और टिप्पणी में बताये जा चुके हैं ।

अलोन्त्य परिभाषा से अन्त्य अल् को एकार होगा ।

पेयात्—आशीर्लिङ् के स्थान में हुए आदेश तिङ् आर्धधातुक होते हैं और उनको हुआ यासुट् आगम 'किदाशिषि' से कित् है । आदेश के द्वारा लिङ् कित् है । इस प्रकार आर्धधातुक कित् लिङ् परे होंने से धातुके आकार को एकार होकर **पेयात्** रूप बनता है ।

प्र० पेयात्, **पेयास्ताम्**, पेयासुः । म० **पेयाः**, **पेयास्तम्**, **पेयास्त** । उ० **पेयासम्**, **पेयास्व**, **पेयास्म** ।

गातिस्थेति—लुङ् लकार में '४४१ गाति-स्था-घु-पा-भूभ्यः सिचः परस्मैपदेषु २।४।७७।' से सिच् का लोप हो जाता है । अतः—अपात्, **अपाताम्** रूप बनते हैं ।

४२४ आत इति—सिच् का लोप जहाँ हुआ हो, वहाँ आदन्त ही धातु से परे 'झि' को जुस् हो ।

यह नियम सूत्र है । क्योंकि 'सिजभ्यस्तविदिभ्यश्च' सूत्र से झि को जुस् प्राप्त है । नियम का फल 'अभूवन्' आदि आकारान्त-भिन्न धातुओं में है । जहाँ 'जुस्' नहीं हो पाता । लोप होने पर भी सिच् स्थानिवद्भाव से रहता है ।

पा धातु से परे 'झि' को जुस् होने पर 'अपा उस्' यह स्थिति बनी ।

(पररूपविधिसूत्रम्)

४९५ उसि-अपदान्तात् ६ । १ । ९६ ॥

अपदान्तादकाराद् उसि पररूपमेकादेशः । अपुः । अपास्यत् ।
ग्लै हर्षक्षये ॥ १७ ॥

ग्लायति ।

(आत्वविधिसूत्रम्)

४९६ आद् एच उपदेशेऽशिति ६ । ४ । ४५ ॥

उपदेशे एजन्तस्य धातोरात्वम् , न तु शिति । जग्लौ ।
ग्लाता । ग्लास्यति । ग्लायतु । अग्लायत् । ग्लायेत् ।

---

४९५ उसीति—अपदान्त अवर्ण से परे उस् हो तो पूर्व पर दोनों के स्थान में पररूप एकादेश हो ।

अपुः—'उस्' के अच् 'उकार' के साथ आकार का पररूप होता है । अतः आकार और उस् के उकार के स्थान में पर 'उ'कार का रूप एकादेश होनेसे रूप बनता है ।

१७ ग्लै इति—'ग्लै' एकारान्त धातु 'हर्ष का नाश होना' अर्थात् 'ग्लानि करना' अर्थ में है ।

ग्लायति—लट् को तिबादि आदेश होने पर शप् होगा और उसके अकार के परे रहते ऐकार को 'आय्' आदेश होकर रूप सिद्ध होता है ।

इसी प्रकार लट् के अन्य रूप भी बनते हैं ।

४९६ आदेच इति—उपदेश में एजन्त धातु को आत्व हो, परन्तु शित् प्रत्यय परे रहते न हो ।

'अलोन्त्य' परिभाषा से धातु के अन्त्य एच् को ही आत्व होता है ।

'ग्लै' धातु उपदेश अवस्था में एजन्त है, इसके 'ऐ' कार को आत्व होता है, लट् , लोट् , लङ् और विधिलिङ् में शप् के शित् होने से यह नहीं होता। शेष शिद् भिन्न स्थलों में होता है । लिट् में शप् होता नहीं, अतः आत्व हो जाता है । आत्व होने पर धातु आकारान्त बन जाता है, तब आकारान्त 'पा पाने' धातु के समान ही रूप बनते हैं ।

जग्लौ—आत्व, णल् को औ आदेश, द्वित्व, अभ्यासकार्य और वृद्धि करने से रूप सिद्ध हुआ । यहाँ शित् परे नहीं है ।

(एत्वविकल्प-विधिसूत्रम्)

४९७ वाऽन्यस्य संयोगाऽदेः ६ । ४ । ६८ ॥

घुमास्थादेरन्यस्य संयोगादेर्धातोरात एत्वं वाऽऽर्धधातुके किति लिङि। ग्लेयात्, ग्लायात्।

(इट्-सक् विधिसूत्रम्)

४९८ यम-रम-नम्-आतां सक् च ७ । २ । ७३।

एषां सक् स्याद्, एभ्यः सिच इट् स्यात् परस्मैपदेषु। अग्लासीत्। अग्लास्यत्।

प्र० जग्लौ, जग्लतुः जग्लुः। म० जग्लिथ–जग्लाथ, जग्लथुः, जग्ल। उ० जग्लौ, जग्लिव, जग्लिम।

लुट् में–ग्लाता, लृट् में–ग्लास्यति, लोट् में–ग्लायतु, लङ् में–अग्लायत् और विधिलिङ् में–ग्लायेत् रूप बनते हैं।

४९७ वाऽन्यस्येति–पूर्वोक्त घुमास्था आदि से भिन्न संयोगादि धातु के आकार को एकार विकल्प से हो आर्धधातुक कित् लिङ् परे होने पर।

ग्लेयात्, ग्लायात्–'ग्लै' धातु पूर्वोक्त घु-मा-स्था आदि से भिन्न है और संयोगादि भी है, अतः आशीर्लिङ् आर्धधातुक कित् लिङ् परे रहते एत्व विकल्प होकर 'ग्लेयात्' और 'ग्लायात्' ये दो रूप बनते हैं।

४९८ यमरमेति–यम (निवृत्त होना), रम् (क्रीडा करना, रमण करना), नम् (नम्र होना, प्रणाम करना) और आकारान्त धातुओं को सक् आगम हो तथा इनसे पर सिच् को इट् हो परस्मैपद में।

सक् में केवल 'स्' शेष रहता है और यह धातु को होता है, अतएव धातु का अवयव बनता है। इट् सिच् को होता है।

अग्लासीत्–'ग्लै' को 'आदेच उपदेशेऽशिति' से लुङ् में आकार अन्तादेश होकर 'ग्ला' आकारान्त बन जाता है। अतः 'अ ग्ला स् ई त्' इस अवस्था में प्रकृत सूत्र से धातु को सक् और सिच् को इट् आगम हो जाते हैं। तब 'अग्ला स् इ स् ई त्' यह दशा होती है। इसमें 'इट ईटि' से सिच् का लोप होकर सवर्ण दीर्घ करने पर 'अग्लासीत्' रूप सिद्ध होता है।

यद्यपि इट् करने से सिच् का लोप हो जाता है और पुनः सक् करके 'स'

ह्वृ कौटिल्ये ॥ १८ ॥

ह्वरति ।

(गुणविधिसूत्रम्)

४९९ ऋतश्च संयोगाऽऽदेर्गुणः ७ । ४ । १० ॥

ऋदन्तस्य संयोगाऽऽदेरङ्गस्य गुणो लिटि ।

उपधाया वृद्धिः–जह्वार, जह्वरतुः, जह्वरुः । जह्वर्थ, जह्वरथुः,

---

लाकर 'अग्लासीत्' रूप बनाया गया है। ऐसी प्रक्रिया में गौरव मालूम पड़ता है। उसकी अपेक्षा इस सूत्र को न लगाकर इट् के अभाव होने पर सिच् का लोप न कर 'स' रहने देकर रूप सिद्ध करने में लाघव है। तथापि 'अग्लासिष्टाम्' आदि में सिच् और सक् दोनों का श्रवण रहता है–वहाँ यह विधि चरितार्थ है। उन स्थलों के लिये आवश्यक होने से यहाँ भी प्राप्ति होने से यह सूत्र प्रवृत्त हो जाता है।

'ग्लै' धातु अनिट् है, इसलिये सिच् को इट् प्राप्त नहीं था।

द्विवचन ताम् में सिच् होने पर 'अग्ला स ताम' इस दशा में सक् और सिच् को इट् आगम होने से 'अग्लास् इ स् ताम्' यह स्थिति बनती है। इसमें प्रत्यय सिच् के सकार को इण् इट् के इकार से परे होने के कारण मूर्धन्य षकार होने पर ष्टुत्व से तकार को टकार होकर **'अग्लासिष्टाम्'** रूप बनता है।

बहुवचन में 'झि' को 'जुस्' होकर पूर्ववत् सारे काम करने पर **अग्लासिषुः** रूप बनता है।

इसी प्रकार—म० **अग्लासीः, अग्लासिष्टम्, अग्लासिष्ट** ।

उ० **अग्लासिषम्, अग्लासिष्व, अग्लासिष्म** । ये रूप बनते हैं।

अग्लास्यत्—लृङ् के प्रथम पुरुष के एकवचन में अट् लकार को तिप्, पकार का लोप, इकार का लोप और स्य प्रत्यय होने पर 'आदेच उपदेशेऽशिति' सूत्र से धातु के एच् ऐकार को आकार आदेश होकर रूप सिद्ध हुआ।

१८ **ह्वृ** इति—ह्वृ धातु कुटिल आचरण करने अर्थ में है।

ह्वरति—लट् में तिप् शप् औ सार्वधातुक गुण करने पर 'ह्वरति' रूप सिद्ध होता है। इसी प्रकार अन्य रूप बनते हैं।

४९९ **ऋतश्चेति**–ऋदन्त संयोगादि अङ्ग को गुण हो लिट् परे होने पर। 'अलोऽन्त्य' परिभाषा से गुण अन्त्य अच् को होता है।

जह्वर । जह्वार-जह्वर, जह्वरिव, जह्वरिम ।
ह्वर्ता ।

(इड्विधिसूत्रम्)

५०० ऋद्धनोः स्ये ७ । २ । ७० ॥

जह्वार—ह्वृ धातु के लिट् में इस सूत्र से गुण होगा। क्योंकि यह ऋदन्त भी है और संयोगादि भी। प्रथम के एकवचन में तिप्, उसको णल आदेश, णित् होने से 'अचो ञ्णिति' से ऋकार को वृद्धि प्राप्त होती है, उसको बाधकर पर होने के कारण पहले इस सूत्र से गुण होगा। तब 'जह्वर् थ' ऐसी स्थिति बनने पर 'अत उपधायाः, से उपधा अकार को आकार वृद्धि होकर 'जह्वार' रूप बनता है।

यद्यपि पहले ही ऋकार को आर् वृद्धि कर देने से भी यह रूप सिद्ध हो सकता है, फिर गुण करके वृद्धि करना व्यर्थ सा है, तथापि सूत्र की प्राप्ति होने से शास्त्रानुसार कार्य करना पड़ता है। वैसे इसका फल कित् लिट् में है।

जह्वरतुः—यहाँ अतुस् अपित् लिट् होने से कित् है। अतः आर्धधातुक गुण का निषेध यहाँ हो जाता है। ऐसी दशा में यह सूत्र गुण करता है।

जह्वर्थ—यहाँ यद्यपि थल् के पित् होने से कित् न होने के कारण आर्धधातुक गुण करने से रूप सिद्ध हो जाता है, तथापि पर होने से इसी सूत्र के द्वारा गुण होता है। इस प्रकार यह रूप सिद्ध होता है।

'ऋदन्त ईदृङ् नित्यानिट्' के अनुसार ऋदन्त होने से इसके थल् को इट् नहीं होता। पाणिनि के मत में अजन्त होने से 'अचस्तास्वत् थल्यनिटो नित्यम्' से और भारद्वाज के मत से ऋदन्त होने के कारण 'ऋतो भारद्वाजस्य' से इट् निषेध हो जाता है।

जह्वरिव, जह्वरिम—'व' और 'म' में क्रादि नियम से इट् प्रकृत सूत्र से ऋकार को गुण अर् आदेश होकर 'जह्वरिव' और जह्वरिम' रूप सिद्ध होते हैं।

ह्वर्ता—आदि रूप लुट् में बनते हैं। ह्वृ अजन्त धातु है, अजन्त सेट्-संग्रहकारिका 'ऊदृदन्तैः—' में ग्रहण न होने से यह अनुदात्त है, अतः इसके आगे वलादि आर्धधातुक को इट् नहीं होता तब आर्धधातुक गुण होकर रूप सिद्धि होती है।

५०० ऋद्धनोरिति—ह्रस्व ऋकारान्त और हन् धातु से परे 'स्य'

ऋतो हन्तेश्च स्यस्येट्। हरिष्यति।

हरतु। अहरत्। हरेत्।

(गुणविधिसूत्रम्)

५०१ गुणोऽर्ति-संयोगाऽऽद्योः ७।४।२९॥

अर्तेः संयोगादेर्ऋदन्तस्य च गुणः स्यात्, यकि यादावार्धधातुके लिङि च। ह्रियात्।

अहार्षीत्। अहरिष्यत्।

को इट् हो।

ह्रस्व ऋकारान्त धातु 'ऊदृदन्तैः—' कारिका में परिगणित न होने से और 'हन्' भी हलन्त अनुदात्तों में पाठ होने से अनिट हैं। उन्हें 'स्य' में विशेष रूप से इस सूत्र से इट् विधान किया गया है।

हरिष्यति—'हृ' धातु ऋकारान्त है। अतः इससे पर 'स्य' को इट् होकर रूप बनते हैं।

हन् का उदाहरण **हनिष्यति** अदादि गण में आयगा।

हरतु, अहरत्, हरेत्—लोट्, लङ् और विधिलिङ् के रूप यथा पूर्वोक्त प्रकार से सिद्ध होते हैं।

५०१ **गुण इति**—ऋ (जाना आदि) और संयोगादि ऋदन्त धातु को गुण हो, यक् और यकारादि आर्धधातुक लिङ् परे रहते।

अलोऽन्त्यपरिभाषा के बल से गुण अन्त्य ऋकार को होता है। यक् और यकारादि अर्धधातुक लिङ् के कित् होने से निषेध हो जाने के कारण यहाँ गुण प्राप्त नहीं था, अतः इस सूत्र से विधान किया गया।

आशीर्लिङ् आर्धधातुक लिङ् है, क्योंकि उसके स्थान में हुए तिङ् आदेशों की 'लिङाशिषि' से आर्धधातुक संज्ञा है, आदेश के द्वारा लिङ् भी आर्धधातुक कहा जाता है।

ह्रियात्—'ह्र + यात्' इस अवस्था में ऋ को गुण होकर ह्रियात् रूप बना।

'ऋ' का उदाहरण—**अर्यात्** आगे जुहोत्यादि गण में मिलेगा।

अहार्षीत्—लुङ् लकार में अट्, तिप्, इकार लोप, सिच्, अपृक्त तकार को ईट् आगम होने पर धातु के ऋकार को 'सिचि वृद्धिः परस्मैपदेषु'

श्रु श्रवणे ॥ १९ ॥

(श्नु प्रत्यय-शृ आदेशविधिसूत्रम्)

५०२ श्रुवः शृ च ३ । १ । ७४ ॥

श्रुवः 'शृ' इत्यादेशः स्यात्, 'श्नु' प्रत्ययश्च । शृणोति ।

(ङिद्वद्भावातिदेशसूत्रम्)

५०३ सार्वधातुकमपित् १ । २ । ४ ॥

अपित् सार्वधातुकं ङिद्वत् । शृणुतः ।

से हलन्त लक्षण वृद्धि 'आर्' होकर रूप सिद्ध होता है। वृद्धि होने पर इण् रकार से पर प्रत्यय के अवयव सकार को 'आदेशप्रत्यययोः' से मूर्धन्य षकार हुआ।

अह्वरिष्यत्—लृङ् में 'स्य' को 'ऋद्धनोः स्ये' से इट् होकर रूप बना।

१९ श्रु इति—श्रु धातु का अर्थ 'सुनना' है।

५०२ श्रुव इति—'श्रु' धातु को 'शृ' आदेश हो और 'श्नु' प्रत्यय भी। 'श्नु' का 'श्' इत्संज्ञक है, अतः शित् होने से यह सार्वधातुक है।

यह 'श्नु' प्रत्यय 'शप्' का अपवाद है, अतः इसकी प्रवृत्ति शप् के विषय कर्त्रर्थ सार्वधातुक में ही होती है। अतः लुट्, लोट्, लङ् और विधिलिङ् में ही 'श्नु' प्रत्यय और 'शृ' आदेश होते हैं।

शृणोति—श्रु धातु के लट् में तिप् होने के अनन्तर श्नु प्रत्यय और धातु को 'शृ' आदेश हुआ। तब 'शृ नु ति' यह स्थिति हुई। यहाँ तिप् सार्वधातुक के परे होने से 'नु' के उकार को अङ्ग के अन्त्य होने से 'सार्वधातुकार्धधातुकयोः' से गुण 'ओ' कार हुआ। तब 'ऋवर्णान्नस्य णत्वं वाच्यम्' से नकार को णकार होकर रूप सिद्ध हुआ।

यहाँ 'श्नु' प्रत्यय के अपित् होने के कारण 'सार्वधातुकमपित्' सूत्र से ङिद्वत् होने से उसको निमित्त मानकर 'शृ' के ऋकार को गुण नहीं होता।

५०३ सार्वधातुकेति—अपित् सार्वधातुक ङित् के समान होता है अर्थात् ङित् को निमित्त मानकर जो गुण-वृद्धि-निषेध आदि कार्य होते हैं, वे इनमें भी होते हैं।

शृणुतः—तस् में पूर्ववत् श्नु प्रत्यय और 'शृ' आदेश होने पर णत्व होकर

(यणविधिसूत्रम्)

५०४ हु-श्नुवोः सार्वधातुके ६ । ४ । ८७ ॥

हुश्नुवोरनेकाचोऽसंयोगपूर्वस्योवर्णस्य यण् स्यादचि सार्वधातुके । श्रृण्वन्ति । श्रृणोषि, श्रृणुथः, श्रृणुथ । श्रृणोमि ।

रूप सिद्ध होता है ।

यहाँ 'नु' के उकार को तस् सार्वधातुक निमित्तक गुण प्राप्त होता है ।

'तस्' अपित् सार्वधातुक है अतः इसको ङिद्वद्भाव हो जाता है । तब गुण निषेध होता है ।

५०४ **हुश्नुवोरिति**—हु[1] धातु तथा अनेकाच् श्नु-प्रत्ययान्त अङ्ग के असंयोगपूर्व उवर्ण को यण् आदेश हो अजादि सार्वधातुक प्रत्यय परे रहते ।

यह 'उवङ्' का अपवाद है । 'आप्नुवन्ति' आदि में संयोगपूर्व श्नु के उकार को यण् का निषेध करने से उवङ् भी चरितार्थ हो जाता है ।

श्रृण्वन्ति—यहाँ 'श्रृ णु + अन्ति' इस स्थिति में अपित् सार्वधातुक होने के कारण 'अन्ति' को ङिद्वद्भाव हो जाता है । अतः प्राप्त सार्वधातुक गुण का निषेध होता है । तब 'अचि श्नु धातुभ्रुवां य्वोरियङुवङौ' से श्नु के उकार को उवङ् आदेश प्राप्त होता है । उसका बाध प्रकृत यण् विधि से होता है क्योंकि यहाँ श्नुप्रत्ययान्त अनेकाच् अङ्ग 'श्रृणु' है, उसका उकार असंयोगपूर्घ भी है । अतः प्रकृत सूत्र से यण् होकर रूप सिद्धहोता है ।

'हु' के उकार को यण् आदेश का उदाहरण 'जुह्वति' इत्यादि जुहोत्यादि गण में मिलेंगे ।

श्रृणोषि—में श्रृणोति के समान सारे कार्य होते हैं । षकार यहाँ विशेष है ।

श्रृणुथः, श्रृणुथ—'थस्' और 'थ' के अपित् सार्वधातुक होने के कारण ङिद्वत् होने से 'श्नु' के उकार को गुण नहीं होता है ।

श्रृणोमि—भी श्रृणोति के समान सिद्ध होता है ।

'वस्' और 'मस्' में श्नु प्रत्यय और श्रृ आदेश तथा णत्व आदि करने पर 'श्रृणुवः' और 'श्रृणुमः' यह स्थिति बनती है ।

---

१. इस सूत्र की परिष्कृत वृत्ति यह है—'जुहोतेः श्नुप्रत्ययान्तस्यानेकाचोऽङ्गस्य चासंयोगपूर्वोवर्णस्य यण् स्यात् अजादौ सार्वधातुके' ।

(उकारलोपविधिसूत्रम्)

५०५ लोपश्चाऽस्याऽन्यतरस्यां म्वोः ६ । ४ । १०७ ॥

असंयोगपूर्वस्य प्रत्ययोकारस्य लोपो वा म्वोः परयोः ।

शृण्वः-शृणुवः, शृण्मः-शृणुमः ।

शुश्राव, शुश्रुवतुः, शुश्रुवुः । शुश्रोथ, शुश्रुवथुः शुश्रुव । शुश्राव-शुश्रव, शुश्रुव, शुश्रुम ।

श्रोता । श्रोष्यति । शृणोतु-शृणुतात्, शृणुताम्, शृण्वन्तु ।

---

५०५ लोपश्चेति—प्रत्यय के असंयोगपूर्व उकार का लोप हो विकल्प से मकार और वकार परे रहते ।

शृण्वः, शृण्मः—'शृणुवः' और 'शृणुमः' में प्रत्यय 'श्नु' का उकार है, उसके पूर्व संयोग भी नहीं, उससे पर वस् और मस् है । अतः उसका विकल्प से लोप हो जाता है । इस प्रकार दो दो रूप बनते हैं ।

उकार का विशेषण 'असंयोगपूर्वस्य' देने का फल है—'आप्नुमः' इत्यादि स्थलों में उकार का लोप न होना । इन स्थलों में प्रत्यय के उकार के पूर्व संयोग है, अतः इस सूत्र की प्रवृत्ति नहीं होती ।

शुश्राव—लिट् में तिप्, णल् आदेश, द्वित्व, अभ्यासकार्य, वृद्धि और 'आव' आदेश होकर रूप बनता है ।

शुश्रुवतुः, शुश्रुवुः—अतुस् और उस् में उवङ् आदेश होकर रूप बनते हैं ।

शुश्रोथ—थल् में पित् होने से आर्धधातुक गुण होकर रूप सिद्ध होता है । यहाँ 'कृसृभृवृस्तुद्रुस्रुश्रुवो लिटि' सूत्र से 'श्रु' धातु का ग्रहण होने से इट् का निषेध हो जाता है । इसी से 'व' और 'म' में भी इट् नहीं होता है ।

शुश्रुवथुः, शुश्रुव—अथुस् और अ में उवङ् आदेश होकर रूप होते हैं ।

श्रोता—लुट् में तास् और उसका कार्य होकर आर्धधातुक गुण से श्रोता आदि रूप बनते हैं ।

श्रोष्यति—लृट् में स्य, गुण और मूर्धन्य होकर रूप बन जाते हैं ।

शृणोतु—लोट् में शप् का विषय होने से श्नुप्रत्यय और शृ आदेश होते हैं तिप् के पित् होने से उसके परे रहते 'श्नु' प्रत्यय के उकार को गुण हो जाता है । तातङ् के ङित् होने से गुण न होकर **शृणुतात्** बनता है ।

(हिलुग्विधिसूत्रम्)

५०६ उतश्च प्रत्ययाद् अ-संयोगपूर्वात् ६ । ४ ।१६० ॥

असंयोगपूर्वात् प्रत्ययाद् उतो हेर्लुक् । शृणु, शृणुतात् ।
शृणुतम्, शृणुत ।
गुणावादेशौ-शृणवानि, शृणवाव, शृणवाम ।

अशृणोत्,	**अशृणुताम्,**	**अशृण्वन् ।**
अशृणोः,	**अशृणुतम्,**	**अशृणुत ।**

अशृणवम्, अशृण्व-अशृणुव, अशृण्म-अशृणुम ।

शृणुताम्—तस् के अपित् सार्वधातुक होने से ङिद्वद्भाव के कारण गुण निषेध होता है।

शृण्वन्तु—अन्ति में 'हुश्नुवोः सार्वधातुके' से यण् होता है।

लोट् के मध्यम पुरुष के एकवचन में सिप् में श्नुप्रत्यय और शृ आदेश तथा सिप् को हि आदेश होने पर 'शृणुहि' यह स्थिति हुई।

५०६ **उतश्चेति**—असंयोग[1] पूर्व जो प्रत्यय का उकार, तदन्त अङ्ग से परे 'हि' लुक् हो।

शृणु–'शृणुहि' में 'णु' में स्थित उकार प्रत्यय का है और उससे पूर्व संयोग भी नहीं है, अतः तदन्त अङ्ग 'शृणु' से पर 'हि' का लोप हो गया। तब रूप सिद्ध हुआ। तातङ् पक्ष में–**शृणुतात्** ही बनेगा।

शृणुतम्, शृणुत—तस् और त में ये रूप बनते हैं।

शृणवानि—मिप् में मि को 'नि' आदेश और पित् आट् का आगम होने पर 'नु' के उकार को गुण और 'अव' आदेश होकर रूप बनते हैं।

शृणवाव, शृणवाम–इसी प्रकार सिद्ध होते हैं।

अशृणोत्–लङ् के प्रथम के एकवचन में। **अशृणुताम्**–द्विवचन में गुण नहीं होता। **अशृण्वन्**–बहुवचन में 'हुश्नुवोः सार्वधातुके' से यण् होने से रूप बनता है। **अशृणोः**–सिप् में।

---

१. असंयोगपूर्वो यः प्रत्ययोकारः, तदन्तादङ्गात्परस्य हेर्लुक्' इस परिष्कृत वृत्ति के अनुसार यह अर्थ किया गया है।

श्रृणुयात्, श्रृणुयाताम्, श्रृणुयुः।
श्रृणुयाः, श्रृणुयातम्, श्रृणुयात।
श्रृणुयाम्, श्रृणुयाव, श्रृणुयाम।

श्रूयात्। अश्रौषीत्। अश्रोष्यत्।

गम्लृ गतौ॥ २०॥

(छ-आदेशविधिसूत्रम्)

५०७ इषु-गमि-यमां छः ७। १। ७७॥

एषां छः स्यात् शिति। गच्छति। जगाम।

अश्रृणवम्—यहाँ मिप् को अम् होता है और उसके पित् होने से पूर्व श्नु के उकार को गुण होकर अवादेश होता है।

अश्रृण्व-अश्रृणुव, अश्रृण्म-अश्रृणुम—'वस्' और 'मस्' में 'लोपश्चास्याऽन्यतरस्यां म्वोः' सूत्र से विकल्प से प्रत्यय के उकार का लोप होने से दो दो रूप बनते हैं।

श्रृणुयात्—विधिलिङ् में श्नुप्रत्यय और श्रृ आदेश होने पर रूप सिद्ध होते हैं। यासुट् के ङित् होने से श्नु के उकार को गुण नहीं होता।

श्रूयात्—आशीर्लिङ् में 'अकृत्सार्वधातुकयोः' से दीर्घ होता है।

अश्रौषीत्—लुङ् में 'सिचि वृद्धिः परस्मैपदेषु' से वृद्धि होती है।

प्र० अश्रौषीत्, **अश्रौष्टाम्**, **अश्रौषुः**,। म० **अश्रौषीः**, **अश्रौष्टम्**, **अश्रौष्ट**। उ० **अश्रौषम्**, अश्रौष्व, **अश्रौष्म**।

उपसर्ग के योग में—**आश्रृणोति**-नम्रता दिखाता है।

प्रतिश्रृणोति-प्रतिज्ञा करता है।

२० गम्लृ इति—इस धातु का अर्थ 'जाना' है। यह अनुदात्त-अनिट् भी है।

५०७ इषुगमीति—इष् (इच्छा करना) गम् (जाना) और यम् (निवृत्त होना) धातुओं को छकार आदेश हो शित् प्रत्यय परे होने पर।

अलोन्त्यपरिभाषा से छकार इनके अन्त्यवर्ण के स्थान में होता है।

सार्वधातुक लकारों में ही शप् शित् प्रत्यय परे मिलता है उन्हीं में छकार होगा।

(उपधालोपविधिसूत्रम्)

५०८ गम-हन-जन-खन-घसां लोपः क्ङित्यनङि ६।४।९८॥

एषामुपधाया लोपोऽजादौ क्ङिति, न त्वङि। जग्मतुः, जग्मुः। जगमिथ-जगन्थ, जग्मथुः, जग्म। जगाम-जगम, जग्मिव, जग्मिम। गन्ता।

गच्छति—गम् धातु के लट् में तिप् और शप् होने पर अन्त्य मकार को छकार होगा और छकार को 'छे च' से तुक् आगम तथा तकार को श्चुत्व चकार होकर रूप बनता है।

इसी प्रकार अन्य रूप भी बनते हैं।

जगाम—लिट् में णल् में 'गम् गम् अ' इस दशा में हलादिशेष, चुत्व और उपधावृद्धि होकर रूप सिद्ध होता है।

५०८ गमहनेति—गम् (जाना), हन् (हिंसा करना), जन् (पैदा होना) खन् (खनना) और घस् (खाना) धातुओं की उपधा का लोप हो, अजादि कित् और ङित् प्रत्यय परे होने पर, परन्तु अङ् परे रहने पर न हो।

जग्मतुः—अतुस् में 'जगम् अतुस्' इस स्थिति में इससे उपधा लोप होने पर रूप बना।

जग्मुः—उस् में 'जग्मतुः' के समान रूप सिद्धि होती है।

जगमिथ-जगन्थ—थल् में इट विकल्प से होता है, क्योंकि गम् धातु तास् में नित्य अनिट् होते हुए अकारवान् है। इट् पक्ष में **जगमिथ**। इडभावपक्ष में मकार को 'नश्चापदान्तस्य झलि' से अनुस्वार और उसको 'अनुस्वारस्य ययि परसवर्णः' से परसवर्ण नकार होकर **जगन्थ** रूप बनता है।

जग्मिव, जग्मिम--'व' और 'म' में क्रादि नियम से नित्य इट् और अपित् सार्वधातुक होने से ङिद्वद हुए व म प्रत्यय परे रहते 'गम्-हन्-जन्—' इत्यादि सूत्र से उपधालोप होकर रूप सिद्ध होते हैं।

गन्ता—लुट् में अनुदात्त होने से 'एकाच उपदेशेऽनुदात्तात्' सूत्र से इट् का निषेध हो जाता है और मकार को अनुस्वार, अनुस्वार को परसवर्ण नकार होकर **गन्ता** आदि रूप बनते हैं।

लृट् में भी अनुदात्त होने से इट् का निषेध होता है—

(इड्विधिसूत्रम्)

५०९ गमेरिट् परस्मैपदेषु ७ । २ । ५८ ॥

गमेः परस्य सादेरार्धधातुकस्येट् स्यात् परस्मैपदेषु । गमिष्यति । गच्छतु । अगच्छत् । गच्छेत् । गम्यात् ।

(अङ्विधिसूत्रम्)

५१० पुषादि-द्युतादि-लृदितः परस्मैपदेषु ३ । १ । ५५ ।

श्यन्विकरणपुषादेः, द्युतादेः, लृदितश्च परस्य च्लेरङ् परस्मैपदेषु । अगमत् । अगमिष्यत् ।

इति परस्मैपदिनः

---

५०९ गमेरिडिति—गम् धातु से परे सकारादि आर्धधातुक को इट् हो परस्मैपद प्रत्यय पर होने पर ।

गमिष्यति—यहाँ 'गम् स्य ति' इस स्थिति में गम्धातु से परे सकारादि आर्धधातुक स्य को परस्मैपद प्रत्यय ति परे होने से प्रकृत सूत्र के द्वारा इट् हो जाता है। तब इट् के इकार इण् से परे होने के कारण 'स्य' प्रत्यय के अवयव सकार को षकार आदेश होकर रूप सिद्ध होता है।

लृट् के अन्य रूप भी इसी प्रकार सिद्ध होते हैं।

गच्छतु—आदि में शित् प्रत्यय शप् परे होने से षकार को 'छ' हुआ है।

५१० पुषादीति—दिवादिगण के पुष् आदि, द्युत आदि तथा लृदित् धातुओं से परे 'च्लि' को अङ् आदेश हो परस्मैपद में।

अगमत्—गम् धातु के लृदित् होने से लुङ् में 'च्लि' को अङ् होता है। 'अङ्' का 'अ' शेष रहता है। यथाप्राप्त अन्य कार्य होकर रूप सिद्ध होता है।

प्र० **अगमत्, अगमताम्, अगमन्।** म० **अगमः, अगमतम्, अगमत।** उ० **अगमम्, अगमाव, अगमाम।**

अगमिष्यत्—लृङ् में 'स्य' को 'गमेरिट्-'सूत्र से इट् होकर 'अगमिष्यत्' आदि रूप बनते हैं।

उपसर्ग के योग में—

अपगच्छति—हटता है। **अनुगच्छति**—पीछे चलता है।

अथ आत्मनेपदिनो धातवः ।

एध वृद्धौ ॥ १ ॥

(एत्वविधिसूत्रम्)

५११ टित आत्मनेपदानां टेरे ६ । ४ । ७९ ॥

टितो लस्यात्मनेपदानां टेरेत्वम् ।

एधते ।

संगच्छते[1]—मिलता है ।	**अवगच्छति**—जानता है ।
निर्गच्छति—निकलता है ।	**आगच्छति**—आता है ।
अधिगच्छति—जानता है, प्राप्त करता है ।	**उद्गच्छति**—ऊपर को जाता है ।
अभिगच्छति—सामने की ओर जाता है ।	**उपगच्छति**—पास जाता है ।
परिगच्छति—चारों ओर जाता है ।	**प्रतिगच्छति**—उलटा जाता है ।

परस्मैपदीधातु समाप्त ।

अथ आत्मनेपदिनो धातवः—अब आत्मनेपदी धातुयें प्रारम्भ की जाती हैं । यह एध वृद्धौ धातु वृद्धि अर्थ में आता है ।

५११ टित इति—टित् लकारों के स्थान में आदेश हुए आत्मनेपद प्रत्ययों की टि के स्थान में 'ए' कार आदेश हो ।

'एध' धातु से कर्त्ता अर्थ (कर्तृवाच्य) में लट् लकार आने पर इसके स्थान में आत्मनेपद के प्रत्यय तङ् आदेश होते हैं । क्योंकि 'एध' का अकार अनुदात्त और इत्संज्ञक है । अतः 'अनुदात्तङित आत्मनेपदम्' के नियम से 'तिप्तस्झि-' इत्यादि सूत्र से यथाक्रम से त आदि आदेश सिद्ध होते हैं ।

एधते–उनमें प्रथम के एकवचन में 'त' आदेश होने पर उसकी 'तिङ्शित्-सार्वधातुकम्' से सार्वधातुक संज्ञा होती है । तब 'कर्तरि शप्' से शप् होकर 'एधत' यह स्थिति बनती है । यहाँ 'टि' को एकार करने पर रूप सिद्ध होता है ।

---

१. सम् पूर्वक गम धातु 'समो गम्यच्छिभ्याम्' सूत्र से आत्मनेपदी हो जाता है ।

(इय् आदेशविधिसूत्रम्)

५१२ आतो ङितः ७ । २ । ८१ ॥

अतः परस्य ङितामाकारस्य 'इय्' स्यात् ।

एधेते । एधन्ते ।

(से-आदेशविधिसूत्रम्)

५१३ थासः सेः ३ । ४ । ८० ॥

टितो लस्य थासः से स्यात् ।

एधसे । एधेथे, एधध्वे ।

द्विवचन में 'आताम्' आदेश होने पर 'शप्' होकर 'एध् अ आताम्' यह दशा बनी । यहाँ 'आताम्' अपित् सार्वधातुक होने से ङिद्वत् है ।

५१२ आत इति—अकार से पर ङित् प्रत्ययों के आकार को 'इय्' आदेश हो ।

एधेते—'एध् अ आताम्' यहाँ आकार से परे ङित् प्रत्यय 'आताम्' के आदि आकार के स्थान में 'इस्' आदेश हुआ । तब 'एध् अ इय् ताम्' इस दशा में अकार और इकार को एकार गुण एकादेश, वल् तकार परे होने से 'लोपो व्योर्वलि' से यकार का लोप और टि 'आम्' को एकार होने पर रूप बनता है ।

एधन्ते—बहुवचन में शप् होने पर 'झ्' को 'अन्त' आदेश 'टि' को एकार और शप् के अकार का अन्त के अकार के साथ पररूप होकर रूप सिद्ध होता है ।

मध्यम के एकवचन में शप् होने पर 'एध् थास्' इस दशा में 'टित आत्मनेपदानां टेरे' से 'टि' को एकार प्राप्त होता है ।

५१३ थास इति—टित् लकारों के 'थास्' के स्थान में 'से' आदेश हो ।

एधसे—इससे थास् को 'से' आदेश होने पर रूप सिद्ध होता है ।

एधेथे—मध्यम के द्विवचन 'आथाम्' आने पर शप्, ङित् होने से प्रथम आकार को 'इय्' आदेश, आकार और इकार को एकार गुण एकादेश, टि 'आम्' को 'ए' होने पर रूप सिद्ध हाता है ।

एधध्वे—बहुवचन 'ध्वम्' की 'टि' 'आम्' को 'ए' होकर बनता है ।

अतो गुणे-एधे, एधावहे, एधामहे ।

(आम्विधिसूत्रम्)

५१४ इजाऽऽदेश्च गुरुमतोऽनृच्छः ३ । १ । ३६ ॥

इजाऽऽदिर्यो धातुर्गुरुमान् ऋच्छत्यन्यः, तत आम् स्याल्लिटि ।

(आत्मनेपद-विधिसूत्रम्)

५१५ आम्प्रत्ययवत् कृञोऽनुप्रयोगस्य १ । ३ । ६३ ॥

आम् प्रत्ययो यस्माद् इति-अतद्गुणसंविज्ञानो बहुव्रीहिः ।

एधे—उत्तम के एकवचन इट् में शप् आने पर 'एध् अ इ' इस दशा में टि 'इ' को एकार हो जाता है । 'अतो गुणे' से शप् के अकार का पररूप होने से रूप सिद्ध होता है ।

एधावहे, एधामहे—द्विवचन में टि को एकार और 'अतो दीर्घो यञि' से यञादि वहि प्रत्यय परे रहते 'एधावहे' और बहुवचन में इसी प्रकार 'एधामहे' रूप सिद्ध होता है ।

५१४ इजादेरिति—'ऋच्छ्' धातु से भिन्न गुरुवर्णवाले इजादि धातु से 'आम्' हो लिट् परे रहते ।

'एध्' धातु का 'ए' एच् आदि है और वह गुरुमान् भी है, अतः इससे 'आम्' होता है । आम् होने पर 'आमः' से लिट् का लोप हो जाता है । तब 'एधाम्' यह स्थिति बनी है । आमन्त होने से 'कृञ् चाऽनुप्रयुज्यते लिटि' से लिडन्त कृ, भू और अस् का अनुप्रयोग होता है 'कृ' के अनुप्रयोग होने पर 'एधाम् कृ लिट्' यह दशा होती है । अब लिट् के स्थान में परस्मैपद आदेश प्राप्त है—

५१५ आम्प्रत्ययवदिति—आम् प्रत्यय जिस धातु से होता है, आम् प्रकृति-भूत उस धातु के समान अनुप्रयुज्यमान कृञ् धातु से भी आत्मनेपद हो ।

आम् प्रत्यय इति—सूत्रस्थ 'आम्प्रत्ययवत्' पद में 'वत्' 'इव' के अर्थ में है और 'आम्प्रत्यय' यह बहुव्रीहि समास है । बहुव्रीहि भी 'अतद्गुण-संविज्ञान' है । 'आम्' प्रत्ययो यस्मात्-आम् प्रत्यय हुआ है जिससे' यह इसका विग्रह है ।

आम्प्रकृत्या तुल्यमनुप्रयुज्यमानात् कृञोऽप्यत्मनेपदम् ।

तात्पर्य यह है कि कृञ् धातु जित् होने से उभयपद है। अतः कर्तृभिन्न परगामी क्रियाफल होने पर परस्मैपद प्राप्त होता है। उसको यह सूत्र व्यवस्था करता है कि जिस धातु से आम् हुआ है यदि वह धातु आत्मनेपद है तो अनुप्रयुक्त कृञ् से भी आत्मनेपद हो अन्यथा नहीं। इस कारण 'गोपायाञ्चकार' में आत्मनेपद नहीं हुआ, क्योंकि यहाँ आम् की प्रकृति 'गुप्' धातु परस्मैपदी है।

प्रकृत में आम् 'एध्' धातु से हुआ है। वह आत्मनेपदी है, अतः उससे अनुप्रयुक्त कृञ् से भी 'आत्मनेपद' होता है।

यहाँ 'तद्गुणसंविज्ञान' का अर्थ भी समझ लेना चाहिए। बहुव्रीहि दो प्रकार का होता है—१ तद्गुणसंविज्ञान, २ अतद्गुणसंविज्ञान। 'तस्य अन्यपदार्थस्य प्रधानीभूतस्य, गुणाः विशेषणानि, संविज्ञायन्ते क्रियान्वयितया ज्ञायन्ते यत्र स तद्गुणसंविज्ञानः' यह तद्गुणसंविज्ञान का विग्रह है। तात्पर्य यह है कि बहुव्रीहि में प्रायः अन्यपदार्थ प्रधान होता है और उसका ही क्रिया में अन्वय होता है। जहाँ विशेषणीभूत पदार्थों का भी अन्वय क्रिया में होता है, उसे तद्गुणसंविज्ञान कहा जाता है जैसे— पीताम्बरमानय— पीले कपड़ेवाले व्यक्ति को लाओ। यहाँ 'पीताम्बर' यह बहुव्रीहि समास है। यहाँ अन्य पदार्थ पुरुष के विशेषणीभूत पदार्थ 'पीले कपड़े' का भी 'लाना' क्रिया में अन्वय होता है। उस पुरुष को कपड़ों सहित लाया जाता है। इस प्रकार यह 'तद्गुणसंविज्ञान' हुआ।

'तस्य–प्रधानीभूतस्य अन्यपदार्थस्य, गुणाः–विशेषणानि, न संविज्ञायन्ते–क्रियान्वयितया न प्रतीयन्ते इति' यह 'अतद्गुणसंविज्ञान' का विग्रह है। इसका तात्पर्य यह है—जहाँ प्रधान–अन्यपदार्थ–के विशेषण रूप में आये हुए पदार्थों का क्रिया में अन्वय नहीं होता, उसे 'अतद्गुणसंविज्ञान' कहते हैं। जैसे—'दृष्टकाशीकमानय–जिसने काशी देखी हो, उसे लाओ।' यहाँ अन्यपदार्थ पुरुष के विशेषण रूप में आये हुए 'काशी' पदार्थ का आनयन—लाना–क्रिया में अन्वय नहीं होता, पुरुष के साथ काशी नहीं लाई जाती। अतः यह अतद्गुणसंविज्ञान बहुव्रीहि है।

(एश्-इरेच्-आदेशविधिसूत्रम्)

५१६ लिटस्त-झयोरेश्-इरेच् ३ । ४ । ८१ ॥

लिडादेशयोस्तझयोः 'एश्' 'इरेच्' एतौ स्तः ।

एधाञ्चक्रे, एधाञ्चक्राते, एधाञ्चक्रिरे ।

एधाञ्चकृषे, एधाञ्चक्राथे—

प्रकृत में 'आम्प्रत्यय' पद में अतद्गुणसंविज्ञान बहुव्रीहि है । क्योंकि अन्य पदार्थ धातु के साथ विशेषणीभूत आम् प्रत्यय का आत्मनेपद होने की क्रिया में अन्वय नहीं होता, आम्प्रत्यय आने पर तदन्त से तो कोई पद आता ही नहीं, वहाँ तो कृ आदि का अनुप्रयोग हो जाता है । अतः यह अतद्गुणसंविज्ञान है । अतएव वृत्ति में इसका अर्थ 'आम्प्रकृति' किया गया है । आम्प्रत्यय के प्रकृतिभूत धातु के समान अनुप्रयुक्त कृञ् से भी आत्मनेपद आता है' यह सारभूत अर्थ उक्त अतद्गुण-संविज्ञान का ही फल है ।

'एधाम् कृ त' यह अवस्था हुई । इस अवस्था में—

५१६ लिट इति—लिट् के स्थान में आदेश हुए 'त' और 'झ' को 'एश्' और 'इरेच्' आदेश क्रम से हों ।

'एश्' में शकार इत् है, अतः शित् होने से वह सम्पूर्ण 'त' को आदेश होता है । 'इरेच्' का चकार इत्संज्ञक है । यह अनेकाल् होने से सम्पूर्ण 'झ' के स्थान में आदेश होता है ।

एधाञ्चक्रे—इससे प्रकृत में 'त' को 'एश्' आदेश होने पर 'एधाम् कृ ए' इस दशा में द्वित्व, उरदत्, चुत्व, यण्, म को अनुस्वार और उसको पर-सवर्ण होकर यह रूप बनता है ।

एधाञ्चक्राते 'आताम्' में द्वित्वादि कार्य और टि 'आम्' को 'ए' होकर रूप बनता है ।

एधाञ्चक्रिरे—'झ' में 'झ' को इरेच् आदेश होने से सिद्ध होता है ।

एधाञ्चकृषे—थास् में उसको 'से' आदेश होकर सकार को इण् ऋकार से पर होने के कारण मूर्धन्य षकार हो 'एधाञ्चकृषे' रूप होता है । वलादि आर्ध-धातुक होने से प्राप्त इट् का 'कृसृभृवृस्तुद्रुस्रुश्रुवो लिटि' से निषेध हो जाता है ।

एधाञ्चक्राथे—आथाम् में पूर्ववत् सिद्धि होती है ।

(ढत्वविधिसूत्रम्)

५१७ इणः षीध्वं-लुङ्-लिटां धोऽङ्गात् ८ । ३ । ७८ ॥

इणणन्ताद् अङ्गात् परेषां षीध्वं-लुङ्-लिटां धस्य ढः स्यात् ।

एधाञ्चकृढ्वे ।

एधाञ्चक्रे एधाञ्चकृवहे, एधाञ्चकृमहे ।

एधाम्बभूव । एधामास ।

एधिता, एधितारौ, एधितारः ।

एधितासे, एधितासाथे—

---

५१७ इण् इति—इणणन्त अङ्ग से परे षीध्वम्, लुङ् और लिट् के धकार को ढकार हो ।

एधाञ्चकृढ्वे—'ध्वम्' में ध्वम् के अन्तिम भाग 'अम्' टि के स्थान में एकार होने पर सिद्ध हुई स्थिति 'एधाञ्चकृध्वे' में प्रकृत सूत्र की प्रवृत्ति होगी, क्योंकि यहाँ अङ्ग 'एधाञ्चकृ' अन्त में ऋकार होने से इणन्त है और उससे पर लिट् के मध्यम के बहुवचन 'ध्वम्' का धकार है । उसके स्थान में प्रकृत सूत्र से ढकार होकर रूप की सिद्धि होती है । 'एधाञ्चकृध्वे' यहाँ अङ्ग ऋ इण् अन्त है उससे पर लिट् 'ध्वम्' का धकार है, उसको ढकार होने से रूप बनता है ।

एधाञ्चक्रे—'इट्' में टि इकार को एकार होकर रूप सिद्ध होता है ।

एधाञ्चकृवहे, एधाञ्चकृमहे—'व' और 'म' में रूप बनते हैं । इनमें भी 'कृसृभृ' आदि सूत्र से इट् का निषेध होता है ।

एधाम्बभूव, एधामास—भू के अनुप्रयोग में 'एधाम्बभूव' आदि और अस् के अनुप्रयोग में 'एधामास' आदि रूप बनते हैं ।

लुट् में प्रथम के रूप परस्मैपदी धातुओं के समान ही बनते हैं—**एधिता, एधितारौ, एधितारः ।**

एधितासे—मध्यम में—थास् को 'से' आदेश होने पर 'तासस्त्योर्लोपः' से सकार का लोप होकर रूप सिद्ध होता है ।

एधितासाथे—आथाम् में टि 'आम्' को एकार होकर रूप बनता है ।

(स लोपविधिसूत्रम्)

५१८ धि च ८ । २ । २५ ॥

धादौ प्रत्यये परे सस्य लोपः । एधिताध्वे ।

(हकार-आदेशविधिसूत्रम्)

५१९ ह एति ७ । ४ । ५२ ॥

तासस्त्योः सस्य हः स्याद् एति परे ।

एधिताहे, एधितास्वहे, एधितास्महे ।

एधिष्यते, एधिष्येते, एधिष्यन्ते ।

एधिष्यसे, एधिष्येथे, एधिष्यध्वे ।

एधिष्ये, एधिष्यावहे, एधिष्यामहे ।

('आम्' आदेशविधिसूत्रम्)

५२० आमेतः ३ । ४ । ९० ॥

लोट एकारस्याम् स्यात् ।

एधताम्, एधेताम्, एधन्ताम् ।

---

५१८ धि चेति—धकारादि प्रत्यय परे होने पर सकार का लोप हो ।

एधिताध्वे—'एधितास् ध्वे' इस दशा में इससे सकार का लोप होकर रूप सिद्ध होता है ।

५१९ ह इति—तास् और अस् धातु के सकार को हकार हो एकार परे होने पर ।

एधिताहे—'एधितास् ए' यहाँ एकार परे होने से तास् के सकार को हकार होकर रूप सिद्ध होता है ।

एधितास्वहे, एधितास्महे—यहाँ टि को ए हुआ है ।

लृट् में विशेष कार्य 'टि' को एकार आदेश करना है। शेष कार्य परस्मैपद के समान ही होते हैं ।

लोट् के प्रथम पुरुष के एकवचन में टि को एकार करने पर 'एधते' यह स्थिति हुई ।

५२० आमेत इति—लोट् के एकार को 'आम्' आदेश हो ।

एधताम्—'एधते' में एकार को 'आम्' आदेश करने पर रूप बनता है ।

(व-अम्-आदेशविधिसूत्रम्)

५२१ स-वाभ्यां वाऽमौ ३ । ४ । ९१ ॥

स-वाभ्यां परस्य लोडेतः क्रमाद् वाऽमौ स्तः ।

एधस्व, एधेथाम्, एधध्वम् ।

(ऐ-आदेशविधिसूत्रम्)

५२२ एत ऐ ३ । ४ । ९३ ॥

लोडुत्तमस्य एत ऐ स्यात् ।

एधै, एधावहै, एधामहै ।

आटश्च-ऐधत, ऐधताम्, ऐधन्त ।

एधेताम्, एधन्ताम्—द्विवचन और बहुवचन में भी लट् के समान 'एधेते' और 'एधन्ते' बनाने के अनन्तर एकार को 'आम्' आदेश होकर रूप सिद्ध होते हैं ।

मध्यम के एकवचन में लट् के समान 'एधसे' बनने पर 'आमेतः' से एकार को आम् प्राप्त होता है ।

५२१ सवाभ्यामिति—सकार और वकार से परे लोट् के एकार को क्रम से 'व' और 'अम्' आदेश हों ।

यह सूत्र 'आमेतः' का अपवाद है ।

एधस्व—'एधसे' में सकार से परे लोट् का एकार है, उसको 'व' आदेश होने पर रूप सिद्ध होता है ।

एधध्वम्—इसी प्रकार ध्वम् में लट् के समान 'एधध्वे' बनने पर प्राप्त आम् आदेश को बाधकर 'अम्' होने से रूप बनता है ।

उत्तम में लट् के समान 'एधे, एधावहे, एधामहे' बनने पर एकार को आम् प्राप्त होता है । यहाँ आट् का आगम अधिक होता है । इसलिए इट् में 'एध् अ आ ए' यह स्थिति रहती है । इसे सवर्ण दीर्घ होकर 'एधा ए' यह स्थिति बनती है ।

५२२ एत इति—लोट् के उत्तम के एकार को ऐ हो ।

यह भी 'आमेतः' का अपवाद है ।

एधै—प्रकृत सूत्र से एकार को ऐकार होने पर आट् के साथ वृद्धि होकर

ऐधथाः, ऐधेथाम्, ऐधध्वम् ।
ऐधे, ऐधावहि, ऐधामहि ।

('सीयुट्'-आगमविधिसूत्रम्)

५२३ लिङः सीयुट् ३ । ४ । १०२ ॥

'लिङात्मनेपदस्य सीयुडागमः स्यात्' ।

सलोपः-एधेत, एधेयाताम् ।

रूप बनता है ।

एधावहै, एधामहै—द्विवचन और बहुवचन में 'एध् अ आ वहि' और 'एध् अ आ महि' इस दशा में सवर्णदीर्घ और टि को ए होने पर 'एधावहे और 'एधामहे' इस दशा में एकार को प्राप्त आम् को बाधकर ऐकार आदेश हुआ । तब 'एधावहै' और 'एधामहै' रूप सिद्ध होते हैं ।

लङ् में अजादि होने से 'आडजादीनाम्' सूत्र से अङ्ग को आट् का आगम होता है । तब 'आटश्च' से वृद्धि एकादेश ऐकार होकर 'ऐधत' आदि रूप बनते हैं ।

ऐधे—यहाँ शप् के अकार और इट् के शकार का गुण 'ए' कार होता है ।

ऐधावहि, ऐधामहि—यहाँ शप् के अकार को यञादि प्रत्यय 'वहि' और 'महि' परे होने से 'अतो दीर्घो यञि' से दीर्घ होता है ।

५२३ लिङ इति—लिङ् के स्थान में आदेश हुए आत्मनेपद प्रत्ययों को 'सीयुट्' आगम हो ।

'सीयुट्' का उट् इत्संज्ञक है । 'सीय्' शेष रहता है ।

सलोप इति—विधिलिङ् में सार्वधातुक होने से 'सीयुट्' के सकार का 'लिङः सलोपोऽनन्त्यस्य' से लोप होता है ।

एधेत—प्रथम के एकवचन में शप् होने पर 'एध् अ सीय् त' यह अवस्था हुई । यहाँ सार्वधातुक लकार होने से तदवयव सीयुट् के सकार का 'लिङः सलोपोऽनन्त्यस्य' से लोप होता है । तथा 'लोपो व्योर्वलि' से वल् तकार परे होने से यकार का भी लोप होता है । तब 'एध् अ ई त' इस दशा में 'आद् गुणः' से गुण होकर रूप बनता है ।

('रन्' आदेशविधिसूत्रम्)

५२४ झस्य रन् ३ । ४ । १०५ ॥

लिङो झस्य रन् स्यात् । एधेरन् । एधेथाः, एधेयाथाम्, एधेध्वम् ।

('अत्' आदेशविधिसूत्रम्)

५२५ इटोऽत् ३ । ४ । १०६ ॥

लिङादेशस्य इटोऽत् स्यात् । एधेय. एधेवहि, एधेमहि ।

(सुट् आगमविधिसूत्रम्)

५२६ सुट् तिथोः ३ । ४ । १०७ ॥

लिङस्तथोः सुट् । यलोपः । आर्धधातुकत्वात् सलोपो न ।

एधेयाताम्—आताम् में सकार का लोप और अकार तथा ईकार को गुण एकार होकर 'एधेयाताम्' रूप सिद्ध होता है ।

झ में सीयुट्, उसके सकार का लोप और झबादि होने पर 'एधेय् झ' यह स्थिति होती है ।

४२४ झस्येति—लिङ् के 'झ' को रन् आदेश हो ।

एधेरन्—'एधेय झ' यहाँ 'झ' को रन् आदेश होने पर 'लोपो व्योर्वलि' से यकार का लोप होकर 'एधेरन्' रूप सिद्ध होता है ।

एधेथाः, एधेध्वम्—इनमें भी यकार का लोप हो जाता है ।

५२५ इट इति–लिङ् के स्थान में हुए आदेश इट् को अत् आदेश हो । 'अत्' का अकार शेष रहता है ।

एधेय—'एधेय् इ' यहाँ 'इ' को अकार करने पर 'एधेय' रूप बनता है ।

एधेवहि, एधेमहि—यहाँ यकार का लोप हो जाता है ।

आशीर्लिङ् में आर्धधातुक होने से 'सीयुट्' के सकार का लोप नहीं होता और वलादि आर्धधातुक होने से इट् आगम हो जाता है । तब 'एध् इ सीय् त' यह स्थिति बनती है ।

५२६ सुडिति—लिङ् के तकार और थकार को 'सुट्' आगम हो ।

यलोप इति—इस सूत्र से तकार को सुट् आगम होने पर 'एध् इ सीय् स् त' इस स्थिति में वलादि आर्धधातुक परे होने से यकार का लोप हुआ ।

एधिषीष्ट, एधिषीयास्ताम्, एधिषीरन् ।
एधिषीष्ठाः, एधिषीयास्थाम्, एधिषीध्वम् ।
एधीषीय, एधिषीवहि, एधिषीमहि ।
ऐधिष्ट, ऐधिषाताम्—

('अत्' आदेशविधिसूत्रम्)

५२७ आत्मनेपदेष्वनतः ७ । १ । ५ ॥

आर्धधातुकत्वादिति—आर्धधातुक होने से 'लिङः सलोपः–' से 'सीयुट्' के सकार का लोप नहीं होता ।

तब 'एध इ सी स् त' इस दशा में इण् से परे होने के कारण दोनों प्रत्यय के अवयव सकारों को मूर्धन्य षकार आदेश और ष्टुत्व से तकार को टकार होकर **एधिषीष्ट** रूप सिद्ध होता है ।

आताम में तकार को सुट् होने से **एधिषीयास्ताम्** और झ में 'रन्' आदेश होने से यकार का लोप होकर **एधीषीरन्** रूप बनते हैं ।

एधिषीष्ठाः–थास् में थकार को सुट् आगम होकर मूर्धन्य आदेश होने पर थकार को ष्टुत्व ठकार होकर **एधिषीष्ठाः** यह रूप बनता है ।

एधिषीध्वम्—यहाँ इण् इट् के इकार से पर 'षीध्वम्' है तो, पर अङ्ग इणन्त नहीं, क्योंकि इट् आगम सीयुट् को होता है, उसी का अवयव वह है, उसके ग्रहण से उसका भी ग्रहण होगा। अतः यहाँ 'इषीध्वम्' इतना 'षीध्वम्' है और अङ्ग 'एध्' इतना । इस प्रकार अङ्ग इणन्त नहीं अतः 'इणः षीध्वम्' इत्यादि सूत्र से धकार को ढकार नहीं होता ।

एधिषीय—यहाँ 'एध् + इ सीय् इ' इस स्थिति में 'इट्' को 'इटोऽत्' से अकार होने पर सीयुट् के सकार को मूर्धन्य षकार होकर रूप सिद्ध हुआ है ।

ऐधिष्ट--एध् (लुङ्) आट्, वृद्धि, त, च्लि, उसको सिच्, इट्, षत्व और ष्टुत्व होकर रूप सिद्ध हुआ है ।

ऐधिषाताम्—एध् , लुङ् , आट्, वृद्धि, आताम् आदेश, च्लि, उसको सिच् , उसको इट् और षत्व करने से उक्त रूप सिद्ध होता है ।

५२७ आत्मनेपदेष्विति—अकारभिन्न वर्ण से पर आत्मनेपद 'झ्' के स्थान में 'अत्' आदेश हो ।

अनकारात् परस्यात्मनेपदेषु झस्य 'अत्' इत्यादेशः स्यात्।
ऐधिषत।
ऐधिष्ठाः, ऐधिषाथाम्, ऐधिढ्वम्।
ऐधिषि, ऐधिष्वहि, ऐधिष्महि।
ऐधिष्यत ऐधिष्येताम्, ऐधिष्यन्त।
ऐधिष्यथाः, ऐधिष्येथाम्, ऐधिष्यध्वम्।
ऐधिष्ये, ऐधिष्यावहि, ऐधिष्यामहि।
कमु कान्तौ॥ २॥

('णिङ्' विधिसूत्रम्)

५२८ कमेर्णिङ् ३। १। ३०॥

यह 'झोऽन्तः' का अपवाद है।

ऐधिषत—एध् धातु से पर 'झ्' को 'अत्' आदेश होगा, क्योंकि यहाँ वह आकार से पर नहीं, सिच् के सकार से परे है। इस प्रकार 'ऐधिषत' रूप बनता है।

ऐधिष्ठाः—एध् से लुङ्, आट्, वृद्धि, च्लि, सिच्, थास्, इट्, षत्व और ष्टुत्व ठकार होकर यह रूप सिद्ध होता है।

ऐधिढ्वम्—एध् से लुङ्, आट्, वृद्धि, ध्वम्, च्लि, सिच्, इट्, सलोप और ढत्व होकर रूप सिद्ध होता है।

यहाँ सकार का लोप 'धि च' से होता है और ढत्व 'इणः षीध्वं लुङ् लिटां धोऽङ्गात्' से क्यों कि ध्वम् प्रत्यय पर रहते इणन्त अङ्ग 'ऐधि' है, सिच् प्रत्यय धातु से होता है, और इट् आगम सिच् का अवयव है। इस प्रकार 'तदादि' से सिच्सहित धातु लिया जाता है, उसी की अङ्ग संज्ञा होती है। इसलिये यहाँ इणन्त अङ्ग मिल जाने से ढत्व हो जाता है।

ऐधिष्यत–आदि रूप लृङ् लकार में बनते हैं। प्रक्रिया में कुछ अधिक विशेषता नहीं। लृट् के समान ही कार्य होते हैं। यहाँ ङित् लकार होने से आट् अधिक होता है और टित् लकार न होने से टि को एकार नहीं होता।

कमु—इच्छा करना॥ २॥

५२८ **कमेरिति**—'कम्' धातु से णिङ् प्रत्यय हो स्वार्थ में।

स्वार्थे।

ङित्वात् तङ्—कामयते।

('अय्' आदेशविधिसूत्रम्)

५२९ अय् आमन्ताऽऽल्वाऽऽय्येत्न्विष्णुषु ६।४।५५॥

आम्, अन्त, आलु, आय्य, इत्नु, इष्णु-एषु णेरयादेशः स्यात्।

कामयाञ्चक्रे।

'आयादयः-' इति णिङ् वा-चकमे चकमाते, चकमिरे। चकमिषे, चकमाथे, चकमिध्वे। चकमे, चकमिवहे, चकमिमहे।

णिङ् स्वार्थिक प्रत्यय है अर्थात् इसके द्वारा प्रकृति के अर्थ में कोई अन्तर नहीं आता। इसके णकार और ङकार इत्संज्ञक हैं, णित् होने का फल वृद्धि आदि होना और ङित् होने का फल आत्मनेपद होता है।

कम् से णिङ् आने पर 'कम् इ' इस दशा में 'अत उपधायाः' से उपधा-वृद्धि होकर 'कामि' बनता है। इसकी 'सनाद्यन्ता धातवः' से धातुसंज्ञा होकर लकारों की उत्पत्ति होती है।

ङित्वादिति—ङित् होने से कामि धातु से आत्मनेपद (तङ्) आता है।

कामयते—लट् में त, शप्, गुण, अय् आदेश और टि को एकार करने से यह रूप बनता है।

आगे भी इसी प्रकार रूप बनते हैं--**कामयते, कामयेते, कामयन्ते। कामयसे, कामयेथे, कामयध्वे। कामये, कामयावहे, कामयामहे।**

५२९ अय् इति—आम्, अन्त, आलु, आय्य, इत्नु, और इष्णु इन प्रत्ययों के परे रहते 'णि' को 'अय्' आदेश हो।

यह 'अय्' आदेश की विधि। 'णेरनिटि' सूत्र से प्राप्त 'णि' लोप का अपवाद है।

कामयाञ्चक्रे—'णिङ्' पक्ष में आम् होने पर णि को 'अय्' आदेश होकर 'कामयाम्' बनता है। 'कृ' का अनुप्रयोग होकर निम्नलिखित रूप बनते हैं।

कामयाञ्चक्रे, कामयाञ्चक्राते, कामयाञ्चक्रिरे।

कामयाञ्चकृषे, कामयाञ्चक्राथे, कामयाञ्चकृढ्वे।

कामयाञ्चक्रे, कामयाञ्चकृवहे, कामयाञ्चकृमहे।

कामयिता, कमिता। कामयितासे। कामयिष्यते, कमिष्यते। कामयताम्। अकामयत। कामयेत। कामयिषीष्ट।

(ढत्वविकल्पविधिसूत्रम्)

५३० विभाषेटः ८। ३। ७९॥

इणः परो य इट् ततः परेषां षीध्वं-लुङ्-लिटां धस्य वा ढ.।
कामयिषीढ्वम्, कामयिषीध्वम्।
कमिषीष्ट, कमिषीध्वम्।

आयादय इति—यहाँ 'आयादय आर्धधातुके वा' सूत्र से णिङ् विकल्प से होता है क्योंकि यह णिङ् आय् आदियों में आता है।

चकमे इत्यादि रूप णिङ् के अभाव में बनते हैं।

कामयिता कमिता—लुट् में णिङ् विकल्प से दो दो रूप बनते हैं।

कामयताम्—आदि शेष रूप 'एध्' के समान ही बनते हैं।

५३० **विभाषेट** इति—इण् से परे जो इट्, उससे पर षीध्वम्, लुङ् और लिट् के धकार को विकल्प से ढकार हो।

कामयिषीढ्वम् इति—आशीर्लिङ् के णिङ् पक्ष के ध्वम् में 'कामयिषीध्वम्' इस दशा में इण् यकार से परे इट् है, उससे परे 'षीध्वम्' के धकार को विकल्प से ढकार होकर दो रूप बनते हैं।

कमिषीष्ट—यह आशीर्लिङ का णिङ् के अभाव पक्ष का सूत्र है। यहाँ प्रथम पुरुष के एक वचन में 'कम् त' इस स्थिति में सीयुट्, उट् का लोप इट् आगम, तकार को 'सुट् तिथोः' से सुट् आगम, उट् का लोप, यकार का बलादिलोप और सीयुट् के तथा सुट् के सकारों को मूर्धन्य षकार करने पर लकार को ष्टुत्व से टकार कर रूप सिद्ध होता है।

कमिषीध्वम्-णिङ् के अभावपक्ष में ध्वम् का रूप बनता है। यहाँ 'इणः षीध्वंलुङ्लिटां धोऽङ्गात्' इस सामान्य सूत्र से भी ढत्व नहीं होता, क्योंकि 'कम्' यह अङ्ग इणन्त नहीं, इट् तो सीयुट् का अवयव होने से अङ्ग का अवयव नहीं।

लुङ् लकार में 'अ काम इ च्लि त' इस अवस्था में—

('चङ्' आदेशविधिसूत्रम्)

५३१ णि-श्रि-द्रु-स्रुभ्यः कर्तरि चङ् ३ । १ । ४८ ॥

ण्यन्तात् श्र्यादिभ्यश्च [1]च्लेश्चङ् स्यात् कर्त्रर्थे लुङि परे।

'कामि अ त' इति स्थिते।

(णिलोपविधिसूत्रम्)

५३२ णेरनिटि ६ । ४ । ५१ ॥

अनिडादावार्धधातुके परे णेर्लोपः स्यात्।

(उपधाह्रस्वविधिसूत्रम्)

५३३ णौ चङ्युपधाया ह्रस्वः ७ । ४ । १ ॥

चङ्परे णौ यदङ्गम्, तस्योपधाया ह्रस्वः स्यात्।

---

५३१ **णि-श्रि-इति**—ण्यन्त और श्रि, द्रु तथा स्रु धातु से पर 'च्लि' को चङ् हो कर्त्रर्थ (कर्तृवाच्य का) लुङ् परे रहते।

इस सूत्र से 'च्लि' को चङ् हो गया। 'चङ्' के चकार और ङकार इत्संज्ञक हैं। केवल 'अ' कार बचता है। ण्यन्त होने से यहाँ चङ् होता है। तब 'अ काम् इ अ त' यह स्थिति हुई।

'चङ्' की 'आर्धधातुक' संज्ञा है।

५३२ **णेरनिटीति**—अनिडादि (जिसके आदि में इट न हो) आर्धधातुक परे रहते 'णि' का लोप हो।

'अकाम् इ अ त' इस दशा में अनिडादि आर्धधातुक चङ् के पर होने से 'णि' का लोप हुआ। तब 'अ काम् अ त' यह दशा हुई।

५३३ **णाविति**—चङ् है पर जिस से, ऐसे णि परे रहते जो अङ्ग, उसकी उपधा को ह्रस्व हो।

'अकाम् अ त' इस दशा में चङ् पर णि है, अतः अङ्ग 'काम्' की उपधा को ह्रस्व हो जायगा। अब 'अ कम अ त' यह स्थिति बनी।

---

१. श्रि' का उदारण आगे मिलेगा—**अशिश्रियत्, अशिश्रियत**। द्रु और स्रु धातु लघुकौमुदी में नहीं बताई गई हैं।

(द्वित्वविधिसूत्रम्)

५३४ चङि ६ । १ । ११ ॥

चङि परे अनभ्यासस्य धात्ववयवस्यैकाचः प्रथमस्य द्वे स्तः अजादेर्द्वितीयस्य ।

('सन्वद्भाव' अतिदेशसूत्रम्)

५३५ सन्वत् लघुनि चङ् परेऽनग्लोपे ७ । ४ । ९३ ॥

चङ्परे णौ यदङ्गम् , तस्य योऽभ्यासो लघुपरः, तस्य सनीव कार्यं स्यात् , णावग्लोपेऽसति ।

---

५३४ **चङीति**—चङ् परे रहते अभ्यासरहित (अर्थात् जिसको पहले द्वित्व न हुआ हो) धातु के अवयव प्रथम एकाच् को द्वित्व हो, किन्तु यदि धातु अजादि हो तो उसके द्वितीय एकाच् को हो ।

प्रकृत में धातु का अवयव प्रथम एकाच् व्यपदेशिवद्भाव से 'कम्' है, यह अभ्यासरहित है और इससे चङ् परे है । अतः द्वित्व हो जायगा । तब 'अ कम् कम् अ त' यह स्थिति हुई ।

यहाँ अभ्यासकार्य करने पर 'अ च कम् अ त' यह स्थिति होती है ।

५३५ **सन्वदिति** - चङ्-परक णि परे रहते जो अङ्ग उसका अवयव जो लघुपरक (जिससे परे लघु हो) अभ्यास, उसको सन् परे रहने के समान कार्य हो अर्थात् जैसे सन् प्रत्यय के परे रहते कार्य होता है, वैसा ही यहाँ भी होता है, णि को निमित्त मानकर अङ्ग के 'अक्' का लोप न हुआ हो तो ।

'अच कम् अ त' यहाँ चङ्-परक णि स्थानिवद्भाव से है, उसके परे रहते अङ्ग है 'अचकम्', इसका अवयव अभ्यास है 'च' वह लघु पर भी है, क्योंकि उसके आगे 'क' है, वह लघुस्वरयुक्त होने से लघु है, अतः यहाँ वे कार्य होंगे जो सन् परे रहते होते हैं । वे कार्य आगे बताये जा रहे हैं । यहाँ पर णिनिमित्तिक अक् का लोप भी नहीं हुआ है ।

सन्वद्भाव के दो फल हैं, एक तो 'सन्यतः' से अभ्यास के अकार को इकार होना और दूसरा अभ्यास के लघु अच् को 'दीर्घो लघोः' से दीर्घ करना है ।

यदि णिनिमितक अक् का लोप हुआ हो, तो धातु को सन्वद्भाव नहीं होगा और अतएव वहाँ अभ्यास के अकार को इकार और दीर्घ न होंगे ।

('इत्वविधिसूत्रम्')

५३६ सन्यतः ७ । ४ । ७९ ॥

अभ्यासस्यात इत् स्यात् सनि ।

(दीर्घविधिसूत्रम्)

५३७ दीर्घो लघोः ७ । ४ । ९४ ॥

लघोरभ्यासस्य दीर्घः स्यात् सन्वद्भावविषये । अचीकमत ।

जैसे—अचकथत् । यह 'कथ्' धातु के लुङ् का रूप है । 'कथ' धातु चुरादि गण का है और अदन्त है, 'णि' आने पर 'अतो लोपः' से आर्धधातुक णि परे होने से अकार का लोप होता है । अकार अक् है, अतः यह णिनिमित्तक अग्लोपी है । अतएव सन्वद्भाव नहीं होता ।

'णिनिमित्तक' कहने से यदि अन्य कारण से अक् का लोप हुआ हो तो वहाँ सन्वद्भाव हो जाता है । जैसे—'डुपचष्' धातु है, यहाँ अकार का लोप होता है, पर णि को निमित्त मानकर नहीं, अपितु 'उपदेशेऽजनुनासिक इत्' सूत्र से किसी विशेष निमित्त के बिना ही हो जाता है । अतः यहाँ सन्वद्भाव का निषेध नहीं होता । सन्वद्भाव होने पर अभ्यास अकार को इकार और उसको दीर्घ हो जाता है । तब 'अपीपचत्' रूप बनता है ।

५३६ सन्यत इति—अभ्यास के अकार को इकार हो सन् परे होने पर ।

इसके उदाहरण सन्नन्त-प्रक्रिया में 'जिगमिषति' आदि मिलेंगे ।

प्रकृत में सन्वद्भाव होने के कारण इसकी प्रवृत्ति होगी । 'अ च कम् अ त' इस दशा में अभ्यास के अकार को इकार कर देने से 'अ चिकम् अ त' यह दशा हुई ।

५३७ दीर्घ इति—अभ्यास के लघु को दीर्घ हो सन्वद्भाव के विषय में अर्थात् जहाँ सन्वद्भाव होता हो, वहाँ अभ्यास के लघु को दीर्घ हो ।

सन्वद्भाव होता है चङ्-परक णि परे रहते जो अङ्ग उसके लघुपरक अभ्यास को, अतः यह सूत्र भी उपर्युक्त स्थल में ही काम करेगा ।

अचीकमत—'अचि कम् अ त' इस स्थिति में सन्वद्भाव का विषय होने से प्रकृत सूत्र से अभ्यास के लघु इकार को दीर्घ करने पर रूप सिद्ध हुआ ।

णिङभावपक्षे—

('चङ्' विधिवार्तिकम्)

(वा) कमेश्च्लेश्चङ् वाच्यः। अचकमत।

अय गतौ ॥ ३ ॥

अयते।

('लत्व' विधिसूत्रम्)

५३८ उपसर्गस्यायतौ ८। २। १९ ॥

अयतिपरस्योपसर्गस्य यो रेफः, तस्य लत्वं स्यात्।

प्लायते। पलायते।

अचीकमत,	अचीकमेताम्,	अचीकमन्त।
अचीकमथाः,	अचीकमेथाम्,	अचीकमध्वम्।
अचीकमे,	अचीकमावहि,	अचीकमामहि।

णिङ् के अभावपक्ष में—

(वा) कमेरिति—कम् धातु से परे 'च्लि' को चङ् हो।

अचकमत—चङ् होने से द्वित्व होता है और तब द्वित्व आदि कार्य करने पर रूप बनता है।

इसमें णि के न होने से सन्वद्भाव नहीं होता अतएव अभ्यास को इकार और इकार को दीर्घ भी नहीं होता।

अकामयिष्यत—यह लृङ् प्रथम पुरुष एक वचन का णिङ् पक्षका रूप है।

अकमिष्यत—यह लृङ् के प्रथम पुरुष के एक वचन का णिङ् के अभाव पक्ष का रूप है।

३ अय—धातु का अर्थ जाना है।

अयते—आदि लट् में रूप बनते हैं। शप् प्रत्यय और टि को एकार कार्य होते हैं।

५३८ उपसर्गेति—अय धातु परे हो जिससे, उस उपसर्ग के रेफ को लकार होता है।

प्लायते, पलायते (भागता है)—'प्रायते' और 'परायते' में 'अयते' अय धातु का रूप परे है, उसके पूर्व उपसर्ग 'प्र' और 'परा' के रेफ को लकार

('आम्' विधिसूत्रम्)

५३९ दयाऽयाऽऽसश्च ३ । १ । ३७ ॥

दय्, अय्, आस् एभ्य आम् स्यात् लिटि । अयाञ्चक्रे । अयिता । अयिष्यते । अयताम् । आयत । अयेत । अयिषीष्ट । विभाषेटः--अयिषीढ्वम् अयिषीध्वम् ।

होने से **प्लायते** और **पलायते** रूप सिद्ध होते हैं । इनका अर्थ —'भागना' है । उपसर्ग के कारण धातु का अर्थ बदल जाता है ।

५३९ दयायेति–दय्, अय् और आस् धातुओं से आम् हो लिट् परे रहते ।

अयाञ्चक्रे--अय् धातु से आम् आने पर लिट् का लोप हुआ । तब कृ आदि का अनुप्रयोग होता है । कृ के अनुप्रयोग में ये रूप बनते हैं ।

'भू' तथा 'अस्' के अनुप्रयोग में **अयाम्बभूव** और **अयामास** इत्यादि ।

अयिता--लुट् के प्र० पु० एक वचन में तास्, उसको इट् आगम, तिप् के स्थान में 'डा' आदेश, डित्व सामर्थ्य से तास् के टि आस् का लोप होकर रूप सिद्ध होता है । लुट् के अन्य रूप इसी प्रकार सिद्ध होंगे ।

अयिष्यते—लृट् के प्र० पु० एक वचन में स्य, उसको इट् आगम, टि को एकार आदेश तथा स्य के सकार को मूर्धन्य षकार कर देने पर रूप सिद्ध होता है लृट् के अन्य रूप इसी प्रकार सिद्ध होंगे ।

अयताम्—लोट् के प्र० पु० के एक वचन में शप् और टि को एकार करने पर उसको आम् आदेश होने पर रूप सिद्ध हुआ लोट् के शेष रूप भी इसी प्रकार बनेंगे ।

आयत—लङ् के प्र० पु० एक वचन में आट्, त, शप् होकर रूप सिद्ध हुआ । लङ् के शेष रूपों की सिद्धि इसी प्रकार होगी ।

अयेत—विधि लिङ् प्र० पु० एक वचन में त, शप, सीयुट्, उट् लोप, सकार लोप, गुण और यकार का व ल्यादि लोप होने पर रूप सिद्ध हुआ ।

अयिषीष्ट—आशीर्लिङ् प्र० पु० एक वचन में 'अय् त' इस स्थिति में सीयुट्, उट् का लोप, सीयुट् को इट् आगम, तकार को सुट् आगम, उट का लोप, दोनों सकारों को मूर्धन्य षकार और षकार को ष्टुत्व से टकार होकर रूप सिद्ध हुआ ।

विभाषेट इति—आशीर्लिङ् और लुङ् ... ध्वम् में 'विभाषेटः' से ढत्व

आयिष्ट। आयिढ्वम्, आयिध्वम्। आयिष्यत।

द्युत दीप्तौ ॥ ४ ॥

द्योतते।

(संप्रसारणविधिसूत्रम्)

५४० द्युति-स्वाप्योः संप्रसारणम् ७ । ४ । ६७ ॥

विकल्प से हो जाता है, क्योंकि यहाँ इण् यकार से परे इट् है, उससे परे 'षीध्वम्' और 'लुङ्' का धकार है। अतः **अयिषीढ्वम् अयिषीध्वम्** और **आयिढ्वम् आयिध्वम्** ये रूप सिद्ध होते हैं।

लुट्—प्र० **अयिता, अयितारौ, अयितारः**। म० **अयितासे, अयितासाथे, अयिताध्वे**। उ० **अयिताहे, अयितास्वहे, अयितास्महे**।

लोट्—प्र० **अयताम्, अयेताम्, अयन्ताम्**। म० **अयस्व, अयेथाम्, अयध्वम्**। उ० **अयै, अयावहै, अयामहै**।

लङ्—प्र० **आयत, आयेताम्, आयन्त**। म० **आयथाः, आयेथाम आयध्वम्** उ० **आये, आयावहि, आयामहि**।

विधिलिङ्—प्र० **अयेत अयेयाताम्, अयेरन्**। म० **अयेथाः, अयेयाथाम्, अयेध्वम्**। उ० **अयेय, अयेवहि, अयेमहि**।

आशीर्लिङ्—प्र० **अयिषीष्ट, अयिषीयास्ताम्, अयिषीरन्**। म० **अयिषीष्ठाः, अयिषीयास्थाम्, अयिषीढ्वम् अयिषीध्वम्**। उ० **अयिषीय, अयिषीवहि, अयिषीमहि**।

लुङ्—प्र० **आयिष्ट, आयिषाताम्, आयिषत**। म० **आयिष्ठाः, आयिषाथाम्, आयिढ्वम्, आयिध्वम्**। उ० **आयिषि, आयिष्वहि, आयिष्महि**।

४ द्युत—**चमकना**।

द्योतते—द्युत् धातु के लट् के प्र० पु० एकवचन में 'द्युत् + त' इस स्थिति में शप् उकार को लघूपध गुण तथा प्रत्यय की टि को एकार आदेश करने पर रूप सिद्ध हो जाता है।

५४० **द्युतीति**—द्युत और स्वप् धातु के अभ्यास को संप्रसारण हो।

अभ्यासस्य। दिद्युते।

(परस्मैपदविधिसूत्रम्)

५४१ द्युद्भ्यो लुङि १। ३। ९१॥

द्युतादिभ्यो लुङः परस्मैपदं वा स्यात्।

'पुषादि-' इत्यङ्-अद्युतत्, अद्योतिष्ट। अद्योतिष्यत।

एवम्—श्विता वर्णे॥५॥ ञिमिदा स्नेहने॥६॥ ञिष्विदा स्नेहन-

दिद्युते—लिट् में द्वित्व होने पर अभ्यास के यकार को संप्रसारण और अकार का 'संप्रसारणाच्च' से पूर्वरूप होने पर रूप सिद्ध होता है।

प्र दिद्युते, दिद्युताते, दिद्युतिरे, । म० दिद्युतिषे, दिद्युताथे, दिद्युतिध्वे। उ० दिद्युते, दिद्युतिवहे, दिद्युतिमहे।

लुट्—**द्योतिता**। लृट्—**द्योतिष्यते**। लोट्—**द्योतताम्**। लङ्—**अद्योतत**। विधिलिङ्—**द्योतेत**। आशीर्लिङ्—**द्योतिषीष्ट**।

४४१ द्युद्भ्य इति। द्युत आदि धातुओं से पर लुङ् को परस्मैपद विकल्प से हो।

अद्युतत्—परस्मैपद होने पर 'च्लि' को 'पुषादि-द्युतादि-लृदितः परस्मैपदेषु' से अङ् आदेश होकर रूप बनता है। अङ् के ङित् होने से गुणनिषेध हो जाता है।

आत्मनेपद में च्लि को सिच् और इट् आगम आदि कार्य होते हैं।

प्र० अद्योतिष्ट, अद्योतिषाताम्, अद्योतिषत। म० अद्योतिष्ठाः, अद्योतिषाथाम्, अद्योतिध्वम्। उ० अद्योतिषि, अद्योतिष्वहि, अद्योतिष्महि।

एवमिति—द्युतादिगण में १४ धातुएँ दी हैं। इन में 'श्विता' आदि के रूप द्युत के समान ही बनते हैं। मूल में अत एव इनके रूप नहीं दिखाये गये। सुविधा के लिये यहाँ टीका में इनके आवश्यक कुछ रूप लिखे जाते हैं।

५. श्विता (श्वेत, सफेद रंग में रंगना)—श्वेतते। शिश्विते। श्वेतिता। श्वेतिष्यते। श्वेतताम्। अश्वेतत। श्वेतेत। श्वेतिषीष्ट। अश्वितत्, अश्वेतिष्ट। अश्वेतिष्यत।

६. मिद्(चिकना होना)—मेद्यते। मिमिदे। मेदिता। मेदिष्यते। मेद-

मोचनयोः ॥ ७ ॥ 'मोहनयोः' इत्येके। 'ञिक्ष्विदा' चेत्येके। रुच दीप्तौ, अभिप्रीतौ च ॥ ८ ॥ घुट परिवर्तने ॥ ९ ॥ शुभ दीप्तौ ॥ १० ॥ क्षुभ संचलने ॥ ११ ॥ णभ हिंसायाम् ॥ १२ ॥ तुभ हिंसायाम् ॥१३॥ स्रंसु ॥ १४ ॥ भ्रंसु ॥ १५ ॥ ध्वंसु अवस्रंसने ॥ १६ ॥

ताम्। अमेदत। मेदेत। मेदिषीष्ट। अमिदत्। अमेदिष्ट। अमेदिष्यत।

७ स्विद् (पसीना होना, छोड़ना)—स्वेदते। सिष्वदे। स्वेदिता। स्वेदिष्यते। स्वेदताम्। अस्वेदत। स्वेदेत। स्वेदिषीष्ट। अस्विदत। अस्वेदिष्ट। अस्वेदिष्यत।

मोहनयोरिति—कोई इसका अर्थ 'छोड़ने' के स्थान में 'मोहित होना' कहते हैं।

ञिक्ष्विदा—इति—कोई 'ञिष्वदा' के स्थान पर 'ञिक्ष्विदा' पाठ बताते हैं।

८ रुच् (चमकना, पसन्द[1] आना)—रोचते। रुरुचे। रोचिता। रोचिष्यते। रोचताम्। अरोचत। रोचेत। रोचिषीष्ट। अरुचत। अरोचिष्ट। अरोचिष्यत।

९. घुट् (घोंटना)—घोटते। जुघुटे। घोटिता। घोटिष्यते। घोटताम्। अघोटत। घोटेत। घोटिषीष्ट। अघुटत, अघोटिष्ट। अघोटिष्यत।

१० शुभ् (चमकना, शोभा होना)—शोभते। अशुभत्। अशोभिष्ट।

११ क्षुभ् (विचलित होना, व्याकुल होना)—क्षोभते। अक्षुभत, अक्षोभिष्ट।

१२ णभ (हिंसा करना)—नभते। नेभे। अनभत। अनभिष्ट।

१३ तुभ (हिंसा करना)—तोभते। अतुभत, अतोभिष्ट।

१४ स्रंसु (गिरना)—स्रंसते। सस्रंसे। स्रंसिता। स्रंसिषीष्ट। अस्रसत[2], अस्रंसिष्ट।

---

१. पसन्द करने अर्थ में जब रुच् धातु का प्रयोग आता है, तब पसन्द करनेवाले के वाचक शब्द से 'रुच्यर्थानां प्रीयमाणः' सूत्र से चतुर्थी आती है, जैसे—बालकेभ्यः क्रीडनं रोचते—बालकों को खेल पसन्द आता है।

२. यहाँ अङ् के ङित् होने से 'अनिदितां हल उपधायाः क्ङिति' से नकार का लोप हो जाता है। इसी प्रकार अन्य नकारवाली धातुओं में भी 'न' का लोप होता है।

ध्वंसु गतौ च ॥ १७॥ स्रम्भु विश्वासे ॥ १८ ॥

वृतु वर्तने ॥ १९॥

वर्तते । ववृते । वर्तिता ।

(परस्मैपदविधिसूत्रम्)

५४२ वृद्भ्यः स्य-सनोः १ । ३ । ९२ ॥

वृतादिभ्यः पञ्चभ्यो वा परस्मैपदं स्यात् स्ये सनि च ।

(इट्-निषेधसूत्रम्)

५४३ न वृद्भ्यश्चतुर्भ्यः ७ । २ । ५९ ॥

---

१५ भ्रंस् (गिरना)—भ्रंसते । बभ्रंसे । अभ्रसत्, अभ्रंसिष्ट ।

१६ ध्वंस् (नाश होना)—ध्वंसते । दध्वंसे । अध्वसत्, अध्वंसिष्ट ।

१७. ध्वंसु का अर्थ 'जाना' भी है ।

१८. स्रम्भ (विश्वास करना)–स्रम्भते । सस्रम्भे । अस्रभत्, अस्रम्भिष्ट ।

स्रम्भ धातु के साथ 'वि' उपसर्ग अवश्य रहता है । तभी 'विश्वास' अर्थ स्पष्ट प्रकट होता है ।

१६ वृत्—होना ।

वर्तते—में शप् और गुण तथा टि को एकार होता है ।

ववृते—में 'ॠदुपधेभ्यो लिटः कित्वं गुणात्पूर्वविप्रतिषेधेन' वार्तिक के बल से गुण होने से पूर्व लिट् कित् हो जाता है, तब 'क्ङिति च' के निषेध के प्रवृत्त होने से पुनः गुण नहीं हो पाता ।

वर्तिता—लुट् के प्र०पु० एकवचन में इट् और गुण होकर रूप सिद्ध होता है लुट् के शेष रूप भी इसी प्रकार सिद्ध होते हैं ।

५४२ वृद्भ्य इति—वृत्[1] आदि पाँच धातुओं से विकल्प से परस्मैपद हो, स्य और सन् के विषय में ।

'स्य' में परस्मैपद होने पर 'वृत् स्यति' इस दशा में इट् प्राप्त है ।

५४३ न वृद्भ्य इति—'वृत, वृध् शृध् और स्यन्द'–इन चार धातुओं से

---

१ वृतु वर्तने (होना), २ वृधु वृद्धौ (बढ़ना), ३ शृधु शब्दकुत्सायाम् (कुत्सित शब्द करना, अपान वायु का शब्द), ४ स्यन्दू प्रस्रवणे (बहाना) ५ कृप् सामर्थ्ये (समर्थ होना), ये पाँच वृतादि हैं । ये द्युतादिगण में भी हैं । यहीं द्युतादिगण समाप्त हो जाता है ।

वृतु-वृधु-शृधु-स्यन्दूभ्यः सकारादेरार्धधातुकस्येण् न स्यात्, तङानयोरभावे।

वर्त्स्यति, वर्तिष्यते। वर्तताम्। अवर्तत। वर्तेत। वर्तिषीष्ट। अवर्तिष्ट। अवर्त्स्यत्, अवर्तिष्यत।

पर सकारादि आर्धधातुक को इट् न हो, तङ् और आन (शानच्, कानच्) के अभाव में अर्थात् परस्मैपद में।

वर्त्स्यति—यहाँ इट् का निषेध होने पर गुण होकर रूप सिद्ध होता है। परस्मैपद के अभावपक्ष में आत्मनेपद रहने से परस्मैपदनिमित्तक इट् का निषेध नहीं होता तब '**वर्तिष्यते**' रूप बनता है।

अवर्त्स्यत्—लृङ् लकार में भी 'स्य' होने से परस्मैपद विकल्प से और परस्मैपद पक्ष में इट् का निषेध भी होता है।

अवर्तिष्यत—दूसरे पक्ष में इट् हो जाता है।

उपसर्ग के योग में—

प्रवर्तते = प्रवृत्त होता है। **परावर्तते** = लौटता है।
अनुवर्तते = पीछे चलता है। **निर्वर्तते** = समाप्त करता है।
विवर्तते = बदलता है। **परिवर्तते** = बदलता है।
आवर्तते = आवृत्ति होती है। **निवर्तते** = विरत होता है—लौटता है।
प्रत्यावर्तते = लौटता है।

इसी प्रकार वृधु[1]—**वर्धते**। **ववृधे**। **वर्धिता**। **वर्त्स्यति**, **वर्धिष्यते**। **वर्धताम्**। **अवर्धत**। **वर्धेत**। **वर्धिषीष्ट**। **अवर्धिष्ट**। **अवर्त्स्यत्**, **अवर्धिष्यत**।

स्यन्दू—**स्यन्दते**। **सस्यन्दे**। **स्यन्दिता**, **स्यन्ता**। **स्यन्त्स्यति**। [2]**स्यन्दिष्यते**, **स्यन्त्स्यते**। **स्यन्दताम्**। **अस्यन्दत**। **स्यन्देत**। **स्यन्दिषीष्ट**। **स्यन्त्सीष्ट**। **अस्यन्दत्**, **अस्यन्दिष्ट**, **अस्यन्त**। **अस्यन्त्स्यत्**, **अस्यन्दिष्यत**,

---

१. वृधु, शृधु और स्यन्द धातुओं को मूल में नहीं दिखाया गया है। आवश्यक होने से टीका में उनके रूप दिखा दिये हैं।

२. ऊदित् होने से स्यन्द धातु से वलादि आर्धधातुक को इट् विकल्प से होता है।

दद दाने ॥ २० ॥

ददते ।

(एत्वाभ्यासलोपनिषेधसूत्रम्)

५४४ न शस-दद-वाऽऽदि-गुणानाम् ६ । ४ । १२६ ॥

शसेर्ददेर्वकारादीनां गुणशब्देन विहितो योऽकारः, तस्य च एत्वाभ्यासलोपौ न ।

ददते, ददाते, ददिरे ।

ददिता । ददिष्यते । ददताम् । अददत । ददेत । ददिषीष्ट । अददिष्ट । अददिष्यत ।

त्रपूष् लज्जायाम् ॥ २१ ॥

अस्यन्त्स्यत ।

२० दद—देना ।

ददते, ददेते, ददन्ते । ददसे, ददाथे, ददध्वे । ददे, ददावहे, ददामहे ।

५४४ न शसददेति—शस (हिंसा करना), दद् (देना), वकारादि धातुओं को और गुणशब्द से विहित अकार को, एत्व और अभ्यासलोप **न हों ।**

दददे—'दद्' धातु को लिट् में 'अत एकहल्मध्येऽनादेशादेर्लिटि' से एत्व और अभ्यासलोप प्राप्त था, उसको इससे निषेध हो गया । आत्मनेपद के सभी प्रत्यय अपित् होने से 'असंयोगाल्लिट् कित्' से कित् हैं । अतः सभी के परे रहते उक्त दोनों कार्य प्राप्त होते हैं । 'दददे' आदि रूप बनते हैं ।

इसके शेष रूप साधारण प्रक्रिया से ही बनते हैं ।

२१ त्रपूष्[1]—लज्जित होना ।

तॄफलेति—तॄ (तैरना), फल् (फलना), भज् (सेवा करना) और त्रप् (लज्जा करना) धातुओं के ह्रस्व अकार को एत्व और अभ्यास का लोप हो कित् लिट् और सेट् थल पर होने पर ।

'त्रप्' धातु आत्मनेपदी है, इसके सभी लिट्स्थानिक प्रत्यय कित् हैं । अतः

---

१. **त्रपूष्** धातु के अकार और षकार इत्संज्ञक हैं । षकार के इत् होने का फल 'षिद्भिदादिभ्योऽङ्' से अङ् प्रत्यय होकर 'त्रपा' शब्द बनता है और ऊदित् होने का वलादि आर्धधातुक प्रत्ययों को विकल्प से इट् होना है ।

त्रपते ।

(एत्व-अभ्यासलोप-विधिसूत्रम्)

५४५ त-फल-भज-त्रपश्च ६ । ४ । १२२ ॥

एषामत एत्वमभ्यासलोपश्च स्यात् किति लिटि सेटि थलि च । त्रेपे । त्रपिता, त्रप्ता । त्रपिष्यते, त्रप्स्यते । त्रपताम् । अत्रपत । त्रपेत । त्रपिषीष्ट, त्रप्सीष्ट । अत्रपिष्ट, अत्रप्त । अत्रपिष्यत, अत्रप्स्यत ।

इत्यात्मनेपदिनः ।

अथ उभयपदिनः ।

श्रिञ् सेवायाम् ॥ १ ॥

श्रयति, श्रयते । शिश्राय, शिश्रिये । श्रयिता ।

सभी में उक्त दोनों कार्य होते हैं—

प्र० त्रेपे, त्रेपाते, त्रेपिरे । म० त्रेपिषे, त्रेपाथे, त्रेपिध्वे । उ० त्रेपे, त्रेपिवहे-त्रेप्वहे, त्रेपिमहे-त्रेप्महे ।

वलादि आर्धधातुक को यहाँ धातु के ऊदित् होने के कारण 'स्वरतिसूतिसूयतिधूञूदितो वा' से इट् विकल्प से होता है । अतः लुट् (तास्), लृट् (स्य), आशीर्लिङ् (सीयुट्) और लृङ् (स्य) में दो दो रूप बनते हैं ।

आत्मनेपदी धातु समाप्त ।

अथ उभयपदिनः—अब उभयपदी धातुयें प्रारम्भ होती हैं ।

१ श्रिञ्[1]—सेवा करना ।

लिट् परस्मैपद में—प्र० शिश्राय, शिश्रियतुः, शिश्रियुः । म० शिश्रयिथ, शिश्रियथुः, शिश्रिय । उ० शिश्राय, शिश्रियिव, शिश्रियिम ।

शिश्राय—लिट्, तिप, णल्, द्वित्व, अभ्यासकार्य, णित् होने से वृद्धि हुई ।

शिश्रियतुः—कित् लिट् होने से गुण का निषेध होने पर इयङ् हुआ ।

शिश्रयिथ—'ऊदृदन्तैः–' कारिका में 'श्रि' को उदात्त बताया गया है,

---

१. श्रिञ् धातु का ञकार इत् है । अतः ञित् होने से यह उभयपदी है । 'स्वरित-ञितः कर्त्रभिप्राये क्रियाफले' इस सूत्र से कर्तृगामी क्रियाफल की विवक्षा में आत्मनेपद और कर्तृभिन्न (पर) गामी फल की विवक्षा में परस्मैपद आयगा । इसी बात को ध्यान में रखकर आत्मनेपद और परस्मैपद का प्रयोग करना चाहिये ।

श्रयिष्यति, श्रयिष्यते। श्रयतु, श्रयताम्। अश्रयत्, अश्रयत। श्रीयात्, श्रयिषीष्ट। चङ्—अशिश्रियत्, अशिश्रियत। अश्रयिष्यत्, अश्रयिष्यत।

भृञ् भरणे ॥ २ ॥

भरति, भरते। बभार, बभ्रतुः, बभ्रुः, बभर्थ, बभृव, बभृम।

अतः यहाँ इट् निषेध नहीं होता। सिप् के स्थान में होने से थल् भी पित् है, अतः गुण होकर अयादेश हुआ।

शिश्रियिव और **शिश्रियिम**—यहाँ भी धातु के सेट् कारिका में पठित होने से **इट्** हुआ। पर कित् लिट् होने से गुण का निषेध होने पर 'इयङ्' हुआ।

आत्मनेपद में सभी प्रत्यय कित् हैं, अतः सर्वत्र गुण का निषेध होने से इयङ् होता है—

प्र० शिश्रिये, शिश्रियाते, शिश्रियिरे। म० शिश्रियिषे, शिश्रियाथे, शिश्रियिध्व। शिश्रिये, शिश्रियिवहे, शिश्रियिमहे।

लुट्—	परस्मैपद	आत्मनेपद
प्र०	श्रयिता, श्रयितारौ, श्रयितारः।	श्रयिता, श्रयितारौ, श्रयितारः।
म०	श्रयितासि, श्रयितास्थः, श्रयितास्थ।	श्रयितासे, श्रयितासाथे श्रयिताध्वे।
उ०	श्रयितास्मि, श्रयितास्वः, श्रयितास्मः।	श्रयिताहे, श्रयितास्वहे, श्रयितास्महे।

श्रीयात्—यह आशीर्लिङ् का रूप है। यहाँ 'अकृत्सार्वधातुकयोः' से दीर्घ होता है।

अशिश्रियत्—यह लुङ् का रूप है। यहाँ 'णिश्रिद्रुस्रुभ्यः कर्तरि चङ्' से च्लि को चङ् और 'चङि' से द्वित्व, अभ्यास कार्य और इयङ् होते हैं।

२ **भृञ्** (पालन करना)—यह धातु भी ञित् होने से उभयपदी है।

बभर्थ, बभृव और, बभृम—ये क्रमशः थल्, व और म के रूप है। 'कृसृभृवृस्तुद्रुस्रुश्रुवो लिटि' से यहाँ इट् का निषेध होता है।

आत्मनेपद में—प्र० **बभ्रे, बभ्राते, बभ्रिरे**। म० **बभृषे, बभ्राथे, बभृध्वे**। उ० **बभ्रे, बभृवहे, बभृमहे**।

बभ्रे, बभृषे। भर्तासि, भर्तासे। भरिष्यति, भरिष्यते। भरतु, भरताम्। अभरत्, अभरत। भरेत्, भरेत।

('रिङ्' आदेशविधिसूत्रम्)

५४६ रिङ् श-यग्-लिङ्क्षु ७। ४। २८॥

शे यकि यादावार्धधातुके लिङि च ऋतो रिङ् आदेशः स्यात्। रीङि प्रकृते रिङ्विधानसामर्थ्याद् दीर्घो न—भ्रियात्।

(कित्वविधिसूत्रम्)

५४७ उश्च १। २। १२॥

ऋवर्णात् परौ झलादी लिङ्सिचौ कितौ स्तस्तङि।

भृषीष्ट, भृषीयास्ताम्। अभार्षीत।

भरिष्यति, भरिष्यते—लृट् के रूप हैं। 'ऋद्धनोःस्ये' सूत्र से ऋदन्त होने के कारण स्य को इट् होता है।

आशीर्लिङ् में 'भृयात्' इस दशा में 'अकृत्सार्वधातुकयोर्दीर्घः' इस सूत्र से दीर्घ प्राप्त होता है।

५४६ **रिङ्शेति**—श प्रत्यय, यक् और यकारादि आर्धधातुक लिङ् परे रहते ऋकार को रिङ् आदेश हो।

रिङ् का ङकार इत्संज्ञक है।

रीङि प्रकृते इति—'रीङ् ऋतः' इस पूर्व सूत्र से इसमें रीङ् की अनुवृत्ति आ सकती थी। पुनः ह्रस्व 'रिङ्' कहना 'अकृत्सार्वधातुकयोः' से प्राप्त दीर्घ के निवारण के लिए है। अन्यथा रीङ् का ही विधान करते और बल्कि पिछले सूत्र से उसकी अनुवृत्ति आ जाने से यहाँ ग्रहण भी न करना पड़ता।

भ्रियात्—ऋकार को 'रि' आदेश होने पर 'भ्रियात्' रूप सिद्ध होता है।

५४७ **उश्चेति**—ऋवर्ण से परे झलादि लिङ् और सिच् कित् होते हैं आत्मनेपद में।

भृषीष्ट—आशीर्लिङ् आत्मनेपद में 'भृ सी स् त' इस अवस्था में इट् तो होता नहीं, क्योंकि धातु अनुदात्त है। इट् न होने से सीयुट् झलादि रहेगा। वह लिङ् को होता है। अतः लिङ् भी झलादि है। इस सूत्र से अत एव कित्व हो जाने से गुण का निषेध हो जाता है। तब दोनों सकारों को मूर्धन्य षकार और कुत्व से तकार को टकार होकर रूप बनता है।

(सिच्लोपविधिसूत्रम्)

५४८ ह्रस्वादङ्गात् ८ । २ । २७ ॥

सिचो लोपो झलि ।

अभृत, अभृषाताम् । अभरिष्यत्, अभरिष्यत ।

हृञ् हरणे ॥ ३ ॥

हरति, हरते । जहार, जहर्थ, जह्रिव, जह्रिम । जह्रे, जह्रिषे । हर्ता । हरिष्यति, हरिष्यते । हरतु, हरताम् । अहरत्, अहरत ।

अभार्षीत्—में 'सिचि वृद्धिः परस्मैपदेषु' से ऋकार को 'आर्' वृद्धि होती है । प्र० **अभार्षीत्, अभार्ष्टाम्, अभार्षुः** । म० **अभार्षीः अभार्ष्टम्, अभार्ष्ट** । उ० **अभार्षम्, अभार्ष्व, अभार्ष्म** ।

आत्मनेपद में सिच् होने पर 'अ भृ स् त' यह अवस्था होती है । यहाँ अनिट् होने से इट् नहीं होता । अतः झलादि होने से सिच् 'उश्च' से कित् होता है । कित् होने से गुण नहीं होता ।

५४८ **ह्रस्वादिति**—ह्रस्वान्त अङ्ग से परे सिच् का लोप हो झल् परे होने पर ।

अभृत—'अभृ स् त' में ह्रस्वान्त अङ्ग 'अभृ' है और झल् तकार परे है । अतः सिच् का लोप हो जाता है ।

अभृषाताम्—में झल् परे नहीं । अतः सिच् का लोप नहीं हुआ ।

प्र० **अभृत, अभृषाताम अभृषत** । म० **अभृथाः, अभृषाथाम, अभृढ्वम्** । उ० **अभृषि, अभृष्वहि, अभृष्महि** ।

अभरिष्यत—में 'ऋद्धनोः स्ये' से इट् होता है ।

३ हृ—ले जाना, हरना, चुराना ।

हृञ् धातु के रूप 'भृञ्' के बिलकुल समान बनते हैं । केवल लिट् के व म, से, वहि और महि में क्रादिनियम से यहाँ इट् अधिक हो जाता है ।

उपसर्ग के योग में—

प्रहरति = प्रहार करता है ।

अपहरति = चुराता है ।

संहरति = नाश करता है ।

उपसंहरति—समाप्त करता है ।

आहरति = लाता है ।

परिहरति = छोड़ता है ।

उद्धरति=उद्धार करता है ।

प्रतिहरति=पहरा देता है ।

हरेत्, हरेत। ह्रियात्, हृषीष्ट, हृषीयास्ताम्। अहार्षीत्, अहृत। अहरिष्यत् अहरिष्यत।

धृञ् धारणे ॥ ४ ॥

धरति, धरते।

णीञ् प्रापणे ॥ ५ ॥

नयति, नयते।

अनुहरति = समानता करता है। उपहरति = भेंट देता है।

विहरति = क्रीड़ा करता है। अभ्यवहरति=खाता है।

४ धृञ् (धारण करना)–धातु के सम्पूर्ण रूप हृञ् के समान बनते हैं।

दधार, दधर्थ, दध्रिव, दध्रिम। दध्रे, दध्रिषे, दध्रिवहे, दध्रिमहे। धर्ता, धरिष्यति, धरिष्यते। धरतु, धरताम्। अधरत् अधरत। धरेत्, धरेत। ध्रियात्, धृषीष्ट। अधार्षीत्, अधृत। अधरिष्यत्, अधरिष्यत।

णीञ् (ले जाना)—यह धातु अजन्त एकाच् है और अजन्त-सेट्-धातु संग्रह कारिका 'ऊद् ऋदन्तैः–' में ग्रहण न होने से अनिट् है।

इसके रूप लिट् में निम्नलिखित बनेंगे —

प्र० निनाय, निन्यतुः, निन्युः। म० निनयिथ-निनेथ, निन्यथुः, निन्य। उ० निनाय–निनय, निन्यिव, निन्यिम।

अजन्त अनिट् होने से थल् में विकल्प से और व तथा म में क्रादिनियम से नित्य इट् होता है।

आत्मनेपद में क्रादिनियम के द्वारा से, ध्वम्, वहि और महि चारों में नित्य इट् होता है।

प्र० निन्ये, निन्याते, निन्यिरे। म० निन्यिषे, निन्याथे, निन्यिध्वे निन्ये, निन्यिवहे, निन्यिमहे।

लुट्—नेता। लृट्—नेष्यति, नेष्यते। लोट्—नयतु, नयताम्। लङ्—अनयत्, अनयत। विधिलिङ्—नयेत्, नयेत। आशीर्लिङ्—नीयात्, नेषीष्ट। लुङ्—अनैषीत्, अनैष्ट। लृङ्—अनेष्यत्, अनेष्यत।

उपसर्ग के योग में–

प्रणयति=ले जाता है, प्रेम करता है। अपनयति=दूर ले जाता है, हटाता है।

डुपचष् पाके ॥ ६ ॥

पचति, पचते । पपाच, पेचिथ-पपक्थ । पेचे । पक्ता ।

अनुनयति=मनाता है । **निर्णयति**=निर्णय करता है ।
विनयते[1]=शिक्षा देता है, कर्ज चुकाता है । **आनयति**=लाता है ।
अवनयति=अवनत करता है । **उन्नयति** = उन्नत करता है ।
अभिनयति = अभिनय करता है । **परिणयति** = विवाह करता है ।
उपनयति = भेंट ले जाता है ।

यहाँ तक जो पाँच धातु उभयपदी हैं वे ञित् हैं । अब स्वरितेत् होने से जो उभयपदी हैं, उन धातुओं को बताते हैं ।

६ **डुपचष्** (पकाना)—इस धातु का केवल 'पच्' बचता है । अकार इसका स्वरित है । अतः स्वरितेत् होने से यह उभयपदी है ।

पेचिथ-पपक्थ—थल् में अनिट् अकारवान् होने से विकल्प से इट् होता है । इट् पक्ष में 'थलि च सेटि' से एत्व और अभ्यासलोप होकर 'पेचिथ' बनता है । इडभाव पक्ष में 'चोः कुः' से चकार को ककार होकर 'पपक्थ' ।

'व' और 'म' में क्रादिनियम से नित्य इट् होता है । प्र० **पपाच, पेचतुः, पेचुः** । म० **पेचिथ-पपक्थ, पेचथुः, पेच** । उ० **पपाच-पपच, पेचिव पेचिम** ।

कित् लिट् में 'अत एकहल्मध्येऽनादेशादेर्लिटि' से धातुके अकार को एत्व और अभ्यास का लोप और क्रादिनियम से सर्वत्र यथाप्राप्त इट् होता है ।

प्र० **पेचे, पेचाते, पेचिरे** । म० **पेचिषे, पेचाथे, पेचिध्वे** । उ० **पेचे पेचिवहे, पेचिमहे** ।

लुट् में—**पक्ता** । लृट्—**पक्ष्यति, पक्ष्यते** । लोट्—**पचतु** । आत्मनेपद में प्र० **पचताम्, पचेताम्, पचन्ताम्** । म० **पचस्व, पचेथाम्, पचध्वम्** । उ० **पचै, पचावहै, पचामहै** ।

लङ्—**अपचत्, अपचत** । विधिलिङ्—**पचेत्, पचेत** । आशीर्लिङ्—**पच्यात्, पक्षीष्ट** ।

---

१. विपूर्वक नी धातु से शिक्षा देने तथा कर्ज चुकाना आदि अर्थों में सदा आत्मनेपद ही आता है ।

भज सेवायाम् ॥ ७ ॥

भजति, भजते। बभाज, भेजे। भक्ता। भक्ष्यति, भक्ष्यते। अभाक्षीत्। अभक्त, अभक्षाताम्।

यज देवपूजा-संगतिकरण-दानेषु ॥ ८ ॥

यजति, यजते।

लुङ्—प्र० **अपाक्षीत्, अपाक्ताम्, अपाक्षुः**। म० **अपाक्षीः, अपाक्तम्, अपाक्त**। उ० **अपाक्षम्, अपाक्ष्व, अपाक्ष्म**।

यहाँ 'चोः कु' से चकार को ककार होने पर इण् ककार से परे मिल जाने से सिच् के सकार को मूर्धन्य हो जाता है। दोनों के संयोग से 'क्ष' बन जाता है। 'वद-व्रज-हलन्तस्याचः' से वृद्धि होती है।

अपाक्ताम्, अपाक्तम् और **अपाक्त** में 'झलो झलि' से सकार का लोप हो जाता है।

प्र० **अपक्त, अपक्षाताम्, अपक्षत**। म० **अपक्थाः, अपक्षाथाम्, अपग्ध्वम्**। उ० **अपक्षि, अपक्ष्वहि, अपक्ष्महि**।

यहाँ त, थास् और ध्वम् में झल् परे होने से सिच् के सकार का लोप होता है। अन्यत्र इण् ककार से परे होने के कारण मूर्धन्य षकार होने पर दोनों को मिल कर 'क्ष' हो जाता है।

लृट्—**अपक्ष्यत्, अपक्ष्यत**।

'पच्' धातु के चकार को ककार 'चोः कुः' से होता है। जहाँ झल् परे मिलता है, वहाँ चकार को ककार हो जाता है। इसका ध्यान रखना चाहिए।

७ **भज्** (सेवा करना)—धातु के रूप पच् के बिल्कुल समान बनते हैं। अन्तर केवल इतना है कि यहाँ जकार को पहले 'चोः कुः' से गकार करना होता है, फिर उसको 'खरि च' से ककार होता है। यह धातु पच् के समान अनिट् है।

८ **यज्**—(देव-पूजा, यज्ञ करना आदि) धातु के जकार को भी पूर्वोक्त प्रकार से पहले गकार और फिर ककार होता है। यह धातु भी अनिट्[1]

---

१ यहाँ बताई हुई उभयपदी धातुओं में केवल श्रि धातु सेट है, शेष सभी अनिट् हैं।

(संप्रसारणविधिसूत्रम्)

५४९ लिट्यभ्यासस्योभयेषाम् ६ । १ । १७ ॥

वच्यादीनां ग्रह्यादीनां चाऽभ्यासस्य संप्रसारणं लिटि ।

इयाज ।

(संप्रसारणविधिसूत्रम्)

५५० वचि-स्वपि-यजादीनां किति ६ । १ । १५ ॥

वचिस्वप्योर्यजादीनां च सप्रसारणं स्यात् किति ।

ईजतुः, ईजुः । इयजिथ, इयष्ठ । ईजे । यष्टा ।

(अनुदात्त) है ।

५४९ लिट्यभ्यासस्येति—वच् आदि और ग्रह आदि दोनों गण की धातुओं के अभ्यास को संप्रसारण हो लिट् परे रहते ।

वच् आदि 'वचि-स्वपि-यजादीनां किति' सूत्र में और ग्रह आदि 'ग्रहि-ज्या-वयि-व्यधि-वष्टि-विचति-वृश्चति-पृच्छति-भृज्जतीनां ङिति च' सूत्र में कहे गये हैं ।

इयाज—यज् धातु से लिट् में तिप्, णल्, द्वित्व, अभ्यासकार्य होने पर 'य यज् अ' इस अवस्था में अभ्यास के यकार को संप्रसारण करने पर अकार का 'संप्रसारणाच्च' से पूर्वरूप होगा। उपधावृद्धि होकर 'इयाज' रूप बनता है ।

५५० वचीति—वच् (बोलना), स्वप् (सोना) और यज् आदि धातुओं को संप्रसारण हो कित् प्रत्यय परे होने पर ।

निम्नलिखित पद्य में यज आदि धातुयें गिनाई गई हैं—

'यजिर्वपिर्वहिश्चैव वसिर्वेञ् व्येञ् इत्यपि ।
ह्वेञ्–वदी श्वयतिश्चेति यजाद्याः स्युरिमे नव ॥'

पर होने से यह संप्रसारण द्वित्व के पहले होता है, उसके बाद द्वित्व होता है । यही नहीं, संप्रसारणनिमित्तक पूर्वरूप भी पहले होता है । अतएव कहा जाता है 'संप्रसारणं तदाश्रयं च कार्यं बलवत्' अर्थात् संप्रसारण और तदाश्रय (पूर्वरूप आदि) कार्य बलवान् होते हैं ।

ईजतुः—'यज् अतुस्' इस अवस्था में द्वित्व से पहले संप्रसारण और

('कत्व' विधिसूत्रम्)

५५१ षढोः कः सि ८।२।४१॥

यक्ष्यति, यक्ष्यते। इज्यात, यक्षीष्ट। अयाक्षीत्, अयष्ट।

तदाश्रय पूर्वरूप कार्य हो जाते हैं। तब 'इज् अ' ऐसी स्थिति बन जाने पर 'इज्' को द्वित्व होता है। अभ्यासकार्य करने पर 'इ इज् अतुस्' यह स्थिति बनती है। सवर्णदीर्घ होकर 'ईजतुः' रूप सिद्ध होता है।

इयजिथ, इयष्ठ—थल् में अनिट् अकारवान् होने से वैकल्पिक इट् होता है। इट् पक्ष में **इयजिथ** रूप बनता है। 'लिट्यभ्यासस्योभयेषाम्' से संप्रसारण होता है। इडभाव पक्ष में जकार को 'व्रश्च-भ्रस्ज-सृज-मृज-यज-राज-भ्राज-च्छ-शां-षः से मूर्धन्य षकार होकर थकार को ष्टुत्व ठकार होता है। तब **इयष्ठ** रूप बनता है। 'व' और 'म' में क्रादिनियम से नित्य इट् होता है—

प्र० **इयाज, ईजतुः**[1], **ईजुः**,। म० **इयजिथ-इयष्ठ, ईजथुः, ईज**। उ० **इयाज-इयज, ईजिव, ईजिम**।

प्र० **ईजे, ईजाते, ईजिरे**। म० **ईजिषे, ईजाथे, ईजिध्वे**। उ० **ईज, ईजिवहे, ईजिमहे**।

यष्टा—लुट् में जकार को 'व्रश्च --' सूत्र से षत्व होने पर ष्टुत्व होकर 'यष्टा' आदि रूप बनते हैं।

लृट् में 'स्य' आने पर 'व्रश्च–' सूत्र से जकार को मूर्धन्य षकार होता है। तब 'यष् स्यति' यह स्थिति बनती है।

५५१ षढो--षकार और ढकार को ककार हो सकार परे होने पर।

यक्ष्यति—'यष् स्यति' में सकार परे होने से षकार को ककार हो गया। तब ककार इण् से पर प्रत्यय स्य के सकार को मूर्धन्य षकार होकर दोनों को मिलकर क्ष हुआ। तब **यक्ष्यति** रूप सिद्ध हुआ। आत्मनेपद में—**यक्ष्यते**।

लोट्—**यजतु**, **यजताम्**। लङ्—**अयजत्**, **अयजत**। विधिलिङ्—

---

१. ध्यान रहे—कित् लिट् में संप्रसारण द्वित्व से पहले होता है। आत्मनेपद के सारे प्रत्यय कित् होते हैं। अतः सब में संप्रसारण कार्य होगा और होगा भी द्वित्व से पहले—'संप्रसारणं तदाश्रयं च कार्यं बलवत्—संप्रसारण और तदाश्रय कार्य बलवान् होता है' इस वचन से।

वह प्रापणे ॥ ९ ॥

वहति, वहते । उवाह, ऊहथुः, ऊहुः । उवहिथ ।

('धकार' आदेशविधिसूत्रम्)

५५२ झषस्त-थोर्धोऽधः ८ । २ । ४० ॥

यजेत्, यजेत् ।

इज्यात्—आशीर्लिङ् परस्मैपद में 'किदाशिषि' से यासुट् के कित् होने से 'वचि-स्वपि-यजादीनां किति' से संप्रसारण होकर **इज्यात्** आदि रूप बनते हैं।

यक्षीष्ट—आत्मनेपद में सीयुट् होने पर जकार को 'व्रश्चभ्रस्ज–' से षकार और उसको 'षढोः कः सि' से ककार होता है। तब क-ष के संयोग से क्ष बनाकर उक्त रूप सिद्ध होता है।

प्र० **यक्षीष्ट, यक्षीयास्ताम्, यक्षीरन्** । म० **यक्षीष्ठाः, यक्षीयास्थाम् । यक्षीध्वम्** । उ० **यक्षीय, यक्षीवहि, यक्षीमहि** ।

लुङ्—प्र० **अयाक्षीत्, अयाष्टाम्, अयाक्षुः** । म० **अयाक्षीः, अयाष्टम् अयाष्ट** । उ० **अयाक्षम्, अयाक्ष्व, अयाक्ष्म** ।

अयाक्षीत्—में लुङ्, अट्, तिप्, च्लि, सिच्, हलन्त लक्षण, वृद्धि, इट्, जकार को षकार, उसको ककार, सकार को मूर्धन्य षकार, ये कार्य होते हैं।

अयाष्टाम्–में लुङ्, अट्, तस्, ताम्, च्लि, सिच् वृद्धि, सकार-लोप, जकार को षकार, तकार को ष्टुत्व टकार, ये कार्य होते हैं।

इन दो के समान ही अन्य रूप सिद्ध होते हैं।

लृङ् में—**अयक्ष्यत्, अयक्ष्यत** ।

९ वह—वहना, ले जाना।

लिट् के रूप यज् के समान बनते हैं। यह यजादि है, अतः संप्रसारण होता है। णल्, थल् में 'लिट्यभ्यासस्योभयेषाम्' से अभ्यास को संप्रसारण होता है। अन्यत्र कित् होने से 'वचि स्वपि-यजादीनां किति' से द्वित्व होने के पहले ही होता है।

उवहिथ—अनिट् अकारवान् होने से थल् में वैकल्पिक इट् होता है। इट् पक्ष में यह रूप बनता है।

इडभाव पक्ष में 'उवह्थ' के हकार को ढकार हो जाता है।

५५२ झष इति—झष् से परे तकार और थकार को धकार हो, पर **जुहो-**

झषः परयोस्तथोर्धः स्यात्, न तु दधातेः।

(ढलोप-विधिसूत्रम्)

५५३ ढो ढे लोपः ८। ३। ११२॥

ढो लोपः स्यात् ढे परे।

(ओत्व-विधिसूत्रम्)

५५४ सहि-वहोरोद् अवर्णस्य ६। ३। ११२॥

अनयोरवर्णस्य ओत् स्यात् ढलोपे। उवोढ। ऊहे। वोढा। अवाक्षीत्, अवोढाम्, अवाक्षुः। अवोढ, अवक्षाताम्, अवक्षत। अवाक्षीः, अवोढम्, अवोढ। अवोढाः, अवक्षाथाम्, अवोढ्वम्। अवाक्षम्, अवाक्ष्व, अवाक्ष्म। अवक्षि, अवक्ष्वहि, अवक्ष्महि। अवक्ष्यत्, अवक्ष्यत।

इति भ्वादयः।

त्यादिगण की 'धा' धातु के अवयव झष् से पर को न हो।

उवोढ—'उवढ् थ' यहाँ झष् ढकार है, उससे परे थकार को धकार हो गया। तब 'उवढ् ध' यह स्थिति हुई। यहाँ ष्टुत्व से धकार को ढकार हो जाता है।

५५३ ढो ढे इति—ढकार का लोप होता है ढकार होने पर।

'उ वढ् ढ' इस दशा में ढकार परे होने से पहले ढकार का लोप हो गया। तब 'उ व ढ' यह दशा हुई।

५५४ सहिवहोरिति—सह और वह धातुओं के अवर्ण को 'ओ' कार हो ढलोप होने पर।

यह सूत्र 'ढ्रलोपे पूर्वस्य दीर्घोऽणः' से प्राप्त दीर्घ का अपवाद है।

'उव ढ' यहाँ ढ का लोप हुआ है। अतः अकार का ओकार हो गया। तब **उवोढ** रूप सिद्ध हुआ। लिट् के अन्य रूप—**ऊहथुः, ऊह। उवाह-उवह, ऊहिव, ऊहिम**। 'व' और 'म' को क्रादिनियम से नित्य इट् होता है।

अथ अदादिगणः ॥ २ ॥

अद भक्षणे ॥ १ ॥

(शब्लुग्विधिसूत्रम्)

५५५ अदि-प्रभृतिभ्यः शपः २ । ४ । ७२ ॥

लुक् स्यात् । अत्ति, अत्तः, अदन्ति । अत्सि, अत्थः, अत्थ । अद्मि- अद्वः, अद्मः ।

प्र० ऊह्हे, ऊह्याते, ऊहिरे । म० ऊहिषे, ऊह्याथे, ऊहिध्वे । उ० ऊह्हे, ऊहिवहे, ऊहिमहे ।

वोढा—लुट् में तास् आने पर ढत्व, धत्व, ष्टुत्व और ढलोप होकर ओत्व होता है । तब **वोढा** आदि रूप बनते हैं ।

वक्ष्यति—लृट् में स्य, ढत्व, कत्व, षत्व होने से **वक्ष्यति** आदि रूप बनते हैं ।

लोट्—**वहतु, वहताम्** । लङ्—**अवहत्** , **अवहत** । विधिलिङ्—**वहेत् - वहेत** । आशीर्लिङ्—**उह्यात्** , **वक्षीष्ट** ।

लिङ् के परस्मैपद में यासुट् के कित् होने से संप्रसारण हो जाता है और आत्मनेपद में ढत्व, कत्व और षत्व होकर क-ष संयोग से 'क्ष' बनता है ।

लुङ् में जहाँ अच् परे मिलता है, वहाँ सिच् रहता है । ढत्व, कत्व, षत्व होकर 'क्ष' बन जाता है । तकार और थकार तथा धकारवाले प्रत्ययों में झल् परे होने से 'झलो झलि' से सिच् का लोप हो जाता है । तब हकार को ढत्व और ष्टुत्व से तकार थकार और धकार को ढत्व होने पर 'ढो ढे लोपः से पहले ढकार का लोप हो जाता है । इसके बाद 'सहिवहोरोदवर्णस्य' से अकार को ओकार होकर रूप सिद्ध होते हैं । यही इनकी प्रक्रिया है ।

भ्वादिगण समाप्त ।

---

१ **अद**—खाना । राक्षस आदियों के खाने के लिये इसका प्रयोग होता है ।

५५५ **अदीति**—अदादि गण की धातुओं से परे शप् का लोप हो ।

अत्ति— अद् के लट् में तिप् आदि आदेश होने पर 'कर्तरि शप्' से शप

('घस्लृ' आदेशविधिसूत्रम्)

५५६ लिट्यन्यतरस्याम् २ । ४ । ४० ॥

अदो घस्लृ वा स्यात् लिटि । जघास । उपधालोपः—

('षत्व' आदेशविधिसूत्रम्)

५५७ शासि-वसि-घसानां च ८ । ३ । ६० ॥

होता है । उसका प्रकृत सूत्र से लोप हो जाता है तब 'अद् ति' यहाँ दकार को 'खरि च' से चकार होने से रूप सिद्ध होता है ।

अत्तः—इसी प्रकार तस् में रूप सिद्ध होता है ।

अदन्ति—झि के झकार को अन्त आदेश हो जाने पर रूप बनता है ।

सिप् में—**अत्सि** । थस् और थ में भी दकार को चर् तकार होने से **अत्थः**, **अत्थ** रूप होते हैं । मिप्, वस् और मस् में दकार ही रहता है ।

५५६ लिटीति—'अद्' धातु को 'घस्लृ' आदेश विकल्प से हो लिट् परे रहते ।

'घस्लृ' का 'लृ' इत्संज्ञक है ।

जघास—'घस्' आदेश होने पर द्वित्व, अभ्यासकार्य हलादिशेष तथा 'कुहोश्चुः' से चकार को चवर्ग झकार और उसको 'अभ्यासे चर्च' से जश् जकार होता है । 'अत उपधायाः' से णल् के परे रहते उपधा अकार को वृद्धि होती है ।

उपधालोप इति—कित् होने से अतुस् में 'जघस् अतुस्' इस अवस्था में 'गम-हन-जन-खन-घसां लोपः क्ङित्यनङि' सूत्र से उपधा अकार का लोप होता है । तब 'ज घ् स् अतुस्' यह स्थिति बनती है ।

५५७ शासीति—इण् और कवर्ग से पर शास् (शासन करना), वस् (रहना) और घस् (खाना) धातुओं के अवयव सकार को ष[1]कार हो ।

---

१. 'आदेशप्रत्यययोः' से इनके सकार का षकार नहीं हो सकता । क्योंकि इनका सकार न आदेशरूप है और न प्रत्यय का अवयव ही । आदेशरूप और प्रत्यय के अवयव सकार को ही 'आदेशप्रत्यययोः 'सूत्र मूर्धन्य करता है । यद्यपि 'वस्' आदेश है, अतः सकार आदेश का अवयव है, परन्तु आदेशरूप सकार को पूर्वोक्त सूत्र मूर्धन्य करता है । यह सकार आदेश का अवयव है, आदेशरूप नहीं । शास् और वस् में तो आदेश की गन्ध भी नहीं । अतः उक्त स्थलों में मूर्धन्य आदेश सिद्ध नहीं था और अतएव यह सूत्र बनाना पड़ा ।

इण-कुभ्यां परस्यषां सस्य षः स्यात् । घस्य चर्त्वम्—जक्षतुः, जक्षुः । जघसिथ, जक्षथुः, जक्ष । जघास-जघस, जक्षिव, जक्षिम । आद, आदतुः, आदुः ।

('इट्' आगमविधिसूत्रम्)

५५८ इड् अत्यर्ति-व्ययतीनाम् ७ । २ । ६६ ॥

अद्, ऋ, व्येञ् एभ्यस्थलो नित्यमिट् स्यात् । आदिथ । अत्ता । अत्स्यति । अत्तु-अत्तात्, अत्ताम्, अदन्तु ।

जक्षतुः—'ज घस् अतुस्' यहाँ मूर्धन्य षकार होने पर घकार को 'खरि च' से चर् ककार होता है । क-ष संयोग में क्ष होकर रूप सिद्ध होता है ।

जक्षुः—इसमें भी पूर्ववत् सिद्धि होती है ।

जघसिथ—में नित्य इट् होता है, क्योंकि 'घस्' आदेश के लिट् और लुङ् में ही होने के कारण तास् में प्रयोग होता नहीं, अतः यह तास् में नित्य अनिट् नहीं । इसीलिये 'अजन्तोऽकारवान् वा यः' यह नियम यहाँ नहीं लगता । क्रादि नियम से इट् हो जाता है । इसी प्रकार 'जक्षिव' और 'जक्षिम' में भी ।

घस् आदेश के अभावपक्ष में आद, आदतुः, आदुः रूप बनते हैं ।

५५८ इडिति—अद् (खाना), ऋ (जाना) और व्येञ् (ढकना) धातुओं से परे थल् को नित्य इट् हो ।

आदिथ—अद् धातु के थल् को धातु के उपदेश में अकारवान् होने से वैकल्पिक इट् प्राप्त था । प्रकृत सूत्र से नित्य होता है । तब 'आदिथ' रूप सिद्ध होता है ।

आदिव, आदिम—'व' और 'म' में क्रादिनियम से नित्य इट् होकर रूप बनते हैं ।

अत्ता—लुट् में अनिट् होने से इट् नहीं होता, दकार को चर तकार होता है ।

अत्स्यति—यह रूप भी पूर्वोक्त प्रकार से बनता है ।

अत्तु, अत्तात्, अत्ताम् इन प्रयोगों में भी शप् के लोप होने पर दकार को तकार होकर रूप सिद्धि होती है ।

('धि' आदेशविधिसूत्रम्)

५५९ हुझल्भ्यो हेर्धिः ६ । ४ । १०१ ॥

होर्झलन्तेभ्यश्च हेर्धिः स्यात् । अद्धि-अत्तात्, अत्तम्, अत्त। अदानि, अदाव, अदाम ।

('आट्' अगमविधिसूत्रम्)

५६० अदः सर्वेषाम् ७ । ३ । १०० ॥

अदः परस्यापृक्तसार्वधातुकस्य अट् स्यात् सर्वमतेन। आदत्, आत्ताम्, आदन् । आदः, आत्तम्, आत्त । आदम्, आद्व, आद्म ।

---

५५९ हुझलिति—हु (हवन करना, खाना) और झलन्त धातुओं से पर **'हि'** को 'धि' आदेश हो ।

अद्धि—अद धातु दकारान्त होने से झलन्त है, अतः इससे परे 'हि' को **'धि'** होता है । तब रूपसिद्ध होता है ।

अदानि, अदाव, अदाम—उत्तम में प्रत्ययों को 'आडुत्तमस्य पिच्च' सूत्र से [1]आट् आगम होकर रूप बनते हैं ।

लङ् में धातु को आट् आगम होता है, क्योंकि यह अजादि धातु है। **'आद् त्'** यह स्थिति बनती है ।

५६० अद इति—अद् धातु से परे अपृक्त सार्वधातुक को 'अट्' आगम हो सब के मत से ।

आदत्—'आद् त्' यहाँ अट् से परे अपृक्त सार्वधातुक त् को अट् आगम हो जायगा । तब 'आदत्' रूप बनता है ।

---

१. आट् करने का फल भ्वादिगण में तो है नहीं, क्योंकि वहाँ शप् रहता है, उसके अकार को 'अतो दीर्घो यञि' से दीर्घ करने से भी यथेष्ट रूप बन जाते हैं । वहाँ तो सूत्र की प्राप्ति होती है, इसलिए प्रवृत्ति होती है। अदादिगण में शप् का लोप हो जाता है, वहाँ आट् की प्रतीति स्पष्ट होती है, आट् करने का फल मालूम पड़ जाता है । इसी प्रकार अन्य गणों में भी फल है—जिनमें अकार नहीं मिलता-दिवादि, तुदादि और चुरादि में भी भ्वादि के समान आट की प्रतीति स्पष्ट नहीं होती । क्योंकि उनमें भी अकार मिलता है ।

अद्यात्, अद्याताम्, अद्युः । अद्यात्, अद्यास्ताम्, अद्यासुः ।

('घस्लृ' आदेशविधिसूत्रम्)

५६१ लुङ्-सनोर्घस्लृ २ । ४ । ३७ ॥

अदो घस्लृ स्यात् लुङि सनि च ।

आदः—'सिप्' का भी केवल 'सकार' बच रहता है, अतः अपृक्त होने से इसे भी अट् होकर **आदः** रूप बनता है ।

आदन्—झि में 'झ्'को अन्त आदेश होने से आदन् रूप सिद्ध होता है ।

आदम्—'मिप्' को 'अम्' आदेश होने से **आदम्** रूप सिद्ध होता है !

शेष—ताम्, तम्, त में चर् होता है, वस्, मस् में चर् भी नहीं ।

अद्यात् अद्याताम्—विधिलिङ् में सार्वधातुक लकार होने से 'लिङः सलोपोऽनन्त्यस्य' से यासुट् के सकार का लोप हो जाता है । शप् के लोप होने से अकार वहाँ नहीं मिलता, अतएव 'अतो येयः' की प्रवृत्ति नहीं मिलती ।

अद्यात् अद्यास्ताम्—आशीर्लिङ् के आर्धधातुक होने से सकार का लोप नहीं होता । अतः यहाँ विधिलिङ् और आशीर्लिङ् के रूपों में सकार के लोप होने में ही अन्तर पड़ता है ।

एकवचन में तो कोई अन्तर नहीं रहता, क्योंकि वहाँ आशीर्लिङ् में भी संयोग आदि होने के कारण 'स्कोः संयोगाद्योरन्ते च' सूत्र से सकार का लोप हो जाता है । द्विवचनादियों में भी सकार संयोगादि रहता है, पर संयोग न पदान्त होता है और न उससे झल् परे ही मिलता है । जैसे—'अद्यास्ताम्' यहाँ 'स्त्' संयोग है, यह पदान्त नहीं, पदान्त तो 'म्' है और न इससे झल् परे है, इससे परे तो 'आ' अच् है । अतः 'स्कोः संयोगाद्योरन्ते च' से भी लोप नहीं हो पाता । अजादियों में भी पूर्वोक्त दो निमित्त पदान्त और झल् परे न मिलने से सकार का लोप नहीं होता ।

म० अद्याः, अद्यातम्, अद्यात । अद्याः, अद्यास्तम्, अद्यास्त ।

उ० अद्याम्, अद्याव, अद्याम, । अद्यासम्, अद्यास्व, अद्यास्म ।

सिप् में भी समान रूप बन जाते हैं । क्योंकि आशीर्लिङ् में संयोग 'स्स्' पदान्त में मिल जाता है ।

५६१ लुङ् इति—अद् धातु को 'घस्लृ'आदेश हो लुङ और 'सन्'परे रहते ।

लृदित्वादङ्—अघसत्। आत्स्यत्।

हन हिंसागत्योः॥ २॥ हन्ति।

(अनुनासिकलोपविधिसूत्रम्)

५६२ अनुदात्तोपदेश-वनति-तनोत्यादीनाम् अनुनासिक-लोपो झलि क्ङिति ६। ४। ३७॥

अनुनासिकान्तानामेषां वनतेश्च लोपः स्यात्, झलादौ किति ङिति परे।

यमि-रमि नमि-गमि-हनि-मन्यत्योऽनुदात्तोपदेशाः।

अघसत्—'अद्' को 'घस्लृ' आदेश होने पर 'अ घस् च्लि त्' इस अवस्था में लृदित् होने से 'पुषादि-द्युतादि-लृदितः परस्मैपदेषु' से 'च्लि' को 'अङ्' आदेश होता है। तब यह रूप सिद्ध होता है।

प्र० **अघसत्, अघसताम्, अघसन्**। म० **अघसः, अघसतम्, अघसत**। उ० **अघसम्, अघसाव, अघसाम**।

आत्स्यत्—लृङ् में आट्, तिप्, इकार लोप, स्य प्रत्यय, दकार को चर् तकार होकर रूप सिद्ध होता है।

२ हन—(हिंसा करना, जाना)—

हन्ति—शप् के लोप होने पर 'हन् ति' इस अवस्था में 'नश्चापदान्तस्य झलि' सूत्र से अपदान्त नकार को अनुस्वार और 'अनुस्वारस्य ययि परसवर्णः' से अनुस्वार को परसवर्ण-पर तकार का सवर्ण-नकार होकर 'हन्ति' रूप सिद्ध होता है। यद्यपि इतनी प्रक्रिया करने पर भी रूप में कोई वैषम्य नहीं, तथापि शास्त्र की प्राप्ति होती है, इसलिए करना आवश्यक है।

५६२ अनुदात्तेति—अनुदात्तोपदेश (उपदेश में जो अनुदात्त पढ़े गए हों) वन् और तन् आदि गण को अनुनासिकान्त (अनुनासिक वर्ण जिनके अन्त में हो) धातुओं का लोप हो, झलादि कित् और ङित् प्रत्यय परे होने पर।

— अलोऽन्त्यपरिभाषा से लोप इनके अन्त्य अननासिक वर्ण का ही होता है।

यमि-इति—उपदेश में अनुदात्त अनुनासिकान्त धातु निम्नलिखित छः हैं—

यम् उपरमे (निवृत्त होना)	**णम्** प्रह्वत्वे (नमस्कार करना)
रम् क्रीडायाम् (क्रीडा करना)	**गम्** गतौ (जाना)

'तनु-क्षणु-क्षिणु-ऋणु-तृणु-घृणु-वनु-मनु' तनोत्यादयः ।

हतः, घ्नन्ति । हंसि, हथः, हथ । हन्मि, हन्वः, हन्मः । जघान,

हन् हिंसागत्योः (हिंसा करना, जाना) **मन्** (दिवादि) ज्ञाने (मानना, जानना)

तनु इति—तन्[1] आदि अनुनासिकान्त धातु निम्नलिखित ८ आठ हैं—

तन् विस्तारे (फैलना)	**तृण्** अदने (खाना)
क्षण् हिंसायाम् (हिंसा करना)	**घृण्** दीप्तौ (चमकना)
क्षिण् हिंसायाम् ,,	**मनु** अवबोधने (ज्ञान करना)
ऋण् गतौ (जाना)	**वनु** याचने (मांगना)

हतः—प्रकृत में हन् धातु अनुनासिकान्त अनुदात्तोपदेश है । अतः झलादि ङित् प्रत्यय '**तस्**' के परे रहते अनुनासिक नकार का लोप होने से 'हतः' रूप सिद्ध होता है । तस् अपित् सार्वधातुक होने से 'सार्वधातुकमपित्' सूत्र से ङिद्वत् होता है ।

घ्नन्ति—में 'झि' अपित् सार्वधातुक होने से ङिद्वत् है, अतः 'गम-हन-जन-खन-घसां लोपः क्ङित्यनङि' सूत्र से उपधा अकार का लोप होने से 'ह् न् ति' इस अवस्था में नकार परे होने के कारण हकार को 'हो हन्तेर्ञ्णिन्नेषु' सूत्र से कवर्ग-आन्तरतम्य से-घकार होकर रूप सिद्ध होता है ।

हंसि—यहाँ हल् पर होने से नकार को अनुस्वार होता है ।

हथः, हथ—में झलादि ङित् प्रत्यय होने से अनुनासिक का लोप हो जाता है ।

जघान—लिट् , तिप् , णल् , द्वित्व और हलादि शेष करने पर '**हहन् अ**' इस अवस्था में '**कुहोश्चुः**' से अभ्यास के हकार को आन्तरतम्य होने से घकार और उसको 'अभ्यासे चर्च' से जश् गकार होता है । उपधा अकार को 'अत उपधायाः' से वृद्धि 'हो हन्तेर्ञ्णिन्नेषु' से णित् प्रत्यय णल् परे होने से अभ्यासोत्तरखण्ड के हकार को कवर्ग घकार होने से रूप सिद्ध होता है । 'हो हन्तेः–' की प्रवृत्ति अन्त में होती है ।

---

१. इन मे वन् का पृथक् उपादान किया गया है । तनादियों के साथ अनुनासिकान्त विशेषण कहने से केवल एक 'डुकृञ् करणे' धातु छूटती है, गणकी शेष सभी धातु आजाती हैं ।

जघ्नतुः जघ्नुः।

('कुत्व' आदेश विधिसूत्रम्)

५६३ अभ्यासाच्च ७। ३। ५५॥

अभ्यासात् परस्य हन्तेर्हस्य कुत्वं स्यात्। जघनिथ-जघन्थ, जघ्नथुः, जघ्न। जघान-जघन, जघ्निव, जघ्निम। हन्ता। हनिष्यति। हन्तु-हतात्, इताम्, घ्नन्तु।

जघ्नतुः—में 'गम-हन-जन-खन घसां लोपः क्ङित्यनङि' सूत्र से उपधा अकार का लोप होने पर अभ्यास के हकार को 'कुहोश्चु' से चुत्व झकार और उसको 'अभ्यासे चर्च' से जश् जकार होकर अभ्यास के उत्तर खण्ड के हकार को नकार परे होने से 'हो हन्तेर्ञ्णिन्नेषु' से कुत्व होता है। शेष प्रक्रिया पूर्ववत् होती है।

जघ्नुः—की सिद्धि 'जघ्नतुः' के समान होती है।

५६३ अभ्यासादिति—अभ्यास से परे हन् धातु के हकार को कवर्ग हो। आन्तरतम्य होने से हकार के स्थान में घकार होता है।

जघनिथ, जघन्थ—थल् में भारद्वाज-नियम से इट् विकल्प होने पर 'जहनिथ' और 'जहन्थ' यह स्थिति होती है। प्रकृतसूत्र[1] से इन दोनों स्थलों में अभ्यास से परे हकार को कुत्व घकार होने पर 'जघनिथ' और 'जघन्थ[2]' रूप सिद्ध होते हैं।

जघ्निव और **जघ्निम**—इन में उपधालोप होने पर नकार परे होने से 'हो हन्तेः–' से कुत्व होता है। इट् क्रादिनियम से नित्य होता है।

हन्ता—लुट् के तिप् में उपदेश में अनुदात्त होने से 'एकाच उपदेशेऽनुदात्तात्' से इट् का निषेध होता है और नकार को अनुस्वार तथा उसको परसवर्ण से पुनः नकार पूर्ववत् होता है।

हनिष्यति—लृट् के तिप् में 'ऋद्धनोः स्ये' से इट् होता है।

हन्तु—लोट् के तिप् में अनुस्वार और परसवर्ण यथापूर्व होते हैं।

हतात् और **हताम्** में 'अनुदात्तोपदेश–' से अनुनासिक नकार का लोप

---

१. यहाँ 'हो हन्तेः–' से कुत्व नहीं होता, क्योंकि न तो यहाँ ञित् और णित् प्रत्यय परे है और न नकार ही।

२. इसमें नकार को अनुस्वार और उसको परसवर्ण करना आवश्यक है। तभी प्रक्रिया ठीक होती है।

('ज' आदेशविधिसूत्रम्)

५६४ हन्तेर्जः ६ । ४ । ३६ ॥

हौ परे ।

(असिद्धातिदेशसूत्रम्)

५६५ असिद्धवदत्राऽऽभात् । ६ । ४ । २२ ॥

इत ऊर्ध्वमापादसमाप्तेराभीयम् । समानाश्रये तस्मिन् कर्तव्ये तद् असिद्धम् । इति जस्याऽसिद्धत्वान्न हेर्लुक्—जहि-हतात्, हतम्,

---

होता है । शेष प्रक्रिया सामान्य ही होती है ।

घ्नन्तु—लोट् के झि में उपधालोप होने पर नकार परे मिल जाने से **हकार** को 'हो हन्तेः–' से कवर्ग घकार आदेश होकर रूप सिद्ध होता है ।

५६४ हन्तेरिति—हन् धातु को 'ज' आदेश हो 'हि' परे होने पर ।

जहि—हन् धातु के लोट् के मध्यम के एकवचन में सिप् को 'हि' आदेश होने पर 'हन्' को 'ज' आदेश हुआ । तब **जहि** रूप सिद्ध हुआ ।

यहाँ 'ज' आदेश होने पर अकारान्त से परे मिल जाने के कारण 'अतो हेः' से 'हि' का लोप प्राप्त होता है । इसके वारण के लिये उपाय आगे का सूत्र है ।

५६५ असिद्धवदिति—समानाश्रय आभीय कार्य करना हो तो पहले का किया हुआ आभीय कार्य असिद्ध के समान हो जाता है !

इत ऊर्ध्वमिति—छठे अध्याय के चतुर्थ पाद के इस २२ वें सूत्र से प्रारम्भ कर पाद की समाप्ति तक के सूत्रों से विहित कार्य 'आभीय' हैं ।

समानाश्रय का अर्थ है—समान है आश्रय जिसका अर्थात् जिन कार्यों का निमित्त समान हो, उन्हें समानाश्रय कहते हैं ।

प्रकृत में 'ज' आदेश और 'हि का लुक्' आभीय कार्य हैं और वे समानाश्रय भी हैं । क्योंकि 'ज' आदेश का आश्रय (निमित्त) प्रकृति 'हन्' और प्रत्यय 'हि' दोनों हैं, तथा 'हि' लोप का आश्रय भी अदन्त अङ्ग ज (हन्) और प्रत्यय दोनों हैं । अतः दोनों के समानाश्रय आभीय कार्य होने से पहले किया हुआ 'ज' आदेश तत्पश्चात् प्राप्त 'हि' लोप के करते समय असिद्ध (के समान) होजाता है । असिद्ध होने से हि लोप के प्रति 'हन्' ही रहता है जो अदन्त नहीं, इसीलिये लोप नहीं होता ।

हत । हनानि, हनाव, हनाम ।

अहन् , अहताम्, अघ्नन् । अहन् , अहतम् , अहत ।

अहनम् , अहन्व, अहन्म । हन्यात् ।

(आर्धधातुक अधिकारसूत्रम्)

५६६ आर्धधातुके २ । ४ । ३५ ॥

इत्यधिकृत्य ।

('वध' आदेशविधिसूत्रम्)

५६७ हनो वध लिङि २ । ४ । ४२ ॥

(हनो 'वध' इत्यादेशः स्यात् आर्धधातुके लिङि ।)

हनानि, हनाव, हनाम–उत्तम में आट् का आगम होकर रूप बनते हैं ।

अहन्—लङ् लकार के तिप् में अट् तथा शप् और इकार का लोप होने पर 'अहन् त्' इस दशा में 'ति' के अपृक्त हल् तकार का हल् नकार से पर होने के कारण 'हल्ङ्याब्भ्यो दीर्घात् सुतिस्यपृक्तं हल्' सूत्र से लोप होकर 'अहन्' रूप सिद्ध होता है ।

अहताम्—द्विवचन में नकार अनुनासिक का 'अनुदात्तोपदेश–' इत्यादि सूत्र से लोप होता है । इसी प्रकार 'अहतम्, अहत' में भी ।

अघ्नन्–'अन्ति' में अजादि ङित् प्रत्यय मिल जाने से 'गहमन्–' इत्यादि सूत्र से उपधा अकार का लोप होने पर नकार पर मिल जाने से 'हो हन्तेः–' से हकार को कुत्व घकार होकर 'अघ्नन्' रूप सिद्ध होता है ।

अहन्—सिप् में भी इसी प्रकार इकार का लोप होने पर 'सि' के अपृक्त हल् सकार का हल्ङ्यादि लोप होने से ही रूप बनता है।

अहतम् , अहत—मध्यम पुरुष के द्विवचन और बहुवचन में अहताम् के समान रूपसिद्धि होती है ।

हन्यात् , हन्याताम्, हन्युः—इत्यादि रूप विधिलिङ् के बनते हैं ।

५६६ आर्धधातुके इति—यह अधिकार सूत्र है । इसका यहाँ कोई विशेष अर्थ नहीं जैसा कि अधिकार सूत्र के विषय में होता है, अग्रिम सूत्रों के साथ मिलकर यह सार्थक और चरितार्थ होता है ।

५६७ हन इति–हन् धातु को 'वध' आदेश हो आर्धधातुक लिङ् के विषय में ।

('वध' आदेशविधिसूत्रम्)

५६८ लुङि च २ । ४ । ४३ ॥

वधादेशोऽदन्तः । आर्धधातुके इति विषयसप्तमी । तेनाऽऽर्धधातुकोपदेशेऽदन्तत्वाद् अतो लोपः-वध्यात्, वध्यास्ताम् । अवधीत् ।

आशीर्लिङ् के आर्धधातुक होने से उसके विषय में अर्थात् उसके आने के पूर्व ही प्रकृत सूत्र से हन् को 'वध' आदेश होता है ।

५६८ लुङीति—लुङ् के विषय में (भी) हन् को 'वध' आदेश हो ।

वधादेश इति—'वध' आदेश अदन्त है ।

आर्धधातुके इति—'आर्धधातुके' यह विषयसप्तमी[1] है, अर्थात् वैषयिक आधार में है, न कि पर अर्थ में । अतः 'आर्धधातुक' के विषय में यह आदेश होता है । तात्पर्य यह है कि आर्धधातुक के परे होने की आवश्यकता नहीं, उस का विषय होना चाहिये अर्थात् आर्धधातुक प्रत्यय आने के पूर्व ही यह आदेश हो जाता है । तदनन्तर 'वध' से आर्धधातुक प्रत्यय आता है ।

तेनेति—इससे आर्धधातुक के उपदेश काल में अदन्त होने से 'अतो लोपः' से अकार[2] का लोप हो जाता है ।

वध्यात्, वध्यास्ताम्—अकार के लोप होने पर रूप बनते हैं ।

अवधीत्—लुङ् प्रथम पुरुष के एकवचन का रूप है । यहाँ 'नेटि' से वृद्धि का निषेध हो जाता है । **अवधिष्टाम्, अवधिषुः । अवधीः, अवधिष्टम्, अवधिष्ट । उ० अवधिषम्, अवधिष्व, अवधिष्म ।**

---

१. यदि आर्धधातुक यह विषयसप्तमी न हो तो परसप्तमी होने से आर्धधातुक के परे रहते 'वध' आदेश होगा । ऐसी दशा में आर्धधातुक के उपदेश-काल में 'वध' के न होने से 'अतो लोपः' की अकारलोप में प्रवृत्ति न होगी । इस प्रकार 'आर्धधातुक' में विषयसप्तमी का फल वध के अकार का लोप है ।

२. अकार के लोप का लिङ् में विशेष फल नहीं । 'लुङ्' में अकार लोप के स्थानिवद्भाव से उपधा में अकार न मिलने के कारण 'अतो हलादेर्लघोः' से वैकल्पिक वृद्धि नहीं हो पाती । इसलिये अकारलोप का तथा वध को अदन्त करने का फल 'वृद्धि का अभाव' सिद्ध होता है ।

अहनिष्यत्।

यु मिश्रणाऽमिश्रणयोः ॥ ३ ॥

(वृद्धि-विधिसूत्रम्)

५६९ उतो वृद्धिर्लुकि हलि ७ । ३ । ८९ ॥

लुग्विषये उतो वृद्धिः पिति हलादौ सार्वधातुके, न त्वभ्यस्तस्य। यौति, युतः, युवन्ति। यौषि, युथः, युथ। यौमि, युवः, युमः।

अहनिष्यत्—लृङ् में 'ऋद्धनोः स्ये' से 'स्य' को इट् होता है।

३ यु (मिलाना और अलग करना)।

५६९ उत इति—लुक् के विषय[1] में धातु के उकार को वृद्धि हो, पित् हलादि सार्वधातुक प्रत्यय पर होने पर, परन्तु अभ्यस्त संज्ञक धातु के उकार को न हो।

इस सूत्र में 'नाभ्यस्तस्याचि पिति सार्वधातुके ७।३।८७।।' 'इस पूर्व सूत्र से 'नाभ्यस्तस्य' इसकी अनुवृत्ति आती है। अतः अभ्यस्त-संज्ञक धातु को वृद्धि का निषेध किया गया है, इसका फल जुहोत्यादिगण की हु धातु के उकार को वृद्धि न होना है। इसीलिये वहाँ 'जुहोति' में वृद्धि नहीं हुई।

पित् सार्वधातुक प्रत्यय तिप् , सिप् और मिप् हैं और ये हलादि भी हैं। इन्हीं के परे रहते वृद्धि होती है। प्राप्त सार्वधातुक गुण का बोध इससे होता है। शेष सार्वधातुक प्रत्यय अपित् हैं, अतः वहाँ वृद्धि नहीं होती। ङिद्वत् होने के कारण निषेध हो जाने से गुण भी नहीं होता।

यौति—लट् के तिप् में पित् होने से प्रकृत सूत्र से वृद्धि होकर रूप बनता है।

युतः—तस् में अपित् सार्वधातुक होने से वृद्धि नहीं हुई, और न गुण ही।

युवन्ति—झि में भी अपित् होने से वृद्धि नहीं हुई, उवङ् आदेश हुआ।

यौषि—सिप् के पित् होने से वृद्धि हुई।

युथः, युथ—थस् और थ के पित् न होने से वृद्धि नहीं हुई।

यौमि—मिप् के पित् होने से वृद्धि हुई।

युवः, युमः—वस् और मस् के पित् न होने से वृद्धि नहीं हुई।

---

१. लुक् का विषय अदादिगण है। लुक् तो अभाव रूप होता है, उसका परे रहना तो हो नहीं सकता, अतः 'लुकि' को विषयसप्तमी कहा गया है।

युयाव। यविता। यविष्यति। यौतु-युतात्। अयौत्, अयुताम्, अयुवन् युयात्-इह उता वृद्धिर्न, भाष्ये 'ङिच्च पिन्न, पिच्च ङिन्न' इति व्याख्यानात्; युयाताम् युयुः। यूयात्, यूयास्ताम्। यूयासुः।

लिट् में—प्र० युयाव, युयुवतुः, युयुवुः। म० युयविथ, युयुवथुः, युयुव। उ० युयाव-युयव, युयुविव, युयुविम।

अतुस् आदि कित् प्रत्ययों में गुण निषेध होने से उवङ् होता है। 'ऊद्-ॠदन्तै-र्यौति-' इत्यादि सेट्कारिका में पाठ होने से यह धातु सेट् (उदात्तोपदेश) है, अतः थल्, व, और म में इट् होता है।

यविता, यविष्यति—लुट् और लृट् में भी इट् और गुण तथा अवादेश होकर रूप बनते हैं।

यौतु—लोट् के प्रथम के एकवचन में 'तु' पक्ष में पित् होने से वृद्धि होती है।

युतात्—तातङ् पक्ष में ङित् होने से न वृद्धि और न गुण ही होता है।

प्र० यौतु-युतात्, युताम्, युवन्तु। म० युहि-युतात्, युतम्, युत। उ० यवानि, यवाव, यवाम। 'हि' के अपित् होने से वृद्धि नहीं होती और ङिद्वत् होने से गुण भी नहीं होता। उत्तम में आट् होने पर गुण होता है। आट् पित् तो है, पर हलादि नहीं, अतः वृद्धि नहीं होती।

लङ् में—तिप् और सिप् में तो वृद्धि होगी। पर मिप् में अम् आदेश हो जाने पर हलादि प्रत्यय न मिलने से नहीं होती।

प्र० अयौत्, आयुताम्, अयुवन्। म० अयौः, अयुतम्, अयुत। अयवम्, अयुव, अयुम।

युयात्—विधिलिङ् में 'युयात्' आदि रूप बनते हैं।

इह उत इति—यहाँ वृद्धि नहीं होती, क्योंकि यासुट् ङित् है। यद्यपि वह तिप् को होता है अतः उसे भी पित् होना चाहिये, तथापि यासुट् को विशेष रूप से 'यासुट् परस्मैपदेषूदात्तो ङिच्च' इस सूत्र से ङित्व विधान किया गया है। अतः विशेषरूप से विहित ङित्त्व से सामान्य पित्त्व का बाध हो जाता है इसी आशय का भाष्यकार का यह वचन है—'ङिच्च पिन्न, पिच्च ङिन्न' अर्थात् ङित् पित् नहीं होता और न पित् ही ङित् होता है।

यूयात्—आशीर्लिङ में 'अकृत्सार्वधातुकयोः' से दीर्घ होकर 'यूयात्' आदि

अयावीत् । अयविष्यत् ।

या प्रापणे ॥ ४ ॥ याति, यातः, यान्ति । ययौ । याता । यास्यति । यातु । अयात् , अयाताम् ।

('जुस्' आदेशविधिसूत्रम्)

५७० लङः शाकटायनस्यैव ३ । ४ । १११ ॥

आदन्तात् परस्य लङो झेर्जुस् वा स्यात् । अयुः, अयान् ।

रूप सिद्ध होते हैं ।

लुङ् में—'सिचि वृद्धिः परस्मैपदेषु' से उकार को 'औ' वृद्धि होने पर 'आव्' आदेश होकर रूप बनते हैं—प्र० **अयावीत् , अयाविष्टाम् , अयाविषुः** । म० **अयावीः, अयाविष्टम् , अयाविष्ट** । उ० **अयाविषम् , अयाविष्व, अयाविष्म** । तिप् और सिप् में अपृक्त हल् होने से 'अस्तिसिचोऽपृक्ते' से इट् आगम होने पर 'इट ईटि' से सिच् का लोप हो जाता है । अन्यत्र सिच विद्यमान रहता है ।

अयविष्यत्—लृट में इट् होकर 'अयविष्यत्' आदि रूप बनते हैं ।

४ या[1] (पहुँचना, जाना) ।

ययौ—यहाँ अकारान्त होने से 'आत औ णलः' सूत्र से णल् को 'औ' आदेश होता है । तब वृद्धि आदि होकर 'ययौ' रूप बनता है ।

प्र० **ययौ, ययतुः, ययुः** । म० **ययिथ–ययाथ, ययथुः, यय** । उ० **ययौ, ययिव, ययिम** ।

यहाँ अतुस् आदि अजादि कित् प्रत्ययों के परे रहते 'आतो लोप इटि च' सूत्र से आकार का लोप होता है । अनिट् अजन्त होने से थल् में वैकल्पिक इट् होता है । इट् पक्ष में आकार का लोप होता है । इडभावपक्ष में अजादि न होने से नहीं होता ।

५७० **लङ** इति—आदन्त से परे लङ् के झि को जुस् हो विकल्प से ।

अयुः—या धातु आकारान्त है, अतः इससे परे झि को 'जुस्' हुआ । फिर 'उस्यपदान्तात्' से आकार का पररूप होकर रूप बना ।

---

१. इस धातु का प्रयोग 'जाना' अर्थ में ही होता है । 'प्रापण-पहुँचना' का अभिप्राय 'जाना' ही समझना चाहिये ।

यायात्, यायाताम्, यायुः। यायात्, यायास्ताम्, यायासुः। अयासीत्। अयात्यत्।

वा गतिगन्धनयोः ॥ ५ ॥ भा दीप्तौ ॥ ६ ॥ ष्णा शौचे ॥ ७ ॥ श्रा

अयान्—उस् के अभाव पक्ष में 'झि' को अन्त् आदेश और तकार का संयोगान्त लोप होकर रूप बनता है।

अयासीत्—लुङ् में 'यम-रम-नमातां सक् च' सूत्र से इट् और सक् होता है। शेष रूप—प्र० **अयासीत्, अयासिष्टाम्, अयासिषुः**। म० **अयासीः, अयासिष्टम्, अयासिष्ट**। उ० **अयासिषम्, अयासिष्व, अयासिष्म**।

यहाँ पर उल्लिखित शेष सभी धातुओं के रूप आकारान्त होने से 'या' के समान बनेंगे।

५ **वा** (चलना[1] सूचित करना)।

वाति। ववौ। वाता। वास्यति। वातु। अवात्, अवुः—अवान्। वायात्। वायात्। अवासीत्। अवास्यत्।

'निर्' उपसर्ग के योग से इसका 'शान्त होना' अर्थ होता है। जैसे—'**दीपो निर्वाति**—दिया बुझता है–शान्त होता है।

६ **भा** (चमकना)—**भाति। बभौ। भाता। भास्यति। भातु। अभात्, अभुः–अभान्। भायात्। भायात्। अभासीत्। अभास्यत्।**

अभाति और **विभाति** आदि में उपसर्ग के योग से अर्थ में कोई विशेष अन्तर नहीं आता परन्तु चमकने की विशेषता प्रतीत होती है।

ष्णा[2] (नहाना)—**स्नाति। सस्नौ। स्नाता। स्नास्यति। स्नातु। अस्नात्। स्नायात्। स्नेयात्**[3], **स्नायात्। अस्नासीत्। अस्नास्यत्।**

'नि' उपसर्ग के योग में इसका अर्थ 'प्रवीण होना' होता है। यथा

---

१. इसका प्रयोग हवा के 'चलने' अर्थ में ही होता है न कि सामान्य रूप से। यथा—वायुर्वाति-हवा चलती है।

२. इस धातु का अर्थ शौच (शुद्धि) है, वह सब प्रकार की हो सकती है, तथापि यहाँ स्नान-नहाना ही अर्थ अभिप्रेत है।

३. संयोगादि होने से आशीर्लिङ् में 'वाऽन्यस्य संयोगादेः' सूत्र से एत्व विकल्प होता है। इसी प्रकार श्रा, द्रा और प्सा में भी समझना चाहिये।

पाके ॥ ८ ॥ द्रा कुत्सायां गतौ ॥ ९ ॥ प्सा भक्षणे ॥ १० ॥ रा दाने ॥११॥ ला आदाने ॥ १२ ॥ दाप् लवने ॥ १३ ॥ पा रक्षणे ॥ १४ ॥ ख्या प्रकथने ॥ १५ ॥ अयं सार्वधातुक एव प्रयोक्तव्यः ।

निष्णाति—प्रवीणता प्राप्त करता है ।

८ श्रा (पकाना)—श्राति । शश्रौ । श्राता । श्रास्यति । श्रातु । अश्रात् । श्रायात् । श्रेयात्, श्रायात् । अश्रासीत् । अश्रास्यत् ।

९ द्रा (बुरी चाल चलना)—द्राति । दद्रौ । द्राता । द्रास्यति । द्रातु । अद्रात् । द्रायात् । द्रेयात्, द्रायात् । अद्रासीत् । अद्रास्यत् ।

'नि' उपसर्ग के योग में इसका अर्थ 'सोना' होता है । यथा—निद्राति = सोता है । उदाहरण—'निद्राति नान्तःशुचा' 'तदा निदद्रावुपपल्वलं खगः' ।

१० प्सा (खाना)—प्साति । पप्सौ । प्साता । प्सास्यति । प्सातु । अप्सात् । प्सायात् । प्सेयात्, प्सायात् । अप्सासीत् । अप्सास्यत् ।

११ रा (देना)—राति । ररौ । राता । रास्यति । रातु । अरात् । रायात् । रायात् । अरासीत् । अरास्यत् ।

१२ ला (लेना)—लाति । ललौ । लाता । लास्यति । लातु । अलात् । लायात् । लायात् । अलासीत् । अलास्यत् ।

१३ दाप् (काटना)—दाति । ददौ । दाता । दास्यति । दातु । अदात् । दायात् । दायात्[1] । अदासीत् । अदास्यत् ।

१४ पा (रक्षा करना)—पाति । पपौ पाता । पास्यति । पातु । अपात् । पायात् । पायात्[2] । अपासीत् । अपास्यत् ।

१५ ख्या[3] (कहना)—ख्याति । ख्यातु । अख्यात् । ख्यायात् ।

---

१. 'दाधा घ्वदाप्' सूत्र में 'दाप्' की घुसंज्ञा का निषेध होने से 'एर्लिङि' से यहाँ एत्व नहीं हुआ ।

२. 'घुमास्थागापा–' आदि में 'गापाविह इणादेशपिबती गृह्येते' इस बचन से भ्वादि 'पा' धातु का ही ग्रहण होने के कारण यहाँ पूर्वोक्त एत्व नहीं हुआ । लुङ् लकार में 'गाति-स्था' सूत्र से सिच् का लोप नहीं होता ।

३. वि और आङ्-इन दोनों उपसर्गों के योग से व्याख्या करना अर्थ होता है । यथा—व्याख्याति । केवल वि और प्र के योग में प्रसिद्ध होना अर्थ होता है, यथा—विख्याति, प्रख्याति ।

विद ज्ञाने ॥ १६ ॥

(णलादि-आदेशविधिसूत्रम्)

५७१ विदो लटो वा ३ । ४ । ८३ ॥

वेत्तेर्लटः परस्मैपदानां णलादयो वा स्युः । वेद, विदतुः, विदुः । वत्थ, विदथुः, विद । वेद-विद, विद्व, विद्म । पक्षे—वेत्ति, वित्तः, विदन्ति ।

('आम्' विधिसूत्रम्)

५७२ उष-विद-जागृभ्योऽन्यतरस्याम् ३ । १ । ३८ ॥

एभ्यो लिटि आम् वा स्यात् । विदेरदन्तप्रतिज्ञानाद् आमि न गुणः—विदाञ्चकार । विवेद । वेदिता । वेदिष्यति ।

अयामति—इस धातु का सार्वधातुक में ही प्रयोग करना चाहिये ।

१६ विद (जानना सेट्)

५७१ विद इति –विद् धातु (अदादिगणीय) से परे लट् के पारस्मैपद प्रत्ययों को णल् आदि आदेश हों विकल्प से ।

वेद—णल् आदि आदेश होने पर वेद आदि रूप बनते हैं । यहाँ द्वित्व होता, क्योंकि द्वित्व का विधान लिट् में ही किया गया है—'लिटि धातोरनभ्यासस्य' इति । पक्ष में **वेत्ति** आदि रूप बनते हैं 'वस्' और 'मस्' में दोनों पक्षों में एक जैसे रूप बनते हैं, केवल विसर्गों का अन्तर पड़ता है । आदेशपक्ष में विसर्गरहित-**विद्व, विद्म** और अभावपक्ष में विसर्गसहित-**विद्वः, विद्मः** ।

५७२ उषविदेति—उष् । (जलाना), विद (जानना) और जागृ (जागना) इन धातुओं से लिट् परे रहते 'आम्' हो विकल्प से ।

विदेरिति—'विद' धातु को अकारान्त माना गया है । 'अतो लोपः' से उस अकार का लोप हो जाता है । अतः अकारलोप के स्थानिवद्भाव होने से 'लघूपध' न मिलने के कारण आम् परे रहते लघूपध गुण नहीं होता ।

विदाञ्चकार—आम् होने पर 'कृ' का अनुप्रयोग होकर रूप बनते हैं ।

'आम्' के अभावपक्ष में—प्र० **विवेद, विविदतुः, विविदुः** । म० **विवेदिथ, विविदथुः, विविद** । उ० **विवेद, विविदिव, विविदिम** । ये रूप बनते हैं । यह सेट् धातु है, क्योंकि अनिट् धातुओं में दिवादिगण का 'विद

('आम्' आदिनिपातन-विधिसूत्रम्)

५७३ 'विदाङ्कुर्वन्तु' इत्यन्यतरस्याम् ३ । १ । ४१ ॥

वेत्तेर्लोटि आम्, गुणाभावो, लोटो लुक्, लोडन्तकरोत्यनुप्रयोगश्च वा निपात्यते । पुरुषवचने न विवक्षिते ।

('उ' प्रत्ययविधिसूत्रम्)

५७४ तनाऽऽदि-कृञ्भ्य उः ३ । १ । ७९ ॥

तनादेः कृञश्च उः प्रत्ययः स्यात् । शपोऽपवादः । विदाङ्करोतु ।

सत्तायाम्' धातु गिना गया है, यह नहीं । अतः इसको लिट् में भी नित्य ही इट् होता है ।

वेदिता, वेदिष्यति—तास् और स्य को भी अत एव इट् होता है ।

५७३ **विदामिति**—विद् धातु से लोट् परे रहते आम् होता है, आम् परे रहते लघूपध गुण नहीं होता, लोट् का लुङ् होता है । और लोडन्त 'कृ' धातु का अनुप्रयोग होता है । ये चारों कार्य विकल्प से निपातित होते हैं ।

पुरुषेति—'वदाङ्कुर्वन्तु' में पुरुष और वचन विवक्षित नहीं अर्थात् यह न समझ लेना चाहिये कि प्रथम के बहुवचन में हा ये कार्य होते हैं अपितु लोट के सभी पुरुषों और वचनों में ये चारों कार्य होते हैं ।

५७४ **तनादीति**—तनादि धातुओं से और कृञ् धातु से 'उ' प्रत्यय हो ।

शप इति—यह 'उ' प्रत्यय 'शप्' का अपवाद है ।

विदाङ्करोतु—इससे शप् को बाधकर 'उ' प्रत्यय होने पर 'विदाम् कृ उ ति' यह अवस्था हुई । यहाँ 'उ' प्रत्यय के तिङ्-शित् भिन्न होने से आर्धधातुक होने के कारण तन्निमित्तक गुण ऋकार को होता है, तथा तिप् सार्वधातुक है, अतः तन्निमित्तक गुण 'उ' प्रत्यय को हो जाता है । 'ति' के इकार को उकार सामान्य प्रक्रिया के अनुसार होता है । 'म्' को अनुस्वार और उसको परसवर्ण भी यथाशास्त्र होकर उक्त रूप सिद्ध होता है ।

तातङ्पक्ष में 'विदाङ्कृ उ तात्' इस दशा में 'कृ' के ऋकार को तो 'उ' आर्धधातुकनिमित्तक गुण हो जाता है । परन्तु तातङ् के ङित् होने से 'उ' को गुण नहीं हो पाता । तब 'विदाङ्कर्उतात्' यह अवस्था बनती है ।

('उत्' आदेशविधिसूत्रम्)

५७५ अत उत् सार्वधातुके ६ । ४ । १० ॥

'उ' प्रत्ययान्तस्य कृञोऽत उत् सार्वधातुके क्ङिति । विदाङ्कुरुतात्, विदाङ्कुरुताम्, विदाङ्कुर्वन्तु । विदाङ्कुरु । विदाङ्करवाणि । अवेत्, अवित्ताम्, अविदुः ।

---

५७५ अत इति—'उ' प्रत्ययान्त 'कृञ्' धातु के अकार को उकार हो कित् और ङित् सार्वधातुक परे रहते ।

विदाङ्कुरुतात्—तातङ् ङित् सार्वधातुक है । उसके परे रहते 'उ' प्रत्ययान्त होने से 'कृञ्' के अकार को उकार होकर उक्त रूप सिद्ध होता है ।

इसी प्रकार 'ताम्, तम् और त' में अकार को उकार होकर **विदाङ्कुरुताम्, विदाङ्कुरुतम्** और **विदाङ्कुरुत** रूप सिद्ध होते हैं ।

विदाङ्कुर्वन्तु—'अन्तु' में उकार को यण् होता है, और ङित् सार्वधातुक पर होने से पूर्ववत् अकार को उकार होने से रूप बनता है ।

विदाङ्कुरु—'सिप्' में 'हि' का 'उतश्च प्रत्ययादसंयोगपूर्वात्' से लोप होकर उक्त रूप सिद्ध होता है ।

विदाङ्करवाणि—उत्तम में 'आडुत्तमस्य पिच्च' से पित् आट् आगम होता है । अतः '५७५ अत उत् सार्वधातुके' सूत्र से अकार को उकार नहीं होता । पित् होने से 'उ' कार को सार्वधातुक गुण भी हो जाता है । तब 'ओ' को 'अव' आदेश होने पर **विदाङ्करवाणि, विदाङ्करवाव, विदाङ्करवाम** रूप सिद्ध होते हैं ।

इन चार कार्यों के अभाव पक्ष में—प्र० **वेत्तु-वित्तात्, वित्ताम्, विदन्तु** । म० **विद्धि-वित्तात्, वित्तम्, वित्त** । म० **वेदानि, वेदाव, वेदाम** ।

'वेदानि' आदि उत्तम पुरुष के रूपों में 'आड् उत्तमस्य पिच्च' सूत्र से आट् आगम होता है और वह पित् भी बताया गया है, अतः लघूपध गुण हो जाने से रूप सिद्ध होते हैं । इनमें आट् की प्रतीति स्पष्ट होती है ।

अवेत्—लङ् के प्रथम के एकवचन में 'अवेद् त्' इस दशा में 'हल्ङ्याब्भ्यो दीर्घात् सुतिस्यपृक्तं हल्' सूत्र से तिप् के अपृक्त तकार का हल् दकार से

('रु' आदेशविधिसूत्रम्)

५७६ दश्च ८ । २ । ७५ ॥

धातोर्दस्य पदान्तस्य सिपि परे रुर्वा । अवेः-अवेत् । विद्यात्, विद्याताम् । विद्यास्ताम् । अवेदीत् । अवेदिष्यत् ।

अस् भुवि ॥ १७ ॥ अस्ति ।

(अल्लोपविधिसूत्रम्)

५७७ श्नसोरल्लोपः ६ । ४ । १११ ॥

श्नस्य अस्तेश्च अतो लोपः सार्वधातुके किति ङिति । स्तः, सन्ति । असि, स्थः, स्थ । अस्मि, स्वः, स्मः ।

परे होने के कारण लोप हो जाता है । तब दकार को 'वाऽवसाने' से वैकल्पिक चर् होकर 'अवेत्' और 'अवेद्' रूप बनते हैं ।

अवित्ताम्—द्विवचन में अपित् सार्वधातुक होने से गुण नहीं होता ।

अविदुः—बहुवचन में 'सिजभ्यस्तविदिभ्यश्च' से 'झि' को 'जुस्' होकर 'अविदुः' बनता है ।

मध्यम के एकवचन में 'अवेद् स्' इस दशा में सिप् के अपृक्त सकार का हल्ङ्यादिलोप हो जाता है । तब 'अवेद्' यह अवस्था होती है ।

५७६ दश्चेति—धातु के पदान्त दकार को सिप् परे रहते 'रु' विकल्प से हो ।

अवेः—इससे दकार को 'रु' होने पर विसर्ग होकर 'अवेः' रूप सिद्ध होता है । अभावपक्ष में वैकल्पिक चर् होकर 'अवेत्, अवेद्' रूप तिप् के समान होते हैं । **अवेदम्**, अविद्व, अविद्म—ये रूप उत्तम में बनते हैं ।

लुङ् में—प्र० अवेदीत्, अवेदिष्टाम्, अवेदिषुः । म० अवेदीः, अवेदिष्टम्, अवेदिष्ट । उ० अवेदिषम्, अवेदिष्व, अवेदिष्म ।

१७ अस् (होना) ।

५७७ श्नसोरिति—श्ना प्रत्यय-क्र्यादिगण के विकरण और अस् धातु के अकार का लोप हो सार्वधातुक कित् प्रत्यय परे रहते ।

तिप्, सिप् और मिप् पित् हैं । इनके परे रहते अकार का लोप नहीं होता, शेष तस् आदि प्रत्यय अपित् सार्वधातुक होने से 'सार्वधातुकमपित्' से ङिद्वत् हैं, अतः उनके परे रहते लोप हो जाता है ।

असि—'सिप' परे रहते 'तासस्त्योर्लोपः' से अस् के सकार का लोप हो

(मूर्धन्य आदेशविधिसूत्रम्)

५७८ उपसर्ग-प्रादुर्भ्यामस्तिर्यच्परः ८ । ३ । ८७ ॥

उपसर्गेणः प्रादुसश्चास्तेः सस्य षो यकारेऽचि च परे । नि-ष्यात् । प्रनि-षन्ति । प्रादुः-षन्ति । यच्परः किम्—अभि-स्तः ।

('भू' आदेशविधिसूत्रम्)

५७९ अस्तेर्भूः २ । ४ । ५२ ॥

आर्धधातुके । बभूव । भविता । भविष्यति ।

अस्तु—स्तात्, स्ताम् , सन्तु ।

जाता है, तब 'असि' रूप सिद्ध होता है ।

५७८ **उपसर्गेति**- उपसर्ग के इण् और 'प्रादुस्' अव्यय से परे अस् धातु के सकार को षकार हो यकार और अच् परे रहते ।

निष्यात्--'निस्यात्' इस अवस्था में उपसर्ग 'नि' के इकार इण् से परे अस् धातु के सकार को षकार होकर 'निष्यात्' रूप बनता है । यहाँ स्थानी सकार से यकार परे है । 'स्यात्' रूप अस् धातु के विधिलिङ् प्रथम के एकवचन का है ।

प्रनिषन्ति—'प्रनिसन्ति' इस अवस्था में 'सन्ति' रूप अस् का है । इसके सकार का उपसर्ग 'नि' के सकार इण से परे होने के कारण षकार हुआ । यहाँ सकार से अच अकार परे है

प्रादुःषन्ति—'प्रादुःसन्ति' इस दशा में 'प्रादुस्' अव्यय से परे अस् के सकार को षकार हो जाता है, उससे परे अच् अकार है ।

यच्पर इति—'सकार से परे यकार या अच् होना चाहिये'—ऐसा क्यों कहा ? इसलिये कि 'अभिस्तः' इत्यादि स्थलों में सूत्र की प्रवृत्ति न हो । यहाँ 'अभि' उपसर्ग है । 'स्तः' अस् के लट् प्र० पु० द्विवचन का रूप है, इस में अस् धातु का सकार तो है, पर इससे परे तकार है, यकार या अच् नहीं ।

५७९ **अस्तेरिति**—आर्धधातुक के विषय में 'अस्' धातु को 'भू' आदेश हो । इस सूत्र से आर्धधातुक लकारों में 'अस्' को 'भू' आदेश हो जाने से उसी के समान रूप बनते हैं ।

लोट् में—**अस्तु** । तातङ्पक्ष में ङिद्वद्भाव होने से अकार का लोप हो

(एत्व-अभ्यासलोप-विधिसूत्रम्)

५८० घ्वसोरेद्धावभ्यासलोपश्च ६ । ४ । ११९ ॥

घोरस्तेश्च एत्वं स्याद् हौ परे अभ्यासलोपश्च । एत्वस्याऽसिद्धत्वाद् हेर्धिः । 'श्नसोः-' इत्यल्लोपः । तातङ्पक्षे एत्वं न, परेण तातङा बाधात् । एधि-स्तात्, स्तम्, स्त । असानि, असाव, असाम ।

जाता है, अतः **स्तात्** रूप बनता है । ताम् और अन्तु में भी ङिद्वद्भाव होने से अकार का लोप होकर **स्ताम्** और **सन्तु** रूप सिद्ध होते हैं ।

मध्यम के एकवचन में सिप् को 'हि' आदेश होने पर 'अस् हि' यह अवस्था होती है । यहाँ 'हुझल्भ्यो हेर्धिः' सूत्र से झल् से परे होने के कारण 'हि' को 'धि' प्राप्त होता है । पर होने से अग्रिम सूत्र उसे बाध लेता है ।

५८० **घ्वसोरिति**—घुसंज्ञक और अस् धातु को एकार और अभ्यास का लोप भी हो 'हि' पर होने पर ।

अलोन्त्यपरिभाषा से एकार अन्त्यवर्ण को होता है । 'अस्' के अन्त्यवर्ण सकार को और घुसंज्ञक 'दा,धा'आदि के अन्त्यवर्ण आकार का एकार होता है ।

अभ्यास का लोप घुसंज्ञक 'दा, धा' आदि धातुओं में ही होता है, अस् के साथ असंभव होने से इसका अन्वय नहीं है ।

इस प्रकार इस सूत्र के दो विधेय हैं—१ एकार आदेश । २ अभ्यास का लोप ।

एत्वस्येति—इस सूत्र के द्वारा विहित एत्व के आभीय कार्य होने से असिद्ध होने पर एकार झल् मिल जाता है, अतः झल् से पर होने के कारण 'हुझल्भ्यो हेर्धिः' से 'हि' को 'धि' आदेश हो जाता है ।

एधि—'अस् हि' यहाँ 'हि' के अपित् सार्वधातुक होने से ङिद्वद्भाव हो जाता है, तब 'श्नसोरल्लोपः' सूत्र से अकार का लोप होने पर 'स् + हि' यह स्थिति बनती है । यहाँ अन्त्यवर्ण सकार को प्रकृत सूत्र से 'एकार' हो जाता है । तब आभीय होने से एकार के असिद्ध होने के कारण धातु को मानकर उससे परे 'हि' को 'धि' आदेश होने पर से श्नसोरल्लोपः, 'एधि' रूप सिद्ध होता है ।

स्तात्—तातङ् पक्ष में एकार नहीं होता, क्योंकि तातङ् आदेश पर होने से इसे बाध लेता है । पहले तातङ् आदेश होने से फिर 'हि' परे न मिलने के कारण 'एकार' नही होता ।

आसीत्, आस्ताम्, आसन्। स्यात्, स्याताम्, स्युः। भूयात्। अभूत्। अभविष्यत्।

इण् गतौ ॥ १७ ॥ एति, इतः।

('यण्' आदेशविधिसूत्रम्)

५८१ इणो यण् ६। ४। ८१॥

अजादौ प्रत्यये परे। यन्ति।

असानि, असाव, असाम—उत्तम में आट् का आगम होता है, वह पित् होता है। अतः अकार का लोप नहीं होता।

आसीत्—लङ् में प्रथम के एकवचन में 'आ अस् त्' इस दशा में 'अस्ति-सिचोऽपृक्ते' से 'ईट्' आगम होकर 'आसीत्' रूप सिद्ध होता है।

इसी प्रकार सिप् में भी इकार का लोप होने पर अपृक्त होने से 'इट्' का आगम होकर 'आसीः' रूप बनता है।

आस्ताम्—आदि में आकार आट् का है। धातु के अकार का तो 'श्नसोर-ल्लोपः' से लोप हो जाता है।

शेष रूप—**आसीः, आस्तम्, आस्त। आसम्, आस्व, आस्म।**

विधिलिङ्—**स्यात्, स्याताम्, स्युः। स्याः, स्यातम्, स्यात। स्याम्, स्याव, स्याम।**

विधिलिङ् के इन प्रयोगों में यासुट् के ङित् होने के कारण अकार का लोप होता है।

आशीर्लिङ् आदि शेष लकारों में आर्धधातुक होने से 'भ' आदेश होता है। 'भू' के ही समान रूप बनते हैं।

इण् गतौ ॥ १७ ॥ एति, इतः।

१७ इण्—जाना।

एति—सार्वधातुक गुण होकर रूप सिद्ध हुआ।

इतः—तस् के अपित होने से ङिद्वत् होने के कारण गुण नहीं हुआ।

५८१ इण इति–इण् धातु के इकार को यण हो अजादि प्रत्यय परे होने पर।

यन्ति—'इ + अन्ति' इस दशा में 'अचि श्नुधातुभ्रुवां य्वोरियङुवङौ' सूत्र से इयङ् प्राप्त है, उसका अपवाद यह यण् आदेश है। 'इ' को यण यकार

(इयङुवङ्आदेशविधिसूत्रम्)

५८२ अभ्यासस्याऽसवर्णे ६ । ४ । ७८ ॥

अभ्यासस्य इवर्णोवर्णयोरियङुवङौ स्तोऽसवर्णेऽचि । इयाय ।

(दीर्घविधिसूत्रम्)

५८३ दीर्घ इणः किति ७ । ४ । ६९ ॥

इणोऽभ्यासस्य दीर्घः स्यात् किति लिटि । ईयतुः ईयुः । इययिथ, इयेथ । एता । एष्यति । एतु । ऐत् , ऐताम् , आयन् । इयात् ।

होने से 'यन्ति' रूप सिद्ध होता है ।

शेष रूप—**म० एषि, इथः, इथ । उ० एमि, इवः, इमः ।**

५८२ अभ्यासस्येति—अभ्यास के इवर्ण और उवर्ण को क्रम से इयङ् और उवङ् आदेश होते हैं असवर्ण अच् परे होने पर ।

इयाय—इण् धातु से णल् में 'इ इ अ' ऐसी अवस्था में 'अचो ञ्णिति' से अभ्यास के उत्तरखण्ड इकार को वृद्धि ऐकार और उसको 'आय्' आदेश होने पर 'इ आय् अ' इस दशा के होने पर प्रकृत सूत्र से असवर्ण अच् आकार परे होने से अभ्यास के इकार को 'इयङ्' आदेश हुआ । तब 'इयाय' रूप सिद्ध हुआ ।

अतुस् में द्वित्व होने पर कित् होने से गुण नहीं होता । अतः 'इ इ अतुस्' इस दशा में उत्तरखण्ड के इकार को 'इणो यण्' से यण् यकार होता है, तब 'इय् अतुस्' यह स्थिति होती है ।

५८३ दीर्घ इति—इण् धातु के अभ्यास को दीर्घ हो कित् लिट् परे होने पर ।

ईयतुः—'इ य् अतुस्' इस स्थिति में कित् लिट् अतुस् परे होने से इण् धातु के अभ्यासरूप 'इकार' को दीर्घ होकर 'ईयतुः' रूप सिद्ध होता है । इसी प्रकार 'उस' में 'ईयुः' रूप बनता है ।

इययिथ—थल् में पित् होने से गुण होकर 'इ ए थ' यह दशा होती है । अनिट् अजन्त होने से वैकल्पिक इट् होता है । अभ्यास इकार को असवर्ण अच् परे होने से इयङ् आदेश हो जाता है । इट् पक्ष में 'ए' को 'अय्' आदेश होकर 'इययिथ' रूप बनता है । इडभावपक्ष में 'इयेथ' ।

अन्य रूप—**ईयथुः, ईय । इयाय-इयय, ईयिव, ईयिम ।**

ईयात्।

(ह्रस्व-आदेशविधिसूत्रम्)

५८४ एतेर्लिङि ७।४।२४॥

उपसर्गात् परस्य इणोऽणो ह्रस्व आर्धधातुके किति लिङि। निरियात्। (प०) 'उभयत आश्रयणे नान्तादिवत्–' अभीयात। अणः

लोट् में—एतु–इतात्, इताम्, यन्तु। इहि–इतात्, इतम्, इत। अयानि, अयाव, अयाम।

'हि' के अपित् होने से ङिद्वत् होने के कारण उसके परे रहते गुण नहीं होता। उत्तम में आट् के पित् होने से सार्वधातुक गुण हो जाता है, तब 'ए' कार को 'अय्' आदेश होता है।

ऐत्—लङ् के तिप् के इकार के लोप और आट् के साथ धातु के इकार को वृद्धि एकादेश होने से यह रूप सिद्ध होता है।

आयन्—लङ् के प्रथम पुरुष के बहुवचन झि में इकार का लोप तथा झकार को 'अन्त्' आदेश होने पर 'इ अन्' इस स्थिति में 'इणो यण्' से यण् होता है। तब 'यन्' बनने पर आभीय होने के कारण यण् के असिद्ध होने से अजादि मानकर 'आट्' होता है।

लङ् के शेष रूप—म० ऐः, ऐतम्, ऐत। उ० आयम्, ऐव, ऐम।

'आयम्' में भी आयन् के समान पहले इकार को यण् होता है, बाद को आभीय होने के कारण यण् के असिद्धवत् होने से अजादि मानकर 'आट्' होता है।

विधिलिङ में—प्र० इयात्, इयाताम्, इयुः। म० इयाः, इयातम्, इयात। उ० इयाम्, इयाव, इयाम।

ईयात्—आशीर्लिङ् में 'अकृत्सार्वधातुकयोः' से दीर्घ होकर—ईयात्, ईयास्ताम्, ईयासुः आदि रूप सिद्ध होते हैं।

५८४ एतेरिति—उपसर्ग से परे इण् धातु के अण् को ह्रस्व हो आर्धधातुक कित् लिङ् परे होने पर।

निरियात्—'निर् इयात्' इस दशा में आशीर्लिङ् का होने से 'ईयात्' आर्धधातुक कित् लिङ् है। उसके परे रहते इण् के अण् 'ई' कार को उपसर्ग

किम्—समेयात् ।

('गा' आदेशविधिसूत्रम्)

५८५ इणो गा लुङि २ । ४ । ४५ ॥

'गातिस्था–' इति सिचो लुक्—अगात् । ऐष्यत् ।

निर् से परे होने के कारण ह्रस्व होकर 'निरियात्' रूप सिद्ध होता है ।

उभयत इति—दोनों ओर से आश्रयण करने में अन्तादिवद्भाव नहीं होता अर्थात् पूर्ववद्भाव और अन्तवद्भाव दोनों एक साथ नहीं होते ।

अभीयात्—यहाँ उक्त परिभाषा के बल से ह्रस्व नहीं हो पाता । क्योंकि यहाँ 'अभि+ईयात्' इस स्थिति में दीर्घ हुआ है । तब यदि 'अन्तादिवच्च' सूत्र से पूर्वान्तवद्भाव से 'अभी' में उपसर्गत्व धर्म लाया जाय तो आगे 'यात्' रह जाता है, यह इण् धातु नहीं अर्थात् आगे इण् धातु नहीं मिलता । यदि परादि-वद्भाव से 'ईयात्' में इणत्व लाया जाय तो इधर 'अभ्' बचता है, वह उपसर्ग नहीं । यदि पूर्वान्तवद्भाव से एकादेशयुक्त 'अभी' में उपसर्गत्व और 'भीयात्' में इणधातुत्व दोनों लाये जायँ तो कार्य हो सकता है, परन्तु दोनों बातें एक साथ नहीं होती, क्योंकि दोनों परस्परविरोधी हैं । दोनों विरुद्ध कार्य एक साथ हो नहीं सकते । इसलिये यहाँ ह्रस्व नहीं होता ।

अण इति—अण् को ह्रस्व होता है—यह क्यों कहा ? इसलिये कि 'समे-यात्' में सूत्र की प्रवृत्ति न हो । 'सम्+आ ईयात्' इस स्थिति में गुण होकर 'सम्+एयात्' बना है । यहाँ सम् उपसर्ग है और एकादेशविशिष्ट 'एयात्' में 'अन्तादिवच्च' से परादिवद्भाव से इण्धातुत्व है, परन्तु पूर्व अण् नहीं मकार है । इसलिये ह्रस्व नहीं होता ।

५८५ इण इति—इण धातु को 'गा' आदेश हो लुङ् के विषय में ।

'गा' आदेश पहले हो जाता है । तब अजादि न मिलने से आट् नहीं होता ।

अगात्—इण् धातु के लुङ् के प्रथम पुरुष एकवचन में 'गा' आदेश होने पर 'अ गा स् त्' इस अवस्था में 'गातिस्था' इत्यादि सूत्र से 'सिच्' का लोप होने पर 'अगात्' रूप सिद्ध होता है ।

'गाति-स्था–' इस सूत्र में 'गा' से इण् के स्थान में होनेवाला आदेश 'गा' लिया जाता है इस बात को भ्वादिगण में बताया जा चुका है ।

शीङ् स्वप्ने ॥ १८ ॥

(गुणादेशविधिसूत्रम्)

५८६ शीङः सार्वधातुके गुणः ७ । ४ । २१ ॥

'क्ङिति च' इत्यस्याऽपवादः । शेते, शयाते ।

प्र० **अगात्**, **अगाताम्**, **अगुः** । म० **अगाः**, **अगातम्**, **अगात** । उ० **अगाम्**, **अगाव**, **अगाम** । 'अगुः' में सिच् होने पर 'आतः' सूत्र से झि को जुस् होता है और तब 'उस्यपदान्तात्' से आकार को पररूप ।

लृङ् में प्र० **ऐष्यत्**, **ऐष्यताम्**, **ऐष्यन्** । म० **ऐष्यः**, **ऐष्यतम्**, **ऐष्यत** । उ० **ऐष्यम्**, **ऐष्याव**, **ऐष्याम** ।

उपसर्ग के योग में—

अपैति = हटता है । **अन्वेति** = पीछे चलता है, सम्बन्ध करता है ।

अवैति = जानता है । **व्येति** = विकृत होता है ।

ऐति = आता है । **अभ्येति** = जानता है ।

उदेति = उदय होता है । **प्रत्येति** = विश्वास करता है ।

उपैति = पास जाता है । **अभ्युपैति** = स्वीकार करता है ।

समुदेति = प्रकट होता है । **अभ्युदेति** = प्रकट होता है ।

अभिप्रैति = अभिप्राय रखता है ।

१८ **शीङ्**—सोना 'सेट्' ।

५८६ शीङ इति–शीङ् धातु को गुण हो सार्वधातुक प्रत्यय परे होने पर ।

क्ङितोति—शीङ् धातु ङित् होने से आत्मनेपदी है । अतः आत्मनेपद के 'त' आदि प्रत्यय उससे परे आते हैं । वे अपित् होने से 'सार्वधातुकमपित्' से सार्वधातुक लकारों में ङिद्वत् होते हैं । उनके परे रहते 'क्ङिति च' से गुण का निषेध प्राप्त होता है । उसका अपवाद यह सूत्र है ।

शेते—लट् के त में टि को एकार होने पर 'शी ते' इस अवस्था में सार्वधातुक 'त' प्रत्यय परे होने से 'ई'कार को प्रकृत सूत्र से गुण एकार होकर 'शेते' रूप सिद्ध होता है ।

शयाते—'आताम्' में भी ईकार को एकार गुण होता है । एकार को 'अय्' आदेश हो जाता है । तथा टि 'आम्' को एकार होने पर 'शयाते' रूप बनता है।

('रुट्' आदेशविधिसूत्रम्)

५८७ शीङो रुट् ७ । १ । ७ ॥

शीङः परस्य झादेशस्याऽतो रुडागमः स्यात् ।

शेरते; शेषे, शयाथे, शेध्वे; शये, शेवहे, शेमहे ।

शिश्ये, शिश्याते, शिश्यिरे ।

शयिता । शयिष्यते ।

शेताम् , शयाताम् , शेरताम् । अशेत, अशयाताम् , अशेरत ।

शयीत, शयीयाताम् , शयीरन् । शयिषीष्ट । अशयिष्ट ।

झ् को 'आत्मनेपदेष्वनतः' से 'अत्' आदेश होता है । टि को एकार तथा 'शीङः सार्वधातुके गुणः' से गुण होकर 'शे अते' यह अवस्था हुई ।

५८७ शीङ इति—शीङ् से परे 'झ' के आदेश 'अत्' को रुट् आगम हो ।

शेरते—'शे अते' यहाँ अत् को रुट् आगम होने पर 'शेरते' रूप सिद्ध होता है । लट् के शेष रूपों में 'शीङः सार्वधातुके गुणः' सूत्र से गुण होता है ।

शिश्ये—लिट् के 'एश्' में 'शी' को द्वित्व, अभ्यास को ह्रस्व और उत्तर-खण्ड के 'ई' कार को यण् होकर 'शिश्ये' रूप सिद्ध होता है ।

लिट् के 'शेष रूप निम्नलिखित हैं–म० शिश्यिषे, शिश्याथे, शिश्यिढ्वे-शिश्यिध्वे । उ० शिश्ये, शिश्यिवहे, शिश्यिमहे ।

अजन्त-सेटकारिका में 'शीङ' का ग्रहण है, अतः यह धातु सेट् है । वलादि आर्धधातुक को इसीलिये इट् होगा ।

यहाँ ध्वम् में इण् यकार से पर इट् से परे होने के कारण 'ध्वम्' के धकार को 'विभाषेटः' सूत्र से ढकार विकल्प से होकर दो रूप बनते हैं ।

शयिता—लुट् के प्र० पु० एकवचन में तास् आने पर इट् आगम, धातु के ईकार को आर्धधातुक गुण, अय् आदेश तिप् को 'डा' आदेश और डित्व सामर्थ्य से तास् की आस् टि का लोप होने पर रूप सिद्ध होता है ।

शयिष्यते—लृट् में स्य को इट् आगम होता है । शेष कार्य यथावत् होता है ।

लोट् में लट् के समान गुण होता है । 'झ' से रुट् का आगम होता है ।

शेष रूप निम्नलिखित हैं—म० शेष्व, शयाथाम्, शेध्वम् । उ० शयै, शयावहै, शयामहै ।

अशयिष्यत ।

इङ् अध्ययने ॥ १९ ॥ इङिकावध्युपसर्गतो न व्यभिचरतः । अधीते, अधीयाते, अधीयते ।

लङ् के शेष रूप—म० **अशेथाः, अशयाथाम्, अशेध्वम्** । उ० **अशयि, अशेवहि, अशेमहि** ।

विधिलिङ् के शेष रूप—**शयीथाः, शयीयाथाम्, शयीध्वम्** । उ० **शयीय, शयीवहि, शयीमहि** ।

आशीर्लिङ्—प्र० **शयिषीष्ट, शयिषीयास्ताम्, शयिषीरन्** ।
म० **शयिषीष्ठाः, शयिषीयास्थाम, शयिषीढ्वम्-शयिषीध्वम्**
उ० **शयिषीय, शयिषीवहि, शयिषीमहि** ।

लुङ्—प्र० **अशयिष्ट, अशयिषाताम्, अशयिषत** ।
म० **अशयिष्ठाः, अशयिषाथाम्, अशयिढ्वम-अशयिध्वम्** ।
उ० **अशयिषि, अशयिष्वहि, अशयिष्महि** ।

यहाँ यह ध्यान रहे कि 'शीङ्' धातु सेट् है । 'ऊद्-ॠदन्तैः—' इत्यादि कारिका में इसे सेट् धातुओं में परिगणित किया है ।

उपसर्ग के योग में—

संशेते, विशेते = संशय करता है । **अनुशेते** = पश्चात्ताप करता है ।

अधिशेते = लेटता है । **आशेते** = आशय रखता है ।

१९ इङ्—पढ़ना (अनिट्) ।

इङिकाविति—इङ् धातु और 'इक् स्मरणे' धातु 'अधि'[1] उपसर्ग के बिना प्रयोग में नहीं आते अर्थात् इनके साथ सदा 'अधि' उपसर्ग रहता है ।

इङ् धातु ङित् होने से आत्मनेपदी है ।

अधीते—सवर्णदीर्घ होकर 'अधीते, अधीयाते, अधीयते' रूप सिद्ध होते हैं । 'आते' 'अते' में अजादि प्रत्यय परे होने से 'अचि श्नुधातु—' इत्यादि से इयङ् आदेश हो जाता है । तब सवर्ण दीर्घ होता है । गुण तो होता नहीं, क्योंकि

---

१. पहले धातु से प्रत्यय के आने पर सारे कार्य हो जाते हैं । तब सिद्ध रूप के साथ उपसर्ग का सम्बन्ध होता है । यथा—'इते, इयाते, इयते' ये रूप लट् के पहले बन जाते हैं, तब 'अधि' उपसर्ग का योग होता है ।

('गाङ्' आदेशविधिसूत्रम्)

५८८ गाङ् लिटि २ । ४ । ४९ ॥

इङो गाङ् स्यात् लिटि । अधिजगे, अधिजगाते, अधिजगिरे । अध्येता । अध्येष्यते ।

अधीताम्, अधीयाताम्, अधीयताम् । अधीष्व, अधीयाथाम् अधीध्वम् । अध्ययै, अध्यावहै, अध्ययामहै ।

अपित् होने से ये ङिद्वत् हैं ।

शेष रूप ये हैं—म० **अधीषे, अधियाथे, अधीध्वे ।**

उ० **अधीये, अधीवहे, अधीमहे ।**

५८८ गाङ् इति–इङ् धातु को 'गाङ्' आदेश हो लिट् परे होने पर (अथवा लिट् की विवक्षा में)

लावस्था में या लिट् की विवक्षा होने पर यह 'गाङ्' आदेश होता है ।

अधिजगे—'गाङ्' आदेश होने पर 'गा' को द्वित्व होता है । अभ्यास को ह्रस्व और कुत्व भी होता है । तब 'आतो लोप इटि च' सूत्र से आकार का लोप होने पर रूप सिद्ध होता है ।

प्रथमपुरुष के एश्, आते, इरेच् प्रत्यय अजादि हैं । आथाम् और इट भी अजादि हैं । 'से, ध्वम्, वहे और महे' को क्रादिनियम से इट् होता है, इस प्रकार ये भी अजादि बन जाते हैं । अतः सभी के अजादि होने से उनके परे रहते 'आतो लोप इटि च' सूत्र से आकार का लोप होता है ।

शेष रूप म० **अधिजगिषे, अधिजगाथे, अधिजगिध्वे ।**

उ० **अधिजगे, अधिजगिवहे, अधिजगिमहे ।**

अध्येता, अध्येष्यते—लुट् और लृट् में 'एता' और 'एष्यति' आदि रूप बनते हैं, क्योंकि यह धातु अनिट् ही है ।

लोट लकार में अजादि प्रत्ययों में इयङ् आदेश होता है, तब 'अधि' के साथ सवर्णदीर्घ होता है, अन्यत्र हलादियों में केवल सवर्णदीर्घ होता है ।

अध्ययै—उत्तम के एकवचन में-अधि इ + इ, अधि इ + आ इ, अधि इ + आ ऐ, अधि इ + ऐ, अधि ए + ऐ, अधि अयै + अध्ययै । इस प्रकार रूप सिद्ध होता है । आट्, ऐकार आदेश, वृद्धि, धातु के इकार को गुण, अय् आदेश और उपसर्ग के इकार को यण् कार्य यहाँ होते हैं ।

अध्यैत, अध्यैयाताम्, अध्यैयत। अध्यैथाः, अध्यैयाथाम्, अध्यैध्वम्। अध्यैयि, अध्यैवहि, अध्यैमहि।

अधीयीत, अधीयीयाताम्। अधीयीरन्।

अध्येषीष्ट।

('गाङ्' आदेशविधिसूत्रम्)

५८९ विभाषा लुङ्-लृङोः २।४।५०॥

अध्ययावहै, अध्ययामहै—द्विवचन और बहुवचन में भी इसी प्रकार वृद्धि को छोड़कर सारे कार्य होने पर रूप सिद्ध होते हैं।

अध्यैत--लङ् में आट् और उसके आकार तथा धातु के इकार को 'आटश्च' से वृद्धि होकर 'ऐत' रूप बनता है। तब उपसर्ग के इकार को यण् होकर 'अध्यैत' रूप सिद्ध होता है। इसी प्रकार अन्य रूप भी बनते हैं।

अधीयीत—विधिलिङ् में 'अधि इत' इस स्थिति में सीयुट, सुट्, दोनों सकारों का लोप और यकार का लोप किये जाने पर 'अधि इ ईत' इस दशा में 'सीयुट्' के अपित् सार्वधातुक होने से ङिद्वत् होने के कारण धातु के इकार को 'इयङ्' आदेश होता है। 'अधि इयीत' इस अवस्था में उपसर्ग के इकार तथा धातु के इकार को सवर्णदीर्घ होकर 'अधीयीत' यह रूप सिद्ध होता है।

अधीयीयाताम्—आताम् में पूर्वोक्त सारे कार्य सीयुट् के यकार लोप को छोड़कर होते हैं। तब 'अधीयीयाताम्' रूप बनता है।

अधीयीरन्—'झ' को रन् आदेश होने पर यकार का लोप होने से पूर्ववत् सारे कार्य यथाक्रम से होकर 'अधीयीरन्' रूप बहुवचन में सिद्ध होता है।

शेष रूप भी इसीप्रकार सिद्ध होते हैं—म० **अधीयीथाः, अधीयीयाथाम्, अधीयीध्वम्।** उ० **अधीयीय, अधीयीवहि, अधीयीमहि।**

अध्येषीष्ट—आशीर्लिङ् में सीयुट् सुट्, आर्धधातुक गुण, यण और षत्व होकर 'अध्येषीष्ट' रूप सिद्ध होता है।

आशीर्लिङ—प्र० **अध्येषीष्ट, अध्येषीयास्ताम, अध्येषीरन्।**

म० अध्येषीष्ठाः, अध्येषीयास्थाम्, अध्येषीढ्वम्।

उ० अध्येषीय, अध्येषीवहि अध्येषीमहि।

५८९ विभाषेति—इङ् धातु को गाङ् आदेश विकल्प से हो लुङ् और लृङ् के विषय में।

इङो गाङ् वा स्यात्।

(ङिदतिदेशसूत्रम्)

५९० गाङ्कुटादिभ्योऽञ्णिन्ङित् १ । २ । १ ॥

गाङादेशात् कुटादिभ्यश्च परेऽञ्णितः प्रत्ययाः ङितः स्युः।

(ईकारादेशविधिसूत्रम्)

५९१ घु-मा-स्था-गा-पा-जहाति-सां हलि ६ । ४ । ६६ ॥

एषामात ईत् स्यात् हलादौ क्ङिति-आर्धधातुके । अध्यगीष्ट, अध्यैष्ट । अध्यगीष्यत, अध्यैष्यत ।

लकार आने के पूर्व ही इङ् को इससे गाङ् आदेश होता है।

५९० गाङिति—'गाङ्' आदेश और 'कुट'[1] आदि धातुओं से परे ञित् तथा णित् भिन्न प्रत्यय ङित् हों।

'अगा स् त' इस दशा में गाङ् आदेश से परे ञित् और णित् भिन्न सिच प्रत्यय है। यह ङित् हो जाता है।

५९१ घुमास्थेति—घुसंज्ञक, मा (नापना), स्था (ठहरना), गा (पढ़ना), पा (पीना), ओहाक् (त्यागना) और षो (नाश करना)–इन धातुओं के आकार को ईकार हो हलादि कित् ङित् आर्धधातुक परे होने पर।

गा को छोड़कर अन्य धातुओं के उदाहरण कर्मवाक्य में यक के कित् होने से मिलते हैं। जैसे—दा-दीयते। धा-धीयते। मा-मीयते। स्था-स्थीयते। पा-पीयते। हा-हीयते। षो-सीयते।

गा का उदाहरण यहीं इङ् के स्थान में 'गाङ्' आदेश होने पर मिलता है।

अध्यगीष्ट—लुङ् के प्र० पु० एक वचन में 'अ गा स् त' इस स्थिति में हलादि ङित् आर्धधातुक 'सिच्' के पर होने पर 'गा' के आकार को 'ई' कार होता है। तब षत्व और ष्टुत्व होकर—अभीष्ट रूप सिद्ध होने पर उपसर्ग के इकार को यण यकार आदेश कर के रूप सिद्ध होता है।

सम्पूर्ण रूप—

प्र०	अध्यगीष्ट,	अध्यगीषाताम्,	अध्यगीषत
म०	अध्यगीष्ठाः,	अध्यगीषाथाम,	अध्यगीढ्वम्
उ०	अध्यगीषि,	अध्यगीष्वहि,	अध्यगीष्महि

अध्यैष्ट—गाङ् के अभावपक्ष में-'अधि आ इ स त' इस स्थिति में इकार

---

१. 'कुट्' आदि गण तुदादिगण में आयगा।

दुह प्रपूरणे ॥ २० ॥ दोग्धि, दुग्धः, दुहन्ति; धोक्षि ।

को गुण, आट् को वृद्धि, षत्व और ष्टुत्व—होने पर ऐष्ट, रूप बनता है, तब उपसर्ग के इकार को यण यकार होकर अध्यैष्ट रूप बनता है।

सम्पूर्ण रूप—प्र० अध्यैष्ट, अध्यैषाताम्, अध्यैषत ।
म० अध्यैष्ठाः, अध्यैषाथाम्, अध्यैढ्वम् ।
उ० अध्यैषि, अध्यैष्वहि, अध्यैष्महि ।

अध्यगीष्यत—लृङ् में गाङ् आदेश, 'गाङ्कुटादिभ्यः–' से स्य को ङित्त्व, 'घुमास्था—' से ईत्व होकर 'अध्यगीष्यत' रूप बनता है ।

सम्पूर्णरूप—

प्र० अध्यगीष्यत	अध्यगीष्येताम्	अध्यगीष्यन्त
म० अध्यगीष्यथाः	अध्यगीष्येथाम्	अध्यगीष्यध्वम्
उ० अध्यगीष्ये	अध्यगीष्यावहि	अध्यगीष्यामहि

गाङ् आदेश के अभावपक्ष में—प्र० **अध्यैष्यत, अध्यैष्येताम्, अध्यैष्यन्त** । म० अध्यैष्यथाः, अध्यैष्येथाम्, अध्यैष्यध्वम् । उ० अध्यैष्ये, अध्यैष्यावहि, अध्यैष्यामहि ।

'आताम्' और 'आथाम्' में अकार से परे होने के कारण आकार को 'आतो ङितः' से इय् होकर उसके यकार का लोप होता है । तब 'स्य' के अन्त्य अकार और इय् के इकार को गुण एकादेश होता है ।

२० दुह (दुहना)— दुह् धातु स्वरितेत् होने से उभयपदी है ।

इसके रूपों की सिद्धि में 'दादेर्धातोर्घः' 'झलां जश् झशि' 'झषस्तथोर्धोऽधः' और 'एकाचो बशो भष् झषन्तस्य स्ध्वोः' इन चार सूत्रों की अत्यधिक आवश्यकता पड़ती है अर्थात् घ, ग, प्रत्यय के त और थ को ध तथा धातु के द को ध ये कार्य विशेष रूप से होते हैं ।

ध्यान रहना चाहिए कि प्रत्यय दो ही प्रकार के तो हैं-अजादि और हलादि ।

अजादि प्रत्ययों के परे रहते तो उक्त कोई कार्य नहीं होते और न मकारादि तथा वकारादि प्रत्ययों के परे रहते ही ।

हलादियों में झलादि अर्थात् तकारादि और थकारादि प्रत्ययों के परे रहते हकार को घकार, घकार को गकार तथा तकार और थकार को धकार अवश्य होता है ।

दुग्धे, दुहाते, दुहते; धक्षे, दुहाथे, धुग्ध्वे; दुहे, दुह्वहे, दुह्महे ।

दुदोह, दुदुहे । दोग्धा । धोक्ष्यति, धोक्ष्यते ।

दोग्धु-दुग्धात् , दुग्धाम् , दुहन्तु; दुग्धि-दुग्धात् , दुग्धम्, दुग्ध; दोहानि, दोहाव, दोहाम ।

दुग्धाम् , दुहाताम् , दुहताम् । धुक्ष्व, दुहाथाम् , धुग्ध्वम् । दोहै, दोहावहै, दोहामहै ।

अधोक् , अदुग्धाम् , अदुहन् । अदोहम् , अदुग्ध, अदुहाताम् , अदुहत । अधुग्ध्वम् ।

दुह्यात्, दुहीत ।

(कित्त्वविधिसूत्रम्)

५९२ लिङ्सिचावात्मनेपदेषु १ । २ । ११ ॥

सकारादि प्रत्ययों के परे रहते घत्व होने पर भष्भाव से दकार को धकार भी होता है और इसके अतिरिक्त घकार को चर् ककार और सकार को मूर्धन्य षकार तथा क-ष के संयोग से क्ष होता है ।

धकारादि केवल एक 'ध्वम्' प्रत्यय है । उसके परे रहते हकार को घकार और उसको गकार तथा भष्भाव से दकार को धकार होता है ।

लुट् लकार के दोनों पदों में तास् हो जाता है । अतः तकारादि प्रत्यय होने से घत्व, गत्व और तकार के स्थान में धत्व कार्य होते हैं ।

लृट् और लृङ् में स्य आने से, आशीर्लिङ् आत्मनेपद में सीयुट् के सकार के लोप न होने से, लुङ् लकार में च्लि का 'क्स' आदेश हो जाने से तथा लट् के सिप् और से, लोट् के स्व में सकारादि प्रत्यय मिलते हैं । अतः इनमें घत्व भष्भाव, कत्व, षत्व, क्ष ये कार्य होते हैं ।

'ध्वम्' के सभी स्थलों में घत्व, भष्भाव और गत्व होते हैं ।

इन बातों का पूर्ण ध्यान रहेगा तो 'दुह्' के रूप बनाने कठिन न होंगे । मूल में अधिकांश आवश्यक रूप दे दिये गये हैं, अतः यहाँ देने की आवश्यकता नहीं ।

५९२ लिङिति—इक के समीपस्थित हल् से परे झलादि लिङ् और सिच् कित् होते हैं, तिङ् परे होने पर ।

इक्समीपाद् हलः परौ झलादी लिङ्सिचौ कितौ स्तः, तिङि। **धुक्षीष्ट** ।

('क्स' आदेशविधिसूत्रम्)

५९३ शल इगुपधाद् अनिटः क्सः ३ । १ । ४५ ॥

इगुपधो यः शलन्तः, तस्मादनिटश्च्लेः 'क्स' आदेशः स्यात्। अधुक्षत।

लिङ् और सिच् का झलादि होना इट् के होने न होने पर निर्भर है। दुह धातु अनिट् है, इसलिए यहाँ झलादि लिङ् और सिच् मिल जायेंगे। विधिलिङ् आत्मनेपद में सीयुट् के सकार का लोप हो जाने से झलादि नहीं रहता। परस्मैपद में यासुट् होता है; वहाँ भी झलादि नहीं मिलता। केवल आशीर्लिङ् आत्मनेपद में सीयुट् इट् न होने की दशा में झलादि लिङ् मिलता है। लुङ् में दुह् धातु से परे च्लि को क्स हो जाता है; अतः सिच् न मिलने से वहाँ भी प्रवृति न होगी। सिच् का उदाहरण आगे मिलेगा।

धुक्षीष्ट—दुह् धातु में इक् उकार के समीप हल् हकार स्थित है। इससे परे झलादि लिङ् आत्मनेपद का आशीर्लिङ् सीयुट्सहित है। अतः यह प्रकृत सूत्र से कित् हो जायगा। कित् होने से गुण का निषेध हो जायगा।

सम्पूर्ण रूप—प्र० **धुक्षीष्ट, धुक्षीयास्ताम्, धुक्षीरन्**। म० **धुक्षीष्ठाः, धुक्षीयास्थाम्, धुक्षीध्वम्**। उ० **धुक्षीय, धुक्षीवहि, धुक्षीमहि**।

५९३ शल इति—इगुपध जो शलन्त धातु, उस अनिट् धातु से परे 'च्लि' को 'क्स' आदेश हो।

'क्स' अदन्त है और ककार इत्संज्ञक है।

अधुक्षत—दुह धातु का उपधा उकार इक् है, अन्त में हकार शल् है। अतः यह इगुपध शलन्त धातु है। अनिट् भी यह है ही। अतः इससे परे 'च्लि' को 'क्स' आदेश हो जायगा। तब प्रत्यय सकारादि हो जाता है। घत्व, भष्भाव, कत्व, षत्व, चत्व होकर 'अधुक्षत्' आदि रूप बनते हैं।

सम्पूर्ण रूप—प्र० **अधुक्षत्, अधुक्षताम् अधुक्षन्**। म० **अधुक्षः, अधुक्षतम्, अधुक्षत**। उ० **अधुक्षम्, अधुक्षाव, अधुक्षाम**।

(क्सलुग्विधिसूत्रम्)

५९४ लुग् वा दुह-दिह-लिह-गुहामात्मनेपदे दन्त्ये ७।३।७३॥

एषां क्सस्य लुग्वा स्यात् , दन्त्ये तङि । अदुग्ध-अधुक्षत ।

(लोपविधिसूत्रम्)

५९५ क्सस्याऽचि ७ । ३ । ७२ ॥

अजादौ तङि क्सस्य लोपः । 'अलोऽन्त्यस्य' इत्यकारलोपः । अधुक्षाताम्, अधुक्षन्त; अदुग्धाः-अधुक्षथाः, अधुक्षाथाम् , अघुग्ध्वम्-अधुक्षध्वम् । अधुक्षि, अदुह्वहि-अधुक्षावहि, अधुक्षामहि । अधोक्ष्यत् , अधोक्ष्यत ।

---

५९४ लुग् वेति—दुह् , दिह् , लिह् और गुह् धातुओं के 'क्स' का लुक् विकल्प से हो दन्त्य तङ् परे होने पर।

'तङ्' का अर्थ 'आत्मनेपद' होता है। इसमें दन्त्य तङ्—त, थास् और ध्वम् हैं। इन तीनों में 'क्स' का लोप होता है। लोपपक्ष में लङ् के समान रूप हो जाते हैं। 'वहि' में भी लोप होता है, उस पक्ष में जिस में 'व' कार का दन्त्य स्थान भी माना जाता है, जिस पक्ष में नहीं माना जाता उसमें नहीं।

लोपपक्ष में त का रूप—**अदुग्ध** । अभावपक्ष में—**अधुक्षत** ।

५९५ क्सस्येति–अजादि तङ् परे होने पर 'क्स' का लोप हो ।

अला इति –'अलोऽन्त्यस्य' परिभाषा के बल से 'क्स' के अन्त्य अकार का लोप होता है ।

अधुक्षाताम् –'आताम्' में 'अधुक्ष आताम्' इस दशा में अकार से परे मिल जाने के कारण आकार को 'आतो ङितः, से 'इय्' प्राप्त होता है। उसके अपवाद रूप में प्रकृत सूत्र से 'क्स' के अकार के लोप का विधान किया गया है। अतः 'क्स' के अकार का लोप होने पर 'अधुक्षाताम्' रूप सिद्ध हुआ।

अधुक्षन्त—यहाँ 'अन्त्'[1] आदेश होने पर 'क्स' के अकार का लोप

---

१. इसमें 'अन्त्' आदेश होने पर ही अजादि प्रत्यय परे मिलता है। इस लिए 'क्स' के अकार के लोप होने से पहले 'अन्त' आदेश हो जाता है। उस समय 'क्स' के अकार से परे होने के कारण 'आत्मनेपदेष्वनतः' सूत्र से 'झ्' को 'अत्' आदेश नहीं हो पाता। इस बात का ध्यान रहना चाहिए।

एवम्—दिह उपचये ॥ २१ ॥

लिह आस्वादने ॥ २२ ॥

लेढि, लीढः, लिहन्ति । लेक्षि । लीढे, लिहाते, लिहते; लिक्षे, लिहाथे, लीढ्वे । लिलेह, लिलिहे । लेढासि, लेढासे । लेक्ष्यति, लेक्ष्यते । लेढु,

---

होकर उक्त रूप सिद्ध होता है ।

एवमिति—इसी प्रकार २१ दिह् (वृद्धि होना) धातु के भी रूप बनते हैं । 'दुह्' को जो कार्य होते हैं, वे सभी 'दिह्' को भी होते हैं ।

उपसर्ग के योग में—

उपदेग्धि—लीपता है । **संदेग्धि**—सन्देह करता है ।

देह—शब्द इसी धातु से बना है । देह का अर्थ शरीर है—यह बढ़ता रहता है ।

२२ लिह् (चाटना)—'लिह्' धातु में दकार न होने से भष्भाव और धत्व नहीं होते । इसके हकार को 'हो ढः' से ढकार आदेश होता है । दुह् के समान अजादि और वकारादि तथा मकारादि प्रत्ययों के परे रहते कोई विशेष कार्य नहीं होता ।

हलादियों में तकारादि तथा थकारादि परे रहते हकार को ढकार, प्रत्यय के तकार और थकार को 'झषस्तथोर्धोऽधः' से धकार, धकार को ष्टुत्व ढकार, 'ढो ढे लोपः' से पूर्व ढकार का लोप होने पर यदि गुण की प्राप्ति होती है तो गुण होता है नहीं तो 'ढ्रलोपे पूर्वस्य दीर्घोऽणः' से इकार को दीर्घ होता है । 'ध्वम्' में भी यही प्रक्रिया होती है ।

सकारादि प्रत्ययों के परे रहते हकार को ढकार, ढकार को 'षढोः कः सि' से ककार, सकार को इण् ककार से परे होने के कारण मूर्धन्य षकार और 'क ष' संयोग से 'क्ष' होता है ।

यही प्रक्रिया है जिससे 'लिह्' के रूप सिद्ध होते हैं ।

लेढि—तिप् में शप के लोप होने पर गुण ढत्व, धत्व, ष्टुत्व और ढलोप होते हैं ।

लीढः—ढत्व, धत्व, ष्टुत्व, ढलोप और इकार को दीर्घ होता है ।

लेक्षि—सिप् में ढत्व, कत्व, षत्व होते हैं ।

लिक्षे—आत्मनेपद से, ढ् क् ष् ।

लीढाम् , लिहन्तु; लीढि; लेहानि । लीढाम् । अलेट्-अलेड् । अलिक्षत् , अलिक्षत-अलीढ । अलेक्ष्यत् , अलेक्ष्यत ।

ब्रूञ् व्यक्तायां वाचि ॥ २३ ॥

लीढि--लोट् के सिप् को अपित् 'हि' आदेश होने पर, उस हि को 'धि' आदेश, ढत्व, ष्टुत्व, ढलोप और दीर्घ कार्य होते हैं ।

लेहानि—में आट् के पित् होने से गुण हो जाता है ।

लोट —आत्मनेपद में—प्र० लीढाम् , लिहाताम्, लिहताम् । म० लिक्ष्व, लिहाथाम् , लीढ्वम् । उ० लेहै, लेहावहै, लेहामहै ।

लङ् प०—प्र० अलेट्-ड् , अलीढाम् , अलिहन् । म० अलेट्-ड् अलीढम् , अलीढ । उ० अलेहम् , अलिह्व, अलिह्म ।

यहाँ तिप् में शप् के लुक् होने पर इकार का लोप, हल्ङ्यादि लोप, हकार को ढकार और चर्त्व विकल्प से होता है। 'मिप्' में पित् होने से गुण हो जाता है।

आ० प०--प्र० अलीढ, अलिहाताम् , अलिहत, । म० अलीढाः, अलिहाथाम् , अलीढ्वम् । उ० अलिहि, अलिह्वहि, अलिह्महि ।

विधिलिङ् परस्मैपद में—लिह्यात् , लिह्याताम् इत्यादि और आत्मनेपद में—लिहीत, लिहीयाताम् , लिहीरन् आदि रूप बनते हैं।

आशीलिङ् परस्मैपद में—लिह्यात् , लिह्याताम् इत्यादि और आत्मनेपद में—लिहीत, लिहीयाताम् , लिहीरन् आदि रूप बनते हैं ।

लुङ् में—प० प्र० अलिक्षत् , अलिक्षताम् , अलिक्षन् । म० अलिक्षः, अलिक्षतम् अलिक्षत । उ० अलिक्षम् , अलिक्षाव, अलिक्षाम ।

आत्म० प० प्र० अलिक्षत-अलीढ, अलिक्षाताम् , अलिक्षन्त । म० अलिक्षथाः-अलीढाः, अलिक्षाथाम्, अलिक्षध्वम्-अलीढ्वम् । उ० अलिक्षि, अलिक्षावहि-अलिह्वहि, अलिक्षामहि ।

यहाँ दन्त्य तङ् प्रत्ययों में 'लुग्वा दुहदिहलिहगुहामात्मनेपदे दन्त्ये' सूत्र से 'क्स' का लोप होने से लङ् के समान भी रूप बनते हैं ।

'अवलेह' शब्द इसी धातु से बना है । अवलेह का अर्थ चटनी होता है ।

२३ ब्रू—(व्यक्त वाणी)—व्यक्त वाणी का अर्थ स्पष्ट बोलना है । अर्थात् जिस वाणी में सार्थक शब्द हों—ऐसी वाणी मनुष्यों की ही होती है । अतः

(णल्-आद्यादेशविधिसूत्रम्)

५९६ ब्रुवः पञ्चानामादित आहो ब्रुवः ३ । ४ । ८८ ॥

ब्रुवो लटस्तिबादीनां पञ्चानां णलादयः पञ्च वा स्युः, ब्रुवश्चाहादेशः । आह, आहतुः, आहुः ।

(चर्त्वविधिसूत्रम्)

५९७ आहस्थः ८ । २ । ३५ ॥

झलि परे । चर्त्वम्—आत्थ, आहथुः ।

('ईट्' आगमविधिसूत्रम्)

५९८ ब्रुव ईट् ७ । ३ । ९३ ॥

ब्रुवः परस्य हलादेः पित ईट् स्यात् । ब्रवीति, ब्रूतः, ब्रुवन्ति । ब्रूते, ब्रुवाते, ब्रुवते ।

इस धातु का प्रयोग मनुष्यों के बोलने अर्थ में होता है ।

५९६ ब्रुव इति—'ब्रू' धातु से पर लट्स्थानीय तिप् आदि पाँच प्रत्ययों को णल् आदि पाँच आदेश विकल्प से हों और 'ब्रू' को 'आह्' आदेश हो ।

आह—ब्रू धातु से लट् के तिप् को णल् आदेश और प्रकृति को 'आह्' आदेश होकर रूप सिद्ध होता है ।

आहतुः और **आहुः** भी इसी प्रकार सिद्ध होते हैं ।

सिप् को थल् और प्रकृति को 'आह्' होने पर 'आह् थ' यह स्थिति होती है।

५९७ आहस्थेति—'आह्' को 'थकार' आदेश हो झल् परे होने पर ।

'अलोन्त्य' परिभाषा से अन्त्य हकार को थकार होता है ।

आत्थ—'आह + थ' इस स्थिति में प्रकृत सूत्र से हकार को थकार आदेश होने पर थकार को चर्त्व तकार होकर रूप बनता है ।

५९८ ब्रुव इति—'ब्रू' से पर हलादि पित् प्रत्यय को 'इट्' आगम हो । हलादि पित् प्रत्यय तिप्, सिप् और मिप् ये तीन हैं। इनको ईट् भी होगा और इनके परे होने पर 'सार्वधातुकाऽऽर्धधातुकयोः से गुण भी होता है । 'अन्त्' में अपित् होने से ङित् होने के कारण गुण न होकर 'अचि श्नुधातुभ्रुवां य्वोरियङुवङौ' से उवङ् आदेश होता है। इसी प्रकार आत्मनेपद के अजादि प्रत्यय आते, अते, आथे, ए-में भी 'उवङ्' आदेश होता है ।

('वच्' आदेशविधिसूत्रम्)

५९९ ब्रुवो वचिः २ । ४ । ५३ ॥

आर्धधातुके । उवाच, ऊचतुः ऊचुः । उवचिथ-उवक्थ । ऊचे । वक्ता । वक्ष्यति, वक्ष्यते । ब्रवीतु-ब्रूतात्, ब्रूताम्, ब्रुवन्तु; ब्रूहि;

लट् के शेष रूप—म० ब्रवीषि, ब्रूथः, ब्रूथ, । ब्रूषे, ब्रुवाथे, ब्रूध्वे । उ० ब्रवीमि, ब्रूवः ब्रूमः । ब्रुवे, ब्रूवहे, ब्रूमहे ।

५९९ ब्रुव इति—ब्रू को 'वच्' आदेश हो आर्धधातुक प्रत्यय परे होने पर ।

उवाच—आर्धधातुक होने से लिट् में 'वच' आदेश हो जाता है । तब णल् में द्वित्व होने पर अभ्यास वकार को 'लिट्यभ्यासस्योभयेषाम्' से संप्रसारण उकार होकर 'उवाच' रूप बनता है ।

ऊचतुः, ऊचुः—'अतुस्' आदि कित् प्रत्ययों में 'संप्रसारणं तदाश्रयं च कार्यं बलवत्' परिभाषा के बल से 'वचिस्वपियजादीनां-किति' सूत्र से द्वित्व से पहले संप्रसारण और तदाश्रित कार्य पूर्वरूप होते हैं । तब द्वित्व आदि अन्य र्यका होते हैं ।

उवचिथ, उवक्थ—तास् में नित्य अनिट् अकारवान् होने से यहाँ वैकल्पक इट् होता है । इडभावपक्ष में 'चोः कुः' से चकार को ककार होता है ।

ऊचे—आत्मनेपद के प्रत्यय अपित होने से 'असंयोगाल्लिट् कित्' सूत्र से कित् होते हैं । अतः इनमें द्वित्व से पहले संप्रसारण होता है ।

सम्पूर्ण रूप—आ० ऊचे, ऊचाते, ऊचिरे । म० ऊचिषे, ऊचाथे ऊचिध्वे । उ० ऊचे, ऊचिवहे, ऊचिमहे ।

लुट् के परस्मैपद में—वक्ता, वक्तारौ, वक्तारः । वक्तासि आदि रूप और आत्मनेपद में—वक्तासे, वक्तासाथे आदि रूप बनते हैं ।

वक्ष्यति—लृट् में चकार को कुत्व होने पर 'स्य' प्रत्यय के सकार को मूर्धन्य आदेश होकर दोनों के संयोग से 'क्ष' हो जाता है ।

इसी प्रकार लृङ् में और आशीर्लिङ् के सीयुट् में—क्योंकि आर्धधातुक होने से वहाँ सकार का लोप नहीं होता—'क्ष' हो जाता है । अतएव इन स्थलों में 'वह' धातु के समान ही रूप हो जाते हैं, 'वह्' के हकार को पहले ढकार होता है, तव उसको 'षढोः कः सि' से ककार, तब षत्व होकर क्ष' हो जाता है ।

ब्रवाणि। ब्रूताम्, ब्रवै। अब्रवीत्, अब्रूत। ब्रूयात्, ब्रुवीत। उच्यात्, वक्षीष्ट।

('अङ्' आदेशविधिसूत्रम्)

६०० अस्यति-वक्ति-ख्यातिभ्योऽङ् ३। १। ५२॥

लृट् में—वक्ष्यति, वक्ष्यतः, वक्ष्यन्ति। वक्ष्यते, वक्ष्येते, वक्ष्यन्ते इत्यादि। लृङ् में—अवक्ष्यत्, अवक्ष्यताम्, अवक्ष्यन्। अवक्ष्यत, अवक्ष्येताम्, अवक्ष्यन्त इत्यादि। आशीर्लिङ् आत्मनेपद में—वक्षीष्ट, वक्षीयास्ताम्, वक्षीरन् इत्यादि।

लोट् में—तिप् को ईट् होता है। सिप् को अपित् 'हि' आदेश होने से और मिप् को आट् आगम होने के कारण हलादि न मिलने से ईट् नहीं होता।

प० प्र० ब्रवीतु-ब्रूतात्, ब्रूताम्, ब्रुवन्तु। म० ब्रूहि-ब्रूतात्, ब्रूतम्, ब्रूत। उ० ब्रवाणि, ब्रवाव, ब्रवाम। आ० प्र० ब्रूताम्, ब्रुवाताम्, ब्रुवताम्। म० ब्रूष्व, ब्रुवाथाम्, ब्रूध्वम्। उ०, ब्रवै ब्रवावहै, ब्रवामहै।

लङ्—प० प्र० अब्रवीत्, अब्रूताम्, अब्रुवन्। म० अब्रवीः, अब्रूतम्, अब्रूत। उ० अब्रवम्, अब्रूव, अब्रूम। आ० प्र० अब्रूत, अब्रुवाताम्, अब्रुवन्त। म० अब्रूथाः अब्रुवाथाम्, अब्रूध्वम्। उ० अब्रुवि, अब्रूवहि, अब्रूमहि।

'अब्रवीत्' और 'अब्रवीः' में हलादि पित् सार्वधातुक होने से 'ब्रुव ईट्' से ईट् हुआ। मिप् को अम् होने पर हलादि न मिलने से नहीं हुआ।

'ङित् अजादि प्रत्यय 'अन्ति' आदि के परे रहते उवङ् आदेश होता है।

विधिलिङ्—प० प्र० ब्रूयात्, ब्रूयाताम्, ब्रूयुः। म० ब्रूयाः, ब्रूयातम्, ब्रूयात। उ० ब्रूयाम्, ब्रूयाव, ब्रूयाम। आ० प्र०—ब्रुवीत, ब्रुवीयाताम्, ब्रुवीरन्। म० ब्रुवीथाः ब्रुवीयाथाम्, ब्रुवीध्वम्। उ० ब्रुवीय, ब्रुवीवहि, ब्रुवीमहि।

आशीर्लिङ्—प० प्र० उच्यात्, उच्यास्ताम् उच्यासुः। म० उच्याः उच्यास्तम्, उच्यास्त। उ० उच्यासम्, उच्यास्व, उच्यास्म।

यहाँ परस्मैपद में यासुट् के 'किदाशिषि' से कित् होने के कारण संप्रसारण हो जाता है। आत्मनेपद में सीयुट् कित् नहीं, संप्रसारण नहीं होता अतः 'वक्षीष्ट' आदि रूप बनते हैं।

६०० **अस्यतीति**—अस् (दि० फेंकना), वच् (अ० बोलना) और

एभ्यश्च्लेरङ् स्यात् ।

('उम्' आगमविधिसूत्रम्)

६०१ वच उम् ७ । ४ । २० ॥

अङि परे । अवोचत् । अवक्ष्यत्, अवक्ष्यत ।

(ग०सू०) चर्करीतं च ।

चर्करीतमिति यङ्लुगन्तम्, तददादौ बोध्यम् ।

ख्या (अ० कहना) धातुओं से पर च्लि को अङ् आदेश हो ।

लुङ् में च्लि आने पर आर्धधातुक होने से 'ब्रू' को 'वच्' आदेश होता है । उससे पर 'च्लि' को अङ् आदेश प्रकृत सूत्र से हो जाने पर 'अवच् अ त्' यह स्थिति बनती है ।

६०१ वच इति—वच् को उम् आगम हो अङ् परे होने पर ।

अवोचत्—यहाँ 'अ वच् अ त्' इस पूर्वोक्त स्थिति में प्रकृत सूत्र से उम् अन्त्य अच् वकारोत्तरवर्ती अकार के आगे होता है । अ—व उ च् अ त्' इस अवस्था में गुण होने पर 'अवोचत्' रूप सिद्ध होता है ।

इसी प्रकार–प० प्र० **अवोचताम्, अवोचन्** । म० **अवोचः, अवोचतम्, अवोचत** । उ० **अवोचम्, अवोचाव, अवोचाम** । आ० प्र० **अवोचत, अवोचेताम्, अवोचन्त** । म० **अवोचथाः, अवोचेथाम्, अवोचध्वम्** । उ० **अवोचि, अवोचावहि, अवोचामहि**—ये रूप भी बनते हैं ।

(ग०सू०) चर्करीतमिति—'चर्करीत'[1] यङ् लुगन्त को कहते हैं, उसको अदादिगण में समझना चाहिये अर्थात् जो कार्य शप् का लुक् अदादिगण में होता है, वह यङ् लुगन्त धातुओं को भी हो ।

यह गणसूत्र है । अदादिगण का निरूपण करते हुए यह कहा गया है । अतः यङ् लुगन्त धातु अदादिगण के अन्तर्गत हुए । अतः यङ् लुगन्त में शप् का लुक् होगा । जैसे—बोभोति । 'बोभू' यह यङ् लुगन्त धातु है । अदादि होने

---

१. यङ् लुगन्त को प्राचीन आचार्यों ने 'चर्करीत' यह संज्ञा रखी है । क्योंकि 'चर्करीत' यङ् लुगन्त से ही बना है । परिचय के लिये यह संज्ञा समुचित है । इसी प्रकार ण्यन्त की 'कारित' और सन्नन्त की 'चिकीर्षित' संज्ञा है ।

ऊर्णुञ् आच्छादने ॥ २४ ॥

(वृद्धि-आदेशविधिसूत्रम्)

६०२ ऊर्णोतेर्विभाषा ७ । ३ । ९० ॥

वा वृद्धिः स्याद् हलादौ पिति सार्वधातुके । ऊर्णौति-ऊर्णोति, ऊर्णुवन्ति । ऊर्णुवाते, ऊर्णुवते ।

(आम्-निषेधवार्तिकम्)

(वा) ऊर्णोतेराम् नेति वाच्यम् ।

से इससे शप् का लुक् हो जाता है ।

२४ ऊर्णु (ढकना)–यह धातु ञित् होने से उभय पदी है और अनेकाच् होने से सेट् भी ।

६०२ ऊर्णोतेरिति—'ऊर्णु' धातु को विकल्प से वृद्धि हो हलादि पित् सार्वधातुक परे होने पर ।

'अलोऽन्त्यस्य' परिभाषा से वृद्धि अन्त्य अल उकार को होगी ।

हलादि पित् सार्वधातुक तिप्, सिप्, मिप्-ये तीन हैं । इनके परे रहते उकार को वृद्धि होगी, अभावपक्ष में सार्वधातुक गुण होगा । शेष में अपित् होने से ङिद्वत् होने के कारण गुण भी न होगा । अजादियों में उवङ् आदेश होगा । आत्मनेपद के सभी प्रत्यय अपित् होने से ङिद्वत् हैं, अतः वहाँ वृद्धि और गुण—दोनों नहीं होते, सर्वत्र उवङ् आदेश होता है ।

शेष रूप म० ऊर्णौषि-ऊर्णोषि, ऊर्णुथः, ऊर्णुथ । उ० ऊर्णौमि–ऊर्णोमि, ऊर्णुवः, ऊर्णुमः । आ० म० ऊर्णुषे, ऊर्णुवाथे, ऊर्णुध्वे । उ० ऊर्णुवे, ऊर्णुवहे, ऊर्णुमहे ।

(वा) ऊर्णोतेरिति—ऊर्णु धातु से आम् न हो–यह कहना चाहिये ।

इजादि गुरुमान् होने से 'इजादेश्च गुरुमतोऽनृच्छः' सूत्र से यहाँ आम् प्राप्त था । इस वार्तिक से निषेध किया गया है । इच् ऊकार है और वह दीर्घ होने से गुरु भी है । अतः यह 'ऊर्णु' धातु इजादि गुरुमान् है ।

आम् के निषेध होने पर लिट् में द्वित्व प्राप्त होता है । यह अजादि धातु है, अतः द्वितीय एकाच् को द्वित्व होगा । द्वितीय एकाच् 'र्णु' है । इसमें रेफ को भी द्वित्व प्राप्त होता है ।

(नदराणां द्वित्वनिषेधसूत्रम्)

६०३ न न्द्राः संयोगादयः ६ । १ । ३ ॥

अचः पराः संयोगादयो नदरा द्विर्न भवन्ति । 'नु'शब्दस्य द्वित्वम् । ऊर्णुनाव, ऊर्णुनुवतुः, ऊर्णुनुवुः ।

(ङिद्वद्भावसूत्रम्)

६०४ विभाषोर्णोः १ । २ । ३ ॥

---

६०३ न न्द्रा इति—अच् से पर वर्तमान संयोगादि नकार, दकार और रेफ को द्वित्व न हो।

'ऊर्णु' में रेफ अच् ऊकार से पर है और संयोग 'र्ण्' के आदि में है। अतः प्रकृत सूत्र से उसको प्राप्त द्वित्व का निषेध हो जाता है।

नु-शब्दस्येति-तब 'नु'[1] शब्द को द्वित्व होता है। क्योंकि णत्व असिद्ध है। द्वित्व के प्रति णत्व के असिद्ध होने से 'नु' शब्द को ही द्वित्व होता है। द्वित्व होने पर अभ्यास के नकार को पुनः रेफ से पर होने के कारण णत्व हो जाता है परन्तु अभ्यास के उत्तरखण्ड में नकार ही रहता है।

ऊर्णुनाव—पूर्वोक्त प्रकार से द्वित्व होने पर 'ऊर्णुनु अ' इस दशा में 'अचो ञ्णिति' से औ वृद्धि होने पर 'आव्' आदेश होकर रूप सिद्ध होता है।

ऊर्णुनुवतुः और **ऊर्णुनुवुः**—में अपित् लिट् के कित् होने से उकार को गुण तो नहीं हो पाता, उवङ् आदेश हो जाता है।

६०४ **विभाषे**ति—'ऊर्णु' धातु से पर इडादि प्रत्यय विकल्प से ङित् हो।

ङित्पक्ष में गुण का निषेध हो जायगा और तब 'उवङ्' आदेश होगा। अभावपक्ष में गुण होगा। इस प्रकार दो दो रूप बनेंगे।

१—यहाँ यह ध्यान रहना चाहिये कि धातुओं में जहाँ रेफ से पर णकार है, वह नकार के ही स्थान में हुआ—यह निश्चित है। इसके अतिरिक्त—

'नकारजावनुस्वार-पञ्चमौ झलि धातुषु ।
सकारजः षकारश्च षाट्टवर्गस्तवर्गजः ॥' इति ॥

अर्थात् धातुओं में जो झल्पर अनुस्वार या पञ्चम वर्ण मिलते हैं, वे नकार-स्थानिक हैं, षकार सकार-स्थानिक और षकार से पर टवर्ग तवर्ग-स्थानिक हैं।

इडादिप्रत्ययो वा ङित् स्यात्। ऊर्णुनुविथ–ऊर्णुनविथ । ऊर्णुविता–ऊर्णविता । ऊर्णुविष्यति–ऊर्णविष्यति । ऊर्णौतु-ऊर्णोतु । ऊर्णवानि, ऊर्णवै ।

क्योंकि यह धातु अनेकाच् होने से सेट् है, अतः इसको इट् सर्वत्र होता है । थल् में इडादि प्रत्यय मिलता है, और इसीलिये प्रकृत सूत्र से ङित् विकल्प से होता है । ङित्पक्ष में उवङ् और अभावपक्ष में गुण और अव् आदेश होंगे ।

म० ऊर्णुनुविथ–ऊर्णुनविथ, ऊर्णुनुवथुः, ऊर्णुनुव । उ० ऊर्णुनाव–ऊर्णुनव, ऊर्णुनुविव ऊर्णुनुविव, ऊर्णुनुविम–ऊर्णुनविम ।

आ० प्र० ऊर्णुनुवे, ऊर्णुनुवाते, ऊर्णुनुविरे । म० ऊर्णुनुविषे–ऊर्णुनविषे, ऊर्णुनुवाथे, ऊर्णुनुविढ्वे–ऊर्णुनुविध्वे । उ० ऊर्णुनुवे, ऊर्णुनुविवहे-ऊर्णुनविवहे, ऊर्णुनुविमहे–ऊर्णुनविमहे ।

लुट् –प० प्र० ऊर्णुविता, ऊर्णुवितारौ, ऊर्णुवितारः । ऊर्णविता, ऊर्णवितारौ ऊर्णवितारः । म० ऊर्णुवितासि, ऊर्णुवितास्थः, ऊर्णुवितास्थ । ऊर्णवितासि, ऊर्णवितास्थः, ऊर्णवितास्थ । उ० ऊर्णुवितास्मि, ऊर्णुवितास्वः, ऊर्णुवितास्मः । ऊर्णवितास्मि, ऊर्णवितास्वः, ऊर्णवितास्मः ।

आ० म० ऊर्णुवितासे, ऊर्णुवितासाथे, ऊर्णुविताध्वे । ऊर्णवितासे, ऊर्णवितासाथे, ऊर्णविताध्वे । उ० ऊर्णुविताहे, ऊर्णुवितास्वहे, ऊर्णुवितास्महे । ऊर्णविताहे, ऊर्णवितास्वहे, ऊर्णवितास्महे ।

लृट् प० प्र० ऊर्णुविष्यति, ऊर्णुविष्यतः, ऊर्णुविष्यन्ति । ऊर्णविष्यति, ऊर्णविष्यतः, ऊर्णविष्यन्ति । म० ऊर्णुविष्यसि, ऊर्णुविष्यथः, ऊर्णुविष्यथ । ऊर्णविष्यसि, ऊर्णविष्यथः, ऊर्णविष्यथ । उ० ऊर्णुविष्यामि, ऊर्णुविष्यावः, ऊर्णुविष्यामः । ऊर्णविष्यामि, ऊर्णविष्यावः, ऊर्णविष्यामः ।

आ० प्र० ऊर्णुविष्यते, ऊर्णुविष्येते, ऊर्णुविष्यन्ते । ऊर्णविष्यते, ऊर्णविष्येते, ऊर्णविष्यन्ते । म० ऊर्णुविष्यसे, ऊर्णुविष्येथे, ऊर्णुविष्यध्वे । ऊर्णविष्यसे ऊर्णविष्येथे, ऊर्णविष्यध्वे । उ० ऊर्णुविष्ये, ऊर्णुविष्यावहे, ऊर्णुविष्यामहे । ऊर्णविष्ये, ऊर्णविष्यावहे, ऊर्णविष्यामहे ।

लोट प० प्र० ऊर्णौतु-ऊर्णोतु ऊर्णुतात् . ऊर्णुताम्, ऊर्णुवन्तु ।

६०८ गुणोऽपृक्ते ७ । ३ । ९१ ॥

ऊर्णोतेर्गुणोऽपृक्ते हलादौ पिति सार्वधातुके । वृद्ध्यपवादः । **और्णोत् , और्णोः** । ऊर्णुयात् , ऊर्णुयाः । ऊर्णुवीत । ऊर्णुयात् । **ऊर्णुविषीष्ट-ऊर्णविषीष्ट ।**

म० **ऊर्णुहि-ऊर्णुतात् ,** ऊर्णुतम् , ऊर्णुत । उ० **ऊर्णवानि, ऊर्णवाव, ऊर्णवाम ।**

आ० प्र० ऊर्णुताम् , ऊर्णुवाताम्, ऊर्णुवताम् । म० ऊर्णुष्व ऊर्णुवाथाम्, **ऊर्णुध्वम् । उ० ऊर्णवै, ऊर्णवावहै, ऊर्णवामहै ।**

६०८ गुण इति—'ऊर्णु' धातु को गुण हो अपृक्त हलादि पित् सार्वधातुक परे होने पर ।

वृद्ध्यपवाद इति—यह सूत्र 'उर्णोतेर्विभाषा' सूत्र से प्राप्त वृद्धि का बाधक है ।

लङ् लकार में 'तिप्' और 'सिप्' के इकार का 'इतश्च' के लोप होने से अपृक्त हलादि पित् सार्वधातुक मिलता है, इनमें वृद्धि को बाधकर गुण हो जाता है । 'मिप्' को 'अम्' आदेश हो जाने से हलादि नहीं रह जाता, अतः वहाँ वृद्धि प्राप्त भी नहीं होती । वहाँ सामान्य सार्वधातुक गुण होता है ।

प० प्र० **और्णोत्** , और्णुताम् , और्णुवन् । म० **और्णोः**, और्णुतम् , और्णुत । उ० **और्णवम्** , और्णुव, और्णुम ।

आ प्र० और्णुत, और्णुवाताम् , और्णुवत । म० और्णुथाः, और्णुवाथाम् , **और्णुध्वम्** । उ० और्णुवि, और्णुवहि, और्णुमहि ।

विधिलिङ्—प० प्र० ऊर्णुयात् , ऊर्णुयाताम् , ऊर्णुयुः । म० ऊर्णुयाः ऊर्णुयातम्, ऊर्णुयात । उ० ऊर्णुयाम् , ऊर्णुयाव ऊर्णुयाम ।

आ० प्र० ऊर्णुवीत, ऊर्णुवीयाताम् , ऊर्णुवीरन् । म० ऊर्णुवीथाः, ऊर्णुवीयाथाम् , ऊर्णुवीध्वम् । उ० ऊर्णुवीय, ऊर्णुवीवहि, उर्णुवीमहि ।

आशीर्लिङ्—प० प्र० ऊर्णूयात् , ऊर्णूयास्ताम् , ऊर्णूयासुः । म० ऊर्णूयाः, ऊर्णूयास्तम् , ऊर्णूयास्त । उ० ऊर्णूयासम् , ऊर्णूयास्व, ऊर्णूयास्म ।

यहाँ अकृत्सार्वधातुकयोः' से दीर्घ होता है ।

आ० प्र० ऊर्णुविषीष्ट, ऊर्णुविषीयास्ताम् , ऊर्णुविषीरन् ।

(वृद्धिविधिसूत्रम्)

६०६ ऊर्णोतेर्विभाषा ७ । २ । ६ ॥

इडादौ परस्मैपदे परे सिचि वा वृद्धिः । पक्षे गुणः । और्णावीत — और्णुवीत-और्णवीत । और्णाविष्टाम्–और्णुविष्टाम्–और्णविष्टाम् । और्णुविष्ट, और्णविष्ट । और्णुविष्यत्, और्णविष्यत । और्णुविष्यत, और्णविष्यत ।

इत्यदादिप्रकरणम

ऊर्णविषीष्ट, ऊर्णविषीयास्ताम्, ऊर्णविषीरन् । म० ऊर्णुविषीष्ठाः, ऊर्णविषीयास्थाम्, ऊर्णविषीध्वम् । ऊर्णविषीष्ठाः, ऊर्णविषीयास्थाम्, ऊर्णविषीध्वम् । उ० ऊर्णुविषीय, ऊर्णुविषीवहि, ऊर्णुविषीमहि । ऊर्णविषीय, ऊर्णविषीवहि, ऊर्णविषीमहि ।

यहाँ इडादि प्रत्यय विकल्प से ङित् होता है। ङित्पक्ष में उवङ् और अभावपक्ष में गुण यथापूर्व होता है।

६०६ ऊर्णोतेरिति 'ऊर्णु' धातु को इडादि परस्मैपद सिच् परे रहते विकल्प से वृद्धि हो।

पक्षे इति—पक्ष में गुण होता है।

इस प्रकार लुङ् में भी इडादि प्रत्यय मिलता है। वह जब ङित् होता है, तब उवङ् आदेश हो जाता है और अभावपक्ष में गुण को बाधकर प्रकृत सूत्र से वृद्धि विकल्प से होती है। वृद्धि के अभावपक्ष में गुण हो जाता है। इस प्रकार लुङ् परस्मैपद में तीन रूप बनते हैं।

और्णुविष्ट-और्णविष्ट—आत्मनेपद में वृद्धि तो होती नहीं, क्योंकि उसका विधान परस्मैपद में ही किया गया है, अतः ङिद् विकल्प से दो दो रूप बनते हैं।

पहले कह दिया गया है कि परस्मैपद में तीन तीन रूप बनेंगे। आत्मनेपद में दो दो बनेंगे।

लृङ् लकार में भी ङिद् विकल्प से दो दो रूप बनते हैं।

अदादिगण समाप्त।

———

अथ जुहोत्यादिगणः ।

हु दानाऽदनयोः ॥ १ ॥

(द्वित्व-विधिसूत्रम्)

६०७ जुहोत्याऽऽदिभ्यः श्लुः २ । ४ । ७५ ॥

शपः श्लुः स्यात् ।

(द्वित्व-विधिसूत्रम्)

६०८ श्लौ ६ । १ । १० ॥

धातोर्द्वे स्तः । जुहोति, जुहुतः ।

यह धातु अजन्त एकाच् है और सेट् कारिका में इसका पाठ नहीं अतः यह अनिट् है ।

१ हु ([1]देना और खाना)—जुहोत्यादिगण में 'हु' धातु प्रथम है । अतः उसके ही रूप सब से पहले सिद्ध किये जाते हैं ।

६०७ जुहोत्यादीति—जुहोत्यादिगण की धातुओं से परे शप् का श्लु (लोप) हो ।

'श्लु' का अर्थ भी लोप ही होता है । परन्तु भिन्न कार्य करने के लिए पृथक् शब्द कहा गया है । 'श्लु' का फल अग्रिम सूत्र से द्वित्व होना है ।

'हु' धातु से लट् के स्थान में तिप् होने पर 'कर्तरि शप्' से शप् आया । उसका प्रकृत सूत्र से श्लु (लोप) हो गया । तब 'हु + ति' यह दशा हुई ।

६०८ श्लाविति—श्लु के विषय में धातु को द्वित्व हो ।

जुहोति—यहाँ श्लु हुआ है, अतः द्वित्व होता है । तब 'हु हु ति' इस दशा में पूर्वखण्ड अभ्यास को 'कुहोश्चुः' से चवर्ग 'झ' और 'अभ्यासे चर्च' से जश् जकार तथा उत्तरखण्ड में सार्वधातुक गुण हो 'जुहोति' रूप सिद्ध हुआ ।

जुहुतः—तस् के अपित् सार्वधातुक होने से ङिद्वत् हो जाने के कारण गुण नहीं होता । अतः 'जुहुतः' रूप बनता है ।

---

१. देने का तात्पर्य यहाँ प्रक्षेप (डालना) से है । प्रक्षेप भी यहाँ साधारण नहीं, अपितु विधिपूर्वक मन्त्रपाठ करते हुए 'हवि' का अग्नि में डालना लिया जाता है । इस प्रकार 'हवन करना' या 'आहुति डालना' अर्थ इस धातु का फलित होता है ।

('अत्' आदेशविधिसूत्रम्)

६०९ अत्-अभ्यस्तात् । ७ । १ । ४ ॥

झस्याऽत् स्यात् । 'हुश्नुवोः' इति यण्-जुह्वति ।

(आम्-श्लुवद्भाव-विधिसूत्रम्)

६१० भी-ह्री-भृ-हुवां श्लुवच्च ३ । १ । ३९ ॥

एभ्यो लिटि आम् वा स्यात् , आमि श्लाविव कार्यं च । जुहवाञ्चकार, जुहाव । होता । होष्यति । जुहोतु-जुहुतात् , जुहुताम् ,

---

६०९ **अदिति**—अभ्यस्त से परे 'झ' को 'अत्' आदेश हो ।

'झोऽन्तः' से प्राप्त 'अन्त्' आदेश का यह बाधक है ।

'उभे अभ्यस्तम्' से जुहोत्यादिगण की धातुयें अभ्यस्तसंज्ञक हैं, क्योंकि—'६०८ श्लौ ६ । १ । १०' सूत्र से यहाँ द्वित्व होता है जो कि छठे अध्याय के इस सूत्र के द्वारा विहित होने से षाष्ठ द्वित्व है ।

जुह्वति—'हु' धातु से परे 'झ' को प्रकृत सूत्र से अत् आदेश होता है । 'जुहु अति' इस दशा में उवङ् प्राप्त होता है । विशेष विहित होने से उसको बाधकर 'हुश्नुवोः सार्वधातुके' से यण् होकर 'जुह्वति' रूप बनता है ।

शेष रूप—म० **जुहोषि, जुहुथः, जुहुथ** । उ० **जुहोमि, जुहुवः, जुहुमः** ।

६१० **भीह्री** इति—भी (डरना), ह्री (लजाना), भृ (पालन करना) और हु (हवन करना) इन धातुओं से आम् प्रत्यय हो लिट् परे होने पर विकल्प से, तथा श्लु के विषय में जो कार्य (द्वित्व) होता है वह भी हो ।

यहाँ 'हु' धातु से लिट् परे होने पर आम् आयगा और श्लुवद्भाव होने से द्वित्व होने पर अभ्यासकार्य आदि होंगे । तब 'जुहवाम्' यह दशा होगी । लिट् का 'आमः' से लोप हो जायगा । तदनन्तर लिट्परक कृ, भू और अस् का अनुप्रयोग होगा । निम्नलिखित प्रकार से अनुप्रयोग के रूप बनेंगे ।

प्र० **जुहवाञ्चकार, जुहवाञ्चक्रतुः जुहवाञ्चक्रुः** ।

म० **जुहवाञ्चकर्थ, जुहवाञ्चक्रथुः, जुहवाञ्चक्र** ।

उ० **जुहवाञ्चकार-जुहवाञ्चकर, जुहवाञ्चकृव, जुहवाञ्चकृम** ।

इसी प्रकार **जुहवाम्बभूव** और **जुहवामास** इत्यादि रूप बनेंगे ।

'आम्' के अभावपक्ष में 'हु' को द्वित्व होने पर अभ्यास कार्य आदि होकर

जुहोतु; जुहुधि, जुहवानि । अजुहोत् । अजुहुताम् ।

(गुणादेशविधिसूत्रम्)

६११ जुसि च ७ । ३ । ८३ ॥

इगन्ताङ्गस्य गुणोऽजादौ जुसि । अजुहवुः । जुहुयात् । हूयात् । अहौषात् । अहोष्यत् ।

निम्नलिखित रूप बनेंगे—प्र० **जुहाव, जुहुवतुः, जुहुवुः** । म० **जुहोथ–जुहविथ, जुहुवथुः, जुहुव** । उ० **जुहाव–जुहव, जुहुविव, जुहुविम** ।

लुट् में—**होता, होतारौ, होतारः** इत्यादि रूप बनते हैं ।

यहाँ धातु के अनिट् होने से इट् आगम नहीं होता । धातु के उकार को आर्धधातुक गुण हो जाता है । इसी प्रकार लृट् में—**होष्यति, होष्यतः, होष्यन्ति** आदि रूप सिद्ध होते हैं ।

लोट् में लट् के समान शप् का श्लु और द्वित्व आदि कार्य होंगे ।

जुहुधि—यह 'सिप्' का रूप है । सिप् को 'हि' होता है और उसको 'हुझल्भ्यो हेर्धिः' से 'धि' आदेश होकर रूप बनता है ।

जुहवानि—उत्तम में आट् के पित् होने से 'हुश्नुवोः–' के यण् को बाधकर गुण और अवादेश होकर **जुहवानि, जुहवाव, जुहवाम** रूप बनते हैं ।

लङ् में तिप् का **अजुहोत्** और तस् का **अजुहुताम्** रूप बनता है ।

अजुहोत्—अभ्यस्त से परे होने के कारण 'झि' को 'सिजभ्यस्तविदिभ्यश्च' से 'जुस्' होता है । अपित् होने से 'झि' ङित् होता है, अतः गुण का निषेध होकर उवङ् प्राप्त होता है । उसको बाधकर 'हुश्नुवोः सार्वधातुके' से यण् प्राप्त है, उसका अपवाद अग्रिम सूत्र है ।

६११ **जुसीति**—इगन्त अङ्ग को गुण हो अजादि जुस् परे होने पर ।

लिङ् में यास् और लुङ् में सिच् के कारण जुस अजादि नहीं रहता—अतः वहाँ यण् न हो, इस के लिये यह विशेषण दिया गया है ।

अजुहवुः—'अजुहु + उस्' इस दशा में उवङ् आदेश को बाधकर प्रकृत सूत्र से गुण होने पर 'अव्' आदेश होकर रूप सिद्ध होता है ।

म० **अजुहोः, अजुहुतम्, अजुहुत** । उ० **अजुहवम्, अजुहुव, अजुहुम** ।

जुहुयात्—विधिलिङ् में **जुहुयात्, जुहुयाताम्, जुहुयुः** आदि रूप बनते हैं ।

हूयात्—आशीर्लिङ् में 'अकृत्सार्वधातुकयोः–' से दीर्घ होकर **हूयात्**,

(ञि) भी भये ॥ २ ॥ बिभेति ।

(इकारविधिसूत्रम्)

६१२ भियोऽन्यतरस्याम् ६ । ४ । ११५ ॥

इकारो वा स्याद् हलादौ क्ङिति सार्वधातुके । बिभितः-बिभीतः, बिभ्यति । बिभयाञ्चकार, बिभाय । भेता । भेष्यति । बिभेतु—

हूयास्ताम्, हूयासुः आदि रूप सिद्ध होते हैं ।

अहौषीत्—लुङ् में 'सिचि वृद्धिः परस्मैपदेषु' से उकार को वृद्धि होती है । अनिट् धातु है । अतः अहौषीत्, **अहौष्टाम्, अहौषुः** इत्यादि रूप बनते हैं । लृङ् में **अहोष्यत्**, अहोष्यताम, अहोष्यन् आदि रूप होते हैं ।

२ भी (डरना)—यह धातु अनिट् है ।

बिभेति—लट, तिप, शप, श्लु, द्वित्व, अभ्यासकार्य, उत्तरखण्ड के ईकार को गुण होकर यह रूप सिद्ध हुआ ।

६१२ भिय इति—'भी' धातु को ह्रस्व इकार अन्तादेश हो विकल्प से कित् ङित् सार्वधातुक परे रहते ।

बिभितः, बिभीतः—लट् का तस् हलादि और अपित् सार्वधातुक होने से ङिद्वद्भाव के द्वारा ङित् भी है उसके परे रहते दीर्घ इकार को ह्रस्व विकल्प से हो कर उक्त दो रूप सिद्ध होंगे ।

इसी प्रकार लट् के थस, थ, वस् और मस्—हलादि ङित् सार्वधातुक होने से इत्व विकल्प के कारण दो दो रूप बनेंगे ।

शेष रूप—म० **बिभेषि, बिभिथः-बिभीथः, बिभिथ-बिभीथ** । उ० **बिभेमि, बिभिवः-बिभीवः**, बिभिमः-बिभीमः ।

बिभयाञ्चकार—लिट् में 'भीह्रीभृहुवां श्लुवच्च' सूत्र से आम् और श्लु के समान द्वित्वादि कार्य होकर 'बिभयाम्' ऐसी स्थिति होने पर 'कृ' आदि धातुओं का अनुप्रयोग होता है ।

अनुप्रयोग के अभावपक्ष में—प्र० **बिभाय, बिभ्यतुः, बिभ्युः** । म० **बिभयिथ-बिभेथ, बिभ्यथुः, बिभ्य** । उ० **बिभाय-बिभय, बिभ्यिव, बिभ्यिम** । यहाँ थल् में अजन्त अनिट् होने से भारद्वाजनियम से विकल्प से और व तथा म में क्रादिनियम इट् होता है ।

भेता, भेष्यति—लुट् और लृट् के ये रूप साधारण प्रक्रिया से सिद्ध होते हैं ।

बिभितात्–बिभीतात्। अबिभेत् । बिभियात्–बिभीयात् । भीयात् । अभैषीत् । अभेष्यत् ।

ह्री लज्जायाम् ॥ ३ ॥ जिह्रेति, जिह्रीतः, जिह्रियति । जिह्रयाञ्चकार, जिह्राय । ह्रेता । ह्रेष्यति । जिह्रेतु । अजिह्रेत् । जिह्रीयात् । ह्रीयात् । अह्रैषीत् । अह्रेष्यत् ।

लोट् में हलादि प्रत्ययों में ह्रस्वविकल्प होता है—प्र० बिभेतु–बिभितात्-बिभीतात्, बिभिताम्-बिभीताम्, बिभ्यतु । म० बिभिहि-बिभीहि-बिभितात्–बिभीतात् । बिभितम्-बिभीतम्, बिभित-बिभीत । उ० बिभयानि, बिभयाव, बिभयाम । उत्तम पुरुष में आट् हो जाने से गुण और अयादेश होते हैं । हलादि न रह जाने से ह्रस्व बिकल्प नहीं होता ।

लङ् में—प्र० अबिभेत्, अबिभिताम्-अबिभीताम्, अबिभयुः । म० अबिभेत्, अबिभितम्-अबिभीतम्, अबिभित-अबिभीत । उ० अबिभयम्, अबिभिव-अबिभीव, अबिभिम-अबिभीम ।

विधिलिङ्—प्र० बिभियात्-बिभीयात्, बिभियाताम्-बिभीयाताम्, बिभियुः–बिभीयुः । म० बिभियाः-बिभीयाः, बिभियातम्–बिभीयातम्, बिभियात-बिभीयात । उ० बिभियाम्-बिभीयाम्, बिभियाव-बिभीयाव, बिभियाम-बिभीयाम । यहाँ 'यास्' के द्वारा हलादि ङित् सार्वधातुक होने से ह्रस्व विकल्प होता है ।

आशीर्लिङ् में—भीयात्, भीयास्ताम्, भीयासुः इत्यादि रूप बनते हैं ।

लुङ् में—'सिचि वृद्धिः परस्मैपदेषु' सूत्र से इगन्त अङ्ग को वृद्धि हो जाती है । तब—प्र० अभैषीत्, अभैष्टाम्, अभैषुः । म० अभैषीः, अभैष्टम्, अभैष्ट । उ० अभैषम्, अभैष्व, अभैष्म । ये रूप बनते हैं ।

लृङ् में साधारण प्रक्रिया से अभेष्यत्, अभेष्यताम्-इत्यादि रूप बनते हैं ।

३ ह्री (लजाना)—इस धातु के रूपों की साधन प्रक्रिया प्रायः 'भी' के समान है ।

लट् के झि में अत् आदेश होने पर संयोग पूर्व होने से 'एरनेकाचोऽसंयोगपूर्वस्य' से यण् नहीं होता, तब 'अचिश्नुधातुभ्रुवां य्वोरियङुवङौ' से इयङ् आदेश होता है । लिट् में आम् विकल्प से होता है ।

पॄ पालनपूरणयोः ॥ ४ ॥

(इकारादेशविधिसूत्रम्)

६१३ अर्ति-पिपर्त्योश्च ७ । ४ । ७७ ॥

अभ्यासस्य इकारोऽन्तादेशः स्यात् श्लौ । पिपर्ति ।

(उदादेशविधिसूत्रम्)

६१४ उद् ओष्ठ्यपूर्वस्य ७ । १ । १०२ ॥

अङ्गावयवौष्ठ्यपूर्वो य ॠत् , तदन्तस्याङ्गस्य उत् स्यात् ।

(दीर्घादेशविधिसूत्रम्)

६१६ हलि च ८ । २ । ७७ ॥

रेफवान्तस्य धातोरुपधाया इको दीर्घो हलि । पिपूर्तः, पिपुरति ।

---

४ पॄ (पालन और पूर्ण करना)—दीर्घ ॠकारान्त होने से यह धातु सेट् है ।

६१३ अर्तीति—ॠ और पॄ धातु के अभ्यास को इकार अन्तादेश हो श्लु के विषय में ।

पिपर्ति—पॄ धातु से लट् के स्थान में तिप् के आने पर शप् का श्लु (लोप) होकर द्वित्वादि कार्य होते हैं । तब पॄ पॄ ति' इस दशा में अभ्यास के अन्त्य ॠकार के स्थान में प्रकृत सूत्र से रपर इकार आदेश होता है । रेफ का हलादिशेष लोप और अभ्यासोत्तरखण्ड के ॠकार को सार्वधातुक गुण होने पर 'पिपर्ति' रूप सिद्ध होता है ।

६१४ उदिति—अङ्ग का अवयव ओष्ठ्य (जिसका ओष्ठ स्थान हो) वर्ण पूर्व में है जिस ॠकार के, तदन्त अङ्ग को उकार (अन्तादेश) हो ।

तस् में 'पिपॄ तस्' इस स्थिति में प्रकृत सूत्र से ॠकार को रपर उकार होता है, क्योंकि यहाँ अङ्ग का अवयव ओष्ठ्य वर्ण पकार ॠकार से पूर्व है । तस् के ङित होने से गुण नहीं होता । तब 'पिपुर् तस्' यह स्थिति हुई ।

६१५ हलीति—रेफ और वकार अन्त में है जिसके, उस धातु के उपधा इक् को दीर्घ हो हल् परे होने पर ।

पिपूर्तः—पूर्वोक्त प्रकार से सिद्ध 'पिपुर् तस्' ऐसी स्थिति में धातु 'पिपुर्' रेफान्त है उसके उपधाभूत उकार को दीर्घ होकर 'पिपूर्तः' रूप सिद्ध हुआ ।

पिपुरति—'झि' में अत् आदेश होता है । ङिद्वत् होने से झि परे रहते

पपार।

(ह्रस्वादेशविधिसूत्रम्)

६१६ शॄ-दॄ-प्रां ह्रस्वो वा ७। ४। १२॥

एषां किति लिटि ह्रस्वो वा स्यात्। पप्रतुः।

(गुणादेशविधिसूत्रम्)

६१७ ऋच्छत्यॄताम् ७। ४। ११॥

तौदादिकऋच्छेर्ऋधातोर्ॠतां च गुणो लिटि। पपरतुः, पपरुः।

गुण नहीं होता। तब 'उर्' आदेश होकर 'पिपुरति' रूप बनता है।

शेष रूप भी इसी प्रकार बनेंगे, उर् सर्वत्र होगा, दीर्घ केवल हलादियों में; म० पिपर्षि, पिपूर्थः, पिपूर्थ। उ० पिपर्मि, पिपूर्वः, पिपूर्मः।

पपार—लिट् के णल् में साधारण[1] प्रक्रिया से 'पपार' रूप बनता है।

६१६ **शॄदॄ** इति—शॄ, दॄ और पॄ धातुओं को कित् लिट् परे रहते ह्रस्व विकल्प से हो।

पप्रतुः—ह्रस्व होने पर यण् रकार 'पप्रतुः' रूप सिद्ध हुआ।

इसी प्रकार—**पप्रुः**; म० **पप्रथुः**, पप्र; पप्रिव, **पप्रिम** - ये रूप भी बनते हैं। ये अपित् होने से 'असंयोगाल्लिट् कित्' से कित् हैं, अतः इनमें वैकल्पिक ह्रस्व होता है। ह्रस्व होने पर यण् हो जाता है। दीर्घपक्ष में अग्रिम सूत्र की प्रवृत्ति होती है।

६१७ **ऋच्छतीति**—तुदादिगण से ऋच्छ धातु, 'ऋ' धातु और ॠदन्त धातुओं को गुण हो लिट् परे रहते।

पपरतुः—यह ॠकारान्त धातु है, इसलिये ह्रस्व के अभावपक्ष में दीर्घ ॠकार को गुण हो जायगा।

पपरुः—इसकी सिद्धि की प्रक्रिया पूर्ववत् है।

---

१. पर इतना ध्यान रहे कि आगे आनेवाले '६१७ऋच्छत्यॄताम्' सूत्र से गुण पहले होता है। तब 'पपर् अ' इस दशा में 'अत उपधायाः' से उपधादीर्घ होता है। यद्यपि केवल 'अचो ञ्णिति' से वृद्धि होने से भी रूप सिद्ध हो सकता है, तथापि प्राप्ति होने से 'ऋच्छत्यॄताम्' सूत्र को लगाना ही चाहिये, यही शास्त्रीय प्रक्रिया है।

(दीर्घादेशविधिसूत्रम्)

६१८ वॄतो वा ७ । २ । ३८ ॥

वृङ्वृञ्भ्यामॄदन्ताच्चेटो दीर्घो वा स्यात्, न तु लिटि । परीता, परिता । परीष्यति, परिष्यति । पिपर्तु । अपिपः, अपिपूर्ताम्, अपिपरुः । पिपूर्यात् । पूर्यात् । अपारीत् ।

शेष रूप—म० **पपरिथ, पप्रथुः-पपरथुः, पप्र-पपर** । उ० **पपार-पपर, पप्रिव-पपरिव, पप्रिम-पपरिम** ।

दीर्घ ऋकारान्त होने से 'ऊदॄदन्तै-' के अनुसार यह धातु सेट् (उदात्त) है । अतः थल् में भी नित्य इट् होता है ।

६१८ **वॄतो वेति**—वृङ्, वृञ् और दीर्घ ऋकारान्त धातुओं से पर इट् को दीर्घ विकल्प से हो, परन्तु लिट् परे रहते न हो ।

परीता, परिता—लुट् में इट् होने पर 'पर् इता' इस दशा में दीर्घ ऋकारान्त 'पॄ' धातु से पर इट् के इकारको विकल्प से दीर्घ होकर दो दो रूप बनते हैं।

परीष्यति, परिष्यति—पूर्वोक्त प्रकार से लृट् में भी इट् को विकल्प से दीर्घ होकर दो दो रूप बनते हैं ।

लोट् के रूप ये हैं—**पिपर्तु-पिपूर्तात्, पिपूर्ताम्, पिपुरतु** । म० **पिपूर्हि-पिपूर्तात्, पिपूर्तम, पिपूर्त** । उ० **पिपराणि, पिपराव, पिपराम** ।

तात्, ताम्, झि, हि, तम् , और त में ङित् होने से गुण न होकर 'उदोष्ठ्यपूर्वस्य' से 'उर्' होता है और 'हलि च' से दीर्घ भी । 'झि' में अत् होने पर हल् परे न होने के कारण दीर्घ नहीं होता । शेष में पित् होने से गुण होता है । उत्तम में आट् होता है और वह पित् है ।

अपिपः—लङ् के तिप् में 'अपिपर् त्' इस दशा में अपृक्त तकार का हल्ङ्यादिलोप हो जाता है । तब 'र्' को विसर्ग होकर 'अपिपः' रूप बनता है ।

इसी प्रकार सिप् के अपृक्त सकार के लोप होने पर भी 'अपिपः' ही रूप बनता है । मिप् को अम् होता है पर पित् होने से गुण हो जाता है तब रूप 'अपिपरम्' बनता है । शेष में ङित् होने से गुण नहीं होता, तब ऋकार को 'उर्' होता है । निम्नलिखित रूप बनते हैं—म० **अपिपः, अपिपूर्तम् , अपिपूर्त** । उ० **अपिपरम् , अपिपूर्व, अपिपूर्म** ।

(दीर्घनिषेधसूत्रम्)

६१९ सिचि च परस्मैपदेषु ७ । २ । ४० ॥

अत्र इटो न दीर्घः । अपारिष्टाम । अपरीष्यन्–अपरिष्यत् ।

ओ–हाक् त्यागे ॥ ५ ॥ जहाति ।

६२० जहातेश्च ६ । ४ । ११६ ॥

विधिलिङ् में यासुट् के ङित् होने से गुण न होकर ॠकार को 'उर्' और उकार को 'हलि च' से दीर्घ होकर निम्नलिखित रूप बनते हैं—प्र० **पिपूर्यात्, पिपूर्याताम्, पिपूर्युः** । म० **पिपूर्याः, पिपूर्यातम्, पिपूर्यात** । उ० **पिपूर्याम्, पिपूर्याव, पिपूर्याम** ।

आशीर्लिङ् में भी पूर्वोक्त दोनों कार्य होकर रूप सिद्ध होते हैं। विधिलिङ् के रूपों में से अभ्यास 'पि' को हटाने और या के साथ सकार रख देने से आशीर्लिङ् के रूप बन जाते हैं । 'तिप्' और 'सिप्' में 'पूर्यात्' और 'पूर्याः' यही रूप बनेंगे । क्योंकि यहाँ भी 'स्कोः संयोगाद्योरन्ते च' से सकार का लोप हो जाता है । 'अम्' में 'पूर्यासम्' बनेगा ।

लुङ् में 'सिचि वृद्धिः परस्मैपदेषु' से वृद्धि होगी । तब निम्नलिखित रूप बनेंगे—प्र० **अपारीत्, अपारिष्टाम्, अपारिषुः** । म० **अपारीः, अपारिष्टम्, अपारिष्ट** । उ० **अपारिषम्, अपारिष्व, अपारिष्म** ।

यहाँ इट् को 'वॄतो वा' से प्राप्त दीर्घ का अग्रिम सूत्र से निषेध होता है ।

६१९ **सिचीति**—परस्मैपद पर सिच् परे रहते वृङ्, वृञ् और ॠदन्त धातु से पर इट् को दीर्घ न हो ।

लुङ् में इट् को इस से दीर्घ का निषेध होता है ।

अपरीष्यत्–अपरिष्यत्—लुङ् में इट् को यथापूर्व विकल्प से दीर्घ होगा ।

५ हा (छोड़ना)—यह ओदित्[1] अनिट् धातु है ।

जहाति—लट्, तिप्, द्वित्व, अभ्यासकार्य होकर रूप सिद्ध हुआ ।

६२० **जहातेरिति**—ओहाक् धातु को इकार अन्तादेश विकल्प से हो हलादि कित् ङित् सार्वधातुक परे रहते ।

---

१. ओकार इत् है । उसका फल 'ओदितश्च' से निष्ठा के सकार को णकार करना है—**हीनम्** ।

इद् वा स्याद् हलादौ क्ङिति सार्वधातुके । जहितः ।

(ईकारादेशविधिसूत्रम्)

७२१ ई हल्यघोः ६ । ४ । ११३ ॥

श्नाऽभ्यस्तयोरात ईत् स्यात् सार्वधातुके क्ङिति हलि, न तु घोः । जहीतः ।

(आकारलोपविधिसूत्रम्)

६२२ श्नाऽभ्यस्तयोरातः ६ । ४ । ११२ ॥

अनयोरातो लोपः क्ङिति सार्वधातुके । जहति । जहौ । हाता ।

लट् में 'तस्' आदिक अपिद् होने से ङिद्वत् हैं, अतः उनके परे रहते आकार को इकार होता है ।

जहितः—लट् के तस् में 'ज हा तस्' इस दशा में प्रकृत सूत्र से आकार को इकार होकर रूप सिद्ध हुआ ।

६२१ ई हलीति—'श्ना' प्रत्यय और अभ्यस्तसंज्ञक धातु के आकार को ईकार हो सार्वधातुक कित् ङित् हलादि प्रत्यय परे रहते, परन्तु घुसंज्ञक धातु के आकार को उक्त कार्य न हो ।

जहीतः—हा धातु के लट् के तस् में इकार के अभावपक्ष में अभ्यस्त होने से प्रकृत सूत्र से आकार को ईकार होता है । यहाँ हलादि ङित् सार्वधातुक 'तस्' परे है । अतः दो रूप बने—**जहितः-जहीतः** ।

६२२ श्नाऽभ्यस्तेति—श्ना और अभ्यस्त धातु के आकार का लोप हो कित् ङित् सार्वधातुक परे रहते ।

जहति—'झि' में 'अद् अभ्यस्तात्' सूत्र से झकार को अत् आदेश होने के अनन्तर 'जहा-अति' इस अवस्था में प्रकृत सूत्र से आकार का लोप हो जाता है, क्योंकि 'झि' ङित् सार्वधातुक है । अतः 'जहति' रूप बना ।

हलादि प्रत्यय परे रहते पूर्व सूत्र 'ई हल्यघोः' से आकार को ईकार होता है, अतः बच रहते हैं अजादि प्रत्यय, उनके ही परे रहते आकार का लोप होगा ।

म० जहासि, **जहिथः-जहीथः, जहिथ-जहीथ** । उ० **जहामि, जहिवः-जहीवः, जहिमः-जहीमः** ।

जहौ—आकारान्त होने से 'पा' आदि धातुओं के समान लिट् के रूप सिद्ध होते हैं ।

हास्यति । जहातु–जहितात्–जहीतात् ।

(आकारादेशविधिसूत्रम्)

६२३ आ च हौ ६ । ४ । ११७ ॥

जहातेर्हौ परे आ स्यात्, चाद् इद्-ईतौ । जहाहि-जहिहि-जहीहि । अजहात्, अजहुः ।

प्र० जहौ, जहतुः, जहुः । म० जहिथ–जहाथ, जहथुः, जह । उ० जहौ, जहिव, जहिम ।

हाता, हास्यति—लुट् और लृट् में रूपों की सिद्धि का प्रकार साधारण ही है ।

लोट् के प्रथम के द्विवचन में–'जहिताम्-जहीताम्' और बहुवचन में जहतु रूप सिद्ध होते हैं ।

६२३ आ चेति–'हा' धातु के आकार को 'हि' परे रहते आकार (भी) हो ।

चादिति—चकार (भी) कहने से इकार और '६१२ ई हल्यघोः ६ । ४ । ११३' इस सूत्र से इकार '६२० जहातेश्च ६ । ४ । ११६' सूत्र से ईकार भी होते हैं ।

वास्तव में पूर्वोक्त सूत्रों से इकार और ईकार प्राप्त था, उनके करने से आकार न रहता, अतः आकार को आकार का विधान किया गया ।

वास्तव में पूर्वोक्त सूत्रों से इकार और ईकार प्राप्त था । इनके करने से आकार न रहता, अतः आकार को आकार का विधान किया गया ।

इस प्रकार—जहाहि–जहिहि–जहीहि—ये तीन रूप 'हि' में बनते हैं ।

तम्—जहितम्-जहीतम्, त—जहित—जहीत । मिप्–जहानि, वस्–जहाव । मस्–जहाम । उत्तम में आट् होने पर सवर्णदीर्घ हो जायगा । आकार का लोप नहीं होगा, क्योंकि 'आट्' पित् है । यद्यपि लोप करने न करने में रूप में कुछ अन्तर नहीं पड़ता, तो भी शास्त्र की प्रक्रिया का निर्वाह करना ही होगा ।

लङ्—प्र० अजहात्, अजहिताम्-अजहीताम्, अजहुः । म० अजहाः, अजहितम्-अजहीतम्, अजहित–अजहीत । उ० अजहाम्, अजहिव–अजहीव, अजहिम–अजहीम ।

(आकारलोपविधिसूत्रम्)

६२४ लोपो यि ६ । ४ । ११८ ॥

जहातेरालोपो यादौ सार्वधातुके ।

जह्यात् । एर्लिङि–**हेयात्** । **अहासीत्** । **अहास्यत्** ।

माङ् माने शब्दे च ॥ ६ ॥

(इदादेशविधिसूत्रम्)

६२५ भृञामित् ७ । ४ । ७६ ॥

भृञ्, माङ्, ओहाङ्-एषां त्रयाणामभ्यासस्य 'इत्' स्यात् श्लौ । **मिमीते**, **मिमाते**, **मिमते** । **ममे** । **माता** । **मास्यते** । **मिमीताम्** ।

यहाँ मिप् में अम् आदेश करने पर सवर्णदीर्घ करना होगा, क्योंकि मिप् के पित् होने से आकार का लोप नहीं हो सकता ।

६२४ लोप इति—'हा' धातु के आकार का लोप हो यकारादि सार्वधातुक परे रहते ।

जह्यात्—विधिलिङ् में 'जहा यात्' इस अवस्था में यकारादि सार्वधातुक 'यात्' के परे रहने से आकार का लोप हो जाता है । इस प्रकार **जह्यात्**, **जह्याताम्** आदि रूप बनते हैं ।

हेयात्—आशीर्लिङ् में 'एर्लिङि' से आकार को एकार होकर **हेयात्** **हेयास्ताम्** आदि रूप बनते हैं ।

अहासीत्—लुङ् में आकारान्त होने से 'यमरमनमातां सक् च' से इट् और सक् होने से निम्नलिखित रूप बनते हैं—

प्र० **अहासीत्**, **अहासिष्टाम्**, **अहासिषुः** ।

म० **अहासीः**, **अहासिष्टम्**, **अहासिष्ट** ।

उ० **अहासिषम्**, **अहासिष्व**, **अहासिष्म** ।

६ मा (नापना और शब्द करना)—यह धातु आत्मनेपदी–और अनिट् है ।

६२५ भृञामिति—भृञ् (पालन करना), माङ् (नापना) औरओंहाक् (जाना) इन तीन धातुओं के अभ्यास को इकार अन्तादेश हो श्लु के विषय में ।

मिमीते—'मा मा ते' इस अवस्था में अभ्यास के आकार को प्रकृत सूत्र से इकार तथा उत्तरखण्ड के आकार को 'ई हल्यघोः' से ईकार होकर **मिमीते**

अमिमीत । मिमीत । मासीष्ट । अमास्त । अमास्यत ।

ओहाङ् गतौ ॥ ७ ॥ जिहीते, जिहाते, जिहते । जहे । हाता । हास्यते । जिहिताम् । अजिहीत । जिहीत । हासीष्ट । अहास्त ।

रूप बनता है ।

मिमाते--'आताम्' में 'श्नाभ्यस्तयोरातः' से आकार का लोप होकर रूप सिद्ध होता है ।

मिमते—झि में भी आकार का लोप होने से **मिमते** रूप सिद्ध होता है ।

शेष रूप निम्नलिखित हैं--म० **मिमीषे, मिमाथे, मिमीध्वे** । उ० **मिमे, मिमीवहे, मिमीमहे** ।

लोट्—प्र० **मिमीताम्, मिमाताम्, मिमताम्** । म० **मिमीष्व, मिमाथाम्, मिमीध्वम्** । उ० **मिमै, मिमावहै, मिमामहै** ।

लङ् — प्र० **अमिमीत, अमिमाताम्, अमिमत** । म० **अमिमीथाः, अमिमाथाम्, अमिमीध्वम्** । उ० **अमिमि, अमिमीवहि, अमिमीमहि** ।

विधिलिङ्—प्र० **मिमीत, मिमीयाताम्, मिमीरन्** । म० **मिमीथाः, मिमीयाथाम्, मिमीध्वम्** । उ० **मिमीय, मिमीवहि, मिमीमहि** ।

उपसर्ग के योग में—**निर्मिमीते**—निर्माण करता है । **अनुमिमीते**—अनुमान करता है । **उपमिमीते**—तुलना करता है ।

७ हा (जाना)–ओहाङ् धातु गत्यर्थक है और ङित् होने से आत्मनेपदी ।

जिहीते—लट् के एकवचन में श्लु होने पर द्वित्व होता है । अभ्यास में 'भृञामित्' से इकार अन्तादेश और उत्तरखण्ड में 'त' के अपित् सार्वधातुक होने से ङिद्वत् होने के कारण 'ई हल्यघोः' से ईकार होता है ।

जिहाते—आताम् में 'श्नाऽऽभ्यस्तयोरातः' सूत्र से आकार का लोप होकर रूप सिद्ध होता है ।

जिहते—ब० व० में 'अद् अभ्यस्तात्' सूत्र से 'झ' को 'अत्' आदेश होने पर आकार का पूर्ववत् लोप होने से रूप बनता है ।

शेष रूप निम्नलिखित हैं—म० **जिहीषे, जिहाथे, जिहीध्वे** । उ० **जिहे, जिहीवहे, जिहीमहे** ।

लिट्--प्र० **जहे, जहाते, जहिरे** । म० **जहिषे, जहाथे, जहिध्वे** । उ० **जहे, जहिवहे, जहिमहे** ।

अहास्यत ।

डु भृञ् धारणपोषणयोः ॥ ८ ॥

बिभर्ति, बिभृतः, बिभ्रति । बिभृते, बिभ्राते, बिभ्रते ।

से, वहि और महि में क्रादि-नियम से इट् होता है ।

लोट्—प्र० जिहीताम्, जिहाताम्, जिहताम् । म० जिहीष्व, जिहाथाम्, जिहीध्वम् । उ० जिहै, जिहावहै, जिहामहै ।

यहाँ उत्तम में आट् आगम के पित् होने से आकार का लोप नहीं होता । एकवचन में आट् के तथा धातु के आकार को सवर्णदीर्घ होकर प्रत्यय के इकार के स्थान में हुए ऐकार के साथ वृद्धि 'ऐकार' हो जाता है अन्यत्र पूर्ववत् सवर्णदीर्घ ।

लङ्—प्र० अजिहीत, अजिहाताम्, अजिहत । म० अजिहीथाः, अजिहाथाम्, अजिहीध्वम् । उ० अजिहि, अजिहीवहि, अजिहीमहि ।

विधिलिङ्—प्र० जिहीत, जिहीयाताम्, जिहीरन् । म० जिहीथाः, जिहीयाथाम्, जिहीध्वम् । उ० जिहीय, जिहीवहि, जिहीमहि ।

लुङ्—अहास्त, अहासाताम्, अहासत । अहास्थाः, अहासाथाम्, अहाध्वम् । अहासि, अहास्व, अहास्म ।

यह धातु अनिट् है, अतः सिच् को इट् नहीं होता और दीर्घान्त होने से 'ह्रस्वादङ्गात्' से 'सिच्' का लोप भी नहीं हो पाता ।

भृञ् (धारण और पालन करना)—ञित् होने से यह उभयपदी है ।

लट्, लोट्, लङ् और विधिलिङ्—इन चार सार्वधातुक लकारों में जिन में शप् होता है और उसका श्लु होने से ये 'श्लु' के विषय बन जाते हैं, अभ्यास को 'भृञामित्' से इकार होता है ।

बिभर्ति—यह रूप लट् के प्रथम के एकवचन का है । यहाँ तिप् के पित् होने से गुण हो जाता है । शप् का श्लु, द्वित्व, अभ्यासकार्य और 'भृञामित्' से अभ्यास के अकार को इकार होकर रूप सिद्ध होता है ।

बिभृत—तस् के अपित् होने से ङित् हो जाने के कारण गुण का निषेध होने पर रूप बनता है ।

बभ्रे।

बिभराञ्चकार। बभार, बभर्थ, बभृव। बिभराञ्चक्रे,

भर्ता। भरिष्यति, भरिष्यते।

बिभर्तु; बिभराणि; बिभृताम्। अबिभः, अबिभृताम्, अबिभरुः

बिभ्रति—यह रूप 'झि' में बनता है। यहाँ भी ङित् होने से गुण निषेध हो जाने के कारण यण् होता है।

शेष रूप निम्नलिखित बनते हैं—म० **बिभर्षि, बिभृथः, बिभृथ**। उ० **बिभर्मि, बिभृवः, बिभृमः**।

आत्मनेपद के प्रत्यय अपित् होने से सभी ङिद्वत् होते हैं, अतः उनमें गुण निषेध होता है।

उसके शेष रूप निम्नलिखित हैं—**बिभृषे, बिभ्राथे, बिभृध्वे**। उ० **बिभ्रे, बिभृवहे, बिभृमहे**।

लिट् में 'भीह्रीभृहुवां श्लुवच्च' से आम् और श्लुवद्भाव होने से **बिभराञ्चकार, बिभराञ्चक्रे** आदि रूप बनते हैं तथा आम् के अभाव में **बभार, बभ्रे** आदि। यहाँ 'कृसभृवृस्तुद्रुस्रुश्रुवो लिटि' सूत्र से सर्वथा इट् का निषेध होता है इसलिये थल् में-**बभर्थ** और व तथा म में-**बभृव** और **बभृम** रूप सिद्ध होते हैं। आत्मनेपद में भी-से, ध्वे, वहि, महि में **बभृषे, बभृध्वे, बभृवहे, बभृमहे** इत्यादि इट्रहित रूप बनते हैं।

लृट् में 'ऋद्धनोः स्ये' से इट् होकर **भरिष्यति** आदि रूप होते हैं।

लोट्—प० प्र० **बिभर्तु-बिभृतात्, बिभृताम्, बिभ्रतु**। म० **बिभृहि-तात्, बिभृतम्, बिभृत**। उ० **बिभराणि, बिभराव, बिभराम**। आ० प्र० **बिभृताम्, बिभ्राताम्, बिभ्रताम्**। म० **बिभृष्व, बिभ्राथाम्, बिभृध्वम्**। उ० **बिभरै, बिभरावहै, बिभरामहै**।

लङ्—प० प्र० **अबिभः, अबिभृताम्, अबिभरुः**। म० **अबिभः, अबिभृतम्, अबिभृत**। उ० **अबिभरम्, अबिभृव, अबिभृम**।

प्रथम और मध्यम के एकवचन में गुण होने पर अपृक्त 'त्' और 'स्' का हल्ङ्यादि लोप हो जाता है और रेफ के विसर्ग। अभ्यस्त होने से झि को जुस् और 'जुसि च' से गुण होता है।

अबिभृत। बिभृयात्, बिभ्रीत।

भ्रियात्, भृषीष्ट। अभार्षीत्, अभृत। अभरिष्यत्, अभरिष्यत।

डुदाञ् दाने॥ ९॥ ददाति, दत्तः, ददति; दत्ते, ददाते, ददते।

लङ्—आ० प्र० अबिभृत, अबिभ्राताम्, अबिभ्रत। म० अबिभृथाः, अबिभ्राथाम्, अबिभृध्वम्। उ० अबिभ्रि, अबिभृवहि, अबिभृमहि।

विधिलिङ् परस्मैपद में बिभृयात्, बिभृयाताम्, बिभृयुः आदि रूप बनते हैं, सार्वधातुक होने से यहाँ 'रिङ् श-यग्-लिङ्क्षु' से रिङ् आदेश नहीं होता। आत्मनेपद में—बिभ्रीत, बिभ्रीयाताम्, बिभ्रीरन् आदि रूप बनते हैं।

आशीर्लिङ् में (परस्मैपद) आर्धधातुक होने से रिङ् होकर भ्रियात्, भ्रियास्ताम्, भ्रियासुः; तथा आत्मनेपद में 'उश्च' सूत्र से सीयुट् के कित् होने के कारण गुण निषेध हो जाने से भृषीष्ट भृषीयास्ताम्, भृषीरन् आदि रूप होते हैं।

लुङ् परस्मैपद में 'सिचि वृद्धिः परस्मैपदेषु' से वृद्धि होकर अभार्षीत्, अभार्ष्टाम्, अभार्षुः। म० अभार्षीः, अभार्ष्टम्, अभार्ष्ट। उ० अभार्षम्, अभार्ष्व, अभार्ष्म—ये रूप बनते हैं। यहाँ धातु के अनिट् होने से सिच् को इट् नहीं होता। आत्मनेपद में झलादि (त, थास्, ध्वम्) प्रत्ययों में 'ह्रस्वाद्-अङ्गात्' से सिच् का लोप होता है—प्र० अभृत, अभृषाताम्, अभृषत। म० अभृथाः, अभृषाथाम्, अभृध्वम्। उ० अभृषि, अभृष्वहि, अभृष्महि ये रूप सिद्ध होते हैं।

६ दा (देना)—ञित् होने से यह भी उभयपदी है।

ददाति—लट् (प०) के प्रथम के एकवचन में श्लु, द्वित्व और अभ्यास को ह्रस्व होकर रूप सिद्ध होता है।

दत्तः—तस् में ङिद्वत् होने से अभ्यासोत्तरखण्ड के आकार का 'श्नाऽभ्यस्तयोरातः' से लोप होने पर अवशिष्ट दकार को चर् तकार होकर रूप बनता है।

ददति—'झि' में अत् आदेश होने पर आकार का 'श्नाऽभ्यस्तयोः—६।४।११२।' इत्यादि से लोप होकर रूप सिद्ध होता है।

शेष रूप निम्नलिखित बनते हैं—म० ददासि, दत्थः, दत्थ। ब० ददामि, दद्वः, दद्मः।

आ०—प्र० दत्ते, ददाते, ददते। म० दत्से, ददाथे, दद्ध्वे। उ० ददे, दद्वहे, दद्महे।

ददौ, ददे। दातासि, दातासे। दास्यति, दास्यते। ददातु।

('घु' संज्ञासूत्रम्)

६२६ दा-धा घु-अदाप् १ । १ । २० ॥

दारूपा धारूपाश्च धातवो घुसंज्ञाः स्युः, दाप्-दैपौ विना।

ददौ—लिट् (प) में आकारान्त होने से 'आत औ णलः' से णल् को औकार होकर 'पपौ' आदि रूप बनता है।

अन्य रूप—प्र० ददतुः, ददुः। म० ददिथ–ददाथ, ददथुः दद। उ० ददौ, ददिव, ददिम–ये बनते हैं।

आत्मनेपद—प्र० ददे, ददाते, ददिरे। म० ददिषे, ददाथे, ददिध्वे। उ० ददे, ददिवहे, ददिमहे।

इट् क्रादिनियम से होता है। थल् में भारद्वाज नियम से विकल्प से इट् होता है। '४६२ आतो लोप इटि च ६।४।६४।।' इससे आकार का लोप होता है।

लोट् में—ददातु–दत्तात्, दत्ताम्, ददतु ये प्रथम पुरुष में बनते हैं।

६२६ दाधेति—'दा' रूप और 'धा' रूप धातुओं की 'घु' संज्ञा हो दाप् और दैप् को छोड़ कर।

'दा' रूप धातु चार हैं—१ डु दाञ् दाने जुहोत्यादि, दाण् दाने भ्वादि, ३ दो अवखण्डने दिवादि, ४ देङ् रक्षणे भ्वादि। इनमें प्रथम दो स्वभावतः दारूप हैं और अन्तिम दो लाक्षणिक।

'धा' रूप दो धातु हैं—१ डु धाञ् धारणपोषणयोः जुहोत्यादि, २ धेट् पाने भ्वादि। धाञ् स्वाभाविक और धेट् लाक्षणिक धारूप है।

'घु' संज्ञा के मुख्य फल ये हैं—

१—कित् प्रत्ययों में 'घु-मा-स्था-गा-पा-जहाति-सां हलि' सूत्र से धातु के आकार को 'ईकार' आदेश।

२—लोट् के म० पु० ए० व० हि में 'घ्वसो रेत् हौ अभ्यास लोपश्च' सूत्र से धातु के आकार को 'एकार' आदेश और अभ्यास का लोप।

३—कित् लिङ् में 'एर्लिङि' सूत्र से धातु के आकार को 'एकार' आदेश।

४—लुङ् परस्मैपद में 'गाति-स्था-घु-पा-भूभ्यः सिचः परस्मैपदेषु' सूत्र से सिच् का लोप।

ध्वसोः–' इत्येत्वम्–देहि। दत्तम्। अददात्, अदत्त। दद्यात्, ददीत।
देयात्, दासीष्ट। अदात्, अदाताम्, अदुः।

देहि—प्रकृत 'दा' धातु के घुसंज्ञक होने से लोट् के मध्यम के एकवचन में 'द दा हि' इस अवस्था में 'ध्वसोरेद्धावभ्यासलोपश्च' से आकार को एकार और अभ्यास का लोप होकर 'देहि' रूप सिद्ध होता है।

शेष रूप—म० देहि, दत्तम्, दत्त। उ० ददानि, ददाव, ददाम।

आ० प्र० दत्ताम्, ददाताम्, ददताम्। म० दत्स्व, ददाथाम्, दद्ध्वम्। उ० ददै, ददावहै, ददामहै। ङिद्वद्भाव होने से आत्मनेपद के रूपों में 'श्नाभ्यस्तयोरातः' से आकार का लोप होता है।

लङ्—प० प्र० अददात्, अदत्ताम्, अददुः। म० अददाः, अदत्तम्, अदत्त। उ० अददम्, अदद्व, अदद्म। 'अददुः' में 'सिजभ्यस्तविदिभ्यश्च' से झि को जुस् होता है।

आ०—प्र० अदत्त, अददाताम्, अददत। म० अदत्थाः, अददाथाम्, अदद्ध्वम्। उ० अददि, अदद्वहि, अदद्महि।

वि० लि०—प० प्र० दद्यात्, दद्याताम्, दद्युः। म० दद्याः, दद्यातम्, दद्यात। उ० दद्याम्, दद्याव, दद्याम। आ० प्र० देयात्, देयास्ताम्, देयासुः। म० देयाः, देयास्तम्, देयास्त। उ० देयासम्, देयास्व, देयास्म।

यहाँ परस्मैपद में ङित् यासुट् परे होने से 'श्नाऽभ्यस्तयोरातः' से आकार का लोप होता है और आशीर्लिङ् में 'एर्लिङि' से आकार को एकार आदेश।

वि० लि०—आ० प्र० ददीत, ददीयाताम्, ददीरन्। म० ददीथाः, ददीयाथाम्, ददीध्वम्। उ० ददीय, ददीवहि, ददीमहि।

आ० लि०—प्र० दासीष्ट, दासीयास्ताम्। दासीरन्। म० दासीष्ठाः, दासीयास्थाम्, दासीध्वम्। उ० दासीय, दासीवहि, दासीमहि।

लुङ् में 'गातिस्थाघुपाभूभ्यः सिचः परस्मैपदेषु' से सिच् का लोप हो जाता है। इस प्रकार से एकवचन में—अदात्, द्विवचन में—अदाताम्, बहुवचन में—अदुः रूप बनते हैं। बहुवचन में सिच् का लोप होने पर 'आतः' सूत्र से

('इद्' आदेशविधिसूत्रम्)

६२७ स्था-घ्वोरिच्च १ । २ । १७ ॥

अनयोः 'इद्' अन्तादेशः, सिच्च कित् स्याद् आत्मनेपदे । अदित । अदास्यत् , अदास्यत ।

डु धाञ् धारणपोषणयोः ॥ १० ॥ दधाति ।

झि को जुस् आदेश और आकार का 'उस्यपदान्तात्' से पररूप होता है । शेष रूप—म० **अदाः, अदातम् , अदात** । उ० **अदाम् , अदाव, अदाम** होते हैं ।

६२७ **स्थाघ्वोरिति**—स्था और घुसंज्ञक धातुओं को इकार अन्तादेश हो और सिच् कित् हो आत्मनेपद प्रत्यय परे रहते ।

अदित—घुसंज्ञक दा धातु के लुङ् में 'अदा स् त' इस अवस्था में प्रकृत सूत्र से आकार को इकार आदेश और सिच् को कित्त्व होने पर 'ह्रस्वादङ्गात्' सूत्र से झल् तकार परे होने के कारण सिच् का लोप होकर 'आदित' रूप सिद्ध होता है । यहाँ 'त' के अपित् सार्वधातुक होने से ङिद्वद् होने के कारण गुण निषेध होता है ।

सिच् के कित् करने का फल द्विवचन में होता है । क्योंकि आताम् में झलादि न होने से सिच् का लोप नहीं होता, उसके कित् होने से इकार को गुणनिषेध हो जाता है ।

सम्पूर्ण रूप—प्र० **अदित, अदिषाताम् , अदिषत** । म० **अदिथाः-अदिषाथाम् , अदिध्वम्** । उ० **अदिषि, अदिष्वहि, अदिष्महि** ।

'दा' धातु के साथ 'आङ्' उपसर्ग का योग होने पर 'लेना' अर्थ होता है और तब 'आङो दोऽनास्यविहरणे' सूत्र से आत्मनेपद ही आता है, परस्मैपद नहीं । **विद्यामादत्ते**—विद्या ग्रहण करता है ।

'प्र नि' इन दो उपसर्गों के योग होने पर 'नि' के नकार को 'नेर्गदनदपद-पतघु–' इत्यादि सूत्र से घुसंज्ञक दा के परे होने से णत्व हो जाता है । **प्रणिददाति** आदि रूप बनते हैं ।

१० **धा** (धारण और पोषण करना)—यह धातु अनिट् है ।

दधाति—इसके अभ्यास के धकार को 'अभ्यासे चर्च' से जश् दकार हो जाता है । अतः लट् के प्रथम के एकवचन तिप् में उक्त रूप बनता है ।

(भष् आदेशविधिसूत्रम्)

६२८ दधस्तथोश्च ८ । २ । ३८ ॥

द्विरुक्तस्य झषन्तस्य धाञो वशो भष् स्यात्, तथोः परयोः स्ध्वोश्च परतः ।

धत्तः, दधति, दधासि, धत्थः, धत्थ । धत्ते, दधाते, दधते, धत्से, धद्ध्वे ।

तस् में श्लु, द्वित्व और अभ्यास को जश् होने पर 'श्नाऽभ्यस्तयोरातः' से आकार का लोप होकर 'दध् तस्' यह स्थिति बनती है ।

६२८ **दध** इति—कृतद्वित्व (जिसको द्वित्व किया गया हो) झषन्त धाञ् धातु के बश् को भष् हो तकार, थकार, सकार और ध्व परे होने पर ।

'द्वित्व होने पर' कहने से यह सूत्र लट्, लोट्, लङ् और विधिलिङ् में ही प्रवृत्त होगा, क्योंकि इन्हीं लकारों में द्वित्व होता है । 'झषन्त' कहने से इस सूत्र की प्रवृत्ति उन्हीं स्थलों में होती है, जहाँ 'श्नाऽभ्यस्तयोरातः' से आकार का लोप होता है, क्योंकि लोप होने पर धकार बचता है, अतः धातु झषन्त हो जाता है । आकार का लोप होने पर भी चार स्थलों में तकार, थकार, सकार और ध्व परे रहते ही प्रवृत्ति होती है । विधिलिङ् में आकार का लोप होने पर भी प्रवृत्ति नहीं होती, क्योंकि यासुट् का व्यवधान होने से तकार आदि कोई भी परे नहीं मिलते । अभ्यास में 'अभ्यासे चर्च' से धकार को जो दकार होता है, उसको इस सूत्र से पुनः भष्भाव के द्वारा धकार हो जाता है ।

धत्तः—पूर्वोक्त 'दध् तस्' इस स्थिति में दकार को इस सूत्र से भष्भाव धकार होता है । तब उत्तर धकार को चर् तकार होकर उक्त रूप सिद्ध होता है ।

इसी प्रकार अन्यत्र भी इस सूत्र की प्रवृत्ति का प्रकार समझना चाहिये ।

इस भष्भाव के अतिरिक्त अन्य रूपों की सिद्धि का प्रकार 'दा' धातु के बिल्कुल समान ही है । इसलिये सारे रूप यहाँ नहीं लिखे जाते, कुछ रूप मूल में दे ही दिये गये हैं ।

उपसर्ग के योग में—

सन्दधाति = मिलता है । **आदधाति** = रखता है ।

अवदधाति = ध्यान देता है । **विदधाति** = करता है ।

'घ्वसोरेद्धावभ्यासलोपश्च'—धेहि । अदधात्, अधत्त । दध्यात्, दधीत ।

धेयात्, धासीष्ट । अधात्, अधित । अधास्यत्, अधास्यत ।

णिजिर् शौच-पोषणयोः ॥ ११ ॥

(इर इत्संज्ञावार्तिकम्)

(वा) इर इत्संज्ञा वाच्या ।

(गुणादेशविधिसूत्रम्)

६२९ णिजां त्रयाणां गुणः श्लौ ७ । ४ । ७५ ॥

परिदधाति = (कपड़े) पहनता है । **अभिदधाति** = करता है ।

निदधाति = रखता है । **अपिदधाति**[1] = ढकता है ।

समादधाति = समाधान करता है । **अनुसन्दधाति** = खोज करता है ।

प्रणिदधाति = मन लगाता है । **श्रद्धधाति** = विश्वास करता है ।

'श्रद्' उपसर्ग नहीं है किन्तु इसके योग में भी अर्थ बदल जाता है इसलिये इसका योग भी दिखा दिया है ।

इनके आत्मनेपद में भी यही अर्थ रहता है ।

११ निज्—(शुद्ध करना अर्थात् धोना तथा पोषण करना)—इसका 'इर्' इत्संज्ञक है ।

(वा) इर इति—'इर्' की इत्संज्ञा हो ।

इस वार्तिक से 'णिजिर्' के 'इर्' की इत्संज्ञा होती है और तब लोप हो जाता है । इस प्रकार 'णिज्' शेष रहता है । 'इर्' की इत्संज्ञा का फल 'इरितो वा' सूत्र से च्लि को अङ् विकल्प से होता है ।

णकार को 'णो नः' से नकार हो जाता है ।

लट् के तिप् में श्लु और द्वित्व होने पर अभ्यासोत्तरखण्ड से इकार को सार्वधातुक गुण होकर 'नि नेज् ति' यह स्थिति बनती है ।

६२९ णिजामिति—णिज्, विज्[2] और विष् धातुओं के अभ्यास को गुण

---

१. यहाँ 'अपि' के अकार का भागुरि आचार्य के मत से लोप होकर पिदधाति भी बनता है ।

२. विजिर् पृथग्भावे (अलग होना), विष्लृ व्याप्तौ (व्याप्त होना) ये

णिज् , विज् , विषामभ्यासस्य गुणः स्यात् श्लौ ।

नेनेक्ति, नेनिक्तः, नेनिजति । निनेज, निनिजे । नेक्ता । नेक्ष्यति, नेक्ष्यते । नेनेक्तु; नेनिग्धि ।

हो श्लु' के विषय में।

नेनेक्ति—प्रकृत णिज् धातु में पूर्वोक्त 'निनेज् ति' इस स्थिति में अभ्यास को गुण होता है। तदनन्तर जकार को 'चोः कुः' से कुत्व गकार और उसको चर् ककार होकर रूप सिद्ध होता है।

नेनिक्तः—यहाँ तस् के ङित् होने से गुण नहीं होता, यथा प्राप्त अभ्यासगुण[1] तो होता है।

नेनिजति—यहाँ 'अद् अभ्यसात्' सूत्र से झि को अत् आदेश होता है।

नेनेक्षि—सिप् में जकार को ककार होने पर अग्रिम सकार को मूर्धन्य और क ष संयोग से 'क्ष' होकर रूप बनता है। प्रथम इकार को अभ्यास गुण और द्वितीय को सार्वधातुक गुण होता है।

थस् —**नेनिक्थः**। थ —**नेनिक्थ**। मिप् —**नेनेज्मि**। वस्—**नेनिज्वः**। मस्—**नेनिज्मः**। आ०—प्र० **नेनिक्ते**, **नेनिजाते**, **नेनिजते**। म० **नेनिक्षे**, **नेनिजाथे**, **नेनिग्ध्वे**। उ० **नेनिजे**, **नेनिज्वहे**, **नेनिज्महे**।

लिट् प०—प्र० **निनेज**, **निनिजतुः**, **निनिजुः**। म० **निनेजिथ**, **निनिजथुः**, **निनिज**। उ० **निनेज-निनिज**, **निनिजिव**, **निनिजिम**। आ०—प्र० **निनिजे**, **निनिजाते**, **निनिजिरे**। म० **निनिजिषे**, **निनिजाथे**, **निनिजिध्वे**। उ० **निनिजे**, **निनिजिवहे**, **निनिजिमहे**।

निज् धातु अनिट् है। लिट् में क्रादिनियम से इट् होता है।

लोट् के प्रथम में—प्र० **नेनेक्तु-नेनिक्तात्**, **नेनिक्ताम्**, **नेनिजतु**। 'हि' में **नेनिग्धि**। यहाँ झलन्त होने से 'हि' को 'धि' होता है। थस्—**नेनिक्तम्** थ० **नेनिक्त**।

धातुयें जुहोत्यादिगण की ही हैं, परन्तु लघुकौमुदी में नहीं आई। 'वेवेक्ति, वेविक्तः वेविजति; वेवेष्टि, वेविष्टः, वेविषति' आदि रूप बनते हैं।

१. इस अभ्यासगुण का श्लु के विषय में विधान किया गया है, अतः इसके होने में प्रत्यय का ङित् आदि होना बाधक नहीं, क्योंकि यह प्रत्ययनिमित्तक नहीं। प्रत्ययनिमित्तक गुण का ही निषेध उसके ङित आदि होने से होता है।

(गुणनिषेधसूत्रम्)

६३० नाऽभ्यस्तस्याऽचि पिति सार्वधातुके ७ । ३ । ८७ ॥

लघूपधगुणो न स्यात्। नेनिजानि। नेनिक्ताम्। अनेनेक्, अनेनिक्ताम्, अनेनिजुः; अनेनिजम्; अनेनिक्त। नेनिज्यात्, निज्यात्, नेनिजीत, निक्षीष्ट।

---

३३० नाऽभ्यस्तस्येति—अजादि पित् सार्वधातुक परे होने पर अभ्यस्त धातु को लघूपध गुण न हो।

लोट् के उत्तम में आट् के पित् होने से लघूपध गुण प्राप्त है, उसका इस सूत्र से निषेध होता है। अतः—**नेनिजानि, नेनिजाव, नेनिजाम**—ऐसे रूप बनते हैं।

आत्मनेपद में—प्र० **नेनिक्ताम्, नेनिजाताम् नेनिजताम्।**
म० **नेनिक्ष्व, नेनिजाथाम्, नेनिग्ध्वम्।**
उ० **नेनिजै, नेनिजावहै, नेनिजामहै।**

लङ् प०—प्र० **अनेनेक्, अनेनिक्ताम्, अनेनिजुः।**
म० **अनेनेक् अनेनिक्तम्, अनेनिक्त।**
उ० **अनेनिजम्, अनेनिज्व, अनेनिज्म।**

अनेनिजम् में अजादि पित् सार्वधातुक अम् परे होने से लघूपध गुण का 'नाभ्यस्तस्य-' से निषेध हो जाता है।

आ०—प्र० **अनेनिक्त, अनेनिजाताम्, अनेनिजत।**
म० **अनेनिक्थाः, अनेनिजाथाम्, अनेनिग्ध्वम्।**
उ० **अनेनिजि अनेनिज्वहि, अनेनिज्महि।**

विधिलिङ् प०—प्र० **नेनिज्यात्, नेनिज्याताम्, नेनिज्युः।**
म० **नेनिज्याः, नेनिज्यातम्, नेनिज्यात।**
उ० **नेनिज्याम्, नेनिज्याव, नेनिज्याम।**

आ०—प्र० **नेनिजीत, नेनिजीयाताम्, नेनिजीरन्।**
म० **नेनिजीथाः, नेनिजीयाथाम्, नेनिजीध्वम्।**
उ० **नेनिजीय, नेनिजीवहि, नेनिजीमहि।**

यहाँ सीयुट् के सकार का लोप होने पर अजादि पित् सार्वधातुक मिल जाने

('अङ्' आदेशविधिसूत्रम्)

६३१ इरितो वा ३ । १ । ५७ ॥

इरितो धातोश्च्लेरङ् वा परस्मैपदेषु । अनिजत्-अनैक्षीत्, अनिक्त । अनेक्ष्यत्, अनेक्ष्यत ।

इति जुहोत्यादयः ।

से लघूपध गुण का निषेध हो जाता है ।

आशीर्लिङ प० प्र० निज्यात्, निज्यास्ताम्, निज्यासुः । म० निज्याः, निज्यास्तम्, निज्यास्त । उ० निज्यासम्, निज्यास्व, निज्यास्म ।

अ० प्र० निक्षीष्ट, निक्षीयास्ताम्, निक्षीरन् । म० निक्षीष्ठाः, निक्षीयास्थाम्, निक्षीध्वम् । उ० निक्षीय, निक्षीवहि, निक्षीमहि ।

आत्मनेपद में 'लिङ्सिचावात्मनेपदेषु' सूत्र से सीयुट् कित् होकर गुण निषेध करता है ।

६३१ इरित इति—इरित् धातु से पर च्लि को अङ् आदेश विकल्प से हो परस्मैपद परे रहते ।

अङ् के ङित् होने से गुण वृद्धि नहीं होती । पक्ष में हलन्तलक्षण वृद्धि होती है ।

अङ्पक्ष—प्र० अनिजत्, अनिजताम्, अनिजन् । म० अनिजः, अनिजतम्, अनिजत । उ० अनिजम्, अनिजाव, अनिजाम ।

सिच्पक्ष—प्र० अनैक्षीत्, अनैक्ताम्, अनैक्षुः म० अनैक्षीः, अनैक्तम्, अनैक्त । उ० अनैक्षम्, अनैक्ष्व, अनैक्ष्म ।

यहाँ झलादि प्रत्ययों में 'झलो झलि' से सिच् के सकार का लोप होता है । शेष स्थलों में जकारस्थानिक चर् ककार से पर सकार को मूर्धन्य षकार होकर 'क्ष' बन जाता है । इसी प्रकार आत्मनेपद में भी होता है ।

आ० प्र० अनिक्त, अनिक्षाताम्, अनिक्षत । म० अनिक्थाः, अनिक्षाथाम्, अनिग्ध्वम् । उ० अनिक्षि, अनिक्ष्वहि, अनिक्ष्महि ।

जुहोत्यादिगण समाप्त ।

॥ ४ ॥ अथ दिवादिगणः ।

दिवु क्रीडा-विजिगीषा-व्यवहार-द्युति-स्तुति-मोद-मद-स्वप्न-कान्ति गतिषु ॥ १ ॥

('श्यन्' प्रत्ययविधिसूत्रम्)

६३२ दिवाऽऽदिभ्यः श्यन् ३ । १ । ६९ ॥

शपोऽपवादः ।

'हलि च'—इति दीर्घः—दीव्यति । दिदेव । देविता । देविष्यति । दीव्यतु । अदीव्यत् । दीव्येत् । दीव्यात् । अदेवीत् । अदेविष्यत् ।

---

१ दिव् (क्रीड़ा, जुवा खेलना, व्यवहार, चमकना, स्तुति करना, प्रसन्न होना, नशा करना, सोना, इच्छा करना, चलना)—यह धातु सेट् है ।

६३२ दिवादिभ्य इति—दिवादिगण की धातुओं से श्यन् प्रत्यय हो (कर्त्रर्थ सार्वधातुक परे रहते)

शप इति—यह श्यन् शप् का अपवाद (बाधक) है ।

इसके शकार और नकार, इत्संज्ञक हैं । शकार के इत्संज्ञक होने से इसकी सार्वधातुक संज्ञा होती है । नकार के इत् होने का फल 'ञ्नित्यादिर्नित्यम्' से आद्युदात्त स्वर होना है । शेष 'य' रहता है ।

दीव्यति—यह श्यन् शित् होने से 'तिङ् शित् सार्वधातुकम्' सूत्र से सार्वधातुक है और अपित् सार्वधातुक होने से 'सार्वधातुकम् अपित्' सूत्र से ङिद्वद् होता है । दिव् धातु से लट् में श्यन् आने पर वकारान्त उपधा इकार को हल् यकार परे होने से 'हलि च' से दीर्घ होता है ।

इसी प्रकार—दीव्यतः, दीव्यन्ति आदि रूप बनते हैं ।

लिट् में—प्र० दिदेव, दिदिवतुः, दिदिवुः । म० दिदेविथ, दिदिवथुः, दिदिव । उ० दिदेव–दिदिव, दिदिविव, दिदिविम ।

यह धातु सेट् है । अतः वलादि आर्धधातुक को सर्वत्र इट् आगम हो जाता है ।

तास् और स्य को इट् होकर देविता, देवितारौ, देवितारः आदि रूप लुट् में और देविष्यति, देविष्यतः, देविष्यन्ति आदि लृट् में बनते हैं ।

लोट्, लङ् और विधिलिङ् में श्यन् होने पर 'हलि च' से दीर्घ होता है । लोट् के सिप् में श्यन् के अकार से परे होने के कारण 'अतो हेः' से 'हि' लोप होकर

एवम्—षिवु तन्तुसन्ताने ॥ २ ॥

नृती गात्रविक्षेपे ॥ ३ ॥ नृत्यति । ननर्त । नर्तिता ।

('इट्' विकल्पविधिसूत्रम्)

६३३ सेऽसिचि कृत-चृत-छृत-तृद-नृतः ७ । २ । ५७ ॥

दीव्य रूप बनता है । विधिलिङ् में भी श्यन् के अकार से परे होने के कारण 'यास्' को 'अतो येयः' से इय् आदेश होकर भ्वादि के समान रूप बनते हैं ।

आशीर्लिङ् में 'हलि च' से दीर्घ होकर **दीव्यात्** आदि रूप बनते हैं ।

लुङ् में—प्र० **अदेवीत्, अदेविष्टाम्, अदेविषुः** । म० **अदेवीः, अदेविष्टम्, अदेविष्ट** । उ० **अदेविषम्, अदेविष्व, अदेविष्म** ।

इस धातु के रूप भी दिवु के समान ही बनते हैं—**सीव्यति । सिषेव । सेविता । सेविष्यति । सीव्यतु । असीव्यत् । सीव्येत् । सीव्यात् । असेवीत् । असेविष्यत्** ।

२ **सिव्** (सिलाई करना)—इस धातु का अर्थ यद्यपि तन्तुसन्तान-धागों का फैलाना अर्थात् कपड़ा बुनना कहा गया है, तथापि इसकी प्रसिद्धि सीने-पिरोने अर्थ में ही है । सलाइयों से बुनने के लिये भी इसी का प्रयोग होता है—**विषीव्यति**-(स्वेटर आदि) बुनता है ।

यह धातु षोपदेश है। इसलिये षोपदेशनिमित्तक षत्व कार्य 'परिनिविभ्यः—' इत्यादि सूत्र के द्वारा होता है । यथा—'विषीव्यति' आदि ।

३ **नृत्** (नाचना सेट्)—गात्रविक्षेप गात्रों का—अङ्गों का—विशेष रूप से फेंकना अर्थात् नाचना । इस धातु के रूप भी प्रायः पूर्ववत् ही बनते हैं ।

श्यन् अपित् सार्वधातुक है । अतः 'सार्वधातुकमपित्' सूत्र से ङिद्वत् होता है । इसीलिए इसके परे रहते लघूपध गुण नहीं होता । लट् में—**नृत्यति, नृत्यतः, नृत्यन्ति** रूप बनते हैं ।

लिट्—प्र० **ननर्त, ननृततुः, ननृतुः** । म० **ननर्तिथ, ननृतथुः, ननृत** । उ० **ननर्त, ननृतिव, ननृतिम** । अतुस् आदि अपित् लिट् होने से 'असंयोगाद् लिट् कित्' से कित् हैं, अतः इनके परे रहते गुण नहीं होता ।

यह धातु भी सेट् है, अतः वलादि आर्धधातुक को इट् होता है ।

लुट् में अतएव **नर्तिता, नर्तितारौ, नर्तितारः** आदि रूप बनते हैं ।

६३३ **सेऽसिचोति**—कृती (काटना, तुदादि), चृती (मारना, खोलना,

एभ्यः परस्य सिजिभन्नस्य सादेरार्धधातुकस्येड् वा।

नर्तिष्यति-नर्त्स्यति। नृत्यतु। अनृत्यत्। नृत्येत्। नृत्यात्। अनर्तीत्। अनर्तिष्यत्-अनर्त्स्यत्।

त्रसी उद्वेगे॥ ४॥ 'वा भ्राश-' इति श्यन् वा—त्रस्यति-त्रसति। तत्रास।

(एत्व-अभ्यासलोप-विकल्पविधिसूत्रम्)

६३४ वा जॄ-भ्रमु-त्रसाम् ६। ४। १२४॥

एषां किति लिटि सेटि थलि च एत्वाऽभ्यासलोपौ वा। त्रेसतुः-

तुदादि) छृदिर् (चमकना, क्रीड़ा करना, रुधादि), तृदिर् (हिंसा करना और अनादर करना, रुधादि) तथा नृती (नाचना, दिवादि) धातुओं से परे सिच्-भिन्न सकारादि आर्धधातुक प्रत्यय को इट् विकल्प से हो।

नर्तिष्यति-नर्त्स्यति—लृट् में सकारादि आर्धधातुक 'स्य' प्रत्यय को यहाँ प्रकृत सूत्र से इट् विकल्प से होकर दो दो रूप बनते हैं।

लुङ् में—प्र० **अनर्तीत्, अनर्तिष्टाम्, अनर्तिषुः**। म० **अनर्तीः, अनर्तिष्टम्, अनर्तिष्ट**। उ० **अनर्तिषम्, अनर्तिष्व, अनर्तिष्म**।

अनर्तिष्यत्-अनर्त्स्यत्—लृङ् में सकारादि आर्धधातुक 'स्य' के मिलने से वैकल्पिक इट् होकर रूप बनते हैं।

४ **त्रस्** (डरना, घबराना सेट्)—इस धातु के 'वा भ्राश-भ्लाश-भ्रमु-क्रमु-क्लमु-त्रसि-त्रुटि-लषः' सूत्र से वैकल्पिक श्यन् होने से सार्वधातुक लकारों में दो दो रूप बनते हैं।

श्यन्पक्ष में—**त्रस्यति** आदि और श्यन् के अभाव में शप् होकर **त्रसति** आदि रूप होते हैं।

तत्रास—लिट् के प्रथम के एकवचन में द्वित्व और अभ्यासकार्य आदि होकर 'तत्रास' रूप होता है।

६३४ वा जॄ इति—जॄ (जीर्ण होना, दिवादि), भ्रमु (घूमना, भ्वादि) और त्रस् (घबराना, दिवादि) इन तीन धातुओं को कित् लिट् और सेट् थल् परे रहते एत्व और अभ्यास का लोप हो विकल्प से।

इन में 'जॄ' को आदेश होने तथा 'भ्रम्' और 'त्रस्' को संयोग होने से 'अत

तत्रसतुः, त्रेसिथ-तत्रसिथ । त्रसिता ।

शो तनूकरणे ॥ ५ ॥

(ओकारलोपविधिसूत्रम्)

६३५ ओतः श्यनि ७ । ३ । ७१ ॥

लोपः स्यात् श्यनि । श्यति, श्यतः, श्यन्ति । शशौ, शशतुः ।

एकहल्मध्ये-' सूत्र से एत्व और अभ्यास लोप प्राप्त नहीं था । अप्राप्त होने पर विकल्प से विधान करने के कारण यह अप्राप्तविभाषा है । इसलिये इनके उक्त स्थलों में दो दो रूप बनते हैं ।

सम्पूर्ण रूप—प्र० **त्रेसतुः-तत्रसतुः, त्रेसुः-तत्रसुः** । म० **त्रेसिथ-तत्रसिथ, त्रेसथुः-तत्रसथुः, त्रेस-तत्रस** । उ० **तत्रास-तत्रस, त्रेसिव-तत्रसिव, त्रेसिम-तत्रसिम** ।

लुट्—**त्रसिता** । लृट्—**त्रसिष्यति** । लोट्—**त्रस्यतु-त्रसतु** । लङ्—**अत्रस्यत्-अत्रसत्** । वि० लि०—**त्रस्येत्-त्रसेत्** । आ० लि०—**त्रस्यात्** । लुङ—**अत्रासीत्-अत्रसीत्** । लृङ्—**अत्रसिष्यत्** । लुङ् में 'अतो हलादेर्लघोः' से वैकल्पिक वृद्धि होती है ।

५ शो (पतला करना, कम करना)—

६३५ ओत इति—ओकार का लोप हो श्यन् परे रहते ।

शो धातु से लट् लकार में श्यन् आने पर इस सूत्र से ओकार का लोप हो जाने से धातु का केवल एक वर्ण शकार ही बच रहता है, तब प्र० **श्यति, श्यतः, श्यन्ति** । म० **श्यसि, श्यथः, श्यथ** । उ० **श्यामि, श्यावः, श्यामः**—रूप सिद्ध होते हैं ।

लोट्, लङ् और विधि लिङ् में श्यन् होने से ओकार का लोप होता है । इनके रूप निम्नलिखित होते हैं ।

लोट—प्र० **श्यतु,-श्यतात्, श्यताम्, श्यन्तु** । म० **श्य-श्यतात्, श्यतम्, श्यत** । उ० **श्यानि, श्याव, श्याम** । यहाँ मध्यम पुरुष के एकवचन में श्यन् के अकार से परे होने के कारण 'हि' का लोप हो जाता है ।

लङ्—प्र० **अश्यत्, अश्यताम्, अश्यन्** । म० **अश्यः, अश्यतम्, अश्यत** । उ० **अश्यम्, अश्याव, अश्याम** ।

शाता । शास्यति ।

('सिच्-लुक्' विकल्पविधिसूत्रम्)

६३६ विभाषा घ्रा-धेट्-शा-च्छा-सः २ । ४ । ७८ ॥

एभ्यः सिचो लुग् वा स्यात् परस्मैपदे परे । अशात् , अशाताम् , अशुः । इट्सकौ—अशासीत् , अशासिष्टाम् ।

छो छेदने ॥ ६ ॥ छ्यति । षो अन्तःकर्मणि ॥ ७ ॥ स्यति । ससौ । दो अवखण्डने ॥ ८ ॥ द्यति । ददौ । देयात् । अदात् ।

विधिलिङ्—प्र० श्येत् , श्येताम् , श्युः । म० श्येः, श्येतम्, श्येत । उ० श्येम् , श्येव, श्येम ।

लिट् में 'आदेच उपदेशेऽशिति' सूत्र से ओकार को आकार होने पर आकारान्त हो जाने से उसी के समान रूप बनते हैं ।

प्र०–शशौ, शशतुः शशुः । म० शशिथ–शशाथ, शशथुः, शश । उ० शशौ, शशिव, शशिम ।

इसी प्रकार अन्य आर्धधातुक लकारों में भी ओकार को आकार हो जाने से आकारान्त धातु जैसे रूप बनते हैं । लुट्–शाता । लृट्–शास्यति आ० लि०-शायात् ।

६३६ **बिभाषेति** घ्रा (सूँघना, भ्वादि), धेट् (पीना, भ्वादि), शो (पतला करना, दि०), छो (काटना, दि०), षो (नाश करना, दि०) इन धातुओं से पर सिच् का लोप हो विकल्प से परस्मैपद परे रहते ।

अशात्—यहाँ प्रकृत सूत्र से शा धातु से पर सिच् का लोप होकर रूप बनता है ।

अशुः–झि को 'आतः' सूत्र से जुस् आदेश होता है और आकार का 'उस्यपदान्तात्' से पररूप होकर रूप सिद्ध होता है ।

सिच् लोप के अभावपक्ष में 'यमरमनमातां सक् च' सूत्र से इट् और सक् होकर अशासीत् , अशासिष्टाम्, अशासिषुः आदि रूप बनते हैं ।

६ छो (काटना) ७ सो (नाश करना), ८ दो (काटना) इन धातुओं के रूप भी 'शो' के समान ही बनते हैं । इनके लोट् के हि का लोप

व्यध ताडने ॥ ८ ॥

(सम्प्रसारणविधिसूत्रम्)

६३७ ग्रहि-ज्या-वयि-व्यधि-वष्टि-विचति-वृश्चति-पृच्छति-भृज्जतीनां ङिति च ६ । १ । १६ ॥

एषां सम्प्रसारणं स्यात् किति ङिति च ।

होने पर छ्य, स्य¹ और द्य रूप बनते हैं। 'पा' का आशीर्लिङ् से एत्व होकर 'सेयात्' और दो को घुसंज्ञक होने से पूर्ववत् आशीर्लिङ् में 'देयात्' तथा लुङ् में 'गातिस्थाघु–' इत्यादि सूत्र से सिच् का नित्य लोप होकर 'अदात्' आदि रूप बनते हैं। इनके रूपों में केवल यही अन्तर पड़ता है।

उपसर्ग के योग में—

अवस्यति–निश्चय करता है। **व्यवस्यति**–उद्योग करता है।

८ **व्यध्** (वेधना-अनिट्)–नुकीले अस्त्र आदि से छेद करने में इसका प्रयोग होता है।

६३७ **ग्रहिज्येति**—ग्रह् (ग्रहण करना, क्र्यादि), ज्या (वृद्ध होना, क्र्यादि). वेञ् (बुनना. भ्वादि). व्यध् (वेधना. दिवादि). वश् (इच्छा करना, अदादि). व्यच् (ठगना. तुदादि), व्रश्च् (काटना. तुदादि). प्रच्छ् (पूछना. तुदादि). और भ्रस्ज् (भूनना. तुदादि)—इन धातुओं को सम्प्रसारण हो कित् और ङित् प्रत्यय परे रहते।

'श्यन्' अपित् सार्वधातुक होने से ङिद्वत् है। अतः इसके परे रहते सम्प्रसारण हो जाता है।

---

१. 'राघव **स्य** शरैर्घोरैर्घोरं रावणमाहवे। अत्र क्रिया पदं गुप्तं यो जानाति स पण्डितः।' इस कूट के पद्य में 'स्य' क्रियापद है, जो प्रकृत 'षो अन्तःकर्मणि–नाश करना, धातु के लोट् म-पु. ए. व. रूप है। 'राघव' सम्बोधन पद है। 'राघव' पद के समीप होने से स्य षष्ठी विभक्ति मालूम पड़ती है। इस प्रकार 'राघवस्य' यह षष्ठ्यन्त पद मालूम पड़ता है, जिस से क्रिया पद का अभाव यहाँ खटकने लगता है। इस पद्य का अर्थ है–'हे राम, इस भयंकर रावण को तीक्ष्ण बाणों से मार डालो। इस पद्य में क्रिया पद गुप्त-छिपा हुआ-है, जो उसे जानता है, वह पण्डित है।'

विध्यति । विव्याध, विविधतुः, विविधुः । विव्यधिथ, विव्यद्ध । व्यद्धा । व्यत्स्यति । विध्येत् । विध्यात् । अव्यात्सीत् ।

पुष पुष्टौ ॥ १० ॥ पुष्यति । पुपोष, पुपोषिथ । पोष्टा । पोक्ष्यति । 'पुषादि–' इत्यङ्–अपुषत् ।

विध्यति—व्यध् धातु के यकार को सम्प्रसारण होकर लट् में 'विध्यति' आदि रूप बनते हैं ।

लिट् में पित् प्रत्यय णल् , थल् , और णल् में 'लिट्यभ्यासस्योभयेषाम्' सूत्र से अभ्यास को सम्प्रसारण होकर **विव्याध, बिव्यधिथ-विव्यद्ध, विव्याध-विव्यध** रूप बनते हैं । 'अतुस्' आदि कित् प्रत्ययों में 'सम्प्रसारणं तदाश्रयं च कार्यं बलवत्' परिभाषा के बल से द्वित्व से पहले सम्प्रसारण होने पर द्वित्व होकर **विविधतुः** आदि रूप बनते हैं । थल् में भारद्वाज नियम से वैकल्पिक इट् होता है । अभावपक्ष में थ को 'झषस्तथोर्धोऽधः' से धकार और धातु के धकार को जश्त्व दकार होता है ।

इसी प्रकार लुट् में तास् के तकार को धकार होकर **व्यद्धा** आदि रूप बनते हैं ।

लृट् में 'स्य' आने पर धकार को चर् तकार होकर **व्यत्स्यति** आदि रूप सिद्ध होते हैं ।

लोट् , लङ् और विधिलिङ् में सम्प्रसारण होने से–**विध्यतु, अविध्यत्, विध्येत्** आदि रूप बनते हैं ।

विध्यात्—आशीर्लिङ के यासुट् के 'किद् आशिषि' सूत्र से कित् होने के कारण वहाँ भी प्रकृत सूत्र से सम्प्रसारण हो जाता है ।

अव्यात्सीत्—लुङ् में प्रथम के एकवचन में हलन्तलक्षणा वृद्धि और धकार को चर्त्व तकार होकर रूप सिद्ध होता है ।

इसी प्रकार 'तम्' और 'त' में भी सिच् का लोप होकर कार्य होते हैं । शेष प्रत्ययों में सिच् रहता है ।

लुङ् के सारे रूप—प्र० **अव्यात्सीत्, अव्याद्धाम्, अव्यात्सुः ।** म० **अव्यात्सीः, अव्याद्धम्, अव्याद्ध ।** उ० **अव्यात्सम्, अव्यात्स्व अव्यात्स्म ।**

१० पुष् (बढ़ना)–यह भी अनिट् है ।

शुष शोषणे ॥ ११ ॥ शुष्यति । शुशोष । अशुषत् ।

णश अदर्शने ॥ १२ ॥ नश्यति । ननाश, नेशतुः ।

(इड्विकल्पविधिसूत्रम्)

६३८ रधाऽऽदिभ्यश्च ७ । २ । ४५ ॥

रध, नश, तृप, दृप, द्रुह्, मुह्, स्नुह, स्निह्–एभ्यो वलाद्यार्धधातुकस्य वेट् स्यात् । नेशिथ ।

६३९ मस्जि–नशोर्झलि ७ । १ । ६० ॥

पुष्यति–श्यन् के ङिद्वत् होने से उसके परे रहते लघूपधगुण का निषेध हो गया ।

पुपोषिथ–थल् में क्रादि नियम से नित्य इट् हुआ, क्योंकि न तो यह अजन्त है और न अकारबान्, अतः भारद्वाज नियम का विषय यह धातु नहीं है ।

लुट् में ष्टुत्व होकर **पोष्टा, पोष्टारौ, पोष्टारः** आदि रूप बनते हैं ।

लृट् में धातु के षकार को 'षढोः कः सि' से ककार होने पर 'स्य' के सकार को मूर्धन्य षकार होता है, तब क ष के संयोग होने से 'क्ष' होकर **पोक्ष्यति** आदि रूप सिद्ध होते हैं ।

लुङ् में 'पुषादि-द्युतादि-लृदितः परस्मैपदेषु' से च्लि को अङ् होकर **अपुषत्** आदि रूप बनते हैं ।

११ **शुष्** (सूखना)–धातु धातु भी अनिट् है तथा पुषादि गण की है । अतः इसके सारे रूप 'पुष' के समान सिद्ध होंगे ।

१२ **नश्** (नाश होना)–नश् धातु के लिट् के किद्वचनों में तथा सेट् पक्ष में 'अत एक-हल्मध्ये—' और 'थलि च सेटि' से एत्व और अभ्यासलोप होता है । इसलिये अतुस् में **नेशतुः** और उस् में **नेशुः** रूप बनता है ।

यह धातु है तो अनिट्, परन्तु 'रधादिभ्यः' सूत्र इसे 'वेट्' कर देता है ।

६३८ रधादिभ्य इति–रध् आदि आठ धातुओं से पर आर्धधातुक प्रत्यय को इट् विकल्प से हो ।

नेशिथ—थल को इट् होने पर 'थलि च सेटि' से एत्व और अभ्यासलोप होकर रूप बनता है ।

६३९ मस्जि इति–मस्ज् और नश् धातु को झलादि प्रत्यय परे रहते नुम्

नुम् स्यात् । ननंष्ठ । नेशिव–नेश्व, नेशिम–नेश्म । नशिता–नंष्टा । नशिष्यति–नङ्क्ष्यति । नश्यतु । अनश्यत् । नश्येत् । नश्यात् अनशत् ।

षूङ् प्राणिप्रसवे ॥ १३ ॥ सूयते । क्रादिनियमाद् इट्–सुषुविषे, सुषुविवहे, सुषुविमहे । सोता, सविता ।

आगम हो ।

ननंष्ठ—थल् में इभडाव पक्ष में झलादि प्रत्यय मिल जाता है । अतः प्रकृत सूत्र से नुम् होकर उसके नकार को 'नश्चापदान्तस्य झलि' से अनुस्वार तथा 'व्रश्च–' से शकार को षकार और थकार को ष्टुत्व ठकार होने पर रूप बनता है ।

सेट् थल् परे रहते विधान होने से एत्व और अभ्यासलोप यहाँ नहीं हुए ।

नेशिव–नेश्व, नेशिम–नेश्म—'व' और 'म' में भी विकल्प से इट् होने के कारण दो दो रूप बनते हैं । इट् और इडभाव दोनों पक्षों में एत्व और अभ्यासलोप होकर रूप बनते हैं ।

नंष्टा– लुट् में झलादि प्रत्यय तास् परे नुम् होकर पूर्ववत् रूप सिद्ध होता है । पक्ष में—**नशिता** –इट् होकर रूप बनता है ।

नंक्ष्यति—लृट् में इडभाव पक्ष में शकार को 'व्रश्चभ्रस्ज–' सूत्र से मूर्धन्य षकार और उसको 'षढोः कः सि' से ककार तथा क ष संयोग से 'क्ष' होता है । तब नुम् और उसको यथाप्राप्त अनुस्वार होकर रूप बनता है ।

अनशत्—पुषादि होने से लुङ् में च्लि को अङ् होकर रूप बनता है ।

१३ सू (पैदा होना) प्राणियों के जन्म लेने अर्थ में ही इस धातु का प्रयोग होता है ।

क्रादि नियमाद् इति–इस धातु के लिट् में क्रादिनियम से इट् होता है । '**सुषुविषे**' **सुषुविवहे, सुषुविमहे** इन में क्रादि नियम से नित्य इट् हुआ है । अन्य स्थलों में 'स्वरति–सूतिसूयतिधूञूदितो वा' इस सूत्र में 'सू' धातु का ग्रहण–होने से वैकल्पिक इट् होता है ।

लृट्—**सविष्यते, सोष्यते** । लोट्—**सूयताम्** । लङ् में—**असूयत** । विधिलिङ् में—**सूयेत** । आ० लि०–**सविषीष्ट, सोषीष्ट** । लुङ्–**असविष्ट, असोष्ट** । लृङ्—**असविष्यत, असोष्यत** ।

दूङ् परितापे ॥ १४ ॥ दूयते । दीङ्क्षये । ॥ १५ ॥ दीयते ।

('युट्' आगमविधिसूत्रम्)

६४० दीङो युट् अचि क्ङिति ६ । ४ । ६३ ।

दीङः परस्याऽजादेः क्ङित आर्धधातुकस्य युट् ।

(वुग्युटोः सिद्धत्वविधिवार्तिकम्)

(वा) वुग्युटौ-उवङ्यणोः सिद्धौ वक्तव्यौ । दिदीये ।

('आत्व' विधिसूत्रम्)

६४१ मीनाति-मिनोति-दीङां ल्यपि च ६ । १ । ५० ॥

---

१४ दू (दुःखी होना)—इस धातु के रूप भी 'सूङ्' के समान ही बनेंगे। केवल इट् का विकल्प नहीं होता। दीर्घ ऊकारान्त होने से यह धातु सेट् है।

लिट्—**दुदुवे, दुदुवाते, दुदुविरे**। म० **दुदुविषे, दुदुवाथे, दुदुविध्वे**। उ० **दुदुवे, दुदुविवहे, दुदुविमहे**।

लुट्—**दविता**। लृट्—**दविष्यते**। लोट्—**दूयताम्**। लङ्—**अदूयत**। वि० लि०—**दूयेत**। आ० लि०—**दविषीष्ट**। लुङ्—**अदविष्ट**। लृङ् **अदविष्यत**। १५ दी (नाश होना) अनिट्।

६४० **दीङ** इति-दीङ् धातु से पर अजादि कित् और ङित् आर्धधातुक को 'युट्' आगम हो।

(वा) वुग्युटाविति—उवङ् और यण् के विषय में वुक् और युट् सिद्ध हों।

दिदीये—दी धातु को लिट्के एकवचन एश् में द्वित्व होने के अनन्तर अजादि प्रत्यय परे होने से युट् आगम होता है। उट् की इत्संज्ञा होकर लोप हो जाता है। तब 'दिदीयए' इस दशा में 'असिद्धवदत्राभात्' सूत्र से युट् के असिद्ध होने से 'एरनेकाचोऽसंयोगपूर्वस्य' इससे यण् प्राप्त होता है। उसका प्रकृत वार्तिक से युट् को सिद्ध विधान करने से वारण हो जाता है।

इसी प्रकार प्र० **दिदीयाते, दिदीयिरे**। म० **दिदीयिषे, दिदीयाथे, दिदीयिध्वे**। उ० **दिदीये, दिदीयिवहे, दिदीयिमहे**। ये रूप बनते हैं।

६४१ **मीनातीति**—मीञ् (हिंसा करना, क्र्यादि), मि (फेंकना, स्वादि)—इन दो धातुओं को आकार (अन्तादेश) हो, ल्यप् तथा गुण वृद्धि निमित्त शिद्भिन्न प्रत्यय परे रहते।

एषामात्वं स्यात् ल्यपि, चाद् अशित्येज्निमित्ते । दाता । दास्यति ।

(इत्वप्रतिषेधवार्तिकम्)

(वा) स्थाघ्वोरित्वे दीङः प्रतिषेधः । अदास्त ।

डीङ् विहायसा गतौ ॥ १६ ॥ डीयते । डिड्ये । डयिता ।

पीङ् पाने ॥ १७ ॥ पीयते । पेता, अपेष्ट ।

माङ् माने ॥ १८ ॥ मायते । ममे ।

जनी प्रादुर्भावे ॥ १९ ॥

चाद्—इति—चकार (भी) कहने के कारण शित्—भिन्न एज्निमित्त प्रत्ययों का भी निमित्त कोटि में यहाँ ग्रहण होता है ।

तास्, स्य आदि प्रत्यय शिद्भिन्न हैं और गुण वृद्धि के हेतु भी हैं । अतः इनके परे रहते उपर्युक्त धातुओं को आकार आदेश होगा ।

'दी' को लुट् में आकार होने से **दाता** आदि और लृट में—**दास्यते** आदि रूप बनेंगे । लोट्—**दीयताम्** । लङ्—**अदीयत** । विधिलिङ्—**दीयेत** । आशीर्लिङ्—**दासीष्ट** ।

(वा) स्थाघ्वोरिति—घुसंज्ञक धातुओं को लुङ् में 'स्थाघ्वोरिच्च' सूत्र से जो इकार आदेश प्राप्त है, उसमें 'दीङ्' का प्रतिषेध हो, अर्थात् दीङ् को न हो ।

दीङ धातु दारूप होने से घुसंज्ञक है, अतः इत्व प्राप्त था, उसका निषेध इस वार्तिक से होता है । अतः **अदास्त, अदासाताम्, अदासत** आदि रूप बनते हैं ।

१६ डीङ् (उड़ना, सेट्) इस धातु के रूप दीङ् से कुछ भिन्न होंगे, सार्वधातुक लकारों में अवश्य समान होंगे । लुट्—**डयिता** । 'ऊदॄदन्तैः—' इत्यादि सेट्-कारिका में पाठ होने से यह धातु सेट् है । लृट्—**डयिष्यते** । लोट्—**डीयताम्** । लङ्—**अडीयत** । वि० लि०—**डीयेत** । आ० लि०—**डयिषीष्ट** । लुङ्—**अडयिष्ट** । लृङ्—**अडयिष्यत** ।

इसका प्रयोग प्रायः उद्—उपसर्गपूर्वक होता है ।

१८ माङ् (मापना)—**मायते । ममे । माता । मास्यते । मायताम् । अमायत । मायेत । मासीष्ट । अमास्त । अमास्यत ।**

१९ **जन्** (उत्पन्न होना)—सेट् । आत्मनेपदी ।

('जा' आदेशविधिसूत्रम्)

६४२ ज्ञा-जनोर्जा ७ । ३ । ७९ ॥

अनयोर्जाऽऽदेशः स्यात शिति । जायते । जज्ञे । जनिता । जनिष्यते ।

('चिण्' विकल्पबिधिसूत्रम्)

६४३ दीप-जन-बुध-पूरि-तायि-प्यायिभ्योऽन्यतरस्याम्
३ । १ । ६१ ॥

एभ्यश्च्लेश्चिण् वा स्यात् , एकवचने तशब्दे परे ।

('त' शब्दलुग्विधिसूत्रम्)

६४४ चिणो लुक् । ६ । ४ । १०४ ॥

चिणः परस्य तशब्दस्य लुक् स्यात् ।

---

६४२ ज्ञा-जनोरिति—ज्ञा (जानना, क्र्यादि) और जन् धातु को 'जा' आदेश हो शित् प्रत्यय परे रहते ।

श्यन् शित् है, अतः जन् धातु को सार्वधातुक लकारों में 'जा' आदेश हो जाता है । लट्—**जायते** । लोट्—**जायताम्** । लङ्—**अजायत** । वि० लि०—**जायेत** ।

जज्ञे—लिट् में 'जन्' को द्वित्व होने पर 'जन् जन् ए' इस दशा में 'गमहनजनखन–' इत्यादि सूत्र से उपधालोप हो जाता है । तब 'ज जन् ए' इस स्थिति में नकार को श्चुत्व ञकार होकर 'जज्ञे' रूप बनता है । इसी प्रकार आगे के रूप भी बनते हैं ।

प्र० **जज्ञाते, जज्ञिरे** । म० **जज्ञिषे, जज्ञाथे, जज्ञिध्वे** । उ० **जज्ञे, जज्ञिवहे, जज्ञिमहे** ।

६४३ दीपजनेति—दीप् (चमकना, दिवादि), जन् (उत्पन्न होना), बुध् (जानना), पूरी (भरना) ताय् (फैलना, पालना) प्याय् (फूलना)—इन धातुओं से पर च्लि के स्थान में विकल्प से चिण् आदेश हो, एकवचन 'त' शब्द परे रहते ।

६४४ चिण इति—चिण् से पर 'त' शब्द का लुक् (लोप) हो ।

अजनि—'अजन्इत्' इस दशा में इससे 'त' का लोप होकर रूप बनता है ।

(वृद्धिनिषेधसूत्रम्)

६४५ जनि-वध्योश्च ७। ३। ३५॥

अनयोरुपधाया वृद्धिर्न स्यात् चिणि ञ्णिति कृति च। अजनि-अजनिष्ट।

दीपी दीप्तौ॥ २०॥ दीप्यते। दिदीपे। अदीपि, अदीपिष्ट।

पद गतौ॥ २१॥ पद्यते। पेदे। पत्ता। पत्सीष्ट।

('चिण्' आदेशविधिसूत्रम्)

६४६ चिण् ते पदः ३। १। ६०॥

पदेश्च्लेश्चिण स्यात् त शब्दे परे। अपादि, अपत्साताम्, अपत्सत।

---

६४५ जनिवध्योरिति—जन् और वध् धातुओं की उपधा को वृद्धि न हो चिण् तथा ञित्, णित् कृत् प्रत्यय परे रहते।

चिण् के णित् होने से 'अत उपधायाः' से 'अजनि' में वृद्धि प्राप्त थी, उसका इससे निषेध हो गया।

चिणभाव पक्ष में सिच् होता है; सिच् को इट् होकर **अजनिष्ट** रूप बनता है। आगे—**अजनिषाताम्** आदि रूप बनते हैं।

२० दीप् (चमकना) धातु के रूप भी इसी प्रकार बनते हैं। लुङ् के प्रथम के एकवचन में चिण् विकल्प से दो रूप बनते हैं—**अदीपि, अदीपिष्ट**।

२१ पद् (जाना) यह धातु अनिट् है। **पद्यते। पेदे। पत्ता। पत्स्यते। पद्यताम्। अपद्यत। पद्येत। पत्सीष्ट।**

६४६ चिण इति—पद् धातु से पर च्लि को चिण् हो त शब्द परे रहते।

अपादि—'च्लि' को चिण् आदेश होने पर उपधावृद्धि और प्रकृत सूत्र से तकार का लोप होकर रूप बनता है।

अपत्साताम्—आताम् में च्लि को सिच् होने से 'अपत्साताम्' और झ में **अपत्सत** रूप सिद्ध होता है। शेष रूप—

म० अपत्थाः, **अपत्साथाम्, अपद्ध्वम्**। उ० **अपत्सि, अपत्स्वहि, अपत्स्महि**।

'थास्' और 'ध्वम्' में 'झलो झलि' से सिच् के सकार का लोप हो जाता है।

विद सत्तायाम् ॥ २२ ॥ विद्यते । वेत्ता । अवित्त ।

बुध अवगमने ॥ २३ ॥ बुध्यते । बोद्धा । भोत्स्यते । भुत्सीष्ट । अबोधि, अबुद्ध, अभुत्साताम् ।

युध संप्रहारे ॥ २४ ॥ युध्यते । युयुधे । योद्धा । अयुद्ध ।

उपसर्गों के योग में—

प्रपद्यते—ग्रहण करता है । निष्पद्यते—होता है ।
सम्पद्यते—सम्पन्न होता है । विपद्यते—मरता है ।
आपद्यते—आपत्ति होती है । उत्पद्यते—पैदा होता है ।
उपउद्यते—उपपन्न होता है ।

२२ विद् (होना)—विद्यते । विविदे । वेत्ता । वेत्स्यते । विद्यताम् । अविद्यत । विद्येत । वित्सीष्ट । अवित्त ।

यह धातु अनिट् है । आशीर्लिङ् में 'लिङ्सिचावात्मनेपदेषु' सूत्र से सीयुट् को कित्त्व होने से गुण का निषेध हो जाता है ।

२३ बुध् (जानना)—यह धातु अनिट् है ।

सकारादि अर्थात् स्य, सीयुट् और सिच् के सकार परे रहते 'एकाचो बशो···' सूत्र से बकार को भष्भाव से भकार हो जाता है । लुङ् के एकवचन में 'दीपजनबुध···' इस सूत्र से च्लि को वैकल्पिक चिण् होने से दो रूप बनते हैं ।

प्र० अबोधि-अबुद्ध, अभुत्साताम्, अभुत्सत । म० अबुद्धाः, अभुत्साथाम्, अभुद्ध्वम् । उ० अबोधिषि, अबुध्व, अबुध्म ।

२४ युध—युद्ध करना । अनिट् । आत्मनेपदी ।

युध्यते—लट् के त में श्यन् और 'त' की टि को एकार होकर रूप सिद्ध हुआ ।

युयुधे—लिट् को त, त को एश् आदेश, द्वित्व, अभ्यासकार्य होकर रूप सिद्ध हुआ ।

लिट् के शेष रूप–प्र० युयुधाते, युयुधिरे । म० युयुधिषे, युयुधाथे, युयुधिध्वे । उ० युयुधे, युयुधिवहे, युयुधिमहे । यहाँ वलादि आर्धधातुक में क्रादिनियम से नित्य इट् हुआ ।

योद्धा—लुट् में त को डा आदेश, तास् को टि 'आस्' का लोप, लघूपध

स‍ृज विसर्गे ॥ २५ ॥ सृज्यते । ससृजे । ससृजिषे ।

('अम्' आगमविधिसूत्रम्)

६४७ सृजि-दृशोर्झल्यम्-अकिति ६ । १ । ५८ ॥

अनयोः 'अम्' आगमः स्याद् झलादौ-अकिति ।

स्रष्टा । स्रक्ष्यति । सृक्षीष्ट ।

गुण, तकार को 'झषस्तथोर्धोऽधः' से धकार को जश् दकार होकर उक्त रूप सिद्ध हुआ ।

अनुदात्तोपदेश धातुओं में परिगणन होने से 'युध्' धातु अनिट् है । अतएव तास् में इट् नहीं हुआ ।

लुट् के शेष रूप–प्र० **योद्धारौ, योद्धारः** । म० **योद्धासे, योद्धासाथे, योद्धाध्वे** । उ० **योद्धाहे, योद्धास्वहे, योद्धास्महे** ।

लृट्—**योधिष्यते** । लोट्–**अयध्यताम्** । लङ्–**अयुध्यत** । विधिलिङ्–**युध्येत** । आशीर्लिङ्–**युत्सीष्ट** ।

अयुद्ध—लङ् के त में सिच् और उसका 'झलो झलि' से लोप तथा तकार को धकार और पूर्व धकार को जश् दकार होकर रूप बनता है ।

लुङ् के शेष रूप—प्र० **अयुत्साताम्, अयुत्सत** । म० **अयुद्धाः, अयुत्साथाम्, अयुद्ध्वम्** । उ० **अयुत्सि, अयुत्स्वहि, अयुत्स्महि** ।

लृङ् में––प्र० **अयोत्स्यत, अयोत्स्येताम, अयोत्स्यन्त**–आदि रूप सिद्ध होते हैं ।

२५ सृज (छोड़ना–अनिट् आत्मनेपदी)

लट्–**सृज्यते** । लिट्–प्र० **ससृजे, ससृजाते, ससृजिरे** । **ससृजिषे** । लिट् के थास् को 'से' आदेश और वलादि आर्धधातुक होने से उसे क्रादिनियम से नित्य इट् होकर उक्त रूप की सिद्धि हुई ।

लिट् के शेष रूप—म०**ससृजाथे, ससृजिध्वे** । **ससृजे, ससृजिवहे, ससृजिमहे** ।

६४७ सृजिदृशोरिति—सृज् और दृश् धातुओं को 'अम्' आगम हो झलादि किद्भिन्न प्रत्यय परे रहते ।

स्रष्टा—लुट् के त में तास् और त को डा आदेश होने पर प्रकृत सूत्र से

असृक्षाताम् ।

'अम्' आगम होगा । तब 'सृ अ ज् ता' इस दशा में ऋकार को यण् रकार आदेश तथा जकार को 'व्रश्च-भ्रस्ज-सृज-' इत्यादि सूत्र से षकार और तास् के तकार को ष्टुत्व टकार होकर उक्त रूप बन गया ।

सृज् धातु का भी अनुदात्तोपदेश धातुओं में परिगणन होने से अनिट्त्व सिद्ध है । अतः इट् न होने से तास् झलादि प्रत्यय है तथा कित् न होने से किद्भिन्न भी है ।

शेष रूप–प्र० **स्रष्टारौ, स्रष्टारः** । म० **स्रष्टासे, स्रष्टासाथे, स्रष्टाध्वे** । उ० **स्रष्टाहे, स्रष्टास्वहे, स्रष्टास्महे** ।

स्रक्ष्यते—लृट् में स्य, झलादि और किद्भिन्न प्रत्यय है । अतः 'अम्' आगम होता है । 'अम्' के अकार परे रहते ऋ कार को यण् रकार आदेश, जकार तथा 'स्य' के सकार को मूर्धन्य षकार, क ष के संयोग से 'क्ष' सिद्ध होकर रूप बना ।

लोट्–**सृज्यताम्** । लङ्–**असृज्यत** । विधिलिङ्–**सृज्येत** ।

सृक्षीष्ट—आशीर्लिङ् में सीयुट्, सुट्, जकार को षकार, उसको 'षढोः कः सि' से ककार, सीयुट् दोनों के सकार को मूर्धन्य षकार, क ष के संयोग से क्ष तथा 'त' के तकार को ष्टुत्व होकर रूप सिद्ध हुआ ।

यहाँ 'अम्' आगम नहीं हुआ, क्योंकि 'सीयुट्' 'लिङ्सिचावात्मनेपदेषु १ । २ । ११ ।' सूत्र से कित् है ।

आशीर्लिङ् के शेष रूप..प्र० **सृक्षीयास्ताम्, सृक्षीरन्** । म० **सृक्षीष्ठाः, सृक्षीयास्थाम्, सृक्षीध्वम्** । उ० **सृक्षीय, सृक्षीवहि, सृक्षीमहि** ।

असृष्ट—लुङ् के त में सिच् और उसका 'झलो झलि' से लोप होने पर जकार को षकार तथा तकार को ष्टुत्व तकार होकर रूप सिद्ध हुआ ।

यहाँ भी पूर्वोक्त 'लिङ् सिचावात्मनेपदेषु १ । २ । ११' सूत्र से सिच् के कित् होजाने से प्रकृत सूत्र से 'अम्' आगम नहीं होता ।

असृक्षाताम्— आताम् में सिच्, जकार को षकार और षकार को 'षढोः कः सि' से ककार होने पर सिच् के सकार को मूर्धन्य षकार तथा क ष के संयोग से क्ष होकर रूप बना ।

मृष तितिक्षायाम् ॥ २६ ॥ मृष्यति, मृष्यते । ममर्ष, ममर्षिथ, ममृषिषे । मर्षितासि, मर्षितासे । मर्षिष्यति, मर्षिष्यते ।

लुङ् के शेष रूप–प्र० **असृक्षत**, । म० **असृष्ठाः, असृक्षाथाम्, असद्वम्** । उ० **असृक्षि, असृक्ष्वहि, असृक्ष्महि** ।

लृङ् में–प्र० **अस्रक्ष्यत, अस्रक्ष्येताम्, अस्रक्ष्यन्त** । म० **अस्रक्ष्यथाः, अस्रक्ष्येथाम्, अस्रक्ष्यध्वम्** । उ० **अस्रक्ष्ये, अस्रक्ष्यावहि, अस्रक्ष्यामहि** ।

२६ **मृष्** (सहना–सेट्)–यह धातु स्वरितेत् होने से उभयपदी है ।

मृष्यति—लट् तिप् और श्यन् होकर रूप सिद्ध हुआ ।

मृष्यते—लट्, त, श्यन् और 'त' की टि को एकार होकर रूप बना ।

ममर्ष—लिट्, तिप, णल, द्वित्व, अभ्यासकार्य तथा अभ्यास के उत्तरखण्ड में लघूपध गुण हुआ ।

अतुस्—**ममृषतुः**, उस्–**ममृषुः**–ये रूप बनते हैं । इनमें कित् होने के कारण गुण नहीं होता ।

ममर्षिथ–थल् में पित् होने से गुण होता है और क्रादिनियम से नित्य इट् ।

शेष रूप–म० **ममृषथुः, ममृष** । उ० **ममर्ष, ममृषिव, ममृषिम** । व और म के कित् होने से गुण नहीं हुआ ।

ममृषिषे—लिट् आत्मनेपद के मध्यम पुरुष के एकवचन थास में 'से' आदेश, द्वित्व, अभ्यासकार्य और क्रादिनियम से नित्य इट् होकर रूप सिद्ध हुआ।

लिट् आत्मनेपद के रूप–प्र० **ममृषे, ममृषाते, ममृषिरे** । म० **ममृषिषे, ममृषाथे, ममृषिध्वे** । उ० **ममृषे, ममृषिवहे, ममृषिमहे** ।

मर्षितासि—लुट् के मध्यम पुरुष के एकवचन का रूप है । सिप्, तास् सकार का लोप, इट् और गुण कार्य होते हैं ।

मर्षितासे—यह लुट् के मध्यम पुरुष के एकवचन का आत्मनेपद का रूप है । थास् को 'से' आदेश हुआ, शेष कार्य परस्मैपद के समान ही होते हैं ।

लोट्—**मृष्यतु, मृष्यताम्** । लङ्–**अमृष्यत्, अमृष्यत** । विधिलिङ्—**मृष्येत्, मृष्येत** । आशीर्लिङ्–**मृष्यात्, मृषिषीष्ट** । लुङ्—**अमर्षीत्, अमर्षिष्ट** । लृङ्—**अमर्षिष्यत्, अमर्षिष्यत** ।

'वि' उपसर्ग के योग में इसका अर्थ 'विचार करना' हो जाता है-**विमृष्यति-**

णह् बन्धने ॥ २७ ॥ **नह्यति, नह्यते । ननाह, नेहिथ-ननद्ध । नेहे । नद्धा । नत्स्यति । अनात्सीत् । अनद्ध ।**

इति दिवादयः ।

विचार करता है ।

२७ नह् (बांधना-अनिट्)-यह धातु भी स्वरितेत् होने से उभयपदी है।

नह्यति, नह्यते—परस्मैपद और आत्मनेपद के लट् के प्रथम पुरुष के एकवचन के रूप हैं।

अतुस्—**नेहतुः**, उस्—**नेहुः** इनमें अतुस् और उस् के कित् लिट् होने से उनके परे रहते 'अत एकहल्मध्येऽनादेर्लिटि' से एत्व और अभ्यास का लोप होता है।

नेहिथ—इट् पक्ष में 'न नह् इ थ' इस दशा में 'थलि च सेटि' से एत्व और अभ्यासलोप होकर रूप सिद्ध हुआ ।

ननद्ध-'नह् थ' इस दशा में तास् में नित्य अनिट् और आकारवान् होने से थल् को भारद्वाज नियम से वैकल्पिक इट् होने पर इडभाव पक्ष में द्वित्व और अभ्यासकार्य करने पर 'नहो धः' सूत्र से हकार को धकार 'झषस्त-थोर्धोऽधः' से थकार को धकार तथा पूर्व धकार को जश् दकार होकर रूप बना।

शेष रूप-म० **नेहथुः, नेह** । उ० **ननाह-ननह, नेहिव, नेहिम** ।

नेहे—लिट् आत्मनेपद प्रथम पुरुष एकवचन । 'न नह् ए' इस दशा में एश् के कित् लिट् होने से उसके परे रहते एत्व और अभ्यास लोप होकर रूप बना।

शेष रूप-प्र० **नेहाते, नेहिरे** । म० **नेहिषे, नेहाथे, नेहिध्वे** । उ० **नेहे, नेहिवहे, नेहिमहे**। कित् लिट् होने से यहाँ सर्वत्र एत्व और अभ्यासलोप हुआ। वलादि प्रत्ययों में क्रादिनियम से नित्य इट् होता है।

नद्धा—'नह ता' इस दशा में 'नहो धः' से हकार को धकार तथा तास् के तकार को 'झषस्तथोः-' से धकार और तब पूर्व धकार को जश् दकार होकर रूप सिद्ध हुआ ।

लुट् के रूप-प्र० **नद्धा, नद्धारौ, नद्धारः । नद्धासि, नद्धास्थः, नद्धास्थ ।**

॥ ५ ॥ अथ स्वादिगणः।

षुञ् अभिषवे ॥ १ ॥

उ० **नद्धास्मि, नद्धास्वः, नद्धास्मः** । आ-प्र० **नद्धा, नद्धारौ, नद्धारः** । म० **नद्धासे, नद्धासाथे, नद्धाध्वे** । उ० **नद्धाहे, नद्धास्वहे, नद्धास्महे** ।

नत्स्यति—लृट् में 'नह् स्यति' इस दशा में 'नहो धः' से हकार को धकार और धकार को चर्त्व तकार होकर रूप सिद्ध हुआ।

लोट्—**नह्यतु, नह्यताम्** । लङ्—**अनह्यत्, अनह्यत** । विधिलिङ्—**नह्येत्, नह्येत** । आशीर्लिङ्—**नह्यात्, नत्सीष्ट** ।

अनात्सीत्—लुङ् में 'अ नह् स् त्' इस दशा में अनिट् होने से इट् तो हुआ नहीं, तब ईट् और हकार को धकार और उसको चर् तकार तथा हलन्त-लक्षणा वृद्धि होकर रूप बना।

शेष रूप-प्र० **अनाद्धाम्, अनात्सुः** । म० **अनात्सीः, अनाद्धम्, अनाद्ध** । उ० **अनात्सम्, अनात्स्व, अनात्स्म** । यहाँ 'ताम्' में झल् पर होने से सिच् का लोप हो जाता है, तब हकार को धकार भी हो जाता है। इसी प्रकार 'तम्' और 'त' में भी।

अनद्ध—लुङ् आत्मनेपद में 'अनह् त' इस दशा में सिच् होने पर उसका 'झलो झलि' से लोप हो जाता है, तब हकार को धकार तथा तकार को भी धकार और पूर्व धकार को जश् दकार होकर रूप सिद्ध होता है।

शेष रूप-प्र० **अनत्साताम्, अनत्सत** । म० **अनद्धाः, अनत्साथाम्, अनद्ध्वम्** । उ० **अनत्सि, अनत्स्वहि, अनत्स्महि** ।

लृङ्—**अनत्स्यत्, अनत्स्यत** ।

सम् उपसर्ग के योग में इसका अर्थ 'तैयार होना' होता है—**सन्नह्यति**—तैयार होता है।

दिवादिगण समाप्त

१ सु (अभिषव)—अभिषव का अर्थ है स्नान कराना, निचोड़ना, स्नान करना और सुरासन्धान अर्थात् सुरा चुवाना-सोमलता का रस निकालना।

यह धातु उपदेश में षकारादि है। इसका ञकार इत्संज्ञक है, अतः यह उभयपदी है।

('श्नु' प्रत्ययविधिसूत्रम्)

६४८ स्वादिभ्यः श्नुः ३ । १ । ७३ ॥

शपोऽपवादः । सुनोति, सुनुतः, 'हुश्नुवोः-' इति यण-सुन्वन्ति । सुन्वः-सुनुवः । सुनुते, सुन्वाते, सुन्वते । सुन्वहे-सुनुवहे । सुषाव, सुषुवे ।

स्वादिगण में यह प्रथम धातु है । यहाँ केवल चार धातुयें बताई गई हैं । चारों ञित् होने से उभयपदी हैं ।

स्वादिगण का विकरण 'श्नु' है-जैसा कि आगे बताया जा रहा है । 'श्नु' प्रत्यय शित् होने से सार्वधातुक है और अपित् होने से ङिद्वत् । अत एव एतन्निमित्तक गुण आदि नहीं होते ।

यह अजन्त एकाच् धातु है और 'ऊद् ॠदन्तैः-' कारिका में संगृहीत न होने से अनिट् है ।

६४८ **स्वादिभ्य** इति—स्वादिगण के धातुओं से 'श्नु' प्रत्यय हो ।

शप इति—यह 'श्नु' प्रत्यय 'शप्' का बाधक है, अतः स्वादि गण की धातुओं से शप् न होकर 'श्नु' होता है ।

सुनोति—लट् में 'सु ति' इस दशा में प्रकृत सूत्र से 'श्नु' होने पर उसके उकार को सार्वधातुक गुण होकर रूप सिद्ध हुआ ।

धातु के उकार को गुण नहीं होता क्योंकि बीच में 'श्नु' का व्यवधान है और 'श्नु' के ङिद्वत् होने से तन्निमित्तक गुण भी नहीं होता ।

सुनुतः—लट् में 'सु तस्' इस दशा में 'श्नु' प्रत्यय होकर रूप बना । यहाँ श्नु के उकार को गुण नहीं हुआक योंकि तस् अपित् सार्वधातुक होने से विङद्वत् है।

सुन्वन्ति—झि में 'सु नु अन्ति' इस दशा में ङित् प्रत्यय परे होने से 'अचि श्नुधातुभ्रुवां-' से प्राप्त उवङ् को बाधकर 'हुश्नुवोः सार्वधातुके' से यण् आदेश होकर रूप सिद्ध हुआ ।

म० **सुनोषि, सुनुथः, सुनुथ** । उ० **सुनोमि** ।

सुन्वः, सुनुवः—लट् में 'सुनु वस्' इस दशा में 'लोपश्चास्याऽन्यतरस्यां म्वोः' इससे वकार परे होने के कारण 'श्नु' के उकार का विकल्प से लोप होकर दो रूप बने ।

इसी प्रकार मस् में **सुन्मः, सुनुमः**, ये दो रूप सिद्ध होते हैं ।

एभ्यः सिच इट् स्यात् परस्मैपदेषु। असावीत्, असोष्ट।
चिञ् चयने ॥ २ ॥ चिनोति, चिनुते।

(कुत्वादेशविधिसूत्रम्)

६५० विभाषा चेः ७। ३। ६१ ॥

अभ्यासात् परस्य कुत्वं वा स्यात सनि लिटि च। चिकाय-चिचाय,

अनिट् होने से इसके सिच् को इट् प्राप्त नहीं था।

असावीत्—लुङ् लकार में 'अ सु स् त्' इस अवस्था में प्रकृत सूत्र से सिच् को 'इट्' आगम हुआ, अपृक्त तकार को ईट्, सिच् का लोप, इट् और ईट् को सवर्ण दीर्घ, धातु के उकार को 'सिचि वृद्धि–' सूत्र से वृद्धि औकार होने पर उसको 'आव्' आदेश होकर रूप सिद्ध हुआ।

शेष रूप–प्र० **असाविष्टाम्, असाविषुः**। म० **असावीः, असाविष्टम, असाविष्ट**। उ० **असाविषम्, असाविष्व, असाविष्म**।

असोष्ट—लुङ् आत्मनेपद में 'असु स् त' इस दशा में आर्धधातुक गुण, सिच के सकार को मूर्धन्य षकार तथा प्रत्यय के तकार को ष्टुत्व टकार होकर रूप बना।

शेष रूप–प्र० **असोषाताम्, असोषत**। म० **असोष्ठाः, असोषाथाम्, असोध्वम्**। **असोषि, असोष्वहि, असोष्महि**।

लृङ् में—**असोष्यत** आदि रूप बनेंगे।

२ चि (चुनना)–यह धातु भी ञित् होने से उभयपदी है। अनुदात्तोपदेश होने से अनिट् है।

चिनोति—'सुनोति' के समान सिद्ध होता है।

चिनुते—'सुनुते' के समान इसकी सिद्धि होती है।

६५० **विभाषेति**—अभ्यास से पर 'चि' के चकार को कुत्व हो विकल्प से, सन् और लिट् परे रहते।

चिकाय—लिट् में 'चि चि अ' इस दशा में अभ्यास से पर भाग 'चि' के चकार को कुत्व हुआ तथा 'अचो ञ्णिति' सूत्र से अजन्त-लक्षणा वृद्धि और 'आव्' आदेश होकर रूप सिद्ध हुआ। कुत्व के अभाव पक्ष में **चिचाय** रूप बना।

शेष रूप–प्र० **चिक्यतुः-चिच्यतुः, चिक्युः-चिच्युः**। म० **चिकेथ-चिक-**

चिक्ये, चिच्ये । अचैषीत्, अचेष्ट ।

स्तृञ् आच्छादने ॥ ३ ॥ स्तृणोति, स्तृणुते ।

(खय्शेषविधिसूत्रम्)

६५१ शर्-पूर्वाः खयः ७ । ४ । ६१ ॥

यिथ, चिचेथ-चिचयिथ, चिक्यथुः-चिच्यथुः, चिक्य-चिच्य । उ० चिकाय-चिकय, चिचाय-चिचय, चिक्यिव-चिच्यिव, चिक्यिम-चिच्यिम । थल् में अनिट अजन्त होने से भरद्वाज नियम से वैकल्पिक तथा 'व' और 'म' में क्रादिनियम से नित्य इट् हुआ ।

चिक्ये-चिच्ये—लिट् आत्मनेपद से प्र.पु.ए.व. में 'चि चि ए' इस स्थिति में विकल्प होने से दो रूप बने ।

इसी प्रकार अन्य रूप भी बनते हैं, वलादि प्रत्ययों में क्रादिनियम से नित्य इट् होता है ।

लुट्—**चेता** । लृट्—**चेष्यति, चेष्यते** । लोट्—**चिनोतु, चिनुताम्** । लङ्—**अचिनोत्, अचिनुत** । वि० लि०—**चिनुयात्, चिन्वीत** । आ० लि०—**चीयात्, चेषीष्ट** । लुङ् में 'अ चि स् त' इस दशा में अनिट् होने से इट् तो होता नहीं तब ईट् और 'सिचि वृद्धिः परस्मैपदेषु' इस सूत्र से इगन्तलक्षणा वृद्धि तथा सकार को मूर्धन्य षकार होकर रूप सिद्ध होता है ।

अचेष्ट—लुङ् आत्मनेपद में सिच्, गुण, षत्व और ष्टुत्व होकर रूप बनता है।

उपसर्गों के योग में—

सञ्चिनोति—संग्रह करता है । **अवचिनोति**—नीचे की ओर से चुनता है।
निश्चिनोति—निश्चय करता है । **उपचिनोति**—बढ़ाता है ।
अपचिनोति—घटाता है । **उच्चिनोति**—ऊँचे से चुनता है ।

३ स्तृ (ढक देना)—यह धातु भी सेट् कारिका में परिगणित न होने से अनिट् है ।

स्तृणोति—'ऋवर्णान्नस्य णत्वं वाच्यम्' से नकार को णकार हो जाता है।

६५१ शर्पूर्वा इति—अभ्यास के शर्पूर्व (जिनके पहले शर् हों) खय् शेष रहते हैं, अन्य हलों का लोप हो जाता है ।

यह 'हलादिः शेषः' का बाधक है। 'स्तृ' धातु में द्वित्व होने पर 'हलादिः

अभ्यासात् शर्पूर्वाः खयः शिष्यन्ते। अन्ये हलो लुप्यन्त। तस्तार, तस्तरतुः। तस्तरे। 'गुणोऽर्ति—' इति गुणः-स्तर्यात्।

('इट्' विकल्पविधिसूत्रम्)

६५२ ऋतश्च संयोगाऽऽदेः ७। २। ४३॥

शेषः' से आदि हल् सकार का शेष रहना तथा अन्य हल् तकार का लोप प्राप्त था, उसको बाधकर प्रकृत सूत्र से शर् सकार पूर्व होने से खय् तकार शेष रहता है और अन्य हल् सकार का लोप हो जाता है।

तस्तार—लिट् में 'स्तर स्तृ अ' इस दशा में शर्पूर्व खय् तकार के शेष रहने तथा अन्य हल् सकार तथा रकार के लोप होने पर 'ऋतश्च संयोगादेर्गुणः' से गुण और अकार को उपधावृद्धि होकर रूप सिद्ध होता है।

तस्तरतुः—लिट् में 'त स्तृ अतुस्' इस दशा में 'ऋतश्च संयोगादेर्गुणः' से गुण होकर रूप बना।

लिट् के शेष रूप भी इसी प्रकार बनते हैं।

तस्तरे—लिट् आत्मनेपद में गुण 'ऋतश्च संयोगादेर्गुणः' से ही होता है।

लिट् के शेष रूप—प० प्र० **तस्तरुः**। म० **तस्तर्थ, तस्तरथुः, तस्तर**। उ० **तस्तार-तस्तर, तस्तरिव, तस्तरिम**।

ऋदन्त होने से थल् में इट् नहीं हुआ तथा 'व' और 'म' में क्रादिनियम से नित्य इट् हुआ।

आ०—प्र० **तस्तरे तस्तराते, तस्तरिरे**। म० **तस्तरिषे, तस्तराथे, तस्तरिध्वे**। उ० **तस्तरे, तस्तरिवहे, तस्तरिमहे**।

लुट्—**स्तर्ता**। लृट्—**स्तरिष्यति, स्तरिष्यते**। यहाँ 'ऋद्धनोः स्ये' से इट् हुआ। लोट्—**स्तृणातु, स्तृणुताम्**। लङ्—**अस्तृणोत्-अस्तृणुत**। वि० लि०—**स्तृणुयात्, स्तृण्वीत**।

स्तर्यात्—आशीर्लिङ् में 'स्तृ या त्' इस दशा में संयोगादि धातु होने से 'गुणोऽर्ति-संयोगाद्योः' से गुण होकर रूप बना।

६५२ **ऋतश्चेति**—ऋदन्त संयोगादि धातु से पर लिङ् और सिच् को 'इट्' आगम बिकल्प से हो तङ् अर्थात् आत्मनेपद प्रत्यय परे रहते।

'स्तृ' को अनिट् होने से प्राप्त नहीं था अतः संयोगादि धातु होने से 'इट्'

ऋदन्तात् संयोगादेः परयोर्लिङ्सिचोरिड् वा स्यात् तङि । स्तरिषीष्ट-स्तृषीष्ट । अस्तरिष्ट—अस्तृत ।

धूञ् कम्पने ॥ ४ ॥ धूनोति, धूनुते । दुधाव; 'स्वरति–' इति वेट् दुधविथ-दुधोथ ।

प्रकृत सूत्र से हो जाता है । विधिलिङ् के आत्मनेपद में सीयुट् के सकार का लोप हो जाने से इट् नहीं हो पाता । आशीर्लिङ् में सीयुट् के सकार का लोप नहीं हो पाता । अतः उसको प्रकृत सूत्र से इट् हो जाता है ।

स्तरिषीष्ट—आशीर्लिङ् में 'स्तृ सी-स् त' इस दशा में प्रकृत सूत्र से वैकल्पिक इट् होने पर आर्धधातुक गुण, दोनों सकारों को मूर्धन्य षकार तथा तकार को ष्टुत्व टकार होकर रूप सिद्ध हुआ ।

स्तृषीष्ट—पूर्वोक्त स्थल में जब इट् नहीं हुआ तब झलादि मिल जाने के कारण 'उश्च'—१ । २ । १२ ॥ से लिङ् कित् हो गया, अतः गुण नहीं हुआ ।

लुङ् परस्मैपद में—प्र० **अस्तार्षीत्, अस्तार्ष्टाम्, अस्तार्षुः** । म० **अस्तार्षीः, अस्तार्ष्टम्, अस्तार्ष्ट** । उ० **अस्तार्षम्, अस्तार्ष्व, अस्तार्ष्म** । यहाँ इगन्तलक्षणा वृद्धि होती है ।

अस्तरिष्ट-अस्तृत—लुङ् आत्मनेपद में 'ऋतश्च संयोगादेः' से इड् विकल्प होने से दो दो रूप बनते हैं । 'त' में इट् पक्ष में गुण हो जाता है, इडभाव पक्षमें 'उश्च'—१ । २ । १२ ॥ से सिच् के कित् हो जाने से गुण नहीं होता और 'ह्रस्वाद–अङ्गात्' से सिच् के सकार का लोप हो जाता है ।

लृङ् में—**अस्तरिष्यत्, अस्तरिष्यत** । यहाँ 'स्य' को 'ऋद्धनोः स्ये' से इट् होता है ।

उपसर्ग के योग में—

विस्तृणोति—फैलाता है, विस्तर बिछाता है ।

आस्तृणोति- आसन बिछाता है ।

परिस्तृणोति—बिछाता है ।

४ धू (कंपाना, हिलाना)–यद्यपि 'ऊद् ऋदन्तैः—' इत्यादि कारिका में दीर्घ ऊकारान्तों का परिगणन होने से यह धातु सेट् सिद्ध होती है, तथापि विशेष रूप से विहित होने के कारण 'स्वरति-सूति-सूयति-धूञ्-ऊदितो वा' से

('इट्' निषेधसूत्रम्)

६५३ श्र्युकः किति ७ । २ । ११ ॥

श्रिञः, एकाचः, उगन्ताच्च गित्-कितोरिण् न ।

परमपि स्वरत्यादिविकल्पं बाधित्वा पुरस्तात् प्रतिषेधकाण्डारम्भ-सामर्थ्याद् अनेन निषेधे प्राप्ते क्रादिनियमाद् नित्यमिट् । दुधुवे । अधावीत्, अधविष्ट-अधोष्ट । अधविष्यत्-अधोष्यत्, अधविष्यताम्-अधोष्य-ताम्, अधविष्यत-अधोष्यत ।

इति स्वादयः ।

वेट् हो जाती है । अतः वलादि आर्धधातुक में इसके दो दो रूप बनते हैं ।

धूनोति, धूनुते ये रूप लट् परस्मैपद और आत्मनेपद में साधारण प्रक्रिया से सिद्ध होते हैं ।

दुधाव—लिट् परस्मैपद णल् में द्वित्व, अभ्यासकार्य और।अजन्तलक्षणा ।

दुधाव—लिट् परस्मैपद णल् में द्वित्व, अभ्यासकार्य और अजन्तलक्षणा वृद्धि तथा आव् आदेश होने पर रूप सिद्ध होता है ।

दुधविथ-दुधोथ—थल् में 'स्वरति–' इत्यादि सूत्र से वैकल्पिक इट् होकर दो रूप बने हैं ।

६५३ **श्र्युक इति**—श्रि और एकाच् उगन्त धातु से पर गित् कित् वलादि आर्धधातुक को 'इट्' न हो ।

परमपीति—यद्यपि 'स्वरतिसूति—' इत्यादि विकल्प पर है, तथापि उसको प्रकृत निषेध बाध लेता है, क्यों कि इट् निषेध के सूत्र पहले कहे गये हैं, यदि उनका अग्रिम सूत्रों से बाध हो जाय तो, निषेधसूत्र व्यर्थ हो जायेंगे, अतः निषेध प्रकरण के पहले प्रारम्भ करने के कारण 'स्वरति–' आदि विकल्प को बाधकर प्रकृत निषेध प्राप्त हुआ । उसको भी बाधकर क्रादिनियम से नित्य इट् होता है, तब **दुधुविव, दुधुविम** रूप सिद्ध होते हैं ।

लिट् आ० **दुधुवे** । लुट्—**धविता-धोता** । लृट्—**धविष्यति-धोष्यति । धविष्यते-धोष्यते** । लोट्—**धूनोतु, धूनुताम्** । लङ्—**अधूनोत्, अधूनुत** । वि० लि०—**धूनुयात्, धून्वीत** । आ० लि०—**धूयात्, धविषीष्ट-धोषीष्ट** ।

अधावीत्—लुङ् परस्मैपद में 'अ धू स् त्' इस दशा में 'स्वरति–' इत्यादि

॥ ६ ॥ अथ तुदादिगणः ।

तुद व्यथने ॥ १ ॥

('श' प्रत्ययविधिसूत्रम्)

६५४ तुदाऽऽदिभ्यः शः ३ । १ । ७७ ॥

इड् विकल्प प्राप्त था, उसको बाधकर 'स्तु-सु धूञ्भ्यः परस्मैपदेषु' से नित्य इट् हो गया। तब ईट्, इगन्तलक्षणा वृद्धि और आव् आदेश होकर रूप सिद्ध हुआ।

शेष रूप–प्र० अधाविष्टाम्, अधाविषुः। म० अधावीः, अधाविष्टम्, अधाविष्ट। उ० अधाविषम्, अधाविष्व, अधाविष्म।

अधविष्ट-अधोष्ट—लुङ् आत्मनेपद में स्वरत्यादि विकल्प से दो दो रूप बनते हैं।

लृङ् में भी सर्वत्र 'स्य' के कारण दो दो रूप बनते हैं।

स्वादिगण समाप्त।

१ **तुद्** (पीड़ा पहुँचाना)—यह धातु तथा इसके आगे के 'लिप्' धातु तक दश धातुयें स्वरितेत् होने से उभयपदी हैं। अनुदात्तोपदेश धातुओं में परिगणन होने से 'तुद्' धातु अनिट् है।

६५४ **तुदादिभ्य** इति—तुदादि गण की धातुओं से 'श' प्रत्यय हो (कर्त्रर्थ सार्वधातुक परे रहते)।

शप इति—यह 'श' प्रत्यय शप् का बाधक है। यद्यपि 'शप्' और 'श' दोनों का 'अ' कार ही शेष रहता है और दोनों ही शित् भी हैं, तथापि इनमें थोड़ा सा अन्तर है—शप् पित् है, अतः उसके परे रहते गुण हो जाता है और 'श' पित् नहीं है, अतः 'सार्वधातुकमपित्' से वह ङिद्वत् हो जाता है जिससे उसके परे रहते गुण नहीं होता और ङिन्निमित्तक संप्रसारण आदि कार्य हो जाते हैं।

इसके अतिरिक्त 'शप्' प्रत्यय पित् होने से 'अनुदात्तौ सुप्-पितौ' से अनुदात्त होता है और 'श' 'आद्युदात्तश्च' से उदात्त। इस प्रकार इन दो का स्वर में भी भेद पड़ता है।

शपोऽपवादः। तुदति, तुतोद, तुतोदिथ। तुतुदे। तोत्ता। अतौत्सीत्, अतुत्त।

तुदति—लट् में 'तुद् ति' इस स्थिति में प्रकृत सूत्र से 'श' प्रत्यय होने पर उसके अनुबन्ध शकार का लोप होकर रूप सिद्ध होता है। यहाँ अपित् सार्वधातुक होने के कारण 'श' के ङिद्वत् हो जाने से लघूपध गुण का निषेध हो जाता है।

तुदते—यह रूप लट् आत्मनेपद में पूर्ववत् सिद्ध होता है।

तुतोद—लिट् के तिप् को णल् आदेश होने पर द्वित्व, अभ्यास कार्य और उत्तरखण्ड में गुण होकर रूप सिद्ध हुआ।

तुतोदिथ—थल् में द्वित्व, अभ्यासकार्य, गुण और इट् होकर रूप सिद्ध हुआ। तुद् धातु न तो अजन्त है और न अकारवान्, अतः भारद्वाज नियम तो यहाँ लगता नहीं। तब क्रादिनियम से नित्य इट् होता है।

तुतुदे—लिट् आत्मनेपद में एश् आदेश, द्वित्व और अभ्यास कार्य होने पर रूप बनता है। 'असंयोगाद् लिट् कित्' से लिट् के कित् होने के कारण यहाँ गुण नहीं होता।

तोत्ता—लुट् में तास्, तिप् को डा आदेश, टि का लोप, लघूपध गुण और दकार को चर्त्व तकार होकर रूप सिद्ध होता है।

लृट्—तोत्स्यति, तोत्स्यते। लोट्—तुदतु, तुदताम्। वि० लि०-तुदेत्, तुदेत। आ० लि०—तुद्यात्, तुत्सीष्ट।

यहाँ 'तुदेत्' में 'श' के अकार से पर होने के कारण 'या' को 'अतो येयः' से 'इय्' होता है और 'तुदेत' में 'श' के अकार और सीयुट् के इकार को गुण होता है।

अतौत्सीत्—लुङ् परस्मैपद में 'अतुद् स् त्' इस दशा में हलन्तलक्षणा वृद्धि, ईट् आगम अपृक्त तकार को और दकार को चर् तकार होकर रूप सिद्ध होता है।

शेष रूप-प्र० अतौत्ताम्, अतौत्सुः। म० अतौत्सीः, अतौत्तम्, अतौत्त। उ० अतौत्सम्, अतौत्स्व, अतौत्स्म। यहाँ ताम् तम्, और त झल् परे मिल जाने से 'झलो झलि' से सिच् के सकार का लोप हो जाता है।

अतुत्त लुङ् आत्मनेपद में 'अतुद् स् त' इस दशा में 'झलो झलि' से

णुद प्रेरणे ॥ २ ॥ नुदति, नुदते । नुनोद । नोत्ता ।

भ्रस्ज पाके ॥ ३ ॥ 'ग्रहि-ज्या—' इति सम्प्रसारणम्, सस्य श्चुत्वेन शः, शस्य जश्त्वेन जः—भृज्जति, भृज्जते ।

('रम्' आगमविधिसूत्रम्)

६५५ भ्रस्जो रोपधयो रम् अन्यतरस्याम् ६ । ४ । ४७ ॥

सिच् के सकार का लोप होकर रूप सिद्ध होता है ।

शेष रूप—प्र० अतुत्साताम्, अतुत्सत । म० अतुत्थाः, अतुत्साथाम्, अतुद्ध्वम् । उ० अतुत्सि, अतुत्स्वहि, अतुत्स्महि ।

लृङ्—अतोत्स्यत्, अतोत्स्यत ।

२ नुद् (प्रेरणा करना)—यह धातु णोपदेश है, अतः उपसर्ग के रकार से पर होने पर नकार को णकार हो जाता है-प्रणुदति । अनुदात्तोपदेशों में परिगणित होने से यह भी अनिट् है । इसके रूप 'तुद्' के समान ही बनते हैं ।

उपसर्ग के योग में-अपनुदति-दूर करता है । विनुदति-हटाता है । णयन्त में विनोदयति-बहलाता है ।

३ भ्रस्ज् (भूनना)—यद्यपि मूल में 'पाक' अर्थ कहा गया है, परन्तु यहाँ ओदनादि का पाक विवक्षित नहीं, अपितु चने आदि दानों का 'भूनना' रूप विशेष पाक अभिप्रेत है ।

यह धातु भी पूर्ववत् अनिट् है ।

भृज्जति, भृज्जते—लट् में 'भ्रस्ज् ति' और 'भ्रस्ज् त' इस दशा में श प्रत्यय होने पर उसके ङित् होने के कारण 'ग्रहिज्या-' इत्यादि सूत्र से रकार को ऋकार संप्रसा-रण तथा अकार का पूर्वरूप, सकार को 'स्तोः श्चुना श्चुः' से शकार आदेश और शकार को, झश् जकार परे से होने 'झलां जश् झशि' से स्थानसाम्य के कारण जश् जकार होकर उक्त रूप सिद्ध होते हैं ।

इसी प्रकार प० प्र० भृज्जतः, भृज्जन्ति । म० भृज्जसि, भृज्जथः, भृज्जथ । उ० भृज्जामि, भृज्जावः, भृज्जामः । आ० प्र०-भृज्जते, भृज्जेते भृज्जन्ते । म० भृज्जसे, भृज्जेथे, भृज्जध्वे । उ० भृज्जे, भृज्जावहे, भृज्जामहे । ये रूप भी सिद्ध होते हैं ।

६५५ **भ्रस्ज** इति—भ्रस्ज धातु के रेफ और उपधा दोनों के स्थान में 'रम्' का आगम हो विकल्प से, आर्धधातुक परे रहने पर ।

भ्रस्जे रेफस्योपधायाश्च स्थाने 'रम्' आगमो वा स्याद्, आर्धधातुके। मित्वाद् अन्त्याद् अचः परः। स्थानषष्ठी-निर्देशाद् रोपधयोर्निवृत्तिः। बभर्ज, बभर्जतुः; भर्जिथ–बभर्ष्ठ। बभ्रज्ज, बभ्रज्जतुः; बभ्रज्जिथ। 'स्कोः–' इति सलोपः, 'व्रश्च=' इति षः बभ्रष्ठ।

'रम्' का केवल 'र्' रहता है, अकार और मकार इत् हैं।

मित्त्वादिति—मित् होने के कारण 'रम्' अन्त्य अच् से पर होता है।

स्थानषष्ठीति—सूत्र में 'रोपधयोः' यहाँ षष्ठी स्थानषष्ठी कही गई है। अतः 'रम्' के आगम होने पर और आगम के मित्रवत् किसी के हटाये बिना होने से भी रेफ और उपधा सकार की निवृत्ति हो जाती है। अन्यथा 'स्थानषष्ठी' का उच्चारण व्यर्थ हो जाता।

बभर्ज—लिट् में 'भ्रस्ज् अ, इस दशा में प्रकृत सूत्र से 'रम्' आगम रकारोत्तरवर्ती अकार के आगे हुआ और रेफ तथा उपधा सकार की निवृत्ति हो गई। तब 'भर्ज् अ' इस स्थिति में द्वित्व और अभ्यास कार्य होकर रूप बना।

बभर्जतुः—अतुस् में पूर्ववत् रम् आगम और रेफ तथा उपधा की निवृत्ति होने पर 'भर्ज्' को द्वित्व और अभ्यासकार्य आदि होकर रूप सिद्ध हुआ।

बभर्जिथ—थल् में 'भर्ज्' को द्वित्व और अभ्यासकार्य तथा तास में नित्य अनिट् होते हुए अकारवान् होने के कारण भारद्वाज नियम से वैकल्पिक इट् होने पर इट् पक्ष में यह रूप बनता है।

बभर्ष्ठ—इडभाव पक्ष में झल् परे मिल जाने से 'व्रश्च-भ्रस्ज–' इत्यादि सूत्र से जकार को षकार तथा थकार को ष्टुत्व ठकार होकर उक्त रूप सिद्ध होता है।

इन प्रयोगों में 'ग्रहिज्या–' से संप्रसारण नहीं होता, क्योंकि वह कित् ङित् परे रहते प्रवृत्त होता है, यहाँ लिट् के प्रत्यय कोई भी कित् ङित् नहीं। सयोग होने से 'अतुस्' आदि अपित् लिट् भी 'असंयोगाल्लिट् कित्' से कित् नहीं होता।

बभ्रज्ज—'रम्' के अभाव पक्ष में 'भ्रस्ज्' को ही द्वित्व होता है, अभ्यास कार्य, सकार को श्चुत्व शकार और शकार का जश्त्व जकार होकर रूप सिद्ध होता है।

बभ्रज्जतुः रमभाव पक्ष के अतुस् में पूर्ववत् रूपसिद्धि होती है।

बभ्रज्जिथ—थल् में रमभाव पक्ष में भारद्वाज नियम से वैकल्पिक इट् होने पर इट्पक्ष में पूर्ववत् रूपसिद्धि होती है।

बभ्रष्ठ—रमभाव के इडभाव पक्ष में संयोगादि होने से सकार का 'स्कोः

बभर्ज-बभ्रज्जे । भर्ष्टा-भ्रष्टा । भर्क्ष्यति, भ्रक्ष्यति ।

('सम्प्रसारणपूर्वविप्रतिषेध' वार्तिकम्)'

(वा) क्ङिति रमागमं बाधित्वा सम्प्रसारणं पूर्वविप्रतिषेधेन ।

संयोगाद्योः–' से लोप, जकार को 'व्रश्चभ्रज–' से षकार और थकार को ष्टुत्व ठकार होकर रूप सिद्ध होता है ।

इस प्रकार लिट् में सर्वत्र 'रम्' के विकल्प से दो दो रूप बनते हैं । थल् में भारद्वाज नियम के इट् विकल्प से चार रूप बन जाते हैं ।

न केवल लिट् में ही, अपितु सर्वत्र आर्धधातुक में दो दो रूप बनते हैं ।

बभर्ज, बभ्रज्जे—लिट् के आत्मनेपद में 'रम्' के विकल्प से दो रूप बनते हैं । ध्यान रहे रम् पक्ष में सकार का लोप हो जाता है और उसके अभाव में सकार को शकार तथा उसको जकार होकर दो जकार हो जाते हैं । सर्वत्र रूपों में यही प्रकार मिलेगा ।

भर्ष्टा—लुट् में तास्-प्रत्यय आने पर तथा तिप् के स्थान में डा उसका आ, और टि का लोप होने पर 'भ्रस्ज् ता' इस दशा में 'रम्' आगम तथा रेफ और सकार का लोप हो जाता है, तब 'भर्ज् ता' इस स्थिति में 'व्रश्चभ्रस्ज–' से जकार को षकार और तकार को ष्टुत्व टकार होकर रूप बनता है ।

भ्रष्टा—'रम्' अभावपक्ष में 'स्कोः संयोगाद्योः' से सकार का लोप, जकार को षकार और तकार को ष्टुत्व टकार होने पर रूप सिद्ध होता है ।

भर्क्ष्यति—लृट् में 'स्य' आने पर रम् आगम के साथ रेफ और सकार का लोप हो जाता है । तब 'भर्ज् स्यति' इस स्थिति में जकार को षकार, उसको 'षढोः कः सि' से ककार और ककार कवर्ग से पर होने के कारण प्रत्यय 'स्य' के सकार को मूर्धन्य षकार तथा क ष संयोग से क्ष होकर रूप बना ।

भ्रक्ष्यति—'रम्' अभावपक्ष में 'भ्रस्ज् स्यति' इस दशा में सकार का संयोगादि लोप, जकार को षकार, उसको ककार, उससे पर सकार को मूर्धन्य षकार और क ष के संयोग से क्ष होकर रूप सिद्ध हुआ ।

लोट्–**भृज्जतु, भृज्जताम्** । लङ्–**अभृज्जत् , अभृज्जत** । वि० लि० **भृज्जेत्, भृज्जेत** ।

(वा) **क्ङितीति**—कित् और ङित् आर्धधातुक प्रत्यय परे रहते 'रम्'

भृज्यात्, भृज्यास्ताम्, भृज्यासुः। भृक्षीष्ट-भ्रक्षीष्ट। अभार्क्षीद्-अभ्राक्षीत्। अभर्ष्ट-अभ्रष्ट।

आगम को बाधकर संप्रसारण हो पूर्वविप्रतिषेध से।

भृज्ज्यात्—आशीर्लिङ् में 'भ्रस्ज् यास् त्' इस दशा में 'किदाशिषि' से यासुट् कित् है। यहाँ संप्रसारण भी प्राप्त है और 'रम्' आगम भी। 'रम्' आगम यद्यपि 'विप्रतिषेधे परं कार्यम्' के बल से पर होने के कारण बलवान् है, तथापि प्रकृत वार्तिक से संप्रसारण पहले हो जाता है तब सकार के स्थान में श्चुत्व शकार और उसको जश्त्व जकार होकर रूप सिद्ध होता है।

भृज्ज्यास्ताम्, भृज्ज्यासुः—इनकी सिद्धि का प्रकार प्रायः भृज्ज्यात् के समान है।

भर्क्षीष्ठ, भ्रक्षीष्ट—ये दो रूप आशीर्लिङ् आत्मनेपद में सीयुट् आने पर 'भर्क्ष्यति' और भ्रक्ष्यति' के समान सिद्ध होते हैं।

अभार्क्षीत्—लुङ् के परस्मैपद में 'अभ्रस्ज् स् त्' इस दशा में 'रम्' आगम और रेफ तथा सकार के लोप होने पर 'अ भर्ज् स् त्' यह स्थिति बनती है। इस में हलन्तलक्षणा वृद्धि, जकार का षकार, षकार को ककार, तब सिच् के सकार को मूर्धन्य षकार और अपृक्त तकार को ईट् होकर रूप सिद्ध होता है।

अभ्राक्षीत्——'रम्' अभाव पक्ष में 'अभ्रस्ज् स् त्' इश दशा में सकार का संयोगादि लोप, हलन्तलक्षणा वृद्धि; जकार को षकार और उसको ककार सिच् के सकार को मूर्धन्य ईट् होकर रूप सिद्ध हुआ।

शेष रूप (रम् पक्ष में)-प्र० **अभार्ष्टाम्, अभार्क्षुः** । म० **अभार्क्षीः, अभार्ष्टम्, अभार्ष्ट** । उ० **अभार्क्ष्म्, अभार्क्ष्व, अभार्क्ष्म** । (रम् अभाव पक्ष में) प्र० **अभ्राष्टाम्, अभ्राक्षुः** । म० **अभ्राक्षीः, अभ्राष्टम्, अभ्राष्ट** । उ० **अभ्राक्षम्, अभ्राक्ष्व, अभ्राक्ष्म** ।

अभर्ष्ट–लुङ् आत्मनेपद में 'अभ्रस्ज् स् त' इस दशा में 'रम्' आगम और रेफ तथा उपधा सकार के लोप होने पर, 'अभर्ज् स् त' इस दशा में '**झलो झलि**' से सिच् का लोप, जकार को षकार और तकार को ष्टुत्व टकार होकर रूप सिद्ध हुआ।

अभ्रष्ट—'रम्' अभावपक्ष में प्रथम सकार का संयोगादिलोप, द्वितीय सकार का 'झलो झलि' से लोप, जकार को षकार और तकार को ष्टुत्व टकार होकर रूप बना।

कृष विलेखने ॥ ४ ॥ कृषति, कृषते । चकर्ष, चकृषे ।

('अम्' आगमविधिसूत्रम्)

६५६ अनुदात्तस्य च-ऋदुपधस्यान्यतरस्याम् ६ । १ । ५९ ॥

उपदेशेऽनुदात्तो य ऋदुपधः, तस्य 'अम्' वा स्याद् झलादौ अकिति । क्रष्टा-

---

आत्मनेपद के शेष रूप (सम् पक्ष)—प्र० **अभृक्षाताम्, अभृक्षत** । म० **अभृष्ठाः, अभृक्षाथाम्, अभृड्ढ्वम्** ; उ० **अभृक्षि, अभृक्ष्वहि, अभृक्ष्महि** । (सम् अभाव पक्ष में) प्र० **अभ्रक्षाताम, अभ्रक्षत** । म० **अभ्रष्टाः, अभ्रक्षाथाम्, अभ्रढ्वम्** । उ० **अभ्रक्षि, अभ्रक्ष्वहि, अभ्रक्ष्महि** ।

लृङ् में—**अभर्क्ष्यत -अभ्रक्ष्यत, अभर्क्ष्यत, अभ्रक्ष्यत** ।

४ कृष्—(हल चलाना, खींचना—स्वरितेत् उभयपदी)—अनुदात्तोपदेश धातुओं में परिगणित होने से यह धातु अनिट् है ।

कृषति, कृषते—लट् में 'श' प्रत्यय होने पर उसके अपित् होने से ङिद्वत होने के कारण गुण नहीं हुआ ।

चकर्ष—लिट् में तिप्, णल्, द्वित्व, अभ्यास ऋ को अत् आदेश, हलादि शेष उत्तर खण्ड के ऋकार को गुण होकर रूप सिद्ध हुआ ।

चकृषे—आत्मनेपद में 'ऋदुपधेभ्यो लिटः कित्वं गुणात्पूर्वविप्रतिषेधेन' से कित्व पहले हो जाने से गुण न हुआ ।

शेष रूप—प० प्र० **चकृषतुः, चकृषुः** । म० **चकर्षिथ, चकृषथुः, चकृष, उ० चकर्ष, चकृषिव, चकृषिम** । यहाँ वलादि प्रत्ययों में क्रादिनियम से नित्य इट् हुआ ।

आ० प्र० **चकृषाते, चकृषिरे** । म० **चकृषिषे, चकृषाथे, चकृषिध्वे, उ० चकृषे, चकृषिवहे, चकृषिमहे** ।

६५६ अनुदात्तस्येति—उपदेश में अनुदात्त जो ऋदुपध धातु (ह्रस्व ऋकार जिसकी उपधा हो) उसको 'अम्' आगम हो विकल्प से झलादि किद्-भिन्न आर्धधातुक परे रहते ।

क्रष्टा—लुट् में 'कृष् ता' इस दशा में प्रकृत सूत्र से 'अम्' आगम हो जाता है, क्योंकि यहाँ कृष् धातु उपदेश में अनुदात्त है और उसकी उपधा ह्रस्व ऋकार भी है तथा झलादि प्रत्यय तास् परे है वह कित्भिन्न भी है । अतः मित्

कर्ष्टा । कृक्षीष्ट ।

('सिच्' विकल्पविधिवार्तिकम्)

(वा) स्पृश-मृश-कृष-तृप-दृपां च्लेः सिज्वा वाच्यः ।

होने से 'अम्' आगम ऋकार के आगे हो गया। तब 'क्र अ ष् ता' ऐसी स्थिति बन जाने पर ऋकार को यण् रकार तथा तकार को ष्टुत्व टकार होकर रूप बन गया।

कर्ष्टा—'अम्' के अभावपक्ष में 'कृष् ता' इस दशा में आर्धधातुक गुण और तकार को ष्टुत्व होकर रूप सिद्ध हुआ।

इस प्रकार अम् विकल्प से लुट में दो दो रूप सिद्ध होते हैं।

लृट् में भी लुट् के समान दो दो रूप बनते हैं। **क्रक्ष्यति-कर्क्ष्यति, क्रक्ष्यते कर्क्ष्यते ।**

लोट्—**कृषतु, कृषताम् ।** लङ्—**अकृषत्, अकृषत ।** विधिलिङ्—**कृषेत, कृषेत ।** प० आ० लि०—**कृष्यात् ।**

कृक्षीष्ट—आशीर्लिङ् आत्मनेपद में 'कृष् सी स् त' इस दशा में षकार को 'षढोः कः सि' से ककार और दोनों सकारों को मूर्धन्य आदेश, तकार को ष्टुत्व टकार होकर रूप सिद्ध हुआ। यहाँ 'लिङ्सिचावात्मनेपदेषु' इससे लिङ् के कित् हो जाने से 'अम्' नहीं हुआ और न गुण ही।

शेष रूप—प्र० **कृक्षीयास्थाम्, कृक्षीरन् ।** म० **कृक्षीष्ठाः, कृक्षीयास्थाम्, कृक्षीध्वम् ।** उ० **कृक्षीय, कृक्षीवहि, कृक्षीमहि ।**

(वा) **स्पृशमृशेति**—स्पृश्, मृश्, कृष्, तृप् (तृप्त होना) और दृप (घमंड करना) धातुओं से पर 'च्लि' को 'सिच्' आदेश हो।

कृष् धातु अनिट् और शलन्त है, अतः 'च्लि' को 'शल इगुपधाद् अनिटः क्सः' इस सूत्र से 'क्स' आदेश प्राप्त था, उसको बाधकर प्रकृत वार्तिक से सिच् आदेश विकल्प से होता है। सिच् पक्ष में 'अम्' विकल्प होता है। सिजभाव पक्ष में 'क्स' होता है। इस प्रकार लुङ् परस्मैपद में तीन-तीन रूप सिद्ध होते हैं।

सिच् पक्ष में (अम् आगम होने पर) **अक्राक्षीत्**, (अम् अभाव में) **अकार्क्षीत्**, यहाँ हलन्तलक्षणा वृद्धि होती है, क्स पक्ष में—**अकृक्षत् ।** 'क्स' के कित् होने से यहाँ 'अम्' आगम नहीं होता।

अकाक्षीत्-अकार्क्षीत्-अकृक्षत् । अकृष्ट, अकृक्षाताम्, अकृक्षत । क्सपक्षे—अकृक्षत, अकृक्षाताम्, अकृक्षन्त ।

अकृष्ट—लुङ् आत्मनेपद 'त' में सिच् पक्ष में सिच् के सकार का '**झलो झलि**' से लोप होने पर तकार को ष्टुत्व होकर रूप सिद्ध हुआ ।

अकृक्षाताम्—'आताम्' में 'अकृष् स् आताम्' इस स्थिति में 'षढोः कः सि' से षकार को ककार और उससे पर सकार को मूर्धन्य होकर रूप सिद्ध होता है।

अकृक्षत—'झ' में 'अत्' आदेश ष को क और स को ष होकर रूप सिद्ध हुआ ।

शेष रूप—म० **अकृष्ठाः, अकृक्षाथाम्, अकृड्ढ्वम्** । उ० **अकृक्षि, अकृक्ष्वहि, अकृक्ष्महि ।**

यहाँ 'लिङ्सिचावात्मनेपदेषु' से सिच् के कित् होने से अम् नहीं हो पाता ।

अकृक्षत—क्स पक्ष में 'अकृष् स त' इस दशा में षकार को ककार और सकार को मूर्धन्य षकार करने पर रूप सिद्ध होता है ।

यहाँ 'क्स' के कित् होने से 'अम्' नहीं होता ।

अकृक्षाताम्—यह भी क्स पक्ष का 'आताम्' में रूप है । 'अकृष् स आताम्' इस दशा में 'क्सस्याऽचि' से क्स के अकार का लोप हो जाता है, तब षकार को ककार और सकार को मूर्धन्य षकार होकर रूप बनता है ।

ध्यान रहे सिच् पक्ष और क्स पक्ष दोनों के आताम् का रूप एक समान बनता है, पर प्रक्रिया में भेद है ।

अकृक्षन्त—क्स पक्ष में झ में 'अकृष् स झ' इस दशा में अकार से पर होने के कारण 'आत्मनेपदेष्वनतः' की प्रवृत्ति नहीं होती, तब 'झोऽन्तः' से 'झ्' को 'अन्त्' आदेश हो जाता है । तदनन्तर 'क्सस्याऽचि' से क्स के अकार का लोप होने पर षकार को ककार और सकार को मूर्धन्य षकार होकर उक्त रूप सिद्ध होता है ।

शेष रूप—म० **अकृक्षथाः, अकृक्षाथाम्, अकृड्ढ्वम्** उ० **अकृक्षि, अकृक्षावहि, अकृक्षामहि ।**

सिच् और क्स पक्ष के कई रूप समान बनते हैं, पर उनकी प्रक्रिया में भेद है ।

लृङ्—**अक्रक्ष्यत्-अकर्क्ष्यत, अक्रक्ष्यत्, अकर्क्ष्यत ।**

मिल सङ्गमे ॥ ५ ॥ मिलति, मिलते । मिमेल । मेलिता । अमेलीत् ।
मुच्लृ मोचने ॥ ६ ॥

('नुम्' आगमविधिसूत्रम्)

६५७ शे मुचाऽऽदीनाम् ७ । १ । ५९ ॥

मुच्-लिप्-विद्-लुप्-सिच्-कृत-खिद्-पिशां 'नुम्' स्यात् शे परे। **मुञ्चति, मुञ्चते । मोक्ता । मुक्षीष्ट । अमुचत्, अमुक्त, अमुक्षाताम् ।**

उपसर्ग के योग में—

विकृषति-दूर ले जाता है। **निष्कृषति**—सार निकालता है।

५ मिल् (मिलना)—यह धातु अनुदात्तोपदेश धातुओं में परिगणित न होने से सेट् है। इसके रूप सरल हैं।

सम् उपसर्ग के योग में इस धातु का 'बहुतों का इकट्ठा होना' अर्थ हो जाता है-सम्मिलति।

६ मुच् (छोड़ना)—यह धातु अनुदात्तोपदेश धातुओं में परिगणित होने से अनिट् है।

६५७ शे इति—मुच्, लिप् (लीपना), विद् (प्राप्त करना), लुप् (लोप करना), सिच् (सींचना), कृत् (काटना), खिद् (खिन्न करना) और पिश् (पीसना) धातुओं को 'नुम्' आगम हो श प्रत्यय परे होने पर।

मुञ्चति-मुञ्चते—लट् में 'मुच् अ ति' और 'मुच् अ त' इस दशा में प्रकृत सूत्र से मकारोत्तरवर्ती उकार के आगे 'नुम्' आगम होने पर उसको 'नश्चापदान्तस्य झलि' से अनुस्वार और अनुस्वार को 'अनुस्वारस्य ययि परसवर्णः' से पर चकार का सवर्ण ञकार होकर रूप सिद्ध हुए।

'श' के परे रहते 'नुम्' का विधान होने से लट्, लोट्, लङ् और विधिलिङ् में यह होता है। परन्तु ध्यान रहे कि इन आठ धातुओं के उक्त चार लकारों के रूपों के अनुनासिकयुक्त होने से इनके रुधादिगण का होने का भ्रम होने लगता है, क्योंकि रुधादिगण[1] में श्नम् विकरण होने से अनुनासिक मिलता

---

[1] यहाँ यह प्रश्न हो सकता है कि फिर इन धातुओं को रुधादिगण में ही क्यों नहीं पढ़ा गया, इस प्रकार नुम् करने का प्रयास भी न करना पड़ता। इसका उत्तर यह है कि स्वर में भेद पड़ता है।

लुप्लृ छेदने ॥ ७ ॥ लुम्पति, लुम्पते । लोप्ता । अलुपत्, अलुप्त ।
विद्लृ लाभे ॥ ८ ॥ विन्दति, विन्दते । विवेद, विविदे । व्याघ्र-

---

है । अतः इन धातुओं के तुदादिगणीय होने का विशेषरूप से ध्यान रखना चाहिये ।

लिट् प० प्र० **मुमोच, मुमुचतुः, मुमुचुः** । म० **मुमोचिथ, मुमुचथुः, मुमुच** । उ० **मुमोच-मुमुच, मुमुचिव, मुमुचिम** ।

आ० प्र० **मुमुचे, मुमुचाते, मुमुचिरे** । म० **मुमुचिषे, मुमुचाथे, मुमुचिध्वे,** । उ० **मुमुचे, मुमुचिवहे, मुमुचिमहे** ।

लुट्—**मोक्ता** । लृट्—**मोक्ष्यति, मोक्ष्यते** । लोट्—**मुञ्चतु, मुञ्चताम्** । लङ्—**अमुञ्चत** । विधिलिङ्—**मुञ्चेत्, मुञ्चेत** ।

मुक्षीष्ट—आशीर्लिङ् में 'लिङ्सिचावात्मनेपदेषु' से सीयुट् के कित् होने से गुण नहीं होता, चकार को कुत्व ककार और सकार को मूर्धन्य षकार रूप बनता है ।

अमुचत्—लुङ् परस्मैपद में लृदित् होने से च्लि को 'पुषादि-द्युतादि-लृदितः परस्मैपदेषु' से अङ् आदेश होकर रूप सिद्ध होता है ।

अमुक्त—आत्मनेपद में सिच् होता है, उसके सकार का 'झलो झलि' से लोप हो जाता है । तब चकार को ककार होकर रूप बनता है ।

अमुक्षाताम्—आताम् में झल् परे न मिलने से सिप् का लोप नहीं होता, तब चकार को कुत्व ककार और सकार को मूर्धन्य षकार तथा उनके संयोग से 'क्ष' होकर रूप सिद्ध होता है ।

इसी प्रकार-प्र० **अमुक्षत** । म० **अमुक्थाः, अमुक्षाथाम्, अमुग्ध्वम्** । उ० **अमुक्षि, अमुक्ष्वहि, अमुक्ष्महि**—ये रूप भी सिद्ध होते हैं ।

लृङ्—**अमोक्ष्यत्, अमोक्ष्यत** ।

७ लुप् (लोप करना)—लुप् भी अनिट् है और मुचादियों में होने से इसे श परे रहते नुम् भी होता है । लृदित् होने से लुङ् परस्मैपद में च्लि को अङ् भी होता है । इस प्रकार सर्वथा 'मुच्' के समान होने के कारण इसके रूप भी 'मुच्' के समान ही बनते हैं ।

८ विद् (प्राप्त करना)—इस धातु के भी रूप मुच् के समान बनते हैं—क्योंकि यह उभयपदी भी है, लृदित् भी है । भाष्यकार के मत से यह अनिट्

भूतिमते सेट्—वेदिता। भाष्यमतेऽनिट्—परिवेत्ता।

षिच क्षरणे ॥ ९ ॥ सिञ्चते।

है। व्याघ्रभूति आचार्य के मत से अनुदात्तोपदेश धातुओं में पाठ होने से यह सेट् भी है। कहा भी है—

'विन्दतिश्चान्द्रदौर्गादेरिष्टो भाष्येऽपि दृश्यते।
व्याघ्रभूत्यादयस्त्वेनं नेह पेठुरिति स्थितम् ॥'

अर्थात् तुदादिगण का विन्द् धातु, चन्द्र और दुर्ग आचार्य के मत से अनुदात्तोपदेश धातुओं में है, भाष्य में भी ऐसा ही मिलता है। परन्तु व्याघ्रभूति आदि आचार्यों ने इसे यहाँ अर्थात् अनुदात्तोपदेश धातुओं में नहीं पढ़ा।

अतः पूर्वोक्त मतभेद के कारण इसको इट् विकल्प से होगा।

वेदिता—तास् में व्याघ्रभूति के मत से इट् होकर रूप बना है।

परिवेत्ता—यह तृच् का रूप है। यहाँ वलादि आर्धधातुक तृच् को भाष्यकार के मत में इट् नहीं हुआ। परि का अर्थ यहाँ 'वर्जन' है। ज्येष्ठ भ्राता के विवाह होने के पहले ही जो कनिष्ठ भ्राता विवाह कर लेता है, उसे 'परिवेत्ता' कहा जाता है।

९ **सिच्** (सींचना अनिट्)—यह षोपदेश धातु है, अतः इण् से पर इसके सकार को आदेश रूप होने से मूर्धन्य षकार हो जाता है।

सिञ्चति—लट् परस्मैद प्र पु. ए. व. तिप में 'सिच् + ति' इस स्थिति में श होने पर मुचादि होने के कारण 'शे मुचादीताम्' सूत्र से नुम् आगम हुआ। नुम् के उम् का लोप होने पर नकार को अनुस्वार और उसको परसवर्ण मकार होकर रूप सिद्ध हुआ।

सिञ्चते—लट् आ. प. प्र. पु. ए. व. में पूर्वोक्त प्रकार से रूप सिद्ध हुआ।

लिट् पर० प्र०—**सिषेच, सिषिचतुः, सिषिचुः**। म० **सिषेचिथ, सिषिचथुः, सिषिच**। उ० **सिषेच सिषिचिव, सिषिचिम**।

आ० प्र० **सिषिचे, सिषिचाते, सिषिचिरे**। म० **सिषिचिषे। सिषिचाथे सिषिचिध्वे**। उ० **सिषिचे, सिषिचिवहे, सिषिचिमहे**।

यहाँ वलादि प्रत्ययों को क्रादिनियम से नित्य इट् हुआ है।

लुट्—**सेक्ता**। लृट्—**सेक्ष्यति, सेक्ष्यते**। लोट्—**सिञ्चतु, सिञ्चताम्**।

('अल्' विधिसूत्रम्)

६५८ लिपि-सिपि-ह्वश्च ३ । १ । ५३ ॥

एभ्यश्च्लेरङ् स्यात् । असिचत् ।

(विभाषया 'अङ्' विधिसूत्रम्)

६५९ आत्मनेपदेष्वन्यतरस्याम् ३ । १ । ५४ ॥

लिपि-सिचि-ह्वः परस्य च्लेरङ् वा तङि । असिचत, असिक्त ।

लिप उपदेहे ॥ १० ॥ उपदेहो=वृद्धिः । लिम्पति, लिम्पते । लेप्ता ।

लङ्—**असिञ्चत्, असिञ्चत** । वि० लि०—**सिञ्चेत्, सिञ्चेत** । आ० लि०—**सिच्यात्, सिक्षीष्ट** ।

६५८ **लिपिसिचेति**—लिप्, सिच् और ह्वेञ् (स्पर्धा करना) धातुओं से पर 'च्लि' को अङ् आदेश हो ।

असिचत्—लुङ् में च्लि को प्रकृत सूत्र से अङ् आदेश होकर रूप सिद्ध हुआ ।

शेष रूप—प्र० **असिचताम्, असिचन्** । म० **असिचः, असिचतम्, असिचत** । उ० **असिचम्, असिचाव, असिचाम** ।

६५९ **आत्मनेपदेष्विति**—पूर्वोक्त तीनों धातुओं से पर च्लि को 'अङ्' आदेश विकल्प से हो तङ् अर्थात् आत्मनेपद प्रत्यय परे रहते ।

असिचत—यहाँ अङ् आदेश हुआ है ।

शेष रूप—प्र० **असिचेताम्, असिचन्त** । म० **असिचथाः, असिचेथाम्, असिचध्वम्** । उ० **असिचि, असिचावहि, असिचामहि** ।

असिक्त—अङ् के अभाव में सिच् हुआ और उसका 'झलो झलि' से लोप । तब चकार को ककार होकर रूप बना ।

शेष रूप—प्र० **असिक्षाताम्, असिक्षत** । म० **असिक्थाः, असिक्षाथाम्, असिग्ध्वम्** । उ० **असिक्षि, असिक्ष्वहि, असिक्ष्वहि, असिक्ष्महि** ।

लृङ्—**असेक्ष्यत्, असेक्ष्यत** ।

१० लिप (लीपना)—यह दश धातुओं में अन्तिम स्वरितेत् धातु **है** । अनुदात्तोपदेश धातुओं में इसका परिगणन है, अतः यह अनिट है ।

अलिपत्, अलिपत, अलिप्त । इति उभयपदिनः ॥

कृती छेदने ॥ ११ ॥ कृन्तति । चकर्त । कर्तिता । कर्तिष्यति कर्त्स्यति । अकर्तीत् ।

खिद परिघाते ॥ १२ ॥ खिन्दति । चिखेद । खेत्ता ।

पिश अवयवे ॥ १३ ॥ पिंशति । पेशिता ।

ओव्रश्चू छेदने ॥ १४ ॥ वृश्चति । वव्रश्च ।

इसके रूप 'सिच्' के समान ही बनते हैं । लुङ् परस्मैपद में 'च्लि' को अङ् नित्य और आत्मनेपद में विकल्प से एक ही सूत्रों से इस को भी होता है ।

११ कृत (काटना)–यह धातु परस्मैपदी है और अनुदात्तोपदेश धातुओं में परिगणन न होने से सेट् भी है । मुचादियों में होने से इसे 'नुम्' भी होता है ।

कर्तिष्यति-कर्त्स्यति—लृट् में 'सेऽसिचि कृतचृतछृदतृदनृतः' से वैकल्पिक इट होकर दो रूप बनते हैं ।

१२ खिद् (खिन्न करना)–यह धातु भी परस्मैपदी है तथा अनिट भी है, मुचादियों में परिगणित होने से इसे भी 'नुम्' होता है ।

१३ पिश् (पोसना)–यह धातु परस्मैपदी है और अनुदात्तोपदेश धातुओं में परिगणित न होने से सेट भी है ।

लट्—पिंशति । लिट्–**पिपेश** । लुट्–**पेशिता** । लृट्–शिष्यति । लोट्–**पिंशतु** । लङ्–**अपिंशत्** । वि० लि०–**पिंशेत्** । आ० लि०–**पिश्यात्** । लुङ्–**अपेशीत्** । लृङ–अपेशिष्यत ।

१४ ओव्रश्चू[1] (काटना)–यह धातु परस्मैपदी है । इसके आगे 'प्रच्छ' धातु तक सब परस्मैपदी धातु हैं । ऊदित् होने से यह 'वेट्' है ।

वृश्चति—लट् में 'व्रश्च् अ ति' इस दशा में श को अपित् सार्वधातुक होने से ङिद्वद्भाव होने के कारण उसको निमित्त मानकर 'ग्रहिज्या–' इत्यादि सूत्र से सम्प्रसारण होने पर अकार का पूर्वरूप होकर रूप सिद्ध हुआ ।

वव्रश्च–लिट् में 'व्रश्च् अ' इस दशा में द्वित्व और अभ्यास को 'लिट्यभ्यासस्योभयेषाम्' से सम्प्रसारण, पूर्वरूप, अभ्यास ऋकार को 'उरत्' से अर् और हलादि शेष होकर रूप सिद्ध हुआ ।

---

१ ओदित् होने का फल निष्ठा तकार को नकार होना है–**वृक्णः** ।

वव्रश्चिथ, वव्रष्ठ । व्रश्चिता, व्रष्टा । व्रश्चिष्यति, व्रक्ष्यति । वृश्च्यात् । अव्रश्चीत्, अव्राक्षीत् ।

वव्रश्चतुः—अतुस् में 'वव्रश्च' की प्रक्रिया से रूप सिद्ध होता है।

यहाँ संयोग से पर होने के कारण 'अतुस्' कित् नहीं, क्यों कि किद्विधायक सुत्र 'असंयोगाद् लिट् कित्' असंयोग से परे ही विधान करता है। अतः यहाँ 'ग्रहिज्या–' से सम्प्रसारण नहीं होता।

वव्रष्ठ—थल् में ऊदित् होने से वैकल्पिक इट् होता है। इट् अभावपक्ष का यह रूप है। 'वव्रश्च् थ' इस दशा में सकार का संयोगादि लोप, चकार को 'व्रश्च–' आदि से षकार और थकारको ष्टुत्व ठकार होकर रूप सिद्ध होता है।

वव्रश्चिव, वव्रश्चिम—यहाँ 'व' 'म' को ऊदित् होने से 'स्वरति-सूति-सूयति-धूञ्-ऊदितो वा' इस सूत्र से प्राप्त 'इट्' विकल्प को बाधकर क्रादि-नियम से नित्य इट् होता है।

व्रश्चिता—लुट् में इट् होने पर यह रूप बनता है।

व्रष्टा—इट् के अभावपक्ष में सकार का संयोगादिलोप और चकार को षकार तथा तकार को ष्टुत्व टकार होकर रूप बनता है।

व्रक्ष्यति—जब 'स्य' को इट् नहीं हुआ। तब 'व्रश्च् स्यति' इस दशा में सकार का संयोगादि लोप, चकार को षकार, उसको ककार, स्य के सकार को मूर्धन्य षकार तथा क ष मिलकर क्ष बनने पर रूप सिद्ध होता है।

लोट्–**वृश्चतु** । लङ्–**अवृश्चत्** । वि० लि०–**वृश्चेत्** ।

वृश्च्यात्—आशीर्लिङ् में 'किदाशिषि' से यासुट् के कित् होने से उसके परे रहते 'ग्रहिज्या–' से सम्प्रसारण होकर रूप सिद्ध हुआ।

लुङ् (इट् पक्ष में) प्र० **अव्रश्चीत्, अव्रश्चिष्टाम्, अव्रश्चिषुः** । म० **अव्रश्चीः, अव्रश्चिष्टम्, अव्रश्चिष्ट** । **अव्रश्चिषम्, अव्रश्चिष्व, अव्रश्चिष्म** ।

इट् के अभाव में–प्र० **अव्राक्षीत्, अव्राष्टाम्, अव्राक्षुः** । म० **अव्राक्षीः, अव्राष्टम्, अव्राष्ट** । उ० **अव्राक्षम्, अव्राक्ष्व, अव्राक्ष्म** ।

यहाँ हलन्तलक्षणा वृद्धि, चकार को षकार, ताम्, तम् और त को छोड़कर अन्यत्र षकार को ककार, सिच् के सकार को मूर्धन्य षकार–ये कार्य होते हैं। उपर्युक्त तीन स्थलों में धातु के सकार का संयोगादि और सिच् के सकार का 'झलो झलि' से लोप होने पर चकार को षकार और तकार को ष्टुत्व टकार होता है।

व्यच व्याजीकरणे ॥ १५ ॥ विचति । विव्याच । विविचतुः । व्यचिता । व्यचिष्यति । विच्यात् । अव्याचीत् । अव्यचीत् । 'व्यचेः कुटा-

---

लृङ्—अव्रश्चिष्यत्, अव्रक्ष्यत् ।

१५ **व्यच्**—(ठगना)–यह धातु सेट् है ।

विचति—लट् में 'व्यच् अ ति' इस दशा में 'ग्रहिज्या–' सूत्र से संप्रसारण होने पर अकार का पूर्वरूप होकर रूप सिद्ध हुआ ।

'ग्रह' आदि धातुओं में इसका पाठ होने से कित् और ङित् प्रत्यय परे रहते सम्प्रसारण होता है । 'श' अपित् सार्वधातुक होने से ङिद्वत् है, अतः लट्, लोट्, लङ् और विधिलिङ् में पूर्वोक्त सम्प्रसारण कार्य होकर रूप बनते हैं ।

विव्याच—लिट् के प्र० पु० ए० व० णल् में द्वित्व होने पर 'व्य व्यच् अ' इस स्थिति में 'लिट्यभ्यासस्योभयेषाम्' सूत्र से अभ्यास को सम्प्रसारण होकर रूप सिद्ध होता है ।

विविचतुः—अतुस् में द्वित्व से पूर्व सम्प्रसारण होने पर 'विच्' को द्वित्व होता है और तब अभ्यास के चकार का हलादि शेष लोप होकर रूप सिद्ध होता है ।

कित् लिट् में सर्वत्र सम्प्रसारण द्वित्व से पूर्व होता है ।

लिट् के शेष रूप—प्र० विविचुः । म० विव्यचिथ, विविचथुः, विविच । उ० विव्याच-विव्यच, विविचिव, विविचिम ।

व्यचिता—लुट् में धातु के सेट् होने से 'इट्' होकर रूप सिद्ध होता है ।

व्यचिष्यति—लृट् में भी इट् होकर रूप बनता है ।

लोट्—**विचतु** । लङ्–**अविचत्** । विधिलिङ–**विचेत्** । **विच्यात्**–आशीर्लिङ् में 'किदाशिषि' से यासुट् के कित होने से सम्प्रसारण होकर रूप बनता है ।

अव्याचीत्, अव्यचीत्–लुङ् में सिच् को इट् और अपृक्त प्रत्यय को ईट् होने पर 'अव्यच् इ च् ईत्' इस दशा में 'इट ईटि' से सिच् का लोप हो हो जाता है हलन्तलक्षणा वृद्धि का 'नेटि' से निषेध होने पर 'अतो हलादेर्लघोः' से वैकल्पिक वृद्धि होकर दो रूप सिद्ध होते हैं ।

व्यचेरिति–व्यच् धातु को कुटादिगण में समझना चहिये असंभिन्न प्रत्यय परे रहते । यह वार्तिक असंभिन्न सिच् आदि प्रत्यय के स्थल में प्रवृत्त नहीं

दित्वमनसि' इति तु नेह प्रवर्तते। अनसीति पर्युदासेन कृन्मात्रविषयत्वात्।

उछि उञ्छे ॥ १६ ॥ उञ्छति। 'उञ्छः कणश आदानं कणिशाद्यर्जनं शिलम्' इति यादवः।

होता। क्योंकि 'अनसि' में नञ्[1] पर्युदासार्थक है। अतः इसका विषय केवल कृत् प्रत्यय है। इस कारण सिच् आदि के स्थल में यह कुटादि-गणीय नहीं होता। पर्युदास के स्थल में तद्भिन्न तत्सदृश अर्थ लिया जाता है, जैसे 'अब्राह्मणमानय' ऐसा कहे जाने पर ब्राह्मणभिन्न परन्तुब्राह्मणसदृश क्षत्रिय आदि लाया जाता है न कि ब्राह्मणभिन्न पत्थर आदि। ब्राह्मणभिन्न ब्राह्मणसदृश को लाने में ही वहाँ वक्ता का तात्पर्य तथा शब्द की शक्ति रहती है। इसी प्रकार यहाँ भी 'अनसि' अस्-भिन्न अस्सदृश अर्थात् कृत्प्रत्यय परे रहते व्यच् धातु कुटादि समझी जायगी। सिच् प्रत्यय कृत् नहीं है, अतः यहाँ कुटादित्व धातु को नहीं होता। अन्यथा कुटादि होने पर 'गाङ्कुटादिभ्योऽञ्णिन् ङित्' से सिच् आदि ङित् हो जाता और तब वृद्धि न हो सकती और 'व्यचिता' तथा 'व्यचिष्यति' आदि स्थल में सम्प्रसारण होने लगता।

१६ उछि (उञ्छ वृत्ति से निर्वाह करना)-यह धातु इदित् है, अतः नुम् होकर 'उञ्छ' बन जाता है। यह धातु सेट् भी है।

लिट्-उञ्छाञ्चकार। नुम् होने से संयोग बन जाने पर उससे पूर्व उकार को गुण हो जाता है तब इजादि गुरुमान् होने से आम् होकर 'कृ' आदि का अनुप्रयोग होता है।

लुट्—उञ्छिता। लृट्-उञ्छिष्यति। लोट्-उञ्छतु। लङ्-औञ्छत्।

वि० लि०-उञ्छेत्। आ० लि०-उञ्छ्यात्। इदित् होने से नुम् का लोप नहीं हुआ।

लुङ्-औञ्छीत्। लृङ्-औञ्छिष्यत्।

उञ्छ इति—कण कण को लेना उञ्छ है और कनियों का संग्रह करना शिल कहा जाता है। यह वचन यादव कोष का है।

---

१. पर्युदास और प्रसज्य भेद से नञ् दो प्रकार का है। पर्युदास सदृश का ग्रहण करता है। प्रसज्य नञ् अभाव का बोध कराता है-'इह भूतले घटो न' इति। सर्वथा निषेध प्रसज्य के स्थल में होता है।

ऋच्छ गतीन्द्रियप्रलय-मूर्तिभावेषु ॥ १७ ॥ ऋच्छति । ऋच्छत्यृतामिति गुणः, द्विहल्ग्रहणस्याऽनेकहलुपलक्षणत्वान्नुट्—आनर्च्छ, आनर्च्छतुः । ऋच्छिता ।

उज्झ उत्सर्गे ॥ १८ ॥ उज्झति ।

लुभ विमोहने ॥ १९ ॥ लुभति ।

('इड्' विकल्पविधिसूत्रम्)

६६० तीष (ति-इष)—सह-लुभ-रुष-रिषः ७ । २ । ४८ ॥

---

१७ ऋच्छ (जाना, इन्द्रियों का नाश तथा निश्चेष्ट बन जाना) यह धातु सेट् है।

ऋच्छत्यृतामिति—लिट् के प्रथमपुरुष एकवचन णल् में 'ऋच्छ- अ' इस स्थिति में 'ऋच्छत्यृताम्' इस सूत्र से ऋकार को गुण 'अर्' हुआ।

द्विहल इति—'तस्मान्नुड् द्विहलः' सूत्र में 'द्विहल्' का उपादान एक से अधिक हल को बताने के लिये है अर्थात् एक हल् न होना चाहिये, एक से अधिक होने चाहिये, चाहे दो हों या तीन, केवल दो होना जरूरी नहीं। अतः 'र् च् छ' इन तीन हलों के कारण 'अर्च्छ् अ' इस दशा में भी नुट् आगम होगया।

आनर्च्छ—'अर्च्छ् अ' इस दशा में द्वित्व और अभ्यासकार्य होने पर नुट् आगम होने पर रूप बना।

'इजादेश्च गुरुमतोऽनृच्छः' इस सूत्र में 'अनृच्छः' इस शब्द के द्वारा ऋच्छ धातु का निषेध होने से इजादि गुरुमान् होने पर भी 'आम्' नहीं हुआ।

आनर्च्छतुः—प्रथमपुरुष के द्विवचन अतुस् में 'ऋच्छत्यृताम्' से ऋकार को गुण 'अर्' करनेपर द्वित्व, अभ्यासकार्य, नुट् आगम होने पर रूप सिद्ध हुआ।

ऋच्छिता—लुट् प्रथमपुरुष एकवचन में 'ऋच्छ् + ता' इस स्थिति में वलादिलक्षण इट् होने पर रूप बना।

लृट्—ऋच्छिष्यति। लोट्—ऋच्छतु। लङ्—आर्च्छत्। विधिलिङ्—ऋच्छेत्। आ० लि०-ऋच्छ्यात्। लुङ्-आर्च्छीत्, आर्च्छिष्टाम्, आर्च्छिषुः इत्यादि।

१८ उज्झ-(छोड़ना)-सेट्। लिट्—उज्झाञ्चकार। लुट्-उज्झिता। लृट्-उज्झिष्यति। लुङ्—औज्झीत्।

१९ लुभ—(मोहित होना अर्थात् लोभ करना)—सेट्।

६६० तीषेति—इष, सह, लुभ्, रुष और रिष् धातुओं से परे तकारादि

इच्छत्यादेः परस्य तादेरार्धधातुकस्येड् वा स्यात् । लोभिता, लोब्धा । लोभिष्यति ।

तृप तृम्फ तृप्तौ ॥ २० ॥ २१ ॥ तृपति । ततर्प । तर्पिता । अतर्पीत् । तृम्फति ।

(नुम्विधिवार्तिकम्)

(वा) शे तृम्फादीनां नुम्वाच्यः ।

आदिशब्दः प्रकारे, तेन येऽत्र नकारानुषक्तास्ते तृम्फादयः । ततृम्फ । तृफ्यात् ।

आर्धधातुक को इट् आगम विकल्प से हो ।

लोभिता, लोब्धा- 'लुभ् ता' इस स्थिति में प्रकृत सूत्र से तकारादि आर्धधातुक 'ता' के लुभ् धातु से परे होने के कारण विकल्प से इट् आगम हुआ । इट् आगमपक्ष में गुण होने पर 'लोभिता' रूप बना और अभावपक्ष में 'लुभ्–ता' इस स्थिति में 'झषस्तथोर्धोऽधः' सूत्र से तकार को धकार हुआ तब पूर्व भकार को जश् बकार होने पर 'लोब्धा' रूप सिद्ध हुआ ।

लोभिष्यति—लृट् में इट् नित्य हुआ । लुङ्–**अलोभीत्** ।

२०,२१ **तृप , तृम्फ्** , (तृप्ति करना)–सेट् ।

अतर्पीत् —लुङ् , अट् , तिप् , च्लि, सिच्, इट्, ईट्, सिच्लोप, गुण आदि कार्य होने पर यह रूप सिद्ध हुआ ।

तृम्फति—तृम्फ, धातु के लट् प्रथमपुरुष एकवचन में शकार विकरण के अपित सार्वधातुक होने के कारण 'अनिदितां हल उपधायाः क्ङिति' सूत्र से नकार का लोप हुआ । तब आगे आनेवाले 'शे तृम्फादीनाम्–' इस वार्तिक से नुम् आगम, नकार को 'नश्चापदान्तस्य झलि' इस सूत्र से अनुस्वार और उसे 'अनुस्वारस्य ययि परसवर्णः' सूत्र से परसवर्ण मकार होने पर रूप सिद्ध हुआ ।

(वा) **शे तृम्फादीनामिति**–तृम्फ् आदि (सदृश) धातुओं को नुम् आगम होता है ।

आदिशब्द इति—'शे तृम्फादीनाम' में आदि शब्द प्रकार अर्थात् सदृश अर्थ में है । इसलिये इस प्रकरण में जिन धातुओं के साथ नकार जुड़ा हो वे सब तृम्फादि समझने चाहिये ।

तृफ्यात्—आशीर्लिङ् में यासुट् के कित् होने के कारण 'अनिदितां

मृड पृड सुखने ॥ २२ ॥ २३ ॥ मृडति। पृडति।

शुन गतौ ॥ २४ ॥ शुनति।

इषु इच्छायाम् ॥ २५ ॥ इच्छति। एषिता, एष्टा। एषिष्यति। इष्यात्। ऐषीत्।

हल उपधायाः क्ङिति' सूत्र से नकार[1] का लोप हुआ।

२२,२३—**मृड्, पृड्** (सुख देना)–सेट्। लिट्–**ममर्ड, पपर्ड।** लुङ्–**अमर्डीत्, अपर्डीत्।**

२४ **शुन्** (जाना)–सेट्। लिट्–**शुशोन।** लुट्–**शोनिता।** लृट्–**शोनिष्यति।** लोट्–**शुनतु।** लङ्–**अशुनत्।** वि० लि०–**शुनेत्।** आ० लि०–**शुन्यात्।** लुङ्–**अशोनीत्।** लृङ्–**अशोनिष्यत्।**

२५ **इष्** (इच्छा करना)–सेट्।

इच्छति—'इष्–अ ति' इस स्थिति में **'इषुगमियमां छः'** इस सूत्र से षकार को छकार होने पर रूप बन गया।

लिट्—**इयेष, ईषतुः, ईषुः।**

एषिता, एष्टा—'इष्–ता' इस दशा में 'तीषसह–'इत्यादि सूत्र से तकारादि आर्धधातुक को इट् विकल्प से होने के कारण उक्त दो रूप बने। इट् के अभावपक्ष में इकार को गुण होने के साथ तकार को ष्टुत्व हुआ।

लोट्—**इच्छतु।** लुङ्–**ऐच्छत्।** वि. लि. **इच्छेत्।**

ऐषीत्—लुङ्, आट्, वृद्धि, तिप्, च्लि, सिच्, इट्, ईट्, और सिच् के लोप होने से रूप बना।

शेष रूप—**ऐषिष्टाम्, ऐषिषुः। ऐषीः, ऐषिष्टम्, ऐषिष्ट। ऐषिषम्, ऐषिष्व, ऐषिष्म।**

१—कदाचित् यह कोई कहे कि यहाँ नकार नहीं अपि तु मकार है फिर 'शे तृम्फादीनाम्' की प्रवृत्ति कैसे हो सकती है। इसके उत्तर में यह समझना चाहिये कि यह नकार है उसी को अनुस्वार और परसवर्ण मकार हुआ है। 'अनिदितां हलः–' की दृष्टि में अनुस्वार और परसवर्ण असिद्ध कहा है—

नकारजावनुस्वारपञ्चमौ झलि धातुषु।
सकारजः शकारश्च षाट्टवर्गस्तवर्गजः।

कुट कौटिल्ये ॥ २६ ॥ गाङ्कुटादीति ङित्त्वम्–चुकुटिथ। **चुकोट, चुकुट**। कुटिता।

पुट संश्लेषणे ॥ २७ ॥ पुटति। पुटिता।

स्फुट विकसने ॥ २८ ॥ स्फुटति। स्फुटिता।

स्फुर स्फुल संचलने ॥ २९-३० ॥ स्फुरति। स्फुलति।

(विभाषया षत्वविधिसूत्रम्)

६६१ स्फुरति-स्फुलत्योर्निर्निविभ्यः ८। ३। ७६ ॥

षत्वं वा स्यात्। निष्फुरति, निस्फुलति।

---

२६ कुट् (कुटिलता करना)--सेट्। लट्–**कुटति, कुटतः, कुटन्ति**। लिट्–**चुकोट, चुकुटतुः, चुकुटुः**।

चुकुटिथ – थल् में द्वित्व, अभ्यासकार्य तथा थल् को इट् आगम होने पर 'गाङ्कुटादिभ्योऽञ्णित् ङित्' इस सूत्र से थल ङित् हो गया। तब 'क्ङिति च सूत्र से गुण का निषेध हो गया।

कुटिता—यहाँ भी 'गाङ्कुटादिभ्योऽञ्णित् ङित्' इस सूत्र से पूर्ववत् 'ता' ङित् हुआ और तब 'क्ङिति च' सूत्र से गुण का निषेध हो गया।

लृट्—**कुटिष्यति**। लोट्–**कुटतु**। लङ्–**अकुटत्**। वि. लि.–**कुटेत्**। आ. लि.–**कुट्यात्**। लुङ्–**अकुटीत्**। लृङ्–**अकुटिष्यत्**।

२७ पुट् (जोड़ना)-सेट्।

पुटिता—कुटादि होने से यहाँ भी 'ता' ङित् होता है और तब गुण का निषेध हो जाता है।

२८ स्फुट् (खिलना)–सेट्। यह धातु भी कुटादि है, इसके रूप 'कुट' के समान ही बनते हैं।

२९, ३० **स्फुर् स्फुल्** (चेष्टा करना, हिलना-डुलना, हरकत करना)।

६६१ **स्फुरतीति**,—निर्, नि और वि उपसर्गों से पर सेट् स्फुर् और स्फुल् धातुओं के सकार को षकार विकल्प से होता है।

निष्फुरति, निष्फुलति—यहाँ 'नि' उपसर्ग से परे होने के कारण धातु के सकार को मूर्धन्य षकार विकल्प से हुआ। अभावपक्ष में–**निस्फुरति, निस्फुलति**–ऐसे ही रूप रहेंगे।

णू स्तवने ॥ ३१ ॥ 'परिणूतगुणोदयः' । नुवति । नुविता ।

लिट्—**पुस्फोर, पुस्फोल,** । लुट्—**स्फुरिता, स्फुलिता** । लोट्—**स्फुरतु, स्फुलतु** । लङ्—**अस्फुरत्, अस्फुलत्** । वि. लि—**स्फुरेत्, स्फुलेत्** । आ. लि.—**स्फुर्यात्, स्फुल्यात्** । लुङ्—**अस्फुरीत्, अस्फुलीत्** ।

३१ णू (स्तुति करना)—सेट् । यह धातु दीर्घ ऊकारान्त है ।

परिणूतेति—'परिणूतः प्रशस्तः गुणानामुदयो यस्य' अर्थात् जिसके गुण प्रशंसनीय हैं ।

यह काव्य का उद्धरण इस धातु के दीर्घ ऊकारान्त होने के फल रूप में दिया गया है अर्थात् दीर्घ ऊकारान्त होने का फल क्त प्रत्यय में है । यह इस काव्योद्धरण से सिद्ध किया गया है ।

तात्पर्य यह है कि तुदादिगण के विकरण श के ङिद्वत् होने से सार्वधातुक लकारों में गुण का निषेध होने से ऊकार को उवङ् आदेश हो जाता है और आर्धधातुक लकारों में भी इट् होने पर कुटादि होने के कारण ङिद्वद्भाव हो जाने से उवङ् हो जाता है, लुङ् में ऊकार को इगन्तलक्षणा वृद्धि हो जाती है । ये सब कार्य ह्रस्व उकार को भी हो सकते हैं, रूप में कोई अन्तर नहीं पड़ सकता, इसलिये धातु के दीर्घ ऊकारान्त होने का कोई प्रयोजन यहाँ नहीं मालूम पड़ता, इसके समाधान के रूप में 'परिणूत' यह क्त प्रत्यय का रूप दिया गया है अर्थात् यहाँ क्त प्रत्यय होने पर उवङ् आदि कार्य नहीं होता, अतः यहाँ ऊकार का श्रवण होता है । यदि धातु ह्रस्व उकारान्त हो तो यहाँ दोष होगा ।

यदि यह कहा जाय कि दीर्घ ऊकारान्त होने से 'ऊद्दन्तै-' के नियम से यह धातु सेट् है । अतः यहाँ भी इट् होने से उवङ् आदेश होगा । फिर दीर्घ ऊकार का कोई प्रयोजन नहीं । इसका समाधान यह है कि यहाँ 'श्र्युकः किति' सूत्र से इट् का निषेध हो जाता है । इसलिये इट् न होने से यहाँ उवङ् भी नहीं होता और तब दीर्घ ऊकार का श्रवण होता है । इस प्रकार धातु का दीर्घ ऊकारान्त होना निष्फल नहीं ।

नुवति—लट् के प्रथमपुरुष एकवचन तिप् में विकरण श के आने पर अपित् सार्वधातुक होने से **'सार्वधातुकमपित्' सूत्र** से ङिद्वत् हो जाने के कारण गुण का निषेध हो जाता है । तब 'अचि श्नुधातुभ्रुवां य्वोरियङुवङौ' सूत्र से

टुमस्जो शुद्धौ ॥ ३२ ॥ मज्जति । ममज्ज । 'मस्जि-नशो' रिति नुम् ।

('नुम्' परिभाषावार्तिकम्)

(वा) मस्जेरन्त्यात् पूर्वो नुम् वाच्यः ।

ऊकार को उवङ् आदेश होने पर उक्त रूप सिद्ध हुआ ।

नुनाव—लिट् प्रथमपुरुष एकवचन णल् में द्वित्व, अभ्यास को ह्रस्व और उत्तर खण्ड के अकार को 'अचो ञ्णिति' से वृद्धि औकार और उसे 'आव्' आदेश होने पर उक्त रूप बना ।

नुविता—लुट् के प्रथम पुरुष एकवचन में इट् हुआ । कुटादि होने से इडादि प्रत्यय ङिद्वत् हो गया । तब गुण का निषेध होने से 'उवङ्' आदेश होने पर उक्त रूप सिद्ध हुआ ।

लृट्—**नुविष्यति** । लोट्—**नुवतु** । लङ्—**अनुवत्** । विधिलिङ्—**नुवेत्** । आशीर्लिङ्—**नूयात्** । लुङ्—**अनावीत्** । लृङ्—**अनुविष्यत्** ।

३३ **टुमस्जो** (शुद्ध करना अर्थात् स्नान)-यह धातु अनिट् है । 'टु' इसका इत् है, उसका फल है 'ट्वितोऽथुच्' से अथुच् प्रत्यय होकर 'मज्जथुः' शब्द की सिद्धि । ओदित् होने से निष्ठा के तकार को नकार हो जाता है । अतः क्त प्रत्यय में '**मग्नः**' और क्तवतु में '**मग्नवान्**' प्रयोग बनते हैं ।

मज्जति—लट् प्रथम पुरुष एकवचन तिप् में 'मस्ज् अति' इस स्थिति में पहले 'स्तोः श्चुना श्चुः' इस सूत्र से सकार के स्थान में शकार हुआ, तब उसके स्थान में 'झलां जश् झशि' सूत्र से जश् जकार होने पर उक्त रूप सिद्ध हुआ ।

ममज्ज—लिट् प्रथमपुरुष के एकवचन णल् में द्वित्व, अभ्यासकार्य होने के साथ पूर्ववत् सकार को पहले शकार हुआ और तब उसे जश् जकार होकर रूप सिद्ध हुआ ।

मस्जिनशोरिति—थल् में जब इट् नहीं हुआ तब झलादि प्रत्यय होने से 'मस्जिनशोर्झलि' इस सूत्र से नुम् आगम हुआ ।

(वा) **मस्जेरिति**—मस्ज् धातु में अन्त्य वर्ण से पूर्व नुम् कहना चाहिये ।

बात यह है कि मित् नुम् आदि आगम 'मिदचोऽन्त्यात्परः' इस नियम से अन्त्य अच् के आगे होते हैं । यहाँ 'मस्ज' धातु में अन्त्य अच् मकारोत्तरवर्ती

संयोगादिलोपः-ममङ्क्थ, ममज्जिथ । मङ्क्ता । मङ्क्ष्यति । अमाङ्क्षीत , अमाङ्क्ताम्, अमाङ्क्षुः ।

अकार है उसके आगे अर्थात् सकार के पूर्व नुम् प्राप्त होता है। सकार के पूर्व नुम् होने पर संयोग का आदि नुम् का नकार होता है सकार नहीं, तब 'स्कोः संयोगाद्योरन्ते च' से होनेवाला संयोग के आदि सकार का लोप यहाँ नहीं हो पाता। जब अन्त्य वर्ण से पूर्व नुम् आगम प्रकृत वार्तिक से होता है तब वह जकार से पूर्व होता है और सकार के बाद। 'मस् न् ज्' यह स्थिति बनती है यहाँ संयोग का आदि होने से सकार का लोप सिद्ध हो जाता है।

संयोगादिलोप इति—'स्कोः संयोगाद्योरन्ते च' इस सूत्र से 'स्न्' इस संयोग के आदि सकार का लोप 'म मस् न् ज् थ' इस स्थिति में हुआ।

ममङ्क्थ—लिट् मध्यमपुरुष एकवचन थल् में इट् के अभावपक्ष में द्वित्व, अभ्यासकार्य, नुम्, पूर्वोक्त प्रकार से सकार का लोप, जकार को कवर्ग गकार उसको चर् ककार, नकार को अनुस्वार और उसको परसवर्ण ङकार होने पर रूप सिद्ध होता है।

ममज्जिथ—तास् में नित्य अनिट् होते हुए अकारवान् होने से थल् में भारद्वाजनियम से विकल्प से इट् होता है। यह इट् पक्ष का रूप है।

मङ्क्ता-लुट् प्रथमपुरुष के एकवचन में झलादि प्रत्यय को पूर्वोक्त प्रकार से नुम् अन्त्य वर्ण जकार से पूर्व हुआ। तब 'स्न्' इस संयोग के आदि सकार का लोप, जकार को कुत्व गकार, उसको चर् ककार, नकार को अनुस्वार, उसको परसवर्ण ङकार होकर रूप सिद्ध होता है।

मङ्क्ष्यति-लृट् प्रथमपुरुष एकवचन में 'मस्ज्+स्यति' ऐसी स्थिति में 'मस्जिनशोर्झलि' से नुम् आगम 'अन्त्यात्पूर्वो नुम् वाच्यः' नियम से जकार के पूर्व हुआ। तब 'स्कोःसंयोगाद्योरन्ते च' इस सूत्र से सकार का लोप होने पर जकार को कवर्ग गकार और उसको चर् ककार हुआ। तदनन्तर सकार को मूर्धन्य षकार और नकार को अनुस्वार परसवर्ण ङकार होकर रूप बन गया।

अमाङ्क्षीत्—लुङ्, अट्, तिप्, च्लि, सिच्, नुम्, सलोप, वृद्धि, कुत्व, चर्त्व, षत्व, नकार को अनुस्वार और परसवर्ण ङकार होने पर रूप सिद्ध हुआ।

रुजो भङ्गे ॥ ३३ ॥ रुजति । रोक्ता । रोक्ष्यति । अरौक्षीत् ।
भुजो कौटिल्ये ॥ ३४ ॥ रुजिवत् ।
विश प्रवेशने ॥ ३५ ॥ विशति ।

अमाङ्क्ताम्—लुङ् प्रथमपुरुष के द्विवचन में सारे कार्य पूर्ववत् होते हैं। केवल 'झलो झलि' सूत्र से सिच् का लोप होता है।

अमाङ्क्षुः—यह लुङ् प्रथमपुरुष के बहुवचन का रूप है। 'सिजभ्यस्तविदिभ्यश्च' सूत्र से 'झि' को जुस् हो गया। शेष कार्य 'अमाङ्क्षीत्' के समान बनते हैं।

शेष रूप—**अमाङ्क्षीः, अमाङ्क्तम्, अमाङ्क्त । अमाङ्क्षम्, अमाङ्क्ष्व, अमाङ्क्ष्म ।**

३३ रुज् (तोड़ना)—अनिट्, ओदित् । ओदित् होने का फल निष्ठा के तकार को नकार होना है। जैसे—**रुग्णः**। रोग से कष्ट पहुँचने अर्थ में इसका प्रयोग होता है। जैसे—विपादिका रुजति=बेवाई दुःख देती है। **रोग** इसी से बनता है।

रोक्ता—लुट् प्रथमपुरुष एकवचन में 'रुज्+ता' इस स्थिति में लघूपध गुण और जकार को कुत्व गकार और चर् ककार होने पर रूप सिद्ध हो गया।

रोक्ष्यति—लृट् प्रथमपुरुष एकवचन में 'रुज्+स्यति' इस दशा में गुण, जकार को कुत्व गकार, गकार को चर् ककार, सकार को मूर्धन्य षकार और क ष के संयोग से क्ष बनकर रूप बना।

अरौक्षीत्—लुङ् प्रथमपुरुष एकवचन में अट्, तिप्, सिच्, उकार को हलन्तलक्षण वृद्धि, जकार को कुत्व गकार, गकार को चर् ककार, सकार को षकार, क ष के संयोग से क्ष होने पर रूप सिद्ध हुआ।

शेष रूप **अरौक्ताम्, अरौक्षुः । अरौक्षीः, अरौक्तम्, अरौक्त । अरौक्षम्, अरौक्ष्व, अरौक्ष्म ।**

३४ भुज (कुटिल होना)—अनिट् । ओदित्—**भुग्नः** । मोड़ने अर्थ में इसका प्रयोग होता है। इसके रूप 'रुज्' के समान ही बनते हैं।

३५ विश् (घुसना)—अनिट् । लट्—**विशति** । लिट्—**विवेश** । लुट्—**वेष्टा** । लृट्—**वेक्ष्यति** । लोट्—**विशतु** । लङ्—**अविशत्** ।

वि. लि.—**विशेत्** । आ. लि—**विश्यात्** । लुङ्—**अविक्षत्** । लृङ्—**अवेक्ष्यत्** ।

मृश आमर्शने ॥ ३६ ॥ आमर्शनम्-स्पर्शः । अनुदात्तस्य चर्दुपधस्या-न्यतरस्याम्—अम्राक्षीत्, अमार्क्षीत्, अमृक्षत् ।

उपसर्गों के याग में—

प्रविशति–प्रवेश करता है । **उपविशति**—बैठता है ।

निविशते[1]—चुभता है । **अभिनिविशते**=मन लगाता है ।

३६ **मृश** (स्पर्श करना)-अनिट् ।

आमर्शनम् इति—आमर्शन स्पर्श को कहते हैं ।

मृश् धातु का अर्थ निर्देश किया गया है 'आमर्शने' । आमर्शन के अर्थ को स्पष्ट करने के लिये यह वाक्य कहा गया है ।

हिन्दी में इस का अर्थ होगा–मलना या हाथ फेरना, जैसे–**मुखम् आमृशति**—मुख पर हाथ फेरता है । **नेत्रे आमृश्य**—आँख मलकर ।

लट्–**मृशति** । लिट्—**ममर्श** । लुट्—**मर्ष्टा** । लृट्—**मर्क्ष्यति** । लोट्—**मृशतु** । लङ्—**अमृशत्** । वि. लि.—**मृशेत्** । आ. लि०–**मृश्यात्** ।

अम्राक्षीत्—लुङ् प्रथमपुरुष एकवचन, अट्, तिप्, सिच्, ईट्, 'अनुदात्तस्य चर्दुपधस्यान्यतरस्याम्' इस सूत्र से ऋकार के आगे अम् आगम, ऋकार को यण् रकार, अकार को हलन्तलक्षणा वृद्धि, जकार को कुत्व गकार, गकार को चर् ककार, सकार को मूर्धन्य षकार, क ष संयोग से क्ष होकर रूप बन गया ।

शेष रूप—**अम्राष्टाम्, अम्राक्षुः । अम्राक्षीः, अम्राष्टम्, अम्राष्ट । अम्राक्षम्, अम्राक्ष्व, अम्राक्ष्म ।**

अमार्क्षीत्—अम् के अभावपक्ष में सारे कार्य पूर्ववत् होते हैं केवल ऋकार को हलन्तलक्षणा वृद्धि 'आर्' होती है ।

शेष रूप—**अमार्ष्टाम्, अमार्क्षुः । अमार्क्षीः, अमार्ष्टम्, अमार्ष्ट । अमार्क्षम्, अमार्क्ष्व, अमार्क्ष्म ।**

अमृक्षत्—'स्पृशमृशकृषतृपदृपां च्लेः सिज्वा वाच्यः' इस वार्तिक से क्स को बाधकर च्लि को सिच् विकल्प से होता है । सिच्पक्ष में विकल्प से अम्

---

१. निपूर्वक 'विश' धातु से 'नेर्विशः' सूत्र से आत्मनेपद आता है । श्रीहर्ष ने नैषध में कहा है—'**निविशते** यदि शूकाशिखा पदे' ।

षद्लृ विशरणगत्यवसादनेषु ॥ ३७ ॥ सीदति-इत्यादि ।

शद्लृ शातने ॥ ३८ ॥

(आत्मनेपदनियमसूत्रम्)

६६२ शदेश्शितः १ । ३ । ६० ॥

शिद्भाविनोऽस्मात्तङानौ स्तः । शीयते । शीयताम् । अशीयत ।

होता है, ये दोनों रूप ऊपर दिखाये गये हैं । सिच् के अभावपक्ष में 'शल इगुपधादनिटः क्सः' इस सूत्र से च्लि को 'क्स' आदेश होता है । क्स का सकार शेष रहता है । 'क्स' के कित् होने से वृद्धि का निषेध हो जाता है । शेष कार्य कुत्व आदि पूर्ववत् होकर रूप सिद्ध होता है ।

शेष रूप—**अमृक्षताम्, अमृक्षन् । अमृक्षः, अमृक्षतम्, अमृक्षत । अमृक्षम्, अमृक्षाव, अमृक्षाम ।**

३७ **षद्लृ**—(फटना, जाना, दुःखी होना)-अनिट्, लृदित् होने से लुङ् में च्लि को अङ् होता है ।

सीदति—'पाघ्राध्मा-' इत्यादि सूत्र से सार्वधातुक लकारों में 'सीद्' आदेश हो जाता है ।

लिट्—**ससाद, सेदतुः, सेदुः** । लुङ्—सत्ता । लृट्—सत्स्यति, लोट्—**सीदतु** । लङ्—**असीदत्** । वि. लि.—**सीदेत्** । आ. लि.—**सद्यात्** । लुङ्—**असदत्** । लृङ्—**असत्स्यत्** ।

उपसर्गों के योग में—

प्रसीदति—प्रसन्न होता है ।	**अवसीदति**—दुःखी होता है ।
निषीदति—बैठता है ।	**आसीदति**—पास पहुँचता है ।
विषीदति—विषाद करता है ।	**प्रत्यासीदति**—निकट आता है ।

३८ **शद्लृ (नाश होना)**—अनिट् । लृदित् ।

६६२ **शदेश्शितः** इति—शद् धातु जब शिद्भावी हो अर्थात् जब उससे शित् प्रत्यय आनेवाला हो तब उससे तङ् और आन अर्थात् आत्मनेपद प्रत्यय आते हैं ।

शीयते—लट् के प्रथमपुरुष एकवचन में 'शदेश्शितः' सूत्र से आत्मनेपद तङ् और शद् को शीय् आदेश होकर रूप बन गया ।

शीयेत । शशाद । शत्ता । शत्स्यति । अशदत् । अशत्स्यत् ।

कॄ विक्षेपे ॥ ३९ ॥

('इत्' विधिसूत्रम्)

६६३ ॠत इद्धातोः ७ । १ । १०० ॥

ॠदन्तस्य धातोरङ्गस्य इत्स्यात् । किरति । चकार, चकरतुः, चकरुः । करीता, करिता । कीर्यात् ।

लिट्–शशाद, शेदतुः, शेदुः, ।

शीयताम्—लोट् में आत्मनेपद और 'शद्' को 'शीय्' आदेश होकर रूप सिद्ध हुआ ।

अशीयत—लङ् में पूर्ववत् रूप सिद्ध हुआ ।

अशदत्—लुङ् में 'च्लि' को 'पुषादिद्युतादि-ऌदितः परस्मैपदेषु' सूत्र से 'अङ्' आदेश होकर रूप बना ।

३९ कॄ (बिखेरना)–सेट् ।

६६३ ॠत इति—दीर्घ ॠकारान्त धातु रूप अङ्ग को 'इत्' आदेश हो । 'अलोऽन्त्यस्य' सूत्र से 'इ' कार अङ्ग के अन्त्य ॠकार को ही होता है । ॠकार के स्थान में विधान होने से 'उरण् रपरः' सूत्रसे रपर 'इर्' आदेश होता है।

किरति—लट् प्रथमपुरुष के एकवचन में तिप्, श विकरण होने पर 'ॠत इद्धातोः' सूत्र से ॠकार के स्थान में 'इर्' आदेश होकर रूप सिद्ध हो गया ।

चकार—लिट् प्रथम पुरुष एकवचन णल् 'ॠच्छत्यॄताम्' से ॠकार को गुण, द्वित्व, अभ्यासकार्य, अकार को 'अत उपधायाः' से उपधा वृद्धि होकर रूप सिद्ध हुआ ।

चकरतुः—लिट् प्रथम पुरुष द्विवचन अतुस् में 'ॠच्छत्यॄताम्' सूत्र से ॠकार को गुण तथा अन्य कार्य यथापूर्व होकर रूप बना ।

चकरुः–लिट् के प्रथमपुरुष बहुवचन उस् में पूर्ववत् कार्य होकर रूप बना ।

करीता, करिता—लुट् के प्रथमपुरुष एकवचन में इट् और ॠकार को गुण अर् आदेश होने पर 'वॄतो वा' इस सूत्र से इट् को विकल्प से दीर्घ होकर उक्त दो रूप बने ।

कीर्यात्—आशीर्लिङ् में यासुट् के कित् होने के कारण 'ॠत इद्धातोः'

('सुट्' आगमविधिसूत्रम्)

६६४ किरतौ लवने ६ । १ । १४० ॥

उपात् किरतेः सुट् छेदने । उपस्किरति ।

(सुट् कात्पूर्वत्वनियमः)

(वा) अड्-अभ्यास-व्यवायेऽपि सुट् कात्पूर्व इति वक्तव्यम् । उपास्किरत् । उपचस्कार ।

('सुट्' विधिसूत्रम्)

६६५ हिंसायां प्रतेश्च ६ । १ । १४१ ॥

उपात्प्रतेश्च किरतेः सुट् स्यात् हिंसायाम् । उपस्किरति । प्रतिस्किरति ।

सूत्र से ॠकार को इर् आदेश और 'हलि च' सूत्र से इकार को दीर्घ होकर रूप सिद्ध हुआ ।

लुङ्—अकारीत, अकारिष्टाम्, अकारिषुः । अकारीः, अकारिष्टम्, अकारिष्ट । अकारिषम्, अकारिष्व, अकारिष्म ।

लुङ् में 'सिचि वृद्धिः परस्मैपदेषु' से इगन्तलक्षणा वृद्धि होती है ।

६६४ किरतौ इति—उप उपसर्ग से परे कॄ धातु को सुट् आगम होता है काटने के अर्थ में ।

उपस्किरति—यहाँ उप से परे होने के कारण प्रकृत सूत्र से कॄ धातु को सुट् आगम हुआ ।

(वा) अडभ्यासेति—अट् और अभ्यास के व्यवधान होने पर भी यथाप्राप्त सुट् आगम होता है तथा वह ककार से पूर्व ही होता है ।

उपास्किरत्—यहाँ 'उप + अकिरत्' इस दशा में उप से परे होने के कारण अट् के व्यवधान में भी ककार से पूर्व कॄ धातु को सुट् आगम हो गया ।

उपचस्कार—'उप + चकार' यहाँ उप से परे कॄ धातु को अभ्यास के व्यवधान होने पर भी ककार से पूर्व सुट् आगम हुआ ।

६६५ हिंसायामिति—उप और प्रति से परे कॄ धातु को सुट् आगम होता है हिंसा अर्थ में ।

उपस्किरति, प्रतिस्किरति—यहाँ उपसर्ग उप और प्रति से परे कॄ धातु

गॄ निगरणे ॥ ४० ॥

(लत्वविधिसूत्रम्)

६६६ अचि विभाषा ८ । २ । २१ ॥

गिरते रेफस्य लोऽजादौ प्रत्यये । गिलति, गिरति । जगाल, जगार । जगलिथ, जगरिथ । गलीता, गलिता । गरीता, गरिता ।

को सुट् आगम हुआ । यहाँ अर्थ हिंसा है ।

४० गॄ (निगलना)—सेट् ।

६६६ **अचि** इति—गॄ धातु के रेफ को लकार होता है विकल्प से अजादि प्रत्यय परे रहते ।

गिलति, गिरति—गॄ धातु के लट् के प्रथमपुरुष एकवचन में 'श' होने पर 'ॠत इद्धातोः' सूत्र से ॠकार को 'इर्' आदेश होता है । तब अजादि प्रत्यय श के परे होने के कारण 'अचि विभाषा' सूत्र से रेफ को लकार विकल्प से होकर दो रूप बने ।

जगाल, जगार—'चकार' के समान रूप सिद्ध होता है । केवल लकार का अन्तर पड़ता है । यहाँ अजादि प्रत्यय णल् परे है ।

जगलिथ, जगरिथ—यहाँ भी रूप सिद्धि 'चकरिथ' के समान होती है, यहाँ अजादि प्रत्यय 'इक' यह इट्-सहित थ है, अतः लकार विकल्प होने से दो रूप बनते हैं ।

गलीता, गलिता, गरीता, गरिता—इट् के दीर्घ विकल्प और रेफ के लकार विकल्प से चार रूप बन गये ।

लृट्—गलीष्यति, गलिष्यति, गरीष्यति, गरिष्यति । लोट्—गिलतु, गिरतु । लङ्—अगिलत्, अगिरत् । वि. लि.—गिलेत् । गिरेत् । आ. लि.—गीर्यात् । लुङ्—अगालीत्, अगारीत्, अगालिष्टाम्, अगारिष्टाम्, अगालिष्ट, अगारिष्ट । लृङ्—अगालिष्यत् अगारिष्यत् इत्यादि ।

उपसर्गों के योग में—

निगिलति—निगलता है ।

प्रच्छ ज्ञीप्सायाम् ॥ ४१ ॥ 'ग्रहिज्या' इति सम्प्रसारणम्-**पृच्छति**। **पप्रच्छ, पप्रच्छतुः, पप्रच्छुः** । **प्रष्टा** । **प्रक्ष्यति** । **अप्राक्षीत्** ।

संगरते[1]—प्रतिज्ञा करता है ।

४१ **प्रच्छ**—(जानने की इच्छा अर्थात् पूछना)—अनिट् ।

पृच्छति—लट् प्रथमपुरुष एकवचन तिप् श होने पर 'ग्रहिज्या-' इत्यादि सूत्र से संप्रसारण ऋकार हुआ । तब 'संप्रसारणाच्च' सूत्र से अकार को पूर्वरूप होने पर रूप सिद्ध हुआ ।

पप्रच्छ—लिट् प्रथमपुरुष एकवचन णल् में द्वित्व और अभ्यासकार्य होने पर रूप बन गया ।

पप्रच्छतुः, पप्रच्छुः—लिट् प्रथमपुरुष के द्विवचन और बहुवचन में पूर्ववत् द्वित्व और अभ्यास कार्य होने पर रूप सिद्ध हुआ ।

प्रष्टा—लुट् प्रथमपुरुष के एकवचन में 'प्रच्छ् + ता' इस दशा में 'व्रश्च-भ्रस्ज-' सूत्र से 'च्छ' को षकार हुआ । तब तकार के स्थान में ष्टुत्व टकार होने पर रूप सिद्ध हुआ ।

प्रक्ष्यति—लृट् प्रथमपुरुष एकवचन में 'प्रच्छ-स्यति' इस स्थिति में 'च्छ' को पूर्ववत् षकार होने पर 'षढोः कः सि' इस सूत्र से उसे ककार हुआ । तब 'स्य' के सकार को मूर्धन्य षकार होकर 'क ष' के संयोग से 'क्ष' बनकर रूप बना ।

लोट् —**पृच्छतु** । लङ् —**अपृच्छत्** । वि. लि.—**पृच्छेत्** । आ. लि.—**पृच्छ्यात्** ।

अप्राक्षीत्—लुङ् प्रथमपुरुष एकवचन में 'अ प्रच्छ् स् ई त्' इस स्थिति में अकार को हलन्त लक्षण वृद्धि से आकार आदेश, 'च्छ' को षकार और उसे ककार तथा सकार को मूर्धन्य ष होने पर क ष के संयोग से 'क्ष' बनकर रूप सिद्ध हुआ ।

शेष रूप—**अप्राष्टाम, अप्राक्षुः** । **अप्राक्षीः, अप्राष्टम, अप्राष्ट** । **अप्राक्षम्, अप्राक्ष्व, अप्राक्ष्म** ।

'अप्राष्टाम्' आदि रूपों में च्छ को षकार होने के साथ ही '**झलो झलि**'

---

१ सम्पूर्वक गॄ धातु से प्रतिज्ञा अर्थ में 'समः प्रतिज्ञाने' इस सूत्र से आत्मनेपद होता है ।

मङ् प्राणत्यागे ॥ ४२ ॥

(आत्मनेपदनियमसूत्रम्)

६६७ म्रियतेर्लुङ्-लिङोश्च १ । ३ । ६१ ॥

लुङ्-लिङोः शितश्च प्रकृतिभूतान्मृङस्तङ् नान्यत्र । रिङ्, **इयङ्—म्रियते । ममार । मर्ता । मरिष्यति । मृषीष्ट । अमृत ।**

से सिच् के सकार का लोप हो जाता है ।

लृङ्—**अप्रक्ष्यत् ।**

४२ मृ (मरना)—अनिट् ।

६६७ म्रियतेरिति—लुङ्, लिङ् और शित् के प्रकृतिभूत अर्थात् सार्वधातुक के विषय में मृ धातु से तङ् होता है अन्यत्र नहीं ।

इस प्रकार मृङ् धातु से लट्, लोट्, लङ्, वि. लिङ्, आ. लिङ् और लुङ् में आत्मनेपद तथा लिट्, लुट्, लृट्, लृङ्—इन चार लकारों में परस्मैपद रहता है।

म्रियते—लट् के प्रथमपुरुष के एकवचन में 'मृ अ ते' इस दशा में 'रिङ् शयग्लिङ्क्षु' इस सूत्र से 'ऋ'कार को 'रि' आदेश हुआ तब इकार को इयङ् आदेश होने पर रूप सिद्ध हुआ ।

ममार—लिट् के प्रथमपुरुष एकवचन में द्वित्व अभ्यासकार्य वृद्धि आदि होने पर रूप बन गया ।

मरिष्यति—लृट् के प्रथमपुरुष एकवचन में 'ऋद्धनोः स्ये' सूत्र से इट् आगम हुआ ।

लोट्—**म्रियताम् ।** लङ्—**अम्रियत ।** वि. लि.—**म्रियेत ।**

मृषीष्ट—आशीर्लिङ् के प्रथमपुरुष में सीयुट्, सुट् होते हैं । 'उश्च १ । २ । १२ ॥' सूत्र से सीयुट् कित् हो जाता है । तब ऋकार को प्राप्त गुण का निषेध हो जाता है ।

अमृत—लुङ् प्रथमपुरुष एकवचन में 'ह्रस्वादङ्गात्' सूत्र से सिच् का लोप होकर रूप सिद्ध हुआ ।

शेष रूप—**अमृषाताम्, अमृषत । अमृथाः, अमृषाथाम्, अमृड्ढ्वम् । अमृषि, अमृष्वहि, अमृष्महि ।**

पृङ् व्यायामे ॥ ४३ ॥ प्रायेणायं व्याङ्पूर्वः । व्यापप्रे, व्यापप्राते । व्यापरिष्यते । व्यापृत, व्यापृषाताम् ।

जुषी प्रीतिसेवनयोः ॥ ४४ ॥ जुषते । जुजुषे ।

ओविजी भयचलनयोः ॥ ४५ ॥ प्रायेणायमुत्पूर्वः । उद्विजते ।

---

४३ पृङ् (व्यापार-चेष्टा-करना)—अनिट् ।

प्रायेणेति—यह धातु प्रायः वि आङ् पूर्व होता है अर्थात् इसके साथ वि और आङ् उपसर्ग का प्रायः प्रयोग होता है ।

व्याप्रियते—लट् के प्रथमपुरुष एकवचन में 'रिङ् शयग्लिङ्क्षु' इस सूत्र से ऋकार को रिङ् आदेश और पुनः इकार को 'अचि श्नुधातुभ्रुवां–'से इयङ् आदेश होकर रूप बन गया ।

व्यापप्रे–लिट् प्रथमपुरुष एकवचन में 'व्या पृ + ए' इस दशा में द्वित्व, अभ्यासकार्य होने पर उत्तर खण्ड के ऋकार को यण् रकार होकर रूप सिद्ध हुआ ।

व्यापरिष्यते—लृट् के प्रथमपुरुष एकवचन में 'ऋद्धनोः स्ये' इस सूत्र से इट् आगम हुआ ।

व्यापृत—लुङ् प्रथमपुरुष एकवचन में 'ह्रस्वादङ्गात्' सूत्र से सिच् का लोप हुआ ।

व्यापृषाताम्—लुङ् प्र. पु. द्वि.व में 'व्या पृ + आताम्' इस स्थिति में सिच् और उसके सकार को मूर्धन्य होकर रूप बनता है ।

४४ जुष (प्रीति और सेवन)—सेट् । ईदित् होने से निष्ठा को इट् का निषेध हो जाता है—जुष्ट इत्यादि ।

लट्—जुषते । लिट्—जुजुषे । लुट—जोषिता । लृट्—जोषिष्यते । लोट्—जुषताम् । लङ्—अजुषत । वि. लि.–जुषेत । आ. लि.–जोषिषीष्ट । लुङ्—अजोषिष्ट । लृङ्—अजोषिष्यत ।

४५ ओविजी (भय और काँपना)–ओदित् तथा ईदित् है । ओदित् होने से निष्ठा के तकार को नकार और ईदित् होने से इट् का निषेध होता है । जैसे उद्विग्नः । सेट् ।

अर्थात् इसका प्रयोग 'उत्' उपसर्ग के विग नहीं होता रुन्धः ।

प्रायेणेति—यह धातु प्रायः 'उत्' पूर्वक रहता है ।

(ङिद्वद्भाव–सूत्रम्)

६६८ विज इट् १ । २ । २॥

विजः पर इडादिप्रत्ययो ङिद्वत्। उद्विजिता॥ इति तुदादयः॥

७ अथ रुधादयः।

रुधिर आवरणे॥ १॥

('श्नम्' विधिसूत्रम्)

६६९ रुधाऽऽदिभ्यः श्नम् ३ । १ । ७८॥

शपोऽपवादः। रुणद्धि। श्नसोरल्लोपः—रुन्धन्ति।

लट्—उद्विजते। लिट्—उद्विविजे।

६६८ विज इति—विज् से परे इडादि प्रत्यय ङिद्वत् होता है।

ङिद्वत् होनेका फल गुण का निषेध है।

लिट्—उद्विविजे। लुट्—उद्विजिता। लृट्-उद्विजिष्यते। लोट्-उद्विजताम्। लङ्—उद्अविजत। वि. लि.—उद्विजेत। आ. लि.—उद्विजिषीष्ट। लुङ्—उद्अविजिष्ट। लृङ्—उद्अविजिष्यत।

तुदादिगण समाप्त।

१ **रुधिर्**—(रोकना)—अनिट्। इर् इत्संज्ञक है। लुङ् में च्लि को विकल्प से चङ् होना इरित् होने का फल है।

उतृदिर् तक ६ धातुएँ इरित् और उभयपदी हैं।

६६९ रुधादिभ्य इति–रुधादि धातुओं से परे श्नम् होता है।

श्नम् के शकार और मकार की इत्संज्ञा होकर लोप हो जाता है, केवल 'न' बच रहता है।

शप—इति–यह श्नम् प्रत्यय शप् का अपवाद है।

रुणद्धि–एकवचन 'रुध् + ति' इस स्थिति में श्नम् हुआ। वह रकारोत्तरवर्ती उकार के आगे मित् होने के कारण हुआ। तब 'झषस्तथोर्धोऽधः' सूत्र से तकार को धकार तथा धातु के धकार को जश् दकार हुआ और नकार को णकार होकर रूप सिद्ध हुआ।

रुणत्सि, रुन्धः, रुन्ध । रुणध्मि, रुन्ध्वः, रुन्ध्मः । रुन्धे, रुन्धाते, रुन्धते ।
रुरोध, रुरुधे । रोद्धा । रोत्स्यति रोत्स्यते ।
रुणद्धु-रुन्धात् ।

श्नसोःइति-'श्न' के अकार का हलादि ङित् सार्वधातुक परे रहते 'श्नसो-रल्लोपः' सूत्र से लोप होता है । 'रुन्धः' में हलादि ङित् होने से उक्त अकार का लोप होता है ।

रुन्धः—लट् प्रथमपुरुष द्विवचन में श्नम् होने पर 'रुनध+तस' इस दशा में अपित् सावधातुक होने से तस् के ङित् होने के कारण उसके परे रहते 'श्नमोरल्लोपः' इस सूत्र से अकार का लोप हुआ । तस् के तकार को 'झषस्तथोर्धोऽधः' सूत्र से धकार हुआ । 'झरो झरि सवर्णे' सूत्र से पूर्व धकार का विकल्प से लोप होने पर रूप बनता है । तब णत्व के असिद्ध होने से नकार के स्थान में 'नश्चापदान्तस्य झलि' इस सूत्र से नकार को अनुस्वार और उसे 'अनुस्वारस्य ययि परसवर्णः' इस सूत्र से परसवर्ण नकार होता है । परसवर्ण के असिद्ध होने से पुनः णत्व नहीं होता । लोप के अभावपक्ष में पूर्व धकार को जश् दकार होकर रुन्द्धः रूप होता है ।

रुन्धन्ति—लट् प्रथम पुरुष के बहुवचन में 'झि' के झकार को 'अन्त' आदेश होने पर श्नम् के अकार का लोप, अनुस्वार, परसवर्ण आदि कार्य होकर रूप सिद्ध हुआ ।

रुणत्सि—लट् के मध्यमपुरुष के एकवचन में श्नम् होने पर धकार को चर् तकार होने पर रूप बना ।

रुन्धः, रुन्ध—मध्यमपुरुष के द्विवचन थस् में प्रथमपुरुष के द्विवचन के समान हो रूपसिद्धि होती है । यहाँ थकार को 'झषस्तथोर्धोऽधः' से धकार आदेश होता है ।

रुन्ध-यह म. पु. के बहुवचन 'थ' का रूप है । सिद्धि पूर्ववत् होती है । इसी प्रकार रुणध्मि, रुन्ध्वः रुन्ध्मः रूप बनते हैं ।

रुन्धे, रुन्धाते, रुन्धते—लट् आत्मनेपद प्रथम पुरुष के ये रूप हैं । आत्मनेपद के सभी प्रत्यय अपित् हैं, इसलिये ङिद्वत् हो जाने के कारण श्नम् के अकार का लोप हो गया है ।

शेष रूप—रुन्त्से, रुन्धाथे, रुध्वे । रुन्धे, रुन्ध्वहे, रुन्ध्महे ।

रुन्धाम, रुन्धन्तु। रुन्धि। रुणधानि, रुणधाव, रुणधाम। रुन्धाम्, रुन्धाताम्, रुन्धताम्। रुन्त्स्व। रुणधै, रुणधावहै, रुणधामहै। अरुणत्–अरुणद्, अरुन्धाम्, अरुन्धान्। अरुणत्, अरुणः। अरुन्ध,

---

लिट्-पर.प—रुराध, रुरुधतुः, रुरुधुः। रुरोधिथ, रुरुधथुः रुरुध। रुरोध, रुरुधिव, रुरुधिम। आ. पद–रुरुधे, रुरुधाते, रुरुधिरे। रुरुधिषे, रुरुधाथे, रुधिध्वे रुरुधे, रुरुधिवहे, रुरुधिमहे।

तास् में नित्य अनिट् होते हुये भी यह धातु न अजन्त है और न अकारवान्। इसलिये थल में भी यहाँ क्रादि नियम से नित्य इट् होता है।

रोद्धा—लुट्, के प्रथमपुरुष एकवन में 'रुध्+ता' इस दशा में 'झषस्तथोर्धोऽधः' सूत्र से तकार को और धातु के धकार को जश् दकार और उकार को लघूपधगुण होकर रूप सिद्ध हुआ।

रुन्धि—लोट के मध्यमपुरुष एकवचन में 'हुझल्भ्यो हेर्धिः' से 'हि' को 'धि' हुआ। शेष कार्य 'रुन्धः' के समान ही होते हैं।

रुणधानि—लोट् उत्तमपुरुष एकवचन में 'आडुत्तमस्य पिच्च' इस सूत्र से आट् आगम और वह पित् होता है। इसलिये श्नम् के अकार का लोप नहीं होता।

इसी प्रकार **रुणधाव, रुणधाम** भी सिद्ध होते हैं।

रुन्धाम्—लोट् आत्मनेपद प्रथमपुरुष एकवचन में प्रत्यय की टि को आम्, श्नम् के अकार का लोप, तकार को धकार, पूर्व धकार का 'झरो झरि सवर्णे' सूत्र से वैकल्पिक लोप। नकार को अनुस्वार और परसवर्ण होने पर रूप सिद्ध हुआ।

रुन्त्स्व—लोट् आ. प. मध्यमपुरुष एकवचन में श्नम् के अकार का लोप और धकार का चर् होकर रूप बना।

रुणधै—लोट् आत्मनेपद उत्तमपुरुष एकवचन में आट् के पित् होने से श्नम् के अकार का लोप नहीं हुआ। और प्रत्यय इट् के इकार को पहले एकार फिर ऐकार आदेश, तथा आट् के आकार और ऐकार को वृद्धि एकादेश होने पर रूप सिद्ध हुआ।

इसी प्रकार—**रुणधावहै, रुणधामहै**—रूप सिद्ध होते हैं।

अरुणः—लङ्पर प, मध्यमपुरुष एकवचन में सिप् के लोप होने पर भकार

अरुन्धाताम्, अरुन्धत । अरुन्धाः । रुन्ध्यात् । रुन्धीत । रुध्यात रुत्सीष्ट । अरुधत, अरौत्सीत् अरुद्ध, अरुत्साताम्, अरुत्सत । अरोत्स्यत, अरोत्स्यत ।

भिदिर बिदारणे ॥२॥ छिदिर द्वैधीकरणे ॥३॥ युजिर् योगे ॥४॥

को जश् दकार और उसे चर् तकार विकल्प से हुआ। दकारपक्ष में 'दश्च' सूत्र से दकार को रु होकर विसर्ग हुआ।

रुत्सीष्ट—आ लिङ् प्रथमपुरुष एकवचन में 'लिङ्सिचावात्मनेपदेषु' सूत्र से 'सीयुट्' के कित् होने से गुण नहीं हुआ।

अरुधत्—लुङ् परस्मैपद में इरित् होने के कारण च्लि को 'इरितो वा' से विकल्प से अङ् हुआ।

अरौत्सीत्—लुङ् परस्मैपद में इरित् होने के कारण च्लि को 'इरितो वा' से विकल्प से अङ् हुआ।

अरुद्ध—लुङ् आत्मनेपद प्रथमपुरुष एकवचन में 'झलो झलि' से सिच् का लोप, तकार को धकार और धातु के धकार को जश् दकार होकर रूप सिद्ध हुआ।

२ भिदिर् (तोड़ना)—अनिट् । इरित् ।

लट्—भिनत्ति, भिन्ते । लिट्—बिभेद, बिभिदे । लुट्—भेत्ता । लृट्—भेत्स्यति । भेत्स्यते । लोट्—भिनत्तु, भिन्ताम् । लङ्—अभिनत्, अभिन्त । वि. लि—भिन्द्यात्, भिन्दीत । आ. लि.—भिद्यात्, भित्सीष्ट । लुङ्—अभिदत्, अभैत्सीत, अभित्त । लृङ्—अभेत्स्यत्, अभेत्स्यत ।

३ छिदिर (काटना)—अनिट् । उभयपदी ।

लट्—छिनत्ति, छिन्ते । लिट्—चिच्छेद, चिच्छिदे । लुट्—छेत्ता । लृट्—छेत्स्यति, छेत्स्यते । लोट्—छिनत्तु, छिन्ताम् । लङ्—अच्छिनत्, अच्छिन्त । वि. लि.—छिन्द्यात्, छिन्दीत । आ. लि—छिद्यात्, छित्सीष्ट । लुङ्—अच्छिदत्, अच्छैत्सीत्, अच्छित्त । लृङ्—अच्छेत्स्यत्, अच्छेत्स्यत ।

उपसर्गों के योग में—

परिच्छिनत्ति—नापता है । उच्छिनत्ति—नाशकरता है ।

४ युजिर् (मिलना)—अनिट् । इरित् । उभयपदी ।

लट्—युनक्ति, युङ्क्ते । लिट्—युयोज, युयुजे । लुट्—योक्ता । लृट्—

रिचिर् बिरेचने ॥५॥ रिणक्ति, रिङ्क्ते। रिरेच। रेक्ता। रेक्ष्यति ॥

योक्ष्यात, योक्ष्यते। लाट्–युनक्तु, युङ्क्ताम् लङ्–अयुनक्, अयुङ्क्त। वि. लि.–युञ्जेत्, युञ्जीत। आ. लि.–युज्यात्, युक्षीष्ट। लुङ्–अयुजत्, अयौक्षीत्, अयुक्त। लृङ्–अयोक्ष्यत, अयोक्ष्यत।

उपसर्ग के योग में—

प्रयुङ्क्ते–प्रयोग करता है।	**अनुयुङ्क्ते**–प्रश्न करता है।
नियुनक्ति–नियुक्त करता है।	**उद्युङ्क्ते**–उद्योग करता है।
उपयुङ्क्ते–उपयोग करता है।	**बियुनक्ति**–अलग होता है।

५ रिचिर् (खाली होना)–अनिट्। इरित् उभयपदी।

रिणक्ति—लट् प्रथमपुरुष एकवचन में विकरण श्नम् होने पर चकार को कुत्व ककार और नकार को णकार होकर रूप सिद्ध हुआ।

रिङ्क्ते—लट् आत्मनेपद प्रथमपुरुष एकवचन में 'रिच् ते' इस स्थिति में श्नम् 'श्नसोरल्लोपः' इस से श्नम् के अकार का लोप, नकार को अनुस्वार परसवर्ण चकार को कुत्व ककार होकर रूप सिद्ध हुआ।

रिरेच—लिट् के प्रथमपुरुष के एकवचन णल् में द्वित्व, अभ्यासकार्य अभ्यास के उत्तरखण्ड में इकार को गुण होकर बना।

रेक्ता—लट् प्रथमपुरुष एकवचन में गुण एकार और चकार को कुत्व ककार होकर रूप बना।

रेक्ष्यति—लृट् के प्रथमपुरुष एकवचन में 'रिच्+स्यति' इस स्थिति में इकार को लघूपध गुण और चकार को कुत्व ककार होने पर सकार को मूर्धन्य षकार तथा क ष संयोग से क्षकार होकर रूप सिद्ध हुआ।

अरिणक्—लङ् प्रथमपुरुष एकवचन में श्नम्, तिप् का हल्ङ्यादि लोप तथा नकार को णत्व और चकार को कुत्व होने पर रूप बना।

शेष रूप—**अरिङ्क्ताम्, अरिञ्चन्। अरिणक्, अरिङ्क्तम्, अरिङ्क्त। अरिणचम्, अरिञ्च्व, अरिञ्च्म।**

अरिचत्, अरैक्षीत्—लुङ् प्रथमपुरुष एकवचन में अट्, तिप्, च्लि,

१. 'प्र' और 'उप' उपसर्गों के योग में युज् धातु से सदा आत्मनेपद आता है।

अरिणक्। अरिचत्, अरैक्षीत्, अरिक्त। विचिर् पृथग्भावे ॥ ६ ॥ **विनक्ति**, विङ्क्ते। क्षुदिर् सम्पेषणे ॥ ७ ॥ क्षुणत्ति, क्षुन्ते। क्षोत्ता। **अक्षुदत्**, **अक्षौत्सीत्**, अक्षुत्त। उच्छृदिर् दीप्तिदेवनयोः ॥ ८ ॥ छृणत्ति, छृन्ते। चच्छर्द। सेऽसिचीति वेट्--चच्छृदिषे, चच्छृत्से। छर्दिता। छर्दिष्यति, छर्त्स्यति। अच्छृदत्, अच्छर्दीत्। अच्छर्दिष्ट।

च्लि को इरित्वात् अङ् विकल्प से हुआ तो 'अरिचत्' रूप बना। जब अङ् नहीं हुआ तब च्लि को सिच्, इकार को हलन्तलक्षणा वृद्धि, चकार को कुत्व ककार, सकार को मूर्धन्य षकार तथा क ष के संयोग से क्ष होने पर रूप सिद्ध हुआ।

अरिक्त—लुङ् आत्मनेपद प्रथमपुरुष एकवचन में 'झलो झलि' से सिच् का लोप होने पर चकार को कुत्व ककार होकर रूप सिद्ध हुआ।

उपसर्ग के योग में—

अतिरिणक्ति--बढ़ता है।

६ विचिर् (अलग होना)—अनिट्। इरित्। उभयपदी। इसके रूप रिचिर् के समान बनते हैं।

उपसर्ग के योग में--

विविनक्ति--विवेक करता है।

७ क्षुदिर् (मसल डालना)—अनिट्। इरित्। उभयपदी।

८ उतृदिर् (चमकना, जुआ खेलना)—सेट्। इरित्, उदित्। उभयपदी।

चच्छृदिषे, चच्छृत्से—लिट् आत्मनेपद मध्यमपुरुष एकवचन में द्वित्व, अभ्यासकार्य होने पर 'सेऽसिचि कृतचृतच्छृदतृदनृतः' सूत्र से इट् विकल्प से हुआ। जब इट् हुआ तब सकार को षकार हुआ और जब इट् नहीं हुआ तब दकार को चर् तकार हुआ।

छर्दिष्यति, छर्त्स्यति—लृट् प्रथमपुरुष एकवचन में पूर्व इट् विकल्प होने के कारण दो रूप बने।

अच्छृदत्, अच्छर्दीत्—लुङ् परस्मैपद प्रथमपुरुष एकवचन में च्लि को जब अङ् हुआ तब 'अच्छृदत्' रूप बना। अङ् के अभावपक्ष में सिच् हुआ। तब ईट्, सिच् का लोप होकर गुण होने पर 'अच्छर्दीत्' रूप सिद्ध हुआ।

उतृदिर हिंसाऽनादरयोः ॥ ९ ॥ **तृणत्ति** । तृन्ते ।

कृती वेष्टने ॥ १० ॥ **कृणत्ति** ।

तृह हिसि हिंसायाम् ॥ ११ ॥ १२ ॥

('इम्' आगमसूत्रम्)

६७० तृणह इम् ७ । ३ । ९२ ॥

तृहः श्नमि कृते 'इम' आगमो हलादौ पिति । तृणेढि, तृण्ढः । ततर्ह ।

---

९ उतृदिर् (हिंसा और अनादर करना)—सेट् । उभयपदी ।

तृन्ते—लट् आत्मनेपद प्रथमपुरुष एकवचन में श्नम् , श्नम् के अकार का लोप, दकार को चर् तकार और उसका 'झरो झरि सवर्णे' से वैकल्पिक लोप होने पर रूप सिद्ध हुआ ।

लिट्—ततर्द, ततर्दे । लुट्—तर्दिता । लृट्—तर्दिष्यति, तर्दिष्यते । लोट्—तृणत्तु, तृन्ताम् । लङ्—अतृणत्, अतृन्त । वि. लि.—तृन्द्यात्, तृन्दीत । आ. लि.—तृद्यात्, तर्दिषीष्ट । लुङ्—अतृदत्, अतर्दीत्, अतर्दिष्ट । लृङ्—अतर्दिष्यत्, अतर्दिष्यत ।

१० कृती (घेरना)—सेट् । ईदित् । परस्मैपदी ।

११, १२ तृह, हिसि (हिंसा करना)—सेट् । परस्मैपदी ।

६७० **तृणह** इति—तृह् धातु को श्नम् करने पर 'इम्' आगम होता है हलादि पित् प्रत्यय परे होने पर ।

तृणेढि—लट् प्रथमपुरुष एकवचन में श्नम् करने पर 'तृन ह् ति' इस स्थिति में 'तृणह इम्' सूत्र से इम् आगम हुआ । मित् होने से वह अन्त्य अच् नकारोत्तरवर्ती अकार के आगे हुआ । तब अकार और उस इकार को गुण एकार हुआ । 'तृनेह् ति' इस दशा में हकार को ढकार और तकार को 'झषस्तथोर्धोऽधः' से धकार तथा उसे ष्टुत्व ढकार होने पर 'ढो ढे लोपः' से पहले ढकार का लोप तथा नकार को णकार होकर रूप सिद्ध हुआ ।

तृण्ढः—लट् प्रथमपुरुष द्विवचन में 'तृनह तस्' इस दशा में श्नम् के अकार का 'श्नसोरल्लोपः' से लोप, हकार को ढकार, तकार को धकार, पहले ढकार का लोप तथा नकार को णकार होकर रूप बन गया ।

लट्—तृणेढि, तृण्ढः, तृंहन्ति । तृणेक्षि, तृण्ढः, तृण्ढ । तृणेह्मि,

तर्हिता । अतृणेट् ।

(नकारलोपसूत्रम्)

६७१ श्नात् नलोपः ६ । ४ । २३ ॥

श्नमः परस्य नस्य लोपः स्यात् । हिनस्ति । जिहिंस । हिंसिता ।

(दत्वविधिसूत्रम्)

६७२ तिप्यनस्तेः ८ । २ । ७३ ॥

पदान्तस्य सस्य दः स्यात्तिपि न त्वस्तेः । 'ससजुषोरुः' इत्यस्यापवादः । अहिनत् - अहिनद्, अहिंस्ताम्, अहिंसन् ।

तृंह्वः, तृंह्मः ।

अतृणेट्—लङ् प्रथमपुरुष एकवचन में श्नम् करने पर इम् आगम, हल्ङ्यादि लोप, ढत्व, जश्त्व और चर्त्व होने पर रूप बना ।

शेष रूप—अतृण्ढाम्, अतृंहन् । अतृणेट्, अतृण्ढम्, अतृण्ढ । अतृणहम्, अतृंह्व, अतृंह्म ।

वि. लि.—तृंह्यात् । आ लि.—तृह्यात् । लुङ्—अतर्हीत्, अतर्हिष्टाम्, अतर्हिषुः । लृङ्—अतर्हिष्यत् ।

६७१ श्नात् नेति—श्नम् से परे नकार का लोप हो ।

हिनस्ति—इदित् होने से हिस् धातु को नुम् आगम हुआ । तब लट् के प्रथमपुरुष के एकवचन में श्नम् होने पर 'हि न न् स् ति' इस स्थिति में श्नम् से पर नकार का लोप होने पर रूप सिद्ध हुआ ।

शेष रूप—हिंस्तः, हिंसन्ति । हिनस्सि, हिंस्थः, हिंस्थ । हिनस्मि, हिंस्वः, हिंस्मः ।

लिट्—जिहिंस, जिहिंसतुः, जिहिंसुः । लुट्—हिंसिता । लृट्—हिंसिष्यति । लोट्—हिनस्तु ।

६७२ तिप्यनस्तेरिति—पदान्त सकार को दकार हो तिप् परे रहते परन्तु अस् के सकार को नहीं होता ।

ससजुषोरिति—यह सकार को दकार करना 'ससजुषोः रुः' का अपवाद है ।

अहिनत्, अहिनद्—लङ् प्रथमपुरुष के एकवचन में श्नम् होने पर सकार को जब रुत्व प्राप्त हुआ । उसको बाधकर 'तिप्यनस्तेः' इस सूत्र से सकार

(रुत्वविधिसूत्रम्)

६७३ सिपि धातो रुर्वा ८ । २ । ७४ ॥

पदान्तस्य धातोः सस्य रुः स्याद् वा । पक्षे 'झलां जशोऽन्ते' इति जश्त्वम्—अहिनः, अहिनत्, अहिनद् ।

उन्दी क्लेदने ॥ १३ ॥ उनत्ति, उन्तः, उन्दन्ति । उन्दाञ्चकार ।

को दकार हुआ । उसको चर् तकार विकल्प से हुआ और इसलिये दो रूप बने । तिप् के अपृक्त तकार का हल्ङ्यादि लोप होजाता है ।

अहिंस्ताम्—लङ् प्रथमपुरुष द्विवचन में श्नम्, उसके अकार का लोप होने पर रूप बना ।

६७३ **सिपि धातोरिति**—पदान्त धातु के सकार को रु हो विकल्प से ।

अहिनः-लङ् मध्यमपुरुष एकवचन में सिप् का हल्ङ्यादि लोप होने पर सकार को 'सिपि धातोः' से रु और उसे विसर्ग होकर रूप सिद्ध हुआ ।

रु के अभावपक्ष में सकार को 'झलां जशोऽन्ते' से जश् दकार हुआ । तब चर् तकार विकल्प से हुआ । इस प्रकार रूप बना ।

शेष रूप—**अहिंसन्** । **अहिनत्-द्**, **अहिंस्तम्**, **अहिंस्त** । **अहिनसम्**, **अहिंस्व**, **अहिंस्म** ।

वि. लि.—**हिंस्यात्** । आ. लि.—**हिंस्यात्** । लुङ्—**अहिंसीत्** । लृङ्—**अहिंसिष्यत्** ।

१३ उन्दी (गीला करना)—सेट् । इदित् । परस्मैपद ।

उनत्ति—लट् प्रथमपुरुष एकवचन में श्नम् होने पर 'उ नन्दी ति' इस स्थिति में 'श्नान्नलोपः' सूत्र से नकार का लोप होने पर रूप बना ।

उन्तः—लट् प्रथमपुरुष के द्विवचन में श्नम् होने पर 'झरो झरि सवर्णे' से दकार का विकल्प से लोप होने पर दो रूप बनते हैं ।

उन्दाञ्चकार—लिट् में इजादि गुरुमान होने से आम् होता है और तब 'कृ' आदि का अनुप्रयोग होकर रूप बनते हैं ।

लुट्—**उन्दिता** । लृट्—**उन्दिष्यति** ।

औनत्—लङ् प्रथमपुरुष एकवचन में आट्, वृद्धि, श्नम् से पर नकार का लोप, तिप् का हल्ङ्यादि लोप और दकार को चर् तकार होकर रूप सिद्ध हुआ ।

औनत्, औन्ताम्, औन्दन्। औनः, औनत्। औनदम्।

अञ्जू व्यक्ति-म्रक्षण-कान्ति-गतिषु ॥ १४ ॥ अनक्ति, अङ्क्त, अञ्जन्ति। आनञ्ज। आनञ्जिथ, आनङ्क्थ। अञ्जिता, अङ्क्ता।

औन्ताम्—लङ् प्र. पु. द्वि. में श्नम् से पर नकार का लोप, श्नम् के अकार का लोप और दकार का सवर्ण पर झर् लोप होने पर दो रूप बनते हैं। एक में तकार द्वित्व रहेगा और दूसरे में एक।

औनः, औनत्—लङ् सिप् में सिप् का हल्ङ्यादि लोप होने पर दकार को 'दश्च' सूत्र से रु विकल्प होने पर दो रूप बनते हैं।

विधिलिङ—**उन्द्यात्**। आ. लि.—**उद्यात्**। लुङ्—**औन्दीत्**। लृङ्—**औन्दिष्यत्**।

१४ **अञ्ज**—(स्पष्ट होना, साफ होना, इच्छा और जाना)—ऊदित् होने से यह धातु वेट् है।

अनक्ति—लट् प्रथमपुरुष एकवचन में श्नम् होने पर 'श्नान्नलोपः' से नकार का लोप हुआ। तब जकार को कुत्व गकार और उसे चर् ककार होकर रूप सिद्ध हुआ।

अङ्क्तः—लट् प्रथमपुरुष द्विवचन में श्नम्, नकार का लोप, श्नम् के अकार का लोप होने पर 'अन्ज् + तस्' इस दशा में जकार को कुत्व गकार और उसे चर् ककार हुआ। तब नकार को 'नश्चापदान्तस्य झलि' से अनुस्वार और उसे 'अनुस्वारस्य ययि परसवर्णः' सूत्र से परसवर्ण ङकार होकर रूप बना।

अञ्जन्ति—लट् प्रथमपुरुष एकवचन में श्नम्, नकार का लोप, नकार को अनुस्वार परसवर्ण से ञकार होने पर रूप सिद्ध हुआ।

आनञ्ज—लिट् प्रथमपुरुष बहुवचन में द्वित्व, अभ्यासकार्य होने पर 'आ अञ्ज् अ' इस दशा में 'तस्मान्नुड् द्विहलः' सूत्र से नुड् आगम होने से रूप सिद्ध हुआ।

आनञ्जिथ, आनङ्क्थ—लिट् मध्यमपुरुष एकवचन थल् में द्वित्व, अभ्यास-कार्य हुआ। ऊदित् होने से थल को 'स्वरतिसूतिसूयतिधूञूदितो वा' सूत्र से विकल्प से इट् हुआ। इट् पक्ष में पहला रूप बना। इट के अभाव में जकार को कुत्व गकार, चर्त्व से ककार और नकार को अनुस्वार परसवर्ण से ङकार

अङ्ग्धि । अनजानि । आनक् ।

(इट्विधिसूत्रम्)

६७४ अञ्जेः सिचि ७ । २ । ७१ ॥

अञ्जेः सिचो नित्यमिट् स्यात् । आञ्जीत् ।

होकर दूसरा रूप सिद्ध हुआ ।

अञ्जिता, अङ्क्ता–लुट् प्रथमपुरुष एकवचन में ऊदित्वात् इट् विकल्प से होकर दो रूप बनते हैं । इट् के अभाव में जकार को कुत्व गकार, चर्त्व से ककार और नकार को अनुस्वार परसवर्ण से ङकार होकर दूसरा रूप बना ।

लृट् में—**अञ्जिष्यति, अङ्क्ष्यति** । लोट्—**अनक्तु, अङ्क्ताम्, अञ्जन्तु** ।

अङ्ग्धि—लोट् मध्यमपुरुष एकवचन हि में 'हुझल्भ्यो हेर्धिः' सूत्र से हि को धि आदेश हुआ हि के अपित् होने से ङिद्वत् होने के कारण श्नम् के अकार का लोप हुआ । जकार का कुत्व गकार होने पर नकार को अनुस्वार परसवर्ण से ङकार होने पर रूप सिद्ध हुआ ।

अनजानि—लोट् उत्तमपुरुष एकवचन में आट् के पित् होने से श्नम् के अकार का लोप नहीं हुआ । धातु के नकार का 'श्नान्नलोपः' से लोप यथाप्राप्त होता है ।

आनक्—लङ् प्रथमपुरुष एकवचन में आट्, वृद्धि, श्नम्, धातु के नकार का लोप, तिप् का हल्ङ्यादि लोप होने पर जकार को कुत्व और चर्त्व से ककार होकर रूप बन गया ।

६७४ **अञ्जेरिति**—अञ्ज् धातु से पर सिच् को इट् नित्य होता है ।

ऊदित् होने के कारण विकल्प से प्राप्त इट् का इस सूत्र से नित्य विधान किया गया है ।

आञ्जीत्–लुङ् प्रथमपुरुष एकवचन में आट्, वृद्धि, 'च्लि' उसको सिच्, तिप् के इकार का लोप, उसे ईट्, सिच् को 'अञ्जेः सिचि' से नित्य इट्, सिच् का लोप, इट् और ईट् को सवर्ण दीर्घ–इतने कार्य होने पर रूप सिद्ध हुआ ।

शेष रूप—**आञ्जिष्टाम्, आञ्जिषुः । आञ्जीः, आञ्जिष्टम्, आञ्जिष्ट । आञ्जिषम्, आञ्जिष्व, आञ्जिष्म** । लृङ्—**आञ्जिष्यत्, आङ्क्ष्यत्** ।

तञ्चू संकोचने ॥ १५ ॥ तनक्ति । तङ्क्ता, तञ्चिता ।

ओ-विजी भयचलनयोः ॥१६॥ विनक्ति । 'विज इट्' इति ङित्त्वम्-विविजिथ । विजिता । अविनक् । अविजीत् ।

शिष्लृ विशेषणे ॥ १७ ॥ शिनष्टि, शिंष्टः, शिंषन्ति । शिनक्षि ।

उपसर्ग के योग में—

अभ्यनक्ति—मालिस करता है ।

व्यनक्ति—प्रकट करता है ।

अभ्यङ्ग—मालिस करना, **व्यङ्ग्य**-प्रकट करना—ये शब्द इन्हीं उपसर्गों के योग में अञ्ज् धातु से बने हैं । '**व्यङ्ग्य**' शब्द साहित्य शास्त्र में बहुत प्रचलित और महत्त्वपूर्ण है ।

शुद्ध धातु का प्रयोग आँखों पर अञ्जन सुरमा आदि लगाने अर्थ में प्रयुक्त होता है—**सौवीरमनक्ति नेत्रयोः**—सुरमा आँखों पर लगाता है ।

७५ **तञ्चू** (संकुचित करना)—ऊदित्, वेट् । परस्मैपदी । इसके रूप प्रायः 'अञ्ज्' के जैसे बनते हैं ।

लुङ्—**अतञ्चीत्, अताङ्क्षीत्** ।

१६ **ओविजी** (डरना और हिलना)—ओदित्, ईदित् । इसके रूप सार्वधातुक में श्नम् होने से 'तञ्च्' आदि के समान और आर्धधातुक में तुदादिगण के इस धातु के समान बनते हैं ।

१७ **शिष्लृ** (विशेषता बताना) अनिट् । लृदित् होने से लुङ् में च्लि को अङ् होता है ।

शिनष्टि—लट् प्रथमपुरुष एकवचन में श्नम् और तकार को ष्टुत्व टकार होकर रूप सिद्ध हुआ ।

शिंष्टः—लट् प्रथमपुरुष द्विवचन में अपित् सार्वधातुक के ङिद्वत् होने से श्नम् के अकार का लोप होने पर नकार को अनुस्वार और तकार को ष्टुत्व टकार होकर रूप बना ।

शिनक्षि—लट् मध्यमपुरुष में श्नम्, षकार को 'षढोः कः सि' से ककार और सिप् के सकार को मूर्धन्य षकार तथा क ष के संयोग से क्ष बनकर रूप सिद्ध हुआ ।

लिट्—**शिशेष, शिशिषतुः, शिशिषुः । शिशेषिथ, शिशिषथुः, शिशिष** ।

शिशेष। शिशेषिथ। शेष्टा। शेक्ष्यति। हेर्धिः–शिण्ढि। शिनषाणि। अशिनट्। शिंष्यात्। शिष्यात्। अशिषत्। एवं पिषॢ संचूर्णने ॥१८॥

भञ्जो आमर्दने ॥ १९ ॥ श्नान्नलोपः–भनक्ति। बभञ्जिथ, बभङ्क्थ। भङ्क्ता। भङ्ग्धि। अभाङ्क्षीत्।

शिशेष, शिशिषिव, शिशिषिम।

लोट्—शिनष्टु, शिंष्टाम्, शिंषन्तु।

शिण्ढि—लोट् मध्यमपुरुष एकवचन में हि के अपित् होने से श्नम् के अकार का लोप हुआ। 'हि' को 'हुझल्भ्यो हेर्धिः' से 'धि' आदेश, षकार को जश् डकार धकार को ष्टुत्व ढकार, डकार का सवर्ण झर् लोप और नकार को अनुस्वार पर सवर्ण से णकार होकर रूप बना।

शिनषाणि—लोट् उत्तमपुरुष एकवचन में आट् के पित् होने से श्नम् के अकार का लोप नहीं हुआ। 'आनि' के नकार को णत्व हुआ।

अशिनट्—लङ् प्रथमपुरुष एकवचन में अट्, तिप् का हल्ङ्यादि लोप होने पर धकार को जश् डकार और उसे चर् टकार विकल्प से होकर रूप सिद्ध हुआ।

शेष रूप—अशिंष्टाम्, अशिंषन्। अशिनट्-ड्, अशिंष्टम्, अशिंष्ट। अशिनषम्, अशिंष्व, अशिंष्म।

शिंष्यात्—वि. लि. प्रथमपुरुष एकवचन में यासुट् के ङित् होने से श्नम् के अकार का लोप होने पर नकार को अनुस्वार हुआ।

शिष्यात्—आ. लि. प्रथमपुरुष एकवचन में आर्धधातुक होने से श्नम् नहीं हुआ।

अशिषत्—लुङ् प्रथमपुरुष एकवचन में अट्, तिप्, च्लि, च्लि, को लृदित् होने से 'पुषादिद्युताद्यॢदितः परस्मैपदेषु' से अङ् होने से रूप सिद्ध हुआ।

१८ पिषॢ (पीसना)—अनिट्। लृदित्। परस्मैपदी। इसके रूप शिष् के समान बनते हैं।

१९ भञ्जो (तोड़ना)—अनिट्। ओदित् होने से निष्ठा में भग्नः, भग्नवान् तकार को नकार होता है। इसके नकार का श्नम् से परे लोप होजाता है।

बभञ्जिथ, बभङ्क्थ—लिट् मध्यमपुरुष एकवचन थल् में द्वित्व और

भुज पालनाऽभ्यवहारयोः ॥ २० ॥ भुनक्ति । भोक्ता । भोक्ष्यति । अभुनक् ।

अभ्यासकार्य होने पर तास् में नित्य अनिट् होते हुए अकारवान् होने से भारद्वाज नियम से विकल्प से इट् हुआ । इटपक्ष में पहला रूप बना । इट् के अभाव में जकार को कुत्व और चर्त्व से ककार, और नकार को अनुस्वार परसवर्ण से ङकार होकर दूसरा रूप बना ।

लुट्—**भङ्क्ता** । लृट्—**भङ्क्षति** । लोट्—**भनक्तु, भङ्क्ताम्, भञ्जन्तु** ।

भङ्ग्धि—लोट् मध्यमपुरुष एकवचन में हि के अपित् होने से ङिद्वत् होने के कारण श्नम् के अकार का लोप हुआ । 'हि' को 'हुझल्भ्यो हेर्धिः' से 'धि' आदेश, जकार को कुत्व गकार और नकार को अनुस्वार परसवर्ण ङकार होकर रूप बना।

शेष रूप—**भङ्क्तम् , भङ्क्त** । **भनजानि, भनजाव, भनजाम**। लङ्—**अभनक्** । वि. लि.—**भञ्ज्यात्** । आ. लि.—**भज्यात्** ।

अभाङ्क्षीत्—लुङ् प्रथमपुरुष एकवचन में अट, तिप, च्लि, सिच, ईट, हलन्तलक्षणा वृद्धि, जकार को कुत्व, चर्त्व ककार, नकार को अनुस्वार परसवर्ण से ङकार, सकार को षकार, क ष के संयोग से क्ष होने पर रूप बना ।

शेष रूप—**अभाङ्क्ताम्, अभाङ्क्षुः । अभाङ्क्षीः, अभाङ्क्तम्, अभाङ्क्त । अभाङ्क्षम्, अभाङ्क्ष्व, अभाङ्क्ष्म** । लृङ्—**अभङ्क्ष्यत्** ।

उपसर्ग के योग में—विभनक्ति—बाँटता है।

२० भुज् (पालन करना और खाना)—अनिट्।

पालन करने अर्थ में परस्मैपदी ओर खाने अर्थ में आत्मनेपदी है ।

भुनक्ति—लट् प्रथमपुरुष एकवचन में श्नम्, जकार को कुत्व और चर्त्व होकर ककार हुआ ।

शेष रूप—भुङ्क्तः, भुञ्जन्ति । भुनक्षि, भुङ्थः, भुङ्थ । भुनज्मि, भुञ्ज्वः, भुञ्ज्मः । लिट्—बुभोज ।

भोक्ता—लुट् प्रथमपुरुष एकवचन में लघूपधगुण, जकार को कुत्व और चर्त्व के द्वारा ककार होकर रूप बना ।

भोक्ष्यति—लृट् प्रथमपुरुष एकवचन में लघूपधगुण, जकार को कुत्व और चर्त्व के द्वारा ककार, स्य के सकार को मूर्धन्य षकार और क ष के संयोग से क्ष होकर रूप सिद्ध हुआ ।

(आत्मनेपदनियम-सूत्रम्)

६७५ भुजोऽनवने १ । ३ । ६६ ॥

तङाऽऽनौ स्तः । ओदनं भुङ्क्ते । अनवने किम्—महीं भुनक्ति ।

ञिइन्धी दीप्तौ ॥ २१ ॥ इन्धे, इन्धाते, इन्धते । इन्त्से । इन्द्ध्वे ।

अभुनक्—लङ् प्रथमपुरुष एकवचन में अट्, श्नम्, तिप् का हल्ङ्यादि लोप, जकार को कुत्व गकार और अवसान में चर् ककार विकल्प से होकर रूप बना ।

शेष रूप— अभुङ्क्ताम्, अभुञ्जन् । अभुनक्-ग्, अभुङ्क्तम्, अभुङ्क्त अभुञ्जम्, अभुञ्ज्व, अभुञ्ज्म ।

वि. लि.—भुञ्ज्यात् । आ. लि.—भुज्यात । लुङ—अभोक्षीत् । लृङ्—अभोक्ष्यत् ।

६७५ भुज इति-भुज् धातु से आत्मनेपद के प्रत्यय आते हैं पालना करना अर्थ से भिन्न अर्थ में अर्थात् खाने अर्थ में ।

ओदनं भुङ्क्ते--यहाँ 'भुज्' धातु का अर्थ भोजन करना है पालन करना नहीं । इसलिये आत्मनेपद का प्रयोग हुआ ।

आत्मनेपद के शेष रूप लिट्—बुभुजे । लुट्—भोक्ता । लृट्—भोक्ष्यते । लोट्—भुङ्क्ताम्, भुञ्जाताम् भुञ्जताम् । भुङ्क्ष्व, भुञ्जाथाम्, भुङ्ग्ध्वम् । भुनजै, भुनजावहै, भुनजावहै । लङ्—अभुङ्क्त, अभुञ्जाताम्, अभुञ्जत । अभुङ्क्थाः, अभुञ्जाथाम्, अभुङ्ग्ध्वम् । अभुञ्जि, अभुञ्ज्वहि, अभुञ्ज्महि । वि. लि॰—भुञ्जीत । आ. लि.—भुक्षीष्ट । लुङ्—अभुक्त, अभुक्षाताम्, अभुक्षत । अभुक्थाः, अभुक्षाथाम, अभुग्ध्वम् । अभुक्षि, अभुक्ष्वहि, अभुक्ष्महि । लृङ्—अभोक्ष्यत ।

अनवने इति—'पालन से भिन्न अर्थ में आत्मनेपद होता है ।' ऐसा क्यों कहा ? उसका समाधान किया है । **महीं भुनक्ति**—पृथ्वी का पालन करता है । यहाँ पालन अर्थ होने से आत्मनेपद नहीं हुआ ।

२१ इन्धी (चमकना)—लट् । ञीदित् । ईदित् । आत्मनेपदी ।

इन्धे—लट् प्रथमपुरुष एकवचन में श्नम्, धातु के नकार का लोप, अपित् सार्वधातुक होने से त परे रहते श्नम् के अकार का लोप, त के तकार को 'झष-

इन्धाञ्चक्रे। इन्धिता। इन्धाम्, इन्धाताम्, इनधै। ऐन्ध। ऐन्धाताम्। ऐन्धाः। विद विचारणे॥ २२॥ विन्ते। वेत्ता॥ इति रुधादयः॥

स्तथोर्धोऽधः' से धकार, पूर्व धकार का सवर्ण झर् लोप होकर रूप सिद्ध हुआ। लोप के अभाव पक्ष में पूर्व धकार को जश् दकार होकर 'इन्द्धे' रूप बना।

इन्धाञ्चक्रे—इजादि गुरुमान् होने से इन्ध धातु से लिट् में आम् आता है। तब 'कृ' के अनुप्रयोग से रूप सिद्ध हुआ। **इन्धाम्**-लोट् प्रथमपुरुष एकवचन में श्नम्, धातु के नकार का लोप, श्नम् के अकार का लोप, तकार को धकार, सवर्ण झर् लोप होकर रूप बना।

इनधै—लोट् उत्तमपुरुष एकवचन में श्नम्, धातु के नकार का लोप, आट्, वृद्धि होकर रूप सिद्ध हुआ।

ऐन्ध—लङ् प्रथमपुरुष एकवचन में आट्, वृद्धि, श्नम्, धातु के नकार का लोप, श्नम् के अकार का लोप, सवर्ण झर् का लोप होने पर रूप बना।

ऐन्धाः—लङ् मध्यमपुरुष एकवचन में आट्, वृद्धि, श्नम्, धातु के नकार का लोप, श्नम् के अकार का लोप, थकार को धकार, पूर्व धकार का सवर्ण झर का लोप होकर रूप बना।

वि. लि.—**इन्धीत**। आ. लि.—**इन्धिषीष्ट**। लुङ्—**ऐन्धिष्ट**। लृङ्—**ऐन्धिष्यत**।

२२ विद् (विचार करना)—आत्मनेपदी। अनिट्।

विन्ते—लट् प्रथमपुरुष एकवचन में श्नम्, श्नम् के अकार का लोप, दकार का सवर्ण झर् लोप होने पर रूप सिद्ध हुआ।

शेष रूप—**विन्दाते, विन्दते। विन्त्से, विन्दाथे, विन्द्ध्वे। विन्दे, विन्द्वहे, विन्द्महे**, लिट्—**विविदे**।

वेत्ता—लुट् प्रथमपुरुष एकवचन में लघूपध गुण और दकार को चर् तकार होकर रूप बना।

लृट्—**वेत्स्यते**। लोट्—**विन्ताम्**। लङ्—**अविन्त**। वि. लि.—**विन्दीत**। आ. लि.—**वित्सीष्ट**। लुङ्—**अवित्त**। लृङ्—**अवेत्स्यत**।

रुधादिगण समाप्त।

—:-०-:—

८ अथ तनादयः।

तनु विस्तारे॥ १॥

('उ प्रत्ययविधिसूत्रम्)

६७६ तनाऽऽदि-कृञ्भ्य उः ३। १। ७९॥

शपोऽपवादः। तनोति, तनुते। ततान, तेने। तनितासि, तनितासे। तनिष्यति, तनिष्यते। तनोतु, तनुताम्। अतनोत्, अतनुत। तनुयात्,

---

१ तनु (फैलाना)—सेट्। उभयपदी। उदित्, उदित् होने का फल है निष्ठा में इट् का निषेध। जैसे—ततम्।

६७६ तनादीति—तन् आदि और कृ धातु से उ प्रत्यय हो।

शप इति—यह शप् का अपवाद है।

तनोति—लट् प्रथमपुरुष एकवचन में 'तन्+ति' इस दशा में 'तनादि-कृञ्भ्य उः' इस सूत्र से उ विकरण हुआ। उसको पित् तिप् परे रहते सार्वधातुक गुण होने पर रूप सिद्ध हुआ।

तनुते—लट् आत्मनेपद प्रथमपुरुष एकवचन में त के अपित् सार्वधातुक होने से ङिद्वत् हो जाने के कारण उ प्रत्यय को गुण नहीं हुआ।

शेष रूप—परस्मैपद—तनोति, तनुतः, तन्वन्ति। तनोषि, तनुथः, तनुथ। तनोमि, तनुवः, तनुमः। आत्मनेपद—तनुते, तन्वाते, तन्वते। तनुषे, तन्वाथे, तनुध्वे। तन्वे, तनुवहे, तनुमहे।

ततान—लिट् परस्मैपद प्रथमपुरुष एकवचन में द्वित्व, अभ्यास-कार्य और उपधावृद्धि होकर रूप सिद्ध हुआ।

शेष रूप—तेनतुः, तेनुः। तेनिथ, तेनथुः, तेन। ततान, तेनिव, तेनिम। कित् लिट् में 'अत एक हल्मध्ये—' इस सूत्र से एत्व और अभ्यास का लोप हुआ।

तेने—लिट् आत्मनेपद प्रथमपुरुष एकवचन में त के अपित् सार्वधातुक होने से ङिद्वत् हो जाने के कारण एत्व और अभ्यास का लोप हुआ।

शेष रूप—तेनाते, तेनिरे। तेनिषे, तेनाथे, तेनिध्वे। तेने, तेनिवहे, तेनिमहे।

तन्वीत । तन्यात् , तनिषीष्ट । अतानीत्, अतनीत् ।

(सिज्लुक्विधिसूत्रम्)

६७७ तनाऽऽदिभ्यस्त थासोः २ । ४ । ७९ ॥

तनादेः सिचो वा लुक् स्यात् त-थासोः । **अतत, अतनिष्ट ।** अतथाः, अतनिष्ठाः । **अतनिष्यत् , अतनिष्यत ।**

पणु दाने ॥ २ ॥ सनोति, सनुते ।

(आत्वविधिसूत्रम्)

६७८ ये विभाषा ६ । ४ । ४३ ॥

जन-सन-खनामात्वं वा यादौ क्ङिति । सायात् , सन्यात् । असानीत्,

लोट्—तनोतु, तनुताम् , तन्वन्तु । तनु, तनुतम् , तनुत । **तनवानि, तनवाव, तनवाम** । आत्मनेपद—**तनुताम् , तन्वाताम् , तन्वताम् । तनुष्व, तन्वाथाम् , तनुध्वम् । तन्वै, तनवावहै, तनवामहै ।**

परस्मैपद मध्यमपुरुष एकवचन में 'उतश्च प्रत्ययादसंयोगपूर्वात्' सूत्र से 'हि' का लोप हुआ ।

अतानीत् , अतनीत्—लुङ् परस्मैपद प्रथमपुरुष एकवचन में 'अतो हलादेर्लघोः' से विकल्प से वृद्धि होकर दो रूप बने ।

६७७ **तनादिभ्य इति**—तन् आदि से पर सिच् का विकल्प से लोप होता है त और थास् परे रहते ।

अतत—लुङ् आत्मनेपद प्रथमपुरुष एकवचन में 'तनादिभ्यः—' सूत्र से सिच् का लोप होने पर 'अनुदात्तोपदेश—' इस सूत्र से नकार का लोप होकर रूप बना । जहाँ सिच् का लोप नहीं हुआ, वहाँ उसे इट् होकर 'अतनिष्ट' रूप बना ।

अतथाः, अतनिष्ठाः—लुङ् आत्मनेपद प्रथमपुरुष एकवचन थास् में सिच् लोप होकर अनुनासिक लोप होने पर पहला रूप बना और सिच् के लोप के अभाव में दूसरा रूप ।

२ **षणु** (दान देना)—सेट् । उभयपदी । षोपदेश ।

६७८ **ये इति**—जन्, सन् और खन् धातुओं को आत्व विकल्प से हो यकारादि कित् प्रत्यय परे रहते ।

असनीत् ।

(आकारान्तादेशसूत्रम्)

६७९ जन-सन-खनां सञ्झलोः ६ । ४ । ४२ ॥

एषामाकारोऽन्तादेशः स्यात् सनि झलादौ क्ङिति । **असात,** असनिष्ट । असाथाः, असनिष्ठाः ।

क्षणु हिंसायाम् ॥ ॥ क्षणोति, क्षणुते । ह्म्यन्तेति **न वृद्धिः**– अक्षणीत् अक्षत, अक्षणिष्ट । अक्षथाः, अक्षणिष्ठाः ।

अलोन्त्य-परिभाषा के अनुसार आकार अन्त्य नकार को होता है ।

सायात्, सन्यात्–आ. लि. परस्मैपद प्रथमपुरुष एकवचन में यासुट् के कित् होने से 'ये विभाषा' सूत्र से नकार को विकल्प से आकार होकर उक्त दो रूप बने ।

असानीत्, असनीत्—लुङ् परस्मै० प्र० पु० १ में 'अतो हलादेर्लघोः' सूत्र से वैकल्पिक वृद्धि होने से दो रूप बने ।

६७९ **जनसनेति**—जन्, सन् और खन् धातुओं को आकार अन्तादेश हो सन् और झलादि कित् ङित् प्रत्यय परे रहते ।

असात, असनिष्ट–लुङ् आत्मनेपद प्रथमपुरुष एकवचन में 'तनादिभ्यस्त-थासोः' सूत्र से सिच् का विकल्प से लोप हुआ । लोप पक्ष में झलादि ङित् प्रत्यय त के परे होने के कारण 'जनसन–' सूत्र से नकार को आकार होकर पहला रूप बना । लोप के अभाव में सिच् को इट् आगम हुआ, तब झलादि न होने से आत्व नहीं हुआ । इस प्रकार दूसरा रूप सिद्ध हुआ ।

असाथाः, असनिष्ठाः– लुङ् थास् में पूर्ववत् सिच्–लोपपक्ष में आत्व हुआ और अभावपक्ष में सिच् को इट् ।

शेष रूप–**असनिषाताम्**, असनिषत । **असनिषाथाम्, असनिढ्वम्। असनिषि, असनिष्वहि, असनिष्महि** ।

३ क्षणु (हिंसा)—सेट् । उदित् । उभयपदी ।

ह्म्यन्तेति–लुङ् में 'वदव्रज–' से प्राप्त हलन्तलक्षणा वृद्धि का 'नेटि' सूत्र से निषेध हुआ । पुनः 'अतो हलादेर्लघोः' से वैकल्पिक वृद्धि प्राप्त हुई । उसका 'ह्म्यन्तक्षण–' इत्यादि सूत्र से निषेध हो गया ।

क्षिणु च ॥ ४ ॥ उप्रत्यये लघूपधस्य गुणो वा–क्षेणोति।
क्षिणोति। क्षेणिता। अक्षेणीत्, अक्षित, अक्षेणिष्ट।
तृणु अदने ॥ ५ ॥ तर्णोति, तृणोति। तर्णुते, तृणुते।
डुकृञ् करणे ॥ ६ ॥ करोति।

अक्षणीत्—पूर्वोक्त प्रकार से रूप की सिद्धि होती है।

अक्षत—लुङ् आत्मनेपद प्रथमपुरुष एकवचन में 'तनादिभ्यस्तथासोः' सूत्र से सिच् का लोप होने पर 'अनुदात्तोपदेश–' इत्यादि सूत्र से अनुनासिक णकार का भी लोप हो गया।

अक्षथाः—लुङ् मध्यमपुरुष एकवचन थास् में 'अक्षत' के समान कार्य हुए।

४ क्षिणु (हिंसा करना)—सेट्। उदित्। उभयपदी।

उ प्रत्यये इति—उ प्रत्यय परे रहते लघूपध गुण विकल्प से होता है। तात्पर्य यह है कि एक परिभाषा है 'संज्ञापूर्वको विधिरनित्यः' अर्थात् जिस विधि में संज्ञा निमित्त हो वह अनित्य होती है।

'पुगन्तलघूपधस्य च' यह विधि भी उपधासंज्ञा-निमित्तक होने से संज्ञा-पूर्वक है। अतः अनित्य होने से गुण नहीं होता। परन्तु संज्ञापूर्वक विधि की अनित्यता भाष्य में नहीं कही गई, इसलिये भाष्यकार के मत से उक्त लघूपध गुण हो जाता है। इस प्रकार लघूपध गुण विकल्प से होता है।

उ-प्रत्यय-निमित्तक लघूपध गुण जब हुआ तब 'क्षेणोति' और जब गुण न हुआ तब 'क्षिणोति' रूप बना।

५ तृणु (खाना)—सेट्। उदित्। उभयपदी।

तर्णोति, तृणोति—जब भाष्यकार के मत से लघूपध गुण हुआ तब पहला रूप बना और जब संज्ञापूर्वक विधि के अनित्य होने से गुण नहीं हुआ तब दूसरा रूप बना।

६ डुकृञ् (करना)—अनिट् ञित् उभयपदी। ड्वित्। ड्वित् होने से 'ड्वितः क्त्रिः ३। ३। ८८' इस सूत्र से 'क्त्रि' प्रत्यय होकर 'कृत्रिमम्' रूप बनता है।

करोति—लट् प्रथमपुरुष एकवचन में उ-प्रत्यय-निमित्तक गुण ऋकार को अर् और उ प्रत्यय को तिप्-निमित्तक ओ गुण होकर रूप बना।

('उत्' विधिसूत्रम्)

६८० अत उत् सार्वधातुके ६ । ४ । ११० ॥

उप्रत्ययान्तकृञोऽकारस्य उत् स्यात् सार्वधातुके क्ङिति । **कुरुतः** ।

(दीर्घनिषेधसूत्रम्)

६८१ न भ-कुर्छुराम् ८ । २ । ७९ ॥

भस्य कुर्छुरोरुपधाया न दीर्घः । **कुर्वन्ति** ।

(उकारलोपविधिसूत्रम्)

६८२ नित्यं करोतेः ६ । ४ १०८ ॥

करोतेः प्रत्ययोकारस्य नित्यं लोपो म्वोः परयोः । **कुर्वः** । **कुर्मः** । **कुरुते** । **चकार, चक्रे** । **कर्ता** । **करिष्यति, करिष्यते** । **करोतु** । **कुरुताम्** ।

---

६८० **अत उदिति**—उ-प्रत्ययान्त कृञ् धातु के अकार को उकार होता है सार्वधातुक कित् ङित् प्रत्यय परे रहते ।

कुरुतः—लट् प्र० पु० द्विवचन में ऋकार को उ-प्रत्यय-निमित्तक गुण अर् हुआ । तब 'कर् उ तस्' इस दशा में अपित् सार्वधातुक होने से ङिद्वत् होने के कारण 'अत उत्–' इत्यादि सूत्र से अकार को उकार होकर रूप सिद्ध हो गया ।

तस् के ङिद्वत् होने से उ प्रत्यय को गुण नहीं हुआ ।

६८१ **न भेति**—भ-संज्ञक तथा कुर् और छुर् की उपधा को दीर्घ नहीं होता ।

कुर्वन्ति—लट् प्र० पु० बहु० में 'कृ + अन्ति' इस दशा में विकरण उ प्रत्यय हुआ । तब ऋकार को गुण अर् हुआ । इसके बाद 'अत उत्–' सूत्र से अकार को उकार आदेश हुआ । 'हलि च' सूत्र से उकार को दीर्घ प्राप्त हुआ । उसका 'न भकुर्–' सूत्र से निषेध हो गया ।

म० पु०—**करोषि, कुरुथः, कुरुथ** । उ० पु०—**करोमि** ।

६८२ **नित्यमिति**—कृ धातु से पर प्रत्यय उकार का नित्य लोप हो मकार और वकार परे रहते ।

कुर्वः, कुर्मः—लट् उ० पु० द्वि०ब हु० वस् और मस् में उ-प्रत्यय-निमित्तक गुण और अकार को 'अत उत्–' से उकार होने पर 'नित्यं करोतेः' से उ प्रत्यय का लोप हुआ ।

लट् आ० प०—**कुरुते, कुर्वाते, कुर्वते** । **कुरुषे, कुर्वाथे, कुरुध्वे** । **कुर्वे,**

अकरोत् । अकुरुत ।

(उकारलोपविधिसूत्रम्)

६८३ ये च ६ । ४ । १०९ ॥

कृञ उलोपो यादौ प्रत्यये परे । कुर्यात् । कुर्वीत । क्रियात्, कृषीष्ट । अकार्षीत्, अकृत । अकरिष्यत्, अकरिष्यत ।

कुर्वहे, कुर्महे । लिट् परस्मै० चकार, चक्रतुः, चक्रुः । चकर्थ, चक्रथुः, चक्र । चकार, चकृव, चकृम । आ० प० चक्रे, चक्राते, चक्रिरे ।

करिष्यति, करिष्यते—लृट् में 'ऋद्धनोः स्ये' सूत्र से वलादि आर्धधातुक 'स्य' को इट् आगम हुआ ।

लोट्-करोतु-कुरुतात्, कुरुताम्, कुर्वन्तु । कुरु-कुरुतात्, कुरुतम्, कुरुत । करवाणि, करवाव, करवाम । आ० प०—कुरुताम्, कुर्वाताम्, कुर्वताम् । कुरुष्व, कुर्वाथाम्, कुरुध्वम् । करवै, करवावहै, करवामहै ।

लङ् परस्मै०—अकरोत्, अकुरुताम्, अकुर्वन् । अकरोः, अकुरुतम्, अकुरुत । अकरवम्, अकुर्व, अकुर्म । आ० प०—अकुरुत, अकुर्वाताम्, अकुर्वत । अकुरुथाः, अकुर्वाथाम्, अकुरुध्वम् । अकुर्वि, अकुर्वहि, अकुर्महि ।

६८३ ये चेति—कृञ् से पर उ प्रत्यय का लोप हो यकारादि प्रत्यय परे रहते ।

कुर्यात्—वि० लि० परस्मै० प्र० पु० ए. व. में विकरण उ-प्रत्यय-निमित्तक गुण अर् ऋकार को हुआ और अकार को 'अत उत्–' सूत्र से उकार, तब यकारादि प्रत्यय यास् परे होने के कारण 'उ' प्रत्यय का 'ये च' सूत्र से लोप होकर रूप बना ।

यहाँ भी 'हलि च' सूत्र से प्राप्त दीर्घ का 'न भ-कुर्-छुराम्' सूत्र से निषेध होता है ।

शेष रूप—कुर्याताम्, कुर्युः । कुर्याः, कुर्यातम्, कुर्यात । कुर्याम्, कुर्याव, कुर्याम । आ० प०—कुर्वीत, कुर्वीयाताम्, कुर्वीरन् । कुर्वीथाः, कुर्वीयाथाम्, कुर्वीध्वम् । कुर्वीय, कुर्वीवहि, कुर्वीमहि ।

क्रियात्—आ० लि० परस्मै० प्र० पु० १ में 'रिङ् श-यग् लिङ्क्षु' सूत्र से ऋकार को रिङ् होकर रूप सिद्ध हुआ ।

(सुट् विधिसूत्रम्)

६८४ सम्परिभ्यां करोतौ भूषणे ६ । १ । १३७ ॥

(सुट् विधिसूत्रम्)

७८५ समवाये च ६ । १ । १३८ ॥

सम्परिपूर्वस्य करोतेः सुट् स्याद् भूषणे संघाते चार्थे।

संस्करोति = अलंकरोतीत्यर्थः। संस्कुर्वन्ति=संघीभवन्तीत्यर्थः।

सम्पूर्वस्य क्वचिद् अभूषणेऽपि सुट्—"संस्कृतं भक्षाः" इति ज्ञापकात्।

कृषीष्ट—आ० लि० आ० प० प्र० पु० ए. व. में 'उश्च' सूत्र से 'सीयुट्' के कित् होने से ऋकार को गुण नहीं हुआ।

अकार्षीत्—लुङ् परस्मै० प्र० पु० ए. व. में अट्, च्लि, सिच्, तिप् के इकार का लोप, और उसे ईट् आगम 'सिचि वृद्धिः परस्मैपदेषु' से ऋकार को आर् वृद्धि, सकार को मूर्धन्य षकार होकर रूप बना।

शेष रूप—**अकार्ष्टाम्, अकार्षुः। अकार्षीः, अकार्ष्टम्। अकार्ष्ट। अकार्षम्, अकार्ष्व, अकार्ष्म।**

अकृत—लुङ् आ० प० प्र० एकवचन में 'ह्रस्वादङ्गात्' सूत्र से सिच् का लोप होकर रूप बना।

शेष रूप—**अकृषाताम्, अकृषत। अकृथाः, अकृषाथाम्, अकृढ्वम्। अकृषि, अकृष्वहि, अकृष्महि।**

६८४, ६८५ सम्परिभ्यामिति, समवाये इति च—सम् और परि उपसर्गपूर्वक कृ धातु को सुट् आगम हो भूषण-सजाना और समूह अर्थ में।

संस्करोति (सजाता है)—यहाँ 'सजाना' अर्थ होने के कारण सम्पूर्वक कृ धातु को सुट् आगम हुआ।

संस्कुर्वन्ति (इकट्ठे होते हैं)—यहाँ संघ अर्थ होने के कारण सम्पूर्वक कृ धातु को सुट् आगम हुआ।

सम्पूर्वस्येति—सम्पूर्वक कृ धातु को कहीं सजाने से भिन्न अर्थ में भी सुट् आगम होता है, 'संस्कृतं भक्षाः ४ । २ । १६ ॥' इस ज्ञापक से। उपर्युक्त ज्ञापक में सजाना अर्थ नहीं, संस्कार करना अर्थ है, पर सुट् किया गया है। इसलिये 'अन्नं संस्करोति' में भी सुट् हो जाता है।

(सुट्विधिसूत्रम्)

६८६ उपात्प्रतियत्न-वैकृत-वाक्याध्याहारेषु च ६ । १ । १३९

उपात् कृञः सुट् स्यादेष्वर्थेषु चात् प्रागुक्तयोरर्थयोः ।

प्रतियत्नो = गुणाधानम् । विकृतमेव वैकृतम् = विकारः । वाक्याध्याहारः = आकाङ्क्षितैकदेशपूरणम् । उपस्कृता कन्या । उपस्कृता ब्राह्मणाः । एधो दकस्योपस्कुरुते ।

उपस्कृतं भुङ्क्ते । उपस्कृतं ब्रूते ।

वनु याचने ॥ ७ ॥ वनुते । ववने ।

---

६८६ उपादिति—उप उपसर्ग से पर कृञ् को सुट् आगम हो प्रतियत्न, विकार और वाक्याध्याहार अर्थों में भी ।

चाद् इति—चकार (भी) कहने से पहले कहे गये 'सजाना' और 'इकट्ठा होना' अर्थ में भी उप से पर कृञ् को सुट् आगम होता है ।

ऊपर ये अर्थ कहे गये हैं—१ प्रतियत्न—गुण-रंग-ग्रहण करना । २ वैकृत—विकार । ३ वाक्याध्याहार—वाक्य में जिसकी आकाङ्क्षा हो उस एक देश को पूरा करना ।

उपस्कृता कन्या (कन्या सजाई)—यहाँ सजाना अर्थ होने से उप से पर कृ को सुट् आगम हुआ ।

उपस्कृता ब्राह्मणाः (ब्राह्मण इकट्ठे हुए)—यहाँ संघ अर्थ होने से उप से पर कृ को सुट् आगम हुआ ।

एधो दकस्योपस्कुरुते (लकड़ी जल में रङ्ग पैदा करती है)—यहाँ गुण का आधान अर्थ होने से उप से पर कृ को सुट् आगम हुआ ।

उपस्कृतं भुङ्क्ते (विकृत चीज को खाता है)—यहाँ विकार अर्थ होने से उप से पर कृ को सुट् आगम हुआ ।

उपस्कृतं ब्रूते (वाक्य का अध्याहार करते हुए बोलता है)—यहाँ वाक्याध्याहार अर्थ होने से उप से पर 'कृ' को सुट् हुआ ।

७ वनु (माँगना)—सेट् । उदित् । आत्मनेपदी ।

ववने—लिट् प्र० पु० ए० व० में द्वित्व और अभ्यासकार्य हुआ । 'अत

मनु अवबोधने ॥ ८ ॥

मनुते । मेने । मनिता । मनिष्यते । मनुताम् । अमनुत । मन्वीत । मनिषीष्ट । अमनिष्ट । अमत । अमनिष्यत ॥ इति तनादयः ॥

९ अथ क्र्यादयः ।

डुक्रीञ् द्रव्यविनिमये ॥ १ ॥

('श्ना' विधिसूत्रम्)

६८७ क्र्यादिभ्यः श्ना ३ । १ । ८१ ॥

शपोऽपवादः । क्रीणाति । ई हल्यघोः—क्रीणीतः । श्नाभ्यस्तयोरातः—क्रीणन्ति । क्रीणासि, क्रीणीथः, क्रीणीथ । क्रीणामि, क्रीणीवः, क्रीणीमः । क्रीणीते, क्रीणाते, क्रीणते । क्रीणीषे, क्रीणाथे, क्रीणीध्वे । क्रीणे, क्रीणीवहे, क्रीणीमहे ।

एकहलमध्येऽनादेशादेर्लिटि' सूत्र से प्राप्त एत्व, अभ्यासलोप का 'न शसदद-वादिगुणानाम्' से निषेध हो गया ।

८ मनु (जानना)—सेट् । उदित् । आत्मनेपदी ।

लट्—मनुते, मन्वाते, मन्वते । मनुषे, मन्वाथे, मनुध्वे । मन्वे, मन्वहे, मन्महे ।

अमत—लुङ् प्र० पु० एकवचन में 'तनादिभ्यस्तथासोः' से सिच् का लोप होने पर 'अनुदात्तोपदेश–' सूत्र से अनुनासिक नकार का लोप होकर रूप बना। सिच् के लोप के अभाव में सिच् को इट् होकर 'अमनिष्ट' रूप बना ।

तनादिगण समाप्त ।

१ डुक्रीञ् (खरीदना)—अनिट् । ड्वित् । ञित् उभयपदी ।

६८८ क्र्यादिभ्य इति—क्री आदि धातुओं से श्ना प्रत्यय हो ।

शप इति—श्ना शप् का अपवाद है । शकार इसका इत् है ।

क्रीणाति—लट् परस्मै० प्र० पु० ए. व. में श्ना विकरण हुआ । तब णत्व होकर रूप सिद्ध हुआ ।

क्रीणीतः—लट् तस् में श्ना के आकार को 'ई हल्यघोः' सूत्र से ईकार होकर रूप बना ।

चिक्राय, चिक्रियतुः, चिक्रियुः । चिक्रेथ,
चिक्रयिथ । चिक्रिये । क्रेता । क्रेष्यति, क्रेष्यते । क्रीणातु, क्रीणीतात् ।

क्रीणन्ति—लट् अन्ति में श्ना के आकार का 'श्नाऽभ्यस्तयोरातः' इस सूत्र से लोप होने पर रूप सिद्ध हुआ ।

क्रीणीथः, क्रीणीथ, क्रीणीवः, क्रीणीमः—थस्, थ, वस् और मस् के अपित् सार्वधातुक होने से ङिद्वत् हो जाने के कारण 'ई हल्यघोः' से श्ना के आकार को ईकार हुआ ।

क्रीणीते—लट् आ० प० प्र० पु० ए. व. त के अपित् सार्वधातुक होने से ङिद्वत् हो जाने के कारण 'ई हल्यघोः' से श्ना के आकार को ईकार होकर रूप बना । आत्मनेपद के सभी हलादि प्रत्ययों में इसी प्रकार आकार को ईकार होता है ।

क्रीणाते—लट् आ० प० प्र० पु० द्वि. व. आताम् में अजादि प्रत्यय परे होने से 'श्नाभ्यस्तयोरातः' से आकार का लोप होकर रूप बना ।

क्रीणते—लट् आ० प० प्र० पु० बहु० में झ को 'अत्' आदेश और टि को एकार होने पर आकार का लोप होकर रूप सिद्ध हुआ ।

इसी प्रकार अजादि प्रत्यय परे रहते श्ना के आकार का लोप अन्यत्र भी होता है ।

चिक्राय—लिट् परस्मै० प्र० पु० ए. व. णल् में द्वित्व, अभ्यासकार्य और अभ्यास के उत्तरखण्ड के ईकार को 'अचो ञ्णिति' से वृद्धि ऐ और आय् आदेश होकर रूप सिद्ध हुआ ।

चिक्रियतुः—लिट् परस्मै० प्र० पु० द्विवचन अतुस् के धातु के अन्त्य ईकार से कित् होने के कारण 'असंयोगात् लिट् कित्' से कित् होने से गुण का निषेध हो जाता है । तब 'अचि श्नु-धातुभ्रुवां य्वोरियङुवङौ' से 'ई'कार को इयङ् आदेश होकर रूप बना ।

इसी प्रकार **चिक्रियुः** तथा **चिक्रिये, चिक्रियाते**—इन आत्मनेपद के रूपों में भी इयङ् होता है ।

क्रीणीतात्—लोट् में तातङ् के ङित् होने से श्ना के आकारको 'ई हल्यघोः' से ईकार हो गया ।

लोट के रूप परस्मै०—**क्रीणातु, क्रीणीताम्, क्रीणन्तु । क्रीणीहि,**

क्रीणीताम् । अक्रीणात्, अक्रीणीत । क्रीणीयात्, क्रीणीत । क्रीयात्; क्रेषीष्ट । अक्रैषीत्, अक्रेष्ट । अक्रेष्यत्, अक्रेष्यत ।

प्रीञ् तर्पणे कान्तौ च ॥ २ ॥ प्रीणाति, प्रीणीते । श्रीञ् पाके ॥३॥

क्रीणीतम्, क्रीणीत । क्रीणानि, क्रीणाव, क्रीणाम । आ० प०—क्रीणीताम्, क्रीणाताम्, क्रीणताम् । क्रीणीष्व, क्रीणाथाम्, क्रीणीध्वम् । क्रीणै, क्रीणावहै, क्रीणामहै ।

लङ् परस्मै०—अक्रीणात्, अक्रीणीताम्, अक्रीणन् । अक्रीणाः, अक्रीणीतम्, अक्रीणीत । अक्रीणाम्, अक्रीणीव, अक्रीणीम । आ० प० अक्रीणीत, अक्रीणाताम्, अक्रीणत । अक्रीणीथाः, अक्रीणाथाम्, अक्रीणीध्वम् । अक्रीणि, अक्रीणीवहि, अक्रीणीमहि ।

विधिलिङ् परस्मै०—क्रीणीयात्, क्रीणीयाताम्, क्रीणीयुः । क्रीणीयाः, क्रीणीयातम्, क्रीणीयात । क्रीणीयाम्, क्रीणीयाव, क्रीणीयाम । आ० प०-क्रीणीत, क्रीणीयाताम्, क्रीणीरन् । क्रीणीथाः, क्रीणीयाथाम्, क्रीणीध्वम् । क्रीणीय, क्रीणीवहि, क्रीणीमहि ।

यहाँ आ० प० में 'ई' सीयुट् का है और 'श्ना' के आकार का 'श्नाभ्यस्तयोरातः' सूत्र से लोप हुआ है। परस्मै० में यासुट् के ङित् होने से श्ना के आकार को 'ई हल्यघोः' से ईकार हुआ ।

अक्रैषीत्—लुङ् परस्मै० प्र० पु० ए० व० में अट्, च्लि, तिप्, उसके इकार का लोप, च्लि को सिच्, इट्, इगन्त-अङ्ग-लक्षणा वृद्धि होने पर सकार को मूर्धन्य षकार होकर रूप सिद्ध हुआ ।

शेष रूप—अक्रैष्टाम्, अक्रैषुः । अक्रैषीः, अक्रैष्टम्, अक्रैष्ट । अक्रैषम्, अक्रैष्व, अक्रैष्म ।

'वि' पूर्वक क्री धातु का अर्थ बेचना होता है और तब '३७ परि-व्यवेभ्यः क्रियः १।३।१८॥' इस सूत्र से धातु आत्मनेपदी होती है ।

विक्रीणीते—बेचता है ।

२ प्रीञ् (प्रसन्न करना और इच्छा करना)—अनिट् । ञित् उभयपदी इसके रूप 'क्री' के समान ही बनते हैं ।

३ श्रीञ् (पकाना)—अनिट् । ञित् उभयपदी । इसके रूप भी 'क्री' के

श्रीणाति । श्रीणीते । मीञ् हिंसायाम् ॥ ४ ॥

(णत्वविधिसूत्रम्)

६८८ हिनु-मीना ८ । ४ । १५ ॥

उपसर्गस्थात् निमित्तात् परस्यतयोर्नस्य णः स्यात् । प्रमीणाति, प्रमीणीते । मीनाति इत्यात्वम्–ममौ । मिम्यतुः । ममिथ, ममाथ । मिम्ये ।

समान ही बनते हैं ।

४ मीञ् (हिंसा करना)—अनिट् । ञित् उभयपदी ।

६८८ हिनु-मीनेति—उपसर्ग में स्थित निमित्त से पर हि और भी धातु के नकार को णकार होता है ।

प्रमीणाति, प्रमीणीते—यहाँ उपसर्ग में स्थित निमित्त रेफ से पर 'मी' धातु के नकार को णकार 'हिनुमीना' इस सूत्र से हुआ ।

ममौ—लिट् प्र० पु० ए० व० णल् में 'मीनाति–' इस से ईकार को आत्व हुआ । तब 'आत औ णलः' इस सूत्र से णल् को 'औ' होता है । द्वित्व और अभ्यासकार्य तथा वृद्धि होकर रूप सिद्ध हुआ ।

मिम्यतुः—लिट् प्र० पु० द्वि० व० अतुस् में द्वित्व और अभ्यासकार्य होने पर यण् आदेश होकर रूप बना ।

'मीनाति–' इत्यादि सूत्र तिप्-सिप्-मिप् गुणवृद्धियोग्य में ही प्रवृत्त होता है, इसलिये 'अतुस्' में आत्व नहीं होता ।

ममिथ, ममाथ–लिट् म. पु. ए. व. थल् में 'मीनाति-मिनोति–' इत्यादि सूत्र से आत्व होकर द्वित्व और अभ्यासकार्य होने पर तास् में नित्य अनिट् होते हुए अजन्त होने के कारण भारद्वाज नियम से इट् विकल्प से हुआ । इट् पक्ष में 'आतो लोप इटि च' इस सूत्र से आकार का लोप हुआ, इट् के अभाव में 'ममाथ' रूप बना ।

मिम्ये—लिट् आ० प० प्र० पु० ए. व. में द्वित्व और अभ्यासकार्य होने पर यण् आदेश होकर रूप सिद्ध हुआ ।

अमासीत् –लुङ् प्र० पु० ए. व. में आत्व होने पर 'यमरमनमातां सक् च' इस सूत्र से इट् और सक् होने पर सिच् का लोप और दीर्घ होकर रूप सिद्ध हुआ ।

शेष रूप—**अमासिष्टाम्, अमासिषुः । अमासीः, अमासिष्टम्,**

माता । मास्यति । मीयात् । मासीष्ट । अमासीत्, अमासिष्टाम् । अमास्त ।

षिञ् बन्धने ॥ ५ ॥ सिनाति, सिनीते । सिषाय, सिष्ये । सेता ।

स्कुञ् आप्लवने ॥ ६ ॥

(श्नु-श्नाविधिसूत्रम्)

६८९ स्तन्भु-स्तुन्भु-स्कन्भु-स्कुन्भु-स्कुञ्भ्यः श्नुश्च ३।१।८२॥

चात् श्ना । स्कुनोति, स्कुनाति । स्कुनुते, स्कुनीते । चुस्काव, चुस्कुवे । स्कोता । अस्कौषीत् । अस्कोष्ट । स्तन्भ्वादयश्चत्वारः सौत्राः । सर्वे रोधनार्थाः परस्मैपदिनः ।

('शानच्' आदेशविधिसूत्रम्)

६९० हलः श्नः शानज्झौ ३ । १ । ८३ ॥

हलः परस्य श्नः 'शानच्' आदेशः स्याद् हौ परे । स्तभान ।

अमासिष्ट । **अमासिषम्** , **अमासिष्व**, **अमासिष्म** ।

अमास्त—लुङ् आ० प० प्र० पु० ए. व. में अट्, च्लि और सिच् होने पर रूप सिद्ध हुआ ।

शेष रूप—**अमास्ताम्** , **अमासत** । **अमास्थाः**, **अमासाथाम्**, **अमाध्वम्** । **अमासि**, **अमास्वहि**, **अमास्महि** ।

५ षिञ् (बाँधना)—अनिट् । षोपदेश । ञित् उभयपदी ।

लुङ्—**असैषीत्** , **असैष्टाम्** , **असैषुः** । **असैषीः**, **असैष्टम्** , **असैष्ट** । **असैषम्**, **असैष्व**, **असैष्म** । आ० प०—असित, असिषताम् , असिषत, असिथाः, असिषाथाम् ,असिढ्वम् । असिषि, असिष्वहि, असिष्महि ।

६ स्कुञ् (चारों ओर कूदना)—अनिट् । ञित् उभयपदी ।

६८९ स्तन्भुस्तुन्भु इति—स्तन्भु, स्तुन्भु, स्कन्भु, स्कुन्भु और स्कुञ् धातुओं से श्नु विकरण होता है और श्ना भी ।

इसलिये स्कुञ् के रूप स्वादि और क्रयादि दोनों के समान होंगे ।

स्तन्भ्वादय इति—स्तन्भु आदि चार धातुएँ सौत्र हैं अर्थात् इनका उल्लेख सूत्र में ही हुआ है धातु-पाठ में नहीं ।

सर्वे इति—ये सब चारों धातु 'रोकना' अर्थवाली और परस्मैपदी हैं ।

६९० हल इति—हल् से पर श्ना को 'शानच्' आदेश हो हि परे रहते ।

('अङ्' आदेशविधिसूत्रम्)

६९१ जॄ-स्तन्भु-म्रुचु-म्लुचु-ग्रुचु-ग्लुचु-ग्लुञ्चु-श्विभ्यश्च ३।१।५८

च्लेरङ् वा स्यात्।

(षत्वविधिसूत्रम्)

६९२ स्तन्भेः ८। ३। ६७॥

स्तम्भेः सौत्रस्य सस्य षः स्यात्। व्यष्टभत्, अस्तम्भीत्।

युञ् बन्धने ॥७॥ युनाति, युनीते। योता। क्नूञ् शब्दे ॥८॥ क्नूनाति, क्नूनीते। क्नविता। द्रूञ् हिंसायाम् ॥९॥ द्रूणाति, द्रूणीते। द्रूञ् हिंसा-

---

शानच् का 'आन' शेष रहता है।

स्तभान—स्तन्भु सौत्र धातु के लोट् म० पु० ए. व. में विकरण श्ना होने पर नकार का लोप 'अनिदितां हल उपधायाः क्ङिति' सूत्र से हुआ। क्योंकि 'श्ना' अपित् सार्वधातुक होने से ङिद्वत् है। तब 'हलः श्नः शानज्झौ' सूत्र से 'श्ना' को 'शानच्' होने पर 'अतो हेः' से 'हि' का लोप होकर रूप सिद्ध हुआ।

६९१ जॄ-स्तन्भु इति—जॄ, स्तन्भु, म्रुचु, म्लुचु, ग्रुचु, ग्लुचु, ग्लुञ्चु और श्वि धातुओं से पर च्लि को अङ् आदेश विकल्प से हो।

६९२ स्तन्भेरिति—उपसर्ग में स्थित निमित्त से पर सौत्र स्तन्भ् धातु के सकार को षकार हो।

व्यष्टभत—स्तम्भ्-धातु के लुङ् प्र० पु० ए. व. में 'च्लि' को 'जॄस्तन्भु—' सूत्र से अङ् आदेश हुआ। अङ् के ङित् होने से उसके परे रहते धातु के नकार का लोप हो गया 'वि' उपसर्ग के योग में 'स्तन्भेः' सूत्र से सकार को मूर्धन्य षकार हुआ। तब ष्टुत्व होकर रूप बना।

अस्तम्भीत—जब च्लि को अङ् नहीं हुआ तब सिच्, इट्, ईट्, और सिच् का लोप होकर रूप सिद्ध हुआ।

७ युञ् (बाँधना)—अनिट्। ञित् उभयपदी।

लुङ्—अयौषीत, अयौष्टाम्, अयौषुः इत्यादि।

८ क्नूञ् (शब्द करना)—सेट्। ञित्, उभयपदी।

लिट्—चुक्नाव। चुक्नुवे। लुङ्—अक्नावीत, अक्नविष्ट।

९ द्रूञ् (हिंसा)—अनिट्। ञित् उभयपदी।

याम् ॥ १० ॥ द्रुणाति, द्रुणीते ।

पूञ् पवने ॥ ११ ॥

('ह्रस्व'विधिसूत्रम्)

६९३ प्वादीनां ह्रस्वः ७ । ३ । ८० ॥

पूञ् लूञ् स्तॄञ् कॄञ् वॄञ् धूञ् शॄ पॄ यॄ भॄ मॄ दॄ जॄ झॄ धॄ नॄ कॄ ॠ गॄ ज्या री ली व्ली प्लीनां चतुर्विंशतेः शिति ह्रस्वः । पुनाति, पुनीते । पविता ।

लिट् ददार, ददरे । लुट्—दर्ता । लृट्—दरिष्यति, दरिष्यते । लोट्—दृणातु, दृणीताम् । लङ्—अदृणात्, अदृणीत । वि. लि.-दृणीयात्, दृणीत । आ. लि.—द्रियात्, दृषीष्ट । लुङ्—अदार्षीत्, अदृत ।

द्रूञ् (हिंसा)—सेट् । ञित् उभयपदी ।

लिट्—दुद्राव, दुद्रुवे । लुट्=द्रविता । लृट्—द्रविष्यति, द्रविष्यते । लुङ्—अद्रावीत्, अद्रविष्ट ।

११ पूञ् (पवित्र करना)—सेट् । ञित् उभयपदी ।

६९३ प्वादीनामिति—पूञ्, लूञ् (काटना), स्तॄञ् (ढकना), कॄञ् (हिंसा), वॄञ् (स्वीकार करना), धूञ् (कँपाना), शॄ (हिंसा करना), पॄ (पालन करना), भॄ (भरना), मॄ (मरना), दॄ (हिंसा करना), जॄ (जीर्ण होना), झॄ (जीर्ण होना), धॄ (धारण करना), नॄ (नाश करना), कॄ (हिंसा करना), ॠ (जाना), गॄ (निगलना), ज्या (बूढ़ा होना) री (हिंसा करना), ली (मिलना), व्ली (स्वीकार) और प्ली (जाना) इन चौबीस धातुओं को ह्रस्व होता है, शित् प्रत्यय परे रहते ।

पुनाति, पुनीते—लट् में श्ना के शित् होने से धातु के ऊकार को 'प्वादीनां ह्रस्वः' से ह्रस्व हुआ ।

लुट्—पविता । लृट्—पविष्यति । लङ्—अपुनात्, अपुनीत । वि० लि०—पुनीयात्, पुनीत । आ० लि०—पूयात्, पविषीष्ट । लुङ्—अपावीत्, अपविष्ट ।

लूञ् छेदने ॥ १२ ॥ लुनाति, लुनीते । स्तॄञ् आच्छादने ॥ १३ ॥ स्तृणाति । शर्पूर्वाः खयः-तस्तार, तस्तरतुः । तस्तरे । स्तरिता, स्तरीता। स्तृणीयात् । स्तृणीत । स्तीर्यात् ।

('इट्' विकल्पविधिसूत्रम्)

६९४ लिङ्-सिचोरात्मनेपदेषु ७ । २ । ४२ ॥

वृङ्-वृञ्भ्याम् ॠदन्ताच्च परयोर्लिङ्सिचोरिड् वा स्यात् तङि ।

(दीर्घनिषेधसूत्रम्)

४९५ न लिङि ७ ।२ । ३९ ॥

वृत इटो लिङि न दीर्घः । **स्तरिषीष्ट** । 'उश्च १ । २ । १२ ' **इत्यनेन कित्त्वम् ।**

---

१२ लूञ् (काटना) – सेट् । ञित् उभयपदी ।

इसके रूप 'पूञ्' के समान ही बनते हैं ।

१३ स्तॄञ् (ढक देना)—सेट् । ञित् उभयपदी ।

तस्तार – लिट् के प्र० पु० ए० व० णल् में द्वित्व, बहु० अभ्यास-कार्य 'शर्पूर्वाः खयः' से अभ्यास में खर् तकार शेष रहता है सकार का लोप होता है। उत्तर खण्ड में 'ॠच्छत्यॄताम्' से गुण और पुनः 'अत उपधायाः' से वृद्धि हो कर रूप बनता है ।

तस्तरतुः–अतुस् में द्वित्व, अभ्यासकार्य होने पर 'ॠच्छत्यॄताम्' से अभ्यास के उत्तरखण्ड में गुण होकर रूप सिद्ध हुआ ।

स्तरीता, स्तरिता—लुट् के प्र० पु० ए. व. में इट, गुण होने पर 'वॄतो वा' सूत्र से इट् को विकल्प से दीर्घ होने से रूप बन जाते हैं ।

स्तीर्यात्—आ० लि० प्र० पु० ए. व. में कित् यासुट् के परे होने पर 'ॠत इद्धातोः' इस सूत्र से 'इर् ' आदेश 'हलि च' इस सूत्र से इकार को दीर्घ होकर रूप सिद्ध हुआ ।

६९४ लिङ्सिचोरिति–वृङ् ,वृञ् और ॠदन्त धातुओं से पर लिङ और सिच् को इट् विकल्प से हो तङ् में अर्थात् आत्मनेपद में ।

६९५ न लिङीति–वृङ,वृञ् और ॠदन्त धातुओं से पर इट् को दीर्घ न हो ।

स्तरिषीष्ट–आ० लि० आ० प० प्र० पु० ए. व. में सीयुट्, सुट् 'लिङ्सिचोः-

स्तीर्षीष्ट । सिचि च परस्मैपदेषु–अस्तारीत्, अस्तारिष्टाम्, अस्तारिषुः । अस्तरीष्ट-अस्तरिष्ट, अस्तीर्ष्ट ।

कॄञ् हिंसायाम् ॥ १४ ॥ कृणाति, कृणीते । चकार, चकरे । वॄञ् वरणे ॥ १५ ॥ वृणाति वृणीते । ववार, ववरे । वरीता, वरिता । 'उदोष्ठ्य–' इत्युत्वम्—वूर्यात् । वरिषीष्ट, वूर्षीष्ट । अवारीत्, अवारिष्टाम् । अवरीष्ट, अवरिष्ट, अवूर्ष्ट ।

सूत्र से इट् विकल्प, ऋकार को गुण और दोनों सकारों को मूर्धन्य षकार होकर रूप सिद्ध हुआ ।

स्तीर्षीष्ट—आ० लि० आ० प० प्र० ए० व० में इट् के अभावपक्ष में 'उश्च १ । २ । १२ ॥' सूत्र से सीयुट् कित् हुआ । तब गुण का निषेध हो जाने से 'ॠत इद्धातोः' से ॠकार को 'इर्' आदेश और 'हलि च' से दीर्घ तथा षत्व होकर रूप बना ।

अस्तारीत्—लुङ् परस्मै० प्र० पु० ए० व० में अट्, च्लि, सिच्, वृद्धि, इट्, ईट्, सिच्लोप होने पर 'वॄतो वा' सूत्र से इट् को प्राप्त दीर्घ का 'सिचि च परस्मैपदेषु ७ । २ । ४० ॥' से निषेध होकर रूप सिद्ध हुआ ।

अस्तारिष्टाम—लुङ् परस्मै० प्र० पु० द्वि० व० में पूर्ववत् सिद्धि होती है। 'वॄतो वा' से इट् को प्राप्त दीर्घ का 'सिचि च परस्मैपदेषु' से निषेध हो गया ।

अस्तारिषुः—लुङ् परस्मै० प्र० पु० बहु० में पूर्ववत् सिद्धि होती है ।

अस्तरीष्ट, अस्तरिष्ट, अस्तीर्ष्ट—लुङ् आ० प० प्र० पु० ए० व० में अट्, च्लि, सिच् होने पर 'लिङ्सिचोरात्मनेपदेषु' से इट् विकल्प से हुआ । तब ॠकार को अर् गुण तथा इट् को 'वॄतो वा' से दीर्घ विकल्प होकर पहले दो रूप बने । इट् के अभाव में 'उश्च' सूत्र से सिच् कित् हुआ । तब गुण का निषेध होने से 'ॠत इद्धातोः' से ॠकार को 'इर्' और 'हलि च' से दीर्घ होकर रूप बना । सिच् के सकार को मूर्धन्य षकार और तकार को ष्टुत्व टकार तीनों रूपों में होता है ।

१४ कॄञ् (हिंसा करना)—सेट् । जित् उभयपदी । इसके रूप 'स्तॄञ्' के समान बनते हैं ।

१५ वॄञ् (हिंसा करना)—सेट् । जित् उभयपदी । इसके रूप भी प्रायः 'स्तॄञ्' के समान बनते हैं ।

धूञ् कम्पने ॥ १६ ॥ धुनाति, धुनीते । धोता, धविता । अधावीत्, अधविष्ट, अधोष्ट ।

ग्रह उपादाने ॥ १७ ॥ गृह्णाति, गृह्णीते । जग्राह, जगृहे ।

(दीर्घविधिसूत्रम)

६९६ ग्रहोऽलिटि दीर्घः ७ । २ । ३७ ॥

वूर्यात्—आ० लि० परस्मै० प्र० पु० ए० व० में यासुट् के कित् होने से 'उदोष्ठ्य र्वस्य' से ऋकार को उर् आदेश और 'हलि च' से उकार को दीर्घ होकर रूप सिद्ध हुआ ।

वूर्षीष्ट—आ० लि० प्र० पु० ए० व० में सीयुट् सुट् होने के अनन्तर 'उश्च' सूत्र से सीयुट् कित् हो जाता है । तब 'उदोष्ठ्यपूर्वस्य' से ऋकार को उर् आदेश और 'हलि च' से दीर्घ होकर रूप सिद्ध हुआ ।

यहाँ 'लिङ्सिचोरात्मनेपदेषु' सूत्र से इट् विकल्प से होता है । इट्पक्ष में 'वरिषीष्ट' रूप बनता है ।

१६ धूञ् (कँपाना, हिलाना)—वेट् । 'स्वरतिसूतिसूयतिधूञ् ऊदितो वा' सूत्र से इस धातु को इट् विकल्प से होता है । ञित्, उभयपदी ।

धविता, धोता—लुट् प्र० पु० ए० व० में 'स्वरतिसूतिसूयतिधूञूदितो वा' से इट् विकल्प हुआ ।

अधावीत—लुङ् प्र० पु० ए० व० में 'स्तुसुधूञ्भ्यः परस्मैपदेषु' सूत्र से इट् नित्य होकर रूप बना ।

१७ ग्रह (ग्रहण करना, पकड़ना)—सेट । स्वरितेत्, उभयपदी ।

गृह्णाति—लट् परस्मै० प्र० पु० ए० व० में श्ना के अपित् सार्वधातुक होने से ङिद्वत् हो जाने के कारण 'ग्रहिज्या–' इत्यादि सूत्र से रेफ को ऋकार संप्रसारण होकर रूप सिद्ध हुआ ।

शेष रूप—**गृह्णीतः, गृह्णन्ति । गृह्णासि, गृह्णीथः, गृह्णीथ । गृह्णामि, गृह्णीवः, गृह्णीमः ।**

आ० प० **गृह्णीते, गृह्णाते, गृह्णते । गृह्णीषे, गृह्णाथे, गृह्णीध्वे । गृह्णे, गृह्णीवहे, गृह्णीमहे ।**

लिट् परस्मै०-**जग्राह, जगृहतुः, जगृहुः** । आ० प०-जगृहे, जगृहाते, जगृहिरे ।

६९६ ग्रह इति-एकाच् ग्रह् धातु से विहित इट् को दीर्घ हो परन्तु लिट्

एकाचो ग्रहेर्विहितस्येटो दीर्घो न तु लिटि। ग्रहीता। गृह्णातु। हलः श्नः शानज्झौ-गृहाण। गृह्यात्। ग्रहीषीष्ट। ह्मयन्तेति न वृद्धिः-अग्रहीत्। अग्रहीष्टाम्। अग्रहीष्ट, अग्रहीषाताम।

परे रहते न हो।

ग्रहीता—लुट् प्र० पु० ए. व. में इट् को 'ग्रहोऽलिटि दीर्घः' सूत्र से दीर्घ होकर रूप बना।

लृट्—**ग्रहीष्यति, ग्रहीष्यते।** लोट् परस्मै०—**गृह्णातु, गृह्णीताम्, गृह्णन्तु। गृहाण, गृह्णीतम्, गृह्णीत। गृह्णानि, गृह्णाव, गृह्णाम।** आ० प०—**गृह्णीताम्, गृह्णाताम्, गृह्णताम्। गृह्णीष्व, गृह्णाथाम्, गृह्णीध्वम्। गृह्णै, गृह्णावहै, गृह्णामहै।**

गृहाण—में 'हलः श्नः शानज्झौ' सूत्र से 'श्ना' को शानच् हुआ और तब 'अतो हेः' से हि का लुक्। णत्व होकर इस प्रकार रूप बना।

लङ्—**अगृह्णात्, अगृह्णीत।** वि० लि०—**गृह्णीयात्, गृह्णीत।**

गृह्यात्—आ० लि० प्र० पु० ए. व. में यासुट् के कित् होने से 'ग्रहिज्या–' सूत्र से संप्रसारण होकर रूप बना।

ग्रहीषीष्ट—आ० लि० प्र० पु० ए. व. में सीयुट्, सुट् और इट् होने पर 'ग्रहोऽलिटि दीर्घः' से दीर्घ होकर रूप सिद्ध हुआ।

अग्रहीत्—लुङ् परस्मै० प्र० पु० ए. व. में अट्, च्लि, सिच्, इट् 'ग्रहोऽलिटि दीर्घः' से दीर्घ हुआ। तिप् के इकार का लोप, उसे ईट्, सिच् का 'इट् ईटि' से लोप और सवर्णदीर्घ होकर रूप बन गया।

यहाँ अकार को हलन्तलक्षणा वृद्धि प्राप्त थी, उसका 'नेटि' सूत्र से निषेध हुआ। पुनः 'अतो हलादेर्लघोः' से विकल्प से वृद्धि प्राप्त हुई। उसका '**ह्मयन्तक्षण–**' इत्यादि सूत्र से निषेध हो गया।

शेष रूप–**अग्रहीष्टाम्, अग्रहीषुः। अग्रहीः, अग्रहीष्टम्, अग्रहीष्ट। अग्रहीषम्, अग्रहीष्व, अग्रहीष्म।** आ० प०–**अग्रहीष्ट, अग्रहीषाताम्, अग्रहीषत। अग्रहीष्ठाः, अग्रहीषाथाम्, अग्रहीढ्वम्। अग्रहीषि, अग्रहीष्वहि, अग्रहीष्महि।**

लृङ्—**अग्रहीष्यत्, अग्रहीष्यत।**

कुष निष्कर्षे ॥ १८ ॥ कुष्णाति । कोषिता ।

अश भोजने ॥ १९ ॥ अश्नाति । आश । अशिता । अशिष्यति । अश्नातु । अशान ।

मुष स्तेये ॥ २० ॥ मोषिता । मुषाण । ज्ञा अवबोधने ॥ २१ ॥ जज्ञौ । वृङ् संभक्तौ ॥ २२ ॥

---

१८ कुष् (निकालना)—सेट् । परस्मैपदी ।

१९ अश् (भोजन करना)-सेट् । परस्मैपदी ।

लट्—अश्नाति, अश्नीतः, अश्नन्ति । अश्नासि, अश्नीथः, अश्नीथ । अश्नामि, अश्नीवः, अश्नीमः । लिट्-आश, आशतुः, आशुः ।

अशान—लोट् म० पु० ए. व. में श्ना विकरण को 'हलः श्नः शानज्झौ' सूत्र से शानच् हुआ । तब 'अतो हेः' सूत्र से 'हि' का लोप होकर रूप सिद्ध हुआ ।

लोट्-अश्नातु, अश्नीताम्, अश्नन्तु । अशान, अश्नीतम्, अश्नीत । अश्नानि, अश्नाव, अश्नाम ।

लङ्-आश्नात्, आश्नीताम्, आश्नन् । आश्नाः, आश्नीतम्, आश्नीत । आश्नम्, आश्नीव, आश्नीम ।

वि० लि०—अश्नीयात्, अश्नीयाताम्, अश्नीयुः । अश्नीयाः, अश्नीयातम्, अश्नीयात । अश्नीयाम्, अश्नीयाव, अश्नीयाम ।

आ० लि०—अश्यात् । लुङ्—आशीत्, आशिष्टाम्, आशिषुः—इत्यादि—लृङ्-आशिष्यत् ।

२० मुष् (चोरी करना)—सेट् । परस्मैपदी ।

लट्-मुष्णाति । लिट—मुमोष । लुट्-मोषिता । लृट-मोषिष्यति । लोट्—मुष्णातु । लङ्-अमुष्णात् । वि० लि०-मुष्णीयात् । आ० लि०-मुष्यात् । लुङ्—अमोषीत् । लृङ—अमोषिष्यत् ।

२१ ज्ञा (जानना)—अनिट । उभयपदी ।

लट्—जानाति, जानीतः, जानन्ति । जानासि, जानीथः, जानीथ । जानामि, जानीवः, जानीमः । आ० प०-जानीते, जानाते, जानते । जानीषे, जानाथे, जानीध्वे । जाने, जानीवहे, जानीमहे ।

ज्ञा धातु के स्थान में सार्वधातुक लकारों में 'जा' आदेश '६४२ ज्ञा-

वृणीते । ववृषे, ववृढ्वे । वरीता, वरिता । अवरीष्ट, अवरिष्ट, अवृत ।

इति क्र्यादयः ।

जनोर् जा ७ । २ । ७९' सूत्र से हो जाता है ।

जज्ञौ–लिट् प्र० पु० ए. व. में द्वित्व, अभ्यासकार्य, णल् को 'औ' आदेश और वृद्धि होकर रूप बना ।

लुट्—ज्ञाता । लृट्–ज्ञास्यति, ज्ञास्यते । लोट्–जानातु, जानीताम्, जानन्तु । जानीहि, जानीतम्, जानीत । जानानि, जानाव, जानाम । आ० प०–जानीताम्, जानाताम्, जानताम् । जानीस्व, जानाथाम्, जानीध्वम् । जानै, जानावहै, जानामहै ।

वि० लि० परस्मै०–जानीयात्, जानीयाताम्, जानीयुः । जानीयाः, जानीयातम्, जानीयात । जानीयाम्, जानीयाव, जानीयाम । आ० प०–जानीत, जानीयाताम्, जानीरन् । जानीथाः, जानीयाथाम्, जानीध्वम् । जानीय, जानीवहि, जानीमहि ।

आ० लि० परस्मै०—ज्ञेयात्, ज्ञायात् । आ० प०—ज्ञासीष्ट ।

लुङ् परस्मै०—अज्ञासीत्, अज्ञासिष्टाम्, अज्ञासिषुः । अज्ञासीः, अज्ञासिष्टम्, अज्ञासिष्ट । अज्ञासिषम्, अज्ञासिष्व, अज्ञासिष्म । आ० प०–अज्ञास्त, अज्ञासाताम् अज्ञासत । लृङ्–अज्ञास्यत् अज्ञास्यत ।

२२ वृङ् (सेवा करना)—सेट् । ङित् आत्मनेपदी ।

लट्—वृणीते, वृणाते, वृणते । वृणीषे, वृणाथे, वृणीध्वे । वृणे, वृणीवहे, वृणीमहे ।

ववृषे, ववृढ्वे–लिट् म० पु० ए. व. में और बहुवचन ध्वम् में वलादि आर्धधातुक का 'कृसृभृवृ–' सूत्र में विशेष रूप से 'वृ' का उल्लेख होने से इट् का निषेध हो गया ।

इस वृङ् धातु के रूप 'वृञ् वरणे' के आत्मनेपद के रूपों के समान ही बनते हैं ।

अवरीष्ट, अवरिष्ट, अवृत – लुङ् प्र० पु० ए. व. में सिच् को 'लिङ्सिचोरात्मनेपदेषु' सूत्र से इट् विकल्प से हुआ । इट् को दीर्घ 'वृतो वा' से विकल्प से हुआ । इट् के अभाव में 'ह्रस्वादङ्गात्' सूत्र से सिच् का लोप हुआ । इस प्रकार ये तीन रूप बने ।

क्र्यादिगणसमाप्त ।

१० अथ चुरादयः ।

चुर स्तेये ॥ १ ॥

('णिच्' प्रत्ययविधिसूत्रम्)

६७९ सत्याप-पाश-रूप-वीणा-तूल-श्लोक-सेना-लोम-त्वच-वर्म-वर्ण-चूर्ण-चुरादिभ्यो णिच् ३ । १ । २५ ॥

एभ्यो णिच् स्यात् ।

चूर्णान्तेभ्यः 'प्रातिपदिकाद्धात्वर्थे' इत्येव सिद्धे तेषामिह ग्रहणं प्रपञ्चार्थम्, चुरादिभ्यस्तु स्वार्थे ।

'पुगन्त—' इति गुणः, सनाद्यन्ता इति धातुत्वम्, तिप्-शबादि, गुणाऽयादेशौ—चोरयति ।

---

१ चुर्—(चोरी करना) ।

६९७ **सत्यापेति**—सत्याप, पाश, रूप, वीणा, तूल, श्लोक, सेना, लोमन्, त्वच्, वर्मन्, वर्ण और चूर्ण शब्दों से तथा चुर् आदि धातुओं से णिच् प्रत्यय हो।

णिच् का णकार और चकार इत् हैं । प्रत्यय केवल इकार बचता है । वह णित् होने से यथाप्राप्त गुण और वृद्धि का निमित्त बनता है ।

चूर्णान्तेभ्य इति—चूर्ण-पर्यन्त शब्दों से 'प्रातिपदिकाद् धात्वर्थे—' इत्यादि वार्तिक से-जो सभी प्रातिपादिकों से धातु के अर्थ में णिच् का विधान करता है-ही णिच् सिद्ध होते हुए भी इस सूत्र में उनका ग्रहण प्रपञ्च अर्थात् विस्तार के लिये है । वास्तव में पूर्वोक्त वार्तिक से सिद्ध होने से यहाँ ग्रहण करना व्यर्थ है।

चुरादिभ्य इति—चुर् आदि धातुओं से णिच् स्वार्थ में होता है अर्थात् णिच् किसी विशेष अर्थ को नहीं प्रकट करता । अतः यह स्वार्थिक है । ण्यन्त प्रक्रिया में जिस णिच् का विधान होता है उसका अर्थ प्रेरणा है, अतएव वह प्रेरणार्थक कहा जाता है ।

सनाद्यन्ताः इति—'सनाद्यन्ताः—' यहाँ से 'गुणायादेशौ' यहाँ तक जो मूलपाठ है, उस में 'चोरयति' की सिद्धि का प्रकार बताया गया है ।

चोरयति—चुर् धातु से णिच् होने पर 'चुर् + इ' इस दशा में णिच् आर्धधातुक परे रहते 'पुगन्तलघूपधस्य च' सूत्र से उपधा उकार को गुण होकर 'चोर्

(आत्मनेपदनियमसूत्रम्)

६९८ णिचश्च १ । ३ । ७४ ॥

णिजन्ताद् आत्मनेपदं स्यात् कर्तृगामिनि क्रियाफले । चोरयते । चोरयामास । चोरयिता । चोर्यात्, चोरयिषीष्ट ।

इ' बना । तब 'चोरि' की पुनः 'सनाद्यन्ता धातवः' से धातु संज्ञा हुई । धातु संज्ञा होने पर तिप् शप् आदि और णिच् के इकार को गुण अय् आदेश होकर यह रूप लट् प्र० पु० ए. व. में सिद्ध होता है ।

यही प्रक्रिया—'पुगन्त–' इति गुणः से बताई गई है ।

६९८ णिचश्चेति–णिजन्त से आत्मनेपद हो क्रियाफल यदि कर्तृगामी हो ।

जब क्रियाफल कर्तृगामी हो तब आत्मनेपद और जब कर्तृगामी न हो तब परस्मैपद होता है । इससे यह सिद्ध हुआ कि ण्यन्त धातु उभयपदी होती है ।

चोरयते–क्रियाफल के कर्तृगामी होने से यहाँ धातु से आत्मनेपद हुआ है।

णिजन्त धातुओं के प्रत्ययान्त होने से 'कास्प्रत्ययादाम् अमन्त्रे लिटि' से लिट् में आम् प्रत्यय आता है और आमन्त होने से कृ, भू, अस् का अनुप्रयोग 'कृञ्चानुप्रयुज्यते लिटि' सूत्र से होता है ।

चोरयामास–'चोरि' धातु से प्रत्ययान्त होने से आम् हुआ । तब इकार को गुण और अय् आदेश होने पर 'चोरयाम्' बन जाने पर लडन्त अस् का अनुप्रयोग होकर रूप सिद्ध हुआ ।

इसी प्रकार 'कृ' आदि के अनुप्रयोग में भी रूप बनेंगे ।

णिजन्त धातु अनेकाच् बन जाती हैं । इसलिये ये सब सेट् हो जाती हैं। अतएव चुरादिगण में सभी धातु सेट् हैं, सब से इट् होता है ।

चोरयिता–चोरि धातु से लुट् प्र० पु० ए० व० में इट् होने पर णिच् इकार को गुण और अय् आदेश होकर रूप बन गया ।

लृट्–**चोरयिष्यति**। लोट्–**चोरयतु** । लङ्–**अचोरयत्** । वि० लि०—**चोरयेत्** ।

चोर्यात्—आ० लि० प्र० पु० १ में 'णेरनिटि' सूत्र से णिच् का लोप होकर रूप सिद्ध हुआ ।

णिश्रीनि चङ्, णौ चङीति ह्रस्वः, चङीति द्वित्वम्, हलादिः शेषः, दीर्घो लघोरित्यभ्यासस्य दीर्घः-अचूचुरत्, अचूचुरत।

कथ वाक्यप्रबन्धे ॥ २ ॥

चोरयिषीष्ट—आ० लि० आ० प० प्र० पु० १ में सीयुट् और सुट् होने पर इट् हुआ। तब णिच् के इकार को गुण और अयादेश हुआ। फिर दोनों सकारों को मूर्धन्य षकार होने पर तकार को ष्टुत्व टकार होकर रूप बना।

णि-श्रि इति चङ् इति--'णि-श्रि-' यहाँ से लेकर '-अभ्यासस्य दीर्घः' यहाँ तक ण्यन्त चुर् धातु के लुङ् के रूपों की सिद्धि का प्रकार कहा गया है। यह प्रक्रिया प्रायः सभी ण्यन्त धातुओं के लुङ् के रूप सिद्ध करने में थोड़े-बहुत अन्तर से होगी।

अचूचुरत्—मूल में बताये गये प्रकार से लुङ् प्र० पु० १ में च्लि को 'णिश्रिद्रुस्रुभ्यः कर्तरि चङ्' सूत्र से चङ् हुआ। तब 'अ चोर् इ अ त्' इस स्थिति में 'णौ चङ्युपधाया ह्रस्वः' सूत्र से उपधा ओकार को ह्रस्व उकार हुआ। फिर 'चुर्' को 'चङि' सूत्र से द्वित्व हुआ। 'हलादिः शेषः' इस सूत्र से रेफ का लोप हुआ। तब 'अचुचुर् इ अत्' ऐसी स्थिति बनने पर 'सन्वल्लघुनि चङ्परेऽनग्लोपे' सूत्र से सन्वद्भाव होने पर 'दीर्घो लघोः' सूत्र से अभ्यास के उकार को दीर्घ हुआ। 'णेरनिटि' सूत्र से णि का लोप होकर उक्त रूप बना[1]।

अचूचुरत—यह लुङ् आ० प० का रूप भी पूर्ववत् बनता है।

---

१. णिजन्त धातुओं के रूप लुङ् लकार में बनाने कठिन होते हैं। लुङ् में च्लि को चङ् होता है। चङ् होने के फलस्वरूप धातु को द्वित्व होता है। पुनः उपधा ह्रस्व देखना होता है, इसके साथ ही देखना चाहिये कि सन्वद्भाव होता है कि नहीं।

सन्वद्भाव के दो फल हैं एक अभ्यास के अकार को इकार होना और दूसरा अभ्यास के अच् को दीर्घ होना। इकार वहीं होता है जहाँ अभ्यास में ह्रस्व अकार होता है। दीर्घ सभी अचों को हो जाता है यदि वह लघु हो। 'अचूचुरत्' में केवल दीर्घ हुआ है। अभ्यास में अकार न होने से इकार नहीं हुआ। जहाँ अभ्यास में अकार होता है वहाँ इकार और दीर्घ दोनों कार्य होते हैं।

अल्लोपः ।

(स्थानिवद् अतिदेशसूत्रम्)

६९९ अचः परस्मिन् पूर्वविधौ १ । १ । ५७ ॥

परनिमित्तोऽजादेशः स्थानिवत् स्यात्, स्थानिभूताद् अचः पूर्वत्वेन दृष्टस्य विधौ कर्तव्ये। इति स्थानिवत्त्वात् न उपधावृद्धिः—कथयति। अग्लोपित्वाद् दीर्घ-सन्वद्भावौ न-अचकथत्।

गण संख्याने ॥ ३ ॥ गणयति ।

---

२ कथ (कथा कहना)—सेट्। उभयपदी। अग्लोपी। अग्लोपी होने का फल सन्वद्भाव का निषेध है। सन्वद्भाव न होने से लुङ् में अभ्यास के अकार को इकार और दीर्घ नहीं होते।

अल्लोप इति—कथ धातु से णिच् प्रत्यय आने पर 'अतो लोपः' सूत्र से अन्त्य अकार का लोप हुआ।

६९९ अच इति—परनिमित्त अजादेश स्थानिवत् होता है स्थानिभूत अच से पूर्व जिसे देखा गया हो उसे कार्य करना हो तो।

इति स्थानिवत्त्वादिति—इस सूत्र से अकार लोप को स्थानिवद्भाव होने से 'अत उपधायाः' से उपधा अकार का वृद्धि नहीं हुई।

कथयति—कथ धातु से णिच् होने पर 'अतो लोपः' से अन्त्य अकार का लोप हुआ। तब 'कथ् इ' इस दशा में अत उपधायाः' सूत्र से वृद्धि प्राप्त हुई। अकार लोप को 'अचः परस्मिन्-' सूत्र से स्थानिवद्भाव होने से पूर्व अकार उपधा न हुआ, इसलिये वृद्धि नहीं हुई। तब तिप् शबादि और गुण अय् आदेश होकर रूप बना।

अग्लोपित्वाद् इति—अग्लोपी होने से 'कथ' धातु के लुङ् लकार में दीर्घ और सन्वद्भाव नहीं हुए।

अचकथत्—लुङ् प्र० पु० १ में च्लि को चङ् आदेश, द्वित्व, अभ्यास-कार्य होने पर रूप सिद्ध हुआ। यहाँ अग्लोपी होने से दीर्घ और सन्वद्भाव नहीं हुए।

३ गण (गिनना)—सेट्। उभयपदी। अग्लोपी।

('ईद्' आदेशविधिसूत्रम्)

७०० ई च गणः ७ । ३ । ९७ ॥

गणयतेरभ्यासस्य ईत् स्यात् चङ्परे णौ चादत्। अजीगणत्, अजगणत् ।

इति चुरादयः ।

गणयति—गण् धातु से णिच् आने पर 'अतो लोपः' से अकार का लोप हुआ । उसको स्थानिवद्भाव होने से उपधा वृद्धि न हुई । तब 'गणि' की सनाद्यन्त धातु संज्ञा होकर लट प्र० पु० १ में तिप् शबादि और गुण, अय् आदेश होकर रूप बना ।

७०० ई चेति—गण् धातु के अभ्यास को ईकार भी होता है चङ् परक णि परे रहते ।

चाद् इति—चकार कहने से अकार भी रहता है अर्थात् ईकार विकल्प से होता है।

अजीगणत्, अजगणत्—लुङ् प्र० पु० १ में च्लि को चङ्, द्वित्व, अभ्यासकार्य, 'ई च गणः' से अभ्यास के अकार को विकल्प से ईकार हुआ। तब 'णेरनिटि' से 'णि' का लोप होने पर रूप सिद्ध हुआ ।

चुरादिगण समाप्त ।

—:-o-:—

अथ ण्यन्तप्रक्रिया।

(कर्तृसंज्ञासूत्रम्)

७०१ स्वतन्त्रः कर्ता १ । ४ । ५४ ॥

क्रियायां स्वातन्त्र्येण विवक्षितोऽर्थः कर्ता स्यात् ।

('हेतु' संज्ञासूत्रम्)

७०२ तत्प्रयोजको हेतुश्च १ । ४ । ४४ ॥

कर्तुः प्रयोजको हेतुसंज्ञः कर्तृसंज्ञश्च स्यात् ।

('णिच्' प्रत्ययविधिसूत्रम्)

७०३ हेतुमति च ३ । १ । २६ ॥

प्रयोजकव्यापारे प्रेषणादौ वाच्ये धातोर्णिच् स्यात् । भवन्त प्रेरयति भावयति ।

---

७०१ **स्वतन्त्र** इति—क्रिया में स्वतन्त्रतया विवक्षित कारक की 'कर्ता' संज्ञा हो।

इस सम्बन्ध में पहले बताया जा चुका है। तात्पर्य यही है कि कर्ता विवक्षाधीन है, जिसे कर्ता कहना चाहें वही कर्ता होता है। 'देवदत्त पकाता है, आग पकाती है, लकड़ियाँ पकाती हैं।' आदि वाक्य इसके उदाहरण हैं।

७०२ **तत्प्रयोजक** इति—कर्ता के प्रयोजक-प्रेरक-की हेतु और कर्तृ संज्ञाएँ होती हैं।

जब कर्ता को कार्य में प्रवृत्त करनेवाला दूसरा होता है तब उस दूसरे को कर्ता तो कहा जाता ही है इसके अतिरिक्त उसे हेतु भी कहा जाता है। जैसे—'देवदत्त खाता है' इस वाक्य में देवदत्त खाना क्रिया का कर्ता है। 'यज्ञदत्त देवदत्त को खिलाता है' इस वाक्य में देवदत्त कर्ता का प्रेरक यज्ञदत्त है, इसकी हेतु और कर्तृसंज्ञा भी होती है। प्रथम कर्ता को प्रयोज्य कर्ता कहते हैं और प्रेरणा के कर्ता को प्रयोजक कर्ता।

७०३ **हेतुमति चेति**—प्रयोजक के व्यापार प्रेषण अर्थात् प्रेरण वाच्य हों तो धातु से णिच् प्रत्यय होता है।

(इद्विधिसूत्रम्)

७०४ ओः पुयण्ज्यपरे ७ । ४ । ८० ॥

सनि परे यद् अङ्गम्, तदवयवाभ्यासोकारस्य इत् स्यात् पवर्ग-यण जकारेष्ववर्णपरेषु परतः । अबीभवत् । ष्ठा गतिनिवृत्तौ ।

प्रेरणा अर्थ में णिच् होता है। शुद्ध धातु के अर्थ में प्रेरणा का अंश णिच् प्रत्यय से बढ़ जाता है । जैसे 'यज्ञदत्त देवदत्त को खिलाता है' इस वाक्य में शुद्ध धातु का अर्थ खाना है, णिच्[1] के द्वारा प्रेरणा का अंश बढ़ जाने से 'खिलाना' अर्थ हो गया ।

णिच् प्रत्यय से बने हुए धातुओं के रूपों का अर्थ प्रकट करने के लिये धातु के शतृप्रत्ययान्त शब्द का द्वितीयान्त रूप के साथ 'प्रेरयति' आदि कहना पड़ता है । जैसे–भावयति–भवन्तं प्रेयति । गमयति–गच्छन्तं प्रेरयति । इसी प्रकार सर्वत्र विग्रह करना चाहिये ।

भावयति—'भवन्तं प्रेरयति' इस विग्रह में 'भू' धातु से 'हेतुमति च' सूत्र से णिच् प्रत्यय हुआ । णिच् के णित् होने से उसके परे रहते 'अचो ञ्णिति' सूत्र से उकार को वृद्धि औ और उसे आव् आदेश हुआ । तब 'भावि' की 'सनाद्यन्ता धातवः' से धातु संज्ञा हुई फिर तिप् शबादि और गुण अय् आदेश होकर रूप सिद्ध हुआ ।

७०४ ओरिति—सन् प्रत्यय के परे रहते जो अङ्ग, उसके अवयव अभ्यास के उकार को इकार होता है पवर्ग, यण्, जकार परे रहते जब इनके आगे अवर्ण हो ।

अबीभवत्–भू धातु ण्यन्त से लुङ् प्र० पु० ए० व० में अट् आगम, च्लि को चङ् होने पर 'णिच्यच आदेशो न भवति द्वित्वे कर्तव्ये' इस परिभाषा के बल से पहले वृद्धि का निषेध हो जाने से 'भू' को द्वित्व, अभ्यासकार्य, भकार को जश् बकार, ऊकार को ह्रस्व, होने पर 'अबु भू इ अत्' इस दशा में अभ्यास के उत्तरखण्ड

---

१. इस प्रेरणार्थक णिच् प्रत्यय के द्वारा बने धातुओं के रूप स्वार्थिक णिच् से बने हुए धातुओं के समान ही बनते हैं अर्थात् चुरादि के समान रूप बनते हैं । केवल अर्थ में अन्तर पड़ता है । चुरादि का णिच् स्वार्थ में और यह णिच् प्रेरणा में होता है ।

('पुक्' आगमविधिसूत्रम्)

७०५ अर्ति-ह्री-व्ली-री-क्नूयी-क्ष्माय्यातां पुङ् णौ ७।३।३६॥

स्थापयति।

('इत्' आदेशविधिसूत्रम्)

७०६ तिष्ठतेरित् ७। ४। ५॥

उपधाया 'इद्' आदेशः स्याच्चङ्परे णौ। अतिष्ठिपत्। घट चेष्टायाम्।

में ऊकार को वृद्धि औकार और उसे आव् आदेश हुआ। तब 'अ बु भाव् इ अत्' ऐसी स्थिति बन जाने पर 'णौ चङ्युपधाया ह्रस्वः' सूत्र से आकार को ह्रस्व हुआ। फिर सन्वद्भाव होने पर अभ्यास के उकार को 'ओः पुयण्ज्यपरे' सूत्र से इकार और उसे 'दीर्घो लघोः' से दीर्घ होकर रूप सिद्ध हुआ।

ष्ठा (रुक जाना, खड़ा रहना)—यह षोपदेश धातु है। 'धात्वादेः षः सः' सूत्र से षकार को सकार हो जाता है। तब 'स्था' धातु हो जाती है। यह भ्वादिगण की धातु है, सार्वधातुक लकारों में इसे 'पाघ्राध्मा–'इत्यादि सूत्र से 'तिष्ठ' आदेश हो जाता है।

प्रेरणा अर्थ में कैसे रूप बनते हैं—यह दिखाने के लिये इसे यहाँ दिया गया है।

७०५ अर्तीति—ऋ[1], ह्री, व्ली, री, क्नूयी, क्ष्मायी और आकारान्त धातुओं को पुक् आगम हो णिच् परे रहते।

पुक् के उकार ककार की इत्संज्ञा होती है केवल पकार बच रहता है।

स्थापयति—स्था धातु आकारान्त है, णिच् आने पर उसे 'अर्ति–' आदि सूत्र से पुक् आगम होता है। तब 'स्थापि' की धातु संज्ञा होकर तिप् शप् आदि तथा गुण और अय् आदेश होकर रूप सिद्ध हुआ।

७०६ तिष्ठतेरिति—स्था धातु की उपधा को इकार आदेश होता है चङ्परक णि परे रहते।

अतिष्ठिपत्—लुङ् में 'अ स्थाप् इ अ त्' इस स्थिति में उपधा आकार को 'तिष्ठतेरित्' सूत्र से इकार हुआ तब 'स्थिप्' को द्वित्व और 'शर्पूर्वाः खयः' सूत्र से सकार लोप और खय् थकार शेष रहा। 'अ थि स्थिप् इ अत्' ऐसी

---

१ अर्पयति—देता है। ह्रेपयति—लज्जित करता है।

(ह्रस्वादेशविधिसूत्रम्)

७०७ मितां ह्रस्वः ६ । ४ । ९२ ॥

घटादीनां ज्ञपादीनां च ह्रस्वः। घटयति। ज्ञप ज्ञाने ज्ञापने च ज्ञपयति। अजिज्ञपत ।

इति ण्यन्तप्रक्रिया।

स्थिति बन जाने पर 'अभ्यासे चर्च' से अभ्यास के थकार को चर् तकार हुआ तब णि का लोप होने पर षत्व ष्टुत्व होकर रूप सिद्ध हुआ।

घट (चेष्टा करना)—धातु मित् है।

७०७ मितामिति–घट आदि और ज्ञप् आदि धातुओं को ह्रस्व होता है। घटादि और ज्ञपादि मित् हैं।

घटयति–घट धातु से णिच् आने पर उपधावृद्धि हुई, 'घाटि' बना। तब 'मितां ह्रस्वः' से अकार को पुनः ह्रस्व हुआ। तब 'घटि' की धातुसंज्ञा होने पर तिप् शप् आदि और गुण अय् आदेश होकर रूप बना।

लुङ् में—**अजीघटत्**।

ज्ञप् (जानना और ज्ञान कराना)—यह धातु चुरादि है। प्रेरणा अर्थ में णिच् आने पर स्वार्थिक णिच् का 'णेरनिटि' से लोप हो जाता है।

ज्ञपयति–प्रथम णिच् के लोप होने पर उपधावृद्धि के द्वारा हुए आकार को 'मितां ह्रस्वः' सूत्र से ह्रस्व हुआ। तब 'ज्ञपि' की धातु संज्ञा होकर तिप् शप् आदि तथा गुण अय् आदेश होकर रूप सिद्ध हुआ।

अजिज्ञपत्–लुङ् में 'अ ज्ञप् इ अत्' इस दशा में द्वित्व, अभ्यासकार्य होने पर सन्वद्भाव हुआ। तब 'सन्यतः' से अभ्यास के अकार का इकार हुआ। णि के लोप होने पर रूप सिद्ध हुआ।

यहाँ अभ्यास के इकार को दीर्घ नहीं हुआ क्योंकि संयोग परे होने से यह लघु नहीं रहा, गुरु है। 'दीर्घो लघोः' लघु को दीर्घ करता है।

ण्यन्तप्रक्रिया समाप्त।

—:-०-:—

अथ सन्नन्तप्रक्रिया ।

('सन्' प्रत्ययविधिसूत्रम्)

७०८ धातोः कर्मणः समानकर्तृकादिच्छायां वा ३ । १ । ७ ॥

इषिकर्मण इषिणैककर्तृकाद्धातोः सन् प्रत्ययो वा स्यादिच्छायाम् । पठ व्यक्तायां वाचि ।

(द्वित्वविधिसूत्रम्)

७०९ सन्-यङोः ६ । १ । ९ ॥

सन्नन्तस्य यङन्तस्य च प्रथमस्यैकाचो द्वे स्तः, अजादेस्तु द्वितीयस्य । सन्यतः–पठतुमिच्छति–पिपठिषति ।

---

७०८ धातोरिति—इच्छा के कर्म और इच्छा के एककर्तृक–अर्थात् जो इच्छा का कर्ता हो वही उस धातु वाच्य क्रिया का हो–धातु से सन् प्रत्यय हो विकल्प से इच्छा अर्थ में ।

पठेति—पठ् पढ़ना, उच्चारण करना । भ्वा० प० सेट् । इस धातु के सन् के रूप यहाँ बताये जा रहे हैं, पर इसको पहले भ्वादिगण में दिखाया ही नहीं गया इसलिये यहाँ इस प्रकार अर्थ-सहित इसे दिखाया गया है ।

७०९ सन्यङोरिति–सन्नन्त और यङन्त धातु के प्रथम एकाच् को द्वित्व हो, यदि धातु अजादि हो तो द्वितीय एकाच् को द्वित्व हो ।

पठितुमिति—यह 'पिपठिषति' इस सन्नन्त प्रयोग का विग्रह है, विग्रह अर्थ को कहते हैं । जिस धातु से सन् प्रत्यय किया जाता है उसके तुमुन् के रूप के साथ 'इच्छति' को जोड़कर अर्थ प्रकट किया जाता है ।

पिपठिषति–पठ् धातु से इच्छा अर्थ में पूर्वोक्त सूत्र से सन् प्रत्यय हुआ । सन् की आर्धधातुक संज्ञा होती है । वलादि आर्धधातुक होने से सन् को 'इट्' आगम हुआ । तब 'पठिष' इस दशा में 'सन्यङोः' सूत्र से प्रथम एकाच् 'पठ्' को द्वित्व हुआ । अभ्यासकार्य हलादिशेष आदि होने पर 'पपठिष' ऐसी स्थिति बन जाने पर 'सन्यतः' सूत्र से अभ्यास के अकार को इकार होकर 'पिपठिष' यह सन्नन्त रूप बना । इसकी 'सनाद्यन्ता धातवः' सूत्र से धातु संज्ञा हुई । तब तिप् शप् आदि होकर 'पिपठिषति' रूप सिद्ध हुआ ।

कर्मणः किम्,—गमनेनेच्छति । समानकर्तृकात्किम्—शिष्याः पठन्त्वितीच्छति गुरुः । वा ग्रहणाद्वाक्यमपि । लुङ्सनोर्घस्लृ ।

धातु से सन् प्रत्यय करने पर इट् का विचार अवश्य करना चाहिये। यदि धातु सेट् हो तो सन् को इट् होगा और अनिट् हो तो नहीं। सन् की आर्धधातुक संज्ञा होती है। इसलिये उसके परे रहते गुण प्राप्त हो तो वह भी कर लेना चाहिये। तब सन्नन्त को नियम के अनुसार यदि हलादि धातु हो तो प्रथम एकाच् को और अजादि हो तो द्वितीय एकाच् को द्वित्व करना चाहिये। इस प्रकार रूप बनाकर उसकी धातु संज्ञा कर तब लट् आदि के रूप बनाने चाहिये।

सन्नन्त धातु अनेकाच् बन जाती है। इसलिये वह सेट् होती है। उसके आगे तास् आदि को इट् अवश्य होता है।

धातु का सन्नन्त रूप बनाना ही प्रथम कार्य है। उसके बाद लकारों में रूप बनाने सरल हैं।

लिट् में प्रत्ययान्त होने से आम् होता है और इसलिये कृ, भू, अस् का अनुप्रयोग।

यहाँ पठ् धातु के लिट् आदि लकारों में एक-एक रूप दिये जाते हैं ताकि मालूम हो जाय कि सन्नन्त धातु के रूप किस प्रकार बनते हैं!

लिट्—पिपठिषाञ्चकार, पिपठिषाम्बभूव, पिपठिषामास। लुट्—पिपठिषिता। लृट्—पिपठिषिष्यति। लोट्—पिपठिषतु। लङ्—अपिपठिषत्। वि० लि०—पिपठिषेत्। आ० लि०—पिपठिष्यात्। लुङ्—अपिपठिषीत्। लृङ्—अपिपठिषिष्यत्।

'७४५ पूर्ववत सनः १। ३। ६२॥–' इस सूत्र के अनुसार यदि मूल धातु परस्मैपदी हो तो उससे बने सन्नन्त धातु से भी परस्मैपद के ही प्रत्यय आयेंगे और यदि आत्मनेपदी हो तो आत्मनेपद के, यह निश्चित नियम है। इस नियम को ध्यान में रखकर सन्नन्त धातुओं की पदव्यवस्था करनी चाहिये।

कर्मण—इति—इच्छा का कर्म जब धातु हो तब उससे सन् प्रत्यय होता है—ऐसा क्यों कहा? इसके समाधान में प्रयोजन दिखाया है-गमनेनेच्छति-जाने के द्वारा चाहता है, यहाँ गमन क्रिया इच्छा का कर्म नहीं, करण है। इसलिये इससे सन् नहीं हुआ।

('त' आदेशविधिसूत्रम्)

७१० सस्याऽऽर्धधातुके ७ । ४ । ४९ ॥

सस्य तः स्यात्सादावार्धधातुके । अत्तुमिच्छति-जिघत्सति । एकाच इति नेट् ।

इच्छा के कर्म को तुमुन् से प्रकट किया जाता है। जैसे—**गन्तुमिच्छति**। यहाँ गमन क्रिया तुमुन्नन्त बना के कही गई है। यह इच्छा का कर्म है।

समानकर्तृकादिति—इच्छा का कर्ता और सन् प्रत्यय के प्रकृतिभूत धातु का कर्ता एक होना चाहिये—ऐसा कहने का फल है—**शिष्याः पठन्तु-इत्तीच्छति गुरुः**, इस वाक्य में पठ् धातु से सन् न होगा। यहाँ 'पठ्' क्रिया इच्छा का कर्म तो है, परन्तु इच्छा का कर्ता गुरु है और पठन का शिष्य। इसलिये समानकर्तृक न होने से यहाँ पठ से सन् प्रत्यय नहीं हुआ।

वा ग्रहणादिति—'वा' विकल्प कहने से पक्ष में वाक्य भी होगा अर्थात् 'पढ़ना चाहता है' इस अर्थ को प्रकट करने के लिये **'पिपठिषति'** इस सन्नन्त क्रिया का प्रयोग तो होता ही है। इसके अतिरिक्त **'पठितुमिच्छति'** इस वाक्य का भी प्रयोग होता है।

७६० **सस्याऽऽर्धधातुक** इति—सकार को तकार होता है सकारादि आर्धधातुक परे रहते।

जिघत्सति—अत्तुमिच्छति—खाना चाहता है—यह विग्रह है। अद् धातु से सन् हुआ। 'लुङ्सनोर्घस्लृ' सूत्र से 'अद्' को घस्लृ आदेश हो गया। यह धातु अनिट् है, इसलिये इट् नहीं हुआ। 'घस् स' इस दशा में 'सस्याऽऽर्धधातुके' इस सूत्र से सकार को सकारादि आर्धधातुक सन् परे होने के कारण तकार हुआ। द्वित्व और अभ्यासकार्य होने पर 'सन्यतः' से अभ्यास के अकार को इकार हुआ। तब 'जिघत्स' यह रूप बना। इसकी धातु संज्ञा हुई। लट् में तिप् शबादि होने पर रूप सिद्ध हुआ।

एकाच—इति—'घस् स' ५६ यहाँ 'एकाच उपदेशेऽनुदात्तात्' सूत्र से सन् को प्राप्त इट् का निषेध होता है।

लिट्—**जिघत्सांचकार**। लुट्—**जिघत्सिता**। लृट्—**जिघत्सिष्यति**। लोट्—**जिघत्सतु**। लङ्—**अजिघत्सत्**। वि० लि०—**जिघत्सेत्**। आ० लि० **जिघत्स्यात्**। लुङ्—**अजिघत्सीत्**। लृङ्—**अजिघत्सिष्यत्**।

(दीर्घविधिसूत्रम्)

७११ अज्झन-गमां सनि ६ । ४ । १६ ॥

अजन्तानां हन्तेः, अजादेशगमेश्च दीर्घो झलादौ सनि ।

(कित्वविधिसूत्रम्)

७१२ इको झल् १ । २ । ९ ॥

इगन्तात् झलादिः सन् कित् स्यात् । ऋत इद्धातोः, कर्तुमिच्छति-चिकीर्षति ।

---

७११ अज्झनेति—अजन्त धातुओं, हन् धातु और अजादेश गम् धातु अर्थात् इण आदि धातुओं के स्थान में हुए गम् आदेश को दीर्घ हो झलादि सन् परे रहते ।

झलादि सन् का अर्थ है जब सन् को इट् न हुआ हो, इट् होने पर सन् अजादि हो जाता है, क्योंकि आगम होने से इट् सन् का अवयव होता है, तब यदागम परिभाषा के द्वारा सन् से इट् सहित का ग्रहण होता है । इट् के अभाव में सन् झलादि होता है ।

७१२ इक इति—इगन्त से पर झलादि सन् कित् हो ।

चिकीर्षति—'कर्तुमिच्छति' (करना चाहता है) इस विग्रह में कृ धातु से इच्छा अर्थ में सन् हुआ । 'कृ स' इस दशा में 'एकाच उपदेशेऽनुदात्तात्' सूत्र से सन् को इट् का निषेध हुआ । तब अजन्त होने से 'अज्झनगमां सनि' से 'कृ' को दीर्घ हुआ । इट् न होने के कारण सन् झलादि है, वह 'इको झल्' सूत्र से इगन्त कृ से परे होने के कारण कित् हो जाता है । फिर ऋकार को प्राप्त आर्धधातुक गुण का 'क्ङिति च' सूत्र से निषेध हुआ । इसके बाद 'कॄ स' इस स्थिति में 'ऋत इद्धातोः' से ॠकार को 'इर्' आदेश हुआ 'हलि च' सूत्र से इकार को दीर्घ होने पर 'कीर् स' ऐसी स्थिति बन जाती है, तदनन्तर द्वित्व और अभ्यासकार्य हुए । तब सन् के सकार को मूर्धन्य षकार होकर 'चिकीर्ष' यह रूप बना । इसकी धातु संज्ञा होकर लट् में तिप् शबादि के द्वारा **'चिकीर्षति'** रूप बना ।

लिट्—**चिकीर्षाञ्चकार** । लुट्—**चिकीर्षिता** । लृट्—**चिकीर्षिष्यति** । लोट्—**चिकीर्षतु** । लङ्—**अचिकीर्षत्** । वि० लि०—**चिकीर्षेत्** । आ० लि०-**चिकीर्ष्यात्** । लुङ्—**अचिकीर्षीत्** । लृङ्—**अचिकीर्षिष्यत्** ।

('इट्' निषेधसूत्रम्)

७१३ सनि ग्रह-गुहोश्च ७ । २ । १२ ॥

ग्रहेः, गुहेः, उगन्तात् च सन इण् (ट्) न स्यात् । बुभूषति। इति सन्नन्ताः।

अथ यङन्तप्रक्रिया।

('यङ्' प्रत्ययविधिसूत्रम्)

७१४ धातोरेकाचो हलादेः क्रियासमभिहारे यङ् ३।१।२२॥

पौनःपुन्ये भृशार्थे च द्योत्ये धातोरेकाचो हलादेर्यङ् स्यात्।

---

७१३ **सनीति**—ग्रह, गुह् और उगन्त धातु से पर सन् को इट् न हो।

भू धातु 'ऊदृदन्तैः–' इस अजन्त-सेट्-संग्रह कारिका में संगृहीत होने से सेट् है। 'भवितुमिच्छति—होना चाहता है' इस विग्रह में जब भू धातु से सन् हुआ। तब इट् की प्राप्ति होने पर 'सनि ग्रहगुहोश्च' सूत्र से उगन्त होने के कारण इट् का निषेध हुआ।

बुभूषति—पूर्व सूत्र से इट् निषेध होने पर इगन्त से परे होने के कारण 'इको झल्' सूत्र से सन् कित् हुआ। कित् होने से गुण का निषेध हुआ। तब द्वित्व, अभ्यासकार्य और सन् के सकार को मूर्धन्य षकार होकर 'बुभूष' यह रूप बना। इसकी धातुसंज्ञा हुई। फिर लट् में तिप् शबादि होकर रूप बना।

लिट्—**बुभूषाञ्चकार**। लुट्—**बुभूषिता**। लृट्—**बुभूषिष्यति**। लोट्—**बुभूषतु**। लङ्—**अबुभूषत्**। वि० लि०—**बुभूषेत्**। आ० लि०—**बुभूष्यात्**। लुङ्—**अबुभूषीत्**। लृङ्—**अबुभूषिष्यत्**।

सन्नन्तप्रक्रिया समाप्त।

७१४ **धातोरिति**—क्रिया का बार बार होना या अधिक होना अर्थ प्रकट करने के लिये एकाच् हलादि धातु से यङ् प्रत्यय हो।

एकाच् और हलादि धातु से विधान होने के कारण अनेकाच् और अजादि धातुओं से यङ् प्रत्यय नहीं होता।

'पुनः पुनः' 'अतिशयेन' या 'भृशम्' को धातु के साथ जोड़कर भी इस अर्थ को प्रकट किया जाता है और यङन्त प्रयोग के द्वारा भी। जैसे—पुनः पुनर्भवति अथवा अतिशयेन भृशं वा भवति—इनका प्रयोग भी होता है और **बोभूयते** इस

(अभ्यासगुणविधिसूत्रम्)

७१५ गुणो यङ्लुकोः ७ । ४ । ८२ ॥

अभ्यासस्य गुणो यङि यङ्लुकि च परतः । ङिदन्तत्वादात्मनेपदम् । पुनः पुनरतिशयेन या भवति-बोभूयते । बोभूयाञ्चक्रे । अबोभूयिष्ट ।

यङन्त का भी । तात्पर्य यह है कि सन् के समान यङ् भी विकल्प से होता है ।

यङ् का ङकार इत्संज्ञक है । इसलिये ङित् होने से यङन्त धातु आत्मनेपदी होती है ।

यङ् आने पर यङन्त धातु को 'सन्यङोः' से द्वित्व होता है । अभ्यास को यहाँ कुछ विशेष कार्य होते हैं । सन्नन्त के समान धातु का यङन्त रूप ही यहाँ बनाना पड़ता है । धातु का यङन्त रूप बनने पर लकारों के रूप बनाने तो सरल होते हैं ।

७१५ **गुण** इति—अभ्यास को गुण हो यङ् परे रहते और यङ्लुक् में ।

ङिदन्तत्वादिति—यङ् के ङित् होने से 'अनुदात्तङित आत्मनेपदम्' के नियम से आत्मनेपद हुआ ।

बोभूयते—पुनः पुनरतिशयेन वा भवति बारबार वा अधिक होता है—इस विग्रह में भू धातु से यङ् प्रत्यय हुआ । 'भूय' इस दशा में 'सन्यङोः' से यङन्त के प्रथम एकाच् 'भू' को द्वित्व हुआ । 'गुणो यङ्लुकोः' सूत्र से अभ्यास के उकार को गुण ओकार और भकार को 'अभ्यासे चर्च' से जश् बकार होकर 'बोभूय' यह रूप बना । इसकी 'सनाद्यन्ता धातवः' से धातु संज्ञा हुई । तब लट् में आत्मनेपद के प्रत्यय तथा शप् हुए । 'अतो गुणे' से यङ् के अकार के साथ पररूप हुआ । इस प्रकार 'बोभूयते' रूप सिद्ध हुआ ।

यङन्त के विषय में नीचे लिखी बातों का विशेष ध्यान रखना चाहिये । १ यङन्त धातु आत्मनेपदी होती है । २ प्रत्ययान्त होने से लिट् में आम् और फिर कृ आदि तिङन्त धातुओं का अनुप्रयोग होता है । ३ यङन्त धातु अनेकाच् हो जाती है, इसलिये सेट् होती है, तास् आदि को इट् होता है ।

लिट्—**बोभूयाञ्चक्रे** । लुट्—**बोभूयिता** । लृट्—**बोभूयिष्यति** । लोट्—**बोभूयताम्** । लङ्—**अबोभूयत** । वि० लि०—**बोभूयेत** । आ० लि०—**बोभूयिषीष्ट** । लुङ्—**अबोभूयिष्ट** । लृङ्—**अबोभूयिष्यत** ।

(यङ्नियमसूत्रम्)

७१६ नित्यं कौटिल्ये गतौ ३ । १ । २३ ॥

गत्यर्थात् कौटिल्य एव यङ् स्यात्; न तु क्रियासमभिहारे ।

(अभ्यासदीर्घविधिसूत्रम्)

७१७ दीर्घोऽकितः ७ । ४ । ८३ ॥

अकितोऽभ्यासस्य दीर्घो यङि यङ्लुकि च । कुटिलं **व्रजति**-**वाव्रज्यते** ।

(यलोपविधिसूत्रम्)

७१८ यस्य हलः ६ । ४ । ४९ ॥

यस्येति संघातग्रहणम् । हलः परस्य यशब्दस्य लोप आर्धधातुके ।

---

७१६ **नित्यमिति**—गत्यर्थक धातु से कौटिल्य अर्थ में ही यङ् हो, क्रिया-समभिहार में नहीं ।

क्रियासमभिहार—पौनः पुन्य और भृश अर्थ को ही कहते हैं ।

गत्यर्थक धातुओं के यङन्त रूपों का विग्रह इसलिये 'पुनः पुनः अतिशयेन वा' से नहीं करना चाहिये । जैसे—**वाव्रज्यते**—यह व्रज् धातु का यङन्त रूप है । इसका अर्थ होगा-'कुटिलं व्रजति अर्थात् टेढ़ा चलता है' । 'पुनः पुनः अतिशयेन वा व्रजति'-यह अर्थ नहीं होगा ।

७१७ **दीर्घ इति**—अकित् अभ्यास को दीर्घ हो यङ् और यङ्लुक् में ।

अभ्यास कित् न हो ऐसा कहने से 'पनीपत्यते' इत्यादि प्रयोगों में अभ्यास को दीर्घ नहीं होता ।

नीक् और नुक् आगम होने से अभ्यास कित् हो जाता है 'नीक्' और 'नुक्' आगमों की चर्चा यहाँ लघुकौमुदी में नहीं आई है ।

वाव्रज्यते—'कुटिलं व्रजति' इस विग्रह में व्रज धातु से यङ्, द्वित्व हलादि-शेष होने पर 'दीर्घोऽकितः' से अभ्यास को दीर्घ होकर 'वाव्रज्य' बना । इसकी धातु संज्ञा होकर लट् में 'वाव्रज्यते' रूप बना ।

७१८ **यस्येति**—हल् से पर य का लोप हो आर्धधातुक परे रहते ।

यस्येति—'य' यह समुदाय का ग्रहण किया गया है अर्थात् अकार सहित यकार का लोपविधान किया गया है ।

आदेः परस्य, अतो लोपः—वाव्रजाञ्चक्रे। वाव्रजिता।

('रीक्' आगमविधिसूत्रम्)

७१९ रीगृदुपधस्य च ७। ४। ९०॥

ऋदुपधस्य धातोरभ्यासस्य 'रीग्'आगमो यङि यङ्लुकि च। वरीवृत्यते। वरीवृताञ्चक्रे। वरीवृतिता।

आदेरिति—'आदेः परस्य' के नियम से पर को विहित होने से उसके आदि यकार का लोप होता है।

अत इति—तब अकार बचता है, उसका 'अतो लोपः' सूत्र से लोप होता है।

वाव्रजाञ्चक्रे—यङन्त व्राव्रज्य धातु से लिट् में प्रत्ययान्त होने से आम् हुआ। आम् आर्धधातुक परे होने से 'यस्य हलः' से 'आदेः परस्य' नियम की सहायता से यकार का लोप और 'अतो लोपः' से अकार का लोप हुआ। तब 'वाव्रजाम्' से लिडन्त 'कृ' का अनुप्रयोग होकर रूप बना।

वाव्रजिता—यङन्त वाव्रज्य धातु से लुट् प्र० पु० १ में तास् को इट् होने पर 'आदेः परस्य' की सहायता से 'यस्य हलः' से यकार का और 'अतो लोपः' से अकार का लोप होकर रूप सिद्ध हुआ।

लृट्—**वाव्रजिष्यते**। लोट्—**वाव्रज्यताम्**। लङ्—**अवाव्रज्यत**। वि० लि०—**वाव्रज्येत**। आ० लि०—**वाव्रजिषीष्ट**। लुङ्—**अवाव्रजिष्ट**। लृङ्—**अवाव्रजिष्यत**।

७१९ रीगिति—ऋदुपध धातु के अभ्यास को रीक् आगम हो यङ् परे रहते और यङ्लुक् में।

वरीवृत्यते-'पुनः पुनरतिशयेन वा वर्तते इति—फिर फिर या अतिशय से होता है—' इस अर्थ में वृत् धातु से यङ् हुआ। द्वित्व और अभ्यासकार्य होने पर 'रीगृदुपधस्य च' से अभ्यास को रीक् आगम हुआ। तब 'वरीवृत्य' रूप बना। इसकी धातु संज्ञा हुई। तब लट् लकार में 'वरीवृत्यते' रूप बना।

वरीवृताञ्चक्रे—यङन्त 'वरीवृत्य' धातु से लिट् में आम् हुआ। तब यकार और अकार का लोप होने पर लिडन्त कृ का अनुप्रयोग होकर रूप सिद्ध हुआ।

वरीवृतिता—वरीवृत्य धातु से लुट् में तास् को इट् होने पर यकार और अकार का लोप होने पर रूप सिद्ध हुआ।

(णत्वनिषेधसूत्रम्)

७२० क्षुभ्नादिषु च ८ । ४ । ३९ ॥

णत्वं न । नरीनृत्यते । जरीगृह्यते । इति यङन्तप्रक्रिया ।

अथ यङ्लुगन्तप्रक्रिया ।

(यङ्लुक्विधिसूत्रम्)

७२१ यङोऽचि च २ । ४ । ७४ ॥

---

७२० क्षुभ्नादिष्विति—क्षुभ्नादिगण के शब्दों में णत्व नहीं होता ।

क्षुभ्नादिगण में ऐसे शब्द हैं, जिन में णत्व प्राप्त है, णत्व का निषेध करने के लिये ही उन्हें क्षुभ्नादिगण में रखा गया है ।

नरीनृत्यते—'पुनः पुनरतिशयेन वा नृत्यति-फिर फिर या बढ़िया नाचता है-' इस अर्थ में नृत् धातु से यङ् हुआ । द्वित्व और अभ्यासकार्य होने पर 'रीगृदुपधस्य च' इससे अभ्यास को 'रीक्' आगम हुआ । तब 'नरीनृत्य' रूप बना । इसकी धातु संज्ञा हुई । तब लट् के प्र० पु० १ में उक्त रूप बना । रेफ से पर होने के कारण द्वितीय नकार को णत्व प्राप्त था, उसका क्षुभ्नादि होने से निषेध हो गया ।

लिट्—**नरीनृताञ्चक्रे** । लुट्—**नरीनृतिता** । लृट्—**नरीनर्तिष्यते** । लोट्—**नरीनृत्यताम्** । लङ्—**अनरीनृत्यत** । वि० लि०—**नरीनृत्येत** । आ० लि०—**नरीनृतिषीष्ट** । लुङ्—**अनरीनर्तिष्ट** । लृङ्—**अनरीनर्तिष्यत** ।

जरीगृह्यते—'पुनः पुनरतिशयेन वा गृह्णाति—फिर फिर या अधिक पकड़ता है' इस अर्थ में यङ् होने पर ग्रह धातु को द्वित्व और अभ्यासकार्य हुआ । तब अभ्यास को रीक् आगम होने पर 'जरीगृह्य' की धातु संज्ञा हुई । फिर लट् प्र० पु० १ में उक्त रूप बना ।

लिट्—**जरीगृह्याञ्चक्रे** । लुट्—**जरीगृहिता** । लृट्—**जरीगृहिष्यते** । लङ्—**अजरीगृह्यत** । वि० लि०—**जरीगृह्येत** । आ० लि०—**जरीगृहिषीष्ट** । लुङ्—**अजरीगृहिष्ट** । लृङ्—**अजरीगृहिष्यत** ।

यङन्तप्रक्रिया समाप्त ।

७२१ **यङ इति**—यङ् का अच् प्रत्यय परे रहते भी लोप होता है ।

यङोऽचि प्रत्यये लुक् स्यात्, चकारात्तं विनाऽपि क्वचित्। अनैमित्तिकोऽयम् अन्तरङ्गत्वादादौ भवति। ततः प्रत्ययलक्षणेन यङन्तत्वाद् द्वित्वम्, अभ्यासकार्यम्। धातुत्वाल्लडादयः। शेषात्कर्तरीति परस्मैपदम्। चर्करीतं च-इति अदादौ पाठात् शपो लुक्।

(इड्विकल्पविधिसूत्रम्)

७२२ यङो वा ७। ३। ९४॥

यङ्लुगन्तात्परस्य हलादेः पितः सार्वधातुकस्येड् वा स्यात्। 'भू-सुवोः-' इति गुणनिषेधो यङ्लुकि भाषायां न, 'बोभूतु-तेतिक्ते' इति छन्दसि निपातनात्।

चकारादिति—चकार-भी-कहने से उसके अर्थात् अच् प्रत्यय के विना भी कहीं कहीं यङ् का लोप होता है।

अनैमित्तिक इति—अनैमित्तिक होने से अन्तरङ्ग होने के कारण यह पहले होता है अर्थात् यङ् का लोप बिना निमित्त के होता है, इसलिये वह अनैमित्तिक होने से अन्तरङ्ग है। इसीलिये यह सब से पहले हो जायगा।

तत इति—यङ् का लोप होने पर 'प्रत्ययलोपे प्रत्ययलक्षणम्' से धातु यङन्त रहता है। तब द्वित्व और अभ्यासकार्य होते हैं। फिर धातुसंज्ञा होकर यङादि आते हैं।

शेषादिति—यङ्लुक् से 'शेषात्कर्तरि परस्मैपदम्' से परस्मैपद के प्रत्यय आते हैं। इसलिये ध्यान रहना चाहिये कि यङ्लुक् के प्रयोग परस्मैपद में ही आते हैं।

चर्करीतमिति—चर्करीत यङ्लुक् को कहते हैं। उसका अदादिगण में पाठ है, इसलिये यङ्लुक् में शप् का लोप होता है।

७२२ यङो वेति—यङ्लुगन्त से पर हलादि पित् सार्वधातुक को ईट् आगम विकल्प से हो।

भूसुवोरिति—'भूसुवोस्तिङि' से होनेवाला गुणनिषेध यङ्-लुक् में भाषा में नहीं होता, क्योंकि 'बोभूतु-तेतिक्ते'—इस सूत्र में छन्द में भू को यङ्लुक् में गुण-निषेध का निपातन किया गया है। यदि गुण-निषेध उक्त सूत्र से हो जाता तो निपातन की आवश्यकता नहीं रहती। निपातन से यह सूचित हुआ कि उक्त निषेध भाषा में यङ्-लुक् में नहीं होता।

बोभवीति, बोभोति, बोभूतः । अदभ्यस्तात्, बोभुवति । बोभवाञ्चकार-बोभवामास । बोभविता । बोभविष्यति ।

बोभवीति, बोभोति—'पुनः पुनरतिशयेन वा भवति–फिर फिर या अतिशय से होता है'-इस अर्थ में भू धातु से यङ् प्रत्यय हुआ, उसका 'यङोऽचि च' सूत्र से लोप हो गया। तब प्रत्ययलक्षण से यङन्त होने के कारण भू को द्वित्व और अभ्यास कार्य हुए। 'बोभू' इसकी धातु संज्ञा हुई। तब लडादि की उत्पत्ति हुई। लट् प्र० पु० ए०व० में परस्मैपद होने से तिप् हुआ। तिप् के हलादि पित् सार्वधातुक होने से 'यङो वा' से 'ईट्' आगम हुआ, अभ्यास के उत्तरखण्ड में उकार को सार्वधातुक गुण हुआ, ईट् पक्ष में 'अव्' आदेश होकर 'बोभवीति' और अभावपक्ष में 'बोभोति' रूप बना। शप् का अदादि होने से लोप हुआ।

बोभूतः—यङ्लुगन्त बोभू धातु के लट् प्र० पु० द्वि० व० में यह रूप बना है। अपित् सार्वधातुक होने से 'तस्' ङिद्वत् है। इसलिये गुण नहीं हुआ।

बोभुवति—यङ्लुगन्त बोभू धातु के लट् प्र० पु० ब० व० में भू को 'अदभ्यस्तात्' से 'अत्' आदेश हुआ क्योंकि द्वित्व होने से 'बोभू' धातु अभ्यस्त है। 'झि' भी अपित् सार्वधातुक होने से ङिद्वत् है, इसलिये गुण का निषेध हो गया। तब उकार को 'अचि श्नुधातु–' इत्यदि सूत्र से उवङ् होकर रूप सिद्ध हुआ।

लट् के शेष रूप इसी प्रकार बनेंगे–बोभवीषि–बोभोषि, बोभूथः, बोभूथ। बोभवीमि–बोभोमि, बोभूवः, बोभूमः।

बोभवाञ्चकार, बोभवामास—यङ्लुगन्त बोभू धातु के प्रत्ययान्त होने से लिट् में आम् और कृ और अस् धातुओं का अनुप्रयोग होने से रूप बन गये।

यद्यपि 'भू' का भी अनुप्रयोग होता है, पर यहाँ भू धातु ही है, इससे पुनः उसी का अनुप्रयोग व्यर्थ है। अतः उसका रूप यहाँ नहीं दिया, उसका प्रयोग भी तो नहीं होता।

बोभविता–बोभू धातु से लुट् प्र० पु० ए० व० में तास् को इट् आगम होने पर धातु के ऊकार को आर्धधातुक गुण और उसे अवादेश होकर रूप बना।

बोभविष्यति—बोभू यङ्लुगन्त धातु से लृट् में तिप्, स्य, इट् होकर रूप बना।

बोभवीतु–बोभोतु–बोभूतात्, बोभूताम्, बोभुवतु । बोभूहि । बोभवानि ।

अबोभवीत्, अबोभोत्, अबोभूताम् । अबोभुवुः । बोभूयात् बोभूयाताम्, बोभूयुः ।

बोभवीतु, बोभोतु—लोट् प्र० पु० ए० व० से बोभू यङ्लुगन्त धातु से परे हलादि पित् सार्वधातुक 'तिप्' को विकल्प से ईट् होकर दो रूप बने।

बोभूताम्—बोभू धातु के लोट् प्र० पु० २ में तस् के अपित् सार्वधातुक होने से ङिद्वत् हो जाने के कारण गुण नहीं हुआ।

बोभुवतु—बोभू धातु के लोट् प्र० पु० बहु० में झि के अपित् सार्वधातुक होने के कारण ङिद्वत् हो जाने से गुण का निषेध हुआ। 'अदभ्यस्तात्' से 'झ' को अत् आदेश और ऊ को गुण तथा उवङ् आदेश होकर रूप सिद्ध हुआ।

बोभूहि—बोभू लोट् म० पु० ए०व० सिप् को हि आदेश, हि के अपित् होने से ऊकार को गुण नहीं हुआ।

बोभवानि—बोभू लोट् उ० पु० १ आट् आगम पित् होता है, इसलिये ऊकार को गुण और अव् आदेश होकर रूप बना।

अबोभवीत्, अबोभोत्—बोभू लङ् प्र० पु० ए० व० में पित् हलादि सार्वधातुक तिप् के परे रहते ऊकार का गुण हो जाता है और तिप् को विकल्प से ईट् आगम होकर दो रूप बने।

अबोभूताम्—बोभू लङ् प्र० पु० ए० व० अपित् सार्वधातुक तस् के परे होने से ऊकार को गुण नहीं हुआ।

अबोभुवुः—बोभू लङ् प्र० पु० ब० अपित् सार्वधातुक 'झि' के परे होने से ऊकार को गुण नहीं हुआ। 'झि' को 'सिजभ्यस्तविदिभ्यश्च' से जुस् आदेश और ऊकार को उवङ् होकर रूप सिद्ध हुआ।

बोभूयात्—बोभू वि० लि० प्र० पु० १ में शप् का अदादित्वात् लोप होने पर 'यास्' को इय् न हुआ। 'लिङः सलोपोऽनन्त्यस्य' से सकार का लोप हुआ।

बोभूयाताम्—वि० लि० प्र० पु० २ में शप् का लुक् और सकार का लोप होकर रूप बना।

बोभूयुः—वि० लि० प्र० पु० ३ में शप् का लुक् और 'झि' को 'सिजभ्य

बोभूयाताम् , बोभूयास्ताम् , बोभूयासुः।

गातिस्थेति सिचो लुक् । 'यङो वा' इति 'ईट् ' पक्षे गुणं बाधित्वा नित्यत्वाद् वुक् । अबोभूवीत् ,-अबोभोत् , अबोभूताम् , अबोभूवुः। अबोभविष्यत् । इति यङ्लुगन्ताः।

स्तविधिभ्यश्च' सूत्र से जुस् हो गया। तब 'उस्यपदान्तात्' सूत्र से यास् के आस् का रूप होकर रूप सिद्ध हुआ।

बोभूयात्—आ० लि० प्र० पु० १ में 'स्कोः संयोगाद्योरन्ते च' से सकार का लोप हुआ।

बोभूयास्ताम् , बोभूयासुः—आ० लि० प्र० पु० २, बहु० से आर्धधातुक होने से सकार का लोप नहीं हुआ।

गाति-स्था इति—लुङ् में 'गातिस्था' इत्यादि सूत्र से सिच् का लोप हो गया।

यङो वेति इति—'यङो वा' इससे जब 'ईट्' आगम होता है, तब लुङ् का अच् परे मिलने से गुण को बाधकर वुक् आगम हो जाता है।

अबोभूवीत् , अबोभोत्—लुङ् प्र० पु० १ में सिच् का 'गातिस्थाघुपाभूभ्यः सिचः परस्मैपदेषु' से लोप हुआ। हलादि पित् सार्वधातुक तिप् को 'यङो वा' से ईट् आगम हुआ। तब सार्वधातुक गुण को नित्य होने के कारण बाधकर 'भुवो वुग् लुङ्लिटोः' से वुक् आगम होकर पहला रूप बना। ईट् के अभाव में गुण होने पर दूसरा रूप सिद्ध हुआ।

अबोभूताम्—लुङ् प्र० पु० २ में लङ् के समान रूप बना।

अबोभूवुः—लुङ् प्र० पु० बहु० में झि को 'सिजभ्यस्तविदिभ्यश्च' से 'जुस्' आदेश होने पर अजादि प्रत्यय परे मिल जाने के कारण 'भुवो वुङ् लुङ्-लिटोः' से वुग् आगम होकर रूप सिद्ध हुआ।

अबोभविष्यत्—लृङ् प्र० पु० १ में स्य, इट् , गुण, अव् आदेश और षत्व होकर रूप बना।

यङ्लुगन्त समाप्त।

अथ नामधातवः ।

('क्यच्' प्रत्ययविधिसूत्रम्)

७२३ सुप आत्मनः क्यच् ३ । १ । ८ ॥

इषिकर्मण एषितुः संबन्धिनः सुबन्ताद् इच्छायाम् अर्थे क्यच् प्रत्ययो वा स्यात् ।

(सुब्लुग्विधिसूत्रम्)

७२४ सुपो धातु-प्रातिपदिकयोः २ । ४ । ७१ ॥

एतयोरवयवस्य सुपो लुक् ।

(ईत्वविधिसूत्रम्)

७२५ क्यचि च ७ । ४ । ३३ ॥

---

७२३ **सुप्** इति—इच्छा के कर्म और इच्छा के सम्बन्धी सुबन्त से इच्छा अर्थ में क्यच प्रत्यय विकल्प से हो ।

'आत्मनः पुत्रमिच्छति–अपना पुत्र चाहता है' इस अर्थ में 'पुत्र अम्' इस सुबन्त से क्यच् प्रत्यय होगा, क्योंकि पुत्र इच्छा का कर्म है और इच्छा करने-वाले का उससे सम्बन्ध है अर्थात् इच्छा करने वाला अपना पुत्र चाहता है ।

'परस्य पुत्रमिच्छति–दूसरे का पुत्र चाहता है' इस अर्थ में क्यच् नहीं होगा क्योंकि इच्छा करनेवाला अपने लिये नहीं चाह रहा है । 'आत्मनः' पद के प्रयोग से अपने लिये चाहने पर ही क्यच् होता है ।

क्यच् के ककार और चकार इत्संज्ञक हैं, केवल 'य' इसका बचता है ।

७२४ **सुपो धात्विति**–धातु और प्रातिपादिक के अवयव सुप् का लोप हो।

'पुत्र अम् य' इसको 'सनाद्यन्ता धातवः' से धातु संज्ञा हुई, तब धातु का अवयव होने से सुप् अम् का लोप हुआ और शेष रहा 'पुत्र य' ।

प्रातिपदिक के उदाहरण समास में मिलेंगे । जैसे—'राज्ञः पुरुषः राजा का पुरुष'–इस अर्थ में 'षष्ठी' सूत्र 'राजन् ङस् पुरुष सु' का समास हुआ । समास होने से 'कृत्तद्धितसमासाश्च' सूत्र से प्रातिपादिक संज्ञा हुई । तब प्रकृत सूत्र से प्रातिपादिक के अवयव सुप् 'ङस्' का लोप हो गया और 'राजन् पुरुष' यह शेष रहा ।

७२५ **क्यचीति**—अवर्ण को ई होता है क्यच् परे रहते ।

अवर्णस्य ईः। आत्मनः पुत्रमिच्छति–पुत्रीयति।

('पदसंज्ञा' नियमसूत्रम्)

७२६ नः क्ये १। ४। १५॥

क्यचि क्यङि च नान्तमेव पदं नान्यत्। नलोपः–राजीयति।

अवर्ण कहने से अकार को भी ईकार होता है।

पुत्रीयति–'पुत्र य' इस दशा में 'क्यचि च' सूत्र से क्यच् परे होने के कारण अकार को ईकार हुआ। तब 'पुत्रीय' बना। इसकी धातु संज्ञा है जैसे कि पहले बताया गया है, इसलिये लडादि की उत्पत्ति हुई। लट् प्र० पु० १ में तिप्, शप् हुए। क्यच् के अकार का शप् के अकार के साथ पर-रूप 'अतो गुणे' से होकर रूप सिद्ध हुआ।

'पुत्रीय' धातु भी प्रत्ययान्त है इसलिये इससे लिट् में आम् प्रत्यय और लिडन्त कृ आदि का अनुप्रयोग होगा। साथ ही अनेकाच् होने से वलादि आर्धधातुक को इट् भी होगा।

लिट–**पुत्रीयाञ्चकार**। लुट्–**पुत्रीयिता**। लृट–**पुत्रीयिष्यति**। लोट्–पुत्रीयतु। लङ्–**अपुत्रीयत**। वि० लि०–**पुत्रीयेत्**। आ० लि–पुत्रीय्यात्। लुङ्–**अपुत्रीयीत्**। लृङ्–**अपुत्रीयिष्यत्**।

इसी प्रकार अन्य सुबन्तों से भी क्यच् होकर रूप बनेंगे। पहले क्यजन्त धातु रूप बना लेना चाहिये, फिर लडादि के रूप सरलता से बन जायँगे।

सुबन्त से बने हुए इस क्यजाद्यन्त धातुओं को **नाम-धातु** कहते हैं, क्योंकि इस धातुओं के मूल **नाम** अर्थात् प्रातिपादिक हैं।

७२६ नः क्ये इति–क्यच् और क्यङ् प्रत्यय परे रहते नान्त ही पद होता है अन्य नहीं।

यह नियम सूत्र है, नकार से भिन्न वर्ण यदि अन्त में रहेगा तो पद संज्ञा नहीं होगी।

राजीयति–'राजानमात्मन इच्छति–राजा को अपना चाहता है–' इस अर्थ में 'राजन् अम्' इस सुबन्त से इच्छा अर्थ में 'सुप आत्मनः क्यच्' सूत्र से **क्यच्** प्रत्यय हुआ। सनाद्यन्त धातु संज्ञा होने पर 'सुपो धातु, प्रातिपदिकयोः' सूत्र से अम् का लोप हुआ। तब 'राजन् य' इस स्थिति में 'नः क्ये' नियम से

नान्तमेवेति किम्–वाच्यति। ह्‌ ल च–गीर्यति, पूर्यति। धातोरित्येव, नेह, दिवमिच्छति–दिव्यति।

(क्यच्क्यङ्–लोपविधिसूत्रम्)

७२७ क्यस्य विभाषा ६ । ४ । ५० ॥

राजन्' की पद संज्ञा होने पर 'न लोपः प्रातिपदिकान्तस्य' सूत्र से नकार का, प्रातिपदिक का अवयव और पदान्त होने के कारण, लोप हुआ। तब फिर 'राज य' इस दशा में 'क्यचि च' से अकार को ईकार होकर 'राजीय' बना। इस क्यजन्त धातु से लट् में तिप् शबादि होकर उक्त रूप बना।

नान्तमेति—नान्त की ही पद संज्ञा होती है–इस नियम का फल क्या है? इसका उत्तर है–**वाच्यति** यह। यहाँ 'आत्मनो वाचमिच्छति' इस विग्रह में 'वाच् अम्' इस सुबन्त से क्यच् हुआ है। 'वाच्' शब्द नान्त नहीं है, इसलिये नियम से पद संज्ञा का निषेध हो गया। पद संज्ञा न होने से चकार को 'चोः कुः' सूत्र से कुत्व और 'झलां जशोऽन्ते से जश्त्व नहीं हुआ।

गीर्यति, पूर्यति—'गिरं पुरमात्मन इच्छति—' इस विग्रह में 'गिर् अम्' और 'पुर् अम्' इन सुबन्तों से क्यच् प्रत्यय हुआ। धातु संज्ञा होने पर सुप् का लोप हुआ। तब 'हलि च' से दीर्घ होकर 'गीर्य' और 'पूर्य' ये क्यजन्त धातु बने। इनसे लट् तिप् में उक्त रूप सिद्ध हुये।

धातोरिति—'हलि च' सूत्र से रेफ और व अन्तवाले शब्दों की उपधा को दीर्घ होता है, पर वे रेफ और वकार धातु के होने चाहिये। 'गॄ निगरणे' धातु से क्विप् प्रत्यय होने पर 'ॠत इद्धातोः' से ॠकार को इर् होकर 'गिर्' और 'पॄ पालनपूरणयोः' धातु से क्विप् प्रत्यव में पूर्वोक्त प्रकार से 'पुर्' शब्द बने। यहाँ रेफ धातु का है, इसलिये दीर्घ हो जाता है। 'दिवमात्मन इच्छति' इस विग्रह में 'दिव् अम्' सुबन्त से क्यच् होने पर वकार की उपधा को दीर्घ प्राप्त होता है, पर धातु का वकार न होने से निषेध हो जाता है। यह वकार सुबन्त का है। इसलिये 'हलि च' से दीर्घ नहीं हुआ, 'दिव्यति' रूप बना।

७२७ **क्यस्येति**—हल् से पर क्यच् और क्यङ् का विकल्प से लोप हो सार्वधातुक परे रहते।

हलः परयोः क्यच्-क्यङोर्लोपो वार्धधातुके । आदेः परस्य, अतो लोपः, तस्य स्थानिवत्त्वाद्, लघूपधगुणो न-समिधिता, समिध्यिता ।

('काम्यच्' प्रत्ययविधिसूत्रम्)

७२८ काम्यच् च ३ । १ । ९ ॥

उक्तविषये काम्यच् स्यात् । पुत्रमात्मन इच्छति-पुत्रकाम्यति । पुत्रकाम्यिता ।

'आदेः परस्य' के नियम से पर क्यच् और क्यङ् को विहित होने से लोप उनके आदि यकार का होगा ।

अतो लोप इति—यकार का लोप होने पर अवशिष्ट अकार का लोप 'अतोलोपः' से होता है ।

तस्येति—उस अकार के लोप को स्थानिवद्भाव होने से लघूपध गुण नहीं होता, क्योंकि तब उपधा में लघु नहीं मिलता ।

समिधिता, समिध्यिता—'समिधमात्मन इच्छति—लकड़ी अपनी चाहता है'—इस विग्रह में 'समिध् अम्' इस सुबन्त से क्यच् प्रत्यय होने पर धातु सज्ञा होकर सुप् का लोप हुआ । तब 'समिध्य' इस क्यजन्त धातु से लुट् प्र० पु० १ में तास् को इट् हुआ । 'क्यस्य विभाषा' सूत्र से 'आदेः परस्य' के निर्देश से यकार का लोप हुआ । तब 'अतो लोपः' से अकार का लोप होकर पहला रूप बना । यकार के लोप के अभाव में 'अतो लोपः' से अकार का लोप होकर दूसरा रूप सिद्ध हुआ ।

हलन्त शब्दों से क्यच् आदि होने पर इसी प्रकार यकार और अकार का लोप तास् आदि में होगा ।

७२८ **काम्यच् च** इति—क्यच् के विषय में अर्थात् इच्छा के कर्म और इच्छा के सम्बन्धी सुबन्त से काम्यच् प्रत्यय हो ।

काम्यच् का चकार इत्संज्ञक है ।

पुत्रकाम्यति—'पुत्रमात्मन इच्छति—अपना पुत्र चाहता है'—इस विग्रह में 'पुत्र अम्' इस सुबन्त से 'काम्यच्' सूत्र से काम्यच् प्रत्यय हुआ । तब धातुसंज्ञा होने पर सुप् का लोप होकर **'पुत्रकाम्य'** यह नाम धातु बना । इससे लट् में प्र० पु० १ में उक्त रूप बना ।

पुत्रकाम्यिता—पुत्रकाम्य इस नाम-धातु से लुट् प्र० पु० १ में तास् को

(आचार 'क्यच्' विधिसूत्रम्)

७२९ उपमानाद् आचारे ३ । १ । १० ॥

उपमानात् कर्मणः सुबन्ताद् आचारेऽर्थे क्यच् । पुत्रमिवाचरति–**पुत्रीयति** छात्रम् । विष्णूयति द्विजम् ।

('क्विप्' विधिवार्तिकम्)

(वा) सर्वप्रातिपदिकेभ्यः क्विब्वा वक्तव्यः । अतो गुणे, कृष्ण

इट् आगम हुआ । तब काम्य के अन्त्य अकार का 'अतो लोपः' से लोप होकर रूप बना ।

७२९ **उपमानादिति**—उपमान रूप कर्म सुबन्त से आचार अर्थ में क्यच् प्रत्यय हो।

आचार का अर्थ है आचरण करना, व्यवहार करना । सुबन्त को आचार का कर्म होते हुये उपमान भी होना चाहिये ।

'सुप आत्मनः क्यच्' होता है, वह इच्छा क्यच् कहा जाता है और यह आचार-क्यच् ।

इस आचार क्यच् में भी रूप रचना इच्छा-क्यच् के समान ही होती है अर्थ का अन्तर होता है, वह विग्रह के द्वारा प्रकट किया जाता है । प्रकरण के अनुसार निर्णय किया जाता है कि यह इच्छा-क्यच है या आचार क्यच् ।

पुत्रीयति छात्रम्—'छात्रं पुत्रमिवाचरति–छात्र के साथ पुत्र के समान आचरण करता है' इस विग्रह में 'पुत्र अम्' इस सुबन्त से 'उपमानाद् आचारे' सूत्र से क्यच् प्रत्यय हुआ । शेष कार्य पूर्ववत् हुए ।

विष्णूयति द्विजम्—'द्विजं विष्णुमिवाचरति–ब्राह्मण के साथ विष्णु के समान आचरण करता है' इस विग्रह में 'विष्णु अम्' सुबन्त से आचार अर्थ में क्यच् हुआ । तब धातु संज्ञा होने से सुप् का लोप हुआ । फिर 'विष्णु य' इस स्थिति में आर्धधातुक क्यच् परे होने से 'अ-कृत्-सार्वधातुकयोः' सूत्र से उकार को दीर्घ होकर 'विष्णूय' बन जाने पर लट् प्र० पु० १ में रूप सिद्ध हुआ ।

(वा) **सर्वेति**—सभी प्रातिपदिकों से क्विप् प्रत्यय विकल्प से हो आचार अर्थ में ।

क्विप् का सर्वापहार लोप होता है । ककार को 'लशक्वतद्धिते' से पकार की

इव आचरति—कृष्णति। स्व इवाचरति-स्वति। सस्वौ।

(दीर्घविधिसूत्रम्)

७३० अनुनासिकस्य क्वि-झलोः क्ङिति ६।४।१५॥

अनुनासिकान्तस्योपधाया दीर्घः स्यात् क्वौ झलादौ चक्ङिति। इदमिवाचरति-इदामति।

'हलन्त्यम्' से और इकार को 'उपदेशेऽजनुनासिक इत्' से इत्संज्ञा होती है। इनका लोप होजाने पर अकेले बचे वकार का 'वेरपृक्तस्य' से लोप होकर क्विप सर्वथा लुप्त हो गया।

क्विप् का लोप हो जाने से प्रातिपदिक का रूप ही धातु का रूप होता है। उसी से लडादि लकार आते हैं।

कृष्णति—'कृष्ण इवाचरति-कृष्ण के समान आचरण करता है' इस विग्रह में कृष्ण प्रातिपदिक से क्विप् प्रत्यय हुआ। क्विप् का सर्वापहार लोप होने पर कृष्ण की धातु संज्ञा होने से लट् आदि की उत्पत्ति हुई। लट् प्र० पु० १ में तिप शप् होने पर 'कृष्ण अ ति' इस दशा में 'अतो गुणे' से अकार का पर रूप होकर रूप सिद्ध हुआ।

स्वति—'स्व इवाचरति-अपने या आत्मीय के समान आचरण करता है' इस विग्रह में स्व प्रातिपदिक से क्विप् प्रत्यय हुआ। उसका लोप लट् प्र० पु० ए० व० तिप् में शप् होने पर अकार का पररूप होकर रूप बना।

सस्वौ—नाम-धातु क्विबन्त स्व के लिट् प्र० पु० ए० व० में णल् में 'अचो ञ्णिति' से वृद्धि होने पर 'आत औ णलः' से णल् को 'औ' हुआ। द्वित्व, अभ्यास कार्य और औ के साथ वृद्धि होकर उक्त रूप सिद्ध हुआ।

७३० अनुनासिकस्येति—अनुनासिकान्त की उपधा को दीर्घ हो क्वि और झलादि कित् ङित् परे रहते।

इदामति—'इदमिवाचरति-इसके समान आचरण करता है' इस विग्रह में इदम् प्रातिपदिक से क्विप् प्रत्यय हुआ। क्विप् के परे रहते 'अनुनासिकस्य क्वि-झलोः क्ङिति' सूत्र से अनुनासिक मकारान्त इदम् की उपधा को दीर्घ हुआ। क्विप् का सर्वापहार लोप होने पर 'इदाम्' यह अवशिष्ट धातु हुआ। इससे लट् प्र० पु० ए० व० तिप् में शप् होकर रूप बना।

राजेव—राजानति। पन्था इव-पथीनति।

('क्यङ्' विधिसूत्रम्)

७३१ कष्टाय क्रमणे ३ । १ । १४ ॥

चतुर्थ्यन्तात् कष्टशब्दाद् उत्साहेऽर्थे क्यङ् स्यात्। कष्टाय क्रमते-कष्टायते। पापं कर्तुमुत्सहते इत्यर्थः।

('क्यङ्' विधिसूत्रम्)

७३२ शब्द-वैर-कलहाभ्र-कण्व-मेघेभ्यःकरणे ३ । १ । १७॥

राजानति—'राजेवाचरति राजा के समान आचरण करता है' इस विग्रह में राजन् प्रातिपदिक से क्विप् हुआ। अनुनासिक नकारान्त होने से उक्त सूत्र से दीर्घ होकर 'राजान्' की धातु संज्ञा हुई। इससे लट् प्र० पु० ए० व० तिप् में उक्त रूप बना।

पथीनति—'पन्था इवाचरति- मार्ग के समान आचरण करता है' इस विग्रह में पथिन् प्रातिपदिक से क्विप् होने पर अनुनासिक-नकारान्त होने से उपधा इकार को दीर्घ होकर 'पथीन्' धातु बना इससे लट् प्र० पु १ ति में उक्त रूप सिद्ध हुआ।

७३१ **कष्टायेति**—चतुर्थ्यन्त कष्ट शब्द से उत्साह अर्थ में क्यङ् प्रत्यय होता है।

क्रमण शब्द का अर्थ उत्साह है। क्यङ् के ककार और ङकार इत्संज्ञक हैं, केवल 'य' बचता है। ङित् होने से क्यङन्त से आत्मनेपद प्रत्यय आते हैं।

पापं कर्तुम् इति—कष्ट का अर्थ यहाँ 'पाप' है। 'पाप करने को उत्साह करता है' इस अर्थ में कष्ट शब्द से यह क्यङ् प्रत्यय होता है। इसी बात को प्रकट करने के लिये 'कष्टायते' का अर्थ किया गया है 'पापं कर्तुमुत्सहते'।

कष्टायते—'कष्टाय क्रमते-पाप करने को तैयार होता है' इस विग्रह में चतुर्थ्यन्त 'कष्ट ङे' से 'कष्टाय क्रमणे' सूत्र से क्यङ् प्रत्यय हुआ। धातु संज्ञा होने से सुप् ङे का लोप हुआ। तब 'कष्ट य' इस दशा में 'अकृत्सार्वधातुकयोः' से दीर्घ होकर 'कष्टाय' बना। इससे लट् प्र० पु० ए० व० त में उक्त रूप बना।

७३२ **शब्देति**—शब्द, वैर, कलह, अभ्र, कण्व और मेघ इन कर्म कारक से 'करोति' के अर्थ में अर्थात् करने अर्थ में क्यङ् प्रत्यय हो।

एभ्यः कर्मभ्यः करोत्यर्थे क्यङ् स्यात् । शब्दं करोति-शब्दायते ।
'तत्करोति तदाचष्टे' इति णिच् ।

(वा) प्रातिपदिकाद्धात्वर्थे बहुलम् इष्ठवच्च ।

प्रातिपदिकाद् धात्वर्थे णिच् स्यात्, इष्ठे यथा प्रातिपदिकस्य पुंवद्-भाव-रभाव-टिलोप-विन्मतुब्लोप-यणादिलोप-प्रस्थस्फाद्यादेश-भसंज्ञाः, तद्वद् णावपि स्युः । इति-अल्लोपः, घटं करोत्याचष्टे वा-घटयति ।

इति नामधातवः ।

शब्दायते—'शब्दं करोति-शब्द करता है' इस विग्रह में 'शब्द अम्' इस करोति के कर्म से प्रकृत सूत्र से क्यङ् प्रत्यय हुआ, धातु संज्ञा होने पर सुप् अम् का लोप हुआ । 'शब्द य' इस दशा में अ-कृत्सार्वधातुकयोः' से दीर्घ होकर लट् प्र० पु० ए० व० त में रूप बना ।

इसी प्रकार—वैरं करोति-**वैरायते** । कलहं करोति-**कलहायते** । अभ्रं करोति-**अभ्रायते** । कण्वं=पापं करोति-**कण्वायते** । मेघं करोति- **मेघायते** ।

(वा) **तत्करोतीति**—'तत् करोति-उसे करता है, तद् आचष्टे-उसे कहता है' इन विग्रहों में प्रातिपदिक से णिच् प्रत्यय होता है ।

यह वार्तिक 'करने' और 'कहने' अर्थ में इनके कर्म से णिच् प्रत्यय करता है ।

(वा) **प्रातिपादिकादिति**—प्रातिपदिक से धातु के अर्थ में णिच् प्रत्यय बहुल होता है और यह णिच् इष्ठन् प्रत्यय के समान होता है अर्थात् इष्ठन् प्रत्यय परे रहते प्रातिपदिक को पुंवद्भाव, रभाव, टि-लोप, विन् और मतुप् का लोप, यणादि-लोप, प्र-स्थ-स्फ आदि आदेश और भसंज्ञा-ये कार्य होते हैं–' इसी प्रकार णि परे रहते भी ये कार्य्य होते हैं ।

घटयति—'घटं करोति-घड़ा बनाता है' इस विग्रह में 'घट अम्' इस कर्म से करने अर्थ में प्रकृत वार्तिक से णिच् प्रत्यय हुआ । इष्ठवत् होने से णिच परे रहते भ-संज्ञा हुई । तब 'यस्येति च' से अकार का लोप हुआ । इस प्रकार 'घटि' रूप बना इसकी 'सनाद्यन्ता धातवः' से धातु संज्ञा हुई । तब लट् प्र० पु० १ ति में शप्, गुण और अय् आदेश होकर रूप बना ।

नामधातु समाप्त ।

अथ कण्ड्वादयः ।

('यक्' प्रत्ययविधिसूत्रम्)

७३३ कण्ड्वादिभ्यो यक् ३ । १ । २७ ॥

एभ्यो धातुभ्यो नित्यं यक् स्वात्स्वार्थे । कण्डूञ् गात्रविघर्षणे ॥१॥ कण्डूयति, कण्डूयते । इत्यादि । इति कण्ड्वादयः ।

---

७३३ **कण्ड्वादिभ्य** इति—कण्डूञ् आदि धातुओं[1] से नित्य यक् प्रत्यय होता है स्वार्थ में ।

यक् होने पर 'सनाद्यन्ता धातवः' से पुनः धातुसंज्ञा होती है, तब लट् आदि की उत्पत्ति होती है ।

१ कण्डूञ् (खुजलाना)—अनेकाच्, सेट् । ञित् उभयपदी ।

कण्डूयति, कण्डूयते—यक् होने पर लट् प्र० पु० १ तिप् और त में उक्त रूप बने ।

लिट्—**कण्डूयाञ्चकार, कण्डूयाञ्चक्रे** । लुट्—**कण्डूयिता** । लृट्—**कण्डूयिष्यति, कण्डूयिष्यते** । लङ्—**अकण्डूयत्, त** । वि० लि०—**कण्डूयेत्-त** । आ० लि०—**कण्डूय्यात्, कण्डूयिषीष्ट** । लुङ्—**अकण्डूयीत्, अकण्डूयिष्ट** । लृङ्—**अकण्डूयिष्यत्-त** ।

कण्ड्वादिगण समाप्त ।

आत्मनेपद प्रक्रिया में आत्मनेपद के सम्बन्ध में कुछ विशेष नियम बताये गये हैं । सामान्य नियम तिङन्त के प्रारम्भ में बताया जा चुका है ।

ये नियम दो प्रकार के होंगे एक तो उभयपदी धातुओं से परगामी क्रिया फल में भी आत्मनेपद करने का दूसरा परस्मैपदी धातुओं से उपसर्ग के योग से आत्मनेपद करने का ।

---

१ धातु विशेषण इसलिये दिया गया है कि प्रातिपदिकों से न हो । कण्ड्वादि दोप्रकार के हैं धातु और प्रातिपदिक । यक् प्रत्यय के कित् होने से कण्ड्वादियों की धातु संज्ञा होना सिद्ध होता है, क्योंकि कित् का गुण निषेध आदि फल धातुओं में ही होता है; और कण्डूञ् का दीर्घ ऊकारान्त होना इनका प्रातिपदिक होना सिद्ध करता है, क्योंकि यदि ये धातु ही होते तो ह्रस्वान्त रहने पर भी यक् परे रहते 'अकृत्-सार्वधातुकयोः' से दीर्घ होकर रूप सिद्ध हो जाता ।

अथ-आत्मनेपदप्रक्रिया ।

(आत्मनेपदनियमसूत्रम्)

७३४ कर्तरि कर्म-व्यतिहारे १ । ३ । १४ ॥

क्रियाविनिमये द्योत्ये कर्तरि आत्मनेपदम् । व्यतिलुनीते-अन्यस्य योग्यं लवनं करोतीत्यर्थः ।

(आत्मनेपदनियमनिषेधसूत्रम्)

७३५ न गति-हिंसार्थेभ्यः १ । ३ । १५ ॥

व्यतिगच्छन्ति । व्यतिघ्नन्ति ।

('विश्' धातोः आत्मनेपदनियमसूत्रम्)

७३६ नेर्विशः १ । ३ । १७ ॥

---

७३४ कर्तरीति—क्रिया का विनिमय-अदला बदली-बताने में कर्ता में आत्मनेपद आता है ।

वि और अति उपसर्ग के योग से क्रियाविनिमय सूचित होता है । इसलिये उदाहरण 'व्यति' से युक्त दिये गये हैं ।

व्यतिलुनीते—वि अति पूर्वक लूञ् (काटना, क्र्या. से. उ.) धातु से क्रिया विनिमय अर्थ को बताने में आत्मनेपद हुआ । लट् के प्रथमपुरुष एक-वचन में उक्त रूप बना ।

अन्यस्येति—दूसरे के योग्य काटने को कर रहा है अर्थात् दूसरे के बदले काट रहा है । यह अर्थ क्रियाविनिमय को बताने के लिये दिया गया है ।

७३५ न गतीति —गति और हिंसा अर्थ वाले धातुओं से क्रियाविनिमय में आत्मनेपद नहीं होता ।

व्यतिघ्नन्ति—वि अति पूर्वक हन् (हिंसा, गति, अदा० अनि० पर०) के लट् प्र० पु० बहु० का रूप है । क्रिया विनिमय अर्थ यहाँ है, पर हिंसार्थक होने से प्रकृत सूत्र से आत्मनेपद का निषेध हुआ ।

७३६ नेर्विश इति—नि उपसर्ग पूर्वक विश् (तुदा० पर० अ) धातु से आत्मनेपद होता है ।

निविशते ।

('क्री' धातोः आत्मनेपदनियमसूत्रम्)

७३७ परि-व्यवेभ्यः क्रियः १ । ३ । १८ ॥

परिक्रीणीते । विक्रीणीते । अवक्रीणीते ।

('जि' धातोः आत्मनेपदनियमसूत्रम्)

७३८ वि-पराभ्यां जेः १ । ३ । १९ ॥

विजयते । पराजयते ।

विश् धातु परस्मैपदी है । नि उपसर्ग के योग में इस सूत्र से आत्मनेपद का विधान किया गया है ।

निविशते—नि पूर्वक विश् धातु से प्रकृत सूत्र ने आत्मनेपद विधान किया । लट् प्र० पु० १ में उक्त रूप सिद्ध हुआ ।

७३७ **परीति**—परि, वि और अव उपसर्ग पूर्वक क्री क्रया० उभ० अनि०) धातु से आत्मनेपद होता है ।

डुक्रीञ् (द्रव्यविनिमये, खरीदना) धातु ञित् होने से उभयपदी है । कर्तृगामी क्रियाफल में आत्मनेपद इससे सिद्ध है । इस सूत्र से इन उपसर्गों के योग में परगामी क्रियाफल में भी आत्मनेपद का विधान किया गया है ।

इन उपसर्गों के योग में 'क्री' धातु का सदा आत्मनेपद में प्रयोग होगा, परस्मैपद में प्रयोग सर्वथा अशुद्ध होगा । इन उपसर्गों के द्वारा धातु का अर्थ बदल भी जाता है । **परिक्रयण** का अर्थ होता है वेतन पर नौकर रखना और **विक्रयण** का बेचना ।

परिक्रीणीते, विक्रीणीते, अवक्रीणीते—इन प्रयोगों में परि, वि और अव उपसर्गों का योग होने से क्री धातु से आत्मनेपद हुआ है । लट् प्र० पु० १ के रूप हैं ।

७३ **विपरेति**—वि और परा उपसर्ग से पर जि (भ्वा० पर० अनि०) धातु से आत्मनेपद हो ।

जि (जीतना) धातु परस्मैपदी है । इससे इन उपसर्गों के योग होने पर प्रकृत सूत्र से आत्मनेपद का नियम किया गया है ।

विजयते, पराजयते—वि और परा उपसर्ग से पर 'जि' धातु से आत्मनेपद हुआ ।

('स्था' धातोः आत्मनेपदनियमसूत्रम्)

७३९ सम्-अव-प्र-वि-भ्यः स्थः १ । ३ । २२ ॥

संतिष्ठते । अवतिष्ठते । प्रतिष्ठते । वितिष्ठते ।

('ज्ञा' धातोः आत्मनेपदनियमसूत्रम्)

७४० अपह्नवे ज्ञः १ । ३ । ४४ ॥

यहाँ भी उपसर्गों के योग से धातु का अर्थ बदल गया है **विजयते** का अर्थ है—विजय प्राप्त करता है । **पराजयते** का अर्थ है हराना और हारना, जैसे—**शत्रून् पराजयते**—शत्रुओं को हराता है—**अध्ययनात् पराजयते**—पढ़ने से हारता है ।

७३९ **समवेति**—सम्, अव, प्र, वि उपसर्गों से पर स्था (भ्वा० पर० अनि०) धातु से आत्मनेपद हो ।

स्था धातु परस्मैपदी है । इन उपसर्गों के योग में आत्मनेपद का नियम इस सूत्र से किया गया है । अतः इसके योग में परस्मैपद करना अशुद्ध है ।

इन उपसर्गों के द्वारा धातु का अर्थ बदल जाता है । धातु का अर्थ है—ठहरना । **सन्तिष्ठते**—मरता है या अच्छी तरह ठहरता है । **प्रतिष्ठते**—चल पड़ता है । **वितिष्ठते**—विशेष रूप से रहता है । **अवतिष्ठते**—रहता है ।

प्र के योग में अन्य लकारों के रूप—लिट्—**प्रतस्थे** । लुट्—**प्रस्थाता** । लृट्—**प्रस्थास्यते** । लोट्—**प्रतिष्ठताम्** । लङ्—**प्रातिष्ठत** । वि० लि०—**प्रतिष्ठेत** । आ० लि०—**प्रस्थासीत** । लुङ्—**प्रास्थित, प्रास्थिषाताम्, प्रास्थिषत । प्रास्थिथाः, प्रास्थिषाथाम्, प्रास्थिध्वम् । प्रास्थिषि, प्रास्थिष्वहि, प्रास्थिष्महि** । लृङ्—**प्रास्थास्यत** ।

लुङ् में 'स्थाघ्वोरिच्च' सूत्र से आकार को इकार हुआ है । त और थास् में झल् परे होने से 'ह्रस्वादङ्गात्' से सिच् का लोप हो गया ।

इसी प्रकार अन्य उपसर्गों के योग में रूप बनते हैं ।

७४० **अपह्नवे इति**—छिपाने अर्थ में ज्ञा (क्र्या० उभ० अनि०) धातु से आत्मनेपद हो ।

ज्ञा धातु उभयपदी है । परगामी क्रियाफल में भी इस सूत्र से आत्मनेपद का नियम किया गया है ।

शतम् अपजानीते—अपलपति इत्यर्थः।

('ज्ञा' धातोः आत्मनेपदनियमसूत्रम्)

७४१ अकर्मकाच्च १ । ३ । ४५ ॥

सर्पिषो जानीते—सर्पिषोपायेन प्रवर्तत इत्यर्थः।

('चर्' धातोः आत्मनेपदनियमसूत्रम्)

७४२ उदश्चरः सकर्मकात् १ । ३ । ५३ ।

धर्ममुच्चरते—उल्लङ्घ्य गच्छतीत्यर्थः।

इस प्रकार यहाँ उपसर्ग, अर्थ और परगामी क्रियाफल इन तीनों का नियम किया गया है।

शतम् अपजानीते—अपलपतीत्यर्थः—सौ को छिपाता है। अपपूर्वक ज्ञा धातु के छिपाने अर्थ में होने से यहाँ आत्मनेपद हुआ।

७४१ अकर्मकाच्चेति—अकर्मक ज्ञा धातु से आत्मनेपद हो।

इस सूत्र से भी परगामी क्रियाफल में भी आत्मनेपद का नियम किया गया है। यहाँ परस्मैपद करना अशुद्ध होगा।

सर्पिषो जानीते (सर्पिषोपायेन प्रवर्तते—घी रूप उपाय के द्वारा प्रवृत्त होता है)—यहाँ 'ज्ञा' धातु का अर्थ प्रवृत्ति है। इस अर्थ में यह अकर्मक है। इसलिये यहाँ आत्मनेपद प्रकृत सूत्र से हुआ।

'सर्पिषः' यहाँ षष्ठी 'ज्ञोऽविदर्थस्य करणे' सूत्र से करण कारक में हुई है। सूत्र का अर्थ है—ज्ञा धातु का अर्थ जब ज्ञान न हो तब उसके करण में षष्ठी होती है। इसीलिये अर्थ करते हुए 'सर्पिषा उपायेन' कहकर तृतीया और 'उपायेन' शब्द से उसका करण होना प्रकट किया गया है।

७४२ उदश्चर इति—उद् उपसर्ग पूर्वक सकर्मक चर् धातु से आत्मनेपद हो।

चर् धातु परस्मैपदी है। इससे उद् उपसर्ग के योग में सकर्मक होते हुए आत्मनेपद का नियम किया गया है।

धर्ममुच्चरते (धर्ममुल्लङ्घ्य गच्छति—धर्म का उल्लङ्घन कर चलता है)—यहाँ उद्-पूर्वक चर् धातु सकर्मक है, इसलिये आत्मनेपद होगया।

लिट्—**उच्चेरे**। लुङ्—**उदचरिष्ट**।

('चर्' धातोः आत्मनेपदनियमसूत्रम्)

७४३ समस्तृतीयायुक्तात् १ । ३ । ५४ ॥

रथेन संचरते ।

('दाण्' धातोः आत्मनेपदनियमसूत्रम्)

७४४ दाणश्च सा चेत् चतुर्थ्यर्थे १ । ३ । ५५ ॥

संपूर्वाद् दाणः तृतीयान्तेन युक्ताद् उक्तं स्यात् तृतीया चेत् चतुर्थ्यर्थे । **दास्या संयच्छते कामी ।**

(सन्नन्तधातोः आत्मनेपदनियमसूत्रम्)

७४५ पूर्ववत् सनः १ । ३ । ६२ ॥

---

७४३ **सम** इति—सम् उपसर्ग पूर्वक तृतीयान्त से युक्त चर् धातु से आत्मनेपद हो ।

रथेन संचरते (रथ से घूमता है)—यहाँ 'रथेन' इस तृतीयान्त से युक्त संपूर्वक चर धातु से आत्मनेपद हुआ ।

तृतीयान्त यदि साथ न हो तो आत्मनेपद नहीं होगा । तब **संचरति** परस्मैपद का ही प्रयोग होगा ।

७५४ **दाणश्चेति**—सम् उपसर्ग पूर्वक दाण् (भ्वा० प० अनि०) धातु जब तृतीयान्त से युक्त हो और वह तृतीया चतुर्थी के अर्थ में हो, तब उससे आत्मनेपद हो ।

दाण् (देना) धातु परस्मैपदी है । इससे पूर्वोक्त **दशा में आत्मनेपद** का नियम किया गया है ।

'अशिष्टव्यवहारे दाणः प्रयोगे चतुर्थ्यर्थे तृतीया' इस वार्तिक से अशिष्ट व्यवहार में दाण् धातु के प्रयोग में चतुर्थी के अर्थ में तृतीया होती है । वहीं यह आत्मनेपद का नियम लगता है ।

दास्या संयच्छते कामी—(कामी पुरुष दासी को देता है) यहाँ 'दास्या इस तृतीयान्त का प्रयोग दाण् के साथ हुआ है । तृतीया ऊपर कहे वार्तिक से चतुर्थी के अर्थ में हुई । कामी पुरुष दासी को देता है—यह अशिष्ट—बुरा व्यवहार है । इसलिये चतुर्थी के अर्थ में तृतीया हुई है । यहाँ सम्-पूर्वक दाण् धातु से आत्मनेपद हुआ । लट् में 'पाघ्राध्मा—' से दाण् को 'यच्छ' आदेश हुआ ।

सनः पूर्वो यो धातुस्तेन तुल्यं सन्नन्ताद् अपि आत्मनेपदं स्यात्। एदिधिषते।

('कित्व' विधिसूत्रम्)

७४६ हलन्तात् च १ । २ । १० ॥

इक्समीपाद् हलः परो झलादिः सन् कित्। निविविक्षते।

('कृ' धातोः आत्मनेपदनियमसूत्रम्)

७४७ गन्धनाऽवक्षेपण-सेवन-साहसिक्य-प्रतियत्न-प्रकथनोपयोगेषु कृञः १ । ३ । ३२ ॥

---

७४५ **पूर्ववदिति**—सन् से प्रत्यय आने से पूर्व जो धातु उसके समान सन्नन्त से भी आत्मनेपद हो अर्थात् जिस धातु से सन् किया जा रहा हो, वह मूल धातु यदि आत्मनेपदी हो तो सन् होने पर भी उससे आत्मनेपद हो।

एदिधिषते—'एधितुमिच्छति–बढ़ना चाहता है–' इस विग्रह में वृद्ध्यर्थक एध् धातु से सन् प्रत्यय हुआ। एध धातु आत्मनेपदी है, इसलिये सन् होने पर भी उस से आत्मनेपद ही प्रकृत सूत्र से हुआ। वलादि आर्धधातुक सन् को इट् आगम होने पर 'एधिस' इस स्थिति में 'सन्यङोः' से अजादि होने के कारण द्वितीय एकाच् 'धि' को द्वित्व हुआ। अभ्यासकार्य होने पर 'एदिधिष' रूप बना, इसकी 'सनाद्यन्ता धातवः' से धातु संज्ञा है।

७४६ **हलन्तादिति**—इक् के समीप वर्तमान हल् से पर झलादि सन् कित् हो।

निविविक्षते—'निवेष्टुमिच्छति–निवेश करना चाहता है–' इस विग्रह में निपूर्वक विश् धातु से सन् प्रत्यय हुआ। यहाँ अनिट् होने से सन् झलादि है। अतः इक् के समीप वर्तमान हल् शकार से पर होने से वह 'हलन्ताच्च' सूत्र से कित् हो गया। कित् होने से लघूपध गुण का निषेध हो गया। तब शकार को 'व्रश्चभ्रस्ज–' इत्यादि सूत्र से षकार हुआ। उसे 'षढोः कः सि' से ककार और सन् के सकार को मूर्धन्य षकार तथा दोनों के योग से क्ष हुआ। तब द्वित्व और अभ्यासकार्य होकर **निविविक्ष** यह सन्नन्त रूप बना।

निपूर्वक विश् धातु से 'नेर्विशः' सूत्र आत्मनेपद का नियम कहता है, इसलिये इसके सन्नन्त से भी 'पूर्ववत्सनः' सूत्र के द्वारा आत्मनपद हुआ।

७४७ **गन्धनेति**—गन्धन (सूचन, शिकायत करना), अवक्षेपण (भर्त्सन-

गन्धनम्–सूचनम् । उत्कुरुते–सूचयतीत्यर्थः । **अवक्षेपणं–भर्त्सनम्** । श्येनो वर्तिकामुदाकुरुते–भर्त्सयतीत्यर्थः । हरिमुपकुरुते–सेवत इत्यर्थः । परदारान्प्रकुरुते–तेषु सहसा प्रवर्तते । एधोदकस्योपस्कुरुते–गुणमाधत्ते । कथाः प्रकुरुते–कथयतीत्यर्थः । शतं प्रकुरुते–धर्मार्थं विनियुङ्क्ते । एषु किम्–कटं करोति ।

फटकारना), सेवन (सेवा करना), साहसिक्य (सहसा प्रवृत्त होना), प्रतियत्न (गुणों का आधान), **प्रकथन** (प्रकृष्ट कहना अर्थात् कथा करना आदि) और उपयोग अर्थ में कृ धातु (तना० उभ० अनि०) से आत्मनेपद हो ।

कृञ धातु का अर्थ 'करना' है । यह उभयपदी है । इन अर्थों में परगामी क्रियाफल में भी आत्मनेपद इस सूत्र से किया गया है ।

उत्कुरुते (सूचयति–शिकायत करता है)—यहाँ उत्पूर्वक कृ धातु का अर्थ गन्धन-सूचन-होने से आत्मनेपद हुआ ।

श्येनो वर्तिकाम् उदाकुरुते (भर्त्सयति, बाजबटेर को फटकारता है)—यहाँ उद् आ पूर्वक कृ धातु का भर्त्सन अर्थ होने से प्रकृत सूत्र से आत्मनेपद हुआ ।

हरिमुपकुरुते (हरि की सेवा करता है)—यहाँ उप-पूर्वक कृ धातु का सेवा अर्थ होने से आत्मनेपद हुआ ।

परदारान् प्रकुरुते (परस्त्रियों के विषय में साहस करता है)—यहाँ प्र-पूर्वक कृ धातु का सहसा प्रकृति अर्थ होने से प्रकृत सूत्र से आत्मनेपद हुआ ।

एधा दकस्यापस्कुरुते (लकड़ी जल में रङ्ग पैदा रही है)—यहाँ उप-पूर्वक कृ धातु का गुणाधान अर्थ होने से प्रकृत सूत्र से आत्मनेपद हुआ ।

कथाः प्रकुरुते (कथायें कहता है)—यहाँ प्र-पूर्वक कृ धातु का अर्थ कहना होने से आत्मनेपद हुआ ।

शतं प्रकुरुत (धर्मार्थं विनियुङ्क्ते-धर्म के लिये लगाता है)—यहाँ प्र-पूर्वक कृ धातु का विनियोग अर्थ होने से आत्मनेपद हुआ ।

एषु किमिति—ऊपर कहे हुए मन्थन आदि अर्थों में ही कृ धातु से आत्मनेपद का नियम कहने से 'कटं करोति–चटाई बनाता है'–यहाँ आत्मनेपद नहीं हुआ ।

भुजोऽनवने-ओदनं भुङ्क्ते। अनवने किम्—महीं भुनक्ति।
इत्यात्मनेपदप्रक्रिया।

अथ परस्मैपदप्रक्रिया।

('कृञ्' परस्मैपदनियमसूत्रम्)

७४८ अनु-पराभ्यां कृञः १ । ३ । ७९ ॥

कर्तृगे च फले गन्धनादौ च परस्मैपदं स्यात्। अनुकरोति। पराकरोति।

भुज इति—पहले 'भुजोऽनवने' सूत्र आ चुका है। भुज् धातु से 'पालन' से भिन्न अर्थात् 'भोजन करना' अर्थ में आत्मनेपद होता है।

ओदनं भुङ्क्ते (भात खाता है)—यहाँ भुज् धातु से 'पालन' से भिन्न 'भोजन करना' अर्थ होने से आत्मनेपद हुआ।

अनवने इति-'पालन' से भिन्न अर्थ में कहने से 'पालन' अर्थ में आत्मनेपद नहीं होगा। इसलिये-**महीं भुनक्ति**-पृथ्वी का पालन करता है-यहाँ आत्मनेपद नहीं हुआ।

आत्मनेपद प्रक्रिया समाप्त।

अथ परस्मैपदेति--अब परस्मैपदप्रक्रिया प्रारम्भ होती है, इसमें परस्मैपद के विशेष नियम बताये जायेंगे। ये नियम दो प्रकार के होंगे, एक तो उभयपद धातुओं से कर्तृगामी क्रियाफल में भी परस्मैपद करने का और दूसरा आत्मनेपद धातुओं से परस्मैपद करने का। इन्हीं दो प्रकार के नियमों के परस्मैपद प्रक्रिया में सूत्र दिये गये हैं।

७४८ अनुपरेति—अनु और परा उपसर्ग पूर्वक कृञ् धातु से कर्तृगामी क्रियाफल में भी और गन्धनादि अर्थों में भी परस्मैपद हो।

कर्तृगामी क्रियाफल में '३८ स्वरितञितः–१ । ३ । ७२ ॥' सूत्र से और गन्धन आदि अर्थ में '७४१ गन्धनावक्षेपण—१ । ३ । ३२' सूत्र से आत्मनेपद प्राप्त था।

अनुकरोति, पराकरोति—यहाँ अनु और परा पूर्वक कृ धातु से परस्मैपद हुआ। आत्मनेपद यहाँ सर्वथा अशुद्ध होगा।

('क्षिप्' धातोः परस्मैपदनियमसूत्रम्)

७४९ अभि-प्रत्यतिभ्यः क्षिपः १ । ३ । ८० ॥

क्षिप प्रेरणे । स्वरितेत् । अभिक्षिपति ।

('वह्' धातोः परस्मैपदनियमसूत्रम्)

७५० प्राद् वहः १ । ३ । ८१ ॥

प्रवहति ।

('मृष्' परस्मैपदनियमसूत्रम्)

७५१ परेर्मृषः १ । ३ । ८२ ॥

परिमृषति ।

('रम्'धातोःपरस्मैपदनियमसूत्रम्)

७५२ व्याङ्-परिभ्यो रमः १ । ३ । ८३ ॥

---

७४९ **अभीति**—अभि, प्रति और अति उपसर्ग से पर क्षिप् प्रेरणे, (तुदादि उभ० अनि०) धातु से परस्मैपद हो।

क्षिप् (फेंकना) धातु तुदादि उभयपदी है । कर्तृगामी क्रियाफल में भी इन उपसर्गों के योग में इससे परस्मैपद का नियम किया गया है।

अभिक्षिपति—यहाँ अभि उपसर्ग पूर्वक होने से क्षिप् धातु से परस्मैपद हुआ।

इसी प्रकार—**प्रतिक्षिपति, अतिक्षिपति**—भी बनेंगे।

७५० **प्राद्वह** इति—प्र पूर्वक वह् धातु से परस्मैपद हो।

वह् (लेजाना, भ्वा० उभ० अनिट्) धातु उभयपदी है, प्र पूर्व रहते कर्तृगामी क्रियाफल में इस सूत्र से परस्मैपद किया गया है।

७५१ **परेर्मृष** इति—परि-पूर्वक मृष् (सहना, तुदा० उभ० सेट्) धातु से परस्मैपद हो।

परिमृषति—यहाँ परि-पूर्वक होने से मृष् धातु से परस्मैपद हुआ।

७५२ **व्याङिति**—वि, आङ् और परि उपसर्ग पूर्वक रम् (खेलना, भ्वा० आ० अनिट्) धातु से परस्मैपद हो।

रम् धातु आत्मनेपदी है इन उपसर्गों के योग में इसको परस्मैपद का नियम किया गया है। इन उपसर्गों के द्वारा अर्थ बदल भी जाता है। जैसे—**विरमति**

रमु क्रीडायाम् । विरमति ।

(परस्मैपदनियमसूत्रम्)

७५३ उपाच्च १ । ३ । ८४ ॥

यज्ञदत्तमुपरमति । उपरमयतीत्यर्थः । अन्तर्भावितण्यर्थोऽयम् ।

इति **परस्मैपदप्रक्रिया** ।

इति **पदव्यवस्था** ।

अथ भावकर्मप्रक्रिया ।

(आत्मनेपदनियमसूत्रम्)

७५४ भावकर्मणोः १ । ३ । १३ ॥

रुकता है । **आरमति**–चारों ओर खेलता है । **परिरमति**–सर्वत्र सुख पाता है ।

७५३ **उपादिति**—उप उपसर्ग से पर रम् धातु को परस्मैपद हो ।

यज्ञदत्तमुपरमति (उपरमयति–खतम करता है)–यहाँ उप उपसर्ग पूर्व होने से रम् धातु से परस्मैपद हुआ ।

अन्तरिति—'उपरमति' का अर्थ 'नाश करना' किया गया है, यह कैसे ? इसके उत्तर में कहा गया है कि यहाँ रम् धातु अन्तर्भावित ण्यर्थ है अर्थात् णि का प्रेरणा अर्थ उसके अन्दर है । इसलिये वह सकर्मक हो गया है ।

परस्मैपद प्रकिया समाप्त ॥

इति पदेति—पद-व्यवस्था समाप्त हो गई । आत्मनेपद और परस्मैपद यहाँ पद शब्द से लिये जाते हैं । इन दो प्रक्रियाओं में इनकी व्यवस्था की गई है, इसलिये इन्हें पद-व्यवस्था कहा गया है ।

इस प्रकरण का नाम भावकर्म प्राक्रया इस लिये है कि यहाँ भाव और कर्म अर्थ में लकार करने से अर्थात् भाववाच्य और कर्म वाच्य में धातुओं के जो रूप होते हैं, वे बताये जाते हैं ।

७५४ **भावेति**–भाव और कर्म अर्थ में लकारों को आत्मनेपद के प्रत्यय हों ।

इससे नियम बन गया कि भाववाच्य और कर्मवाच्य में भी सभी धातु सदा आत्मनेपदी होंगे । जो धातु स्वतः आत्मनेपदी हैं, उनके आर्धधातुक रूपों में कर्तृवाच्य और भावकर्म में प्रायः कोई अन्तर नहीं होता; जो धातु परस्मैपदी हैं,

लस्यात्मनेपदम् ।

('यक्' प्रत्ययविधिसूत्रम्)

७५५ सार्वधातुके यक् ३ । १ । ६७ ॥

धातोर्यक् भावकर्मवाचिनि सार्वधातुके ।

भावः-क्रिया, सा च भावार्थक-लकारेणानूद्यते । युस्मदस्मद्भ्यां सामानाधिकरण्याभावात् प्रथमः पुरुषः ।

उनके आर्धधातुक रूपों में प्रकृत नियम से आत्मनेपद हो जाता है, कर्तृवाच्य के रूपों से यहाँ आत्मनेपद के अतिरिक्त और कोई अन्तर नहीं पड़ता ।

सार्वधातुक लकारों में कर्तृवाच्य से भाववाच्य और कर्मवाच्य के रूपों मे अन्तर पड़ता है, वही यहाँ पहले दिखाया जा रहा है ।

७५५ सार्वधातुके इति—धातु से यक् प्रत्यय हो भाव और कर्मवाची सार्वधातुक परे रहते ।

भाव इति—भाव क्रिया को कहते हैं, उस क्रिया का भावार्थक लकार से अनुवाद किया जाता है ।

कहने का तात्पर्य यह है कि भाववाच्य से लकार भाव में आता है और भाव क्रियाको कहते हैं । वह क्रिया धातु का भी अर्थ है । जब धातु से ही क्रिया का बोध हो जाता है तब लकार के द्वारा उसे कहना पुनरुक्ति होने से व्यर्थ प्रतीत होता है, इस आशङ्का के परिहार के लिये कहा गया है कि भाव में जब लकार होता है, तब वह लकार धातु-वाच्य क्रिया का अनुवाद करता है इसलिये न पुनरुक्ति है और न व्यर्थ ।

'अपदं न प्रयुञ्जीत' सिद्धान्त के अनुसार भाववाच्य में तिङ प्रत्यय तो धातु के साथ जोड़ना ही पड़ता है ।

युष्मदिति—युष्मद् और अस्मद् से सामानाधिकरण्य न होने से 'शेषे प्रथमः' से प्रथमपुरुष ही केवल यहाँ आता है । तात्पर्य यह है कि मध्यम और उत्तम पुरुष वहीं आते हैं जहाँ लकार भी उन्हीं के अर्थ में हो, तभी युष्मद् और अस्मद् का लकार के साथ सामानाधिकरण्य-एकार्थता होता—है । भाववाच्य में लकार होता है भाव अर्थ में, उसकी युष्मद् और अस्मद् से समानार्थकता नहीं हो सकती । इसलिये भाववाच्य में उत्तम और मध्यम पुरुष नहीं आते । प्रथम

तिङ्वाच्यक्रियाया अद्रव्यरूपत्वेन द्वित्वाद्यप्रतीतेर्न द्विवचनादि, किंत्वेकवचनमेवोत्सर्गतः।

त्वया मया अन्यैश्च भूयते। बभूवे।

(चिणवद्-अतिदेश-इट् विधिसूत्रम्)

७५६ स्य-सिच्-सीयुट्-तासिषु भाव-कर्मणोरुपदेशेऽज्झन-ग्रह-दृशां वा चिण्वदिट् च ६। ४। ६२॥

पुरुष के लिये लकार के साथ सामानाधिकरण्य अपेक्षित है, वह प्रथम को छोड़कर सर्वत्र सामान्य रूप से हो जाता है।

तिङ्वाच्येति—तिङ-वाच्य क्रिया के द्रव्यरूप न होने से द्वित्व आदि की प्रतीति नहीं होती। इसलिये भाववाच्य में द्विवचन और बहुवचन नहीं आते। किन्तु एकवचन स्वभावतः आता है, क्योंकि एकवचन संख्या की अपेक्षा नहीं करता। प्रथम पुरुष के समान एकवचन भी सामान्य रूप से आता है।

इससे सिद्ध हुआ कि भाववाच्य में धातु का रूप एक लकार में एक ही बनता है, और यह भी प्रथमपुरुष एकवचन में।

त्वया मया अन्यैश्च भूयते (तुम से, मुझ से और अन्य लोगों से हुआ जाता है)—यहाँ 'भू' धातु से भाव में 'लः कर्मणि—' सूत्र से लकार हुआ। वर्तमान में आये लट् के स्थान में 'भावकर्मणोः' सूत्र से आत्मनेपद हुआ। पूर्वोक्त प्रकार से प्र० पु० ए० व० का त प्रत्यय हुआ। 'सार्वधातुके यक्' सूत्र से यक् होने पर टि को ए होकर रूप बना।

'त्वया, मया, अन्यैः'—इनको देकर यह दिखाया गया है कि यहाँ प्रथम-पुरुष एकवचन ही केवल आता है। भाव में लकार होने से कर्ता अनुक्त है, इसलिये कर्ता से तृतीया विभक्ति आई।

बभूवे—यह लिट् के प्र० पु० ए० व० का रूप है। भाववाच्य होने से लकार के स्थान में आत्मनेपद हुआ। 'त' को 'एश्' आदेश होकर रूप सिद्ध हुआ।

भू धातु अकर्मक है। इसलिये उससे भाव में लकार हुआ।

७५६ स्य-सिजिति—उपदेश में जो अच्, तदन्त धातुओं और हन्, ग्रह तथा दृश् धातुओं को चिण के समान अङ्ग कार्य विकल्प से हों स्य, सिच्

उपदेशे योऽच् तदन्तानां हनादीनां च चिणीवाङ्गकार्यं वा स्यादिषु, भावकर्मणोर्गम्यमानयोः, स्यादीनामिडागमश्च ।

चिण्वद्भावपक्षेऽयमिट् , चिण्वद्भावाद् वृद्धिः–भाविता भविता । भाविष्यते, भविष्यते । भूयताम् । अभूयत । भूयेत । भाविषीष्ट, भविषीष्ट ।

(चिण्विधिसूत्रम्)

७५७ चिण् भावकर्मणोः ३ । १ । ६६ ॥

सीयुट् और तास् परे रहते भाव और कर्म जब गम्यमान हों अर्थात् भाववाच्य और कर्मवाच्य में, तथा स्य आदि को इट् आगम भी हो ।

यह सूत्र दो कार्य करता है १ चिण्वद्भाव और २ स्य आदि को इट् ।

चिण्वद्भावेति—यह इट् चिण्वद्भाव पक्ष में ही होगा, चिण्वद्भाव के अभावपक्ष में यह इट् भी नहीं होगा । अतः चिण्वद्भाव के अभाव पक्ष में यदि धातु सेट् होगा तो वलादि–लक्षण इट होगा । जैसे भू धातु को भविता, भविष्यते आदि में । यदि धातु अनिट् होगा तो इट् नहीं होगा । जैसे—स्तोता-स्तोष्यते आदि ।

चिण्वद्भावाद् इति—चिण्वद्भाव से वृद्धि हुई । जिस प्रकार चिण् के णित् होने से उसके परे रहते वृद्धि होती है, उसी प्रकार चिण्वद् भाव के स्थल में भी होती है ।

भाविता—भू धातु से भाववाच्य लुट् प्र० पु० एकवचन में प्रकृत सूत्र से चिण्वद्भाव और तास् को इट् हुआ । चिण्वद्भाव से 'अचो ञ्णिति' सूत्र से ऊकार को वृद्धि हुई । तब आव् आदेश होकर रूप बना ।

भविता—चिण्वद्भाव के अभावपक्ष में 'आर्धधातुकस्येड्वलादेः' सूत्र से इट् हुआ । गुण और अवादेश होकर रूप बना ।

भाविष्यते, भविष्यते–इन रूपों की सिद्धि पूर्ववत् होती है ।

भूयताम्- लोट् में, अभूयत लङ् में भूयेत विधिलिङ् में रूप बनते हैं । भाववाच्य के दो कार्य इनमें होते हैं–१ आत्मनेपद और २ दूसरा यक् ।

भाविषीष्ट, भविषीष्ट—भाववाच्य आ० लि० में चिण्वद्भाव और इट् होकर पहला रूप बना और वलाद्यार्धधातुक इट् होकर दूसरा ।

७५७ चिणिति—च्लि को चिण् हो भावकर्मवाची त शब्द परे रहते ।

च्लेश्चिण् स्याद् भावकर्मवाचिनि तशब्दे परे। अभावि। अभाविष्यत, अभविष्यत।

अकर्मकोऽप्युपसर्गवशात्सकर्मकः—अनुभूयते आनन्दश्चैत्रेण त्वया मया च। अनुभूयेते। अनुभूयन्ते। त्वमनुभूयसे।

अभावि—भाववाच्य लुङ् प्र० पु० १ में 'अ भू च्लि त' इस दशा में 'चिण् भावकर्मणोः' से च्लि को चिण् हुआ। 'चिणो लुक्' सूत्र से त का लोप, ऊकार को वृद्धि और आव् आदेश होकर रूप सिद्ध हुआ।

अभाविष्यत, अभविष्यत—भाववाच्य लृङ् में चिण्वद्भाव और इट्पक्ष में पहला रूप और वलाद्यार्धधातुक इट् से दूसरा रूप बना।

अकर्मक इति—अकर्मक धातु भी उपसर्ग के द्वारा भिन्न अर्थ हो जाने से सकर्मक हो जाता है।

भू धातु अकर्मक है। अनु उपसर्ग के योग में 'अनुभव करना' अर्थ हो जाने से यह सकर्मक हो जाता है। सकर्मक होने से कर्म में लकार आता है।

भू धातु अकर्मक है, उसके रूप कर्मवाच्य में कैसे हो सकते हैं, इस आशङ्का को दूर करने के लिये यह सब कहा गया है।

अनुभूयते आनन्दश्चैत्रेण (चैत्र से आनन्द का अनुभव किया जाता है) —यहाँ अनुभव अर्थ में 'अनु पूर्वक भू' धातु से कर्म में लकार आया। रूपसिद्धि पूर्ववत् हुई।

कर्म में लकार होने से कर्म उक्त हुआ। इसलिये उक्त कर्म में प्रथमा हुई और कर्ता अनुक्त है इसलिये 'चैत्रेण' यहाँ कर्ता में तृतीया आई है।

कर्मवाच्य में लकार का अर्थ कर्म होता है, उसका युष्मद् और अस्मद् के साथ सामानाधिकरण्य हो सकता है, इसलिये तीनों पुरुष यहाँ होंगे। तथा कर्म द्रव्य है, उसके साथ संख्या का अन्वय हो सकता है, इसलिये सभी वचन भी आयेंगे।

'त्वया मया च' के द्वारा यह बताया गया है कि पुरुष और वचन कर्मवाच्य में कर्म के अनुसार होते हैं कर्ता के अनुसार नहीं।

अनुभूयेते—कर्मवाच्य लट् प्र० पु० २ में रूप बना। **अनूभूयन्ते**—कर्मवाच्य लट् प्र० बहु० में रूप सिद्ध हुआ।

त्वमनुभूयसे—यहाँ मध्यमपुरुष हुआ है। कर्मवाच्य होने से कर्म मध्यम-

अहमनुभूये । अन्वभावि । अन्वभाविषाताम्, अन्वभविषाताम् । णिलोपः—भाव्यते । भावयाञ्चक्रे । भावयाम्बभूवे । भावयामासे । चिण्वदिट्-भाविता, आभीयत्वेनासिद्धत्वाण्णिलोपः, भावयिता । भाव-

---

पुरुष है और उक्त होने से प्रथमा विभक्ति उससे आई है ।

अहमनुभूये—यहाँ उत्तमपुरुष में कर्म के उक्त होने से उससे प्रथमा विभक्ति हुई ।

अन्वभावि—लुङ् प्र. पु. एकवचन का रूप है, सिद्धि पूर्ववत् होती है ।

अन्वभाविषाताम्-लुङ् प्र० पु० २ में चिण्वद्भाव-पक्ष में पहला रूप बना और उसके अभाव में वलादिलक्षण इट् से दूसरा रूप ।

अब ण्यन्त भू धातु से कर्मवाच्य में रूप दिखाए जाते हैं ।

णिलोप इति—ण्यन्त भू धातु से कर्मवाच्य में यक् आने पर 'णेरनिटि' से णि का लोप हो जाता है ।

भाव्यते—ण्यन्त भू धातु से कर्मवाच्य लट् प्र० पु० १ में 'भावि यते' इस दशा में 'णेरनिटि' से णि का लोप होकर रूप सिद्ध हुआ ।

भावयाञ्चक्रे—ण्यन्त भू धातु से लिट् में आम् होने पर णि को गुण अय् आदेश हुआ । तब लिडन्त कृ का अनुप्रयोग हुआ ।

इसी प्रकार भू के अनुप्रयोग में **भावयाम्बभूवे** और अस् के अनुप्रयोग में **भावयामासे**—रूप बनते हैं ।

भाविता—ण्यन्त भू धातु से लुट् प्र० पु० १ में 'भावि + ता' इस दशा में चिण्वदिट् हुआ । तब इस इट् के आभीय होने से 'असिद्धवदत्राभात्' से असिद्ध होने के कारण 'णेरनिटि' सूत्र से णि का लोप हो गया । फिर उक्त रूप बना ।

भावयिता—यह चिण्वदिट् के अभावपक्ष का रूप है । यहाँ वलादिलक्षण इट् होता है, वह सिद्ध है इसलिये 'णि' का लोप नहीं हो पाता । तब णि के इकार को गुण अय् आदेश होकर रूप बन जाता है ।

इसी प्रकार अन्य स्थलों में भी चिण्वदिट् के पक्ष में णि का लोप होगा और वलादिलक्षण इट् में नहीं ।

लृट्-भाविष्यते, भावयिष्यते । लोट्-**भाव्यताम्** । लङ्-**अभाव्यत** । वि० लि०—**भाव्येत** । आ० लि०-**भाविषीष्ट, भावयिषीष्ट** ।

यिषीष्ट। अभावि, अभाविषाताम्, अभावयिषाताम्। बुभूष्यते, बुभूषाञ्चक्रे, बुभूषिता, बुभूषिष्यते। बोभूय्यते। बोभूयते।

लुङ्—अभावि, अभाविषाताम्—अभावयिषाताम्, अभाविषत—अभावयिषत।

अभाविष्ठाः—अभावयिष्ठाः, अभाविषाथाम्—अभावयिषाथाम्, अभाविढ्वम्—अभावयिढ्वम्।

अभाविषि—अभावयिषि, अभाविष्वहि—अभावयिष्वहि, अभाविष्महि—अभावयिष्महि।

लृङ्—अभाविष्यत, अभावयिष्यत।

बुभूष्यते (होने की इच्छा की जाती है)—सन्नन्त भू धातु से भाववाच्य में लट् प्र० पु० १ का रूप है। 'बुभूष त' इस दशा में यक् हुआ। आर्धधातुक होने से उसके परे रहते 'अतो लोपः' से सन् के अकार का लोप हो गया।

बुभूषाञ्चक्रे—सन्नन्त भू धातु से भाव में लिट् प्र० पु० १ का यह रूप है। यहाँ आम् और लिडन्त कृ का अनुप्रयोग हुआ है।

बुभूषिता—लुट् प्र० पु० १ में तास् को इट् और सन् के अकार का 'अतो लोपः' से लोप होकर रूप बना।

बुभूषिष्यते—लृट् प्र० पु० १ में स्य को इट् होने पर पूर्ववत् सन् के अकार का लोप होकर रूप सिद्ध हुआ।

लोट्—बुभूष्यताम्। लङ्—अबुभूष्यत। वि० लि०—बुभूष्येत। आ० लि०—बुभूषिषीष्ट। लुङ्—अबुभूषिष्ट। लृङ्—अबुभूषिष्यत।

बोभूय्यते—यङन्त भू धातु का भाववाच्य लट् का रूप है। यक् परे रहते यङ् के अकार का 'अतो लोपः' से लोप हो गया।

लिट्—बोभूयाञ्चक्रे। लुट्—बोभूयिता। लृट—बोभूयिष्यते। लोट्—बोभूय्यताम्। लङ्—अबोभूय्यत। वि० लि०—बोभूय्येत। आ० लि०—बोभूयिषीष्ट। लुङ्—अबोभूयिष्ट। लृङ्—अबोभूयिष्यत।

ध्यान रहे कि आर्धधातुक लकारों के रूप वैसे ही हैं जैसे यङन्त में हैं।

बोभूयते—यङ्लुगन्त भू धातु के भाववाच्य का रूप है। बोभू से त में यक् अकार रूप बन गया।

अकृत्सार्वधातुकयोर्दीर्घः—स्तूयते विष्णुः । स्ताविता, स्तोता । स्ताविष्यते, स्तोस्यते । अस्तावि । अस्ताविषाताम्, अस्तोषाताम् ।

लिट्—बोभवाञ्चक्रे । लुट्—बाभविता । लृट्—बोभविष्यते । लोट्—**बोभूयताम्** । लङ—**अबोभूयत** । वि० लि०—बोभूयेत । आ० लि०—**बोभविषीष्ट** । लुङ्—**अबोभूविष्ट** ।

यङ्लुगन्त के भाववाच्य के रूपों में आर्धधातुक में आत्मनेपद कार्य अधिक होता है । शेष रूप यङ्लुगन्त के समान ही बनते हैं । सार्वधातुक में यङन्त के रूपों के समान रूप बन जाते हैं, क्योंकि यङन्त में यङ् का य रहता है और यहाँ यक् का ।

इस प्रकार 'भू' धातु के सामान्य, ण्यन्त, सन्नन्त, यङन्त और यङ्लुक् सभी से कर्मवाच्य और भाववाच्य में बननेवाले रूप दिखा दिये गये हैं । इसी प्रकार अन्य धातुओं के भी रूप बनेंगे ।

स्तूयते विष्णुः (विष्णु की स्तुति की जाती है)—स्तु (स्तुति करना, अदा० पर० अनिट्) धातु से कर्मवाच्य लट् प्र० पु० १ में आत्मनेपद आने पर यक् हुआ । तब 'अकृत्सार्वधातुकयोः—' से उकार को दीर्घ और त की टि को ए होकर रूप बना ।

शेष रूप—**स्तूयेते, स्तूयन्ते । स्तूयसे, स्तूयेथे, स्तूयध्वे । स्तूये, स्तूयावहे, स्तूयामहे** । लिट्—**तुष्टुवे** ।

स्ताविता, स्तोता—स्तु धातु कर्मवाच्य लुट् प्र० पु० १ में 'स्तु + ता' इस दशा में 'स्यसिच्—' इत्यादि सूत्र से उपदेश में अजन्त होने के कारण चिण्वद्भाव और इट् हुआ । तब वृद्धि और आव् आदेश होकर रूप बना । चिण्वदिङभाव पक्ष में उकार को गुण होकर 'स्तोता' रूप बना । यहाँ धातु के अनिट् होने से इट् नहीं हुआ ।

स्ताविष्यते, स्तोष्यते – इनकी सिद्धि पूर्ववत् होती है ।

लोट्—**स्तूयताम्** । लङ्—**अस्तूयत** । वि० लि०—**स्तूयेत** । आ० लि०—**स्ताविषीष्ट, स्तोषीष्ट** । लुङ्—**अस्तावि, अस्ताविषाताम्, अस्तोषाताम्** इत्यादि । लृङ्—**अस्ताविष्यत** ।

ऋ गतौ। गुणोर्तीति गुणः—अर्यते। स्मृ स्मरणे—स्मर्यते। सस्मरे। उपदेशग्रहणाच्चिण्वदिट्—आरिता, अर्ता। स्मारिता, स्मर्ता।

अनिदितामिति नलोपः—स्रस्यते, इदितस्तु नन्द्यते।

अर्यते—ऋ (जाना) धातु के कर्मवाच्य लट् प्र० पु० में 'ऋ + यते' इस दशा में 'गुणोऽर्तिसंयोगाद्योः' से ऋ को गुण अर् होकर रूप बना।

स्मर्यते—स्मृ (याद करना) धातु के कर्मवाच्य लट् प्र० पु० १ 'स्मृ + यते' इस स्थिति में संयोगादि होने से 'गुणोऽर्तिसंयोगाद्योः' से गुण होकर रूप बना।

लिट्—**आरे। सस्मरे।**

उपदेशेति—ऋ धातु को लुट् में पर और नित्य होने से 'सार्वधातुकार्ध-धातुकयोः' से गुण होकर 'अर ता' यह स्थिति बनती है। 'स्यसिच्—' सूत्र में उपदेश में जो अच् तदन्त को चिण्वदिट् कहा गया है, यहाँ ऋ धातु उपदेश अवस्था में अच् रूप है, व्यपदेशिवद्भाव से तदन्त है 'अर्'—यहाँ भी चिण्व-दिट् होगा, चाहे अब यह गुण होने पर अजन्त नहीं,पर उपदेश अवस्था में था।

आरिता, अर्ता—लुट् में पर और नित्य होने से गुण होकर 'अर् ता' इस दशा में जब उपदेश में अजन्त होने से चिण्वदिट् होता है, तब वृद्धि होकर पहला रूप बनता है। और अभावपक्ष में दूसरा रूप है।

स्मारिता, स्मर्ता—इनकी सिद्धि भी पूर्ववत् होती है।

लृट्—**स्मारिष्यते, स्मरिष्यते**। लोट—**स्मर्यताम्**। लङ्—**अस्मर्यत**। वि० लि०—**स्मर्येत**। आ० लि०—**स्मारिषीष्ट, स्मृषीष्ट**। लुङ्—**अस्मारि, अस्मारिषाताम्, अस्मृषाताम्**—इत्यादि।

स्रस्यते—स्रंस् (गिरना) धातु के भाववाच्य लट् प्र० पु० १ में यक् होने पर 'अनिदितां हल उपधायाः क्ङिति' से नकार का लोप हुआ।

लिट्—**सस्रंसे**। लुट्—**स्रंसिता**। यह धातु आत्मनेपदी ही है, इसलिये आर्धधातुक लकारों में मूल रूपों से इसमें अन्तर नहीं पड़ता। उपदेश में अजंत न होने से चिण्वदिट् भी यहाँ नहीं होता।

इदितस्तु—इदित् धातुओं के तो (नकार का लोप नहीं होता), क्योंकि नकार का लोप विधायक 'अनिदितां हल उपधायाः क्ङिति' सूत्र में 'अनिदि-ताम्' के द्वारा इदित् को नकार लोप वर्जित कर दिया गया है।

संप्रसारणम्—इज्यते।

(आकारादेशविधिसूत्रम्)

७५८ तनोतेर्यकि ६ । ४ । ४४ ॥

आकारान्तादेशो वा स्यात्। तायते, तन्यते, ॥

(चिण्निषेधसूत्रम्)

७५९ तपोऽनुतापे च ३ । १ । ६५ ॥

तपश्च्लेश्चिण् न स्यात्कर्मकर्तर्यनुतापे च। अन्वतप्त पापेन।

नन्द्यते-दुनदि (समृद्धि) धातु से कर्मवाच्य में लट् प्र० पु० १ में इदित् होने से नुम् होता है। उस नकार का लोप नहीं होता, क्योंकि लोप करनेवाले सूत्र में इदित् के लिये निषेध किया गया है।

इज्यते—यज् (यज्ञ करना) धातु से कर्मवाच्य लट् प्र० पु० १ में यक् के कित् होने से 'वचिस्वपियजादीनां किति' से यकार को इकार सम्प्रसारण होकर रूप बना।

लुङ्—**अयाजि, अयक्षाताम् , अयक्षत।**

स्रंस् आदि धातुओं को चिण्वदिट् नहीं होता, क्योंकि ये अजन्त नहीं। लुङ् के एकवचन में चिण् होता है, शेष रूप साधारण रीति से ही बनते हैं।

७५८ **तनोतेरिति**—तन् धातु को अकार अन्तादेश होता है यक् परे रहते विकल्प से।

तायते, तन्यते—तन् (विस्तार करना) धातु से कर्मवाच्य लट् प्र० पु० १ में यक् होने पर अकार अन्तादेश होकर पहला रूप और अभाव में दूसरा रूप बना।

७५९ **तप** इति—तप् से च्लि को चिण् हो कर्मकर्ता और अनुताप पश्चा-चाप-अर्थ में।

तप् धातु अनुताप अर्थ में अकर्मक है, अतः यहाँ भाव में लकार आयगा।

अन्वतप्त—अनु-पूर्वक तप धातु से भाववाच्य लुङ् प्र० पु० १ में 'चिण् भावकर्मणोः' से प्राप्त च्लि को चिण् का प्रकृत सूत्र से निषेध हो गया। तब च्लि को सिच् और उसका 'झलो झलि' से लोप होकर रूप बना।

अन्वतप्त पापेन (पापी से पश्चात्ताप किया गया)—**यहाँ अनुताप अर्थ है**

घुमास्थेतीत्वम्—दीयते। धीयते। ददे।

('युग्' आगमविधिसूत्रम्)

७६० आतो युक् चिण्-कृतोः ७। ३। ३३॥

आदन्तानां युगागमः स्याच्चिणि ञ्णिति कृति च। दायिता, दाता। दायिषीष्ट, दासीष्ट। अदायि। अदायिषाताम्।

और 'पाप' शब्द पापी के अर्थ में आया है। 'पापः अन्वतपत्' यह कर्तृवाच्य का रूप है। भाववाच्य का यहाँ दिखाया गया है।

जब पाप शब्द का अर्थ मत्वर्थीय अच् के द्वारा पापी है, तब उक्त वाक्य का अर्थ होगा 'पापी पुरुष के द्वारा पश्चात्ताप किया गया'। इस अर्थ में भाव में लकार हुआ। यहाँ भी तप् का अर्थ पश्चात्ताप है। पश्चात्ताप अर्थ 'अनु' के योग से हुआ।

पश्चात्ताप अर्थ में ही भाववाच्य के रूप बने हैं जैसा कि ऊपर दिखाया जा चुका है।

कर्मकर्ता का उदाहरण कर्मकर्तृप्रक्रिया में दिखाया जायगा।

दीयते—दा (देना) धातु से कर्मवाच्य लट् प्र० पु० १ में यक् होने पर 'घुमास्थागापाजहातिसां हलि' से अकार को ईकार होकर रूप सिद्ध हुआ।

धीयते-धा (धारण और पोषण) धातु से कर्मवाच्य लट् प्र० पु० १ में यक् होने पर पूर्वोक्त सूत्र से आकार को ईकार होकर रूप बना।

७६० आत इति—आदन्त धातुओं को युक् आगम हो चिण् और ञित् णित् कृत् प्रत्यय परे रहते।

दायिता, दाता—दा धातु कर्मवाच्य लुट् प्र० पु० १ में 'स्यसिच्–' सूत्र से चिण्वदिट् होने पर 'आतो युक्–' सूत्र से युक् आगम हुआ, अभावपक्ष में 'दाता' यही रूप रहा।

इसी प्रकार लृट्, आशीर्लिङ् और लृङ् में चिण्वदिट् पक्ष में युक् आगम होगा और अभावपक्ष में कर्तृवाच्य आत्मनेपद के समान ही रूप बनेंगे।

लृट्—दायिष्यते, दास्यते। लोट्—दीयताम्। लङ्—अदीयत। वि० लि०—दीयेत,। आ० लि०—दायिषीष्ट, दासीष्ट।

अदायि—लुङ् के प्र० पु० १ में 'चिण् भावकर्मणोः' से च्लि को चिण्

भज्यते ।

(नलोपविधिसूत्रम्)

७६१ भञ्जेश्च चिणि ६ । ४ । ३३ ।।

नलोपो वा स्यात् । अभाजि, अभञ्जि ।

लभ्यते ।

('नुम्' आगमविधिसूत्रम्)

७६२ विभाषा चिण्णमुलोः ७ । १ । ६९ ।।

लभेर्नुमागमो वा स्यात् । अलम्भि, अलाभि । इति भावकर्मप्रक्रिया ।

होने पर 'आतो युक् चिण्कृतोः' से युक् आगम और 'चिणो लुक्' से त का लुक् होकर रूप बन गया ।

अदायिषाताम्—लुङ् प्र० पु० २ में अजन्त होने से 'स्यसिच—' से चिण्वदिट् हुआ । तब युक् आगम होकर रूप बना । अभावपक्ष में 'स्थाघ्वोरिच्च' से इकार होकर कर्तृवाच्य के समान 'अदिषाताम्' रूप बना ।

इसी प्रकार 'धा' के रूप भी बनते हैं ।

भज्यते—भञ्ज् (तोड़ना) धातु से कर्मवाच्य लट् प्र० पु० १ में यक् होने पर 'अनिदितां हल उपधायाः क्ङिति' से नकार का लोप होकर रूप बना ।

७६१ भञ्जेश्चेति—भञ्ज् धातु के नकार का लोप हो विकल्प से चिण् परे रहते ।

अभाजि, अभञ्जि—लुङ् प्र० पु० १ में च्लि को 'चिण् भावकर्मणोः' से चिण् आदेश हुआ । तब प्रकृत सूत्र से नकार का लोप विकल्प से हुआ, नकारलोपपक्ष में उपधावृद्धि और तकार लोप होने पर रूप बना । अभावपक्ष में तकार का लोप होकर दूसरा रूप बना ।

लभ्यते—लभ् (पाना) धातु से कर्मवाच्य लट् प्र० पु० १ में यक् त की टि को ए होकर रूप बना ।

लोट्—लभ्यताम् । लङ्—अलभ्यत । वि० लि०—लभ्येत । आर्धधातुक में कर्तृवाच्य के समान ही रूप होते हैं, क्योंकि यह धातु आत्मनेपदी है ।

७६२ विभाषेति—लुङ् धातु को नुम् आगम विकल्प से हो चिण् और

अथ कर्मकर्तृप्रक्रिया ।

यदा कर्मैव कर्तृत्वेन विवक्षितम् , तदा सकर्मकाणामप्यकर्मकत्वात् कर्तरि भावे च लकारः ।

णमुल् परे रहते ।

अलम्भि, अलाभि—लुङ् प्र० पु० १ में च्लि को चिण् होने पर तकार का 'चिणो लुक्' से लुक् हुआ । तब 'विभाषा चिणणमुलोः' सूत्र से धातु को नुम् आगम हुआ । नुम् के नकार को अनुस्वार परसवर्ण होकर मकार हुआ । नुम् के अभावपक्ष में उपधावृद्धि हुई ।

लुङ् के अन्य रूप कर्तृवाच्य के रूपों के समान—**अलप्साताम् , अलप्सत । अलब्धाः । अलप्साथाम्** आदि बनेंगे ।

ध्यान में रहे कि चिणवद्भाव अजन्त धातुओं को होता है, लभ् आदि हलन्त धातुओं को नहीं ।

भावकर्मप्रक्रिया समाप्त ।

अथ कर्मकर्तृप्रक्रिया—इस प्रक्रिया का नाम कर्मकर्तृ सार्थक है, क्योंकि जब कर्म ही कर्ता बन जाता है तब उसे 'कर्मकर्ता' ही कहा जायगा, 'कर्म एव कर्ता' यह अर्थ कर्मकर्ता का है अतः '**कर्मकर्तृवाच्य**' ऐसा कहने से यही प्रयोग समझने चाहिये ।

यदेति—जब कर्म को ही कर्ता कहना इष्ट हो अर्थात् सौकर्यातिशय बताने के लिये प्रसिद्ध कर्ता के व्यापार की अविवक्षा कर कर्म को ही अपने व्यापार में स्वतन्त्र मानकर कर्ता बना दिया जाय तब सकर्मक धातुओं के भी अकर्मक हो जाने से सामान्य नियम 'लः कर्मणि च भावे चाऽकर्मकेभ्यः' से लकार कर्ता या भाव में होते हैं ।

कहने का तात्पर्य यह है कि क्रिया बड़ी सरलता से हो रही है, इस भाव को बताने में अन्य कारक भी कर्ता बन जाते हैं क्योंकि उस समय वे अपने व्यापार में स्वतंत्र होते हैं । जैसे—अग्नि पका रहा है, अग्निः पचति । यहाँ करण अग्नि कर्ता बन गया है ।

जब कर्म को कर्ता बनाया जाता है तब सकर्मक धातु भी अकर्मक हो जाती है, तबधातु से कर्ता और भाव में लकार होगा । भाव में रूप भाववाच्य

(कर्मवत्त्वातिदेशसूत्रम्)

७६३ कर्मवत् कर्मणा तुल्य-क्रियः ३ । १ ८७ ॥

कर्मस्थया क्रियया तुल्यक्रियः कर्ता कर्मवत्स्यात् । कार्योऽतिदेशोऽयम्, तेन यगात्मनेपदचिण्वदिटः स्युः। पच्यते फलम्। भिद्यते काष्ठम्। अपाचि। अभेदि। भावे तु भिद्यते काष्ठेन। इति कर्मकर्तृप्रक्रिया।

के समान बनते हैं। जैसे—**पच्यते ओदनेन**—भात से पका जाता है, यहाँ भाव में लकार होने से कर्ता ओदन से अनुक्त होने के कारण तृतीया हुई।

कर्ता में लकार आने पर कुछ धातुओं के रूप कर्मवाच्य के जैसे बनते हैं और कुछ के साधारण कर्तृवाच्य के समान। कर्मवाच्य के समान किन धातुओं के रूप बनते हैं, यह अग्रिम सूत्र से बताया जायगा।

७६३ कर्मवदिति—कर्मस्थ क्रिया से तुल्य क्रियावाला कर्ता कर्मवत् हो अर्थात् कर्म-कर्ता कर्मवत् हो।

कार्यातिदेश इति—यह अतिदेश कार्यातिदेश है। इस कारण कर्मवाच्य के समान यक्, आत्मनेपद और चिण्वदिट् यहाँ भी होंगे।

जहाँ क्रिया के द्वारा होनेवाला विशेष कर्म में हो वहाँ क्रिया कर्मस्थ है। जैसे—पाक क्रिया के द्वारा होनेवाला विशेष 'गल जाना' कर्म ओदन में होता है इसलिये यहाँ क्रिया कर्मस्थ है।

जब कर्म को कर्ता बनाया जाता है तब जो क्रिया उसमें कर्म अवस्था में होती है वही कर्तृ अवस्था में भी होती है। इसलिये कर्ता कर्मस्थ क्रिया से तुल्य क्रियावाला होता है। ऐसे स्थलों में कर्मवद्भाव होता है।

पच्यते फलम् (फल स्वयं पक रहा है)—यहाँ पहले फल कर्म था—कालः फलं पचति—समय फल पकाता है। सुकरता का अतिशय बताने के लिये कि काल क्या पका रहा है फल स्वयं पक रहा है, कर्मफल को कर्ता बना दिया। तब पच धातु से भाव और कर्ता में लकार की उत्पत्ति हुई। भाव में '**फलेन पच्यते**' रूप बनेगा। कर्ता में लकार आने पर 'कर्मवत्–' सूत्र से कर्मवद्भाव हुआ क्योंकि पच् धातु में क्रिया कर्मस्थ है और कर्ताफल कर्मस्थ क्रिया से तुल्य क्रियावाला है अतः कर्मद्भाव होने से यक् और आत्मनेपद होने पर उक्त रूप बना। कर्तृवाच्य होने से यहाँ कर्ता उक्त है। अतः कर्ता में प्रथमा विभक्ति हुई।

अथ लकारार्थप्रक्रिया ।

('लृट्' विधिसूत्रम्)

७६४ अभिज्ञावचने लृट् ३ । २ । ११२ ॥

स्मृतिबोधिन्युपपदे भूतानद्यतने धातोर्लृट्। लङोऽपवादः। वस

भिद्यते काष्ठम्–देवदत्तः काष्ठं भिनत्ति, देवदत्तः काष्ठं किं भिनत्ति, **काष्ठं** स्वयमेव भिद्यते-देवदत्त लकड़ी फाड़ता है, देवदत्त लकड़ी क्या फाड़ता है, लकड़ी स्वयं फटती है, इस प्रकार सौकर्यकी अधिकता दिखानेके लिये कर्म काष्ठको कर्ता बनाकर कर्ता में लकार क्रिया 'कर्मवत्–' सूत्र से कर्मवद्भाव होने से यक् आत्मनेपद हुए ।

अपाचि, अभेदि—पच् और भिद् धातु से कर्मकर्तृवाच्य लुङ् प्र० पु० १ में 'कर्मवत्–' सूत्र से कर्मवत् भाव होने पर 'चिण् भाव-कर्मणोः' से च्लि को चिण् और त का लोप तथा उपधा को वृद्धि और गुण होकर रूप बने ।

भावे तु–**भिद्यते काष्ठेन**—भाव में लकार होने पर भाववाच्य के समान रूप बना और कर्ता के अनुक्त होने से उससे तृतीया विभक्ति हुई ।

हृदय की गाँठ खुल जाती है, **भिद्यते हृदयग्रन्थिः** । सब संशय कट जाते हैं, **छिद्यन्ते सर्वसंशयाः**—इत्यादि कर्मकर्तृवाच्य के ही प्रयोग हैं ।

कर्मकर्तृप्रक्रिया समाप्त

लकारार्थेति—अब लकारार्थ-प्रक्रिया प्रारम्भ होती है। इसमें लकारोंके अर्थ बताये जायँगे अर्थात् यह बताया जायगा कि कौन लकार किस अर्थ में प्रयुक्त होता है । यदि सामान्य रूप से यह सब तिङन्त के प्रारम्भ में बताया जा जा चुका है, जैसे वर्तमान में लृट् होता है इत्यादि, तथापि यहाँ कुछ विशेष नियम बताने के लिये इस प्रक्रिया को पृथक् दिया गया है ।

७६४ अभिज्ञेति—स्मरणार्थक उपपद रहते अनद्यतन भूत-अर्थ में धातु से लृट् लकार हो ।

साधारण रूप से लृट् सामान्य भविष्यत् काल के अर्थ में आता है, परन्तु इस सूत्र से अनद्यतन भूत में उसका विधान किया गया है ।

लङ् इति–यह लृट् विधान लङ् का अपवाद है, अनद्यतन भूत काल अर्थ

निवासे। स्मरसि कृष्ण! गोकुले वत्स्यामः। एवं बुध्यसे चेतयसे इत्यादि—प्रयोगेऽपि।

('लृट्' निषेधसूत्रम्)

७६५ न यदि ३। २। ११३॥

यद्योगे उक्तं न। अभिजानासि कृष्ण! यद्वने अभुञ्ज्महि।

('लट्' विधिसूत्रम्)

७६६ लट् स्मे ३। २। ११८॥

लिटोऽपवादः। यजति स्म युधिष्ठिरः।

होने से इस प्रकार के स्थलों में लङ् प्राप्त था।

स्मरसि कृष्ण! गोकुले वत्स्यामः (कृष्ण, तुम्हें याद है हम लोग गोकुल में रहते थे)—यहाँ स्मरणार्थक 'स्मरसि' उपपद है इसलिये वस् धातु से अनद्यतन भूत में लृट् लकार हुआ।

इस प्रकार के संस्कृत के वाक्य मुहावरेदार वाक्य कहे जायँगे। इनका हिन्दी अनुवाद करते समय ध्यान रखना आवश्यक है।

एवं बुध्यसे इति—इसी प्रकार बुध्यसे, चेतयसे-इत्यादि स्मरणार्थक क्रियापदों के प्रयोग में भी उक्त सूत्र की प्रवृत्ति होगी। क्योंकि स्मरणार्थक उपपद होना कहा गया है, स्मृ धातु उपपद हो ऐसा नहीं कहा गया। इसलिये सभी स्मरणार्थकों के उपपद होते हुए अनद्यतन भूत में लृट् लकार होगा।

अन्य उदाहरण—**स्मरसि मित्र, वाराणस्यां पठिष्यामः**—मित्र, तुम्हें याद है हम बनारस में पढ़ते थे।

७६५ **न यदीति**—'यत्' के योग में स्मरणार्थक उपपद रहते धातु से अनद्यतन भूत में लृट् नहीं होता। (लृट् का निषेध होने से यथाप्राप्त लङ् लकार होगा)

अभिजानासि कृष्ण, यद्वने अभुञ्ज्महि (कृष्ण तुम्हें याद है कि हम ने वन में खाया था)—यहाँ 'यद्' का प्रयोग होने से लृट् नहीं हुआ, यथाप्राप्त लङ् हुआ।

अन्य उदाहरण—स्मरसि मित्र, यद् वाराणस्याम् अपठाम—मित्र तुम्हें याद है कि हम वाराणसी में पढ़ते थे।

७६६ **लट् स्मे** इति—स्म के योग में परोक्ष अनद्यतन भूत में लट् लकार हो।

('वर्तमानत्त्व' अतिदेशसूत्रम्)

७६७ वर्तमानसामीप्ये वर्तमानवद् वा ३ । ३ । १३१ ॥

वर्तमाने ये प्रत्यया उक्तास्ते वर्तमानसामीप्यभूते भविष्यति च वा स्युः। कदाऽऽगतोऽसि ? अयमागच्छामि; अयमागमं वा। कदा गमिष्यसि ? एष गच्छामि गमिष्यामि वा।

('लिङ्' विधिसूत्रम्)

७६८ हेतुहेतुमतोर्लिङ् ३ । ३ । १५६ ॥

भूत काल के लिये 'स्म' के योग का बहुत प्रयोग आज कल किया जाता है। धातु का भूत कालिक प्रयोग याद न हो तो 'स्म' जोड़-कर लट् का प्रयोग कर दिया जाता है।

लिट इति—यह 'परोक्षे लिट्' से होनेवाले लिट् का अपवाद है।

यजति स्म युधिष्ठिरः (युधिष्ठिर यज्ञ करता था)—यहाँ स्म के योग के कारण परोक्ष अनद्यतन भूत में यज् धातु से लट् लकार हुआ।

७६७ वर्तमानेति—वर्तमान में जो प्रत्यय बताये गये हैं वे वर्तमान के समीप भूत और भविष्यत् काल में भी विकल्प से हों।

कदाऽऽगतोसि (कब आये हो)—यह प्रश्न भूतकाल के विषय में है। इसके ही उत्तर में वर्तमान की समीपता दिखाने के लिये लट् का प्रयोग किया जाता है, **अयमागच्छामि**[1] (यह आ ही रहा हूँ)।

अभावपक्ष में यथाप्राप्त लङ् होता है, **अयमागमम्**—यह आया हूँ।

कदा गमिष्यसि (कब जाओगे)—यह प्रश्न भविष्यत् काल के विषय में है। इसके उत्तर में सामीप्य दिखाने के लिये वर्तमान काल के लट् का प्रयोग किया जाता है, **एष गच्छामि**—यह (मैं) जारहा हूँ या यह (मैं) चला। अभावपक्ष में यथाप्राप्त लृट् होता है—एष **गमिष्यमि**—यह (मैं) जारहा हूँ या अभी गया।

७६८ हेतुहेतुमतोरिति—हेतु और हेतुमान् क्रियाओं से लिङ् लकार हो विकल्प से। जब एक क्रिया के द्वारा दूसरी क्रिया होती है तब पहली क्रिया को

---

१ इस प्रकार के स्थलों में हिन्दी और संस्कृत दोनों में वर्तमान के समीप काल में वर्तमान काल का प्रयोग होता है।

वा स्यात्। कृष्णं नमेत् चेत् सुखं यायात्, कृष्णं नंस्यति चेत्सुखं यास्यति । भविष्यत्येवेष्यते, नेह—हन्तीति पलायते ।

विधिनिमन्त्रणेति लिङ्। विधिः—प्रेरणं—भृत्यादेर्निकृष्टस्य प्रवर्तनम्, यजेत। निमन्त्रणं नियोगकरणमावश्यके श्राद्धभोजनादौ दौहित्रादेःप्रवर्तनम् इह भुञ्जीत । आमन्त्रणं-कामचाराऽनुज्ञा, इहासीत । अधीष्टः-सत्कारपूर्वको व्यापारः, पुत्रमध्यापयेद्भवान्। संप्रश्नः—संप्रधारणम्, किं भो वेदमधीयीय उत तर्कम् । प्रार्थनं—याच्ञा, भो भोजनं लभेय । एवं लोट् ।

इति लकारार्थप्रक्रिया ।

इति तिङन्तप्रकरणं समाप्तम् ।

'हेतु' और इसके फल रूप में जो क्रिया होती है उसे 'हेतुमत्' कहते हैं ।

कृष्णं नमेत् चेत् हिन्दी में सामीप्य रहते प्रायः वर्तमान काल की क्रिया का ही प्रयोग किया जाता है । **सुखं यायात्** (कृष्ण को नमस्कार करेगा तो सुख पावेगा)—यह 'नमस्कार' क्रिया 'सुख पाना' क्रिया का हेतु है । प्रकृत सूत्र से दोनों हेतु और हेतुमान् क्रियाओं से लिङ् लकार हुआ ।

पक्षमें—**कृष्णं नंस्यति चेत्सुखं यास्यति**—यहाँ लृट् हुआ ।

भविष्यतीति—यह सूत्र भविष्यत् काल में ही लिङ् का विधान करता है, इसलिये अन्य काल में लिङ् नहीं होगा, जैसे—**हन्तीति पलायते** (यह मारता है, इस कारण भागता है)—यहाँ 'मारना' क्रिया का हेतु है, इस प्रकार हेतुहेतुमद्भाव होने पर भी भविष्यत् काल न होने से यहाँ प्रकृत सूत्र से लिङ् नहीं हुआ ।

विधिनिमन्त्रणेति—विधि, निमन्त्रण, आमन्त्रण, अधीष्ट, संप्रश्न और प्रार्थना अर्थों में लिङ् लकार हो ।

इसकी व्याख्या भ्वादिगण के प्रारम्भ में आचुकी है, वहीं देखना चाहिये ।

लकारार्थ-प्रक्रिया समाप्त ।

तिङन्त समाप्त ।

अथ कृदन्तप्रकरणम् ।

अथ कृत्यप्रक्रिया

७६९ धातोः ३ । १ । ९१ ॥

आतृतीयाध्यायसमाप्त्यन्तं ये प्रत्ययाः, धातोः परे स्युः । 'कृदतिङ्' इति 'कृत्' संज्ञा ।

(बाधकत्वपरिभाषासूत्रम्)

७७० वाऽसरूपोऽस्त्रियाम् ३ । १ । ९४ ॥

अस्मिन्धात्वधिकारेऽसरूपोऽपवादप्रत्यय उत्सर्गस्य बाधको वा स्यात् स्त्र्यधिकारोक्तं विना ।

---

७६९ **धातोरिति**—इस सूत्र से लेकर तृतीय अध्यायकी समाप्ति तक जो प्रत्यय कहे गये हैं वे धातु से परे हों ।

कृदिति—'कृद् अतिङ्' इस सूत्र से तिङ्‌भिन्न होने के कारण इन प्रत्ययों की कृत संज्ञा होती है ।

७७० **वाऽसरूप इति**—इस धातु के अधिकारमें असरूप अपवाद प्रत्यय उत्सर्ग अर्थात् सामान्य सूत्र का बाधक विकल्प से हो '८८६ स्त्रियां क्तिन् ३ । ३ । ९४' इस सूत्र के 'स्त्रियाम्' अधिकार में बताये गये प्रत्ययों छोड़कर ।

इसलिये 'अचो यत्' 'ऋहलोर्ण्यत्' इत्यादि अपवादों के विषय में सामान्य तव्यत् आदि प्रत्यय भी होते हैं—कार्यम्, कर्तव्यम्, करणीयम्, वाच्यम्, वक्तव्यम्, वचनीयम् इत्यादि ।

तव्यत् आदि सामान्य प्रत्ययों का ण्यत् आदि अपवाद असरूप है अर्थात् भिन्न रूप है, इसलिये यह सूत्र प्रवृत्त होता है ।

जहाँ अपवाद प्रत्यय सामान्य प्रत्यय के समान रूपवाला हो, वहाँ यह सूत्र नहीं लगेगा अर्थात् वहाँ नित्य बाध होगा । जैसे—अण् और क दोनों का अ शेष रहता है, इसलिये ये सरूप प्रत्यय हैं । अतः अपवाद क के द्वारा सामान्य अण् का नित्य बाध होगा । 'आतोऽनुपसर्गे' से क होकर 'गोदः' बनेगा । यहाँ 'कर्मण्यण्' का अण् प्रत्यय फिर नहीं होगा, यदि किया गया तो वह अशुद्ध समझा जायगा ।

('कृत्य' संज्ञासूत्रम्)

७७१ कृत्याः ७ । १ । ९५ ॥

'७८७ ण्वुलतृचौ ३ । १ । १३३ ॥' इत्यतः प्राक् कृत्यसंज्ञा स्युः

('कृत्' विधिसूत्रम्)

७७२ कर्तरि कृत् ३ । ४ । ६७ ॥

'कृत्' प्रत्ययः कर्तरिस्यात्। इति प्राप्ते—

('कृत्य' आदिप्रत्ययविधिसूत्रम्)

७७३ तयोरेव कृत्य-क्त-खलर्थाः ३ । ४ । ७० ॥

एते भावकर्मणोरेव स्युः।

('तव्यत्' आदिविधिसूत्रम)

७७४ तव्यत्-तव्यानीयरः ३ । १ । ९६॥

'स्त्रियाम्' अधिकारमें यह परिभाषा नहीं लगती। इसलिये '८८४ स्त्रियां क्तिन्' ३ । ३ । ९४ ॥ इस उत्सर्ग का '७० अ प्रत्ययात् ३ । ३ । १०२ ॥' यह अपवाद नित्यबोधक होता है। चिकिर्षा, जिहीर्षा—यहाँ अब क्तिन् नहीं होता।

७७१ कृत्य इति—'ण्वुल्तृचौ' इससे पहलेके प्रत्ययोंकी कृत् संज्ञा होती है।

७७२ कर्तरीति=-कृत् प्रत्यय कर्ता अर्थ में हों।

इससे सभी प्रत्यय कर्ता में प्राप्त हुए।

७७३ तयोरिति—कृत्य, क्त और खलर्थ प्रत्यय भाव और कर्म में ही हों अर्थात् कर्ता में नहीं हों।

अतएव खलर्थ प्रत्यय आगे आयेंगे। खल् प्रत्यय क्रिया को मुश्किल से या सरलता से किये जाने अर्थ को प्रकट करता है। इस अर्थ के अन्य सभी प्रत्ययों का ग्रहण करने के लिये यहाँ खलर्थ प्रत्यय कहा है।

अतएव कृत्य, क्त और खलर्थ प्रत्ययों के योग में भाववाच्य और कर्मवाच्य के समान अनुक्त होने से कर्ता में तृतीया विभक्ति आती है। जैसे—(कृत्य—मया पठितव्यम्—मुझे पढ़ना चाहिए। क्त—मया पठितम्—मैंने पढ़ा। खलर्थ—मया सुकरम् इदं कार्यम्—यह कार्य मैं सरलता से कर सकता हूँ।

७७४ तव्यदिति—तव्यत्, तव्य और अनीयर् प्रत्यय धातु से हों।

धातोरेते प्रत्ययाः स्युः। एधितव्यम् एधनीयं त्वया। भावे-औत्सर्गिकम् एकवचनं क्लीबत्वं। चेतव्यः, चयनीयो वा धर्मस्त्वया।

(केलिमरप्रत्ययविधिवार्तिकम्)

(वा) केलिमर उपसंख्यानम्। पचेलिमा माषाः, पक्तव्या इत्यर्थः। भिदेलिमाः सरलाः, भेत्तव्या इत्यर्थः। कर्मणि प्रत्ययः।

तव्यत् का तकार इत्संज्ञक है। तित् होने से यह 'तित्स्वरितम्' सूत्र से स्वरित होता है। यही तव्य से इसका भेद है। वैसे रूप दोनों में समान बनते हैं।

अनीयर् का रेफ भी इत्संज्ञक है।

एधितव्यम्, एधनीयम्–एध् धातु से भाव में तव्य और अनीयर् प्रत्यय हुये हैं। धातु से विहित होने से ये आर्धधातुक हैं। वलादि आर्धधातुक होने से तव्य को इट् आगम हुआ।

भाव में ये इसलिये हुए कि एध् धातु अकर्मक है। अकर्मक से भाव में वे प्रत्यय होंगे। कर्ता अनुक्त है–इस बात को दिखाने के लिये 'त्वया' यह तृतीयान्त कर्ता दिया है।

भाव इति—भाव में सामान्य एकवचन और नपुंसकलिङ्ग हुआ।

कर्म में ये प्रत्यय सकर्मक धातुओं से आते हैं, तब लिङ्ग वचन कर्म के अनुसार होते हैं।

चेतव्यः, चयनीयो वा धर्मस्त्वया—चि धातु सकर्मक है। इसलिये यहाँ कर्म में तव्य और अनीयर् प्रत्यय हुए। चयन का कर्म धर्म है, वह पुँलिङ्ग और और एकवचन में है, इसलिये इनसे भी पुंलिङ्ग और एकवचन हुआ। 'त्वया' यह कर्तृपद है, इसमें अनुक्त होने से कर्ता में तृतीया विभक्ति हुई है।

(वा) **केलिमर** इति–केलिमर प्रत्ययका भी यहाँ उपसंख्यान करना चाहिये अर्थात् तव्यत् आदि के समान केलिमर् प्रत्यय भी भाव और कर्म में होता है।

केलिमर् के ककार और रेफ इत्संज्ञक हैं–एलिम शेष रहता है।

पचेलिमा माषाः—यहाँ पच् धातु से प्रकृत वार्तिक के द्वारा केलिमर् प्रत्यय होकर 'पचेलिमाः' सिद्ध हुआ।

पक्तव्या इति—तव्यत् के अर्थ में ही यह हुआ है। इसीलिये 'पक्तव्याः'

(कृत्यल्युट्विधिसूत्रम्)

७७५ कृत्य-ल्युटो बहुलम् ३ । ३ । ११३ ॥

('बहुल' परिभाषा)

क्वचित्प्रवृत्तिः क्वचिदप्रवृत्तिः क्वचिद्विभाषा क्वचिदन्यदेव ।
विधेर्विधानं बहुधा समीक्ष्य चतुर्विधं बाहुलकं वदन्ति ॥ १ ॥

'स्नान्ति-अनेन' इति स्नानीयं चूर्णम् । दीयतेऽस्मै दानीयो विप्रः ।

वह अर्थ किया गया है। कर्म के उक्त होनेसे 'माषा' यहाँ प्रथमा हुई और इसी के अनुसार 'पचेलिमाः' में पुंलिङ्ग और बहुवचन आये।

भिदेलिमाः सरला[1]: (भेत्तव्या इत्यर्थः, सरल वृक्ष काटने योग्य हैं)—यहाँ भिद् धातु से केलिमर् प्रत्यय हुआ है। कर्म से प्रथमा हुई और तदनुसार 'भिदेलिमाः' से पुंल्लिङ्ग और बहुवचन हुए।

कर्मणीति—'पचेलिमाः' और 'भिदेलिमाः' में केलिमर प्रत्यय कर्म में हुआ, क्योंकि ये धातु सकर्मक हैं।

कुछ आचार्य यहाँ कर्मकर्ता अर्थ में केलिमर् प्रत्यय हुआ बताते हैं।

कृत्येति—कृत्य और ल्युट् प्रत्यय बहुल होते हैं।

क्वचिदिति—कहीं (प्रयोग विशेष में) प्रवृत्ति होना, कहीं (प्रयोग विशेष में) प्रवृत्ति न होना, कहीं विकल्प से प्रवृत्ति होना और कहीं अन्य ही प्रकार होना—(इस प्रकार) विधिका विधान अनेक प्रकार का विचारकर बाहुलक को चार प्रकार का कहते हैं।

स्नानीयम्—स्नान्त्यनेनेति स्नानीयं चूर्णम्—जिस चूर्ण से स्नान किया जाय उसे स्नानीय कहते हैं, यहाँ 'कृत्यल्युटो बहुलम्' सूत्र से स्ना धातु से कारण अर्थ में बाहुलक अनीयर् कृत्य प्रत्यय हुआ। यहाँ बाहुलक का पहला प्रकार है अर्थात् अप्राप्त की प्रवृत्ति हो जाना। कारण में अनीयर् प्राप्त नहीं बाहुलक से हो गया।

---

१ सरल देवदारु और उसकी जाति के चीड़ आदि वृक्षों को कहते हैं। कविकुलगुरु कालिदास ने 'कुमार संभव' के प्रथम सर्ग में—'कपोल-कण्डूः करिभिर्विनेतुं विघट्टितानां सरलद्रुमाणाम्' इस प्रकार सरल वृक्षों का वर्णन किया है। (ये वृक्ष सीधे होते हैं, इसलिये इनका 'सरल' नाम पड़ा है।)

('यत्' प्रत्ययविधिसूत्रम्)

७७६ अचो यत् ३ । १ । ९७ ॥

अजन्ताद् धातोर्यत् स्यात् । चेयम् ।

('ईकार' आदेशविधिसूत्रम्)

७७७ ईद् यति ६ । ४ । ६५ ॥

यति परे आत ईत स्यात् । देयम् । ग्लेयम् ।

('यत्' प्रत्यय विधिसूत्रम्)

७७८ पोरदुपधात् ३ । १ । ९८ ॥

पवर्गान्ताद् अदुपधाद् यत् स्यात् । ण्यतोऽपवादः । शप्यम् । लभ्यम् ।

दानीयः—दीयतेऽस्मै दानीयो विप्रः—इसे दिया जाता है इस प्रकार दानीय हुआ, वह ब्राह्मण होता है । यहाँ बाहुलक से संप्रदान अर्थ में दा धातु से **अनीयर्** प्रत्यय हुआ । यह भी बाहुलक के पहले प्रकार का उदाहरण है ।

७७६ **अच** इति—अजन्त धातु से यत् प्रत्यय हो ।

चेयम्—चिञ् (चयन, चुनना) धातु से अजन्त होने के कारण यत् प्रत्यय हुआ । तब यत् के आर्धधातुक होने से उसके परे रहते 'सार्वधातुकाऽऽर्धधातुकयोः' से गुण होने पर 'चेय' शब्द बना । उससे सामान्य में नपुंसकलिङ्ग होने से स्वादि की उत्पत्ति हुई । प्रथमा के एकवचन में यह रूप बना ।

७७७ **ईदिति**—'यत्' परे रहते आकार के स्थान में ईकार हो ।

देयम्—'दान करने योग्य या दान करना चाहिये' इस अर्थ में कर्म में दा धातु से यत् प्रत्यय हुआ । आर्धधातुक यत् परे रहते प्रकृत सूत्र से धातु के आकार को ईकार होने पर उसे गुण हुआ । तब 'देय' से प्रथमा के एकवचनमें रूप बना ।

ग्लेयम् (ग्लानि करनी चाहिये)—यहाँ ग्लै धातु से भाव में यत् प्रत्यय हुआ । उसके परे रहते 'आदेच उपदेशेऽशिति' से ऐकार को आकार हुआ । तब प्रकृत सूत्र 'ईद् यति' से आकार को ईकार हुआ और उसे गुण एकार होकर रूप बना ।

७७८ **पोरिति**—पवर्गान्त अदुपध धातु से यत् हो ।

ण्यत इति—यह यत् '७८३ ऋहलोर्ण्यत् ३ । १ । १२४ ॥' से प्राप्त ण्यत्

('क्यप्' विधिसूत्रम्)

७७९ एति-स्तु-शास्-वृ-दृ-जुषः क्यप् ३ । १ । १०९ ॥

एभ्यः क्यप् स्यात्।

('तुक्' आगमविधिसूत्रम्)

७८० ह्रस्वस्य पिति कृति तुक् ६ । १ । ७१ ॥

इत्यः। स्तुत्यः। शासु-अनुशिष्टौ।

का बाधक है।

शप्यम्—(शपथ के योग्य, शाप देना चाहिये)—शप् धातु पवर्गान्त है, क्योंकि इसके अन्त में पकार है, इसकी उपधा में ह्रस्व अकार भी है। अतः इससे यद्यपि हलन्त होने के कारण 'ऋहलोर्ण्यत्' से ण्यत् प्राप्त हुआ। उसको बाधकर प्रकृत सूत्र से यत् प्रत्यय हुआ।

लभ्यम् (पाना चाहिये, पाने के योग्य) लभ् धातु से हलन्त होने के कारण ण्यत् प्राप्त है। उसे बाधकर पवर्गान्त अदुपध होने से यत् हुआ।

७७९ एतीति—इण्, स्तु, शास्, वृ, दृ और जुष् धातुसे क्यप् प्रत्यय हो। यह क्यप् प्रत्यय यत् और ण्यत् का बाधक है। शास् और जुष् को हलन्त होने के कारण '७८३ ऋहलोर्ण्यत्' से ण्यत् प्राप्त था और शेष को अजन्त होने से '७७६ अचोयत् ३ । १ । १२५' सूत्र से यत्।

'क्यप्' के ककार और पकार की इत्संज्ञा होती है, शेष केवल 'य' रहता हैं। यत् से इसका अन्तर कित् और पित् होने का है। कित् होने से क्यप् में गुण नहीं होता और पित् होने से '७८८ ह्रस्वस्य-' सत्र से तुक् आगम होता है।

७८० ह्रस्वस्येति—ह्रस्व को तुक् आगम हो पित् कृत् परे रहते।

इत्यः—इण् धातु से पिछले सूत्र '७७६ एति-स्तु-शास्-वृ-दृ-जुषः क्यप ३ । १ । १०६' से क्यप् प्रत्यय हुआ। क्यप् का य शेष रहता है। पित् होनेसे उसके परे रहते ह्रस्व ईकार को तुक् आगम होकर 'इत्य' रूप बना उससे प्रथमा के एकवचन में रूप सिद्ध हुआ।

शासु—'शास्' धातु मूल में नहीं बताई गई, इसलिये यहाँ उसका परिचय देने के लिये ऐसा कहा गया है। यह धातु अदादिगण की है।

('इकार' आदेशविधिसूत्रम्)

७८१ शास इदङ्-हलोः ६ । ४ । ३४ ॥

शास उपधाया 'इत्' स्यादङि हलादौ क्ङिति । शिष्यः । वृत्यः । आदृत्यः । जुष्यः ।

('क्यप्' प्रत्ययविधिसूत्रम्)

७८२ मृजेर्विभाषा ३ । १ । ११३ ॥

मृजेः क्यब् वा । मृज्यः ।

---

७८१ शास इति—शास् की उपधा को ह्रस्व इकार हो अङ् और हलादि कित् ङित् प्रत्यय परे रहते ।

शिष्यः—शास् धातु से पूर्वोक्त '७७६ एति-स्तु-शास्–' इत्यादि सूत्र से क्यप् प्रत्यय हुआ, वह कित् है, उसके परे रहते प्रकृत सूत्र से उपधा आकार को इकार होने पर 'शासिवसिघसीनां च' से सकार को मूर्धन्य सकार होकर 'शिष्यः' यह रूप सिद्ध हुआ । इस रूप में कित् होने का फल आकार को इकार होना है ।

वृत्यः—वृ धातु से 'एतिस्तु-शास्-वृ–' से क्यप् और 'ह्रस्वस्य पिति कृति तुक्' से तुक् आगम होकर रूप बना ।

यहाँ 'क्यप्' होने का फल 'तुक्' आगम है ।

आदृत्यः—आङ् पूर्वक दृ धातु से क्यप् और तुक् होने पर पूर्ववत् रूप सिद्ध हुआ ।

यहाँ भी 'क्यप्' होने का फल 'तुक्' आगम है ।

जुष्यः—जुष् धातु से क्यप् हुआ । क्यप् के कित् होने से उसके परे रहते लघूपध गुण का निषेध हो गया ।

७८२ मृजेरिति—मृज् धातु से क्यप् विकल्प से हो ।

मृज् (साफ करना) धातु हलन्त है, अतः उसे '७८३ ऋहलोर्ण्यत् ३ । १ । १२४' सूत्र से ण्यत् प्राप्त था, उसका यह सूत्र बाधक है ।

मृज्यः (साफ करने योग्य, साफ करना चाहिये)—मृज् धातु से प्रकृत सूत्र से क्यप् हुआ । कित् होने से गुण का निषेध हो गया ।

('ण्यत्' प्रत्ययविधिसूत्रम्)

७८३ ऋहलोर्ण्यत् ३ । १ । १२४ ॥

ऋवर्णान्ताद् हलन्ताच्च धातोर्ण्यत् । कार्यम् । हार्यम् । धार्यम् ।

('कुत्व' आदेशविधिसूत्रम्)

७८४ च-जोः कु घिण्-ण्यतोः ७ । ३ । ५२ ॥

चजोः कुत्वं स्यात् घिति ण्यति च परे ।

('वृद्धि' आदेशविधिसूत्रम्)

७८५ मृजेर्वृद्धिः ७ । २ । ११४ ॥

मृजेरिको वृद्धिः सार्वधातुकाऽऽर्धधातुकयोः । मार्ग्यः ।

(कुत्वाभावनिपातनविधिसूत्रम्)

७८६ भोज्यं भक्ष्ये ७ । ३ । ६९ ॥

भोग्यमन्यत् ।

इति कृत्यप्रक्रिया ।

---

७८३ ऋ-हलोरिति—ऋवर्णान्त और हलन्त धातु से ण्यत् प्रत्यय हो । ण्यत् का य शेष रहता है, णकार और तकार इत्संज्ञक हैं ।

कार्यम्, हार्यम्, धार्यम्—कृ, हृ और धृ धातुओं से ऋकारान्त होने के कारण ण्यत् प्रत्यय प्रकृत सूत्र से हुआ । ण्यत् के णित् होने से उसके परे रहते 'अचो ञ्णिति' से ऋकार को आर् वृद्धि होने पर ये रूप बने ।

७८४ चजोरिति—चकार और जकार को कुत्व होता है घित् और ण्यत् प्रत्यय परे रहते ।

सूत्रस्थ पद 'घिण्' 'घित्' के तकार को 'यरोऽनुनासिकेऽनुनासिको वा' सूत्र से अनुनासिक णकार होने से बना है ।

'मृजेर्विभाषा' सूत्र से जब क्यप् नहीं हुआ । उस पक्ष में हलन्त होने से ण्यत् प्रत्यय होता है। ण्यत् परे रहते यह सूत्र जकार को कवर्ग गकार करता है ।

७८५ मृजेर्वृद्धिरिति—मृज् धातु के इक् को वृद्धि हो सार्वधातुक आर्धधातुक प्रत्यय परे रहते ।

मार्ग्यः—क्यप के अभावपक्ष में ण्यत् हुआ पिछले सूत्र से जकार को कवर्ग गकार हुआ । तब प्रकृत सूत्र से ऋकार को वृद्धि आर् होकर रूप बना ।

अथ पूर्वकृदन्तम्

('ण्वुल्-तृच्' प्रत्ययविधिसूत्रम्)

७८७ ण्वुल-तृचौ ३ । १ । १३३ ॥

धातोरेतौ स्तः । 'कर्तरि कृत्' इति कर्त्रर्थे ।

('अन-अक' आदेशविधिसूत्रम्)

७८८ यु-वोरनाऽकौ ७ । १ । १ ॥

'यु वु' एतयोः'अनाऽकौ' स्तः । कारकः । कर्ता ।

---

७८६ **भोज्यमिति**--भक्ष्य-भक्षण करने योग्य-अर्थ में भोज्य बनता है अर्थात् ण्यत् परे रहते 'चजोः कु घिण्यतोः' से प्राप्त कुत्व नहीं होता।

यह सूत्र कुत्व के अभाव का निपातन करता है।

जब भक्षण करने योग्य अर्थ नहीं होगा तब कुत्व होकर **भोग्यम्** रूप बनेगा इसका अर्थ होगा 'उपभोग के योग्य'।

हलन्त होने से 'भुज्' धातु से ण्यत् प्रत्यय होता है।

कृत्यप्रक्रिया समाप्त ।

७८७ **ण्वुल्-तृचाविति**—धातु से ण्वुल् और तृच् प्रत्यय हों।

ण्वुल् का वु और तृच् का तृ शेष रहता है, शेष भाग दोनों के इत्संज्ञक है।

कर्तरि कृदिति--ये प्रत्यय 'कर्तरि कृत्' सूत्र से कर्ता अर्थ में होते हैं।

७८८ **युवोरिति**—यु और वु को क्रम से 'अन' और 'अक' आदेश हों।

कारकः (करनेवाला)—कृ धातु से कर्ता अर्थ में '७८७ ण्वुल्-तृचौ ३ । १ । १३३' सूत्र से ण्वुल् होने पर प्रकृत सूत्र 'यु-वोः अनाऽकौ ७ । १ । १' से 'वु' के स्थान में 'अक' आदेश हुआ और णित् होने के कारण ण्वुल् परे रहते 'अचो ञ्णिति' से वृद्धि होकर 'कारक' शब्द बना। प्रथमा के एकवचन में उक्त रूप सिद्ध हुआ।

कर्ता (करनेवाला)—कृ धातु से कर्ता अर्थ में पूर्ववत् तृच् प्रत्यय हुआ,

('ल्यु-णिनि-अच' प्रत्ययविधिसूत्रम्)

७८९ नन्दि-ग्रहि-पचाऽऽदिभ्यो ल्युणिन्यचः ३ ।१। १३४॥

नन्द्यादेर्ल्युः, ग्रह्यादेर्णिनिः, पचादेरच् स्यात् । नन्दयतीति नन्दनः, जनमर्दयतीति जनार्दनः, लवणः । ग्राही, स्थायी, मन्त्री, । पचादिराकृतिगणः ।

तृच् की आर्धधातुक संज्ञा हुई। उसके परे रहते 'सार्वधातुकार्धधातुकयोः' से गुण अर् होकर रूप सिद्ध हुआ 'कर्तृ'। उससे प्रथमा के एकवचन में रूप बन गया।

७८९ नन्दीति—नन्द् आदि धातुओं से ल्यु, ग्रह् आदि से णिनि और पच् आदि से अच् प्रत्यय हो।

ल्यु का यु, णिनि का इन् और अच् का अ शेष रहता है बाकी इत्संज्ञक हैं। णिनि णित् है उसके परे रहते वृद्धि होती है। ल्यु के यु को 'युवोरनाकौ' से अन आदेश होता है।

ये तीनों प्रत्यय भी कर्ता अर्थ में यथापूर्व 'कर्तरि कृत्' सूत्र के अनुसार होते हैं।

नन्दनः (आनन्द देनेवाला)—टुनदि समृद्धौ (भ्वा. प. से.) धातु से ल्यु प्रत्यय प्रकृत सूत्र से हुआ। तब 'यु' के स्थान में '७८८ यु-वोः अनाऽकौ ७ । १ । १ ॥' सूत्र से 'अन' आदेश होने पर प्रथमा के एकवचन में उक्त रूप सिद्ध हुआ।

लवणः (काटनेवाला या नमक)—लू (क्र्या. उ. से.) धातु से नन्द्यादि होने के कारण ल्यु प्रत्यय हुआ । यु को अन आदेश और नन्द्यादिगण में निपातन से णत्व होकर 'लवण' शब्द बना। कृदन्त होने से प्रातिपदिक संज्ञा होकर स्वादि की उत्पत्ति हुई। प्रथमा के एकवचन में रूप सिद्ध हुआ।

ग्राही (ग्रहण करनेवाला) ग्रह् धातु से प्रकृत सूत्र के द्वारा णिनि प्रत्यय हुआ। णिनि के णित् होने से उसके परे रहते 'अत उपधायाः ७ । २ । ११६॥' सूत्र से उपधा अकार को वृद्धि हुई। तब 'ग्राहिन्' शब्द बना (कृदन्त होने से प्रातिपदिक संज्ञा होने पर स्वाद्युत्पत्ति हुई । प्रथमा के एकवचन में हल्ङ्यादि लोप और उपधादीर्घ होकर रूप सिद्ध हुआ।

('क' प्रत्ययविधिसूत्रम्)

७९० इगुपध-ज्ञा-प्री-किरः कः ३ । १ । १३५ ॥

एभ्यः कः स्यात् । बुधः । कृशः । ज्ञः । प्रियः । किरः ।

('क' प्रत्ययविधिसूत्रम्)

७९१ आतश्चोपसर्गे ३ । १ । १३६ ॥

प्र-ज्ञः । सु-ग्लः ।

स्थायी (स्थिर रहनेवाला)—स्था धातु से ग्रह्यादि होने के कारण णिनि प्रत्यय हुआ । णिनि के णित् होने से उसके परे रहते आकारान्त स्था धातु को 'आतो युक् चिणकृतोः ७।३।३३॥' से युक् आगम होने पर 'स्थायिन्' शब्द बना । उससे सु आदि की उत्पत्ति होकर प्र. ए. व. में रूप सिद्ध हुआ ।

मन्त्री (सलाह देनेवाला, सचिव)—मन्त्री चुरादि धातु से णिनि प्रत्यय हुआ । णि का लोप हुआ । मन्त्रिन् की प्रातिपदिक संज्ञा होने पर सु आदि की उत्पत्ति होकर प्रथमा के एकवचन में रूप बना ।

पचादिरिति—पच् आदि आकृतिगण है । इसलिये **पचः, नदः, चोरः** आदि शब्द अच् प्रत्यय से बनते हैं ।

७९० **इगुपधेति**—इगुपध, ज्ञा, प्री और कृ धातुओं से क प्रत्यय हो ।

'क' प्रत्यय का ककार इत्संज्ञक है, 'अ' शेष रहता है । कित् होने से इसके परे रहते गुण वृद्धि का निषेध हो जाता है ।

बुधः (जाननेवाला, पण्डित)—'बुध् ' (दि. आ. अ) धातु से प्रकृत सूत्र के द्वारा क प्रत्यय हुआ । 'बुध' की प्रातिपदिक संज्ञा होने पर सु आदि की उत्पत्ति होकर प्रथमा के एकवचन में रूप सिद्ध हुआ ।

कृशः (कमजोर), **ज्ञः** (जाननेवाला), **प्रियः** (प्रसन्न करनेवाला, प्यारा), **किरः** (बिखेरनेवाला)—इनमें भी प्रत्यय हुआ ।

ज्ञः—यहाँ क होने पर 'आतो लोप इटि च' से आकार का लोप हुआ ।

प्रियः-में क होने पर ईकार को इयङ् आदेश हुआ ।

किरः—में क होने पर ऋत इद्धातोः से इर् आदेश हुआ ।

७९१ **आत इति**—उपसर्ग-सहित आदन्त धातु से क प्रत्यय हो ।

प्रज्ञः (प्रकृष्ट जानने वाला, विद्वान्)—प्र पूर्वक ज्ञा धातु से प्रकृत सूत्र से

('क' प्रत्ययविधिसूत्रम्)

७९२ गेहे कः ३ । १ । १४४ ॥

गेहे कर्तरि ग्रहेः कः स्यात् । गृहम् ।

('अण्' प्रत्ययविधिसूत्रम्)

७९३ कर्मण्यण् ३ । २ । १ ॥

कर्मण्युपदे धातोः 'अण्' प्रत्ययः स्यात् । 'कुम्भं करोति' इति—कुम्भकारः ।

क प्रत्यय हुआ । '४६२ आतो लोप इटि च ६ । ४ । ६४ ॥' से आकार का लोप होकर 'प्रज्ञ' शब्द बना । प्रातिपदिक संज्ञा होकर प्रथमा के एकवचन में रूप सिद्ध हुआ ।

सुग्लः (अच्छी तरह ग्लानि करनेवाला)—सु पूर्वक ग्लै धातु से ऐकार को आकार होने पर प्रत्यय होकर आकार का लोप हुआ । सुग्ल की प्रातिपदिक संज्ञा हुई । प्रथमा के एकवचन में रूप सिद्ध हुआ ।

७९२ गेहे इति—यदि गेह-घर-कर्ता अर्थ हो तो उस अर्थ में ग्रह् धातु से 'क' प्रत्यय हो ।

गृहम् (घर)—ग्रह् धातु से प्रकृत सूत्र के द्वारा 'क' प्रत्यय हुआ । 'ग्रहिज्या—६ । १ । १६' सूत्र से संप्रसारण होकर 'गृह' शब्द बना ।

यह अर्धर्चादिगण में होने से पुँल्लिङ्ग और नपुंसक दोनों है । पुँल्लिङ्ग में सदा बहुवचन में आता है । अमरकोष में कहा है–'गृहाः पुंसि च भूम्न्येव' ।

७९३ कर्मणीति—कर्म उपपद रहते धातु से अण् प्रत्यय हो ।

अण् का णकार इत्संज्ञक है, केवल अकार बचता है । णित् होने से इसके परे रहते वृद्धि हो जाती है ।

कुम्भकारः (घड़ा बनानेवाला, कुम्हार)—कुम्भ कर्म उपपद रहते कृ धातु से 'कुम्भ अम् कृ' इस दशा में अण् प्रत्यय हुआ । उसके परे रहते ऋकार के स्थान में 'अचो ञ्णिति ७ । २ । ११५' सूत्र से अजन्त-अङ्गनिमित्त वृद्धि हुई । 'कुम्भ अम् कार' यहाँ उपपद के साथ '६५७ उपपदमतिङ् २ । २ । १९ ॥' से समास हुआ । समास का अवयव होने से 'सुपो धातुप्रातिपदिकयोः २ । ४ । ७१ ॥' से सुप् अम् का लोप हुआ । इस प्रकार 'कुम्भकार' यह

('क' प्रत्ययविधिसूत्रम्)

७९४ आतोऽनुपसर्गे कः ३ । २ । ३ ॥

आदन्तात् धातोरनुपसर्गात् कर्मण्युपपदे कः स्यात् । अणोऽपवादः । आतो लोपः—गो-दः, धन-दः, कम्बल-दः । अनुपसर्गे किम्—गो-संदायः ।

('क' प्रत्ययविधिवार्तिकम्)

(वा) मूल-विभुजाऽऽदिभ्यः कः ।

शब्द बना । इसकी कृदन्त होने से प्रातिपदिक संज्ञा हुई । सु आदि की उत्पत्ति होने पर प्रथमा के एकवचन में रूप सिद्ध हुआ ।

७९४ आत इति—उपसर्ग-रहित आदन्त धातु से कर्म उपपद रहते **'क'** प्रत्यय हो ।

अण इति—यह क प्रत्यय '७९३ कर्मण्यण ३ । २ । १ ॥' का बाधक है ।

गो-दः (गाय देनेवाला)—'गो अम् दा' इस दशामें प्रकृत सूत्र से 'क' प्रत्यय हुआ । दा धातु आकारान्त है और इसके साथ उपसर्ग नहीं है । 'आतो लोप इटि च ६ । ४ । ६४ ॥' से अकार का लोप हुआ । पूर्ववत् उपपद समास होने पर सुप् का लोप हुआ । तब 'गोद' की कृदन्त होने के कारण प्रातिपदिक संज्ञा हुई । सु आदि की उत्पत्ति होने पर प्रथमा के एकवचन में यह रूप बना ।

धन-दः (धन देनेवाला, कुबेर) और **कम्बल-दः** (कम्बल देनेवाला)—इनकी सिद्धि 'गोदः' के समान ही होती है ।

अनुपसर्गे इति—आकारान्त धातु के साथ उपसर्ग नहीं होना चाहिये ऐसा क्यों कहा ? इसका प्रयोजन है—**गोसंदायः** । गां संददाति—गाय को देता है—इस अर्थ में 'गो अम् सं दा' यहाँ सम् उपसर्ग का योग होने से आकारान्त होने पर भी दा धातु से 'क' प्रत्यय नहीं हुआ । तब सामान्य सूत्र '७९३ कर्मण्यण् ३ । २ । १ ॥' से अण् प्रत्यय हुआ । 'आतो युक् चिण्कृतोः ७ । ३ । ३३ ॥' से युक् आगम हुआ । उपपद समास होने पर सुप् अम् का लोप हुआ । तब 'गोसंदाय' की कृदन्त होने से प्रातिपदिक संज्ञा होकर सु आदि की उत्पत्ति होने पर प्रथमा के एकवचन में यह रूप सिद्ध हुआ ।

(वा) मूलेति—मूलविभुज आदि शब्दों में क प्रत्यय हो ।

मूलानि विभुजति मूलविभुजो रथः । आकृतिगणोऽयम् । मही-ध्रः, कु-ध्रः ।

('ट' प्रत्ययविधिसूत्रम्)

७९५ चरेष्टः ३ । २ । १६ ॥

अधिकरणे उपपदे । कुरु-चरः ।

('ट' प्रत्ययविधिसूत्रम्)

७९६ भिक्षा-सेनाऽऽदायेषु च ३ । २ । १७ ॥

यह वार्तिक भी पूर्वोक्त '७९३ कर्मण्यण् ३ । २ । १ ॥' इस सूत्र का बाधक है ।

मूल-विभुजः (मूलानि विभुजति—जड़ों को तोड़नेवाला, रथ)—मूल शस् वि भुज्—इस दशा में क प्रत्यय हुआ । उपपद-समास होने पर सुप् का लोप हुआ । तब 'मूल-विभुज' की कृदन्त होने से प्रातिपदिक संज्ञा हुई । सु आदि की उत्पत्ति होकर प्रथमा के एकवचन में रूप सिद्ध हुआ ।

आकृतीति—मूलविभुज आदि आकृतिगण है । इसलिये—**मही-ध्रः** (महीं धरति—पृथ्वी को धारण करनेवाला पहाड़), **कु-ध्रः** (कुं[1] पृथ्वीं धरति-पृथ्वी को धारनेवाला पहाड़) इनमें भी 'क' प्रत्यय हुआ । कित् होने से गुण का निषेध होने पर ऋकार को यण् होकर उक्त रूप बनते हैं ।

७९५ चरेरिति—अधिकरण उपपद रहते हुए चर् धातु से ट प्रत्यय हो ।

ट प्रत्यय के टकार की इत्संज्ञा होती है । टित् होने का फल स्त्रीलिङ्ग में '१२५० टिड्ढाणञ्–' ४ । १ । १५ ॥ से ङीप् प्रत्यय होता है ।

कुरु-चरः (कुरु देश में विचरण करनेवाला)—'कुरुषु चरति' इस विग्रह में 'कुरु सु चर्–' इस स्थिति में प्रकृत सूत्र से ट प्रत्यय हुआ । 'कुरुषु' यह उपपद सप्तम्यन्त है । उपपद समास होने पर सुप् सु का लोप हुआ । तब 'कुरु-चर' की कृदन्त होने से प्रातिपदिक संज्ञा हुई । प्रथमा के एकवचन में यह रूप सिद्ध हुआ ।

टित् होने से स्त्रीलिङ्ग में '१२५० टित्-ढ–४ । १ । १५ ॥' ङीप् होने पर **कुरुचरी** बनता है ।

---

१ 'गोत्रा-कु-पृथ्वी-पृथिवी–' इत्यमरः ।

भिक्षा चरः । सेना-चरः । अदायेति ल्यबन्तम्-आदाय-चरः ।

('ट' प्रत्ययविधिसूत्रम्)

७९७ कृञो हेतु-ताच्छील्याऽऽनुलोम्येषु ३ । २ । २० ॥

एषु द्योत्येषु करोतेः 'टः' स्यात् ।

('स' आदेशविधिसूत्रम्)

७९८ अतः कृ-कमि-कंस-कुम्भ-पात्र-कुशा-कर्णीष्वनव्ययस्य ८ । ३ । ४६ ॥

---

७९६ भिक्षेति—भिक्षा, सेना और आदाय उपपद रहते चर् धातु से ट प्रत्यय हो ।

भिक्षा-चरः (भिक्षां चरति, भिक्षा लानेवाला)—भिक्षा कर्म उपपद रहते हुए ट प्रत्यय होकर रूप सिद्ध हुआ ।

सेना-चरः (सेना में रहनेवाला, सैनिक)—'सेनायां चरति' इस विग्रह में 'सेना ङि चर् ' इससे ट प्रत्यय हुआ । उपपद-समास होने पर सुप् ङि का लोप हुआ । इस प्रकार 'सेनाचरः' रूप सिद्ध हुआ ।

आदायेति—'आदाय' यह ल्यप्-प्रत्ययान्त है । ल्यप् प्रत्यय उत्तरकृदन्त में '८८७ समासेऽनञ्पूर्वे क्त्वो ल्यप् ७ । १ । ३७ ॥' इस सूत्र में आयगा ।

आदाय-चरः (लेकर चल देनेवाला)—'आदाय' उपपद रहते चर् धातु से 'ट' प्रत्यय हुआ । उपपद-समास होने पर कृदन्त होने के कारण 'आदायचर' की प्रातिपदिक संज्ञा हुई । तब प्रथमा के एकवचन में रूप बना ।

७९७ कृञ इति--हेतु, ताच्छील्य और आनुलोम्य यदि द्योत्य हों तो कृ धातु से 'ट' प्रत्यय हो ।

ताच्छील्य 'स्वभाव' को और आनुलोम्य 'अनुकूलता' को कहते हैं ।

७९८ अत इति—अकार से पर वर्तमान विसर्ग, जो विसर्ग अव्यय का न हो, के स्थान में नित्य सकार आदेश हो समास में कृ धातु, कम् धातु, कंस, कुम्भ, पात्र, कुशा और कर्णशब्द परे रहते ।

यह सूत्र विसर्गोंके स्थान में प्राप्त जिह्वामूलीय और उपध्मानीय का बाधक है ।

आद् उत्तरस्याऽव्ययस्य विसर्गस्य समासे नित्यं साऽऽदेशः 'करोति' आदिषु परेषु। यशस्करी-विद्या। श्राद्ध-करः। वचन-करः।

('खश्' प्रत्ययविधिसूत्रम्)

७९९ एजेः खश् ३।२।२८॥

ण्यन्ताद् एजेः खश् स्यात्।

('मुम्' आगमविधिसूत्रम्)

८०० अरुर्द्विषद्-अजन्तस्य मुम् ६।३।६७॥

अरुषो द्विषतोऽजन्तस्य च 'मुम्' आगमः स्यात् खिदन्ते परे नतु-अव्ययस्य। शित्वात् शबादिः। 'जनमेजयति' इति जनमेजयः।

यशस्करी (यश का हेतु, विद्या आदि) —'यशः करोति' इस विग्रह में 'यशस् अम् कृ' से पूर्वोक्त प्रकृत सूत्र से हेतु अर्थ में ट प्रत्यय हुआ, तब उपपद-समास होने पर सुप् अम् का लोप हुआ। ऋकार को अर् गुण होकर 'यशस्कर' बना। उससे टित् होने के कारण '१२५७ टिड्ढाणञ्-४।१।१५॥' सूत्र से ङीप् प्रत्यय हुआ।

प्रकृत सूत्र से 'यशः में वर्तमान विसर्गों के स्थान में प्राप्त जिह्वामूलीय को बाधकर सकार आदेश हुआ।

श्राद्ध-करः (श्राद्धं कर्तुं शीलं यस्य, जिसका श्राद्ध करने का स्वभाव हो)– 'श्राद्ध अम् कृ' से ताच्छील्य अर्थ में ट प्रत्यय हुआ। उपपद समास होने पर सुप अम् का लोप हुआ और ऋकार को अर् गुण हुआ।

वचन-करः (वचनं करोति-कहे हुए को करनेवाला, आज्ञापालक)— 'वचन अम् कृ' से ट प्रत्यय हुआ। उपपद-समास होने पर सुप् अम् का लोप हुआ। ऋकार को अर् गुण हुआ।

७९९ **एजेरिति**—ण्यन्त एज् (काँपना) धातु से 'खश्' प्रत्यय हो। 'खश्' प्रत्यय के खकार और शकार इत्संज्ञक हैं, अकार ही शेष रहता है।

८०० **अरुरिति**—अरुष् (मर्म), द्विषत् (शत्रु) और अजन्त शब्दों को मुम् आगम हो खिदन्त परे रहते, परन्तु अव्यय को मुम् नहीं होता।

शित्वाद् इति—'खश्' के शित् होने से उसके परे रहते 'शप्' आदि होते हैं। शित् होने से 'तिङ् शित्—सार्वधातुकम् ३।४।११३।' सूत्र से 'खश्'

('खच्' प्रत्ययविधिसूत्रम्)

८०१ प्रिय-वशे वदः खच् ३ । २ । ३८ ॥

प्रियं-वदः । वशं-वदः ।

('मनिन्' आदिप्रत्ययविधिसूत्रम्)

८०२ अन्येभ्योऽपि दृश्यन्ते ३ । २ । ७५ ॥

मनिन् क्वनिप् वनिप विच्-एते प्रत्यया धातोः स्युः ।

की सार्वधातुक संज्ञा होती है। तब 'शप्' आदि प्रत्यय इसके परे रहते होते हैं।

जनमेजयः (जनमेजयति–लोगों को कँपाता है, परीक्षित के लड़के का नाम)—'जन अम् एजि' से 'एजेः खश्' से खश् प्रत्यय हुआ। शित् होने से शप् हुआ । खश के अकार के साथ उसका 'अतो गुणे' से पररूप हुआ। इकार को गुण और अय् आदेश हुआ । उपपद-समास होने पर सुप् अम् का लोप हुआ। तब खिदन्त 'एजय' परे रहते अजन्त जन शब्द को मुम् आगम होकर रूप सिद्ध हुआ।

८०१ प्रियति–प्रिय और वश कर्म उपपद रहते वद् धातु से खच् प्रत्यय हो। खच् के खकार और चकार इत्संज्ञक हैं, केवल अ बच रहता है । खित् होने से इसके परे रहते भी मुम् आगम होता है।

प्रियंवदः (प्रियं वदति, प्रिय बोलनेवाला)—'प्रिय अद् वद्' से प्रकृत सूत्र के द्वारा खच् प्रत्यय हुआ। तब उपपद-समास होने पर सुप् अम् का लोप हुआ। 'अरुर्द्विषद् अजन्तस्य मुम्' सूत्रसे खिदन्त वद् परे रहते पूर्व अजन्त प्रिय शब्द को मुम् आगम हुआ । तब कृदन्त होने से प्रातिपदिक संज्ञा होकर सु आदि की उत्पत्ति हुई। प्रथमा के एकवचन में रूप बना।

वशंवदः (वशे वदति, अधीन)—इसकी सिद्धि 'प्रियंवदः' के समान होती है।

८०२ **अन्येभ्य** इति—मनिन्, क्वनिप्, वनिप् और विच् प्रत्यय (आकारान्त धातुओं से) अन्य धातओं से भी हों।

'आतो-मनिन्-क्वनिप् वनिपश्च' इस सूत्र से ये प्रत्यय आकारान्त धातुओं से किये गये हैं। इस सूत्र के बाद का यह प्रकृत सूत्र है। यह आकारान्त से भिन्न धातुओं से भी इन प्रत्ययों का विधान करता है।

('इट्' निषेधसूत्रम्)

८०३ नेड् वशि कृति ७ । २ । ८ ॥

वशादेः कृत इण् न स्यात् । शॄ हिंसायाम्–सुशर्मा । प्रातरित्वा ।

('आत्' आदेशविधिसूत्रम्)

८०४ विड्–वनोरनुनासिकस्याऽऽत् ६ । ४ । ४१ ॥

अनुनासिकस्याऽऽत्स्यात् । विजायत इति विजावा । ओणृ अपनयने

मनिन् का इन्, क्वनिप् का क्, इप्, वनिप् का इप् और विच् सम्पूर्ण इत्संज्ञक हैं। मनिन् का मन्, क्वनिप् और वनिप् का वन् शेष रहता है, क्वनिप् में कित् होने से गुण वृद्धि नहीं होते। विच् का कुछ भी शेष नहीं रहता। क्वनिप् और वनिप् पित् हैं, इससे इनके परे रहते पूर्व ह्रस्व वर्ण को तुक् आगम भी हो जाता है।

८०३ **नेडिति**—वशादि कृत् प्रत्यय को इट् न हो।

सुशर्मा (शोभनं शृणाति, अच्छी तरह हिंसा करता है)—सु-पूर्वक शॄ धातु से 'अन्येभ्योऽपि दृश्यते' सूत्र से मनिन् प्रत्यय हुआ, मन् शेष रहा। आर्धधातुक होने से मन् के परे रहते ऋकार को अर् गुण हुआ। वलादि होने से प्राप्त इट् का 'नेड् वशि कृति' से निषेध हो गया। तब प्रथमा के एकवचन में रूप बना।

प्रातरित्वा (प्रातरेति, प्रातः जानेवाला)—प्रातर्-पूर्वक इण् धातु से क्वनिप् प्रत्यय हुआ। फिर तुक् आगम होने पर 'प्रातरित्वन्' शब्द बना। प्रथमा के एकवचन में रूप बना।

इन दोनों शब्दों के रूप यज्वन् के समान बनते हैं।

८०४ **विड्वनोरिति**—विट् और वन् प्रत्यय परे रहते अनुनासिक वर्ण को आकार हो।

वन् से क्वनिप् और वनिप् दोनों लिये जाते हैं, क्योंकि इन दोनों का वन्, शेष रहता है।

विट् प्रत्यय वेद में होता है, वैदिकप्रक्रिया में उदाहरण मिलेगा।

विजावा (विजयते, अनेक रूप में होनेवाला)—विपूर्वक जन् धातु से '८०२ अन्येभ्योऽपि दृश्यन्ते ३ । २ । ७५ ॥' से वनिप् प्रत्यय हुआ और तब

अवावा। विच्–रुष रिष हिंसायाम्। रोट्, रेट्, सुगण्।

('क्विप्' प्रत्ययविधिसूत्रम्)

८०५ क्विप् च ३। २। ७६॥

अयमपि दृश्यते। उखास्रत्। पर्णध्वत्। वाहभ्रट्।

प्रकृत सूत्र से अनुनासिक नकार को आकार और उसका पूर्व अकार के साथ सवर्णदीर्घ होकर 'विजावन्' शब्द बना। प्रथमा के एकवचन में उक्त रूप सिद्ध हुआ।

इसके रूप राजन् के समान बनते हैं।

अवावा (पाप से हटानेवाली, ब्राह्मणी)—'ओणृ' अपनयने धातु से वनिप् प्रत्यय हुआ। 'ओण् वन्' इस स्थिति में 'विड्वनोरनुनासिकस्याऽऽत्' से णकार को आकार होने पर 'ओ आवन्' यह दशा हुई। यहाँ ओकार को अव् आदेश हुआ। तब 'अवावन्' शब्द बना। 'राजन्' के समान इसके रूप बनते हैं। यह प्रथमा के एकवचन का रूप है।

रोट्, रेट् (हिंसक)—रुष् और रिष् धातु से विच प्रत्यय हुआ। उसका सर्वापहार लोप होने पर लघूपध गुण होकर रोष् और रेष् शब्द बने। प्रथमा के एकवचन में सु के सकार का लोप होने पर षकार को जश् डकार होकर रूप बने।

सुगण् (सुष्ठु गणयति, अच्छा गिननेवाला)—सु पूर्वक गण् धातु से विच् प्रत्यय हुआ। उसका सर्वापहार लोप होने पर 'सुगण्' शब्द बना। प्रथमा के एकवचन में उक्त रूप सिद्ध हुआ।

८०५ **क्विप् चेति**—क्विप् प्रत्यय भी धातु से हो कर्ता अर्थ में।

क्विप का विच् के समान सर्वापहार लोप होता है। कित् होने से गुण वृद्धि का निषेध और यदि धातु में नकार हो तो उसका लोप होता है। पित् होने से यदि धातुह्रस्वान्त हो तो तुक् आगम होता है।

उखास्रत् (उखायाः स्रंसते–हाँडी से गिरनेवाला)—पञ्चम्यन्त उखा पूर्वक स्रंस् धातु से प्रकृत सूत्र के द्वारा क्विप् प्रत्यय हुआ उसका सर्वापहार लोप हुआ। 'अनिदितां हल उपधायाः क्ङिति' से नकार का लोप हुआ। उपपद-समास और सुप् ङसि का लोप होने पर 'उखास्रस्' प्रातिपदिक बना। प्रथमा

('णिनि' प्रत्ययविधिसूत्रम्)

८०६ सुप्यजातौ णिनिस्ताच्छील्ये ३ । २ । ७८ ॥

अजात्यर्थे सुपि धातोर्णिनिः, ताच्छील्ये द्योत्ये । उष्ण-भोजी ।

('णिनि' प्रत्ययविधिसूत्रम्)

८०७ मनः ३ । २ । ८२ ॥

सुपि मन्यतेर्णिनिः स्यात् । दर्शनीय-मानी ।

के एकवचन में 'वसुस्रंसुध्वंस्वनडुहां दः' से सकार को दकार और उसे 'वाऽवसाने' से वैकल्पिक चर् होकर रूप बना ।

पर्ण-ध्वत् (पत्तों से गिरनेवाला)—पूर्ववत् क्विप् प्रत्यय और अनुनासिक लोप तथा सकार को दकार होकर रूप बना ।

वाह-भ्रट् (वाहात् भ्रश्यति-घोड़े से गिरनेवाला)—यहाँ पूर्ववत् क्विप्, अनुनासिक लोप होने पर प्रथमा के एकवचन में शकार को 'व्रश्चभ्रस्ज-' से षकार और उसे जश् डकार तथा चर् विकल्प होकर रूप बना ।

८०६ **सुपीति**—जातिवाचक से भिन्न सुबन्त उपपद रहते धातु से णिनि प्रत्यय हो, ताच्छील्य जब बताना हो ।

ताच्छील्य का अर्थ स्वभाव (आदत) है ।

उष्ण-भोजी (गरम भोजन करने की आदतवाला, उष्णं भुङ्क्ते तच्छीलः)—यहाँ उष्णम् सुबन्त जो कि जातिवाचक नहीं, गुणवाचक है, उपपद रहते भुज् धातु से ताच्छील्य अर्थ में प्रकृत सूत्र से णिनि प्रत्यय हुआ । उपपद-समास और सुप् अम् का लोप तथा लघूपध गुण होने पर उष्णभोजिन् प्रातिपदिक बना । प्रथमा के एकवचन में उपधादीर्घ और नकार का लोप होकर उक्त रूप सिद्ध हुआ ।

८०७ **मन** इति—सुबन्त उपपद रहते मन् धातु से णिनि प्रत्यय हो ।

दर्शनीय-मानी (सुन्दर समझनेवाला, दर्शनीयं मन्यते)—यहाँ दर्शनीयम् सुबन्त उपपद रहते मन् धातु से णिनि प्रत्यय हुआ । उपपद-समास, सुप् अम् का लोप और उपधा अकार को वृद्धि होने पर 'दर्शनीयमानिन्' यह इन्नन्त शब्द बना । प्रथमा के एकवचन में उपधावृद्धि और नकार का लोप होने पर रूप सिद्ध हुआ ।

('खश्' प्रत्ययविधिसूत्रम्)

८०८ आत्ममाने खश्च ३ । २ । ८३ ॥

स्वकर्मके मनने वर्तमानान्मन्यतेः सुपि खश् स्यात्, चात् णिनिः । पण्डितम् आत्मानं मन्यते **पण्डितं-मन्यः, पण्डित-मानी** ।

('ह्रस्व' आदेशविधिसूत्रम्)

८०९ खित्यनव्ययस्य ६ । ३ । ६६ ॥

खिदन्ते परे पूर्वपदस्य ह्रस्वः, न-त्वव्ययस्य। ततो मुम् । कालिं-मन्या ।

---

८०८ आत्ममाने इति—स्वकर्मक मनन अर्थ में वर्तमान मन् धातु से सुबन्त उपपद रहते खश् प्रत्यय भी हो ।

स्वकर्मक मनन का तात्पर्य है अपने को मानना । खश् के शित् होने से सार्वधातुक संज्ञा होने पर श्यन् होता है । श्यन् के अकार का खश के अकार के साथ 'अतो गुणे' से पररूप हो जाता है, खित् होने से पूर्व अजन्त शब्द को और अरुष् , द्विषत् को '८०० अरुर्द्विषद्-अजन्तस्य मुम् ६ । ३ । ६७ ॥' सूत्र से मुम् आगम होता है ।

चात् णिनिरिति—सूत्र में च (भी) होने से णिनि प्रत्यय भी होता है ।

पण्डितं-मन्यः (पण्डितमात्मानं मन्यते अपने को पण्डित माननेवाला)- यहाँ 'पण्डितम्' इस सुबन्त के उपपद रहते मन् धातु से खश् प्रत्यय हुआ । उपपद-समास, सुप अम् का लोप, धातु से विकरण श्यन् होने के साथ 'अरुर्द्विषदजन्तस्य मुम्' से मुम् आगम हुआ । तब 'पण्डितं-मन्य' यह अकारान्त प्रातिपदिक बना । प्रथमा के एकवचन में रूप बना ।

पण्डित-मानी—खश् के अभावपक्ष में चकार के द्वारा णिनि प्रत्यय हुआ । पूर्ववत् समास, सुप् का लोप हुआ । उपधावृद्धि होने पर इन्नन्त प्रातिपदिक बन कर प्रथमा के एकवचन में उपधादीर्घ और नकार का लोप होने पर रूप सिद्ध हुआ ।

८०९ खितीति—खिदन्त परे रहते पूर्वपद को ह्रस्व हो, परन्तु अव्यय को न हो ।

कालिंमन्या (आत्मानं कालीं मन्यते, अपने को जो काली समझती हो)— यहाँ कालीम् सुबन्त उपपद रहते मन् धातु से खश् प्रत्यय हुआ । उपपद-समास, सुप् अम् का लोप, श्यन् , पूर्वपद काली के ईकार को प्रकृत सूत्र से ह्रस्व, मुम्

('णिनि' प्रत्ययविधिसूत्रम्)

८१० करणे यजः ३ । २ । ८५ ॥

करणे उपपदे भूतार्थवृत्तेर्णिनिः कर्तरि । सोमेनेष्टवान् सोम-याजी । अग्निष्टोम-याजी ।

('क्वनिप्' प्रत्ययविधिसूत्रम्)

८११ दृशेः क्वनिप् ३ । २ । ९४ ॥

कर्मणि भूते । पारं दृष्टवान्—पार-दृश्वा ।

('क्वनिप्' प्रत्ययविधिसूत्रम्)

८१२ राजनि युधि कृञः ३ । २ । ९५ ॥

आगम, स्त्रीत्व विवक्षा में टाप् होने पर 'कालिमन्या' प्रातिपदिक बना । उसके प्रथमा के एकवचन में उक्त रूप सिद्ध हुआ ।

८१० करणे इति—करण उपपद रहते भूतकाल में यज् धातु से णिनि प्रत्यय हो कर्ता अर्थ में ।

सोम-याजी (जिसने सोमयाग किया हो)—यहाँ 'सोम टा यज' से भूतकाल में कर्ता अर्थ में प्रकृत सूत्र से णिनि प्रत्यय हुआ । उपपद समास और सुप् टा का लोप होने पर 'अत उपधायाः' से उपधावृद्धि होकर 'सोमयाजिन्' यह शब्द बना । इसके प्रथमा के एकवचन में उपधादीर्घ और न-लोप होकर रूप सिद्ध हुआ ।

अग्निष्टोम-याजी (जिसने अग्निष्टोम याग किया हो)—यहाँ भी करण उपपद रहते भूतकाल में कर्ता अर्थ में यज् धातु से णिनि प्रत्यय होकर पूर्ववत् रूप सिद्ध हुआ ।

८११ दृशेरिति—कर्म उपपद रहते भूतकाल में वर्तमान दृश् धातु से कर्ता में क्वनिप् प्रत्यय हो ।

पार-दृश्वा (जिसने पार देख लिया है, पूर्ण)—यहाँ 'पार अम् दृश्' से भूतकाल में कर्ता में प्रकृत सूत्र से क्वनिप् प्रत्यय हुआ । उपपद-समास और सुप् अम् का लोप होने पर 'पारदृश्वन्' यह नकारान्त प्रातिपदिक बन गया । प्रथमा के एकवचन में उपधादीर्घ और नकार का लोप होकर रूप सिद्ध हुआ ।

८१२ राजनीति—राजन् कर्म उपपद रहते हुए युध् और कृञ धातु से

क्वनिप् स्यात्। युधिरन्तर्भावितण्यर्थः। राजानं योधितवान्-राज-युध्वा राज-कृत्वा।

('क्वनिप्' प्रत्ययविधिसूत्रम्)

८१३ सहे च ३। २। ९६॥

'कर्मणि' इति निवृत्तम्। सह योधितवान्–सह-युध्वा। सह-कृत्वा।

क्वनिप् प्रत्यय हो।

युधीति—युध् धातु यहाँ अन्तर्भावित ण्यर्थ ली जाती है अर्थात् णि का अर्थ इसके अन्दर छिपा होता है।

राज-युध्वा (जिसने राजा को लड़वाया हो)—यहाँ राजन् अम् युध् से प्रकृत सूत्र के द्वारा क्वनिप् प्रत्यय हुआ। उपपद-समास और सुप् अम् का लोप और नकार का लोप होने पर 'राजयुध्वन्' यह नान्त प्रातिपदिक बना। प्रथमा के एकवचन में उपधादीर्घ और नकार का लोप होकर रूप सिद्ध हुआ।

राज-कृत्वा (राजानं कृतवान्, जिसने राजा बनाया हो)—यहाँ 'राजन् अम् कृ' से क्वनिप् हुआ। उपपद-समास, सुप् अम् का लोप, राजन् के नकार का लोप और 'ह्रस्वस्य पिति कृति तुक्' से तुक् होकर 'राजकृत्वन्' प्रातिपदिक बना। प्रथमा के एकवचन में पूर्ववत् रूप सिद्ध हुआ।

८१३ सहे चेति—'सह' उपपद रहते भी युध् और कृ धातु से क्वनिप् प्रत्यय हो।

कर्मणि इति—'कर्मणि' इसकी निवृत्ति होगई अर्थात् 'कर्मणीति विक्रियः ३।२।९३॥' सूत्र से 'राजनि युधि कृञः' इस सूत्र में जो 'कर्मणि' इस पद की अनुवृत्ति आई वह इस सूत्र में नहीं आती।

सह-युध्वा (साथ जिसने लड़ाया हो)—यहाँ सह उपपद रहते युध् धातु से क्वनिप् प्रत्यय होने पर 'सहयुध्वन्' प्रातिपदिक बना। प्रथमा के एकवचन में रूप सिद्ध हुआ।

सह-कृत्वा (सह कृतवान् साथ जिसने किया हो)—यहाँ सह उपपद रहते कृ धातु से क्वनिप् प्रत्यय हुआ। 'ह्रस्वस्य पिति कृति तुक्' से तुक् होने पर 'सहकृत्वन्' प्रातिपदिक बना। प्रथमा विभक्ति के एकवचन में पूर्ववत् रूप सिद्ध हुआ।

('ड' प्रत्ययविधिसूत्रम्)

८१४ सप्तम्यां जनेर्डः ३ । २ । ९७ ॥

(ङेरलुक्विधिसूत्रम्)

८१५ तत्पुरुषे कृति बहुलम् ६ । ३ । १४ ॥

ङेरलुक् । सरसि-जम् , सरोजम् ।

('ड' प्रत्ययविधिसूत्रम्)

८१६ उपसर्गे च संज्ञायाम् ३ । २ । ९९ ॥

प्रजा स्यात् सन्ततौ जने ।

इन पारदृश्वन् आदि क्वनिबन्त शब्दों के रूप यज्वन् के समान बनते हैं और स्त्रीलिङ्ग में 'वनो र च ४।१।७॥' सूत्र से ङीप् प्रत्यय तथा नकार होकर 'पारदृश्वरी' आदि रूप होते हैं ।

८१४ सप्तम्यामिति—सप्तम्यन्त उपपद रहते जन् धातु से ड प्रत्यय हो ।

ड प्रत्यय का ङकार इत्संज्ञक है । डित् होने से इसके परे रहते टि का लोप होता है ।

८१५ तत्पुरुषे इति—तत्पुरुष समास में कृत् प्रत्यय परे रहते सप्तमी का लोप नहीं होता बहुल से'।

'सुपो धातुप्रातिपदिकयोः २ । ४ । ७१ ॥' से प्राप्त सुप् लोप का यह निषेध करता है । बहुल कहने से कभी होता है कभी नहीं ।

सरसिजम्, सरोजम् (तालाब में पैदा होनेवाला, कमल)—यहाँ 'सरस् ङि जन्' से '८१४ सप्तम्यां जनेर्डः' से ड प्रत्यय हुआ । डित् होने से टि अन् का लोप हुआ । '८१५ तत्पुरुषे कृति बहुलम्' से सप्तमी का बहुल अलुक् हुआ । जब लोप नहीं हुआ तब 'सरसिज' प्रातिपदिक बना और जब लोप हो गया तब सकार को रु और उसे 'हशि च' से उकार होने पर गुण होकर 'सरोज' बना । इन दोनों के नपुंसकलिङ्ग प्रथमा विभक्ति में उक्त रूप सिद्ध हुए ।

७१६ उपसर्गे इति—उपसर्ग उपपद् रहते जन् धातु से ड प्रत्यय हो संज्ञा में ।

प्रजा (सन्तति)—प्र उपसर्ग पूर्वक जन् धातु से संज्ञा में ड प्रत्यय हुआ । टि अन् का लोप होने पर 'प्रज' प्रातिपदिक से स्त्रीत्व-विवक्षा में टाप होकर ,प्रजा' शब्द बना । प्रथमा के एकवचन में यह रूप सिद्ध हुआ ।

('निष्ठा' संज्ञासूत्रम्)

८१७ क्त-क्तवतू निष्ठा १ । १ । २६ ।

एतौ निष्ठासंज्ञौ स्तः ।

('निष्ठा' विधिसूत्रम्)

८१८ निष्ठा ३ । २ । १०२ ॥

भूतार्थवृत्तेर्धातोर्निष्ठा स्यात् । तत्र '७७३ तयोरेव–३।४।७०॥' इति भावकर्मणोः क्तः, '७७२कर्तरि कृद् ३ । ४ । ६७ ॥' इति कर्तरि क्तवतुः । उकावितौ । स्नातं मया । स्तुतस्त्वया विष्णुः । विश्वं कृतवान् विष्णुः ।

प्रजा स्यादिति—इसका अर्थ है प्रजा शब्द सन्तति और जन।(प्रजा जन) अर्थ में है अर्थात् इनकी संज्ञा है । प्रजा शब्द संज्ञा में है—यह दिखाने के लिये यह अमरकोष का प्रमाण उद्धृत किया गया है ।

८१७ क्त-क्तवतू इति—क्त और क्तवतु प्रत्ययों की निष्ठा संज्ञा होती है ।

८१८ निष्ठेति—भूतकाल में वर्तमान धातु से निष्ठा प्रत्यय हो ।

तत्रेति—उनमें से '७७३तयोरेव–३।४।७०॥' सूत्र से क्त प्रत्यय भाव और कर्म में होता है और '७७२कर्तरि कृत् ३।४।६७॥' से क्तवतु कर्ता में ।

इसलिये क्तप्रत्ययान्त क्रिया के कर्ता से तृतीया और क्तवत्वन्त क्रिया के कर्ता से प्रथमा तथा क्तप्रत्ययान्त के कर्म से प्रथमा तथा क्तवत्वन्त के कर्म से द्वितीया आती है ।

क्त कर्म और भाववाच्य में और क्तवतु कर्तृवाच्य में होता है

उकाविताविति—उकार और ककार इत्संज्ञक हैं । उकार क्तवतु का और ककार दोनों का इत् है । इस प्रकार क्त का त और क्तवतु का तवत् शेष रहता है । क्त प्रत्यय से शब्द आकारान्त और क्तवतु से हलन्त तकारान्त बनता है ।

धातु से विहित होने से तथा तिङ् शित् से भिन्न होने के कारण 'आर्धधातुकंशेषः' से इनकी आर्धधातुक संज्ञा होती है ।

ये दोनों प्रत्यय वलादि हैं । अतः सेट् धातु के आगे इनको इट् होता है ।

स्नातं मया (मैने स्नान कर लिया)—स्ना धातु से अकर्मक होने के कारण भाव में क्त प्रत्यय होकर 'स्नात' शब्द बना । कृदन्त होने से इसकी प्रातिपदिक

('नत्व आदेशविधिसूत्रम्)

८१९ र-दाभ्यां निष्ठा-तो नः पूर्वस्य च दः ८। २। ४२ ॥

रदाभ्यां परस्य निष्ठा-तस्य नः स्यात् , निष्ठाऽपेक्षया पूर्वस्य धातोर्दस्य च। शॄ हिंसायाम् , ऋृत इन् , रपरः, णत्वम्–शीर्णः। भिन्नः। छिन्नः।

संज्ञा हुई। सामान्य में नपुंसकलिङ्ग और प्रथमा का एकवचन आया। इस प्रकार यह रूप सिद्ध हुआ।

'मया' यह ततीयान्त में कर्ता है क्योंकि यहाँ भाव में क्त प्रत्यय होने से 'स्नातम्' यह क्रिया भाववाच्य है। भाववाच्य में कर्ता के अनुक्त होने से तृतीया हुई। यह धातु अकर्मक है, इसलिये भाव में निष्ठा प्रत्यय आया। यह दिखाने के लिये 'मया' साथ दिया है।

स्तुतस्त्वया विष्णुः (तुमने विष्णु की स्तुति की)—यहाँ स्तु (स्तुति) धातु से कर्म में निष्ठा प्रत्यय क्त के कित् होने से गुण और धातु के अनिट् होने से इट् नहीं हुआ। प्रातिपदिक संज्ञा होकर प्रथमा के एकवचन में रूप बना।

स्तु धातु सकर्मक है, इसलिये उससे कर्म में निष्ठा प्रत्यय हुआ। यही दिखाने के लिये 'त्वया विष्णुः' ये साथ दिये गये हैं। कर्म में प्रत्यय होने से कर्ता अनुक्त है, इसलिये 'त्वया' यहाँ कर्ता मे ततीया विभक्ति और 'विष्णुः' यहाँ उक्त होने से कर्म से प्रथमा विभक्ति हुई।

विश्वं कृतवान् विष्णुः (विष्णु ने संसार को बनाया)—यहाँ कृ धातु से कर्ता में क्तवतु प्रत्यय होकर 'कृतवत्' प्रातिपदिक बना। प्रथमा के एकवचन में क्तवतु के उगित् होने से 'उगिदचां सर्वनामस्थानेऽधातोः ७।१।७०॥' से नुम् हुआ और नान्त की उपधा को 'सर्वनामस्थाने चाऽसम्बुद्धौ ६। ४। ८॥' से दीर्घ तथा सकार का हल्ङ्याबिलोप होकर रूप सिद्ध हुआ।

कर्ता में क्तवतु हुआ। इसलिये कर्ता के उक्त होने से 'विष्णुः' यहाँ प्रथमा विभक्ति और 'विश्वम्' यहाँ कर्म से अनुक्त होने के कारण द्वितीया विभक्ति हुई।

८१९ र-दाभ्यामिति—रेफ और दकार से पर निष्ठा तकार को नकार आदेश हो तथा निष्ठा की अपेक्षा पूर्व धातु के दकार को भी।

शॄ हिंसायाम् इति—यह सब 'शीर्णः' प्रयोग की सिद्धि के लिये बताया जारहा है, जैसा कि आगे सिद्धि से स्पष्ट होगा।

शीर्णः (नष्ट हुआ)–शॄ (हिंसा) धातु से कर्म में निष्ठा प्रत्यय क्त हुआ।

('नत्व' आदेशविधिसूत्रम्)

८२० संयोगाऽऽदेरातो धातोर्यण्वतः ८ । २ । ४३ ॥

निष्ठा-तस्य न स्यात् । द्राणः । ग्लानः ।

('नत्व' आदेशविधिसूत्रम्)

८२१ ल्वादिभ्यः ८ । २ । ४४ ॥

एकविंशतेर्लूञादिभ्यः प्राग्वत् । लूनः । ज्या-धातुः, 'ग्रहिज्या-' इति संप्रसारणम् ।

'ऋत इद् धातोः' से ऋकार को इर् आदेश और इकार को 'हलि च' से दीर्घ होने पर 'शीर् त' इस दशा में प्रकृत सूत्र से रेफ से पर होने के कारण निष्ठा के तकार को नकार हुआ । तब णत्व होने पर 'शीर्ण' प्रातिपदिक बना । प्रथमा के एकवचन में उक्त रूप-सिद्ध हुआ ।

भिन्नः, छिन्नः—भिद् (फाड़ना) और छिद् (काटना) धातुओं से कर्म में निष्ठा प्रत्यय क्त हुआ । दकार से पर होने के कारण निष्ठा के तकार को और निष्ठा से पूर्व धातु के दकार को भी नकार प्रकृत सूत्र से होने पर 'भिन्न' और 'छिन्न' प्रातिपदिक बने । प्रथमा के एकवचन में रूप सिद्ध हुए ।

८२० **संयोगादेरिति**—संयोगादि, आकारान्त और यण्वाली धातु से पर निष्ठा तकार को नकार हो ।

द्राणः—द्रा(कुत्सित गति, अदा. पर. अनिट्) धातुसे निष्ठा प्रत्यय क्त हुआ । द्रा धातु संयोगादि भी है, आकारान्त भी है और रकार होने से यण्वाली भी है । इसलिये प्रकृत सूत्र से निष्ठा के तकार को रेफ होने पर उसे णत्व हुआ ।

ग्लानः—ग्लै (ग्लानि, भ्वा. पर. अ.) धातु से क्त प्रत्यय हुआ । यहाँ 'आदेच उपदेशेऽशिति' से ऐकार को आकार हुआ । तब यह आकारान्त हो गया, यह संयोगादि भी है, लकार के कारण यण्वाली भी है । इसलिये इससे पर निष्ठा के तकार को प्रकृत सूत्र से नकार हुआ ।

८२१ **ल्वादिभ्य इति**—क्र्यादिगण की लूञ् आदि इक्कीस धातुओं से पर निष्ठा के तकार को नकार हो ।

लूनः—लूञ् (काटना, क्र्या. उभ. से.) धातु से निष्ठा प्रत्यय क्त हुआ । प्रकृत सूत्र से तकार को नकार हुआ ।

('दीर्घ' आदेशविधिसूत्रम्)

८२२ हलः ६ । ४ । २ ॥

अङ्गावयवाद् हलः परं यत् संप्रसारणम् तदन्तस्य दीर्घः । जीनः ।

('नत्व' आदेशविधिसूत्रम्)

८२३ ओदितश्च ८ । २ । ४५ ॥

भुजो-भुग्नः । टुओश्वि-उच्छूनः ।

('क' आदेशविधिसूत्रम्)

८२४ शुषः कः ८ । २ । ५१ ॥

ज्या धातु रिति—यह सब 'जीनः' प्रयोग की सिद्धि के लिये बताया गया है।

८२२ हल इति—अङ्ग के अवयव हल् से पर जो संप्रसारण, तदन्त को दीर्घ हो।

जीनः—ज्या (जीर्ण होना, क्या. पर. अ.) धातु से निष्ठा प्रत्यय क्त हुआ। लू आदियों में होने से निष्ठा के तकार को नकार हुआ। 'ग्रहिज्या—' से यकार को संप्रसारण और 'संप्रसारणाच्च' से आकार का पूर्व रूप तथा प्रकृत सूत्र '८२२ हलः ६ । ४ । २ ॥' से इकार को दीर्घ होकर 'जीन' प्रातिपदिक बना, तब प्रथमा के एकवचन में उक्त रूप सिद्ध हुआ।

८२३ ओदितश्चेति—ओदित् धातुओं से पर निष्ठा के तकार को नकार आदेश हो।

भुग्नः—भुजो (तोड़ना, रु. पर. अ) धातु से निष्ठा प्रत्यय क्त हुआ। धातु के ओदित् होने से प्रकृत सूत्र से निष्ठा तकार को नकार हुआ। तब 'चोः कुः' से चवर्ग को कवर्ग गकार होने पर 'भुग्न' प्रातिपदिक बना। प्रथमा के एकवचन में उक्त रूप सिद्ध हुआ।

उच्छूनः (सूजा हुआ)—उद्-उपसर्ग पूर्वक टु-ओ-श्वि (भ्वा. उ. से.) धातु से निष्ठा प्रत्यय क्त होने पर ओदित् होने के कारण उसके तकार को नकार हुआ और यजादि होने से धातु के वकार को संप्रसारण उकार, इकार का 'संप्रसारणाच्च' से पूर्वरूप, 'हलः' से दीर्घ और 'श्वीदितो निष्ठायाम्' से इट् का निषेध होने पर 'उच्छून' प्रातिपदिक बनकर प्रथमा के एकवचन में रूप सिद्ध हुआ।

८२४ शुष इति—शुष् धातु से पर निष्टा तकार को ककार होता है।

निष्ठा-तस्य कः । शुष्कः ।

('क' आदेशविधिसूत्रम्)

८२५ पचो वः ८ । २ । ५२ ॥

पक्वः । क्षै हर्षक्षये ।

('म' आदेशविधिसूत्रम्)

८२६ क्षायो मः ८ । २ । ५३ ॥

क्षामः ।

('णिलोप' विधिसूत्रम्)

८२७ निष्ठायां सेटि ६ । ४ । ५२ ॥

णेर्लोपः । भावितः, भावितवान् । दृह हिंसायाम् —

('दृढ' शब्दनिपातनसूत्रम्)

८२८ दृढः स्थूल-बलयोः ७ । २ । २० ॥

शुष्कः (सूखा हुआ)—शुष् (दि. पर. अ.) धातु से क्त प्रत्यय होने पर प्रकृत सूत्र से उसके तकार को ककार हुआ ।

८२५ पच इति—पच् धातु से पर निष्ठा तकार को वकार आदेश होता है ।

पक्वः—पच् (पकाना, भ्वा. उ. अ.) धातु से निष्ठा क्त प्रत्यय होने पर उसके तकार को प्रकृत सूत्र से वकार होकर रूप बना ।

८२६ क्षाय इति—क्षै धातु से पर निष्ठा के तकार को मकार आदेश हो ।

क्षामः—क्षै (कृश होना, भ्वा० पर० अ०) धातु से निष्ठा प्रत्यय क्त होने पर 'आदेच उपदेशेऽशिति' से ऐकार को अकार हुआ । तब प्रकृत सूत्र से निष्ठा तकार को मकार होने पर रूप बना ।

८२७ निष्ठायामिति—सेट् निष्ठा परे रहते णि का लोप हो ।

भावितः, भावितवान्—ण्यन्त भू धातु से निष्ठा प्रत्यय क्त और क्तवतु हुए । दोनों वलादि आर्धधातुक हैं । इसलिये उनको इट् आगम हुआ । तब 'निष्ठायां सेटि' से णि का लोप हुआ । प्रथमा के एकवचन में रूप सिद्ध हुए ।

८२८ दृढ इति—स्थूल और बलवान् अर्थ में 'दृढ' शब्द का निपातन होता है ।

स्थूले बलवति च निपात्यते ।

('हि' आदेशविधिसूत्रम्)

८२९ दधातेर्हिः ७ । ४ । ४२ ॥

तादौ किति । हितम् ।

('दद्' आदेशविधिसूत्रम्)

८३० दो दद्घोः ७ । ४ । ४६ ॥

घुसंज्ञकस्य 'दा' इत्यस्य 'दद्' स्यात् तादौ किति । चर्त्वम्–दत्तः ।

('कानच्' आदेशविधिसूत्रम्)

८३१ लिटः कानज् वा ३ । २ । १०६ ॥

('क्वसु' आदेशविधिसूत्रम्)

८३२ क्वसुश्च ३ । २ । १०७ ॥

दृह् (हिंसा) धातु से निष्ठा प्रत्यय क्त होने पर हकार को ढकार **'झषस्त-थोर्धोऽधः'** से तकार को धकार और फिर ष्टुत्व ढकार हुआ । पूर्व ढकार का 'ढो ढे लोपः' से लोप होने पर 'दृढ' प्रातिपदिक बना । प्रकृत सूत्र से पूर्वोक्त विशेष अर्थों में इसका निपातन होता है ।

८२९ दधातेरिति—धा धातु को 'हि' आदेश हो तकारादि कित् प्रत्यय परे रहते ।

हितम्—धा (धारण, पोषण, जुहो० उ० अ०) धातु से निष्ठा प्रत्यय क्त होने पर प्रकृत सूत्र से धा को हि आदेश हुआ । 'हित' प्रातिपदिक से नपुंसक-लिङ्ग प्रथमा के एकवचन में उक्त रूप सिद्ध हुआ ।

८३० दो ददिति—घु-संज्ञक दो धातु को दद् आदेश हो तकारादि कित् प्रत्यय परे रहते ।

दत्तः—दा धातु से निष्ठा प्रत्यय क्त होने पर प्रकृत सूत्र से दा को दद् आदेश हुआ, तब दकार को चर् तकार होने पर 'दत्त' प्रातिपदिक बना । प्रथमा के एकवचन पुँल्लिग में उक्त रूप सिद्ध हुआ ।

८३१ लिट इति—लिट् को कानच् विकल्प से हो ।

कानच् के ककार और चकार इत्संज्ञक हैं । 'वस्' शेष रहता है ।

लिटः कानज् क्वसुश्च वा स्तः । तङानावात्मनेपदम् । चक्राणः ।

('शतृ-शानच्' प्रत्ययविधिसूत्रम्)

८३३ म्वोश्च ८ । २ । ६५ ॥

मान्तस्य धातोर्नत्वं म्वोः परतः । जगन्वान् ।

---

८३२ **क्वसुश्चेति**—लिट् के स्थान में क्वसु भी आदेश विकल्प से होता है । क्वसु के ककार और उकार इत्संज्ञक हैं । 'वस्' शेष रहता है ।

तङानाविति—कानच् की आत्मनेपद संज्ञा है । इसलिये आत्मनेपदी धातुओं से ही यह होता है ।

चक्राणः—कृ धातु से लिट् के स्थान में कानच् हुआ । लिट् के स्थान में होने के कारण कानच् के परे रहते धातु को द्वित्व और अभ्यासकार्य हुआ । इस प्रकार 'चकृ आन' ऐसी स्थिति बन जाने पर यण् और णत्व होकर 'चक्राण' प्रातिपदिक बना, प्रथमा के एकवचन में उक्त रूप सिद्ध हुआ ।

८३३ **म्वोश्चेति**—मान्त धातु को नकार आदेश हो मकार और वकार परे रहते ।

नकार अन्त्य मकार के स्थान में ही होता है ।

जगन्वान्—गम् धातु से पर लिट् को क्वसु आदेश हुआ । द्वित्व और अभ्यासकार्य होने पर प्रकृत सूत्र से मकार को नकार आदेश हुआ तब 'जगन्वस्' प्रातिपदिक बना । क्वसु के कारण उगित् होने से 'उगिदचां सर्वनामस्थानेऽधातोः' से नुम् हुआ । 'सान्तमहतः संयोगस्य' से दीर्घ हुआ । सु के सकार का हल्ङ्यादि लोप और क्वसु के सकार का संयोगान्त लोप होने पर उक्त रूप सिद्ध हुआ ।

शेष रूप औट् तक इसी प्रकार बनते हैं—जगन्वांसौ, जगन्वांसः, । जगन्वांसम् , जगन्वांसौ ।

शस् में 'वसोः संप्रसारणम्' से वकार को संप्रसारण उकार होता है । तब मकार को नकार भी नहीं होता । अजादि कित् प्रत्यय परे मिल जाने से 'गमहनजन–' इत्यादि सूत्र से उपधा अकार का लोप होने पर 'जग्मुस् अस्' यह स्थिति बनी । यहाँ क्वसु के सकार को षकार और विभक्ति के सकार को रुत्व विसर्ग होकर जग्मुषः रूप सिद्ध होगा ।

शस् के आगे अजादि विभक्तिय में रूप शस् के समान ही बनते हैं। हलादि

('शतृ-शानच्' प्रत्ययविधिसूत्रम्)

८३४ लटः शतृ-शानचावप्रथमासमानाधिकरणे ३।२।१२४॥

अप्रथमान्तेन समानाधिकरणे लट एतौ वा स्तः। शबादि। पचन्तं चैत्रंपश्य

विभक्तियों में 'वसुस्रंसु—'आदि से सकार को दकार होता है। जैसे—जग्मुषा, जगन्वद्भ्याम्, जगन्वद्भिः। जग्मुषे, जगन्वद्भ्याम्, जगन्वद्भ्यः। जग्मुषः, जगन्वद्भ्याम्, जगन्वद्भ्यः। जग्मुषः, जग्मुषोः, जग्मुषाम्। जग्मुषि, जग्मुषोः, जगन्वत्सु।

८३४ लट इति—अप्रथमान्त अर्थात् प्रथमान्त से भिन्न से समानाधिकरण होने पर लट् के स्थान में शतृ और शानच् होते हैं।

प्रथमान्त से समानाधिकरण न होना चाहिये, तभी ये शतृ शानच् प्रत्यय होंगे। इसीलिये उदाहरण में 'पचन्तं चैत्रं पश्य' द्वितीयान्त को दिया गया है, प्रथमान्त को नहीं।

परन्तु अब प्रथमान्त के समानाधिकरण होने पर भी इसका यथेच्छ प्रयोग होता है, जैसा कि आगे 'लट् इत्यनुवर्तमाने' इत्यादि वचन के द्वारा बताया जा रहा है।

शतृ के शकार और ऋकार इत्संज्ञक हैं। 'अत्' बचता है। इस से प्रातिपदिक तकारान्त हलन्त बनता है। ऋकार इत् होने से यह उगित् है और इसलिये स्त्रीलिङ्ग में ङीप् प्रत्यय होकर दीर्घ ईकारान्त शब्द बनते हैं। शतृ प्रत्यय परस्मैपदी धातुओं से होता है।

शानच् के शकार और चकार इत्संज्ञक हैं। 'आन' शेष रहता है, इससे प्रातिपदिक अकारान्त बनता है अतः स्त्रीलिङ्ग में टाप् होकर आकारान्त हो जाता है। यह 'तङानावात्मनेपदम्' से आत्मनेपद है, अतः आत्मनेपदी धातुओं से ही होता है।

शबादि—शतृ और शानच् दोनों शित् हैं, अतः धातु से विहित होने के कारण ये सार्वधातुक हैं। इसलिये इनके परे रहते यथा प्राप्त शप् आदि विकरण होते हैं।

पचन्तं चैत्रं पश्य (पकाते हुए चैत्र को देखो)—पच् धातु से लट् के स्थान में शतृ हुआ। शप् प्रत्यय होने पर उसके अकार का 'अतो गुणे' से

('मुक्' आगमविधिसूत्रम्)

८३५ आने मुक् ७ । २ । ८२ ॥

अदन्ताङ्गस्य 'मुग्' आगमः स्याद् आने परे । पचमानं चैत्रं पश्य । 'लट्' इत्यनुवर्तमाने पुनर्लड्ग्रहणात् प्रथमा-सामाधिकरण्ये क्वचित् । सन् द्विजः ।

पररूप होकर 'पचत्' प्रातिपदिक बना । द्वितीया के एकवचन में नुम् होकर रूप सिद्ध हुआ ।

८३५ आने इति—अदन्त अङ्ग को मुक् आगम हो आन परे रहते ।

मुक् का मकार शेष रहता है, उक् इत्संज्ञक है ।

पचमानं चैत्रं पश्य (पकाते हुए चैत्र को देखो)—यहाँ पच् धातु से पर लट् के स्थान में शानच् हुआ । शप् होने पर अदन्त अङ्ग से पर होने के कारण आन को मुक् आगम होकर 'पचमान' प्रातिपदिक बना । द्वितीया के एकवचन में उक्त रूप सिद्ध हुआ ।

भ्वादि में शप्, दिवादि में श्यन्, तुदादि में श और चुरादि में शप् होने से अदन्त अङ्ग बन जाता है । अतः इनको आन परे रहते आगम होता है । शेष गण की धातुओं को मुक् नहीं होता ।

लडिति—यहाँ 'लट्' इसकी 'वर्तमाने लट्' इस सूत्र से अनुवृत्ति होने पर भी फिर जो 'लट्' का ग्रहण किया गया है—वह इस बात को सूचित करता है कि प्रथमान्त के साथ सामानाधिकरण्य होने पर भी कहीं कहीं ये शतृ और शानच् प्रत्यय आते हैं ।

सन् द्विजः (अच्छा ब्राह्मण)—यहाँ अस् धातु से प्रथमान्त के साथ सामानाधिकरण्य होने पर भी लट् के स्थान में शतृ हुआ । तब 'श्नसोरल्लोपः' से आकार का लोप होने पर 'सत्' प्रातिपदिक बना । प्रथमा में एकवचन में नुम्, हल्ङ्यादि लोप, संयोगान्त लोप होने पर उक्त रूप सिद्ध हुआ ।

पहले उदाहरण द्वितीयान्त दिये गये हैं इस अभिप्राय से कि प्रथमान्त के साथ ये प्रत्यय नहीं होते । यद्यपि मूल में 'क्वचित्' कहने से प्रथमान्त से प्रथमान्त के साथ सामानाधिकरण्य होने पर कहीं कहीं इनके प्रयोग की स्वीकृति दी गई है, परन्तु प्रथमान्त के सामानाधिकरण्य में इनका प्रययोग होता बहुत है ।

('वसु' आदेशविधिसूत्रम्)

८३६ विदेः शतुर्वसुः ७ । १ । ३६ ॥

वेत्तेः परस्य शतुर्वसुरादेशो वा । विदन् । विद्वान् ।

('सत्' संज्ञासूत्रम्)

८३७ तौ सत् ३ । २ । १२७ ॥

तौ शतृ-शानचौ सत्संज्ञौ स्तः ।

('सत्' आदेशविधिसूत्रम्)

८३८ लृटः सद् वा ३ । ३ । १४ ॥

व्यवस्थितविभाषेयम् । तेनाऽप्रथमासामाधिकरण्ये प्रत्ययोत्तरपदयोः संबोधने लक्षणहेत्वोश्च नित्यम् । करिष्यन्तं करिष्यमाणं पश्य ।

जैसे—ग्रामं गच्छन् तृणं स्पृशति—गाँव जाते हुए तृण को छूता है । अगच्छन् वैनतेयोऽपि पदमेकं न गच्छति—न जाते हुए गरुड़ भी एक पैर नहीं जाता—इत्यादि ।

८३६ विदेरिति—विद् (ज्ञान, अदा० पर. अ.) धातु से पर शतृ के स्थान में 'वसु' आदेश हो विकल्प से ।

८३७ तौ इति—उन शतृ और शानच् की सत् संज्ञा हो ।

वसु का उकार इत् है । उगित होने से नुम् होता है ।

विद्वान्, विदन्—विद् धातु से पर लट् के स्थान में शतृ हुआ और उसके स्थान में प्रकृत सूत्र से वसु आदेश विकल्प से । तब विद्वस् प्रातिपदिक के प्रथमा के एकवचन में उगिद् होने से नुम् सान्तसंयोग होने से उपधादीर्घ, हल्ङ्यादिलोप और संयोगान्तलोप होने पर और अभावपक्ष में नुम्, हल्ङ्यादिलोप और संयोगान्त लोप होने पर रूप सिद्ध हुआ ।

विद्वस् के रूप षड्लिङ्ग में आ चुके हैं । विदत् के रूप भी शतृ प्रत्ययान्तों के समान बनेंगे ।

८३८ लृट् इति—लृट् के स्थान में सत् प्रत्यय विकल्प से हों ।

व्यवस्थितेति—यह व्यवस्थित-विभाषा है अर्थात् यह कार्य किसी स्थान में होता है और किसी में नहीं, यही व्यवस्था है, इसलिये यह व्यवस्थित-विभाषा है ।

तेनेति—व्यवस्थित-विभाषा के कारण अप्रथमा-सामानाधिकरण्य में

('तच्छीलादि' अधिकारसूत्रम्)

८३९ आ क्वेस्तच्छील-तद्धर्म-तत्साधुकारिषु ३ । २ । १३४ ॥

क्विपमभिव्याप्य वक्ष्यमाणाः प्रत्ययाः, तच्छीलादिषु कर्तृषु बोध्याः।

('तृन्' प्रत्ययविधिसूत्रम्)

८४० तृन् ३ । २ । १३५ ॥

कर्ता कटान् ।

('षाकन्' प्रत्ययविधिसूत्रम्)

८४१ जल्प-भिक्ष-कुट्ट-लुण्ट-वृङः षाकन् ३ । २ । १५५ ॥

प्रत्यय और उत्तरपद परे रहते, संबाधन में और लक्षण तथा हेतु अर्थ में नित्य आदेश होते हैं।

संबोधन आदि में विधान करनेवाले सूत्र लघुकौमुदी में नहीं आते, उनका यहाँ उल्लेख उचित नहीं है ।

करिष्यन्तं करिष्यमाणं पश्य (आगे करने वाले को देख)—यहाँ कृ धातु से पर लृट् को शतृ और शानच् आदेश हुआ। स्य और इट् होकर 'करिष्यत्' और 'करिष्यमाण' प्रातिपदिक बने। द्वितीया एकवचन में उक्त रूप सिद्ध हुए।

८३९ आ क्वेरिति—क्विप् तक कहे जानेवाले प्रत्यय तच्छील, तद्धर्म और तत्साधुकारी कर्ता अर्थ में होते हैं—यह समझना चाहिये।

८४० तृन् इति—धातु से तृन् प्रत्यय हो कर्ता अर्थ में।

कर्ता कटान् (चटाई बनाने के स्वभाव वाला, चटाई बनाना धर्म वाला, चटाई अच्छी बनानेवाला)—यहाँ कृ धातु से पूर्व सूत्र की सहायता से प्रकृत सूत्र से तृन् प्रत्यय हुआ। आर्धधातुक होने से तृन् के परे रहते गुण होने पर 'कर्तृ' प्रातिपदिक बना। प्रथमा के एकवचन में उक्त रूप बना।

'कटान्' यह कर्म है। 'कर्तृकर्मणोः कृति' से षष्ठी प्राप्त थी। उसका 'नलोकाव्ययनिष्ठाखलर्थतृनाम्' से निषेध हुआ। तब कर्म में द्वितीया ही हुई।

८४१ जल्पेति—जल्प्, भिक्ष, कुट्ट, लुण्ट्, वृङ्, इन धातुओं से षाकन् प्रत्यय हो तच्छील आदि कर्ता अर्थ में।

(इत्संज्ञाविधिसूत्रम्)

८४२ षः प्रत्ययस्य १ । ३ । ६ ॥

प्रत्ययस्याऽऽदिः ष इत्संज्ञः स्यात् । जल्पाकः । भिक्षाकः । कुट्टाकः । लुण्टाकः । वराकः, वराकी ।

('उ' प्रत्ययविधिसूत्रम्)

८४३ सनाशंस-भिक्ष उः ३ । २ । १६८ ॥

चिकीर्षुः । आशंसुः । भिक्षुः ।

('क्विप' प्रत्ययविधिसूत्रम्)

८४४ भ्राज-भास-धुर्वि-द्युतोर्जि-पॄ-जु-ग्रावस्तुवः क्विप् । ३ । २ । १७७ ॥

---

८४२ **ष इति**—प्रत्यय के आदि षकार की इत्संज्ञा हो ।

जल्पाकः (बोलने के स्वभाववाला)—जल्प् धातु से षाकन् प्रत्यय पूर्व सूत्र से हुआ, प्रकृत सूत्र से षकार की इत्संज्ञा हुई ।

इसी प्रकार **भिक्षाकः** (भीख मांगने के स्वभाववाला, भिखारी) **कुट्टाकः** (कूटने के स्वभाववाला), **लुण्टाकः** (लूटने के स्वभाववाला, लुटेरा) **वराकः** (बेचारा)—इन शब्दों की सिद्धि होती है ।

वराकी—'वराक' शब्द से स्त्रीत्व विवक्षा में ङीष् प्रत्यय होकर रूप सिद्ध हुआ । षाकन् षित् है । षित् होने का फल है स्त्रीलिङ्ग में '१२४५ षिद् गौरादिभ्यश्च' से ङीष् प्रत्यय । यही दिखाने **'वराकी'** यहाँ दिया गया है ।

८४३ **सनेति**—सन्प्रत्ययान्त धातुओं, आ शंस् और भिक्ष् धातुओं से उ प्रत्यय हो ।

चिकीर्षुः—सन्नन्त चिकीर्ष धातु से उ प्रत्यय हुआ । तब 'अतो लोपः' से अकार का लोप होने पर प्रातिपदिक संज्ञा हुई । प्रथमा के एकवचन में रूप सिद्ध हुआ ।

आशंसुः (आशा करनेवाला)—यहाँ आङ् पूर्वक शंस धातु से प्रकृत सूत्र के द्वारा उ प्रत्यय हुआ । तब प्रथमा के एकवचन में रूप बना ।

भिक्षुः (भिखारी)—भिक्ष् धातु से प्रकृत सूत्र के द्वारा उ प्रत्यय हुआ तब प्रथमा के एकवचन में रूप बना ।

८४४ **भ्राजेति**—(विशेष चमकनेवाला)—वि पूर्वक भ्राज् धातु से

विभ्राट् । भाः ।

('श-व लोप'-विधिसूत्रम्)

८४५ रा (त्) ल् लोपः ६ । ४ । २१ ॥

रेफात् च्छ्वोःलोपः क्वौ झलादौ क्ङिति । धूः । विद्युत् । ऊर्क् । पूः ।

क्विप् प्रत्यय हो ।

विभ्राट् (विशेष चमकनेवाला)—वि पूर्वक भ्राज् धातु से प्रकृत सूत्र के द्वारा क्विप् प्रत्यय हुआ, उसका सर्वापहार लोप होने पर 'विभ्राज' यह हलन्त जकारान्त प्रातिपदिक बना । प्रथमा के एकवचन में 'व्रश्चभ्रस्ज—' से जकार को षकार, उसे जश् डकार और उसे विकल्पसे चर् टकार होने पर उक्त रूप बना ।

भाः (चमक)—भास् धातु से क्विप् प्रत्यय हुआ । उसका लोप होने पर 'भास्' यह सकारान्त स्त्रीलिङ्ग प्रातिपदिक बना । प्रथमा के एकवचन में सु का हल्ङ्यादि लोप होने पर प्रातिपदिक के सकार को रु और उसे विसर्ग होकर रूप सिद्ध हुआ ।

८४५ रात् लोप इति–रेफ से पर च्छ् और व का लोप हो क्वि और झलादि कित् ङित् परे रहते ।

धूः (धुरा)—धुर्व् धातु से 'भ्राजभास—' इत्यादि सूत्र से क्विप् प्रत्यय हुआ । उसका लोप होने पर प्रकृत सूत्र से रेफ से परे होने के कारण वकार का लोप हुआ । तब 'धुर्' प्रातिपदिक से प्रथमा के एकवचन में सु का हल्ङ्यादि लोप 'र्वोरुपधायाः—' से उपधा उकार को दीर्घ और रेफ को विसर्ग होने पर रूप सिद्ध हुआ ।

विद्युत् (विजली)—वि पूर्वक द्युत् धातु से क्विप्, उसका लोप, प्रातिपदिक संज्ञा, सु का हल्ङ्यादि लोप होने पर रूप बना ।

ऊर्क् (बली)—ऊर्ज् क्विप्, उसका लोप होने पर 'ऊर्ज्' प्रातिपदिक बना । तब प्रथमा के एकवचन में हल्ङ्यादि लोप होने पर 'चोः कुः' से चवर्ग जकार कुत्व गकार होकर रूप बना 'रात्सस्य' के नियम से जकार का लोप नहीं हुआ ।

पूः (शहर)—पॄ धातु से पूर्व सूत्र से क्विप् हुआ । उसका सर्वापहार लोप होने पर 'उदोष्ठ्यपूर्वस्य' से ॠकार को उर् हुआ । तब 'पुर्' प्रातिपदिक को

दृशिग्रहणस्यापकर्षाद् जवतेर्दीर्घः। जूः। ग्रावस्तुत्।

('क्विप्' प्रत्ययविधिवार्तिकम्)

(वा) क्वि (प्) ब् वचि-प्रच्छ्यायत-स्तु-कटप्रु-जु-श्रीणां दीर्घोऽसम्प्रसारणं च। 'वक्ति' इति वाक्।

('श ऊठ्' आदेशविधिसूत्रम्)

८४६ च्छ्-वोः शूड् अनुनासिके च ६। ४। १९॥

सतुक्कस्य छस्य वस्य च क्रमात् 'श' 'ऊठ्' इत्यादेशौ स्तोऽनुनासिके क्वौ झलादौ च क्ङिति। पृच्छतीति-प्राट्। आयतं स्तौति-आयतस्तूः।

प्रथमा के एकवचन में 'धूः' के समान रूप सिद्ध हुआ।

दृशीति—'अन्येभ्योऽपि दृश्यते ३। २। १७८' इस सूत्र में दृश्यते पद है, इस दृश् के ग्रहण का फल है कि अन्य कार्य भी होते हैं, उसी का इस सूत्र में अपकर्ष होने से जु धातु को क्विप् प्रत्यय में दीर्घ भी हो जाता है, तब दीर्घ ऊकारान्त जू (रोगी) शब्द बनता है। इसके रूप 'जूः, जुवौ, जुवः' इत्यादि भू शब्द के समान बनते हैं।

ग्रावस्तुत् (मूर्तिपूजक, पत्थर के गुण गानेवाला)—ग्रावपूर्वक स्तु धातु से क्विप् और उसका लोप हुआ। 'ह्रस्वस्य पिति कृति तुक्' से तुक् होने पर तकारान्त शब्द बना। प्रथमा के एकवचन में रूप सिद्ध हुआ।

(वा) क्विब्विति—वच्, प्रच्छ्, आयत पूर्वक स्तु, कट पूर्वक प्रु, जु, और श्रि धातु से क्विप् हो, दीर्घ हो और संप्रसारण का अभाव हो।

दीर्घ सब में होता है, संप्रसारण का निषेध केवल प्रच्छ् में क्योंकि उसी को वह प्राप्त है।

वाक् (वाणी)—वक्तीति-कहती है-इस विग्रह में वच् धातु से क्विप् और दीर्घ होने पर 'वाच्' प्रातिपदिक बना। प्रथमा के एकवचन में 'चोः कुः' से चकार को कुत्व ककार रूप सिद्ध हुआ।

८४६ च्छ्वोरिति-तुक्-सहित छकार और वकार को क्रमशः श और ऊठ् आदेश हों अनुनासिक, क्वि और झलादि कित् ङित् परे रहते।

प्राट् (पृच्छति-प्रश्न करनेवाला)-प्रच्छ् धातु से पूर्व वार्तिक से क्विप्, दीर्घ और संप्रसारण का निषेध, प्रकृत सूत्र से च्छ् को श आदेश, 'व्रश्चभ्रस्ज-'

प्रवते-कटप्रूः। जूः—उक्तः। श्रयति हरिम्-श्रीः।

('ष्ट्रन्' प्रत्ययविधिसूत्रम्)

८४७ दाम्नी-शस-यु-युज-स्तु-तुद-सि-सिच-मिह-पत-दश-नहः करणे ३। १८२॥

दाबादेः ष्ट्रन स्यात्करणेऽर्थे। दात्यनेन दात्रम्। नेत्रम्।

से शकार को मूर्धन्य षकार, जश्त्व दकार और चर् टकार होकर प्रथमा के एकवचन में रूप सिद्ध हुआ।

आयत-स्तूः (आयत स्तौति, विस्तृत गुण गानेवाला अर्थात् प्रशंसक)—आयत पूर्वक स्तु धातु से पूर्व वार्तिक के द्वारा क्विप् और दीर्घ होकर दीर्घ ऊकारान्त प्रातिपदिक बना। प्रथमा के एकवचन में सु को रुत्व विसर्ग होकर रूप बना।

इसके रूप—'आयत-स्तूः, आयत-स्तुवौ, आयत-स्तुवः' इत्यादि 'भू' के समान बनते हैं।

कट-प्रूः (कटं प्रवते, चटाई बुननेवाला)—कट पूर्व प्रु धातु से पूर्व वार्तिक से क्विप् और दीर्घ ऊकारान्त प्रातिपदिक बना।

आयत-स्तू के समान इसके भी रूप बनते हैं।

जूरुक्त इति—'जूः' पहले कहा जा चुका है।

श्रीः (लक्ष्मी, श्रयति हरिम्—विष्णु का आश्रय लेती है)—श्रि धातु से पूर्व वार्तिक द्वारा क्विप् और दीर्घ होने पर दीर्घ ईकारान्त स्त्रीलिङ्ग प्रातिपदिक बना। प्रथमा के एकवचन में ङ्यन्त न होने से सु का लोप नहीं हुआ। इसलिये रुत्व और विसर्ग होकर रूप बना।

श्री शब्द के रूप अजन्त स्त्रीलिङ्ग में दिये गये हैं।

८४७ **दाम्नी**ति—दाप् (काटना), नी (ले जाना), शस् (मारना), यु (मिलाना), युज् (जोड़ना) स्तु (स्तुति करना), तुद् (पीड़ा पहुँचाना), सि (बन्धन), सिच् (सींचना), मिह् (सींचना), पत् (गिरना), दश् (डंसना) और नह् (बाँधना) धातुओं से ष्ट्रन् प्रत्यय हो करण अर्थ में।

ष्ट्रन् के षकार और नकार इत्संज्ञक हैं। षकार के लोप होने पर टकार अपने पूर्वरूप तकार में बदल जाता है। त्र शेष रहता है।

दात्रम् (दाति अनेन, दाता, दरात)—दा धातु से प्रकृत सूत्र के द्वारा ष्ट्रन्

('इट्' निषेधसूत्रम्)

८४८ ति-तु-त्र-त-थ-सि-सु-सर-क-सेषु च ७ । २ । ९ ॥

एषां दशानां कृत्प्रत्ययानाम् इण् न। शस्त्रम् । योत्रम् । योक्त्रम् । स्तोत्रम् । तोत्त्रम् । सेत्रम् । सेक्त्रम् । मेढ्रम् । पत्त्रम् । दंष्ट्रा । नद्ध्री ।

('इत्र' प्रत्ययविधिसूत्रम्)

८४९ अर्ति-लू-धू-सू-खन-सह-चर इत्रः ३ । २ । १८४ ॥

प्रत्यय हुआ । अकारान्त नपुंसकलिङ्ग दात्र प्रातिपदिक बना ।

नेत्रम् (नयति अनेन, इससे विषय रूप के प्रति ले जाता है, आँख आदि)-नी धातु से प्रकृत सूत्र के द्वारा ष्ट्रन् प्रत्यय होने पर अकारान्त नपुंसकलिङ्ग प्रातिपदिक बनता है ।

८४८ ति इति—ति, तु, त्र, त, थ, सि, सु, सर, क, स—इन दस प्रत्ययों को इट् न हो ।

ति-क्तिन् और क्तिच्, तु-तुन्, त्र-ष्ट्रन्, त-तन्, थ-क्थन्, सि-क्सि, सु, सर-सरन्, क-कन्, स-ये प्रत्ययों के असली रूप हैं । इनमें कुछ प्रत्यय उणादि हैं । ये सब वलादि आर्धधातुक हैं । इनको इट् प्राप्त है, उसका इस सूत्र से निषेध हो गया ।

प्रकृत में ष्ट्रन् को इट् का निषेध करने को यह सूत्र यहाँ दिया गया है ।

शस्—शस्त्रम्, शस्त्र । यु. युज्—योत्रम्, योक्त्रम्, जोतने की रस्सी, जोत । स्तु—स्तोत्रम्, स्तुति । तुद्—तोत्त्रम्, चाबुक । सि—सेत्रम्, बन्धन रज्जु । सिच्—सेक्त्रम, सींचने का पात्र । मिह्—मेढ्रम्, लिङ्ग । पत्—पत्त्रम्, सवारी, पत्ता आदि । दंश्-दंष्ट्रा, दाढ़ । नह्—नध्री, चमड़े की रस्सी ।

ऊपर दिखाये गये शब्द ष्ट्रन् प्रत्यय से बने हैं । ष्ट्रन् प्रत्यय परे रहते गुण भी यथाप्राप्त हुआ ! चवर्ग को कवर्ग भी हुआ है मेढ्र में ढत्व, धत्व, ष्टुत्व और ढलोप हुए हैं । दंष्ट्रा में षत्व, ष्टुत्व हुए हैं । नध्री में हकार को 'नहो धः' से धकार हुआ है ।

इन शब्दों का लिङ्ग अर्थानुसार है । दंष्ट्रा और नध्री स्त्रीलिङ्ग हैं । षित् होने से नध्री में ङीष् हुआ । षित् कार्य, का अनित्य होने से दंष्ट्रा में ङीष् न होकर टाप् हुआ ।

८४९ अर्तीति—ऋ (जाना), लू (काटना), धू (कँपाना), षू

अरित्रम् । लवित्रम् । धवित्रम् । सवित्रम् । खनित्रम । सहित्रम् । चरित्रम् ।

('इत्र प्रत्ययविधिसूत्रम्)

८५० पुवः संज्ञायाम् ३ । २ । १८५ ॥

पवित्रम् ।

इति पूर्वकृदन्तम् ।

अथोणादयः ।

(उ) कृ-वा-पा-जि-मि-स्वदि-साध्यशूभ्य उण् । करोतीति—कारुः ।

(पैदा करना), खन् (खनना), सह् (सहना) और चर् (चलना या खाना)—इन धातुओं से इत्र प्रत्यय हो ।

इत्र प्रत्यय आर्धधातुक होता है । इसके परे रहते जहाँ प्राप्त है वहाँ गुण भी होता है । इससे बने प्रातिपदिक प्रायः नपुंसकलिङ्ग में प्रयुक्त होते हैं ।

अरित्रम् (नाव चलाने का डंडा, चप्पू)—ऋ धातु से प्रकृत सूत्र के द्वारा इत्र प्रत्यय हुआ । ऋ को गुण होने पर 'अरित्र' अकारान्त प्रातिपदिक बना । प्रथमा के एकवचन में रूप सिद्ध हुआ ।

लू—**लवित्रम्** , चाकू आदि । धू—**धवित्रम्** , पंखा । खन्—**खनित्रम्** , खनने का साधन, कुदाल । सह्—**सहित्रम्** , सहन करने का साधन, छाता आदि । चर्—**चरित्रम्**, चरित्र, वृत्तान्त, आचरण—इन शब्दों की सिद्धि भी पूर्वोक्त प्रकार से होती है ।

८५० **पुव** इति—पू धातु से संज्ञा में इत्र प्रत्यय हो ।

पवित्रम्—(पवित्रा, कुश का बना हुआ)—पू धातु से इत्र प्रत्यय हुआ । गुण, अव् आदेश होने पर रूप सिद्ध हुआ ।

पूर्वकृदन्त समाप्त ।

(उणा०) **कृवेति**—कृ, वा, पा, जि, मि, स्वद् , साध् और अश् धातु से उण् प्रत्यय हो ।

कारुः (शिल्पी-करोति)—कृ धातु से कर्ता में उण् प्रत्यय होने पर णित् होने से ऋकार को आर् वृद्धि होकर 'कारु' यह उकारान्त प्रातिपदिक बना । प्रथमा के एकवचन में रूप सिद्ध हुआ ।

वातीति-वायुः । पायुः-गुदम् । जायुः-औषधम् । मायुः-पित्तम् । स्वादुः । परकार्यमिति साधुः । आशु-शीघ्रम् ।

('उण्' आदिप्रत्ययविधिसूत्रम्)

८५१ उणादयो बहुलम् ३ । ३ । १ ॥

एते वर्तमाने संज्ञायां च बहुलं स्युः । केचिद् अविहिता अप्यूह्याः ।

संज्ञासु धातुरूपाणि प्रत्ययाश्च ततः परे ।
कार्याद् विद्याद् अनूबन्धम् एतच्छास्त्रम् उणादिषु ॥

इत्युणादयः ।

वायुः (हवा)—वा धातु से उण् प्रत्यय होने पर 'आतो युक् चिण्कृतोः' से युक् आगम हुआ ।

पायुः (गुद)–पा धातु से उण् प्रत्यय होने पर युक् होकर रूप सिद्ध हुआ ।

जायुः (जयति अभिभवति रोगान्–जो रोगों को दूर करे अर्थात् औषध)–जि धातुसे उण्, णित् होनेसे वृद्धि, आय् आदेश होकर 'जायु' प्रातिपदिक बना ।

मायुः (मिनोति प्रक्षिपति देहे ऊष्माणम्–जो शरीर में गरमी डालती है, पित्त)—मि (प्रक्षेपण) धातु से उण्, णित् होने से वृद्धि, आय् आदेश होकर 'मायु' प्रातिपदिक बना ।

स्वादुः (स्वाद में अच्छा)–स्वद् (आस्वादन) धातु से उण् प्रत्यय 'अत उपधायाः' से उपधादीर्घ होकर 'स्वादु' प्रातिपदिक बना ।

साधुः (जो दूसरे के कार्य को सिद्ध करे, सज्जन)—साध् धातु से उण् प्रत्यय होकर 'साधु' प्रातिपदिक बना ।

आशु (अश्नुते व्याप्नोति-शीघ्र या शीघ्र होनेवाला)—अश धातु से उण् प्रत्यय होने पर उपधादीर्घ होकर 'आशु' प्रातिपदिक बना ।

शीघ्रता अर्थ में आशु अव्यय है, शीघ्रता-युक्त अर्थ में द्रव्यवाची होने से त्रिलिङ्ग होता है ।

८५१ उणादय इति—उण् आदि प्रत्यय वर्तमानकाल में और संज्ञा में बहुल हों ।

केचिदिति–यहाँ बहुल ग्रहण से कोई अविहित अर्थात् जिनका किसी सूत्र से विधान नहीं किया गया, उनकी भी कल्पना कर लेनी चाहिये ।

अथोत्तरकृदन्तम् ।

('तुमुन्-ण्वुल' प्रत्ययविधिसूत्रम्)

८५२ तुमुन्-ण्वुलौ क्रियायां क्रियाऽर्थायाम् ३ । ४ । १० ॥

संज्ञास्विति—संज्ञा शब्दों में जिस धातु की संभावना हो उसकी कल्पना कर लेनी चाहिये, धातु की कल्पना के अनन्तर शेष भाग प्रत्यय का समझकर प्रत्यय-कल्पना करनी चाहिये । प्रत्ययों में अनुबन्ध कार्य के अनुसार जोड़ना चाहिये—उणादियों में यही शास्त्र अर्थात् शासन–नियम–है ।

कहने का तात्पर्य यह है कि जिस संज्ञा शब्द को बनाना हो उसके पूर्व भाग को धातु का रूप समझना चाहिये, जहाँ तक बन सके शेष भाग को प्रत्यय मानकर उसके साथ कार्य गुणनिषेध आदि के अनुसार अनुबन्ध की कल्पना करनी चाहिये । यही उणादि प्रत्ययों का प्रकार है ।

जैसे—'दुषेरुलच्' इस उणादि सूत्र से उलच् प्रत्यय होता है 'शङ्कुला' शब्द में पूर्व भाग शङ्क् धातु और उत्तर भाग उलच् प्रत्यय समझकर इसकी व्युत्पत्ति कर लेनी चाहिये । 'ऋफिड' शब्द में ऋ धातु और फिड प्रत्यय हैं, गुण का प्रतिषेध यहाँ दीख रहा है, इसलिये प्रत्यय के साथ गुण निषेध करने वाला अनुबन्ध क आदि भी जोड़ना चाहिये ।

इसी प्रकार अन्य संज्ञा शब्दों में उणादिप्रत्ययों की कल्पना के साथ प्रकृति और अनुबन्ध की भी कल्पना कर लेनी चाहिये ।

उणादि प्रत्यय पाणिनि की अष्टाध्यायी से बाहर हैं, परन्तु 'उणादयो बहुलम्' इस पाणिनि सूत्र के द्वारा पाणिनि को सम्मत हैं ।

उणादि समाप्त ।

अथोत्तरकृदन्तमिति—अब उत्तरकृदन्त प्रकरण प्रारम्भ होता है ।

पूर्वकृदन्त और उत्तरकृदन्त ये दो प्रकरण कृत् प्रत्ययों के किये गये हैं । पूर्व प्रकरण में बताये गये प्रत्यय प्रायः कारक अर्थों में होते हैं । उत्तर प्रकरण में बताये जानेवाले प्रत्यय प्रायः भाव में होते हैं । उनमें कुछ प्रत्ययों के द्वारा शब्द अव्यय पद बन जाता है ।

८५२ **तुमुन्निति**-क्रियार्थ क्रिया उपपद रहते धातु से भविष्यत् अर्थ में तुमुन्

क्रियाऽर्थायां क्रियायाम् उपपदे भविष्यत्यर्थे धातोरेतौ स्तः । मान्तत्वादव्ययत्वम् । कृष्णं द्रष्टुं याति । कृष्णं दर्शको याति ।

('तुमुन्' प्रत्ययविधिसूत्रम्)

८५३ काल-समय-वेलासु तुमुन् ३ । ३ । १६७ ॥

और ण्वुल् प्रत्यय हो ।

उपपद से 'समीप रहना' अर्थ लिया जाता है चाहे वह आगे रहे या पीछे । जिस क्रिया के लिये दूसरी क्रिया की जाती है उससे ये प्रत्यय होते हैं ।

मान्तत्वादिति—मान्त होने से तुमुन्नन्त पद अव्यय होता है ।

अर्थात् तुमुन् का उन् इत्संज्ञक है, तुम् शेष रहता है, मकारान्त होने से 'कृन्मेजन्तः १।१।३९॥' सूत्र से अव्यय संज्ञा होती है । इस कारण 'अव्यय—कृतो भावे' इस वचन से तुमुन् भाव अर्थ में होता है ।

परन्तु ण्वुल् प्रत्यय मान्त न होने से अव्यय नहीं और अत एव कर्ता अर्थ में ही होता है ।

कृष्णं द्रष्टुं याति (कृष्ण को देखने के लिये जाता है)—यहाँ 'गमन' क्रिया 'दर्शन' क्रिया के लिये हो रही है । अतः क्रियार्थ 'गमन' क्रिया 'या' धातु के समीप रहते दृश् धातु से तुमुन् प्रत्यय हुआ । तब 'सृजिदृशोर्झल्यमकिति' से ऋकार के आगे अम् आगम हुआ और ऋकार को यण् रेफ, शकार को 'व्रश्चभ्रस्ज–' से षकार, तकार को ष्टुत्व टकार होकर 'द्रष्टुम्' सिद्ध हुआ ।

यहाँ 'याति' यह क्रियार्थ क्रिया उपपद है । 'कृष्णम्' यह कर्म है । 'न लोकाव्ययनिष्ठाखलर्थतृनाम्' से षष्ठी का निषेध हुआ अतः 'कर्मणि द्वितीया' हुई ।

कृष्णकर्मक भविष्यत्कालिक दर्शनार्थ गमन–यह इस वाक्य का अर्थ है ।

कृष्णं दर्शको याति (कृष्ण को देखनेवाला जाता है)—यहाँ भी पूर्ववत् 'याति' यह क्रियार्थ क्रिया उपपद है । अतः दृश् धातु से ण्वुल् प्रत्यय हुआ । वु को '७८८ युवोरनाकौ ७।१।१॥' से 'अक' आदेश और ऋकार को गुण अर् होने पर 'दर्शक' प्रातिपदिक बना ।

'कृष्णम्' यहाँ कर्म में द्वितीया हुई । 'अकेनोर्भविष्यदाधमर्ण्ययोः २।३।७०॥' से षष्ठी का निषेध हुआ ।

८५३ कालेति—काल, समय और वेला-इन शब्दों के उपपद रहते धातु से तुमुन् प्रत्यय हो ।

कालार्थेषूपपदेषु तुमुन् । कालः समयो वेला वा भोक्तुम् ।

('घञ्' प्रत्ययविधिसूत्रम्)

८५४ भावे ३ । ३ । १८ ॥

सिद्धाऽवस्थाऽऽपन्ने धात्वर्थे वाच्ये धातोर्घञ् । पाकः ।

('घञ्' प्रत्ययविधिसूत्रम्)

८५५ अ-कर्तरि च कारके संज्ञायाम् ३ । ३ । १९ ॥

कर्तृ-भिन्ने कारके घञ् स्यात् ।

काल आदि पर्याय हैं—इसका तात्पर्य यह है कि कालार्थक शब्द उपपद रहते धातु से तुमुन् होता है । इसी बात को 'कालार्थेषु' इस वृत्ति के द्वारा प्रकट किया गया है ।

कालः समयो वेला वा भोक्तुम् (भोजन का समय है)—यहाँ काल आदि शब्द उपपद रहते भुज् धातु से तुमुन् प्रत्यय हुआ । तब आर्धधातुक तुमुन् परे रहते लघूपध गुण होने पर जकार को 'चोः कुः' से कवर्ग गकार और उसे चर् ककार होकर रूप सिद्ध हुआ ।

८५४ **भावे** इति—सिद्ध अवस्था को प्राप्त धातु का अर्थ भाव अर्थात् व्यापार वाच्य हो तो धातु से घञ् प्रत्यय हो ।

घञ् का केवल् अ शेष रहता है, घकार और ञकार इत्संज्ञक हैं ।

धातु का अर्थ भाव दो प्रकार का होता है–साध्यावस्थापन्न और सिद्धावस्थापन्न । तिङन्त अवस्था में भाव साध्यावस्थापन्न होता है और घञ् आदि कृत्प्रत्ययों के द्वारा सिद्धावस्थापन्न भाव की प्रतीति होती है । सिद्धावस्थापन्न होने से यहाँ भाव द्रव्य के समान प्रकाशित होता है । कहा भी है–**कृदभिहितो भावो द्रव्यवत् प्रकाशते** । द्रव्यवत् होने से घञन्त आदि से लिङ्ग वचन का योग हो जाता है ।

घञ्प्रत्ययान्त भाववाचक संज्ञायें पुँल्लिङ्ग होती हैं ।

पाकः (पकाना, विक्लित्ति)—पच् धातु से भाव में घञ् हुआ, ञित् होने से 'अत उपधायाः' के द्वारा उपधा अकार को वृद्धि आकार हुआ । घित् प्रत्यय परे होने से 'चजोः कुः घिण्यतोः' सूत्र से चकार को ककार होने पर 'पाक' प्रातिपदिक बना । प्रथमा के एकवचन में उक्त रूप सिद्ध हुआ ।

८५५ **अकर्तरीति**—कर्ता से भिन्न कारक अर्थ में संज्ञा में धातु से घञ्

('नलोप' विधिसूत्रम्)

८५६ घञि च भाव-करणयोः ६ । ४ । २७ ॥

रञ्जेर्नलोपः स्यात् । रागः । अनयोः किम्-रज्यत्यस्मिन्निति रङ्गः ।

('घञ्' प्रत्यय-क-आदेशविधिसूत्रम्)

८५७ निवास-चिति-शरीरोपसमाधानेष्वादेश्च कः ३।३।४१॥

एषु चिनोतेर्घञ्, आदेश्च ककारः । उपसमाधानम्-राशीकरणम् । निकायः । कायः । गोमय-निकायः ।

प्रत्यय हो ।

'भावे' सूत्र से विहित भाव घञ् है और इस सूत्र से विहित कारक घञ् ।

८५६ **घञि चेति**—भाव और करण कारक में हुए घञ् परे रहते रञ्ज् धातु के नकार का लोप हो ।

रागः (रँगना या रङ्ग जिससे रँगा जाता है)—यहाँ रञ्ज् धातु से भाव में 'भावे' सूत्र से 'रञ्जनं रागः' इस अर्थ में अथवा 'रज्यतेऽनेन—रँगने का जो साधन हो' इस प्रकार करण अर्थ में 'अकर्तरि च कारके संज्ञायाम्' से घञ् प्रत्यय हुआ । दोनों अर्थों में प्रकृत सूत्र से नकार का लोप हुआ । तब ञित् प्रत्यय परे होने से 'अत उपधायाः' से उपधा अकार को वृद्धि आकार होकर रूप बना ।

अनयोरिति—भाव और करण में हुए घञ् परे रहते रञ्ज् के नकार का लोप होता है, ऐसा क्यों कहा ? इसका उत्तर है । **रज्यत्यस्मिन्निति रङ्गः**—अर्थात् जिस में लोग रञ्जित होते हैं । यहाँ रञ्ज् धातु से 'अकर्तरि च कारके संज्ञायाम्' से अधिकरण में घञ् प्रत्यय हुआ है । इसीलिये नकार का लोप नहीं हुआ । रङ्ग नाटक खेलने की जगह अर्थात् रङ्गभूमि को कहते हैं । यहाँ घञ होने पर जकार को 'चजोः कुः घिण्ण्यतोः' से गकार हुआ और तब नकार को अनुस्वार और परसवर्ण होकर ङकार हुआ ।

८५७ **निवासेति**—निवास, चिति—यज्ञ में अग्नि का स्थल विशेष-शरीर और उपसमाधान अर्थ में चिञ् धातु से घञ् प्रत्यय हो और आदि वर्ण को ककार ।

उपसमाधानमिति—उपसमाधान राशीकरण—ढेर लगाने—को कहते हैं ।

निकायः (निवास, घर)—यहाँ नि-पूर्वक चिञ् धातु से निवास अर्थ में

('अच्' प्रत्ययविधिसूत्रम्)

८५८ एरच् ३ । ३ । ५६ ॥

इवर्णान्ताद् अच् । चयः । चयः ॥

('अप्' प्रत्ययविधिसूत्रम्)

८५९ ॠदोरप् ३ । ३ । ५७ ॥

घञ् प्रत्यय हुआ और आदि चकार को ककार । तब ञित् परे होने से इकार को 'अचोञ्णिति' से वृद्धि होने पर रूप बना ।

निपूर्वक चिधातु के घञन्त रूप का अर्थ ही निवास होता है ।

कायः[1] (चीयतेऽस्थ्यादिकमत्र, इसमें हड्डी आदि एकत्र होती हैं अर्थात् शरीर)—यहाँ शरीर अर्थ में चिञ् धातु से घञ् प्रत्यय हुआ है ।

गोमय-निकायः (गोबर का ढेर)—यहाँ निपूर्वक चिञ् धातु से राशी-करण-ढेर लगाना-अर्थ में घञ् प्रत्यय हुआ । सिद्धि पूर्ववत् होती है ।

यज्ञ में अग्नि के स्थल विशेष अर्थ का उदाहरण यहाँ नहीं दिया गया है ।

८५८ एरजिति—इवर्णान्त धातु से भाव अर्थ में अच् प्रत्यय हो ।

यह घञ् का बाधक है । दोनों का अकार ही यद्यपि शेष रहता है, तो भी घञ् के ञित् होने से उसके परे रहते वृद्धि होती है, घञ् के परे रहते नहीं । अच्-प्रत्ययान्त शब्द भी पुंल्लिङ्ग होते हैं ।

चयः (चुनना)—इवर्णान्त चि धातु से भाव अर्थ में अच् प्रत्यय हुआ । धातु के इकार को गुण और अय् आदेश होकर रूप सिद्ध हुआ ।

जयः (जीतना)—इवर्णान्त जि धातु से भाव में अच् प्रत्यय होने पर धातु के इकार को गुण और अय् होकर रूप बना ।

८५९ ॠदोरिति—दीर्घ ॠकारान्त और उवर्णान्त धातुओं से अप् प्रत्यय हो भाव में ।

अप् प्रत्यय भी घञ् का बाधक है । अप् प्रत्ययान्त शब्द भी पुँल्लिग होते हैं ।

घञ्, अच् और अप् का अकार शेष रहता है, पर अनुबन्ध कृत अन्तर स्वर भेद के लिये है । घञन्त ञित् होने से आद्युदात्त होता है, अजन्त चित् होने से अन्तोदात्त और अबन्त पित् होने से अनुदात्त ।

---

१. 'कायो देहः क्लीबपुंसोः' इत्यमरः ।

ऋदन्ताद् उवर्णान्ताद्अप् करः । गरः । यवः । लवः । स्तवः । पवः ।

('क' प्रत्ययविधिवार्तिकम्)

(वा) घञर्थे क-विधानम् । प्रस्थः । विघ्नः ।

('क्त्रि' प्रत्ययविधिसूत्रम्)

८६० ड्वितः क्त्रिः ३ । ३ । ८८ ॥

('मप्' प्रत्ययविधिसूत्रम्)

८६१ क्त्रेर्मम् नित्यम् ४ । ४ । २० ॥

करः (बिखेरना, हाथ), गरः (निगलना)—कॄ और गॄ इन दीर्घ ऋकारान्त धातुओं से अप् प्रत्यय होने पर ऋकार को गुण होकर रूप बना ।

यु—यवः (मिलाना, जौ) । लू—लवः (काटना, लेश, भाग), स्तु-स्तवः (स्तुति करना, स्तोत्र) । पू—पवः (पवित्र करना)—इनकी सिद्धि भी पूर्ववत् होती है ।

(वा) **घञर्थे** इति—' घञ्' प्रत्यय के अर्थ में 'क' प्रत्यय हो ।

क प्रत्यय का ककार इत् है, इसलिये कित् होने से इसके परे रहते गुण आदि का निषेध होता है ।

प्रस्थ[१]: (प्रतिष्ठन्ति धान्यान्यस्मिन्, प्रतिष्ठन्ते जना अस्मिन्-परिमाण-विशेष और पर्वत का शिखर)—यहाँ प्रपूर्वक स्था धातु से अधिकरण अर्थ में क प्रत्यय हुआ । कित् परे होने से 'आतो लोप इटि च' से धातु के आकार का लोप होकर अकारान्त प्रातिपदिक बना ।

विघ्नः (विघ्नन्ति मनांसि यस्मिन् , विघ्न)—विपूर्वक हन् धातु से अधिकरण में प्रकृत वार्तिक से क प्रत्यय हुआ । 'गमहन–' इत्यादि सूत्र से उपधा अकार का लोप और 'हो हन्तेः–' से हकार को कुत्व घकार होकर अकारान्त प्रातिपादिक बना ।

८६० **ड्वित** इति—जिस धातु का डु इत् हो, उससे क्त्रि प्रत्यय हो । क्त्रि का ककार इत्संज्ञक है । 'त्रि' शेष रहता है ।

८६१ **क्त्रेरिति**–क्त्रि-प्रत्ययान्त से मप् प्रत्यय होता है निर्वृत्त-सिद्ध-अर्थ में ।

टि. १–'कम्यो देहः क्लीबपुंसोः' इत्यमरः ।

क्त्रि-प्रत्ययान्तात् मप् निर्वृत्तेऽर्थे। पाकेन निर्वृत्तं पक्त्रिमम्। डुवप्-उप्त्रिमम्।

('अथुच्' प्रत्ययविधिसूत्रम्)

८६२ ट्वितोऽथुच् ३ । ३ । ८९ ॥

टुवेपृ कम्पने। वेपथुः।

('नङ्' प्रत्ययविधिसूत्रम्)

८६३ यज-याच-यत-विच्छ-प्रच्छ-रक्षो नङ् ३ । ३ । ९० ॥

पक्त्रिमम्—पच् धातु का मूल रूप 'डुपचष्' है, इसका यह प्रत्यय तद्धित है। डु इत् है। इसलिये पूर्व सूत्र से क्त्रि प्रत्यय हुआ। धातु के चकार को 'चोः कुः' से कवर्ग ककार हुआ। प्रकृत सूत्र से क्त्रिप्रत्ययान्त 'पक्त्रि' शब्द से निर्वृत्त अर्थ में मप् प्रत्यय होने पर 'पक्त्रिम' प्रातिपदिक बना। विशेष्य के अनुसार इसका लिङ्ग होगा। यहाँ प्रथमा के एकवचन में रूप बना।

'पक्त्रि' का अर्थ है 'पाक' और मप् प्रत्यय का सिद्ध अर्थ में होने से 'पक्त्रिमम्' का अर्थ है 'पाक से सिद्ध'।

उप्त्रिमम्—(बोने से सिद्ध) डुवप् (उगाना) धातु से पूर्व सूत्र से क्त्रि प्रत्यय हुआ। कित् होने से 'वचिस्वपियजादीनां किति' से संप्रसारण होने पर प्रकृत सूत्र से मप् प्रत्यय होकर रूप बना।

८६२—**ट्वित** इति—जिस धातु का टु इत् हो, उससे अथुच् प्रत्यय हो भाव अर्थ में।

अथुच् का चकार इत्संज्ञक है। अथुच्-प्रत्ययान्त शब्द पुँल्लिङ्ग होते हैं।

वेपथुः (काँपना)—टुवेप् धातु से प्रकृत सूत्र से अथुच् प्रत्यय हुआ। उकारान्त प्रातिपदिक बना। प्रथमा के एकवचन में उक्त रूप सिद्ध हुआ।

इसी प्रकार टुओश्वि—श्वयथु (शोभा सूजन)। टुनदि—नन्दथुः (आनन्द)। टुओस्फूर्जा—स्फुर्जथुः (वज्र का शब्द)—ये शब्द भी सिद्ध होते हैं।

८६३ यजेति—यज्, याच्, यत्, विच्छ्, प्रच्छ् और रक्ष् धातुओं से नङ् प्रत्यय हो भाव आदि अर्थों में।

नङ् का ङकार इत्संज्ञक है। नङ्प्रत्ययान्त शब्द 'याच्ञा' को छोड़कर पुँल्लिङ्ग होते हैं।

यज्ञः । याच्ञा । यत्नः । विश्नः । प्रश्नः । रक्ष्णः ।

('नन्' प्रत्ययविधिसूत्रम्)

८६४ स्वपो नन् ३ । ३ । ९२ ॥

स्वप्नः ।

('कि' प्रत्ययविधिसूत्रम्)

८६५ उपसर्गे घोः किः ३ । ३ । ९३ ॥

यज्ञः (हवन)—यज् धातु से प्रकृत सूत्र के द्वारा नङ् प्रत्यय हुआ। नकार को श्चुत्व ञकार होने पर ज् ञ मिलकर ज्ञ बने, तब 'यज्ञ' प्रातिपदिक के प्रथमा के एकवचन में रूप बना।

याच्ञा (मांगना)–याच् धातु से नङ् प्रत्यय होने पर श्चुत्व ञकार नकार के स्थान में हुआ। स्त्रीत्वविवक्षा में '१२४८ अजाद्यतष्टाप् ४ । १ । ४ ॥' से टाप् प्रत्यय होने पर प्रथमा के एकवचन में उक्त रूप सिद्ध हुआ।

यत्नः—(कोशिश)—यत् धातु से नङ् प्रत्यय होने पर रूप सिद्ध हुआ।

विश्नः (प्रताप)—विच्छ् धातु से नङ् होने पर 'च्छ्वोः शूडनुनासिके' से च्छकार को शकार होकर रूप बना।

प्रश्नः (जिज्ञासा, सवाल)—प्रच्छ् धातु से नङ् प्रत्यय और च्छकार को पूर्ववत् शकार होकर रूप बना।

रक्ष्णः—रक्ष् धातु से नङ् प्रत्यय होने पर 'रषाभ्यां नो णः समानपदे' से नकार को णकार होकर रूप सिद्ध हुआ।

८६४ **स्वप** इति—स्वप् धातु से नन् प्रत्यय हो।

नन् का नकार इत्संज्ञक है। नित् का फल स्वरप्रकरण में आद्युदात्त होना बताया जायगा। नङ् से नन् का ङित् से गुणनिषेध के अतिरिक्त स्वर में भी अन्तर है।

स्वप्नः (सोना, सपना)—स्वप् धातु से नन् प्रत्यय होने पर रूप बना।

८६५ **उपसर्गे** इति—उपसर्गपूर्वक घुसंज्ञक धातुओं से कि प्रत्यय हो।

कि-प्रत्यय का ककार इत् है।

घुसंज्ञा 'दाधाघ्वदाप्' से दा-रूप और धा-रूप धातुओं की होती है।

कि-प्रत्ययान्त शब्द पुंल्लिङ्ग होते हैं।

प्र-धिः । उप-धिः ।

('क्तिन्' प्रत्ययविधिसूत्रम्)

८६६ स्त्रियां क्तिन् ३ । ३ । ९४ ॥

स्त्रीलिङ्गे भावे क्तिन् स्यात् । घञोऽपवादः । कृतिः । स्तुतिः ।

प्रधिः (नेमि)—प्र-पूर्वक घुसंज्ञक धा धातु से प्रकृत सूत्र के द्वारा कि प्रत्यय हुआ । कित् परे होने से 'आतो लोप इटि च' से आकार का लोप होकर 'प्रधि' यह इकारान्त प्रातिपदिक बना । प्रथमा के एकवचन में उक्त रूप सिद्ध हुआ ।

उपधिः (दम्भ)—उप-पूर्वक धा धातु से पूर्ववत् सिद्ध होता है ।

इसी प्रकार–उपाधि, व्याधि (शारीरिक रोग), आधि (मानसिक रोग), समाधि (एकाग्रता), जलधि (समुद्र), विधि (ब्रह्मा, भाग्य, प्रकार), सन्धि (मेल), निधि (खजाना), अभिसन्धि (अभिप्राय) इत्यादि शब्द बनते हैं ।

इनमें उपाधि, व्याधि, विधि और सन्धि आदि कुछ शब्द हिन्दी में स्त्रीलिङ्ग हैं, उसी संस्कार से संस्कृत में इन्हें स्त्रीलिङ्ग समझने का भ्रम बहुतों को हो जाता है । वस्तुतः कि–प्रत्ययान्त होने से ये शब्द पुँल्लिङ्ग ही हैं ।

८६६ स्त्रियामिति—स्त्रीलिङ्ग भाव में क्तिन् प्रत्यय हो ।

क्तिन् के ककार और नकार इत्संज्ञक हैं । ति शेष रहता है । 'स्त्रियाम्' के अधिकार में होने से क्तिन् प्रत्यय से बने शब्द स्त्रीलिङ्ग होते हैं । यह घञ् का बाधक है ।

कृतिः (कार्य) कृ धातु से क्तिन् प्रत्यय होने पर इकरान्त प्रातिपदिक बना । प्रथमा के एकवचन में रूप बना ।

क्तिन्प्रत्ययान्त शब्दों के रूप 'मति' शब्द के समान बनते हैं ।

स्तुतिः—स्तु धातु से क्तिन् प्रत्यय होने पर रूप सिद्ध हुआ ।

(वा) ॠ-ल्वादिभ्य इति—ॠकारान्त और लू आदि धातुओं से पर क्तिन् निष्ठा के समान हो ।

निष्ठावद्भाव का प्रयोजन तकार को नकार होना है ।

कीर्णिः (बिखेरना)–कॄ धातु से क्तिन् प्रत्यय होने पर 'ॠत इद् धातोः' से ॠकार को इर् आदेश, 'हलि च' से इकार को दीर्घ, निष्ठावद्भाव होने से

('निष्ठावत्व' अतिदेशवार्तिकम्)

(वा) ऋ-ल्वादिभ्यः क्तिन्निष्ठावद्वाच्यः । तेन नत्वम्-कीर्णिः । लूनिः । धूनिः । पूनिः ।

('क्विप्' प्रत्ययविधिवार्तिकम्)

(वा) संपदादिभ्यः क्विप् । संपत् । विपत् । आपत् । क्तिन्नपीष्यते-संपत्तिः । विपत्तिः । आपत्तिः ।

('ऊति' इत्यादिनिपातनविधिसूत्रम्)

८६७ ऊति-यूति-जूति-साति-हेति-कीर्तयश्च ३ । ३ । ९७ ॥

एते निपात्यन्ते ।

'रदाभ्यां निष्ठातो नः पूर्वस्य च दः' से तकार को नकार और उसे णकार होकर रूप बना ।

इसी प्रकार—लू-लूनिः (काटना), धू-धूनिः (कांपना) और पू-पूनिः (विनाश)—इन क्तिन्-प्रत्ययान्त शब्दों की सिद्धि निष्ठावद्भाव के कारण तकार को नकार होने पर होती है ।

(वा) **संपदादिभ्य** इति—सम् आदि उपसर्ग पूर्वक पद् धातु से भाव में क्विप् प्रत्यय हो ।

संपद् , विपद् , आपद्—यहाँ सम् , वि और आ-पूर्वक पद् धातु से क्विप् हुआ । उसका सर्वापहार लोप हुआ । दकारान्त प्रातिपादिक सिद्ध हुआ ।

क्विप् प्रत्यय से बने हुए ये शब्द स्त्रीलिङ्ग हैं ।

क्तिन्नपीति—क्तिन् प्रत्यय भी इन उपसर्गों के पूर्व रहते पद् धातु से होता है ।

संपत्तिः, विपत्तिः, आपत्तिः—यहाँ पूर्वोक्त उपसर्गों के पूर्व रहते पद् धातु से क्तिन् प्रत्यय हुआ । धातु के दकार को 'खरि च' से चर् तकार होने पर रूप सिद्ध हुए ।

८६७ ऊतीति—ऊति, यूति, जूति, साति, हेति और कीर्ति—ये क्तिन्नन्त निपातित होते हैं ।

ऊति—अव् (रक्षा करना) धातु से बना है । उपधा वकार को '८६८ ज्वर-त्वर-' इस अग्रिम सूत्र से ऊठ् होकर रूप बना ।

(ऊठ्' आदेशविधिसूत्रम्)

८६८ ज्वर-त्वर-स्रिव्यवि-मवामुपधायाश्च ६ । ४ । २० ॥

एषामुपधा-वकारयोरूठ् अनुनासिके, क्वौ, झलादौ क्ङिति च। अतः क्विप्। जूः। तूः। स्रूः। ऊः। मूः।

यूति और जूति में यु और जु धातु से क्तिन् प्रत्यय होने पर दीर्घ निपातन हुआ है।

साति—षो (अन्तः कर्मणि) धातु को क्तिन् परे रहते 'द्यतिस्यति-७।४।४०' इससे इत्व प्राप्त था, उसका अभाव निपातन से हुआ। तब 'आदेच उपदेशेऽशिति-६।१।४५॥' से आकार होकर रूप सिद्ध हुआ।

हेति (शस्त्र)—हन् धातु से क्तिन्, 'अनुदात्तोपदेश-६।४।३७॥' से नकार का लोप हुआ। अकार को एकार निपातन से होता है।

कीर्ति (यश)—कृत् धातु से '८७२ ण्यासश्रन्थो युच् ३।३।१०७॥' से यहाँ ण्यन्त होने से युच् प्राप्त था। निपातन से क्तिन् हुआ। 'उपधायाश्च ७।१।१०१॥' से इकार रपर, 'हलि च ८।२।७७॥' से दीर्घ होने पर प्रयोग बना।

८६८ ज्वरत्वरेति—ज्वर्, त्वर्, स्रिव्, अव् और मव् धातुओं के उपधा और वकार को ऊठ् हो अनुनासिक क्वि और झलादि कित् ङित् प्रत्यय परे रहते।

अव् धातु से क्तिन् प्रत्यय के द्वारा सिद्ध 'ऊति' शब्द ऊपर दिखाया गया है उसमें वकार को ऊठ् इस सूत्र से हुआ है। अकार का लोप निपातन से हुआ।

अतः क्विबिति—इस लिये ही इन धातुओं से क्विप् प्रत्यय सिद्ध होता है अर्थात् जब क्विपरे रहते इन धातुओं में ऊठ्का विधान इस सूत्र से किया गया है तो इनसे क्विप् होना सिद्ध होता है। सम्पद् आदि के आकृतिगण होने से 'सम्पदादिभ्यः क्विप्' इससे क्विप् प्रत्यय ऊपर लिखी धातुओं से हुआ।

जूः (रोग)—ज्वर् धातु से पूर्वोक्त प्रकार से क्विप् और प्रकृत सूत्र से उपधा वकार को ऊठ् होने पर 'जूर्' प्रातिपदिक बना। इसके रूप—जूः जूरौ, जूरः इत्यादि बनते हैं।

तूः (शीघ्रकारी)—त्वर् धातु से क्विप् और ऊठ् होने पर पूर्ववत् रूप बनते हैं।

('इच्छा' शब्दनिपातनसूत्रम्)

८६९ इच्छा ३ । ३ । १०१ ॥

इषेर्निपातोऽयम् ।

('अ' प्रत्ययविधिसूत्रम्)

८७० अ प्रत्ययात् ३ । ३ । १०२ ॥

प्रत्ययान्तेभ्यो धातुभ्यः स्त्रियामकारः प्रत्ययः स्यात् । चिकीर्षा । पुत्रकाम्या ।

('अ' प्रत्ययविधिसूत्रम्)

८७१ गुरोश्च हलः ३ । ३ । १०३ ॥

स्रूः (चलने वाला)–स्रिव् धातु से क्विप् और ऊठ् होने पर दीर्घ ऊकारान्त प्रातिपदिक बना । स्रूः, स्रुवौ, स्रुवः इत्यादि रूप बनते हैं ।

ऊः (रक्षक)—अव् धातु से पूर्ववत् शब्द बनता है । ऊः, उवौ, उवः–इत्यादि रूप बनते हैं ।

मूः (बाँधनेवाला)–मव् धातु से पूर्ववत्–दीर्घ ऊकारान्त शब्द बनकर मूः, मुवौ, मुवः इत्यादि रूप बनते हैं ।

८६९ इच्छेति—इष् (इच्छा) धातु से श प्रत्यय का निपातन होता है ।

इच्छा–इष् इच्छायाम् धातु से प्रकृत सूत्र के द्वारा श प्रत्यय का निपातन होने पर शकार अनुबन्ध का लोप हुआ । शित् होने से इसको सार्वधातुक संज्ञा हुई और तब शप् विकरण तथा दोनों अकारों को पर रूप एकादेश हुआ । तब 'इषुगमियमां छः' से षकार को छ और छकार को तुक् आगम तकार को श्चुत्व चकार होने पर स्त्रीत्वविवक्षा में टाप् प्रत्यय होकर दीर्घ आकारान्त शब्द बना ।

८८० अ प्रत्ययादिति—प्रत्ययान्त धातु से स्त्रीलिङ्ग में अकार प्रत्यय हो ।

सूत्रस्थ 'अ' पद लुप्त प्रथमाक विधेय का वाचक है ।

चिकीर्षा—सन्नन्त क धातु चिकीर्ष से प्रकत सूत्र से अ प्रत्यय होने पर 'अतो लोपः' से अकार का लोप और स्त्रीत्वविवक्षा में टाप् होकर दीर्घ आकारान्त शब्द बना ।

पुत्रकाम्या–काम्यच्-प्रत्ययान्त पुत्रकाम्य धातु से अ प्रत्यय होने पर स्त्रीत्व विवक्षा में टाप् होकर आकारान्त शब्द बना ।

८७१ गुरोरिति—गुरुमान् हलन्त धातु से स्त्रीलिङ्ग में अ प्रत्यय हो ।

गुरुमतो हलन्तात् स्त्रियाम् 'अ' प्रत्ययः स्यात् । ईहा ।

('युच्' प्रत्ययविधिसूत्रम्)

८७२ ण्यास-श्रन्थो युच् ३ । ३ । १०७ ॥

अकारस्यापवादः । कारणा । हारणा ।

('क्त' प्रत्ययविधिसूत्रम्)

८७३ नपुंसके भावे क्तः ३ । ३ । ११४ ॥

('ल्युट्' प्रत्ययविधिसूत्रम्)

८७४ ल्युट् च ४ । ३ । ११५ ॥

ईहा (चेष्टा)—ईह् धातु ईकार के गुरु होने से गुरुमान् है और हलन्त है ही। अतः इससे अ प्रत्यय हुआ। स्त्रीलिङ्ग में टाप् होने पर आकारान्त शब्द बना।

८७२ **ण्यासेति**—ण्यन्त, आस् और श्रन्थ् धातुओं से युच् प्रत्यय हो।

युच् का चकार इत्संज्ञक है। 'यु' को '७८८ युवोरनाकौ ७।१।१॥' से अन आदेश होता है।

अकारस्येति—यह युच् प्रत्यय पूर्व अ प्रत्यय का बाधक है। ण्यन्त से प्रत्ययान्त होने के कारण '८७० अ प्रत्ययात् ३ । ३ । १०२' सूत्र के द्वारा और आस् तथा श्रन्थ् से गुरुमान् हलन्त होने के कारण पूर्व सूत्र '८७ गुरोश्च हलः ३।३।१०३॥' से अ प्रत्यय प्राप्त था।

कारणा[1] (यातना)—ण्यन्त कृ धातु कारि से प्रकृत सूत्र से युच् प्रत्यय हुआ। 'यु' को 'अन' आदेश और णि का 'णेरनिटि' से लोप होने पर स्त्रीत्व-विवक्षा में टाप् प्रत्यय होकर दीर्घ आकारान्त शब्द बना।

हारणा (हटाना)—ण्यन्त हृ धातु हारि से पूर्ववत् रूप सिद्ध होता है। आस्—आसना। श्रन्थ—श्रन्थना।

८७३ **नपुंसके** इति—नपुंसक भाव में धातु से क्त प्रत्यय हो।

इसके पूर्व भाव प्रत्यय पुंल्लिङ्ग और स्त्रीलिङ्ग में बताये गये हैं। अब कुछ प्रत्यय नपुंसकलिङ्ग के बताये जाते हैं।

८७४ **ल्युट् चेति**—ल्युट् प्रत्यय भी नपुंसक भाव में हो।

---

१. 'कारणा तु या तत्र तीव्रवेदना' इत्यमरः।

हसितम्। हसनम्।

('घ' प्रत्ययविधिसूत्रम्)

८७५ पुंसि संज्ञायां घः प्रायेण ३। ३। ११८॥

('ह्रस्व' आदेशविधिसूत्रम्)

८७६ छाऽऽदेर्घेऽद्व्युपसर्गस्य ६। ४। ९६॥

द्वि-प्रभृत्युपसर्ग-हीनस्य छाऽऽदेर्ह्रस्वो घे परे। दन्ताश्छाद्यन्तेऽनेनेति दन्तच्छदः। आकुर्वन्त्यस्मिन्निति-आकरः।

('घञ्' प्रत्ययविधिसूत्रम्)

८७७ अवे तॄ-स्त्रोर्घञ् ३। ३। १२०॥

हसितम्, हसनम् (हँसना)—हस् धातु से नपुंसक भाव में प्रकृत सूत्रों से क्त और ल्युट् प्रत्यय हुए। क्त को वलादि आर्धधातुक होने से इट् हुआ और ल्युट् के यु को अन आदेश होकर रूप सिद्ध हुए।

८७५ पुंसीति-पुँल्लिङ्ग संज्ञा में प्रायः घ पत्यय हो। घ में घकार इत्संज्ञक है।

८७६ छादेरिति—एक से अधिक उपसर्ग रहित छकारादि धातु को ह्रस्व हो घ प्रत्यय परे रहते।

दन्तच्छदः (ओठ, दांत ढके जाते हैं जिससे)—ण्यन्त छादि से दन्त उपपद रहते पूर्व सूत्र से छ प्रत्यय हुआ और प्रकृत सूत्र से आकार को ह्रस्व। 'णेरनिटि' से णि का लोप होने पर रूप सिद्ध हुआ।

आकरः (खान, आ कुर्वन्ति अस्मिन्-जिसमें मिलकर लोग काम करते हैं)—आ पूर्वक कृ धातु से अधिकरण अर्थ में पूर्व सूत्र से घ प्रत्यय होने पर ऋकार को गुण होकर अकारान्त शब्द बना।

ये दोनों शब्द पुँल्लिङ्ग हैं, क्योंकि घ प्रत्यय का विधान पुंल्लिङ्ग में ही किया गया है।

८७७ अवे इति—अव—उपसर्ग पूर्वक तॄ और स्तॄ धातुओं से घञ प्रत्यय हो।

तॄ और स्तॄ धातुओं से ॠकारान्त होने के कारण '८५६ ॠदोरप् ३।३।५७॥' सूत्र से अप् प्रत्यय प्राप्त था। उसको बाधकर यह सूत्र संज्ञा में अव उपसर्ग पूर्व रहते घञ् प्रत्यय करता है।

अवतारः कूपादेः। अवस्तारो जवनिका।

('घञ्' प्रत्ययविधिसूत्रम्)

८७८ हलश्च ३। ३। १२१॥

हलन्ताद् घञ्। घाऽपवादः। रमन्ते योगिनोऽस्मिन्निति-रामः। अपमृज्यतेऽनेन व्याध्यादिरिति-अपामार्गः।

('खल्' प्रत्ययविधिसूत्रम्)

८७९ ईषद् दुस्सुषु कृच्छ्राऽकृच्छ्रार्थेषु खल् ३। ३। १२६॥

करणाऽधिकरणयोरिति निवृत्तम्। एषु दुःखसुखार्थेषूपपदेषु खल्।

अवतारः (घाट, अवतरन्ति अत्र-जिसमें उतरते हैं)-अव-पूर्वक तॄ धातु से प्रकृत सूत्र से घञ् प्रत्यय हुआ। ॠकार को वृद्धि होकर अकारान्त शब्द बना।

अवस्तारः (जवनिका-पर्दा)—अव-पूर्वक स्तॄ धातु से पूर्ववत् घञ् होने पर शब्द सिद्ध होता है।

८७८ हलश्चेति— हलन्त धातु से घञ् प्रत्यय हो।

घापवादेति—यह सूत्र घ का बाधक है। 'पुंसि संज्ञायां घः प्रायेण' सूत्र से प्राप्त घ को बाधकर यह होता है।

रामः (परब्रह्म, जिसमें योगी रम जाते हैं)—रम् धातु से हलन्त होने के कारण अधिकरण में घञ् प्रत्यय होने पर 'अत उपधायाः' से वृद्धि होकर शब्द बना।

अपामार्गः (ओषधि-विशेष, सज्जी इति भाषा, जिससे शुद्धि होती है)—अप-पूर्वक मृज् धातु से हलन्त होने के कारण प्रकृत सूत्र के द्वारा घञ् प्रत्यय करण में हुआ। 'चजोः कु घिण्ण्यतोः' से जकार को कवर्ग गकार होता है। वृद्धि होने पर 'उपसर्गस्य घञ्यमनुष्ये बहुलम् ६। ३। १२२॥' सूत्र से उपसर्ग अप के अन्त्य अकार को दीर्घ होने पर शब्द सिद्ध हुआ।

८७९ ईषदिति—ईषद् (अल्प), दुस् (कठिनता से) और सु (सरलता से)—इन दुःख सुखार्थ शब्दों के उपपद रहते धातुओं से खल् प्रत्यय हो।

खल् के खकार और लकार इत्संज्ञक हैं। केवल अकार बचता है। व्याख्यान ऐसा ही किया गया है।

करणेति—'करणाऽधिकरणयोः' इसकी निवृत्ति हो गई है।

'तयोरेव'इति भावे कर्मणि च । कृच्छ्रे-दुष्करः कटो भवता । अकृच्छ्रे-ईषत्करः । सुकरः ।

('युच्' प्रत्ययविधिसूत्रम्)

८८० आतो युच् ४ । ३ । १२८ ॥

खलोऽपवादः । ईषत्पानः सोमो भवता । दुष्पानः । सुपानः ।

तयोरेव इति—यह खल् प्रत्यय '७७२ तयोरेव कृत्य-क्त-खलर्थाः ३।४।७०॥' इस सूत्र से भाव और कर्म में होता है ।

दुष्करः कटो भवता (आपके द्वारा चटाई बनाना मुश्किल है)—यहाँ दुष्पूर्वक कृ धातु से कृच्छ्र अर्थ को प्रकट करने के लिये प्रकृत सूत्र से कर्म में खल् प्रत्यय हुआ । ऋकार को गुण होकर रूप सिद्ध हुआ ।

करना क्रिया का कर्म कट है । प्रत्यय से कर्म के उक्त हो जाने के कारण कर्म कट से प्रथमा विभक्ति हुई ।

'भवता' यह तृतीयान्त कर्ता है । क्रिया कर्मवाच्य की होने से कर्ता अनुक्त हुआ, अतः उससे तृतीया हुई । 'कर्तृकर्मणोः २ । ३ । ६५ ॥' से कर्ता से प्राप्त षष्ठी का 'न लोकाव्ययनिष्ठाखलर्थतृनाम् २।३।६९ ॥' से निषेध हो जाता है ।

ईषत्करः, सुकरः (सुख से किया जानेवाला अर्थात् सरल)—ईषद् और सु पूर्व रहते कृ धातु से सरल अर्थ बताने के लिये प्रकृत सूत्र से खल् प्रत्यय होकर रूप सिद्ध हुआ ।

८८० **आत** इति—आकारान्त धातु से पूर्वोक्त दशा में युच् प्रत्यय हो ।

युच् का चकार इत्संज्ञक है । 'यु' को 'अन' आदेश होता है ।

खल इति—खल का यह युच् बाधक है ।

ईषत्पानः सोमो भवता (आपके लिये सोम पीना सरल है)—यहाँ अकृच्छ्रार्थक ईषत् उपपद रहते आकारान्त पा धातु से खल् को बाधकर युच् प्रत्यय हुआ ।

दुष्पानः (दुःख से पिया जानेवाला), **सुपानः** (सरलता से पिया जाने वाला)—इन शब्दों की सिद्धि भी पूर्वोक्त प्रकार से ही होती है ।

कर्म में प्रत्यय होने से उक्त हो जाने के कारण उससे प्रथमा होती है । भवता—यह तृतीयान्त कर्ता है । कर्मवाच्य के कारण अनुक्त होने से कर्ता से

('क्त्वा' प्रत्ययविधिसूत्रम्)

८८१ अलं-खल्वोः प्रतिषेधयोः प्राचां क्त्वा ३ । ४ । १८ ॥

प्रतिषेधार्थयोरलं-खल्वोरुपपदयोः क्त्वा स्यात् ।

प्राचां ग्रहणं पूजार्थम् ।

'अमैवाऽव्ययेन' इति नियमात् नापपदसमासः। 'दो दद्धोः' अलं दत्त्वा। 'घु-मा-स्था-' इतीत्वम्—पीत्वा खलु । अलं-खल्वोः किम्—मा कार्षीत् । प्रतिषेधयोः किम्—अलङ्कारः ।

तृतीया हुई । 'कर्तृकर्मणोः कृति,२ । ३ । ६५ ।।' से प्राप्त कर्तरि षष्ठी का 'न लोकाव्ययनिष्ठाखलर्थतृनाम् २ । ३ । ६९' से निषेध हुआ ।

८८१ अलं खल्वोरिति—प्रतिषेधार्थक अलं और खलु शब्द उपपद रहते धातु से क्त्वा प्रत्यय हो प्राचीन आचार्यों के मत से ।

क्त्वा प्रत्यय का ककार इत्संज्ञक है । कित् होने से गुण वृद्धि का निषेध, संप्रसारण आदि कार्य होते हैं । सेट् धातुओं से पर क्त्वा को वलादि आर्धधातुक होने से इट् आगम भी होता है ।

प्राचामिति—'प्राचाम्' का ग्रहण आदर के लिये किया गया है। उनके मत का उल्लेख करना आदर को ही सूचित करता है ।

अमैवेति—'अव्यय के साथ यदि उपपद का समास हो तो अम् के साथ ही हो' इस नियम के कारण यहाँ उपपद समास नहीं होता । क्योंकि क्त्वा अव्यय है, पर अम् से भिन्न है ।

अलं दत्त्वा (मत दो)—यहाँ प्रतिषेधार्थक अलम् उपपद के पूर्व रहते दा धातु से क्त्वा प्रत्यय हुआ । 'दो दद् घोः' से दा को दद् आदेश होने पर चर् होकर रूप सिद्ध हुआ ।

क्त्वाप्रत्ययान्त शब्द 'क्त्वा-तोसुन्-कसुनः' सूत्र से अव्यय होते हैं ।

पीत्वा खलु (मत पियो)—यहाँ निषेधार्थक खलु शब्द उपपद रहते क्त्वा प्रत्यय हुआ । क्त्वा के कित् होने से 'घुमास्थागापाजहातिसां हलि' से अकार का ईकार होकर रूप सिद्ध हुआ ।

अलं खल्वोरिति—प्रतिषेधार्थक अलं और खलु के पूर्व रहते क्यों कहा ? इसका प्रयोजन है 'मा कार्षीत्' (मत करो) यहाँ न होना । क्योंकि यहाँ 'अलं' या 'खलु' नहीं, प्रतिषेधार्थक 'मा' पद है ।

(क्त्वा प्रत्ययविधिसूत्रम्)

८८२ समान-कर्तृकयोः पूर्वकाले ३ । ४ । २१ ।

समान-कर्तृकयोर्धात्वर्थयोः पूर्वकाले विद्यमानाद् धातोः क्त्वा स्यात् । भुक्त्वा व्रजति । द्वित्वम् अतन्त्रम्–भुक्त्वा पीत्वा व्रजति ।

(कित्त्वनिषेधसूत्रम्)

८८३ न क्त्वा सेट् १ । २ । १८ ॥

प्रतिषेधयोरिति—प्रतिषेधार्थक होने चाहिये–ऐसा क्यों कहा ? इसका फल है **अलंकारः** (भूषण)—यहाँ क्त्वा नहीं हुआ । यहाँ अलं पद तो है, पर निषेधार्थक नहीं, यहाँ भूषणार्थक है ।

८८२ **समान-कर्तृकयोरिति**—समानकर्तृक धात्वर्थों में पूर्वकाल में वर्तमान धातु से क्त्वा प्रत्यय हो अर्थात् जब एक साथ दो क्रियायें हो रही हों और उन का कर्ता एक हो तब जो क्रिया पहले हो उससे क्त्वा प्रत्यय हो ।

पूर्वकाल में होने से इस, क्त्वा से बने क्रिया पद को **पूर्वकालिक** क्रिया कहते हैं । इसके लिये हिन्दी में धातु के साथ 'कर' पद जोड़ा जाता है जैसे—**खाकर** जाऊँगा । **सोकर** उठते ही काम में लग गया ।

भुक्त्वा व्रजति (खाकर जाता है)—यहाँ भोजन और गमन क्रियाओं, का कर्ता एक है तथा भोजन क्रिया पूर्वकाल–पहले-हो रही है इसलिये भोजन-क्रियार्थक भुज् धातु से क्त्वा प्रत्यय हुआ । धातु के जकार को कवर्ग गकार और उसे चर् ककार होकर रूप सिद्ध हुआ ।

द्वित्वमिति—सूत्र में द्विवचन विवक्षित नहीं अर्थात् दो क्रियाएँ ही होने पर पूर्व क्रिया से क्त्वा होता है–ऐसी बात नहीं अपितु दो से अधिक अनेक क्रियाएँ भी बेशक हों, उनमें पूर्वकाल की क्रियाएँ चाहे कितनी हों उन सब से क्त्वा प्रत्यय होगा ।

भुक्त्वा पीत्वा व्रजति—(खा पी कर जाता है)—यहाँ खाना, पीना और जाना–ये तीन क्रियायें हैं । इनमें खाना और पीना क्रियायें जाना क्रिया से पहले हो रही हैं । इसलिये खाना क्रिया की वाचक भुज् और पीना क्रिया की वाचक पा धातु से क्त्वा प्रत्यय हुआ ।

८८३ **न क्त्वेति**—सेट् क्त्वा कित् न हो ।

सेट् क्त्वा कित् न स्यात । शयित्वा । सेट् किम्—कृत्वा ।

(कित्त्वविधिसूत्रम्)

८८४ रलो व्युपधाद् हलाऽऽदेः संश्च १ । २ । २६ ॥

इवर्णोवर्णोपधाद् हलादे रलन्तात् परौ क्त्वा-सनौ सेटौ वा कितौ स्तः । द्युतित्वा, द्योतित्वा । लिखित्वा, लेखित्वा । व्युपधात् किम्—वर्तित्वा । रलः किम्—सेवित्वा । हलाऽऽदेः किम्—एषित्वा । सेट् किम्—भुक्त्वा ।

शयित्वा (सोकर)—शी धातु से पूर्व सूत्र से क्त्वा प्रत्यय हुआ । वलादिलक्षण इट् होने पर क्त्वा के सेट हो जाने के कारण प्रकृत सूत्र से कित् का निषेध हुआ । फिर 'क्ङिति च' से निषेध न होने के कारण धातु के ईकार को गुण और उसे 'अय्' आदेश होकर रूप सिद्ध हुआ ।

सेड् इति—सेट् क्त्वा कित् नहीं होता, ऐसा क्यों कहा । इसका फल है—**कृत्वा**—में निषेध नहीं हुआ, क्योंकि यहाँ कृ धातु के अनुदात्तोपदेश होने से इट् नहीं हुआ, इसलिये क्त्वा अनिट है ।

८८४ रल इति—इवर्ण और उवर्ण जिनकी उपधा हो ऐसे हलादि और रलन्त धातुओं से पर सेट् क्त्वा तथा सन् प्रत्यय कित् होते हैं विकल्प से ।

कित्पक्ष में गुण आदि का निषेध और संप्रसारण होता है । और अभाव में गुण आदि हो जाते हैं तथा संप्रसारण नहीं होता ।

द्युतित्वा द्योतित्वा (चमक कर)—द्युत् धातु से क्त्वा प्रत्यय होने पर प्रकृत सूत्र से वैकल्पिक कित् हुआ क्योंकि यह धातु हलादि है, रल् तकार अन्त में होने से रलन्त है और इसकी उपधा में उकार है तथा क्त्वा सेट् भी है । कित्पक्ष में गुण का निषेध हो गया और अभावपक्ष में गुण ।

इसी प्रकार—**लिखित्वा, लेखित्वा** (लिखकर) इनकी भी सिद्धि होती है ।

व्युपधादिति—उपधा इवर्ण या उवर्ण हो—ऐसा क्यों कहा ? इसका फल है—**वर्तित्वा**—में कित् न होना, यहाँ वृत् धातु है इसकी उपधा ऋकार है । इसलिए गुण होकर एक ही रूप बना ।

रल इति—रलन्त हो ऐसा क्यों कहा ? इसलिये कि 'सेवित्वा' में सूत्र न लगे । यहाँ सेव् धातु है, इसके अन्तमें वकार है यह रल् प्रत्याहारमेंनहीं आता ।

हलादेरिति—हलादि धातु हो, ऐसा क्यों कहा ? इसलिये कि **एषित्वा** में

('इट्' विकल्पविधिसूत्रम्)

८८५ उदितो वा ७ । २ । ५६ ॥

उदितः परस्य क्त्व इड् वा । शमित्वा, शान्त्वा । देवित्वा, द्यूत्वा । दधातेर्हिः–हित्वा ।

('हि' आदेशविधिसूत्रम्)

८८६ जहातेश्च क्त्वि ७ । ४ । ४३ ॥

सूत्र न लगे । यहाँ इष् धातु है, यह अजादि है, हलादि नहीं । इसलिये कित् न होने के कारण गुण हो गया ।

सेट् इति—क्त्वा सेट् हो, ऐसा क्यों कहा ? इसलिये कि अनिट् क्त्वा में यह सूत्र न लगे । जैसे—भुक्त्वा-यहाँ क्त्वा अनिट् है । इसलिये कित् विकल्प न होने से एक ही रूप बना ।

८८५ उदित इति—उदित् धातुओं से पर क्त्वा को इट् विकल्प से हो ।

शमित्वा, शान्त्वा (शान्त होकर)–शमु (उपशमे, शान्त होना, दि० पर० से०) इस उदित् धातु से क्त्वा प्रत्यय होने पर प्रकृत सूत्र से उसे इड् विकल्प से हुआ । इट्पक्ष में प्रथम रूप बना । अभावपक्ष में 'अनुनासिकस्य क्विझलोः–६ । ४ । १५' इस सूत्र से उपधा अकार को दीर्घ हुआ । मकार को 'नश्चापदान्तस्य झलि ८ । ३ । २४ ॥' से अनुस्वार और उसे परसवर्ण नकार होकर दूसरा रूप सिद्ध हुआ ।

देवित्वा, द्यूत्वा (खेलकर आदि)–उदित् दिव् धातुसे क्त्वा प्रत्यय होने पर उसे प्रकृत सूत्र से इट् विकल्प हुआ । इट्पक्ष में लघूपध गुण होकर पहला रूप सिद्ध हुआ । अभाव पक्ष में '८४६ च्छ्वोः शूडनुनासिके ६ । ४ । १९ ॥' से वकार को ऊठ् होने पर इकार को यण् होकर दूसरा रूप सिद्ध हुआ ।

हित्वा (धारण कर)–धा धातु से क्त्वा प्रत्यय होने पर '८२६ दधातेर्हिः ७ । ४ । ४२' से धा को 'हि' आदेश होकर रूप सिद्ध हुआ ।

८८६ जहातेरिति—ओहाक् त्यागे धातु को भी 'हि' आदेश होता है क्त्वा प्रत्यय परे रहते ।

हित्वा । हाङस्तु–हात्वा ।

('ल्यप्' आदेशविधिसूत्रम्)

८८७ समासेऽनञ्पूर्वे क्त्वो ल्यप् ७ । १ । ३७ ॥

अव्यय–पूर्वपदेऽनञ् समासे क्त्वो 'ल्यप्' आदेशः स्यात् । तुक्–प्रकृत्य अनञ् किम्–अकृत्वा ।

('णमुल्' प्रत्ययविधिसूत्रम्)

८८८ आभीक्ष्ण्ये णमुल् च ३ । ४ । २२ ॥

आभीक्ष्ण्ये द्योत्ये पूर्वविषये णमुल् स्यात् क्त्वा च ।

हित्वा (छोड़कर)–ओहाक् धातु से क्त्वा प्रत्यय होने पर प्रकृत सूत्र से 'हा' को 'हि' आदेश होकर रूप बना ।

हाङस्तु इति—ओहाङ् गतौ धातु का क्त्वा का रूप हात्वा (जाकर) बनेगा । यहाँ पूर्व सूत्र से 'हि' आदेश नहीं होता ।

८८७ समासे इति—अव्यय पूर्वपद समास में–पर नञ् समास न हो–धातु से पर क्त्वा को ल्यप् आदेश हो ।

ल्यप् के लकार और पकार इत्संज्ञक हैं और य शेष रहता है ।

प्रकृत्य (करके)—क्त्वा–प्रत्ययान्त कृत्वा का प्र उपसर्ग रूप अव्यय के साथ 'कुगति प्रादयः' २ । २ । १८ ॥ से समान होने पर प्रकृत सूत्र से क्त्वा के स्थान में ल्यप् आदेश हुआ । ल्यप् के पित् होने से उसके परे रहते '७८० ह्रस्वस्य पिति कृति तुक्' से तुक् आगम होकर रूप सिद्ध हुआ ।

अनञ् इति—नञ्-समास न हो, ऐसा क्यों कहा ? इसलिये कि नञ्समास में क्त्वा को ल्यप् आदेश न हो जाय । जैसे—**अकृत्वा** (न करके बगैर किये)—यहाँ नञ्-समास होने से क्त्वा को ल्यप् आदेश नहीं हुआ ।

८८८ आभीक्ष्ण्ये इति—जहाँ आभीक्ष्ण्य–निरन्तरता–बतानी हो वहाँ क्त्वा के विषय में णमुल् प्रत्यय भी होता है और क्त्वा भी ।

णमुल् का अम भाग शेष रहता है, बाकी भाग इत्संज्ञक होने से लोप को प्राप्त हो जाता है । णमुलन्त शब्द '३७० कृन्मेजन्तः १ । १ । ३९ ॥' से अव्यय होता है ।

('द्वित्व' विधिसूत्रम्)

८८९ नित्य-वीप्सयोः ८ । ३ । ४ ॥

आभीक्ष्ण्ये वीप्सायां च द्योत्ये पदस्य द्वित्वं स्यात् ।

आभीक्ष्ण्यं तिङन्तेष्वव्ययसंज्ञकेषु कृदन्तेषु । स्मारं स्मारं नमति शिवम् । स्मृत्वा स्मृत्वा । पायं पायम् । भोजं भोजम् । श्रावं श्रावम् ।

---

८८९ नित्येति—नित्यता अर्थात् निरन्तरता और वीप्सा अर्थात् बार बार होना—ये बातें जब क्रिया की बतानी हों तो पद को द्वित्व हो ।

आभीक्ष्ण्यमिति—निरन्तरता अर्थात् लगातार होना तिङन्तों या अव्यय-संज्ञक कृदन्तों की क्रिया का बताया जाता है ।

स्मारं स्मारं नमति शिवम् (याद कर करके शिवजी को प्रणाम करता है)—यहाँ स्मरण क्रिया का लगातार होना बताने के लिये स्मृ धातु से णमुल् प्रत्यय हुआ । णित् होने से णमुल् परे रहते '१८२ अचो ञ्णिति ७ । २ । ११५ ।।' से ऋकार को आर् वृद्धि हुई । 'स्मारम्' बन जाने पर इसको प्रकृत सूत्र से द्वित्व हुआ ।

स्मृत्वा स्मृत्वा—णमुल् के अभावपक्ष में क्त्वान्त को प्रकृत सूत्र से द्वित्व हुआ ।

पायं पायम् (पी पी कर या रक्षा करके)—पा धातु से क्रिया की निरन्तरता को बताने के लिये पूर्व सूत्र से णमुल् प्रत्यय हुआ । '७६० आतो युक् चिण्कृतोः ७।३।३३॥' से युक् आगम होने पर 'पायम्' शब्द बना । इसको 'नित्यवीप्सयोः' से द्वित्व हुआ ।

भोजं भोजम् (निरन्तर खाकर)—यहाँ भुज् (रु० प० अ०) धातु से क्रिया का लगातार होना बताने के लिये णमुल् प्रत्यय हुआ । फिर लघूपध गुण होने पर 'भोजम्' शब्द बना । इसको प्रकृत सूत्र से द्वित्व हुआ ।

श्रावं श्रावम् (सुन सुनकर)—यहाँ सुनना क्रिया का लगातार होना बताने के लिये श्रु धातु (भ्वा० पर० अ०) से पूर्व सूत्र से णमुल् प्रत्यय हुआ । णित् परे होने से धातु के उकार को '१८२ अचो ञ्णिति ७ । २ । ११५ ।।' से वृद्धि औकार उसे आव् आदेश होने पर 'श्रावम्' शब्द बना । उसको प्रकृत सूत्र से द्वित्व हो गया ।

('णमुल्' प्रत्ययविधिसूत्रम्)

८९० अन्यथैवं-कथम्-इत्थंसु सिद्धाऽप्रयोगश्चेत् ३ । ४ । २७॥

एषु कृञो णमुल् स्यात् सिद्धोऽप्रयोगोऽस्य एवंभूतश्चेत् कृञ् , व्यर्थत्वात्प्रयोगाऽनर्ह इत्यर्थः ।

अन्यथाकारम्, एवंकारम्, इत्थंकारं भुङ्क्ते । सिद्धेति किम्-शिरोऽन्यथाकृत्वा ।

इत्युत्तरकृदन्तम् ।

इति कृदन्तप्रकरणम् ।

पक्ष में इन सब स्थलों में क्त्वा प्रत्यय भी होता है ।

८९० अन्यथेति—अन्यथा, एवम्, कथम् और इत्थम्-इन अव्ययों के पूर्व रहते कृञ् धातु से णमुल् प्रत्यय हो यदि कृञ् का उपयोग सिद्ध हो अर्थात् कृञ् के प्रयोग की आवश्यकता न हो, बिना उसके प्रयोग के इष्ट अर्थ की प्रतीति हो जाय ।

व्यर्थत्वादिति—व्यर्थ होने के कारण कृञ् का प्रयोग उचित न हो-यह अर्थ है 'सिद्धाऽप्रयोग' इस सूत्रस्थ पद का ।

अन्यथाकारम्, एवंकारम् इत्थंकारं भुङ्क्ते (और प्रकार से, इस प्रकार से खाता है)—यहाँ अन्यथा, एवम् और इत्थम्-पूर्वक कृ धातु से प्रकृत सूत्र के द्वारा णमुल् प्रत्यय हुआ । फिर 'अचो ञ्णिति' से वृद्धि होकर रूप बने । यहाँ कृ का प्रयोग व्यर्थ है क्योंकि इष्ट अर्थ अन्यथा आदि उपपदों से प्रतीत हो जाता है। अर्थात् 'अन्यथा, एवम्, इत्थम्,-भुङ्क्ते, इस प्रकार कहने पर भी अभीष्ट अर्थ की प्रतीति हो जाती है । इसलिये कृञ् के सिद्धाप्रयोग होने से णमुल् प्रत्यय हुआ ।

सिद्धेतीति—सिद्धाप्रयोग अर्थात् कृ का प्रयोग व्यर्थ हो-ऐसा क्यों कहा ? इसलिये कि **शिरोऽन्यथा कृत्वा भुङ्क्ते**—शिर को अन्यथा करके खाता है-यहाँ णमुल् नहीं हो, क्योंकि यहाँ कृ का प्रयोग व्यर्थ नहीं है, किन्तु आवश्यक है, नहीं तो 'अन्यथा' का प्रयोग व्यर्थ हो जायगा और 'शिरः' इस कर्म का अन्वय असम्भव हो जायगा ।

उत्तरकृदन्त समाप्त ।

कृदन्त प्रकरण समाप्त ।

अथ विभक्त्यर्थ-प्रकरणम् ।

('प्रथमा' विभक्तिसूत्रम्)

८९१ प्रातिपदिकार्थ–लिङ्ग–परिमाण–वचन–मात्रे प्रथमा २ । ३ । ४६ ॥

नियतोपस्थितिकः प्रातिपदिकाऽर्थः । मात्रशब्दस्य प्रत्येकं योगः ।

अथ विभक्त्यर्थ इति—अब विभक्त्यर्थ प्रकरण प्रारम्भ होता है । इस प्रकरण में प्रथमा आदि विभक्तियों का अर्थ बताया जायगा, किस अर्थ में किस विभक्ति का प्रयोग होता है-इसका निरूपण होगा। कर्ता आदि कारक-विभक्तियों के अर्थ हैं–उन कारकों के लक्षण भी इसी प्रकरण में बताये जायँगे, कारक अर्थ में आनेवाली विभक्ति को कारक-विभक्ति कहते हैं । कारक से भिन्न या किसी पद के योग में आनेवाली विभक्ति उपपद-विभक्ति कही जाती है । इस प्रकार विभक्ति दो प्रकार की होती हैं । दोनों का निरूपण यहाँ होगा । प्रथमा आदि विभक्तियों का क्रम से निरूपण किया जायगा । सब से पहले प्रथमा विभक्ति दी जाती है ।

८९१ प्रातिपदिकेति–प्रातिपदिकार्थमात्र, लिङ्गमात्र के आधिक्य में, परिमाणमात्र और वचनमात्र में प्रथमा विभक्ति हो ।

नियतेति—पातिपदिक[1] के उच्चारण करने पर जिस अर्थ की नियत उपस्थिति होती है, उसे प्रातिपदिकार्थ कहते हैं ।

यद्यपि 'पञ्चकं प्रातिपदिकार्थः' इत्यादि प्राचीन सिद्धान्तों के अनुसार स्वार्थ (जाति), द्रव्य (व्यक्ति), लिङ्ग, संख्या और कारक ये पाँच अर्थ प्रातिपदिक के होते हैं, तथापि यहाँ पहले दो-जाति और व्यक्ति–ही लिये जाते हैं, क्योंकि इसी सूत्र में लिङ्ग और संख्या अर्थ का ग्रहण किया गया है, यदि पाँचों ही अर्थ यहाँ इष्ट हों तो लिङ्ग का पृथक्-ग्रहण व्यर्थ हो जाता है। अतः यहाँ दो-जाति और व्यक्ति-रूप अर्थ ही प्रातिपदिकार्थ रूप में लिये जाते हैं–इन्हीं की प्रतीति पातिपादिक के उच्चारण होने पर नियम से होती है । लिङ्ग आदि की प्रतीति नियम से नहीं होती,

---

१ यस्मिन् प्रातिपदिके उच्चारिते यस्यार्थस्य नियमेनोपस्थितिः, सोऽत्र प्रातिपदिकार्थो विवक्षित इत्यर्थः ।

प्रातिपदिकाऽर्थमात्रे लिङ्गमात्राद्याधिक्ये परिमाणमात्रे संख्यामात्रे च प्रथमा स्यात्। प्रातिपदिकाऽर्थमात्रे–उच्चैः। नीचैः। कृष्णः। श्रीः। ज्ञानम्।

कहीं पुंलिङ्ग की प्रतीति होती है, तो कहीं स्त्रीलिङ्ग की। इसी प्रकार संख्या और कारकों की प्रतीति भी नियत रूप से नहीं होती, कहीं एकत्व संख्या की प्रतीति होती है तो कहीं द्वित्वकी, कहीं कर्ता कारक की प्रतीति होती है तो कहीं कर्म की, इसलिये इन्हें यहाँ प्रातिपदिकार्थ नहीं कहा जाता।

मात्रशब्दस्येति—'मात्र' शब्द का प्रत्येक[1] के साथ सम्बन्ध होता है।

तात्पर्य यह कि सूत्र में मात्र शब्द अन्त में आया है। उसके पहले 'प्रातिपदिकार्थश्च, लिङ्गं च, परिमाणं च, वचनं चे ति प्रातिपदिकार्थलिंगपरिमाणवचनानि' इस प्रकार द्वन्द्व समास है। उसके साथ मात्र पद का 'प्रातिपदिकार्थलिंगपरिमाण-वचनान्येव' इस प्रकार नित्य समास हुआ। द्वन्द्व के अन्त में आनेवाले पद का द्वन्द्व के अवयव प्रत्येक पद के साथ सम्बन्ध होता है–इस सिद्धान्त के अनुसार मात्र पद का 'प्रातिपदिकार्थमात्रे–' इत्यादि रूप से प्रत्येक पद से सम्बन्ध होता है–इस बात को वृत्ति में दिखाया गया है।

लिङ्गमात्राधिक्ये इति—वृत्ति में लिंगमात्र के साथ 'आधिक्य' का अन्वय किया गया है, क्योंकि केवल लिंग अर्थ की प्रतीति नहीं हो सकती, उसके पहले जाति और व्यक्ति की प्रतीति अवश्य होती है, इसलिये यह अर्थ हुआ कि—जाति और व्यक्ति अर्थ से अधिक यदि किसी को प्रतीति हो तो लिंगमात्र की।

अब क्रमशः इनके उदाहरण दिये जाते हैं—

प्रातिपदिकार्थेति—प्रातिपदिकार्थमात्र में—**उच्चैः** (ऊंचा), **नीचैः** (नीचा), **कृष्णः** (वासुदेव), **श्रीः** (लक्ष्मी) और **ज्ञानम्** (ज्ञान)—ये प्रातिपदिकार्थमात्र के उदाहरण हैं। यहाँ प्रातिपदिकार्थमात्र में प्रथमा विभक्ति हुई।

उच्चैः और **नीचैः** अव्यय हैं। इनसे विभक्ति आती है और उसका 'अव्ययादाप्सुपः'[2] से लोप हो जाता है।

---

१ 'द्वन्द्वान्ते श्रूयमाणं पदं प्रत्येकमभिसम्बध्यते'–द्वन्द्व समास के अन्त में जो पद होता है, उसका प्रत्येक के साथ सम्बन्ध होता है।

२ पद होने का फल है सकार को रुत्व और और विसर्ग होना।

लिङ्गमात्रे-तटः, तटी, तटम् । परिमाणमात्रे-द्रोणो व्रीहिः । वचनं-श्रुत्वा ।

कृष्णः[1], श्रीः, ज्ञानम्—ये नियतलिंग शब्द हैं ।

उच्चैः, नीचैः आदि अलिंग और कृष्णः आदि नियतलिंग शब्द प्रातिपदिकार्थ मात्र के उदाहरण होते हैं ।

लिङ्गमात्र इति—लिंगमात्र में—लिंगमात्र के उदाहरण अनियतलिंग शब्द हैं । जैसे—**तटः तटी तटम**—यहाँ जाति और द्रव्य से अधिक लिंगमात्र अर्थ की प्रतीति होती है, इसलिये प्रथमा हुई। तट शब्द अनियत लिंग है अर्थात् इसका लिंग एक नियत नहीं, कभी पुँलिंग, कभी स्त्रीलिंग और कभी नपुंसकलिंग होता है ।

परिमाणेति—परिमाणमात्र में—**द्रोणो** व्रीहिः । यहाँ परिमाण अर्थ में द्रोण शब्द से प्रथमा विभक्ति आई। द्रोण शब्द का अर्थ है द्रोण परिमाण और प्रथमा विभक्ति का अर्थ भी हुआ परिमाण, द्रोण विशेष परिमाण है और प्रथमा विभक्ति का अर्थ सामान्य परिमाण । इसलिये इन सामान्य विशेषों का 'द्रोण रूप परिमाण'[2] इस प्रकार अभेद[3] अन्वय होता है । उनका व्रीहि के साथ 'द्रोणरूप परिमाण से नपा हुआ[4] व्रीहि' इस प्रकार परिच्छेद्य-परिच्छेदक भाव सम्बन्ध से अन्वय होता है ।

यदि इस परिमाण अर्थ में प्रथमा का विधान न किया जाय तो 'द्रोणो व्रीहिः' में दोनों पदार्थों का अन्वय न हो सकेगा । क्योंकि तब प्रातिपदिकार्थ में प्रथमा करनी होगी और फिर 'नामार्थयोरभेदान्वयः—नामार्थ नामार्थ का अभेदान्वय ही होता है' इस नियम के अनुसार अभेदान्वय करना पड़ेगा वह बन नहीं सकता, द्रोण परिमाण विशेष है और व्रीहि द्रव्य । परिमाण और द्रव्य एक नहीं होते,

---

१ यद्यपि नीलद्रव्य अर्थ में यह शब्द अनियतलिंग है, तथापि वासुदेव भगवान् अर्थ में नियतपुँल्लिंग है ।

२ द्रोणरूपं यत् परिमाणम् तदभिन्न परिमाणम् ।

३ नामार्थयोरभेदातिरिक्तः सम्बन्धोऽव्युत्पन्नः ।

४ द्रोणरूपं यत्परिमाणं तत्परिच्छिन्नो व्रीहिरित्यर्थः । प्रत्ययार्थे परिमाणे प्रकृत्यर्थोऽभेदेन संसर्गेण विशेषणम्, प्रत्ययार्थस्तु परिच्छेद्यपरिच्छेदकभावेन व्रीहौ विशेषणमिति विवेकः ।

एकः, द्वौ, बहवः ।

('प्रथमा' विभक्तिविधिसूत्रम्)

८९२ सम्बोधने च २ । ३ । ४७ ॥

प्रथमा स्यात् । हे राम !

इसलिये अभेदान्वय नहीं बन पाता । जब विभक्ति का अर्थ परिमाण होता है, तब पहले द्रोण परिमाणविशेष रूप प्रातिपादिकार्थ का प्रत्ययार्थ सामान्य परिमाण के साथ अभेद-अन्वय होता है और प्रत्ययार्थ परिमाण का व्रीहि रूप प्रातिपदिकार्थ के साथ परिच्छेद्य-परिच्छेदक भाव सम्बन्ध से अन्वय हो जाता है ।

वचनमिति—वचन संख्या को कहते हैं । संख्यावाचक शब्दों से संख्या अर्थ में ही प्रथमा विभक्ति आती है । विभक्ति के द्वारा प्रातिपदिकार्थ संख्या का अनुवाद होता है । उनका परस्पर अभेदान्वय होता है ।

वचन से—**एकः, द्वौ, बहवः**—इन उदाहरणों में प्रथमा विभक्ति वचन अर्थात्–संख्या-अर्थ में आई है ।

यहाँ[1] उक्तार्थ होने से विभक्ति प्राप्त नहीं थी, इसलिये विधान किया गया है । तात्पर्य यह है कि एक, द्वि आदि संख्यावाचक शब्दों से संख्या उक्त है, इसलिये इन शब्दों से व्यर्थ होने के कारण संख्या अर्थ की बोधक विभक्ति प्राप्त नहीं होती । इस सूत्र के द्वारा विधान होने से उसके द्वारा प्रातिपदिकार्थ का अनुवाद होता है ।

वस्तुतः इन शब्दों से विभक्ति तो अवश्य आयगी क्योंकि **'अपदं न प्रयुञ्जीत** बिना पद बने शब्द का प्रयोग न करे **'न केवला प्रकृतिः प्रयोक्तव्या न केवलः प्रत्ययः**—केवल प्रकृति का प्रयोग नहीं करना चाहिये और न केवल प्रत्यय का' इस नियम से केवल प्रकृति का प्रयोग किया नहीं जा सकता ।

८९२ संबोधने इति–संबोधन अर्थ में भी प्रातिपदिक से प्रथमा विभक्ति हो ।

संबोधन कहते हैं वक्ता का श्रोता को अपनी बात सुनने के लिये अपनी ओर आकृष्ट करना । संबोधन शब्द का अर्थ है अच्छी तरह समझना, यह तभी हो सकता है कि जब श्रोता वक्ता की ओर पूर्ण सावधान हो और ऐसा तभी संभव है, जब जोर से पुकारा जाय । यही कारण है कि संबोधन पद को जोर से

---

१ इहोक्तार्थत्वाद् अप्राप्ते वचनम् ।

('कर्म संज्ञासूत्रम्)

८९३ कर्तुरीप्सित-तमं कर्म १ । ४ । ४९ ॥

कर्तुः क्रियया आप्तुमिष्टतमं कारकं कर्मसंज्ञं स्यात्।

('द्वितीया' विभक्तिसूत्रम्)

८९४ कर्मणि द्वितीया २ । ३ । २ ॥

बोला जाता है।

हे राम ! —यहाँ सबोधन अर्थ में प्रथमा विभक्ति हुई।

८९३ कर्तुरिति–कर्ता अपनी क्रिया के द्वारा जिसे विशेष रूप से प्राप्त करना चाहे, उस कारक की कर्म संज्ञा हो।

कारक क्रियाजनक होता है–क्रियाजनकत्वं कारकत्वम्। कर्ता, कर्म और करण आदि कारक साक्षात् क्रिया को कहते हैं। अधिकरण आदि कर्ता और कर्म आदि के द्वारा परम्परया क्रिया का पैदा करते हैं। इस प्रकार सारे कारक साक्षात् या परम्परा से क्रिया को पैदा करते हैं। क्रियान्वयित्वं कारकत्वम्–कारक क्रियान्वयी होता है अर्थात् जिसका क्रिया में अन्वय होता है, उसे कारक कहते हैं, कर्ता, कर्म और करण का क्रिया में साक्षात् अन्वय होता है तथा अधिकरण आदि का कर्ता आदि के द्वारा परम्परया।

कारक छः हैं—१ कर्ता, २ कर्म, ३ करण, ४ संप्रदान, ५ अपादान, ६ अधिकरण।

कर्ता का लक्षण पहले आ चुका है—जो क्रिया करने में स्वतन्त्र रूप से विवक्षित हो।

प्रकृत सूत्र से कर्म का लक्षण किया गया है। 'देवदत्त ओदनं पचति–देवदत्त चावल पकाता है', यहाँ कर्ता देवदत्त पाकक्रिया के द्वारा ओदन को विशेष रूप से प्राप्त करना चाहता है अर्थात् उसमें विक्लित्ति-गलना–पैदा करना चाहता है। इसलिये इसकी कर्म संज्ञा होती है।

८९४ कर्मणीति—अनुक्त कर्म में द्वितीया हो।

इस सूत्र में 'अनभिहिते २ । ३ । २ ॥' इस पूर्व सूत्र का अधिकार आता है। उसी का अर्थ किया गया है। जिस अर्थ में प्रत्यय हो, वह उक्त होता है, उससे भिन्न अर्थ अनभिहित–अनुक्त–होता है। प्रकृत में जब कर्म में लकार

अनुक्ते कर्मणि द्वितीया स्यात्। हरिं भजति। अभिहिते तु **कर्मादौ प्रथमा**—हरिः सेव्यते। लक्ष्म्या सेवितः।

('कर्म' संज्ञासूत्रम्)

८९५ अकथितं च १।४।५१॥

अपादानादिविशेषैरविवक्षितं कारकं कर्मसंज्ञं स्यात्।

आता है तब कर्म अनुक्त अर्थात् कर्मवाच्य में कर्म उक्त और कर्तृवाच्य में अनुक्त होता है। अतः कर्तृवाच्य में कर्मकारक में द्वितीया विभक्ति होती है।

हरिं भजति—इस वाक्य में कर्ता (भक्त) का ईप्सिततम हरि है। इसलिये इसकी पूर्व सूत्र से कर्म संज्ञा हुई। 'भजति' कर्तृवाच्य की क्रिया है—इसलिये कर्म अनुक्त है। अनुक्त कर्म होने से 'हरिम्' यहाँ द्वितीया विभक्ति हुई।

अभिहिते इति—उक्त कर्म आदि में प्रथमा होती है अर्थात् द्वितीया कर्म अर्थ में होती है जब कर्म अर्थ लकार आदि अन्य प्रत्ययों के द्वारा उक्त हो गया तो प्रातिपदिकार्थमात्र में प्रथमा विभक्ति है।

हरिः सेव्यते—यहाँ क्रिया कर्मवाच्य की है। इसलिये कर्म के उक्त हो जाने से 'हरिः' यहाँ प्रातिपदिकार्थमात्र में प्रथमा हुई।

लक्ष्म्या सेवितः—यहाँ 'सेवितः' यह क्रियापद निष्ठान्त है। क्त प्रत्यय कर्म में हुआ है, उक्त कर्म होने से यहाँ भी 'हरि' आदि कर्म से प्रातिपदिकार्थ मात्र में प्रथमा होगी।

कर्म आदि कहने से कर्ता प्रभृति भी लिये जाते हैं। यदि कर्ता उक्त हो तो प्रातिपदिकार्थ-मात्र में प्रथमा होती है, यदि अनुक्त हो तो '८९८ कर्तृकरणयोः—२।३।१८॥' इत्यादि आगे आनेवाले सूत्र से तृतीया आती है। इनके उदाहरण आगे दिये जायँगे।

८९५ अकथितमिति—अपादान आदि विशेष रूप से कारक जब अविवक्षित हो तब वह कर्मसंज्ञक हो जाता है।

सूत्र के अकथित पद का अर्थ 'न कथयितुम् इष्टः' अर्थात् अविवक्षित है, जब अपादान आदि विशेष संज्ञा कारक की न करना चाहें तब प्रकृत सूत्र से कर्मसंज्ञा होती है।

कर्मसंज्ञा होने पर द्वितीया विभक्ति आती है।

('दुह्' आदिधातुपरिगणनम्)

दुह्-याच्-पच्-दण्ड-रुधि-प्रच्छि-चि-ब्रू-शासु-जि-मथ्-मुषाम्।
कर्मयुक् स्यादकथित तथा स्यात् नी-हृ-कृष्-वहाम् ॥ १ ॥
गां दोग्धि पयः। बलिं याचते वसुधाम्। तण्डुलानोदनं पचति।

परन्तु जब अपादान आदि विशेष संज्ञा कारक की विवक्षित हो तब उनसे पञ्चमी आदि विभक्तियाँ भी आती हैं, कुछ विशेष धातुयें हैं जिनके अपादान आदि कारकों की अविवक्षा की जाती है, अतः उनका परिगणन आगे कारिका में किया गया है।

दुह्-याच् इति—१ दुह् (दुहना), २ याच् (मांगना), ३ पच् (पकाना), ४ दण्ड् (सजा देना), ५ रुध् (रोकना), ६ प्रच्छ् (पूछना), ७ चि (चुनना) ८ ब्रू (कहना), ९ शास् (शासन करना), १० जि (जीतना ११ मथ् (मथना), १२ मुष् (चुराना), १३ नी (पहुँचाना), १४ हृ (लेजाना), १५ कृष् (खींचना) और १६ वह् (ले जाना)—इन सोलह धातुओं के अपादान आदि कारक अविवक्षित होते हैं। इनकी ही कर्मसंज्ञा होती है।

इनके क्रमशः नीचे उदाहरण दिये जाते हैं।

गां दोग्धि पयः (गौ से दूध दुहता है)—यहाँ गौ अपादान है, उसकी अविवक्षा होने पर प्रकृत सूत्र से कर्मसंज्ञा होने पर द्वितीया हुई।

जब अपादान की विवक्षा होगी तो पञ्चमी ही आयगी 'गोः दोग्धि पयः'।

पूर्वोक्त '८९३ कर्तुरीप्सिततमं कर्म १।४।४९॥' सूत्र से जिसकी कर्म संज्ञा है उसे **प्रधान कर्म** कहते हैं और जिसकी इस प्रकृत सूत्र से कर्म संज्ञा होती है उसे **अकथित कर्म** अथवा **गौण कर्म**।

'गां दोग्धि पयः' इस वाक्य में 'पयः' प्रधान कर्म है और 'गाम्' **गौण कर्म**।

इसी प्रकार अन्य उदाहरण वाक्यों में भी प्रधान और गौण कर्म को समझना चाहिये।

बलिं याचते वसुधाम् (बलि से पृथ्वी मांगता है)—यहाँ बलि अपादान है, इसकी अविवक्षा करने पर कर्मसंज्ञा होकर द्वितीया विभक्ति हुई।

तण्डुलान् ओदनं पचति (चावलों से भात पकाता है)—यहाँ तण्डुल करण है। अविवक्षा होने पर कर्मसंज्ञा हुई।

गर्गान् शतं दण्डयति। व्रजम् अवरुणद्धि गाम्। माणवकं पन्थानं पृच्छति। वृक्षम् अवचिनोति फलानि। माणवकं धर्मं ब्रूते शास्ति वा। शतं जयति देवदत्तम्। सुधां क्षीरनिधिं मथ्नाति। देवदत्तं शतं मुष्णाति। ग्रामम्अजां नयति, हरति, कर्षति, वहति वा।

गर्गान् शतं दण्डयति (गर्गों को सौ रुपये जुरमाना करता है)—यहाँ गर्ग अपादान है, अविवक्षा होने पर कर्मसंज्ञा हुई।

व्रजम् अवरुणाद्धि गाम् (व्रज में गौ को रोकता है)—यहाँ 'व्रज' अधिकरण है, अविवक्षा होने पर कर्मसंज्ञा हुई।

माणवकं पन्थानं पृच्छति (लड़के से मार्ग पूछता है)—यहाँ माणवक अपादान है, अविवक्षा कर देने पर कर्मसंज्ञा हुई।

वृक्षम् अवचिनाति फलानि (वृक्ष से फलों को चुनता है)—यहाँ वृक्ष अपादान की अविवक्षा करने पर कर्मसंज्ञा हुई।

माणवकं धर्मं ब्रूते शास्ति वा (लड़के के लिये धर्म कहता है या शासन करता है)—यहाँ माणवक सम्प्रदान है–चतुर्थी विभक्ति सम्प्रदान में आती है, अविवक्षा करने पर कर्मसंज्ञा हुई।

शतं जयति देवदत्तम् (देवदत्त से सौ रुपये जीतता है)—यहाँ देवदत्त अपादान है। अविवक्षा होने पर कर्मसंज्ञा हुई।

सुधां क्षीरनिधिं मथ्नाति (समुद्र को अमृत के लिये मथता है)—यहाँ सुधा सम्प्रदान है, अविवक्षा करने पर कर्मसंज्ञा हुई।

देवदत्तं शतं मुष्णाति (देवदत्त से सौ रुपये चुराता है)—यहाँ देवदत्त अपादान है, अविवक्षा करने पर कर्मसंज्ञा हुई।

ग्रामम् अजां नयति, हरति, कर्षति, वहति वा (गांव में बकरी को लेजाता है, खींचता है, पहुँचाता है)—यहाँ ग्राम अधिकरण है, उसकी अविवक्षा करने पर कर्मसंज्ञा हुई।

'गां दोग्ध पयः' में 'गाम्' के समान इन वाक्यों में जिनकी अपादानादि विशेष संज्ञा को अविवक्षा करके कर्मसंज्ञा की गई है, इन्हें अकथित कर्म या **गौण** कर्म कहते हैं।

तथा 'पयः' आदि के समान 'वसुधाम्' आदि प्रधान कर्म हैं।

अर्थ-निबन्धनेयं संज्ञा–बलिं भिक्षते वसुधाम्। माणवकं धर्मं भाषते अभिधत्ते वक्तीत्यादि।

('कर्तृ' संज्ञासूत्रम्)

८९६ स्वतन्त्रः कर्ता १ । ४ । ५४ ॥

क्रियायां स्वातन्त्र्येण विवक्षितोऽर्थः कर्ता स्यात्।

('करण' संज्ञासूत्रम्)

८९७ साधक-तमं करणम् १ । ४ । ४२ ॥

क्रिया-सिद्धौ प्रकृष्टोपकारकं करणसंज्ञं स्यात।

अर्थनिबन्धनेति—'अकथितं च' सूत्र से जो कर्मसंज्ञा 'दुह्' आदि के अपादानादि कारकों की होती है, वह अर्थाश्रित है अर्थात् दुह् आदि गिने गये धातुओं का अर्थ लिया जाता है न कि दुह् आदि धातु ही। इसलिये इन धातुओं के अर्थवाले अन्य धातुओं के योग में भी अपादान आदि कारकों की अविवक्षा करने पर कर्मसंज्ञा होती है।

जैसे—**बलिं भिक्षते वसुधाम्** (बलि से पृथ्वी मांगता है)—यहाँ याच् के अर्थवाला भिक्ष् धातु है, इसलिये 'बलि' इस अपादान की अविवक्षा करने पर कर्मसंज्ञा हुई।

इसी प्रकार—**माणवकं धर्मं भाषते, अभिधत्ते, वक्ति** (लड़के को धर्म कहता है)—यहाँ ब्रू धातु के अर्थ वाले धातुओं के योग में माणवक इस सम्प्रदान की अविवक्षा के कारण कर्मसंज्ञा हुई।

८९६ स्वतन्त्र इति–क्रिया में जिसे स्वतन्त्र कहा जाय उसे कर्ता कहते हैं। कर्ता के सम्बन्ध में पहले कई बार विवेचन किया जा चुका है।

८९७ साधक-तममिति—क्रिया की सिद्धि में जो सब से प्रकृष्ट उपकारक अर्थात् सर्वाधिक सहायक कारक हो उसका करण संज्ञा होती है।

प्रकृष्ट उपकारक का अर्थ सब से अधिक सहायक अर्थात् जिसके व्यापार के अनन्तर क्रिया की सिद्धि होती है उसे प्रकृष्ट उपकारक कहते हैं। जैसे—**रामेण बाणेन हतो वाली** (राम ने बाण से बाली को मारा)—यहाँ बाण के व्यापार के अनन्तर ही हनन क्रिया होती है, इसलिये यह प्रकृष्ट उपकारक है

('तृतीया' विभक्तिसूत्रम्)

८९८ कर्तृ-करणयोस्तृतीया २ । ३ । १८ ॥

अनभिहिते कर्तरि करणे च तृतीया स्यात् । रामेण बाणेन हतो वाली ।

(सम्प्रदानसंज्ञासूत्रम्)

८९९ कर्मणा यम् अभिप्रैति स सम्प्रदानम् १ । ४ । ३२ ॥

दानस्य कर्मणा यम् अभिप्रैति स सम्प्रदानसंज्ञः स्यात् ।

('चतुर्थी' विभक्तिसूत्रम्)

९०० चतुर्थी संप्रदाने २ । ३ । १३ ॥

विप्राय गां ददाति ।

('चतुर्थी' विभक्तिसूत्रम्)

९०१ नमः-स्वस्ति-स्वाहा-स्वधा-ऽलं-वषट्योगाच्च २।३।१६॥

और इसीलिये इसकी करण संज्ञा होती है ।

८९८ कर्तृ–करणयोरिति—अनुक्त कर्ता और करण में तृतीया विभक्ति हो ।

रामेण बाणेन हतो बाली (राम ने बाण से बाली को मारा)—यहाँ राम कर्ता है, बाण करण है और बाली कर्म । हतः यहाँ कर्म में प्रत्यय हुआ है । इसलिये यहाँ कर्ता अनुक्त है और करण भी । दोनों से तृतीया विभक्ति हुई ।

उक्त होने से कर्म में प्रथमा विभक्ति हुई ।

८९९ कर्मणेति—कर्ता दान क्रिया के कर्म के द्वारा जिससे सम्बन्ध करना चाहता है वह सम्प्रदानसंज्ञक हो ।

सूत्र का फलितार्थ यह है कि–'क्रिया के उद्देश्य को सम्प्रदान कहा जाता है।'

९०० चतुर्थीति—सम्प्रदान में चतुर्थी होती है ।

विप्राय गां ददाति (ब्राह्मण को गौ देता है)—यहाँ कर्ता दान क्रिया के कर्म गौ के द्वारा विप्र के साथ सम्बन्ध करना चाहता है अर्थात् दान क्रिया का उद्देश्य विप्र है, अतः विप्र की सम्प्रदान संज्ञा हुई और उससे चतुर्थी हुई ।

९०१ नम इति—नमस्, स्वस्ति (कल्याण), स्वाहा, स्वधा, अलम् (समर्थ) और वषट—इन अव्यय शब्दों के योग में चतुर्थी विभक्ति होती है ।

स्वाहा देवताओं को देने और स्वधा पितरों के देने में प्रयुक्त होते हैं ।

एभिर्योगे चतुर्थी। **हरये नमः। प्रजाभ्यः स्वस्ति। अग्नये स्वाहा। पितृभ्यः स्वधा।** अलमिति पर्याप्त्यर्थग्रहणम्, तेन–दैत्येभ्यो हरिरलं, **प्रभुः, समर्थः**, शक्त इत्यादि।

('अपादान' संज्ञासूत्रम्)

९०२ ध्रुवम् अपायेऽपादानम् १। ४। २४॥

अपायो विश्लेषः, तस्मिन् साध्ये यद् ध्रुवम् अवधिभूतं कारकं तद् **अपादानं** स्यात्।

('पञ्चमी' विभक्तिसूत्रम्)

९०३ अपादाने पञ्चमी २। ३। २८॥

ग्रामाद् आयाति। धावतोऽश्वात् पतति–इत्यादि।

हरये नमः (विष्णु भगवान् के लिये नमस्कार), **प्रजाभ्यः स्वस्ति** (प्रजा के लिये कल्याण हो), **अग्नये स्वाहा** (अग्नि के लिये देता हूँ) **पितृभ्यः स्वधा** (पितरों के लिये देता हूँ)–इन वाक्यों में नमः आदि अव्ययपदों के योग में चतुर्थी विभक्ति हुई।

अलमितीति—इस सूत्र में आये हुए 'अलम्' पद का यहाँ 'समर्थ' अर्थ ही ग्रहण किया जाता है अर्थात् समर्थ अर्थवाचक शब्दों के योग में चतुर्थी आती है न केवल 'अलम्' के योग में।

तेनेति—इसलिये 'दैत्येभ्यो हरिः अलम् , प्रभुः **समर्थः** शक्तः दैत्यों के लिये भगवान् विष्णु समर्थ हैं' इस वाक्य में 'अलम्' के योग में चतुर्थी हुई है और 'अलम्' के अर्थवाले 'समर्थः' शक्तः' आदि के योग में भी।

'वषट्' शब्द का प्रयोग वेद में देवताओं को देने के अर्थ में होता है।

९०२ ध्रुवमिति–अपाय विश्लेष-अलग-होने को कहते हैं। विश्लेष जब किया जारहा हो,उसमें जो स्थिर अर्थात् अवधि-रूप कारक हो वह अपादान हो।

९०३ अपादान—इति—अपादान में पञ्चमी हो।

ग्रामाद् आयाति (गाँव से आता है)—यहाँ गाँव से अलग होना सिद्ध हो रहा है, उसमें अवधि गाँव है, इसलिये उसकी अपादान संज्ञा हुई और तब पञ्चमी विभक्ति आई।

धावतोऽश्वात् पतति (दौड़ते हुए घोड़े से गिरता है)—यहाँ पतन क्रिय

('षष्ठी' विभक्तिसूत्रम्)

९०४ षष्ठी शेषे २ । ३ । ५० ॥

कारक-प्रातिपदिकाऽर्थ-व्यतिरिक्तः स्वस्वामिभावाऽदिः संबन्धः शेषः, तत्र षष्ठी । राज्ञः पुरुषः । कर्मादीनाम् अपि संबन्धमात्रविवक्षायां षष्ठ्येव । सतां गतम् । सर्पिषो जानीते । मातुः स्मरति । एधो दकस्यो-

---

से अलग होना सिद्ध हो रहा है, उसमें अवधि है अश्व, इसलिये उसकी अपादान संज्ञा हुई और पञ्चमी विभक्ति आई ।

९०४ **षष्ठीति**—कारक और प्रातिपदिकार्थ से भिन्न स्वस्वामिभाव आदि सम्बन्ध शेष हैं, उसमें षष्ठी आती है ।

सूत्र में शेष पद है, उसका अर्थ है, बाकी । बाकी अर्थों में षष्ठी हो । कर्ता आदि कारकों में तृतीया आदि विभक्ति कही गई हैं और प्रातिपदिकार्थ में प्रथमा । इनसे बाकी बचा है सम्बन्ध रूप अर्थ, उसी में षष्ठी होती है ।

सम्बन्ध अनेक हैं— स्वामी और भृत्य का सम्बन्ध स्वस्वामिभाव, पुत्र और पिता का सम्बन्ध जन्यजनकभाव-इत्यादि । इन सभी सम्बन्धों में षष्ठी विभक्ति आती है ।

राज्ञः पुरुषः (राजा का आदमी, सरकारी आदमी)—यहाँ राजा और पुरुष का स्वस्वामिभाव सम्बन्ध है, इसलिये 'राज्ञः' में षष्ठी हुई ।

यद्यपि[1] सम्बन्ध दोनों में होता है, तथापि षष्ठी विशेषण से आती है अर्थात् आपत्ति नहीं होती कि दोनों से षष्ठी हो या कभी एक से और कभी दूसरे से । सम्बन्धी पदार्थों में जो विशेषण हो, उससे षष्ठी हो । उपर्युक्त 'राज्ञः पुरुषः' इस उदाहरण में विशेषण 'राजन्' है इसलिये उसी से षष्ठी हुई ।

कर्मादीनामिति—कर्म आदि कारकों की भी सम्बन्धमात्र विवक्षा करने में षष्ठी विभक्ति होती है ।

सतां गतम् (सत्पुरुष-सम्बन्धी गमन)—यहाँ कर्ता 'सत्' की सम्बन्ध-मात्र की विवक्षा में षष्ठी हुई ।

इसी प्रकार—**सर्पिषो जानीते** (घी के द्वारा प्रवृत्त होता है)—यहाँ 'सर्पिष्'

---

१ द्विष्ठो यद्यपि सम्बन्धः षष्ठ्युत्पत्तिस्तु भेदकात्' इति ।

पस्कुरुते । भजे शंभोश्चरणयोः ।

('अधिकरण' संज्ञासूत्रम्)

९०५ आधारोऽधिकरणम् १ । ४ । ४५ ॥

कर्तृ-कर्मद्वारा तन्निष्ठ क्रियाया आधारः कारकम् अधिकरणं स्यात् ।

('सप्तमी' विभक्तिसूत्रम्)

९०६ सप्तम्यधिकरणे च २ । ३ । ३६ ॥

अधिकरणे सप्तमी स्यात् , चकाराद् दूराऽन्तिकाऽर्थेभ्यः । औपश्लेषिकः,

---

करण है, उसकी अविवक्षा कर सम्बन्धमात्र में षष्ठी हुई ।

मातुः स्मरति (माता-सम्बन्धी स्मरण करता है)—यहाँ माता स्मरण क्रिया का कर्म थी, उसकी अविवक्षा करने पर षष्ठी हुई ।

एधो दकस्योपस्कुरुते (लकड़ी जलसम्बन्धी रङ्ग ढालती है)—यहाँ 'दक' कर्म की अविवक्षा में षष्ठी हुई ।

भजे शंभोश्चरणयोः (भगवान् शङ्कर के चरण सम्बन्धी सेवा करता हूँ) यहाँ चरण कर्म की अविवक्षा करने पर षष्ठी हुई ।

९०५ आधार इति—कर्ता और कर्म के द्वारा उसमें रहनेवाली क्रियाओं का आधार कारक अधिकरण संज्ञक हो ।

अधिकरण क्रिया का साक्षात् आधार नहीं होता, वह कर्ता और कर्म का आधार होता है और कर्ता कर्म क्रिया के—इस प्रकार परम्परा से अधिकरण क्रिया का आधार सिद्ध होता है ।

तात्पर्य यह है कि कर्म आदि भी तो कारक का क्रिया के साथ सम्बन्ध विशेष ही होते हैं । यदि उनके कर्म आदि विशेष सूत्र की अविवक्षा हो तो सामान्य सम्बन्ध ही रह जाता है, तब षष्ठी ही आती है ।

९०६ सप्तमीति—अधिकरण में भी सप्तमी हो ।

चकारादिति—सूत्र में पढ़े हुए च (भी) पद से दूर और अन्तिक (समीप) अर्थ के वाचक शब्दों से भी सप्तमी होती है ।

औपश्लेषिक इति—आधार तीन प्रकार का है—१ औपश्लेषिक, २ वैषयिक और ३ अभिव्यापक ।

वैषयिकः, अऽभिव्यापकश्च इति आधारस्त्रिधा। कटे आस्ते। स्थाल्यां पचति। मोक्षे इच्छास्ति। सर्वस्मिन्नात्माऽस्ति। वनस्य दूरे अन्तिके वा।

इति विभक्त्यर्थ-प्रकरणम्।

औपश्लेषिक—उप समीपे श्लेषः सम्बन्ध उपश्लेषः-उपश्लेष से किया हुआ औपश्लेषिक अर्थात् जहाँ आधार कर्ता आदि से संयोग आदि सम्बन्ध होता है, वहाँ उसे औपश्लेषिक कहते हैं। जैसे-**कटे आस्ते** (चटाई पर है)-यहाँ आसन क्रिया के कर्ता का आधार कट के साथ संयोग सम्बन्ध है, इसलिये कट औपश्लेषिक आधार है।

वैषयिक[1]—उस आधार को कहते हैं जो विषय को लेकर होता है-जैसे-**मोक्षे इच्छाऽस्ति** (मोक्ष के बिषय में इच्छा है)। यहाँ मोक्ष वैषयिक आधार है, क्योंकि यह इच्छा का विषय है।

अभिव्यापक[2]-उस आधार को कहते हैं जहाँ सम्पूर्ण अवयवों में व्याप्ति हो। जैसे-**तिलेषु तैलम्**-तिलों में तैल है। यहाँ तिल आधार हैं, उनके सभी अवयवों में तैल है, इसलिये यह अभिव्यापक आधार है।

स्थाल्यां पचति डिगची पतीली, में पकाता है)-यहाँ स्थाली पाकक्रिया का आधार होने से अधिकरण है, अतः इससे सप्तमी हुई। यहाँ आधार का सम्बन्ध संयोग है, अतः यह औपश्लोषिक आधार है।

सर्वस्मिन्नात्मास्ति (सब में आत्मा है)—यहाँ आत्मकर्तृक सत्ता का आधार होने से 'सर्व' अधिकरण है। अतः इससे सप्तमी हुई। व्याप्ति के द्वारा होने से यह अभिव्यापक आधार है।

वनस्य दूरे अन्तिके वा (वन से दूर या निकट)—यहाँ दूर और समीप अर्थ के वाचक दूर और अन्तिक शब्दों से सप्तमी हुई।

---

१ अप्राप्तिपूर्वक-प्राप्तिरूपसंयोग-समवायाऽतिरिक्तसम्बन्धेन यद् अधिकरणं तद् वैषयिकम्।

२ यत्र सर्वाऽवयवाऽवच्छेदेन व्याप्तिः, तद् अभिव्यापकम्।

कारक-विभक्तियों का अर्थ बोधक चक्र।

विभक्ति	अर्थ— जिसमें विभक्ति आती है	विषेष विवरण
प्रथमा	१ कर्ता में (अनुक्त) २ कर्म में (उक्त) ३ संबोधन में,	जब क्रिया कर्तृवाच्य की हो जब क्रिया कर्म वाच्य की हो
द्वितीया	कर्म में (अनुक्त)	जब क्रिया कर्तृ वाच्य की हो
तृतीया	१ कर्ता में (अनुक्त) २ करण में	जब क्रिया कर्म वाच्य की हो
चतुर्थी	संप्रदान में	
पञ्चमी	अपादान में	
षष्ठी	१ कर्ता में २ कर्म में ३ सम्बन्ध में	जब क्रिया कृदन्त की हो, पर शतृ, शानच्, क्त, क्त वतु, खलर्थ, उ, और उकञ्–इन कृत् प्रत्ययों को छोड़कर। नोट–कर्ता और कर्म दोनों की उपस्थिति में भी कर्म में षष्ठी होती है।
सप्तमी	अधिकरण में	

विभक्त्यथ–प्रकरण समाप्त।

——:o:——

अथ समासप्रकरणम् ।

केवलसमासः ।

समासः पञ्चधा । तत्र समसनं समासः ।

स च विशेषसंज्ञाविनिर्मुक्तः केवलसमासः प्रथमः । प्रायेण पूर्वपदार्थ-

---

समास—इति—समास पाँच प्रकार का होता है ।

तत्रेति—समसन—संक्षेप—को समास कहते हैं ।

अनेक पदों का एक पद बन जाना समसन होता है । समास का शब्दार्थ है संक्षेप, अनेक पदों का एक पद बन जाना संक्षेप ही है ।

अब समास के पाँचों प्रकारों के नाम और लक्षण क्रमशः बताये जाते हैं ।

स चेति—वह समास विशेष नाम से रहित केवल—समास नामक प्रथम है अर्थात् जिस समास का कोई विशेष नाम नहीं कहा गया, उसे केवल समास कहते हैं, यह समास का पहला प्रकार है ।

जैसे—भूतपूर्वः (जो पहले हो चुका)—यहाँ '९०९ सह सुपा २।१।४।।' से समास हुआ है । वह किसी विशेष समास के अधिकार में नहीं है, इसलिये केवलसमास है ।

प्रायेणेति—जिसमें प्रायः पूर्व पद का अर्थ प्रधान हो, वह अव्ययीभाव समास कहा जाता है, यह समास का दूसरा भेद है ।

प्रधानता का निर्णय अग्रिम पदार्थ से अन्वय के द्वारा किया जाता है । जिस अर्थ का अन्वय अग्रिम पदार्थ के साथ होगा, वह प्रधान माना जायगा ।

जैसे—अधिहरि (हरि में)—यहाँ पूर्व पद अधि का अर्थ 'में' प्रधान है क्योंकि उसी का अन्य पदार्थों से अन्वय होता है, इसलिये यह अव्ययीभाव समास है ।

प्रायः कहने से—उन्मत्ता गङ्गा यत्र स उन्मत्तगङ्गो नाम देशः—जहाँ गङ्गा उन्मत्त है वह उन्मत्तगङ्ग नाम देश है—यहाँ उन्मत्तगङ्ग में पूर्व पद का अर्थ प्रधान नहीं, अपितु देश रूप अन्य पद का अर्थ प्रधान है, पर अव्ययीभाव के

प्रधानोऽव्ययीभावो द्वितीयः । प्रायेणोत्तरपदार्थ-प्रधानस्तत्पुरुषस्तृतीयः, तत्पुरुषभेदः कर्मधारयः, कर्मधारय-भेदो द्विगुः । प्रायेणाऽन्यपदार्थ-प्रधानो

अधिकार में होने से यह भी अव्ययीभाव समास है। 'प्रायेण' यदि न कहा जाय तो इसकी अव्ययीभाव संज्ञा न हो सकेगी।

प्रायेणोत्तरेति—जिसमें प्राय उत्तरपद का अर्थ प्रधान हो, वह तत्पुरुष समास कहा जाता है। यह समास का तीसरा भेद है।

जैसे—राजपुरुषः (राजा का आदमी, सरकारी आदमी) यहाँ उत्तरपद **पुरुष** का अर्थ प्रधान है, क्योंकि उसी का अन्वय आगे आनेवाले पदार्थों से होता है—इसलिये यह तत्पुरुष समास है।

प्राय कहने से जहाँ 'पञ्चानां तन्त्राणां समाहारः—पाँच तन्त्रों का समाहार' इस विग्रह में समाहार अर्थ में तत्पुरुष होता है, वहाँ भी लक्षण घट जाय, अन्यथा समाहार अन्य पद का अर्थ है, उत्तरपद का अर्थ नहीं। प्राय कहने से इसकी भी तत्पुरुष संज्ञा हो जाती है।

तत्पुरुषभेद इति—तत्पुरुष का ही एक भेद कर्मधारय है। जहाँ विशेष्य और विशेषण का समास होता है, उसे कर्मधारय कहते हैं। यह तत्पुरुष का ही विशेष प्रकार है, क्योंकि यहाँ उत्तरपद का अर्थ प्रधान होता है।

जैसे—**नीलोत्पलम्** (नीलं च तत् उत्पलं च—नीला कमल)—यहाँ नील **विशेषण** और उत्पल विशेष्य का समास होता है। अतः यह कर्मधारय समास है।

कर्मधारयेति—कर्मधारय का एक प्रकार द्विगु है।

विशेष्य और विशेषण के समास में यदि विशेषण संख्यावाचक हो तो उसे **द्विगु** कहते हैं। जैसे—**पञ्चगवम्**—पञ्चानां गवां समाहारः, पाँच गौओं का समाहार—यहाँ विशेषण पञ्च संख्यावाचक है, इसलिये यह द्विगु समास है।

प्रायेणान्येति—जिस समास में प्रायः अन्य पद का अर्थ प्रधान हो, वह बहुव्रीहि होता है, यह चौथा समास है। जैसे—**लम्बकर्णः** लम्बे कानवाला—यहाँ लम्ब और कर्ण—इन समास के अन्तर्गत पदों से भिन्न पद का अर्थ प्रधान है, क्योंकि उसी अर्थ का और पदार्थों के साथ अन्वय होता है, इसलिये यह बहुव्रीहि समास है।

प्रायः कहने का फल यह है कि बहुव्रीहि के अधिकार में आये हुए कुछ

बहुव्रीहिश्चतुर्थः । प्रायेणोभयपदार्थ-प्रधानो द्वन्द्वः पञ्चमः ।

(समर्थपरिभाषासूत्रम्)

९०७ समर्थः पदविधिः २ । १ । १ ॥

पदसम्बन्धी यो विधिः, स समर्थाऽऽश्रितो बोध्यः ।

'द्वित्राः' (दो या तीन) आदि समास भी बहुव्रीहि कहे जाते है, अन्यथा उभय-पदार्थ प्रधान होने के कारण इसे बहुव्रीहि न कहा जा सकेगा ।

प्रायेणोभयेति—जिस समास में प्रायः दोनों पदों का अर्थ प्रधान न हो, वह पाँचवाँ द्वन्द्व समास है । जैसे-**रामलक्ष्मणौ** (राम और लक्ष्मण)—यहाँ दोनों पदों का अर्थ प्रधान है, अतः यह द्वन्द्व समास है ।

प्राय कहने का तात्पर्य यह है कि समाहार द्वन्द्व में समाहार अर्थ के अन्य पदार्थ होने पर भी संज्ञा हो जाती है ।

इन पाँच समासों[1] में बहुव्रीहि और द्वन्द्व अनेक पदों के भी होते हैं, शेष दो दो पदों के होते हैं ।

१ इन समासों के नाम नीचे लिखी द्व्यर्थक सूक्ति में बड़े सुन्दर ढंग से आये हैं–

द्वन्द्वोऽस्मि द्विगुरहं गृहे च मे सततमव्ययीभावः ।
तत्पुरुष कर्म धारय येनाहं स्यां बहुव्रीहिः ॥

कोई व्यक्ति किसी मजदूर को अपने यहाँ नौकरी करने के लिये कह रहा है (शायद युद्ध का ही जमाना होगा, नौकर मिलते न होंगे)—हे पुरुष, मैं **द्वन्द्व** हूँ अर्थात् पति-पत्नी दो हैं–तुम्हें काम कम करना होगा, मैं **द्विगु** हूँ अर्थात् मेरे पास केवल दो बैल अथवा गौ हैं–इसलिये पशुओं का कार्य भी कम है । मेरे घर में सदा **अव्ययीभाव** है अर्थात् खर्च कम किया जाता है, खर्च अधिक तब होता है जब कार्य अधिक हो । इसलिये तुम **कर्म धारय** अर्थात् नौकरी स्वीकार कर लो, जिससे मैं **बहुव्रीहि**–अर्थात् बहुत धान्यवाला हो जाऊँ, मेरे पास बहुत धान्य हो जाय ।

९०७ **समर्थ** इति —पद सम्बन्धकी जो विधि हो, वह समर्थ पदों की ही होती है अर्थात् जहाँ सामर्थ्य होगा, वहीं पदविधि होती है ।

पद अर्थात् सुबन्त को उद्देश्य बनाकर जो विधि होती है, उसे पदविधि

('समास' इत्यधिकारसूत्रम्)

९०८ प्राक् कडारात् समासः २ । १ । ३ ॥

'कडाराः कर्मधारये' इत्यतः प्राक् 'समासः' इत्यधिक्रियते ।

कहते हैं । समास आदि विधियाँ पदविधियाँ हैं क्योंकि ये पदों को उद्देश्य करके ही होती हैं । सुबन्त का सुबन्त के साथ समास होता है, सुबन्त पद होता है, इसलिये समास पदविधि है । पदविधि होने से समास उन्हीं पदों का होगा, जिनका परस्पर सामर्थ्य[1] होगा ।

सामर्थ्य का अर्थ है जिन पदों की समास आदि वृत्ति होती हो, उनके अर्थों का परस्पर साकाङ्क्ष होना ।

सामर्थ्य दो प्रकार का होता है—१ व्यपेक्षा और २ एकाऽर्थीभाव ।

आकाङ्क्षा आदि के कारण पदों का जो परस्पर सम्बन्ध होता है उसे व्यपेक्षा कहते हैं, वह वाक्य में होती है । जैसे—'राज्ञः पुरुषः' यहाँ दोनों पदों का परस्पर सम्बन्ध है, इसलिये यहाँ व्यपेक्षा-रूप सामर्थ्य है ।

जहाँ पदार्थों की एक साथ उपस्थिति होती है, पृथक् पृथक् नहीं, वह एकार्थीभाव-रूप सामर्थ्य होता है । यह पदार्थों की एक साथ उपस्थिति 'राज-पुरुषः' इत्यादि वृत्ति (समास आदि) में ही होती है ।

वृत्ति किसे कहते हैं ? और वह कितने प्रकार की है ? यह सब आगे इसी प्रकरण में मूल में ही बताया जायगा ।

९०८ प्राक् कडारादिति—'कडाराः कर्मधारये २ । २ । ३८॥' द्वितीय अध्याय के द्वितीय पाद के इस अन्तिम सूत्र से पूर्व सूत्र तक 'समास' इसका

---

१ जहाँ पदों में सामर्थ्य न हो, वहाँ समास आदि पदविधि नहीं होती । जैसे—चतुरस्य राज्ञः पुरुषः—यहाँ 'राज्ञः' और 'पुरुषः' का समास नहीं होता, क्योंकि 'राज्ञः' का सम्बन्ध 'चतुरस्य' के साथ भी है, अतः उस बाह्य पद के प्रति साकाङ्क्ष होने के कारण यहाँ 'राज्ञः' और 'पुरुषः' का सामर्थ्य नहीं, अतः इनका समास नहीं होता । इसीलिये कहा गया है—**सविशेषणानां वृत्तिर्न वृत्तस्य च विशेषणयोगो न**—सविशेषण पदों की वृत्ति होने पर विशेषण का सम्बन्ध ही होता है । 'चतुरस्य राजपुरुषः' यहाँ राजन् का समास हो गया है, इसलिये इसके साथ 'चतुर' विशेषण का सम्बन्ध नहीं हो सकता ।

(समासविधिसूत्रम्)

९०९ सह सुपा २ । १ । ४ ॥

सुप् सुपा सह वा समस्यते समासत्वात् प्रातिपदिकत्वेन सुपो लुक् । परार्थाऽभिधानं वृत्तिः । कृत्-तद्धित-समासैकशेष-सनाऽऽद्यन्तधातु-रूपाः पञ्च वृत्तयः । वृत्यर्थाऽववोधकं वाक्यं विग्रहः । स च लौकिकोऽ-

---

अधिकार है अर्थात् उस सूत्र से पूर्व तक सब सूत्र समास का विधान करते हैं ।

९०९ **सह सुपेति**—सुबन्त का सुबन्त के साथ समास होता है ।

इस सूत्र में 'सुब् आमन्त्रिते पराङ्गवत् स्वरे २ । १ । २ ॥' इस पूर्व सूत्र से 'सुप्' इस प्रथमान्त पद की अनुवृत्ति आती है । तृतीयान्त 'सुपा' पद है । प्रत्यय होने के कारण 'प्रत्ययग्रहणे तदन्त-ग्रहणम्' इस परिभाषा के बल से तदन्त का ग्रहण होता है ।

समासत्वादिति—समास होने से प्रातिपदिक संज्ञा होगी । इससे 'सुपो धातु-प्रातिपदिकयोः २ । ४ । ७१ ॥' सूत्र से लोप हुआ ।

परार्थेति—परार्थ के बोधन कराने को **वृत्ति** कहते हैं ।

प्रत्यय या अन्य पद के अर्थ को साथ लेकर जो विशिष्ट अर्थ प्रतीत होता है, उसे परार्थ कहते हैं । वृत्ति से उसी परार्थ का बोध होता है ।

कृत्तद्धितेति—कृत् , तद्धित, समास, एकशेष और सनाद्यन्त धातु रूप—ये पाँच वृत्तियाँ होती हैं ।

कृत् प्रत्यय कृदन्त प्रकरण में आ चुके हैं । तद्धित आगे बताये जायँगे । समास और एकशेष—यहाँ बताये जा रहे हैं । सनाद्यन्त धातुरूप वृत्ति नाम-धातु प्रकरण में आ चुकी है, सन् , क्यच् आदि प्रत्यय इस वृत्ति के कार्य हैं ।

वृत्त्यर्थेति—वृत्ति के अर्थ का बोध करानेवाले वाक्य को विग्रह कहते हैं । जैसे—**राजपुरुषः** यह समास वृत्ति है, इसका अर्थ 'राज्ञः पुरुषः' इस वाक्य के द्वारा प्रतीत होता है—इसलिये यह विग्रह है । इसी प्रकार 'पुत्रीयति' इस सना-द्यन्त धातुरूप वृत्ति का विग्रह 'पुत्रमात्मन इच्छति' यह वाक्य है ।

स चेति—वह विग्रह दो प्रकार का होता है-१ लौकिक और २ अलौकिक ।

लौकिक विग्रह उसे कहते हैं, जिसका लोक में प्रयोग किया जाता है । जैसे—'राजपुरुषः' का 'राज्ञः पुरुषः' । इसका लोक में प्रयोग होता है ।

लौकिकश्चेति द्विधा-त्तत्र 'पूर्वं भूतः' इति लौकिकः। 'पूर्व अम् भूत सु' इत्यलौकिकः। भूतपूर्वः। 'भूत-पूव चरड्' इति निर्देशात् पूर्व-निपातः।

('इव' पदसमासविधिवार्तिकम्)

(वा) इवेन समासो विभक्त्यलोपश्च। वागर्थौ इव-वागर्थाविव।

इति केवलसमासः प्रथमः।

अलौकिक विग्रह उसे कहते हैं, जिसका लोक में प्रयोग नहीं होता। जैसे—'राजपुरुषः' का 'राजन् ङस् पुरुष सु'। इसका लोक में प्रयोग नहीं होता, इसीलिये इसे अलौकिक कहा जाता है, इसकी तो व्याकरण शास्त्र की प्रक्रिया के लिये कल्पना की गई है।

'भूतपूर्वः' इस प्रकृत समास वृत्ति के लौकिक और अलौकिक विग्रह यहाँ मूल में दिये गये हैं। 'पूर्व भूतः, पहले हुआ' यह प्रयोग के योग्य होने से लौकिक विग्रह है और 'पूर्व अम् भूत सु' यह प्रयोग के योग्य न होने से अलौकिक है।

भूतपूर्वः (जो पहले हुआ)—यहाँ 'पूर्व भूतः' इस लौकिक और 'पूर्व अम् भूत सु' इस अलौकिक विग्रह में '६०६ सह सुपा' इस प्रकृत सूत्र से सुबन्त 'पूर्वम्' का 'भूतः' इस सुबन्त के साथ समास हुआ। तब समास होने के कारण '११७ कृत्-तद्धित-समासाश्च १।२।४६' इस सूत्र से प्रातिपदिक संज्ञा हुई और '७२४सुपो धातुप्रातिपदिकयोः २।४।७१॥' से सुप् 'अम' और 'सु' का लोप हुआ तब 'पूर्वभूत' यह प्रातिपदिक बना। 'भूतपूर्वे चरट्' इस पाणिनि सूत्र के प्रमाण से 'भूत' शब्द को पहले रखा गया, यद्यपि उसे 'पूर्वं भूतः' इस विग्रह में बताये गये क्रम के अनुसार 'पूर्व' शब्द के बाद आना चाहिये था। इस प्रकार सिद्ध हुए 'भूतपूर्व' प्रातिपदिक के प्रथमा के एकवचन में यह रूप सिद्ध हुआ।

(वा) इवेनेति—'इव' इस अव्यय पद के साथ सुबन्त का समास होता है और विभक्ति का लोप नहीं होता।

समास के तीन फल हैं—१ एक पद बन जाना, २ विभक्ति का लोप ३ एक पद बन जाने से एक स्वर होना।

इव के समास में बिभक्ति के लोप का निषेध कर दिया गया है, इसलिये संभवतः एक पद भी न समझा जाय। परन्तु एक स्वर होना फल फिर भी है। इसी फल के लिये यहाँ समास का विधान किया गया है। स्वर विशेषरूप से स्वरप्रक्रिया में दिखाया जायगा। लघुकौमुदी में वह स्वर का प्रकरण नहीं है।

वागर्थाविव—यहाँ 'वागर्थौ' का समास 'इव' के साथ हुआ है तथा विभक्ति का लोप नहीं हुआ।

केवलसमास समाप्त।

अथ अव्ययीभावः ।

(अव्ययीभावाधिकारसूत्रम्)

९१० अव्ययीभावः २ । १ । ५ ॥

अधिकारोऽयं प्राक् तत्पुरुषात् ।

('अव्यय' समाससूत्रम्)

९११ अव्ययं विभक्ति-समीप-समृद्धि-व्यृद्ध्यर्थाऽभावाऽत्यया-संप्रति-शब्दप्रादुर्भाव-पश्चाद्-यथाऽऽनुपूर्व्य-यौगपद्य-सादृश्य-संपत्ति-साकल्याऽन्त-वचनेषु २ । १ । ६ ॥

विभक्त्यर्थादिषु वर्तमानमव्ययं सुबन्तेन सह नित्यं समस्यते । प्रायेणाऽविग्रहो नित्यसमासः, प्रायेणाऽस्वपदविग्रहो वा ।

---

९१० **अव्ययीभाव** इति—'अव्ययीभावः' इस सूत्र का '६२५ तत्पुरुषः २।१।२२॥' इस आगे आनेवाले सूत्र से पूर्व के सूत्रों तक अधिकार है अर्थात् तत्पुरुष के पूर्व जितने सूत्र समास करते हैं, उन सब में यह सूत्र पहुँचता है और उन सूत्रों के द्वारा किये हुए समासों की अव्ययीभाव संज्ञा करता है ।

९११ **अव्ययीभाव** इति—१ विभक्ति, २ समीप, ३ समृद्धि, ४ समृद्धि का नाश, ५ अभाव, ६ नाश, ७ अनुचित, ८ शब्द की अभिव्यक्ति, ९ पश्चात्, १० यथा ११ क्रमशः १२ एक दम, १३ समानता, १४ संपत्ति, १५ सम्पूर्णता और १६ अन्त तक–इन १६ सोलह अर्थों में वर्तमान अव्यय का सुबन्त के साथ नित्य समास हो ।

प्रायेणेति—प्रायः जिस समास का विग्रह न हो उसे **नित्यसमास** कहते हैं अथवा प्रायः जिसका अपने पदों से विग्रह नहीं होता अर्थात् जिन शब्दों का समास हुआ हो उन शब्दों के द्वारा जिसका विग्रह न हो, वह नित्यसमास होता है ।

यहाँ विग्रह से तात्पर्य लौकिक विग्रह का है । अलौकिक विग्रह तो सभी समासों का होता है । लौकिक विग्रह में समास के सभी अवयव आवें तो भी **नित्यसमास** होता है ।

विभक्तौ-'हरि ङि अधि' इति स्थिते।

('उपसर्जन' संज्ञासूत्रम्)

९१२ प्रथमा-निर्दिष्टं समास उपसर्जनम् १।२।४३॥

समास-शास्त्रे प्रथमा-निर्दिष्टम् उपसर्जनसंज्ञं स्यात्

('पूर्व निपात' नियमसूत्रम्)

९१३ उपसर्जनं पूर्वम् २।२।३०॥

समासे उपसर्जनं प्राक् प्रयोज्यम्। इति 'अधेः' प्राक् प्रयोगः, सुपो

यदि समास का कोई अवयव विग्रह में आजाय तो भी नित्यसमास होता है। जैसे—'अधिहरि' यह समस्त पद है। 'अव्ययं विभक्ति-' सूत्र से यहाँ विभक्त्यर्थ में समास हुआ है। यह नित्यसमास है। इसका लौकिक विग्रह है—हरौ। यहाँ समास का अवयय 'हरि' शब्द विग्रह में आगया है, पर अधि शब्द नहीं आया, इसलिये समास के अवयव सभी पदों के विग्रह में न आने के कारण यह नित्य समास है।

अधिहरि (हरि में)—यहाँ लौकिक विग्रह है—'हरौ' और अलौकिक विग्रह है-'हरि ङि अधि'। इस अलौकिक विग्रह में समास हुआ है। 'अधि' अव्यय सप्तमी विभक्ति के अर्थ अधिकरण का वाचक वर्तमान है। 'हरि ङि' यह सुबन्त है। इसके साथ 'अधि' अव्यय का प्रकृत सूत्र से समास होता है।

समास होने पर प्रश्न यह उपस्थित होता है कि किस शब्द को पहले रखा जाय। इस प्रश्न का समाधान करने के लिये अग्रिम सूत्र है।

९१२ प्रथमेति—समास शास्त्र में अर्थात् समास करनेवाले सूत्र में जो पद प्रथमान्त पड़ा हो, उस के द्वारा विग्रह वाक्य में स्थित जिस पद का बोध हो वह उपसर्जन-संज्ञक हो।

जैसे प्रकृत में समासशास्त्र है पूर्वोक्त 'अव्ययं विभक्ति-' इत्यादि सूत्र, इसमें 'अव्ययम्' पद प्रथमान्त आया है। इसके द्वारा 'हरि ङि अधि' इस अलौकिक विग्रहवाक्य में स्थित 'अधि' पद का ज्ञान होता है, अतः इसकी उपसर्जन संज्ञा हुई।

९१३ उपसर्जनमिति—समास में उपसर्जन का पहले प्रयोग हो।

इस सूत्र के द्वारा उपर्युक्त उदाहरण में उपसर्जन संज्ञक 'अधि' पद का पूर्व

लुक्, एकदेश-विकृतस्याऽनन्यत्वात् प्रातिपदिक-संज्ञायां स्वाद्युत्पत्तिः, अव्ययीभावश्च' इत्यव्ययत्वात् सुपो लुक्-अधिहरि ।

निपात अर्थात् पहले प्रयोग हुआ ।

पूर्व सूत्र से जो उपसर्जन संज्ञा होती है, उसका फल है पूर्व–निपात अर्थात् पद का पहले रखा जाना ।

पहले यह देखना चाहिये कि किस सूत्र से समास होता है, उस सूत्र में प्रथमान्त पद कौन है । इसके बाद अलौकिक विग्रह में ढूँढिये कि समासशास्त्रस्थ प्रथमान्त पद से किसका ग्रहण होता है, बस उस पद को पहले रखिये ।

हिन्दी में समासशास्त्रों का अर्थ करते समय प्रायः[1] प्रथमान्त का अर्थ सम्बन्धकारक जोड़कर किया जाता है और तृतीयान्त का 'साथ' शब्द जोड़कर । जैसे—प्रकृत 'अव्ययं विभक्ति'– सूत्र में प्रथमान्त पद 'अव्यय' है उसका अर्थ किया जाता है–'अव्यय पद का' और 'सुपा' की अनुवृत्ति आती है, वह पद तृतीयान्त है, उसका अर्थ किया जाता है 'सुबन्त के साथ' । हिन्दी में अर्थ करते हुए जिस शब्द के साथ सम्बन्ध-कारक का 'का' चिह्न जोड़ा जाता है, उस शब्द से अलौकिक विग्रह वाक्य के जिस पद का ग्रहण होना हो, उसको समास में पहले रखना चाहिये ।

सुप इति—सुप् का लुक् हुआ अर्थात् 'अधि हरि ङि' यहाँ अधि का पूर्व-निपात होने पर प्रातिपदिक के अवयव सुप् ङि का '७२४ सुपो धातुप्रातिपदिकयोः २ । ४ । ७१ ॥' से लोप हो गया । तब अधिहरि' यह शब्द बना ।

एकदेशेति—एकदेश जिसका विकृत होता है, वह अन्य नहीं होता अर्थात् एकदेशविकृत न्याय से 'अधिहरि' की प्रातिपदिक संज्ञा है ही । कहने का अभिप्राय यह है कि सुप् का लोप होने पर प्रातिपदिक विकृत हो गया । परन्तु एकदेशविकृत न्याय से उसे प्रातिपदिक ही मानकर सु आदि किये गये ।

---

१ विना सम्बन्ध, कारक के भी अर्थ किया जा सकता है जैसे—अव्यय सुबन्त के साथ समस्त होता है या समास को प्राप्त होता है । यहाँ सम्बन्ध का चिह्न नहीं जोड़ा गया, प्रथमान्त ही रखा गया है । परन्तु सम्बन्ध कारक जोड़कर अर्थ करने की शैली अधिक प्रचलित है–इसलिये प्रायः 'का' शब्द साथ जोड़ा गया है ।

(नपुंसकत्वविधिसूत्रम्)

९१४ अव्ययीभावश्च २ । ४ । १८ ॥

अयं नपुंसकं स्यात् । गाः पातीति गोपास्तस्मिन्निति–अधिगोपम् ।

(सुब्लुक्निषेध अमादेशविधिसूत्रम्)

९१५ नाऽव्ययीभावाद् अतोऽम् त्वपञ्चम्याः २ । ४ । ८३ ॥

अदन्तादव्ययीभावात्सुपो न लुक् तस्य पञ्चमीं विना 'अम्' आदेशः स्यात् ।

अव्ययीभावश्चेति—'३७२ अव्ययीभावश्च १ । १ । ४१ ॥' इस सूत्र से 'अधिहरि' इस समस्त पद को अव्ययीभाव होने के कारण अव्यय संज्ञा हुई और इसीलिये पुनः समस्त पद से आये हुए सुप् का '३७३ अव्ययादाप्सुपः २।४।२८॥' से लोप हुआ । इस प्रकार 'अधिहरि' रूप सिद्ध हुआ ।

९१४ **अव्ययीभावश्चेति**—अव्ययीभाव समास नपुंसकलिङ्ग होता है ।

यहाँ इस बात का विशेष ध्यान रखना चाहिये कि 'अव्ययीभावश्च' इस प्रकार एक आकार होने पर भी अव्ययीभाव समास की अव्यय संज्ञा और नपुंसकलिङ्ग विधान करनेवाले दो भिन्न सूत्र हैं । अव्यय संज्ञा करनेवाला सूत्र (१ । १ । ४१) पहले अध्याय के पहले पद का इकतालीसवाँ सूत्र है और नपुंसक विधान करनेवाला (२ । ४ । १८ ॥) दूसरे अध्याय के चतुर्थ पादका अट्ठारहवाँ ।

अधिगोपम् (ग्वाले में)- -'गोपि' इस लौकिक विग्रह और 'गोपा ङि अधि' इस अलौकिक विग्रह में 'अव्ययं विभक्ति–' इत्यादि सूत्र से विभक्ति सप्तमी के अर्थ में वर्तमान अधि-अव्यय का सुबन्त 'गोपि' के साथ समास हुआ । समासशास्त्र में आये हुए 'अव्ययम्' प्रथमान्त पद के द्वारा बोध्य होने से 'अधि' को '९१२ प्रथमा-निर्दिष्टं समास उपसर्जनम् १ । २ । ४३ ॥' इस सूत्र के द्वारा उपसर्जन संज्ञा होने के कारण पूर्व प्रयोग हुआ । फिर प्रातिपदिक संज्ञा होने पर सुप् ङि का लोप होकर 'अधिगोपा' शब्द बना । अव्ययीभाव होने से प्रकृत सूत्र से यह नपुंसकलिङ्ग हुआ । तब 'ह्रस्वो नपुंसके प्रातिपदिकस्य' से ह्रस्व होने पर 'अधिगोप' शब्द बना और प्रथमा के एकवचन में रूप सिद्ध हुआ ।

९१५ **नाऽव्ययीभावादिति**–अदन्त अव्ययीभाव से पर सुप् का लोप न हो,

('अम्' आदेशविधिसूत्रम्)

९१६ तृतीया-सप्तम्योर्बहुलम् २ । ४ । ८४ ॥

अदन्ताद् अव्ययीभावात् तृतीया-सप्तम्योर्बहुलम् 'अम्' भावः स्यात् । उप-कृष्णम् , उप-कृष्णेन । मद्राणां समृद्धिः सु-मद्रम् । यवनानां

उसके स्थान में अम् आदेश हो, पञ्चमी विभक्ति को छोड़कर ।

९१६ **तृतीयेति**—अदन्त अव्ययीभाव से पर तृतीया और सप्तमी को बहुलता से 'अम्' आदेश हो ।

इस प्रकार अदन्त अव्ययीभाव शब्द के पञ्चमी में सदा और तृतीया तथा सप्तमी में विकल्प से रूप बनते हैं, शेष[1] विभक्तियों को 'अम्' आदेश होने से विभक्त्यन्त रूप नहीं बनते ।

२ **उपकृष्णम् , उपकृष्णेन**—'कृष्णस्य समीपम्' इस लौकिक विग्रह तथा 'कृष्ण ङस् उप' इस अलौकिक विग्रह में समीप अर्थ में वर्तमान उप अव्यय का 'कृष्ण ङस्' इस सुबन्त के साथ 'अव्ययं विभक्ति–' से समास हुआ । 'प्रथमानिर्दिष्टम्–' से उप का पूर्व निपात होने पर सुप् का लोप हुआ । तब 'उपकृष्ण' शब्द बना । तृतीया आने पर प्रकृत सूत्र से उसे 'अम्' आदेश विकल्प से हुआ । इस प्रकार उपर्युक्त दो रूप बने ।

'अव्ययं विभक्ति–' सूत्र के उदाहरण क्रमशः दिये जारहे हैं । 'अधिहरि' और 'अधिगोपम्' विभक्त्यर्थ के और 'उपकृष्णम्' समीप अर्थ का उदाहरण है । आगे क्रमशः अन्य उदाहरण दिये जारहे हैं ।

३ **समृद्धि**—मद्राणां समृद्धिः **सु–मद्रम्** (मद्रदेश के लोगों की समृद्धि)—यहाँ समृद्धि अर्थ में वर्तमान सु अव्यय का 'मद्राणाम्' इस सुबन्त के साथ समास हुआ ।

४ **व्यृद्धि**—यवनानां व्यृद्धिः **दुर्यवनम्** (यवनों की ऋद्धि का अभाव)—यहाँ व्यृद्धि अर्थ में वर्तमान दुर् अव्यय का 'यवनानाम्' इस सुबन्त के साथ समास हुआ ।

---

१. इस नियम को ध्यान में रखने से 'प्रत्येकस्य' आदि अशुद्ध प्रयोग से बचा जा सकता है । 'प्रत्येक' अव्ययीभाव है–इससे पर विभक्ति को 'अम्' आदेश होकर षष्ठी में भी 'प्रत्येकम्' ही रूप बनेगा ।

व्यृद्धिः–दुर्यवनम्। मक्षिकाणाम् अभावः–निर्मक्षिकम्। हिमस्याऽत्ययः–अति–हिमम्। निद्रा संप्रति न युज्यत इति–अति–निद्रम्। हरिशब्दस्य प्रकाशः–इति–हरि। विष्णोः पश्चाद्-अनुविष्णु। योग्यता-वीप्सा-पदार्थाऽनतिवृत्ति-सादृश्यानि यथार्थाः–रूपस्य योग्यमनुरूपम्, अर्थमर्थं प्रति–प्रत्यर्थम्, शक्तिमनतिक्रम्य–यथाशक्ति।

---

५ **अभाव**—मक्षिकाणाम् अभावो **निर्मक्षिकम्** (मक्खियों का अभाव, सुनसान)–यहाँ अभाव अर्थ में वर्तमान निर् अव्यय का 'मक्षिकाणाम्' सुबन्त के साथ समास हुआ। 'निर्मक्षिका' बन जाने पर नपुंसक होने के कारण इसे ह्रस्व हो जाता है। इस प्रकार 'निर्मक्षिक' अकारान्त शब्द बनता है। फिर सुप् को अम् आदेश होकर रूप सिद्ध होता है।

'नर्मक्षिकम्' शब्द का प्रयोग 'सुनसान–जहाँ कोई न हो' अर्थ में होता है।

६ **अत्यय** (विनाश)–हिमस्यात्ययोऽति–**हिमम्** (बर्फ का नाश)—यहाँ नाश अर्थ में वर्तमान अति अव्यय का समास हुआ।

७ **अ–संप्रति**—(अनौचित्य) निद्रा संप्रति न युज्यते इति–**अति–निद्रम्** (इस समय निद्रा उचित नहीं)–यहाँ असंप्रति अर्थ में वर्तमान 'अति' अव्यय का 'निद्रा' इस सुबन्त के साथ समास होने पर 'ह्रस्वो नपुंसके प्रातिपदिकस्य' से ह्रस्व होकर पूर्वोक्त प्रकार से रूप सिद्ध हुआ।

८ **शब्द–प्रादुर्भाव**—हरिशब्दस्य प्रकाश इति–हरि (हरि शब्द का प्रादुर्भाव) यहाँ प्रकाश अर्थ में वर्तमान 'इति' अव्यय का 'हरेः' इस सुबन्त के साथ समास हुआ।

९ **पश्चात्**–विष्णोः पश्चाद् **अनु–विष्णु** (विष्णु के पीछे)—यहाँ पश्चात् अर्थ में वर्तमान 'पश्चाद्' अव्यय का 'विष्णोः' इस सुबन्त के साथ समास हुआ।

१० **यथा** शब्द के चार अर्थ हैं—१ योग्यता, २ वीप्सा-बार बार होना, ३ पदार्थ का अतिक्रमण न होना. ४ सादृश्य। इन चारों अर्थों में वर्तमान अव्यय का सुबन्त के साथ समास होता है। **क्रमशः** उदाहरण ये हैं—१ **योग्यता**–रूपस्य योग्यम्–**अनुरूपम्** (रूप के योग्य)–यहाँ यथा के योग्यता अर्थमें वर्तमान 'अनु' अव्यय का समास हुआ। २ **वीप्सा**—अर्थमर्थं प्रति **प्रत्यर्थम्** (प्रति अर्थ)—यहाँ यथा के वीप्सा में वर्तमान 'प्रति' अव्यय का

('स' आदेशविधिसूत्रम्)

९१७ अव्ययीभावे चाऽकाले ६ । ३ । ८१ ॥

सहस्य सः स्याद् अव्ययीभावे, न तु काले। हरेः सादृश्यम्–सहरि। ज्येष्ठस्याऽऽ-नुपूर्व्येण-इति–अनुज्येष्ठम् । चक्रेण युगपत्–सचक्रम्। सदृशः सख्या–स-सखि। क्षत्त्राणां संपत्तिः—स-क्षत्त्रम्। तृणमप्यपरि-

---

सुबन्त 'अर्थ के साथ समास हुआ। ३ **पदार्थाऽनतिवृत्ति**—शक्तिमनतिक्रम्य **यथाशक्ति** [शक्ति का अतिक्रमण न करके अर्थात् जितनी शक्ति भर]–यहाँ पदार्थाऽनतिवृत्ति अर्थ में वर्तमान 'यथा' अव्यय का समास हुआ।

९१७ **अव्ययीभावे** इति—सह को 'स' आदेश हो अव्ययीभाव समास में, परन्तु काल अर्थ में न हो।

४ **सादृश्य**—हरेः सादृश्य **सहरि** [हरे की समानता] यहाँ यथा के अर्थ सादृश्य में वर्तमान 'सह' अव्यय का सुबन्त 'हरेः' के साथ समास हुआ। तब 'सह' को प्रकृत सूत्र से 'स' आदेश होकर रूप सिद्ध हुआ।

११ **आनुपूर्व्य**—ज्येष्ठस्याऽऽनुपूर्व्येण इति **अनुज्येष्ठम्** [ज्येष्ठ के क्रमसे]–यहाँ आनुपूर्व्य अर्थ में वर्तमान 'अनु' अव्यय का 'ज्येष्ठस्य' इस सुबन्त के साथ समास हुआ।

१२ यौगपद्य [एक साथ]। चक्रेण युगपत् **सचक्रम्** [चक्र के एकदम साथ]—यहाँ यौगपद्य अर्थ में वर्तमान 'सह' अव्यय का समास हुआ और सह को 'स' आदेश।

ससखि—'सदृशः सख्या' इस लौकिक विग्रह में तथा 'सखि टा 'सह' इस अलौकिक विग्रह में सादृश्य अर्थ में वर्तमान 'सह' अव्यय का सुबन्त 'सख्या' के साथ समास होने पर सुप् का लुक् तथा प्रकृत सूत्र से सह को स आदेश होकर रूप सिद्ध हुआ।

१४ **संपत्ति**—क्षत्त्राणां संपत्तिः **सक्षत्त्रम्** (क्षत्रियों की संपत्ति)—यहाँ संपत्ति अर्थ में वर्तमान 'सह' अव्यय का 'क्षत्त्राणाम्' सुबन्त के साथ समास और 'सह' को 'स' आदेश हुआ।

१५—**साकल्य**—सम्पूर्णता। तृणमप्यपरित्यज्य **सतृणम्** अत्ति। (तृण को भी न छोड़कर अर्थात् सब खा जाता है)—यहाँ साकल्य अर्थ में वर्तमान

त्यज्य-स-तृणम् अत्ति । अग्निग्रन्थपर्यन्तम् अधीते-साऽग्नि ।

('संख्या' समासविधिसूत्रम्)

९१८ नदीभिश्च २ । १ । २० ॥

नदीभिः सह संख्या समस्यते ।

(समाहारसमासविधिवार्तिकम्)

(वा) समाहारे चाऽयमिष्यते । पञ्च-गङ्गम् । द्वियमुनम् ।

सह अव्यय का 'तृणम्' सुबन्त के साथ समास हुआ और 'सह' को 'स' आदेश ।

१६ **अन्त**—अग्निग्रन्थ-पर्यन्तम् अधीते साग्नि (अग्नि-चयन ग्रन्थ तक पढ़ता है)—यहाँ अन्त अर्थ में वर्तमान 'सह' अव्यय का सुबन्त 'अग्निना' के साथ समास हुआ और 'सह' को 'स' आदेश । यहाँ अग्नि शब्द अग्नि का चयन जिस ग्रन्थ में आया है उसके अर्थ में प्रयुक्त हुआ है ।

इस प्रकार 'अव्ययं विभक्ति–' सूत्र के सारे उदाहरण आ गये । समास होने पर प्रातिपादिक संज्ञा, अव्यय का पूर्व प्रयोग, सुप् का लोप आदि कार्य सब में होते हैं ।

९१८ नदीभिश्चेति—नदी-विशेष के वाचक के साथ संख्यावाचक का समास होता है ।

(वा) **समाहार**—यह समाहार में होता है अर्थात् समस्त पद का अर्थ समाहार होता है ।

पञ्च-गङ्गम् (पाँच गङ्गाओं का समाहार)—यहाँ पञ्चन् संख्यावाचक का नदी-विशेषवाचक गङ्गा शब्द के साथ प्रकृत सूत्र से समास हुआ । तब प्रथमा-निर्दिष्ट होने से संख्यावाचक का पूर्व निपात होने पर सुप् का लोप हुआ । 'नकार' का 'नलोपः प्रातिपदिकान्तस्य' इस सूत्र से लोप हुआ और अव्ययीभाव होने के कारण नपुंसक होने से ह्रस्व होकर 'पञ्चगङ्ग' शब्द बना । सुप् को अम् आदेश होने पर रूप बना ।

इसी प्रकार—**द्वियमुनम्** (द्वयो यमुनयोः समाहारः—दो यमुनाओं का समा हार) की भी सिद्धि होती है ।

(तद्धिताऽधिकारसूत्रम्)

९१९ तद्धिताः ४ । १ । ७६ ॥

आ पञ्चमसमाप्तेरधिकारोऽयम् ।

(समासान्त-टच्-प्रत्ययविधिसूत्रम्)

९२० अव्ययीभावे शरत्प्रभृतिभ्यः ५ । ४ । १०७ ॥

शरदादिभ्यष्टच् स्यात् समासान्तोऽव्ययीभावे । शरदः समीपम्-उपशरदम् । प्रतिविपाशम ।

('जरस्' आदेशविधिगणसूत्रम्)

(ग० सू०) जराया जरस् । उपजरसमित्यादि ।

---

९१९ तद्धिता इति—पांचवें अध्याय की समाप्ति तक तद्धित का अधिकार है अर्थात् इस सूत्र से आगे पांचवें अध्याय तक जितने सूत्र हैं, उनके द्वारा जिन प्रत्ययों का विधान होता है उन सभी प्रत्ययों को तद्धित कहा जाता है।

तद्धित संज्ञा का फल तदन्त शब्दों की '११७ कृत्-तद्धित-समासाश्च १।२। ४६' सूत्र से प्रातिपादिक संज्ञा होना है।

९२० अव्ययीभावे इति—शरद् आदि शब्दों से टच् प्रत्यय समासान्त हो अव्ययीभाव समास में।

टच् के टकार और चकार इत् संज्ञक हैं। केवल अकार बच रहता है। टच् की तद्धित संज्ञा पूर्व सूत्र से होती है। तब प्रातिपदिक संज्ञा होने पर सु आदि विभक्ति की उत्पत्ति होती है।

उपशरदम् (शरदः समीपम्, शरद् के समीप)—यहां समीप अर्थ में वर्तमान 'उप' अव्यय का 'शरदः' इस सुबन्त के साथ 'अव्ययं विभक्ति—'इस सूत्र से समास हुआ। प्रकृत सूत्र से तद्धित संज्ञक समासान्त प्रत्यय टच् होने पर **'उपशरद'** अकारान्त शब्द बना। फिर सुप् को **अम्** आदेश होकर रूप सिद्ध हुआ।

प्रतिविपाशम् (विपाशाया अभिमुखम्—विपाशा व्यास नदी की ओर)—यहाँ 'लक्षणेनाभि-प्रती आभिमुख्ये २ । १ । १४ ॥' सूत्र से आभिमुख्य-ओर-अर्थ में प्रति निपात का सुबन्त विपाशः के साथ समास हुआ। प्रकृत सूत्र से समासान्त टच् प्रत्यय होकर पूर्वोक्त प्रकार से रूप सिद्ध हुआ।

(ग० सू०) जराया इति—समास में जरा शब्द का जरस् आदेश और

(समासान्त-टच्-प्रत्ययविधिसूत्रम्)

९२१ अनश्च ५ । ४ । १०८ ॥

अन्नन्ताद् अव्ययीभावात् टच् स्यात् ।

(नकारान्तटिलोपसूत्रम्)

९२२ नस्तद्धिते ६ । ४ । १४४ ॥

नाऽन्तस्य भस्य टेर्लोपस्तद्धिते । उपराजम् । अध्यात्मम् ।

समासान्त टच् प्रत्यय हो ।

यह शरदादि गण का सूत्र है । इसके द्वारा टच् समासान्त के साथ जरा शब्द के स्थान में जरस् आदेश का भी विधान किया गया है ।

उपजरसम् (जरायाः समीपम् , बुढ़ापे के निकट)—यहाँ समीप अर्थ में वर्तमान अव्यय 'उप' का 'जरायाः' सुबन्त के साथ समास होने पर प्रकृत गणसूत्र से जरा शब्द को जरस् आदेश और समासान्त टच् प्रत्यय होने पर अकारान्त 'उपजरस' शब्द बना । फिर सुप् और उसको अम् आदेश होकर रूप बना ।

९२१ अनश्चेति—अन्नन्त अव्ययीभाव से समासान्त टच् प्रत्यय हो ।

९२२ नस्तद्धिते इति—नान्त भसंज्ञक टि का लोप हो तद्धित प्रत्यय परे रहते ।

उपराजम् (राजा के समीप)—'राज्ञः समीपम्' यह लौकिक और 'राजन् ङस् उप' यह अलौकिक विग्रह है । यहाँ 'अव्ययं विभक्ति–' से समीप अर्थ में वर्तमान 'उप' अव्यय का सुबन्त 'राज्ञः' के साथ समास हुआ । समासशास्त्र में स्थित प्रथमान्त 'अव्ययम्' पद से योग्य होने के कारण उपसर्जन संज्ञा होने पर 'उप' का पूर्वनिपात हुआ । फिर सुप् का लोप होने पर अन्नन्त अव्ययीभाव 'उप राजन्' से समासान्त टच् प्रत्यय हुआ और टि अन् का 'नस्तद्धिते' से लोप होकर 'उपराज' अकारान्त शब्द बना । सुप् को अम् होने पर रूप सिद्ध हुआ ।

अध्यात्मम् (आत्मा के विषय में)—'आत्मनि' इस लौकिक और 'आत्मन् ङि अधि' इस अलौकिक विग्रह में विभक्ति सप्तमी के अर्थ में वर्तमान 'अधि' का 'आत्मनि इस सुबन्त के साथ समास हुआ । फिर अधि का पूर्वनिपात, सुप् का लुक् होने पर 'अनश्च' से समासान्त टच् प्रत्यय और 'नस्तद्धिते' से टि का

('टच्' प्रत्ययविधिसूत्रम्)

९२३ नपुंसकाद् अन्यतरस्याम् ५ । ४ । १०९ ॥

अन्नन्तं यत् क्लीबम् तदन्ताद् अव्ययीभावात् टज् वा स्यात् । उपचर्मम् , उपचर्म ।

('टच्' प्रत्ययविधिसूत्रम्)

९२४ झयः ५ । ४ । १११ ॥

झयन्ताद् अव्ययीभावात् टच् वा स्यात् । उपसमिधम् , उपसमित् ।

इत्यव्ययीभावः ।

लोप हुआ । तब 'अध्यात्म' इस अकारान्त प्रातिपदिक से सुप् आया, उसे 'अम्' आदेश हुआ ।

९२३ नपुंसकादिति—अन्नन्त जो नपुंसकलिङ्ग शब्द, तदन्त अव्ययीभाव से टच् प्रत्यय हो विकल्प से ।

उपचर्मम् , उपचर्म (चर्म के समीप)—'चर्मणः समीपम्' इस लौकिक और 'चर्मन् ङस् उप' इस अलौकिक विग्रह में अव्यय 'उप' का सुबन्त 'चर्मणः' के साथ समास होने पर 'उप' का पूर्वनिपात और सुप् का लोप होकर **उपचर्मन्**, यह रूप बना । यहाँ अन्नन्त नपुंसकलिङ्ग 'चर्मन्' है, तदन्त अव्ययीभाव से टच् प्रत्यय विकल्प से हुआ । टच् पक्ष में 'नस्तद्धिते' से टि 'अन्' का लोप होने पर अकारान्त शब्द बना और तब सुप् को अम् आदेश होने पर रूप सिद्ध हुआ । अभावपक्ष में नान्त ही शब्द रहेगा और उसी प्रकार रूप बनेंगे ।

९२४ झय इति—झयन्त अव्ययीभाव से टच् विकल्प से हो ।

उपसमिधम् , उपसमित् (समिधा के समीप)—यहाँ भी पूर्ववत् समास आदि होते हैं । प्रकृत सूत्र से टच् प्रत्यय विकल्प से हुआ । टच् पक्ष में अकारान्त शब्द बन जाने पर सुप् को अम् आदेश होकर पहला रूप बना । अभावपक्ष में धकारान्त ही शब्द रहने से हलन्त नपुंसकलिङ्ग शब्द के जैसे रूप बनते हैं, प्रथमा के एकवचन का ऊपर रूप दिया गया है ।

अव्ययीभाव समाप्त ।

अथ तत्पुरुषः।

('तत्पुरुष'–अधिकारसूत्रम्)

९२५ तत्पुरुषः २ । १ । २२ ॥

अधिकारोऽयम् प्राग् बहुव्रीहेः।

('तत्पुरुष' संज्ञासूत्रम्)

९२६ द्विगुश्च २ । १ । २३ ॥

द्विगुरपि तत्पुरुष-संज्ञकः स्यात्।

('द्वितीया' समासविधिसूत्रम्)

९२७ द्वितीया–श्रिताऽतीत-पतित-गताऽत्यस्त-प्राप्ताऽऽपन्नैः २ । १ । २४ ॥

द्वितीयान्तं श्रिताऽऽदि-प्रकृतिकैः सुबन्तैः सह समस्यते वा, स च तत्पुरुषः।

---

९२५ तत्पुरुष इति–यह अधिकार '९६७ शेषो बहुव्रीहिः २ । २ । २३॥' इस सूत्र से पहले तक है अर्थात् बहुव्रीहि के पूर्व समास विधान करनेवाले सूत्रों में इसका अधिकार है, उनसे जो समास होता है, वह तत्पुरुष होता है।

९२६ द्विगुरिति—द्विगु भी तत्पुरुष-संज्ञक हो।

तत्पुरुष में उत्तरपद का अर्थ प्रधान रहता है, उसी का अन्वय अन्य पदार्थों से होता है, यह पहले कहा जा चुका है।

यह भी बताया जा चुका है कि तत्पुरुष समास दो पदों का होता है। उन दो पदों में पहला पद प्रथमान्त को छोड़कर अन्य-विभक्त्यन्त होता है और उत्तरपद के अर्थ के प्रधान होने के कारण आगे अन्वित होने से अर्थानुसार उसमें विभक्ति रहती है। परन्तु समास करते समय उसे प्रायः प्रथमान्त रखा जाता है, प्रथमान्त से ही विग्रह किया जाता है।

अब आगे तत्पुरुष समास करनेवाले सूत्र आते हैं। वे क्रमशः द्वितीयान्त आदि पदों का समास विधान करते हैं। उनमें पहले द्वितीयान्त का समास विधान करनेवाला सूत्र दिया जाता है।

९२७ द्वितीयेति–द्वितीयान्त पद का श्रित, अतीत (बीता हुआ) पतित,

कृष्णं श्रितः—कृष्ण-श्रित इत्यादि ।

('तृतीया' समासविधिसूत्रम्)

९२८ तृतीया तत्कृतार्थेन गुण-वचनेन २ । १ । ३० ॥

तृतीयान्तं तृतीयान्तार्थकृतगुणवचनेनाऽर्थेन च सह वा प्राग्वत् । शङ्कुलया खण्डः—शङ्कुला-खण्डः । धान्येनार्थः—धान्याऽर्थः ।

गत, अत्यस्त (फेंका हुआ), प्राप्त और आपन्न, इन प्रातिपदिकों से बने हुए सुबन्तों के साथ विकल्प से समास होता है और उसकी तत्पुरुष संज्ञा होती है ।

कृष्णश्रितः (कृष्ण के आश्रित)—'कृष्णं श्रितः' इस लौकिक विग्रह और 'कृष्ण अम् श्रित सु' इस अलौकिक विग्रह में द्वितीयान्त 'कृष्णम्' का श्रित शब्द से बने 'श्रितः' इस सुबन्त के साथ प्रकृत सूत्र से समास हुआ । समास-शास्त्र 'द्वियीया–' इस प्रकृत सूत्र में प्रथमान्त पद है 'द्वितीया', उससे बोध होता है विग्रह में स्थित 'कृष्णम्' पद का । उसकी '६१२ प्रथमानिर्दिष्टं समास उपसर्जनम् १ । २ । ४३ ॥' से उपसर्जन संज्ञा होती है और '६१२ उपसर्जन पूर्वम् २।३।३० ॥' से उसका पूर्व प्रयोग । फिर '७२४ सुपो धातुप्रातिपदिकयोः २ । ४ । ७१ ॥' से सुप् 'अम्' और 'सु' का लोप होने पर 'कृष्णश्रित' यह समस्त प्रातिपदिक बना । इससे सु आदि की उत्पत्ति हुई । प्रथमा के एकवचन में रूप सिद्ध हुआ ।

इसी प्रकार—आशाम् अतीतः—**आशाऽतीतः** (जो आशा को पार कर गया हो अर्थात् आशा से अधिक हो) नरकं पतितः—**नरक-पतितः** (नरक में पड़ा हुआ), स्वर्गं गतः—**स्वर्ग-गतः** (स्वर्ग को गया हुआ), कूपमत्यस्तः कूपाऽत्यस्तः (कूप में फेंका हुआ), सुखं प्राप्तः- **सुख–प्राप्तः** (सुख को प्राप्त हुआ), संकटमापन्नः–**संकटाऽऽपन्नः** (संकट में पड़ा हुआ)—इत्यादि अन्य उदाहरणों की भी सिद्धि होती है ।

९२८ **तृतीयेति**—तृतीयान्त का तृतीयान्त के अर्थ से किए हुए गुणवाचक शब्द के साथ तथा अर्थ शब्द के साथ समास होता है ।

शङ्कुला-खण्डः (सरौते से किया हुआ टुकड़ा)—'शङ्कुलया खण्डः' यह लौकिक विग्रह है । यहाँ उत्तरपद खण्ड गुणवाचक है, यह तृतीयान्तार्थ शङ्कुला से किया गया है । इसलिये 'शङ्कुला टा खण्ड सु' इस अलौकिक

'तत्कृत' इति किम्—अक्ष्णा काणः।

('तृतीया' समासविधिसूत्रम)

९२९ कर्तृ-करणे कृता बहुलम् २ । १ । ३२ ॥

कर्तरि करणे च तृतीया कृदन्तेन बहुलं प्राग्वत्। हरिणा त्रातः—हरि-त्रातः। नखैर्भिन्नः—नखभिन्नः।

(प०) कृद्ग्रहणे गति-कारकपूर्वस्याऽपि ग्रहणम्। नख-निर्भिन्नः।

विग्रह में प्रकृत सूत्र से समास हुआ। समासशास्त्र में स्थित प्रथमान्त 'तृतीया' पद से बोध्य विग्रह में स्थित शङ्कुला शब्द की उपसर्जन संज्ञा होने से पूर्वनि-पात हुआ। सुप् का लोप होने पर 'शङ्कुला-खण्ड' प्रातिपदिक बना। इससे सु आदि की उत्पत्ति हुई, तब प्रथमा के एकवचन में रूप सिद्ध हुआ।

धान्या-र्थः (धान्य से प्रयोजन)—यहाँ 'धान्येन अर्थः' यह लौकिक विग्रह है। 'धान्य टा अर्थ सु' इस अलौकिक विग्रह में तृतीयान्त का 'अर्थ' शब्द के साथ समास हुआ। और तब समास निमित्तक विभक्तिलोप आदि कार्य करने पर रूप सिद्ध हुआ।

ततकृत इति—शङ्कुलया खण्डः' यहाँ पर 'कर्तृकरणे कृता बहुलम् २।१। ३२' से ही समास हो जाता 'तृतीयान्तार्थ कृत—तृतीयान्तार्थ से किये हुए गुणवचन से इतना कहने की क्या आवश्यकता थी ?

अक्ष्णा काण इति—'तत्कृत' ग्रहण करने से अर्थ होगा यदि तृतीयान्त का गुणवचन से समास हो तो तृतीयान्तार्थ कृत से ही हो। इस नियम से **अक्ष्णाकाणः** यहाँ समास नहीं होगा, क्योंकि तृतीयान्त अक्ष्णा से काणत्व नहीं हुआ अर्थात् आँख से वह काना नहीं हुआ बल्कि रोगादि से आँख कानी हो गई, अतः यहाँ समास नहीं हुआ।

९२९ कर्तृ-करणे इति—कर्ता और करण में जो तृतीया, तदन्त पद का कृदन्त के साथ बहुलतया समास होता है।

हरि-त्रातः (हरि से रक्षा किया हुआ)—'हरिणा त्रातः' यह लौकिक विग्रह है। 'हरि टा त्रात सु' इस अलौकिक विग्रह में तृतीयान्त 'हरिणा' का उत्तरपद 'त्रातः' के साथ समास होकर रूप बना। यहाँ 'हरिणा' में तृतीया कर्ता में हुई है।

('चतुर्थी' समासविधिसूत्रम्)

९३० चतुर्थी तदर्थाऽर्थ-बलि-हित-सुख-रक्षितैः २ । १ । ३६ ॥

चतुर्थ्यन्तार्थाय यत्, तद्वाचिना अर्थादिभिश्च चतुर्थ्यन्तं वा प्राग्वत्। यूपाय दारु–यूपदारु । तदर्थेन प्रकृतिविकृतिभाव एवेष्टः, तेनेह न रन्धनाय स्थाली ।

['चतुर्थी' समासविधिवार्तिकम्]

(वा) अर्थेन नित्यसमासो विशेष्यलिङ्गता चेति वक्तव्यम् ।

नख-भिन्नः (नखों से फाड़ा हुआ)—'नखैर्भिन्नः' यह लौकिक विग्रह है। 'नखैः' यहाँ तृतीया करण में है। इसलिये 'नख भिस् भिन्न सु' इस अलौकिक विग्रह में समास होने पर पूर्वोक्त रीति से रूप बना।

९३० चतुर्थीति—चतुर्थ्यन्त के अर्थ के निमित्त जो वस्तु हो, उसके वाचक पद के साथ तथा अर्थ(के लिये), वलि (उपहार), हित (कल्याण) सुख और रक्षित (रखा हुआ)—इन पदों के साथ चतुर्थ्यन्त का समास होता है।

यूप-दारु (यज्ञ स्तम्भ के लिये लकड़ी) 'यूपाय दारु' यह लौकिक विग्रह है। यहाँ दारु (लकड़ी) चतुर्थ्यन्तार्थ यूप के लिये है इसलिए प्रकृत सूत्र से समास और तदनुसार अन्य कार्य होकर रूप बना।

तदर्थेनेति—सूत्र में पढ़े हुए 'तदर्थ' शब्द का अभिप्राय प्रकृतिविकृतिभाव है अर्थात् चतुर्थ्यन्त का अर्थ विकार और उत्तरपद का अर्थ प्रकृति होना चाहिये, तभी इस सूत्र से समास होगा। दारु से यूप बनता है, इसलिये दारु प्रकृति और यूप उसका विकार है, इस प्रकार इनमें प्रकृतिविकृतिभाव है। अतः यहाँ समास हो गया।

रन्धनाय स्थाली (राँधने—पकाने के लिये डेगची)—यहाँ स्थाली और रन्धन में प्रकृतिविकृतिभाव नहीं। स्थाली से रन्धन नहीं बनता। रन्धन असत्वभूत क्रिया है, द्रव्य नहीं, प्रकृतिविकृतिभाव दो द्रव्यों में होता है द्रव्य और क्रिया में नहीं, स्थाली द्रव्य है और रन्धन क्रिया। अत एव यहाँ समास नहीं होता।

(वा) अर्थेनेति—अर्थ शब्द के साथ नित्यसमास होता है और समस्तपद का लिङ्ग विशेष्य के अनुसार।

द्विजार्थः-सूपः । द्विजार्था-यवागूः । द्विजार्थम्-पयः । भूत-बलिः । गो-हितम् । गो-सुखम् । गो-रक्षितम् ।

['पञ्चमी' समासविधिसूत्रम्]

९३१ पञ्चमी भयेन २ । १ । ३७ ॥

चोराद् भयम्-चोरभयम् ।

('स्तोक' आदिपञ्चम्यन्तसमासविधिसूत्रम्)

९३२ स्तोकाऽन्तिक-दूरार्थ-कृच्छ्राणि क्तेन २ । १ ।३९॥

(पञ्चम्या अलुग्विधिसूत्रम्)

९३३ पञ्चम्याः स्तोकाऽदिभ्यः ६ । ३ । २ ॥

द्विजाऽर्थः सूपः (ब्राह्मण के लिये सूप—दाल)—नित्य समास होने से यहाँ लौकिक विग्रह 'द्विजाय अयम्' इस प्रकार अस्वपद होता है । 'द्विज ङे अर्थ सु' इस अलौकिक विग्रह में समास हुआ । विशेष्य 'सूप' पुँलिङ्ग है, अतः समस्त पद भी तदनुसार पुँलिङ्ग हुआ ।

इसी प्रकार द्विजाय इयम्—द्विथाजा यवागूः ब्राह्मण के लिये लप्सी और द्विजाय इदम्—द्विजार्थं पयः (ब्राह्मण के लिये दूध)—इनमें प्रकृत वार्तिक से अस्वपदविग्रह नित्यसमास और विशेष्य के अनुसार लिङ्ग हुआ ।

भूतेभ्यो बलिः—**भूत-बलिः** (भूतों के लिये उपहार), गोभ्यो हितम्—**गो-हितम्** (गौओं के लिये हितकर), गोभ्यः सुखम्—**गो-सुखम्** (गौओं को सुखकर) और गोभ्यो रक्षितम्—**गो-रक्षितम्** (गौओं के लिये रखा हुआ)—इनमें प्रकृत सूत्र से समास हुआ ।

९३१ **पञ्चमीति**—पञ्चम्यन्त का भयवाचक शब्द के साथ समास होता है ।

चोराद् भयम्—**चोर-भयम्** (चोर से भय)—यहाँ 'चोराद्' इस पञ्चम्यन्त का 'भयम्' सुबन्त के साथ समास हुआ ।

९३२ **स्तोकेति**—स्तोक (थोड़ा), अन्तिक (समीप) और दूर के अर्थ के वाचक और कृच्छ्र (कष्ट)—इन सुबन्तों का क्तप्रत्ययान्त सुबन्त के साथ समास होता है ।

९३३ **पञ्चम्या** इति—स्तोक आदि शब्दों से पर पञ्चमी विभक्ति का लुक् न हो, उत्तरपद परे रहते ।

अलुग् उत्तरपदे । स्तोकान्मुक्तः । अन्तिकादागतः । अभ्याशादागतः दूरादागतः । कृच्छ्रादागतः ।

('षष्ठी' समासविधिसूत्रम्)

९३४ षष्ठी २ । २ । ८ ॥

सुबन्तेन प्राग्वत् । राज-पुरुषः ।

(एकदेशिसमाससूत्रम्)

९३५ पूर्वाऽपराऽधरोत्तरम् एकदेशिनैकाऽधिकरणे २।२।१॥

"उत्तर-पदं समास-चरमाऽवयवे रूढम्—उत्तरपद समास के अन्तिम अवयव में रूढ है" अर्थात् उत्तरपद कहने से समास का अन्तिम अवयव ही लिया जाता है ।

विभक्ति के लोप के न होने पर समास का फल एक पद बन जाना और एक स्वर होना है ।

स्तोकान्मुक्तः (थोड़े से मुक्त), **अन्तिकादागतः** (पास से आया हुआ), **अभ्याशादागतः** (पास से आया हुआ), **दूरादागतः** (दूर से आया हुआ) और **कृच्छ्रादागतः** (कष्ट से आया हुआ)—इनमें पूर्व सूत्र से समास हुआ और प्रकृत सूत्र से पञ्चमी का अलुक् हुआ ।

एक पद होने से स्तोकान्मुक्तस्य अपत्यं स्तौकान्मुक्तिः—यहाँ तद्धित प्रत्यय होने पर आदि अच् को वृद्धि हुई । समास का अन्त उदात्त होता है और शेष अच् अनुदात्त होते हैं ।

९३४ षष्ठीति—षष्ठयन्त का सुबन्त के साथ समास हो ।

राजपुरुषः (राजा का आदमी, सरकारी आदमी)—'राज्ञः' इस षष्ठयन्त का 'पुरुषः' इस सुबन्त के साथ समास हुआ और तब समास निमित्तक कार्य सुप का लुक् आदि होकर रूप सिद्ध हुआ । 'राजपुरुषः' इस समस्त पद का लौकिक विग्रह 'राज्ञः पुरुषः' और अलौकिक विग्रह 'राजन् ङस् पुरुष सु' है ।

९३५ पूर्वापरेति—पूर्व (आगे का), अपर (पीछे का), अधर (नीचे का) और उत्तर (ऊपर)—इन अवयव-वाचक शब्दों का अवयवीवाचक शब्द के साथ समास होता है, यदि अवयवी एकत्व-संख्या-युक्त हो अर्थात् एकवचनान्त हो ।

एकदेश अवयव को कहते हैं और एकदेशी अवयवी को । इसलिये सूत्रस्थ

अवयविना सह पूर्वाऽऽदयः समस्यन्ते, एकत्वसंख्या विशिष्टश्चेद्-अवयवी। षष्ठीसमासाऽपवादः। पूर्वं कायस्य–पूर्व-कायः। अपर-कायः। एकाऽधिकरणे किम्–पूर्वश्छात्राणाम्।

('अर्ध' शब्दसमाससूत्रम्)

९३६ अर्धं नपुंसकम् २। २। २॥

एकदेशिना-पद का अर्थ वृत्ति में 'अवयविना' किया गया है। अधिकरण अर्थ को कहते हैं, इसलिये सूत्रस्थ 'एकाऽधिकरण' पद का अर्थ वृत्ति में किया गया है, एकत्वसंख्या-विशिष्ट अर्थात् एकत्वसंख्या जब अर्थ हो।

षष्ठीसमासेति—अवयवी का अवयव पूर्व आदि के साथ इस सूत्र में समास विधान षष्ठीसमास का बाधक है। यदि षष्ठी समास हो तो षष्ठ्यन्त का पूर्व प्रयोग हो जायगा। इस एकदेशिसमास के करने पर समासशास्त्र में प्रथमान्त पद पूर्व आदि अवयव-वाचक शब्द हैं, उनसे बोध्य पद पूर्व आदि हैं उनका पूर्व प्रयोग होता है। पूर्व प्रयोग के लिये ही यह एकदेशिसमास किया गया है।

पूर्व-कायः (शरीर का अगला भाग)—'पूर्वं कायस्य' यह लौकिक विग्रह है। 'पूर्व अम् काय ङस्' इस अलौकिक विग्रह में प्रकृत सूत्र से समास हुआ। क्योंकि काय अवयवी है वह एकवचनान्त है, और 'पूर्व' शब्द अवयव-वाचक है। समासशास्त्रस्थ प्रथमान्त पद बोध्य होने के कारण पूर्व शब्द का पूर्वनिपात हुआ

इसी प्रकार—अपरं कायस्य—**अपरकायः** (शरीर का पिछला भाग)—इसमें भी समास होता है।

एकाधिकरणे इति—अवयवी एकत्व-संख्याविशिष्ट अर्थात् एकवचनान्त हो, ऐसा क्यों कहा? इसलिये कि **पूर्वश्छात्राणाम्**—यहाँ समास न हो। यहाँ अवयवी 'छात्राणाम्' बहुत्वसंख्याविशिष्ट है, एकत्वसंख्याविशिष्ट नहीं, इसलिये समास नहीं हुआ।

यहाँ तत्पुरुष होने पर भी पूर्वपद का अर्थ प्रधान है, उसी का अन्य पदार्थों के साथ अन्वय होता है। इसीलिये समासप्रकरण के प्रारम्भ में दिये गये तत्पुरुष के लक्षण में प्रायः पद रखा गया है ताकि उत्तरपद के अर्थ के प्रधान न होने पर भी तत्पुरुष के अधिकार के अन्तर्गत होने से तत्पुरुष संज्ञा हो।

९३६ **अर्धमिति**—बराबर आधे भाग का वाचक जो नित्य नपुंसक अर्ध-शब्द है, उसका सुबन्त के साथ समास होता है।

समांशवाची-अर्धशब्दो नित्यं क्लीबे, स प्राग्वत्। अर्धं पिप्पल्याः-अर्ध-पिप्पली।

('सप्तमी' विभक्तिसमासविधिसूत्रम्)

९३७ सप्तमी शौण्डैः २। १। ४०॥

सप्तम्यन्तं शौण्डाऽऽदिभिः प्राग्वत्। अक्षेषु शौण्डः-अक्षशौण्डः। इत्यादि।

'द्वितीया'-'तृतीया' इत्यादियोगविभागाद् अन्यत्राऽपितृतीयाऽऽदि-विभक्तीनां प्रयोगवशात् समासो ज्ञेयः।

यह भी पूर्व सूत्र के समान षष्ठीसमास का बाधक है। 'अर्ध' शब्द का पूर्वनिपात इस सूत्र का फल है। षष्ठीसमास होने पर पिप्पली शब्द का प्रयोग पहले होता।

अर्धपिप्पली (आधी पिपली)—'अर्धं पिप्पल्याः' इस लौकिक तथा 'अर्ध अम् पिप्पली ङस्' इस अलौकिक विग्रह में प्रकृत सूत्र से समास हुआ। समास-शास्त्रस्थित प्रथमान्त 'अर्धम्' पद के द्वारा बोध्य विग्रह में स्थित अर्ध शब्द का पूर्वनिपात हुआ। तब सुब्लुक् आदि कार्य होने पर रूप सिद्ध हुआ।

यहाँ भी पूर्वपद का अर्थ प्रधान है।

९३७ सप्तमीति—सप्तम्यन्त पद का शौण्ड आदि शब्दों के साथ समास होता है।

अक्ष-शौण्डः (पासे खेलने में प्रवीण)—'अक्षेषु शौण्डः' इस लौकिक और 'अक्ष सुप् शौण्ड सु' इस अलौकिक विग्रह में समास हुआ। सप्तम्यन्त का पूर्वनिपात हुआ। तब सुब्-लुक् आदि कार्य होने पर रूप सिद्ध हुआ।

द्वितीया-तृतीयेति—द्वितीया, तृतीया आदि का योगविभाग करने से अन्यत्र भी द्वितीयादि विभक्तियों का प्रयोगवश समास समझना चाहिये। कहने का तात्पर्य यह है कि सूत्रों के द्वारा द्वितीयान्त आदि का पतित आदि पदों के साथ समासविधान किया गया है। परन्तु पतित आदि से भिन्न पदों के साथ भी समास मिलता है, उनकी सिद्धि के लिये 'द्वितीया' आदि को पृथक् योग-सूत्र बना लिया जायगा। जिसका अर्थ सामान्य रूप से होगा 'द्वितीयान्त का अन्य समर्थ सुबन्त के साथ समास होता है' इसमें पतित आदि का सम्बन्ध नहीं

(दिक्संख्यासमाससूत्रम्)

९३८ दिक्संख्ये संज्ञायाम् २ । १ । ५० ॥

पूर्वेषुकामशमी । सप्तर्षयः । 'संज्ञायाम् एव' इति नियमाऽर्थं सूत्रम्, तेनेह न–उत्तरा वृक्षाः, पञ्च ब्राह्मणाः ॥

(तद्धितार्थादिसमासविधिसूत्रम्)

९३९ तद्धिताऽर्थोत्तरपद-समाहारे च २ । १ । ५१ ॥

तद्धितार्थे विषये, उत्तरपदे च परतः, समाहारे च वाच्ये, दिक्-संख्ये

रहेगा । अतः इस योगविभाग से पतित आदि से भिन्न पदों के साथ समास सिद्ध हो जायगा ।

यहाँ तक विभक्त्यन्तों का समास हुआ । इन समासों को व्यधिकरण तत्पुरुष कहते हैं, क्योंकि इनमें पूर्वपद और उत्तरपद का अर्थ भिन्न-भिन्न होता है ।

९३८ दिक्संख्ये इति—दिशावाचक और संख्यावाचक सुबन्तों का समर्थ सुबन्त के साथ समास होता है संज्ञा में ।

पूर्वेषुकामशमी—यह प्राचीन समय के किसी गांव का नाम है । इसका 'पूर्वः इषुकामशमी' यह लौकिक विग्रह है ।

सप्तर्षयः—यह भी सात ऋषियों–वशिष्ठ आदि की संज्ञा है । यहाँ संख्यावाचक का प्रकृत सूत्र से समास होता है । 'सप्त च ते ऋषयः' यह लौकिक विग्रह है ।

संज्ञायामेवेति—'दिग्वाचक और संख्यावाचक सुबन्तों का समानाधिकरण सुबन्तों के साथ संज्ञा में ही समास होता है' इस प्रकार नियमार्थ यह सूत्र है । अभिप्राय यह है कि '७४७ विशेषणं विशेष्येण बहुलम् २ । १ । ५७' इस सूत्र से प्राप्त समास का यह सूत्र नियम करता है कि यदि विशेषण दिग्वाचक और संख्यावाचक हो तो समास संज्ञा में ही होता है ।

तेनेह न इति–इसलिये उत्तरा वृक्षाः, पञ्च ब्राह्मणाः—यहाँ समास नहीं हुआ, क्योंकि यहाँ संज्ञा नहीं है ।

९३९ तद्धितार्थेति—तद्धिताऽर्थ के विषय में, उत्तरपद रहते और समाहार जब वाच्य हो, तब दिशावाचक और संख्यावाचकों का समास होता है ।

इस सूत्र में तद्धितार्थ, उत्तरपद और समाहार पदों का द्वन्द्व समास हुआ

प्राग्वत। पूर्वस्यां शालायां भवः-पूर्वशालः, इति समासे जाते।

(पुंवद्भावविधिवार्तिकम्)

(वा) सर्वनाम्नो वृत्ति-मात्रे पुंवद्भावः।

('ञ' प्रत्ययविधिसूत्रम्)

९४० दिक-पूर्वपदाद् अ-संज्ञायां ञः ४। २। १०७॥

अस्माद् भवार्थे ञः स्याद् असंज्ञायाम्।

है। उस समस्त शब्द से सप्तमी विभक्ति हुई। सप्तमी यद्यपि यहाँ एक है, परन्तु विषयभेद से उसके भिन्न भिन्न अर्थ हो गये हैं, 'एकापि सप्तमी विषयभेदाद् भिद्यते'। तद्धितार्थ के साथ 'सप्तमी का अर्थ है-विषय, उत्तरपद के साथ-पर और समाहार के साथ—वाच्य। इस लिये ही उपर्युक्त अर्थ किया गया है।

दिग्वाचक का समाहार अर्थ में समास नहीं होता, क्योंकि कहीं ऐसा कहा नहीं गया। अतः दिग्वाचक सुबन्त के तद्धितार्थ के विषय में और उत्तरपद परे रहते ही समास होगा, इस प्रकार दो ही उदाहरण होंगे।

संख्या वाचक के समास के तीनों स्थलों में उदाहरण मिलेंगे।

इस प्रकार इस सूत्र के पाँच उदाहरण होंगे। परन्तु यहाँ तीन ही उदाहरण दिये गये हैं। एक दिग्वाचक का तद्धितार्थ के विषय में और दो संख्यावाचक के उत्तरपद परे रहते और समाहार अर्थ में।

सब से दिग्वाचक पद का तद्धितार्थ विषय का उदाहरण देते हैं।

पूर्वस्यामिति—तद्धित के अर्थ में समास दिखाने के लिये यह विग्रह वाक्य दिखाया गया है। पूर्ववाली शाला में होनेवाला, 'तत्र भवः-होनेवाला' अर्थ तद्धित का है। उस अर्थ में पूर्व और शाला का समास हुआ। सुप् का लोप होने पर 'पूर्वा शाला' यह स्थिति बनी।

(वा) सर्वनाम्न इति—सर्वनाम को वृत्तिमात्र में अर्थात् कृदन्त आदि पाँचों वृत्तियों में पुंवद्भाव हो।

यहाँ समास वृत्ति है। 'पूर्वा' सर्वनाम है, पुंवद्भाव होने पर टाप् नहीं रहा। 'पूर्वशाल' यह स्थिति बनी।

९४० दिक् पूर्वेति—जिसके पूर्व दिशावाचक शब्द हो उससे भव (होनेवाला) अर्थ में ञ प्रत्यय हो, पर संज्ञा में न हो।

(आदिवृद्धिविधिसूत्रम्)

९४१ तद्धितेष्वचाम् आदेः ७ । २ । ११७ ॥

ञिति णिति च तद्धितेष्वचाम्–आदेरचो वृद्धिः स्यात् यस्येति च– पौर्वशालः । पञ्च गावो धनं यस्येति त्रिपदे बहुव्रीहौ ।

(द्वन्द्वतत्पुरुषयोः नित्यसमासविधिवार्तिकम्)

(वा) द्वन्द्व-तत्पुरुषयोरुत्तरपदे नित्यसमासवचनम् ।

(समासान्त 'टच्' प्रत्ययविधिसूत्रम्)

९४२ गोरतद्धित-लुकि ५ । ४ । ९२ ॥

ञ का ञकार इत्संज्ञक है केवल अकार शेष रहता है।

'पूर्वशाल' शब्द में पूर्वपद 'पूर्व' दिशावाचक है, अतः प्रकृत सूत्र से ञ प्रत्यय हुआ ।

९४१ तद्धितेष्विति—ञित् और णित् तद्धित प्रत्यय परे रहते अचों में आदि अच् को वृद्धि हो ।

पौर्वशालः (पूर्ववाले घर में जो पैदा हुआ हो)—यहाँ 'पूर्वशाल + अ' इस पूर्वोक्त स्थिति में ञित् ञ प्रत्यय पर होने के कारण अचों में आदि अच ऊकार को वृद्धि औकार हुई । '२३६ यस्येति च ६ । ४ । १४८ ॥' से लकार के आगे के अकार का लोप होने पर प्रथमा के एकवचन में रूप बना ।

(वा) द्वन्द्वेति उत्तर पद[1] परे रहते जो द्वन्द्व और तत्पुरुष समास होते हैं, उनको नित्य समास कहना चहिये ।

'पञ्च गावो धनं यस्य' इस त्रिपद बहुव्रीहि के अन्तर्वर्ती 'पञ्चगव' इस तत्पुरुष को विकल्प प्राप्त होता है, उसका इस वार्तिक से निषेध हो जाता है क्योंकि यहाँ उत्तर पद परे रहते तत्पुरुष समास होता है ।

पञ्च गावो धनं यस्य (पाँच गाय हैं धन जिसके)—यहाँ तीन पदों का बहुव्रीहि समास होता है । इसके पूर्व 'पञ्च' और 'गावः' का 'तद्धितार्थ- ' सूत्र से उत्तरपद धन परे रहते समास हुआ और प्रकृत वार्तिक से वह नित्य हुआ, क्योंकि यह तत्पुरुष उत्तरपद परे रहते हुआ । समास होने पर सुप् का लोप हुआ ।

९४२ गोरिति – गो शब्द जिसके अन्त में हो, ऐसे तत्पुरुष से टच् प्रत्यय

---

१. उत्तरपदे परतः यौ द्वन्द्वतत्पुरुषौ तयोर्नित्यत्वं वक्तव्यम्-इत्यर्थः ।

गोऽन्तात् तत्पुरुषात् टच् स्यात् समासाऽन्तो, न तु तद्धित-लुकि। पञ्च-गव-धनः।

('कर्मधारय' संज्ञासूत्रम)

९४३ तत्पुरुषः समानाऽधिकरणः कर्मधारयः २ । १ । ४२ ॥

(द्विगुसंज्ञासूत्रम्)

९४४ संख्या-पूर्वो द्विगुः २ । १ । ५२ ॥

'तद्धितार्थ–' इत्यत्रोक्तः त्रिविधः संख्यापूर्वो द्विगुसंज्ञः स्यात्।

(एकवचनविधिसूत्रम्)

९४५ द्विगुरेकवचनम् २ । ४ । १ ॥

द्विग्वर्थः समाहार एकवत् स्यात्।

(नपुंसकताविधिसूत्रम्)

९४६ स नपुंसकम् २ । ४ । १७ ॥

समाहारे द्विगुर्द्वन्द्वश्च नपुंसकं स्यात्। पञ्चानां गवां समाहारः–पञ्चगवम।

समासान्त हो, परन्तु तद्धित प्रत्यय का जहाँ लोप हुआ हो, वहाँ न हो।

पञ्च-गव-धनः—यहाँ 'पञ्चन् गो' यह तत्पुरुष गोशब्दान्त है, इसलिये प्रकत सूत्र से टच् प्रत्यय समासान्त हुआ। तब गो के ओकार को अव् आदेश होकर उक्त रूप सिद्ध हुआ।

९४३ तत्पुरुष इति—समानाधिकरण तत्पुरुष को कर्मधारय कहते हैं।

समानाधिकरण का अर्थ है समानविभक्त्यन्त–पद-विषयक अर्थात् जहाँ पूर्व और उत्तरपद दोनों समानविभक्त्यन्त हों।

इसके पूर्व जो तत्पुरुष आये हैं उनमें पूर्व और उत्तरपद भिन्नविभक्त्यन्त हैं अतः उन्हें व्यधिकरण तत्पुरुष कहते हैं।

९४४ संख्यापूर्व इति—'तद्धितार्थ–' इस सूत्र में बताया हुआ तीन प्रकार का संख्यापूर्व समास 'द्विगु' संज्ञक होता है अर्थात् उसकी 'द्विगु' संज्ञा होती है।

९४५ द्विगुरिति—द्विगु समास का अर्थ समाहार एकवचन हो।

९४६ स इति—समाहार में द्विगु और द्वन्द्व नपुंसक हों।

पञ्च-गवम् (पञ्चानां गवां समाहारः, पाँच गायों का समुदाय)—यहां

(विशेषणसमाससूत्रम्)

९४७ विशेषणं विशेष्येण बहुलम् २ । १ । ५७ ॥

भेदकं भेद्येन समानाऽधिकरणेन बहुलं प्राग्वत् । नीलम् उत्पलम्—नीलोत्पलम् । बहुलग्रहणात् क्वचिद् नित्यम्—कृष्ण-सर्पः, क्वचिद् न—रामो जामदग्न्यः ।

'पञ्चन् आम् गो आम्' इस अलौकिक विग्रह में समाहार अर्थ में 'तद्धितार्थ–' से समास हुआ । समास होने के कारण प्रातिपदिक संज्ञा हुई और तब सुप् लुक् अर्थात् दोनों आम का लोप । नकार का '१८० नलोपः प्रातिपदिकान्तस्य ८ । २ । ७८ ।' से लोप और '४२ गोरतद्धितलुकि ५ । ४ । ९२ ॥' से टच् प्रत्यय समासान्त होने पर ओकार को अव् आदेश होकर 'पञ्चगव' शब्द बना ।

संख्यापूर्व होने से इसकी 'संख्यापूर्वो द्विगुः' से द्विगु संज्ञा हुई । समाहार होने से 'द्विगुरेकवचनम्' से एकवचनान्त और 'स नपुंसकम्' से नपुंसक होकर 'पञ्चगवम्' रूप सिद्ध हुआ ।

९४७ विशेषणमिति—भेदक-विशेषण-का भेद्य-के साथ बहुलता से समास होता है ।

भेदक विशेषण को कहते हैं, क्योंकि वह विशेष्य का अन्य से भेद बताता है और भेद्य विशेष्य को कहते हैं, क्योंकि उसे ही अन्य से भिन्न किया जाता है । विशेषण और विशेष्य दोनों एक ही पदार्थ को कहते हैं, इसलिये इन्हें समानाधिकरण कहा जाता है ।

विशेषण और विशेष्य के समास में विशेषण पहले जाता है क्योंकि समास-शास्त्र में 'विशेषण' पद प्रथमान्त है ।

नीलोत्पलम् (नीलम् उत्पलम्, नीला कमल)—'नील सु उत्पल सु' इस अलौकिक विग्रह में प्रकृत सूत्र से समास हुआ । प्रातिपदिक संज्ञा होने पर सुप् का लुक् होकर 'नीलोत्पल' शब्द बना । प्रथमा के एकवचन में उक्त रूप सिद्ध हुआ ।

बहुलेति—विशेषण समासविधायक सूत्र में 'बहुल' ग्रहण से यह समास कहीं नित्य होता है और कहीं होता ही नहीं ।

कृष्ण-सर्पः (काला साँप)—यहाँ 'कृष्ण सु सर्प सु' इस अलौकिक विग्रह

('उपमान'समाससूत्रम्)

९४८ उपमानानि सामान्य-वचनैः २ । १ । ५५ ॥

घन इव श्यामः-घन-श्यामः ।

(शाकपार्थिवादिसमासवार्तिकम्]

(वा) शाक-पार्थिवाऽऽदीनां सिद्धये उत्तरपदलोपस्योपसंख्यानम् ।

शाक-प्रियः पार्थिवः-शाकपार्थिवः । देव-पूजको ब्राह्मणः–देवब्राह्मणः ।

में विशेषण समास हुआ । बहुल ग्रहण से यहाँ नित्य हुआ ।

नित्य समास होने से 'कृष्णश्चासौ सर्पश्च' इस विग्रह वाक्य के द्वारा समास का अर्थ नहीं प्रतीत होता । 'काला साँप' की विशेष जाति है ।

रामो जामदग्न्यः—यहाँ विशेष्य विशेषण हैं, पर 'बहुल' ग्रहण के कारण समास नहीं होता ।

९४८ उपमानानीति–उपमानवाचक सुबन्त का [1]समानधर्मवाचक सुबन्त के साथ समास होता है ।

उपमान उसे कहते हैं जिससे किसी की समता बताई जाय और जिस धर्म से समता बताई जाती है उसे साधारणधर्म कहते हैं ।

घन–श्यामः (घन इव श्यामः, मेघ के समान श्यामवर्णवाला)—'घन सु श्याम सु' इस अलौकिक विग्रह में उपमान घन का साधारणधर्मवाचक श्याम पद के साथ समास प्रकृत सूत्र से हुआ । सुप् का लोप होने पर प्रथमा के एक-वचन में रूप सिद्ध हुआ ।

लौकिक विग्रह में समानतावाचक शब्द 'इव' का ग्रहण अर्थ की स्पष्टता के लिये है, समास तो घन और श्याम इन दो पदों का ही होता है । समानता अर्थ घन इस उपमानपद से ही लक्षण के द्वारा प्रतीत होता है अर्थात् 'घन' यह पद 'घन के समान' अर्थ में लाक्षणिक है ।

(वा) शाकेति—'शाक-पार्थिव' आदि समस्त पदों की सिद्धि के लिये उत्तरपद के लोप का परिगणन होता है ।

शाक-पार्थिवः (शाकप्रियः पार्थिवः, शाक को पसन्द करनेवाला

---

१. समानस्य भावः धर्मो वा सामान्यम् अर्थात् दो समान पदार्थों का धर्म-फलितार्थ हुआ साधारण धर्म ।

('नञ्' समाससूत्रम्)

९४९ नञ् २ । २ । ६ ॥

नञ् सुपा सह समस्यते ।

(नलोपविधिसूत्रम्)

९५० न-लोपो नञः ६ । ३ । ७ ॥

नञो नस्य लोप उत्तरपदे । न ब्राह्मणः-अब्राह्मणः ।

('नुट' आगमसूत्रम्)

९५१ तस्माद् नुड् अचि ६ । ३ । ७४ ॥

लुप्त-नकाराद् नञ उत्तरपदस्याजादेः 'नुट्' आगमः स्यात् । अनश्वः । 'नैकधा' इत्यादौ तु न-शब्देन सह '२०९ सह सुपा २ । १ । ४॥' समासः ।

राजा)—यहाँ शाकप्रिय और पार्थिव का समास हुआ और शाकप्रिय के उत्तर पद 'प्रिय' का लोप होकर रूप सिद्ध हुआ ।

देव-ब्राह्मणः (देवपूजको ब्राह्मणः, देवताओं को पूजनेवाला ब्राह्मण)—यहाँ देवपूजक और ब्राह्मण पदों का समास हुआ और देवपूजक के उत्तरपद 'पूजक' का लोप होकर रूप बना ।

९४९ नञ् इति –नञ् का सुबन्त के साथ समास होता है ।

निषेधार्थक न को नञ् कहते हैं । इस समास को **नञ् समास** कहा जाता है ।

९५० नलोप इति—नञ् के नकार का लोप हो उत्तरपद परे रहते ।

अब्राह्मणः (ब्राह्मण से भिन्न और ब्राह्मण के सदृश अर्थात् क्षत्रिय आदि)-'न ब्राह्मणः' यह लौकिक विग्रह और 'न ब्राह्मण सु' यह अलौकिक विग्रह है । नञ् का पूर्व सूत्र से 'ब्राह्मणः' इस सुबन्त के साथ समास होने पर प्रकृत सूत्र से उसके नकार का लोप होकर रूप सिद्ध हुआ ।

९५१ तस्मादिति—जिस नञ् के नकार का लोप हो गया हो उससे पर अजादि उत्तरपद को नुट् आगम हो ।

अनश्वः (न अश्वः, घोड़े से भिन्न और घोड़े के समान अर्थात् गधा आदि)-यहाँ नञ् समास होने पर 'नलोपो नञः' से नञ् के नकार का लोप

(कु-गति-प्राऽऽदि-समाससूत्रम्)

९५२ कु गति प्राऽऽदयः २ । २ । १८ ॥

एते समर्थेन नित्यं समस्यन्ते । कुत्सितः पुरुषः—कु-पुरुषः ।

(गतिसंज्ञासूत्रम्)

९५३ ऊर्यादि-च्वि डाचश्च १ । ४ । ६१ ॥

ऊर्यादयः, च्व्यन्ता, डाजन्ताश्च क्रिया-योगे गति-संज्ञाः स्युः ।

हुआ । तब 'अ अश्व' इस स्थिति में उत्तरपद के अजादि होने के कारण उसे 'तस्मान् नुड् अचि' से नुट् आगम होकर रूप सिद्ध हुआ ।

नैकधेति—नैकधा (अनेक प्रकार से) में न शब्द का "६०६ सह सुपा २ । १ । ४ ॥" सूत्र से केवल समास हुआ ।

यदि नञ् शब्द का समास किया जाय तो नकार का लोप होकर उत्तरपद **'एकधा'** के अजादि होने से उसे नुट् आगम होगा और तब 'अनेकधा' रूप बनेगा ।

९५२ कु-गतीति—'कु' शब्द गतिसंज्ञक और प्र आदि का समर्थ सुबन्त के साथ नित्य समास होता है ।

कु-पुरुषः (कुत्सितः पुरुषः, बुरा आदमी)—यहाँ 'कु' शब्द अव्यय का समर्थ सुबन्त पुरुष के साथ प्रकृत सूत्र से समास होकर रूप बना ।

गतिसंज्ञक और प्र आदि के उदाहरण आगे दिये जायंगे । यद्यपि गतिसंज्ञा प्र आदि की ही होती है, तथापि प्र आदि का पृथग् ग्रहण इसलिये किया गया है कि जिस[1] क्रिया के साथ प्र आदि हों उसी के प्रति वे गतिसंज्ञक होते हैं अन्य के प्रति ये केवल प्र आदि ही कहे जाते हैं । जैसे—'प्रगत आचार्यः **प्राचार्यः**' **यहाँ** गमन क्रिया के साथ योग होने से प्र की गतिसंज्ञा उसी के प्रति होगी, आचार्य के प्रति नहीं, उसके प्रति प्र केवल प्राऽदि ही कहा जायगा ।

९५३ ऊर्यादीति—ऊरी आदि, च्विप्रत्ययाऽन्त और डाच्-प्रत्ययान्त शब्द क्रिया के योग में गतिसंज्ञक होते हैं ।

गतिसंज्ञा का फल है पूर्व सूत्र से समास होना । इन गति संज्ञकों के समास

---

१. 'यत्' क्रिया-युक्ताः प्राऽऽदयः, तं प्रत्येव गत्युपसर्गसंज्ञा भवन्ति' ।

ऊरीकृत्य । शुक्लीकृत्य । पटपटाकृत्य । सु-पुरुषः ।

(प्रादिसमासविधिवार्तिकम्)

(वा) प्राऽऽदयो गताद्यर्थे प्रथमया । प्रगत आचार्यः–प्राऽऽचार्यः ।

को 'गतिसमास' कहते हैं ।

ऊरीकृत्य (स्वीकारकरके)—यहाँ कृ धातु के योग में प्र आदि से भिन्न स्वीकारार्थक 'ऊरी' शब्द की प्रकृत सूत्र से गतिसंज्ञा हुई, 'कुगतिप्रादयः' सूत्र से उसका 'कृ' धातु के साथ समास हुआ । समास के फलरूप में '८८७ समासेऽनञ्पूर्वे क्त्वो ल्यप् ७ । १ । ३७ ॥' से क्त्वा को ल्यप् आदेश होकर रूप सिद्ध हुआ ।

शुक्लीकृत्य (अशुक्लं शुक्लं कृत्वा–जो सफेद नहीं उसे सफेद करके)—यहाँ अभूततद्भाव अर्थ में 'अभूततद्भावे इति वक्तव्यम्' इस वार्तिक के सहयोग से '१२४१ कृ-भ्वस्तियोगे संपद्यकर्तरि च्विः ५ । ४ । ५० ॥' इस सूत्र के द्वारा च्वि प्रत्यय होने पर 'शुक्ल' के अकार का '१२४२ अस्य च्वौ ७ । ४ । ३२ ॥' से ईकार हुआ । च्विप्रत्ययान्त होने से 'शुक्ली' की गति संज्ञा हुई और पूर्व सूत्र से कृ के साथ समास होने पर '८८७ समासेऽनञ्-पूर्वे क्त्वो ल्यप् ७ । १ । ३७ ॥' से क्त्वा प्रत्यय को ल्यप् आदेश करने पर रूप बना ।

पटपटाकृत्य (पटत् पटत् इति कृत्वा, पट पट कर)—यहाँ 'पटत्' इस अव्यक्त ध्वनि के अनुकरण शब्द से कृ धातु के योग में '१२४६ अव्यक्ताऽनुकरणाद् द्व्यजवरार्धाद् अनितौ डाच् ५ । ४ । ५७ ॥' सूत्र से डाच् प्रत्यय हुआ । डाच् का आ शेष रहा । 'डाचि च द्वे बहुलम्' से 'पटत्' को द्वित्व हुआ । डित् होने से डाच् परे रहते 'अत्' टि का लोप हुआ और पूर्व 'पटत्' के तकार और उत्तर पटा डाजन्त के पूर्व पकार-दोनों के स्थान में पररूप पकार होकर 'पटपटाकृ' यह रूप बना । इनमें 'पटपटा' की डाजन्त होने से गतिसंज्ञा होकर समास हुआ और तब क्त्वा के स्थान में ल्यप् होकर रूप सिद्ध हुआ ।

सुपुरुषः (शोभनः पुरुषः–अच्छा आदमी)–यहाँ सु प्राऽऽदि है, क्योंकि क्रिया का योग न होने से इसकी गति संज्ञा नहीं, यह केवल प्रादि है इसका समर्थ सुबन्त 'पुरुषः' के साथ 'कु-गति-प्रादयः' इस सूत्र से समास होकर रूप सिद्ध हुआ ।

('अत्यादिसमासविधिवार्तिकम्)

(वा) अत्यादयः क्रान्ताऽऽद्यर्थे द्वितीयया। अतिक्रान्तो मालामिति विग्रहे।

(उपसर्जनसंज्ञासूत्रम्)

९५४ एक-विभक्ति चाऽपूर्व-निपाते १ । २ । ४४ ॥

विग्रहे यद् नियतविभक्तिकं तद् उपसर्जनसंज्ञं स्याद् नतु तस्य पूर्वनिपातः।

(वा) **प्राऽऽदय** इति–प्र आदि का प्रथमान्त समर्थ के साथ गत इत्यादि अर्थ में समास होता है।

'६५२ कुगतिप्रादयः २ । २ । १८ ॥' से प्रादि समास सामान्य रूप से कहा गया है, अव्यवस्था से समास न होने लगे, इस कारण व्यवस्था के लिये ये वार्तिक पढ़े गये हैं।

प्राऽऽचार्यः—(प्रगत आचार्यः, प्रधान आचार्य)—यहाँ प्र का प्रथमान्त 'आचार्यः' के साथ समास होने पर रूप सिद्ध हुआ।

(वा) **अत्यादय** इति–अति आदि का द्वितीयान्त समर्थ सुबन्त के साथ समास होता है क्रान्त आदि अर्थ में।

अतिक्रान्तो मालाम्—माला का जो अतिक्रमण कर गया हो, इस विग्रह में द्वितीयान्त समर्थ 'मालाम्' के साथ क्रान्त अर्थ में 'अति' का समास हुआ। समासशास्त्र 'अत्यादयः–' में प्रथमान्त पद 'अत्यादयः' से बोध्य विग्रह में वर्तमान 'अति' शब्द की '६१२ प्रथमानिर्दिष्टं समास उपसर्जनम् १ । २ । ४३॥' से उपसर्जन संज्ञा होने पर '६१३ उपसर्जनं पूर्वम् २।२।३०॥' से उसका पूर्व प्रयोग हुआ। समास होने के कारण प्रातिपदिक संज्ञा होने से '७२४ सुपो धातुप्रातिपदिकयोः २।४।७१॥' से सुप् का लोप होने पर 'अतिमाला' यह स्थिति बनी।

९५४ एक-विभक्तीति—विग्रह में जो नियतविभक्ति हो अर्थात् जिससे एक ही विभक्ति आती हो, उसकी उपसर्जन संज्ञा हो, परन्तु उसका पूर्व प्रयोग न हो।

उपसर्जन संज्ञा का फल पूर्व प्रयोग होना है, उसका यहाँ निषेध कर दिया गया है, फिर इस उपसर्जन संज्ञाका क्या फल हो सकता है ? इस उपसर्जन संज्ञाका

(ह्रस्व-आदेशविधिसूत्रम्)

९५५ गो-स्त्रियोरुपसर्जनस्य १ । २ । ४८ ॥

उपसर्जनं यो गोशब्दः, स्त्रीप्रत्ययान्तं च, तदन्तस्य प्रातिपदिकस्य ह्रस्वः स्यात् । अतिमालः ।

(अवादिसमासविधिवार्तिकम्)

(वा) अवाऽऽदयः क्रुष्टाऽऽद्यर्थे तृतीयया । अवक्रुष्टः कोकिलया—अवकोकिलः ।

(पर्यादिसमासविधिवार्तिकम्)

(वा) **पर्यादयो ग्लानाऽऽद्यर्थे चतुर्थ्या । परिग्लानोऽध्ययनाय—पर्यध्ययनः ।**

फल स्त्रीलिंग को ह्रस्व करना आगे बताया जा रहा है।

'अतिक्रान्तो मालाम्' यहाँ 'मालाम्' इस पद की विग्रह में सदा द्वितीयान्त रहने से नियत-विभक्तिक होने के कारण उपसर्जन संज्ञा हुई ।

९५५ गो-स्त्रियारिति—उपसर्जन जो गो-शब्द और स्त्रीप्रत्ययान्त शब्द, तदन्त प्रातिपदिक को ह्रस्व हो ।

अति-मालः—यहाँ उपसर्जन माला शब्द स्त्रीप्रत्ययान्त है, तदन्त अति-माला प्रातिपदिक के अन्त आकार को ह्रस्व होने पर 'अतिमाल' यह ह्रस्व अकारान्त शब्द बना । प्रथमा के एकवचन में उक्त रूप सिद्ध हुआ ।

(वा) **अवाऽऽदय इति**—अव आदि का तृतीयान्त समर्थ सुबन्त के साथ क्रुष्ट आदि अर्थ में समास होता है ।

अव-कोकिलः—(अवक्रुष्टः कोकिलया, कोयल से कूजित हुआ)—यहाँ अव का तृतीयान्त समर्थ 'कोकिलया' के साथ प्रकृत वार्तिक से समास हुआ । सुप् का लोप होने पर 'एक-विभक्ति चाऽपूर्व-निपाते' से विग्रह में नियतविभक्तिक होने से 'कोकिला' की उपसर्जन संज्ञा हुई और 'गो-स्त्रियोरुप-सर्जनस्य' से ह्रस्व होकर रूप सिद्ध हुआ ।

(वा) **पर्यादय इति**—परि आदि का चतुर्थ्यन्त समर्थ सुबन्त के साथ ग्लानि आदि अर्थ में समास होता है ।

(निरादिसमासविधिवार्तिकम्)

(वा) निरादयः क्रान्ताऽऽद्यर्थे पञ्चम्या। निष्क्रान्तः कौशाम्ब्या—**निष्कौशाम्बिः।**

('उपपद' संज्ञासूत्रम्)

९५६ तत्रोपपदं सप्तमी-स्थम् ३ । १ । ९१ ॥

सप्तम्यन्ते पदे 'कर्मणि' इत्यादौ वाच्यत्वेन स्थितं यत् कुम्भाऽऽदि, तद्-वाचकं पदम् उपपदसंज्ञं स्यात्।

पर्यध्ययनः (परिग्लानोऽध्ययनाय, पढ़ने के लिये खिन्न)—यहाँ परि का चतुर्थ्यन्त समर्थ 'अध्ययनाय' इस सुबन्त के साथ ग्लान अर्थ में समास होकर उक्त रूप सिद्ध हुआ।

(वा) निरादय इति—निर् आदि का पञ्चम्यन्त समर्थ सुबन्त के साथ निष्क्रान्त इत्यादि अर्थ में समास होता है।

निष्कौशाम्बिः (निष्क्रान्तः कौशाम्ब्याः, कौशाम्बी[1] नगरी से जो निकल गया है)—यहाँ निर् का निष्क्रान्त अर्थ में पञ्चम्यन्त समर्थ **कौशाम्ब्याः** के साथ समास तथा सुप् का लोप होने पर विग्रह में नियत विभक्ति होने से 'कौशाम्बी' की उपसर्जन संज्ञा होकर ह्रस्व हुआ।

'कुगति-प्राऽऽदयः' से होनेवाले समास को जब वह गति का हो तब **गति-समास** और जब प्रादि का हो तब **प्रादि-समास** कहा जाता है।

९५६ तत्रोपपदमिति—सप्तम्यन्त पद 'कर्मणि' इत्यादि में वाच्यरूप से स्थित जो कुम्भ आदि उसके वाचक पद की उपपद संज्ञा हो।

'७६३ कर्मण्यण् ३ । २ । १ ॥' आदि सूत्रों में 'कर्मणि' आदि सप्तम्यन्त पद आते हैं, उसमें 'कुम्भ' आदि अर्थ वाच्यरूप से रहते हैं, क्योंकि अर्थ वाचक पद में वाच्यरूप से रहता है और वाचक पद अपने अर्थ में वाचकरूप में, इसलिये उस अर्थ का वाचक पद 'कुम्भ' आदि 'कुम्भं करोतीति कुम्भकारः' इत्यादि उदाहरण में आता है, उसकी उपपद संज्ञा होती है।

---

१ कौशाम्बी प्राचीन समय की एक नगरी का नाम है।

(उपपदसमासविधिसूत्रम्)

९५७ उपपदम् अतिङ् २ । २ । १६ ॥

उपपदं सुबन्तं समर्थेन नित्यं समस्यते, अ-तिङन्तश्चायं समासः । कुम्भं करोतीति-कुम्भ-कारः । अतिङ् किम्-मा भवान् भूत्, 'माङि लुङ्' इति सप्तमीनिर्देशान् माङ् उपपदम् ।

---

९५७ उपपदमिति—उपपद सुबन्त का समर्थ के साथ नित्य समास होता है और यह समास अतिङन्त होता है अर्थात् तिङन्त के साथ नहीं होता ।

कुम्भ-कारः—(कुम्भं करोति, घड़ा बनानेवाला-कुम्हार)—यहाँ पहले द्वितीयान्त कुम्भ उपपद रहते कृ धातु से '७६२ कर्मण्यण् ३ । २ । १ ॥' से अण् प्रत्यय होने पर धातु के ऋकार को '१८२ अचो ञ्णिति ७ । २ । ११५ ॥' से आर् वृद्धि हुई । तब 'कुम्भ अम् कार' इस अलौकिक विग्रह वाक्य में प्रकृत सूत्र से समास हुआ, क्योंकि यहाँ 'कर्मण्यण्' इस सूत्र में स्थित 'कर्मणि' इस सप्तम्यन्त पद से बोध्य उदाहरण में 'कुम्भ अम्' शब्द पूर्वोक्त '९५६ तत्रोपपदं सप्तमी-स्थम् ३।१।९२॥' सूत्र से उपपद संज्ञक है । तब प्रातिपदिक संज्ञा होने के कारण सुप् अम् का लोप होने पर 'कुम्भकार' शब्द बना । उसका प्रथमा के एकवचन में उक्त रूप सिद्ध हुआ ।

ध्यान में रहे कि यहाँ उत्तरपद 'कार' सुबन्त नहीं, क्योंकि सुबन्त बनने के पूर्व ही उसके साथ 'गति-कारकोपपदानां कृद्भिः समासवचनं प्राक् सुबुत्पत्तेः—गति, कारक और उपपद का कृदन्त के साथ सुप् आने के पहले ही समास हो जाता है' इस परिभाषा के अनुसार उपपद का समास हो जाता है ।

इसलिये ही सूत्र की वृत्ति में 'समर्थेन' केवल कहा है, उसके साथ 'सुबन्तेन' नहीं कहा । तात्पर्य यह है कि इस सूत्र में 'सुपा' इसकी अनुवृत्ति नहीं आती ।

इस समास को **उपपद-समास** कहते हैं । कृदन्तप्रकरण में जहाँ सूत्र में 'सुबन्त' उपपद रहते प्रत्यय का विधान किया गया है, वहाँ उपपद के साथ कृदन्त के साथ इसी सूत्र से यह उपपद-समास होता है ।

यह नित्य समास है, इसलिये 'कुम्भं कार' ऐसा स्वपद-विग्रह नहीं होता, अपितु 'कुम्भं करोति' यह अस्वपद विग्रह होता है ।

अतिङ् इति—यह समास अतिङन्त होता है, ऐसा क्यों कहा ? इसलिये

(सुबुत्पत्तेः प्राक् समासपरिभाषा)

(वा) गति-कारकोपपदानां कृद्भिः सह समास-वचनं प्राक् सुबुत्पत्तेः।
व्याघ्री, अश्व-क्रीती, कच्छ-पी-इत्यादि ।

कि 'मा भवान् भूत्' यहाँ समास हो । यहाँ 'मा' उपपद है क्योंकि '४३७ माङि लुङ् ३ । ३ १७५ ।।' सूत्र में 'माङि' यह सप्तम्यन्त है और उसके द्वारा उदाहरण में 'मा' पद का ही ज्ञान होता है । परन्तु 'भूत्' यह तिङन्त है, इसके साथ समास नहीं हुआ ।

(वा) गति-कारकेति--गति, कारक और उपपद का कृदन्त पदों के साथ समास सुप् आने के पूर्व हो ।

आगे तीनों के उदाहरण क्रमशः दिये जा रहे हैं। गति-समास का उदाहरण-व्याघ्री, (बाघिन)—यहाँ 'व्याजिघ्रति–विशेष-रूप से चारों ओर सूँघती है' इस विग्रह में वि आङ् पूर्वक घ्रा धातु से '७६१' आतश्चोपसर्गे ३ । १ । १३६ ।।' सूत्र से क प्रत्यय हुआ। तब 'व्या' का 'घ्र' के साथ सुप् आने के पहले गति-समास हुआ। तदनन्तर 'व्याघ्र' शब्द के जातिवाचक होने से '१२६८ जातेरस्त्री-विषयाद् अ-योपधात् ४ । १ । ६३ ।।' सूत्र से ङीष् प्रत्यय होकर रूप बना। कारक-समास का उदाहरण अश्व-क्रीती और उपपद-समास का उदाहरण कच्छ-पी-है ।

सुबन्त के साथ यदि यहाँ समास किया जाय तो 'घ्र' शब्द सुबन्त पहले बनेगा और सुप् आने के पहले लिङ्गबोधक प्रत्यय आयगा, क्योंकि 'स्वार्थद्रव्य-लिङ्गसंख्याकारकाणि पञ्चकं प्रातिपदिकार्थः' के अनुसार संख्या-कारक-वाचक सुप् की अपेक्षा लिङ्ग अन्तरङ्ग है। अतः 'घ्र' शब्द से लिंगबोधक प्रत्यय सुप् आने के पहले करना आवश्यक है । परन्तु केवल 'घ्र' शब्द जातिवाचक नहीं, क्योंकि उससे जाति का बोध नहीं होता, इसलिये जातिलक्षण ङीष् न होगा, किन्तु सामान्य टाप् प्रत्यय होने लगेगा । इस दोष को दूर करने के लिये प्रकृत परिभाषा ने सुप् आने के पूर्व समास का विधान किया, सुप् जब समास के पूर्व नहीं आयगा तो लिंगबोधक प्रत्यय भी नहीं आता । समास 'घ्र' प्रातिपदिक के साथ ही हो जाता है । तब 'व्याघ्र' शब्द बन जाता है, उससे जाति का बोध होता है, इसलिये जातिलक्षण ङीष् हो जाता है ।

(समासान्त-'अच' प्रत्ययविधिसूत्रम्)

९५८ तत्पुरुषस्याऽङ्गुलेः संख्याऽव्ययाऽऽदेः ५ । ४ । ८६ ॥

संख्याऽव्ययाऽऽदेरङ्गुल्यन्तस्य समासान्तोऽच् स्यात् । द्वे अङ्गुले प्रमाणमस्य–द्व्यङ्गुलम् । निर्गतमङ्गुलिभ्यः–निरङ्गुलम् ।

इस प्रकार सुप् आने के पूर्व समास के विधान का फल सिद्ध होता है ।

अश्व-क्रीती—(अश्वेन क्रीता, घोड़े के द्वारा खरीदी हुई)—यहाँ '६२६ कर्तृकरणे कृता बहुलम् २ । १ । ३२ ॥' से करण 'अश्व टा' का कृदन्त 'क्रीत' के साथ समास हुआ । यहाँ भी कृदन्त 'क्रीत' के साथ सुप् आने के पूर्व ही समास हुआ । फल इसका '१२६३ क्रीतात् करण-पूर्वात् ४ । १ । ५० ॥' से ङीष् होना है । अन्यथा सुप् के पहले लिंगबोधक प्रत्यय लाना होगा और केवल क्रीत से जाति का बोध नहीं होता, तब टाप् होता । समास पहले होने से फिर जातिवाचक शब्द होने से जातिलक्षण ङीष् होकर रूप सिद्ध हुआ ।

कच्छ-पी (कच्छेन पिबति, कछुवी)—यहाँ 'सुपि स्थः २ । २ । ४ ॥' इस सूत्र के 'सुपि' इस योगविभाग से सुबन्त कच्छ उपपद रहते पा धातु से क प्रत्यय हुआ । '४२० आतो लोप इटि च ६ । ४ । ६४ ॥' से आकार का लोप होने पर उत्तरपद 'प' यह अकारान्त बना । तब सुप् होने से पहिले 'प' के साथ पूर्वोक्त '६१७ उपपदम् अतिङ् २ । २ । १६ ॥' सूत्र से उपपद-समास होने पर 'कच्छप' शब्द बना । जातिवाचक होने से स्त्रीलिंग में जातिलक्षण ङीष् प्रत्यय होकर रूप सिद्ध हुआ ।

यहाँ भी समास यदि सुबन्त की अपेक्षा करे तो सुप् से पूर्व स्त्रीत्व की विवक्षा में केवल 'प' से जाति की प्रतीति न होने से टाप् ही होगा, ङीष् नहीं ।

प्रथम उदाहरण 'कुम्भकारः' में इसीलिये 'कुम्भ अम् कार' इस प्रकार अलौकिक विग्रह में 'कार' को शुद्ध प्रातिपदिक ही रखा है ।

९५८ तत्पुरुषस्येति—संख्यावाचक और अव्यय जिसके आदि में और अङ्गुलि शब्द अन्त में हो, उस तत्पुरुष को समासान्त अच् प्रत्यय हो ।

९६९ द्व्यङ्गुलम् (द्वे अङ्गुली प्रमाणमस्य, दो अङ्गुल लम्बा)—यहाँ 'द्वि औ अङ्गुलि औ' इस अलौकिक विग्रह में तद्धितार्थ प्रमाण में '६३६ तद्धितार्थोत्तरपद-समाहारे च २ । १ । ५१ ॥' से समास हुआ । प्रमाणार्थ में आये मात्रच् प्रत्यय का 'द्विगोर्लुग् अनपत्ये ४ । १ । ८८॥' इस सूत्र से लोप होने पर प्राति-

(समासान्त 'अच्' प्रत्ययविधिसूत्रम्)

९५९ अहः-सर्वैकदेश-संख्यात-पुण्याच्च रात्रेः ५ । ४ । ८७॥

एभ्यो रात्रेरच् स्यात् । चात् संख्याऽव्ययादेः । अहर्ग्रहणं द्वन्द्वाऽर्थम्

(पुंल्लिङ्गनियमसूत्रम्)

९६० रात्राऽह्नाऽहाः पुंसि २ । ४ । २९ ॥

एतदन्तौ द्वन्द्व-तत्पुरुषौ पुंस्येव । अहश्च रात्रिश्च-अहोरात्रः ।

पदिक के अवयव होने से सुप् औ दोनों का लोप हुआ । तब 'द्वि अङ्गुलि' इस स्थिति में संख्या-पूर्वक तत्पुरुष होने से प्रकृत सूत्र से अच् समासान्त प्रत्यय हुआ, अङ्गुलि के इकार का '२३६ यस्येति च ६ । ४ । १४८ ॥' से लोप होने पर 'द्वयङ्गुल' यह अकारान्त शब्द बना । नपुंसकलिङ्ग में प्रथमा के एक-वचन में यह रूप सिद्ध हुआ ।

निरङ्गुलम् (निर्गतम् अङ्गुलिभ्यः, अङ्गुलियों से निकला हुआ)—यहाँ निर् अव्यय का निर्गत अर्थ में 'निरादयः क्रान्ताद्यर्थे पञ्चम्याः' से प्राऽऽदि समास हुआ और प्रकृत सूत्र से समासान्त अच् होने पर पूर्व इकार का लोप होकर पूर्ववत् रूप सिद्ध हुआ ।

९५९ अहरिति—अहः, सर्व, एकदेश, संख्यात और पुण्य इन शब्दों से और संख्या तथा अव्यय से पर रात्रि शब्द से समासान्त अच् प्रत्यय हो तत्पुरुष में ।

अहर्ग्रहणमिति—इस सूत्र में 'अहः' का ग्रहण द्वन्द्व समास के लिये है अर्थात् अहन् शब्द से पर रात्रि शब्द से अच् प्रत्यय द्वन्द्व में ही आयगा । क्योंकि 'अहन्' का 'रात्रि' के साथ द्वन्द्व समास होनेकी संभावना ही नहीं, तत्पुरुष की भी नहीं तत्पुरुष हो भी किस अर्थ में ?

९६० रात्राऽह्नाहा इति—रात्र, अह्न और अह—ये जिनके अन्त में हों, वे द्वन्द्व और तत्पुरुष पुंलिङ्ग में ही आते हैं ।

अहोरात्रः अहश्च रात्रिश्च, तयोः समाहारः दिन और रात)—यहाँ समाहार-द्वन्द्व में 'जातिरप्राणिनाम् २।४।६॥' से एकवद्भाव हुआ । '६४६ सनपुंसकम् २। ४। १७॥' से नपुंसक होना प्राप्त था, उसे बाधकर प्रकृत सूत्रसे पुलिंग हुआ । पूर्व सूत्र से समासान्त अच् प्रत्यय होनेपर इकार का लोप

सर्व-रात्रः । संख्यात-रात्रः ।

(नपुंसकतानियमवार्तिकम्)

(वा) संख्या-पूर्वं रात्रं क्लीबम् । द्वि-रात्रम् । त्रि-रात्रम् ।

हुआ । अहन् के नकार को '३६४ अहन् ८ । २ । ६८ ॥' सूत्र से रु और उसे '२०७ हशि च ६ । १ । ११४ ॥' से उकार होने पर गुण होकर रूप सिद्ध हुआ ।

सर्व-रात्रः (सर्वाः रात्र्यः, सब रातें)—यहाँ सर्व शब्द का रात्रि के साथ 'पूर्वकालैक[1]-सर्व-जरत्-पुराण-नव-केवलाः २ । १ । ४६ ॥' इस सूत्र से समास हुआ । कर्मधारय समास होने के कारण पूर्व सर्वा पद को 'पुंवत् कर्म-धारय-जातीय-देशीयेषु ६ । ३ । ४२ ॥' इस सूत्र से पुंद्भाव होकर 'सर्व' बना और 'अहः-सर्वैक-' इस पूर्व सूत्र से समासान्त अच् प्रत्यय होने पर इकार का लोप हुआ । तब 'सर्वरात्र' यह अकारान्त शब्द बना । प्रकृत सूत्र से पुंलिंग होने पर रूप सिद्ध हुआ ।

संख्यात-रात्रः (संख्याता रात्रयः, गिनी हुई रात)—इसकी सिद्धि 'सर्वरात्रः' के समान होती है ।

पूर्व-रात्रः[2] (पूर्वः रात्रेः, रात्रि का पूर्व भाग)—यहाँ एकदेशिसमास होकर पूर्व-सूत्र से समासान्त अच् प्रत्यय और प्रकृत सूत्र से पुंलिंग होने पर रूप सिद्ध हुआ ।

(वा) संख्या-पूर्वमिति—संख्यापूर्वक रात्र शब्द नपुंसक लिंग होता है ।

द्वि-रात्रम्—(द्वयोः रात्र्योः समाहारः, दो रात्रियों का समुदाय)—यहाँ 'द्वि ओस रात्रि ओस्' इस अलौकिक विग्रह में '६३६ तद्धितार्थोत्तरपद-समाहारे च २ । १ । ५१ ॥' से समाहार समास होने पर सुप् का लोप हुआ । तब संख्यापूर्वक अवयव होनेसे तत्पुरुष का रात्रि शब्द से समासान्त अच् प्रत्यय पूर्वसूत्र से हुआ, इकार का लोप होने पर 'द्विरात्र' शब्द बना । प्रकृत सूत्र से पुँल्लिङ्ग प्राप्त था, उसका प्रकृतवार्तिक से बाध होकर नपुंसक लिङ्ग होकर रूप सिद्ध हुआ ।

---

१ यह सूत्र लघुकौमुदी में नहीं आया ।

२ यह उदाहरण यहाँ मूल में नहीं दिया गया है ।

(समासान्त 'टच्' प्रत्ययविधिसूत्रम्)

९६१ राजाऽहः-सखिभ्यष्टच् ५ । ४ । ९१ ॥

एतदन्तात् तत्पुरुषात् टच् स्यात् । परम-राजः ।

(आकारान्तादेशविधिसूत्रम्)

९६२ आत् (न्) महतः समानाऽधिकरण-जातीययोः ६ । ३ । ४६ ॥

महत आकारोऽन्तादेशः स्यात् समानाऽधिकरणे उत्तरपदे; जातीये च परे । महा-राजः । प्रकारवचने जातीयर्, महाप्रकारो-महाजातीयः ।

त्रि-रात्रम् (तिसृणां रात्रीणां समाहारः, तीन रातों का समुदाय)—इसकी सिद्धि 'द्विरात्रम्' के समान होती है ।

९६१ राजाऽह इति—राजन्, अहन् और सखि, ये शब्द जब अन्त में हों, तब उस तत्पुरुष से समासान्त टच् प्रत्यय हो ।

परम-राजः (परमश्च असौ राजा च, श्रेष्ठ राजा)—यहाँ परम और राजन् का समानाऽधिकरण तत्पुरुष समास हुआ । प्रकृत सूत्र से समासान्त टच् प्रत्यय होने पर '९२२ नस्तद्धिते ६ । ४ । १४४ ।।' से अन् टि का लोप होने पर अकारान्त शब्द बनकर प्रथमा के एकवचन में उक्त रूप सिद्ध हुआ ।

इसी प्रकार—**महाराजः**, **धर्मराजः**, **देवराजः**, **भोजराजः** आदि राजन् शब्दान्त तत्पुरुष के शब्द बनते हैं । **उत्तमाहः** (उत्तम दिन), **परमाहः** (श्रेष्ठ दिन), **पुण्याहम्** (पुण्य दिन)—इत्यादि अहन् शब्दान्त और **कृष्णसखः** (कृष्ण का मित्र), **परमसखः** श्रेष्ठ मित्र , **विद्वत्सखः** विद्वानों का मित्र —इत्यादि सखिशब्दान्त शब्द भी इसी प्रकार सिद्ध होते हैं ।

९६२ आत महत् इति—महत् शब्द को आकार अन्तादेश हो समानाधिकरण उत्तरपद और जातीय प्रत्यय परे रहते ।

महाराजः (महान् च असौ राजा च, बड़ा राजा)—यहाँ **महत्** और राजन् सुबन्तों का समानाधिकरण तत्पुरुष समास हुआ । प्रकृत सूत्र से समानाधिकरण उत्तरपद राजन् के परे रहते महत् शब्द को आकार अन्तादेश और पूर्व सूत्र से समासान्त टच् प्रत्यय होने पर टि अन् का लोप होकर उक्त रूप सिद्ध हुआ ।

('आत्' आदेशविधिसूत्रम्)

९६३ द्वयष्टनः संख्यायाम् अबहुव्रीह्यशीत्योः ६ । ३ । ४७ ॥

आत् स्यात् । द्वौ च दश च द्वा-दश । अष्टा-विंशतिः ।

इसी प्रकार—**महा-यशः, महा-वीरः, महा-युद्धम्, महा-भारतम्, महादेवः, महा-ब्राह्मण, महा-लयः, महा-पुरुषः**—आदि शब्द भी सिद्ध होते हैं।

स्त्रीलिङ्ग महती शब्द को भी आकार अन्तादेश होता है, पहले 'पुंवत् कर्मधारय-जातीय-देशीयेषु' से पुंवद्भाव होने से ङीप् प्रत्यय का लोप होता है। जैसे—महती सुन्दरी—**महासुन्दरी**, महती नदी—**महानदी**—इत्यादि।

महा-जातीयः (महाप्रकारः, बड़ा सा)—यहाँ महत् शब्द से प्रकार अर्थ में 'प्रकारवचने जातीयर् ५ । ३ ६९ ॥' से जातीयर् प्रत्यय हुआ। तब प्रकृत सूत्र से महत् शब्द को आकार अन्तादेश हुआ।

समानाधिकरण समास न होगा तो प्रकृत सूत्र से महत् शब्द को आकार अन्तादेश न होगा, जैसे—महतां सेवा-**महत्सेवा**—बड़ों की सेवा'—यहाँ षष्ठी समास है, अतःव्यधिकरण होने से आकार नहीं हुआ। समानाधिकरणता तो विशेषण और विशेष्य के समास में ही होती है।

बहुव्रीहि में उत्तरपद समानाधिकरण होता है, इसलिये वहाँ भी महत् शब्द को प्रकृत सूत्र से आकार अन्तादेश होता है, जैसे—महत् धनं यस्य स **महाधनः** बहुत धनवाला, **महाफला** (महत फलं यस्या सा, बहुत फलवाली) इत्यादि।

९६३ द्वयष्टन इति—द्वि और अष्टन् शब्द को आकार अन्तादेश हो संख्या अर्थ में, परन्तु बहुव्रीहि समास में और 'अशीति' शब्द परे रहते नहीं होता।

द्वा-दश द्वौ च दश च अथवा द्वयधिका दश—दो और दस अथवा दो अधिक दस अर्थात् बारह—यहाँ द्वि और द्वादशन् सुबन्तों का द्वन्द्वसमास अथवा 'सिद्धं तु अधिकान्ता संख्या संख्यया समानाधिकरणाधिकारेऽधिकलोपश्च इस वार्तिक से समास हुआ और अधिक शब्द का लोप। प्रकृत सूत्र से द्वि को आकार अन्तादेश हुआ।

अष्टा-विंशति (अष्टौ च विंशतिश्च अथवा अष्टाधिका विंशतिश्च—अट्ठाईस)

(परवल्लिङ्गताविधिसूत्रम्)

९६४ पर-वत् (ल्) लिङ्गं द्वन्द्व-तत्पुरुषयोः २ । ४ । २६॥

एतयोः परपदस्येव लिङ्गं स्यात् । कुक्कुट-मयूर्याविमे । मयूरी-कुक्कुटाविमौ । अर्ध-पिप्पली ।

(परवल्लिङ्गतानिषेधवार्तिकम्)

(वा) द्विगु-प्राप्ताऽपन्नाऽलंपूर्व-गतिसमासेषु प्रतिषेधो वाच्यः । पञ्चसु

इसकी सिद्धि भी 'द्वादश' के समान होती है ।

इसी प्रकार - **द्वा-विंशति** (बाईस) **द्वा-त्रिंशत्** (बत्तीस) **अष्टा-दश** (अट्ठारह) **अष्टा-त्रिंशत्** (अठतीस)—इत्यादि शब्द बनते हैं ।

९६४ परवदिति—द्वन्द्व और तत्पुरुष समास में पर शब्द के समान लिङ्ग हो । समस्त पद के लिङ्ग के विषय में यह सन्देह हो सकता है कि पूर्व पद के अनुसार लिङ्ग हो या उत्तरपद के अनुसार । इस सन्देह की निवृत्ति के लिये परवत् लिङ्ग आदि का विधान है ।

कुक्कुट-मयूर्यौ इमे (कुक्कुटश्च मयूरी च, मुर्गा और मोरनी)—यहाँ द्वन्द्व समास है, पर पद 'मयूरी' है, उसी के समान स्त्रीलिङ्ग सम्पूर्ण समस्त से भी हुआ । 'इमे' इस सर्वनाम का प्रयोग स्त्रीलिङ्ग को स्पष्ट करने के लिये किया गया है, अन्यथा 'कुक्कुट-मयूर्यौ' कहने मात्र से यह नहीं सिद्ध होता कि यह स्त्रीलिंग है, क्योंकि यह समस्त पद पुँल्लिङ्ग हो तब भी इसी प्रकार रूप बनता । इसलिये स्त्रीलिङ्ग सर्वनाम पद 'इमे' का देना सफल है ।

मयूरी-कुक्कुटौ (मोरनी और मुर्गा)—यहाँ पर पद कुक्कुट पुँल्लिङ्ग है । द्वन्द्व समास होने से समस्त पुँल्लिङ्ग हुआ है । 'इमौ' इस सर्वनाम का प्रयोग पूर्ववत् स्पष्टता के लिये किया गया है ।

अर्ध-पिप्पली—अर्धं पिप्पल्याः, पिप्पली का आधा—यहाँ 'अर्धं नपुंसकम्' से समास होने पर समस्तपद प्रकृत सूत्र से पर पद 'पिप्पली' के समान स्त्रीलिङ्ग हुआ ।

(वा) **द्विगु-प्राप्तेति**—द्विगु समास, प्राप्त, आपन्न और अलं-पूर्वक समास तथा गति (प्रादि) समास में पर शब्द के समान लिङ्ग न हो ।

कपालेषु संस्कृतः पञ्चकपालः–पुरोडाशः ।

(प्राप्तापन्नसमाससूत्रम्)

९६५ प्राप्ताऽऽपन्ने च द्वितीयया २ । २ । ४ ॥

समस्येते, अकारश्चानयोरन्तादेशः । प्राप्तो जीविकां प्राप्त-जीविकः । आपन्न-जीविकः । अलं कुमार्यै-अलं-कुमारिः, अत एव ज्ञापकात् समासः । निष्कौशाम्बिः ।

पञ्च-कपालः–(पञ्चसु कपालेषु संस्कृतः पुरोडाशः–पाँच कपालों में संस्कृत पुरोडाश)—यहाँ तद्धितार्थ संस्कृत में द्विगु समास हुआ । पर पद कपाल नपुंसकलिङ्ग है, उसके समान नपुंसकलिङ्ग समस्त पद से नहीं हुआ ।

९६५ प्राप्ताऽऽपन्ने इति—प्राप्त और आपन्न सुबन्तों का द्वितीयान्त समर्थ के साथ समास होता है ।

इस सूत्र से समास विधान होने पर प्राप्त और आपन्न शब्दों का पूर्व निपात होता है । पक्ष में '६२७ द्वितीया श्रिताऽतीत–२ । १।२४॥' सूत्र से समास होने पर द्वितीयान्त का पूर्व निपात होने से 'जीविकाऽऽपन्नः' ये शब्द बनते हैं ।

प्राप्त-जीविकः (प्राप्तो जीविकाम्, जिसे जीविका मिल गई हो)—यहाँ प्रकृत सूत्र से समास हुआ । विग्रह में नियत–विभक्तिक होने से 'जीविका' शब्द की 'एकविभक्ति चाऽपूर्व-निपाते' से उपसर्जन संज्ञा हुई और 'गोस्त्रियोरुपसर्जनस्य' से उसे ह्रस्व अन्तादेश होने पर पूर्व सूत्र से पर पद जीविका के समान समस्त पद से स्त्रीलिङ्ग प्राप्त था । वार्तिक से उसका निषेध हुआ । तब विशेष्य के अनुसार लिङ्ग हुआ ।

आपन्न-जीविकः (आपन्नो जीविकाम्, जीविका को प्राप्त)—इसकी सिद्धि 'प्राप्तजीविकः' के समान होती है ।

अलंकुमारिः (अलं कुमार्यै, कुमारी के योग्य)—यहाँ पर पद 'कुमारी' स्त्रीलिङ्ग है । पूर्वसूत्र के द्वारा उसी का लिङ्ग समस्त पद से प्राप्त था, प्रकृत वार्तिक से निषेध होने के कारण विशेष्य के अनुसार लिङ्ग हुआ ।

अत एवेति—अलं-पूर्वक समास में पर शब्द के लिङ्ग का निषेध करना ही सिद्ध करता है कि 'अलं' का समास होता है । अतः इसी प्रमाण से 'अलंकुमारिः' में समास हुआ ।

(पुं-नपुंसकत्वविधिसूत्रम्)

९६६ अर्धर्चाः पुंसि च २ । ४ । ३१ ॥

अर्धर्चाऽऽदयः शब्दाः पुंसि क्लीबे च स्युः । अर्धर्चः, अर्धर्चम् ।

एवं ध्वज-तीर्थ-शरीर-मण्डप-यूप देहाऽङ्कुश-पात्र-सूत्रादयः। सामान्ये नपुंसकम् –मृदु पचति, प्रातः कमनीयम् ।

इति तत्पुरुषः ।

निष्कौशाम्बिः—यहाँ प्रादिसमास[1] हुआ है । यहाँ भी पर पद स्त्रीलिङ्ग कौशाम्बी है, उसी का लिङ्ग समस्त पद से सूत्र के द्वारा प्राप्त था, वार्तिक से निषेध होने पर विशेष्य के अनुसार लिङ्ग हुआ ।

९६६ अर्धर्चा इति—'अर्धर्च' आदि शब्द पुँल्लिङ्ग और नपुंसकलिङ्ग दोनों में हों ।

इस सूत्र में स्थित 'अर्धर्चाः' पद बहुवचनान्त है । यदि 'अर्धर्च' इस एक ही शब्द को यहाँ ग्रहण किया जाय तो बहुवचन करना व्यर्थ हो जाय, इस लिये यहाँ अर्धर्चादि गण लिया गया है ।

अर्धर्चः, अर्धर्चम् (अर्धम् ऋचः, ऋचा का आधा)—यहाँ '९३९ अर्धं नपुंसकम् २ । २ । २ ॥' से समास होने पर '९९३ ऋक्–पूरप् (ब्) धूः-पथाम्–५ । ४ । ७३ ॥' सूत्र से समासान्त 'अ' प्रत्यय होकर 'अर्धर्च' यह अकारान्त शब्द बनता है । पर यह ऋच् यहाँ स्त्रीलिङ्ग है, समस्त पद का लिङ्ग उसी के समान पूर्व सूत्र से प्राप्त है । प्रकृत सूत्र ने इसे पुंलिङ्ग और नपुंसकलिङ्ग बना दिया ।

लिङ्ग का प्रकरण यहाँ इसलिये दिया गया है कि अनेक शब्दों का समास होता है, वे भिन्न-भिन्न लिङ्गवाले भी होते हैं, उनमें विचार उपस्थित होता है कि किसके अनुसार समस्त पद का लिङ्ग दिया जाय । इसकी व्यवस्था प्रकृत समासान्तर्गत लिङ्गप्रकरण से की गई है ।

---

१ 'गतिः समासो येन' इस प्रकार बहुव्रीहि करने से 'कु-गति-प्रादयः' यहीं सूत्र लिया जाता है । अन्यत्र फल न होने से प्रादि समास ही लिया जाता है । वार्तिक में गति ग्रहण से प्रादि-समास ही लिया जाता है क्योंकि मुख्य गति-समास में लिङ्ग की चर्चा असम्भव है ।

अथ बहुव्रीहिः।

('बहुव्रीहि' अधिकारसूत्रम्)

९६७ शेषो बहुव्रीहिः २ । २ । २३ ॥

अधकारोऽयं प्राग् द्वन्द्वात्।

(बहुव्रीहिसमासविधिसूत्रम)

९६८ अनेकम् अन्य-पदाऽर्थे २ । २ । २४ ॥

अनेकं प्रथमान्तम अन्यस्य पदस्याऽर्थे वर्तमानं वा समस्यते, स बहुव्रीहिः।

अर्धर्चादिगण की समास के प्रसङ्ग से चर्चा की गई है, क्योंकि उक्त गण में कुछ शब्द समस्त हैं। जो शब्द इस गण में असमस्त आ गये हैं, उनके भी लिङ्ग का निर्णय इस सूत्र के द्वारा किया गया है कि वे उभयलिङ्ग हैं।

तत्पुरुष समाप्त।

९६७ शेष इति—शेष समास को बहुव्रीहि कहते हैं।

जिसको न कहा गया हो उसे शेष कहते हैं। 'द्वितीया श्रिता—' इत्यादि शास्त्र के द्वारा जिस त्रिक–विभक्ति–का विशेष रूप से समास नहीं कहा गया, इसलिये वह शेष हुआ। अतः प्रथमान्त का समास बहुव्रीहि होता है।

अधिकार इति—यह अधिकार सूत्र है, इसका अधिकार '९८५ चाऽर्थे द्वन्द्वः २। २। २९॥' इस सूत्र से पूर्व तक है, द्वन्द्व से पूर्व जो समास होते हैं, उनकी बहुव्रीहि संज्ञा होती है।

९६८ अनेकमिति—अन्य पद के अर्थ में वर्तमान अनेक प्रथमान्तों का समास होता है विकल्प से और वह बहुव्रीहि कहा जाता है।

इससे यह मालूम हुआ कि बहुव्रीहि समास के लिये सभी पद प्रथमान्त अर्थात् समानाधिकरण होने चाहिये। 'अन्य पद के अर्थ में वर्तमान' कहने से प्रथमा विभक्ति के अर्थ में यह समास नहीं होता, क्योंकि प्रथमा विभक्ति तो समास के अन्दर है, वह अन्य नहीं।

बहुव्रीहि समास करनेवाले केवल पाँच ही सूत्र हैं। जिनमें यह सूत्र पहला है और सामान्य भी। इसके आगे के चारों सूत्र विशेष हैं। 'लघु कौमुदी' में

(पूर्वनिपातविधिसूत्रम्)

९६९ सप्तमी-विशेषणे बहुव्रीहौ २ । २ । ३५ ॥

सप्तम्यन्तं विशेषणं च बहुव्रीहौ पूर्वं स्यात् । अत एव ज्ञापकाद् व्यधिकरण-पदो बहुव्रीहिः ।

(सप्तम्या अलुक्विधिसूत्रम्)

९७० हलदन्तात्सप्तम्याः संज्ञायाम् ६ । ३ । ९ ॥

यही एक सूत्र बहुव्रीहि समास करनेवाला दिया गया है, शेष चारों सूत्र यहाँ नहीं दिये गये।

इस एक सूत्र को छोड़कर बहुव्रीहि समास के प्रकरण में दिये गये अन्य सब सूत्र समास विधायक नहीं।

९६९ सप्तमीति—सप्तम्यन्त और विशेषण का बहुव्रीहि में पहले प्रयोग हो।

जब यहाँ समस्यमान पद सभी प्रथमान्त होते हैं, समासशास्त्र प्रकृत सूत्र में प्रथमान्त 'अनेकम्' है, सभी को उसी का बोध होता है, इसलिये वे सभी उपसर्जन हैं, फिर यह निर्णय नहीं हो पाता कि किसे पहले रखा जाय। प्रकृत सूत्र व्यवस्था करता है कि विशेषण को पहले रखना चाहिये।

अत एवेति—सप्तम्यन्त का पूर्व प्रयोग करने से ही सिद्ध होता है कि व्यधिकरण पदों का अर्थात् भिन्नविभक्तिक पदों का भी बहुव्रीहि होता है। तात्पर्य यह है कि जब प्रथमान्तों का ही बहुव्रीहि होता है तब सप्तम्यन्त की तो उसमें संभावना ही नहीं, फिर प्रकृत सूत्र में सप्तम्यन्त के पूर्व प्रयोग का विधान व्यर्थ होकर इस बात का प्रमाण होता है कि व्यधिकरण पदों का भी बहुव्रीहि होता है। जैसे—**कण्ठेकालः**-कण्ठे कालो यस्य—जिसके गले में काला निशान है अथवा मृत्युकारक हालाहल विष है, **पद्मनाभः**—पद्मं नाभौ यस्य—कमल जिसकी नाभि में है अर्थात् भगवान् विष्णु, **शरजन्मा**—शरेभ्यो जन्म यस्य, सरकण्डों से जन्म है जिसका अर्थात् शिव जी का ज्येष्ठ पुत्र कार्तिकेय, **ऊर्णनाभः**—ऊर्णा नाभौ यस्य स, ऊन जिसकी नाभि में हो अर्थात् मकड़ी। इनमें एक पद प्रथमान्त है दूसरे अन्यविभक्त्यन्त। अतः ये सब व्यधिकरण पद बहुव्रीहि समास के उदाहरण हैं।

९७० हलदन्तादिति—हलन्त और अदन्त शब्द से पर सप्तमी विभक्ति का अलुक् हो संज्ञा में।

हलन्ताद् अदन्तात् सप्तम्या अलुक् । कण्ठे-कालः । प्राप्तमुदकं यं प्राप्तोदको ग्रामः । ऊढ-रथोऽनड्वान् । उपहृत-पशू रुद्रः । उद्धृतौदना

कण्ठे-कालः (नीलकण्ठ पक्षी या शिव)—यहाँ 'कण्ठे कालो यस्य' इस लौकिक और 'कण्ठ ङि काल सु' इस अलौकिक विग्रह में 'सप्तमी विशेषणे बहुव्रीहौ' में 'सप्तमी' के ग्रहणरूप प्रमाण से व्यधिकरण पदों का भी बहुव्रीहि समास हुआ और इसी सूत्र के द्वारा सप्तम्यन्त का पूर्व प्रयोग हुआ । प्रातिपदिक संज्ञा होने पर सुप् के लोप की प्राप्ति हुई । प्रकृत सूत्र ने अदन्त से पर सप्तमी का अलुक् किया । तब उत्तरपद के आगे के सु का लोप होने पर 'कण्ठेकाल' यह अकारान्त प्रादिपदिक बना । प्रथमा के एकवचन में उक्त रूप सिद्ध हुआ ।

हलन्त का उदाहरण—सरसिजम् (कमल) यह है । यहाँ '८१४ सप्तम्यां जनेर्डः । ३ ।२ । ९७ ॥' से ड प्रत्यय हुआ और उपपद समास होने पर हलन्त सरस् शब्द से पर सप्तमी का अलुक् हुआ ।

यह पहले कहा जा चुका है कि प्रथमान्तों का बहुव्रीहि समास होता है और अन्य पद के अर्थ में होता है अर्थात् प्रथम-विभक्ति के अर्थ को छोड़कर शेष विभक्तियों के अर्थ में यह समास होता है । जिसके अर्थ में यह होता है उसे लौकिक विग्रह में 'यत्' शब्द के द्वारा कहा जाता है, जिस विभक्ति के अर्थ में होता है, 'यत्' शब्द के साथ वही विभक्ति दी हुई होती है । अब क्रमशः उदाहरण दिये जाते हैं ।

द्वितीयार्थ में—**प्राप्तोदको ग्रामः** (प्राप्तम् उदकं **यम्**, जल ने जिसे प्राप्त कर लिया हो अर्थात् जहाँ जल पहुँच गया हो)—यहाँ द्वितीया विभक्ति के अर्थ में प्राप्त और उदक इन प्रथमान्तों का '९६८ अनेकम् अन्य-पदाऽर्थे २ । २ २४ ॥' से समास हुआ । प्रातिपदिक संज्ञा होने पर सुप् का लो होकर अकरान्त शब्द बना, प्रथमा के एकवचन में रूप बना ।

बहुव्रीहि समास से सिद्ध शब्द प्रायः विशेषण होते हैं और अत एव विशेष्यनिघ्न अर्थात् उनके लिङ्ग वचन आदि विशेष्य के अनुसार होते हैं ।

तृतीयार्थ में—ऊढ-रथोऽनड्वान् (ऊढो रथो **येन**, जिसने रथ चलाया हो)—**यहाँ** तृतीया विभक्ति के अर्थ में ऊढ और रथ, इन प्रथमान्तों का समास हुआ ।

चतुर्थ्यर्थ में—**उपहृत-पशू** रुद्रः—उपहृतः पशुर्**यस्मै**, जिसको पशु उप-

स्थाली। पीताऽम्बरो हरिः। वीरपुरुषको ग्रामः।

(प्रादिसमासवार्तिकम्)

(वा) प्रादिभ्यो धातुजस्य वाच्यो वा चोत्तरपद-लोपः। प्रपतित-पर्णः—प्र-पर्णः।

('नञ्' समासवार्तिकम्)

(वा) नञोऽस्त्यर्थानां वाच्यो, वा चोत्तरपद-लोपः। अविद्यमान-पुत्रः—अ-पुत्रः।

हार दिया गया हो।

पञ्चम्यर्थ में—उद्धृतौदना स्थाली—उद्धृत ओदनो **यस्याः**, जिस बर्तन से भात निकाल लिया गया हो।

षष्ठी के अर्थ में—पीताऽम्बरः हरिः—पीतानि अम्बराणि **यस्य**, जिसके पीले कपड़े हों—भगवान् विष्णु।

सप्तमी के अर्थ में—**वीर-पुरुषको** ग्रामः—वीराः पुरुषा **यस्मिन्**, जिसमें वीर पुरुष हों। यहाँ समास और सामान्य समास कार्य होने पर '६८४ शेषाद् विभाषा ५।४।१५४।।' सूत्र से 'कप्' प्रत्यय समासान्त होकर रूप सिद्ध होता है।

(वा) **प्रादिभ्य** इति—प्र आदि से पर धातु-ज पद का अर्थात् जो धातु से बना हुआ शब्द है, तदन्त का, अन्यपद के साथ समास होता है और उसके उत्तर पद का लोप भी होता है विकल्प से।

प्र-पर्णः (प्रपतितानि पर्णानि **यस्मात्**, जिससे पत्ते गिर चुके हों) यहाँ प्र से पर धातु से सिद्ध पतित शब्द है, तदन्त प्रपतित शब्द का अन्य पद 'पर्ण' के साथ समास और प्रपतित के उत्तरपद 'पतित' का लोप होने पर रूप सिद्ध हुआ।

(वा) **नञ** इति—नञ् से पर विद्यमानता अर्थ के वाचक जो पद हों, तदन्त का अन्य पद के साथ समास और उत्तर-पद का अर्थात् विद्यमानताऽर्थकपद का लोप होता है।

अ-पुत्रः (अविद्यमानः पुत्रो यस्य, जिसका पुत्र न हो)—यहाँ नञ् से पर विद्यमान अर्थ का वाचक विद्यमान शब्द है। तदन्त अविद्यमान पद का पुत्र इस अन्य पद के साथ समास और उत्तरपद विद्यमान का लोप होकर रूप सिद्ध होता है।

(पुंवत्त्वातिदेशसूत्रम्)

९७१ स्त्रियाः पुंवद् भाषितपुंस्काद्-अनूङ् समानाऽधिकरणे स्त्रियाम् अ-पूरणी-प्रियाऽऽदिषु ६ । ३ । ३४ ॥

उक्तपुंस्काद् अनूङ्-ऊङोऽभावोऽस्याइति बहुव्रीहिः, निपातनात् पञ्चम्या अलुक्, षष्ठ्याश्च लुक्।

तुल्ये प्रवृत्तिनिमित्ते यदुक्तपुंस्कं तस्मात् पर ऊङोऽभावो यत्र तथाभूतस्य स्त्रीवाचकशब्दस्य पुंवाचकस्येव रूपं स्यात्, समानाधिकरणे स्त्रीलिङ्ग उत्तरपदे न तु पूरण्यां प्रियाऽऽदौ च परतः।

ह्रस्वः। चित्र-गुः। रूपवद्-भार्यः। अनूङ् किम्—वामोरू-भार्यः।

---

९७१ स्त्रिया इति—प्रवृत्तिनिमित्त समान होते हुए जो उक्तपुंस्क शब्द उससे पर ऊङ् प्रत्यय जहाँ न हो, ऐसे स्त्रीवाचक शब्द का पुंवाचक के समान रूप हो, समानाधिकरण स्त्रीलिङ्ग उत्तरपद परे रहते, पूरणी संख्या और प्रिया आदि शब्द परे रहते न हो।

सूत्रस्थित 'भाषितपुंस्कात्' का अर्थ पहले 'उक्तपुंस्कात्' कर फिर वृत्ति में 'तुल्ये प्रवृत्तिनिमित्ते यदुक्तपुंसकम्' यह कहकर स्पष्ट किया गया है। भाषितपुंस्क का लक्षण अजन्त नपुंसकलिङ्ग में '२४६ 'तृतीयादिषु भाषितपुंस्कं पुंवद् गालवस्य ७ । १ । ७४ ।' सूत्र की टीका में स्पष्ट किया जा चुका है।

'भाषितपुंस्कादनूङ' यह सूत्रस्थित समस्त एकपद है, इसमें पूर्वपद 'भाषितपुंस्क' है और उत्तरपद 'अनूङ्'। पूर्वपद की पञ्चमी विभक्ति का निपातन से लोप नहीं हुआ। 'अनूङ्' इस उत्तरपद में बहुव्रीहि समास है, ऊङोऽभावो यस्माम्, ऊङ् का अभाव हो जिसमें। 'भाषितपुंस्कादनूङ्' यह समस्त पद षष्ठ्यन्त है, षष्ठी का निपातन से लोप हुआ है, यह 'स्त्रियाः' का विशेषण है। 'भाषितपुंस्क और ऊङ् रहित जो स्त्रीवाचक पद' यह अर्थ इस प्रकार निकलता है।

पूरणी संख्या तद्धित में आती है। प्रथम, द्वितीय और तृतीय आदि क्रमवाचक विशेषण पूरणी संख्या कहे जाते हैं।

चित्र-गुः (चित्रा गावो यस्य, चित्र—रङ्गबिरङ्गी गायें जिसकी हों)—यहाँ चित्रा और गौ इन प्रथमान्तों का षष्ठी विभक्ति के अर्थ में 'अनेकमन्य-पदार्थे'

('अप्' प्रत्ययविधिसूत्रम्)

९७२ अप् पूरणी-प्रमाण्योः ५ । ४ । ११६ ॥

पूरणार्थप्रत्ययान्तं यत् स्त्रीलिङ्गम्, तदन्तात् प्रमाण्यन्ताच्च बहुव्रीहेः अप्स्यात् ।

कल्याणी पञ्चमी यासां रात्रीणाम्, ताः-कल्याणी-पञ्चमा रात्रयः ।

से समास हुआ । प्रातिपदिक संज्ञा होने पर सुप् का लोप हुआ । तब प्रकृत सूत्र से स्त्रीवाचक चित्रा पद से पुंवद्भाव होने के कारण स्त्रीवाचक टाप् (आ) प्रत्यय हटकर 'चित्र' शब्द बना, क्योंकि यह भाषितपुंस्क हैं, ऊङ् इसमें नहीं, समानाधिकरण स्त्रीलिङ्ग उत्तरपद 'गो' परे है और उत्तरपद न पूरणी संख्या है तथा न प्रिया आदि । तब उत्तरपद 'गो' को '९५५ गो-स्त्रियोरुपसर्जनस्य १ । २ । ४८ ॥' से ह्रस्व उकार हुआ, '९५४ एकविभक्ति चापूर्वनिपाते १ । २ । ४४ ॥' से विग्रह में नियतविभक्तिक होने के कारण' गो' शब्द उपसर्जन है । इस प्रकार 'चित्रगु' यह उकारान्त शब्द बना ।

रूपवद्भार्यः (रूपवती भार्या यस्य, जिसकी पत्नी सुन्दर हो)—यहाँ रूप वती और भार्या इन प्रथमान्तों का समास हुआ । पूर्वपद 'रूपवती' स्त्रीवाचक है, उक्त पुंस्क, ऊङ्-रहित है, उत्तरपद 'भार्या' समानाधिकरण स्त्रीलिङ्ग है, इसलिये प्रकृत सूत्र से पुंवद्भाव होकर 'रूपवती' का स्त्री-प्रत्यय ङीप् (ई) हट जाता है । तब विग्रह में नियतविभक्तिक होने से उपसर्जनसंज्ञक 'भार्या' पद को 'गो-स्त्रियोरुपसर्जनस्य' से ह्रस्व होकर रूप सिद्ध हुआ ।

अनूङ् इति—सूत्र में 'अनूङ्' अर्थात् ऊङ् न होना चाहिये, ऐसा क्यों कहा इसलिये कि—**वामोरू-भार्यः** में वामोरू के ऊकार को ह्रस्व न हो । 'वामोरूः भार्या यस्य, सुन्दर रूपवाली जिसकी भार्या हो, यहाँ वामोरू में '१२७३ संहित-शफ-लक्षण-वामादेश्च ४ । १ । ७० ॥' से ऊङ् प्रत्यय हुआ है ।

९७२ अप् इति—पूरणार्थ-प्रत्ययान्त जो स्त्रीलिङ्ग शब्द, तदन्त और प्रमाणी शब्दान्त बहुव्रीहि से अप् प्रत्यय समासान्त हो ।

कल्याणी-पञ्चमा रात्रयः (कल्याणी पञ्चमी यासां रात्रीणाम्, जिन रात्रियों में पांचवीं कल्याणमय हो)—यहाँ उत्तरपद 'पञ्चमी' पूरणार्थ-प्रत्ययान्त है, और 'पुंवद-भाव' विधायक पूर्वसूत्र में 'अ-पूरणी-प्रियाऽऽ-दिषु' इस पद

स्त्री प्रमाणी यस्य स स्त्री-प्रमाणः। अ-प्रियाऽऽदिषु किम्—कल्याणी-प्रियः, इत्यादि।

(समासान्त 'षच्' प्रत्ययविधिसूत्रम्)

९७३ बहुव्रीहौ सक्थ्यक्ष्णोः स्वाङ्गात् षच् ५।४। ११३॥

स्वाङ्गवाचि-सक्थ्यक्ष्यन्ताद् बहुव्रीहेः षच् स्यात्। दीर्घसक्थः। जल-

---

से पूरण संख्या परे रहते पुंवद्-भाव के निषेध करने से पुंवद्भाव नहीं हुआ। तब प्रकृत सूत्र से अप् प्रत्यय होने पर '२३६ यस्येति च २।४।१४८॥' से ईकार का लोप होकर 'कल्याणीपञ्चम' यह अकारान्त प्रादिपदिक बना। पुनः स्त्रीलिङ्ग की विवक्षा में '१२४८ अजाऽऽद्यतष्टाप् ४।१।४॥' से टाप् (आ) प्रत्यय होकर अकारान्त शब्द बनकर प्रथमा के बहुवचन में रूप सिद्ध हुआ।

स्त्री-प्रमाणः (स्त्री प्रमाणी यस्य, जिसे स्त्री प्रमाण हो, स्त्री की बात को माननेवाला)—यहाँ भी पूर्ववत् प्रमाणी-शब्दान्त बहुव्रीहि होने से प्रकृत सूत्र से समासान्त अप् प्रत्यय होने पर '२३६ यस्येति च २।४।१४८॥' से ईकार का लोप होकर अकारान्त शब्द बन जाने से प्र० विभक्ति एकवचन में उक्त रूप बना।

अप्रियादिष्विति—पूर्व सूत्र में प्रिया आदि परे रहते पुंवद्भाव नहीं होता ऐसा क्यों कहा? इसलिये कि—**कल्याणी-प्रियः** यहाँ पुंवद्भाव न हो। यहाँ 'कल्याणी प्रिया यस्य—कल्याणी है प्यारी जिसकी' इस विग्रह में बहुव्रीहि हुआ है। पूर्वपद 'कल्याणी' स्त्रीलिङ्ग है, उक्तपुंस्क है, ऊङ् भी इसमें नहीं, उत्तर-पद समानाधिकरण स्त्रीलिङ्ग है, पर वह 'प्रिया' आदियों में से है, इसलिये पुंवद्भाव नहीं हुआ। 'कल्याणी' ऐसे ही रहा। उत्तरपद को 'गो-स्त्रियोरुपसर्जनस्य' से ह्रस्व हुआ।

९७३ बहुव्रीहाविति—स्वाङ्गवाची सक्थि और अक्षि शब्द जिसके अन्त में हों, ऐसे बहुव्रीहि से षच् प्रत्यय समासान्त हो।

षच् के षकार और चकार इत्संज्ञक हैं, केवल अकार बचता है। षित् होने का फल तदन्त शब्द से स्त्रीत्व-विवक्षा में '१२५४ षिद्-गौराऽऽदिभ्यश्च ४।१।४१॥' इस सूत्र से 'ङीष्' प्रत्यय होना है।

दीर्घ-सक्थः (दीर्घे सक्थिनी यस्य—जिसके ऊरु बड़े हों)—यहाँ दीर्घ

जाऽक्षी। स्वाङ्गात् किम्-दीर्घ-सक्थि-शकटम्, स्थूलाऽक्षा--वेणु-यष्टिः 'अक्ष्णोऽदर्शनाद्' इति वक्ष्यमाणोऽच् ।

और स्वाङ्ग वाची सक्थि-इन प्रथमान्तों का '९६८ अनेकम् अन्य-पदाऽर्थे २। २। २४॥' इस सूत्र से बहुव्रीहि समास होने पर प्रकृत सूत्र से समासान्त षच् प्रत्यय हुआ। 'तस्येति च' से इकार का लोप होनेपर अकारान्त शब्द बना। यहाँ सक्थि स्वाङ्गवाची है, तदन्त बहुव्रीहि होने से प्रकृत सूत्र की प्रवृत्ति हुई।

जलजाऽक्षी (जलजे इव अक्षिणी यस्या, जिसकी आँखें कमल के समान हों)—यहाँ जलज और स्वाङ्ग-वाचक अक्षि शब्द का बहुव्रीहि समास होने पर प्रकृत सूत्र से षच् प्रत्यय हुआ। इकार का लोप होने पर 'जलजाक्ष' से षित् होने के कारण ङीष् प्रत्यय होकर रूप बना।

'स्वाङ्ग' की परिभाषा '१२६४ स्वाङ्गात् चोपसर्जनाद् अ-संयोगोपधात् ४। १। ५४' इस सूत्र की टीका में मिलेगी। तदनुसार प्राणी में स्थित अंग को स्वाङ्ग कहते हैं, मूर्ति में प्राण नहीं होता, उसके अङ्गों को स्वांग नहीं कहा जाता।

स्वाङ्गात् किमिति—'सक्थि अक्षि शब्द स्वाङ्गवाची होने चाहिये' ऐसा क्यों कहा? इसलिये कि दीर्घ-सक्थि शकटम्, स्थूलाऽक्षा वेणु-यष्टिः—इनमें षच् प्रत्यय न हो। 'दीर्घे सक्थिनी यस्य', 'स्थूले अक्षिणी यस्याः' इन विग्रहों में बहुव्रीहि समास हुआ है। 'दीर्घ-सक्थि शकटम्' में शकट प्राणी नहीं है, इसलिये उसके सक्थि की स्वाङ्ग संज्ञा नहीं होती, अतः प्रकृत सूत्र की प्रवृत्ति नहीं हुई।

'स्थूलाऽक्षा वेणुयष्टिः—बड़ी आंखोंवाली बांस की लाठी' यहाँ वेणुयष्टि प्राणी नहीं है, उसके अक्षि की इसलिये स्वांग संज्ञा नहीं होती। अतएव प्रकृत सूत्र की प्रवृत्ति नहीं हो सकती। तब भी आगे आनेवाले '९९४ अक्ष्णोऽदर्शनात् ५। ४। ७६॥' सूत्र से समासान्त अच् प्रत्यय होने पर 'यस्येति च' से इकार का लोप होने पर 'स्थूलाक्ष' यह अकारान्त शब्द बना। तब स्त्रीलिङ्ग की विवक्षा में 'अजाद्यतष्टाप्' से टाप् (आ) प्रत्यय होकर आकारान्त 'स्थूलाक्षा, शब्द बना।

(समासान्त 'ष' प्रत्ययविधिसूत्रम्)

९७४ द्वि-त्रिभ्यां ष मूर्ध्नः ५ । ४ । ११५ ॥

आभ्यां मूर्ध्नः षः स्याद्बहुव्रीहौ । द्वि-मूर्धः । त्रि-मूर्धः ।

(समासान्त 'अप्' प्रत्ययविधिसूत्रम्)

९७५ अन्तर्-बहिर्भ्यां च लोम्नः ५ । ४ । ११७ ॥

आभ्यां लोम्नोऽप् स्याद् बहुव्रीहौ । अन्तर्लोमः । बहिर्लोमः ।

अच् और षच् का अन्तर यह है कि षच् होने पर षित् होने के कारण स्त्रीलिङ्ग में ङीप् प्रत्यय होता है और अच् होने पर ङीष् न होकर टाप् होता है।

९७४ द्वि-त्रिभ्यामिति—द्वि और त्रि शब्द से पर मूर्धन् शब्द को समासान्त ष प्रत्यय हो बहुव्रीहि में।

ष प्रत्यय का षकार इत्संज्ञक है, षच् और ष का अन्तर स्वर में पड़ता है। चित् होने से षच् प्रत्ययान्त 'चित्' से अन्तोदात्त होता है और ष प्रत्ययान्त 'आद्युदात्तश्च' से आद्युदात्त।

द्विमूर्धः (द्वौ मूर्धानौ यस्य, जिसके दो सिर हों)—द्वि और मूर्धन् इन प्रथमान्तों का षष्ठीविभक्ति के अर्थ में बहुव्रीहि समास होने पर प्रकृत सूत्र से समासान्त ष प्रत्यय हुआ। तब '६२२ नस्तद्धिते ६ । ४।१४४ ॥' से टि 'अन्' का लोप होने पर आकारान्त 'द्वि-मूर्ध' शब्द बना और तब प्रथमा के एक वचन में रूप सिद्ध हुआ।

त्रि-मूर्धः (त्रयो मूर्धानो यस्य, जिसके तीन सिर हों)—इसकी सिद्धि 'द्वि-मूर्धः' के समान होती है।

९७५ अन्तरिति—अन्तर् और बहिस् शब्दों से पर लोमन् शब्द को अप् समासान्त प्रत्यय हो बहुव्रीहि मे।

अन्तर्लोमः (अन्तर् लोमानि यस्य, जिसके लोम भीतर हों)—यहाँ अन्तर् और लोमन् का बहुव्रीहि समास होने पर प्रकृत सूत्र से समासान्त अप् प्रत्यय हुआ। तब '६२२ नस्तद्धिते ६ । ४ । १४४ ॥' से टि 'अन्' का लोप होकर अकारान्त शब्द बना और तब प्रथमा के एक वचन में रूप सिद्ध हुआ।

बहिर्लोमः (बहिर्लोमानि यस्य, जिसके लोम बाहर हों)—इसकी सिद्धि 'अन्तर्लोमः' के समान होती है।

(समासान्तलोपविधिसूत्रम्)

९७६ पादस्य लोपो-ऽहस्त्याऽऽदिभ्यः ५ । ४ । १३८ ॥

हस्त्याऽऽदिवर्जिताद् उपमानात् परस्य पादशब्दस्य लोपः स्याद् बहुव्रीहौ । व्याघ्रस्येव पादावस्य-व्याघ्रपात् । अहस्त्याऽऽदिभ्यः किम्-हस्ति-पादः, कुसूल-पादः ।

(समासान्तलोपविधिसूत्रम्)

९७७ संख्या-सु-पूर्वस्य ५ । ४ । १४० ॥

पादस्य लोपः स्यात् समासान्तो बहुव्रीहौ । द्वि-पात् । सु-पात् ।

---

९७६ **पादस्येति**—हस्ति आदि भिन्न उपमान से पर पाद शब्द का लोप समासान्त हो बहुव्रीहि समास में ।

लोप यद्यपि अभावरूप है तथापि स्थानी के द्वारा यह समासान्त है । यदि इसे समासान्त न कहा जाय तो यह 'आदेः परस्य' से आदि को होने लगेगा और '९९४ शेषाद् विभाषा ५ । ४ । १५४ ॥' से होनेवाला समासान्त कप् भी । यह समासान्त कप् तब होता है जब कोई समासान्त प्रत्यय न हुआ हो । लोप को समासान्त मानने से उसके होने पर फिर कप् नहीं होता ।

'अलोन्त्य' परिभाषा से लोप अन्त्य अकार का होगा ।

व्याघ्र-पात् (व्याघ्रपादौ इव पादौ यस्य, बाघ के पैर के समान जिसके पैर हों)—यहाँ समास होने पर प्रकृत सूत्र से अन्त्य अकार का लोप समासान्त होने पर दकारान्त शब्द बना ।

अ-हस्त्यादिभ्य इति—'हस्ती आदि से भिन्न उपमान से पर' ऐसा क्यों कहा ?

इसलिये कि **हस्ति-पादः** (हस्तिन पादौ इव पादौ यस्य, हाथी के पैर के समान जिसके पैर हों) और **कुसूल-पादः** (कुसूलस्य पादौ इव पादौ यस्य—कुसूल के पैर के समान जिसके पैर हों) इनमें लोप न हो ।

९७७ **संख्येति**—संख्या और सु जिसके पूर्व में हों, ऐसे पाद शब्द का लोप समासान्त हो बहुव्रीहि में ।

द्वि-पाद् (द्वौ पादौ यस्य, दो पैरवाला, मनुष्य आदि)—यहाँ प्रथमान्त द्वि और पाद शब्दों का षष्ठीविभक्ति के अर्थ में बहुव्रीहि समास हुआ । तब

(समासान्तलोपविधिसूत्रम्)

९७८ उद्-विभ्यां काकुदस्य ५ । ४ । १४८ ॥

लोपः स्यात्। उत्-काकुत्। वि-काकुत्।

(समासान्तलोपविधिसूत्रम्)

९७९ पूर्णाद् विभाषा ५ । ४ । १४९ ॥

पूर्ण-काकुत्, पूर्ण-काकुदः।

(सुहृद्दुर्हृद्-निपातनसूत्रम्)

९८० सुहृद्-दुर्हृदौ मित्राऽमित्रयोः ५ । ४ । १५० ॥

सु-दुर्भ्यां हृदयस्य 'हृद्'-भावो निपात्यते। सु-हृद्-मित्रम्। दुर्हृद्-अमित्रः।

संख्या पूर्व में होने से पाद शब्द के अन्त्य का प्रकृत सूत्र से समासान्त लोप होकर हलन्त रूप सिद्ध हुआ।

सु-पात् (शोभनौ पादौ यस्य, अच्छे पैरवाला)—यहाँ पाद शब्द के पूर्व सु शब्द है, इसलिये प्रकृत सूत्र से समासान्त लोप हुआ।

उद्-विभ्यामिति—उद् और वि से पर 'काकुद' शब्द का समासान्त लोप हो बहुव्रीहि समास में।

उत्-काकुत् (उन्नतं काकुदं यस्य, जिसका तालु ऊपर को उठा हो)—यहाँ उद् और काकुद का बहुव्रीहि समास होने पर प्रकृत सूत्र से समासान्त लोप होकर हलन्त शब्द बना।

वि-काकुत् (विगतं काकुदं यस्य, जिसका तालु विकृत हुआ हो)—इसकी सिद्धि भी पूर्ववत् होती है।

९७९ **पूर्णादिति**—पूर्ण शब्द से पर काकुद का समासान्त लोप विकल्प से हो बहुव्रीहि में।

पूर्णकाकुत्, पूर्णकाकुदम् (पूर्णं काकुदं यस्य, पूर्ण तालु जिसका हो)—यहाँ पूर्ण और काकुद का बहुव्रीहि समास होने पर प्रकृत सूत्र से समासान्त लोप हुआ। लोप-पक्ष में शब्द हलन्त बना और अभावपक्ष में अकारान्त।

९८० **सुहृदिति**—सु और दुर् से पर हृदय शब्द को निपातन से हृद् हो क्रमशः मित्र और शत्रु अर्थ में बहुव्रीहि समास में।

सु-हृद् (शोभनं हृदयं यस्य, मित्र)—सु और हृदय का बहुव्रीहि समास

('कप्' प्रत्ययविधिसूत्रम्)

९८१ उरःप्रभृतिभ्यः कप् ५ । ४ । १५१ ॥

(षत्वविधिसूत्रम्)

९८२ कस्काऽऽदिषु च ८ । ३ । ४८ ॥

एष्विण उत्तरस्य विसर्गस्य षः, अन्यस्य तु सः । इति सः-व्यूढोरस्कः । प्रिय-सर्पिष्कः ।

('निष्ठान्त' पूर्वनिपातसूत्रम्)

९८३ निष्ठा २ । २ । ३६ ॥

निष्ठाऽन्तं बहुव्रीहौ पूर्वं स्यात् । युक्त-योगः ।

होने पर प्रकृत सूत्र से हृदय शब्द को हृद् आदेश निपातन से होने पर रूप सिद्ध हुआ ।

९८१ उर इति—उरस् प्रभृतियों से समासान्त कप् प्रत्यय हो बहुव्रीहि में ।

कप् का पकार इत्संज्ञक है, क शेष रहता है ।

९८२ कस्कादिष्विति—'कस्क' आदि गण में पढ़े हुए शब्दों में इण् से उत्तर विसर्ग को षकार हो, अन्य विसर्ग को अर्थात् जो इण् से परे न हो, को सकार हो ।

व्यूढोरस्कः (व्यूढम् उरो यस्य, विशाल वक्षःस्थलवाला)—यहाँ व्यूढ और उरस्—इन प्रथमान्तों का षष्ठी के अर्थ में बहुव्रीहि समास होने पर पूर्व सूत्र से कप् समासान्त प्रत्यय हुआ । सकार को '९३ खरवसानयोर्विसर्जनीयः ७ । ३ । १५ ॥' से विसर्ग होने पर प्रकृत सूत्र के द्वारा इस से पर विसर्ग से भिन्न होने के कारण उनके स्थान में सकार होकर तब रूप सिद्ध हुआ ।

प्रिय-सर्पिष्कः (प्रियं सर्पिः यस्य, घी जिसे प्रिय हो)—यहाँ प्रिय और सर्पिस् का समास होने पर पूर्व सूत्र से समासान्त कप् प्रत्यय हुआ । तब सकार को विसर्ग होने पर इण् इकार से पर होने के कारण विसर्गों के स्थान में प्रकृत सूत्र से मूर्धन्य षकार होकर रूप सिद्ध हुआ ।

९८३ निष्ठेति—निष्ठान्त पद का बहुव्रीहि में पहले प्रयोग हो ।

युक्त-योगः (युक्तो योगो येन यस्य वा, सिद्ध योगी)—यहाँ युक्त और योग का बहुव्रीहि समास होने पर प्रकृत सूत्र से निष्ठान्त युक्त शब्द का पूर्व प्रयोग हुआ ।

(समासान्त 'कप्' प्रत्ययविधिसूत्रम्)

९८४ शेषाद् विभाषा ५ । ४ । १५४ ॥

अनुक्त-समासान्ऽताद् बहुव्रीहेः कप् वा । महा-यशस्कः, महा-यशाः ।

इति बहुव्रीहिः ।

अथ द्वन्द्वः ।

(द्वन्द्वसमासविधिसूत्रम्)

९८५ चाऽर्थे द्वन्द्वः २ । २ । २९ ॥

अनेकं सुबन्तं चाऽर्थे वर्तमानं वा समस्यते; स द्वन्द्वः ।

---

९८४ शेषादिति—शेष, जिसे समासान्त नहीं कहा गया, ऐसे बहुव्रीहि से समासान्त कप् प्रत्यय विकल्प से हो ।

शेष का अर्थ यहां है, जिससे किसी समासान्त प्रत्यय का विधान नहीं किया गया । शेष से इसका विधान होने से इसे **शैषिक कप्** कहते हैं ।

महा-यशस्कः, महा-यशाः (महद् यशो यस्य, बड़ा यशस्वी)—यहाँ महत् और यशस् इन प्रथमान्तों का षष्ठी के अर्थ में बहुव्रीहि समास होने पर प्रकृत सूत्र से कप् प्रत्यय विकल्प से हुआ, क्योंकि यह शेष है, इससे किसी अन्य समासान्त प्रत्ययका विधान नहीं किया गया । '६६२ आत् (न्) महतः समानाधिकरण-जातीययोः ६ । ३ । ४६ ॥' इससे महत् शब्द को आकार अन्तादेश होकर 'कप्' पक्ष में पहला और कप् के अभावपक्ष में दूसरा रूप सिद्ध हुआ ।

बहुव्रीहि **समास समाप्त** ।

---

९८५ चार्थे इति–'च' के अर्थ में वर्तमान अनेक सुबन्तों का समास होता है और उसकी द्वन्द्व संज्ञा होती है ।

समुच्चयेति—समुच्चय, अन्वाचय, इतरेतर-योग और समाहार–ये चार'च' निपात के अर्थ हैं ।

इनके क्रमशः सोदाहरण लक्षण दिये जाते हैं ।

समुच्चयाऽन्वाचयेतरेतरयोग-समाहाराः चाऽर्थाः। तत्र 'ईश्वरं गुरुं च भजस्व' इति परस्पर-निरपेक्षस्याऽनेकस्यैकस्मिन् अन्वयः-समुच्चयः। 'भिक्षाम् अट गां चाऽऽनय' इति अन्यतरस्याऽऽनुषङ्गिकत्वेनाऽन्वयः-अन्वाचयः। अनयोरसामर्थ्यात् समासो न। 'धव-खदिरौ छिन्धि' इति

---

१ **समुच्चय**—परस्पर-निरपेक्ष अनेक पदार्थों के एक पदार्थ में अन्वय को समुच्चय कहते हैं। जैसे—**'ईश्वरं गुरुं च भजस्व**–ईश्वर और गुरु की सेवा करो–' इस वाक्य में ईश्वर और गुरु पदार्थ निरपेक्ष हैं, एक दूसरे की अपेक्षा नहीं करते, दोनों का स्वतन्त्र रूप से भजन क्रिया में अन्वय होता है। अतः यहाँ 'च' का अर्थ **समुच्चय** है।

२ **अन्वाचय**—जब समुच्चीयमान–जिनका समुच्चय हो रहा हो, पदार्थों में एक का आनुषङ्गिकतया–गौणरूप से–अन्वय हो, तब उसे अन्वाचय कहते हैं। जैसे—**भिक्षाम् अट गां चाऽऽनय**—भिक्षा के लिये जाओ और गाय भी लाओ। यहाँ प्रधानकार्य भिक्षा मांगना है, भिक्षा के लिये घूमते यदि गाय मिल जाय तो उसे भी ले आना, इस प्रकार गाय लाना गौण कार्य है, आनुषङ्गिक है। उसके लिये विशेष यत्न की आवश्यकता नहीं, भिक्षार्थ घूमते यदि गाय दीख पड़े तो लाना–इस अभिप्राय के कारण यहाँ भिक्षा के लिये जाना और गाय लाना, इन पदार्थों में गाय का लाना गौण होने से चकार का अर्थ **अन्वाचय** है।

अनयोरिति—समुच्चय और अन्वाचय–इन दो अर्थों में सामर्थ्य न होने के कारण समास नहीं होता। **समुच्चय** में दोनों पदार्थ निरपेक्ष रहते हैं और सामर्थ्य दोनों के सापेक्ष रहने पर होता है इसलिये इसमें सामर्थ्य नहीं। **अन्वाचय** में एक अर्थ गौण रहता है, दोनों समकक्ष नहीं रहते, इसलिये सामर्थ्य नहीं।

३ **इतरेतर-योगः**—जब पदार्थ मिलकर आगे अन्वित होते हैं तब उसे इतरेतर-योग कहते हैं। जैसे—**धवखदिरौ छिन्धि**-धव और खैर को काटो। यहाँ धव और खदिर पदार्थ परस्पर मिलकर आगे छेदन क्रिया में अन्वित होते हैं, इसलिये यहाँ **इतरेतरयोग** है। इतर का इतर से योग–सम्बन्ध–यह इतरेतरयोग का शब्दार्थ है।

मिलितानाम् अन्वयः—इतरेतरयोगः । संज्ञा-परिभाषम् (इति) समूहः—समाहारः ।

(परनिपातविधिसूत्रम्)

९८६ राज-दन्ताऽऽदिषु परम् २ । २ । ३१ ॥

एषु पूर्व-प्रयोगार्हं परं स्यात् । दन्तानां राजा—राज-दन्तः ।

---

४ **समाहार**—समूह को समाहार कहते हैं । इसमें पदार्थों का अन्य पदार्थ के साथ पृथक पृथक् अन्वय नहीं होता जैसे इतरेतरयोग में, अपितु पदार्थों के समूह का अन्वय होता है । जैसे—**संज्ञा-परिभाषम्**—संज्ञा च परिभाषा च—संज्ञा और परिभाषा का समूह ।

चकार के इतरेतरयोग और समाहार—इन दो अर्थों में सामर्थ्य रहता है, अतः इनमें प्रकृत सूत्र से समास हो जाता है । इसलिये इनके उदाहरणों में, धव-खदिरौ, संज्ञा-परिभाषम्—यहाँ समास हुआ है ।

ये अर्थ समास के द्वारा प्रतीत होते हैं—इसलिये लौकिक बिग्रह वाक्य में चकार का प्रयोग होने पर भी समास में नहीं होता । अलौकिक विग्रह में भी इसीलिये चकार का प्रयोग नहीं किया जाता ।

द्वन्द्व समास भी दो से अधिक पदों का होता है । इसमें सभी पदार्थ प्रायः प्रधान होते हैं । इसलिये किस पद को पहले रखा जाय यह प्रश्न हल नहीं होता, समासविधायक सूत्र में 'अनेकम्' इस प्रथमान्त पद के द्वारा सभी का बोध होता है, सभी की उपसर्जन संज्ञा होती है, उपसर्जन होने से सभी का पूर्व प्रयोग प्राप्त होता है । अतः इच्छानुसार किसी को भी पहले रखा जा सकता है । जहाँ इच्छानुसार कार्य नहीं हो सकता, वहाँ के लिये नियम बने हैं, वे आगे दिये जाते हैं ।

९८६ राज-दन्ताऽऽदिष्विति—'राज-दन्त' आदि शब्दों में जिस पद का पूर्व प्रयोग प्राप्त हो, उसे आगे रखा जाय ।

राज-दन्तः (दन्तानां राजा, दांतों का राजा)—यहाँ '६३४ षष्ठी २ । २ । ८ ॥' इस सूत्र से समास हुआ । समासशास्त्र में स्थित प्रथमान्त 'षष्ठी' पद के द्वारा बोध्य होने से उपसर्जन संज्ञा होने के कारण दन्त शब्द का पूर्व निपात अर्थात् पूर्व प्रयोग प्राप्त था । प्रकृतसूत्र से उसका प्रयोग आगे हुआ ।

(वा) धर्मांऽऽदिष्वनियमः। अर्थ-धर्मौ, धर्माऽर्थौ इत्यादि।

(पूर्वनिपातसूत्रम्)

९८७ द्वन्द्वे घि २।२।३२॥

द्वन्द्वे घि-संज्ञं पूर्वं स्यात्। हरिश्च हरश्च–हरि-हरौ।

(पूर्वनिपातसूत्रम्)

९८८ अजाऽऽद्यदन्तम् २।२।३३॥

इदं द्वन्द्वे पूर्वं स्यात्। ईश-कृष्णौ।

इसी प्रकार **राज-वैद्य** आदि शब्द भी बनते हैं। इन समस्त पदों में 'राज' पद का प्रयोग पहले होने से 'राज्ञः दन्ताः' राज्ञः वैद्यः—राजा के दांत, राजा का वैद्य, इस रूप में भ्रम न करना चाहिये—क्योंकि 'राज' पद का पूर्व प्रयोग यहाँ प्रकृत सूत्र के विशेष नियम से हुआ है।

राजदन्तादियों में द्वन्द्व के भी प्रयोग हैं, उन्हीं को दिखाने के लिये यहां यह सूत्र दिया गया है।

(वा) **धर्माऽऽदिष्विति**—धर्म, अर्थ आदि शब्दों में किसको पहले रखा जाय–इसका कोई नियम नहीं अर्थात् इच्छानुसार किसी को भी पहले रखा जा सकता है।

अर्थ-धर्मौ, धर्माऽऽर्थौ (अर्थश्च धर्मश्च–धर्म और अर्थ)—यहां 'चार्थे द्वन्द्वः' से चकार के अर्थ इतरेतरयोग में वर्तमान धर्म और अर्थ शब्दों का 'धर्म सु अर्थ सु' इस अलौकिक विग्रह में समास हुआ, तब प्रातिपदिक संज्ञा होने पर सुप् दोनों सु का लोप हुआ। पूर्व प्रयोग का नियम न होने से कभी, अर्थ शब्द का और कभी धर्म शब्द का पहले प्रयोग हुआ। तब दो पदार्थ होने से द्विवचन में रूप सिद्ध हुए।

९८७ **द्वन्द्वे** इति—द्वन्द्व में घिसंज्ञक पद का पहले प्रयोग हो।

हरि-हरौ (हरिश्च हरश्च-विष्णु और शिव)—यहाँ घि-संज्ञक होने से हरि शब्द का प्रयोग पहले हुआ।

९८८ **अजाऽऽदीति**—अजादि और अदन्त पद का द्वन्द्व में पहले प्रयोग हो।

ईश-कृष्णौ (ईशश्च कृष्णश्च, शिव और कृष्ण)—यहाँ द्वन्द्व समास

(पूर्वनिपातसूत्रम्)

९८९ अल्पाऽच्-तरम् २ । २ । ३४ ॥

शिव-केशवौ ।

('एकशेष' वृत्तिसूत्रम्)

९९० पिता मात्रा १ । २ । ७० ॥

मात्रा सहोक्तौ पिता वा शिष्यते । माता च पिता च-पितरौ; माता-पितरौ वा ।

होने पर अजादि और अदन्त होने के कारण ईश शब्द का पहले प्रयोग हुआ ।

९८९ अल्पाजिति—जिस पद में अन्य पदों की अपेक्षा थोड़े अच् हों, द्वन्द्व में उसका पहले प्रयोग हो ।

शिव-केशवौ (शिवश्च केशवश्च-शिव और विष्णु)—यहाँ केशव पद में तीन अच् हैं और शिव पद में दो । 'केशव' पद की अपेक्षा थोड़े अच् होने के कारण शिव पद का प्रयोग पहले हुआ ।

९९० पितेति—माता के साथ कथन होने पर पिता पद विकल्प से शेष रहता है ।

पितरौ (माता च पिता च, माता और पिता)—यहाँ माता के साथ पिता का कथन हुआ है, दोनों पदों का द्वन्द्व समास होने पर पितृ पद शेष रहा 'यः शिष्यते, स लुप्यमानाऽर्थाभिधायी भवति–जो शेष रहता है वह लोप होने-वाले के अर्थ को भी कहता है'–इस सिद्धान्त के अनुसार शेष रहा हुआ 'पितृ' शब्द मातृ शब्द का भी अर्थ प्रकट करता है । इसीलिये दोनों का प्रतिपादक होने से द्विवचन हुआ ।

माता-पितरौ—एक शेष के अभाव में 'पितुर्दशगुणा माता गौरवेणाऽति-रिच्यते-गौरव से माता पिता से दशगुना अधिक है' इत्यादि वचनों से अभ्यर्हित-पूज्य-होने के कारण (वा) 'अभ्यर्हितं च' वार्तिक से मातृ शब्द का पूर्व निपात हुआ । तब 'आनङ् ऋतो द्वन्द्वे' पूर्वपद मातृ के ऋकार को आनङ् होकर 'माता पितृ' शब्द बना । दो का प्रतिपादक होने से इससे द्विवचन हुआ ।

इन समासों को,–जिन में एक शेष रहता है,–एक शेष कहते हैं ।

('एकवद् भाव'अतिदेशसूत्रम्)

९९१ द्वन्द्वश्च प्राणि-तूर्य-सेनाऽङ्गानाम् २ । ४ । २ ॥

एषां द्वन्द्व एक-वत् । पाणि-पादम् । मार्दङ्गिक-वैणविकम् । रथिकाऽश्वारोहम् ।

---

९९१ द्वन्द्वश्चेति-प्राणी, तूर्य (बाजे) और सेना इनके अङ्गोंके वाचक शब्दों का द्वन्द्व एकवचनान्त हो ।

एकवचनान्त कहने का तात्पर्य है कि इनका समाहार अर्थ में ही द्वन्द्व समास होता है, इतरेतरयोग में नहीं । समाहारद्वन्द्व एकवचनान्त ही होता है, क्योंकि समाहार अर्थात् समूह एक ही होता है ।

'स नपुंसकम्' सूत्र से समाहार-समास नपुंसक होता है । इसलिये ये सभी समस्त पद नपुंसकलिंग हैं ।

प्राणी के अङ्ग हस्त पाद आदि, तूर्य के अंग मृदङ्ग आदि और सेना के अंग रथ घोड़े आदि हैं । आगे नीचे के उदाहरण क्रमशः दिये जा रहे हैं ।

पाणि-पादम् (पाणी च पादौ च, हाथ और पैर)—हाथ-पैर प्राणी के अंग हैं । इनके वाचक पाणि और पाद् का द्वन्द्व समास प्रकृत सूत्र से समाहार में ही हुआ, अत एव समस्तपद एकवचनान्त हुआ ।

मार्दङ्गिक-वैणविकम् (मार्दङ्गिक[1]श्च वैणविक[2]श्च, मृदङ्ग बजानेवाला और वंशी बजानेवाला)—यहाँ तूर्य के अंग मार्दङ्गिक और वैणविक का प्रकृत सूत्र से समाहार अर्थ में ही द्वन्द्वसमास हुआ । अतः समस्त पद से एकवचन ही हुआ ।

रथिका-श्वारोहम् (रथिकाश्च अश्वारोहाश्च-रथिक और घुड़सवार)—यहाँ रथिक और अश्वारोह—इन सेना के अंगों का समाहार में ही द्वन्द्व समास हुआ । इस लिये समस्तपद से एकवचन ही हुआ ।

१—'मार्दंगिका मौरजिकाः' इत्यमरः । मृदंग-वादनं शिल्पं येषां ते मार्दंगिकाः—मृदंग बजानेवाले ।

२—'वेणुध्माः स्युर्वैणविकाः' इत्यमरः । वेणुवादनं शिल्पं येषान्ते वैणविकाः—वंशी बजानेवाले ।

(समासान्त 'टच्' प्रत्ययविधिसूत्रम्)

९९२ द्वन्द्वात् चु-द-ष-हाऽन्तात् समाहारे ५ । ४ । १०६ ॥

चवर्गान्ताद् द-ष-हाऽन्ताच्च द्वन्द्वात् टच् स्यात् समाहारे। वाक् च् त्वक् च वाक्-त्वचम् । त्वक्-स्रजम् । शमी-दृषदम् । वाक्-त्विषम्। छत्रोपानहम् । समाहारे किम्–प्रावृट्-शरदौ । इति द्वन्द्वः ।

---

९९२ द्वन्द्वादिति—चवर्गान्त, दकारान्त, षकारान्त और हकारान्त द्वन्द्व से समासान्त टच् प्रत्यय हो समाहार ही अर्थ में।

वाक्त्वचम् (वाक् च त्वक् च, तयोः समाहारः–वाणी और त्वचा)–यहाँ वाच् और त्वच् पदों का समाहार अर्थ में द्वन्द्व समास हुआ। चवर्गान्त होने से यहाँ प्रकृत सूत्र से समासान्त टच् प्रत्यय होकर अकारान्त शब्द बना। पूर्वपद 'वाच्' के चकार को '३०७ चोः कुः' से कवर्ग ककार हुआ। समाहार होने से 'वाक्त्वच' यह शब्द नपुंसकलिङ्ग और एकवचन में ही हुआ।

त्वक्स्रजम् (त्वक् च स्रक् च तयोः समाहारः–त्वचा और माल)—यहाँ त्वच् और स्रज् इन दो पदों का समाहार द्वन्द्व हुआ। पूर्वपद के चकार को कवर्ग ककार हुआ। चवर्ग जकार के अन्त में होने से 'त्वक्स्रज्' इस समाहार द्वन्द्व से समासान्त टच् प्रत्यय हुआ।

शमी-दृषदम् (शमी च दृषद् च तयोः समाहारः, शमी और पाषाण)—यहाँ समाहार अर्थ में शमी और दृषद्–इन पदों का द्वन्द्व समास होने के कारण समासान्त टच् प्रत्यय होकर अकारान्त 'शमी-दृषद' शब्द बना। समाहार में नपुंसकलिंग और एकवचन हुआ।

वाक-त्विषम् (वाक् च त्विट् च, तयोः समाहारः–वाणी और कान्ति)–यहाँ समाहार अर्थ में वाच् और त्विष्–इन शब्दों का द्वन्द्व समास हुआ। षकारान्त होने के कारण प्रकृत सूत्र से समासान्त टच् प्रत्यय होकर अकारान्त 'वाक्-त्विष' शब्द बना। समाहार होने के कारण नपुंसकलिंग और एकवचन हुआ।

छत्रोपानहम् (छत्रं च उपानत् च, छाता और जूता)–यहाँ हकारान्त समाहार द्वन्द्व होने से प्रकृत सूत्र से समासान्त टच् होने पर अकारान्त शब्द बना। नपुंसकलिंग एकवचन में रूप बना।

अथ समासान्ताः ।

(समासान्त 'अ' प्रत्ययविधिसूत्रम्)

९९३ ऋक्-पूरप्(ब्)धूः-पथाऽम् आऽनक्षे ५ । ४ । ७४ ॥

अ अनक्ष इति च्छेदः । ऋगाऽऽद्यन्तस्य 'अ' प्रत्ययोऽन्तावयवः, अक्षे या धूः, तदन्तस्य तु न । अर्धर्चः । विष्णु–पुरम् । विमलाऽऽपं सरः ।

समाहारे इति–'समाहार में' ऐसा क्यों कहा ? इसलिये कि **प्रावृट्-शरदौ** (प्रावृट् च शरत् च, वर्षा और शरद् ऋतु)–यहाँ समासान्त टच् न हो जाय । यहाँ समाहार में द्वन्द्व नहीं हुआ, अपितु इतरेतरयोग में हुआ । अत एव यह पद नपुंसकलिंग और एकवचन नहीं हुआ ।

द्वन्द्व समास समाप्त ।

९९३ **ऋकपूरिति**–ऋच् , पुर् , अप् , धुर् और पथिन्-ये शब्द जिस समास अन्त में हों, उस समास को समासान्त अ प्रत्यय हो परन्तु अक्ष-रथ के चक्रा का मध्यभाग–में जो धुर्–धुरा–तदन्त को न हो ।

अ अनक्षे इति—सूत्र में स्थित **'आनक्षे'** इस पद में 'अ अनक्षे' ऐसा पदच्छेद है । 'अनक्षे' का निषेध केवल 'धुर्' शब्द के लिये होता है, क्योंकि उसी में योग्यता है, औरों में नहीं ।

अब ऋगाद्यन्त के उदाहरण क्रमशः दिये जाते हैं ।

अर्धर्चः (अर्धम् ऋचः, ऋचा का आधा)—यहाँ 'अर्धं नपुंसकम्' से समास हुआ है, ऋच्–शब्दान्त समास है, इसलिये प्रकृत सूत्र से समासान्त अ प्रत्यय हुआ । 'अर्धर्चादयः पुंसि च' से यह शब्द पुँल्लिङ्ग में भी प्रयुक्त हुआ है । इसकी सिद्धि पहले आ चुकी है ।

विष्णु–पुरम् (विष्णोः पूः, विष्णु की नगरी)—यहाँ षष्ठी-तत्पुरुष समास है । प्रकृत सूत्र से समासान्त अ प्रत्यय होने से शब्द अकारान्त बना । नगर का वाचक होने से नपुंसकलिङ्ग में प्रयुक्त हुआ ।

इसी प्रकार अन्य पुर्-शब्दान्त नगर के वाचक शब्दों की भी सिद्धि होती है । जैसे—**लव–पुरम् , लाभ–पुरम्, कर्ण–पुरम् , लक्ष्मण–पुरम्, योध–पुरम्, नाग–पुरम्** , इत्यादि ।

विमलाऽऽपं सरः (विमला आपो यत्र, जिस तालाब में निर्मल जल हो)–

राज-धुरा। अक्षे तु-अक्ष-धूः, दृढ-धूः अक्षः। सखि-पथः। रम्य-पथो देशः।

(समासान्त 'अच्' प्रत्ययविधिसूत्रम्)

९९४ अक्ष्णोऽदर्शनात् ५। ४। ७६॥

अ-चक्षुःपर्यायाद् अक्ष्णोऽच् स्यात् समासान्तः। गवाम् अक्षीव-गवाऽक्षः।

यहाँ बहुव्रीहि समास हुआ है। तब प्रकृत सूत्र से समासान्त 'अ' प्रत्यय होकर अकारान्त शब्द बना। 'सरः' का विशेषण होने से नपुंसकलिङ्ग में प्रयुक्त हुआ।

राज-धुरा (राज्ञो धूः, राज-भार)—यहाँ षष्ठीतत्पुरुष समास होने पर समासान्त अ प्रत्यय हुआ। स्त्रीत्वविवक्षा में 'अजाद्यतष्टाप्' से टाप् (आ) प्रत्यय होकर आकारान्त शब्द बना।

'धूः' कहते हैं रथ के अग्रभाग को। 'धूः स्त्री क्लीबे यान-मुखम्' इत्यमरः।

अक्षे इति–अक्ष की धुरा के लिये निषेध करने से 'अक्ष-धूः' में समासान्त अ प्रत्यय नहीं हुआ।

दृढ-धूः (दृढा धूर्यस्य, दृढ धुरावाला अक्ष) यहाँ बहुव्रीहि समास हुआ। अक्ष की धुरा होने से यहाँ भी समासान्त अ प्रत्यय का प्रतिषेध हुआ।

सखि-पथः (सख्युः पन्थाः, मित्र का मार्ग)—यहाँ षष्ठी तत्पुरुषसमास होने पर पथिन्-शब्दान्त होने से समासान्त 'अ' प्रत्यय हुआ। '२६७ भस्य टेर्लोपः ७।१।८८।' से अन् टि का लोप होकर अकारान्त शब्द बनकर रूप सिद्ध हुआ।

रम्य-पथो देशः (रम्याः पन्थानो यस्य यस्मिन् वा–जिस देश के या देश में सुन्दर मार्ग हों)—यहाँ बहुव्रीहि समास होने पर पूर्ववत् सिद्धि हुई।

९९४ अक्ष्ण इति—नेत्र वाचक से भिन्न अक्षि शब्द को समासान्त अच् प्रत्यय हो।

गवाऽक्षः (गवाम् अक्षि इव, गौओं की आंख के जैसा, खिड़की, झरोखा)–यहाँ षष्ठीतत्पुरुष समास हुआ। अक्षिशब्द यहाँ नेत्र का वाचक भी नहीं, क्योंकि उसका प्रयोग उपमान के रूप में हुआ है, अक्षि-शब्द अक्षिसदृश अर्थ में लाक्षणिक है, इसलिये दर्शन का कारण न होने से प्रकृत सूत्र से यहाँ समासान्त

(समासान्त 'अच्' प्रत्ययविधिसूत्रम्)

९९५ उपसर्गाद् अध्वनः ५ । ४ । ८५ ॥

प्रगतोऽध्वानं प्राऽध्वः-रथः ।

(समासान्तनिषेधसूत्रम्)

९९६ न पूजनात् ५ । ४ । ६९ ॥

पूजनाऽर्थात् परेभ्यः समासान्ता न स्युः ।

(समासान्तनिषेधनियमवार्तिकम्)

(वा) स्वतिभ्यामेव । सु-राजा । अति-राजा । इति समासान्ताः ।

इति समासप्रकरणम् ।

अच् प्रत्यय हुआ तब 'यस्येति च' से इकार का लोप होकर अकारान्त शब्द बन जाने से रूप सिद्ध हुआ ।

९९५ उपसर्गादिति—उपसर्ग से पर अध्वन् शब्द को समासान्त अच् प्रत्यय हो ।

उपसर्ग शब्द यहाँ प्रादि के लिये प्रयुक्त हुआ है ।

प्राऽध्वो रथः (प्रगतोऽध्वानम् , मार्ग पर चला हुआ)—यहाँ (वा) 'अत्यादयः क्रान्ताद्यर्थे द्वितीयया' से प्रादि समास होने पर टि का लोप होकर अकारान्त शब्द बन जाने से रूप बना ।

९९६ न पूजनादिति—प्रशंसार्थक शब्दों से पर पदों को समासान्त प्रत्यय न हों ।

(वा) **स्वतिभ्यामिति**—सु और अति—इन दो प्रशंसार्थकों से पर होने पर ही शब्दों को समासान्त प्रत्ययों का निषेध हो ।

इस नियम से सु और अति से भिन्न प्रशंसा-वाचकों से पर पदों को समासान्त प्रत्यय होंगे ।

सु-राजा (शोभनो राजा, अच्छा राजा)—यहाँ प्रादि समास हुआ । 'राजाऽहः-सखिभ्यष्टच् ५ । ४ । ९१ ।।' से समासान्त टच् प्रत्यय प्राप्त था । प्रशंसावाचक 'सु' से पर होने के कारण प्रकृत सूत्र से उसका निषेध हो गया । तब नकारान्त शब्द होने से रूप सिद्ध हुआ ।

अति-राजा (अतिक्रान्तो राजानम्, राजा का अतिक्रमण करनेवाला)–

अथ तद्धितप्रकरणम्

साधारणप्रत्ययाः ।

(अधिकारसूत्रम्)

९९७ समर्थानां प्रथमाद् वा ४ । १ । ८२ ॥

इदं पद-त्रयम् अधिक्रियते । 'प्राग्दिशः–' इति यावत् ।

यहाँ (वा) 'अत्यादयः क्रान्ताऽऽद्यर्थे द्वितीयया' से प्रादि समास होने पर राजन् शब्दान्त तत्पुरुष होने के कारण पूर्वोक्त सूत्र से प्राप्त समासान्त टच् प्रत्यय का प्रकृत सूत्र से निषेध हुआ । तब समस्त पद नकारान्त ही रहा ।।

समासान्त समाप्त ।

समास-प्रकरण समाप्त ।

अथ तद्धितेति—अब यहाँ से तद्धित प्रत्यय प्रारम्भ होते हैं । तद्धित संज्ञा अन्वर्थ-सार्थक–है । 'तेभ्यः प्रयोगेभ्यो हिताः–इति'–उन उन प्रयोगों के लिये हितकर हैं–यह तद्धित पद का अर्थ है । तात्पर्य यह है कि तद्धित प्रत्ययों के द्वारा सुन्दर शब्द सिद्ध हो जाते हैं । आगे उदाहरणों से यह बात स्वयं स्पष्ट हो जायगी ।

९९७ समर्थानामिति—समार्थानाम्, प्रथमात् और वा–इन तीन पदों का अधिकार चलता है ।

प्राग् दिश इति—'११९६ प्राग्दिशो विभक्तेः ५ । ३ । १ ॥' इस सूत्र तक पूर्वोक्त तीन पदों का अधिकार है, क्योंकि यहाँ से स्वार्थिक प्रत्यय प्रारम्भ होते हैं, उनमें इस अधिकार की आवश्यकता नहीं ।

अधिकार सूत्र होने से इन पदों का अपने स्थल में उपयोग नहीं, विधिसूत्रों में उपस्थित होकर इनकी चरितार्थता होती है ।

पदविधि होने से '६०७ समर्थः पद-विधिः २ । १ । १ ॥' सूत्र से सामर्थ्य होने पर ही तद्धित प्रत्यय होते हैं ।

'**समर्थानाम्**' पद से बोध्य सामर्थ्य भिन्न रूप है–प्रयोग की योग्यता को सामर्थ्य कहते हैं ।

इस अधिकार का फल है कि–समर्थ–प्रयोग के यो–पदोंग्य में जो प्रथम पद

('अण्' प्रत्ययविधिसूत्रम्)

९९८ अश्व-पत्यादिभ्यश्च ४ । १ । ८४ ॥

एभ्योऽण् स्यात प्राग्दीव्यतीयेष्वर्थेषु । अश्वपतेरपत्याऽऽदि आश्वपतम् । गाणपतम् ।

हो अर्थात् तद्धित-वृत्ति–विधायक सूत्रों में प्रथम उच्चारित पद से जिसका बोध हो–उससे प्रत्यय होता है ।

जैसे—'१००४ तस्यापऽत्यम् ४ । १ । ६२ ॥' इस तद्धित-प्रत्यय-विधायक सूत्र में प्रथम-उच्चरित पद 'तस्य' है, इससे 'उपगोः अपत्यम्' में 'उपगु' शब्द का बोध होता है, इसलिये इसी से तद्धित अणप्र त्यय होता है, अपत्य शब्द से नहीं, क्योंकि यह प्रथमोचारित-पद-बोध्य नहीं ।

'वा' के द्वारा तद्धित प्रत्यय विकल्प से हाता है, इसलिये पक्ष में 'उपगोरपत्यम्' इस वाक्य का भी प्रयोग होता है ।

९९८ अश्वेति—'अश्व-पति' आदि शब्दों से अण् प्रत्यय हो प्राग्दीव्यतीय अर्थात् '११७तेन दीव्यति खनति जयति जितम् ४ । ४ । २ ॥' सूत्र से पहले आनेवाले अपत्य आदि अर्थों' में ।

पूर्वोक्त सूत्र से पहले जिन अर्थों के प्रत्ययों का विधान किया गया है, उन्हें 'प्राग् दीव्बतीय' कहा जाता है । 'अपत्य' आदि अर्थ उन्हीं के अन्तर्गत हैं ।

आश्वपतम्—'अश्वपतेरपत्यादि–' यह लौकिक और 'अश्वपति ङस् अपत्यम्' यह अलौकिक विग्रह है । प्रकृत सूत्र से तद्धितवृत्ति होने पर 'अश्वपति ङस् अण्'यह स्थिति बनी, तद्धित वृत्ति-विधायक प्रकृत सूत्रमें प्रथम उच्चारितपदसे बोध्य होने के कारण अश्वपति शब्द से प्रत्यय हुआ । द्वितीय पद अर्थ का बोधक है, इसलिये अलौकिक विग्रह में उसके स्थान पर उसका बोधक प्रत्यय आता है । '११७ कृत-द्धितसमा-साश्च १ । २ । ४६॥' से प्रातिपदिक संज्ञा होने पर '७२४ सुपो धातु-प्रादिपदिकयोः २ । ४ । ७१ ॥' से प्रातिपदिक के अवयव सुप् ङस् का लोप हुआ । तब 'अश्वपति अ' इस दशा में 'तद्धितेष्वचामादेः' से आदि अच् को वृद्धि होने पर '२३६ यस्येति च ६ । ४ । १४८ ॥' से अन्त्य इकार का लोप होकर 'आश्वपत' यह अकारान्त प्रातिपदिक बना । तब अपत्य अर्थ के अनुसार नपुंसकलिङ्ग प्रथमा के एकवचन में रूप सिद्ध हुआ ।

('ण्य' प्रत्ययविधिसूत्रम्)

९९९ दित्यदित्यादित्य-पत्युत्तरपदाद् ण्यः ४ । १ । ८५ ॥

दित्यादिभ्यः पत्युत्तरपदात् च प्राग्दीव्यतीयेष्वर्थेषु ण्यः स्यात्। अणोपवादः। दितेरपत्यं दैत्यः। अदितेरादित्यस्य वा (अपत्यम्)—

गाणपतम् (गणपतेरपत्यादि, गणपति की सन्तान आदि)–गणपति शब्द अश्वपति आदि गण में है, इसकी सिद्धि पूर्ववत् होती है।

बस यहाँ ध्यान रहे कि सूत्र में प्रथम उच्चारित पद से विग्रह-वाक्य में स्थित जिसका बोध हो–उससे तद्धित प्रत्यय होता है और उसके बाद आये हुए पद के अर्थ में प्रत्यय होता है। तद्धित-प्रकरण में अर्थ का विशेष ध्यान रहना चाहिये कि किस अर्थ में प्रत्यय हो रहा है।

९९९ दित्यदित्यादित्य इति–दिति (दैत्यों की माता), अदिति (देवताओं की माता), आदित्य और पति शब्द जिसमें उत्तरपद हों–उन षष्ठयन्त समर्थ सुबन्तों से प्राग्दीव्यतीय अर्थों में 'ण्य' प्रत्यय हो।

ण्य प्रत्यय का णकार इत्संज्ञक है, 'य' शेष रहता है।

अणोऽपवाद इति–'प्राग्दीव्यतोऽण ४।१।८३॥' इस सामान्य प्राप्त अण् का और 'अश्वपत्यादिभ्यश्च' इस विशेष सूत्र से प्राप्त अण् का यह बाधक है।

दैत्यः (दितेरपत्यम्, दिति की सन्तान)—यहाँ षष्ठयन्त समर्थ 'दिति' शब्द से प्राग् दीव्यतीय अपत्य अर्थ में प्रकृत सूत्र से ण्य प्रत्यय हुआ। '६४१ तद्धितेष्वचामादेः ७।२।११७॥' से आदि अच् दकार से उत्तर इकार को वृद्धि ऐकार हुआ और यकारादि प्रत्यय परे होने से पूर्व की भ-संज्ञा होने पर '२३६ यस्येति च ६ । ४ । १४८ ॥' इकार का लोप होकर 'दैत्य' यह अकारान्त शब्द बना, प्रथमा के एकवचन में रूप सिद्ध हुआ।

अदितेरिति–अदिति और आदित्य–इन दोनों से प्रकृत सूत्र से ण्य प्रत्यय होने से **'आदित्यः'** यही रूप बनता है। क्योंकि अदिति से ण्य प्रत्यय होने पर पूर्ववत् आदि अच् को वृद्धि और अन्त्य इकार का लोप होने पर रूप सिद्ध होता है।

आदित्य शब्द से ण्य होने पर 'आदित्य य' यह स्थिति बनी इसमें एक यकार का लोप होता है। यकार के लोप का विधायक सूत्र आगे दिया जा रहा है।

(यलोप-विधिसूत्रम्)

१००० हलो यमां यमि लोपः ८ । ४ । ६४ ॥

इति यलोपः । आदित्यः । प्राजापत्यः ।

('यञ्-अञ्' प्रत्ययविधिवार्तिकम्)

(वा) देवाद् यञ्-अञौ । दैव्यम् । दैवम् ।

('यञ्' प्रत्ययविधिवार्तिकम्)

(वा) बहिषष्टि-लोपो यञ् च । बाह्यः ।

(ईकक् प्रत्ययविधिवार्तिकम्)

(वा) ईकक् च ।

१००० **हल** इति—हल् से पर यम् का लोप हो यम् परे रहते ।

'आदित्य य' यहाँ 'यस्येति च' से यकारोत्तरवर्ती अकार का लोप होने पर हल् तकार से पर यम् यकार का यञ्-प्रत्यय के यकार-के परे रहने के कारण प्रकृत सूत्र से लोप हुआ । तब एकही यकार रहा **'आदित्य'** प्रातिपदिक बना ।

प्राजापत्यः (प्रजा-पतेः अपत्यादि, प्रजा-पति का अपत्य आदि)—यहाँ पत्युत्तरपद प्रजापति शब्द से ण्य प्रत्यय होने पर पूर्ववत् सिद्धि होती है ।

(वा) **देवादिति**—देव शब्दसे पूर्वोक्त अर्थमें यञ् और अञ् प्रत्यय हों ।

यञ् और अञ् का ञकार इत्संज्ञक है । यञ् और ण्य प्रत्यय का समान रूप शेष रहने पर भी स्वर में अन्तर होता है ।

दैव्यम्, दैवम् (देवस्य अपत्यादि, देवता की सन्तान आदि)—यहाँ देव शब्द से अपत्यादि प्राग्-दीव्यतीय अर्थ में प्रकृत वार्तिक से यञ् और अञ् प्रत्यय हुए । दोनों ञित हैं, इसलिये आदि अच् को वृद्धि हुई और दोनों के परे रहते पूर्व की भसंज्ञा होने से 'यस्येति च' से अकार का लोप हुआ ।

(वा) **बहिष** इति—बहिस् शब्दसे प्राग्दीव्यतीय अर्थोंमें यञ् प्रत्यय हो और टि का लोप भी ।

बाह्यः (बहिर्भवः, बाहर होनेवाला, बाहरी)—यहाँ प्राग्दीव्यतीय **'भवः'** होनेवाला अर्थ में बहिस् शब्द से यञ् प्रत्यय और टि 'इस्' का लोप प्रकृत वार्तिक से होने पर आदि अच् बकारोत्तरवर्ती अकार के स्थान में आकार वृद्धि आदेश होकर प्रयोग सिद्ध हुआ ।

(वा) **ईकक्** इति—बहिस् शब्द से पूर्वोक्त अर्थ में 'ईकक्' प्रत्यय भी

(आदिवृद्धि-आदेशसूत्रम्)

१००१ किति च ७ । २ । ११८ ॥

किति तद्धिते चाऽचाम् आदेरचो वृद्धिः स्यात् । बाह्लीकः ।

('यत्' प्रत्ययविधिवार्तिकम्)

(वा) सर्वत्र गोः (र्) अच् (ज्) आदि प्रसङ्गे यत् । गोरपत्यादि-गव्यम् ।

('अञ्' प्रत्ययविधिसूत्रम्)

१००२ उत्साऽऽदिभ्योऽञ् ४ । १ । ८६ ॥

औत्सः ।

इत्यपत्यादिविकारान्तार्थाः साधारण-प्रत्ययाः ।

हो । और टि का लोप भी ।

ईकक् का अन्त्य ककार इत्संज्ञक है ।

१००१ कितीति—कित् तद्धित प्रत्यय परे रहते भी अचों में आदि अच् को वृद्धि हो ।

बाह्लीकः (बहिर्भवः, बाहरी)—यहाँ प्रकृत वार्तिक से बहिस् शब्द से ईकक् प्रत्यय और टि 'इस्' का लोप हुआ और प्रकृत सूत्र से कित् तद्धित प्रत्यय ईकक् परे रहते आदि अच् अकार को वृद्धि आकार आदेश होकर रूप सिद्ध हुआ ।

(वा) **गोरजादीति**—अपत्य और उससे भिन्न प्राग्दीव्यतीय अर्थों में गो शब्द से 'अच्' आदि प्रत्ययों के प्रसङ्ग में 'यत्' प्रत्यय हो ।

वार्तिक में स्थित 'अजादि' पद का अर्थ अण् आदि प्रत्यय हैं, क्योंकि 'अच् आदिर्यस्य स अजादिः—अच् है आदि में जिसके'—इस प्रकार बहुव्रीहि से अण् आदि प्रत्यय ही लिये जाते हैं, क्योंकि ये अजादि हैं ।

गव्यम् (गवि भवम्, गोः इदम्—इत्यादि, गौ में होनेवाला, गौ का इत्यादि)—प्रकृत वार्तिक से यहाँ गो शब्द से 'भव' आदि अर्थ में यत् प्रत्यय हुआ । यहाँ अण् प्राप्त था । 'गो य' इस स्थिति में 'वान्तो यि प्रत्यये' से अव् आदेश होने पर 'गव्य' यह अकारान्त शब्द बना ।

१००२ **उत्सादिभ्य** इति—उत्स आदि शब्दों से अपत्यादि प्राग्दीव्यतीय अर्थ में अञ् प्रत्यय हो ।

औत्सः (उत्सस्य अपत्यादि, उत्स की सन्तान आदि)—यहाँ अपत्य

। अथापत्याधिकारः ।

('नञ्-स्नञ्' अधिकारसूत्रम्)

१००३ स्त्री-पुंसाभ्यां नञ्-स्नञौ भवनात् ४ । १ । ८७ ॥

'धान्यानां भवने' इत्यतः प्रागर्थेषु स्त्री-पुंसाभ्यां क्रमात् नञ्स्नञौ स्तः । स्त्रैणः । पौंस्नः ।

(अपत्यार्थे प्रत्ययविधिसूत्रम्)

१००४ तस्याऽपत्यम् ४ । १ । ९२ ॥

आदि अर्थ में षष्ठ्यन्त समर्थ उत्स शब्द से प्रकृत सूत्र से अञ् प्रत्यय हुआ। तब 'तद्धितेष्वचाम् आदेः ७ । २ । ११८ ॥' से आदि अच् उकार को वृद्धि और '२३६ यस्येति च ६ । ४ । १४८ ॥' से अन्त्य आकार का लोप होने पर रूप सिद्ध हुआ।

अपत्यादि विकारान्त साधारणप्रत्यय समाप्त ।

१००३ **स्त्री-पुंसाभ्यामिति**—स्त्री और पुंस् शब्दों से क्रमशः नञ् और स्नञ् प्रत्यय हो '११६३ धान्यानां भवने ५ । २ । १ ॥' इस सूत्र से पूर्व आये हुये अर्थों में।

नञ् और स्नञ् प्रत्ययों का ञकार इत्संज्ञक है, न और स्न शेष रहते हैं।

स्त्रैणः (स्त्रिया अपत्यं पुमान् , स्त्रीषु भवः, स्त्रीणां समूहः—स्त्री की पुरुष सन्तान, स्त्री सम्बन्धी, स्त्रियों का समूह)—यहाँ षष्ठ्यन्त या सप्तम्यन्त समर्थ स्त्री शब्द से अपत्य, भव या समूह अर्थ में प्रकृत सूत्र से नञ् प्रत्यय होने पर आदि वृद्धि हुई। तब नकार को णकार होकर 'स्त्रैण' यह प्रातिपदिक सिद्ध हुआ। प्रथमा के एकवचन में पूर्वोक्त रूप सिद्ध हुआ।

पौंस्नः (पुंसः अपत्यम्, पुंसु भवः, पुंसां समूहः—पुरुष का अपत्य, पुरुष सम्बन्धी, पुरुषों का समूह)—यहाँ पूर्ववत् पुंस् शब्द से स्नञ् प्रत्यय हुआ, स्नञ् के हलादि प्रत्यय होने से पूर्व की '१६४ स्वादिष्वसर्वनामस्थाने १ । ४ । १७ ॥' से पद संज्ञा हुई, तब '२० संयोगान्तस्य लोपः ८ । २ । २३ ॥' से पुंस के सकार का लोप हुआ। शेष कार्य 'स्त्रैणः' के समान होते हैं।

१००४ **तस्येति**—षष्ठ्यन्त कृतसन्धि समर्थ पद से अपत्य अर्थ में पूर्वोक्त और आगे कहे जानेवाले प्रत्यय हों।

षष्ठ्यन्तात् कृत-सन्धेः समर्थाद् अपत्येऽर्थे उक्ता वक्ष्यमाणाश्च प्रत्यया वा स्युः ।

(गुणादेशविधिसूत्रम्)

१००५ ओर्गुणः ६ । ४ । १४६ ॥

उवर्णान्तस्य भस्य गुणस्तद्धिते । उपगोरपत्यम्-औपगवः । आश्वपतः । दैत्यः । औत्सः । स्त्रैणः । पौंस्नः ।

('गोत्र' संज्ञासूत्रम्)

१००६ अपत्यं पौत्र-प्रभृति गोत्रम् ४ । १ । १६२ ॥

अपत्यत्वेन विवक्षितं पौत्राऽऽदि गोत्र-संज्ञं स्यात् ।

'तस्य' यह सर्वनाम सभी षष्ठ्यन्तों का परामर्शक है । 'समर्थानां प्रथमात्' के अधिकार से सामर्थ्य की यहां अपेक्षा है, सामर्थ्य का अर्थ है सन्धि किया हुआ–इसी बात को प्रकट करने के उद्देश्य से वृत्ति में 'कृतसन्धि समर्थ' कहा गया है ।

सामर्थ्य का अर्थ कृत-सन्धि करने से 'सूत्थितस्यापत्यम् सौत्थितिः'–यह प्रयोग सिद्ध हुआ । अन्यथा सन्धि किये विना 'सु उत्थित' इससे प्रत्यय इञ् आने पर आदि अच् को वृद्धि औकार और उसे आव् आदेश होकर 'सावुत्थितिः' यह अनिष्ट रूप बनेगा ।

१००५ **ओरिति**—उवर्णान्त भसंज्ञक को गुण हो तद्धित प्रत्यय परे रहते ।

औपगवः (उपगोरपत्यम्, उपगु की सन्तान)—यहाँ षष्ठ्यन्त समर्थ उपगु पद से पूर्व सूत्र के द्वारा अपत्य अर्थ में अण्-प्रत्यय हुआ । तद्धितान्त होने के कारण 'कृत्तद्धित-समासाश्च' से प्रातिपदिक संज्ञा हुई । तब 'सुपो धातु-प्रातिपदिकयोः' से सुप् ङस् का लोप हुआ । आदि अच् उकार को वृद्धि औकार हुआ । भसंज्ञा होने के कारण अन्त्य उकार को प्रकृत सूत्र से गुण होने पर अव् आदेश होकर रूप सिद्ध हुआ ।

आश्वपतः–इत्यादि की सिद्धि पहले आ चुकी है ।

१००६ **अपत्यमिति**—जब पौत्र आदि तीसरी और उससे आगे की पीढ़ी को भी अपत्य कहना इष्ट हो तब उनकी गोत्र संज्ञा हो ।

(एकापत्यप्रत्ययनियमसूत्रम्)

१००७ एको गोत्रे ४ । १ । ९३ ॥

गोत्रे एक एवाऽपत्य-प्रत्ययः स्यात्। उपगोर्गोत्राऽपत्यम्–औपगवः ।

('यञ्' प्रत्ययविधिसूत्रम्)

१००८ गर्गाऽऽदिभ्यो यञ् ४ । १ । १०५ ॥

गोत्राऽपत्ये । गर्गस्य गोत्राऽपत्यम्–गार्ग्यः । वात्स्यः ।

(यञ्–अञ्लुक्विधिसूत्रम्)

१००९ यञ्-अञोश्च २ । ४ । ६४ ॥

१००७ एक इति—गोत्र अर्थ में एक ही अपत्य प्रत्यय हो ।

औपगवः—उपगोर्गोत्रापत्यम् औपगवः–उपगु का गोत्रापत्य 'औपगवः' कहा जायगा । यहाँ अपत्य प्रत्यय अण् उपगु शब्द से ही होगा चाहे तीसरी या चौथी पीढ़ीवाले को कहना हो । उपगु की सन्तान **औपगवः** और औपगव की सन्तान–औपगविः–इस प्रकार तीसरी पीढ़ी वाले को बताने के लिये एक और प्रत्यय नहीं आयगा, एक अण् प्रत्यय से ही उसका भी बोध हो जायगा । एक ही प्रत्यय से बोध कराने का नियम प्रकृत सूत्र से किया गया है ।

चाहे सौवीं पीढ़ी में हुई सन्तान को कहना, हो तो भी एक ही प्रत्यय होगा । उसे भी 'गार्ग्य' ही कहा जायगा । सौ अपत्य प्रत्यय यञ नहीं होंगे ।

१००८ **गर्गाऽऽदिभ्य** इति—गर्ग आदि षष्ठयन्त समर्थ पदों से गोत्रापत्य अर्थ में यञ् प्रत्यय हो ।

गार्ग्यः (गर्गस्य गोत्रापत्यम्, गर्ग का गोत्रापत्य)--यहाँ गर्ग पद से गोत्रापत्य अर्थ में यञ् प्रत्यय होने पर आदिवृद्धि और अन्त्य अकार का लोप होने पर रूप सिद्ध हुआ ।

वात्स्यः (वत्सस्य गोत्रावत्यम्, वत्स का गोत्रापत्य)—यहाँ वत्स शब्द से पूर्ववत् यञ् प्रत्यय होकर रूप सिद्ध होता है ।

१००९ **यञञोरिति**—गोत्र अर्थ में जो यञन्त और अञन्त पद उनके अवयव यञ् और अञ् का लोप हो, यदि उन्हीं के अर्थ अर्थात् गोत्र का बहुत्व बताना हो, परन्तु स्त्रीलिङ्ग में नहीं होता ।

गोत्रे यद् यञन्तम् अञन्तं च तदवयवयोरेतयोर्लुक् स्यात् तत्कृते बहुत्वे; न तु स्त्रियाम्। गर्गाः। वत्साः।

(युवसंज्ञासूत्रम्)

१०१० जीवति तु वंश्ये युवा ४। १। १६३॥

वंश्ये पित्रादौ जीवति पौत्राऽऽदेर्यद् अपत्यं चतुर्थाऽऽदि तत् युवसंज्ञमेव स्यात्।

(युवसंज्ञानियमसूत्रम्)

१०११ गोत्राद् यूनि अ-स्त्रियाम् ४। १। ९४॥

यूनि-अपत्ये गोत्र-प्रत्ययाऽन्ताद् एव प्रत्ययः स्यात्, स्त्रियां तु न युव-संज्ञा।

('फक्' प्रत्ययविधिसूत्रम्)

१०१२ यञ् इञोश्च ४। १। १०१॥

गोत्रे यौ यञ्-इञौ, तदन्तात् फक् स्यात्।

गर्गाः—यहाँ गोत्र प्रत्यय से सिद्ध गार्ग्य शब्द से प्रथमा के बहुवचन में यञ् का लोप प्रकृत सूत्र से हुआ, क्योंकि यहाँ गोत्र का बहुत्व ही इससे प्रतीत होता है

वत्साः—इसी प्रकार वात्स्य शब्द के प्रथमा के बहुवचन में यञ् का लोप होकर रूप सिद्ध हुआ।

गार्ग्यः, गार्ग्यौ, गर्गाः। गार्ग्यम्, गार्ग्यौ, गर्गान्—इस प्रकार से रूप बनेंगे। बहुवचन में गोत्र प्रत्यय का लोप इसी प्रकार सर्वत्र होगा।

१०१० **जीवतीति**—वंश में हुए पिता, पितामह के जीवित रहते जो पौत्र आदि का अपत्य हो चौथी पीढ़ी आदि में, उसकी युवसंज्ञा ही हो।

यदि पितामह और पिता जीवित हों तब पौत्र की सन्तान हो अर्थात् प्रपौत्र हो जाय तो उसको **युवाऽपत्य** कहा जाता है।

१०११ **गोत्रादिति**—युवाऽपत्य अर्थ में गोत्र-प्रत्ययान्त से ही प्रत्यय हो, स्त्रीलिङ्ग में युवाऽपत्य संज्ञा नहीं होती।

१०१२ **यञिञोरिति**—गोत्र अर्थ में जो यञ् और इञ् प्रत्यय, तदन्त शब्द से फक् प्रत्यय हो।

फक् का ककार इत्संज्ञक है।

('आयन्' आदि आदेशविधिसूत्रम्)

१०१३ आयन्-एय्-ईन-ईय्-इयः फ-ढ-ख-छ-घां प्रत्ययाऽदीनाम् । ७ । १ । २ ॥

प्रत्ययाऽदेः फस्य आयन्, ढस्य एय्, खस्य ईन्, छस्य ईय्, घस्य इय् स्युः । गर्गस्य युवाऽपत्यं-गार्ग्यायणः । दाक्षायणः ।

('इञ्' प्रत्ययविधिसूत्रम्)

१०१४ अत इञ् ४ । १ । ०५ ॥

अपत्येऽर्थे । दाक्षिः ।

१०१३ आयन्निति—प्रत्यय के आदि फकार को आयन्, ढकार को एय्, खकार को ईन्. छकार को ईय् और घकार को इय् आदेश हों ।

गार्ग्यायणः—गर्गस्य युवाऽपत्यम् गर्ग का युवापत्य अर्थ में 'गोत्राद् यून्यस्त्रियाम्' के नियम के अनुसार गोत्र-प्रत्ययान्त से ही प्रत्यय होगा । इसलिये पहले गोत्रापत्य अर्थ में 'गर्गादिभ्यो यञ्' प्रत्यय होकर 'गार्ग्य' बना । तब गोत्र-यञ् प्रत्ययान्त गार्ग्य शब्द से युवाऽपत्य अर्थ में 'यञ्-इञोश्च' इस सूत्र से फक् प्रत्यय हुआ । फक् के आदि फकार के स्थान में प्रकृत सूत्र से 'आयन्' आदेश होने पर 'गार्ग्य आयन् अ' यह स्थिति बनी । तब 'यस्येति च' से अन्त्य भसंज्ञक अवर्ण का लोप और आदिवृद्धि होकर रूप बना ।

'गार्ग्यायण' का अर्थ है 'गर्ग की चौथी पीढी का बालक' इसी को युवाऽपत्य कहा जायगा । यहाँ गोत्र प्रत्यय से पुनः युवप्रत्यय हुआ है, इससे यह मालूम पड़ता है कि चौथी पीढ़ीवाले के पिता, पितामह और प्रपितामह जीवित हैं । यदि ये तीनों जीवित न होंगे या इनमें कोई जीवित न होगा तो चतुर्थ की युवाऽपत्य संज्ञा न होगी साधारण गोत्र संज्ञा ही होगी, तब उसे 'गार्ग्य' ही कहा जायगा ।

दाक्षायणः (दक्षस्य युवापत्यम्, दक्ष का युवापत्य)—यहाँ दक्ष से गोत्र प्रत्यय '१०१४ अत इञ् ४ । १ । ९५ ॥' इस अग्रिम सूत्र से इञ् हुआ । आदिवृद्धि और अन्त्य अकार का लोप होने पर 'दाक्षि' शब्द बना । तब इस गोत्रप्रत्ययान्त शब्द से पूर्वोक्त प्रकार से फक् प्रत्यय होकर उक्त रूप बना ।

१०१४ अत इति—अदन्त षष्ठयन्त समर्थ से अपत्य अर्थ में इञ् प्रत्यय हो ।

दाक्षिः (दक्षस्य अपत्यं पुमान्, दक्ष की सन्तान पुरुष)—दक्ष शब्द से

('इञ्' प्रत्ययविधिसूत्रम्)

१०१५ बाह्वादिभ्यश्च ४ । १ । ९६ ॥

बाहविः । औडुलोमिः ।

('अ' प्रत्ययविधिवार्तिकम्)

(वा) लोम्नोऽपत्येषु बहुष्वकारो वक्तव्यः । उडुलोमाः । आकृतिगणोऽयम् ।

अदन्त होने के कारण प्रकृत सूत्र से इञ् प्रत्यय हुआ । आदिवृद्धि और अन्त्य अकार का लोप होकर रूप सिद्ध हुआ ।

१०१५ **बाह्वादिभ्य** इति—बाहु आदि षष्ठयन्त समर्थ पदों से अपत्य अर्थ में इञ् प्रत्यय हो ।

बाहु आदि शब्दों के अकारान्त न होने से पूर्व सूत्र के द्वारा अप्राप्त इञ् का इस सूत्र से विधान किया गया ।

यहाँ यह ध्यान रहे कि 'बाहु' आदि जिन शब्दों से अपत्य गोत्र या युवाऽपत्य अर्थों में प्रत्ययों का विधान किया जा रहा है, वे सब व्यक्ति-वाचक संज्ञा हैं, प्राचीन व्यक्तियों का नाम है ।

बाहविः (बाहोरपत्यम् पुमान्)—बाहु शब्द से अपत्य अर्थ में इञ् प्रत्यय होने पर पर्जन्यवल्लक्षणप्रवृत्ति न्याय से आदिवृद्धि और '१००५ ओर्गुणः २ । ४ । १४६ ॥' से उकार को गुण ओकार और उसे अव् आदेश होने पर इकारान्त शब्द बनकर रूप सिद्ध हुआ ।

औडुलोमिः (उडूनि नक्षत्राणीव लोमानि यस्य स उडुलोमा, तस्य अपत्यम्–तारों के समान लोम वाला, ऋषिविशेष, उसकी सन्तान)—यहाँ बाहु आदि होने के कारण उडुलोमन् शब्द से इञ् प्रत्यय होने पर आदिवृद्धि तथा '६२२ नस्तद्धिते ६ । ४ । १४४ ॥' का लोप होकर रूप बना ।

(वा) **लोम्न** इति—लोमन् से अपत्य अर्थ के बहुवचन में अ प्रत्यय हो ।

यह पूर्वोक्त इञ् प्रत्यय का बाधक है, बहुवचन में यह अ प्रत्यय होता है ।

उडुलोमाः (उडुलोम्नोऽपत्यानि)—यहाँ उडुलोमन् शब्द से अपत्य अर्थ के बहुत्व को बताने के लिये बहुवचन में प्रकृत वार्तिक से अ प्रत्यय हुआ । 'नस्तद्धिते' से टि अन् का लोप होने पर अकारान्त 'उडुलोम' शब्द बना, तब प्रथमा के बहुवचन में यह रूप बना ।

('अञ्' प्रत्ययविधिसूत्रम्)

१०१६ अनृष्यानन्तर्ये बिदाऽऽदिभ्योऽञ् ४ । १ । १०४ ॥

ये त्वत्राऽनृषयः, तेभ्योऽपत्ये, अन्यत्र तु गोत्रे । बिदस्य गोत्रम्-बैदः, बैदौ, बिदाः । पुत्रस्याऽपत्यम्-पौत्रः, पौत्रौ, पौत्राः । एवं दौहित्राऽऽदयः ।

('अण्' प्रत्ययविधिसूत्रम्)

१०१७ शिवाऽऽदिभ्योऽण् ४ । १ । ११२ ॥

यहाँ आदिवृद्धि नहीं होती, क्योंकि आदि वृद्धि करनेवाले दो सूत्र हैं—'६४ तद्धितेष्वचाम् आदेः ७। २। ११७ ॥' और '१००१ किति च ७। २। ११८ ॥' इन दोनों सूत्रों से आदिवृद्धि ञित् , णित् और कित् प्रत्यय परे रहते ही होती है । अ प्रत्यय न ञित् है न णित् है और न कित् ही है ।

आकृतिगण इति—यह बाहु आदि गण आकृतिगण है, इसलिये जिन शब्दों से इञ् प्रत्यय हुआ मिलता है, और उसका विधान किसी सूत्र से नहीं हुआ मिलता, उन शब्दों को बाहु आदिगण में समझ लेना चाहिये ।

१०१६ **अनृषीति**—बिद आदियों से गोत्र अर्थ में अञ् प्रत्यय हो, परन्तु इन बिद आदियों में जो ऋषि नहीं, उनमें अनन्तर अर्थात् अपत्य अर्थ में हो ।

बैदः (बिदस्य गोत्रापत्यम्)—यहाँ ऋषि होने के कारण बिद शब्द से गोत्रापत्य अर्थ में अञ् प्रत्यय हुआ । तब आदिवृद्धि और अन्त्य अकारका लोप होकर रूप बना ।

बिदाः—बिद शब्द से गोत्र अपत्य अर्थ में आये यञ् प्रत्यय का बहुत्व विवक्षा में '१००६ यञ् अञोश्च २ । ४ । ६४ ॥' इस सूत्र से लोप होने पर रूप सिद्ध हुआ ।

पौत्रः (पुत्रस्यापत्यम् , पुत्र की सन्तान)—पुत्र ऋषि नहीं, इसलिये अनन्तर अर्थात् शुद्ध अपत्य अर्थ में प्रकृत सूत्र से अञ् प्रत्यय होने पर आदि वृद्धि और अन्त्य अकार का लोप होने पर रूप सिद्ध हुआ ।

पौत्राः—पौत्र शब्द के बहुवचन का रूप है । यहाँ अपत्य अर्थ में प्रत्यय हुआ है, गोत्र अर्थ में नहीं, इसलिये अञ् का लोप नहीं हुआ ।

एवमिति—इसी प्रकार दुहितुरपत्यम्—लड़की की सन्तान—दौहित्रः इत्यादि रूपों की सिद्धि होती है ।

१०१७ **शिवाऽऽदिभ्य इति**—शिव आदि गण से अपत्य अर्थ में अण् प्रत्यय हो ।

अपत्ये। शैवः। गाङ्गः।

('अण्' प्रत्ययविधिसूत्रम्)

१०१८ ऋष्यन्धक-वृष्णि-कुरुभ्यश्च ४। १। ११४॥

ऋषिभ्यः—वासिष्ठः, वैश्वामित्रः। अन्धकेभ्यः—श्वाफल्कः। वृष्णिभ्यः—वासुदेवः। कुरुभ्यः—नाकुलः, साहदेवः।

('अण्' प्रत्यय 'उद्' आदेशविधिसूत्रम्)

१०१९ मातुरुत् संख्या-सं-भद्र-पूर्वायाः ४। १। ११५॥

शैवः (शिवस्यापत्यम्)—शिव शब्द से अपत्य अर्थ में प्रकृत सूत्र से अण् प्रत्यय होने पर आदिवृद्धि और अन्त्य अकार का लोप होकर रूप सिद्ध हुआ।

गाङ्गः (गङ्गाया अपत्यम्)—गङ्गा शब्द से अपत्य अर्थ में पूर्ववत् अण् प्रत्यय होने पर आदिवृद्धि और अन्त्य आकार का लोप होकर रूप सिद्ध हुआ।

१०१८ ऋष्यन्धकेति—ऋषि, अन्धक (यादव), वृष्णि (अहीर) और कुरु—इन से अपत्य अर्थ में अण् प्रत्यय हो।

ऋषि[1] वेद के मन्त्रों के द्रष्टाओं को कहते हैं। अन्धक, वृष्णि, और कुरु—ये कुलों के नाम हैं। इन सब के व्यक्तियों के नामों से प्रत्यय होता है।

वासिष्ठः, वैश्वामित्रः (वसिष्ठस्य विश्वामित्रस्य च ऋषेः अपत्यम्)—यहाँ ऋषिवाचक वसिष्ठ और विश्वामित्र शब्दों से प्रकृत सूत्र से अण् प्रत्यय होने पर आदिवृद्धि और अन्त्यलोप होकर रूप बने।

श्वाफल्कः (श्वफल्कस्यापत्यम्)—श्वफल्क 'अन्धक' कुल के व्यक्ति का नाम है। अतः प्रकृत सूत्र से अण् प्रत्यय हुआ।

वासुदेवः (वसुदेवस्यापत्यम्—कृष्ण)—वसुदेव वृष्णिवंश के हैं। इसलिये सूत्र से अण् प्रत्यय हुआ।

नाकुलः, साहदेवः (नकुलस्य सहदेवस्यापत्यम्)—नकुल और सहदेव कुरु कुल के हैं। इनसे अत एव प्रकृत सूत्र से अण् प्रत्यय हुआ।

१०१९ मातुरिति—संख्या, सम् और भद्र—पूर्वक मातृ शब्द को उत् आदेश हो और अण् प्रत्यय हो अपत्य अर्थ में।

---

१. 'सर्गाऽऽदि-समये वेदान् सेतिहासान् महर्षयः। लेभिरे तपसा पूर्वम्, अनुज्ञाताः स्वयम्भुवा॥' इति पुराणेषु प्रसिद्धम्।

संख्याऽऽदि-पूर्वस्य मातृशब्दस्य 'उद्' आदेशः स्यात्, 'अण्' प्रत्ययश्च । द्वैमातुरः । षाण्मातुरः । सांमातुरः । भाद्रमातुरः ।

('अण्' प्रत्यय 'कानीन' आदेशविधिसूत्रम्)

१०२० कन्यायाः कनीन च ४ । १ । ११६ ॥

चाद् अण् । कानीनः-व्यासः, कर्णश्च ।

('ढक्' प्रत्ययविधिसूत्रम्)

१०२१ स्त्रीभ्यो ढक् ४ । १ । १२० ॥

स्त्रीप्रत्ययाऽन्तेभ्यो ढक् । वैनतेयः ।

उत् आदेश अलोन्त्य-परिभाषा से अन्त्य ऋकार के स्थान में होता है और 'उरण् रपरः' से रपर होकर 'उर्' होता है ।

द्वैमातुरः (द्वयोर्मात्रोरपत्यं पुमान् , दो माताओं का पुरुष अपत्य)-यहाँ द्विमातृ शब्द में संख्या द्विपूर्वक मातृ शब्द है । प्रकृत सूत्र से अपत्य अर्थ में अण् प्रत्यय और ऋकार को उर् आदेश आदिवृद्धि होने पर 'द्वैमातुर' शब्द बनकर रूप सिद्ध हुआ ।

षाण्मातुरः[1] (षण्णां मातॄणामपत्यं पुमान् , छः माताओं का पुरुष अपत्य शिवजी का ज्येष्ठ पुत्र कुमार)-यहाँ षण्मातृ शब्द से अण् प्रत्यय तथा ऋकार को उर् हुआ । आदिवृद्धि होकर 'षाण्मातुर' रूप बना ।

सांमातुरः (संमातुरपत्यं पुमान्) और **भाद्रमातुरः** (भद्रमातुरपत्यं पुमान्-अच्छी माता की सन्तान)—इनकी सिद्धि भी इसी प्रकार होती है ।

१०२० कन्याया इति-कन्या शब्द से अपत्य अर्थ में कानीन आदेश हो ।

चाद् इति—सूत्र में 'च' होने से अण् प्रत्यय भी होता है ।

कानीनः (कन्याया अपत्यं पुमान्-कन्या अविवाहिता को पुरुष सन्तान-व्यास और कर्ण)--यहाँ कन्या शब्द को प्रकृत सूत्र से कानीन आदेश और अण् प्रत्यय होने पर उक्त रूप सिद्ध हुआ ।

१०२१ **स्त्रीभ्य** इति-स्त्री-प्रत्ययान्त शब्दों से अपत्य अर्थ में ढक् प्रत्यय हो । ढक् का ककार इत्संज्ञक है ।

वैनतेयः (विनताया अपत्यम् पुमान् , विनता की सन्तान अर्थात् गरुड़)-

---

१ 'षाण्मातुरः शक्तिधरः कुमारः क्रौञ्चदारणः' इत्यमरः ।

('यत्' प्रत्ययविधिसूत्रम्)

१०२२ राज-श्वशुराद् यत् ४ । १ । १३७ ॥

(जातावेवेतिनियमवार्तिकम्)

(वा) राज्ञो जातावेव-इति वाच्यम् ।

(प्रकृतिभावविधिसूत्रम्)

१०२३ ये चाऽभाव-कर्मणोः ६ । ४ । १६८ ॥

यादौ तद्धिते परेऽन् प्रकृत्या स्यात्, नतु भाव-कर्मणोः राजन्यः । श्वशुर्यः । जातावेव इति किम्—

यहाँ स्त्रीप्रत्ययान्त विनता शब्द से ढक् प्रत्यय प्रकृत सूत्र से हुआ । तब '१०१३ आयनेयी-७।१।२॥' इत्यादि सूत्र से प्रत्यय के आदि ढकारको एय् आदेश '१००१ किति च ७।२।११८॥' से आदिवृद्धि और अन्त्यलोप होने पर रूप सिद्ध हुआ ।

१०२२ राज–श्वशुरादिति–राजन् और श्वशुर शब्द से यत् प्रत्यय हो अपत्य अर्थ में ।

(वा) **राज्ञ इति**—राजन् शब्द से जाति अर्थ में ही यत् प्रत्यय हो ।

पूर्वोक्त प्रकार से अपत्य अर्थ में यत् प्राप्त था । प्रकृत वार्तिक ने राजन् शब्द से जाति में ही विधान किया ।

१०२३ ये चेति—यकारादि तद्धित प्रत्यय परे रहते अन् को प्रकृतिभाव हो, परन्तु भाव और कर्म अर्थ में न हो ।

राजन्यः[1] (क्षत्रिय जाति)–यहाँ पूर्वोक्त वार्तिक के नियम के अनुसार राजन् शब्द से जाति अर्थ में यत् प्रत्यय हुआ । '६२२ नस्तद्धिते ६।४।१४४॥' से प्राप्त भसंज्ञक टि अन् के लोप का प्रकृत सूत्र से निषेध होने पर रूप सिद्ध हुआ ।

श्वशुर्यः (श्वशुरस्यापत्यं पुमान्, श्वशुर का पुरुष अपत्य अर्थात् साला)–यहाँ श्वशुर शब्द से अपत्य अर्थ में 'राजश्वशुराद् यत्' से यत् प्रत्यय होने पर अन्त्य लोप होकर रूप सिद्ध हुआ ।

जातावििति—राजन् शब्द से जाति अर्थ में ही यत् प्रत्यय हो ऐसा क्यों कहा ? इसलिये कि जाति से भिन्न अर्थ में यत् प्रत्यय न हो ।

---

१. 'मूर्धाऽभिषिक्तो राजन्यः बाहुजः क्षत्रियो विराट्' इत्यमरः ।

(प्रकृतिभावविधिसूत्रम्)

१०२४ अन् ६ । ४ । १६७ ॥

अन् प्रकृत्या स्याद् अणि परे । राजनः ।

('घ' प्रत्ययविधिसूत्रम्)

१०२५ क्षत्राद् घः ४ । १ । १३८ ॥

क्षत्त्रियः । जातौ-इत्येव । क्षात्त्रिः-अन्यत्र ।

('ठक्' प्रत्ययविधिसूत्रम्)

१०२६ रेवत्यादिभ्यष्ठक् ४ । १ । १४६ ॥

('इक्' आदेशविधिसूत्रम्)

१०२७ ठस्येकः ७ । ३ । ५० ॥

अङ्गात् परस्य ठस्य 'इक' आदेशः स्यात् । रैवतिकः ।

१०२४ **अन्** इति—अन् को प्रकृतिभाव हो अण् परे रहते ।

राजनः (राज्ञोऽपत्यं पुमान्, शूद्रा आदि में उत्पन्न सन्तान, जो क्षत्रिय नहीं)—यहाँ जातिभिन्न अपत्य अर्थ में अण् प्रत्यय होने पर '६२२ नस्तद्धिते ६ । ४ । १४४ ॥' से प्राप्त अन् टि के लोप का प्रकृत सूत्र से निषेध होकर रूप सिद्ध हुआ ।

१०२५ **क्षत्रादिति**—क्षत्र शब्द से घ प्रत्यय हो ।

जाताविति—राजन् शब्द के समान 'क्षत्र' शब्द से भी जाति अर्थ में ही यह प्रत्यय हो ।

क्षत्रियः—'क्षत्र' शब्द से प्रकृत सूत्र से घ प्रत्यय जाति अर्थ में हुआ, 'घ' को '१०१२ आयन्–७ । १ । २॥' से इय् आदेश होने पर अन्त्य लोप होकर रूपसिद्ध हुआ ।

क्षात्त्रिः-अन्यत्र इति—जातिभिन्न अर्थ में 'अत इञ्' सूत्र से इञ् प्रत्यय होने पर आदिवृद्धि और अन्त्यलोप होकर रूप सिद्ध हुआ ।

१०२६ **रेवत्यादिभ्य** इति—रेवती आदि शब्दों से अपत्य अर्थ में ठक् प्रत्यय हो ।

१०२७ **ठस्येति**—अङ्ग से पर ठकार को इक् आदेश हो ।

रैवतिकः—रेवती शब्द से अपत्य अर्थ में पूर्व सूत्र से ठक् प्रत्यय हुआ ।

('अञ्' विधिसूत्रम्)

१०२८ जनपद-शब्दात् क्षत्रियाद् अञ् ४ । १ । १६८ ॥

जनपद-क्षत्त्रिय-वाचकात् शब्दाद् 'अञ्' स्याद् अपत्ये । पाञ्चालः ।

(अपत्यवत्त्वातिदेशविधिवार्तिकम्)

(वा) क्षत्त्रिय-समान-शब्दाद् जनपदात् तस्य राजनि-अपत्यवत् । पञ्चालानां राजा—पाञ्चालः ।

('अण्' प्रत्ययविधिवार्तिकम्)

(वा) पूरोरण् वक्तव्यः । पौरवः ।

प्रकृत सूत्र से प्रत्यय के ठकार के स्थान में 'इक्' आदेश होने पर आदिवृद्धि और अन्त्य ईकार का 'यस्येति च' से लोप होकर 'रेवतिक' यह अकारान्त शब्द बन गया, तब प्रथमा के एकवचन में उक्त रूप सिद्ध हुआ ।

१०२८ **जनपदेति**—जनपद-वाचक शब्द से यदि वह क्षत्रिय का भी वाचक हो तो अपत्य अर्थ में अञ् प्रत्यय हो ।

पाञ्चालः—यहाँ जनपद-वाचक 'पञ्चाल' शब्द से जो कि क्षत्रिय-वाचक भी है प्रकृत सूत्र से अञ् प्रत्यय होने पर आदिवृद्धि और अन्त्य लोप होकर रूप हुआ ।

जनपद प्रान्त को कहते हैं । 'पञ्चाल' जनपद विशेष का नाम भी है और एक क्षत्रिय जाति का भी ।

(वा) **क्षत्रिय-समानेति**—क्षत्रिय-जाति-वाचक शब्द के समान यदि जनपदवाचक शब्द भी हो तो उससे 'राजा' अर्थ में अपत्यार्थ के समान प्रत्यय हो ।

पाञ्चालः (पञ्चालानां देशविशेषाणां राजा, पञ्चाल देश का राजा)—यहाँ पूर्ववत् रूप की सिद्धि होती है, क्योंकि राजा अर्थ में भी अपत्यार्थ के समान प्रत्यय होते हैं । अर्थ में अन्तर रहता है, परन्तु शब्द के रूप में नहीं । पञ्चाल एक जनपद का भी नाम है और उसके निवासी क्षत्रिय जाति के लोगों का भी । इसीलिये प्रकृत वार्तिक से राजा अर्थ में अपत्यार्थ के समान अण् प्रत्यय हुआ । तब आदि वृद्धि और अन्त्य अकार का लोप होकर रूप सिद्ध हुआ ।

(वा) **पूरोरिति**—पूरु शब्द से राजा अर्थ में अण् प्रत्यय हो ।

('ड्यण्' प्रत्ययविधिवार्तिकम्)

(वा) पाण्डोर्ड्यण्। पाण्ड्यः ।

('ण्य' प्रत्ययविधिसूत्रम्)

१०२९ कुरु-नाऽऽदिभ्यो ण्यः ४ । १ । १७२ ॥

कौरव्यः । नैषध्यः ।

'पूरु' शब्द जनपद का वाचक नहीं, अतः पूर्व वार्तिक की इसमें प्राप्ति नहीं थी ।

पौरवः (पुरूणां राजा, पूरु क्षत्रियों का राजा)—यहाँ पूरु शब्द से राजा अर्थ में अण् प्रत्यय होने पर आदिवृद्धि और अन्त्य उकार का '१००५ ओर्गुणः ६।४।१४६॥' से गुण ओकार और उसे अव् आदेश होकर उक्त रूप सिद्ध हुआ।

(वा) पाण्डोरिति—पाण्डु शब्द से राजा अर्थ में ड्यण् प्रत्यय हो। ड्यण् के डकार और णकार इत्संज्ञक हैं, केवल य शेष रहता है डित् होने से इसके परे रहते टि का लोप होता है ।

'पाण्डु' शब्द से यहाँ न तो श्वेत गुण वाचक का और न युधिष्ठिर के पिता के वाचक का ही ग्रहण होता है, क्योंकि यहाँ 'जनपदशब्दात्' की आवृत्ति होती है, जिससे 'पाण्डु' शब्द देश और क्षत्रिय का वाचक ही यहाँ लिया जाता है । उक्त दोनों अर्थों में 'पाण्डु' शब्द जनपद वाचक नहीं है ।

पाण्ड्यः (पाण्डोरपत्यम्, पाण्डोर्देशस्य राजा वा, पाण्डु का अपत्य अथवा पाण्डु देश का राजा)—पाण्डु जनपद और उसके निवासी क्षत्रियों का वाचक है । अतः प्रकृत वार्तिक से ड्यण् प्रत्यय हुआ डित् होने के कारण प्रत्यय परे रहते टि उकार का लोप और पर्जन्यवल्लक्षण-प्रवृत्ति के नियम से आदिवृद्धि होकर रूप सिद्ध हुआ ।

१०२९ कुरु-नाऽऽदिभ्य इति—कुरु और नकारादि जनपद और उसके निवासी क्षत्रियों के वाचक शब्दों से राजा अर्थ में ण्य प्रत्यय हो ।

कौरव्यः (कुरूणां जनपद-विशेषाणां क्षत्रिय-विशेषाणां च राजा, कुरु नामक जनपद क्षत्रियों का राजा)—यहाँ कुरु शब्द से प्रकृत सूत्र से ण्य प्रत्यय होने पर आदिवृद्धि और अन्त्य उकार को '१००५ ओर्गुणः ६ । ४ । १४६॥' से गुण ओकार तथा उसे अव् आदेश होकर 'कौरव्य' शब्द बन जाने से प्रथमा के एकवचन में रूप सिद्ध हुआ ।

(तद्-राजसंज्ञासूत्रम्)

१०३० ते तद्-राजाः ४ । १ । १७४ ॥

अञ् आदयः 'तद्-राज' संज्ञाः स्युः ।

(तद्राजप्रत्ययलुग्विधिसूत्रम्)

१०३१ तद्-राजस्य बहुषु तेनैवाऽस्त्रियाम् २ । ४ । ६२ ॥

बहुष्वर्थेषु तद्-राजस्य लुक् ; तदर्थकृते बहुत्वे, न तु स्त्रियाम् । इक्ष्वाकवः, पञ्चालाः, इत्यादि ।

('तद्-राज' प्रत्ययलुग्विधिसूत्रम्)

१०३२ कम्बोजात् (ल्) लुक् ४ । १ । १७५ ॥

नैषध्यः (निषधानां देशविशेषाणां राजा, निषधनामक देश का राजा अर्थात् नल)—यहाँ निषध शब्द जनपदवाची और नकारादि है । अतः आदि वृद्धि और अन्त्यलोप होकर रूप सिद्ध हुआ ।

'नैषध' शब्द का भी प्रयोग मिलता है, वह आगे आनेवाले शैषिक अण् प्रत्यय से सिद्ध होता है ।

१०३० ते इति—'१०२८ जनपदशब्दात्– ४ । १ । १६८ ॥' इस सूत्र से लेकर जनपदवाची शब्दों से विहित इन अञ् आदि प्रत्ययों की तद्-राज संज्ञा होती है ।

१०३१ **तद्-राजस्येति**—बहुत्व की विवक्षा में तद्-राज प्रत्यय का लोप हो यदि बहुत्व तद्-राज प्रत्यय के अर्थ का ही हो, परन्तु स्त्रीलिङ्ग में न हो ।

इक्ष्वाकवः (इक्ष्वाकूणां जनपदविशेषाणां राजानः, इक्ष्वाकु जनपद विशेष के राजा)—यहाँ इक्ष्वाकु शब्द से 'जनपदशब्दात्–' सूत्र से अञ् प्रत्यय हुआ । आदिवृद्धि और अन्त्य उकारका अव् आदेश होनेपर 'ऐक्ष्वाकव' यह शब्द बना बहुवचन में अञ् तद्राज प्रत्यय का लोप प्रकृत सूत्र से हुआ अतः आदिवृद्धि की भी निवृत्ति हो गई । तब 'इक्ष्वाकु' शब्द से ही प्रथमा के बहुवचन में उक्त रूप बना । अर्थ इसका 'इक्ष्वाकुजनपद के राजा' यही रहेगा ।

पञ्चालाः (पञ्चालानां जनपद-विशेषाणां राजानः, पञ्चाल के राजा)—यहाँ भी पूर्ववत् बहुवचन में तद्-राज प्रत्यय का लोप हुआ ।

१०३२ **कम्बोजादिति**—कम्बोज शब्द से तद्राज प्रत्यय का लोप हो ।

अस्मात् तद-राजस्य लुक्। कम्बोजः। कम्बोजौ।

('तद्-राज' प्रत्ययलुग्विधिसूत्रम्)

(वा) कम्बोजाऽऽदिभ्य इति वक्तव्यम्। चोलः, शकः, केरलः, यवनः।

इत्यपत्याधिकारः।

कम्बोज शब्द जनपद और क्षत्रिय का वाचक है। इससे 'जनपदशब्दात्–' इत्यादि से अञ् तद-राज प्रत्यय होता है, उसका लोप यह सूत्र करता है।

कम्बोजः (कम्बोजानां देशविशेषाणां राजा, कम्बोज का राजा)—यहाँ जनपदवाची होने से कम्बोज शब्द से 'जनपदशब्दात्–' से अञ् प्रत्यय हुआ उसका प्रकृत सूत्र से लोप हो गया। तब शब्द यथावत् शेष रहा, वही 'राजा' अर्थ का बोध कराता है।

(वा) **कम्बोजाऽऽदिभ्य** इति—कम्बोज आदियों से तद्-राज प्रत्यय का लोप होता है, न केवल कम्बोज से।

चोलः, शकः (चोलानां शकानां च देशविशेषाणां, क्षत्रियविशेषाणां च राजा, चोल और शक देश का राजा)—चोल और शक शब्द देश विशेष और क्षत्रिय विशेष के वाचक हैं। इन से द्व्यच् होने के कारण 'द्व्यञ्-मगध– ४। १। १७०॥' सूत्र से अण् हुआ उसका प्रकृत सूत्र से लोप हुआ।

केरलः, यवनः—केरल और यवन शब्द भी देश विशेष और क्षत्रिय विशेष के वाचक हैं। इनसे 'जनपदशब्दात्–' से अञ् होता है, उसका प्रकृत सूत्र से लोप हो जाता है।

यहाँ ध्यान रहना चाहिये कि—

(१) पञ्चाल आदि शब्द मूल रूप में जनपद अर्थात् देश विशेष अर्थ के वाचक हैं।

(२) देश विशेष अर्थ में संस्कृत भाषा में ये शब्द बहुवचन में ही प्रयुक्त होते हैं।

(३) देश के निवासियों के भी प्रत्ययों के द्वारा वाचक बन जाते हैं।

(४) देश के राजा के लिये भी इन शब्दों के साथ प्रत्यय जोड़कर प्रयोग होता है।

अथ रक्ताऽऽद्यर्थकाः।

(रक्तार्थेऽण् आदि-प्रत्ययविधिसूत्रम्)

१०३३ तेन रक्तं रागात् ४ । २ । १ ॥

अण् स्यात्। रज्यतेऽनेनेति–रागः। कषायेण रक्तं वस्त्रम्–काषायम्।

---

(५) '१०२८ जनपद शब्दात् क्षत्रियाद् अञ् ४ । १ । १६८ ॥' इस सूत्र से इस प्रकरण में यही सब बताया गया है।

उदाहरण (१) **पञ्चालाः**—देशविशेषः

(२) पाञ्चालः—पञ्चाल देश का निवासी

(३) पाञ्चालः—पञ्चाल देश का राजा

अपत्याधिकार समाप्त।

अथ रक्ताऽऽद्यर्थका इति–इस प्रकरण का नाम रक्ताऽऽद्यर्थक है। इसमें रक्त–रंगा हुआ–इत्यादि अर्थों में तद्धित प्रत्यय बताये गये हैं। उन अर्थों में यह अर्थ प्रथम है, इसलिये उसके साथ आदि शब्द जोड़कर प्रकरण का नाम रख दिया गया है।

१०३३ **तेन रक्तमिति**—उससे रँगा हुआ–इस अर्थ में तृतीयान्त समर्थ रङ्ग (वर्ण) वाचक पद से अण् प्रत्यय हो।

रज्यते इति—राग शब्द की व्युत्पत्ति की गई। कृदन्त प्रकरण में यह आ चुकी है। रज्यतेऽनेन–इससे रंगा जाता है अर्थात् रंगने का साधन नील पीत आदि रङ्ग। रञ्ज् धातु से करण में '८५५ अकर्तरि च कारके संज्ञायाम् ३ । ३ । १६ ॥' से घञ् प्रत्यय होने पर '८५६ घञिच भावकरणयोः ६ । ४ । २७ ॥' से नकार का लोप हुआ तब '१८४ च-जोः कु घिण्ण्यतोः ७ । ३ । ५२ ॥' से जकार को कुत्व गकार तथा उपधावृद्धि होने पर राग शब्द बना।

काषायम् (कषायेण रक्तं वस्त्रम्, गेरुए रङ्ग से रङ्गा हुआ कपड़ा, भगवा कपड़ा)—यहाँ तृतीयान्त समर्थ रङ्गवाचक कषाय शब्द से 'उससे रंगा हुआ' इस अर्थ में प्रकृत सूत्र से अण् प्रत्यय हुआ। तब 'कषाय टा अण्' इस अवस्था में तद्धित होने से प्रातिपदिक संज्ञा हुई। प्रातिपदिक के अवयव सुप् टा का '७२४ सुपो धातु-प्रातिपदिकयोः २। ४। ७१॥' से लोप तथा आदिवृद्धि और अन्त्य अकार का लोप होने पर रूप सिद्ध हुआ।

('नक्षत्रेण युक्तः कालः' अर्थे अण्-प्रत्ययविधिसूत्रम्)

१०३४ नक्षत्रेण युक्तः कालः ४ । २ । ३ ॥

अण् स्यात् ।

(यलोपविधिवार्तिकम्)

(वा) तिष्य-पुष्ययोर्नक्षत्राऽणि यलोप इति वाच्यम् । पुष्येण युक्तम्—**पौषम् अहः ।**

(लुब्विधिसूत्रम्)

१०३५ लुब् अविशेषे ४ । २ । ४ ॥

पूर्वेण विहितस्य लुप् स्यात् , षष्टि-दण्डाऽऽत्मकस्य कालस्याऽवान्तर-

---

१०३४ **नक्षत्रेणेति**—नक्षत्र से युक्त संबद्ध काल अर्थ में प्रथमोच्चारित नक्षत्रवाचक शब्द से अण् प्रत्यय हो ।

नक्षत्र शब्द से यहाँ नक्षत्रयुक्त चन्द्रमा लिया जाता है ।

(वा) **तिष्य-पुष्ययोरिति**—नक्षत्र अण् अर्थात् पूर्वोक्त नक्षत्र से युक्त काल अर्थ में नक्षत्रवाचक शब्द से विहित अण् परे रहते तिष्य और पुष्य शब्दों के यकार का लोप हो ।

पौषम् अहः (पुष्यनामक-नक्षत्रयुक्त-चन्द्र-युक्तं दिनम् , पुष्यनामक नक्षत्र से युक्त चन्द्रमा से युक्त दिन)—यहाँ तृतीयान्त समर्थ नक्षत्र शब्द से तद्-युक्त काल अर्थ में पूर्व सूत्र से अण् प्रत्यय हुआ । तब प्रातिपदिक संज्ञा और उसके अवयव सुप् का लोप होने पर आदिवृद्धि और अन्त्य अकार का लोप हुआ । पुनः प्रकृत वार्तिक से यकार का लोप होने पर 'पौष' इस अकारान्त के बन जाने से नपुंसकलिङ्ग प्रथमा के एकवचन में उक्त रूप सिद्ध हुआ ।

१०३५ **लुबिति**—पूर्व सूत्र से विहित अण् का लोप हो यदि साठ घड़ी रूप काल का अवान्तर भेद अर्थात् दिन और रात रूप का ज्ञान न हो ।

सूत्रस्थ 'अविशेष' शब्द का अर्थ है विशेष अर्थ की यदि प्रतीति न हो अर्थात् यह पता न चले कि साठ घड़ी (चौबीस घण्टे) का अवान्तर विशेष दिन या रात है ।

सूत्र में अविशेष शब्द का अर्थ है कि साठ घड़ी अर्थात् चौबीस घण्टे का दिन रात होता है, उसमें यह पता न चले कि दिन है या रात ।

विशेषश्चेद् न गम्यते। अद्य पुष्यः।

(दृष्टार्थेऽणादिप्रत्ययविधिसूत्रम्)

१०३६ दृष्टं साम ४। २। ७॥

'तेन' इत्येव। **वसिष्ठेन दृष्टम्–वासिष्ठं साम।**

(ड्यत्-ड्य-प्रत्ययविधिसूत्रम्)

१०३७ वामदेवाद् ड्यड्-ड्यौ ४। २। ९॥

वामदेवेन दृष्टं साम-वामदेव्यम्।

अद्य पुष्यः (आज पुष्य नक्षत्र से युक्त चन्द्रमा युक्त काल है) यहाँ पूर्व सूत्र से अण् होता है। उसका प्रकृत सूत्र से लोप हो जाता है क्योंकि यहाँ यह पता नहीं चलता है कि दिन है या रात।

अद्य पुष्यः (आज पुष्य नक्षत्र से युक्त काल है) यहाँ पूर्व सूत्र से अण् होता है। उसका प्रकृत सूत्र से लोप हो जाता है क्योंकि यहाँ यह पता नहीं चलता है कि दिन है या रात। इसलिये शब्द यथावत् रहा।

१०३६ **दृष्टमिति**—उसने साम को देखा अर्थात् ज्ञान रूप में प्राप्त किया-इस अर्थ में तृतीयान्त समर्थ से अण् प्रत्यय हो।

वासिष्ठं साम (वसिष्ठेन दृष्टं साम, वसिष्ठ से देखा गया साम)—यहाँ 'देखा गया साम' इस अर्थ में तृतीयान्त समर्थ वसिष्ठ पद से अण् प्रत्यय हुआ। फिर पूर्वोक्त प्रकार से सिद्धि हुई।

साम मन्त्र हैं, उनका जिसे ज्ञान हुआ, उसी के नाम से वे प्रसिद्ध हुए, प्रत्यय तद्धित का योग हुआ। जिन सामों का ज्ञान वसिष्ठ को हुआ, वे वसिष्ठ के नाम से ही तद्धित प्रत्यय के योग से 'वासिष्ठ' इस रूप में प्रसिद्ध हुए।

१०३७ **वामदेवादिति**—'साम देखा' अर्थ में तृतीयान्त समर्थ वामदेव शब्द से ड्यत् और ड्य प्रत्यय हों।

ड्यत् और ड्य दोनों का केवल यकार शेष रहता है। दोनों के द्वारा रूप एक समान बनता है। स्वर में दोनों का अन्तर पड़ता है। ड्यत् के डित होने से वह स्वरित होता है और ड्य उदात्त।

वामदेव्यम् (वामदेवेन दृष्टं साम, वामदेव से देखा गया साम)—यहाँ

(परिवृतार्थेऽण्-विधिसूत्रम्)

१०३८ परि-वृतो रथः ४ । २ । १० ॥

अस्मिन्नर्थेऽणप्रत्ययो भवति । वस्त्रेण परिवृतः—वास्त्रो रथः ।

(तत्रोत्धृत इत्यर्थेऽण्विधिसूत्रम्)

१०३९ तत्रोद्धृतम् अमत्रेभ्यः ४ । २ । १४ ॥

शरावे उद्धृतः—शाराव ओदनः ।

(तत्र संस्कृतम्-इत्यर्थेऽण्विधिसूत्रम्)

१०४० संस्कृतं भक्षाः ४ । २ । १६ ॥

सप्तम्यन्ताद् अण् स्यात् संस्कृतेऽर्थे, यत् संस्कृतं भक्षाश्चेत् स्युः । भ्राष्ट्रेषु संस्कृताः—भ्राष्ट्राः यवाः ।

पूर्वोक्त अर्थ में वामदेव शब्द से ड्य प्रत्यय हुआ । डि प्रत्यय परे होने से टि का लोप होकर रूप सिद्ध हुआ ।

१०३८ परिवृत इति—'उससे घिरा हुआ' इस अर्थ में तृतीयान्त समर्थ से अण् प्रत्यय हो ।

वास्त्रो रथः (वस्त्रेण परिवृतो रथः, कपड़े से घिरा हुआ रथ) यहाँ 'घिरा-लिपटा-हुआ' अर्थ में तृतीयान्त समर्थ वस्त्र पद से अण् प्रत्यय हुआ । फिर पूर्वोक्त प्रकार से सिद्धि हुई ।

यहाँ तक चार अर्थों में तद्धित प्रत्यय किया गया है, वे चार अर्थ ये हैं—१ रंगा हुआ । २ नक्षत्र से युक्त काल । ३ देखा गया साम । ४ घिरा हुआ रथ । इन चारों अर्थों में तृतीयान्त में प्रत्यय का विधान हुआ ।

१०३९ 'उसमें निकालकर रखा हुआ' इस अर्थ में समर्थ सप्तम्यन्त अमत्र-पात्र-वाचक शब्द से अण् प्रत्यय हो ।

शाराव ओदनः (शरावे उद्धृत ओदनः—थाली में रखा हुआ भात)—यहाँ 'उद्धृत—निकाल कर रखा हुआ' अर्थ में सप्तम्यन्त पात्रवाचक शराव शब्द से प्रकृत सूत्र से अण् प्रत्यय हुआ, पूर्वोक्त प्रकार से फिर रूप सिद्ध हुआ ।

१०४० **संस्कृत**मिति—सप्तम्यन्त समर्थ से संस्कृत अर्थ में अण् प्रत्यय हो, वह संस्कृत पदार्थ यदि खाने की वस्तु हो ।

भ्राष्ट्रा यवाः (भ्राष्ट्रेषु संस्कृता-भाड़ में संस्कृत-संस्कार किये हुए अर्थात्

(साऽस्य देवताऽर्थे 'अण्' प्रत्यय-विधिसूत्रम्)

१०४१ साऽस्य देवता ४ । २ । २४ ॥

इन्द्रो देवता अस्य-इति ऐन्द्रम्-हविः । पाशुपतम् । बार्हस्पतम् ।

(साऽस्य देवताऽर्थे 'घन्' प्रत्ययविधिसूत्रम्)

१०४२ शुक्राद् घन् ४ । २ । २६ ॥

शुक्रियम् ।

(साऽस्य देवताऽर्थे ट्यण्विधिसूत्रम्)

१०४३ सोमात् ट्यण् ४ । २ । ३० ॥

भुने हुए जौ)—यहाँ 'उसमें संस्कृत हुए' इस अर्थ में सप्तम्यन्त समर्थ भ्राष्ट्र शब्द से प्रकृत सूत्र से अण् प्रत्यय हुआ । पर्जन्यवल्लक्षण-प्रवृत्ति सिद्धान्त से आदि-वृद्धि हुई और तब अन्त्य अकार का लोप होने पर रूप सिद्ध हुआ ।

११४१ साऽस्येति—प्रथमान्त समर्थ देवता-वाचक पद से इसको इस अर्थ में अण् प्रत्यय हो ।

ऐन्द्रम् (इन्द्रो देवताऽस्य, इन्द्र इसका देवता है)—यहाँ प्रथमान्त समर्थ देवतावाचक इन्द्र शब्द से 'इसका' अर्थ में अण् प्रत्यय हुआ । तब आदिवृद्धि और अन्त्य लोप होने पर रूप सिद्ध हुआ ।

पाशुपतम् (पशुपतिर्देवताऽस्य, पशुपति इसका देवता है वह हवि)—यहाँ पशुपति शब्द से 'अस्य' अर्थ में अण् प्रत्यय होने पर आदिवृद्धि और अन्त्य लोप होकर रूप सिद्ध हुआ ।

बार्हस्पतम् (बृहस्पतिर्देवताऽस्य-बृहस्पति इसका देवता है वह हवि)—यहाँ बृहस्पति शब्द से पूर्वोक्त प्रकार से रूप सिद्ध हुआ ।

१०४२ शुक्रादिति—शुक्र शब्द से 'साऽस्य देवता' अर्थ में घन् प्रत्यय हो ।

शुक्रियम् (शुक्रो देवताऽस्य, शुक्र है देवता इसका)—यहाँ शुक्र शब्द से पूर्वोक्त अर्थ में प्रकृत सूत्र से घन् प्रत्यय हुआ । प्रत्यय के आदि अवयव घकार को '१०१३ आयन्—७ । १ । २ ॥' इत्यादि सूत्र से 'इय्' आदेश होने पर अन्त्य लोप होकर रूप सिद्ध हुआ ।

१०४३ सोमादिति—सोम शब्द से 'सास्य देवता' अर्थ में ट्यण् प्रत्ययहो ।

सौम्यम् ।

(साऽस्य देवताऽर्थे 'यत्' प्रत्ययविधिसूत्रम्)

१०४४ वाय्वृतु-पित्रुषसो यत् ४ । २ । ३१ ॥

वायव्यम् । ऋतव्यम् ।

('रीङ्' आदेशविधिसूत्रम्)

१०४५ रीङ् ऋतः ७ । ४ । २७ ॥

अ-कृद् अकारे अ-सार्वधातुके यकारे च्वौ च परे ऋदन्ताऽङ्गस्य

ष्यण् के टकार और णकार इत्संज्ञक है, केवल यकार शेष रहता है ।

सौम्यम् (सोमो देवताऽस्य, सोम इसका देवता है, वह हवि)—यहाँ सोम शब्द से पूर्वोक्त अर्थ में ष्यण् प्रत्यय हुआ । आदिवृद्धि और अन्त्याकार लोप होने पर रूप सिद्ध हुआ ।

१०४४ वायु इति—वायु, ऋतु, पितृ और उषस् शब्द से 'साऽस्य देवता' अर्थ में 'तत्' प्रत्यय हो । **वायव्यम्**—वायुर्देवताऽस्य, जिसका देवता वायु है)—यहाँ वायु शब्द से 'साऽस्य देवता' अर्थ में यत् प्रत्यय हुआ । 'ओर्गुणः' से उकार को गुण ओकार हुआ और ओकार को 'वान्तो यि प्रत्यये' से अव् आदेश होकर रूप सिद्ध हुआ ।

ऋतव्यम् (ऋतुर्देवताऽस्य, ऋतु देवता है इसका)—यहाँ ऋतु शब्द से प्रकृत सूत्र से यत् प्रत्यय हुआ । शेष सिद्धि का प्रकार पूर्वपद वायव्य के समान है ।

१०४५ रीङ् इति—कृद्भिन्न यकार और असार्वधातुक यकार तथा च्वि प्रत्यय परे रहते ऋदन्त अङ्ग को रीङ् आदेश हो ।

अन्त्य ऋकार को रीङ् आदेश होगा ।

पित्र्यम् (पितरो देवताऽस्य हविषः, पितर हैं देवता इस हवि के)—यहाँ 'साऽस्य देवता' अर्थ में पितृशब्द से पूर्व सूत्र से यह प्रत्यय हुआ । तब प्रकृत सूत्र से कृद्भिन्न यकार परे होनेसे ऋदन्त अङ्ग पितृ के ऋकार को रीङ् आदेश होने पर 'पित् री य' यह स्थिति बनी । यहाँ तद्धित प्रत्यय य परे होने से '२३६ यस्येति च ६ । ४ । १४८ ॥' से अन्त्य ईकार का लोप होने पर 'पित्र्य' यह अकारान्त शब्द बन जाने से उक्त रूप सिद्ध हुआ ।

'रीङ्' आदेशः। यस्येति च। पित्र्यम। उषस्यम्।

('पितृव्य' आदिनिपातनविधिसूत्रम)

१०४६ पितृव्य-मातुल-मातामह-पितामहाः ४ । २ । ३६ ॥

एते निपात्यन्ते। पितुर्भ्राता–पितृव्यः। मातुर्भ्राता–मातुलः। मातुः पिता–मातामहः। पितुः पिता–पितामहः।

(तस्य समूहेऽर्थेऽणप्रत्ययविधिसूत्रम्)

१०४७ तस्य समूहः ४ । २ । ३७ ॥

काकानां समूहः–काकम्।

उषस्यम् (उषाः देवताऽस्य हविषः, उषा है देवता इस हवि का)—यहाँ उषस् शब्द से पूर्वोक्त अर्थ में पूर्व सूत्र से यत् प्रत्यय होने पर उक्त रूप सिद्ध हुआ।

१०४६ पितृव्येति—पितृव्य (चाचा), मातुल (मामा), मातामह (नाना) और पितामह (दादा)—ये शब्द अर्थ-विशेषमें निपातन से सिद्ध होते हैं।

पितृव्यः (पितुर्भ्राता, चाचा, ताऊ)—यहाँ पितृ शब्द से भ्राता अर्थ में व्यत् प्रत्यय निपातन से हुआ।

मातुलः (मातुर्भ्राता, माँ का भाई, मामा)—यहां मातृ शब्द से भ्राता अर्थ में डुलच् प्रत्यय का निपातन हुआ। डुलच् का उल रहा और डित् होने से उससे परे रहते टि ऋकार का लोप हुआ।

मातामहः, पितामहः (मातुः पिता–नाना, पितुः पिता–दादा)—यहाँ मातृ और पितृ शब्द से पिता अर्थ में डामहच् प्रत्यय का निपातन हुआ। प्रत्यय का आमह भाग शेष रहता है और डित् होने से उसके परे रहते टि ऋकार का लोप होकर रूप सिद्ध होता है।

पितृव्य आदि शब्दोंकी सिद्धि भ्राता और पिता अर्थ में होती है, वे अर्थ भी यहाँ रक्ताद्यर्थ के अन्तर्गत हैं।

'देवता' अर्थ के प्रत्यय समाप्त हुए और अब 'समूह' अर्थ में जो प्रत्यय आते हैं, उन्हें बताया जाता है।

१०४७ तस्येति—समूह अर्थ में षष्ठयन्त समर्थ से अण् प्रत्यय हो।

काकम् (ककानां समूहः, कौवों का झुण्ड)—यहाँ समूह अर्थ में षष्ठयन्त

(समूहार्थेऽण्विधिसूत्रम्)

१०४८ भिक्षाऽऽदिभ्योऽण् ४ । २ । ३८ ॥

भिक्षाणां समूहो भैक्षम् । गर्भिणीनां समूहः–गार्भिणम् । इह—

(पुंवद्भावविधिवार्तिकम्)

(वा) भस्याऽढे तद्धिते । इति पुंवद्भावे कृते–

(प्रकृतिभावसूत्रम्)

१०४९ इन् अण्यनपत्ये ६ । ४ । १६४ ॥

समर्थ काक शब्द से अण् प्रत्यय हुआ। तब आदिवृद्धि और अन्त्य अकार का लोप होने पर 'काक' यह अकारान्त शब्द बना। उसके प्रथमा के एकवचन में रूप सिद्ध हुआ।

१०४८ भिक्षाऽदिभ्य इति—भिक्षा आदि षष्ठयन्त समर्थ से समूह अर्थ में अण् प्रत्यय हो।

भिक्षा अचित्त–चित्तहीन–है, उससे '१०५१ अचित्तहस्तिधेनोष्ठक, ४ । २ । ४७ ॥' से ठक् प्राप्त था। गर्भिणी शब्द ङीषन्त होने से अन्तोदात्त होने के कारण अनुदात्तादि है, इसलिये उससे 'अनुदात्तादेरञ् ४ । २ । ४४ ॥' से अञ् प्रत्यय प्राप्त था–इस सूत्र से उसका बाध होता है।

भैक्षम् (भिक्षाणां समूहः, भिक्षा का समूह)—यहाँ भिक्षा शब्द से समूह अर्थ में प्रकृत सूत्र से अण् प्रत्यय होने पर आदिवृद्धि और अन्त्य आकार का लोप होकर रूप सिद्ध होता है।

गार्भिणम् (गर्भिणीनां समूहः, गर्भिणियों का समूह)—यहाँ समूह अर्थ में गर्भिणी शब्द से प्रकृत सूत्र से अण् प्रत्यय होने पर आदिवृद्धि और पुंवद्भाव होकर रूप सिद्ध होता है।

(वा) **भस्येति**—ढ भिन्न तद्धित परे रहते भसंज्ञक अङ्ग को पुवद्भाव हो।

इहेति—यहाँ 'गर्भिणी अण्' इस स्थितिमें 'भस्याऽढे तद्धिते' से पुंवद्भाव करने पर 'गर्भिन् अण्' ऐसी स्थिति बनी। इसमें '१७०४ नस्तद्धिते ६ । ४ । १४४ ॥' से टि का लोप प्राप्त होता है।

१०४९ इनिति—अपत्यार्थ से भिन्न अर्थ के अण् परे रहते 'इन' को प्रकृतिभाव हो।

अनपत्यार्थेऽणि परे 'इन्' प्रकृत्या स्यात् । तेन 'नस्तद्धिते' इति टिलोपो न । युवतीनां समूहः—यौवनम् ।

(समूहार्थे 'तल्' प्रत्ययविधिसूत्रम्)

१०५० ग्राम-जन-बन्धुभ्यस्तल् ४ । २ । ४३ ॥

(लि) तलन्तं स्त्रियाम् । ग्रामता, जनता, बन्धुता ।

तेनेति—इस कारण 'नस्तद्धिते' से अन् टि का लोप नहीं हुआ । यहाँ अन् प्रत्यय अपत्यार्थ से भिन्न '**समूह**' अर्थ का है ।

यौवनम् (युवतीनां समूहः, युवतियों का समूह)—यहाँ 'यूनस्ति' सूत्र से ति प्रत्यय होकर सिद्ध हुए युवति शब्द से समूह अर्थ में अण् प्रत्यय होने पर पूर्वोक्त वार्तिक से पुँवद्भाव होकर 'युवन्-अण्' यह स्थिति बनी । यहाँ '१०२४ अन् ६ । ४ । १६७ ॥' सूत्र से टि अन् को प्रकृतिभाव होने पर आदिवृद्धि होकर रूप सिद्ध हुआ ।

शतृप्रत्ययान्त से उगित् होने के कारण ङीप् प्रत्यय से सिद्ध युवती इस दीर्घान्त शब्द से समूह अर्थ में '**यौवतम्**' रूप सिद्ध होता है । यहाँ पुंवद्भाव होने पर 'युवत्' रहेगा ।

१०५० **ग्रामेति**—ग्राम, जन और बन्धु शब्दों से समूह अर्थ में तल् प्रत्यय हो ।

तल् का लकार इत्संज्ञक है ।

(लि) **तलन्तमिति**—तल्प्रत्ययान्त शब्द स्त्रीलिङ्ग में प्रयुक्त होते हैं, स्त्रीत्व के बोधन के लिये टाप् (आ) प्रत्यय होने पर शब्द अकारान्त बन जाता है ।

ग्रामता (ग्रामाणां समूहः, ग्रामों का समूह)—यहाँ समूह अर्थ में ग्राम शब्द से तल् प्रत्यय प्रकृत सूत्र से हुआ । तब स्त्रीलिङ्ग होने से टाप् प्रत्यय होकर रूप सिद्ध हुआ ।

जनता (जनानां समूहः, लोगों का समूह), **बन्धुता** (बन्धूनां समूहः, बन्धुओं का समूह)—इन शब्दों की सिद्धि 'ग्रामता' के समान होती है ।

जनता शब्द का प्रयोग आजकल हिन्दी में भी इसी अर्थ में बहुत होता है ।

('तल' प्रत्ययविधिवार्तिकम्)

(वा) गज सहायाभ्यां चेति वक्तव्यम् । गजता । सहायता ।

('ख' प्रत्ययविधिवार्तिकम्)

(वा) अह्नः खः क्रतौ । अहीनः ।

('ठक्' प्रत्ययविधिसूत्रम्)

१०५१ अचित्त-हस्ति-धेनोष्ठक् ४ । २ । ४७ ॥

(ठस्य 'क' आदेशविधिसूत्रम्)

१०५२ इस्-उस्-उक्-ताऽन्तात् कः ७ । ३ । ५१ ॥

इस्-उस्-उक्-ताऽन्तात् परस्य ठस्य कः । साक्तुकम्,

(वा) **गजेति**—गज (हाथी) और सहाय (सहायक)—इन शब्दों से भी समूह अर्थ में तल् प्रत्यय हो ।

गजता (हाथियों का समूह), **सहायता** (सहायकों का समूह)—इनकी सिद्धि भी पूर्ववत् होती है ।

(वा) **अह्न** इति—अहन् शब्द से समूह अर्थ में ख प्रत्यय हो यज्ञ यदि वाच्य हो ।

अहीनः (अह्नां समूहेन साध्यः क्रतुविशेषः, अनेक दिन में किया जाने-वाला यज्ञ)—यहाँ अहन् शब्द से प्रकृत सूत्र से ख प्रत्यय हुआ । तब उसको 'आयन्–' इत्यादि से 'ईन्' आदेश होने पर 'नस्तद्धिते' से टि अन् का लोप होकर रूप सिद्ध हुआ ।

१०५१ अचित्तेति—अचित्त अर्थात् चित्तरहित के वाचक, हस्ती और धेनु शब्द से ठक् प्रत्यय हो समूह अर्थ में ।

चित्त चेतन प्राणियों का ही होता है, इसलिये चित्त-रहित से अचेतन प्राणि-भिन्न ही लिये जाते हैं ।

१०५२ इसिति—इस् , उस् , उक् और तकार अन्त में जिनके हो उन शब्दों से पर ठ को क आदेश हो ।

यह इक आदेश का बाधक है ।

साक्तुकम् (सक्तूना समूहः, सत्तुओं का ढेर)—यहाँ सक्तु शब्द चित्त-रहित का वाचक उगन्त है । अतः इससे प्रकृत सूत्र से ठक् प्रत्यय होने पर

हास्तिकम्, धैनुकम्।

('तदधीते—तद्वेद'-अर्थेऽणूप्रत्ययविधिसूत्रम्)

१०५३ तद् अधीते तद् वेद ४। २। ५९॥

(वृद्धिनिषेध—'ऐच्' आगमविधिसूत्रम्)

१०५४ न य्-वाभ्यां पदान्ताभ्यां पूर्वौ तु ताभ्याम् ऐच् ७। ३। ३॥

पदान्ताभ्यां यकारवकाराभ्यां परस्य न वृद्धिः, किं तु ताभ्यां पूर्वौ क्रमाद् ऐचावागमौ स्तः। व्याकरणम् अधीते वेद वा—वैयाकरणः।

उगन्त से पर होने के कारण उसको प्रकृत सूत्र से क आदेश हुआ। तब आदि वृद्धि होकर रूप सिद्ध हुआ।

हास्तिकम् (हस्तिनां समूहः, हाथियों का समूह)—यहाँ हस्तिन् शब्द से समूह अर्थ में पूर्व सूत्र से ठक प्रत्यय हुआ। प्रातिपदिक का अवयव होने से सुप् षष्ठी विभक्ति का लोप होंने पर 'ठ' को '१०२७ ठस्येकः ७। ३। ५०॥' सूत्र से 'इक्' आदेश हुआ और तब टि 'इन्' का लोप और आदिवृद्धि होकर 'हास्तिक' शब्द बना। तब नपुंसक लिङ्ग प्रथमा के एक वचन में रूप सिद्ध हुआ।

यहाँ ठगन्त न होने से द को प्रकृत सूत्र से 'क' आदेश नहीं हुआ।

हस्तिनीनां समूहः—हथिनियों का समूह—इस विग्रह में भी 'भस्याऽढे तद्धिते से पुंवद्भाव होने के कारण पूर्वोक्त ही रूप बनता है।

धैनुकम् (धेनूनां समूहः, धेनुओं का समूह)—यहाँ पूर्वोक्त सूत्र से षष्ठयन्त समर्थ धेनु शब्द से ठक् प्रत्यय हुआ और 'ट' को प्रकृत सूत्र के द्वारा उगन्त होने के कारण 'क' आदेश हुआ। तब आदि बृद्धि होंकर प्रथमा के एक वचन में रूप बना।

इस प्रकार 'समूह अर्थ' का प्रकरण समाप्त हुआ। अब 'तत् अधीते तद्-वेद' इस अर्थ के प्रत्ययों को बताते हैं।

१०५३ तदधीते इति—द्वितीयान्त समर्थ शब्द से 'उसको पढ़ता या जानता है—' इस अर्थ में अण् आदि प्रत्यय हो।

१०५४ न य्वाभ्यामिति—पदान्त यकार और वकार से पर अच् को बृद्धि न हो, किन्तु उनसे पूर्व क्रमशः ऐच् आगम होते हैं, यकार से पूर्व 'ऐ' का और वकार से पूर्व 'औ' का आगम होता है।

('तदधीते तद्वेद' अर्थे 'वुन्' प्रत्ययविधिसूत्रम्)

१०५५ क्रमादिभ्यो वुन ४ । २ । ६१ ॥

क्रमकः, पदकः, शिक्षकः, मीमांसकः ।

इति रक्ताऽऽद्यर्थकाः ।

वैयाकरणः (व्याकरणमधीते वेत्ति वा, व्याकरण को जो पढ़ता है वा जानता है)–यहाँ द्वितीयान्त व्याकरण शब्द से पूर्व सूत्र से अण् प्रत्यय हुआ। तब आदि अच् को प्राप्त वृद्धि का प्रकृत सूत्र से निषेध हुआ, क्योंकि यहाँ यकार पदान्त है, वह इ के इकार के स्थान में हुआ है; यह सुबन्त है, उससे पर आकार को वृद्धि प्राप्त है, तथा यकार के पहले ऐ का आगम हुआ। फिर अन्त्य अकार का लोप होकर उक्त रूप सिद्ध हुआ।

१०५५ क्रमादिभ्य इति—क्रम आदि द्वितीयान्त समर्थ पदों से 'पढ़ता है या जानता है' इस पूर्वोक्त अर्थ में 'वुन्' प्रत्यय हो।

वुन् का नकार इत्संज्ञक है, नित् का फल आद्युदात्त होना है। 'वु' को '७८८ यु-वोरनाकौ ७ । १ । १ ।' से 'अक' आदेश होता है।

क्रमकः (क्रममधीते वेत्ति वा, जो क्रम पाठ को पढ़ता या जानता हो)–यहाँ क्रम शब्द से प्रकृत सूत्र के द्वारा वुन् प्रत्यय हुआ। वु को अक आदेश और अन्त्य अकार का लोप होकर रूप सिद्ध हुआ।

पदकः (पदमधीते वेत्ति वा, जो पदपाठ को पढ़ता या जानता हो)—इसकी सिद्धि 'क्रमकः' के समान ही होती है।

क्रम पाठ के ग्रन्थों को 'क्रम' और पदपाठ के ग्रन्थों को 'पद' कहते हैं। वेद पाठ के आठ प्रकार हैं, उनमें क्रमपाठ और पदपाठ भी हैं।

शिक्षकः (शिक्षामधीते वेत्ति वा, शिक्षा शास्त्र को जो पढ़ता या जानता हो)–यहाँ शिक्षा शब्दसे प्रकृत सूत्र से वुन् प्रत्यय होने पर उसको अक आदेश और अन्त्य आकार का लोप होकर रूप सिद्ध हुआ।

मीमांसकः (मीमांसामधीते वेत्ति वा, मीमांसा शास्त्र को जो पढ़ता या जानता हो)—इसकी सिद्धि 'शिक्षकः' के समान होती है।

रक्ताद्यर्थक समाप्त ।

अथ चातुरर्थिकाः।

('तद् अस्मिन् अस्ति' इत्यर्थे, ण्-प्रत्ययविधिसूत्रम्)

११५६ तद् अस्मिन् अस्ति-इति देशे तन्नाम्नि ४। १। ६७॥

उदुम्बराः सन्त्यस्मिन् देशे-औदुम्बरो देशः।

('तेन निर्वृत्तम्' इत्यर्थेऽण प्रत्ययविधिसूत्रम्)

१०५७ तेन निर्वृत्तम् ४। १। ६८॥

कुशाम्बेन निर्वृत्ता नगरी कौशाम्बी।

अथ चातुरर्थिका इति—यहाँ से चातुरर्थिक प्रकरण प्रारम्भ होता है। इस प्रकरण में चार अर्थों में होनेवाले प्रत्यय बताये गये हैं। ये चार अर्थ हैं—१ इसमें है, २ उसने बनाया, ३ उनका निवास और ४ उससे जो दूर नहीं है। ये चारों अर्थ देशके लिये ही आये हैं। पहले अर्थमें इस वस्तुके नामसे जो उस देशमें है-देश को कहा जाता है। दूसरे अर्थों में जिसने उस नगर को बसाया या बनवाया हो—उसके नाम से ही उसे कहा जाता है। तीसरे अर्थ में देश के निवासियों के नाम से देश को कहा जाता है और चौथे अर्थ में जिस शहर आदि के वह शहर दूर न हो उस शहर के नाम से भी दूसरे शहर को कहा जाता है।

इन चार अर्थों के कारण इस प्रकरण का चातुरर्थिक नाम किया गया है। चतुर्णामर्थानां समाहारः—चतुरर्थी, तत्र भवाश्चातुरर्थिकाः अथवा-चतुर्णाम् सूत्राणाम् अर्थाः, चतुरर्थाः, तत्र भवाः।

१०५६ **तदस्मिन्निति**—'वह वस्तु यहाँ है' इस सप्तम्यन्त के अर्थ में वस्तु वाचक प्रथमान्त समर्थ से प्रत्यय हों प्रत्ययान्त शब्द यदि देश का नाम हो।

औदुम्बरो देशः (उदुम्बराः सन्ति अस्मिन् देशे,उ दुम्बर-गूलर-जिस देश में हों)—यहाँ प्रथमान्त समर्थ उदुम्बर शब्द से सप्तम्यन्त के अर्थ में अण् प्रत्यय हुआ। तब आदिवृद्धि और अन्त्य अकार का लोप होने पर रूप सिद्ध हुआ।

१०५७ तेनेति—तृतीयान्त समर्थ से निर्वृत्त (बसाया) अर्थ में यथाविहित प्रत्यय हों।

कौशाम्बी (कुशाम्बेन निर्वृत्ता नगरी, कुशाम्ब नाम के राजा के द्वारा बसाई गई नगरी)—यहाँ तृतीयान्त समर्थ कुशाम्ब शब्द से निर्वृत्त अर्थ में

('तस्य निवासः' इत्यर्थेऽण् प्रत्ययविधिसूत्रम्)

१०५८ तस्य निवासः ४ । १ । ६९ ॥

शिबीनां निवासो देशः-शैबः ।

(अदूरभवार्थेऽण् प्रत्ययविधिसूत्रम्)

१०५९ अदूर-भवश्च ४ । २ । ७० ॥

विदिशाया अदूरभवं नगरम्-वैदिशम् ।

(जनपदेऽर्थे प्रत्ययलोपविधिसूत्रम्)

१०६० जनपदे लुप् ४ । २ । ८१ ॥

जनपदे वाच्ये चातुरर्थिकस्य लुप् ।

(प्रकृतिवल्लिङ्गवचनातिदेशसूत्रम्)

१०६१ लुपि युक्त-वद् व्यक्ति-वचने १ । २ । ५१ ॥

लुपि सति प्रकृतिवल्लिङ्गवचने स्तः । पञ्चालानां निवासो जनपदः—

अण् प्रत्यय होने पर आदिवृद्धि और अन्त्य अकार का लोप तथा स्त्रीत्वविवक्षा में ङीप् (ई) प्रत्यय होकर रूप सिद्ध हुआ ।

१०५८ **तस्येति**—षष्ठ्यन्त समर्थ से निवास अर्थ में अण् आदि प्रत्यय हों।

शैबः (शिबीनां निवासो देशः, शिबि नामक क्षत्रिय राजाओं का निवास देश)—यहाँ षष्ठ्यन्त समर्थ शिबि शब्द से निवास अर्थ में प्रकृत सूत्र से अण् प्रत्यय होने पर आदिवृद्धि और अन्त्य इकार का लोप होकर रूप बना।

१०५९ **अदूरेति**—पञ्चम्यन्त समर्थ पद से अदूरभव अर्थात् जो दूर न हो-अर्थ में अण् आदि प्रत्यय हों ।

वैदिशम् (विदिशाया अदूरभवं नगरम्, विदिशा नामक नगरी से दूर न होनेवाला नगर)—यहाँ विदिशा शब्द से अदूरभव अर्थ में अण् प्रत्यय होने पर आदिवृद्धि और अन्त्य आकार का लोप होकर रूप बना।

१०६० **जनपदे** इति— जनपद के नाम से जनपद के अर्थ में हुए चातुरर्थिक प्रत्यय का लुप्-लोप हो ।

१०६१ **लुपीति**—प्रत्यय का लोप होने पर प्रकृति के समान ही लिङ्ग और वचन होते हैं ।

सूत्र में स्थित युक्त शब्द का प्रकृति अर्थात् मूल शब्द और व्यक्ति का लिङ्ग

पञ्चालाः। कुरवः। अङ्गाः। वङ्गाः। कलिङ्गाः।

(अदूरभवार्थेऽण्-प्रत्ययविधिसूत्रम्)

१०६२ वरणाऽऽदिभ्यश्च ४। २। ८२॥

अ-जनपदार्थः–आरम्भः। वरणानामदूरभवं नगरम्-वरणाः।

(चातुरर्थिक 'ड्मतुप्' प्रत्ययविधिसूत्रम्)

१०६३ कुमुद-नड-वेतसेभ्यो ड्मतुप् ४। २। ८७॥

तथा वचन का संख्या अर्थ है।

पञ्चालाः (पञ्चालानां निवासो जनपदः, पञ्चाल लोगों का निवास जनपद) यहाँ पञ्चाल शब्द से निवास अर्थ में 'तस्य निवासः' सूत्र से अण् प्रत्यय हुआ यहाँ निवास जनपद है, इसलिये 'जनपदे लुप्' से प्रत्यय का लोप हो गया। तब जनपद के कारण एकवचन प्राप्त था, प्रकृत सूत्र ने प्रकृतिवत् लिङ्ग वचन का विधान किया, इस लिये, प्रकृत क्षत्रियवाचक पञ्चाल शब्द के पुँल्लिङ्ग और बहु-वचन होने से जनपद अर्थ में प्रत्यय लोप होने पर प्रयुक्त होनेवाले शब्द से भी वही लिङ्ग और वचन होकर रूप सिद्ध हुआ।

कुरवः—कुरूणां निवासो जनपदः, कुरु लोग जिस जनपद में रहते हैं। **अङ्गाः**—अङ्गानां निवासो जनपदः, अङ्ग लोगों का निवास जनपद। **बङ्गाः**—वङ्गानां निवासो जनपदः—जिस जनपद में वङ्ग लोग रहते हैं। **कलिङ्गाः**—कलिङ्गानां निवासो जनपदः—जिस जनपद में कलिङ्ग लोग रहते हैं—इन शब्दों की सिद्धि पञ्चालाः के समान होती है।

१०६२ वरणादिभ्य इति–वरणा आदियोंसे पर चातुरर्थिक प्रत्ययका लोप हो।

अ-जनपदार्थ इति – जनपद से भिन्न अर्थ में लोप करने के लिये यह सूत्र बनाया गया है, जनपद अर्थ में तो पूर्व सूत्र से ही लोप हो जाता है।

वरणाः (वरणानामदूरभवं नगरम्, वरणा के जो नगर दूर नहीं)—यहाँ वरणा शब्द से अदूरभव अर्थ में अण् प्रत्यय हुआ। उसका प्रकृत सूत्र से लोप हो गया। फिर 'लुपि युक्त-वद् व्यक्ति-वचने' से प्रकृति के समान लिङ्ग वचन होने से रूप सिद्ध हुआ।

१०६३ कुमुदेति–कुमुद, नड और वेतस शब्दों से 'तद् अस्मिन् अस्ति' इस प्रकार सप्तम्यन्त के अर्थ में ड्मतुप् प्रत्यय हो, प्रत्ययान्त शब्द यदि देशका वाचक हो।

(वकारादेशविधिसूत्रम्)

१०६४ झयः ८ । ३ । १० ॥

झयन्तान् मतोर्मस्य वः । कुमुद्वान् । नड्वान् ।

(वकारादेशविधिसूत्रम्)

१०६५ मादुपधायाश्च मतोर्वोऽयवाऽऽदिभ्यः ८ । २ । ९ ॥

मवर्णाऽवर्णान्तान् मवर्णाऽवर्णोपधाच्च यवादिवर्जितात्परस्य मतोर्मस्य वः । वेतस्वान् ।

ड्मतुप् प्रत्यय का 'मत्' शेष रहता है, शेष भाग का लोप हो जाता है। डित् होने से टि का लोप इसके परे रहते होता है।

१०६४ झय इति—झयन्त से पर मतु के मकार को वकार आदेश हो।

कुमुद्वान् (कुमुदाः सन्ति अस्मिन् देशे, जिस देश में कुमुद अधिक होते हैं)- यहाँ कुमुद शब्द से पूर्व से ड्मतुप् प्रत्यय होने पर टि अकार का लोप हुआ। तब झय् दकार से पर मतुप् के मकार को प्रकृत सूत्र से वकार होने पर 'कुमुद्वत्' यह तकारान्त शब्द बना। उसके प्रथमा के एकवचन में रूप सिद्ध हुआ।

नड्वान् (नडाः सन्ति अस्मिन् देशे, जिस देश में नड़ अधिक होते हों)— यहाँ नड शब्द से देश अर्थ में ड्मतुप् प्रत्यय होकर पूर्ववत् रूप सिद्ध हुआ।

१०६५ माद् इति—मवर्णान्त और अवर्णान्त तथा मवर्णोपध और अवर्णोपध से पर मतुप् के मकार को वकार हो, पर यवादि से पर को न हो।

वेतस्वान् (वेतसाः सन्ति अस्मिन् देशे, वेंत जिस देश में अधिक हों)— यहाँ वेतस् शब्द से 'कुमुद-नड-वेतसेभ्यो ड्मतुप्' से ड्मतुप् प्रत्यय होने पर टि अकार का लोप हुआ। तब अवर्णोपध होने से उससे पर मतुप् के मकार को प्रकृत सूत्र से वकार होकर 'वेतस्वत्' यह तकारान्त शब्द बना। प्रथमा के एकवचन में रूप सिद्ध हुआ।

इस सूत्र के उदाहरण ये हैं—

मवर्णान्त—**किंवान्** ।

अवर्णान्त—**ज्ञानवान्** , विद्यावान्

मवर्णोपध —**लक्ष्मीवान्** ।

अवर्णोपध—**वेतस्वान्** , भास्वान् ।

(चातुरर्थिक 'ड्वलच' प्रत्ययविधिसूत्रम्)

१०६६ नड-शादाड् ड्वलच् ४ । २ । ८८ ॥

नड्-वलः । शाद्वलः ।

(चातुरर्थिक 'वलच्' प्रत्ययविधिसूत्रम)

१०६७ शिखाया वलच् ४ । २ । ८९ ॥

शिखा-वलः ।

इति चातुरर्थिकाः ।

१०६६ **नडेति**—नड और शाद शब्द से सप्तम्यन्त के अर्थ में ड्वलच् प्रत्यय हो ।

ड्वलच् के डकार और चकार इत्संज्ञक हैं। इस प्रत्यय के परे रहते डित् होने के कारण टि का लोप होता है ।

नड्वलः[1] (नडाः सन्ति यस्मिन् देशे, जिस देश में नड़ अधिक हों)—नड शब्द से प्रकृत सूत्र से ड्वलच् प्रत्यय होने पर टि अकार का लोप होकर रूप सिद्ध हुआ ।

शाद्वलः[2] (शादाः सन्ति अस्मिन् देशे, जिस देश या प्रदेश में हरा घास अधिक हो)—यहाँ शाद शब्द से प्रकृत सूत्र से ड्वलच् प्रत्यय होने पर टि का लोप होकर सिद्ध हुआ ।

१०६७ **शिखाया** इति—शिखा शब्द से 'तद् अस्मिन् अस्ति' इस अर्थ में वलच् प्रत्यय हो ।

शिखा-वलः (शिखाः सन्ति अस्मिन् देशे, जिस देश-प्रदेश-स्थानमें शिखा अधिक हों)—यहाँ शिखा शब्द से प्रकृत सूत्र से वलच् प्रत्यय होकर रूप सिद्ध हुआ ।

चातुरर्थिक समाप्त ।

१—'······नडप्राये नड्वान् नड्वल इत्यपि । कुमुद्वान् कुमुद-प्राये वेतस्वान् बहु-वेतसे । शाद्वलः शाद-हरिते—' इत्यमरः ।

२—सूत्रस्थ 'मात्' पद 'मकारश्च अकारश्चेति तयोः समाहारः-मः, तस्मात् मात्' इस प्रकार बना है । अतएव—मकार और अवर्ण—यह अर्थ निकलता है ।

अथ शैषिकाः ।

('अण्' आदिशैषिकप्रत्ययसामान्यविधिसूत्रम्)

१०६८ शेषे ४ । २ । ९२ ॥

अपत्याऽऽदि-चतुरर्थ्यन्ताद्-अन्योऽर्थः शेषः । तत्राऽणादयः स्युः ।

चक्षुषा गृह्यते चाक्षुषम्-रूपम् । श्रावणः-शब्दः । औपनिषदः-पुरुषः दृषदि पिष्टा दार्षदाः-सक्तवः । चतुर्भिरुह्यते चातुरम्-शकटम् । चतुर्दश्यां दृश्यते चातुर्दशम् रक्षः ।

१०६८ शेष इति—अपत्य अर्थ से लेकर चतुरर्थी तक के अर्थों से भिन्न अर्थ शेष हुआ, उस शेष अर्थ में अण् आदि प्रत्यय हों ।

शेष अर्थ में होनेवाले प्रत्ययों को शैषिक प्रत्यय कहते हैं ।

इस सूत्र के द्वारा ग्रहण आदि अर्थों में प्रत्यय किये जाते हैं और इससे अतिरिक्त यह अधिकार सूत्र भी है, अग्रिम सूत्रों में भी इसका अधिकार जाता है ।

चाक्षुषम् (चक्षुषा गृह्यते, चक्षु इन्द्रिय से जिसका ग्रहण हो वह अर्थात् रूप)—यहाँ तृतीयान्त समर्थ चक्षुष् शब्द से ग्रहण के कर्म अर्थ में अण् प्रत्यय होने पर आदिवृद्धि होकर रूप सिद्ध हुआ ।

श्रावणः (श्रवणेन-कर्णेन गृह्यते, कान से जिसका ग्रहण हो, शब्द)—यहाँ श्रवण शब्द से ग्रहण अर्थ में अण् प्रत्यय होकर रूप सिद्ध हुआ ।

औपनिषद; पुरुष; (उपनिषद्भिः प्रतिपादित; पुरुष;, उपनिषदों के द्वारा बताया गया पुरुष, आत्मा)—यहाँ उपनिषत् शब्द से 'प्रतिपादित' अर्थ में अण् प्रत्यय होकर आदिवृद्धि होने पर रूप सिद्ध हुआ ।

दार्षदाः सक्तवः (दृषदि पिष्टाः पत्थर पर पीसे गये सत्तू)—यहाँ दृषद् शब्द से पिष्ट-पीसे गये-अर्थ में प्रकृत सूत्र से अण् प्रत्यय होने पर आदि ऋकार को 'आर्' वृद्धि होकर रूप सिद्ध हुआ ।

चातुरं शकटम् (चतुर्भिरुह्यते, चार से लेजाया जानेवाला चार घोड़ों की बग्घी या चार आदमी जिसे उठाते हैं वह पालकी)—यहाँ चतुर् शब्द से 'उह्यते—लेजाया जानेवाला' अर्थ में अण् प्रत्यय होने पर आदिवृद्धि होकर रूप सिद्ध हुआ ।

चातुर्दशं रक्षः (चतुर्दश्यां दृश्यते—चतुर्दशी में दिखाई देनेवाला)—

'तस्य विकारः' इत्यतः प्राक् शेषाधिकारः।

(शैषिक–घ–ख–प्रत्ययविधिसूत्रम्)

१०६९ राष्ट्राऽवार-पाराद् घ-खौ ४ । २ । ९३ ॥

आभ्यां क्रमाद् घ-खौ स्तः शेषे। राष्ट्रे जातादि-राष्ट्रियः। अवारपारीणः।

(घ-ख विधिवार्तिकम्)

(वा) अवारपाराद् विगृहीतादपि विपरीतात् च-इति वक्तव्यम्। अवारीणः। पारीणः। पारावारीणः।

चतुर्दशी शब्द से 'दृश्यते–दिखाई देनेवाला' अर्थ में प्रकृत सूत्र से अण् प्रत्यय होने पर आदिवृद्धि और अन्त्य ईकार का लोप होकर रूप सिद्ध हुआ।

तस्य विकार इति–शेष का अधिकार '१११० तस्य विकारः ४।३।१३४॥' इस सूत्र से पहले तक है।

१०६९ राष्ट्रेति—राष्ट्र और अवारपार (वार और पार इन सप्तम्यन्त समर्थ) शब्दों से शेष अर्थ में क्रम से घ और ख प्रत्यय होते हैं।

राष्ट्रियः (राष्ट्रे जातः, भवो वा–राष्ट्र में पैदा हुआ या होनेवाला)—यहाँ राष्ट्र शब्द से जात आदि अर्थ में प्रकृत सूत्र से घ प्रत्यय हुआ। घ को '१०१३ आयन्–७।१।२॥' इत्यादि सूत्र से इय आदेश और अन्त्य अकार का लोप होकर रूप सिद्ध हुआ।

अवारपारीण; (अवारपारं गतः–वार पार जो चला गया हो अर्थात् पारङ्गत, तत्वज्ञ)—यहाँ अवारपार शब्द से 'गत' अर्थ में प्रकृत सूत्र से 'ख' प्रत्यय हुआ। 'ख' को 'आयन्' इस सूत्र से 'ईन' आदेश, अन्त्य अकार का लोप और णत्व होकर उक्त रूप सिद्ध हुआ।

(वा) **अवारपारादिति**–-अवारपार शब्द से पृथक् किये जाने पर भी अर्थात् अवार और पार से पृथक् पृथक् और विपरीत से अर्थात् पारावार शब्द से उक्त ख प्रत्यय होता है।

अवारीणः (अवारे जातः, वार जो हुआ हो)–यहाँ अवार शब्द से ख प्रत्यय, उसको ईन आदेश, अन्त्य अकार का लोप और णत्व होकर रूप सिद्ध हुआ।

पारीणः (पारे जातः, पार पहुँचा हुआ, पारङ्गत)–यहाँ सिद्धि पूर्ववत् होती है।

पाराऽवारीणः (पारऽवारे जातः, पार और वार में हुआ, पारङ्गत)—इसकी सिद्धि भी पूर्ववत् होती है।

इह प्रकृति-विशेषाद् घादयष्ट्युट्युलन्ताः प्रत्यया उच्यन्ते, तेषां जाताऽऽदयोऽविशेषाः समर्थविभक्तयश्च वक्ष्यन्ते ।

(शैषिक य-खञ्-प्रत्ययविधिसूत्रम्)

१०७० ग्रामाद् य-खञौ ४ । २ । ९४ ॥

ग्राम्यः । ग्रामीणः ।

(शैषिक 'ढक्' प्रत्ययविधिसूत्रम्)

१०७१ नद्यादिभ्यो ढक् ४ । २ । १८ ॥

नादेयम् । माहेयम् । वाराणसेयम् ।

इहेति—यहाँ शैषिक प्रकरण में 'राष्ट्राऽवारपाराद् घखौ' इत्यादि सूत्रों से राष्ट्र आदि विशेष प्रकृतियों से घ आदि प्रत्ययों का विधान किया गया है, 'तत्र जातः' आदि सूत्रों से केवल अर्थ का ही निर्देश किया गया है, इन दोनों की एकवाक्यता होने से प्रकृति, प्रत्यय और अर्थ का योग हो गया । 'समर्थानां प्रथमाद्वा' के अधिकार से प्राप्त समर्थ विभक्ति सूत्रों में कही जायगी । इसलिये यह आशङ्का नहीं करनी चाहिये । यहाँ कहीं केवल प्रकृति–प्रत्यय का निर्देश किया गया है अर्थ का नहीं और कहीं केवल अर्थ का प्रकृति–प्रत्यय का नहीं ।

१०७० **ग्रामादिति**—सप्तम्यन्त समर्थ ग्राम शब्द से 'जातः' 'भवः' आदि अर्थों में य और खञ् प्रत्यय हों ।

खञ् का ञकार इत्संज्ञक है, इसका फल आदि उदात्त है ।

ग्राम्यः, ग्रामीणः (ग्रामे जातः, भवो वा, ग्राम में पैदा हुआ या होनेवाला)—यहाँ ग्राम शब्द से उक्त अर्थों में य और खञ् प्रत्यय हुए । य प्रत्यय होने पर अन्त्य अकार का लोप होकर पहला रूप सिद्ध और खञ् प्रत्यय होने पर 'ख' के स्थान में '१०१३ आयन्–७ । १ । २ ॥' इत्यादि सूत्र से 'ईन' आदेश, ञित् प्रत्यय परे होने से पर्जन्यवल्लक्षणप्रवृत्त्या आदिवृद्धि, अन्त्य अकार का लोप तथा नकार को णकार होकर रूप सिद्ध हुआ ।

१०७१ **नद्यादिभ्य इति**—नदी आदि शब्दों से ढक् प्रत्यय हो ।

नादेयम् (नद्यां जातम्, भवं वा)—यहाँ सप्तम्यन्त समर्थ नदी शब्द से 'जातः' या 'भवः' अर्थ में प्रकृत सूत्र से ढक् प्रत्यय होने पर ढकार को एय् आदेश और कित् परे होने से आदि अच् को वृद्धि होकर रूप सिद्ध हुआ ।

माहेयम् (मह्यां जातं भवं वा, पृथ्वी पर पैदा हुआ या होनेवाला) और

(शैषिक-त्यक्-प्रत्ययविधिसूत्रम्)

१०७२ दक्षिणा-पश्चात्-पुरसस्त्यक् ४ । २ । ९७ ॥

दाक्षिणात्यः । पाश्चात्त्यः । पौरस्त्यः ।

('यत्' प्रत्ययविधिसूत्रम्)

१०७३ द्यु-प्राग्-अपाग्-उदक्-प्रतीचो यत् ४ । २ । १०१ ॥

दिव्यम् । प्राच्यम् । अपाच्यम् । उदीच्यम् । प्रतीच्यम् ।

वाराणसेयम् (वाराणस्यां जातः भवो वा, बनारस में हुआ या होनेवाला)—यहाँ वाराणसी शब्द से प्रकृत सूत्र से ढक् प्रत्यय होने पर अन्त्य ईकार का लोप होता है। सिदिध का प्रकार पूर्ववत् है।

नादेयं जलम्—नदी का जल। वाराणसेयः पण्डितः-बनारस का पण्डित-इस प्रकार विशेषण बनकर ये तद्धित-प्रत्ययान्त शब्द आते हैं।

१०७२ **दक्षिणेति**—दक्षिणा, पश्चात् और पुरस् इन अव्ययपदों से 'जातः' और 'भव' आदि शैषिक अर्थों में त्यक् प्रत्यय हो।

त्यक का ककार इत्संज्ञक है।

दाक्षिणात्यः (दक्षिणस्यां जातः भवो वा, दक्षिण में पैदा हुआ या होने-वाला)—यहाँ सप्तम्यन्त समर्थ दक्षिणा शब्द से भवादि अर्थ में प्रकृत सूत्र से शैषिक त्यक् प्रत्यय हुआ। कित् परे रहने के कारण आदिवृद्धि होकर रूप सिद्ध हुआ।

पाश्चात्यः (पश्चाद् जातो,भवो या, पीछे-पश्चिम में पैदा हुआ या होने वाला) और **पौरस्त्यः** (पहले या पूर्व में होनेवाला)–इनकी सिद्धि पूर्ववत् होती है।

१०७३ **द्युप्रागिति**—दिव्, प्राच्, अपाच्, उदच् और प्रतीच्–इन सप्तम्यन्त समर्थ शब्दों से भवादि अर्थ में शैषिक यत् प्रत्यय हो।

दिव्यम् (दिवि भवं जातम्, स्वर्ग में होनेवाला)–यहाँ सप्तम्यन्त समर्थ दिव् शब्द से भवादि अर्थ में यत् प्रत्यय होकर रूप बना।

इसी प्रकार—**प्राच्यम्** (प्राच्यां भवं जातं वा पूर्व दिशा में पैदा हुआ, पूर्वी), **अपाच्यम्** (अपाच्यां भवं जातं वा, दक्षिण दिशा में पैदा हुआ, दक्षिणी, **उदीच्यम्** (उदीच्यां दिशि भवं जातं वा, उत्तर दिशा में पैदा हुआ, उत्तरी) और **प्रतीच्यम्** (प्रतीच्यां दिशि भवं जातं वा पश्चिमी)–इन रूपों की सिद्धि भी होती है।

('त्यप्' प्रत्ययविधिसूत्रम्)

१०७४ अव्ययात् त्यप् ४ । २ । १०४ ॥

('त्यप्' नियमवार्तिकम्)

(वा) अमेह-क्व-तसि-त्रेभ्य एव । अमा-त्यः । इह-त्यः । क्व-त्यः । ततस्त्यः । तत्र-त्यः ।

(नित्य शब्दसाधकवार्तिकम्)

(वा) त्यप् नेर्ध्रुवे इति वक्तव्यम् । नि-त्यः ।

१०७५ वृद्धिर्यस्याऽचाम् आदिः, तद् वृद्धम् १ । १ । ७३ ॥

१०७४ **अव्ययाद्** इति—अव्यय से भवादि अर्थ में त्यप् प्रत्यय हो ।
त्यप् का पकार इत्संज्ञक है ।

(वा) **अमेहेति**—अमा (सह, साथ), इह (यहाँ), क्व (कहाँ), तसन्त (ततः अतः इत्यादि) और त्र-प्रत्ययान्त (अत्र—यहाँ, तत्र—यहाँ—इत्यादि)-अव्ययों से ही त्यप् प्रत्यय हो ।

अमात्यः (अमा सह भवः, साथ होनेवाला अर्थात् मन्त्री क्योंकि वह मन्त्रणा के लिये राजा के साथ रहता है)—यहाँ अमा अव्यय से त्यप् प्रत्यय होने पर रूप सिद्ध हुआ ।

इसी प्रकार—इह से **इहत्यः** (यहाँ होनेवाला), क्व से **क्वत्यः** (कहाँ होनेवाला), तसन्त ततः से **ततस्त्यः** (वहाँ का) और त्र-प्रत्ययान्त तत्र से **तत्रत्यः** वहाँ होनेवाला)—इन शब्दों की सिद्धि होती है ।

क्वत्यो भवान्—आप कहाँ के हैं ?

अत्र-त्याः जनाः—शान्ति-प्रियाः—यहाँ के लोग शान्ति-प्रिय हैं ।

तत्र-त्यम् इदं वृत्तम्—वहाँ का यह समाचार है ।

इस प्रकार इन शब्दों का प्रयोग होने से भाषा मुहावरेदार बन जाती है ।

अत्र-त्यः, कुत्र-त्यः—ये प्रयोग भी त्र-प्रत्ययान्त अव्यय पदों से त्यप् प्रत्यय के द्वारा बनते हैं ।

(वा) **त्यब्नेरिति**—नि उपसर्ग से भी त्यप् प्रत्यय हो ध्रुव-स्थिर-अर्थ में ।

नित्यः (स्थिर रहनेवाला)—यहाँ नि उपसर्ग से ध्रुव अर्थ में **प्रकृत** वार्तिक से त्यप् प्रत्यय होने पर रूप सिद्ध हुआ ।

१०७५ **वृद्धिरिति**—जिस समुदाय के अचों में आदि अच् वृद्धिसंज्ञक हो,

यस्य समुदायस्याऽचां मध्ये आदिर्वृद्धिः, तद् वृद्धसंज्ञं स्यात् ।

('वृद्ध' संज्ञासूत्रम्)

१०७६ त्यदाऽऽदीनि च १ । १ । ४७ ॥

वृद्ध-संज्ञानि स्युः ।

('छ' प्रत्ययविधिसूत्रम्)

१०७७ वृद्धात् छः ४ । २ । ११४ ॥

शालीयः । मालीयः । तदीयः ।

('वृद्ध' संज्ञावार्तिकम्)

(वा) वा नामधेयस्य वृद्ध-संज्ञा वक्तव्या । देवदत्तीयः, दैवदत्तः ।

उस समुदाय की 'वृद्ध' संज्ञा हो ।

१०७६ **त्यदादीनीति**—त्यदादियों की भी 'वृद्ध' संज्ञा हो ।

१०७७ **वृद्धादिति**—वृद्धसंज्ञक शब्दों से शैषिक छ प्रत्यय हो ।

शालीयः (शालायां भवो जातो वा, शाला में पैदा हुआ)–यहाँ शाला का आदि अच् शकारोत्तरवर्ती आकार वृद्धिसंज्ञक है, अतः इस शाला शब्द की 'वृद्धिर्यस्याचामादिः–' इस पूर्वोक्त सूत्र से वृद्ध संज्ञा हुई । तब प्रकृत सूत्र से छ प्रत्यय और उसके छकार को '१०१३ आयन्–७ । १ । २ ।।' इत्यादि सूत्र से ईय् आदेश और अन्त्य आकार का लोप होने पर रूप सिद्ध हुआ ।

इसी प्रकार—**मालीयः** (मालायां भवो जातो वा मालाया अयमिति वा, माला में होनेवाला, माला का)—इसकी सिद्धि भी होती है ।

तदीयः (तस्य अयम् , उसका)–यहाँ त्यदादि होने से तद् शब्द की 'त्यदादीनि च' से वृद्ध संज्ञा हुई । तब प्रकृत सूत्र से छ प्रत्यय और उसके छकार को पूर्ववत् ईय् आदेश होकर रूप सिद्ध हुआ ।

इसी प्रकार—**मदीयः, त्वदीयः, भवदीयः, अस्मदीयः, युष्मदीयः, एतदीयः यदीयः**—इत्यादि प्रयोग भी सिद्ध होते है ।

(वा) **वा नामधेयस्येति**—व्यक्तिवाचक पद की वृद्ध–संज्ञा विकल्प से होती है ।

देवदत्तीयः, दैवदत्तः (देवदत्तस्यायम्, देवदत्त का)—यहाँ देवदत्त शब्द व्यक्तिवाचक है, अतः इसकी प्रकृत वार्तिक से वृद्धसंज्ञा विकल्प से हुई ।

('छ' प्रत्ययविधिसूत्रम्)

१०७८ गहादिभ्यश्च ४ । २ । १३८ ॥

गहीयः ।

('खञ्' प्रत्ययविधिसूत्रम्)

१०७९ युष्मदस्मदोरन्यतरस्यां खञ् च ४ । ३ । १ ।

चात्-छः, पक्षेऽण् । युवयोर्युष्माकं वाऽयम्-युष्मदीयः । अस्मदीयः ।

('युष्माक-अस्माक' आदेशविधिसूत्रम्)

१०८० तस्मिन्-अणि च युष्माकाऽस्माकौ ४ । ३ । ६ ॥

वृद्धसंज्ञापक्ष में पूर्वोक्त 'वृद्धात् छः' सूत्र से छ प्रत्यय होकर पहला रूप सिद्ध हुआ और अभावपक्ष में सामान्य अण् प्रत्यय से दूसरा रूप ।

१०७८ गहादिभ्य इति-गह आदि शब्दों से भी छ प्रत्यय हो भवादि अर्थ में ।

गहीयः (गहे देवविशेषे भवः, गह नाम के देश में होनेवाला)-- यहाँ प्रकृत सूत्र से गेह शब्द से छ प्रत्यय और उसके छकार को ईय् आदेश होने पर रूप सिद्ध हुआ ।

१०७९ युष्मदस्मदोरिति—युष्मद् और अस्मद् शब्द से खञ् प्रत्यय भी हो विकल्प से ।

चाद् इति—च (भी) कहने से छ प्रत्यय भी होता है ।

पक्षेऽण इति—अभावपक्ष में सामान्य अण् प्रत्यय होता है ।

इस प्रकार युष्मद् और अस्मद् शब्द से छ, अण् और खञ्—ये तीन प्रत्यय होते हैं और तीन तीन रूप बनते हैं ।

'१०७६ त्यदाऽऽदीनि च १।१।४७।।' से वृद्धसंज्ञक होने के कारण इनसे नित्य छ प्रत्यय प्राप्त था, इस सूत्र से खञ् और अण् का भी विधान हुआ ।

उनमें पहले 'छ' प्रत्यय के रूप दिये जा रहे हैं ।

युष्मदीयः (युवयोर्युष्माकं वा अयम्, तुम दो का या तुम लोगों का)-यहाँ युष्मद् शब्द से छ प्रत्यय और उसके छकार को ईय् आदेश होकर रूप सिद्ध हुआ ।

अस्मदीयः (आवयोरस्माकं वा-हम दो का या हम लोगों का) इसकी सिद्धि पूर्ववत् होती है ।

१०८० **तस्मिन्नि**ति—उस खञ् प्रत्यय और अण् प्रत्यय परे रहते युष्मद्

युष्मद्-अस्मदोरेतावादेशौ स्तः खञि अणि च । यौष्माकीणः । आस्माकीनः । यौष्माकः । आस्माकः ।

('तवक-ममक' आदेशविधिसूत्रम्)

१०८१ तवक-ममकावेकवचने ४ । ३ । ३ ॥

एकाऽर्थवाचिनोर्युष्मदोस्तवक-ममकौ स्तः; खञि, अणि च । तावकीनः, तावकः । मामकीनः, मामकाः । छे तु—

('त्व' 'म' आदेशविधिसूत्रम्)

१०८२ प्रत्ययोत्तरपदयोश्च ७ । २ । ९८ ॥

और अस्मद् शब्दों को क्रम से 'युष्माक' और 'अस्माक' आदेश होते हैं।

यौष्माकीण; (युवयोर्युष्माकं वाऽयम्, तुम दो का या तुम लोगों का)-यहाँ पूर्व सूत्र से खञ् प्रत्यय होने पर प्रकत सूत्र से युष्मद् शब्द को युष्माक आदेश हुआ। तब ख प्रत्यय के खकार को ईन् आदेश, आदिवृद्धि, अन्त्य आकार का लोप और नकार को णकार होने पर रूप सिद्ध हुआ।

आस्माकीनः (आवयोरस्माकं वाऽयम् ,हम दो का या हम लोगों का)-इसकी सिद्धि पूर्ववत् होती है।

यौष्माकः, आस्माकः—यहाँ पूर्वोक्त अर्थ में खञ् के अभाव पक्ष में सामान्य सूत्र से अण् प्रत्यय और प्रकृत सूत्र से युष्मद् अस्मद् को युष्माक अस्माक आदेश होने पर आदिवृद्धि और अन्त्य अकार का लोप होकर रूप सिद्ध हुआ।

१०८१ **तवकेति**—एकाऽर्थ-वाचक युष्मद् और अस्मद् शब्दों को 'तवक' और 'ममक' आदेश हो खञ् और अण् प्रत्यय परे रहते।

तावकीन;, तावक; (तव अयम् , तेरा)—यहाँ एकाऽर्थ-वाचक होने से युष्मद् शब्द को खञ् और अण् प्रत्यय परे रहते प्रकृत सूत्र से तवक आदेश होने पर आदिवृद्धि और अन्त्य अकार का लोप हुआ। ख प्रत्यय के खकार को ईन् आदेश होकर पहला रूप और अण् पक्ष में दूसरा रूप बना।

मामकीनः, मामकः (मम अयम्, मेरा) यहाँ अस्मद् शब्द को ममक आदेश होने पर पूर्ववत् सिद्धि होती है।

छेतु इति—छ प्रत्यय होने पर तो—अग्रिम सूत्र की प्रवृत्ति होगी यह आशय है।

१०८२ **प्रत्ययोत्तरपदयोरिति**—एकार्थ के वाचक अर्थात् एकवचन में

मपर्यन्तयोरेकार्थवाचिनोः 'त्व-मौ' स्तः प्रत्यये उत्तरपदे च परतः। त्वदीयः। मदीयः। त्वत्पुत्रः। मत्पुत्रः।

('म' प्रत्ययविधिसूत्रम्)

१०८३ मध्याद् मः ४ । ३ । ८ ॥

मध्य-मः ।

('ठञ्' प्रत्ययविधिसूत्रम्)

१०८४ कालात् ठञ् ३ । ३ । ११ ॥

युष्मद् और अस्मत् के मपर्यन्त भाग को क्रम से त्व और म आदेश होते हैं प्रत्यय और उत्तरपद परे रहते।

त्वदीयः, मदीयः (तव अयम् , मम अयम्, तेरा मेरा)—यहाँ त्यदादि होने के कारण युष्मद अष्मद् शब्द को '१०७६ त्यदाऽऽदीनि च १।१।४७।' से वृद्ध संज्ञा होने पर '१०७७ वृद्धात् छः ४ । २ । १४ ॥' से छ प्रत्यय हुआ। तब प्रकृत सूत्र से मपर्यन्त भाग को त्व और म आदेश तथा प्रत्यय के छकार को इय् आदेश होकर रूप सिद्ध हुआ।

प्रकृत सूत्र प्रत्यय और उत्तरपद परे रहते त्व म आदेश करता है। प्रत्यय का उदाहरण तद्धित प्रत्यय छ परे रहते ऊपर दिया गया है।

उत्तरपद का उदाहरण तद्धित में संभव नहीं, क्योंकि उत्तरपद समास के चरम अवयव में रूढ़ है यह पहले बताया गया है, पर प्रसङ्ग उपस्थित होने से उसका उदाहरण देना आवश्यक है।

त्वत्पुत्रः (तव पुत्र,: तेरा पुत्र) और **मत्पुत्रः** (मम पुत्रः, मेरा पुत्र)-ये उत्तरपद के उदाहरण दिये गये हैं यहाँ तव पुत्रः, तत्पुरुष समास होने पर उत्तरपद पुत्र के परे होने पर प्रकृत सूत्र से युष्मद् अस्मद् शब्दों के मपर्यन्त भाग को त्व और म आदेश हुआ।

१०८३ मध्यादिति—मध्य शब्द से भवादि अर्थमें म शैषिक प्रत्यय हो।

मध्यमः (मध्ये भवः, मध्य में होनेवाला)—यहाँ भवादि अर्थ में मध्य-शब्द से म प्रत्यय होने पर रूप सिद्ध हुआ।

१०८४ कालादिति—ससम्यन्त समर्थ काल शब्द से तथा काल विशेष के वाचक **'मास'** आदि शब्दों से भवादि अर्थ में ठञ् प्रत्यय हो।

कालवाचिभ्यः 'ठञ्' स्यात् । कालिकम् । मासिकम् । सांवत्सरिकम् ।

(टिलोपविधिवार्तिकम्)

(वा) अव्ययानां भ-मात्रे टि-लोपः । सायंप्रातिकः । पौनःपुनिकः ।

('एण्य' प्रत्ययविधिसूत्रम्)

१०८५ प्रावृष एण्यः ४ । ३ । १७ ॥

इस सूत्र में 'काल' शब्द काल सामान्य और काल विशेष दोनों अर्थों में प्रयुक्त हुआ है।

कालिकम् (काले भवं जातं वा, समय पर होनेवाला)—यहाँ सप्तम्यन्त समर्थ काल शब्द से भवार्थ में ठञ् प्रत्यय होने पर प्रत्यय के ठकार को '१०२७ ठस्येकः ७ । ३ । ५० ॥' से इक् आदेश और पर्जन्यवल्लक्षणप्रवृत्ति से आदि वृद्धि तथा अन्त्य अकार का लोप होकर रूप सिद्ध हुआ।

मासिकम् (मासे भवम्, महीने में होनेवाला)—यहाँ काल विशेष के वाचक मास शब्द से भवार्थ में प्रकृत सूत्र से ठञ् प्रत्यय हुआ, सिद्धि पूर्ववत् हुई।

सांवत्सरिकम् (संवत्सरे भवम्, साल में होनेवाला)—यहाँ कालवाचक संवत्सर शब्द से भवार्थ में ठञ् प्रत्यय होने पर पूर्ववत् रूप सिद्ध हुआ।

(वा) **अव्ययानामिति**—अव्ययों की टि का लोप भसंज्ञा होने पर सर्वत्र हो जाता है।

सायंप्रातिकः (सायंप्रातर्भवः, सांझ सबेरे होनेवाला)—यहाँ काल वाचक सायं-प्रातर् शब्द है प्रकृत सूत्र से ठञ् प्रत्यय हुआ। पूर्ववत् ठञ् के ठकार को इक् आदेश, पर्जन्यवल्लक्षण-प्रवृत्ति से आदिवृद्धि होर पर प्रकृत वार्तिक से टि अर् का लोप होकर रूप सिद्ध हुआ।

पौनःपुनिकः (पुनः पुनर्भवः, बार बार होनेवाला)—यहाँ कालवाचक पुनः-पुनर् अव्यय से ठञ् प्रत्यय होने पर प्रकृत वार्तिक से अर् टि का लोप होकेर पूर्ववत् रूप बना।

इनमें भसंज्ञा ठञ् प्रत्यय के अजादि होने के कारण होती है।

१०८५ प्रावृष इति—काल विशेष के वाचक प्रावृष् (वर्षा ऋतु) शब्द से भवादि अर्थ में एण्य प्रत्यय हो।

प्रावृषेण्यः ।

(ट्यु-ट्युल-प्रत्यय-तुट् आगमविधिसूत्रम्)

१०८६ सायं-चिरं-प्राह्णे-प्रगे-ऽव्ययेभ्यष्ट्यु-ट्युलौ तुट् च ४ । ३ । २३ ॥

सायम्-इत्यादिभ्यश्चतुर्भ्योऽव्ययेभ्यश्च कालवाचिभ्यः 'ट्यु-ट्युलौ, स्तः, तयोस्तुट् च । सायन्तनम् । चिरन्तनम् । 'प्राह्णे-प्रगे' अनयोरेदन्तत्वं

यह 'एण्य' प्रत्यय पूर्वसूत्र से प्राप्त 'ठञ्' का बाधक है ।

प्रावृषेण्यः (प्रावृषि भवः, वर्षा ऋतु में होनेवाला)—यहाँ कालवाचक प्रावृष् शब्द से एण्य प्रत्यय होने पर रूप सिद्ध हुआ ।

१०८६ **सायमिति**—सायम्, चिरम्, प्राह्णे और प्रगे तथा कालवाचक अव्यय पदों से भवार्थमें ट्यु और ट्युल् प्रत्यय हों और उनको तुट् आगम हो ।

ट्यु का टकार और ट्युल् का उकार लकार दोनों इत्संज्ञक हैं । दोनों प्रत्ययों का यु' शेष रहता है और उसे '७८८ यु-वोरना-को ७ । १ । १ ।।' से अन् आदेश होने से 'अन' यह प्रत्यय का रूप बनता है । इन दोनों के स्वर में अन्तर होता है । लित् होने से ट्युल् प्रत्यय के पूर्व को 'प्रत्ययात् पूर्व लिति' से उदात्त होता है और ट्यु का 'आद्युदात्तश्च' सूत्र से आदि अकार ।

तुट् आगम है । इसका उट् भाग इत्संज्ञक है । यह ट्यु और ट्युल् प्रत्ययों को अर्थात् अन को होता है । टित् होने के कारण यह अन के आदि में होता है । तब 'तन' यह रूप इन प्रत्ययों और तुट् आगम का बनता है ।

साय और चिर शब्द से ये प्रत्यय होते हैं । निपातन से ये मान्त होते हैं । सायम् और चिरम्—जब अव्यय हैं तब अव्यय होने के कारण ही इनसे ट्यु ट्युल् प्रत्यय हो जाते हैं । सुबन्त साय आदि और अव्यय सायम् आदि का अर्थ समान ही है ।

इसी प्रकार प्राह्ण और प्रग शब्द को एकारान्तता निपातन से होती है । जब ये अव्यय हैं, तब अव्यय होने के कारण ही इनसे ये प्रत्यय सिद्ध होते हैं ।

सायन्तनम् (साये भवः, सायं काल में होनेवाला)—यहाँ घञन्त साय शब्द से भवार्थ में ट्यु प्रत्यय और उसे अन् आदेश होने पर तुट् आगम तथा मान्तता निपातन होकर रूप सिद्ध हुआ ।

निपात्यते–प्राह्णे-तनम्, प्रगे-तनम् । दोषा-तनम् ।

(तत्र जातार्थेऽणादिप्रत्ययविधिसूत्रम्)

१०८७ तत्र जातः ४ । ३ । २५ ॥

सप्तमी-समर्थात् 'जाते' इत्यर्थे 'अण्' आदयो 'घ' आदयश्च स्युः । स्रुघ्ने

चिरन्तनम् (चिरे भवः, देर में होनेवाला)—इसकी सिद्धि पूर्ववत् होती है ।

प्राह्णे इति—प्राह्णे और प्रगे इनकी एदन्तता का इस सूत्र से निपातन होता है ।

प्राह्णे-तनम् (प्राह्णः सोढोऽस्य, पूर्वाह्ण जिसका सहा गया है)--यहाँ प्रकृत सूत्र से एदन्तता का निपातन हुआ । 'तदस्य सोढम् ४ । ३ । ५२ ॥' इस अर्थ में प्रत्यय हुआ है । जात अर्थ में 'घकालतनेषु–' सूत्र से सप्तमी का अलुक् होने से एदन्तता वैसे ही सिद्ध है ।

प्रगे-तनम् (प्रगे भवः, प्रातःकाल में होनेवाला)—यहाँ सप्तम्यन्त समर्थ 'प्रगे' शब्द से ट्यु प्रत्यय, यु को अन् आदेश और तुट् का आगम तथा एदन्तता का निपातन होकर रूप सिद्ध हुआ ।

दोषा-तनम् (दोषा भवम्, रातको होनेवाला) यहाँ कालविशेष वाचक दोषा अव्यय से प्रकृत सूत्र से ट्यु प्रत्यय, यु को अन् आदेश और तुट् आगम होने पर रूप सिद्ध हुआ ।

१०८७ तत्र जात इति—सप्तम्यन्त समर्थ (कृत-सन्धि) से 'जातः-हुआ' इस अर्थ में अण् आदि सामान्य और घ आदि विशेष विहित प्रत्यय हो ।

इस शैषिक प्रकरण में इस सूत्र से पूर्व अर्थका निर्देश नहीं किया गया है । पूर्व सूत्रों में इन्हीं अर्थों का यथायोग्य सम्बन्ध कर लिया जाता है । इसीलिये अब तक भवः और जातः आदि अर्थ का पूर्व सूत्रों में उल्लेख किया गया है । इस बात को 'राष्ट्राऽवारपाराद् घ-खौ ४ । २ । ९३ ॥' इस सूत्र में मूल में 'इह प्रकृतिविशेषात्–' इत्यादि सन्दर्भ के द्वारा पहले ही बता दिया गया है ।

स्रौघ्नः (स्रुघ्ने जातः, स्रुघ्न देश में उत्पन्न हुआ)—यहाँ सप्तम्यन्त समर्थ स्रुघ्न शब्द से जातः उत्पन्न इस अर्थमें शैषिक अण् प्रत्यय हुआ । आदि वृद्धि और अन्त्य अकार का लोप होकर रूप सिद्ध हुआ ।

जातः-स्रौघ्नः। उत्से जातः-औत्सः। राष्ट्रे जातः-राष्ट्रियः। अवारपारे जातः-अवारपारीणः-इत्यादि।

('ठप्' प्रत्ययविधिसूत्रम्)

१०८८ प्रावृषष्ठप् ४ । ३ । २६ ॥

एण्याऽपवादः। **प्रावृषिकः।**

(प्रायभवाऽर्थेऽणादिप्रत्ययविधिसूत्रम्)

१०८९ प्राय-भवः ४ । ३ । ३९ ॥

'तत्र' इत्येव। स्रुघ्ने प्रायेण-बाहुल्येन भवति-स्रौघ्नः।

(संभूताऽर्थेऽणादिप्रत्ययविधिसूत्रम्)

१०९० संभूते ४ । ३ । ४२ ॥

औत्सः (उत्से जातः, झरने में पैदा हुआ)—यहाँ उत्स पदसे जात अर्थ में 'उत्साऽऽदिभ्योऽञ्' इस पूर्व सूत्र से अञ् प्रत्यय होने पर पूर्ववत् रूप सिद्ध हुआ।

राष्ट्रियः (राष्ट्रे जातः, राष्ट्र में उत्पन्न) और **अवारपारीणः** (अवार-पारे जातः—वार पार में उत्पन्न)—इनकी सिद्धि पहले आ चुकी है। यहाँ केवल अर्थ निर्देश किया गया है, प्रत्यय पूर्व सूत्र से ही होगा।

१०८८ **प्रावृष** इति—सप्तम्यन्त समर्थ प्रावृष् शब्द से 'जात' अर्थ में ठप् प्रत्यय हो।

ठप् का पकार इत्संज्ञक है और ठकार को '१०२७ ठस्येकः ७ । ३ । ५०॥' से इक् आदेश होकर 'इक' यह रूप प्रत्यय का बन जाता है।

यह '१०८५ प्रावृष एण्यः ४ । ३ । १७ ॥' से होनेवाले एण्य प्रत्यय का बाधक है।

१०८९ **प्राय-भव** इति—सप्तम्यन्त समर्थ से प्राय-भव अर्थात् अधिकतर होनेवाला अर्थ में अण् और घ आदि प्रत्यय यथायथ होते हैं।

स्रौघ्नः (स्रुघ्ने प्रायेण बाहुल्येन भवति, स्रुघ्न देश में अधिकतया होने-वाला पदार्थ)—यहाँ सप्तम्यन्त समर्थ स्रुघ्न पद से शैषिक अण् प्रत्यय होने पर रूप सिद्ध हुआ।

१०९० **संभूते** इति—सप्तम्यन्त समर्थ पद से संभूत अर्थात् संभावना अर्थ में यथायथ अण् आदि प्रत्यय हों।

स्रुघ्ने संभवति–स्रौघ्नः।

('ढञ्' प्रत्ययविधिसूत्रम्)

१०९१ कोशाद् ढञ् ४ । ३ । ४२ ॥

कौशेयम्–वस्त्रम्।

(तत्रभवाऽर्थेऽणादिप्रत्ययविधिसूत्रम्)

१०९२ तत्र भवः ४ । ३ । ५३ ॥

स्रुघ्ने भवः स्रौघ्नः। औत्सः। राष्ट्रियः।

(तत्रभवार्थे 'यत्' प्रत्ययविधिसूत्रम्)

१०९३ दिगादिभ्यो यत् ४ । ३ । ५४ ॥

दिश्यम्। वर्ग्यम्।

स्रौघ्नः (स्रुघ्ने संभवति, स्रुघ्न में जिसकी संभावना हो)—यहाँ भी पूर्ववत् रूप सिद्धि होती है।

यहाँ इस बात का विशेष ध्यान रहना चाहिये कि अर्थ का और विधायक सूत्र का भेद है, रूप समान ही बनता है।

१०९१ **कोशादिति**—सप्तम्यन्त समर्थ कोष शब्द से संभूत अर्थ में ढञ् प्रत्यय हो।

कौशेयम् (कोशे संभवति, कोश में होनेवाला, रेशम)—यहाँ सप्तम्यन्त समर्थ कोश शब्द से संभूत अर्थ में ढञ् प्रत्यय हुआ। ढकार को एय् आदेश और आदिवृद्धि होने से रूप सिद्ध हुआ।

कौशेय का अर्थ है—एक विशेष कीड़के कोषका विकार–यह अर्थ 'विकारे कोशाद् ढञ्' इस वार्तिक से सिद्ध होता है वह रेशम ही है।

१०९२ **तत्र भव** इति—सप्तम्यन्त समर्थ पद से भव अर्थ मे यथाविहित अण् आदि और घ आदि प्रत्यय हों।

स्रौघ्नः (स्रुघ्ने भवति, स्रुघ्न देश में होनेवाला)—यहाँ भव अर्थ में प्रकृत सूत्र से अण् प्रत्यय होकर यथापूर्व सिद्धि हुई।

१०९३ **दिगादिभ्य** इति—'दिश्' आदि सप्तम्यन्त समर्थ पदों से भव अर्थ में यत् प्रत्यय हो।

दिश्यम् (दिशि भवम्, दिशामें होनेवाला)—यहाँ सप्तम्यन्त समर्थ **दिश्**

(तत्रभवार्थे 'यत्' प्रत्ययविधिसूत्रम्)

१०९४ शरीराऽवयवात् च ४ । ३ । ५५ ॥

दन्त्यम् । कण्ठ्यम् ।

(तत्रभवार्थे 'ठञ्' प्रत्ययविधिवार्तिकम्)

(वा) अध्यात्माऽऽदेः 'ठञ्' इष्यते । अध्यात्मं भवम्–आध्यात्मिकम् ।

('उभयपद-वृद्धि'–विधिसूत्रम्)

१०९५ अनुशतिकाऽऽदीनां च ७ । ३ । २० ॥

शब्द से भवार्थ में यत् प्रत्यय होने पर रूप सिद्ध हुआ ।

वर्ग्यम् (वर्गे भवम्, समूह में होनेवाला)—यहाँ दिगादि 'वर्ग' शब्दसे भवार्थ में प्रकृत सूत्र से यत् होने पर अन्त्य अकार का '२३६ यस्येति च ६ । ४ । १४८ ॥' से लोप होकर रूप सिद्ध हुआ ।

१०९४ शरीरावयवादिति—शरीर के अवयवाचक सप्तम्यन्त समर्थ शब्द से भी यत् प्रत्यय हो भवार्थ में ।

दन्त्यम् (दन्तेषु भवम्, दाँतों में होनेवाला)—यहाँ सप्तम्यन्त समर्थ शरीर के अवयव के वाचक दन्त शब्द से यत् प्रत्यय हुआ । अन्त्य अकार का तद्धित प्रत्यय परे होने के कारण पूर्वोक्त 'यस्येति च' सूत्र से लोप होने पर रूप सिद्ध हुआ ।

कण्ठ्यम् (कण्ठे भवम्, कण्ठ में होनेवाला)—इसकी सिद्धि 'दन्त्यं' शब्द के समान होती है ।

(वा) अध्यात्मादेरिति—अध्यात्म आदि सप्तम्यन्त समर्थ पदों से भवार्थ में ठञ् प्रत्यय हो ।

आध्यात्मिकम् (अध्यात्मं भवम्, आत्मा में होनेवाला)—यहाँ सप्तम्यन्त समर्थ अध्यात्म शब्द से भवार्थ में प्रकृत वार्तिक से ठञ् प्रत्यय हुआ । ठञ् के ठकार को इक् आदेश, आदिवृद्धि और अन्त्य लोप होकर रूप सिद्ध हुआ ।

अध्यात्म शब्द अव्ययीभाव समास में सिद्ध किया गया है । आत्मनि-इति अध्यात्मम्–विभक्ति के अर्थ में समास हुआ ।

१०९५ अनुशतिकाऽऽदीनामिति—'अनुशतिक' आदि समस्त पदोंके उभय (दोनों) पदों को वृद्धि हो ञित्, णित् और कित् प्रत्यय परे रहते ।

एषाम् उभयपद-वृद्धिर्ञिति णिति किति च। आधिदैविकम्। आधिभौतिकम्। ऐहलौकिकम्। पारलौकिकम्। आकृतिगणोऽयम्।

(तत्रभवार्थे 'छ' प्रत्ययविधिसूत्रम्)

१०९६ जिह्वामूलाऽङ्गुलेश्छः ४। ३। ६२॥

जिह्वामूलीयम्। अङ्गुलीयम्।

आधिदैविकम् (अधिदेवं भवम्, देव में होनेवाला)—यहाँ सप्तम्यन्त समर्थ अध्यात्मादि अधिदेव शब्द से भवार्थ में पूर्व वार्तिक से ठञ् प्रत्यय हुआ ठञ् के ञित् होने से '६४१ तद्धितेष्वचामादेः ७। २। ११७' से आदि अ को वृद्धि प्राप्त थी, उसको बाधकर अधिदेव शब्द का अनुशतिकादिगण में पाठ होने से प्रकृत सूत्र से उभयपद को अर्थात् अधि और देव दोनों पदों के आदि अच् को वृद्धि हुई। तब अन्त्य अकार का लोप होने पर रूप सिद्ध हुआ।

आधिभौतिकम् (अधिभूते भवम, भूतों-पृथ्वी आकाश आदियों—में होनेवाला)—यहाँ भी अधिभूत शब्द से पूर्ववत् ठञ् प्रत्यय और उभयपद वृद्धि होकर रूप सिद्ध हुआ।

अधिदेव और अधिभूत पद अध्यात्म शब्द के समान सप्तमी विभक्ति के अर्थ में, देवे इति—अधिदेवम्, भूते इति अधिभूतम्—इस प्रकार '६११ अव्ययम् २। १। ६॥' इस सूत्र के अव्ययीभाव समास से बने हैं।

ऐहलौकिकम् (इह लोके भवम्—इस लोक में होनेवाला) और **पारलौकिकम्** (परलोके भवम्, परलोक में होने वाला)—इन शब्दों की सिद्धि पूर्ववत् होती है।

आकृतिगण इति—यह अनुशतिकाऽऽदिगण आकृतिगण है अर्थात् जिन पदों में उभयपद वृद्धि मिलती हो और उनके लिये कोई विशेष नियम न कहा गया हो उनको अनुशतिकाऽऽदिगण में समझना चाहिये।

१०९६ जिह्वामूेति—जिह्वामूल और अङ्गुलि—इन सप्तम्यन्त समर्थ पदों से भवार्थ में छ प्रत्यय हो।

शरीर के अवयव के वाचक होने से '१०९४ शरीराऽवयवात् च ४। ३। ५५॥' से यहाँ यत् प्राप्त था, उसका यह बाधक है।

जिह्वामूलीयम् (जिह्वामूले भवम्—जिह्वामूल में होनेवाला) यहाँ सप्तम्यन्त

('छ' प्रत्ययविधिसूत्रम्)

१०९७ वर्गाऽन्ताच्च ४ । ३ । ६३ ॥

कवर्गीयम ।

(ततआगतार्थेऽणादिप्रत्ययसामान्यविधिसूत्रम्)

१०९८ तत आगतः ४ । ३ । ७४ ॥

स्रुघ्नाद् आगतः-स्रौघ्नः ।

('तत आगतः' अर्थे 'ठक्' प्रत्ययविधिसूत्रम्)

१०९९ ठग् आय-स्थानेभ्यः ४ । ३ । ७५ ॥

शुल्क-शालाया आगतः-शौल्कशालिक ।

समर्थ जिह्वामूल शब्द से भवार्थ में प्रकृत सूत्र से छ प्रत्यय हुआ और प्रत्यय के छकार को '१०१३ आयन्-७ । १ । २ ॥' इत्यादि सूत्र से 'ईय्' आदेश तथा अन्त्य अकार का लोप होकर रूप सिद्ध हुआ ।

अङ्गुलीयम् (अङ्गुल्यां भवम्, अङ्गुलि में होनेवाला, मुद्रिका)—यहाँ भी पूर्ववत् प्रकृत सूत्र से छ प्रत्यय और उसके स्थान में 'ईय' आदेश होने पर अन्त्य इकार का लोप होकर रूप सिद्ध हुआ ।

१०९७ वर्गाऽन्ताद् इति—जिस पद के अन्त में वर्ग शब्द हो, उस सप्तम्यन्त समर्थ से भी भवार्थ में छ प्रत्यय हो ।

कवर्गीयम् (कवर्गे भवम्–कवर्ग में होनेवाला)—यहाँ वर्गान्त सप्तम्यन्त समर्थ कवर्ग शब्द से भवार्थ में प्रकृत सूत्र से छ प्रत्यय और छकार को ईय् आदेश तथा अन्त्य अकार का लोप होकर रूप सिद्ध हुआ ।

१०९८ तत इति—'आगतः-आया हुआ' इस अर्थ में पञ्चम्यन्त समर्थ पद से यथाविहित अण् आदि प्रत्यय हों ।

स्रौघ्नः (स्रुघ्नाद् आगतः, स्रुघ्न से आया हुआ)–यहाँ पञ्चम्यन्त स्रुघ्न शब्द से 'आगतः–आया हुआ' अर्थ में अण् प्रत्यय शैषिक हुआ । रूपसिद्धि पूर्ववत् होती है ।

१०९९ ठगिति—'तत आगतः–वहाँ से आया हुआ' इस पूर्वोक्त अर्थ में पञ्चम्यन्त आय-स्थान (आमदनी के स्थान)–वाचक शब्द से ठक् प्रत्यय हो ।

शौल्कशालिकः (शुल्कशालाया आगतः, शुल्कशाला–चुङ्गीखाने से

('तत आगतः' अर्थे 'वुञ्' प्रत्ययविधिसूत्रम्)

११०० विद्या-योनि-संबन्धेभ्यो वुञ् ४ । ३ । ७७ ॥

औपाध्यायकः । पैतामहकः ।

('ततआगतः' अर्थे 'रूप्य' प्रत्ययविधिसूत्रम्)

११०१ हेतु-मनुष्येभ्योऽन्यतरस्यां रूप्यः ४ । ३ । ८१ ॥

समाद् आगतम —समरूप्यम् । पक्षे-गहाऽऽदित्वात छः—समीयम् ,

आया हुआ)—यहाँ पञ्चम्यन्त शुल्क-शाला पद से आयस्थानवाचक होने से प्रकृत सूत्र से ठक् प्रत्यय हुआ । तब ठक् के ठकार को इक् आदेश, आदि-वृद्धि और अन्त्य आकार का लोप होकर रूप बना ।

११०० **विद्येति**—विद्या और योनि-रक्त-के सम्बन्ध के वाचक पञ्चम्यन्त शब्दों से 'तत आगतः' अर्थ में वुञ् प्रत्यय हो, विकल्प से ।

औपाध्यायकः (उपाध्यायाद् आगतः, उपाध्याय—गुरु—से आया हुआ)—यहाँ उपाध्याय विद्या—सम्बन्ध का वाचक है, पञ्चम्यन्त इस पद से पूर्वोक्त अर्थ में वुञ् प्रत्यय हुआ । आदिवृद्धि, वु को अक आदेश और अन्त्य अकार का लोप होकर रूप सिद्ध हुआ ।

पैतामहकः (पितामहाद् आगतः, पितामह से आया हुआ)—यहाँ रक्त के सम्बन्ध का वाचक होने से पञ्चम्यन्त पितामह शब्द से प्रकृत अर्थ में वुञ प्रत्यय हुआ । पूर्ववत् सिद्धि हुई ।

११०१ **हेतु-मनुष्येभ्य** इति— हेतु-वाचक और मनुष्य-वाचक पञ्चम्यन्त शब्द से 'आया हुआ' इस प्रकृत अर्थ में रूप्य प्रत्यय विकल्प से हो ।

सम-रूप्यम् (समाद् आगतम् , सम-हेतुभूत से आया हुआ)—यहाँ हेतु-वाचक पञ्चम्यन्त सम शब्द से रूप्य प्रत्यय होकर रूप बना ।

विषम-रूप्यम् (विषमाद् आगतम् , विषम—हेतुभूत—से आया हुआ) इसकी सिद्धि पूर्ववत् होती है ।

पक्षे इति—रूप्य के अभावपक्ष में सम और विषम शब्दों के गहादिगण में होने के कारण '१०७८ गहाऽदिभ्यश्च ४ । २ । १३८ ॥' से छ प्रत्यय होकर 'समीयम्' और 'विषमीयम्' रूप बनते हैं ।

विषमीयम्। देवदत्त-रूप्यम्, दैवदत्तम्।

('तत आगतः' 'मयट्' अर्थे प्रत्ययविधिसूत्रम्)

११०२ मयट् च ४। ३। ८२॥

सम-मयम्। देवदत्त-मयम्।

('ततः प्रभवति' इत्यर्थेऽणादिसामान्यप्रत्ययविधिसूत्रम्)

११०३ प्रभवति ४। ३। ८३॥

हिमवतः प्रभवति-हैमवती, गङ्गा।

देवदत्त-रूप्यम् (देवदत्ताद् आगतम्-देवदत्त से आया हुआ)—यहाँ मनुष्यवाचक देवदत्त शब्द से 'आया हुआ' अर्थ में प्रकृत सूत्र से रूप्य प्रत्यय होने पर रूप सिद्ध हुआ।

रूप्य के अभावपक्ष में व्यक्ति का नाम होने से 'वा नामधेयस्य वृद्धसंज्ञा वाच्या' वार्तिक से देवदत्त शब्द की वैकल्पिक वृद्ध संज्ञा होने के कारण '१०७८ वृद्धात् छः ४।२।११४।।' से छ प्रत्यय होकर '**देवदत्तीयम्**' और वृद्ध संज्ञा के अभाव में 'शेषे' सूत्र से अण् प्रत्यय होकर '**दैवदत्तम्**' ये दो रूप बनते हैं।

११०२ **मयड्** इति—पूर्वोक्त हेतुवाचक और मनुष्यवाचक पञ्चम्यन्त पदों से 'आया हुआ' इस अर्थ में मयट् प्रत्यय भी हो।

मयट् का टकार इत्संज्ञक है।

सम-मयम, देवदत्त-मयम्—यहाँ हेतु-वाचक सम और मनुष्य शब्दों से मयट् प्रत्यय होने पर रूप सिद्ध हुए।

११०३ **प्रभव**तीति—'प्रभवति-पहले प्रकट होता है अर्थात् निकलना' इस अर्थ में पञ्चम्यन्त पद से यथाविहित अण् आदि प्रत्यय हों।

प्रभव कहते हैं पहले प्रकट होने को।

हैमवती (हिमवतः प्रभवति-हिमालय से निकलती है, गङ्गा)—यहाँ पञ्चम्यन्त हिमवत् शब्द से 'निकलने' अर्थ में अण् प्रत्यय हुआ। आदिवृद्धि होने पर 'हैमवत्' यह अकारान्त शब्द बना। स्त्रीत्व-विवक्षा में अणप्रत्ययान्त होने से स्त्री-प्रत्यय-प्रकरण में आनेवाले '१२५० टिड्ढाणञ्-४। १। १५॥' इत्यादि सूत्र से ङीप् (ई) प्रत्यय होने पर '२३६ यस्येति च ६।४।१४८।।' से अन्त्य अकार का लोप होकर रूप सिद्ध हुआ।

('तद् गच्छति' इत्यर्थेऽणादिसामान्यप्रत्ययविधिसूत्रम्)

११०४ तद्गच्छति पथि-दूतयोः ४ । ३ । ८५ ॥

स्रुघ्नं गच्छति-स्रौघ्नः, पन्था दूतो वा ।

('अभिनिष्क्रामति द्वारम्' अर्थेऽणादिसामान्यप्रत्ययविधिसूत्रम्)

११०५ अभिनिष्क्रामति द्वारम् ४ । ३ । ८६ ।

स्रुघ्नम् अभिनिष्क्रामति-स्रौघ्नम्-कान्यकुब्ज-द्वारम् ।

(अधिकृत्यकृते ग्रन्थेऽर्थेऽणादिसामान्यप्रत्ययविधिसूत्रम्)

११०६ अधिकृत्य कृते ग्रन्थे ४ । ३ । ८७ ॥

११०४ **तद् गच्छतीति**-द्वितीयान्त समर्थ से तद्गच्छति-'उस स्थान को जाता है' इस अर्थ में अण् आदि प्रत्यय हों मार्ग और दूत वाच्य हों तो अर्थात् जानेवाला मार्ग या दूत हो ।

स्रौघ्नः (स्रुघ्नं गच्छति, पन्थाः दूतो वा, स्रुघ्न को जानेवाला मार्ग या दूत) यहाँ प्रकृत सूत्र से 'जाता है' अर्थ में अण् प्रत्यय हुआ ।

११०५ **अभिनिष्क्रामतीति**-'अभिनिष्क्रामति-उस ओर जाता है' इस अर्थ में द्वितीयान्त से अण् आदि प्रत्यय हों, यदि अभिनिष्क्रमण का कर्ता द्वार[१] हो ।

स्रौघ्नम् (स्रुघ्नमभिनिष्क्रामति-स्रुघ्न की ओर निकलनेवाला कन्नौज शहर का दरवाजा)—यहाँ स्रुघ्न शब्द से 'अभिनिष्क्रामति' अर्थ में प्रकृत सूत्र से अण् प्रत्यय होकर रूप सिद्ध हुआ ।

११०६ **अधिकृत्येति**—विषय के वाचक द्वितीयान्त समर्थ पद से

---

१ प्राचीन बड़े नगर प्राकार से (चहारदीवारी से) घिरे होते थे, बाहर निकलने के लिये दरवाजे होते थे—जो दरवाजा जिस ओर को निकलता था उसका नाम उसी ओर के नाम से प्रसिद्ध हो जाता था। अब भी लाहौर शहर के दरवाजों के नाम प्रायः उसी प्रकार हैं-दिल्ली-दरवाजा-अर्थात् जिस दरवाजे से दिल्ली की ओर जाते हैं । काश्मीरी दरवाजा—काश्मीर की ओर निकलने वाला दरवाजा । दिल्ली शहर के--अजमेरी दरवाजा आदि इसी प्रकार के नाम हैं । संस्कृत में भी यही बात है, उस अर्थ को प्रकट करने के लिये इस सूत्र ने प्रत्यय का विधान किया है ।

शारीरकम् अधिकृत्य कृतो ग्रन्थः—शारीरकीयः ।

(सोऽस्यनिवासार्थेऽणादिसामान्यप्रत्ययविधिसूत्रम्)

११०७ सोऽस्य निवासः ४ । ३ । ८९ ॥

स्रुघ्नो निवासोऽस्य स्रौघ्नः ।

(प्रोक्तार्थेऽणादिप्रत्ययविधिसूत्रम्)

११०८ तेन प्रोक्तम् ४ । ३ । १०१ ॥

पाणिनिना प्रोक्तम्—पाणिनीयम् ।

'अधिकृत्य कृते—' विषय को लेकर बनाया हुआ ग्रन्थ इस अर्थ में अण आदि प्रत्यय हों ।

शारीरकीयः (शारीरकम् आत्मानम् अधिकृत्य कृतो ग्रन्थः, आत्मा के विषय को लेकर लिखा हुआ ग्रन्थ)—यहाँ विषयवाचक द्वितीयान्त शारीरक[1] शब्द से वृद्धसंज्ञक होने से '१०७० वृद्धात् छः ४ । २ । ११४ ॥' सूत्र से छ प्रत्यय होने पर छकार को ईय् आदेश तथा अन्त्य अकार का लोप होकर रूप सिद्ध हुआ ।

११०७ **सोऽस्येति**—स्थानवाचक प्रथमान्त पद से 'सोऽस्य निवासः—यह इसका निवास है' इस अर्थ में अण् आदि प्रत्यय हों ।

स्रौघ्नः (स्रुघ्नो निवासोऽस्य, स्रुघ्न है निवास इसका)—यहाँ स्थानवाचक प्रथमान्त स्रुघ्न शब्द से 'निवास' अर्थ में प्रकृत सूत्र से अण् प्रत्यय होकर रूप सिद्ध हुआ ।

११०८ **तेनेति**—तृतीयान्त पद से प्रोक्त प्रवचन किया हुआ अर्थ में यथाप्राप्त अण् आदि प्रत्यय हों ।

पाणिनीयम् (पाणिनिना प्रोक्तम्—पाणिनि से प्रवचन किया गया-व्या-

---

१ शरीरमेव कुत्सितं शरीरकम्—कुत्सित अर्थ में शरीर शब्द से क प्रत्यय हुआ । तब शरीरक शब्द से 'शरीरकस्यायम्' इस अर्थ में '११०६ तस्येदम् ४ । ३ । १२० ॥' से अण् प्रत्यय होकर 'शारीरक' शब्द बना । इसका अर्थ हुआ आत्मा । अथवा—शरीरस्यायम् शारीरम्—इस प्रकार पहले 'तस्येदम्' से अण् होने पर स्वार्थ में क प्रत्यय होकर शारीरक शब्द बना । अर्थ दोनों प्रकार का आत्मा ही है ।

(तस्येदमीयेऽर्थेऽणादिप्रत्ययविधिसूत्रम्)

११०९ तस्येदम् ४ । ३ । १२० ॥

उपगोरिदम्–औपगवम् ।

इति शैषिकाः ।

करण)–यहाँ तृतीयान्त पाणिनि शब्द से प्रोक्त अर्थ में '१०७७ वृद्धात् छः ४ । २ । ११४ ॥' से छ प्रत्यय होने पर छकार को ईय् आदेश और अन्त्य इकार का लोप होकर रूप सिद्ध हुआ ।

११०९ तस्येदमिति–षष्ठ्यन्त समर्थ पद से 'तस्य इदम्–उसका यह' इस अर्थ में यथाविहित अण् आदि प्रत्यय हों ।

औपगवम् (उपगोरिदम्, उपगु का यह है अर्थात् उपगु-सम्बन्धी)— उपगु इस षष्ठ्यन्त शब्द से 'तस्येदम्–उसका यह' इस अर्थ में यथा प्राप्त अण् प्रत्यय होकर रूप सिद्ध हुआ ।

इस प्रकार यहाँ शैषिक प्रकरण समाप्त हुआ ।

अन्त में फिर निम्नलिखित दो बातों की ओर विशेष ध्यान दिलाया जाता है–

१–इस शैषिक प्रकरण में कुछ सूत्रों से प्रत्यय का ही विधान किया गया है, अर्थ का निर्देश उनमें नहीं और कुछ सूत्रों में अर्थ का ही निर्देश किया गया है, प्रत्यय का नहीं । दोनों प्रकार के सूत्रों की परस्पर एकवाक्यता करने से समन्वय हो जाता है ।

जैसे—'वृद्धात् छः' सूत्र छ प्रत्यय का विधान करता है । अर्थ का उसमें निर्देश नहीं और 'तेन प्रोक्तम्' सूत्र समर्थ विभक्त्यन्त का और अर्थ का निर्देश करता है–प्रत्यय का नहीं । दोनों सूत्रों की एकवाक्यता होने पर वृद्ध-संज्ञक पाणिनि शब्द से प्रोक्त अर्थ में छ प्रत्यय हो जाता है । चन्द्रेण प्रोक्तं चान्द्रं व्याकरणम्–यहाँ अर्थ का निर्देश 'तेन प्रोक्तम्' सूत्र से और प्रत्यय अण् 'शेषे' इस सामान्य सूत्र से हुआ । इस प्रकार जिससे जो प्रत्यय प्राप्त हो, वही प्रत्यय होता है ।

२—अनेक अर्थों में एक प्रत्यय भी होता है, शब्द का रूप समान ही ऐसे स्थल में बनता है–अर्थ भिन्न भिन्न होता है । प्रसङ्गानुसार अर्थ समझना चाहिये और अर्थानुसार विग्रह करना चाहिये ।

अथ प्राग्दीव्यतीयाः ।

(विकाराऽर्थेऽणादिप्रत्यविधिसूत्रम्)

१११० तस्य विकारः ४ । ३ । १३४ ॥

जैसे—स्रौघ्नः—यह पद अण् प्रत्यय के द्वारा कई अर्थों में सिद्ध हुआ ।

१—'१०८७ तत्र जातः ४ । ३ । २५ ॥'

२—'१०८६ प्राय-भवः ४ । ३ । ३६ ॥'

३—'१०६० सम्भूते ४ । ३ । ४२ ॥'

४—'१०६२ तत्र भवः ४ । ३ । ५२ ॥'

५—'१०६८ तत आगतः ४ । ३ । ७४ ॥'

६—'११०४ तद् गच्छति पथि दूतयोः ४ । ३ । ८५ ॥

७—'११०५ अभिनिष्क्रामति द्वारम् ४ । ३ । ८६ ॥'

८—'११०७ सोऽस्य निवासः ४ । ३ । ८९ ॥'

इन आठ अर्थों में स्रुघ्न शब्द से अण् प्रत्यय हुआ और स्रौघ्नः—यह एक ही रूप बना । अर्थ-भेद है पर रूप-भेद नहीं । इसी प्रकार अन्य शब्दों का भी समझना चाहिये ।

शैषिक समाप्त ।

शैषिक अर्थों में प्रत्यय बताने के अनन्तर अब विकार आदि अर्थों में प्रत्यय बताये जाते हैं । ये विकारादि अर्थ '१११७ तेन दीव्यति खनति जयति जितम् ४ । ४ । २ ॥' इस सूत्र से पूर्ववर्ती सूत्रों में बताये जायंगे ।

१११० तस्य विकार इति—षष्ठयन्त से विकार अर्थ में प्राग्दीव्यतीय अण् आदि प्रत्यय यथाप्राप्त होते हैं ।

प्रकृति की भिन्न अवस्था रूप विक्रिया को विकार कहते हैं, परन्तु यहाँ विकार को प्राप्त वस्तु अर्थ लिया जाता है ।

इस सूत्र के द्वारा भी अर्थ का निर्देश हुआ है । प्रत्यय पूर्व सूत्रों से ही होंगे । जिससे जो प्रत्यय प्राप्त होगा, वही प्रत्यय उससे होगा । इसलिये प्रत्यय के लिये पूर्व सूत्रों का ध्यान रहना चाहिये ।

(टिलोपविधिवार्तिकम्)

(वा) अश्मनो विकारे टि-लोपो वक्तव्यः । अश्मनो विकारः-आश्मः । भास्मनः । मार्तिकः ।

(अवयव-विकाराऽर्थयोः प्रत्ययविधिसूत्रम्)

१११९ अवयवे च प्राण्योषधि-वृक्षेभ्यः ४ । ३ । १३५ ॥

चाद्विकारे । मयूरस्याऽवयवो विकारो वा मायूरः । मौर्वम्-काण्डं

(वा) **अश्मन** इति—विकाराऽर्थक प्रत्यय परे रहते अश्मन् शब्द को टि अन् भाग का लोप हो ।

आश्मः (अश्मनो विकारः, पत्थरका विकार–शिलाजीत, सीमेन्ट आदि)–यहाँ षष्ठयन्त अश्मन् शब्द से विकार अर्थ में अण् प्रत्यय हुआ । आदिवृद्धि होने पर प्रकृत वार्तिक से 'अन्' टि का लोप होकर रूप सिद्ध हुआ ।

यहाँ '१०२४ अन् ६।४।१६७॥' सूत्र से अन् टि के लोप का निषेध प्राप्त था ।

भास्मनः (भस्मनो विकारः, राख का विकार)—यहाँ भस्मन् शब्द से विकार अर्थ में अण् प्रत्यय, आदिवृद्धि, '८२२ नस्तद्धिते ६ । ४ । १४४ ॥' से प्राप्त टिलोप का '१०२४ अन् ६ । ४ । १६७ ॥' सूत्र से प्रकृतिभाव के द्वारा निषेध होकर रूप सिद्ध हुआ ।

मार्तिकः (मृत्तिकाया विकारः, मिट्टीका विकार)–यहाँ षष्ठयन्त मृत्तिका पद से विकार अर्थ में प्रकृत सूत्र से अण् प्रत्यय होने पर आदिवृद्धि आर् और अन्त्य आकार का लोप होकर रूप सिद्ध हुआ ।

१११९ **अवयवे** इति–प्राणिवाचक, ओषधिवाचक और वृक्षवाचक षष्ठयन्त शब्दों से अवयव अर्थ में भी अण् आदि प्रत्यय हों ।

चादिति—चकार 'भी' कहने से विकार अर्थ में होता है ।

मायूरः (मयूरस्य अवयवो विकारो वा, मोर का अंग या विकार)—यहाँ प्राणिवाचक षष्ठयन्त मयूर शब्द से अवयव या विकार अर्थ में अण् प्रत्यय होने पर आदिवृद्धि और अन्त्य अकार का लोप होकर रूप सिद्ध हुआ ।

मौर्वः (मूर्वाया अवयवः काण्डम्, विकारो, भस्म वा–मूर्वा नामक ओषधि का अवयव, डंठल, विकार या भस्म)—यहाँ षष्ठयन्त ओषधिवाचक मूर्वा शब्द से अवयव या विकार अर्थ में अण् प्रत्यय होने पर आदिवृद्धि और अन्त्य अकार का लोप होकर रूप सिद्ध हुआ ।

भस्म वा। पैप्पलम्।

(उक्ताऽर्थयोः 'मयट्' प्रत्ययविधिसूत्रम्)

१११२ मयड् वैतयोर्भाषायामभक्ष्याऽऽच्छादनयोः ४।३।१४३

प्रकृतिमात्रात् मयड् वा स्यात् विकाराऽवयवयोः। अश्ममयम्, आश्मनम। 'अभक्ष्येत्यादि किम्-मौद्गः सूपः। कार्पासम् आच्छादनम्।

पैप्पलम् (पिप्पलस्य अवयवो विकारो वा पीपल का अङ्ग या विकार)—यहाँ षष्ठयन्त वृक्षवाचक पिप्पल शब्द से अवयव या विकार अर्थ में सामान्य अण् प्रत्यय होकर पूर्ववत् रूप सिद्ध हुआ।

१११२ **मयड् वेति**—प्रकृतिमात्र में अवयव और विकार अर्थ में मयट् प्रत्यय विकल्प से हो भाषा में, परन्तु अवयव या विकार यदि भक्ष्य—खाने की वस्तु—या आच्छादन—ओढ़ना हो तो न हो।

जिसका विकार या अङ्ग हो, उसे प्रकृति कहते हैं।

भाषा में कहने से वेद में नहीं होता। भाषा का अर्थ बोलचाल की भाषा होता है, पाणिनि के समय में भाषा संस्कृत को कहा जाता था, क्योंकि वही उस समय बोली जाती थी। वेद की भाषा बोली नहीं जाती थी, इसलिये उसे भाषा शब्द से नहीं कहा जाता था।

विकल्प से मयट् का विधान होने से पक्ष में अण् आदि होते हैं।

अश्म-मयम् (अश्मनोऽवयवो विकारो वा, पत्थर का अवयव या विकार)—यहाँ प्रकृत सूत्र से षष्ठयन्त अश्मन् शब्द से मयट् प्रत्यय हुआ। पक्ष में अण् होकर **आश्मनः** यह पूर्वोक्त रूप बनता है।

अभक्ष्येति—अवयव या विकार को भक्ष्य और आच्छादन से भिन्न होना चाहिये—ऐसा क्यों कहा? इसलिये कि **मौद्गः** सूपः और **कार्पासम्** आच्छादनम्—यहाँ मयट् प्रत्यय न हो।

मौद्गः सूपः (मुद्गानां विकारः—मूङ्ग का विकार—दाल)—यहाँ सूप-दाल विकार—भक्ष्य—खाने की वस्तु है, इसलिये प्रकृत सूत्र से मयट् प्रत्यय नहीं हुआ, **'बिल्वाऽऽदिभ्योऽण् ४। ३। १३६।'** से अण् प्रत्यय होकर आदिवृद्धि और अन्त्य अकार का लोप होकर रूप बना।

कार्पासम् आच्छादनम् ('कार्पासस्य विकारः कपास का बना हुआ

('मयट्' प्रत्ययविधिसूत्रम्)

१११३ नित्यं वृद्ध-शराऽऽदिभ्यः ४ । ३ । १४४ ॥

आम्र-मयम् । शर-मयम् ।

('पुरीष' अर्थे 'मयट्' प्रत्ययविधिसूत्रम्)

१११४ गोश्च पुरीषे ४ । ३ । १४५ ॥

गोः पुरीषं गो-मयम् ।

(विकारार्थे 'यत्' प्रत्ययविधिसूत्रम्)

१११५ गो-पयसोर्यत् ४ । ३ । १६० ॥

ओढ़ना)–यहाँ कार्पास वृक्षवाचक पद है–इसके विकार के आच्छादन-ओढ़ना होने से प्रकृत सूत्र से मयट् नहीं हुआ । तब पूर्ववत् सामान्य अण् प्रत्यय होकर रूप सिद्ध हुआ ।

१११३ नित्यमिति––वृद्धसंज्ञक और शर आदि षष्ठ्यन्त पदों से अवयव और विकार अर्थों में मयट् प्रत्यय नित्य हो ।

यह पूर्वोक्त विकल्प का बाधक हो ।

आम्र-मयम् (आम्रस्य अवयवो विकारो वा–आम का अवयव या विकार) यहाँ पूर्व सूत्र से प्राप्त मयट् के विकल्प का बाध हुआ, क्योंकि आदि अच् आकार के वृद्धि होने से आम्र शब्द वृद्ध है । इसलिये प्रकृत सूत्र से नित्य मयट होकर रूप सिद्ध हुआ ।

शर-मयम् (शराणामवयवो विकारो वा, सरकंडों का अवयव या विकार) यहाँ भी पूर्वसूत्र से प्राप्त मयट् के विकल्प का बाध होकर प्रकृत सूत्र से नित्य मयट् हुआ ।

१११४ गोश्चेति—षष्ठ्यन्त गो शब्द से पुरीष-गोबर-अर्थ में मयट् प्रत्यय हो ।

गो-मयम् (गोः पुरीषम्, गोबर)—यहाँ षष्ठ्यन्त गो शब्द से पुरीष गोबर अर्थ में प्रकृत सूत्र से मयट् प्रत्यय हुआ ।

पुरीष न तो गौ का अवयव है और न विकार, यहाँ 'तस्येदम्' इस अर्थ में प्रत्यय होता है। अवयव और विकार अर्थ में अग्रिम सूत्र से यत् प्रत्ययहोता है ।

१११५ गो-पयसोरिति—षष्ठ्यन्त गो और पयस् शब्द स यत् प्रत्यय हो

गव्यम् । पयस्यम् ।

इति प्राग्दीव्यतीयाः ।

अथ ठगधिकारः ।

('ठक्' प्रत्ययाऽधिकारसूत्रम्)

१११६ प्राग् वहतेष्ठक् ४ । ४ । १ ॥

'तद्वहति-इत्यतः प्राक् 'ठक्' अधिक्रियते ।

१११७ तेन दीव्यति खनति जयति जितम् ४ । ४ । २ ॥

अवयव और विकार अर्थ में ।

पयस् से केवल विकार अर्थ में होता है ।

गव्यम् (गोरवयवो विकारो वा–गौ का अवयव या विकार)–यहां षष्ठयन्त गो शब्द से अवयव या विकार अर्थ में प्रकृत सूत्र से यत् प्रत्यय हुआ । तब 'वान्तो यि प्रत्यये' से यकारादि प्रत्यय पर होने के कारण ओकार अव् आदेश होकर रूप सिद्ध हुआ ।

पयस्यम् (पयसो विकारः, दूध का विकार–खीर आदि)—यहाँ षष्ठयन्त पयस् शब्द से विकार अर्थ में प्रकृत सूत्र से यत् प्रत्यय होकर रूप सिद्ध हुआ ।

प्राग्दीव्यतीय समाप्त ।

१११६ **प्राग्वहतेरिति**–'तद्-वहति रथ-युग-प्रासङ्गम् ४।४।७६' इसके पूर्व तक ठक् इसका अधिकार चलता है अर्थात् इस सूत्र से पूर्व जितने सूत्र हैं, उनके द्वारा सूत्रोक्त भिन्न भिन्न अर्थों में ठक् प्रत्यय का ही विधान होता है ।

१११७ **तेन दीव्यतीति**—तृतीयान्त समर्थ से खेलना, खोदना, जीतना और जीत लिया हुआ इन अर्थों में ठक् प्रत्यय हो ।

---

१ चतुर्थ अध्याय के चतुर्थ पाद के प्रारम्भ से 'यत्' के अधिकार के पूर्व के सभी सूत्रों से ठक् प्रत्यय होता है । ये सूत्र भिन्न-भिन्न अर्थों में ठक् प्रत्यय करते हैं, प्रत्यय की चर्चा इस अधिकार सूत्र में की गई है, अर्थों की चर्चा उन उन सूत्रों में । इसलिये इन सूत्रों के शीर्षक नहीं लिखे गये हैं ।

अक्षैर्दीव्यति खनति जयति जितं वा—आक्षिकः।

१११८ संस्कृतम् ४।४।३॥

दध्ना संस्कृतम्—दाधिकम्। मारीचिकम्।

१११९ तरति ४।४।५॥

तेन-इत्येव। उडुपेन तरति—औडुपिकः।

११२० चरति ४।४।८॥

आक्षिकः (अक्षैर्दीव्यति खनति[1], जयति, जितं वा-पाशों से खेलता है, खनता है, जीतता है और जीता हुआ)—यहाँ तृतीयान्त अक्ष शब्द से पूर्वोक्त अर्थों में प्रकृत सूत्र से ठक् प्रत्यय हुआ। ठक् के ठकार को इक् आदेश और आदिवृद्धि तथा अन्त्य अकार का लोप होकर रूप सिद्ध हुआ।

१११८ **संस्कृतम्** इति—तृतीयान्त समर्थ से 'संस्कार किया हुआ' इस अर्थ में ठक् प्रत्यय हो।

दाधिकम् (दध्ना संस्कृतम्, दही से संस्कृत किया हुआ)—यहाँ तृतीयान्त दधि-शब्द से संस्कृत-संस्कार किया हुआ, अर्थ में उक्त प्रत्यय होने पर ठकार को इक् आदेश, आदिवृद्धि और अन्त्य इकार का लोप होकर रूप बना।

मारीचिकम् (मरीचिकाभिः संस्कृतम्, मिरचों से संस्कृत) —यहाँ तृतीयान्त मरीचिका शब्द से संस्कृत अर्थ में ठक् प्रत्यय होने पर ठकार को इक् आदेश आदिवृद्धि और अन्त्य अकार का लोप होकर रूप सिद्ध हुआ।

१११९ **तरतीति**-करण—तृतीयान्त पदसे तरणकर्ता अर्थमें ठक् प्रत्यय हो।

औडुपिकः (उडुपेन तरति, छोटी नावसे पार जानेवाला)—यहाँ तरति के अर्थात् तरणकर्ता अर्थ में करण-तृतीयान्त उडुप शब्द से ठक् प्रत्यय हुआ। तब ठकार को इक् आदेश, आदिवृद्धि और अन्त्य अकार का लोप होने पर रूप सिद्ध हुआ।

११२० **चरतीति**—करणतृतीयान्त समर्थ पद से चरति के अर्थ में अर्थात् चलना और खाना—इनके कर्ता अर्थ में ठक् प्रत्यय हो।

---

१ वस्तुतः अभ्रषा कुद्दालेन खनति—आभ्रिकः यह रूप 'खनति' अर्थ में बनता है। मूल में सभी अर्थों में एक ही रूप दिया गया है।

तृतीयान्ताद् गच्छति भक्षयति-इत्यर्थयोष्ठक् स्यात्। हस्तिना चरति-हास्तिकः। दध्ना चरति-दाधिकः।

११२१ संसृष्टे ४। ४। २२॥

दध्ना संसृष्टम्-दाधिकम्।

११२२ उञ्छति ४। ४। ३२॥

बदराण्युञ्छति-बादरिकः।

चर् धातु से चलना और खाना, ये दो अर्थ हैं, इन दोनों अर्थों में सूत्र प्रत्यय का विधान करते हैं।

हास्तिकः (हस्तिना चरति, हाथी के द्वारा चलनेवाला)—यहाँ करण-तृतीयान्त हस्तिन् शब्द से प्रकृत सूत्र के द्वारा गमन कर्ता अर्थ में ठक् प्रत्यय हुआ। तक ठकार को इक् आदेश होने पर इन् टि का 'नस्तद्धिते' से लोप और आदिवृद्धि होकर रूप सिद्ध हुआ।

दाधिकः (दध्ना चरति, दही के द्वारा खानेवाला)—यहाँ करणतृतीयान्त दधि-पद से भोजनकर्ता अर्थ में प्रकृत सूत्र से ठक् प्रत्यय होने पर ठकार को इक् आदेश, आदिवृद्धि और अन्त्य इकार का लोप होकर रूप सिद्ध हुआ।

११२१ **संसृष्टे** इति—करण-तृतीयान्त पद से संसृष्ट—मिला हुआ अर्थ में, प्रकृत सूत्र से ठक् प्रत्यय हो।

दाधिकम् (दध्ना संसृष्टम्, दही से मिला हुआ)—यहाँ संसृष्ट अर्थ में करणतृतीयान्त दधि-शब्द से ठक् प्रत्यय होकर रूप सिद्ध हुआ।

दाधि-कानि बटकानि—दही मिले हुये बड़े अर्थात् दही-बड़े, भल्ले।

११२२ **उञ्छतीति**—द्वितीयान्त पदसे उञ्छकर्ता[1] अर्थमें ठक् प्रत्यय हो।

बादरिकः (बदराणि उञ्छति, बेरों को इकट्ठे करनेवाला)—यहाँ द्वितीयान्त बदर शब्द से उञ्छकर्ता अर्थ में ठक् प्रत्यय हुआ। ठकार को इक् आदेश और आदिवृद्धि तथा अन्त्य ईकार को लोप होकर रूप सिद्ध हुआ।

---

१ भूमि में पड़े हुये धान आदि का कण-कण करके चुनने को उञ्छ कहते हैं—इसका उल्लेख तुदादिगण में उञ्छ धातु में किया जा चुका है।

११२३ रक्षति ४ । ४ । ३३ ॥

समाजं रक्षति--सामाजिकः ।

११२४ शब्द-दर्दुरं करोति ४ । ४ । ३४ ॥

शब्दं करोति–शाब्दिकः । दर्दुरं करोति—दार्दुरिकः ।

११२३ **रक्षतीति**—'रक्षा करनेवाला' द्वितीयान्त पद से ठक् प्रत्यय हो ।

सामाजिकः (समाजं रक्षति, समाज की रक्षा करनेवाला)—यहाँ द्वितीयान्त समाज पद से 'रक्षा करनेवाला' अर्थ में प्रकृत सूत्र से ठक् प्रत्यय हुआ । ठकार को इक् आदेश, आदिवृद्धि और अन्त्य अकार का लोप होकर बना ।

११२४ **शब्द-दर्दुरमिति**—शब्द को और दर्दुर[1] को करता है–इस अर्थ में द्वितीयान्त शब्द और दर्दुर पद से ठक् प्रत्यय हो ।

शाब्दिकः (शब्दं करोति, प्रकृति-प्रत्यय-विभागेन व्युत्पादयति, शब्द को बनाता है अर्थात् प्रकृति प्रत्यय दिखाते हुए व्युत्पत्ति करता है-वैयाकरण)—यहाँ द्वितीयान्त शब्द पद से 'करनेवाला–प्रकृति प्रत्यय दिखाते हुए सिद्ध करनेवाला' अर्थ में प्रकृत सूत्र से ठक् प्रत्यय हुआ । तब ठकार को इक् आदेश आदिवृद्धि और अन्त्य अकार का लोप होकर रूप सिद्ध हुआ

यहाँ शब्द के विषय में कृ धातु का अर्थ 'प्रकृति प्रत्यय को दिखाते हुए सिद्ध करना है । अत एव 'शाब्दिक' वैयाकरण को कहते हैं, क्योंकि वही शब्दों को प्रकृति–प्रत्यय का विभाग दिखाता हुआ सिद्ध करता है । इसलिये 'शब्दं करोति 'आवाज करता है'–इस अर्थ में प्रत्यय नहीं होता ।

दार्दुरिकः (दर्दुरं करोति, दर्दुर नामक भाण्ड को बनानेवाला अर्थात् कुम्हार)—यहाँ द्वितीयान्त दर्दुर शब्द से बनानेवाला अर्थ में प्रकृत सूत्र से ठक् प्रत्यय होने पर पूर्ववत् रूप सिद्ध हुआ ।

दर्दुर के विषय में कृ धातु का अर्थ निर्माण करना है जैसा कि ऊपर दार्दुरिक के विग्रह में किया गया है ।

---

१ दर्दुर मिट्टी के बड़े बर्तन को कहते हैं। विश्वकोश में कहा है—'दर्दुरस्तोयदे भेके वाद्यभाण्डादिभेदयोः । दर्दुरा चण्डिकायां स्यात् पामजाले तु दर्दुरम् ॥'

११२५ धर्मं चरति ४ । ४ । ४१ ॥

धर्मं चरति-धार्मिकः।

(वा) 'अ-धर्मात् च' इति वक्तव्यम् । आधर्मिकः ।

११२६ शिल्पम् ४ । ४ । ५५ ॥

मृदङ्गवादनं शिल्पमस्य-मार्दङ्गिकः ।

११२५ **धर्ममिति**—द्वितीयान्त धर्म से आचरण करनेवाले अर्थ में ठक् प्रत्यय हो ।

धार्मिकः (धर्मं चरति, सदा धर्म का आचरण करनेवाला)—यहाँ द्वितीयान्त धर्म शब्दसे आचरण करनेवाला अर्थ में प्रकृत सूत्र से ठक् प्रत्यय हुआ। फिर ठकार को इक् आदेश, आदिवृद्धि और अन्त्य अकार का लोप रूप सिद्ध हुआ ।

जो सदा धर्म का आचरण करता है, उसी को 'धार्मिक' कहा जाता है, कभी-कभी धर्म का आचरण करनेवाले को नहीं, अर्थात् दैववशात् धर्म में प्रवृत्त दुष्ट को धार्मिक नहीं कहा जाता ।

(वा) **अधर्मादिति**—द्वितीयान्त अधर्म शब्द से भी 'आचरण करनेवाला' अर्थ में ठक् प्रत्यय हो ।

आधर्मिकः (अधर्मं चरति, अधर्म का सदा आचरण करनेवाला)—यहाँ द्वितीयान्त अधर्म शब्द से 'सदा आचरण करनेवाला' अर्थ में प्रकृत वार्तिक से ठक् प्रत्यय और आदि अच् अकार को वृद्धि होकर रूप सिद्ध हुआ ।

यहाँ भी 'चरति' से सदा आचरण करनेवाला अर्थ लेना चाहिये । सदा सदाचारी को दैव-वशात् कभी अधर्म का आचरण करने पर अधार्मिक नहीं कहा जाता, क्योंकि अधर्म में उसकी स्वाभाविक प्रवृत्ति नहीं ।

'अ-धार्मिक' शब्द का भी इसी अर्थ में प्रयोग होता है-पर इसकी सिद्धि धार्मिक पद के साथ नञ् का समास करने से होती है—'न धार्मिक इति अधार्मिकः' अर्थात् यहाँ 'धार्मिक नहीं है' यही अर्थ प्रतीत होता है अधर्म का आचरण करता है, यह नहीं ।

११२६ **शिल्पमिति**—प्रथमान्त पद से 'यह शिल्प-कला है जिसका' इस अर्थ में ठक् प्रत्यय हो ।

११२७ प्रहरणम् ४ । ४ । ५७ ॥

'तत् अस्य' इत्येव । असिः प्रहरणम् अस्य–आसिकः । धानुष्कः ।

११२८ शीलम् ४ । ४ । ६१ ॥

अपूप-भक्षणं शीलम् अस्य–आपूपिकः

मार्दङ्गिकः (मृदङ्ग[1] वादनं शिल्पमस्य, मृदङ्ग बजाना जिसकी कला है) यहाँ प्रथमान्त मृदङ्ग शब्द से 'यह शिल्प-पेशा है-इसका' इस प्रकार षष्ठी के अर्थ में ठक् प्रत्यय होने पर, ठकार को इक् आदेश, आदिवृद्धि और अन्त्य अकार का लोप होकर रूप सिद्ध हुआ ।

११२७ **प्रहरणमिति**—प्रहरण-अस्त्र और शस्त्र के वाचक प्रथमान्त पद से 'तद् अस्य–यह इसका है' इस अर्थ में ठक् प्रत्यय हो ।

आसिकः (असिः प्रहरणम् अस्य, तलवार जिसका शस्त्र हो)—यहाँ प्रहरणवाचक प्रथमान्त असि शब्द से 'तद् अस्य–यह इसका है' इस अर्थ में प्रकृत सूत्र से ठक् प्रत्यय हुआ । ठकार को इक् आदेश, आदिवृद्धि और अन्त्य इकार का लोप होकर रूप सिद्ध हुआ ।

धानुष्कः (धनुः प्रहरणमस्य, धनुष जिसका शस्त्र हो)—यहाँ शस्त्रवाचक धनुष शब्द से 'तद् अस्य–यह इसका है' इस अर्थ में प्रकृत सूत्र से ठक् प्रत्यय हुआ । ठकारको '१०५२ इस् उस् उक् ताऽन्तात कः ७ । ३ । ५१ ॥' इस सूत्र से क आदेश, आदिवृद्धि और 'इणः षः ८ । ३ । ३९ ॥' से मूर्धन्य षकार होकर रूप सिद्ध हुआ ।

११२८ शीलमिति—स्वभाववाचक प्रथमान्त पद से 'अस्य शीलम्–यह इसका स्वभाव है' इस अर्थ में ठक् प्रत्यय हो ।

आपूपिकः (अपूपभक्षणं शीलमस्य, मालपूए खाना जिसका स्वभाव हो)-यहाँ अपूपवाचक प्रथमान्त पद से स्वभाववाला अर्थ में ठक् प्रत्यय हुआ ठक् के ठकार को इक् आदेश, आदिवृद्धि और अन्त्य अकार का लोप होकर रूप बना ।

'अपूप' शब्द यहाँ अपूपभक्षण में लाक्षणिक है ।

---

१ मृदङ्ग शब्द मृदङ्गवादन में लाक्षणिक है ।

११२९ निकटे वसति ४ । ४ । ७ ॥
नैकटिको भिक्षुः ।

इति ठगधिकारः ।

अथ यदधिकारः ।

११३० प्राग् घि (हि) ताद् यत्[1] ४ । ४ । ७५ ॥
'तस्मै हितम् इत्यतः प्राग् 'यत्' अधिक्रियते ।

११३१ तद्वहति रथ-युग-प्रासङ्गम् ४ । ४ । ७६ ॥

११२९ निकटे इति—सप्तम्यन्त निकट शब्द से बसनेवाला अर्थ में ठक् प्रत्यय हो ।

नैकटिको भिक्षुः (निकटे वसति, निकट में बसनेवाला)—यहाँ सप्तम्यन्त निकट शब्द से बसनेवाला अर्थ में ठक प्रत्यय प्रकृत सूत्र से हुआ । तब ठकार को इक आदेश, आदिवृद्धि और अन्त्य अकार का लोप होकर रूप सिद्ध हुआ ।

सन्यासी ग्राम के निकट रहता हुआ भिक्षा के लिये ही ग्राम में प्रवेश करता है, ग्राम में रहता नहीं, इसलिये ग्राम के निकट बसने के कारण उसे नैकटिक कहते हैं ।

ठक् प्रत्यय का अधिकार समाप्त ।

११३० **प्राग हितादिति**—'११३६ तस्मै हितम् ५ । १ । ५ ॥' इस सूत्र से पहले तक 'यत्' का अधिकार चलता है अर्थात् उससे पहलेके सूत्रों से उनमें दिये गये अर्थों में यत् प्रत्यय का विधान होता है ।

११३१ **तद्वहति** इति—रथ, युग और प्रासङ्ग—ये जब वहनक्रिया के कर्म हों, तब द्वितीयान्त इन शब्दों से वहनकर्ता अर्थ में यत् प्रत्यय हो ।

---

१ यह प्रकरण 'यत्' के अधिकार का है । अतः सामान्य-रूपसे इस प्रकरण में विधिसूत्र यत् प्रत्यय का ही विधान करते हैं । विशेष सूत्रों पर ही शीर्षक के द्वारा विधि का निर्देश यहाँ किया जायगा ।

रथं वहति–रथ्यः, युग्यः, प्रासङ्ग्यः ।

('यड्-ढक्' विधिसूत्रम्)

११३२ धुरो यड्-ढकौ ४ । ४ । ७७ ॥

रथ्यः (रथं वहति, रथ का वहन करनेवाला, घोड़ा आदि)—यहाँ **वहन** क्रिया के कर्म द्वितीयान्त रथ शब्द से यत् प्रत्यय हुआ । यत् यकारादि प्रत्यय है, अतः इसके परे रहते पूर्व की भसंज्ञा हुई । तब '२३६ यस्येति च ६। ४ । १४८ ॥' से भसंज्ञक अङ्ग के अवर्ण यकारोत्तरवर्ती अकार का लोप होकर रूप बना ।

[1]रथ्योऽयम्-अश्वः, रथ्योऽयम्-अनड्वान् यह रथ का घोड़ा है, यह रथ का बैल है इस प्रकार इस 'रथ्य' शब्द का प्रयोग होता है ।

युग्यः (युगं वहति, युग का वहन करनेवाला) युग शब्द से यत् प्रत्यय होने पर पूर्ववत् सिद्धि होती है ।

रथ आदि के वहन के समय घोड़े आदि के कन्धों पर जो लकड़ी तिरछी जोड़ी जाती है, उसे युग कहते हैं । भाषा में इसे 'जुआ' कहते हैं ।

प्रासङ्ग्यः (प्रासङ्गं वहति, प्रासङ्ग को वहन करनेवाला)—यहाँ द्वितीयान्त वहन प्रासङ्ग शब्द से वहन कर्ता अर्थ में प्रकृत सूत्र से यत् प्रत्यय होने पर पूर्ववत् सिद्धि होती है ।

रथादि वहन में सुशिक्षित घोड़ों को जोतने पर उनके कन्धों पर रखे हुए युग में दूसरे युग को जोड़कर उसमें अशिक्षित घोड़े वहन की शिक्षा के लिये जोते जाते हैं, उस दूसरे युग-जुए-को प्रासङ्ग[2] कहते हैं ।

११३२ **धुर** इति—वहनके कर्म द्वितीयान्त धुर शब्द से वहन करनेवाला अर्थ में यत् और ढक् प्रत्यय हों ।

धुर[3] रथ आदि की उस सीधी लकड़ी को कहते हैं जिस पर घोड़े आदि जोते जाते हैं युग को इसी के साथ जोड़ा जाता है ।

---

१ 'रथ्यो वोढा रथस्य यः' इत्यमरः ।

२ 'प्रासङ्गो ना युगाऽन्तरम्' इत्यमरः ।

३ 'धूःस्त्री क्लीबे यानमुखम्' इत्यमरः ।

'हलि च' इति दीर्घे प्राप्ते।

(उपधादीर्घनिषेधसूत्रम्)

११३३ न भ-कुर्छुराम् ८ । २ । ७९ ॥

भस्य कुर्छुरोश्चोपधाया दीर्घो न स्यात् । धुर्यः । धौरेयः ।

११३४ नौ-वयो-धर्म-विष-मूल-मूल-सीता-तुलाभ्यः तार्य-तुल्य-प्राप्य-वध्याऽऽनाम्य-सम-समित-संमितेषु ४ । ४ । ९१ ॥

धुर्यः (धुरं वहति, धुरा को वहन करनेवाला)—यहाँ वहन कर्म द्वितीयान्त धुर शब्द से वहनकर्ता अर्थ में प्रकृत सूत्र से यत् प्रत्यय हुआ। यहाँ '६१५ हलि च ८ । २ । ७७ ॥' इस पूर्व सूत्र से रेफ की उपधा उकार को दीर्घ प्राप्त हुआ, उसका अग्रिम सूत्र से निषेध होकर रूप सिद्ध हुआ।

११३३ **न भेति**—भसंज्ञक, कुर् और छुर् की उपधा को दीर्घ न हो।

'धुर्यः' में भसंज्ञक की उपधा होने से दीर्घ का निषेध हुआ।

धौरेयः[1] (धुरं वहति, धुरा का वहन करनेवाला)—यहाँ वहन कर्म द्वितीयान्त धुर् शब्द से वहनकर्ता अर्थ में पूर्व सूत्र से ढक प्रत्यय हुआ। तब ढकार को 'आयन्–' इत्यादि सूत्र से एय् आदेश और आदिवृद्धि होकर रूप बना। धुरा का वहन करनेवाला घोड़ा या बैल रथ के आगे रहता है, 'आगे रहना' धर्म को लेकर अब इन पदों का सभी कामों में आगे रहनेवाले के अर्थ में लक्षण से प्रयोग होता है। जैसे—पण्डित-धौरेयः–पण्डितों में आगे रहनेवाला अर्थात् श्रेष्ठ।

११३४ **नौवय इति**—१ नौ, २ वयस्, ३ धर्म, ४ विष, ५ मूल, ६ मूल, ७ सीता और ८ तुला—इन आठ तृतीयान्त पदों से क्रम से १ तार्य, २ तुल्य, ३ प्राप्य, ४ वध्य, ५ आनाम्य, ६ सम, ७ समित और ८ संमित-इन आठ अर्थों में यत् प्रत्यय हो।

ये शब्द भी आठ हैं और अर्थ भी आठ ही। अतः यथासंख्य होने से क्रमशः अन्वय होता है। ध्यान रहे मूल शब्द दो बार आया है--पहले 'मूल' शब्द का 'आनाम्य' अर्थ के साथ और दूसरे मूल का 'समित' अर्थ के साथ सम्बन्ध है।

---

१ 'धूर्वहे धुर्य–धौरेय, धुरीणाः' इत्यमरः।

नावा तार्यम्-नाव्यम। वयसा तुल्यः-वयस्यः। धर्मेण प्राप्यम्-धर्म्यम्। विषेण वध्यः-विष्यः। मूलेन अनाम्यम्-मूल्यम्। मूलेन समः-मूल्यः। सीतया समितम्-सीत्यम्, क्षेत्रम्। तुलया संमितम्-तुल्यम्।

११३५ तत्र साधुः ४। ४। ९८॥

नाव्यम् (नावा तार्यम्, नौका से तरने योग्य)—यहाँ करणतृतीयान्त नौ शब्द से तार्य-तरणके योग्य-अर्थ में प्रकृत सूत्र से यत् प्रत्यय हुआ। तब यकारादि प्रत्यय परे होने से '२४ वान्तो यि प्रत्यये ६। १। ७९॥' से औकार को आव् आदेश होकर रूप सिद्ध हुआ।

अत्र नद्यां नाव्यं जलं वर्तते—यहाँ नदी में नाव चलने योग्य जल है। इस प्रकार इस शब्द का प्रयोग होगा।

वयस्यः (वयसा तुल्यः, जो अवस्था में समान हो अर्थात् मित्र[1]), **धर्म्यम्** (धर्मेण प्राप्यम्, धर्म से प्राप्त किया जानेवाला) और **विष्यम्** (विषेण वध्यः-विष के द्वारा मारे जाने योग्य)—इन शब्दों की सिद्धि इसी प्रकार होती है।

मूल्यम् (मूलेन आनाम्यम्, मूल-पूंजी-के द्वारा अपने लिये बचाया जानेवाला धन)—यहाँ मूल शब्द से यत् प्रत्यय होकर पूर्ववत् सिद्धि हुई।

मूल पूंजी को कहते हैं, व्यापारी पूंजी लगाकर उससे जो अधिक अर्थात् लाभ रूप में खरीददारों से प्राप्त करते हैं, उसे मूल्य कहते हैं।

आजकल खरीददार जितना धन वस्तु के लिये देता है, उस सबको मूल्य कहा जाता है, वह लाक्षणिक प्रयोग है।

मूल्यः (मूलेन समः, मूल के बराबर), **सीत्यम** (सीतया समितम्, हल के द्वारा खींची हुई रेखा को सीता कहते हैं, उससे मिला हुआ अर्थात् वह खेत जो जोत दिया गया है), **तुल्यम्** (तुलया संमितम्, तराजू से तोला हुआ)[2]—इन शब्दों की सिद्धि पूर्ववत् प्रकृत सूत्र से यत् प्रत्यय के द्वारा होती है।

११३५ **तत्रेति**—सप्तम्यन्त पद से साधु-प्रवीण-अर्थ में यत् प्रत्यय हो।

---

१ 'स्निग्धो वयस्यः सवयाः' इत्यमरः।

२ तुल्य शब्द योगरूढ़ है। इसका प्रयोग सदृश अर्थ में होता है, केवल राजूत से तुले हुए के अर्थ में नहीं।

अग्रे साधुः-अग्र्यः । सामसु साधुः-सामन्यः, 'ये चाऽभावकर्मणोः' इति प्रकृतिभावः । कर्मण्यः । शरण्यः ।

११३६ सभाया यः ४ । ४ । १०५ ॥

सभ्यः ।

इति यतोऽवधिः ।

अथ छ-यतोरधिकारः[1] ।

११३७ प्राक् क्रीतात् छः ५ । १ । १ ॥

अग्र्यः (अग्रे साधुः, आगे रहने में प्रवीण)—यहाँ सप्तम्यन्त अग्र शब्द से प्रवीण अर्थ में प्रकृत सूत्र से यत् प्रत्यय होने पर '२३६ यस्येति च ६ । ४ । १४८'-इस सूत्र से अन्त्य अकार का लोप होकर रूप सिद्ध हुआ ।

सामन्यः (सामसु साधुः, साम गाने में प्रवीण)—यहाँ सप्तम्यन्त सामन् शब्द से प्रवीण अर्थ में प्रकृत सूत्र से यत् प्रत्यय हुआ । १०२३ ये चाऽभाव-कर्मणोः ६ । ४ । १६८ ॥' से अन् टि को प्रकृतिभाव होकर रूप सिद्ध हुआ ।

कर्मण्यः (कर्मणि साधुः, कर्म करने में प्रवीण)—इसकी सिद्धि **सामन्यः** के समान होती है ।

शरण्यः (शरणे साधुः, रक्षा करने में प्रवीण)—यहाँ सप्तम्यन्त शरण शब्द से प्रवीण अर्थ में प्रकृत सूत्र से यत् प्रत्यय होने पर रूप सिद्ध हुआ ।

११३६ **सभाया** इति—सप्तम्यन्त सभा शब्द से प्रवीण अर्थ में य प्रत्यय हो

यत् और य का स्वर में भेद होता है, यत् प्रत्यय तित् होने से स्वरित होता है और य आद्युदात्त ।

सभ्यः (सभायां साधुः, सभा में प्रवीण)—यहाँ सप्तम्यन्त सभा शब्द से प्रवीण अर्थ में प्रकृत सूत्र से य प्रत्यय हुआ । तब '२३६ यस्येति च ६ । ४ । १४८ ॥' सूत्र से भसंज्ञक के अवर्ण आकार का लोप होकर रूप सिद्ध हुआ ।

यत् का अधिकार समाप्त ।

११३७ **प्राक् क्रीतादिति**—'११४४ तेन क्रीतम् ५ । १ । ३७' इस सूत्र से

---

१ इस प्रकरण में सामान्य रूप से छ और यत् प्रत्यय का विधान है । विशेष विधान करने वालों पर शीर्षक लगा दिये हैं ।

'तेन क्रीतम्' इत्यतः प्राक् छोऽधिक्रियते।

११३८ उ-गवादिभ्यो यत् ५। १। २॥

प्राक् क्रीताद्–इत्येव। उवर्णान्ताद् गवादिभ्यश्च यत् स्यात्। छस्यापवादः शङ्कवे हितम्–शङ्कव्यम्, दारु। गव्यम्।

(वा) नाभि नभं च। नभ्यः, अक्षः। नभ्यम, अञ्जनम्।

पूर्व तक 'छ' इसका अधिकार है अर्थात् उस सूत्र से पूर्व के सूत्रों से उन सूत्रों में कहे गये अर्थों में छ प्रत्यय होता है।

११३८ उ–गवादिभ्य इति—उकारान्त और गो आदि शब्दों से '११४४ तेन क्रीतम् ५।१।३७' इस सूत्र के पूर्व तक आनेवाले अर्थों में यत् प्रत्यय हो।

छस्येति—यह यत् प्रत्यय का बाधक है। इसलिये 'तेन क्रीतम्' से पूर्व के बताये जानेवाले अर्थों में उकारान्त और गो आदि शब्दों से यत् प्रत्यय होगा, छ प्रत्यय नहीं।

शङ्कव्यं दारु (शङ्कवे हितम्, कीले के लिये अच्छा काष्ठ)—यहाँ चतुर्थ्यन्त शङ्कु शब्द से उकारान्त होने के कारण हित अर्थ में प्रकृत सूत्र के अधिकार से '११३६ तस्मै हितम् ५।१।५।।' से यत् प्रत्यय हुआ। तब '१००५ ओर्गुणः ६।४।१४६।।' से उकार को गुण ओ आदेश और उसे अव् आदेश होकर रूप सिद्ध हुआ।

गव्यम् (गोभ्यो हितम्, गौओं के लिये हितकर तृणादि)—यहाँ चतुर्थ्यन्त गोशब्द से 'हितकर' अर्थ में 'उ–गवादिभ्यो यत्' इस प्रकृत सूत्र के अधिकार के कारण '२४वाऽन्तो यि प्रत्यये ६।१।७६।।' से ओकार को अव् आदेश होकर रूप बना।

(ग) नाभीति—नाभि शब्द को नभ आदेश और यत् प्रत्यय हो हितकर अर्थ में।

यहाँ नाभि–शब्द से रथ का नाभि लिया जाता है, शरीर का अवयव, नहीं, क्यों कि शरीर के अवयव नाभि से अग्रिम सूत्र "१२४० शरीराऽवयवाद् यत् ५।१।६।।' से यत् का विधान किया गया है।

रथ की नाभि[1] रथ के पहिये के उस गोल और छिद्र वाले मध्य भाग को कहते हैं जिसमें अक्षदण्ड को डाला जाता है। शरीर के अवयव नाभि के

---

१ 'पिण्डिका नाभिः—' इत्यमरः।

११३९ तस्मै हितम् ५ । १ । ५ ॥

वत्सेभ्यो हितः वत्सीयः, गो-धुक् ।

('यत्' प्रत्ययविधिसूत्रम्)

११४० शरीराऽवयवान् यत् ५ । १ । ६ ॥

दन्त्यम् । कण्ठ्यम् । नस्यम् ।

समान आकार होने से ही इसे भी नाभि कहा जाता है ।

नभ्योऽक्षः (नाभये हितः, नाभि के लिये हितकर)—यहाँ चतुर्थ्यन्त नाभि शब्द से हितकर अर्थ प्रकृत में गवादिगण सूत्र से यत् प्रत्यय और नाभि-शब्द को नभ आदेश होने पर अन्त्य अकार का लोप होकर रूप बना ।

रथ-नाभि के अनुरूप होने से अक्ष को उसके लिये हितकर कहा जाता है ।

नभ्यमञ्जनम् (नाभि के लिये हितकर अञ्जन)—अञ्जन तेल के सेक को कहते हैं । तेल डालने से चक्र सरलतासे घूमता है, इसलिये तैलसेकको नाभि के लिये हितकर कहा गया है ।

वास्तव में अञ्जन वेसलीन या ग्लेसरीन आदि तेल से बने हुये जमे हुये पदार्थ को कहते हैं । उसके लगाने रथ की नाभि शीघ्र खराब नहीं होती ।

यहां नाभि शब्द से रथ का नाभि ही लिया जाता है, शरीर के अवयव नाभि से 'शरीरावयवात्' सूत्रसे केवल यत् प्रत्यय होता है 'नभ' आदेश नहीं ।

११३९ **तस्मै** इति—चतुर्थ्यन्त से हित अर्थ में छ प्रत्यय हो ।

वत्सीयो गो-धुक् (वत्सेभ्यो हितः, बछड़ों के लिये हितकर गौ दुहनेवाला)-यहाँ चतुर्थ्यन्त वत्स शब्द से हितकर अर्थ में छ प्रत्यय हुआ, छकार को 'ईय्' आदेश और अन्त्य अकार का लोप होकर सिद्ध हुआ ।

११४० **शरीराऽवयवा**दिति—शरीर के अवयव-विशेष-वाचक चतुर्थ्यन्त शब्दों से हितकर अर्थ में यत् प्रत्यय हो ।

यह यत् प्रत्यय छ प्रत्यय का बाधक है ।

दन्त्यम् (दन्तेभ्यो हितम्—दांतों के लिये हितकर) और **कण्ठ्यम्** (कण्ठाय हितम्, कण्ठ के लिये लाभदायक)—इन शब्दों की चतुर्थ्यन्त प्रकृतियो से यत् प्रत्यय होकर सिद्धि हुई ।

नस्यम् (नासिकायै हितम् , नाक के लिये हितकर)—यहाँ शरीर के

('ख' प्रत्ययविधिसूत्रम्)

११४१ आत्मन्-विश्वजन-भोगोत्तरपदात् खः ५। १। ९॥

(प्रकृतिभावविधिसूत्रम्)

११४२ आत्माऽध्वानौ खे ६। ४। १६९॥

एतौ खे प्रकृत्या स्तः। आत्मने हितम्--आत्मनीनम्।

अवयव-बिशेष के वाचक होने से नासिका शब्द से यत् प्रत्यय हुआ और 'पद्दन्—६। १। ६३॥' सूत्र से नासिका शब्द को नस्[1] आदेश होकर रूप सिद्ध हुआ।

शरीर के अवयव वाचक शब्दों से भवार्थ में भी '१०६४ शरीराऽवयवात् च ४। ३। ५५॥' सूत्र से 'यत्' प्रत्यय का विधान किया गया है। अतः वहाँ भी 'दन्त्यम्' 'कण्ठ्यम्' इत्यादि रूप बनते हैं। अर्थ में अन्तर है।

११४१ **आत्मन्निति**—आत्मन्, विश्वजन और भोगोत्तर (मातृभोग आदि) चतुर्थ्यन्त शब्दों से हित-कर अर्थ में 'ख' प्रत्यय हो।

यह ख प्रत्यय भी छ प्रत्यय का बाधक है।

विश्व-जन शब्द का अर्थ विश्व के लोग या सब लोग है।

मातृ-भोग शब्द का अर्थ माता का शरीर है, क्योंकि 'भोग' शरीर को कहते हैं।

११४२ आत्माऽध्वानाविति—आत्मन् और अध्वन् शब्द को प्रकृतिभाव होता है ख प्रत्यय परे रहते।

यह '६२२ नस्तद्धिते ६। ४। १४४॥' इस टि लोप का बाधक है।

आत्मनीनम् (आत्मने हितम्, अपने लिये हितकर)—यहाँ चतुर्थ्यन्त आत्मन् शब्द से हित अर्थ में पूर्व सूत्र से ख प्रत्यय हुआ। खकार को ईन् आदेश होने पर प्राप्त टि लोप को बाधकर प्रकृत सूत्र से प्रकृतिभाव हो जाने से रूप सिद्ध हुआ।

---

१ सिद्धान्त कौमुदी मूल में नस् आदेश 'नस् नासिकायाः' इस वार्तिक के द्वारा बताया गया है। भाष्य में 'नास्तिकाया यत्-तत्-क्षुद्रेषु नस्' यह वचन 'नस्' आदेश के लिये कहा गया है।

विश्वजनीनम् । मातृभोगीणः ।

इति छयतोः पूर्णोऽवधिः ।

अथ ठञधिकारः[1] ।

११४३ प्रागवतेष्ठञ् ५ । १ । १८ ॥

'तेन तुल्यम्'इति वतिं वक्ष्यति, ततः प्राक् 'ठञ्' अधिक्रियते ।

११४४ तेन क्रीतम् ५ । १ । ३७ ॥

सप्तत्या क्रीतम्–साप्ततिकम् । प्रास्थिकम् ।

विश्व-जनीनम् (विश्वस्मै जनाय हितम्, सब के लिये हितकर)—यहाँ चतुर्थ्यन्त विश्वजन शब्द से पूर्वसूत्र के द्वारा हितकर अर्थ में ख प्रत्यय हुआ खकार को ईन आदेश और अन्त्य अकार का लोप होने पर रूप बना ।

मातृ-भोगीणः (मातृभोगाय हितः, माता के शरीर के लिये हितकर)—यहाँ चतुर्थ्यन्त भोगोत्तरपद मातृभोग पद से हितकर अर्थ में पूर्वसूत्र से ख प्रत्यय हुआ । तब खकार को ईन् आदेश, अन्त्य अकार का लोप और 'कुमति च ८ । ४ । १३ ॥' से नकार को णकार होकर रूप सिद्ध हुआ ।

छ-यत् का अधिकार समाप्त ।

११४३ प्राग् वतेरिति—'११५१ तेन तुल्यं क्रिया चेद् वतिः ५ । १ । ११५' इस सूत्र से वति प्रत्यय का विधान आगे कहा जायगा । वति-प्रत्यय-विधायक उस सूत्र के पूर्व तक ठञ् का अधिकार चलता है अर्थात् उससे पूर्वके सूत्रों से उनमें बताये जानेवाले अर्थों में ठञ् प्रत्यय होता है ।

११४४ तेन क्रीतमिति—तृतीयान्त समर्थ पदसे क्रीत-खरीदा हुआ क्रयण क्रिया के कर्म अर्थ में ठञ् प्रत्यय हो ।

साप्ततिकम् (सप्तत्या क्रीतम्, सत्तर रुपये से खरीदा हुआ)—यहाँ तृतीयान्त सप्तति पद से क्रीत अर्थ में प्रकृत सूत्र से ठञ् प्रत्यय हुआ । तब ठकारको इक् आदेश, आदिवृद्धि और क्रयण क्रिया के कर्म अन्त्य इकार का '२३६

---

१ इस प्रकरण में सामान्य रूप से ठञ् का ही विधान है । विशेष सूत्रों पर शीर्षक दिये गये हैं ।

११४५ तस्येश्वरः ५ । १ । ४२ ॥

सर्वभूमि-पृथिवीभ्याम् अण्-अञौ स्तः।

(उभयपदवृद्धिविधिसूत्रम्)

११४६ अनुशतिकाऽऽदीनां च ७ । ३ । २० ॥

एषाम् उभयपद-वृद्धिर्ञिति णिति किति च तद्धिते। सर्वभूमेरीश्वरः– सार्वभौमः। पार्थिवः।

यस्येति च ६ । ४ । १४८' इस सूत्र से तद्धित प्रत्यय परे होने के कारण लोप होकर रूप बना।

प्रास्थिकम् (प्रस्थेन क्रीतम्, प्रस्थ से खरीदा हुआ)—यहाँ तृतीयान्त प्रस्थ शब्द से क्रीत अर्थ में प्रकृत सूत्र से ठञ् प्रत्यय होकर पूर्ववत् रूप बना।

११४५ **तस्येश्वर** इति—षष्ठयन्त सर्वभूमि और पृथिवी शब्दों से ईश्वर-स्वामी अर्थ में क्रम से अण् और अञ् प्रत्यय हों।

'सर्भभूमि-पृथिवीभ्याम् अण्-अञौ ५ । १ । ४१ ॥' इस सम्पूर्ण पूर्व सूत्र की अनुवृत्ति इस सूत्र में आता है। यथासंख्य होने से सर्वभूमि शब्द से अण् और पृथिवी से अञ् प्रत्यय होता है।

११४६ **अनुशतिकादीनामिति**—अनुशतिकादिगण में पढ़े हुए शब्दों के उभयपद को वृद्धि होती है ञित्, णित् और कित् प्रत्यय परे रहते।

सार्वभौमः (सर्वभूमेरीश्वरः, सारी पृथ्वी का स्वामी अर्थात् चक्रवर्ती राजा)—यहाँ षष्ठयन्त सर्वभूमि पद से स्वामी अर्थ में पूर्वसूत्र से अण् प्रत्यय हुआ। तब प्रकृत सूत्र से उभयपद वृद्धि और अन्त्य इकार का '२३६ यस्येति च ६ । ४ । १४८ ॥' से लोप होकर रूप सिद्ध हुआ।

पार्थिवः (पृथिव्या ईश्वरः, पृथिवी का स्वामी अर्थात् राजा)—यहाँ षष्ठयन्त पृथिवी शब्द से स्वामी अर्थ में पूर्वसूत्र से अञ् प्रत्यय हुआ। तब आदिवृद्धि और अन्त्य ईकार का '२३६ यस्येति च ६ । ४ । १४८ ॥' से लोप होकर रूप सिद्ध हुआ।

अण् और अञ् प्रत्यय का, स्वरूप और कार्य से अधिक भेद न होते हुए भी स्वर में भेद होता है। ञित् होने से अञ् प्रत्यय के स्थल में आदि-उदात्त होता है, अण् का अकार ही उदात्त होता है।

('पङ्क्ति' आदि-शब्दनिपातनविधिसूत्रम्)

११४७ पङ्क्ति-विंशति-त्रिंशत्-चत्वारिंशत्-पञ्चाशत्-षष्टि-सप्तत्य-शीति-नवति-शतम् ५ । १ । ५९ ॥

एते रूढि-शब्दा निपात्यन्ते ।

११४७ पङ्क्तिविंशति इति—पङ्क्ति (पाँच पादवाले छन्द का नाम), **विंशति** (बीस), त्रिंशत् (तीस), चत्वारिंशत् (चालीस), पञ्चाशत् (पचास) **षष्टि** (साठ), सप्तति (सत्तर), अशीति (अस्सी), नवति (नब्बे) और **शत** (सौ)—इन दश रूढि शब्दों की 'तद् अस्य परिमाणम्-यह इसका परिमाण है' इस अर्थ में सिद्धि निपातन से होती है ।

पङ्क्तिः (पञ्च पादाः परिमाणम् अस्य, पाँच पाद परिमाण हैं इसके)—यहाँ पञ्चन् शब्द से परिमाण अर्थ में ति प्रत्यय, टि अन् का लोप चकार को कुत्व ककार, अनुस्वार और परसवर्ण होकर रूप सिद्ध हुआ ।

यह पाँच चरणोंवाले छन्द के अर्थ में रूढ़ हो गया है ।

विंशति आदि शब्द दशत् शब्द से बनते हैं । दश के वर्ग को दशत् कहते हैं 'पञ्चद्-दशतौ वर्गे वा ५ । १ । ६० ॥' इस आगे आनेवाले सूत्र से दशन् शब्द से वर्ग अर्थ में दशत् शब्द बनता है ।

विंशतिः (द्वौ दशतौ परिमाणम् अस्य संघस्य, दो दशक जिस समूह का परिमाण हो अर्थात् बीस)—यहाँ द्विदशत् पद से परिमाण अर्थ में शतिच् प्रत्यय और प्रकृति को विन् आदेश निपातन से हुआ, नकार को अनुस्वार होकर रूप सिद्ध हुआ ।

संघ ग्रहण की इस सूत्र में अनुवृत्ति आती है । इसलिये 'गवांविंशतिः—गौओं का बीस' ऐसा प्रयोग होता है । संघ और संघी का अभेद मानने पर 'विंशतिर्गावः—बीस गाय' ऐसा भी प्रयोग होता है ।

विंशति[1] आदि शब्द स्वभाव से एकवचनान्त और स्त्रीलिङ्ग हैं ।

इसी प्रकार त्रिंशत् आदि शब्दों की भी दशत् शब्द और त्रि आदि से सिद्धि होती है । जैसे—

---

१ 'विंशत्याद्याः सदैकत्वे सर्वाः संख्येय-संख्ययोः' 'तासु चाऽऽनवतेः स्त्रियः' ऐसा अमरकोष में कहा गया है ।

११४८ तद् अर्हति ५ । १ । ६३ ॥

'लब्धुं योग्यो भवति' इत्यर्थे द्वितीयाऽन्तात् ठञ् आदयः स्युः। श्वेतच्छत्रम् अर्हति-श्वैतच्छत्रिकः।

('यत्' प्रत्ययविधिसूत्रम्)

११४९ दण्डाऽऽदिभ्यो यत् ५ । १ । ६६ ॥

त्रिंशत् (त्रयो दशतः परिमाणमस्य संघस्य—तीन दस परिमाणवाला संघ, तीस) यहाँ शत् प्रत्यय और प्रकृति को त्रिन् हुआ।

चत्वारिंशत् (चत्वारो दशतः परिमाणमस्य संघस्य, चार दश परिमाणवाला संघ, चालीस)—यहाँ शत् प्रत्यय ओर प्रकृति को चत्वारिन् हुआ।

पञ्चाशत् (पञ्च दशतः परिमाणमस्य संघस्य—पाँच दशवाला संघ, पचास)—यहाँ शत् प्रत्यय और प्रकृति को पञ्चा आदेश हुआ।

षष्टिः (षड् दशतः परिमाणमस्य संघस्य, छः दशवाला सघ, साठ)—यहाँ ति प्रत्यय और प्रकृति को षष् आदेश तथा जश्त्व का अभाव हुआ।

सप्ततिः (सप्त दशतः परिमाणमस्य संघस्य, सात दशवाला संघ, सत्तर)—यहाँ ति प्रत्यय और प्रकृति को सप्त आदेश हुआ।

अशीतिः (अष्ट दशतः परिमाणमस्य संघस्य, आठ दशवाला संघ, अस्सी)—यहाँ ति प्रत्यय और प्रकृति को अशी आदेश हुआ।

नवतिः (नव दशतः परिमाणमस्य संघस्य—नौ दशवाला संघ, नब्बे)—यहाँ ति प्रत्यय और प्रकृति नवदशत् को नव आदेश हुआ।

शतम् (दश दशतः परिमाणमस्य, दश दश परिमाणवाला संघ, सौ)—यहाँ त प्रत्यय और प्रकृति दश दशत् को श आदेश हुआ।

११४ तद् अर्हतीति—'प्राप्त करने योग्य होता है' इस अर्थ में द्वितीयान्त से ठञ् आदि प्रत्यय हों।

श्वैतच्छत्रिकः (श्वेतच्छत्रमर्हति, सफेद छाता प्राप्त करने योग्य)—यहाँ द्वितीयान्त श्वेतच्छत्र शब्द से अर्ह-योग्य-अर्थ में ठक् प्रत्यय हुआ। ककार को इक् आदेश, आदिवृद्धि और अन्त्य अकार का लोप होकर रूप बना।

११४९ दण्डादिभ्य इति—दण्ड आदि द्वितीयान्त शब्दों से प्राप्त करने योग्य अर्थ में यत् प्रत्यय हो।

एभ्यो यत् स्यात्। दण्डम् अर्हति दण्ड्यः। अर्घ्यः। वध्यः।

११५० तेन निर्वृत्तम् ५ । १ । ७९ ॥

अह्ना निर्वृत्तम्-आह्निकम् ॥

इति ठञोऽवधिः ॥

दण्ड्यः (दण्डमर्हति, दण्ड पाने योग्य)—यहाँ द्वितीयान्त दण्ड शब्द से पाने योग्य अर्थ में प्रकृत सूत्र से यत् प्रत्यय हुआ। तब यकारादि प्रत्यय होने से पूर्व की भसंज्ञा होने पर '२३६ यस्येति च ६ । ४ । १४८ ॥' से अकार का लोप होकर रूप बना।

अर्घ्यः (अर्घं[1] मूल्यं पूजाविधिं वाऽर्हति, मूल्य या पूजाविधि के योग्य)—यहाँ द्वितीयान्त अर्घ शब्द से पाने योग्य अर्थ में प्रकृत सूत्र से यत् प्रत्यय हुआ। तब अन्त्य अकार का लोप होकर रूप सिद्ध हुआ।

वध्यः (वधमर्हति, वध पाने योग्य)—यहाँ द्वितीयान्त वध शब्द से यत् प्रत्यय होकर पूर्वोक्त प्रकार से रूप सिद्ध हुआ।

११५० तेन निर्वृत्तमिति—करणतृतीयान्त कालवाचक शब्द से निर्वृत्त-सिद्ध हुआ-अर्थ में ठञ् प्रत्यय हो।

आह्निकम् (अह्ना निर्वृत्तम्, एक दिन में किया गया)—यहाँ करण तृतीयान्त अहन् शब्द से निर्वृत्त अर्थ में ठञ् प्रत्यय हुआ। तब ठकार को इक् आदेश करने पर पूर्वकी भसंज्ञा हुई और '२१२अल्लोपोऽनः ६ । ४ । १४५ ।' से अन् के अकार का लोप। फिर आदिवृद्धि होकर रूप सिद्ध हुआ।

यहाँ '६२२ नस्तद्धिते ६ । ४ । १४४॥' से प्राप्त टि लोप 'अह्नष्टखोरेव ६। ४ । १४५ ॥' इस सूत्र से ट और ख प्रत्यय में ही नियमित होने के कारण नहीं हुआ।

ठञ् का अधिकार समाप्त।

---

१ 'मूल्य पूजाविधावर्घः' इत्यमरः।

अथ भाव-कर्माऽर्थाः ।

('वत्' प्रत्ययविधिसूत्रम्)

११५१ तेन तुल्यं क्रिया चेद् वतिः ५ । १ । ११५ ॥

ब्राह्मणेन तुल्यम्-ब्राह्मणवत् अधीते । क्रिया चेद् इति किम्-गुण-तुल्ये मा भूत्, पुत्रेण तुल्यः स्थूलः ।

('वत्' प्रत्ययविधिसूत्रम्)

११५२ तत्र तस्येव ५ । १ । ११६ ॥

मथुरायामिव-मथुरा-वत् स्रुघ्ने प्राकारः । चैत्रस्येव-चैत्रवत् मैत्रस्य गावः ।

११५१ **तेन तुल्यमिति**—तृतीयान्त से तुल्य अर्थ में वति प्रत्यय हो यदि तुल्य क्रिया हो ।

वति का इकार इत्संज्ञक है, वति-प्रत्ययान्त अव्यय होता है और क्रिया विशेषण।

ब्राह्मण-वत् (ब्राह्मणेन तुल्यमधीते, ब्राह्मण के समान पढ़ता है)—यहाँ ब्राह्मण तृतीयान्त पद से तुल्य अर्थ में प्रकृत सूत्र से वति प्रत्यय हुआ । यहाँ तुल्य अध्ययन क्रिया है ।

क्रिया चेदिति—तुल्य क्रिया हो-ऐसा क्यों कहा ? इसलिये कि यदि गुण तुल्य हो तो न हो । जैसे—'**पुत्रेण तुल्यः स्थूलः**-पुत्र के समान मोटा'—यहाँ तुल्य स्थूलता गुण है, क्रिया नहीं—इसलिये वति प्रत्यय नहीं हुआ ।

११५२ **तत्र तस्येति**—सप्तम्यन्त और षष्ठ्यन्त से इव के अर्थ में अर्थात् समानता में वति प्रत्यय हो ।

सूत्र में स्थित 'तत्र' पद सप्तम्यन्त का और 'तस्य' षष्ठयन्त का बोधक है । 'इव' यह अर्थ का निर्देश है ।

मथुरा-वत् स्रुघ्ने प्राकारः (मथुरायामिव, मथुरा के समान स्रुघ्न में प्राकार)—यहाँ सप्तम्यन्त मथुरा शब्द से इव के अर्थ में वति प्रत्यय हुआ ।

चैत्र-वत् मैत्रस्य गावः (चैत्रस्येव, चैत्र के समान मैत्र की गाय हैं)—यहाँ षष्ठ्यन्त चैत्र शब्द से इवार्थ में वति प्रत्यय होकर रूप सिद्ध हुआ ।

इस सूत्र से द्रव्य की तुल्यता में वति होता है, क्रिया की तुल्यता में नहीं ! अतएव उदाहरणों में द्रव्यों की ही तुल्यता दिखाई गई है ।

('त्व-तल्' प्रत्ययविधिसूत्रम्)

११५३ तस्य भावस्त्व-तलौ ५ । १ । ११९ ॥

प्रकृतिजन्य-बोधे प्रकारो भावः। गोर्भावः—गोत्वम्, गोता। (लि० सू०) त्वाऽन्तं क्लीबम्। (लि० सू०) तलन्तं स्त्रियाम्।

११५४ आ च त्वात् ५ । १ । १२० ॥

'ब्रह्मणस्त्व–' इत्यतः प्राक 'त्व-तलौ' अधिक्रियेते। अपवादैः सह

११५३ **तस्य भाव** इति—षष्ठ्यन्त पद से भाव अर्थ में त्व और तल् प्रत्यय हों।

'भाव' का लक्षण 'प्रकृति जन्य-बोधे प्रकारः' यह है।

प्रकृति इति—प्रकृति से होनेवाले ज्ञान में जो विशेषणीभूत पदार्थ होता है उसे भाव कहते हैं। जिससे प्रत्यय किया जाता है उसे प्रकृत कहते हैं। जैसे—गो शब्द से होनेवाले 'गोत्वविशिष्ट गो व्यक्ति' इस ज्ञान में गोत्व विशेषण है, इसलिये 'गोत्व' भाव हुआ। शब्दों से जाति और व्यक्ति का ज्ञान होता है, उसमें व्यक्ति विशेष्य और जाति विशेषण होता है। इसलिये प्रकृति से होनेवाले बोध में विशेषण होने के कारण जाति ही भाव सिद्ध होता है।

गो-त्वम् (गोर्भावः, गो का भाव)—यहाँ षष्ठ्यन्त गो शब्द से भाव अर्थ में प्रकृत सूत्र से त्व प्रत्यय होकर रूप सिद्ध हुआ।

गो-ता—यहाँ भी पूर्वोक्त अर्थ में षष्ठ्यन्त गो शब्द से तल् प्रत्यय होने पर 'अजाद्यतष्टाप' से टाप् (आ) प्रत्यय होकर रूप सिद्ध हुआ।

(लि) **त्वाऽन्त**मिति—त्व-प्रत्ययाऽन्त शब्द नपुंसकलिङ्ग होते हैं।

(लि) **तलन्त**मिति—तल्प्रत्ययाऽन्त शब्द स्त्रीलिङ्ग होते हैं।

तल्प्रत्ययान्त से स्त्रीत्वबोधन के लिये टाप् (आ) प्रत्यय होता है।

त्व-प्रत्ययान्त स्वभावतः नपुंसकलिङ्ग और तलन्त स्त्रीलिङ्ग होते हैं—इसी बात को उपर्युक्त लिङ्गानुशासन के सूत्रों से बताया गया है।

११५४ **आ चे**ति—'ब्रह्मणस्त्वः ५ । १ । १३६' पञ्चमाध्याय के प्रथम पाद के इस अन्तिम सूत्र के पूर्व तक अर्थात् पञ्चम अध्याय के प्रथम पाद की समाप्ति तक त्व और तल् का अधिकार चलता है।

अपवादैरिति—इमनिच् आदि अपवाद प्रत्ययों के साथ समावेश के लिये

समाऽऽवेशाऽर्थमिदम् । चकारो नञ्-स्नञ्भ्याम् अपि समाऽऽवेशाऽर्थः । स्त्रियाः भावः-स्त्रैणम् ,स्त्रीत्वम् , स्त्रीता । पौंस्नम् , पुंस्त्वम् , पुंस्ता ।

('इमनिच्' प्रत्ययविधिसूत्रम्)

११५५ पृथ्वादिभ्य इमनिच् वा ५ । १ । १२२ ॥

वा-वचनम् 'अण्' आदि-समादेशाऽर्थम् ।

(रेफादेशविधिसूत्रम्)

११५६ र ऋतो हलादेर्लघोः ६ । ४ । १६१ ॥

हलादेर्लघोर्ऋकारस्य रः स्यात् इष्ठेमेयस्सु परतः ।

यह अधिकार सूत्र है ।

यद्यपि अग्रिम सूत्रों में त्व तल् की अनुवत्ति से भी यह कार्य किया जा सकता है, परन्तु इमनिच् आदि प्रत्यय इनके बाधक हैं,उनके द्वारा इनका बाध हो जायगा । अधिकार होने से इनका उनके साथ समावेश हो जाता है, तब पृथु शब्द से–**प्रथिमा**–इस इमनिच्-प्रत्ययान्त रूप के साथ तथा **पृथुता** और **पृथुत्वम्**–ये त्वान्त और तलन्त रूप भी बन जाते हैं ।

चकार इति—चकार (भी) नञ् और स्नञ् के साथ भी समावेश के लिये है । इसलिये स्त्री शब्द से भाव अर्थ में नञ् , त्व और तल् प्रत्ययों से–**स्त्रैणम् , स्त्रीत्वम् , स्त्रीता**–ये तीन रूप बनते हैं और पुंस् शब्द से–**पौंस्नम् ; पुंस्त्वम् , पुंस्ता**--ये तीन ।

११५५ **पृथ्वादिभ्य** इति—पृथु आदि शब्दों से भाव अर्थ में इमनिच् प्रत्यय हो विकल्प से ।

इमनिच् का इच् भाग इत्संज्ञक है और इमन् शेष रहता है ।

इमनिच् प्रत्ययान्त शब्द पुँलिङ्ग होते हैं ।

वा वचनमिति—वा–विकल्प–कहना 'अण्' आदि प्रत्ययोंके समावेश के लिये है अर्थात् अण् आदि यथाप्राप्त प्रत्यय भी भाव अर्थ में होते हैं ।

११५६ **र ऋत** इति—हलादि लघु ऋकार को रेफ आदेश हो इष्ठन्, इमनिच् और ईयसुन् प्रत्यय परे रहते ।

इष्ठन् और ईयसुन् प्रत्यय आगे दिखाये जायंगे ।

(टिलोपविधिसूत्रम्)

११५७ टेः ६ । ४ । १५५ ॥

भस्य टेर्लोप इष्ठेमेयस्सु ।

(वा) पृथु-मृदु-भृश-कृश दृढ-परिवृढानाम् एव रत्वम् । पृथोर्भावः—प्रथिमा, पार्थवम् । म्रदिमा, मार्दवम् ।

(ष्यञ्' प्रत्ययविधिसूत्रम्)

११५८ वर्ण-दृढाऽऽदिभ्यः ष्यञ् च ५ । १ । १२३ ॥

११५७ टे इति—भसंज्ञक टि का लोप हो इष्ठन्, इमनिच् और ईयसुन् प्रत्यय परे रहते ।

(वा) **पृथु-मृदु** इति—पृदु, मृदु, भृश, कृश, दृढ और परिवृढ—इन शब्दों के ही हलादि लघु ऋकार को रेफ हो ।

यह वार्तिक नियम है, इन शब्दों से भिन्न शब्दोमें रेफ आदेश नहीं होता।

प्रथिमा (पृथोर्भावः, विशालता)—यहाँ षष्ठयन्त पृथु शब्द से भाव अर्थ में 'पृथ्वादिभ्य इमनिज्वा' सूत्र से इमनिच् प्रत्यय हुआ । तब हलादि और लघु होने से ऋकार को 'र ऋतो हलादेर्लघोः' इस पूर्व सूत्र से रेफ होने पर भसंज्ञक टि उकार का 'टेः' इस प्रकृत सूत्र से लोप होकर 'प्रथिमन्' यह नान्त शब्द बना । प्रथमा के एकवचन में सु का लोप, नान्त उपधा को दीर्घ और नकार का लोप होकर रूप बना ।

पार्थवम्—इमनिच् के अभावपक्ष में पृथु शब्द से 'इगन्ताच्च लघुपूर्वात् ५ । १ । १३१ ॥' सूत्र से अण् प्रत्यय हुआ । तब आदिवृद्धि आर् और अन्त्य उकार को '१००५ ओर्गुणः ६ । ४ । १४६ ॥ से गुण ओकार, उसे अव् आदेश होकर रूप सिद्ध हुआ ।

म्रदिमा (मृदोर्भावः, मृदुता)—षष्ठ्यन्त मृदु शब्द से भाव अर्थ में पूर्वोक्त सूत्र से इमनिच् प्रत्यय हुआ । तब हलादि लघु ऋकार को र आदेश और टि उकार का लोप होने पर पूर्ववत् रूप सिद्ध हुआ ।

मार्दवम्—इमनिच् के अभावपक्ष में मृदु शब्द से 'इगन्ताच्च लघुपूर्वात् ५ । १ । १३१ ॥' से अण् प्रत्यय, आदिवृद्धि और उकार को गुण ओ, ओ को अव् आदेश होकर पूर्ववत् रूप सिद्ध हुआ ।

११५८ वर्ण-दृढेति—वर्णवाचक और दृढ आदि षष्ठ्यन्त पदों से भाव

चाद् इमनिच्। शौक्ल्यम्, शुक्लिमा। दार्ढ्यम्, द्रढिमा।

(भावकर्मार्थक 'ष्यञ्' आदिप्रत्ययविधिसूत्रम्)

११५९ गुणवचन-ब्राह्मणाऽऽदिभ्यः कर्मणि च ५।१।१२४॥

चाद् भावे। जडस्य भावः कर्म वा-जाड्यम्। मूढस्य भावः कर्म वा-मौढ्यम्। ब्राह्मण्यम्। आकृतिगणोऽयम्।

अर्थ में ष्यञ् प्रत्यय भी हो।

चादिति—चकार (भी) कहने से इमनिच् भी होता है।

ष्यञ्प्रत्ययान्त शब्द नपुंसक लिङ्ग होता है। ष्यञ् के षकार और ञकार इत्संज्ञक हैं और शेष 'य' रहता है।

शौक्ल्यम् (शुक्लस्य भावः, शुक्लता)—यहाँ गुणवाचक षष्ठ्यन्त शुक्ल शब्द से भाव अर्थ में ष्यञ् प्रत्यय हुआ। ञित् होने से ष्यञ् परे रहते आदि-वृद्धि और अन्त्य अकार का लोप होकर रूप सिद्ध हुआ।

शुक्लिमा—ष्यञ् के अभावपक्ष में इमनिच् प्रत्यय होकर रूप बना।

दार्ढ्यम् (दृढस्य भावः, दृढ़ता)—यहाँ षष्ठ्यन्त दृढ़ शब्द से भाव अर्थ में प्रकृत सूत्र से ष्यञ् प्रत्यय होने पर, आदिवृद्धि ऋकार को आर् और अन्त्य अकार का लोप होकर रूप बना।

द्रढिमा—ष्यञ् के अभावपक्ष में इमनिच् प्रत्यय होने पर ऋकार को '११५६ र ऋतो हलादेर्लघोः ६।४।१६१॥' से हलादि लघु ऋकार को र आदेश और अन्त्य अकार का लोप होकर रूप सिद्ध हुआ।

११५९ गुण-वचनेति—षष्ठ्यन्त गुणवाचक और ब्राह्मण आदि शब्दों से कर्म और भाव अर्थ में ष्यञ् प्रत्यय हो।

जाड्यम् (जडस्य कर्म भावो वा-मूर्ख का कार्य या मूर्खता)—यहाँ षष्ठ्यन्त गुण वाचक जड शब्द से कर्म या भाव अर्थ में प्रकृत सूत्र से ष्यञ् प्रत्यय हुआ। फिर आदिवृद्धि और अन्त्य अकार का लोप होकर रूप सिद्ध हुआ।

मौढ्यम् (मूढस्य कर्म भावो वा)—यहाँ षष्ठ्यन्त गुण-वाचक मूढ शब्द से पूर्ववत् कर्म और भाव अर्थ में ष्यञ् प्रत्यय प्रकृत सूत्र से होने पर रूप सिद्ध हुआ।

ब्राह्मण्यम् (ब्राह्मणस्य भावः कर्म वा, ब्राह्मण का कार्य या ब्राह्मणत्व)—यहाँ षष्ठ्यन्त ब्राह्मण शब्द ब्राह्मणाऽऽदि होने के कारण प्रकृत सूत्र से ष्यञ्

('य' प्रत्ययविधिसूत्रम्)

११६० सख्युर्यः ५ । १ । १२६ ॥

सख्युर्भावः कर्म वा सख्यम् ।

('ढक्' प्रत्ययविधिसूत्रम्)

११६१ कपि-ज्ञात्योर्ढक् ५ । १ । १२७ ॥

कापेयम् । ज्ञातेयम् ।

प्रत्यय हुआ । तब पर्जन्यवल्लक्षणप्रवृत्ति से आदिवृद्धि और अन्त्य अकार का लोप होकर रूप सिद्ध हुआ ।

आकृतीति—ब्राह्मणाऽऽदि आकृतिगण है अर्थात् जिन प्रयोगों में ष्यञ् हुआ मिलता है और उनके लिये कोई नियम नहीं कहा गया हो—उन प्रयोगों को ब्राह्मणादिगण के अन्तर्गत समझना चाहिये ।

११६० सख्युरिति—षष्ठ्यन्त सखि शब्द से भाव और कर्म अर्थ में य प्रत्यय होता है ।

सख्यम् (सख्युः कर्म भावो वा, मित्र का कार्य और भाव, मित्रता)—यहाँ षष्ठ्यन्त सखि शब्द से कर्म या भाव अर्थ में प्रकृत सूत्र से य प्रत्यय होने पर अन्त्य इकार का '२३६ यस्येति च ६ । ४ । १४८ ।।' से लोप होकर रूप सिद्ध हुआ ।

११६१ कपि-ज्ञात्योरिति—षष्ठ्यन्त कपि और ज्ञाति शब्दों से कर्म और भाव अर्थ में ढक् प्रत्यय हो ।

इस सूत्र में 'कपि-ज्ञात्योः' इस पद में पञ्चमी विभक्ति के अर्थ में षष्ठी विभक्ति आई है, इसीलिये 'कपि और ज्ञाति शब्दों से' ऐसा अर्थ यहाँ होता है ।

कापेयम् (कपेः कर्म भावो वा, बन्दर का कार्य या भाव)—यहाँ षष्ठ्यन्त कपि शब्द से कर्म या भाव अर्थ में प्रकृत सूत्र से ढक् प्रत्यय हुआ । ढकार को एय् आदेश आदिवृद्धि और अन्त्य इकार का लोप होकर रूप सिद्ध हुआ ।

ज्ञातेयम् (ज्ञातेः कर्म भावो वा, बन्धु का कार्य या बन्धुता)—यहाँ षष्ठ्यन्त ज्ञाति शब्द से कर्म या भाव अर्थ में प्रकृत सूत्र से ढक् प्रत्यय होकर रूप सिद्धि 'कापेयम्' के समान हुई ।

('यक्' प्रत्ययविधिसूत्रम्)

११६२ पत्यन्त-पुरोहिताऽऽदिभ्यो यक् ५ । १ । १२८ ॥

सैनापत्यम् । पौरोहित्यम् ।

इति भावकर्मार्थाः ।

अथ भवनाऽऽद्यर्थकाः ।

('खञ्' प्रत्ययविधिसूत्रम्)

११६३ धान्यानां भवने क्षेत्रे खञ् ५ । २ । १ ।

'भवति अस्मिन्' इति भवनम् । मुद्गानां भवनं क्षेत्रम्—मौद्गीनम् ।

११६२ **पत्यन्तेति**—षष्ठयन्त पति शब्द जिनके अन्त में हो, उन शब्दोंसे और पुरोहित आदि शब्दों से कर्म और भाव अर्थ में यक् प्रत्यय हो ।

सैनापत्यम् (सेनापतेः कर्म भावो वा, सेनापति का कार्य या भाव)—यहाँ षष्ठयन्त सेनापति शब्द से कर्म या भाव अर्थ में प्रकृत सूत्र से यक् प्रत्यय हुआ । फिर उसके कित् होने से आदिवृद्धि और अन्त्य इकार का लोप होकर रूप सिद्ध हुआ ।

पौरोहित्यम् (पुरोहितस्य कर्म भावो वा, पुरोहित का काम या भाव)—यहाँ षष्ठयन्त पुरोहित शब्द से कर्म या भाव अर्थ में प्रकृत सूत्र से यक् प्रत्यय हुआ । तब आदिवृद्धि और अन्त्य अकार का लोप होकर रूप सिद्ध हुआ ।

भावकर्माऽर्थ प्रत्यय समाप्त ।

११६३ **धान्यानामिति**–धान्यविशेष-वाचक षष्ठ्यन्त शब्दों से भवन खेत अर्थ में खञ् प्रत्यय हो ।

भवन शब्द भू धातु से अधिकरण अर्थ में ल्युट् प्रत्यय होकर बना है । धान्य जिसमें उगते हैं उसे भवन कहा जाता है, वह खेत ही होता है । जो धान्य जिस खेत में होता है, उस धान्य के नाम से खेत को कहा जाता है । धान्य वाचक शब्द से अपने भवन अर्थात् उत्पत्ति-स्थान खेत को बताने के लिये ही ये भवनार्थक प्रत्यय आते हैं ।

मौद्गीनम् (मुद्गानां भवनं क्षेत्रम्, जिसमें मूँग उगती है वह खेत)—यहाँ

('ढक्' प्रत्ययविधिसूत्रम्)

११६४ व्रीहि-शाल्योर्ढक् ५ । २ । २ ॥

व्रैहेयम् । शालेयम् ।

षष्ठ्यन्त धान्यवाचक मुद्ग शब्द से भवन अर्थात् जिसमें वे पैदा होते हैं उस खेत अर्थ में प्रकृत सूत्र से ख प्रत्यय हुआ । तब खकार को इन् आदेश, आदिवृद्धि और अन्त्य अकार का लोप होकर रूप सिद्ध हुआ ।

११६४ **व्रीहि-शाल्योरिति**—षष्ठ्यन्त व्रीहि और शालि—इन धान्य विशेष के वाचक शब्दों से पूर्वोक्त भवन अर्थ में ढक् प्रत्यय हो ।

यह 'ढक्' प्रत्यय पूर्ववर्ती सामान्य सूत्र से विहित 'खञ्' प्रत्यय का बाधक है ।

व्रैहेयम् (व्रीहीणां भवनं क्षेत्रम्, जिस खेत में व्रीहि धान होते हैं)—यहाँ षष्ठ्यन्त धान्यविशेषवाची व्रीहि शब्द से भवन क्षेत्र अर्थ में ढक् प्रत्यय हुआ। तब ढकार को एय आदेश, आदिवृद्धि और अन्त्य इकार का लोप होकर रूप सिद्ध हुआ ।

शालेयम् (शालीनां भवनं क्षेत्रम्, जिस खेत में शालि नाम के धान होतेहैं) यहाँ षष्ठ्यन्त शालि शब्द से भवन क्षेत्र अर्थ में प्रकृत सूत्र से ढक् प्रत्यय होने पर रूपसिद्धि पूर्ववत् होती है ।

देहातों में धान्य के पैदा होने के कारण खेतों के इस प्रकारके नाम आज भी बहुत प्रचलित हैं । दो शब्द उदाहरण के लिये उपस्थित किये जाते हैं ।

तिल्वाड़ा—जिस खेत में तिल बोये जाते हैं और **सटचाड़ा**—जिस खेत में साठी धान होते हैं—इत्यादि प्रान्तीय शब्द भी इसी प्रकार भवनार्थक तद्धित के ही रूप हैं । गढ़वाली भाषा में खेतों के इस प्रकार के नाम बहुत से हैं ।

संस्कृत में कुछ शब्द और ऐसे हैं—इनका लघुकौमुदी में उल्लेख नहीं किया गया है, पर ये हैं अत्यावश्यक, अतः उनका उल्लेख यहाँ किया जाता हैं—**यव्यम्**, जौ का खेत । **यवक्यम्**, जई का खेत । **तिल्यम्**, **तैलीनम्**, तिलोंका खेत । **माष्यम्**, **माषीणम्**-माष-उड़दका खेत । **उम्यम्**, **औमीनम्**-अलसी का खेत । **सार्षपीणम्**—सरसों का खेत इत्यादि ।

भवनार्थक प्रत्यय यहीं समाप्त हो जाते हैं । आगे अन्य अर्थों के प्रत्ययों

('हैयङ्गवीन' शब्दनिपातनसूत्रम्)

११६५ हैयङ्गवीनं संज्ञायाम् ५ । २ । २३ ॥

ह्योगोदोह-शब्दस्य हियङ्गुरादेशः विकारेऽर्थे खञ् च निपात्यते। दुह्यत इति दोहः—क्षीरम् । ह्योगोदोहस्य विकारः—हैयङ्गवीनम्, नवनीतम् ।

('इतच्' प्रत्ययविधिसूत्रम्)

११६६ 'तद् अस्य संजातम्' तारकाऽऽदिभ्य इतच् ५।२।३६॥

तारकाः संजाता अस्य तारकितम् नभः। पण्डितः। आकृतिगणोऽयम्।

का विधान किया गया है।

११६५ हैयङ्गवीनमिति—षष्ठ्यन्त ह्योगोदोह शब्द को हियङ्गु आदेश और विकाराऽर्थ में खञ् प्रत्यय निपातन से होता है संज्ञा में।

दोह दूध को कहते हैं—दुह्यते इति दोहः, दुह् धातु से कर्म में घञ् प्रत्यय होकर यह सिद्ध होता है।

ह्योगोदोह का अर्थ है एक दिन पहले का दुहा हुआ दूध।

हैयङ्गवीनम्[१] (ह्योगोदोहस्य विकारः—कल के दुहे हुए दूध का विकार मक्खन) यहाँ षष्ठ्यन्त ह्योगोदोह शब्द से विकार अर्थ में ख प्रत्यय, खकार को ईन् आदेश, प्रकृति को 'हियङ्गु' आदेश, उकार को गुण ओ और उसे अव् आदेश तथा आदिवृद्धि होकर रूप सिद्ध हुआ।

११६६ तदस्येति—प्रथमान्त तारका आदि शब्दों से 'अस्य संजातम्' इसके हो गये हैं, अर्थात् जो पहले नहीं थे, वे इसके हो गये हैं, इस अर्थ में इतच् प्रत्यय हो।

इतच् का चकार इत्संज्ञक है।

तारकितं नभः (तारकाः संजाता अस्य, तारे इसके हो गये हैं अर्थात् तारे निकल आयेहैं जिसमें, ऐसा आकाश)—यहाँ प्रथमान्त तारका पदने पूर्वोक्त

---

१ हैयङ्गवीन मक्खन या घृत को कहते हैं, पर एक दिन पहले के दूध का हो, उससे पहले के दूध का होगा तो उसे हैयङ्गवीन नहीं कहा जायगा। अमरकोष में कहा है –'तत्तु हैयङ्गवीनं स्याद् ह्योगोदोहोद्भवं घृतम्'। महाकवि कालिदास ने रघुवंश में इसका प्रयोग किया है—'हैयङ्गवीनमादाय घोषवृद्धान् उपस्थितान्।'

('द्वयसच्'आदि-प्रत्ययविधिसूत्रम्)

११६७ प्रमाणे द्वजघ्नयसज्-ध्नञ्-मात्रचः ५ । २ । ३७ ॥

'तद् अस्य' इत्यनुवर्तते। ऊरू प्रमाणम् अस्य-ऊरु-द्वयसय् , ऊरु-दघ्नम् , ऊरु-मात्रम् ।

('वतुप्' प्रत्ययविधिसूत्रम्)

११६८ यत्-तद्-एतेभ्यः परिमाणे वतुप् ५ । २ । ३९ ॥

अर्थ में इतच् प्रत्यय हुआ। तब भसंज्ञा होने से पूर्व पद के अन्त्य आकार का '२३६ यस्येति च ६ । ४ । १४८ ॥' से लोप होकर रूप सिद्ध हुआ।

पण्डितः (पण्डा सदसद्-विवेकिनी बुद्धिः संजाता अस्य, पण्डा—अच्छे बुरे को पहचाननेवाली बुद्धि—जिसकी हो गई)—यहाँ प्रथमान्त पण्डा शब्द से उक्त अर्थ में प्रकृत सूत्र से इतच् प्रत्यय होने पर अन्त्य अकार का लोप होकर रूप सिद्ध हुआ।

इसी प्रकार—**पुष्पितम् , फलितम् , रोमाञ्चितम्**—आदि रूप बनते हैं।

आकृतीति—तारकाऽऽदि आकृतिगण हैं, ऐसे शब्द जिनमें इतच् तो हुआ हो, पर उसके लिये कोई सूत्र न हो, उन शब्दों को इस गण में समझ लेना चाहिये।

११६७ प्रमाणे इति—इसका यह प्रमाण है—इस अर्थ में विद्यमान प्रथमान्त पद से द्वयसच् , दघ्नञ्[1] और मात्रच् ये तीन प्रत्यय हों।

इन तीनों प्रत्ययों का अन्तिम चकार इत्संज्ञक है।

ऊरु-द्वयसम् , ऊरु-दघ्नम् , ऊरु-मात्रम् (ऊरू प्रमाणम् अस्य, ऊरु है प्रमाण जिसका अर्थात् ऊरु जांघ तक जल आदि)—यहाँ प्रमाण अर्थ में प्रथमान्त ऊरु शब्द से द्वयसच् , दघ्नञ् और मात्रच् प्रत्यय होकर उक्त तीन रूप बने।

११६८ यत्तदिति—प्रथमान्त यत् , तत् और एतद् शब्दोंसे परिमाण अर्थ में वतुप् प्रत्यय हो।

---

१ इसका प्रयोग भोजप्रबन्ध में किया गया है—कियन्मानं जलं विप्र, जानुदघ्नं नराधिप !—ब्राह्मण देवता, पानी कितना है ? (उसने उत्तर दिया—) राजन् ! जानु-घुटने तक।

यत परिमाणम् अस्य–यावान् । तावान् । एतावान् ।

('वतुप्' प्रत्यय 'घ' आदेशविधिसूत्रम्)

११६९ किम्-इदंभ्यां वो घः ५ । २ । ४० ॥

आभ्यां वतुप्, वकारस्य घश्च ।

(ईश्-की-आदेशविधिसूत्रम्)

११७० इदम्-किमोरीश्-की ६ । ३ । ९० ॥

दृग्-दृश्-वतुषु इदम ईश्, किमः कीस्यात् । कियान् । इयान् ।

वतुप् में उप् इत्संज्ञक है, 'वत्' मात्र शेष रहता है ।

यावान् (यत् परिमाणमस्य, जितना)—यहाँ प्रथमान्त यत् शब्द से परिमाण अर्थ में वतुप् प्रत्यय हुआ । तब '३४६ आ सर्वनाम्नः' से यत् शब्द को आकार अन्त आदेश होने पर 'यावत्' यह तकारान्त शब्द बना । पुँलिङ्ग में प्रथमा के एकवचन में उगित् होने से '२९० उगिद् अचां सर्वनामस्थानेऽधातोः ७ । १ । ७० ॥' से नुम् और अत्वत होने से '३४४ अत्वसन्तस्य चाऽधातोः ६। ४। १४ ॥' से उपधादीर्घ होकर रूप सिद्ध हुआ ।

तावान् (तत् परिमाणमस्य, उतना) और **एतावान्** (एतत् परिमाणमस्य–इतना)--इन शब्दों की सिद्धि पूर्ववत् होती है ।

११६९ किम् इदंभ्यामिति—प्रथमान्त किम् और इदम् शब्दोंसे परिमाण अर्थ में वतुप् प्रत्यय हो और वतुप् के वकार को वकार आदेश हो ।

वतुप् के वकार को घकार आदेश करने पर और घकार को 'इय्' आदेश होने पर प्रत्यय का स्वरूप 'इयत्' बन जाता है ।

११७० इदम् किमोरिति--दृग्, दृश् और वतुप् परे रहते 'इदम्' शब्द को इश् और किम् शब्द को की आदेश हो ।

शित् होने से 'ईश्' और अनेकाल् होने से 'की' आदेश सम्पूर्ण 'इदम्' और 'किम्' शब्दों के स्थान में होते हैं ।

इयान् (इदं परिमाणम् अस्य–इतना)--यहाँ प्रथमान्त इदम् शब्द से परिमाण अर्थ में पूर्व सूत्र से वतुप् प्रत्यय और उनके यकार को वकार हुआ । तब घकार को इय् आदेश होने पर इयत् यह प्रत्यय का रूप बना । फिर प्रकृत सूत्र से वतुप प्रत्यय परे होने के कारण इदम् शब्द को ई आदेश होने पर 'ई

('तयप्' प्रत्ययविधिसूत्रम्)

११७१ संख्याया अवयवे तयप् ५ । २ । ४२ ॥

पञ्च अवयवा अस्य-पञ्चतयम् ।

इयत्' यह स्थिति बना, यहाँ '१३६ यस्येति च ६ । ४ । १४८ ॥' से प्रकृति ईकार का लोप होकर प्रत्यय-मात्र[1] 'इयत्' शेष रहा । इसका पुंल्लिग के प्रथमा के एकवचन में पूर्ववत् रूप सिद्ध हुआ ।

कियान् (किं परिमाणमस्य-कितना)—यहाँ प्रथमान्त किम् शब्द से पूर्ववत् वतुप् प्रत्यय, वकार को घकार आदेश, घकार को इय् आदेश और प्रकृत सूत्र से किम् प्रकृति को 'की' आदेश होने पर 'यस्येति' च' से की के ईकार का लोप होकर 'कियत्' शब्द बना, इसमें प्रकृति का केवल ककार है, पुंल्लिङ्ग में प्रथमा विभक्ति के एकवचन में पूर्ववत् रूप सिद्ध हुआ ।

१११७१ **संख्याया** इति—'इतने अवयव हैं इसके' इस प्रकार समुदाय के अर्थ में प्रथमान्त संख्यावाचक से तयप् प्रत्यय हो ।

पञ्च-तयम् (पञ्च अवयवा अस्य, पाँच अवयव हैं इस समुदाय के)—यहाँ प्रथमान्त पञ्चन् शब्द से 'अवयव इसके हैं' इस अर्थ में प्रकृत सूत्र से तयप् प्रत्यय हुआ ।

---

१ उदितवति परस्मिन् प्रत्यये शास्त्र-योनौ
गतवति विलयं च प्राकृतेऽपि प्रपञ्चे ।
सपदि पदमुदीतं केवलः प्रत्ययो यः
तद् 'इयद्' इति मिमीते को हृदा पण्डितोऽपि ॥

इस श्लोक में व्याकरण और वेदान्त के एक विशेष विषय को श्लेष के द्वारा बड़े अच्छे ढंग से प्रकट किया गया है ।

वैयाकरणों की प्रक्रिया—सूत्र के द्वारा आगे प्रत्यय आने पर जब सम्पूर्ण प्रकृति का लोप हो जाता है, तब वह पद बनता है जो केवल प्रत्यय रहता है, वह पद 'इयत्' है—इसका हृदय से अनुमान पण्डित होते हुए भी कौन कर पाता है ?

वेदान्तियों की प्रक्रिया—जब शास्त्र के मनन से पर ज्ञान हो जाता है और प्रकृति माया का प्रपञ्च दूर हो जाता है, उस समय शीघ्र (ब्रह्म) पद का आविर्भाव होता है जो केवल ज्ञान मात्र होता है वह इतना है, इस विषय का पण्डित होते हुए भी हृदय से कौन अनुमान कर पाता है ?

('अयच्' आदेशविधिसूत्रम्)

११७२ द्वि-त्रिभ्यां तयस्याऽयज्वा ५ । २ । ४३ ॥

द्वयम्, द्वितयम् । त्रयम्, त्रितयम् ।

('अयच्' आदेशविधिसूत्रम्)

११७३ उभाद् उदात्तो नित्यम् ५ । २ । ४४ ॥

उभ-शब्दात् तयपोऽयच् स्यात्, स चाऽऽद्युदात्तः ।

('डट्' प्रत्ययविधिसूत्रम्)

११७४ तस्य पूरणे डट् ५ । २ । ४८ ॥

११७२ द्वि-त्रिभ्यामिति—द्वि और त्रि शब्द से पर तयप् को अयच् आदेश विकल्प से हो ।

द्वयम्, द्वितयम् (द्वौ अवयवौ अस्य-दो अवयववाला समुदाय)—यहाँ प्रथमान्त द्विशब्द से-अवयव इसके हैं-इस समुदाय अर्थ में पूर्वसूत्र से तयप् प्रत्यय हुआ । प्रकृत सूत्र से तयप् को अयच् आदेश विकल्प से हुआ । तब 'द्वि अय' इस स्थिति में '२३६ यस्येति च ६ । ४ । १४८ ॥' से इकार का लोप होकर रूप सिद्ध हुआ । अयच् के अभाव में रूप यथावत् बना ।

त्रयम्, त्रितयम् (त्रयोऽवयवा अस्य-तीन अवयव हैं इस समुदाय के)-यहाँ तयप् प्रत्यय और उसको वैकल्पिक अयच् आदेश होकर पूर्ववत् रूप बने ।

११७३ **उभादिति**—उभ शब्द से पर तयप् को अयच् आदेश नित्य हो और वह उदात्त हो ।

उभयम् (उभौ अवयवौ अस्य, दो अवयववाला समुदाय अर्थात् दोनों) यहाँ प्रथमान्त उभ शब्द से अवयव अर्थ में अयच् होने पर अन्त्य अकार का लोप होकर रूप सिद्ध हुआ ।

११७४ **तस्य पूरणे** इति—षष्ठ्यन्त संख्यावाचक से पूरण अर्थ में डट् प्रत्यय हो ।

डट् के डकार और टकार इत्संज्ञक हैं, प्रत्यय का अ शेष रहता है ।

पूर्यतेऽनेनेति पूरणः अवयवः, पूरण अवयव को कहते हैं, वही यहाँ प्रत्यय का अर्थ होता है । अतएव पूरण प्रत्ययान्त संख्या को **पूरणी संख्या** कहा जाता है ।

एकादशाना पूरणः—एकादशः ।

('मट्' आगमविधिसूत्रम्)

११७५ नान्ताद् असंख्याऽऽदेर्मट् ५ । २ । ४९ ॥

डटो 'मड्' आगमः । पञ्चानां पूरणः—पञ्चमः । नान्तात्किम्—

('ति' लोपविधिसूत्रम्)

११७६ ति विंशतेर्डिति ६ । ४ । १४२ ॥

पूरणार्थकप्रत्ययान्त शब्द हिन्दी में क्रम-वाचक विशेषण कहे जाते हैं-यह आगे शब्दों से प्रतीत होगा ।

एकादशः (एकादशानां पूरणः,[१] ग्यारह संख्या को पूरी करनेवाला अर्थात् ग्यारहवाँ)—यहाँ षष्ठ्यन्त संख्यावाचक एकादशन् शब्द से पूरण अर्थमें प्रकृतसूत्र से डट् प्रत्यय हुआ । डित होने के कारण डट् के परे रहते टि अन् का लोप होकर अकारान्त 'एकादश' शब्द सिद्ध हुआ ।

११७५ **नान्तादिति**—नकारान्त संख्यावाचक शब्द से-जिसके आदि में संख्यावाचक न हो-पर डट् को मट् आगम हो ।

मट् का टकार इत्संज्ञक है और अकार उच्चारणार्थ, केवल मकार शेष रहता है, वह 'डट्' के अकार के साथ मिल जाता है ।

पञ्चमः (पञ्चानां पूरणः, पाँचवाँ)—यहाँ षष्ठ्यन्त पञ्चन् इस नकारान्त संख्यावाचक से पूरण अर्थ में पूर्वसूत्र से डट् होने पर प्रकृत सूत्र से उसे मट् आगम हुआ । तब नकार का 'नलोपः प्रातिपदिकान्तस्य' से लोप होकर रूप सिद्ध हुआ ।

नान्तादिति—नकारान्त से पर डट् को मट् आगम होता है—ऐसा क्यों कहा ? इसलिये कि विंशति आदि अनकारान्तों से पर डट् को मट् न हो-जैसा कि आगे दिखाया जा रहा है ।

११७६ **ति विंशतेरिति**—विंशति शब्द के भसंज्ञक ति का लोप हो डित् प्रत्यय परे रहते ।

---

१ जिसके ग्रहण न करने से ग्यारह संख्या पूरी नहीं हो पाती, जिसके ग्रहण करने से वह पूरी हो जाती है, वह अवयव अर्थात् ग्यारहवां ।

'न पूरणी तां समुपैति संख्या' यह पद्य-खण्ड भी पूरणी संख्या का निर्देश करता है ।

विंशतेर्भस्य ति-शब्दस्य लोपो डिति परे। विंशः। असंख्याऽदेः किम्-एकादशः।

['थुक्' आगमविधिसूत्रम्]

११७७ षट्-कति-कतिपय-चतुरां थुक् ५। २। ५१ ॥

एषां थुग् आगमः स्यात् डटि। षण्णां पूरणः–षष्ठः। कतिथः। कतिपय शब्दस्याऽसंख्यात्वेऽप्यत एव ज्ञापकात् डट्। कतिपयथः। चतुर्थः।

विंशः (विंशतेः पूरणः, बीसवां)—यहाँ षष्ठ्यन्त विंशति शब्द से पूरण अर्थ में डट् प्रत्यय होने पर प्रकृत सूत्र से भसंज्ञक ति का लोप हुआ। तब 'अतो गुणे' से अकार का पररूप होकर रूप सिद्ध हुआ।

नकारान्त न होने से यहाँ मट् आगम नहीं हुआ।

अ-संख्याऽऽदेरिति—मट्विधायक सूत्र में 'संख्या आदि में न हो' ऐसा क्यों कहा? इसलिये कि 'एकादशः' में न हो, क्योंकि यहाँ पूर्वपद संख्यावाचक है। इसीलिये डट् के उदाहरण के रूप में इसे पहले दिया गया है।

११७७ **षट्-कतीति**—षष्, कति, कतिपय और चतुर्-इन शब्दों से पर डट् प्रत्यय को थुट् आगम हो।

थुट् का टकार इत्संज्ञक और उकार उच्चारणार्थ है, केवल थकार शेष रहता है।

षष्ठः (षण्णां पूरणः, छठा)—यहाँ षष्ठ्यन्त षष् शब्द से पूरण अर्थ में डट् प्रत्यय होने पर प्रकृत सूत्र से थुट् आगम हुआ। तब थकार को ष्टुत्व ठकार होने पर रूप सिद्ध हुआ।

कति-थः (कतीनां पूरणः, कितनवां)—इसकी सिद्धि पूर्ववत् होती है।

कतिपयेति—कतिपय शब्द यद्यपि संख्यावाचक नहीं, तथापि उससे पर यह डट् को थुट् आगम का विधान प्रमाण हो जाता है कि उससे डट् प्रत्यय होता है।

कतिपय-थः (कतिपयानां पूरणः, कितनवां)—सिद्धि पूर्ववत् होती है।

चतुर्थः (चतुर्णां पूरणः–चौथा)—यहाँ षष्ठ्यन्त संख्यावाचक चतुर् शब्द से डट् प्रत्यय होने पर प्रकृत सूत्र से थुट् आगम् होकर रूप सिद्ध हुआ।

इस अर्थ में चतुर शब्द से छ और यत् प्रत्यय के द्वारा तथा आदि अक्षर

('तीय' प्रत्ययविधिसूत्रम्)

११७८ द्वेस्तीयः ५ । २ । ५४ ॥

डटोऽपवादः । द्वयोः पूरणो–द्वितीयः ।

('तीय' प्रत्ययविधिसूत्रम्)

११७९ त्रेः संप्रसारणं च ५ । २ । ५५ ॥

तृतीयः ।

(श्रोत्रियशब्दनिपातनविधिसूत्रम्)

११८० श्रोत्रियंश्छन्दोऽधीते ५ । २ । ८४ ॥

चकार के लोप होने पर 'तुरीयः' और 'तुर्यः' शब्द भी बनते हैं ।

११७८ **द्वेस्तीय** इति—षष्ठ्यन्त संख्यावाचक द्वि शब्द से पूरण अर्थ में तीय प्रत्यय हो ।

डट इति—यह तीय प्रत्यय डट् का बाधक है ।

द्वितीयः (द्वयोः पूरणः, दूसरा)—यहाँ षष्ठ्यन्त द्वि शब्द से पूरण अर्थ में तीय प्रत्यय होने पर रूप सिद्ध हुआ ।

११७९ **त्रेः संप्रसारणमिति**—षष्ठ्यन्त संख्यावाचक त्रि शब्द से पूरण अर्थ में तीय प्रत्यय और प्रकृति को संप्रसारण भी हो ।

तृतीयः (त्रयाणां पूरणः, तीसरा)—यहाँ षष्ठ्यन्त त्रि शब्द से पूरण अर्थ में तीय प्रत्यय हुआ और प्रकृतिके रेफको संप्रसारण ऋकार होने पर '२५८संप्रसारणाच्च ६ । १ । १०८ ॥' से इकारको पूर्व रूप होकर रूप सिद्ध हुआ ।

शेष कुछ पूरणी संख्यायें ये हैं—

प्रथमः–पहला । **सप्तमः**–सातवाँ । **नवमः**–नौवाँ । **दशमः**–दशवाँ । **द्वादशः**–बारहवाँ । **त्रयोदशः**–तेरहवाँ । **एकविंशः**-**एकविंशतितमः**–इक्कीसवाँ । **त्रिंशः**–**त्रिंशत्तमः**–तीसवाँ । **षष्टितमः**–साठवाँ । **अशीतितमः**–अस्सीवाँ । **शततमः**–सौवां–इत्यादि ।

११८० **श्रोत्रिय** इति—द्वितीयान्त छन्दस् शब्द से 'पढ़नेवाला' अर्थ में घन् प्रत्यय और प्रकृति को श्रोत्र आदेश निपातन से होता है ।

'छन्दोऽधीते—वेद पढ़नेवाला' अर्थ में 'श्रोत्रिय' शब्द का निपातन होता है–यह अभिप्राय है ।

श्रोत्रियः। 'वा' इत्यनुवृत्तेः 'छान्दसः'।

('इनि' प्रत्ययविधिसूत्रम्)

११८१ पूर्वादिनिः ५ । २ । ८६ ॥

पूर्वं कृतमनेन-पूर्वी ।

('इनि' प्रत्ययविधिसूत्रम्)

११८२ स-पूर्वाच्च ५ । २ । ८७ ॥

कृत-पूर्वी ।

('इनि' प्रत्ययविधिसूत्रम्)

११८३ इष्टाऽऽदिभ्यश्च ५ । २ । ८८ ॥

श्रोत्रियः (छन्दोऽधीते, वेदपाठी)—यहाँ द्वितीयान्त छन्दस् शब्द से 'पढ़नेवाला' अर्थ में घन् प्रत्यय और प्रकृति को श्रोत्र आदेश का निपातन प्रकृत सूत्र से होकर रूप सिद्ध हुआ।

'वा' इत्यनुवृत्तेरिति—इस सूत्र में 'वा' पदकी अनुवृत्ति होती है, इसलिये यह सूत्र विकल्प से घन् प्रत्यय आदि निपातन करता है। निपातन के अभाव में छन्दस् शब्द से 'पढ़नेवाला' अर्थ में अण् प्रत्यय होता है। तब आदिवृद्धि होकर छान्दसः यह रूप बनता है।

११८१ **पूर्वादिति**—कृतम् इत्यादि के क्रियाविशेषण द्वितीयान्त पूर्व शब्द से अनेन-इसने अर्थात् कर्ता शब्द में इनि प्रत्यय हो।

पूर्वी (पूर्वं कृतमनेन, इसने पहले कर लिया है पहले कार्य कर देने वाला)—यहाँ करना क्रियाके विशेषण द्वितीयान्त पूर्व पदसे इनि प्रत्यय हुआ। तब अन्त्य अकार का लोप होकर इन्नन्त 'पूर्विन्' शब्द बना। उसका प्रथमा के एकवचन में उक्त रूप सिद्ध हुआ।

११८२ **स-पूर्वादिति**—विद्यमानपूर्वक पूर्व शब्द से भी 'अनेन' अर्थात् कर्ता अर्थ में इनि प्रत्यय हो।

कृत-पूर्वी (कृतं पूर्वमनेन, इसने पहले कर लिया है)—यहाँ कृतपूर्वक पूर्व शब्द से कर्ता अर्थ में प्रकृत सूत्र से इनि प्रत्यय होकर रूप सिद्ध हुआ।

११८३ **इष्टाऽऽदिभ्य इति**—प्रथमान्त इष्ट आदि शब्दों से अनेन अर्थात् इष्ट आदि क्रिया के कर्ता में इनि प्रत्यय हो।

इष्टमनेन–इष्टी। अधीती।

इति भवनाद्यर्थकाः।

अथ मत्वर्थीयाः।

('मतुप्' प्रत्ययविधिसूत्रम्)

११८४ तद् अस्याऽस्ति, अस्मिन्, इति मतुप् ५।२।९४॥

इष्टी (इष्टमनेन, इसने यज्ञ किया है अर्थात् जो यज्ञ कर चुका हो)—यहाँ प्रथमान्त इष्टादि इष्ट शब्द से प्रकृत यजन क्रिया के कर्ता अर्थ में इनि प्रत्यय हुआ। तब अन्त्य अकार का '२३६ यस्येति च ६।४।१४८॥' से लोप होकर 'इष्टिन्' यह इन्नन्त शब्द बना। उसके प्रथमा के एकवचन में उक्त रूप सिद्ध हुआ।

अधीती (अधीतमनेन, जिसने पढ़ लिया है)—यहाँ प्रथमान्त इष्टादिगण के अधीत शब्द क्रिया के कर्ता अर्थ में प्रकृत सूत्र से इनि प्रत्यय हुआ। रूप सिद्धि पूर्ववत् हुई।

भवनाद्यर्थक प्रत्यय समाप्त।

११८४ तदस्येति—'तद् अस्य अस्ति–वह इसका है' और 'तद् अस्मिन् अस्ति–वह इसमें है' इस विग्रह में अस्ति समानाधिकरण अर्थात् सत्ता के कर्ता प्रथमान्त से 'अस्य–इसका' और 'अस्मिन्–इसमें' इन अर्थों में मतुप् प्रत्यय हो।

मतुप् का उप् इत्संज्ञक है, केवल मत् शेष रहता है।

सूत्रस्थित 'अस्य' पद षष्ठ्यन्त का और 'अस्मिन्' पद सप्तम्यन्त का बोधक है। इन्हीं के अर्थ में मतुप् प्रत्यय होता है।

मतुप् के अर्थ में आनेवाले इनि आदि प्रत्ययों को मत्वर्थीय कहते हैं।

सूत्रस्थ 'इति' शब्द विषय-विशेष के बोध के लिये है अर्थात् 'अस्ति' की विवक्षा में जो मतुप् आदि प्रत्यय होते हैं, वे विशेष-विषयों में होते हैं। वे विषय-विशेष निम्नलिखित हैं—

भूम-निन्दा-प्रशंसासु नित्य-योगेऽतिशायने।
संसर्गेऽस्ति-विवक्षायां भवन्ति मतुबादयः।

गावः अस्य सन्ति-गोमान् ।

('भ' संज्ञासूत्रम्)

११८५ तसौ मत्वर्थे १ । ४ । १९ ॥

---

१ भूमा-बहुत्व, अधिकता[1] । जैसे—**गोमान्**—गायवाला अर्थात् बहुत गायवाला । थोड़ी गायें जिसके पास हों उसे गोमान् नहीं कहा जाता ।

२ निन्दा—**ककुदावर्तिनी** कन्या-ककुदावतवाली कन्या । इससे कन्या की निन्दा प्रतीत होती है ।

३ प्रशंसा—**रूपवान्**—रूपवाला । यहाँ रूप की प्रशंसा होती है अन्यथा रूप तो सब मूर्त पदार्थों का होता ही है ।

४ नित्ययोग—नित्य सम्बन्ध । जैसे—**क्षीरिणो वृक्षाः**—सदा दूधवाले वृक्ष । यहाँ प्रत्यय से दूध का नित्य सम्बन्ध प्रकट होता है ।

५ अतिशायन—अतिशय । जैसे—**उदरिणी** कन्या—अतिशयित अर्थात् बड़े पेटवाली । यहाँ मतुबर्थीय प्रत्यय से अतिशय अर्थ सूचित होता है ।

६ संसर्ग—सम्बन्ध । जैसे—**दण्डी**—दण्डवाला । यहाँ मतुबर्थीय प्रत्यय से दण्ड का व्यक्ति से संयोग सम्बन्ध सूचित होता है ।

इन विशेष विषयों को मतुबर्थीय प्रत्ययों के स्थल में ध्यान से समझना चाहिये ।

गोमान् (गावोऽस्य सन्ति गौएं जिसकी हों)-यहाँ अस्ति समानाधिकरण प्रथमान्त गो पद से 'अस्य' अर्थ में प्रकृत सूत्र से मतुप् प्रत्यय होने पर तकारान्त गोमत् शब्द बना । उसका प्रथमा के एकवचन में रूप सिद्ध हुआ ।

११८५ **तसौ** इति—तकाऽरान्त और सकाराऽन्त शब्द मत्वर्थ प्रत्यय परे रहते भ-संज्ञक होते हैं ।

भसंज्ञा होने से पदसंज्ञा नहीं होती और अतएव पदत्व प्रयुक्त कार्य नहीं होते-उदाहरणों से यह स्पष्ट होगा ।

---

१ अधिकता भी आपेक्षिक है । जिसका जितना उचित है उतना ही बहुत्वबोधक बहु शब्द से प्रतीत होता है । साधारण व्यक्ति के पास पाँच छः गाय होने पर भी 'बहुत हैं' कहा जा सकता है, परन्तु राजा के पास हजार गाय हों, तो भी उसके लिये थोड़ी हैं ।

ताऽन्त-साऽन्तौ भ-संज्ञौ स्तः, मत्वर्थे प्रत्यये परे । गरुत्मान् । 'वसोः संप्रसारणम्'–विदुष्मान् ।

(वा) गुण-वचनेभ्यो मतुपो लुग् इष्टः । शुक्लो गुणोऽस्याऽस्तीति–शुक्लः पटः । कृष्णः ।

गरुत्मान् (गरुतोऽस्य सन्ति, पक्ष जिसके हैं अर्थात् पक्षी)—यहाँ अस्ति समानाधिकरण प्रथमान्त गरुत् शब्द से 'अस्य' के अर्थ में मतुप् प्रत्यय हुआ । तकाराऽन्त होने से मरुत् शब्द की प्रकृत सूत्र से भसंज्ञा हुई, अतः पदत्व न होने के कारण तकार को जश्त्व और 'प्रत्यये भाषायां नित्यम्' वार्तिक से अनुनासिक नहीं हुआ ।

विदुष्मान् (विद्वांसोऽस्य सन्ति, विद्वान् जिसके हों)—यहाँ अस्ति समानाधिकरण प्रथमान्त विद्वस् शब्द से 'अस्य' के अर्थ में मतुप् प्रत्यय हुआ सकारान्त होने से इसकी प्रकृत सूत्र से भसंज्ञा हुई । अतः '३५४ वसोः संप्रसारणम् ६ । ४।। १३१।।' से संप्रसारण होने पर अकार का '२५८ संप्रसारणाच्च ६ । १ । १०८ ।।' से पूर्वरूप होकर रूप सिद्ध हुआ ।

(वा) **गुणवचनेभ्य** इति—गुणवाचक शब्दों से मतुप् का लोप हो ।

यहाँ गुणवाचक वे ही शब्द लिये जाते हैं जो गुण और गुणवान् दोनों अर्थों में प्रसिद्ध हैं, जैसे—शुक्ल आदि शब्द हैं । रूप आदि शब्द ऐसे नहीं हैं, इसलिये उनसे पर मतुप् का लोप नहीं होता । इसलिये शुक्लं वस्त्रम् के समान 'रूपं वस्त्रम्' प्रयोग नहीं होता ।

शुक्लः पटः (शुक्लो गुणोऽस्यास्ति, सफेद गुणवाला कपड़ा)—यहाँ गुणवाचक शुक्ल शब्द से मतुप् का लोप हो गया । तब शुद्ध शब्द ही तद्वान् अर्थ को प्रकट करता है, क्योंकि लोप होने पर शेष रहा हुआ लुप्यमान का अर्थ भी प्रकट करता[1] है । यः शिष्यते, स लुप्यमानार्थाभिधायी भवति ।

---

१. इन गुणवाचक शब्दों का इसीलिये गुण और गुणवान् दोनों अर्थों में प्रयोग होता है । अमरकोषमें भी कहा गया है—गुणे शुक्लाऽऽदयः पुंसि गुणि-लिङ्गास्तु तद्वति—अर्थात् शुक्लादि शब्द जब गुण को प्रकट करते हैं तब ये पुँलिङ्ग में प्रयुक्त होते हैं और जब गुणवान अर्थ का बोध करते हैं तब गुणवान् के लिङ्ग के अनुसार इनका लिङ्ग होता है । जैसे—वस्त्राणां शुक्लो गुणः । शुक्लः पटः । शुक्ला शाटी । शुक्लं वस्त्रम् ।

('लच्' प्रत्ययविधिसूत्रम्)

११८६ प्राणि स्थाद् आतो लज् अन्यतरस्याम् ५।२।९६॥

चूडालः—चूडावान्। प्राणि-स्थात् किम्—शिखावान् दीपः।
(वा) प्राण्यङ्गाद् एव। नेह—मेधावान्।

(श-न-इलच्-प्रत्ययविधिसूत्रम्)

११८७ लोमाऽऽदि-पामाऽऽदि-पिच्छाऽऽदिभ्यः शनेलचः ५।२।१००॥

लोमाऽऽदिभ्यः शः—लोम-शः, लोम-वान्। रोम-शः राम-वान् पामादिभ्यो नः—पाम-नः।

११८६ प्राणिस्थादिति—प्रथमान्त प्राणिस्थ अङ्गवाचक आकारान्त शब्द से मत्वर्थ में लच् प्रत्यय हो विकल्प से।

चूडालः (चूडा अस्य सन्ति, चूड़ा (कलंगी) जिसके हों, मोर, मुर्गा आदि)—यहाँ चूडा प्राणि-स्थ अङ्ग है और आकारान्त है। प्रथमान्त इससे मत्वर्थ में लच् प्रत्यय होकर रूप बना। लच् के अभावपक्ष में सामान्य मतुप प्रत्यय होने पर उसके मकार को '१०६२ मादुपधायाश्च मतोर्वोऽयवादिभ्यः' से वकार होकर 'चूडावान्' रूप सिद्ध हुआ।

प्राणि-स्थादिति—'प्राणिस्थ हो' इस सूत्र में ऐसा क्यों कहा ? इसलिये कि शिखाऽस्यास्तीति, **शिखावान् दीपः**—लौवाला दीप—यहाँ लच् न हो, यहाँ शिखा प्राणिस्थ नहीं अपि तु दीपस्थ है, इसलिये लच् न हुआ, सामान्य मतुप् प्रत्यय हुआ।

प्राण्यङ्गाद् एवेति—प्राणी के अङ्ग से ही यह लच् प्रत्यय हो।

इसलिये मेधाऽस्यास्तीति **मेधावान्**—धारणावती बुद्धिवाला—यहाँ लच् नहीं हुआ। क्योंकि मेधा आकारान्त तो है, प्राणी में रहती है पर प्राणी का अङ्ग नहीं, अङ्ग मूर्त हस्त पाद आदि होते हैं। तब सामान्य मतुप् हुआ।

इन दोनों उदाहरणों में मतुप् के मकार को वकार हुआ है।

११८७ लोमाऽऽदीति—लोमन् आदियों से श प्रत्यय पामन् आदियोंसे न और पिच्छ आदि से इलच् प्रत्यय मत्वर्थ में हों विकल्प से।

लोम-शः (लोमवाला लोमानि अस्य सन्ति)—यहाँ प्रथमान्त लोमन् शब्द से मत्वर्थ में श प्रत्यय प्रकृत सूत्र से हुआ। तब नकार का 'नलोपः प्राति-

(ग. सू.) अङ्गात् कल्याणे–अङ्ग-ना । (ग. सू.) लक्ष्म्या अत् च लक्ष्मणः ।

पिच्छाऽऽदिभ्य इलच्–पिच्छिलः=पिच्छ–वान् ।

('उरच्' प्रत्ययविधिसूत्रम्)

११८८ दन्त उन्नत उरच् ५ । २ । १०६ ॥

पदिकान्तस्य' से लोप होने पर रूप सिद्ध हुआ ।

पक्ष में मतुप् प्रत्यय होकर लोम-वान् रूप बनता है ।

रोमशः, रोम-वान् (रोमाणि अस्य सन्ति, रोमवाला)—इनकी सिद्धि पूर्ववत् होती है ।

पाम-नः (पामास्यास्ति, खुजलीवाला)—यहाँ प्रथमान्त पामन् शब्द से मत्वर्थ में न प्रत्यय होने पर प्रकृति के नकार का लोप होकर रूप बना । पक्षमें मतुप् होकर पाम-वान्–रूप बनता है ।

(वा) अङ्गादिति—'कल्याणानि सुन्दराणि अङ्गानि यस्याः–सुन्दर अङ्ग हैं जिसके वह स्त्री' इस विग्रह में कल्याण-विशेषणक प्रथमान्त अङ्ग शब्द से मत्वर्थ में न प्रत्यय हो ।

अङ्गना (सुन्दरी स्त्री)--यहाँ पूर्वोक्त प्रकार से अङ्ग शब्द से प्रकृत गण सूत्र द्वारा मत्वर्थ में न प्रत्यय होने पर स्त्रीलिङ्ग में टाप् (आ) प्रत्यय होकर रूप सिद्ध हुआ ।

(ग) लक्ष्म्या इति--प्रथमान्त लक्ष्मी शब्द से मत्वर्थ में न प्रत्यय और अकार अन्ताऽऽदेश हो ।

लक्ष्मणः (लक्ष्मीरस्यास्ति, लक्ष्मीवाला)—यहाँ प्रथमान्त लक्ष्मी शब्द से मत्वर्थ में न प्रत्यय और अन्त्य ईकार को अकार आदेश होने पर रूप सिद्ध हुआ ।

पिच्छिलः (पिच्छम् अस्याऽस्ति, पिच्छवाला)--यहाँ प्रथमान्त पिच्छ शब्द से मत्वर्थ में इलच् प्रत्यय होने पर अन्त्य अकार का लोप होकर रूप सिद्ध हुआ ।

पक्ष में सामान्य मतुप् होकर पिच्छ-वान् रूप बनता है ।

१२८८ दन्त इति—प्रथमान्त दन्त शब्दसे मत्वर्थ में उरच् प्रत्यय हो यदि दाँत ऊँचे हों तो ।

उन्नता दन्ताः सन्ति अस्य—दन्तुरः ।

('व' प्रत्यविधिसूत्रम्)

११८९ केशाद् वोऽन्यतरस्याम् ५ । २ । १०९ ॥

केश-वः, केशी, केशिकः, केश-वान् ।

(वा) अन्येभ्योऽपि दृश्यते । मणि-वः ।

(वा) अर्णसो लोपश्च । अर्ण-वः ।

दन्तुरः (उन्नता दन्ताः सन्ति अस्य—ऊँचे दांत वाला, दन्तुरा)—यहाँ प्रथमान्त दन्त शब्द से मत्वर्थ में दांतों की ऊँचाई सूचित करने के लिये प्रकृत सूत्र से उरच् प्रत्यय हुआ । तब अन्त्य अकार का लोप होकर रूप बना ।

११८९ केशादिति—प्रथमान्त केश शब्द से मत्वर्थ में व प्रत्यय विकल्प से हो ।

'समर्थानां प्रथमाद् वा' के अधिकार से यहाँ विकल्प सिद्ध था, फिर इस 'अन्यतरस्याम्' का ग्रहण 'इनि' और 'ठन्' प्रत्ययों के समावेश के लिये है । इस प्रकार शब्द से व, इनि, ठन् और मतुप्-ये चार प्रत्यय होते हैं और चार रूप बनते हैं ।

केश-वः (केशा अस्य सन्ति, केशवाला)—यहाँ प्रथमान्त केश शब्द से मत्वर्थ में व प्रत्यय होने पर रूप बना ।

पक्ष में—**केशी**—यहाँ अग्रिम सूत्र '११९० अत इनि-ठनौ' से इन् प्रत्यय होने पर अन्त्य अकार का लोप होकर इन्नन्त केशिन् शब्द बना ।

केशिकः—यहाँ अग्रिम सूत्र से ठन् प्रत्यय होने पर ठकार को इक् आदेश और अन्त्य अकार का लोप होकर यह रूप बना ।

केश-वान्—यहाँ सामान्य मतुप् प्रत्यय होने पर उसके मकार को वकार होकर रूप सिद्ध हुआ ।

(वा) **अन्येभ्य इति**—केश शब्द से भिन्न शब्दों से भी मत्वर्थ में व प्रत्यय होता है ।

मणि-वः (मणिरस्यास्ति, मणिवाला नागविशेष)—यहाँ प्रथमान्त मणि शब्द से प्रकृत वार्तिक से मत्वर्थ में व प्रत्यय होकर रूप बना ।

(वा) **अर्णव इति**—प्रथमान्त अर्णस् शब्द से मत्वर्थ में व प्रत्यय हो

(इनि-ठन्-प्रत्ययविधिसूत्रम्)

११९० अत इनि-ठनौ ५ । २ । ११५ ॥

दण्डी, दण्डिकः ।

(इनि-ठन्-प्रत्ययविधिसूत्रम्)

११९१ व्रीह्यादिभ्यश्च ५ । २ । ११६ ॥

व्रीही, व्रीहिकः ।

('विनि' प्रत्ययविधिसूत्रम्)

११९२ अस्-माया-मेधा-स्रजो विनिः ५ । २ । १२१ ॥

और प्रकृति के अन्त्य सकार का लोप भी ।

अर्णवः (अर्णांसि जलानि सन्ति अस्य, समुद्र)—यहाँ प्रथमान्त अर्णस् शब्द से मत्वर्थ में व प्रत्यय और अन्त्य सकार का लोप होकर रूप बना ।

११९० **अत** इति—प्रथमान्त अदन्त शब्द से मत्वर्थ में 'इनि' और 'ठन्' ये दो प्रत्यय हों ।

यहाँ 'अन्यतरस्याम्' की अनुवृत्ति होने से पक्ष में मतुप् भी होता है ।

दण्डी, दण्डिकः (दण्डोऽस्यास्ति, दण्डवाला)—यहाँ प्रथमान्त अकारान्त दण्ड शब्द से मत्वर्थ में प्रकृत सूत्र से 'इनि' और 'ठन्' प्रत्यय हुए। इन् होने पर अन्त्य अकार का लोप होकर इन्नन्त 'दण्डिन्' शब्द बना और ठन् होने पर ठकार को इक् आदेश और अन्त्य अकार का लोप होकर अकारान्त 'दण्डिक' ।

११९१ **व्रीह्यादिभ्य** इति—प्रथमान्त व्रीहि आदि शब्दों से भी मत्वर्थ में इनि और ठन् प्रत्यय हों ।

अदन्त न होने से व्रीहि आदि को पूर्वसूत्र से इनि और ठन् प्रत्यय प्राप्त न थे ।

व्रीही, व्रीहिकः (व्रीहयोऽस्य सन्ति-धानवाला)—यहाँ प्रथमान्त व्रीहि शब्द से मत्वर्थ में इन् और ठन् प्रत्यय हुए। इन् होने पर अन्त्य इकार का लोप होकर इन्नन्त व्रीहिन् और ठन् होने पर ठकार को इक् आदेश और अन्त्य इकार का लोप होकर अकारान्त व्रीहिक शब्द बने ।

११९२ **अस्-मायेति**—प्रथमान्त अस्-अन्त तथा माया, मेधा और स्रज्-

यशस्वी, यशस्वान्। माया-वी। मेधा-वी। स्रग्वी।

('ग्मिन्' प्रत्ययविधिसूत्रम्)

११९३ वाचो ग्मिनिः ५। २। १२४॥

इन शब्दों से मत्वर्थ में विनि प्रत्यय हो विकल्प से।

यशस्विन्, **यशस्वान्** (यशोऽस्याऽस्ति, यशवाला)—यहाँ प्रथमान्त असन्त यशस् शब्द से मत्वर्थ में प्रकृत सूत्र से विन् प्रत्यय होकर रूप बना। पक्ष में सामान्य मतुप् होकर दूसरा रूप बना।

इन दोनों रूपों से यशस् शब्द की सकारान्त होने से '११८५ त-सौ मत्वर्थे से भसंज्ञा हुई। अतः पदत्व न होने से सकार का सत्व नहीं होता।

मायावी (माया अस्य अस्ति, छली)—यहाँ प्रथमान्त माया शब्द से मत्वर्थ में प्रकृत सूत्र से विन् प्रत्यय होकर रूप बना। पक्ष में मतुप् से—**मायावान्**।

मेधावी (मेधा अस्य अस्ति, धारणा शक्तिवाला) यहाँ प्रथमान्त मेधा शब्द से मत्वर्थ में विन् प्रत्यैय होकर रूप बना। पक्ष में–मतुप् से–**मेधावान्**।

स्रग्वी (स्रग् अस्य अस्ति, मालावाला) यहाँ प्रथमान्त स्रज् शब्द से मत्वर्थ में विन् प्रत्यय होने पर 'चोः कुः' से जकार को कुत्व गकार होकर रूप बना। पक्ष में–मतुप् होकर–**स्रग्वान्**।

११९३ **वाच** इति–प्रथमान्त वाच् शब्द से मत्वर्थ में ग्मिन् प्रत्यय हो।

'१३६ लश-क्वतद्धिते १। ३। ८॥' में तद्धित का निषेध करने से ग्मिन् के गकार की इत्संज्ञा नहीं होती। यद्यपि प्रकृति के चकार को कुत्व होकर गकार हो सकता था, फिर भी प्रत्यय में गकार इसलिये किया गया है कि (वा) 'प्रत्यये भाषायां नित्यम्' से अनुनासिक न हो।

वाग्ग्मी (वाचोऽस्य सन्ति, अच्छा बोलनेवाला)—यहाँ प्रथमान्त वाच शब्द से मत्वर्थ में प्रकृत सूत्र से ग्मिन् प्रत्यय हुआ। तब प्रकृति के चकार को जश् जकार करने पर कुत्व गकार होकर इन्नन्त वाग्ग्मिन् शब्द बना।

इस शब्द में दो गकार[1] हैं—यह ध्यान रहना चाहिये।

प्रत्यय से प्रशंसा सूचित होती है, बोलते तो सभी हैं सभी की वाणी होती है,

---

१ वाग्मी–इस प्रकार एक गकार वाला प्रयोग चिन्त्य है।

('अच्' प्रत्यविधिसूत्रम्)

११९४ अर्शआदिभ्योऽच् ५ । २ । १२७ ॥

अर्शोऽस्य विद्यते-अर्शसः । आकृतिगणोऽयम् ।

('युस्' प्रत्ययविधिसूत्रम्)

११९५ अहं-शुभमोर्युस् ५ । २ । १४० ॥

अहंयुः-अहंकार-वान्, शुभंयुः-शुभाऽन्वितः ।

इति मत्वर्थीयाः ।

पर अच्छे वक्ता को ही वाग्मी कहा जाता है ।

११९४ अर्श आदिभ्य इति—प्रथमान्त अर्शस् आदि शब्दों से मत्वर्थ में अच् प्रत्यय हो ।

अर्शसः (अर्शांसि सन्ति अस्य, बवासीर रोगवाला)—यहाँ प्रथमान्त अर्शस् शब्द से मत्वर्थ में अच् प्रत्यय होकर अकारान्त शब्द बना ।

आकृतिगण इति—अर्श आदि आकृतिगण है अर्थात् जिन शब्दों से मत्वर्थ की प्रतीति हो और मत्वर्थीय प्रत्यय का विधान उनको किसी सूत्र से न किया गया हो ऐसे शब्दों को इस गण में समझ लेना चाहिये । जैसे—पाप शब्द जब पापवाला अर्थ में प्रयुक्त मिले, तब उसे अर्श आदिगण में समझकर अच् प्रत्यय से सिद्ध कर लेना चाहिये । अच् होने पर रूप में कोई अन्तर नहीं पड़ता ।

११९५ अहमिति—अहम् और शुभम्—इन मकारान्त अव्ययों से मत्वर्थ में युस् प्रत्यय होता है ।

युस् का सकार इत्संज्ञक है । अतः सित् होने से उसके परे रहते 'सिति च' इस वार्तिक से पूर्व की पदसंज्ञा होती है और तब इनके मकार को पदान्त होने से अनुस्वार सिद्ध होता है ।

अहंयुः (अहम्-अहङ्कारोऽस्यास्ति, अहङ्कारी)-यहाँ अहम् इस मकारान्त अव्यय से मत्वर्थ में प्रकृत सूत्र से युस् प्रत्यय हुआ । सित होने से पूर्व की पद-संज्ञा होने के कारण पदान्त मकार को अनुस्वार होकर रूप सिद्ध हुआ ।

शुभंयुः (शुभम्-कल्याणम अस्याऽस्ति, शुभ से युक्त)—यहाँ शुभम् इस मान्त अव्यय से युस् प्रत्यय होने पर पूर्ववत् रूप सिद्धि होती है ।

मत्वर्थीय प्रकरण समाप्त ।

अथ प्राग्दिशीयाः ।

('विभक्ति' संज्ञासूत्रम्)

११९६ प्राग्दिशो विभक्तिः ५ । ३ । १ ॥

दिक्-शब्देभ्य इत्यतः प्रागवक्ष्यमाणा प्रत्यया विभक्ति-संज्ञाः स्युः ।

११९७ किं सर्वनाम-बहुभ्योऽद्वयादिभ्यः ५ । ३ । २ ॥

'किमः सर्वनाम्नो बहुशब्दात् च' इति प्राग्दिशोऽधिक्रियते ।

('तसिल्' प्रत्ययविधिसूत्रम्)

११९८ पञ्चम्यास्तसिल् ५ । ३ । ७ ॥

पञ्चम्यन्तेभ्यः किम्-आदिभ्यस्तसिल् वा स्याद् ।

('कु' आदेशविधिसूत्रम्)

११९९ कु तिहोः ७ । २ । १०४ ॥

११९६ प्राग दिश इति—'दिक् शब्देभ्यः ५ । ३ । २७ ॥ इस सूत्र से पूर्व के २६ सूत्रों से किये जानेवाले प्रत्ययों की विभक्ति संज्ञा होती है ।

विभक्ति संज्ञा 'का' फल '१३१ न विभक्तौ तुस्मा ॥१ । ३ । ४ ॥' आदि विभक्ति को तथा विभक्ति परे रहते कार्य करनेवाले सूत्रों की प्रवृत्ति ।

११९७ किं सर्वनामेति—किम्, सर्वनाम और बहु इनसे द्वि आदि भिन्न शब्दों का 'दिक् शब्देभ्यः-' से पहले तक अधिकार है ।

किम् शब्द का सर्वनाम होने पर भी 'द्वि-आदिभिन्न' कहने से निषेध होने से पृथक् ग्रहण करना पड़ा, द्वि आदि में वह किम् शब्द है ।

'समर्थानां प्रथमात्' की निवृत्ति यहाँ हो गई । 'वा' की अनुवृत्ति तो होती है—यह पहले भी इस सूत्र पर कहा जा चुका है ।

११९८ पञ्चम्या इति—पञ्चम्यन्त किम् आदि शब्दों से तसिल् प्रत्यय विकल्प से हो ।

तसिल् का इल् भी इत्संज्ञक है, प्रत्यय तस् शेष रहता है ।

११९९ कु ति-होरिति—किम् शब्द को कु आदेश हो तकारादि और हकारादि प्रत्यय परे रहते ।

किमः कुः स्यात् तादौ हाऽऽदौ च विभक्तौ परतः। कुतः—कस्मात्।

('इश्' आदेशविधिसूत्रम्)

१२०० इदम इश् ५ । ३ । ३ ॥

प्राग्दिशीये परे। इतः।

('अन्' आदेशविधिसूत्रम्)

१२०१ अन् ५ । ३ । ५ ॥

एतदः प्राग्दिशीये । अनेकाल्त्वात् सर्वाऽऽदेशः । अतः,

कुतः (कस्मात्, किससे)—यहाँ पञ्चम्यन्त किम् शब्द से पूर्वसूत्रसे तसिल् प्रत्यय हुआ। 'किम् ङसि तस्' इस स्थिति में '७२४ सुपो धातु प्रातिपदिकयोः २ । ४ । ७१ ॥' से सुप् ङसि का लोप होने पर प्रकृत सूत्र से तकारादि प्रत्यय परे होने से 'किम्' शब्द के स्थान में 'कु' आदेश होकर रूप सिद्ध हुआ।

१२०० इदम् इति—इदम् शब्द को इश् आदेश हो प्राग्दिशीय प्रत्यय परे रहने पर।

इश् का शकार का इत्संज्ञक है। अतः शित् होने से यह सम्पूर्ण इदम् के स्थान में आदेश होता है।

इतः (अस्मात्, इससे)—यहाँ पञ्चम्यन्त इदम् शब्द से 'पञ्चम्यास्तसिल्' सूत्र से सर्वनाम होने के कारण तसिल् प्रत्यय हुआ। तब प्रकृत सूत्र से इदम् शब्द को इस् आदेश होकर रूप सिद्ध हुआ।

१२०१ अन् इति—एतद् शब्द के स्थान में अन् आदेश हो प्राग्दिशीय प्रत्यय परे रहने पर।

यहाँ इस बात का ध्यान रहना चाहिये कि यह सूत्र 'एतदोऽन्' इस सम्पूर्ण सूत्र के योग-विभाग के द्वारा सिद्ध है। दो दो योगों में से यह एक योग है। इसका प्रथम योग '१२१३ एतदः' इस प्रकार आगे है। जिसमें 'एतेतौ र-थोः ५ । २ । ४ ॥' इस पूर्ववर्ती सम्पूर्ण सूत्र की अनुवृत्ति होती है, जैसा कि आगे कहा जायगा।

अनेकालिति—अनेकाल् होने से अन् आदेश सम्पूर्ण एतद् शब्दके स्थान में होता है। नकार का लोप 'न लोपः प्रातिपदिकान्तस्य' से होता है। इस प्रकार अकार ही शेष रहता है।

अमुतः। यतः। बहुतः द्व्यादेस्तु-द्वाभ्याम।

अतः (एतस्मात्-इससे)—एतद् शब्द से तसिल् प्रत्यय होने पर प्रकृत सूत्र से प्रकृति को अन् आदेश होकर इदम् शब्द के समान ही रूप बनता है।

अमुतः (अमुष्मात्, उससे)—यहाँ पञ्चम्यन्त अदस् शब्द से सर्वनाम होने के कारण 'पञ्चम्यास्तसिल्' से तसिल् प्रत्यय हुआ। तब 'अदस् ङसि तसिल्' इस स्थिति से तद्धितयुक्त होने के कारण '११७ कृत्तद्धित-समासाश्च १।२।४६॥' से प्रातिपदिक संज्ञा हुई। प्रातिपदिक का अवयव होने से सुप् ङसि का '७२४ सुपो धातु-प्रातिपदिकयोः २।४।७१॥' से लोप होने पर 'अदस् तस्' ऐसी स्थिति हुई। विभक्ति-संज्ञक होने से तस् परे रहते '१६३ त्यदादीनाम् अः ७।२।१०६॥' से सकार को अकार आदेश होने पर '२७४ अतो गुणे ६।१।९७' से पूर्व अकार का पररूप होकर 'अद तस' ऐसी दशा बनी। यहाँ पुनः विभक्ति परे होने से '२५७ अदसोऽसेर्दाद् उदो मः ८।२।८०॥' से दकार से पर अकार के स्थान में उकार और दकार के स्थान में मकार आदेश होकर रूप सिद्ध हुआ।

यतः (यस्मात्, जिससे)—यहाँ पञ्चम्यन्त यद् शब्द से पूर्वोक्त सूत्र से तसि प्रत्यय होने पर उसकी विभक्ति संज्ञा होने से उसके परे रहते '२६३त्यदादीनाम् अः ७।२।१०२॥' से दकार को अकार और पूर्व अकार का पररूप होकर रूप बना।

एक बात यह भी ध्यान में रखने की है कि प्राग्दिशीय प्रत्ययों से सिद्ध ये प्रयोग '३६६ तद्धितश्चाऽसर्वविभक्तिः १।१।३८॥' इस सूत्र से अव्यय हैं।

बहुतः (बहोः, बहुतों से)—यहाँ पञ्चम्यन्त[1] बहु शब्द से तसिल् प्रत्यय होकर रूप सिद्ध हुआ।

द्व्यादेरिति—द्वि आदि सर्वनाम शब्दों से प्राग्दिशीय प्रत्यय का निषेध होने से द्वि शब्द से भी निषेध हुआ। तब-द्वाभ्याम्-ऐसा ही रूप रहेगा।

---

१ यहाँ यह ध्यान रहना चाहिये कि तद्धित प्रत्यय होने पर विभक्ति का लोप अवश्य करना चाहिये, पहले प्रातिपदिक संज्ञा और उसका अवयव होने से सुप् का लोप-जैसा कि कई प्रयोगों की साधनप्रक्रिया में किया गया है अवश्य दिखाया जाना चाहिये।

('तसिल्' प्रत्ययविधिसूत्रम्)

१२०२ पर्यभिभ्यां च ५ । ३ । ९ ॥

आभ्यां तसिल् स्यात् । परितः—सर्वत इत्यर्थः । अभित—उभयत इत्यर्थः ।

('त्रल्' प्रत्ययविधिसूत्रम्)

१२०३ सप्तम्यास्त्रल् ५ । ३ । १० ॥

कुत्र । यत्र । तत्र । बहुत्र ।

('ह' प्रत्ययविधिसूत्रम्)

१२०४ इदमो हः ५ । ३ । ११ ॥

त्रलोऽपवादः । इह ।

१२०२ **पर्यभिभ्यामिति**—परि और अभि से तसिल् प्रत्यय हो। परि और अभि सर्वनाम नहीं, इसीलिये पृथक् विधि करनी पड़ी।

परितः—सर्वतः, सब ओर से। **अभितः**—उभयतः, दोनों ओर से।

१२०३ **सप्तम्या** इति—सप्तम्यन्त किम् आदि से त्रल् प्रत्यय हो।

कुत्र (कस्मिन्, किस में, कहाँ)—यहाँ सप्तम्यन्त किम् शब्द से त्रल् प्रत्यय हुआ। 'किम् ङि त्रल्' इस स्थिति में तद्धितयुक्त होने से '११७ कृत्तद्धितसमासाश्च १।२।४६॥' से प्रातिपदिक संज्ञा हुई, फिर प्रातिपदिक का अवयव होने से सुप् ङि का 'सुपो धातुप्रातिपदिकयोः' से लोप हुआ। तब तकारादि विभक्ति त्रल् परे रहते किम् शब्द को '११६६ कु तिहोः ७।२।१०४॥' से कु आदेश होकर रूप सिद्ध हुआ।

यत्र (यस्मिन्—जिसमें, जहाँ), **तत्र** (तस्मिन्—उसमें, वहाँ) और **बहुत्र** (बहुषु—बहुतों में)—इनकी सिद्धि भी पूर्ववत् होती है। यत्र, तत्र में त्रल् के विभक्ति संज्ञक होने से '१६३ त्यदादीनाम् अः ७।२।१०२॥' से अकार होता है।

१२०४ **इदम** इति—सप्तम्यन्त इदम् शब्द से ह प्रत्यय हो।

त्रल इति—यह ह प्रत्यय त्रल् का बाधक है।

इह (अस्मिन्—इसमें, यहाँ)—यहाँ सप्तम्यन्त इदम् शब्द से प्रकृत सूत्र से ह प्रत्यय हुआ। तब '१२०० इदम इश् ५।३।३' से इदम् के स्थान में इश् सर्वादेश होकर रूप सिद्ध हुआ।

('अत्' प्रत्ययविधिसूत्रम्)

१२०५ किमोऽत् ५ । ३ । १२ ॥

वा-ग्रहणम् अपकृष्यते । सप्तम्यन्तात् किमः 'अत्' वा स्यात्, पक्षे त्रल्

('क' आदेशविधिसूत्रम्)

१२०६ क्वाऽति ७ । २ । १०५ ॥

किमः 'क्व'आदेशः स्याद् अति । क्व; कुत्र ।

('तसिल्' आदिप्रत्ययविधिसूत्रम्)

१२०७ इतराभ्योऽपि दृश्यन्ते ५ । ३ । १४ ॥

पञ्चमीसप्तमीतर-विभक्त्यन्ताद् अपि तसिल दयो दृश्यन्ते ।

अत्र—एतद् का रूप है, इदम् का नहीं—यह ध्यान रहना चाहिये । एतद् को त्रल् परे रहते '१२०१ अन् ५।३।५॥' सूत्र से अन् आदेश होकर 'अत्र' बनता है ।

अत् प्रत्यय का तकार इत्संज्ञक है । 'तित् स्वरितम् ६।१।१८५॥' से स्वरित होना फल है ।

१२०५ **किम्** इति—सप्तम्यन्त किम् शब्द से अत् प्रत्यय हो ।

वाग्रहणमिति—'वा ह च छन्दसि' इस उत्तर सूत्र से 'वा' का अपकर्ष इस सूत्र में होता है । अतः विकल्प विधि होने से पक्ष में त्रल् भी होता है ।

१२०६ **क्वाऽतीति**—किम् शब्द को 'क्व' आदेश हो अत् प्रत्यय परे रहते ।

क्व; कुत्र (कस्मिन्, किस में, कहाँ)—यहाँ सप्तम्यन्त किम् शब्द से पूर्व सूत्र से अत् प्रत्यय होने पर प्रकृत सूत्र से किम् शब्द को क्व आदेश हुआ । तब '२७४ अतो गुणे ६ । १ । ९७ ॥' से पररूप होकर रूप सिद्ध हुआ । पक्ष में—त्रल् प्रत्यय होने पर 'कुति-होः' से किम् शब्द को 'कु' आदेश होने पर 'कुत्र' रूप बना ।

१२०७ **इतराभ्य** इति—पञ्चमी और सप्तमी से भिन्न विभक्त्यन्त से परे भी तसिल् आदि प्रत्यय दिखाई देते हैं ।

(वा) **दृशिग्रहणादिति**—दृशि के ग्रहण से भवत् आदि के योग में ही इतर विभक्त्यन्तों से ये प्रत्यय होते हैं अर्थात् 'दृश्यते' कहने से यह आशय निकला कि जहाँ दिखाई देते हैं, वहीं ये होंगे—भवद् आदि के योग में अन्य

(वा) दृशिग्रहणाद् भवद्आदियोग एव। स भवान्-ततो भवान्, तत्र भवान्। तं भवन्तम्-ततोभवन्तम्, तत्रभवन्तम्। एवं दीर्घाऽऽयुः, देवानांप्रियः, आयुष्मान्।

('दा' प्रत्ययविधिसूत्रम्)

१२०८ सर्वैकाऽन्य-किंयत्-तदः काले दा ५। ३। १५॥

सप्तम्यन्तेभ्यः कालाऽर्थेभ्यः स्वाऽर्थे दा स्यात्।

('स' आदेशविधिसूत्रम्)

१२०९ सर्वस्य सोऽन्यतरस्यां दि ५। ३। ६॥

दाऽदौ प्राग्दिशीये सर्वस्य 'सः' वा स्यात्। सर्वस्मिन् काले-सदा

विभक्त्यन्तों से ये प्रत्यय दीखते हैं, इसलिये इन्हीं के योग में ये प्रत्यय होते हैं-यह नियम निश्चित किया गया है।

'स भवान्' यह प्रथमान्त है, यह अर्थ दिखाने के लिये रखा गया है, यह पञ्चमी सप्तमी से भिन्न प्रथमाविभक्त्यन्त है, अतः यहाँ तसिल् और तल् प्रत्यय होते हैं। किस विभक्त्यन्त से ये किये गये हैं—यह भवत् आदि शब्द की विभक्ति से मालूम होगा। भवत् शब्द से जो विभक्ति होगी उसी विभक्त्यन्त से तसिल् त्रल् प्रत्यय हुए समझने चाहिये।

ततो-भवान्, तत्र-भवान् (स भवान्—पूज्य)—यहाँ प्रथमाविभक्तयन्त तद् शब्द से भवद् शब्द के योग में तसिल् और त्रल् प्रत्यय होकर रूप सिद्ध हुआ।

ततो भवन्तम्, तत्र-भवन्तम् (तं भवन्तम्—पूज्य को)—यहाँ द्वितीया-विभक्त्यन्त तद् शब्द से भवद् शब्द के योग में तसिल् और त्रल् होकर रूप सिद्ध हुए।

एवमिति—इसी प्रकार दीर्घायुः, देवानांप्रियः और आयुष्मान—इन पदों के योग में भी—ततो-दीर्घायुः; तत्र-दीर्घायुः इत्यादि प्रयोग बनते हैं।

१२०८ सर्वैकाऽन्येति—सप्तम्यन्त कालवाचक सर्व, एक, अन्य, किम्, यद् और तद्—इन शब्दों से स्वार्थ में दो प्रत्यय हो।

१२०९ सर्वस्येति—दकारादि प्राग्दिशीय प्रत्यय परे रहते सर्व शब्द को स आदेश विकल्प से ही।

सदा, सर्वदा (सर्वस्मिन् काले, सब समय)—यहाँ सप्तम्यन्त कालवाचक

सर्वदा । एकदा । अन्यदा । कदा । यदा । तदा । काले किम्-सर्वत्र देशे ।

('र्हिल्' प्रत्ययविधिसूत्रम्)

१२१० इदमो र्हिल् ५ । ३ । १६ ॥

सप्तम्यन्तात् । काले इत्येव ।

(एत-इति-आदेशविधिसूत्रम्)

१२११ एतेतौ र-थोः ५ । ३ । ४ ॥

सर्व शब्द से दो प्रत्यय स्वार्थ म पूर्वसूत्र से हुआ । तब 'सर्व ङि दा' इसस्थिति में प्रातिपदिक के अवयव सुप ङि का लोप होने पर प्रकृत सूत्र से दकारादि प्राग्दिशीय प्रत्यय दा परे रहने से सर्व शब्द को 'स' आदेश होकर पहला रूप बना । स आदेश के अभावपक्ष में 'सर्वदा' यही रूप बना ।

एकदा (एकस्मिन् काले, एक समय) और **अन्यदा** (अन्यस्मिन् काले अन्य समय)—इनकी सिद्धि पूर्ववत् होती है ।

कदा (कस्मिन् काले—कब, किस समय) यहाँ सतम्यन्त किम् शब्द से स्वार्थ में दा प्रत्यय होने पर उसके विभक्ति संज्ञक होने से उसके परे रहते '२७१ किमः कः ७ । २ । १०३ ॥' से किम् शब्द कों 'क' आदेश होकर रूप सिद्ध हुआ ।

यदा (यस्मिन् काले, जिस समय, जब) और **तदा** (तस्मिन् काले—उस समय, तब)—इन शब्दों में दा प्रत्यय के विभक्ति संज्ञक होने से उनके परे रहते 'त्यदादीनाम् अः' से अकार और पररूप होकर रूप बने ।

काले किमिति—काल अर्थ में ही दा प्रत्यय होता है—ऐसा क्यों कहा ? इस लिये कि—'**सर्वत्र** देशे' यहाँ न हो । यहाँ देश अर्थ होने से त्रल् प्रत्यय हुआ ।

१२१० **इदम** इति—सप्तम्यन्त काल-अर्थ-वाचक इदम् शब्द से स्वार्थ में र्हिल् प्रत्यय हो ।

र्हिल् प्रत्यय का लकार इत्संज्ञक है ।

१२११ एतेतौ इति—इदम् शब्द को एत और इत् आदेश क्रम से हों रेफादि और तकारादि प्राग्दिशीय परे रहते ।

क्रम से कहनेके कारण रकारादि प्रत्यय परे रहते 'एत' और थकारादि परे रहते 'इत्' आदेश होता है ।

इदमशब्दस्य एत इत् इत्यादेशौ स्तो रेफादौ थकारादौ च प्राग्दिशीये परे। अस्मिन्काले-एतर्हि। काले किम्-इह देशे।

('र्हिल' प्रत्ययविधिसूत्रम्)

१२१२ अनद्यतने र्हिल् अन्यतरस्याम् ५ । २ । २१ ॥

कर्हि, कदा। यर्हि, यदा। तर्हि, तदा।

(एत-इत्-आदेशविधिसूत्रम्)

१२१३ एतदः ५ । ३ । ५ ॥

एतर्हि (अस्मिन् काले, इस समय, अब)—यहाँ सप्तम्यन्त कालार्थक **इदम् शब्द** से पूर्व सूत्र से र्हिल् प्रत्यय हुआ। तब प्रकृत सूत्र से इदम् शब्द को **रकारादि** प्रत्यय परे होने के कारण 'एत' आदेश होकर रूप सिद्ध हुआ।

इस अर्थ में **अधुना** और **इदानीम्**--शब्द भी इदम् शब्द से **बनते हैं।** सूत्र यहाँ नहीं दिये गये—'अधुना ५ । ३ १७ ।' 'दानीं च ५ । ३ । १८ ।'

'एतर्हि' प्रयोग की अपेक्षा अधुना और इदानीम् का प्रयोग अधिक होता है।

काले किम् इति—कालवाचकसे र्हिल् होता है—ऐसा क्यों कहा? इसलिये कि 'इह देशे' यहाँ न हो, देशवाचक होने से यहाँ 'ह' प्रत्यय हुआ।

१२१२ **अनद्यतने** इति--अनद्यतन कालवृत्ति किम् आदि सप्तम्यन्त **शब्दों से** र्हिल् प्रत्यय हो विकल्प से।

पक्ष में दा प्रत्यय होता है, दा प्रत्यय के रूप पहले आ चुके हैं।

कर्हि, कदा (कस्मिद् काले–किस समय, कब)—यहाँ किम् शब्दसे **र्हिल्** प्रत्यय होने पर विभक्ति परे होने से किम् शब्द को क आदेश होकर रूप **बना, पक्ष** में दा प्रत्यय होकर पूर्ववत् कदा रूप बनता है।

यर्हि, यदा (यस्मिन् काले, जिस समय जब)—ये दोनों प्रयोग **'र्हिल्'** और **'दा'** प्रत्ययों के द्वारा पूर्ववत् सिद्ध होते हैं।

तर्हि, तदा (तस्मिन् काले, उस समय तब)—ये दोनों प्रयोग **'तद्' शब्द** से पूर्ववत् सिद्ध होते हैं।

१२१३ **एतदः** इति—'एतद्' शब्द के स्थानमें 'एत' और 'इत्' ये **दो** आदेश होते हैं। प्राग्दिशीय रेफादि और थकारादि प्रत्यय परे होने पर **यह 'एतदोऽन्'** इस सूत्र को नोसर्वनाम से सिद्ध दो योगों में प्रथम योग हैं।

'एत' 'इत्' एतौ स्तो रेफाऽऽदौ थाऽऽदौ च प्राग्दिशीये । एतस्मिन्काले-एतर्हि ।

('थाल्' प्रत्ययविधिसूत्रम्)

१२१४ प्रकार-वचने थाल् ५ । ३ । २३ ॥

प्रकारवृत्तिभ्यः किमादिभ्यः 'थाल्' स्यात् स्वार्थे । तेन प्रकारेण-तथा । यथा ।

('थमु' प्रत्ययविधिसूत्रम्)

१२१५ इदमस्थमुः ५ । ३ । २४ ॥

थालोऽपवादः ।

(वा) एतदोऽपि वाच्यः । **अनेन एतेन वा प्रकारेण-इत्थम् ।**

एतर्हि (एतस्मिन् काले-इस समय, अब)—यहाँ सप्तम्यन्त कालार्थक एतत् शब्द से पूर्वसूत्र से र्हिल् प्रत्यय हुआ । तब रेफादि प्राग्दिशीय प्रत्यय परे मिल जाने से प्रकृत सूत्र से एतद् शब्द को 'एत' आदेश होकर रूप बना ।

यह रूप इसी अर्थ में इदम् शब्द का भी बनता है-इसका ध्यान रहे ।

१२१४ **प्रकारवचने** इति—प्रकारवृत्ति किम् आदि शब्दों से थाल् प्रत्यय हो स्वार्थ में ।

थाल् का लकार इत्संज्ञक है ।

तथा (तेन प्रकारेण-उस प्रकार से)—यहाँ प्रकारवृत्ति तद् शब्द से प्रकृत सूत्र से थाल् प्रत्यय हुआ । थाल् से विभक्ति-संज्ञक होने से उसके परे रहते '१६३ त्यदादीनाम् अः ७ । २ । १० ॥' से दकार को अकार और पर रूप होकर रूप सिद्ध हुआ ।

यथा (येन प्रकारेण-जिस प्रकार से)-इसकी सिद्धि तथा के समान होती है ।

१२१५ **इदम** इति—प्रकारवृत्ति इदम् शब्द से थमु प्रत्यय हो स्वार्थ में ।

थमु का उकार इत्संज्ञक है और यह प्रत्यय थाल् का बाधक है ।

(वा) **एतद्** इति—प्रकारवृत्ति एतद् शब्द से भी थमु प्रत्यय हो स्वार्थ में ।

इत्थम् (अनेन एतेन वा प्रकारेण-इस प्रकार से)—यहाँ प्रकारवृत्ति इदम् शब्द से प्रकृत सूत्र के द्वारा और एतद् शब्द से प्रकृत वार्तिक के द्वारा थमु

('थमु' प्रत्ययविधिसूत्रम्)

१२१६ किमश्च ५ । ३ । २५ ॥

केन प्रकारेण-कथम् ।

इति प्राग्दिशीयाः ।

अथ प्रागिवीयाः ।

(तमप्-इष्ठन्-प्रत्ययविधिसूत्रम्)

१२१७ अतिशायने तमब्-इष्ठनौ ५ । ३ । ५५ ॥

अतिशयविशिष्टाऽर्थवृत्तेः स्वाऽर्थे एतौ स्तः । अयमेषामतिशये-

प्रत्यय हुआ । तब थकारादि प्राग्दिशीय प्रत्यय परे होने से दोनों शब्दों को 'इत्' आदेश हो कर समान रूप बना । इदम् शब्द को 'एतेतौ र-थोः ५ । ३ । ४ ॥ से और एतद् शब्द को '१२१३ एतदः ५ । ३ । ५ ॥' से 'इत्' आदेश होता है ।

१२१६ **किमश्चेति**— किम् शब्द से भी प्रकार अर्थ में थमु प्रत्यय हो ।

कथम् (केन प्रकारेण—किस प्रकार)—यहाँ प्रकार अर्थ में वर्तमान किम् शब्द से थमु प्रत्यय हुआ । उसकी विभक्ति संज्ञा होने के कारण उसके परे रहते **'किमः कः'** से किम् शब्द को 'क' आदेश होकर रूप सिद्ध हुआ ।

प्राग्दिशीय प्रत्यय समाप्त ।

१२१७ **अतिशायने** इति—अतिशयविशिष्ट अर्थ में वर्तमान प्रथमान्त पद से स्वार्थ में तमप् और इष्ठन्—ये दो प्रत्यय हों ।

तमप् का पकार और इष्ठन् का नकार इत्संज्ञक हैं ।

अतिशय अर्थ प्रकृत्यर्थ का विशेषण रहता है, ये तमप् और इष्ठन् प्रत्यय उसके द्योतक होते हैं—इनके योग से ही प्रकृत्यर्थ में विशेषणरूप से वर्तमान अतिशय अर्थ की प्रतीति होती है ।

दो में से एक का अतिशय प्रकाशित करने के लिये '१२२१ द्विवचनविभज्योपपदे तरब्-ईयसुनौ ५।३।५७॥' से तरप् और ईयसुन् प्रत्यय होते हैं । तब शेष स्थान में अर्थात् बहुतों में एक का निर्धारण करने में तमप् और इष्ठन् की प्रवृत्ति होती है ।

नाऽऽढ्यः आढ्य-तमः । लघु-तमः, लघिष्ठः ।

('तमप्' प्रत्ययविधिसूत्रम)

१२१८ तिङश्च ५ । ३ । ५६ ॥

तिङन्ताद् अतिशये द्योत्ये तमप् स्यात् ।

('घ' संज्ञासूत्रम्)

१२१९ तरप्-तमपौ घः १ । १ ! २२ ॥

एतौ घ-संज्ञौ स्तः ।

('आम्' प्रत्ययविधिसूत्रम्)

१२२० किम्-एत्-तिङ्-अव्यय घाद् आम्‌ अ-द्रव्यप्रकर्षे ५।४।११॥

सुबन्त से ही ये तमप् आदि प्रत्यय होते हैं, सुप् का लोप '७२४ सुपो धातु-प्रातिपदिकयोः २ । ४ । ७१ ॥ से हो जाता है ।

आढ्य-तमः (अयम् एषाम् अतिशयेन आढ्यः—यह इनमें अधिक संपन्न है)—यहाँ उत्कर्ष विशिष्ट आढ्य अर्थ में वर्तमान प्रथमान्त आढ्य शब्द से प्रकृत सूत्र से तमप् प्रत्यय होकर रूप सिद्ध हुआ ।

यहाँ उत्कर्षविशिष्ट आढ्य अर्थ आढ्य प्रकृति का है, तमप् प्रत्यय उस अर्थ का द्योतक है ।

तमप्-प्रत्ययाऽन्त का प्रयोग बहुतों में एक के उत्कर्ष बताने के लिये ही होता है, इसी प्रकार इष्ठन्नन्त का भी ।

लघु-तमः, लघिष्ठः (अयम् एषाम् अतिशयेन लघुः, यह इनमें अधिक हलका है)—यहाँ अतिशयविशिष्ट स्वार्थ में वर्तमान प्रथमान्त लघु शब्द से प्रकृत सूत्र से तमप् प्रत्यय होकर पहला रूप सिद्ध हुआ । इष्ठन् प्रत्यय होने पर अजादि प्रत्यय परे हो जाने से पूर्व की भसंज्ञा हो जाती है, तब '११५७ टेः ६ । ४ । १५५ ॥' सूत्र से भसंज्ञक टि का लोप होकर दूसरा रूप सिद्ध होता है ।

१२१८ **तिङश्चेति**—तिङन्त से भी अतिशय द्योतन के लिये तमप् प्रत्यय हो ।

१२१९ **तरप्तमपाविति**—तरप् और तमप् की घ संज्ञा हो ।

१२२० **किमेदिति**—किम् , एकारान्त, तिङ् और अव्यय—इनसे जो घ प्रत्यय, तदन्त से आमु प्रत्यय हो, परन्तु द्रव्य के प्रकर्ष में न हो ।

किमः, एदन्तात्, तिङः, अव्ययात् च यो घः, तदन्ताद् आमु स्यात्, न तु द्रव्य-प्रकर्षे। किन्तमाम्। प्राह्णेतमाम्। पचतितमाम्। उच्चैस्तमाम्। द्रव्य-प्रकर्षे तु—उच्चैस्तमः, उच्चैस्तरः।

(तरप्-ईयसुन्-प्रत्ययविधिसूत्रम्)

१२२१ द्विवचने-विभज्योपपदे तरब्-ईयसुनौ ५। ३। ५७॥

द्वयोरेकस्याऽतिशये, विभक्तव्ये चोपपदे सुप्तिङन्ताद् एतौ स्तः। पूर्व-

---

आमु प्रत्यय का उकार उच्चारणार्थ है।

किन्तमाम् (अतिशय प्रश्न)—यहाँ किम् शब्द से अतिशय द्योतन के लिये तमप् प्रत्यय होने पर प्रकृत सूत्र से तदन्त से आम् प्रत्यय हुआ। तब अन्त्य अकार का लोप होकर रूप सिद्ध हुआ।

प्राह्णेतमाम् (अतिमध्याह्न)—यहाँ एदन्त से आम् हुआ।

पचतितमाम् (उत्कृष्ट पकाता है)—यहाँ तिङन्त से आम् हुआ।

उच्चैस्तमाम् (बहुत ऊँचे से)—यहाँ अव्यय से आम् हुआ।

द्रव्यप्रकर्षे इति—द्रव्य के प्रकर्ष में आम् नहीं होता। अतः वहाँ **उच्चैस्तमः, उच्चैस्तरः** ऊँचा वृक्ष—ऐसे ही रहेगा।

१२२१ **द्विवचनेति**[१]—दो में एक के अतिशय—उत्कर्ष को बतानेके लिये उत्कर्षविशिष्ट अर्थ में विद्यमान भेद बतानेवाले धर्म के वाचक सुबन्तसे स्वार्थ में तरप् और ईयसुन् प्रत्यय हों।

तरप् का पकार और ईयसुन् का उन् इत्संज्ञक हैं।

पूर्वयोरिति—पूर्वोक्त तमप् और इष्ठन् का यह सूत्र बाधक है।

दो में जब एक को दूसरे की अपेक्षा उत्कृष्ट बताना होगा तब ये तरप् और ईयसुन् प्रत्यय होंगे और अन्यत्र अर्थात् जब बहुतों में एक को उत्कृष्ट बताना हो तब पूर्वोक्त तमप् और इष्ठन्।

---

१ सूत्रस्थ—द्विवचनविभज्योपपदे का विग्रह है—द्विवचनं च विभज्यं च, द्विवचन और विभज्य—इस प्रकार द्वन्द्व समास हुआ। फिर द्विवचनविभज्यंच उपपदं च—इस प्रकार कर्मधारय समास हुआ। द्विवचन का अर्थ है—दोका बोधक और विभज्य का अर्थ है—जिसका विभाग करना है। उपपद का अर्थ है समीप में जिसका उच्चारण हुआ हो।

योरपवादः । अयम् अनयोरतिशयेन लघुतरः लघीयान् । उदीच्याः प्राच्येभ्यः पटुतराः, पटीयांसः ।

('श्र' आदेशविधिसूत्रम्)

१२२२ प्रशस्यस्य श्रः ५ । ३ । ६० ॥

अस्य 'श्र' आदेशः स्याद् अजाऽऽद्योः परतः ।

(प्रकृतिभावविधिसूत्रम्)

१२२३ प्रकृत्यैकाच् ६ । ४ । १६३ ॥

इष्ठादिष्वेकाच् प्रकृत्या स्यात् । श्रेष्ठः, श्रेयान् ।

लघुतरः (अयम् अनयोरतिशयेन लघुः, यह इन दो में हलका छोटा है) यहाँ दो में एक को दूसरे की अपेक्षा अतिशय हलका छोटा–अर्थ बताने के लिये अतिशयविशिष्ट स्वार्थ में वर्तमान और अन्तर के प्रयोजक धर्म के वाचक प्रथमान्त लघुशब्द से प्रकृत सूत्र से तरप प्रत्यय हुआ ।

लघीयान्—पूर्वोक्त अर्थ में लघु शब्द से ईयसुन् प्रत्यय हुआ । तब '११५७ टेः ६ । ४ । १५५॥' सूत्र से टि उकार का लोप होकर 'लघीयस्' रूप बना उसके प्रथमा के एकवचन में नुम् और उपधादीर्घ होने पर रूप सिद्ध हुआ ।

उदीच्याः प्राच्येभ्यः **पटुतराः, पटीयांसः** (उत्तर के लोग दक्षिण के लोगों से अधिक चतुर होते हैं)—यहाँ उदीच्य और प्राच्य-इन दो में-प्राच्यों की अपेक्षा उदीच्यों में उत्कर्ष बताया जा रहा है, इसलिये अतिशयविशिष्ट स्वार्थ में वर्तमान अन्तर-प्रयोजक-धर्म के वाचक पटु शब्द से तरप् और ईयसुन् प्रत्यय होकर उक्त दो रूप बने । ईयसुन् होने पर पूर्वोक्त 'टेः' से टि उकार का लोप हुआ ।

१२२२ **प्रशस्यस्येति**—प्रशस्य शब्द को श्र आदेश हो अजादि आतिशायनिक अर्थात् इष्ठन् और ईयसुन् प्रत्यय परे रहते ।

१२२३ प्रकृत्यैकाज् इति–इष्ठन् आदि प्रत्यय परे रहते एकाच् शब्दको प्रकृति भाव हो ।

यह सूत्र '११५७ टेः ६ । ४ । १५५ ॥' के द्वारा होनेवाले टि लोप का बाधक है ।

श्रेष्ठः, श्रेयान् (अयमेषाम् अतिशयेन प्रशस्यः, 'यह इनमें सबसे अधिक प्रशंसनीय, अयमनयोरतिशयेन प्रशस्यः-यह इन दोनों में अधिक प्रशंसनीय)—

('ज्य' आदेशविधिसूत्रम्)

१२२४ ज्य च ५ । ३ । ६१ ॥

प्रशस्यस्य 'ज्य' आदेशः स्यात् इष्ठेयसोः । ज्येष्ठः ।

(ईयसो लोपविधिसूत्रम्)

१२२५ ज्याद् आद् ईयसः ६ । ४ । १६० ॥

आदेः परस्य । ज्यायान् ।

(ईयसलोपविधिसूत्रम्)

१२२६ बहोर्लोपो भू च बहोः ६ । ४ । १५८ ॥

यहाँ पूर्वोक्त विग्रहों में प्रशस्य शब्द से इष्ठन् और ईयसुन् प्रत्यय हुए । तब पूर्वसूत्र से अजादि आतिशयनिक प्रत्यय परे होने से प्रशस्य शब्द को श्र आदेश हुआ और प्रकृत सूत्र से एकाच् श्र शब्द को प्रकृतिभाव । फिर गुण एकादेश होने पर रूप सिद्ध हुए ।

१२२४ ज्य चेति—प्रशस्य शब्द को ज्य आदेश हो इष्ठन् और ईयसुन् प्रत्यय परे रहते ।

ज्येष्ठः (अयमेषामतिशयेन प्रशस्यः, सब से अधिक प्रशंसनीय)—यहाँ पूर्वोक्त रीति से इष्ठन् प्रत्यय होने पर प्रकृत सूत्र से प्रशस्य शब्द को 'ज्य' आदेश हुआ । तब 'प्रकृत्यैकाच्' से प्रकृतिभाव होने पर गुण एकादेश होकर रूप सिद्ध हुआ ।

१२२५ ज्यादादिति—ज्य से पर ईयस् को आकार आदेश हो ।

आदेः परस्येति—'७२ आदेः परस्य १ । १ । ५४' इस परिभाषा के अनुसार पञ्चम्यन्त 'ज्यात्' पद का उच्चारण कर विधीयमान होने से यह अकार आदेश पर ईयस् के आदि ईकार को होता है ।

ज्यायान् (अयमनयोरतिशयेन प्रशस्यः, दो में अधिक प्रशंसनीय)—यहाँ पूर्वोक्त प्रकार से प्रशस्य शब्द से ईयसुन् प्रत्यय होने पर 'ज्य च' से प्रशस्य शब्द को ज्य आदेश और 'प्रकृत्यैकाच्' से उसको प्रकृतिभाव हुआ । तब 'ज्य ईयस्' इस स्थिति में प्रकृत सूत्र से 'आदेः परस्य' परिभाषा की सहायता से ईयस् के आदि ईकार को अकार हुआ, फिर 'ज्य आयस्' इस दशा में सवर्णदीर्घ होकर रूप सिद्ध हुआ ।

बहोः परयोरिमेयसोर्लोपः स्यात् बहोश्च भूरादेशः भू-मा । भू-यान्

(इष्ठलोप-यिट्-आगमविधिसूत्रम्)

१२२७ इष्ठस्य यिट् च ६ । ४ । १५९ ॥

बहोः परस्य इष्ठस्य लोपः स्याद् 'यिड् आगमश्च । भू-यिष्ठः ।

(विन्मतुलोपविधिसूत्रम्)

१२२८ विन्मतोर्लुक् ५ । ३ । ६५ ॥

विनो मतुपश्च लुक् स्याद् इष्ठेयसोः । अतिशयेन स्रग्वी-स्रजिष्ठः,

---

१२२६ बहोरिति—बहुशब्द से पर इमनिच् और ईयसुन् प्रत्ययों का लोप और बहु प्रकृति को भू आदेश हो ।

'७२ आदेः परस्य १ । १ । ५४ ॥' इस परिभाषा के अनुसार इनके आदि इकार और ईकार का लोप होगा ।

भूमा (बहोर्भावः, बहुत्वः)—यहाँ षष्ठ्यन्त बहुशब्द से भाव अर्थ में '११५५ पृथ्वादिभ्य इमनिच् ५ । १ । १२२॥' से इमनिच् प्रत्यय हुआ तब प्रकृत सूत्र से इमनिच् के आदि इकार का लोप और बहुशब्द को भू आदेश होकर 'भूमन्' शब्द बना ।

भू-यान् (अयमनयोरतिशयेन बहुः—दो में अधिक)—यहाँ पूर्वोक्त प्रकार से बहुशब्द से ईयसुन् प्रत्यय होने पर प्रकृत सूत्र से ईयसुन् के आदि ईकार का लोप और बहु को भू आदेश होकर रूप सिद्ध हुआ ।

१२२७ इष्ठस्येति—बहुशब्द से पर इष्ठन् का लोप और यिट् आगम तथा बहु को भू आदेश हो ।

'आदेः परस्य' परिभाषा के बल से इष्ठन् के आदि इकार का लोप होता है और यिट् आगम का टकार इत्संज्ञक है, यि शेष रहता है वह इष्ठन् के अवशिष्ट भाग ष्ठ के आदि में होता है ।

भूयिष्ठः (अयमेषां बहुः—सब से अधिक अर्थात् अत्यधिक)—यहाँ बहु शब्द से इष्ठन् परे रहते प्रकृत सूत्र से उसके इकार का लोप, यिट् आगम और बहुशब्द को भू आदेश होकर रूप सिद्ध हुआ ।

१२२८ विन्मतोरिति—विन् और मतुप् प्रत्यय का लोप हो इष्ठन् और ईयसुन् प्रत्यय परे रहते ।

स्रजिष्ठः (अतिशयेन स्रग्वी—सब से अधिक मालावाला)—यहाँ विन्-

स्रजीयान् । अतिशयेन त्वग्वान्-त्वचिष्ठः, त्वचीयान् ।

(कल्पप्-आदिप्रत्ययविधिसूत्रम्)

१२२९ ईषद् असमाप्तौ कल्पप् देश्य-देशीयरः ५।३।६७॥

ईषदूनो विद्वान्-विद्वत्कल्पः । विद्वद्देश्यः । विद्वद्देशीयः । पचतिकल्पम ।

प्रत्ययान्त स्रग्विन्[1] शब्द से इष्ठन् होने पर प्रकृत सूत्र से विन् प्रत्यय का लोप हुआ । तब निमित्त[2] न रहने से कुत्व गकार रूप कार्य भी न रहा । इस प्रकार रूप सिद्ध हुआ ।

स्रजीयान् (द्वयोः अतिशयेन स्रग्वी, इन दो में अधिक माला वाला)—यहाँ विन् प्रत्ययान्त स्रग्विन् शब्द से ईयसुन् प्रत्यय होने पर प्रकृत सूत्र से विन् का लोप होकर रूप सिद्ध हुआ ।

त्वचिष्ठः, त्वचीयान् (अतिशयेन त्वग्वान्, उत्कृष्ट त्वचावाला)—यहाँ मतुप् प्रत्ययान्त त्वग्वत् शब्द से इष्ठन् और ईयसुन् प्रत्यय होने पर दोनों स्थलों में प्रकृत सूत्र से मतुप् का लोप हुआ । फिर निमित्त न रहने से कार्य कुत्व भी हट गया ।

१२२९ ईषदिति—ईषदसमाप्तिविशिष्ट अर्थ में विद्यमान सुबन्त और तिङन्त से स्वार्थ में कल्पप्, देश्य और देशीयर् प्रत्यय हों ।

ईषदसमाप्तिविशिष्ट अर्थ है कुछ कमी । जब किसी पदार्थ में कुछ कमी बतानी होतो ये प्रत्यय होते हैं ।

विद्वत्कल्पः (ईषद् ऊनो विद्वान्-कुछ कम विद्वान् अर्थात् लगभग विद्वान्)—यहाँ ईषदसमाप्तिविशिष्ट अर्थ में विद्यमान प्रथमान्त विद्वस् शब्द से प्रकृत सूत्र से कल्पप् प्रत्यय हुआ । सुप् का लोप होने पर भी लुप्त विभक्ति को निमित्त मानकर '२६२ वसु-स्रंसुध्वंस्वनडुहां दः ८ । २ । ७२ ॥' से सकार को दकार होकर रूप सिद्ध हुआ ।

इसी प्रकार—**विद्वद्देश्यः** और **विद्वद्देशीयः** रूप भी बनते हैं । अर्थ इन तीनों का समान है ।

---

१ 'अस्-माया-मेधा-स्रजो विनिः ५ । २ । १२१ ॥' सूत्र से यहाँ मत्वर्थीय विनि प्रत्यय हुआ ।

२ 'निमित्ताऽपाये नैमित्तिकस्याऽप्यपायः' ।

('बहुच' प्रत्ययविधिसूत्रम्)

१२३० विभाषा सुपो बहुच् पुरस्तात् तु ५ । ३ । ६८ ॥

ईषदसमाप्तिविशिष्टेऽर्थे सुबन्ताद् बहुच् वा स्यात, स च प्रागेव, न तु परतः । ईषद् ऊनः पटुः-बहुपटुः, पटुकल्पः । सुपः किम्—यजति-कल्पम् ।

('क' प्रत्ययाधिकारसूत्रम्)

१२३१ प्राग् इवात् कः ५ । ३ । ७० ॥

'इवे प्रतिकृतौ' इत्यतः प्राक् काऽधिकारः ।

पचति-कल्पम् (ईषद् असम्पूर्ण पचति—कुछ न्यून सा पका रहा है अर्थात् पका जैसा रहा है)—यहाँ ईषदसमाप्तिविशिष्ट अर्थ में विद्यमान तिङन्त से कल्पप् होकर रूप सिद्ध हुआ ।

१२३० **विभाषेति**—ईषदसमाप्तिविशिष्ट अर्थ में विद्यमान सुबन्त से बहुच् विकल्प से हो और वह प्रकृति के पूर्व[1] हो, पर नहीं ।

बहुपटुः (ईषदूनः पटुः, चतुर के जैसा)—यहाँ ईषदसमाप्तिविशिष्ट अर्थ में वर्तमान सुबन्त पटु के पूर्व बहुच् प्रत्यय होने पर रूप बना ।

पटु-कल्पः——बहुच् के अभावपक्ष में पूर्वसूत्र से कल्पप् प्रत्यय हुआ ।

सुप इति—सूत्र में ऐसा क्यों कहा गया कि सुबन्त से बहुच् प्रत्यय होता है ? इसलिये कि **यजति-कल्पम्**-इत्यादि स्थलों में न हो, यहाँ **यजति**-तिङन्त है, सुबन्त नहीं, इसलिये बहुच् प्रत्यय नहीं हुआ, पूर्वसूत्र से कल्पप् प्रत्यय होकर रूप सिद्ध हुआ ।

विद्वत्कल्प का अर्थ है कि वह विद्वान् है, पर पूरा नहीं, कुछ कमी है, इसलिये 'इसके जैसा' इस अर्थ को प्रकट करने के लिये ऐसे प्रयोग किये जाते हैं । यदि पूरा विद्वान् होगा तो उसके लिये विद्वान् शब्द का ही प्रयोग किया जायगा ।

१२३१ **प्रागिवादिति**—'१२३७ इवे प्रतिकृतौ ५ । ३ । ९६ ।' इस स पूर्व तक 'क' प्रत्यय का अधिकार है अर्थात् उक्त सूत्रों से पूर्व के सूत्रों से उनमें

---

१ इसी कारण '११७ कृत्-तद्धित-समासाश्च १ । २ । ४६' में तद्धित का अर्थ तद्धितान्त न कर तद्धित-युक्त किया गया है । तद्धितान्त कहने से इस प्रत्ययुक्त शब्द की प्रातिपदिक संज्ञा न होगी—क्योंकि यह अन्त में नहीं ।

('अकच्' प्रत्ययविधिसूत्रम्)

१२३२ अव्यय-सर्वनाम्नाम् अकच् प्राक् टेः ५ । ३ । ७१ ॥

काऽपवादः । तिङश्चेत्यनुवर्तते ।

(वा) ओकार-सकार-भकाराऽऽदौ सुपि सर्वनाम्नष्टेः प्राग् अकच्, अन्यत्र तु सुबन्तस्य टेः प्राग् अकच् ।

('क' प्रत्ययविधिसूत्रम्)

१२३३ अज्ञाते ५ । ३ । ७३ ॥

कस्याऽयमश्वः–अश्व-कः । उच्चकैः । नीचकैः । सर्वकैः ।

बताये गये अर्थों को प्रकाशित करने के लिये क प्रत्यय हो ।

१२३२ अव्ययेति—अव्यय और सर्वनामों से अकच् प्रत्यय हो और वह टि[1] के पहले हो ।

अकच् का अच् भाग इत्संज्ञक है, शेष अक रहता है ।

काऽपवाद इति–यह सूत्र पूर्वोक्त अधिकार से प्राप्त क प्रत्यय का बाधक है ।

तिङश्चेति—इस सूत्र में 'तिङश्च' इस पद की अनुवृत्ति आती है ।

(वा) **ओकारे**ति—ओकारादि, सकारादि और भकारादि सुप् परे रहने पर सर्वनाम की टि से पूर्व अकच् प्रत्यय हो और अन्यत्र सुबन्तकी टि से पूर्व ।

इसके उदाहरण आगे दिये जा रहे हैं ।

अग्रिम सूत्रों में केवल अर्थ का निर्देश किया गया है, इन पिछले दो सूत्रों से एकवाक्यता होने पर उन अर्थों में अव्यय, सर्वनाम और तिङन्त से अकच् प्रत्यय होगा और इन शब्दों से क प्रत्यय ।

१२३३ अज्ञाते इति—अज्ञात अर्थ में विद्यमान सुबन्त से क प्रत्यय हो और अव्यय सर्वनाम तथा तिङन्तों की टि से पूर्व अकच् प्रत्यय हो ।

अश्व-कः (अज्ञातोऽश्वः, अज्ञात घोड़ा अर्थात् जिसके स्वामी का पता न

---

१ अकच् टि से पूर्व होता है, इसलिये अकच् प्रत्यय होने पर भी शब्दको तद्धितान्त नहीं कहा जाता । अकच् अन्त में नहीं, मध्य में आता है । बहुच् प्रत्यययुक्त के समान अकच्प्रत्यययुक्त की भी प्रातिपदिक संज्ञा करने के लिये 'कृत्तद्धितसमासाश्च' में तद्धितान्त अर्थ नहीं किया गया, अपितु इनके संग्रह के लिये 'तद्धितयुक्त' यह अर्थ किया गया है ।

युवकयोः, आवकयोः। युष्मकासु, अस्मकासु। युष्मकाभिः, अस्म

हो)—यहाँ अज्ञात अर्थमें वतमान प्रथमान्त अश्व पद से प्रकृत सूत्रसे क प्रत्यय होकर रूप सिद्ध हुआ।

कस्यायमश्वः (यह किसका घोड़ा है)—इस विग्रह के द्वारा घोड़े की अज्ञातता प्रकट की गई है। घोड़े आदि जानवरों की अज्ञातता यही हो सकती है कि उसके स्वामी का पता न हो। स्वरूप से यदि ज्ञात न हो तो उस शब्द का ही प्रयोग नहीं किया जा सकता। अश्वशब्द के प्रयोग से मालूम होसकता है 'यह घोड़ा है' इस बात का तो ज्ञान है, यदि ज्ञान नहीं है तो उसके स्वामी का।

उच्चकैः (अज्ञातम् उच्चैः, अज्ञात ऊँचा)—यहाँ अज्ञानत्वविशिष्ट स्वार्थ में वर्तमान उच्चैस् अव्यय की टि से पूर्व अकच् प्रत्यय हुआ। ऐस् यहाँ टि है उसके पहले अकच् का योग हुआ।

नीचकैः (अज्ञातम् नीचैः, अज्ञात नीचा)—इसकी सिद्धि उच्चकैः के समान ही होती है।

सर्वके; (अज्ञाताः सर्वे—सब अज्ञात)—यहाँ अज्ञात विशिष्ट अर्थ में वर्तमान सर्वनाम सुबन्त सर्व पद टि के पूर्व अकच् प्रत्यय होकर रूप बना।

यहाँ क और अकच् के द्वारा रूप में कोई अन्तर नहीं पड़ता।

अब 'ओकार—' इत्यादि वार्तिक के उदाहरण दिये जाते हैं :—

युवकयोः, आवकयोः (अज्ञातयोः युवयोः, आवयोः वा, अज्ञात तुम, हम दो का)—यहाँ युष्मद् और अस्मद् सर्वनाम की टि से पूर्व पूर्वोक्त वार्तिक से ओकारादि प्रत्यय परे होनेके कारण अकच् प्रत्यय हुआ।

यदि यहाँ सुबन्त की टि के पूर्व 'अकच्' प्रत्यय होता तो ओस् के ओकार के पूर्व होता, जिससे अनिष्ट रूप बनता।

युष्मकासु, अस्मकासु—यहाँ भी पूर्वोक्त वार्तिक के विषय के अनुसार एकारादि प्रत्यय परे होने के कारण सर्वनाम की टिसे पूर्व अकच् प्रत्यय होकर रूप बने।

युष्मकाभिः अस्मकाभिः (अज्ञातैः युष्माभिः अस्माभिः, अज्ञात तुमने,

काभिः, त्वयका, मयका।

('क' प्रत्ययविधिसूत्रम्)

१२३४ कुत्सिते ५ । ३ । ७४ ॥

कुत्सितोऽश्वः—अश्व-कः।

('डतरच्' प्रत्ययविधिसूत्रम्)

१२३५ किं-यत्-तदोर्निर्धारणे द्वयोरेकस्य डतरच् ५।३।९२॥

अनयोः कतरो वैष्णवः। यतरः। ततरः।

हमने)—यहाँ अज्ञात विशिष्ट अर्थ में वर्तमान सर्वनाम युष्मद् और अस्मद् शब्द से भकारादि प्रत्यय परे होने के कारण पूर्वोक्त वार्तिक के नियम के अनुसार सर्वनाम की टि से पूर्व अकच् प्रत्यय हुआ।

यहाँ यदि सुबन्त की टि से पूर्व प्रत्यय होता तो वह भिस् के इकार के पूर्व होता, जिससे अनिष्ट रूप बनता।

अब सुबन्त की टि से पूर्व अकच् के उदाहरण दिये जाते हैं।

त्वयका, मयका (अज्ञातेन त्वया मया—अज्ञात तुमने हमने)—यहाँ ओकारादि से भिन्न प्रत्यय परे होने के कारण सुबन्त 'त्वया' और 'मया' की टि 'आ' से पूर्व अकच् हुआ।

१२३४ **कुत्सिते** इति—कुत्साविशिष्ट स्वार्थ में विद्यमान सुबन्त से क प्रत्यय हो।

अश्व-कः (कुत्सितोऽश्वः, बुरा घोड़ा)—यहाँ कुत्साविशिष्ट स्वार्थ में वर्तमान प्रथमान्त अश्वपद से क प्रत्यय होकर रूप सिद्ध हुआ।

१२३५ **किं-यत्-तदोरिति**—दो में जब एक का निर्धारण करना हो तो निर्धार्यमाण—जिसका निर्धारण किया जा रहा हो—के वाचक किम्, यद् और तद् शब्द से डतरच् प्रत्यय हो।

डतरच् के आदि डकार और अन्त्य चकार इत्संज्ञक हैं।

कतरः (अनयोः कः वैष्णवः, इन दो में वैष्णव कौन है)—यहाँ वैष्णवता गुण से 'किं शब्दार्थ' इदंशब्दार्थों से निर्धारित-पृथक्-किया जा रहा है। अतः किम् शब्द से डतरच् हुआ और तब डित् होने के कारण उसके परे रहते किम् शब्द की टि इम् का लोप होकर उक्त रूप बना।

('डतमच्' प्रत्ययविधिसूत्रम्)

१२३६ वा बहूनां जाति-परिप्रश्ने डतमच् ५। ३। ९३॥

बहूनां मध्ये एकस्य निर्धारणे डतमज् स्यात्। 'जाति-परिप्रश्ने' इति प्रत्याख्यातम् आकरे। कतमो भवतां कठः। यतमः। ततमः। वाग्रह-

---

यतरः (अनयोर्यः, इन दो में जो) और ततरः[1] (अनयोः सः-इन दोमें वह)—इनकी सिद्धि भी पूर्ववत् होती है।

१२३६ **वा बहूनामिति**—बहुतों में जब एक का निर्धारण करना हो तब किम्, यद् और तद् शब्दों से डतमच् प्रत्यय हो।

डतमच् का आदि डकार और अन्त्य चकार इत्संज्ञक हैं।

जाति-परिप्रश्ने इति—सूत्र में स्थित 'जाति-परिप्रश्ने' पद का भाष्य ने खण्डन किया है अर्थात् इस पद को आवश्यकता नहीं–इसका विषय थोड़ा रह जाता है–यह कह कर इसको व्यर्थ बताया है।

इसका तात्पर्य यह है कि यदि यह पद सूत्र में रहे तो तब जातिविषयक निर्धारण में ही प्रत्यय होगा–अन्यत्र नहीं। परन्तु प्रत्यय अन्यत्र भी। मिलता है

कतमो भवतां कठः (आप में कठ शाखा का कौन है)—यहाँ बहुतों में एक का निर्धारण किया जा रहा है और जाति का निर्धारण हो रहा है, कठ जाति है कठ शाखा के लोगों को कठ कहा जाता है। इसलिये यहाँ किम् शब्द से डतमच् प्रत्यय हुआ। डित् होने से उसके परे रहते किम् शब्द की टि इम् का लोप होकर रूप सिद्ध हुआ।

यह उदाहरण जाति के विषय के निर्धारण का दिया गया है। इससे भिन्न स्थल में भी इसका प्रयोग होता है, **कतमो भवतां लवपुरं यास्यति**—आपमें लाहौर कौन जायगा—यहाँ जातिविषय निर्धारण न होने पर भी डतमच् का प्रयोग हुआ है। इसी प्रकार अन्यत्र भी समझना चाहिये।

यतमः, ततमः—इनकी सिद्धि भी पूर्ववत् होती है।

वा-ग्रहणम् इति—सूत्र में वा का ग्रहण अकच् प्रत्यय के लिये किया गया है, वा के ग्रहण से डतमच् विकल्प से होता है, तब पक्ष में अकच् हो जाता है।

---

१ महाविभाषा होने के कारण पक्ष में कः, यः, और सः, का भी प्रयोग होता है। परन्तु डतर-प्रत्ययान्त प्रयोग मुहावरेदार होने से सुन्दर लगता है।

णम् अकजर्थम्-यकः। सकः।

इति प्रागिवीयाः।

अथ स्वार्थिकाः।

('कन्' प्रत्ययविधिसूत्रम्)

१२३७ इवे प्रतिकृतौ ५। ३। ९६॥

कन् स्यात्। अश्व इव प्रतिकृतिः-अश्व कः।

('कन् प्रत्ययविधिसूत्रम्)

(वा) सर्व-प्रातिपदिकेभ्यः स्वार्थे कन्। अश्वकः।

यकः, सकः (एषां यः-इनमें जो, तेषां सः-इनमें वह)—यहाँ बहुतों में निर्धारण रूप पूर्वोक्त अर्थ में डतमच् के अभावपक्ष में यद् और तद् शब्दों की टि से पूर्व अकच् प्रत्यय होकर 'यकद्' और 'तकद्' शब्द बने तब प्रथमा के एकवचन में त्यदाद्यत्व और पररूप होकर रूप बने। तद् शब्द के तकार को '३११ तदोः सः सावनन्त्ययोः ७। २। १०६॥' से सकार भी हुआ है।

महाविभाषा से पक्ष में—कः, यः और सः—का भी प्रयोग होगा, परन्तु मुहावरेदार होने से डतमान्त प्रयोग ही अच्छे लगते हैं।

प्रागिवीय समाप्त।

११३७ इवे इति—इवार्थ सादृश्य विशिष्टमें वर्तमान अर्थात् उपमान अर्थवाले प्रातिपदिक से कन् प्रत्यय हो यदि प्रतिकृति-मूर्ति वा चित्र—उपमेय हो।

यह कन् प्रत्यय उपमान से होता है और कन् प्रत्यय से उपमेय अर्थ प्रकट होता है, वह भी जब प्रतिकृति रूप अर्थात् मूर्ति या चित्र हो। प्रतिकृति असली वस्तुके समानहीं होती है, इसलिये असली वस्तु उपमान होता है और प्रतिकृति उपमेय। जब प्रतिकृति को असली वस्तु के समान बताना है। तब यह कन प्रत्यय होता है।

अश्वकः (अश्व इव, अश्व के समान)—यहाँ उपमान अश्व से उपमेय अर्थ प्रतिकृति को प्रकट करने के लिये प्रकृत सूत्र से कन् प्रत्यय होकर रूप सिद्ध हुआ।

(वा) **सर्वप्रातिपदिकेभ्य** इति—सभी प्रातिपदिकों से स्वार्थ में कन् प्रत्यय हो।

('मयट्' प्रत्ययविधिसूत्रम्)

१२३८ तत्-प्रकृत-वचने मयट् ५ । ४ । २१ ॥

प्राचुर्येण प्रस्तुतम्–प्रकृतम्, तस्य वचनम्–प्रतिपादनम्; भावे अधिकरणे वा ल्युट्। आद्य-प्रकृतमन्नम्–अन्न-मयम्। अपूप-मयम्। द्वितीये तु–अन्न-मयो यज्ञः, अपूप-मयं पर्व।

स्वार्थ में प्रत्यय होने से अर्थ में वृद्धि नहीं होती।

अश्व-कः (अश्व एव)—यहाँ स्वार्थ में क प्रत्यय हुआ।

१२३८ तत्प्रकृत-वचने इति—प्राचुर्यविशेषणक वस्तु में वर्तमान प्रथमान्त से स्वार्थ में मयट् प्रत्यय हो।

मयट् से वस्तु की प्रचुरता–अधिकता प्रकट होती है।

प्राचुर्येणेति—सूत्रस्थ 'तत्प्रकृत-वचने' पद का मूल में अर्थ किया गया है। प्रकृत का अर्थ प्रस्तुत होता है पर यहाँ 'अधिकता से प्रस्तुत' अर्थ है। तस्य वचनम्–उसका कथन, अर्थात् अधिकताविशिष्ट वस्तु का कथन।

भावे इति—वचन शब्द भाव या अधिकरण में ल्युट् प्रत्यय से बना है, इसलिये अधिकता-विशिष्ट और अधिकता-विशिष्ट जिसमें हो दोनों अर्थ प्रकट करने के लिये यह मयट् प्रत्यय आता है।

अन्न-मयम् (प्रकृतम् प्रचुरम् अन्नम्–अन्न की अधिकता)—यहाँ अधिकता विशिष्ट स्वार्थ में वर्तमान अन्न शब्द से मयट् प्रत्यय होकर रूप सिद्ध हुआ।

यह भाव में ल्युट् पक्ष का उदाहरण है क्योंकि यहाँ वस्तु की अधिकता का कथन हो रहा है, अन्न की अधिकता बताई जा रही है।

अपूप-मयम् (प्रचुरा अपूपाः—अपूपों–मालपुओं–की अधिकता)—यह भी भावल्युट् पक्ष का उदाहरण है। इससे अपूपों की अधिकता बताई गई है।

अन्न-मयो यज्ञः (प्रचुरमन्नं यस्मिन् यज्ञे–जिस यज्ञ में अन्न की अधिकता हो)—यहां अधिकरणल्युट् पक्ष में प्राचुर्यविशिष्ट वस्तु अन्न के अधिकरण अर्थ को प्रकट करने के लिये मयट् प्रत्यय हुआ।

अपूप-मयं पर्व (अपूपानां प्राचुर्यं, यस्मिन् जिस पर्व के दिन मालपुए अधिक बनते हों)—यहाँ भी प्राचुर्यविशिष्ट अपूप के अधिकरण अर्थ को प्रकट करने के लिये प्रकृत सूत्र से मयट प्रत्यय हुआ।

('अण्' प्रत्ययविधिसूत्रम्)

१२३९ प्रज्ञाऽऽदिभ्यश्च ५ । ४ । ३८ ॥

अण् स्यात् । प्रज्ञ एव-प्राज्ञः । प्राज्ञी स्त्री । दैवतः । बान्धवः ।

('शस्' प्रत्ययविधिसूत्रम्)

१२४० बह्वल्पाऽर्थात् शस् कारकाद् अन्यतरस्याम् ५।४।४२॥

बहूनि ददाति–बहु-शः । अल्प-शः ।

१२३९ प्रज्ञादिभ्य इति—प्रज्ञ आदि शब्दों से स्वार्थ में अण् प्रत्यय हो ।

प्राज्ञः (प्रज्ञ एव, विद्वान्)—यहाँ प्रज्ञ शब्द से स्वार्थ में अण् प्रत्यय होने पर आदिवृद्धि होकर रूप सिद्ध हुआ ।

प्राज्ञी स्त्री (विदुषी स्त्री)—यहाँ अणन्त प्राज्ञ शब्द से स्त्रीप्रत्यय प्रकरण में आगे आनेवाले '१२५० टिड्ढाण् ४ । १ । १५ ॥' इस सूत्र से स्त्रीलिङ्ग बोधन के लिये ङीप् (ई) प्रत्यय हुआ । तब '२३६ यस्येति च ६ ।४।१४८॥' से अकार का लोप होकर रूप सिद्ध हुआ ।

'अण् प्रत्यय का फल स्त्रीलिङ्ग में ङीप् प्रत्यय है' यह दिखाने के लिये यह उदाहरण दिया गया है ।

दैवतः[1] (देवता एव)—यहाँ देवता शब्द से स्वार्थ में प्रकृत सूत्र से अण् प्रत्यय होकर आदिवृद्धि होने पर रूप सिद्ध हुआ ।

बान्धवः (बन्धुरेव–बन्धु)—यहाँ बन्धु शब्द से स्वार्थ में प्रकृत सूत्र से अण् प्रत्यय होने पर आदिवृद्धि और '१००५ ओर्गुणः ६ । ४ । १४४ ॥' से अन्त्य उकार को गुण ओ और उसे अव् आदेश होकर रूप सिद्ध हुआ ।

१२४० बह्वल्पाऽर्थादिति–बह्वर्थक और अल्पार्थक कारक शब्द से स्वार्थ में शस् प्रत्यय विकल्प से हो ।

बहु-शः (बहूनि ददाति-बहुत देता है)—यहाँ दान क्रिया के बह्वर्थक कर्मकारक बहु शब्द से शस् प्रत्यय होकर रूप सिद्ध हुआ ।

अल्प-शः (अल्पानि ददाति)–यहाँ दान क्रिया के अल्पार्थक कर्मकारक अल्प शब्द से शस् प्रत्यय होने पर रूप सिद्ध हुआ ।

(वा) **आद्यादिभ्य** इति–आदि-प्रभृति शब्दों से सभी विभक्तियों के अर्थ

१—'वृन्दारका दैवतानि पुंसि वा देवतास्त्रियाम्' इत्यमरः ।

(वा) आद्यादिभ्यस्तसेरुपसंख्यानम् । आदौ–आदि-तः । मध्य-तः । अन्त-तः । पार्श्व-तः । आकृतिगणोऽयम् । स्वरेण–स्वर-तः । वर्ण-तः ।

('च्वि' प्रत्ययविधिसूत्रम्)

१२४१ कृभ्वस्तियोगे संपद्यकर्तरि च्विः ५ । ४ । ५० ॥

(वा) अभूत-तद्भाव इति वक्तव्यम् । विकाराऽऽत्मतां प्राप्नुवत्यां प्रकृतौ वर्तमानाद्विकारशब्दात् स्वार्थे च्विर्वा स्यात्करोत्यादिभिर्योगे ।

में तसि प्रत्यय हो।

सभी विभक्तियों के अर्थ में होने से इसको सार्वविभक्तिक तसि कहते हैं।

आदि-तः, मध्य-तः, अन्त-तः और **पार्श्व-तः**–इनमें आदि, मध्य, अन्त और पार्श्व शब्दों से प्रकृत वार्तिक से तसि प्रत्यय हुआ है।

आकृतिगण इति–यह आद्यादिगण आकृतिगण है। इसलिये–स्वर और वर्ण शब्दों से भी होता है–**स्वर-तः** और **वर्ण-तः** रूप बनते हैं।

'मन्त्रो हीनः स्वरतो वर्णतो वा' इस मन्त्र में ये प्रयोग आये हैं। यहाँ तृतीया-विभक्ति के अर्थ में तसि प्रत्यय आया है। इसीलिये मूल में **स्वरतः** का अर्थ स्वरेण–इस प्रकार तृतीया विभक्ति के द्वारा प्रकट किया गया है।

सार्वविभक्तिक का अर्थ प्रकरण के अनुसार करना चाहिये–जैसे पूर्वोक्त मन्त्र में किया है।

शस् प्रत्ययान्त और तसिप्रत्ययान्त शब्द '३६६ तद्धितश्चाऽसर्व-विभक्तिः १।१।३८ ।।' से अव्यय होते हैं। इनसे विभक्ति की आवश्यकता नहीं रहती।

१२४१ कृभ्वस्तियोगे इति—विकार को प्राप्त होनेवाली प्रकृति अर्थ में वर्तमान विकारवाचक सुबन्त शब्द से स्वार्थ में च्वि प्रत्यय विकल्प से हो कृ, भू और अस् धातुओं के योग में।

(वा) **अभूतेति**–अभूत के तद्भाव विषय में अर्थात् जो पहले वैसा न हो उसके वैसा होने अर्थ में च्वि प्रत्यय हो।

सूत्र का अर्थ इस वार्तिक के अर्थ को मिलाकर किया गया है।

विकारवाचक शब्द प्रकृति अर्थ में गौण रूप से आता है, स्वरूप दोनों का समान होता है, केवल अभूत-तद्भाव सूचित करने के लिये प्रकृति के साथ नञ् लगा होता है।

('ई' आदेशविधिसूत्रम्)

१२४२ अस्य च्वौ ७ । ४ । ३२ ॥

अवर्णस्य ईत् स्यात् च्वौ । वेर्लोपः । च्व्यन्तत्वाद् अव्ययत्वम् । अकृष्णः कृष्णः संपद्यते, तं करोति कृष्णीकरोति । ब्रह्मीभवति ।

च्वि का चकार इत्संज्ञक है, इकार उच्चारणार्थक और वकार का '४३१ लोपो व्योर्वलि ६ । १ । ६६ ॥' से लोप हो जाता है । इस प्रकार प्रत्यय का सर्वापहार लोप होता है ।

१२४२ अस्येति—अवर्ण को ईकार हो च्वि परे रहते ।

वेर्लोप इति—च्वि के वकार का '३६६ लोपो व्योर्वलि १ । १ । ३८ ॥' से लोप होता है जैसे कि पहले कहा गया है ।

च्व्यन्तत्वादिति--च्वि प्रत्ययान्त होने से पद अव्यय हो जाता है । 'तद्धितश्चासर्वविभक्तिः' सूत्र में च्वि प्रत्यय को भी गिना गया है ।

अब क्रमशः कृ आदि के योग में उदाहरण दिये जाते हैं ।

कृष्णीकरोति (अकृष्णं कृष्णरूपेण संपद्यमानं करोति–जो कृष्ण नहीं, वह उसे कृष्ण बनाता है)—यहाँ कृष्ण शब्द से अभूततद्भाव अर्थ में पूर्वसूत्र से कृ धातु के योग में च्वि प्रत्यय हुआ । च्वि का सर्वापहार लोप हुआ । तब प्रकृत सूत्र से अकार को ईकार होकर रूप सिद्ध हुआ ।

यहाँ वास्तव में अकृष्ण—कृष्णभिन्न-नट प्रकृति है, वह कृष्णभाव रूप विकार को प्राप्त कर रहा है, इसलिये वह सम्पद्यमान अर्थात् सम्पद्य कर्ता है इसलिये उसमें अभेद का आरोप कर वर्तमान विकारभूत कृष्णवाचक शब्द है । उससे च्वि प्रत्यय हुआ ।

इस सारे अर्थ को ही अभूततद्भाव कहते हैं । जो पहले वैसा नहीं था, अब हो रहा है, यही अभूतद्भाव है, इसका तात्पर्य यही है कि प्रकृति विकार को प्राप्त कर रही है । जो कृष्ण नहीं वह कृष्ण बन रहा है ।

इस प्रकार च्वि प्रत्यय के द्वारा प्रतीत होता है कि वह जो कुछ अब है पहले नहीं था अर्थात् यह उसका स्वाभाविक रूप नहीं । नट कृष्ण नहीं, अब वेष आदि के द्वारा कृष्ण बन गया है । यही बात 'उत्तरलीकरोति' शब्द में है । **उत्तरलीकरोति**—अनुत्तरलं उत्तरलं करोति—जो पहले चञ्चल नहीं था, उसे चञ्चल बना रहा है ।

गङ्गीस्यात् ।

(वा) अव्ययस्य च्वावीत्वं न-इतिवाच्यम् । दोषाभूतम् अहः । दिवाभूता रात्रिः ।

('सात्' प्रत्ययविधिसूत्रम्)

१२४३ विभाषा साति कार्त्स्न्ये ५ । ४ । ५२ ॥

च्वि-विषये सातिर्वा स्यात् साकल्ये ।

ब्रह्मीभवति (अब्रह्म ब्रह्म संपद्यमानं भवति—जो ब्रह्म नहीं, वह ब्रह्म बन रहा है)—यहाँ भू धातु के योग में अभूततद्भाव अर्थ में च्वि प्रत्यय होने पर उसका लोप हुआ । तब लुप्तविभक्ति के द्वारा पद होने के कारण पदान्त नकार का लोप '१८० न लोपः प्रातिपदिकान्तस्य ८ । २ । ७ ॥' से हुआ । तब प्रकृत सूत्र से अकार को ईकार होकर रूप बना ।

गङ्गीस्यात् (अगङ्गा गङ्गा सम्पद्यमाना स्यात्—जो गङ्गा नहीं, वह गङ्गा हो जाय)—यहाँ अस् धातु के योग में गङ्गा शब्द से अभूततद्भाव अर्थ में च्वि प्रत्यय हुआ । प्रत्यय का लोप होने पर प्रकृत सूत्र से आकार को ईकार होकर रूप सिद्ध हुआ ।

(वा) **अव्ययेति**—च्वि परे रहते अव्यय के अवर्ण को ईकार आदेश न हो ।

दोषाभूतम् अहः (अदोषा दोषा सम्पद्यमानम् अभूत्—जो रात नहीं पर रात बन गया है—जब वर्षा ऋतु में बादलों के कारण अधिक अन्धेरा हो जाता है तब दिन को ही रात कहने लगते हैं, वहीं पर इसका प्रयोग होता है)—यहाँ भू धातु के योग में दोषा शब्द से अभूततद्भाव अर्थ में च्वि प्रत्यय होकर लोप को प्राप्त हुआ । तब '१२४ अस्य च्वौ ७ । ४ । ३२ ॥' से प्राप्त ईकार का अव्यय होने के कारण प्रकृत सूत्र से निषेध हुआ ।

दिवाभूता रात्रिः (अदिवा दिवा संपद्यमानम् अभूत—जो दिन नहीं वह दिन बन रहा है)—इसकी सिद्धि पूर्ववत् होती है ।

जब चांदनी रात में आकाशके अधिक निर्मल होनेके कारण प्रकाश अधिक होता है, तब रात्रि दिन के जैसी हो जाती है ।

१२४३ **विभाषेति**—च्वि के विषय में अर्थात् अभूततद्भाव अर्थ में संपद्य कर्ता में और कृ, भू और अस् के योग में साति प्रत्यय विकल्प से हो कार्त्स्न्यं

(षत्वनिषेधसूत्रम्)

१२४४ सात् पदाऽऽद्योः ८ । ३ । १११ ॥

सस्य षत्वं न स्यात् । दधि सिञ्चति । कृत्स्नं शस्त्रम् । अग्निः संपद्यते- अग्नि-साद् भवति ।

१२४५ च्वौ च ७ । ४ । २६ ॥

च्वौ च परे पूर्वस्य दीर्घः स्यात् । अग्नीभवति ।

अर्थात् सम्पूर्णता अर्थ प्रकट करने के लिये ।

साति का इकार उच्चारणार्थक है ।

१२४४ **सात** इति—सात् प्रत्यय के सकार और पद के आदि सकार को षकार नहीं होता ।

दधि सिञ्चति (दही सींचता है)—यहाँ इण् इकार से पर सिञ्चति के सकार को आदेश रूप होने से '१५० आदेश प्रत्यययोः ८ । ३ । ५९ ॥' से षकार प्राप्त था । उसका प्रकृत सूत्र से पदादि होने के कारण निषेध हो गया ।

साति के प्रकरण में उपस्थित सूत्र से प्रसङ्ग प्राप्त हो जाने के कारण यह पदादि सकार को षकार निषेध का उदाहरण दिया गया है ।

अग्नि-साद् भवति—(कृत्स्नं शस्त्रम् अग्निसाद् सम्पद्यते—सम्पूर्ण शस्त्र अग्नि बन रहा है अर्थात् उर्वथा जल रहा है)—यहाँ भू धातु के योग में अभूततद्भाव अर्थ में अग्नि शब्द से पूर्वसूत्र से साति प्रत्यय हुआ । तब सकार के स्थान में इण् इकार से पर होने के कारण प्राप्त षकार आदेश का प्रकृत सूत्र से निषेध होकर रूप बना ।

१२४५ च्वौ **चे**ति—च्वि परे रहते पूर्व अण् को दीर्घ हो ।

अग्नीभवति (अनग्निरग्निः संपद्यमानो भवति—जो अग्नि नहीं वह अग्नि बन रहा है)—यहाँ भू धातु के योग में अभूततद्भाव अर्थ में अग्नि शब्द से च्वि प्रत्यय होकरसर्वापहार लोप को प्राप्त हुआ । तब प्रकृत सूत्र से पूर्व इकार को दीर्घ होकर रूप सिद्ध हुआ ।

जब कोई मनुष्य अत्यन्त क्रुद्ध हो जाता है, तब उसे कहा जाता है-अग्नी भवति-अग्नि हो रहा है ।

('डाच्' प्रत्ययविधिसूत्रम्)

१२४६ अव्यक्ताऽनुकरणाद् द्व्यजवरार्धादनितौ डाच् ५।४।५७॥

द्व्यज् एवाऽवरं न्यूनम्, न तु ततो न्यूनम्, अनेकाऽज् इति यावत्। तादृशम् अर्धं यस्य, तस्माद् डाच् स्यात् कृभ्वस्तियोगे।

(द्वित्वविधिवार्तिकम्)

(वा) डाचि च द्वे बहुलम्। इति डाचि विवक्षिते द्वित्वम्।

(पररूपविधिवार्तिकम्)

(वा) नित्यम् आम्रेडिते डाचि इति वक्तव्यम्।

डाच्परं यद् आम्रेडितं तस्मिन् परे पूर्व-परयोर्वर्णयोः पररूपं स्यात्। इति तकार-पकारयोः पकारः—पटपटाकरोति। अव्यक्ताऽनुकरणात् किम्—

१२४६ अव्यक्तेति—अनेकाच् अर्ध भागवाले अव्यक्त ध्वनि के अनुकरण शब्द से कृ, भू और अस के योग में डाच् प्रत्यय हो, परन्तु इति परे रहते न हो।

डाच् क डकार और चकार इत्संज्ञक हैं, केवल आ बचता है।

सूत्रस्थ 'द्व्यजवरार्धात्' पद का मूल वृत्तिमें अथ स्पष्ट किया गया है 'द्व्यज् एव अवरं न्यूनम्, न तु ततो न्यूनम्—अनेकाच् इति यावत्-द्व्यच् ही है न्यून जिससे न कि द्व्यच् से भी न्यून एकाच्—अर्थात् अनेकाच् है अर्ध जिसका। केयल द्व्यच् कहने से अनेकाच् का ग्रहण नहीं होता इसलिये अवर शब्द भी साथ जोड़ा गया है—वस्तुतः अनेकाच् कहना ही अधिक स्पष्टार्थ होने से यहाँ उचित था।

जिस ध्वनि में अकारादि वर्ण विशेष नहीं मालूम पड़ते, वह अव्यक्त ध्वनि होती है, उसका अनुकरण—अव्यक्तानुकरण होता है।

(वा) डाचीति—डाच् प्रत्यय की विवक्षा में द्वित्व हो अर्थात् डाच् करने के पहले ही द्वित्व होता है बाहुलक से।

(वा) नित्यमिति—डाच् है पर जिसके ऐसे आम्रेडित शब्द के परे रहते पूर्व और पर वर्णों के स्थान में पररूप एकादेश हो।

पटपटाकरोति (पटत् करोति-पटत् ऐसी ध्वनि करता है)—यहाँ डाच की विवक्षा होने पर 'डाचि च द्वे बहुलम्' इस व वार्तिक से पटत् शब्द को

ईषत्करोति। द्व्यजवाराऽर्धात् किम्–श्रत्करोति। **अवरेति** किम्-खरट-खरटाकरोति। अनितौ किम्–पटिति करोति।

इति **स्वार्थिकाः**।

इति तद्धितप्रकरणम्।

द्वित्व हुआ। तब 'पटत् पटत् करोति' इस दशा में अर्ध भाग अनेकाच् है तथा यह अव्यक्तानुकरण शब्द है, अतः कृ के योग में प्रकृत सूत्र से डाच् प्रत्यय हुआ। तब टि अत् का लोप होने पर 'पटत् पटा करोति' यह स्थिति बनी। यहां डाच् पर आम्रेडित पटा के परे रहते पूर्व तकार और पर पकार इन दोनों वर्णों के स्थान में पर वर्ण पकार का पर रूप प्रकृत वार्तिक से होकर रूप बना।

अव्यक्ताऽनुकरणादिति—अव्यक्त का अनुकरण शब्द होना चाहिये-ऐसा क्यों कहा? इसलिये कि 'ईषत् करोति' यहाँ डाच् न हो। यहाँ 'ईषत्' शब्द अव्यक्त ध्वनि का अनुकरण नहीं, इसलिये डाच् नहीं हुआ।

द्व्यजवराऽर्धादिति—दो ही न्यून हों, उससे न्यून न हो-ऐसा क्यों कहा? इसलिये कि 'श्रत् करोति' यहाँ डाच् न हो। यहाँ 'श्रत्' शब्द अव्यक्त का अनुकरण है पर दो से न्यून अच् यहाँ है अर्थात् एकाच् है।

अवरेति—द्व्यच् शब्द के साथ अवर क्यों जोड़ा गया, द्व्यच् ही क्यों नहीं कहा? इसलिये कि **खरटखरटाकरोति**—यहाँ भी डाच् हो। यहाँ अनेकाच् अर्ध भाग है, द्व्यच् नहीं।

अनिताविति—इति परे रहते नहीं होता-ऐसा क्यों कहा? इसलिये कि 'पटिति करोति-पट् ऐसा करता है' यहाँ न हो। यहाँ अव्यक्तानुकरण पट् शब्द है, पर इससे इति परे है।

स्वार्थिक प्रत्यय समाप्त।

तद्धित प्रकरण समाप्त।

——*——

अथ स्त्रीप्रत्ययाः ।

('स्त्रियाम्' इत्यधिकारसूत्रम्)

१२४७ स्त्रियाम् ४ । १ । ३ ॥

अधिकारोऽयम् 'समर्थानाम्–' इति यावत् ।

('टाप्' प्रत्ययविधिसूत्रम्)

१२४८ अजाऽऽद्यतष्टाप् ४ । १ । ४ ॥

अजाऽऽदीनाम्, अकारान्तस्य च वाच्यं यत् स्त्रीत्वम्, तत्र द्योत्ये टाप्

१२४७ **स्त्रियाम्** इति—यह अधिकार सूत्र है। यह अधिकार 'समर्थानां प्रथमाद् वा ४ । १ । ८२ ॥' सूत्र तक है अर्थात् उससे पूर्व के सूत्रों में 'स्त्रियाम्' यह पद उपस्थित होता है–अतः वे सूत्र स्त्रीत्व बोधन के लिये प्रत्यय करते हैं।

१२४८ **अजाऽऽद्यत** इति–अज आदि, और अकारान्त शब्दों का जब स्त्रीत्व[1] कहना हो, तब इन प्रातिपदिकों से टाप् प्रत्यय हो।

टाप का 'आ' शेष रहता है, टकार और पकार इत्संज्ञक है।

अजा (बकरी) यहाँ अजाऽऽदिगण के प्रथम शब्द अज से स्त्रीत्व अर्थ बोधन के लिये प्रकृत सूत्र से टाप् प्रत्यय हुआ। तब टाप् के आकार के साथ 'अज' के अन्त्य अकार के स्थान में सवर्ण दीर्घ होने पर 'अज' शब्द बना प्रथमा के एकवचन में सु के अपृक्त सकार आबन्त से परे होने के कारण '१७९ हल्-ङ्याब्भ्यो दीर्घात् सुतिस्यपृक्तं हल ६ । १ । ६८ ॥' इस सूत्र से लोप होकर रूप सिद्ध हुआ।

इन स्त्रीप्रत्ययान्त अजा आदि शब्दों से सु आदि की उत्पत्ति आबन्त होने के कारण '११९ ङ्याप्-प्रातिपदिकात् ४ । १ । १ ॥' इस सूत्र के अधिकार के बल से अथवा 'प्रातिपदिकग्रहणे लिङ्गविशिष्टस्यापि ग्रहणम्–प्रातिपदिक का सामान्य या विशेष रूप से ग्रहण होने पर लिङ्ग-विशिष्ट का भी ग्रहण होता है'–

---

१. स्वार्थ, द्रव्य, लिङ्ग, संख्या और कारक–ये पाँच प्रातिपदिक के अर्थ हैं–इस पक्ष में लिङ्ग के प्रातिपदिकार्थ होने से प्रत्यय उसके द्योतक होते हैं लिङ्ग को प्रातिपदिकार्थ न माननेवालों के पक्ष में वाचक।

स्यात्। अजा । एडका[१] । अश्वा[२] । चटका[३] । मूषिका[४] । बाला । वत्सा । होडा । मन्दा । विलाता-इत्यादिः अजादिगणः । सर्वा ।

('ङीप्' प्रत्ययविधिसूत्रम्)

१२४९ उगितश्च ४ । १ । ६ ॥

उगिदन्तात् प्रातिपदिकात् स्त्रियां ङीप् स्यात्। **भवन्ती।** पचन्ती। दीव्यन्ती।

इस परिभाषा के बल से होती है।

इसी प्रकार—एडक (भेड़ा) से **एडका** (भेड़), अश्व (घोड़ा) से **अश्वा** (घोड़ी), चटक (चिड़ा) से **चटका** (चिड़िया), मूषक (चूहा) से **मूषिका** (चुहिया), बाल से **बाला**, वत्स से **वत्सा**, होड़ से **होडा**, मन्द से **मन्दा** और विलात से **बिलाता**-शब्द सिद्ध होते हैं। अन्तिम पाँच शब्दों का अर्थ कुमार है। सभी शब्द अजादि गण के हैं।

सर्वा—यहाँ अकारान्त सर्व शब्द से टाप् प्रत्यय हुआ।

१२४९ उगितश्चेति—उगित् प्रत्यय जिस प्रातिपदिक के अन्त में हो, उससे स्त्री बोधन के लिये ङीप् प्रत्यय हो।

ङीप् प्रत्यय के ङकार और पकार इत्संज्ञक है, ई शेष रहता है।

कृदन्त प्रकरण में बताया गया शतृ प्रत्यय ऋकार उक के इत् होने से उगित् है, अतः तदन्त शब्दों से इस सूत्र के अनुसार स्त्रीलिङ्ग में ङीप् प्रत्यय होगा और तद्धित ईयसुन् प्रत्यय भी उकार उक् के इत्संज्ञक होने के कारण उगित् है, अतः ईयसुन् प्रत्ययान्त शब्दों से भी प्रत्यय होगा।

भवन्ती (होती हुई)—यहाँ शतृप्रत्ययान्त भवत् शब्द से उगिदन्त होने के कारण प्रकृत सूत्र से ङीप् प्रत्यय हुआ। तब उसके परे होने पर '३६७ शप्श्यनोर्नित्यम् ७ । १ । ८१ ॥' से नुम् आगम होकर रूप सिद्ध हुआ।

भा धातु से डवतु प्रत्यय होकर सिद्ध हुए भवत् (आप) के उगिदन्त होने के कारण उससे ङीप् होकर 'भवति' रूप बनता है। यहाँ नुम् नहीं होता।

१—'मेढोरभ्रोरणोर्णायुमेषवृष्णय एडके' इत्यमरः।

२—'वाम्यश्वा वडवा' इत्यमरः।

३—'चटकः कलविङ्कः स्यात् तस्य स्त्री चटका' इत्यमरः।

४—'चुचुन्दरी गन्धमूषी दीर्घदेही तु मूषिका' इत्यमरः।

('ङीप्' प्रत्ययविधिसूत्रम्)

१२५० टिड्-ढाऽण्-अञ्-द्वयसच्-दघ्नञ्-मात्रच्-तयप्-ठक्-ठञ्-कञ्क्वरपः ४ । १ । १५ ॥

अनुपसर्जनं यत् टिद्-आदि तदन्तं यद् अदन्तं प्रातिपदिकम्, ततः स्त्रियां ङीप् स्यात् कुरु-चरी। नदट्-नदी। देवट्-देवी। सौपर्णेयी।

इसी प्रकार—शतृ प्रत्ययान्त पचत् और दीव्यत् शब्दों से पचन्ती (पकाती हुई) और दीव्यन्ती (खेलती हुई) रूप सिद्ध होते हैं।

ये सब उदाहरण प्रथमा के एकवचन में दिये गये हैं। आबन्त और ईबन्त से प्रथमा के एकवचन सु के अपृक्त सकार का '१७९ हल्ङ्याब्भ्यो दीर्घात् सुतिस्यपृक्तं हल् ६ । १ । ६८ ॥' से लोप होकर रूप बनता है।

ईयसुन् प्रत्ययान्त के उदाहरण मूल में नहीं दिये गये—वे ये हैं—श्रेयस्—श्रेयसी (कल्याणकारिणी), पटीयस्-पटीयसी (अति चतुर स्त्री) और नेदीयस्—नेदीयसी (निकट स्थिता) इत्यादि।

१२५० टिड्ढेति—अनुपसर्जन (जो गौण न हो) आकारान्त टिदन्त और ढ, अण्, अञ्, द्वयसच्, दघ्नञ्, मात्रच्, तयप्, ठक्, ठञ्, कञ् और क्वरप् इन प्रत्ययान्त प्रातिपदिकों से स्त्रीलिङ्ग में ङीप् प्रत्यय हो।

ढ आदि ग्यारह तद्धित प्रत्यय हैं। टित् प्रत्यय कृदन्त के ट टक् हैं और देवट् तथा नदट् शब्द भी टित् हैं।

आगे इनके उदाहरण क्रमशः दिये जाते हैं।

कुरु-चरी (कुरुषु चरति स्त्री—कुरुदेश में घूमनेवाली स्त्री)—यहाँ '७८५ चरेष्टः ३ । २ । १६ ॥' सूत्र से सुबन्त उपपद रहते चर् धातु से ट प्रत्यय होकर सिद्ध हुए कुरुचर शब्द से स्त्रीलिङ्ग में प्रकृत सूत्र से ङीप् प्रत्यय हुआ। तब '२२६ यस्येति च ६ । ४ । १४८ ॥' अकार का लोप होकर रूप सिद्ध हुआ।

नदी—'नदट्' इस टित् प्रातिपदिक से प्रकृत सूत्र से ङीप् प्रत्यय होने पर 'यस्येति च' से अकार का लोप होकर रूप सिद्ध हुआ।

देवी—देवट् शब्द से ङीप् प्रत्यय होकर पूर्ववत् रूप सिद्ध हुआ।

सौपर्णेयी (सुपर्णी की कन्या, गरुड़ की बहन)—यहाँ सुपर्णी शब्द से

ऐन्द्री। औत्सी। ऊरुद्वयसी। ऊरु-दघ्नी। ऊरुमात्री। पञ्च-तयी। आक्षिकी।

अपत्य अर्थ में '१०२१ स्त्रीभ्यो ढक् ४ । १ । १२० ॥' स ढक् प्रत्यय होकर, उसको '१०१३ आयन्– ७ । १ । २ ॥' इत्यादि सूत्र से 'एय्' आदेश, आदि वृद्धि, पूर्व ईकार का 'यस्येति च' से लोप होने पर सिद्ध हुए सौपर्णेय इस ढ-प्रत्ययान्त प्रातिपदिक से प्रकृत सूत्र से ङीप् हुआ। तब 'यस्येति च' से प्रातिपदिक से अन्त्य अकार का लोप होकर रूप सिद्ध हुआ।

ऐन्द्री (इन्द्रो देवता अस्याः इन्द्र जिसका देवता है अथवा इन्द्र की)—यहाँ इन्द्र शब्द से '१०४१ साऽस्य देवता ४ । २ । २४ ॥' अथवा '११०६ तस्येदम् ४ । ३ । १२० ॥' से अण् होने पर, अकार का लोप और आदिवृद्धि होकर सिद्ध हुए ऐन्द्र—इस अणन्त प्रातिपदिक से प्रकृत सूत्र से ङीप् प्रत्यय हुआ। तब अकार का लोप होने पर रूप सिद्ध हुआ।

औत्सी (उत्सस्येयम्, उत्स—झरना या ऋषिविशेष सम्बन्धिनी)—यहाँ उत्स शब्द से '१००२ उत्सादिभ्योऽञ् ४ । १ । ८६ ॥' सूत्रसे अञ् प्रत्यय होने पर सिद्ध हुए औत्स इस अञ् प्रत्ययान्त शब्द से प्रकृत सूत्र से ङीप् हुआ। तब 'यस्येति च' से पूर्व अकार का लोप होकर रूप सिद्ध हुआ।

ऊरु-द्वयसी, ऊरु-दघ्नी, ऊरु-मात्री (ऊरू प्रमाणमस्याः, ऊरुप्रमाण जलवाली-तलैया, छोटा तालाब आदि)—यहाँ ऊरु शब्द से प्रमाण अर्थ में '११६७ प्रमाणे द्वयसज्-दघ्नञ्-मात्रचः ५ । २ । ३७ ॥' से द्वयसच्, दघ्नञ् और मात्रच्-प्रत्यय होने पर सिद्ध हुए ऊरुद्वयस, ऊरुदघ्न और ऊरुमात्र—इन प्रातिपदिकों से ङीप् प्रत्यय हुआ। तब 'यस्येति च' से अन्त्य अकार का लोप होकर रूप सिद्ध हुआ।

पञ्च-तयी (पञ्च अवयवा अस्याः—पाँच अवयववाली)—यहाँ पञ्चन् शब्द से अवयव अर्थ में '७१११ संख्याया अवयवे तयप ५ । २ । ४२ ॥' से तयप् प्रत्यय होने पर नकार का लोप होकर सिद्ध हुए पञ्चतय प्रातिपदिक से ङीप् प्रत्यय हुआ।

आक्षिकी (अक्षैर्दीव्यति, पासों से खेलनेवाली)—यहाँ अक्ष शब्द से '१११७ तेन दीव्यति खनति जयति जितम् ४ । ४ । २ ॥' से ठक् प्रत्यय होने पर ठकार को इक्, 'यस्येति च' से अकारका लोप और आदिवृद्धि होकर सिद्ध

प्रास्थिकी। लावणिकी। यादृशी। इत्वरी।

(‘ङीप्’ प्रत्ययवार्तिकम्)

(वा) **नञ्-स्नञ्-ईकक्-ख्युन्-तरुण-तलुनानाम् उपसंख्यानम्। स्त्रैणी**

हुए ‘आह्निक’ शब्द से प्रकृत सूत्र से ङीप् हुआ। तब ‘यस्येति च’ से अन्त्य अकार का लोप होकर रूप सिद्ध हुआ।

प्रास्थिकी (प्रस्थेन क्रीता, एक प्रस्थ से खरीदी हुई)—यहाँ प्रस्थ शब्दसे क्रीत अर्थ में–‘तेन क्रीतम्’–से ठञ् प्रत्यय होकर प्रास्थिक शब्द बना। इससे ङीप् होकर उक्त रूप सिद्ध हुआ।

लावणिकी (लवणं पण्यमस्याः, नमक बेचनेवाली)—यहाँ लवण शब्द से ‘तदस्य पण्यम्–४।४।५१॥ यह इसका विक्रेता है’ इस अर्थमें ‘लवणात् ठञ्’ ४।४।५२॥ से ठञ् होकर सिद्ध हुए लावणिक शब्द से ङीप् प्रत्यय हुआ। तब ‘यस्येति च’ से अकार का लोप होने पर रूप सिद्ध हुआ।

यादृशी (जैसी)—यहाँ यत् शब्द उपपद रहते दृश् धातु से ‘३४८ त्यदादिषु दृशोऽनालोचने कञ् च ३।२।६०॥’ से कञ् प्रत्यय होने पर ‘३४६ आ सर्वनाम्नः ६।३।७१॥’ से यत् शब्द को आकार अन्तादेश और सवर्ण दीर्घ होकर सिद्ध हुए यादृश कञन्त प्रातिपदिकसे प्रकृत सूत्रसे ङीप् हुआ। तब ‘यस्येति च’ से लोप होकर रूप सिद्ध हुआ।

इत्वरी (व्यभिचारिणी)—यहाँ ‘इण् गतौ’ धातुसे ‘इण्-नशि-जि-सर्तिभ्यः क्वरप् ३।२।१६३॥’ से क्वरप् प्रत्यय होने पर ‘७८० ह्रस्वस्य पिति कृति तुक्६।१।७१॥’ से तुक् आगम होकर ‘इत्वर’ शब्द बना। क्वरबन्त होने के कारण इससे ङीप् हुआ और ‘यस्येति च’ से अन्त्य अकार का लोप होकर रूप सिद्ध हुआ।

(वा) **नञ्स्नञ्** इति—नञ्, स्नञ्, ईकक्, ख्युन्–ये प्रत्यय जिनके अन्त में हों, उनसे तथा तरुण और तलुन–इन प्रतिपदिकों से स्त्रीत्व विवक्षा में ङीप् प्रत्यय हो।

ईकक्, नञ् और स्नञ् ये तद्धित प्रत्यय हैं और ख्युन् कृत प्रत्यय है।

स्त्रैणी, पौंस्नी (स्त्रीसम्बन्धी, पुरुष-सम्बन्धिनी)—यहाँ स्त्री और पुरुष शब्दों से ‘१००३ स्त्रीपुंसाभ्यां नञ्स्नञौ भवनात् ४।१।८७॥’ से क्रमशः नञ् और स्नञ् प्रत्यय होने पर आदिवृद्धि, स्त्री शब्द से प्रत्यय के नकार को

पौंस्नी । शाक्तीकी । आढ्यङ्करणी । तरुणी । तलुनी ।

('ङीप्' प्रत्ययविधिसूत्रम्)

१२५१ यञश्च ४ । १ । १६ ॥

यञन्तात् स्त्रियां 'ङीप्' स्यात् । अकार-लोपे कृते—

णकार होकर सिद्ध हुए स्त्रैण और पौंस्न शब्दों से प्रकृत वार्तिक से ङीप् प्रत्यय हुआ । तब 'यस्येति च' से अन्त्य अकार का लोप होकर रूप सिद्ध हुआ ।

शाक्तीकी (शक्तिः आयुधविशेषः प्रहरणम् अस्याः—शक्ति नाम का अस्त्र जिसका हथियार है वह स्त्री)—यहाँ शक्ति शब्द से 'शक्तियष्ट्योरीकक्' से ईकक् प्रत्यय आदिवृद्धि, अन्त्य इकार का 'यस्येति च' से लोप होकर सिद्ध हुए 'शाक्तीक' शब्द से प्रकृत वार्तिक से ङीप् होने पर '२३६ यस्येति च ६ । ४ । १४८ ॥' से अन्त्य अकार का लोप होकर रूप सिद्ध हुआ ।

आढ्यङ्करणी (अनाढ्य आढ्यः क्रियतेऽनया-जो अनाढ्य को आढ्य धनवान् बनावे)—यहाँ आढ्य पद उपपद रहते कृ धातु से 'आढ्य-सुभग ३ । २ । ५६ ॥' से ख्युन् प्रत्यय हुआ, तब 'यु' को अन आदेश, '८०० अरुर्द्विषदजन्तस्य मुम् ६ । ३ । ६७ ॥' से मुम् आगम और नकार को णकार होकर 'आढ्यंकरण' शब्द बना । इस ख्युन् प्रत्ययान्त प्रातिपदिक से प्रकृत वार्तिक से ङीप् प्रत्यय हुआ । तब 'यस्येति च' सूत्र से अन्त्य अकार का लोप होकर रूप सिद्ध हुआ ।

तरुणी, तलुनी (युवती)—यहाँ तरुण और तलुन शब्द से प्रकृत वार्तिक से ङीप् हुआ । तब 'यस्येति च' से अन्त्य अकार का लोप होकर रूप सिद्ध हुआ ।

ङीप् आदि स्त्रीप्रत्यय अजादि हैं, अतः इनके परे रहते पूर्व की भसंज्ञा होती है, तब 'यस्येति च' से पूर्व अवर्ण और इवर्ण का लोप हो जाता है—इस बात का सदा ध्यान रहना चाहिये । तद्धित प्रत्यय होने पर यदि वह अजादि हो तो 'यस्येति च' सूत्र लगता है, जैसा कि तद्धित प्रकरण में यत्र तत्र दिखाया गया है ।

१२५१ **यञश्चेति**—यञन्त से स्त्रीलिङ्ग में ङीप् प्रत्यय हो ।

अकारेति—ङीप् होने पर यञन्त के अन्त्य अकार का जैसा ऊपर कहा गया है '२३६ यस्येति च ६ । ४ । १४८ ॥' से लोप हुआ ।

(यलोपविधिसूत्रम्)

१२५२ हलस्तद्धितस्य ६ । ४ । १५० ॥

हलः परस्य तद्धित-यकारस्योपधाभूतस्य लोप ईकारे परे । गार्गी ।

('ष्फ' प्रत्ययविधिसूत्रम्)

१२५३ प्राचां ष्फ तद्धितः ४ । १ । १७ ॥

यञन्तात् ष्फो वा स्यात् , स च तद्धितः ।

('ङीष्' प्रत्ययविधिसूत्रम्)

१२५४ षिद्-गौराऽऽदिभ्यश्च ४ । १ । ४१॥

१२५२ **हल** इति—हल् से पर तद्धित के उपधाभूत यकार का लोप हो ईकार परे रहते ।

गार्गी (गार्ग्य स्त्री, गर्ग गोत्र की स्त्री)—यहाँ '१००८ गर्गाऽऽदिभ्यो यञ् ४ । १ । १०५ ॥' से गर्ग शब्द से गोत्र अर्थ में यञ् प्रत्यय होने पर 'यस्येति च' से अन्त्य अकार के लोप होकर सिद्ध हुए यञन्त गार्ग्य शब्द से पूर्वसूत्र से ङीप् प्रत्यय हुआ । तब पूर्वोक्त प्रकार से अन्त्य अकार का लोप होने पर प्रकृत सूत्र से यकार का लोप होकर रूप सिद्ध हुआ ।

१२५३ **प्राचामिति**—यञन्त से ष्फ प्रत्यय हो स्त्रीलिङ्ग में और वह तद्धित संज्ञक हो ।

'ष्फ' प्रत्यय की तद्धित संज्ञा करने का फल प्रातिपदिक संज्ञा है । तद्धितान्त होने के कारण ष्फप्रत्ययान्त 'गार्ग्यायण' शब्द से स्त्रीत्व विवक्षा में अग्रिम सूत्र से ङीष् प्रत्यय होता है ।

ष्फ प्रत्यय के आदि षकार की '८४२ षः प्रत्ययस्य १ । ३ । ६ ॥' से इत्संज्ञा होती है और फकार को '१०१३ आयन्-एय्-ईन्-इयः फ-ढ-ख-छ-घां प्रत्ययाऽऽदीनाम् ७ । १ । २ ॥' से 'आयन्' आदेश होता है ।

१२५४ **षिद्गौरादिभ्य** इति—षित् और गौर आदि शब्दों से ङीष् प्रत्यय हो ।

ङीष् का 'ई' शेष रहता है, शेष भाग इत्संज्ञक है । ङीप् और ङीष्—दोनों का केवल ईकार शेष रहने पर भी स्वर में दोनों का अन्तर पड़ता है । ङीप् का ईकार पित् होने से अनुदात्त होता है और ङीष् का ईकार उदात्त ।

षिद्भ्यो गौरादिभ्यश्च ङीष् स्यात् । गार्ग्यायणी । नर्तकी । गौरी ।

('आम्' आगमवार्तिकम्)

(वा) आम् अनडुहः स्त्रियां वा । अनड्वाही, अनडुही । आकृतिगणोऽयम् ।

('ङीप्' प्रत्ययविधिसूत्रम्)

१२५५ वयसि प्रथमे ४ । १ । २० ॥

गार्ग्यायणी (गर्गस्यापत्यं स्त्री—गर्ग की अपत्य स्त्री)—यहाँ यञन्त गार्ग्य शब्द से पूर्वसूत्र से ष्फ प्रत्यय हुआ, षकार की इत्संज्ञा, फकार को आयन् आदेश 'यस्येति च' से यकारोत्तर अकार का लोप और णत्व होने पर सिद्ध हुए 'गार्ग्यायण' शब्द से षित् होने के कारण प्रकृत सूत्र से ङीष् प्रत्यय हुआ । फिर 'यस्येति च' से णकारोत्तार अकार का लोप होकर रूप सिद्ध हुआ ।

नर्तकी (नाचनेवाली)—यहाँ नृत् धातु से 'शिल्पिनि ष्वुन् ३ । १ । १४५ ॥' से ष्वुन् प्रत्यय से सिद्ध हुए नर्तक शब्द से षित् होने कारण प्रकृत सूत्र से ङीष् हुआ । तब 'यस्येति च' से अन्त्य अकार का लोप होकर रूप सिद्ध हुआ ।

गौरी (गौरवर्ण की स्त्री)—यहाँ गौर आदि गण के आदि शब्द गौर से प्रकृत सूत्र से ङीष् प्रत्यय हुआ । तब अन्त्य अकार का लोप होकर रूप बना ।

(वा) **आम्अनडुह** इति—स्त्रीलिङ्ग में अनडुह शब्द को आम विकल्प से हो ।

अनड्वाही, अनडुही (गौ)—यहाँ गौरादि गण के अनडुह् शब्द से स्त्रीलिङ्ग में ङीष् प्रत्यय हुआ । तब प्रकृत वार्तिक से आम् आगम होने पर उकार को यण वकार होकर प्रथम रूप सिद्ध हुआ । आम् के अभावपक्ष में दूसरा रूप बना ।

आकृतिगण इति—गौरादि आकृतिगण है । अतः अन्य शब्द भी जो इस प्रकार के हों, उन्हें इसके अन्तर्गत समझना चाहिये ।

१२५५ वयसीति—प्रथम अवस्था के वाचक अदन्त प्रातिपदिक से स्त्रीलिङ्ग में ङीष् प्रत्यय हो ।

अवस्था तीन हैं—कौमार, यौवन और वार्द्धक्य । प्रथम अवस्था कौमार

प्रथमवयो-वाचिनोऽदन्तात् स्त्रियां ङीप् स्यात् । कुमारी ।

('ङीप्' प्रत्ययविधिसूत्रम्)

१२५६ द्विगोः ४ । १ । २१ ॥

अदन्ताद् द्विगोः 'ङीप्'स्यात् । त्रिलोकी । अजाऽऽदित्वात्–त्रिफला, त्र्यनीका–सेना ।

('ङीप्' प्रत्ययविधिसूत्रम्)

१२५७ वर्णाद् अनुदात्तात् तोपधात्, तो नः ४ ।१। ३९॥

है । कौमार अवस्था के वाचक शब्द से ही सूत्र ङीष् प्रत्यय का विधान करता है ।

कुमारी (अविवाहित लड़की)—यहाँ प्रथम अवस्था के वाचक कुमार शब्द से प्रकृत सूत्र से ङीष् प्रत्यय हुआ । तब 'यस्येति च' से अन्त्य अकार का लोप होकर रूप सिद्ध हुआ ।

इस सूत्र पर वार्तिक है **'वयसि-अ-चरमे'** इस वार्तिक से यौवन अवस्था के वाचक शब्दों से भी उक्त प्रत्यय होता है। यह वार्तिक कहता है कि अन्तिम अवस्था वाचक शब्द से नहीं होता, अन्य दोनों से होता है । अतएव **वधूट** और **चिरण्ट** इन दो शब्दों से–जो यौवन के वाचक हैं-भी ङीष् होकर-**वधूटी** और **चिरण्टी** शब्द बनते हैं ।

१२५६ द्विगोरिति—अदन्त द्विगु से ङीप् प्रत्यय हो ।

त्रिलोकी त्रयाणां लोकानां समाहारः, तीन लोकों का समुदाय)—यहाँ- '६४४ संख्या-पूर्वो द्विगुः २ । १ । ५२ ॥' और (वा) 'अकारान्तोत्तरपदो द्विगुः स्त्रियामिष्टः' इससे स्त्रीत्व का नियम होने से 'त्रिलोक' शब्द से प्रकृत सूत्र द्वारा ङीप् प्रत्यय हुआ । तब 'यस्येति च' से अन्त्य अकार का लोप होकर रूप सिद्ध हुआ ।

त्रिफला (त्रयाणां फलानां समाहारः, हरड़, बहेड़ा और आंवला)—यहाँ अकारान्त द्विगु होने पर भी अजादिगण के अन्तर्गत होने से '१२४८ अजाऽऽद्यतष्टाप् ४ । १ । ४ ॥' इस सूत्र के द्वारा 'त्रिफल' शब्द से टाप् प्रत्यय होकर रूप सिद्ध हुआ ।

त्र्यनीका (त्रयाणामनीकानां समाहारः-सेना)—यहाँ भी पूर्ववत् अजादिगण के अन्तर्गत होने से 'अजाऽऽद्यतष्टाप्' से टाप् प्रत्यय हुआ ।

वर्ण-वाची योऽनुदात्तान्तस्तोपधः, तदन्ताद् अनुपसर्जनात् प्रातिपदिकाद् वा ङीप्, तकारस्य नकाराऽऽदेशश्च। एनी, एता। **रोहिणी,** रोहिता।

('ङीष्' प्रत्ययविधिसूत्रम्)

१२५८ वोतो गुण-वचनात् ४ । १ । ४४ ॥

उदन्ताद् गुण-वाचिनो वा ङीष् स्यात्। **मृद्वी, मृदुः।**

('ङीष्' प्रत्ययविधिसूत्रम्)

१२५९ बह्वादिभ्यश्च ४ । १ । ४५ ॥

१२५७ **वर्णादिति**—वर्णवाची जो अनुदात्तान्त तकारोपध शब्द तदन्त प्रातिपदिक से ङीप् हो विकल्प से और तकार को नकार आदेश भी।

एनी, एता। (चितकबरी[1])—यहाँ वर्णवाची शब्द 'एत' अनुदात्तान्त है, क्योंकि तकारान्त वर्णवाची शब्द का आदि अच् '(फि. सू. ३३) वर्णानां त-ण-ति-नि-ताऽन्तानाम्' इस फिट् सूत्र से उदात्त होता है, अन्त्य अकार अनुदात्त है। इसकी उपधा तकार है। यह किसी के प्रति गौण न होने से अनुपसर्जन भी है। अतः यहाँ प्रकृत सूत्र से ङीप् प्रत्यय और तकार को नकार होकर रूप सिद्ध हुआ। अभावपक्ष में अकारान्त होने से 'अजाद्यतष्टाप्' से टाप् प्रत्यय हुआ।

रोहिणी, रोहिता[2] (लाल रङ्गवाली)—यहाँ रोहित इस वर्णवाची अनुदात्तान्त तोपध अनुपसर्जन प्रातिपदिक से ङीप् और तकारको नकार होकर रूप सिद्ध हुआ। अभावपक्ष में टाप हुआ।

१२५८ **वोत** इति—उकारान्त गुणवाचक शब्द से स्त्रीलिङ्गमें ङीष् प्रत्यय हो विकल्प से।

मृद्वी, मृदुः (कोमला)—यहाँ उकारान्त गुणवाचक मृदु शब्द से प्रकृत सूत्र से ङीष् प्रत्यय हुआ, उकार को यण् होकर रूप बना। अभावपक्ष में वैसे ही रहा।

१२५९ **बह्वादिभ्य** इति—बहु आदि गण से ङीप् प्रत्यय हो विकल्प से।

१—'चित्रं किर्मीर-कल्माष शबलैताश्च कर्बुरे' इत्यमरः।

२—'रोहितो लोहितो रक्तः' इत्यमरः।

एभ्यो वा ङीष् स्यात् । बह्वी, बहुः ।
(ग. सू.) कृद् इकाराद् अक्तिनः । रात्रिः, रात्री ।
(ग. सू.) सर्वतोऽक्तिन्नर्थाद् इति एके । शकटी शकटिः ।

('ङीष' प्रत्ययविधिसूत्रम्)

१२६० पुंयोगाद् आख्यायाम् ४ । १ । ४८ ॥

या पुमाख्या पुंयोगात् स्त्रियां वर्तते, ततो ङीष् । गोपस्य स्त्री-गोपी ।

बह्वी, बहुः (बहुत, स्त्रीलिङ्ग)—यहाँ बहु शब्द से ङीष् प्रत्यय होने पर उकार को यण् होकर रूप बना । अभावपक्ष में यथावत् रूप रहा ।

(ग) **कृदिकारादिति**—कृत् प्रत्यय का जो इकार, तदन्त प्रातिपदिकसे ङीष् प्रत्यय हो विकल्प से, परन्तु क्तिन् प्रत्ययान्त से न हो ।

रात्री, रात्रिः (रात)—यहाँ रा धातु से 'रा-शादिभ्यस्त्रिप्' इस उणादि सूत्र से त्रिप प्रत्यय होकर रात्रि शब्द बना । यहाँ कृत् प्रत्यय का इकार है, तदन्त रात्रि शब्द से ङीष् प्रत्यय हुआ । तब 'यस्येति च' से इकार का लोप होकर रूप सिद्ध हुआ । अभावपक्ष में जैसा का तैसा रूप रहा ।

(ग) **सर्वत** इति—क्तिन् प्रत्यय के अर्थ में विहित जो प्रत्यय, तदन्त से भिन्न इकारान्त मात्र से ङीष् हो ऐसा कुछ एक आचार्य मानते हैं ।

कृदिकारान्त और अकृदिकारान्त-दोनोंसे विकल्प से ङीष् होता है, पर क्तिन् के अर्थवाले प्रत्यय जिनसे हों उनसे नहीं ।

शकटी, शकटिः (छोटी गाड़ी)—यहाँ शकटि शब्द इकारान्त है, इससे ङीष् प्रत्यय प्रकृत वार्तिक से हुआ । पूर्ववत् इकार का लोप होकर रूप बना । पक्ष में जैसे का तैसा रूप रहा ।

१२६० **पुंयोगादिति**—जो पुरुष के अर्थ में प्रसिद्ध शब्द पुरुष सम्बन्ध के द्वारा लक्षणा से स्त्री के लिये प्रयुक्त किया जाय, उससे ङीष् प्रत्यय हो।

तात्पर्य यह है कि शब्द पुँलिङ्ग हो, उसका प्रयोग पतिपत्नी भाव रूप सम्बन्ध के कारण स्त्री के लिये भी किया जाने लगे—उस समय ङीष् प्रत्यय हो ।

जैसे हिन्दी में पण्डित की स्त्री को पण्डिताइन कहते हैं, वह भले ही पण्डित न हो । उसी प्रकार पुँलिङ्ग शब्द से स्त्रीत्व बोधन के लिये संस्कृत भाषा में भी इस सूत्र से प्रत्यय का विधान किया गया है ।

गोपी (गोपस्य स्त्री)—यहाँ गोप शब्द पुँलिङ्ग है । पतिपत्नी-भाव रूप

(पुंयोगलक्षणङीषूनिषेधवार्तिकम्)

(वा) पालकाऽन्तात् न । गो-पालिका । अश्व-पालिका ।

('इद्' आदेशविधिसूत्रम्)

१२६१ प्रत्यय-स्थात् कात्पूर्वस्याऽत 'इद्' आप्यसुपः ७ । ३ । ४४ ॥

प्रत्ययस्थात् कात् पूर्वस्याऽकारस्येकारः स्याद् आपि, स आप सुपः परो न चेत् । सर्विका । कारिका । अत; किम्-नौका । प्रत्यय-स्थात् किम्-

---

सम्बन्ध को लेकर इस शब्द का उसकी स्त्री के लिये भी प्रयोग होगा, उस समय प्रकृत सूत्र से ङीष् प्रत्यय हुआ । फिर 'यस्येति च' से अन्त्य अकार का लोप होकर रूप सिद्ध हुआ ।

गोपालन करनेवाले को गोप कहते हैं, उसकी स्त्री को उसके सम्बन्धसे ही गोपी कहा जायगा—उसके लिये गोपालन करने की आवश्यकता नहीं । उसी। प्रकार शूद्र की स्त्री शूद्री होगी चाहे वह स्वयं शूद्र न हो ।

(वा) पालकाऽन्तादिति—पालकान्त शब्द से पुंयोग में ङीष् न हो ।

गो-पालिका (गोपालकस्य स्त्री-गोपालन करनेवाले की स्त्री)—यहाँ पुंयोग होने पर भी गोपालक शब्द से ङीष् का निषेध प्रकृत वार्तिक से हुआ । तब अकारान्त होने के कारण टाप् हुआ । तब अग्रिम सूत्र से लकार के उत्तर में वर्तमान अकार के स्थान में इकार आदेश होकर रूप सिद्ध हुआ ।

अश्व-पालिका (अश्वपालकस्य स्त्री-अश्वपाल की स्त्री)—यहाँ भी पुंयोग में प्राप्त ङीष् का पालकान्त होने के कारण प्रकृत वार्तिक से निषेध हुआ । फिर पूर्ववत् टाप् और लकारोत्तरवर्ती अकार के स्थान में अग्रिम सूत्र से इकार आदेश होकर रूप सिद्ध हुआ ।

१२६१ प्रत्ययस्थादिति—प्रत्ययस्थ ककारसे पूर्व अकार को इकार आदेश हो आप् परे रहते, यदि वह आप् प्रत्यय सुप् से पर न हो ।

पूर्वोक्त गो-पालिका और अश्व-पालिका—शब्दों में इकार इसी सूत्र से हुआ है । क्योंकि उसमें प्रत्ययस्थ ककार है, उससे पूर्व अकार को ककार से पूर्व स्थान में इसलिये इकार हो गया, आप पर है और वह सुप् से पर नहीं । क्योंकि प्रातिपदिक से टाप् हुआ है ।

सर्विका—यहाँ सर्व शब्द से स्वार्थ में '१२३२ अव्यय-सर्वनाम्नाम् अकच

शक्नोतीति शका । अ-सु-पः किम्—बहु-परिव्राजका नगरी ।

('चाप्' प्रत्ययवार्तिकम्)

(वा) सूर्याद् देवतायां चाप् वाच्यः । सूर्यस्य स्त्री देवता-

प्राक् टेः ५ । ३ । ७१ ॥' सूत्र से टि के पूर्व अकच् प्रत्यय होकर 'सर्वक' शब्द बना । स्त्रीत्व विवक्षा में अदन्त होने के कारण इससे 'अजाद्यतष्टाप्' से टाप् प्रत्यय हुआ । तब 'यस्येति च' से अकार-लोप होकर 'सर्वका' यह रूप बना। यहाँ ककार अकच् प्रत्यय का है, उससे पूर्व अकार को इस सूत्र से इकार हुआ क्योंकि उससे पर आप् भी है, वह सुप् से पर भी नहीं ।

कारिका (करनेवाली)—कृ धातु से कर्ता अर्थ में '७८७ ण्वुल्-तृचौ ३ । १ । १३३॥' से ण्वुल् प्रत्यय, वु को अक आदेश, ऋकार को वृद्धि आर् होकर सिद्ध हुए कारक शब्द से स्त्रीत्व-विवक्षा में अदन्त होने के कारण 'अजाद्यतष्टाप्' से टाप् प्रत्यय हुआ। तब आप् परे होने के कारण प्रत्यय के ककार से पूर्व अकार को प्रकृत सूत्र से इकार होकर रूप सिद्ध हुआ ।

अत इति—अकार को इकार होता है-ऐसा इस सूत्र में क्यों कहा ? इस लिये कि नौका यहाँ प्रत्यय के ककार से पूर्व औकार को इकार न हो । नौ शब्द से स्वार्थिक क प्रत्यय होने पर टाप् होकर रूप बना है ।

प्रत्यय-स्थादिति—ककार प्रत्यय का हो-ऐसा क्यों कहा ? इसलिये कि शका में ककार से पूर्व अकार को इकार न हो । यहाँ ककार प्रत्यय का नहीं, धातु का है। शक् धातु से पचादि अच् होने पर टाप् होकर यह रूप बना है ।

असुप इति—आप् सुप् से परे न हो-ऐसा क्यों कहा ? इसलिये कि बहु-परिव्राजका—बहुत सन्यासी जहाँ हों—वह नगरी' यहाँ अकार को इकार न हो । परिव्राजक शब्द परिपूर्वक व्रज् धातु से ण्वुल् (अक) प्रत्यय से सिद्ध हुआ है । उसका बहु शब्द के साथ बहुव्रीहि समास हुआ है। समास होने पर सुप् का लोप हुआ। तब अन्तर्वर्तिनी विभक्ति अर्थात् लुप्त सुप् से पर आप् के होने के कारण यहाँ अकार को इकार नहीं होता ।

(वा) सूर्यादिति—देवता जाति की स्त्री रूप अर्थ में पुंयोग में वर्तमान सूर्य शब्द से चाप् प्रत्यय हो ।

सूर्या । देवतायां किम्—

(यलोपविधिवार्तिकम्)

(वा) सूर्याऽगस्त्ययोश्छे च ङ्यां च य-लोपः । सूरी-कुन्ती, मानुषीयम ।

('आनुक्' आगम 'ङीष्' प्रत्ययविधिसूत्रम्)

१२६२ इन्द्र-वरुण-भव-शर्व-रुद्र-मृड-हिमाऽरण्य-यव-यवन-मातुलाऽऽचार्याणाम् आनुक् ४ । १ । ४९ ॥

चाप् के चकार और पकार इत्संज्ञक हैं । 'पुंयोगाद् आख्यायाम्' से प्राप्त ङीष् प्रत्यय का यह बाधक है ।

सूर्या (सूर्यस्य स्त्री देवता, सूर्य की देवता स्त्री)—यहाँ पुंयोग से स्त्री के अर्थ में वर्तमान सूर्य शब्द से चाप् प्रत्यय हुआ, यहाँ स्त्री देवता है । तब 'यस्येति च' से अकार का लोप होकर रूप सिद्ध हुआ ।

देवतायामिति—देवता अर्थ में ही चाप् हो क्यों कहा ? इसलिये कि यदि स्त्री मनुष्य जाति की हो । वहाँ सामान्य ङीष् प्रत्यय होगा ।

(वा) **सूर्याऽगस्त्ययोरिति**—सूर्य और अगस्त्य शब्दों के यकार का लोप हो छ और ङी प्रत्यय परे रहते ।

सूरी (सूर्यस्य स्त्री मानुषी—सूर्य की मनुष्य जाति की स्त्री, कुन्ती)—यहाँ पुंयोग के द्वारा मनुष्य जाति की स्त्री अर्थ में वर्तमान सूर्य शब्द से सामान्य पुंयोग-लक्षण ङीष् हुआ । तब 'यस्येति च' से अन्त्य अकार का लोप होने पर प्रकृत वार्तिक से यकार का लोप होकर रूप सिद्ध हुआ ।

१२६२ इन्द्रेति—इन्द्र, वरुण, भव, शर्व, रुद्र, मृड, हिम, अरण्य, यव, यवन, मातुल और आचार्य-इन शब्दों को ङीष् प्रत्यय और आनुक् आगम हो ।

आनुक् का उक् भाग इत्संज्ञक है, आन् शेष रहता है और कित् होने के कारण शब्दों के अन्त में होता है ।

इन्द्र आदि छ और मातुल तथा आचार्य-शब्दों से पुंयोग में ही होता है, पूर्व सामान्य सूत्र से ङीष् सिद्ध है, इस सूत्र में केवल आनुक् विशेष होता है और शेष चारों से दोनों ङीष् और आनुक् होते हैं ।

एषाम् 'आनुक्' आगमः स्यात् ङीष् च । इन्द्रस्य स्त्री-इन्द्राणी । वरुणानी । भवानी । शर्वाणी । रुद्राणी । मृडानी ।

(महत्वार्थे 'आनुग्' आगम-'ङीष्' विधिवार्तिकम्)

(वा) हिमाऽरण्ययोर्महत्त्वे । महद्हिमम्–हिमानी, महद्अरण्यम्-अरण्यानी ।

(दोषाऽर्थे 'आनुक्' आगम 'ङीष्' प्रत्यय-विधिवार्तिकम्)

(वा) यवाद् दोषे । दुष्टो यवो–यवानी ।

(लिप्यर्थे 'आनुक्' आगम् 'ङीष्' प्रत्यय-विधिवार्तिकम्)

(वा) यवनात् लिप्याम् । यवनानां लिपिः–यवनानी ।

इन्द्राणी (इन्द्रस्य स्त्री, इन्द्र की स्त्री)—यहाँ इन्द्र शब्द से पुंयोग में प्रकृत सूत्र से ङीष् और आनुक् आगम हुए । तब 'इन्द्र आन् ई' इस दशा में सवर्ण दीर्घ और णत्व होकर रूप सिद्ध हुआ ।

वरुणानी (वरुण की स्त्री), भवानी, शर्वाणी, रुद्राणी, मृडानी (शिवजी की स्त्री, भव, शर्व, रुद्र और मृड–ये शिवजीके नाम हैं)—इन रूपों की सिद्धि भी इन्द्राणी के समान होती है ।

(वा) हिमाऽरण्योरिति—हिम (बरफ) और अरण्य (जंगल) इन दो शब्दों से ङीप् और आनुक् महत्त्व अर्थात् बड़ा अर्थ में हो ।

हिमानी (महद् हिमम्–अधिक बरफ)—यहाँ हिम शब्द से महत्व अर्थमें अरण्य शब्द से ङीप् और आनुक् होकर रूप सिद्ध हुआ ।

(वा) यवादिति—दोषयुक्त अर्थ में वर्तमान यव (जौ–अन्न) शब्द से ङीष् और आनुक् हों ।

यवानी (दुष्टो यवः–दोष युक्त जौ, जवाता)—यहाँ यव शब्द से दोष अर्थ में प्रकृत वार्तिक से ङीप् प्रत्यय और आनुक् आगम हुआ ।

(वा) यवनादिति—लिपि अर्थ में वर्तमान यवन शब्द से ङीष् प्रत्यय और आनुक् आगम हो ।

यवनानी (यवनानां लिपिः–यवनों की लिपि)—यहाँ यवन शब्दसे लिपि अर्थ में प्रकृत वार्तिक से ङीष् प्रत्यय और आनुक् आगम हुआ ।

इन चार शब्दों से हिम, अरण्य और यव इन तीन में पुंयोग असम्भव है ।

('आनुक्' आगम् 'ङीष्' प्रत्यय-विधिवार्तिकम्)

(वा) यातुलोपाध्याययोः 'आनुक्' वा। मातुलानी, मातुली। उपाध्यायानी, उपाध्यायी।

(णत्वनिषेधवार्तिकम्)

(वा) आचार्याद् अणत्वं च। आचार्यस्य स्त्री-आचार्यानी।

इन विशेष अर्थों में इसीलिये इनको विधान किया गया है। यवन शब्द से पुंयोग अर्थ में सामान्य सूत्र से 'ङीष्' प्रत्यय होकर 'यवनी' रूप बनता है।

(वा) मातुलेति—मातुल (मामा) और उपाध्याय (गुरु)—इन शब्दों से आनुक् विकल्प से हो।

यहाँ विकल्प आनुक् का ही है, ङीष् तो सामान्य सूत्र से आनुक् के अभाव में भी होता है। मातुल् शब्द को आनुक् प्राप्त है, उपाध्याय को नहीं—दोनों का विकल्प से विधान किया—अतः यह प्राप्ताऽप्राप्त विभाषा है।

मातुलानी.[1] मातुली (मातुलस्य स्त्री, मामा की स्त्री—मामी) यहाँ मातुल शब्द से पुंयोग में ङीष् और विकल्प से आनुक् प्रकृत वार्तिक से होकर पहला रूप बना। आनुक् के अभाव में सामान्य ङीष् होकर रूप सिद्ध हुआ।

उपाध्यायानी,[2] उपाध्यायी (उपाध्याय-अध्यापक की स्त्री)—यहाँ भी पूर्ववत् आनुक् के विकल्प से दो रूप बने।

(वा) आचार्यादिति—आचार्य शब्द से पुंयोग में ङीष् और आनुक् होते हैं और नकार को णत्व का निषेध भी।

आचार्यानी (आचार्य[3] की स्त्री)—यहाँ पुंयोग में आचार्य शब्द से प्रकृत वार्तिक से ङीष्, आनुक् और णत्व का निषेध—ये तीन कार्य होकर रूप बना।

जो स्वयं आचार्य पद पर प्रतिष्ठित हो, उस स्त्री को आचार्या[4] कहा जाता

---

१. 'मातुलानी तु मातुली' 'मातुर्भ्राता तु मातुलः' इति चाऽमरः।

२ 'उपाध्यायान्युपाध्यायी' इति 'उपाध्यायोऽध्यापकः' इति चाऽमरः।

३ 'आचार्यानी तु पुंयोगे' 'मन्त्र-व्याख्या-कृद् आचार्यः' इत्यमरः। 'उपनीय तु यः शिष्यं वेदमध्यापयेद् द्विजः। सकल्पं स-रहस्यं वा तम् आचार्यं प्रचक्षते' इति धर्मशास्त्रम्।

४ 'स्याद् आचार्याऽपि च स्वतः' इत्यमरः।

('आनुक्' आगम 'ङीष' प्रत्यय-विधिवार्तिकम्)

(वा) अर्य-क्षत्रियाभ्यां वा स्वार्थे। अर्याणी, अर्या। क्षत्रियाणी, क्षत्रिया।

('ङीष्' प्रत्ययविधिसूत्रम्)

१२६३ क्रीतात् करण-पूर्वात् ४। १। ५०॥

क्रीताऽन्ताद् अदन्तात् करणाऽऽदेः स्त्रियां ङीष् स्यात्। वस्त्र-क्रीती।

है, वहाँ अदन्तलक्षण टाप् होता है।

इसी प्रकार जो स्त्री उपाध्याय की पत्नी न होते हुए स्वयं अध्यापन करती हो उसे उपाध्याया[1] और उपाध्यायी कहा जाता है। यहाँ 'या तु स्वयमेवाध्यापिका तत्र वा ङीष् वाच्यः' इस वार्तिक से वैकल्पिक ङीष् हुआ।

(वा) अर्येति—अर्य और क्षत्रिय शब्दों से स्वार्थ में ङीष् और आनुक् विकल्प से हों।

स्वार्थ में विधान होने से पुंयोग में नहीं होता। विकल्प कहने से पक्ष में टाप् होता है।

अर्याणी, [2] अर्या (वैश्य कुल की स्त्री)—यहाँ अर्य शब्द से स्वार्थ में ङीष् और आनुक् होकर प्रथम रूप बना और अभावपक्ष में अदन्तलक्षण टाप् होकर दूसरा रूप।

पुंयोग में ङीष् होकर अर्यी रूप बनता है।

क्षत्रियाणी, क्षत्रिया (क्षत्रिय स्त्री)—यहाँ पूर्ववत् सिद्धि हुई।

पुंयोग में यहां भी ङीष् होकर क्षत्रियी रूप बनता है।

१२६३ क्रीतादिति—करण कारक जिसके आदि में और क्रीत शब्द अन्त में हो—ऐसे अदन्त प्रातिपदिक से स्त्रीलिङ्ग में ङीष् हो।

वस्त्र-क्रीती (वस्त्र से खरीदी हुई)—यहाँ जैसे कि समास प्रकरण में पहले बताया जा चुका है—करणकारक उपपद का क्रीत शब्द के साथ '६५७ उपपदम अतिङ् २। २। १९॥' सूत्र से समास हुआ। 'गतिकारकोपपदानां कृद्भिः सह समासवचनं प्राक् सुबुत्पत्तेः' इस परिभाषा के बल से सुप् आने के पूर्व समास

---

१ 'उपाध्यायाऽप्युपाध्यायी' इत्यमरः।

२ 'अर्याणी स्वयम् अर्या स्यात्, क्षत्रिया क्षात्रियाण्यपि' इत्यमरः।

क्वचिद् न–धन-क्रीता।

(स्वाङ्गलक्षण 'ङीष्' प्रत्ययविधिसूत्रम्)

१२६४ स्वाङ्गाच् चोपसर्जनाद् अ-संयोगोपधात् ४।१।५४॥

असंयोगोपधम् उपसर्जनं यत् स्वाङ्गम् तदन्ताद् अदन्तात् ङीष् वा

हुआ। इस प्रकार सिद्ध हुए 'वस्त्रक्रीत' प्रातिपदिक से प्रकृत सूत्र से ङीष् प्रत्यय हुआ, क्योंकि यहाँ आदि में करण वस्त्र है, अन्त में क्रीत शब्द है और वह अदन्त भी है।

क्वचिदिति—कहीं यह ङीष् नहीं होता। जैसे—**धन-क्रीता** (धनेन क्रीता धन से खरीदी हुई)—यहाँ बाहुलकात् पूर्वोक्त परिभाषा की प्रवृत्ति न होकर सुप् होने पर समास होता है, अतः सुप् के पूर्व लिङ्ग बोधक प्रत्यय टाप् हो जाता है।

१२६४ स्वाङ्गादिति—जिसकी उपधा में संयोग नहीं, ऐसा उपसर्जन-गौण स्वाङ्गवाचक जो शब्द, तदन्त अदन्त प्रातिपदिक से ङीष् विकल्प से हो।

स्वाङ्ग शब्द का यहाँ 'अपना अङ्ग' यह अर्थ नहीं, अपि तु पारिभाषिक अर्थ है। उसके तीन लक्षण हैं—

(१) अ-द्रवं मूर्ति-मत् स्वाऽङ्गं प्राणि-स्थम् अ-विकारजम्।

(२) अ-तत्स्थं तत्र दृष्टं च (३) तेन चेत् तत् तथा-युतम्।

१ अद्रव (जो तरल न हो), साकार, प्राणी में वर्तमान और अ-विकारज (जो विकार से उत्पन्न न हो) को स्वाङ्ग कहते हैं।

प्रथम लक्षण के अनुसार जब प्राणी के अङ्ग प्राणी में हों तब उन्हें स्वाङ्ग कहा जाता है।

२ उसमें रहता न हो पर उसमें दिखाई दिया हो।

यह स्वाङ्ग का दूसरा लक्षण है। प्राणी के अङ्ग केश आदि यदि गली में पड़े हों—गली में रहनेवाले न होकर भी गली में दिखाई पड़ने के कारण इस दूसरे लक्षण के अनुसार ये स्वाङ्ग हैं।

३ जैसे वह स्वाङ्ग प्राणी में होता है, उसी प्रकार अन्यत्र भी हो तो उसे भी स्वाङ्ग कहते हैं। इस लक्षण के अनुसार मूर्तियों में वर्तमान अङ्ग भी प्राणी में स्थित अङ्ग के समान होने से स्वाङ्ग कहे जाते हैं।

स्यात् । केशान् अतिक्रान्ता-अति-केशी, अति-केशा । चन्द्रमुखी, चन्द्र-मुखा । असंयोगोपधात् किम् -सु-गुल्फा । उपसर्जनात् किम्-सु-शिखा ।

(स्वाङ्गलक्षणङीप्निषेधसूत्रम्)

१२६५ न क्रोडाऽऽदि-बह्वचः ४ । १ । ५६ ॥

अति-केशी, अति-केशा (केशान् अतिक्रान्ता-केशों का अतिक्रमण करनेवाली)-यहाँ अत्यादयः क्रान्ताद्यर्थे द्वितीयया' से तत्पुरुष समास होने पर केश उपसर्जन हैं, प्राणी में स्थित और साकार होने के कारण यह स्वाङ्ग है, अतः तदन्त अदन्त प्रातिपदिक 'अतिकेश' से वैकल्पिक ङीष् होकर रूप सिद्ध हुआ । अभावपक्ष-में-अदन्तलक्षण टाप् हुआ ।

चन्द्र-मुखी, चन्द्र-मुखा (चन्द्र इव मुखं यस्याः-चन्द्रमा के समान मुख-वाली)—यहाँ मुख शब्द प्रथमलक्षण के अनुसार स्वाङ्गवाची है, बहुव्रीहि समास में अन्य पदार्थ के प्रधान होने से मुख यहाँ उपसर्जन भी है । अतः स्वाङ्गवाची उपसर्जन मुखशब्दान्त अदन्त प्रातिपदिक चन्द्रमुख से वैकल्पिक ङीष् हुआ । तब 'यस्येति च' से अन्त्य अकार का लोप् होकर प्रथम रूप बना । अभावपक्ष में अदन्तलक्षण टाप् होकर रूप सिद्ध हुआ ।

उपर्युक्त उदाहरणों में केश मुख आदि स्वाङ्गवाचकों की उपधा में संयोग नहीं-अतः, असंयोगोपध होने से प्रवृत सूत्र की प्रवृत्ति हुई ।

अ-संयोगोपधादिति—संयोग उपधा में न हो-ऐसा क्यों कहा ? इसलिये कि सु-गुल्फा-(शोभनौ गुल्फौ यस्याः-सुन्दर गुल्फ गिट्ठोंवाली)-यहाँ गुल्फ स्वाङ्ग वाचक है, बहुव्रीहि समास के कारण उपसर्जन भी है, परन्तु इसकी उपधा से लकार और फकार का संयोग है । अतः संयोगोपध होने के कारण यहाँ ङीष् न हुआ । अदन्तलक्षण टाप् होकर रूप सिद्ध हुआ ।

उपसर्जनादिति—उपसर्जन से-ऐसा क्यों कहा ? इसलिये किसुशिखा-यहाँ न हो । शिखा शब्द 'शीङः खो ह्रस्वश्च' इस उणादि सूत्र से शीङ् धातु से ख प्रत्यय और धातु को ह्रस्व होकर बने हुए-शिख-शब्द से अदन्तलक्षण टाप् होकर बना है । यदि इस सूत्र में उपसर्जन न कहा जाय तो स्वाङ्गवाची होने से शिख शब्द से टाप् को बाधकर ङीष् होने लगे ।

---

१ 'तद्-ग्रन्थी घुटिके गुल्फौ' इत्यमरः ।

क्रोडाऽऽदेः, बह्वचश्च स्वाङ्गाद् न ङीष् । कल्याण–क्रोडा । आकृतिगणोऽयम् ।

(स्वाङ्गलक्षणङीष्निषेधसूत्रम्)

१२६६ नख-मुखात् संज्ञायाम् ४ । १ । ५८ ॥

न ङीष् ।

(णत्वादेशविधिसूत्रम्)

१२६७ पूर्व-पदात् संज्ञायाम् अ-गः ८ । ४ । ३ ॥

पूर्वपदस्थाद् निमित्तात् परस्य नस्य णः स्यात् संज्ञायाम्, न तु गकार-व्यवधाने । शूर्प-णखा । गौर-मुखा । संज्ञायां किम्—ताम्र-मुखी

१२६५ न क्रोडेति—क्रोड आदि गण के और बह्वच् स्वाङ्गवाचक प्रातिपदिक से ङीष् प्रत्यय न हो ।

कल्याण–क्रोडा (कल्याणी क्रोडा[1] यस्याः–जिसके वक्षस्थल पर कल्याण जनक चिह्न हों–ऐसी घोड़ी)—यहाँ क्रोडा शब्द स्वाङ्गवाचक है–यह बहुव्रीहि का अवयव होने से उपसर्जन भी है, उसकी उपधा में संयोग भी नहीं । अतः एतदन्त अदन्त प्रातिपदिक कल्याणक्रोड से ङीष् प्राप्त था । प्रकृत सूत्र से उसका निषेध हुआ । तब अदन्तलक्षण टाप् होकर रूप सिद्ध हुआ ।

आकृतिगण इति—क्रोडादि आकृतिगण है ।

सु–जघना (शोभन जघनं यस्याः—जिस स्त्री का जघन[2] सुन्दर हो)—यहाँ जघन शब्द स्वाङ्गवाची, उपसर्जन और असंयोगोपध है । अदन्त प्रातिपदिक सुजघन से ङीष् प्राप्त है । जघन शब्द में बहुत अच् हैं—अतः प्रकृत सूत्र से ङीष् का निषेध हो गया । तब अदन्तलक्षण टाप् होकर रूप सिद्ध हुआ ।

१२३६ नख–मुखादिति—नख और मुख–इन दो स्वाङ्गवाची शब्दों से ङीष् प्रत्यय न हो संज्ञा में ।

११६७ पूर्व-पदादिति—पूर्वपद में स्थित निमित्त से पर नकार को णकार हो, पर गकार के व्यवधान में न हो ।

शूर्प-णखा (शूर्पाणीव नखानि यस्याः–छाजके समान जिसके नख हैं–यह एक राक्षसी का नाम है जो रावणकी बहिन थी)–यहाँ स्वाङ्गवाची नख शब्द

---

१. अश्वानाम् उरः क्रोडा–घोड़ों की छाती को क्रोडा कहते हैं ।

२. 'क्लीबे तु जघनं पुरः' इत्यमरः ।

कन्या ।

(जातिलक्षण 'ङीष्' प्रत्ययविधिसूत्रम्)

१२६८ जातेर-स्त्रीविषयाद् अ-योपधात् ४ । १ । ६३ ॥

जाति-वाचि, यद् न च स्त्रियां नियतम् अयोपधम्, ततः स्त्रियां ङीष् स्यात् । तटी । **वृषली** । **कठी** । बह्वृची । जातेः किम्–मुण्डा । **अ-स्त्रीविष-**

से प्राप्त ङीष् का पूर्व सूत्र से निषेध हुआ । तब अदन्तलक्षण टाप् हुआ । फिर पूर्व पद शूर्प में स्थित निमित्त रकार से पर नख शब्द के नकार के स्थान में प्रकृत सूत्र से णकार होकर रूप सिद्ध हुआ ।

गौर-मुखा (गौरं मुखं यस्याः–गौर मुखवाली, यह किसी का नाम है)–यहाँ मुख शब्द के स्वाङ्गवाची होने के कारण प्राप्त 'ङीष्' का प्रकृत सूत्र से निषेध हुआ । तब अदन्तलक्षण टाप् होकर रूप सिद्ध हुआ ।

संज्ञायामिति—संज्ञा में ङीष् का निषेध हो ऐसा क्यों कहा ? इसलिये कि **ताम्र-मुखी** (गौर मुखवाली कन्या)—यहाँ निषेध न हो । क्योंकि ताम्रमुखी संज्ञा नहीं, अतः स्वाङ्गलक्षण ङीष् होकर रूप सिद्ध हो जायगा ।

१२६८ **जातेरिति**—जो शब्द जातिवाचक हो, नित्य स्त्रीलिङ्ग न हो और उसकी उपधा यकार न हो–ऐसे अदन्त प्रातिपदिक से ङीष् प्रत्यय हो ।

जाति से (१) जातिवाचक संज्ञा, (२) ब्राह्मण आदि जाति (३) अपत्य प्रत्ययान्त तथा (४) शाखाके पढ़नेवाला—ये चारों लिये जाते हैं । क्रमशः इनके उदाहरण दिये जाते हैं ।

तटी—तट जातिवाचक है, यह नित्य स्त्रीलिङ्ग भी नहीं, इसकी उपधा यकार भी नहीं है । अतः इससे प्रकृत सूत्र से जातिलक्षण ङीष् होकर रूप बना ।

वृषली (वृषल जाति की स्त्री)—यहाँ वृषल शूद्र जाति है । अतः इससे प्रकृत सूत्र से जातिलक्षण ङीष् होकर रूप बना ।

कठी (कठेन प्रोक्तमधीयानाः कठ शाखा को पढ़नेवाली)—यहाँ कठ शब्द शाखावाचक है. कठ वेदकी एक शाखा है । अतः शाखावाची होने से यह जाति है । अतः प्रकृत सूत्र से यहाँ जातिलक्षण ङीष् होकर रूप सिद्ध हुआ ।

यात् किम्–बलाका । अ-योपधात् किम्–क्षत्रिया ।

('ङीष्' प्रत्ययविधिवार्तिकम्)

(वा) योपध-प्रतिषेधे हय-गवय-मुकय-मनुष्य-मत्स्यानाम् अप्रतिषेधः । हयी । गवयी । मुकयी । 'हलस्तद्धितस्य' इति य-लोपः–मनुषी ।

बह्वृची (बह्वृचशाखामधीयानाः–बह्वृच शाखा को पढ़नेवाली)—यहाँ बह्वृच वेद की एक शाखा है, अतः शाखावाची होने से वह जाति है, अतएव प्रकृत सूत्र से जातिलक्षण ङीष् होकर रूप बना ।

अपत्यप्रत्ययान्त का उदाहरण मूलमें नहीं दिया । **औपगवी** (उपगोरपत्यं स्त्री–उपगुकी सन्तान स्त्री जाति)—यहाँ अणन्त होनेसे '१२५० टिड्ढाणञ्-४ । १ । १५ ॥' से प्राप्त ङीप् को बाधकर जातिलक्षण ङीष् होकर रूप सिद्ध हुआ । स्वर में भेद है ।

जातेरिति—जाति से हो–ऐसा क्यों कहा ? इसलिये कि **मुण्डा** (मूँड़ी हुई) यहाँ ङीष् न हो । यह उपर्युक्त जातिलक्षणों में किसी में नहीं आता ।

अ-स्त्रीविषयादिति—नित्यस्त्रीलिङ्ग न हो–ऐसा क्यों कहा ? इसलिये कि **बलाका** (पक्षिविशेष)—यहाँ न हो । बलाका शब्द नित्यस्त्रीलिङ्ग है, अतः इससे जातिलक्षण ङीष् न हुआ । अदन्तलक्षण टाप् होकर रूप सिद्ध हुआ ।

अ-योपधादिति—यकार उपधा में न हो–ऐसा क्यों कहा ? इसलिये कि **क्षत्रिया** (क्षत्रिय जातिकी स्त्री)–यहाँ जातिलक्षण ङीष् न हो । क्षत्रिय शब्द जातिवाचक है, पर इसकी उपधा यकार है ।

(वा) **योपधेति**—योपध के निषेध में हय, गवय, मुकय, मनुष्य और मत्स्य–इनको भी वर्जित समझना चाहिये अर्थात् योपध होने पर भी हय आदि से ङीष् प्रत्यय हो ।

हयी (घोड़ी), **गवयी** (गवय स्त्री मादा–गवय गो सदृश पशु होता है) और **मुकयी** (मुकय पशु जाति की मादा)—इन शब्दों की उपधा यकार है, तो भी इनसे प्रकृत वार्तिक के द्वारा जातिलक्षण ङीष हुआ ।

मनुषी (मनुष्य जाति की स्त्री)—यहाँ योपध होने पर भी मनुष्य शब्द से प्रकृतवार्तिकके अनुसार ङीष् प्रत्यय हुआ । तब 'यस्येति च' से अन्त्य अकार के लोप होने पर '१२५२ हलस्तद्धितस्य ६ । ४ । १५० ॥' से यकार का लोप होकर रूप सिद्ध हुआ ।

(यलोपविधिवार्तिकम्)

(वा) मत्स्यस्य ङ्याम् । य-लोपः । मत्सी ।

(जातिलक्षण 'ङीष्' प्रत्यय-विधिसूत्रम्)

१२६९ इतो मनुष्य-जातेः ४ । १ । ६५ ॥

ङीष् । दाक्षी ।

('ऊङ्' प्रत्ययविधिसूत्रम्)

१२७० ऊङ् उतः ४ । १ । ६६ ॥

मानुषी—मानुष शब्द से जातिलक्षण ङीष् होने पर सिद्ध होता है ।

मत्स्यस्येति—मत्स्य शब्द के यकार का ङी परे रहते लोप हो ।

मत्सी (मछली)—यकारोपध होने पर भी मत्स्य शब्द से पूर्वोक्त वार्तिक के अनुसार से ङीष् प्रत्यय हुआ । तब 'यस्येति च' से अकार का लोप होने पर प्रकृत वार्तिक से यकार का लोप होकर रूप बन गया ।

१२६९ इत इति—मनुष्य जातिवाचक इकारान्त प्रातिपदिक से 'ङीष्' प्रत्यय हो ।

'जातेरस्त्रीविषयाद्–' इत्यादि सूत्र अदन्त प्रातिपदिक से ङीष् प्रत्यय करते हैं, अतः इकारान्त को प्राप्त नहीं थे । अतः प्रकृत सूत्र से इकारान्त प्रातिपदिक से उसका विधान किया गया ।

दाक्षी (दक्षस्यापत्यं स्त्री–दक्ष की सन्तान स्त्री)—यहाँ दक्ष शब्द से अपत्य अर्थ में '१०१४ अत इञ् ४ । १ । ९५॥' इस सूत्र से इञ् प्रत्यय होकर सिद्ध 'दाक्षि' इस इकारान्त प्रातिपदिक से प्रकृत सूत्र से ङीष् प्रत्यय हुआ । तब 'यस्येति च' से इकार का लोप होकर रूप बना ।

१२७० ऊङ इति—उकारान्त अयोपध मनुष्य जातिवाची प्रातिपदिक से स्त्रीलिङ्ग में ऊङ्[1] प्रत्यय हो ।

---

१ ऊङ् प्रत्ययान्त शब्दों से सु आदि की उत्पत्ति लिङ्गविशिष्ट परिभाषा से ही होती है, क्योंकि प्रत्ययान्त होने से इनकी प्रातिपदिकसंज्ञा नहीं और न यह ङ्यन्त और आबन्त ही हैं । इसके लिये जब लिङ्गविशिष्ट परिभाषा का आश्रय अवश्य लेना पड़ता है, तब ङ्यन्त आबन्त से भी इसी परिभाषा के बल से सु आदि लाने चाहिये । इस प्रकार 'ङ्याप् प्रातिपदिकात्' इस स्वादिविधायक सूत्र में 'ङ्याप्' पद के ग्रहण की आवश्यकता नहीं रह जाती ।

उदन्ताद् अयोपधात् मनुष्यजाति-वाचिनः स्त्रियाम् ऊङ् **स्यात्**। **कुरूः**। **अ-योपधात् किम्—अध्वर्युः—ब्राह्मणी**।

('ऊङ्' प्रत्ययविधिसूत्रम्)

१२७१ पङ्गोश्च ४। १। ६८॥

पङ्गूः।

('ऊङ्' प्रत्ययविधिवार्तिकम्)

(वा) श्वशुरस्योकाराऽकार-लोपश्च। **श्वश्रूः**।

ऊङ् का ङकार इत्संज्ञक है।

कुरूः (कुरुजातेः स्त्री, कुरु जाति की स्त्री)—संज्ञा होने से कुरु शब्द जातिवाचक **है**, इसकी उपधा में यकार भी नहीं है। अतः उकारान्त अयोपध मनुष्यजाति-वाचक कुरु प्रातिपदिक से प्रकृत सूत्र से ऊङ् प्रत्यय हुआ। तब सवर्ण दीर्घ होकर रूप सिद्ध हुआ।

अ-योपधादिति—यकारोपध न हो—ऐसा क्यों कहा ? इसलिये कि **अध्वर्युः** ब्राह्मणी—'अध्वर्यु शाखा को पढ़नेवाली'—यहाँ ऊङ् न हो। शाखावाचक होने से अध्वर्यु शब्द जातिवाचक है। अध्वर्यु वेद की एक शाखा है। उपधा में यकार होने से यहाँ ऊङ् प्रत्यय नहीं हुआ।

१२७१ पङ्गोरिति—उकारान्त पङ्गु शब्द से स्त्रीलिङ्ग में ऊङ् प्रत्यय हो।

जातिवाचक न होने के कारण पङ्गु शब्द को पूर्वसूत्र से ऊङ् प्राप्त नहीं था। इसलिये इस सूत्र के द्वारा विधान किया गया है।

पङ्गूः (लङ्गड़ी)—यहाँ पङ्गु शब्द से प्रकृत सूत्र से ऊङ् प्रत्यय हुआ। तब सवर्ण दीर्घ होने पर रूप सिद्ध हुआ।

(वा) **श्वशुरस्येति**—श्वशुर शब्द से स्त्रीलिङ्ग में ऊङ् प्रत्यय हो और शकार से पर उकार का तथा रकार से पर अकार का लोप हो।

उकार और अकार के लोप होने पर शकार और रकार हल् रह जाते हैं।

श्वशुर शब्द से 'श्वशुरस्य स्त्री' इस अर्थ में पुंयोगलक्षण ङीष् प्राप्त था। यह ऊङ् प्रत्यय उसका बाधक है।

श्वश्रूः (श्वशुर की स्त्री, सास)—यहाँ श्वशुर शब्द से ऊङ् प्रत्यय और शकार से पर उकार का तथा रकार से पर अकार का लोप होने पर रूप सिद्ध हुआ।

('ऊङ्' प्रत्ययविधिसूत्रम्)

१२७२ ऊरूत्तरपदाद् औपम्ये ४ । १ । ६९ ॥

उपमानवाचिपूर्वपदम् ऊरूत्तरपदं यत् प्रातिपदिकम् तस्माद् 'ऊङ्' स्यात् । करभोरूः ।

('ऊङ्' प्रत्ययविधिसूत्रम्)

१२७३ संहित-शफ-लक्षण-वामाऽऽदेश्च ४ । १ । ७० ॥

अनौपम्याऽर्थं सूत्रम् । संहितोरूः । शफोरूः । लक्षणोरूः । वामोरूः ।

१२७२ **ऊरूत्तरेति**—जिस प्रातिपदिक का पूर्वपद उपमान-वाची और उत्तरपद 'ऊरु' शब्द हो, उससे स्त्रीलिङ्ग में ऊङ् प्रत्यय हो।

करभोरूः (करभौ[1] इव ऊरू यस्याः—हथेली के किनारे के समान ऊरुवाली)—यहाँ करभ पूर्वपद उपमान है और उत्तरपद ऊरू है, अतः 'करभोरु' इस प्रातिपादिक से ऊङ् प्रत्यय हुआ । तब सवर्ण दीर्घ होकर रूप सिद्ध हुआ ।

१२७३ **संहितेति**—ऊरु उत्तरपदवाले प्रातिपदिक के पूर्वपद संहित, शफ, लक्षण और वाम हों तो उससे स्त्रीलिङ्ग में ऊङ् प्रत्यय हो ।

अनौपम्याऽर्थमिति—यह सूत्र अनौपम्य के लिये है अर्थात् पूर्वपद उपमान जब न हो, तब यह सूत्र प्रवृत्त होगा । उपमान पूर्वपद होने पर पूर्वसूत्र से ही ऊङ् हो सकता है । संहित आदि शब्द उपमान नहीं, अतः पूर्वसूत्र से ऊङ् सिद्ध न था, इसलिये इस सूत्र के द्वारा विधान किया गया ।

संहितोरूः (संहितौ ऊरू यस्याः–जिसके ऊरु मिले हुए हों,) **शफोरूः** (शफौ ऊरू यस्याः–जिसके ऊरू मिले हुए हों) **लक्षणोरूः** (लक्षणौ ऊरू यस्याः–जिसके ऊरु अच्छे लक्षणवाले हों) और **वामोरूः** (वामौ ऊरू यस्याः-जिसके ऊरू सुन्दर हों) ये शब्द-संहितोरु, शफोरु, लक्षणोरु और वामोरु शब्दों से ऊङ् प्रत्यय होकर सिद्ध होते हैं ।

---

१ 'मणि-बन्धाद् आकनिष्ठं करस्य करभो बहिः' इत्यमरः । हाथ की जड़ कलाई से लेकर छोटी अंगुली तक हथेली का जो निचला कोमल भाग है, उसे करभ कहते हैं । कोमलता ही यहाँ साधारण धर्म है ।

('ङीन्' प्रत्ययविधिसूत्रम्)

१२७४ शाङ्गरवाऽऽद्यञो ङीन् ४ । १ । ७३ ॥

शार्ङ्गरवाऽऽदेः, अञो योऽकारः, तदन्तात् जाति-वाचिनो ङीन् स्यात् । शार्ङ्गरवी । बैदी । ब्राह्मणी ।

('ङीन्' प्रत्ययविधिवार्तिकम्)

(ग० सू०) नृ-नरयोर्वृद्धिश्च । नारी ।

१२७४ **शार्ङ्गरवेति**—शार्ङ्गरव आदि और अञ् का जो अकार तदन्त जातिवाचक प्रातिपदिक से ङीन् प्रत्यय हो।

ङीन् के ङकार और नकार इत्संज्ञक हैं, केवल ई शेष रहता है । ङीन् प्रत्ययान्त शब्द नित् होने से आद्युदात्त होता है । इस प्रकार ङीप्, ङीष् , ङीन्—इन तीनों के ईकार रूप होने पर भी स्वर में अन्तर है ।

शार्ङ्गरवी (शृङ्गरोरपत्यं स्त्री—शृङ्गरु की स्त्री सन्तान)—यहाँ अपत्य-प्रत्ययान्त होने से जातिवाचक होने के कारण शार्ङ्गरव शब्द से ङीन् प्रत्यय हुआ । तब 'यस्येति च' से अन्त्य अकार् का लोप होकर रूप सिद्ध हुआ ।

वैदी (विदस्य अपत्य स्त्री-विद की स्त्री सन्तान) यहाँ '१०१६ अनृष्यानन्तर्ये विदादिभ्योऽञ् ४ । १ । १०४ ॥' इस सूत्र से अञ् प्रत्यय होकर सिद्ध हुए वैद शब्द से ङीन् प्रत्यय हुआ । तब 'यस्येति च' से अन्त्य अकार का लोप होकर रूप सिद्ध हुआ ।

ब्राह्मणी (ब्राह्मणजातीय स्त्री-ब्राह्मण जाति की स्त्री)—यहाँ जातिवाचक ब्राह्मण शब्द से जातिलक्षण ङीष् प्राप्त था, उसको बाधकर प्रकृत सूत्र से ङीन् प्रत्यय हुआ । तब 'यस्येति च' से अन्त्य अकार का लोप होकर रूप सिद्ध हुआ ।

(ग. सू.) नृनरयोरिति—नृ और नर शब्द से स्त्रीलिङ्ग में ङीन् प्रत्यय हो और वृद्धि भी—नृ शब्द से वृद्धि ऋकार को और नर शब्द में आदि अकार को होती है ।

ऋकारान्त होने के कारण नृ शब्द से 'ऋन्नेभ्यो ङीप्' से ङीप् प्राप्त था और नर शब्द से जातिलक्षण ङीष् ।

नारी (नरजातीया स्त्री)—यहाँ नृ शब्द से प्रकृत गणसूत्र से ङीन् प्रत्यय और ऋकार को आर वद्धि होकर रूप सिद्ध हुआ ।

('ति' प्रत्ययविधिसूत्रम्)

१२७५ यूनस्तिः ३ । १ । ७७ ॥

युवन्' शब्दात् स्त्रियां 'ति' प्रत्ययः स्यात् । युवतिः ।

इति स्त्रीप्रत्ययाः ।

(उपसंहारः)

शास्त्राऽन्तरे प्रविष्टानां बालानां चोपकारिका ।
कृता वरदराजेन लघुसिद्धान्तकौमुदी ॥ १ ॥

इति श्रीविद्वद्वरवरदराजकृता

लघुसिद्धान्तकौमुदी समाप्ता

नर शब्द से भी प्रकृत गण सूत्र से ङीन् प्रत्यय और अकार को वृद्धि तथा अन्त्य अकार का 'यस्येति च' से लोप होकर पूर्वोक्त 'नारी' रूप ही बना ।

२५७५ **यून** इति—युवन् शब्द से स्त्रीलिङ्ग में ति प्रत्यय हो।

युवतिः[१] (युवावस्थावाली स्त्री)—यहाँ युवन् शब्द से स्त्रीलिङ्गसे प्रकृत सूत्र से ति प्रत्यय हुआ । तब '१६४ स्वादिष्वसर्वनामस्थाने ४ । ४ । १७ ॥' से पूर्वकी पद संज्ञा होने पर '१८० प्रातिपदिकान्तस्य ८ । २ । ७ ॥' से नकार का लोप होकर रूप सिद्ध हुआ।

स्त्रीप्रत्यय प्रकरण समाप्त ।

शास्त्रान्तरे इति—वरदराज ने यह लघुसिद्धान्तकौमुदी उन लोगों के उपकार के लिये बनाई है जो अन्य काव्य आदि शास्त्रों में प्रवेश कर चुके हैं (परन्तु व्याकरण नहीं जानते) और जो न जानने के कारण व्याकरण के विषय में अभी बालक हैं (ताकि वे व्याकरण जैसे कठिन शास्त्र में प्रवेश कर सकें) ।

श्रीवरदराज कृत लघुसिद्धान्त कौमुदी समाप्त ।

---

१ इससे भी सु आदि प्रत्यय लिङ्गविशिष्ट परिभाषा से आते हैं ।

'युवती' यह दीर्घ ईकारान्त शब्द 'सर्वतोऽक्तिन्नर्थात्' इस बह्वादि गण सूत्र से वैकल्पिक ङीप् के द्वारा अथवा 'यु मिश्रणामिश्रणयोः' धातु से शतृ प्रत्यय होकर सिद्ध हुए 'युवत्' शब्द से उगित् होने के कारण 'उगितश्च' सूत्र से ङीष् प्रत्यय के द्वारा बनता है ।

गढवाल-मण्डलान्तर्गत **श्रीनगर**-पुरोपवर्तिखोला ग्रामाऽभिजनघिल्डियालो-
पाह्व-दैवज्ञवर्य-पण्डित-**जीवानन्दा**ऽऽत्मज-व्याकरणाचार्य-
पण्डित श्रीधरानन्दशास्त्रि-प्रणीता 'प्राज्ञ-तोषिणी'
इत्याख्या लघुसिद्धान्तकौमुद्या हिन्दी-व्याख्या
समाप्ता ।

टीकाकर्तुः परिचयः

अस्त्युत्तरस्यां दिशि हिमाचल-तुङ्ग-शृङ्ग-विराजिते
केदारखण्डान्तर्गते **गढ़वाल** संज्ञकमण्डले।

वामे ह्यलकनन्दातटे श्रीकंसमर्दिन्यादिभि-
र्देवैरधिष्ठितमद्भुतश्रि**श्रीनगर**संज्ञं पुरम्।

तद्वामतोऽष्टावक्र-मुनिवर-पीठ-तीर्थालङ्कृतः
श्रीमद्वटुकभैरव-सदर्चित-सिद्धपीठ-विभासितः।
घिल्डियालसंज्ञा-कीर्तित-द्विजवर्य-वंशाध्यासितः
ग्रामोऽस्ति **खोला** नामको गढवाल मण्डल-विश्रुतः।

ग्रामे बभूवास्मिन् विपश्चिद् धर्म-कर्म-परायणः
दैवज्ञवर्य-शिरोमणि**र्हरिराम**नामा भूसुरः।

तस्यात्मजो ज्येष्ठोऽभवत् **श्रीवेणिरामो** ग्रामणीः
अनुजोऽस्ति **जीवानन्द**नामाद्यापि यस्य बुधाग्रणीः
दैवज्ञ**जीवानन्द**गेहे नन्दना अभवँस्त्रयः
येषां **सदानन्दा**भिधो ज्येष्ठोऽभवत् प्रतिभाद्भुतः।
नवयौवनो ग्रन्थान् बहून् निर्माय यो यातो दिवम्
गंगाधरोऽपि तमन्वगादनुजो ममासीद् यः प्रियः।
मध्यमस्तेष्वयं चास्ति **श्रीधरानन्द**नामकः।
काश्यामधीतविद्यो हि पण्डितानुचरः परः॥
गुणाकाशवियन्नेत्र-प्रमितेऽब्दे (२००३) तु वैक्रमे।
निदाघमासे ह्याषाढ़े पक्षे शुक्ले रवेर्दिने॥
पूर्णिमायां शुभतिथौ व्याख्येयं पूर्णतामगात्।
प्रमोदमाप्नुयुः प्राज्ञा एनयाऽन्वर्थसंज्ञया॥

—इति—

❀ श्रीः ❀

लघुकौमुदीस्थसूत्राणामकारादिवर्णानुक्रम-सूची

—०—

१ अइउण् । २ ऋऌक् । ३ एओङ् । ४ ऐऔच् । ५ हयवरट् । ६ लण् । ७ ञमङणनम् । ८ झभञ् । ९ घढधष् । १० जबगडदश् । ११ खफछठथचटतव् । १२ कपय् । १३ शषसर् । १४ हल् । इति माहेश्वराणि सूत्राणि ।

पृष्ठाङ्काः	सूत्राणि	अध्यायपाद-सूत्राङ्काः
८०६	अकथितं च	१।४।५१
७८०	अकर्तरि च	३।३।१९
७१२	अकर्मकाच्च	[illegible]।३।१९
४५५	अकृत्सार्वधातु०	७।४।२५
५४	अकः सवर्णे दीर्घः	६।१।१०१
८८३	अक्ष्णोऽदर्शनात्	५।४।७६
४५०	अचस्तास्वत्	७।२।६१
९१४	अचित्तहस्ति०	४।२।४७
२१२	अचि र ऋतः	७।२।१००
६३७	अचि विभाषा	८।२।२१
१८२	अचि श्नुधातु०	६।४।७७
४९	अचोऽन्त्यादि टि	१।१।६४
१६७	अचो ञ्णिति	७।२।११५
७४०	अचो यत्	३।१।९७
६९	अचो रहाभ्याम्	८।४।४६
३०६	अचः	६।४।१३८
६८१	अचः परस्मिन्	१।१।५७
१६३	अच्च घेः	७।३।११९
८७८	अजाद्यदन्तम्	१।२।३३
१०२३	अजाद्यतष्टाप्	४।१।४
६९०	अज्झनगमां सनि	६।४।१६
१०१०	अज्ञाते	५।३।७३
६५१	अञ्जेः सिचि	७।२।७१
१२८	अट्कुप्वाङ्०	८।४।२
२३	अणुदित्सवर्णस्य	१।१।६९
४१८	अत आदेः	७।४।७०
८९४	अत इञ्	४।१।९५
९९०	अत इनिठनौ	५।२।११५
४१७	अत उपधायाः	७।२।११६
५२८	अत उत्	६।४।११०

पृष्ठांकाः	सूत्राणि	अध्यायपाद-सूत्रांकाः
४२९	अत एकहल्०	६।४।१२०
१००२	अतिशायने०	५।३।५५
२५७	अतो गुणे	६।१।९७
३८१	अतो दीर्घो यञि	७।३।१०१
१३०	अतो भिस ऐस्	७।१।२
२२३	अतोऽम्	७।१।२४
१०१	अतो रोरप्लुता०	६।१।११३
४०५	अतो येयः	७।२।८०
४३८	अतो लोपः	६।४।४८
४२८	अतो हलादेर्लघोः	७।२।७
३९८	अतो हेः	६।४।१०५
७५०	अतः कृकमि०	८।३।४६
९३	अत्रानुनासिकः	७।३।२
३१४	अत्वसन्तस्य	६।३।१४
५५८	अदभ्यस्तात्	७।१।४
८	अदर्शनं लोपः	१।१।६०
३३०	अदस औ०	७।२।३०८
६२	अदसो मात्	१।१।१२
३३०	अदसोऽसेर्दादु०	८।२।८०
५१०	अदिप्रभृतिभ्यः०	२।४।७१
९१८	अदूरभवश्च	४।१।७०
३५	अदेङ् गुणः	१।१।२
५१३	अदः सर्वेषाम्	७।३।१००
२२७	अद्ड्डुतरादिभ्यः	७।१।१२५
९४१	अधिकृत्य	५।३।८७
१६४	अनङ् सौ	७।१।९३
२९	अनचि च	८।४।४७
३८७	अनद्यतने लुट्	३।३।१५

पृष्ठांकाः	सूत्राणि	अध्यायपाद-सूत्रांकाः
४०२	अनद्यतने लङ्	३।१।१११
१०००	अनद्यतने र्हिल्	५।२।२१
८३१	अनश्च	५।४।१०८
२५८	अनाप्यकः	८।२।११२
३०५	अनिदितां ह०	६।४।२४
५१५	अनुदात्तोपदेश०	६।४।३७
३७४	अनुदात्तङितः	१।३।१३
६१४	अनुदात्तस्य चर्दु०	६।१।५१
७०५	अनुनासिकस्य०	६।४।१५
९४	अनुनासिकात्	८।३।४
७१६	अनुपराभ्यां कृञः	१।३।७९
९३६	अनुशतिका०	७।३।२०
८४	अनुस्वारस्य	८।४।५७
८९६	अनृष्यान०	४।१।१०४
८६३	अनेकमन्य०	२।१।२४
५७	अनेकाल्शित्	१।१।५५
९००	अन्	६।४।१६७
९१६	अन्	५।३।५
१४८	अन्तरं बहिर्यो०	१।१।३६
८७१	अन्तर्वहिर्भ्यां च	५।४।११७
५३	अन्तादिवच्च	६।१।८५
८००	अन्यथैवंकथ०	३।४।२७
७५२	अन्येभ्योऽपि	३।२।७५
८९१	अपत्यं पौत्र०	४।१।१६२
७११	अपह्नवे ज्ञः	१।३।४४
८११	अपादाने	७।४।४८
१६५	अपृक्त एकाल्	१।२।४१
३४०	अपो भि	७।४।४८

पृष्ठांका;	सूत्राणि	अध्यायपाद-सूत्रांका:
१८६	अष्तृन्तृच् स्वसृ०	६।४।११
८६८	अप्पूरणी०	५।४।११६
८८६	अत्ययात्	३।३।११०
७३२	अभिज्ञावचने	३।२।११२
६४१	अभिनिष्क्रामति	४।३।८६
७१७	अभिप्रत्यतिभ्य:	१।३।८०
५३३	अभ्यासस्या०	७।४।७८
५१४	अभ्यासाच्च	७।३।५५
३८६	अभ्यासे चर्च	८।४।५४
१२७	अमि पूर्वः	६।१।१०६
१७८	अम्बार्थनद्यो०	७।३।१०७
२४६	अम्संबुद्धौ	७।१।९९
४८६	अयामन्ताल्वा०	६।४।५५
७५१	अरुर्द्विषदज०	६।३।६७
५६२	अर्तिपिपर्त्योश्च	७।४।७७
७७५	अर्तिलूधूसू०	३। २।१८४
६८५	अर्तिह्रीव्ली०	७।३।३५
११४	अर्थवदधातु०	१।२।५४
८६२	अर्धर्चाः पुंसि	२।४।३१
८३९	अर्धं नपुंसकम्	२।२।२
२७३	अवर्णस्त्रसा०	६।४।१२७
९९२	अर्शआदिभ्योऽच्	५।२।१२७
३१	अलोऽन्त्यस्य	१।१।५२
१६५	अलोऽन्त्यात्	१।१।६५
७९४	अलंखल्वो:	३।४।१८
८७९	अल्पाच्तरम्	२।२।३४
२३३	अल्लोपोऽन	६।४।१३४
५८	अवङ्स्फोटा०	६।१।१२३
९४५	अवयवे च	४।३ १३५
७९१	अवे तृस्त्रोर्घञ्	३।३।१२०
१०२१	अव्यक्तानुकर०	५।४।५७
१०१०	अव्ययसर्व०	५।३।७१
९२६	अव्ययात्त्यप्	४।२।१०४
३६५	अव्ययादाप्सुप:	२।४।८२
८२५	अव्ययीभावश्च	२।४।१८
३६५	अव्ययीभावश्च	१।१।४१
८३०	अव्ययीभावे	५।४।१०७
८२८	अव्ययीभावे	६।३।८१
८२२	अव्ययीभाव:	२।१।५
८२२	अव्ययं विभक्ति०	२।१।६
८८६	अश्वपत्यादिभ्यश्च	४।१।८४
२७७	अष्टन आ विभक्तौ	७।२।८४
२७८	अष्टाभ्य औश्	७।१।२१
५१८	असिद्धवदत्रा०	६।४।२२
४२३	असंयोगाल्लिट्	१।२।५
४२०	अस्तिसिचोऽपृक्ते	७।३।९६
५३०	अस्तेर्भूः	२।४।५२
२३३	अस्थिदधि०	७।१।७५
३७९	अस्मद्युत्तमः	१।४।१०८
९९०	अस्मायामेधा०	५।२।१२१
१०१८	अस्य च्वौ	७।४।३२
५५०	अस्यतिवक्ति०	३।१।५२
३४७	अहन्	८।२।६५
९९२	अहंशुभमोर्युस्	५।२।१४०
८५६	अहःसर्वैक०	५।४।८७

पृष्ठांकाः	सूत्राणि	अध्यायपाद-सूत्रांकाः
	(आ)	
१५८	आ कडारादेका संज्ञा	१।४।१
७७०	आक्वेस्तच्छील०	३।२।१३४
२०५	आङि चापः	७।२।१०५
१६२	आङो नास्त्रियाम्	७।३।१२०
२६८	आ च त्वात्	५।१।१२०
५६७	आ च हौ	६।४।११६
३५२	आच्छीनद्यो०	७।१।८०
१७६	आटश्च	६।१।९०
४१६	आडजादीनाम्	६।४।२७
३६६	आडुत्तमस्य	३।४।९२
१७६	आण्नद्याः	७।३।११२
४५६	आत औ णलः	७।१।३४
७४६	आतश्चोप०	३।१।१३६
७४८	आतोऽनुपसर्गे	३।२।३
४७५	आतो ङितः	७।२।८१
१५८	आतो धातोः	६।४।१४०
७२८	आतो युक्	७।३ ३३
७९३	आतो युच्	४।३।१२८
४६०	आतो लोप इ०	६।४।६४
४६१	आतः	३।४।११०
८८४	आत्मनेपदेष्वनतः	७।१।५
६२०	आत्मनेपदेष्वन्य०	३।१।५४
७५६	आत्ममाने खश्च	३।२।८३
६६१	आत्मन्विश्व०	५।१।९
६६१	आत्माध्वानौ खे	६।४।१६९
६	आदिरन्त्येन	१।१।७१
४३२	आदिर्ञिटुडवः	१।३।५
४६२	आदेश उप०	६।१।४५
१३६	आदेशप्रत्य०	८।३।५९
८०	आदेः परस्य	१।१।५४
३६	आद्गुणः	६।१।८७
२६०	आद्यन्तवदेक०	१।१।२१
८८	आद्यन्तौ टकितौ	१।१।४६
८१३	आधारोऽधि०	१।४।४५
३९९	आनि लोट्	८।४।१६
७६८	आने मुक्	७।२।८२
८५८	आन्महतः	६।३।४६
७९८	आभीक्ष्ण्ये णमुल्	३।४।२२
१४३	आमि सर्वनाम्नः	७।१।५२
४८०	आमेतः	३।४।९०
४३८	आमः	२।४।८१
४७६	आम्प्रत्ययवत्	१।३।६३
८६४	आयनेयीनीयियः	७।१।२
४३७	आयादय आर्ध०	३।१।३१
५१६	आर्धधातुके	२।४।३५
३८६	आर्धधातुकं शेषः	३।४।११४
३८७	आर्धधातुकस्ये०	७।२।३५
३९५	आशिषि लिङ्	३।३।१७३
३१८	आ सर्वनाम्नः	६।३।९१
५४०	आहस्थः	८।२।३५
	(इ)	
२३०	इकोऽचि विभक्तौ	७।१।७३
६७	इकोऽसवर्णे	६।१।२७
६९०	इको झल्	१।२।९
२६	इको यणचि	६।१।७७

पृष्ठांकाः	सूत्राणि	अध्यायपादसूत्रांकाः
७४६	इगुपधज्ञा०	३।१।१३५
२४६	इग्यणः संप्र०	१।१।४५
८८९	इच्छा	३।३।१०१
४७६	इजादेश्च	३।१।३६
४२०	इट ईटि	८।२।२८
४८३	इटोऽत्	३।४।१०६
५१२	इडत्यर्ति०	७।२।६६
५३५	इणो गा लुङि	२।४।४५
५३२	इणो यण्	६।४।८१
४७९	इणः षीध्वंलुङ०	८।३।७८
९९७	इतराभ्योऽपि	५।३।१४
४०२	इतश्च	३।४।१००
२७५	इतोऽत्सर्वनाम०	७।१।८६
१०४५	इतो मनुष्य०	४।१।६५
९९४	इदम इश्	५।३।३
१००१	इदमस्थमुः	५।३।२४
२५६	इदमो मः	७।२।१०८
९९९	इदमो र्हिल्	५।३।१६
९९६	इदमो हः	५।३।११
४३२	इदितो नुम्	७।१।५८
२११	इदुद्भ्याम्	७।३।११७
२५६	इदोऽय्पुंसि	८।२।१११
९७७	इदंकिमोरीश्०	६।३।९०
९१२	इनण्यनपत्ये	६।४।१६४
१०३६	इन्द्रवरुणभव०	४।१।४१
६०	इन्द्रे च	६।१।१२४
२६७	इन्हन्पूषा०	६।४।१२
५८०	इरितो वा	३।१।५७
१०१४	इवे प्रतिकृतौ	५।३।९६
४७१	इषुगमियमां	७।१।७७
९८३	इष्टादिभ्यश्च	५।२।८८
१००७	इष्ठस्य यिट् च	६।४।१५९
९१४	इसुसुक्तान्तात्कः	७।३।५१
	(ई)	
६८२	ई च गणः	७।४।९७
६१	ईदूदेद्द्विवचनं	१।१।११
७४०	ईद्यति	६।४।६५
१००८	ईषदसमाप्तौ	५।३।६७
७९२	ईषद्दुःसुषु	३।३।१२६
५६६	ई हल्यघोः	६।४।११३
	(उ)	
९५९	उगवादिभ्यो यत्	५।१।२
१०२४	उगितश्च	४।१।६
२७०	उगिदचां सर्व०	७।१।७०
१४	उच्चैरुदात्तः	१।२।२९
९५०	उञ्छति	४।४।३२
७७७	उणादयो बहुलम्	३।३।१
४७०	उतश्च प्रत्यया०	६।४।१०६
५२१	उतो वृद्धिर्लुकि	७।३।८९
८८९	उत्सादिभ्योऽञ्	४।१।८६
३०८	उद ईत्	६।४।१३९
७१२	उदश्चरः सक०	१।३।५३
७९७	उदितो वा	७।२।५६
५६२	उदोष्ठ्यपूर्वस्य	७।१।१०२
७९	उदः स्थास्तम्भोः	८।४।६१
८७३	उद्विभ्यां काकु०	५।४।१४८

पृष्ठांकाः सूत्राणि	अध्यायपाद-सूत्रांकाः
३७ उपदेशेऽजनु०	१।३।२
४५१ उपदेशेऽत्वतः	७।२।६२
८५३ उपपदमतिङ्	२।२।१६
८४६ उपमानानि०	२।१।५५
७०४ उपमानादाचारे	३।१।१०
५३० उपसर्गप्रा०	८।३।८७
४८ उपसर्गादृति०	६।१।६१
४७ उपसर्गाः क्रियायोगे	१।४।५६
८८४ उपसर्गादध्वनः	५।४।८५
४२६ उपसर्गादसमा०	७।४।१४
४६१ उपसर्गस्यायतौ	८।२।१६
७५६ उपसर्गे च	३।२।१६
७८५ उपसर्गे घोः	३।३।६२
८२३ उपसर्जनपूर्वम्	२।२।३८
७१८ उपाच्च	१।३।८४
६६४ उपात्प्रतियत्न०	६।१।३६
६७६ उभादुदात्तो०	५।२।४४
३१६ उभे अभ्यस्तम्	६।१।५
३८ उरण् रपरः	१।१।५१
४३६ उरत्	७।४।६६
८७४ उरःप्रभृतिभ्यः	५।४।१५१
५२६ उषविदजागृभ्यो०	३।१।३८
५०१ उश्च	१।२।१२
४६२ उस्यपदान्तात्	६।१।६६
(ऊ)	
१३ ऊकालोऽज्झ्रस्व०	१।२।२७
१०४५ ऊङुतः	४।१।६६
७८७ ऊतियूति०	३।३।६७
१०४७ ऊरूत्तरपदा०	४।१।६६
५५२ ऊर्णोतेर्विभाषा	७।३।६०
५५६ ऊर्णोतेर्विभाषा	७।२।६
८४८ ऊर्यादिच्वि०	१।४।६१
(ऋ)	
८८२ ऋक्पूरब्धूः	५।४।७४
५६३ ऋच्छत्यृताम्	७।४।११
१६१ ऋत उत्	६।१।१११
४६४ ऋतश्च संयो०	७।२।४३
६०५ ऋतश्च संयोगा०	७।४।१०
१८६ ऋतो ङिसर्व०	७।३।११०
४५२ ऋतो भार०	७।२।६३
६६ ऋत्यकः	६।१।१२८
२७६ ऋत्विग्दधृक्०	३।२।५६
१८६ ऋदुशनस्पुरु०	७।१।६४
४६५ ऋद्धनोः स्ये	७।२।७०
२२० ऋन्नेभ्यो ङीप्	४।१।५
८६७ ऋष्यन्धक०	४।१।११४
७४३ ऋहलोर्ण्यत्	३।१।१२४
(ॠ)	
६३५ ॠत इद्धातोः	७।१।१००
७८२ ॠदोरप्	३।३।५७
(ए)	
२६६ एकवचनस्य	७।१।३२
१२६ एकवचनं संबु०	२।३।४६
८५० एकविभक्ति०	१।२।४४
४४० एकाच उपदेशे०	७।२।१०
२४३ एकाचो वशो०	८।२।३७

पृष्ठांकाः	सूत्राणि	अध्यापाद-सूत्रांकाः
२६८	एकाजुत्तरपदे णः	८।४।१२
८६२	एको गोत्रे	४।१।९३
५५	एङः पदान्तादति	६।१।१०९
४६	एङि पररूपम्	६।१।९४
१२७	एङ्ह्रस्वात्सम्बुद्धे	६।१।६९
२३८	एच इग्घ्रस्वादेशे	१।१।४८
३३	एचोऽयवायावः	६।१।७८
७५१	एजेः खश्	३।२।८१
३३१	एत ईद्बहुवचने	८।२।८१
४८१	एत ऐ	३।४।९३
१०६	एतत्तदोः	६।१।१३२
१०००	एतदः	५।३।५
७४१	एतिस्तुशास्वृ०	३।१।१०९
६६६	एतेतौ रथोः	५।३।४
५३४	एतेर्लिङि	७।४।२४
४३	एत्येधत्यूठ्सु	६।१।८९
७८२	एरच्	३।३।५६
१८२	एरनेकाचो०	६।४।८२
३८६	एरुः	३।४।८६
४६१	एर्लिङि	६।४।६७
	(ओ)	
५८४	ओतः श्यनि	७।३।७१
६६	ओत्	१।१।१५
७६३	ओदितश्च	८।२।४५
५३	ओमाङोश्च	६।१।९५
८६१	ओर्गुणः	६।४।१४६
१३४	ओसि च	७।३।१०४
८६४	ओः पुयण्ज्यपरे	७।४।८०
१९५	ओः सुपि	६।४।८३
	(औ)	
२०३	औङ आपः	७।१।१८
२००	औतोऽम्शसोः	६।१।९३
१६९	औत्	७।३।११८
	(क)	
७०८	कण्ड्वादिभ्यो यक्	३।१।२७
८९८	कन्यायाः	४।१।११६
९७२	कपिज्ञात्यो०	५।१।१२७
४८५	कमेर्णिङ्	३।१।३०
९०३	कम्बोजाल्लुक्	४।१।१७५
७५५	करणे यजः	३।२।५८
७०९	कर्तरि कर्म०	१।३।१४
७३७	कर्तरि कृत्	३।४।६७
३८०	कर्तरि शप्	३।१।६८
८०५	कर्तुरीप्सितः	१।४।४९
८१०	कर्तृकरणयो०	२।३।१८
८३५	कर्तृकरणे०	२।१।३२
८१०	कर्मणा यमभिप्रैति	१।४।३२
८०५	कर्मणि द्वितीया	२।३।२
७४७	कर्मण्यण्	३।२।१
७३१	कर्मवत्कर्मणा	३।१।८७
७०६	कष्टाय क्रमणे	३।१।१४
८७४	कस्कादिषु च	८।३।४८
९९	कानाम्रेडिते	८।३।९२
७०३	काम्यच्च	३।१।९
७७९	कालसमयवेलासु	३।३।१६७
९३०	कालाट्ठञ्	४।३।११

पृष्ठांकाः	सूत्राणि	अध्यायपाद-सूत्रांकाः
८८९	किति च	७।२।११८
४०६	किदाशिषि	३।४।१०४
१००२	किमश्च	५।३।२५
९७७	किमिदंभ्यां वो घः	५।२।४०
१००३	किमेत्तिङव्य०	५।४।११
९९७	किमोऽत्	५।३।१२
२५६	किमः कः	७।२।१०३
६३६	किरतौ लवने	६।१।१४०
१०१२	किंयत्तदो	५।३।९२
९९३	किंसर्वनाम०	५।३।२
८४८	कुगतिप्रादयः	२।२।१८
९९३	कुतिहोः	२।२।१०४
१०१२	कुत्सिते	५।३।७४
९७	कुप्वोः ≍क	८।३।३७
९१९	कुमुदनड०	४।२।८७
९०२	कुरुनादि०	४।१।१७२
४२६	कुहोश्चुः	७।४।६२
७५०	कृञा हतु०	३।२।२०
४३८	कृञ्चानुप्रयु०	३।१।४०
११६	कृत्तद्धित०	१।२।४६
७३९	कृत्यल्युटो०	३।३।११३
७३७	कृत्याः	३।१।९५
२८०	कृदतिङ्	३।१।९३
३६४	कृन्मेजन्तः	१।१।३९
१०१७	कृभ्वस्तियोगे	५।४।५०
४४९	कृसृभृवृस्तु०	७।२।१३
९८९	केशाद्वो०	५।२।१०९
९३५	कोशाड्ढञ्	४।३।४२
४०७	क्क्ङिति च	१।१।५
७६०	क्तक्तवतू	१।१।२६
७८३	क्त्रेर्मम्नित्यम्	४।४।२०
३६४	क्त्वातोसुन्कसुनः	१।१।४०
७००	क्यचि च	७।४।३३
७०२	क्यस्य विभाषा	६।४।५०
९१६	क्रमादिभ्यो वुन्	४।२।६१
४५७	क्रमः परस्मै०	७।३।७६
१०३९	क्रीतात्करणपूर्वात्	४।१।५०
६६५	क्र्यादिभ्यः श्ना	३।१।८१
७६५	क्वसुश्च	३।२।१०७
९९७	क्वाति	७।२।१०५
२८१	क्विन्प्रत्ययस्य	८।२।६२
७५४	क्विप् च	३।२।७६
९००	क्षत्राद्घः	४।१।१३८
७६४	क्षायो मः	८।२।५३
६९५	क्षुभ्नादिषु च	८।४।३९
५४५	क्सस्याचि	७।३।७२
	(ख)	
९४	खरवसानयो०	८।३।१५
८१	खरि च	८।४।५५
७५६	खित्यनव्ययस्य	६।३।६६
१६८	ख्यत्यात्परस्य	६।१।११२
	(ग)	
१८६	गतिश्च	१।४।६०
७१४	गन्धनावक्षेप०	१।३।३२
४७२	गमहनजन०	६।४।९८
४७३	गमेरिट्पर०	७।२।५९

पृष्ठांकाः	सूत्राणि	अध्यायपाद-सूत्रांकाः
८९२	गर्गादिभ्यो यञ्	४।१।१०५
९२८	गहादिभ्यश्च	४।२।१३८
५४१	गाङ्कुटादि०	१।२।१
५३९	गाङ् लिटि	२।४।४९
४१०	गातिस्थाघु०	२।४।७७
९७१	गुणवचन०	५।१।१२४
५५५	गुणोऽपृक्ते	७।३।९१
४६६	गुणोऽर्तिसंयो०	७।४।१९
६९२	गुणो यङ्लुकोः	७।४।८२
४३६	गूपूधूपविच्छि०	३।१।२८
८८९	गुरोश्च हलः	३।३।१०३
७४७	गेहे कः	३।३।१४४
२००	गोतो णित्	७।१।९०
८९३	गोत्राद्यून्यस्त्रि०	४।१।९४
९४७	गोपयसोर्यत्	४।२।१६०
८४३	गोरतद्धित०	५।४।९२
९४७	गोश्च पुरीषे	४।३।१५४
८५१	गोस्त्रियोरुप०	१।२।४८
५८६	ग्रहिज्यावयि०	६।१।१६
६७४	ग्रहोऽलिटि	७।२।३७
९१३	ग्रामजनबन्धु०	४।२।४३
९२४	ग्रामाद्यखञौ	४।२।९४
	(घ)	
७८१	घञि च भाव०	६।४।२७
५४१	घुमास्थागापा०	६।४।६६
१६२	घेर्ङिति	७।३।१११
५३१	घ्वसोरेद्धाव०	६।४।११९

पृष्ठांकाः	सूत्राणि	अध्यायपाद-सूत्रांकाः
	(ङ)	
९२	ङमो ह्रस्वादचि	८।२।३२
१६३	ङसिङसोश्च	६।१।१७०
१४३	ङसिङ्योः	७।१।१५
५८	ङिच्च	१।१।५६
२१०	ङिति ह्रस्वश्च	१।४।६
२९०	ङेप्रथमयोरम्	७।१।२८
१८०	ङेराम्नद्याम्नीभ्यः	७।३।११६
१३१	ङेर्यः	७।१।१३
८९	ङ्णोः कुक्०	८।३।२८
११८	ङ्याप्प्रातिपदि०	४।१।१
	(च)	
४८९	चङि	६।१।११
७४३	चजोः कुघि०	७।३।५२
२४१	चतुरनडुहोरा०	७।११७
८३६	चतुर्थी तदर्था०	२।१।३६
८१०	चतुर्थी संप्रदाने	२।३।१३
९४९	चरति	५।२।८
७४९	चरेष्टः	३।२।१६
६३	चादयोऽसत्त्वे	१।४।५७
८७५	चार्थे द्वन्द्वः	२।२।२९
५९२	चिणो लुक्	६।५।१०४
५९३	चिण् ते पदः	३।१।६०
७२१	चिण्भावकर्म	३।१।६६
१२४	चुटू	१।३।७
२८४	चोः कुः	८।२।३०
३०६	चौ	६।३।१३८
७७३	च्छ्वोः शूडनुनासिके	६।४।१९
४०९	च्लि लुङि	३।१।४३

पृष्ठांका	सूत्राणि	अध्यायपाद-सूत्रांकाः
४१०	च्ले: सिच्	३।१।४४
१०२०	च्वौ च	७।४।२६
	(छ)	
९६१	छादेर्घेऽद्व्युपसर्गस्य	६।४।९६
९९	छे च	६।१।७३
	(ज)	
३१७	जक्षित्यादयः	६।१।६
६०१	जनपदशब्दात्	४।१।६८
९१८	जनपदेलुप्	८।१।८१
६५९	जनसनखनाम्	६।४।४२
५९३	जनिवध्योश्च	७।३।३५
१५२	जराया जरस०	७।२।१०१
७७०	जल्पभिक्ष०	३।२।१५५
२१५	जश्शसोः शि	७।१।२०
१६०	जसि च	७।३।१०९
१४१	जसः शी	७।१।११
५६५	जहातेश्च	६।४।११६
७६७	जहातेश्च क्त्वि	७।४।४२
१०४३	जातेरस्त्रीविषया०	४।१।६२
६३७	जिह्वामूलांगु०	४।३।६२
८९३	जीवति तु	४।१।१६२
५५९	जुसि च	७।२।८३
५५७	जुहोत्यादिभ्य	२।४।७५
६७०	जृस्तन्भुम्रुचु०	३।१।५८
५९२	ज्ञाजनोर्जा	७।३।७९
१००६	ज्य च	५।३।६१
१००६	ज्यादादीयसः	६।४।१६०
७८८	ज्वरत्वर०	६।४।२०
	(झ)	
८२	झयो होऽन्यतर०	८।४।६२
८३२	झयः	५।४।१११
६२०	झयः	८।३।१०
८१	झरो झरि सवर्णे	८।४।६५
२६	झलां जश् झशि	८।४।५३
७६	झलां जशोऽन्ते	८।२।३९
४४८	झलो झलि	८।२।२६
५०८	झषस्तथोर्धो०	८।२।४०
४८३	झस्य रन्	३।४।१०५
४०५	झेर्जुस्	३।४।१०८
३८१	झोऽन्तः	७।१।३
	(ट)	
१३०	टाङसिङसा०	७।१।१२
१०२५	टिड्ढाणञ०	४।१।१५
४७४	टित आत्मने	३।४।७९
२२७	टेः	६।४।१४३
८१३	टेः	६।४।१५५
७८४	ट्वितोऽथुच्	३।३।८९
	(ठ)	
६३८	ठगायस्थानेभ्यः	४।२।५५
९००	ठस्येकः	७।३।५०
	(ड)	
१७१	डति च	१।१।२५
९०	डः सि धुट्	८।३।२९
७८३	ड्वितः क्त्रिः	३।३।८८
	(ढ)	
५०७	ढो ढे लोपः	८।३।१३

पृष्ठांकाः	सूत्राणि	अध्यायपाद-सूत्रांकाः
१०६	ढ्रलोपे पूर्वस्य	६।३।१११
	(ण)	
४१७	णलुत्तमो वा	७।१।९१
६७६	णिचश्च	१।३।७५
५७७	णिजां त्रयाणाम्	७।४।७५
४८८	णिश्रिद्रुस्रुभ्यः	३।१।४८
४८८	णेरनिटि	६।४।५१
४२८	णो नः	६।१।६५
४८८	णौ चङ्युप०	७।४।१
७९०	ण्यासश्रन्थो०	३।३।१०७
७४४	ण्वुल्तृचौ	३।१।१३३
	(त)	
३७३	तङानावात्मने०	१।४।१००
९३८	तत आगतः	४।३।७४
७५६	तत्पुरुषे कृति	६।३।१४
८५५	तत्पुरुषस्या०	५।४।८६
८३३	तत्पुरुषः	२।१।२२
८४४	तत्पुरुषः समाना०	१।२।४१
१०१५	तत्प्रकृतवचने	५।४।२१
६८३	तत्प्रयोजको हे०	१।४।५
९३३	तत्र जातः	४।३।२५
९६७	तत्र तस्येव	५।१।११६
९३५	तत्र भवः	४।३।५३
९५७	तत्र साधुः	४। ।९८
९०८	तत्रोद्धतम०	४।२।१४
८५२	तत्रोपपदम्	३।१।९२
९१५	तदधीते	४।२।५९
९६५	तदर्हति	५।१।६३

पृष्ठांकाः	सूत्राणि	अध्यायपाद-सूत्रांकाः
९१७	तदस्मिन्नस्तीति	४।२।६७
९७५	तदस्य संजात	५।२।३६
९८४	तदस्यास्त्यस्मि०	५।२।९४
२८८	तदोः सः साव०	७।२।१०६
९४१	तद्गच्छति	४।३।८५
३६३	तद्धितश्चा०	१।१।३८
८३०	तद्धिताः	४।१।७६
८४१	तद्धितार्थोत्तर०	२।१।५१
८४३	तद्धितेष्वचा०	७।२।११७
९०३	तद्राजस्य	२।४।६२
९५४	तद्वहति रथ०	४।४।७६
५२७, ६५७	तनादिकृञ्भ्यः	३।१।७९
६५८	तनादिभ्यः	२।४।७९
७२७	तनोतेर्यकि	६।४।४४
३६	तपरस्तत्कालस्य	१।१।७०
७२७	तपोऽनुतापे च	३।१।६५
७३७	तयोरेव कृत्य०	३।४।७०
९४९	तरति	४।४।५
१००३	तरप्तमपौ घः	१।१।२२
९२९	तवकममका०	४।३।३
२९७	तवममौ ङसि	७।२।९६
७३७	तव्यत्तव्या	३।१।९६
९८४	तसौ मत्वर्थे	१।४।१९
३९७	तस्थस्थमिपाम्	३।४।१०१
८८७	तस्मान्नुडचि	६।३।७४
१२८	तस्माच्छसो नः	६।१।१०३
८०	तस्मादित्युत्तरस्य	१।१।६७

पृष्ठांकाः	सूत्राणि	अध्यायपाद सूत्रांका
४३३	तस्मान्नुडचि	७।४।७१
९२८	तस्मिन्नणि च	४।३।३१
२७	तस्मिन्निति	१।१।६६
९६०	तस्मै हितम्	५।१।५
९१८	तस्य निवासः	४।२।६९
९८	तस्य परमाम्रे	८।१।२
९७९	तस्य पूरणे डट्	५।२।४०
९६८	तस्य भावस्त्व०	५।१।११९
८	तस्य लोपः	१।३।९
९४४	तस्य विकारः	४।३।१३४
९११	तस्य समूहः	४।२।३७
८९०	तस्यापत्यम्	४।१।९२
९४३	तस्येदम्	४।३।१२०
९६३	तस्येश्वरः	५।१।४२
३७७	तान्येकवचन	१।४।१०२
३९०	तासस्त्यो०	७।४।५०
१००३	तिङश्च	५।३।५६
३७७	तिङस्त्रीणि	१।४।१०१
३८०	तिङ्शित्सार्व०	३।४।११३
७७५	तितुत्रतथ०	७।२।९
३७३	तिप्तस्झि०	३।४।७८
६४८	तिप्यनस्तेः	८।२।७३
३०९	तिरसस्तिर्यलोपे	६।३।९४
९८०	ति विंशते०	६।४।१४२
६८५	तिष्ठतेरित्	७।४।५
६२५	तीषसह०	७।२।४८
६०८	तुदादिभ्यः शः	३।१।७७
२९५	तुभ्यमह्यौ ङयि	७।२।८५

पृष्ठांकाः	सूत्राणि	अध्यायपाद सूत्रांकाः
७७८	तुमुन्ण्वुलौ	३।३।१०
१७	तुल्यास्यप्रय०	१।१।९
३९६	तुह्योस्तात०	७।१।६५
१८८	तृज्वत्क्रोष्टुः	७।१।९५
९४७	तृणह इम्	७।३।९२
२३४	तृतीयादिषुभाषित०	७।१।७४
८२६	तृतीयासस०	२।२।८४
८३४	तृतीया तत्कृता०	२।१।३०
७७०	तृन्	३।२।१३५
४९९	तृफलभज	६।४।१२२
९०३	ते तद्राजाः	४।१।१७४
९६२	तेन क्रीतम्	५।१।३७
९६७	तेन तुल्यम्	५।१।११५
९४८	तेन दीव्यति०	४।४।२
९१७	तेन निर्वृत्तम्	४।१।६८
९६६	तेन निर्वृत्तम्	५।१।७९
९४२	तेन प्रोक्तम	४।३।१०१
९०५	तेन रक्तं रागात्	४।२।१
३९१	ते प्राग्धातोः	१।४।८०
६००	तेमयावेक०	८।१।२२
७८	तोर्लि	८।४।६०
७६	तोः षि	८।४।४३
७६९	तौ सत्	३।२।१२७
३१८	त्यदादिषु	३।२।६०
१७४	त्यदादीनामः	७।२।१०२
९२७	त्यदादीनि च	१।१।७४
२१२	त्रिचतुरोः	७।२।९९
१७३	त्रेस्त्रयः	७।१।५३

पृष्ठांकाः	सूत्राणि	अध्यायपाद-सूत्रांकाः
६८२	त्रेः संप्रसारणं च	५।२।५५
२६३	त्वमावेकवचने	७।२।६७
३००	त्वामौ द्वितीया०	८।१।२३
२६१	त्वाहौ सौ	७।२।३४
	(थ)	
४३०	थलि च सेटि	६।४।१२१
४७५	थासः से	३।४।८०
२७५	थो न्थः	७।१।८७
	(द)	
९२५	दक्षिणापश्चात्०	४।२।९८
६६५	दण्डादिभ्यो यत्	५।१।६६
५७६	दधस्तथोश्च	८।२।३८
७६५	दधातेर्हिः	७।४।४२
६८८	दन्त उन्नत०	५।२।१०६
४६२	दयायासश्च	३।१।३७
२५७	दश्च	७।२।१०९
५२२	दश्च	८।२।७५
७१३	दाणश्च सा चे०	१।३।५४
२४२	दादेर्धातोर्घः	८।२।३२
५७३	दाधा घ्वदाप्	१।१।२०
७७४	दाम्नीशस०	३।२।१८२
८४२	दिक्पूर्वपदाद०	४।२।१०७
८४१	दिक्संख्ये संज्ञा०	२।१।५०
६३५	दिगादिभ्यो यत्	४।३।५४
८८७	दित्यदित्या०	४।१।८५
२५२	दिव उत्	६।१।१३१
२५१	दिव औत्	७।१।८४
५८१	दिवादिभ्यः श्यन्	३।१।७७

पृष्ठांकाः	सूत्राणि	अध्यायपाद-सूत्रांकाः
५९०	दीङो युडचि	६।४।६३
५९२	दीपजनबुध०	३।१।६१
५३३	दीर्घ इणः किति	७।४।६९
१५६	दीर्घाज्जसि च	६।१।१०५
६२३	दीर्घोऽकितः	७।४।८३
४६०	दीर्घो लघोः	७।५।१६
४२२	दीर्घं च	१।४।१२
६०	दूराद्धूते च	८।२।८४
७६४	दृढः स्थूल०	७।२।२०
७५७	दृशेः क्वनिप्	२।३।६४
६०७	दृष्टं साम	४।३।७
७६५	दो दद् घोः	७।४।४६
४९३	द्युतिस्वाप्योः	७।३।६७
४९४	द्युद्भ्यो लुङि	१।३।९१
९२५	द्युप्रागपा०	४।२।१०१
८८०	द्वन्द्वश्च प्राणि	२।४।२
८८१	द्वन्द्वाच्चुदष०	५।४।१०६
८७८	द्वन्द्वे घि	२।२।३२
८४४	द्विगुरेकवचनम्	२।४।१
८३३	द्विगुश्च	२।१।२३
१०३१	द्विगोः	४।१।२१
२६२	द्वितीयाटौस्स्वेनः	२।४।३४
२९३	द्वितीयायां च	७।२।८७
८३३	द्वितीया श्रिता०	२।१।२४
९७९	द्वित्रिभ्यां तपस्या०	५।२।४३
८७१	द्वित्रिभ्यां षः	५।४।११५
४३६	द्विर्वचनेऽचि	१।१।५६
१००४	द्विवचनविभ०	५।३।५७

पृष्ठांकाः	सूत्राणि	अध्यायपाद-सूत्रांकाः
९८२	द्वेस्तीयः	५।२।५४
८५६	द्व्यष्टनः संख्या०	६।३।४७
१२०	द्व्येकयोर्द्विवच०	१।४।२२
	(ध)	
६५२	धर्मं चरति	४।४।४१
६६१	धातोरेकाचो हल०	३।१।२२
७३६	धातोः	३।१।९१
६८७	धातोः कर्मणः	३।१।७
२४५	धात्वादेः षः सः	६।१।६४
९७३	धान्यानां भवने	५।२।१
४८०	धि च	८।२।२४
९५५	धुरो यड्ढकौ	४।४।७७
८११	ध्रुवमपायेऽपादा०	१।४।२४
	(न)	
७६५	न क्त्वा सेट्	१२८
१०४१	न क्रोडादि०	४।१।५६
९०६	नक्षत्रेण युक्तः	४।२।६
१०३४	नखमुखात्संज्ञाह	४।१।५८
७०६	न गतिहिंसा०	१।३।१५
२६३	न ङिसंबुद्ध्योः	८।०।८
८४७	नञ्	२।२।६
९२१	नडशादाड्ड्वलच्	४।२।८८
२१३	न तिसृचतसृ	६।४।४
८२६	नदीभिश्च	२।२।१०
९२४	नद्यादिभ्यो ढक्	२।४।२७
७४५	नन्दिग्रहि०	३।१।१३४
५५३	न न्द्राः संयोगा०	६।१।३
७४	न पदान्ताट्टो०	८।४।४२
८८	नपरे नः	८।३।२७
२२५	नपुंसकस्य झलचः	७।१।७२
२२३	नपुंसकाच्च	७।१।१९
८३२	नपुंसका०	५।४।१०९
७९०	नपुंसके भावे	३।३।११३
८८४	न पूजनात्	५।४।६९
६६१, ६५६	नभकुर्छुराम्	८।२।७९
१८६	न भूसुधियोः	६।४।८५
४११	न माङ्योगे	६।४।७४
३३२	न मु ने	८।२।३
८१०	नमःस्वस्ति०	२।३।१६
७३३	न यदि	३।२।११३
९१५	न य्वाभ्यां पदा०	७।३।३
६१०	न लिङि	७।२।३२
१७२	न लुमता०	१।१।६३
८४७	नलोपो नञः	६।३।७३
१६६	नलोपः प्राति०	८।२।७
२६४	नलोपः सुप्०	८।२।२
१२५	न विभक्तौ	१।३।४
४६६	न वृद्भ्यश्च	७।२।५९
४६८	न शसदद०	६।४।१२६
३२०	नशेर्वा	८।२।६३
६१	नश्च	८।३।३०
८४	नश्चापदान्तस्य	८।३।१०
९६	नश्छव्यप्रशान्	८।३।७
२२१	न षट्स्वस्रादि०	४। ।५०
२७२	न संप्रसारणे०	६।१।३७
२६६	न संयोगाद्वम०	६।४।१३७
८३१	नस्तद्धिते	६।१।१४४

पृष्ठांकाः	सूत्राणि	अध्यायपाद सूत्रांकाः
३३५	नहिवृति०	६।२।११६
३३४	नहो धः	८।२।३४
३१०	नाञ्चेः पूजायाम्	६।४।३०
१२४	नादिचि	६।१।१०४
९८०	नान्तादसंख्या०	५।२।४९
५७९	नाभ्यस्तस्याचि	७।३।८७
३१६	नाभ्यस्ताच्छतुः	७।१।८७
१३५	नामि	६।४।३
८२५	नाव्ययीभावा०	३।४।८३
९५४	निकटे वसति	४।४।७३
७२२	नित्यवीप्सयो	८।१।४
६६१	नित्यं करोतेः	६।४।१०८
६९३	नित्यं कौटिल्ये	३।१।२३
४०१	नित्यं ङितः	३।४।९९
९४७	नित्यं वृदधशरा०	४।३।१४४
६४	निपात एका०	१।१।१४
७८१	निवासचिति०	३।३।४१
८७४	निष्ठा	२।२।३६
७६०	निष्ठा	३।२।१०२
७६४	निष्ठायां सेटि	६।४।५२
१४	नीचैरनुदात्तः	१।२।३०
३२४	नुम्बिसर्जनोय०	८।३।५८
१६९	नृ च	६।४।६
९७	नॄन्पे	८।३।१०
४४८	नेटि	७।२।४
७५३	नेड्वशि कृति	७।२।८
२६०	नेदमसोरकाः	७।१।११
२१७	नेयङुवङ्स्थाना०	१।४।४
४२५	नेर्गदनदपत०	८।४।१७
७०९	नेर्विशः	१।३।१७
२७७	नोपधायाः	६।४।७
९५६	नौवयोधर्म०	४।४।९१
७०१	नः क्ये	१।४।१५
	(प)	
९६४	पङ्क्तिविंशति०	५।१।५९
१०४६	पङ्गोश्च	४।१।६८
७६४	पचो वः	८।२।५२
८३७	पञ्चमी भयेन	२।१।३७
२९६	पञ्चम्या अत्	७।१।३१
९९३	पञ्चम्यास्तसिल्	५।३।३७
८३७	पञ्चम्याः स्तोका०	६।३।२
१६९	पतिः समास एव	१।४।८।
९७३	पत्यन्तपुरो०	५।१।१२८
२७४	पथिमथ्यृभु०	७।१।८५
१२९	पदान्तस्य	८।४।३७
९९	पदान्ताद्वा	६।१।७६
८६०	परवल्लिंगं द्व०	२।४।२६
११९	परश्च	३।२।२
३८३	परस्मैपदानाम्	३।४।८२
९०८	परिवृतो रथः	४।२।१०
७१०	परिव्यवेभ्यः	१।३।१८
७१७	परेर्मृषः	१।३।८२
३८२	परोक्षे लिट्	३।४।११५
२५	परः सन्निकर्षः	१।४।१०९
९९६	पर्यभिभ्याञ्च	५।३।९
४५९	पाघ्राध्मास्था०	७।३।७८

पृष्ठांकाः	सूत्राणि	अध्यायपाद सूत्रांकाः
८७२	पादस्य लोपो०	५।४।१३८
३०४	पादः पत्	६।४।१३०
८७९	पिता मात्रा	१।२।७०
९११	पितृव्यमातुल०	४।२।३६
४२२	पुगन्तलघूप०	७।३।८६
९५	पुमः खय्यम्परे	८।३।६
७७६	पुवः संज्ञायाम्	३।२।१८५
४७३	पुषादिद्युता०	३।१।५५
१०३३	पुंयोगादाख्या०	४।१।४८
७९१	पुंसि संज्ञा०	३।३।११८
३२६	पुंसोऽसुङ्	७।१।८९
८७३	पूर्णाद्विभाषा	५।४।१४९
४०	पूर्वत्रासिद्धम्	८।२।१
१०४२	पूर्वपदादसंज्ञा०	८।४।३
१४७	पूर्वपरावर०	१।१।३४
७१३	पूर्ववत्सनः	१।३।६२
९८३	पूर्वादिनिः	५।२।८६
१४९	पूर्वादिभ्यो नव०	७।१।१६
८३८	पूर्वापराधरोत्तर०	२।२।१
३८४	पूर्वोऽभ्यासः	६।१।४
५६९	पृथ्वादिभ्य इ०	५।१।१२२
७४०	पोरदुपधात्	३।१।१९८
१००१	प्रकारवचने थाल्	५।३।२३
१००५	प्रकृत्यैकाच्	६।४।१६३
१०१६	प्रज्ञादिभ्यश्च	५।४।३८
१७२	प्रत्ययलोपे	१।१।६२
१०३४	प्रत्ययस्थात्	७।३।४४
१७१	प्रत्ययस्य लुक्	१।१।६१
९२९	प्रत्ययोत्तरपद०	७।२।९८
११८	प्रत्ययः	३।१।१
१५०	प्रथमचरम०	१।१।३३
१२३	प्रथमयोः	६।१।१०२
८२९	प्रथमानिर्दिष्टम्	१।२।४३
२९२	प्रथमायाश्च	७।२।८८
९४०	प्रभवति	४।३।८३
९७६	प्रमाणे द्वय०	५।२।३७
१००५	प्रशस्यस्य श्रः	५।३।६०
९५३	प्रहरणम्	५।४।५७
९५८	प्राक् क्रीताच्छः	५।१।१
८१९	प्राक्कडारात्०	२।१।३
१००९	प्रागिवात् कः	५।३।७०
९५४	प्राग्घिताद्यत्	४।४।७५
९९३	प्राग्दिशः	५।३।१
९४८	प्राग्वहतेष्ठक्	४।४।१
९६२	प्राग्वतेष्ठञ्	५।१।१८
१०२९	प्राचां ष्फ तद्धितः	४।१।१७
९८७	प्राणिस्थादा०	५।२।९६
८०१	प्रातिपदिकार्थ०	२।३।४६
६३	प्रादयः	१।४।५८
७१७	प्राद्वहः	१।३।८१
८६१	प्राप्तापन्ने च	२।२।४
९३१	प्रायभवः	४।३।३९
९३४	प्रावृषष्ठप्	४।३।२६
९३१	प्रावृष एण्यः	४।३।१७
७५२	प्रियवशे वदः	३।२।३८
६०	प्लुतप्रगृह्याः	६।१।१२५

पृष्ठांकाः	सूत्राणि	अध्यायपाद-सूत्रांकाः
६७१	प्वादीनां ह्रस्वः	७।३।८०
	(ब)	
१७०	बहुगणवतु०	१।१।२३
१३६	बहुवचने झ०	७।३।१०३
३००	बहुवचनस्य	८।१।२१
८६९	बहुव्रीहौ०	५।४।११३
१२४	बहुषु बहुवचनम्	१।४।२१
१००६	बहोर्लोपो०	६।४।१५८
१०१६	बह्वल्पार्था०	५।४।४२
१०३२	बह्वादिभ्यश्च	४।१।४५
८२६	बाह्वादिभ्यश्च	४।१।९६
५४८	ब्रुव ईट्	७।३।९३
५४९	ब्रुवो वचिः	२।४।५३
५४८	ब्रुवः पञ्चा०	३।४।८४
	(भ)	
७२९	भञ्जेश्च चिणि	६।४।३३
३८५	भवतेरः	७।४।७३
२७५	भस्य टेर्लोपः	७।१।८८
७१८	भावकर्मणोः	१।३।१३
७८०	भावे	३।३।१८
९१२	भिक्षादिभ्योऽण्	४।२।३८
७४९	भिक्षासेना०	३।२।१७
५९०	भियोऽन्यतरस्याम्	६।४।११५
५५८	भीह्रीभृहु०	३।१।३९
६५५	भुजोऽनवने	१।३।६६
३८३	भुवो वुक्	७।४।८८
४८	भूवादयो धातवः	१।३।१
५११	भूसुवोस्तिङि	७।३।२१
५६८	भृञामित्	७।५।५६
७४३	भोज्यं भक्ष्ये	७।६।६९
१०२	भोभगोअघो०	८।३।१७
२९६	भ्यसोऽभ्यम्	७।१।३०
६१०	भ्रस्जो रोपध०	६।४।४७
७७१	भ्राजभास०	२।२।१७७
	(म)	
२९९	मघवा बहुलम्	६।४।१२८
९३०	मध्यान्मः	४।३।८
७५५	मनः	३।२।८२
६७	मय उञो वो वा	८।३।३३
९४०	मयट् च	४।३।८२
९५६	मयड्वैत०	४।३।१४३
५८८	मस्जिनशोर्झलि	७।१।६०
४०८	माङि लुङ्	३।३।१७५
८९७	मातुरुत्संख्या०	४।१।११५
९२०	मादुपधायाश्च०	८।२।९
६८६	मितां ह्रस्व	५।४।९२
२२६	मिदचोऽन्त्या०	१।१।४७
५९०	मीनातिमिनो०	६।१।५०
१५	मुखनासिका०	१।१।८
७४२	मृजेर्विभाषा	३।१।११३
७४३	मृजेर्वृद्धिः	७।२।११४
३९८	मेर्निः	३।३।८९
८३	मोऽनुस्वारः	८।३।२३
२५५	मो नो धातोः	८।२।६४
८६	मो राजि समः	८।३।२५
६३९	म्रियतेर्लुङ्०	१।३।३१
७६६	म्वोश्च	८।२।६५

पृष्ठांकाः सूत्राणि	अध्यायपाद-सूत्रांकाः
(य)	
६९५ यङोऽचि च	२|४|७४
६९६ यङो वा	७|३|९४
१५७ यचि भम्	१|४|१८
७८४ यजयाच०	३|३|९०
८९२ यञञोश्च	२|४|६४
१०२८ यञश्च	४|१|१६
८९३ यञिञोश्च	४|१|१०१
९७६ यत्तदेतेभ्यः	५|२|३९
३३ यथासंख्यमनु०	१|३|१०
४९३ यमरमनमा०	७|२|७३
७७ यरोऽनुना०	८|४|४५
१२६ यस्मात्प्रत्यय०	१|४|१३
६९३ यस्य हलः	६|४|४९
२२४ यस्येति च	६|४|१४८
२०५ याडापः	७|३|११३
४०४ यासुट् पर०	३|४|१०३
२८२ युजेरसमासे	७|१|७१
२९२ युवावौ द्विव०	७|२|९२
७४४ युवोरनाकौ	७|१|१
२९९ युष्मदस्मदोः षष्ठी०	८|१|२०
२९५ युष्मदस्मदोरना०	७|२|८६
२९७ युष्मदस्मद्भ्याम्	७|१|९७
९२८ युष्मदस्मदोरन्य०	४|३|१
३७८ युष्मद्युपपदे	४|१|१०५
१०४९ यूनस्तिः	४|१|७७
२९३ यूयवयौ जसि	७|२|९३
१७७ यू स्त्र्याख्यौ	१|४|३
६६२ येच	६|४|२०९
८९९ ये चाभाव०	६|४|१६८
६५८ ये विभाषा	६|४|४३
२९४ योऽचि	७|२|८९
३३७ यः सौ	७|२|११०
(र)	
९६९ र ऋतो०	६|४|१६१
९५१ रक्षति	४|४|३३
७६१ र दाभ्यां नि०	८|२|४२
५८८ रघादिभ्यश्च	७|२|४५
७९६ रलो व्युप०	१|२|२६
२५४ रषाभ्याम्	८|४|१
८७७ राजदन्तादिषु	२|२|३१
७५७ राजनि युधि कृ०	३|२|९५
८९९ राजश्वशुराद्यत्	४|१|१३७
८५८ राजाहः सखि	५|४|९१
८५६ रात्राह्नाहाः	२|४|२९
१९१ रात्सस्य	८|२|२४
२०१ रायो हलि	७|२|८५
७७२ राल्लोपः	६|४|२१
९२३ राष्ट्रावार०	४|२|९३
५०१ रिङ् शयग्०	५|४|२८
३९० रिच्च	७|४|५१
६९४ रीगृदुपधस्य च	७|४|९०
९१० रीङ् ऋतः	५|४|२०

पृष्ठांकाः	सूत्राणि	अध्यायपाद-सूत्रांकाः	पृष्ठांकाः	सूत्राणि	अध्यायपाद-सूत्रांकाः
६४१	रुधादिभ्यः श्नम्	३।१।७८	५१४	लुङ्सनोर्घस्लृ	२।४।३७
९००	रेवत्यादिभ्य०	४।१।१४७	३८९	लुटः प्रथमस्य	२।४।८५
१०५	रोऽसुपि	८।२।६९	९१८	लुपि युक्तवद्०	१।२।५१
३०५	रो रि	८।३।१४	९०६	लुबविशेषे	४।२।४
२५४	रोः सुपि	८ ३।१६	७६९	लृटः सद्वा	३।३।१४
३२३	र्वोरुपधायाः	८।२७६	३९१	लृट् शेषे	३।३।१३
	(ल)		३९३	लोट् च	३।३।१७२
५२३	लङः शाकटा०	३।४।१११	३९७	लोटो लङ्वत्	३।४।८५
७६७	लटः शतृ०	३।२।१२४	४६६	लोपश्चास्यान्य०	७।४।६०७
७३३	लट् स्मे	३।२।११८	५६८	लोपो यि	६।४।११८
१२८	लशक्वतद्धिते	१।३।८	४०५	लोपो व्योर्वलि	६।१।६६
४०६	लिङाशिषि	३।४।११६	३९	लोपः शाक०	८।३।१९
४८२	लिङः सीयुट्	३।४।१०२	९८७	लोमादि०	५।२।१००
४०४	लिङः सलोपो	७।२।७९	३७०	लः कर्मणि च	३।४।६९
४१२	लिङ्निमित्ते	३।३।१३९	३७३	लः परस्मैपदम्	१।४।९९
५४३	लिङ्सिचा०	१।२:११	७९०	ल्युट् च	३।३।११५
५२०	लिङ्सिचो०	७।२।४२	७६२	ल्वादिभ्यः	८।२।४४
४७८	लिटस्तझयो०	७।२।४२		(व)	
३८३	लिटि धातो०	६।१।८	५५१	वच उम्	७।४।२०
७६५	लिटः कानज्वा	३।२।१०६	५०६	वचिस्वपि०	६।२।१५
३८७	लिट् च	१।४।११५	४३४	वदव्रजहलन्त०	७।२।३
५११	लिटयन्तर०	२।४।४०	१०३०	वयसि प्रथमे	४।१।२०
५०६	लिटयभ्या०	६।१।१७	९१९	वरणादिभ्यश्च	४।२।८२
६२०	लिपिसिचि०	३।१।५३	९३८	वर्गान्ताच्च	४।३।६३
५४५	लुग्वा दुह०	७।३।७३	९७०	वर्णदृढादिभ्यः	५।१।१२३
५२०	लङि च	२।४।३	१०३१	वर्णादनुत्तात्तो०	३।२।१२३
४०८	लुङ	३।२।११०	७३४	वर्तमानसामी०	३।३।१३१
४०२	लुङ्लङ्लृङ्०	६।८।७१	३७२	वर्तमाने लट्	३।२।१३

पृष्ठांकाः	सूत्राणि	अध्यायपाद-सूत्रांकाः
१६६	वर्षाभ्वश्च	६।४।८४
२४६	वसुस्रंसु०	८।२।७२
३२५	वसोः सम्प्र०	६।४।१३१
९६१	वाचो ग्मिनिः	५।२।१२४
५८३	वा जॄभ्रमु०	६।४।१२४
२४४	वा द्रुहमुह०	८।२।३३
३५१	वा नपुंसकस्य०	७।१।७९
३४	वान्तो यि प्रत्यये	६'१।७९
४६३	वान्यस्य संयो०	६।४। ८
८५	वा पदान्तस्य	८।४।५९
१०१३	वा बहूनाम्	५।३।९३
४५७	वा भ्राश०	३।१।७०
६०७	वामदेवाड्ड्य	४।२।९
२१८	वामि	१।४।५
२१६	वाम्शसोः	६।४।८०
६१०	वाय्वृतुपित्रु०	४।२।३१
१३३	वावसाने	८।४।५६
१००	वा शरि	८।३।३६
७३६	वाऽसरूपो०	३।१।९४
२४७	वाह ऊठ्	६।४।१३२
६४१	विज इट्	१।२।२
७५३	विड्वनोरनु०	६।४।४१
५२७	विदांकुर्व०	३।१।४१
७६९	विदेः शतु०	७।१।३६
५२६	विदो लटो वा	३।४।८३
६३९	विद्यायोनि०	४।३।७७
४०४	विधिनिमन्त्र०	३।३।१६१
१००७	विन्मतोर्लुक्	७।३।६५
७१०	विपराभ्यां जेः	१।३।१९
१०८	विप्रतिषेधे	१।४।२
१२५	विभक्तिश्च	१।४।१०४
५८५	विभाषा घ्राधेट्०	२।४।७८
२३४	विभाषा ङिश्योः	६।४।१३३
७२६	विभाषा चिण्णमु०	७।१।६९
६०३	विभाषा चेः	७।३।५८
१६०	विभाषातृती०	७।१।९७
२०७	विभाषा दिक्०	१।१।२८
५४०	विभाषा लुङ०	२।४।५०
१०१९	विभाषा साति कार्त्स्न्ये	५।४।५२
६३०	विभाषा सुपो०	५।३।६८
४८७	विभाषेटः	८।३।७९
५५३	विभाषोर्णोः	१।२।३
१२१	विरामो०	१।४।११०
८४५	विशेषणं विशे०	२।१।५७
२८७	विश्वस्य वसु०	७।३।१२८
९९, १००	विसर्जनीय०	८।३।३४
६२७	वृद्धाच्छः	४।२।११४
४१	वृद्धिरादैच्	१।१।१
४२	वृद्धिरेचि	६।१।८८
६२६	वृद्धिर्यस्याचा०	१।१।७३
४६६	वृद्भ्यः स्यसनोः	१।३।९२
५६४	वृतो वा	७।२।३८
२८०	वेरपृक्तस्य	६।१।६७
१०३२	वोतो गुण०	४।१।४४
७१७	व्याङ्परि०	१।३।८३
२८५	व्रश्चभ्रस्ज०	८।२।३६
६७४	व्रीहिशाल्योर्ढक्	५।२।२
९९०	व्रीह्यादिभ्यश्च	५।२।११६

पृष्ठांकाः	सूत्राणि	अध्यायपाद-सूत्रांकाः
	(श)	
६३४	शदेश्शितः	१।३।६०
३५२	शप्श्यनोर्नित्यम्	७।१।८१
९५१	शब्ददर्दुरं क०	४।४।३४
७०६	शब्दवैरकलहा०	३।१।१७
९३६	शरीरावयवाच्च	४।३।५५
९६०	शरीरावयवा०	५।१।६
२५५	शरोऽचि	८।४।४९
६०४	शर्पूर्वाः खयः	७।४।६१
५४४	शल इगुप०	३।१।४५
९२	शश्छोऽटि	८।४।६३
२९४	शसो न	७।१।२९
७२	शात्	८।४।४४
१०४०	शार्ङ्गरवा०	४।१।७३
७४२	शास इदङ०	६।४।३४
५११	शासिवसि०	८।३।६०
९२१	शिखाया वलच्	४।२।८९
९१	शि तुक्	८।३।३१
९५२	शिल्पम्	४।४।५५
८९६	शिवादिभ्योऽण्	४।१।१५२
२१५	शि सर्वनाम०	१।१।४२
५३७	शीङो रुट्	७।१।७
५३६	शीङः सार्व०	७।४।२१
९५३	शीलम्	४।४।६१
९०९	शुक्राद्घन्	४।२।२६
७६३	शुषः कः	८।२।५१
५६३	शृदृप्रां ह्रस्वः	७।४।१२
६१७	शे मुचादी०	७।१।५९
३७६	शेषात्कर्तरि	१।३।७८
८७५	शेषाद्विभाषा	५।४।१५४
९२२	शेषे	४।२।९२
३७९	शेषे प्रथमः	१।४।१०८
२९१	शेषे लोपः	७।२।९०
१६१	शेषो घ्यसखि	१।४।७
८६३	शेषो बहु०	२।२।२३
५२९	श्नसोरल्लोपः	६।४।१११
६४८	श्नान्नलोपः	६।४।२३
५६६	श्नाभ्यस्तयोरातः	।६।४।११२
४६७	श्रुवः शृ च	३।१।७८
९८२	श्रोत्रियंश्छ०	५।२।८४
६०७	श्र्युकः किति	७।२।११
५५७	श्लौ	६।१।१०
२७१	श्वयुवमघोना०	६।४।१३३
	(ष)	
९८०	षट्कतिकृति०	५।२।५१
२५३	षट्चतुर्भ्यश्च	७।१।५५
१७१	षड्भ्यो लुक्	७।१।२१
५०७	षढोः कः सि	८।२।४१
८३८	षष्ठी	२।२।८
८१२	षष्ठी शेषे	२।३।५०
१०२९	षिद्गौरादिभ्यश्च	४।१।४१
७७१	षः प्रत्ययस्य	१।३।६
७३	ष्टुना ष्टुः	८।४।४१
२७९	ष्णान्ताः षट्	१।१।२४
	(स)	
१६७	सख्युरसम्बुद्धौ	७।१।९२
९७२	सख्युर्यः	५।१।१२६

पृष्ठांकाः	सूत्राणि	अध्यायपाद-सूत्रांकाः
६७८	सत्यापपाश०	३।१।२५
८४४	स नपुंसकम्	२।४।१७
४३६	सनाद्यन्ता धा०	३।१।३२
७७१	सनाशंस०	३।२।१६८
६६१	सनि ग्रहगुहोश्च	७।२।१२
६८७	सन्यङोः	६।१।९
४६०	सन्यतः	७।४।७९
४८९	सन्वल्लघु०	७।४।९३
९८३	सपूर्वाच्च	५।२।८७
८४०	सप्तमी शौण्डैः	२।१।४०
८६४	सप्तमीविशेषणे	२।२।३५
८१३	सप्तम्यधिकरणे च	२।३।३६
९९६	सप्तम्यास्त्रल्	५।३।१०
७५९	सप्तम्यां जनेर्डः	३।२।९७
९५८	सभाया यः	४।४।१०५
८१८	समर्थः पदविधिः	२।१।१
८८५	समर्थानां प्रथमा०	४।१।८२
७११	समवप्रविभ्यः	१।३।२२
६६३	समवाये च	६।१।१३८
७१३	समस्तृतीया०	१।३।५४
७९५	समानकर्तृका०	३।४।२१
७९८	समासेऽनञ्पूर्वे	७।१।३७
१५	समाहारः स्व०	१।२।३१
३०८	समः समि	६।३।९३
९३	समः सुटि	८।३।५
१२२	सरूपाणामेक०	१।२।६४
५६	सर्वत्र विभा०	६।१।१२२
१६५	सर्वनामस्थाने	६।४।८
१४३	सर्वनाम्नः	७।१।१४
२०६	सर्वनाम्नः स्याड्०	७।३।११४
९९८	सर्वस्य सोऽन्य०	५।३।६
१३८	सर्वादीनि	१।१।२७
९९८	सर्वैकान्य०	५।३।१५
४८१	सवाभ्याम्	३।४।९१
१०१	ससजुषो रुः	८।२।६६
६८६	सस्यार्धधातुके	७।४।४९
८२०	सह सुपा	२।१।४
३०९	सहस्य सध्रिः	६।३।९५
५०७	सहिवहो०	६।३।११२
७५८	सहे च	३।२।९६
२५०	सहेः साडः सः	८।३।५६
१०२०	सात्पदाद्योः	८।३।१११
८०६	साधकतमं क०	१।४।४२
३१३	सान्तमहतः	६।४।१०
२०८	साम आकम्	७।१।३३
९३२	सायंचिरंप्राह्णे०	४।३।२३
४६७	सार्वधातुकमपित्	१।२।४
३८०	सार्वधातु०	७।३।८४
७१६	सार्वधातुके यक्	३।१।६७
२४८	सावनडुहः	७।१।८२
९०६	सास्य देवता	४।२।२४
५६५	सिचि च पर०	७।२।४०
४५६	सिचि वृद्धिः	७।२।१
३८४	सिजभ्यस्त०	३।४।१०९
६४६	सिपि धातो रुर्वा	८।२।७४
४८३	सुट् तिथोः	३।४।१०७

पृष्ठांकाः	सूत्राणि	अध्यायपाद-सूत्रांकाः
१५७	मुडनपुंसकस्य	१।१।४३
७००	सुप आत्मनः	३।१।८
१३०	सुपि च	७।३।१०२
७००	सुपो धातु०	२।४।७१
१२०	सुपः	१।४।१०३
२५	सुप्तिङन्तम्	१।४।१४
७५५	सुप्यजातौ	३।२।७८
८७३	सुहृद्दुर्हृदौ मित्रा०	५।४।१५०
५९५	सृजिदृशो०	६।१।५८
५८२	सेऽसिचि	७।२।५७
३९८	सेह्यपिच्च	३।४।८७
११०	सोऽचि लोपे	६।१।१३४
९४२	सोऽस्य निवा०	४।३।८९
९०९	सोमाट्ट्यण्	४।२।३०
२६७	सौ च	६।४।१३
८४४	संख्यापूर्वो	२।१।५२
९७८	संख्याया अव०	५।२।४२
८७२	संख्यासुपूर्वस्य	५।४।१४०
६६३	संपरिभ्यां क०	६।१।१३७
२४७	संप्रसारणाच्च	६।१।१०८
२०४	संबुद्धौ च	७।३।१०६
९६	संबुद्धौ शाक०	१।१।१६
८०४	संबोधने	२।३।४७
९३४	संभूते	४।३।४१
७६२	संयोगादेरातो	८।२।४३
३०	संयोगान्तस्य लो०	८।२।२३
४२२	संयोगे गुरु	१।४।११
९५०	संसृष्टे	४।४।२२
९४९	संस्कृतम्	४।४।३
९०८	संस्कृतं भक्षाः	४।२।१६
९६५	संहितशफलक्षण०	४।१।७०
२८७	स्कोः संयोगा०	८।२।२९
६६९	स्तन्भुस्तुन्भु०	३।१।८२
६७०	स्तन्भेः	८।३।६७
६०२	स्तुसुधूञ्भ्यः	७।२।७२
८३७	स्तोकान्ति०	२।१।३९
७१	स्तोः श्चुना श्चुः	८।४।४०
१०२३	स्त्रियाम्	४।१।३
२१९	स्त्रियां च	७।१।९६
७८६	स्त्रियां क्तिन्	३।३।९४
२१५	स्त्रियाः	६।४।७९
८६७	स्त्रियाः पुंव०	६।३।३४
८९०	स्त्रीपुंसाभ्याम्	४।१।८७
८९८	स्त्रीभ्यो ढक्	४।१।१२०
५७५	स्थाघ्वोरिच्च	१।२।१७
१३१	स्थानिवदा०	१।१।५६
२८	स्थानेऽन्तरतमः	१।१।५०
३२०	स्पृशोऽनुदके	३।२।५८
६२८	स्फुरतिस्फु०	८।३।७६
४०९	स्मोत्तरे लङ् च	३।३।१७६
३८८	स्यतासी	३।१।३२
७२०	स्यसिच्सी०	६।४।६२
८०९	स्वतन्त्रः कर्ता	१।४।५४
६८३	,,	,,
७८५	स्वपो नन्	३।३।९१
१४८	स्वमज्ञाति०	१।१।३५

पृष्ठांका	सूत्राणि	अध्यायपाद-सूत्रांकाः
२२९	स्वमोर्नपुं०	७।१।२३
४४६	स्वरतिसूति०	७।२।४४
३५७	स्वरादिनिपा०	१।१।३७
३७४	स्वरितञितः	१।३।७२
१०४०	स्वांगाच्चोप०	४।१।५४
६००	स्वादिभ्यः	३।१।७३
१५७	स्वादिष्वसर्व०	१।४।१७
११७	स्वौजसमौट्०	४।१।२
	(ह)	
४८०	ह एति	७।४।५२
५१९	हनो वध	२।४।४२
५१८	हन्तेर्जः	६।४।३
८६४	हलदन्तात्सप्त०	६।३।९
७१४	हलन्ताच्च	१।२।१०
६	हलन्त्यम्	१।३।३
७९२	हलश्च	३।३।१२१
१०२९	हलस्तद्धितस्य	६।४।१५०
३८५	हलादिः शेषः	७।४।६०
५६२	हलि च	८।२।७७
२५९	हलि लोपः	७।२।११३
१०३	हलि सर्वेषाम्	८।३।२२
२५	हलोऽनन्तरा०	१।१।७
८८८	हलो यमां यमि	८।४।६४
७६३	हलः	६।४।२
६६९	हलः श्नः शा०	३।१।८३
१६५	हल्ङ्याब्भ्यो०	६।१।६८
१०२	हशि च	६।१।११४
६६८	हिनुमीना	८।४।१५
६३६	हिंसायाम्	६।१।११४
५१३	हुझल्भ्यो०	६।४।१०१
४६८	हुश्नुवोः सार्व०	६।४।८७
९३९	हेतुमनुष्ये०	४।३।८१
७३४	हेतुहेतुमद्०	३।३।१५६
६८३	हेतुमति च	३।१।२६
८७	हे मपरे वा	८।३।२६
९७५	हैयंगवीनम्	५।२।२३
२४१	हो ढः	८।२।३१
२९९	हो हन्तेर्ञ्णिन्नेषु	७।३।५४
४३५	ह्म्यन्तक्षण०	७।२।५
१३५	ह्रस्वनद्यापो०	७।१।५४
१६१	ह्रस्वस्य गुणः	७।२।१०८
७४१	ह्रस्वस्य पिति०	६।१।७१
५०२	ह्रस्वादंगात्	८।२।२७
२२९	ह्रस्वो नपुंस०	१।२।४७
४२२	ह्रस्वं लघु	१।४।१०
३८५	ह्रस्वः	७।४।५२

॥ श्रीहरिः ॥

लघुकौमुदीस्थवार्तिकानामकारादि-वर्णक्रमेण सूची

वार्तिकानि	पृष्ठांकाः
अह्नादूहिन्यामुपसंख्यानम्	४५
अडभ्यासव्यवायेऽपि सुट् कात् पूर्व इति वक्तव्यम्	६३६
अत्यादयःक्रान्ताद्यर्थेद्वितीयया	७५०
अधर्माच्चेति वक्तव्यम्	६५२
अध्यात्मादेष्ठञिष्यते	६३६
अध्वपरिमाणे च	३५
अनाम्नवतिनगरीणामितिवाच्यम्	७५
अन्तः शब्दस्याङ्किविधिणत्वेषूपसर्गत्वं वाच्यम्	४००
अन्येभ्योऽपि दृश्यते	६८६
अन्वादेशे नपुंसके एनद्वक्तव्यः	३४६
अह्न खः क्रतौ	६१४
अभूततद्भाव इति वक्तव्यम्	१०१७
अमेहक्वतसित्रेभ्य एव	६२४
अर्णसो लोपश्च	६८६
अर्थेन नित्यसमासो विशेष्यलिंगता चेति वक्तव्यम्	८३६
अर्यक्षत्रियाभ्यां वा स्वार्थे	१०३६
अवादयः क्रुष्टाद्यर्थे तृतीयया	८५२
अवारपाराद्विगृहीतादपि विपरीताच्चेति वक्तव्यम्	६२३
अव्ययानां भमात्रे टिलोपः	६३१
अव्ययस्य च्वावीत्वं नेति वाच्यम्	१०१९
अश्मनोविकारेटिलोपोवक्तव्यः	६४५
अस्य सम्बुद्धौ वानङ् नलोपश्च वा वाच्यः	३२७
आचार्यादणत्वं च	१२३८
आमनडुहः	१०३०
आद्यादिभ्यस्तसेरुपसंख्यानम्	१०१७
इर इत्संज्ञा वाच्या	५७७
इवेन समासो विभक्त्यलोपश्च	८२१
ईकक् च	८८८
ऊर्णोतेराम्नेति	५५२
ऋते च तृतीयासमासे	४६
ऋलृवर्णयोर्मिथःसावर्ण्यंवाच्यम्	१७
ऋल्वादिभ्यःक्तिन्निष्ठावद्वाच्यः	१८७
ऋवर्णान्नस्य णत्वं वाच्यम्	१९७
एकतरात्प्रतिषेधो वक्तव्यः	१२८

वार्तिकानि पृष्ठांकाः

एकवाक्ये युष्मदस्मदादेशा वक्तव्याः ३०२
एतदोऽपि वाच्यः १००१
एते वान्नावादय आदेशा अनन्वादेशे वा वक्तव्याः ३०२
ओकारसकारभकारादौ सुपि सर्वनाम्नष्टः प्रागक अन्यत्रच् सुबन्तस्य १०१२
औङः श्यां प्रतिषेधः २२४
कमेश्च्लेश्चङ् वाच्यः ४६१
कम्बोजादिभ्य इति वक्तव्यम् ६०४
कास्यनेकाच आम् वक्तव्यः ४३७
कृदिकारादक्तिनः १०३३
केलिमर उपसंख्यानम् ७३८
क्ङिति रमागमं ६१२
क्विब्वचिप्रच्छ्यायतस्तुकटप्रुजुश्रीणां दीर्घोऽसम्प्रसारणं च ७७३
क्षत्रियसमानशब्दाज्जनपदात्तस्य राजन्यपत्यवत् ९०१
गजसहायाभ्यां चेति वक्तव्यम् ६१४
गतिकारकेतरपूर्वपदस्य यण नेष्यते १८५
गतिकारकोपपदानाम् ८१४
गुणवचनेभ्यो मतुपो लुगिष्टः ९८६
गोरजादिप्रसंगे यत् ८८९
घञर्थे कविधानम् ७७३
ङावुत्तरपदे प्रतिषेधो वक्तव्यः २६४
चयो द्वितीयाः शरि पौष्करसादेरिति वाच्यम् ८

वार्तिकानि पृष्ठांकाः

डाचि विवक्षिते द्वे बहुलम् १०२१
तिष्यपुष्ययोर्नक्षत्राणि यलोप इति वाच्यम् ९०६
तीयस्य ङित्सु वा १५१
त्यब्नेर्ध्रुव इति वक्तव्यम् ६२६
दुरः षत्वणत्वयोरुपसर्गत्वप्रतिषेधो वक्तव्यः ४००
दृन्करपुनःपूर्वस्य भुवो यण् वक्तव्यः १६६
दृशिग्रहणाद्भवदादियोगएव ६९८
देवाद्यञञौ ८८८
द्वन्द्वतत्पुरुषयोरुत्तरपदे नित्यसमासवचनम् ८४३
द्विगुप्राप्तापन्नालंपूर्वगतिसमासेषु प्रतिषेधो वाच्यः ८६०
द्विपर्यन्तानामेवेष्टिः १७४
धर्मादिष्वनियमः ८७८
नञ्स्नञीकक्ख्युंस्तरुणतलुनानामुपसंख्यानम् १०२७
नञोऽस्त्यर्थानां वाच्यो वा चोत्तरपदलोपः ८६६
न समासे ६८
नाभि नभञ्च ९५६
नित्यमाम्रेडिते डाचीति वक्तव्यम् १०२१
निरादयः क्रान्ताद्यर्थे पञ्चम्या ८५२
नुमचिरतृज्वद्भावेभ्यो नुट् पूर्वविप्रतिषेधेन १६१
नृनरयोर्वृद्धिश्च १०४०

वार्तिकानि	पृष्ठांकाः
परौ व्रजेः षः पदान्ते	२८६
पर्यादयो ग्लानाद्यर्थे चतुर्थ्या	७५१
पाण्डोड्यण्	६०२
पालाकान्तान्न	१०३४
पूरोरण् वक्तव्यः	६०१
प्रत्यये भाषायां नित्यम्	७८
प्रथमलिंगग्रहणं च	१७८
प्रवत्सतरकम्बलवसनार्ण-दशानामृणे	४७
प्रातिपदिकाद् धात्वर्थे	७०७
प्राण्यंगादेव	१८७
प्रादयो गताद्यर्थे प्रथमया	८४६
प्रादिभ्यो धातुजस्य वाच्यो वा चोत्तरपदलोपः	८६६
प्रादूहोढोढ्येषैष्येषु	७६
पृथु मृदु	६७०
बहिषष्टिलोपो यञ्च	८८८
भस्याढे तद्धिते	६१२
मत्स्यस्य ङ्यां यलोपः	१०३७
मस्जेरन्त्यात्पूर्वो नुम्वाच्यः	६३०
मातुलोपाध्याययोरानुग्वा	१०३८
मूलविभुजादिभ्यः कः	७४८
यणः प्रतिषेधो वाच्यः	३१
यवलपरे यवला वा	८७
यवनाल्लिप्याम्	१०३७
यवाद् दोषे	१०३७
योपधप्रतिषेधे हयगवममुकयमनुष्य-मत्स्यानामप्रतिषेधः	१०३६
राज्ञो जातावेवेति वाच्यम्	८६६

वार्तिकानि	पृष्ठांकाः
लोम्नोऽपत्येषु बहुष्वकारो वक्तव्यः	८६५
वानामधेयस्यवृद्धसंज्ञावक्तव्या	६२७
वुग्युटावुवङ्यणोः सिद्धौ वक्तव्यौ	५६०
वृद्ध्यौत्वतृज्वद्भावगुणेभ्यो नुम् पूर्वविप्रतिषेधेन	२३१
शकन्ध्वादिषु पररूपं वाच्यम्	५०
शाकपार्थिवादीनां सिद्धये उत्तर-पदलोपस्योपसंख्यानम्	८४६
शे तृम्फादीनां नुम्वाच्यः	६२६
श्वशुरस्योकाराकारलोपश्च	१०२८
समाहारे चायमिष्यते	८२६
सम्पदादिभ्यः क्विप्	७८७
संबुद्धौ नपुंसकानां	३४७
सम्पुंकानां सो वक्तव्यः	६४
सर्वप्रातिपदिकेभ्यः क्विब्वा वक्तव्यः	१०१४
संख्यापूर्वं रात्रं क्लीबम्	७५७
सर्वनाम्नोवृत्तिमात्रेपुंवद्भावः	८४२
सर्वतोऽक्तिन्नर्थादित्येके	१०३३
सर्वत्र गोरजादि प्रसङ्गेयत्	८८९
सिज्लोप एकादेशेसिद्धो वाच्यः	४२१
सूर्याद्देवतायां चाप् वाच्यः	१०३५
सूर्यागस्त्ययोश्छे च ङ्यां च	१०३६
स्थाघ्वोरित्वे दीङः प्रतिषेधः	५६१
स्पृशमृशकृषतृपदृपां च्लेः सिज्वा वाच्यः	६१५
स्वतिभ्यामेव	८८४
हिमारण्ययोर्महत्त्वे	१०३७

* श्रीहरिः *

लघुकौमुदीस्थधातूनामकारादिवर्णक्रमेण सूची

धातवः	पृष्ठांकाः
(अ)	
अत सातत्यगमने भ्वा० प० से	४१६
अद भक्षणे अ० प० अ०	५१०
अञ्जू व्यक्त्यादिषु रु० प० वे	६५०
अय गतौ भ्वा० आ० वे	४६१
अर्च पूजायाम् भ्वा० प० से	४३२
अश भोजने क्र्या० प० से	६७६
अस् भुवि अ० प० से	५२६
(इ)	
इङ् अध्ययने अ० आ० अ०	५३८
इण् गतौ अ० प० अ०	५३२
(ञि) इन्धी दीप्तौ रु० आ०से०	६५५
इषु इच्छायाम् तु० प० अ०	६२७
(उ)	
उच्छृदिर दीप्ति० रु० प० से०	६४६
उछि उञ्छे तु० प० से०	६२४
उज्झ उत्सर्गे तु० प० से	६२५
उन्दी क्लेदने रु० प० से०	६४६
(ऊ)	
ऊर्णुञ् आच्छादने अ०उ०से०	५५२

धातवः	पृष्ठांकाः
(ऋ)	
ऋच्छ गतीन्द्रियप्रलयमूर्तिभावेषु तु० प० से०	६२५
(ए)	
एध वृद्धौ भ्वा० आ० से०	४७४
(क)	
कटे वर्षावरणयोः भ्वा०प०से०	४३४
कथ वाक्यप्रबन्धे चु० अ०से०	६८०
कमु कान्तौ भ्वा० आ० से०	४८५
कुट कौटिल्ये तु० प० से०	४२८
कुष निष्कर्षे क्र्या० प० से०	६७६
(डु) कृञ् करणे	६६०
कृती छेदने तु० प० से०	६२१
कृती वेष्टने रु० प० से	६४७
कृष विलेखने तु० उ० से	६१४
कॄ विक्षेपे तु० प० से	६३५
कॄञ् हिंसायाम् क्र्या० उ० से	६७३
कॄञ् शब्दे क्र्या० उ० से	६७०
क्रमु-पादविक्षेपे भ्वा० प० से	४५७

धातवः	पृष्ठांकाः
(डु) क्रीञ् द्रव्यविनिमये क्रया० उ० अ०	६६५
क्षणु हिंसायाम् त० उ० से	६५६
क्षि क्षये भ्वा० प०.अ०	४४९
क्षिणु हिंसायाम् त० उ० से	६६०
क्षुदिर संपेषणे रु० उ० अ०	६४६
क्षुभ संचलने भ्वा० प० से०	४९५
(ञि) क्ष्विदा स्नेहनमोचनयोः भ्वा० आ० से	४६५
(ख)	
खिद परिघाते तु० प० से०	६३१
ख्या प्रकथने अ० प० अ०	५२५
(ग)	
गण संख्याने चु० उ० से०	६८१
गद् व्यक्तायां वाचि भ्वा०प०से	४२५
गम्लृ गतौ भ्वा० प० अ०	७७१
गुपू रक्षणे भ्वा० प० वे०	४३५
गॄ निगरणे तु० प० से०	६३७
ग्रह उपादाने क्र्या ० उ० से	६७४
ग्लै हर्षक्षये भ्वा० प० अ०	४६२
(घ)	
घुट परिवर्तने भ्वा० आ० से०	४९५
(च)	
चिञ् चयने स्वा० उ० अ०	६०३
चिती संज्ञाने भ्वा० पर० से	४२४
चुर स्तये चु० उ० से०	६७८
छिदिर् द्वैधीकरणे रु०प०अ०	६४४
(उ) छृदिर् दीप्तिदेवनयोः रु०उ० से०	६४६
छो छेदने दि० प० अ०	५८५
(ज)	
जनी प्रादुर्भावे दि० आ से०	५६१
जुषी प्रीतिसेवार्थो तु० आ० से	६४०
ज्ञा अवबोधने क्र्या० प० अ०	६७६
(ड)	
डीङ् विहायसा गतौ दि०आ०से	४६१
(ण)	
णद अव्यक्ते शब्दे भ्वा०प०से	४२८
णभ हिंसायाम् भ्वा०आ०से०	४६५
णश् अदर्शने दि० पर० से०	५८८
णह बन्धने दि० उ० अ०	५६८
णिजिर् शौचपोषणयोः जु० उ० अ०	५७७
णीञ् प्रापणे भ्वा० उ० अ०	५०३
णुद् प्ररण तु० प० अ०	६१०
णू स्तवने तु० प० से०	६२९
(त)	
तञ्चू संकोचने रु० प० से०	६५२
तनु विस्तारे त० उ० से०	६५७
तप सन्तापे भ्वा० प० अ०	४५६
तुद व्यथने तु० उ० अ०	६०८
तुभ हिंसायाम् भ्वा० आ० से	४६५
तृणु अदने त० उ० से	६६०
(उ) तृदिर् हिंसानादरयोः	

धातवः पृष्ठांकाः

रु० उ० अ० ६४७
तृप् प्रीणने तृ० प० वे० ६२६
तृम्फ् तृप्तौ तु० प० से ६७६
तृह हिंसायाम् रु० प० से ६४७
त्रपूष् लज्जायाम् भ्वा०आ०से० ४६८
त्रसी उद्वेगे दि० प० से ५८३

(द)

दद् दाने० भ्वा० आ० से ४९८
(डु) दाञ् दाने जु० उ० अ० ५७२
दाप् लवने अ० पर० अ० ५६५
दिवु क्रीडादिषु दि० प० से ५८१
दिह उपचये अ० उ० अ० ५४६
दीङ् क्षये दि० आ० से० ५९०
दीपी दीप्तौ ५२३
दुह प्रपूरणे अ० उ० अ० ५४२
दूङ् परितापे दि० आ० से० ५६०
दृ दारणे क्र्या० प० से० ६७०
दो अवखण्डने दि० प० अ० ५७५
द्युत दीप्तौ भ्वा० आ० से० ४६३
द्रा कुत्सायाम् गतौ अ०प०अ० ५२५
द्रूञ् हिंसायाम् क्र्या० उ०से० ६७०

(ध)

(डु) धाञ् धारणपोषणयोः जु० उ० अ० ५७५
धूञ् कम्पने स्वा० उ० से ६१६
धूञ् कम्पने क्र्या० उ० से० ६७४
धूञ् कम्पने चु० उ० से

धातवः पृष्ठांकाः

धृञ् धारणे भ्वा० उ० अ० ५०३
ध्वंसु अवस्रंसने गतौ च भ्वा० आ० से० ४२५

(न)

(टु) नदि समृद्धौ भ्वा०प०से० ४३१
नृती गात्रविक्षेपे दि० प० से ५८२

(प)

(डु) पचष् पाके भ्वा० उ०अ० ५०४
पद गतौ दि० आ० से० ५६३
पा पाने भ्वा० प० अ० ४५८
पा रक्षणे अ० प० अ० ५२५
पिश अवयवे तु० प० से० ६२१
पिष्लृ संचूर्णने रु० उ० से० ६५३
पीङ् पाने दि० आ० अ० ५९१
पुट संश्लेषणे तु० प० से० ६२७
पुष् पुष्टौ दि० प० से० ५८७
पूञ् पवने क्र्या० उ० से० ६७१
पृङ् व्यायामे तु० आ० से० ६४०
पृड सुखने तु० प० से० ६२७
पृ पालनपूरणयोः जु०प० से० ५६२
प्रच्छ ज्ञीप्सायाम् तु० प० से० ६३८
प्रीङ् तर्पणे कान्तौ च क्र्या० उ० अ० ६६७
प्सा भक्षणे अ० प० से० ५२५

(ब)

बुध अवगमने दि० आ० से० ५६४
ब्रूञ् व्यक्तायाम्वाचि अ उ०से० ५४७

धातवः पृष्ठाङ्काः

(भ)

भज सेवायाम भ्वा० उ०आ० ५०५
भञ्जो आमर्दने रु० प० अ० ६५३
भा दीप्तौ अ० प० अ० ५२४
भिदिर् विदारणे रु०उ० अ० ६४४
(ञि) भी भये जु० प० अ० ५६०
भुज पालनाभ्यवहारयोः रु० प० अ० ६५४
भुजो कौटिल्ये तु० प० अ० ६३२
भू सत्तायाम् भ्वा० पर० से० ३७२
(डु) भृञ् भरणे भ्वा०उ०अ० ५००
डुभृञ् धारणपोषणयोः जु० उ० अ० ५७०
भ्राज् दीप्तौ भ्वा० आ० से० ४६२
भ्रस्ज पाके तु० प० से० ६१०
भ्रंसु अवस्रंसने भ्वा०आ०से० ४९५

(म)

मनु अवबोधने तु० अ० से० ६६५
(टु) मस्जो शुद्धौ तु०प०अ० ६३०
माङ् माने शब्दे जु०आ०अ० ५६१
माङ माने दि० आ० अ० ५६८
(ञि)मिदा स्नेहने भ्वा०आ०से४६४
मिल संगमे तु० प० से० ६१७
मीञ् हिंसायाम् क्र्या०उ०अ० ६६८
मुच्लृ मोचने तु० उ० अ० ६१७
मुष स्तेये क्र्या० प० से० ६७६
मृङ् प्राणत्यागे तु० आ०अ० ६३६

धातवः पृष्ठांकाः

मृड सुखने तु० प० से० ६२७
मृश आमर्शने तु० प० आ० ६३३
मृष तितिक्षायाम् दि०उ०से० ५९७

(य)

यज देवपूजादिषु भ्वा०उ०अ ५०५
या प्रापणे अ० प० अ० ५२३
यु मिश्रणामिश्रणयोः अ०प०से ५२१
युजिर् योगे रु० उ० अ० ६४४
युञ् बन्धने क्र्या उ० अ० ६७०
युध संप्रहारे दि० आ० अ० ५६४

(र)

रा दाने अ० प० अ० ५२५
रिचिर् विरेचने रु० उ० अ० ६४५
रुच दीप्तौ भ्वा० आ० से० ४६५
रुजो भंगे तु० प० अ० ६३२
रुधिर आवरणे आ० उ०अ० ६४१

(ल)

ला आदाने अ० प० अ० ५२५
लिप उपदेहे तु० अ० अ० ६२०
लिह आस्वादने अ० उ०अ० ५४६
लुप्लृ छेदने तु० प० अ० ६१८
लुभ विमोहने तु० प० से० ६२५
लूञ् छेदने क्र्या० उ० से० ६७२

(व)

वनु याचने त० आ० से० ६६४
वह प्रापणे भ्वा० उ० अ० ५०८
वा गतिगन्धनयोः अ०प०अ० ५२४

धातवः पृष्ठांकाः

विच्चिर् पृथक्भावे रु०उ०अ० ६४६
(ओ) विजी भयसंचलनयोः तु० आ० से० ६४०
(ओ) विजी भयसंचलनयोः रु० प० से ६५२
विद विचारणे रु० आ० अ० ६५६
विद ज्ञाने अ० प० से० ५२६
विद सत्तायाम् दि०आ०अ० ५६४
विद्लृ लाभे तु० उ० अ० ६१८
विश प्रवेशने तु० प० अ० ६३२
वृञ् वरणे क्रया० उ० से० ६७३
वृतु वर्तने भ्वा० आ० से० ४६६
व्यच व्याजीकरणे तु०प०से० ६२३
व्यध ताडने दि० प० अ० ५८६
व्रज गतौ भ्वा० प० से० ४३३
(ओ) व्रश्चू छेदने तु०प०अ० ६२१

(श)

शद्लृ शातने तु० प० अ० ६३४
शिषॢ विशेषणे रु० प० अ० ६५२
शीङ् स्वप्ने अ० आ० से० ५३६
शुच शोके भ्वा० प० से० ४३४
शुन गतौ तु० प० से० ६२०
शुभ दीप्तौ भ्वा० आ० से० ४६५
शुष शोषणे दि० प० अ० ५८८
शो तनूकरणे दि० प० अ० ५८४
श्रा पाके अ० प० अ० ५२४
श्रिञ् सेवायाम् भ्वा० उ०से० ४२६

धातवः पृष्ठांकाः

श्रीञ् पाके क्रया० उ० से० ६६७
श्रु श्रवणे भ्वा० प० अ० ४६७
श्विता वर्णे भ्वा० आ० से ४६४

(ष)

षणु दाने त० उ० से० ६५८
षद्लृ विशरणगत्यवसादनेषु तु० प० अ० ६३४
षिच् क्षरणे तु० उ० से० ६१६
षिञ् बन्धने स्वा० उ० अ० ६६६
षिध गत्याम् भ्वा० प० से० ४२२
षिवु तन्तुसन्ताने दि० उ०से० ५८२
षुञ् अभिषवे स्वा० उ० अ० ५६९
षूङ् प्राणिगर्भविमोचने अ० आ० से० ५८६
षो अन्तःकर्मणि दि० प० अ० ५८१
ष्णा शौचे अ० प० अ० ५२४
(ञि) ष्विदा स्नेहमोचनयोः भ्वा० आ० अ० ४६४

(स)

सृज विसर्गे दि० आ० अ० ५९५
स्कुञ् आप्रवणे स्वा०उ० अ० ६६६
स्तृञ् आच्छादने स्वा० उ० अ० ६७२
स्तृञ् आच्छादने क्रया० उ० से० ६०४
स्फुट विकसने तु० प० स० ६३८
स्फुर संचलने तु प० से० ६२८

धातवः	पृष्ठांकाः
स्फुल संचलने तु० प० से०	६२८
स्रंसु अवस्रंसनेभ्वा०आ०से०	४६५
स्रम्भु विश्वासे भ्वा० आ० से	४९६
(ह)	
हन हिंसागत्योः अ० प०अ०	५१५
(ओ) हाक् त्यागेजु०प०अ०	५६५
(ओ) हाङ् गतौ०जु०आ०अ०	५६६
हिसि हिंसायाम् रु०प० से०	६४७
हु दानादनयोः जु० प० अ०	५५७
हृञ् हरणे भ्वा०उ० अ०	५०२
ह्री लज्जायाम् जु० प० अ०	५६१
ह्वृ कौटिल्ये भ्वा० प० से	४६४
